国家出版基金项目
NATIONAL PUBLICATION FOUNDATION

中印经典和当代作品
互译出版项目
CHINA-INDIA TRANSLATION PROJECT

那时候（上）

Sei Samaya

［印］苏尼尔·贡戈巴泰◎著

刘运智　张　幸◎译

中国大百科全书出版社

图字：01-2020-0759

图书在版编目（CIP）数据

那时候 /（印）苏尼尔·贡戈巴泰著；刘运智，张
幸译. —北京：中国大百科全书出版社，2024.3
书名原文：Sei Samaya
中印经典和当代作品互译出版项目
ISBN 978-7-5202-1447-6

Ⅰ.①那… Ⅱ.①苏… ②刘… ③张… Ⅲ.①长篇小
说—印度—现代 Ⅳ.①I351.45

中国国家版本馆CIP数据核字（2023）第212288号

出 版 人　刘祚臣
策 划 人　曾　辉
审　　校　姜景奎
责任编辑　王　廓
责任校对　齐　芳
封面设计　许润泽　叶少勇
责任印制　李宝丰
出版发行　中国大百科全书出版社
地　　址　北京阜成门北大街17号　　邮政编码　100037
电　　话　010-88390636
网　　址　http://www.ecph.com.cn
印　　刷　中煤（北京）印务有限公司
开　　本　710毫米×1000毫米　1/16
印　　张　68.75
字　　数　925千字
印　　次　2024年3月第1版　2024年3月第1次印刷
书　　号　ISBN 978-7-5202-1447-6
定　　价　188.00元

中印经典和当代作品互译出版项目
中方专家组

主　　编　　薛克翘　刘　建　姜景奎

执行主编　　姜景奎

特约编审　　黎跃进　阿妮达·夏尔马（印度）

　　　　　　邓　兵　B.R. 狄伯杰（印度）

　　　　　　石海军　苏林达尔·古马尔（印度）

总序：印度经典的汉译

一、概念界定

何谓经典？经，"织也"，本义为织物的纵线，与"纬"相对，后被引申为典范之作。典，在甲骨文中上面是"册"字，下面是"大"字，本义为重要的文献，例如传说中五帝留下的文献即为"五典"[①]。《尔雅·释言》中有"典，经也"一说，可见早在战国到西汉初，"经""典"二字已经成为近义词，"经典"也被用作一个双音节词。

先秦诸子的著作中有不少以"经"为名，例如《老子》中有《道经》和《德经》，故也名为《道德经》，《墨子》中亦有《墨经》。汉武帝罢黜百家之后，"经"或者"经典"日益成为儒家权威著作的代称。例如《白虎通》有"五经何谓？谓《易》《尚书》《诗》《礼》《春秋》也"一说，《汉书·孙宝传》有"周公上圣，召公大贤。尚犹有不相说，著于经典，两不相损"一说。然而，由印度传来的佛教打破了儒家对这一术语的垄断。自汉译《四十二章经》以来，"经"便

[①] "典，五帝之书也。"——《说文》

逐渐成为梵语词 sutra 的标准对应汉译，"经典"也被用以翻译"佛法"（dharma）[1]。随着佛教在中国的传播和发展，类似以"经典"指称佛教权威著作的说法也多了起来。[2] 到了近代，随着西学的传入，"经典"不再局限于儒释道三教，而是用以泛指权威、影响力持久的著作。

来自印度的佛教虽然影响了汉语"经典"一词的语义沿革，但这又可以反过来帮助界定何为印度经典。汉译佛经具体作品的名称多以 sutra 对应"经"，但在一般表述中，"佛经"往往也囊括经、律（vinaya）、论（abhidharma）三藏。例如法显译《摩诃僧祇律》（*Mahasanghika-vinaya*）、玄奘译《瑜伽师地论》（*Yogacarabhumi-sastra*），均被收录在"大藏经"之中，其工作也统称为"译经"。来华译经的西域及印度学者多为佛教徒，故多以佛教典籍为"经典"。不过也有一些非佛教徒印度学者将非佛教著作翻译为汉语，亦多冠以"经"之名，其中不乏相对世俗、与具体宗教义理不太相关的作品，例如《婆罗门天文经》《婆罗门算经》《嚩嚕拏说救疗小儿疾病经》（*Ravankumaratantra*）等。如此，仅就译名对应来说，古代汉语所说的"经典"可与 sutra、vinaya、abhidharma、sastra、tantra 等梵语词对应，这也基本囊括了印度古代大多数经典之作。

然而，古代中印文化交流也有一定的局限性，若以现在对经典的理解以及对印度了解的实际情况来看，吠陀、梵书、森林书、奥义书、往世书等古代宗教文献，两大史诗、古典梵语文学著作等文学作品，以及与语法、天文、法律、政治、艺术等相关的专门论著都是印度经典不可或缺的部分。从语言来看，除梵语外，巴利语、波罗克利特语、阿波布朗舍语等古代语言，伯勒杰语、阿沃提语等中世纪语言，印地语、孟加拉语、乌尔都语等现代语言，以及殖民时期被引入印度并在印度生根发芽的英语都在不同的历史时期承载了印度经典的传承。

---

[1] "又睹诸佛，圣主师子，演说经典，微妙第一。"——《妙法莲华经》卷一《序品》（T09, no. 262, c18-19）

[2] "佛涅槃后，世界空虚，惟是经典，与众生俱。"——白居易《苏州重玄寺法华院石壁经碑》

二、古代中国对印度经典的汉译

经典翻译，是将他者文明的经典之作译为自己的语言，以资了解、学习，乃至融合、吸纳。这一文化行为首先需要一个作为不同于自己的"他者"客体具有足以令主体倾慕的经典之作，然后需要主体"有意识"地开展翻译工作。印度文明在宗教、哲学、医学、天文等方面的经典之作具有较高的知识水平，在不同时代对中国社会各阶层产生了独特的吸引力。中印文明很早就有了互通记录，有着甚深渊源，在商品贸易、神话传说、天文历法等方面已有学者尝试考证。① 随着张骞出使西域，佛教传法僧远来东土，中印之间逐渐建立起"自觉"的往来，古代中国对印度经典的汉译也在汉代以佛经翻译的形式得以展开。

1. 佛教经典汉译

毫无争议，自已佚的《浮屠经》②以来，佛教经典汉译在古代中国对印度经典的翻译中占有主流地位。译经人既有佛教僧人，也有在家居士，既有本土学者，也有西域、印度的传法僧人。仅以《大唐开元释教录》以及《贞元新定释教目录》的统计为例，从东汉永平十年至唐贞元十六年，这 734 年间，先后有 185 名重要的译师翻译了佛经 2412 部 7352 卷（见表 1），成为人类历史上少有的翻译壮举。

---

① 季羡林《中印文化交流史》（北京：新华出版社，1993 年）及薛克翘《中国印度文化交流史》（北京：昆仑出版社，2008 年）中部分内容均介绍了相关观点。
② 学术界关于第一部汉译佛经的认定，历来观点不一。不少学者认为，《四十二章经》是第一部汉译佛经；但有学者经过考证发现，西汉哀帝元寿元年（公元前 2 年）大月氏使臣伊存口授的《浮屠经》应该是第一部，可惜原本失佚，后世知之甚少。目前，学术界基本倾向于认为《浮屠经》为第一部汉译佛经，并已意识到《浮屠经》在中国佛教史及学术史上的重要地位。参见方广锠：《〈浮屠经〉考》，《法音》，1998 年第 6 期。

表 1   东汉至唐代汉译佛经规模 ①

朝代	年代	历时 / 年	重要译师人数 / 人	部数 / 部	卷数 / 卷
东汉	永平十年至延康元年	154	12	292	395
魏	黄初元年至咸熙二年	46	5	12	18
吴	黄武元年至天纪四年	59	5	189	417
西晋	泰始元年至建兴四年	52	12	333	590
东晋	建武元年至元熙二年	104	16	168	468
前秦	皇始元年至太初九年	45	6	15	197
后秦	白雀元年至永和三年	34	5	94	624
西秦	建义元年至永弘四年	47	1	56	110
前凉	永宁元年至咸安六年	76	1	4	6
北凉	永安元年至承和七年	39	9	82	311
南朝宋	永初元年至升明三年	60	22	465	717
南齐	建元元年至中兴二年	24	7	12	33
南朝梁	天监元年至太平二年	56	8	46	201
北朝魏	皇始元年至东魏武定八年	155	12	83	274
北齐	天保元年至承光元年	28	2	8	52
北周	闵帝元年至大定元年	25	4	14	29
南朝陈	永定元年至祯明三年	33	3	40	133
隋	开皇元年至义宁二年	38	9	64	301
唐②	武德元年至贞元十六年	183	46	435	2476

自东汉以后约 6 个世纪中，大量佛教经典被译为汉语，其历程与佛教在中国的传播历程基本同步。在这一过程中，涌现出许多重要译师，仅译经 50 部或 100 卷以上的译师就有 16 人（见表 2），其中又以鸠摩罗什、真谛、玄奘、义净、不空做出的贡献最为卓越，故此他们被称为"汉传佛教五大译师"。他们的生平事迹和具体贡献在许多佛教典籍中均有叙述，此不赘述。

----

① 本表主要依据《大唐开元释教录》整理而成，其中唐代的数据引用的是《贞元新定释教目录》。

② 唐代数据至德宗贞元十六年（公元 800 年）为止，并不完整。但考虑到唐德宗后，大规模译经基本停止，故此数据亦有相当高的参考价值，至贞元十六年，唐代已经译经 435 部 2476 卷，足以确立其在中国译经史上的地位。

表 2 译经 50 部或 100 卷以上的译师

时代	朝代	人名	译经部数 / 部	译经卷数 / 卷
三国西晋	吴	支谦	88	118
	西晋	竺法护	175	354
东晋十六国	东晋	竺昙无兰	61	63
		瞿昙僧伽提婆	5	118
		佛陀跋陀罗	13	125
	北凉	昙无谶	19	131
	后秦	鸠摩罗什	74	384
南北朝	宋	求那跋陀罗	52	134
	陈	真谛	38	118
	北魏	菩提留支	30	101
隋唐	隋	阇那崛多	39	192
	唐	玄奘	76	1347
		实叉难陀	19	107
		义净	68	239
		菩提流志	53	110
		不空	111	143

自唐德宗之后，译经事业由于政局等多方面因素影响而受阻，此后又经历了唐武宗和后周世宗两次灭佛，佛教在中国的发展受到冲击。直到公元 982 年，随着天竺僧人天灾息和施护的到访，北宋朝廷才重开译经院，此时距唐德宗年间已有约 200 年，天灾息等僧人不得不借助朝廷的力量重新召集各地梵学僧，培养本土翻译人才。在此后的约半个世纪中，他们总计译出 500 余卷佛经。此后，汉地虽有零星译经，却不复早年盛况，古代中国对印度经典的汉译逐渐落下帷幕。

2. 非佛教经典汉译

佛教经典汉译占据了古代中国对古代印度经典汉译的主流，除此之外，其他一些印度经典也被译为汉语。这些文献大致可以分为两类。一类是在翻译佛教经典的过程中无意之中被译为汉语的，尤其是佛教文献中所穿插的印度民间故事等。[①]一类是在翻译佛教经典之外，有意翻译的非佛教经典，例如婆罗门教哲学、天文学、医学著作等。尽管数量无法与佛教经典相提并论，但这些非佛教经典的翻译在一定程度上体现了古代中华文明对古代印度文明的关注逐渐由佛教辐射到印度文明的其他领域。不过从译者的宗教信仰以及对经典的选择来看，这类汉译大部分是佛教经典翻译的附属产品。

3. 其他哲学经典汉译

佛教自产生以来，与印度其他思潮之间既有争论，也有共通之处。因而在佛教经典的汉译过程中，中国人也逐渐接触到古代印度的其他哲学。有关这些哲学派别的基本介绍散见于包括佛经、梵语工具书、僧人传记等作品中，例如《百论疏》对吠陀、吠陀支、数论、胜论、瑜伽论，甚至与论释天文、地理、算术、兵法、音乐法、医法的各种学派相关的记载、注释和批判也可以在这些作品中找到。[②] 很有可能出于佛教对数论派和胜论派知识的尊重，以及辨析外道与佛法差别的需要等原因，真谛和玄奘才分别译出了数论派的《金七十论》和胜论派的《胜宗十句义论》。[③] 这两部经典的汉译在一定程度上拓宽了中国知识界对印度哲学的视野，但其翻译在很大程度上受到了佛教对其他哲学派别好恶的影响，依然是在佛教经典汉译的主导思路下完成的。

4. 非哲学经典汉译

除宗教哲学经典外，古代印度的天文学、数学、医学在人类科

---

① 新文化运动以来，这一领域已有多部论著问世，此不赘述。
② 宫静：《谈汉文佛经中的印度哲学史料——兼谈印度哲学对中国思想的影响》，《南亚研究》，1985年第4期，第52~59页。
③《金七十论》译自数论派的主要经典《数论颂》(*Samkhya-karika*)，相传为三四世纪自在黑(Isvarakrsna)所作。《胜宗十句义论》的梵文原本已佚，从内容看属于胜论派较早的经典著作。参见黄心川：《印度数论哲学述评——汉译〈金七十论〉与梵文〈数论颂〉对比研究》，《南亚研究》，1983年第3期，第1~11页。

学史上也具有重要地位，其中一些著作也被译为汉语。古代印度天文学经典多以佛教经典的形式由传法僧译出。^① 隋唐时期，天文学著作汉译逐渐出现了由非佛教徒印度天文学家主导的潮流。据《隋书》记载，印度天文著作有《婆罗门天文经》《婆罗门竭伽仙人天文说》《婆罗门天文》。^② 瞿昙氏（Gautama）、迦叶氏（Kasyapa）和拘摩罗氏（Kumara）三个印度天文学家氏族曾先后任职于唐代天文机构太史阁，其中瞿昙氏的瞿昙悉达翻译了印度天文学经典 *Navagraha-siddhanta*，即《九执历》。^③ 此外，印度的医学、数学、艺术经典也因其实用价值通过不同渠道被介绍到中国，其中一些著作或部分或完整地被译为汉语。

5. 落幕与影响

中国古代的印度经典汉译在唐代达到巅峰，此后逐渐走向低谷，无论是数量还是质量都难以达到唐代的水平。造成这一现象的原因主要有两个方面：一方面，唐代中后期，阿拉伯帝国的崛起以及唐朝与吐蕃关系的恶化阻断了中印之间两条重要的陆路通道——西域道和吐蕃道，之后五代十国以及宋代时期，这两条通道均未能恢复，只有南海道保持畅通。^④ 另一方面，中国宗教哲学的发展和印度佛教的密教化这两种趋势决定了中国对印度佛教经典的需求逐渐下降。在近千年的历程中，佛教由一个依附于黄老信仰的外来宗教逐渐在汉地生根发芽，成为汉地宗教生活不可缺少的一部分，其作为"中国佛教"的独立性日益增强。甚至权威如玄奘，也不能将沿袭至那烂陀寺戒贤大师

---

① 例如安世高译《佛说摩邓女经》、支谦等译《摩登伽经》、竺法护译《舍头谏太子二十八宿经》等。

②《隋书·经籍志》，北京：中华书局，1982年，第1019页。

③ 参见 P.C.Bagchi, *India and China: A Thousand Years of Cultural Relations*. 1981, Calcutta, Saraswat Library, p.212. 此后，依然有传法僧翻译佛教天文学著作的记载，具体参见郭书兰：《印度与东西方古国在天文学上的相互影响》，《南亚研究》，1990年第1期，第32~39页。

④ 菩提迦耶出土的多件北宋时期前往印度朝圣的僧人所留下的碑铭证明，宋代依然有僧人前往印度朝圣，且人数不少。法国汉学家沙畹（E. Chavannes）、荷兰汉学家施古德（G. Schlegel）、印度学者师觉月（P. C. Bagchi）等国外学者在这方面均有讨论，具体参见周达甫：《改正法国汉家沙畹对印度出土汉文碑的误释》，《历史研究》，1957年第6期，第79~82页。

的"五种姓说"完全嵌入汉地佛教的信仰之中。汉地"伪经"的层出不穷也从某种角度反映了佛教的中国本土化进程。不空等人在中国传播密教虽然形成了风靡一时的"唐密",但未能持久。究其根本在于汉地佛教的发展受到本土儒家信仰的影响,很难与融合了婆罗门教信仰的佛教密宗契合。此外,本土儒家、道家也在吸纳佛教哲学的基础上有了新的变革。至宋代,三教合一的趋势逐渐显现,源自印度但已本土化的佛教与儒家、道家的融合进一步加深,致使对印度经典的诉求越来越少。由此,义理上的因素使得中国的知识分子不再追求印度佛教的哲学思想;再者,随着佛教在印度的衰落,以及中国佛教自身朝圣体系的建立和完善,前往印度朝圣也失去了意义。

古代中国对古代印度经典的汉译始于佛教,也终于佛教。尽管如此,以佛教经典为主的古代印度经典汉译已经在中国历史上烙下了深刻的印记,其影响是持久和多方面的。在这一过程中,译师们开创的汉译传统给后人翻译印度经典留下了巨大财富:

其一,汉译古代印度经典除早期借助西域地方语言外,主要翻译对象都是梵语经典,本土学者和外来学者编写了不少梵汉工具书。

其二,一套与古代印度宗教哲学术语对应的意译和音译相结合的汉译体系得以建立。由于佛教经典的流传,很多术语已经成为汉语的常用语,广为人知。

其三,除术语对应外,梵语作品译为汉语需要克服语法结构、文学体裁等方面的限制,其实践在一定程度上影响了汉语的一些表达法。[①] 如此等等都为后人继续翻译印度经典提供了便利之处。

更为重要的是,历史上重要的译师摸索出一套大规模翻译经典的方式方法,他们的努力对于后继的翻译工作来说具有很高的参考价值。经过早期的翻译实践,鸠摩罗什译经时便开始确立了译、论、证几道基本程序,并辅之以梵本、胡本对勘和汉字训诂,经总勘方

---

① 例如汉语中常见的"所+动词"构成的被动句就可能源自对佛经的翻译。参见朱庆之《汉译佛典中的"所V"式被动句及其来源》(载《古汉语研究》,1995年第1期,第29~31、45页)及其他相关著述。

定稿。在后秦朝廷的支持下，鸠摩罗什建立了大规模译场，改变了以往个人翻译的工作方式，配合翻译方法上的完善，大大提高了译经的效率和质量。唐代译场规模更大，翻译实践进一步细化，后世记载的翻译职司包括译主、证义、证文、度语、笔受、缀文、参译、刊定、润文、梵呗等 10 余种之多。

此外，先人还摸索出一套翻译人才的培养模式，隋代译师彦琮曾以"八备"总结了译师需具备的一系列条件，具体内容为：

一诚心受法，志在益人；二将践胜场，先牢戒足；三文诠三藏，义贯五乘；四傍涉文史，工缀典词，不过鲁拙；五襟抱平恕，器量虚融，不好专执，耽于道术，淡于名利，不欲高衒；六要识梵言；七不坠彼学；八博阅苍雅，粗谙篆隶，不昧此文。[1]

这八备之中，既有对译者宗教信仰、个人品行的要求，也有对梵语、汉语表达的语言技能以及对佛教义理的知识掌握等方面的要求，今天看来，依然有很大的借鉴意义。

三、近现代中国对印度经典的汉译

佛教在印度的衰落及消亡使中印失去了最为核心的交流主题。中国对印度经典的汉译停留在以梵语为主要媒介、以佛教经典为主要对象的时代，自 11 世纪末[2] 至 20 世纪初，这一停滞状态持续了数个世纪之久。19 世纪中后期，印度士兵和商人随着欧洲殖民者的战舰再次来到中国，中印之间的交往以一种并不和谐的方式得以恢复。中印孱弱的国力和早已经深藏故纸堆的人文交往传统都不足以阻挡西方诸国强势的物质力量和文化力量，中印人文交往便在这新的格局中，借助西方列强构建起来的"全球化"体系开始复苏。

---

① 《释氏要览》卷二，T54, no. 2127, b21-29。
② 宋神宗元丰五年（1082）废置译经院，佛教经典汉译由此不再。

由于缺乏对印度现代语言和文化的了解，早期对印度经典的译介在语言工具和主题设置两个层面均在一定程度上受制于西方的话语体系。20世纪上半叶中国对泰戈尔作品的译介便是明证。1913年，泰戈尔自己译为英语的诗集《吉檀迦利》以英语文学作品的身份获得诺贝尔文学奖，这在当时的世界文坛引起了轩然大波，对当时正在探索民族出路的中国知识分子来说同样具有很大的震撼力和吸引力。陈独秀在1915年10月15日出版的《青年杂志》上刊载了自己译自《吉檀迦利》的四首《赞歌》，为此后持续了近一个世纪并且至今依然生机勃勃的泰戈尔著作汉译工程拉开了序幕。据刘安武统计，至1949年中华人民共和国成立止，"我国翻译介绍了印度文学作品40种左右（不包括发表在报刊上的散篇）。这40种中占一半的是泰戈尔的作品"。[①] 泰戈尔在中国受到格外关注固然始于西方学术界对他的重视，但他的影响如此之大亦在于他的作品恰好满足了当时中国在文学思想领域的需求。首先，从语言文学来看，泰戈尔的主要创作语言是本土的孟加拉语，而非印度古典梵语。这引起了当时正致力于推广白话文的中国知识分子的广泛关注，并被视为白话文替代古文的成功榜样。[②] 此外，泰戈尔的文学创作，尤其他的散文诗为当时正在摸索之中的汉语诗歌提供了一个重要的参考对象。其次，从思想上来说，泰戈尔的思想与当时作为亚洲国家"先锋"的日本截然相反，为当时正在探索民族出路的中国知识分子提供了另一个标杆。于是，泰戈尔意外地成为中印之间自佛教之后的又一重大交流主题。尽管中国知识分子对其思想和实践的评价并不一致，许多学者依然扎实地以此为契机重启了中国翻译印度经典的进程。当时中国尚未建立起印度现代语言人才培养机制，因此早期对泰戈尔作

---

① 刘安武：《汉译印度文学》，《中国翻译》，1991年第6期，第44~46页。
② 胡适向青年听众强调泰戈尔对孟加拉语文学的贡献时说："泰戈尔为印度最伟大之人物，自十二岁起，即以阪格耳（孟加拉）之方言为诗，求文学革命之成功，历五十年而不改其志。今阪格耳之方言，已经泰氏之努力，而成为世界的文学，其革命的精神，实有足为吾青年取法者，故吾人对于其他方面纵不满足于泰戈尔，而于文学革命一段，亦当取法于泰戈尔。"（载《晨报》，1924年5月11日）

品的汉译多转译自英语。凭借译者深厚的文学功底，不少经典译作得以诞生，尤其是冰心、郑振铎等人翻译的泰戈尔诗歌，时至今日依然在中国广为流传。

与泰戈尔一同被引介到中国的还有诸多印度民间故事文学作品。[①] 如前文所述，古代翻译印度经典时就有不少印度民间故事被介绍到中国，但多以佛教经典为载体。[②] 近现代以来，印度民间文学以非宗教作品的形式被重新介绍过来。这在很大程度上是因为"中国缺少创作儿童文学的传统"[③]，印度丰富的民间文学正好满足了中国读者的需求。与此同时，印度民间文学与中国文学之间的关系也日益进入中国学者的视野，"中印文学比较研究"这一新的研究领域开始初露端倪。其研究领域最广为人知的课题之一便是《西游记》中孙悟空形象与《罗摩衍那》中哈奴曼形象的渊源。当时许多新文化运动的大家都参与其中，鲁迅、叶德均认为孙悟空形象源于本土神话形象"无支祁"，胡适、陈寅恪、郑振铎则认为孙悟空形象源于哈奴曼。[④]

自西方语言转译印度经典的尝试为增进对印度的认知、重燃中国知识界和民众对印度文化的兴趣起到了积极作用，许多掌握西方语言的汉语作家投身其中，其翻译作品受到读者喜爱。然而，转译的不足也显而易见，因此，对印度经典的系统汉译需要建立一支如古代梵汉翻译团队一样的专业人才队伍。

1942 年，出于抗战需要，民国政府在云南呈贡建立了国立东方语文专科学校，设有印度语科，开始培养现代印度语言人才。1946年，季羡林自德国学成回国，在北京大学创设东语系；1948 年，金克木加盟东语系。1949 年，国立东方语文专科学校并入北京大学东

---

① 参见刘安武：《汉译印度文学》，《中国翻译》，1991 年第 6 期，第 44~46 页。
② 参见薛克翘：《中国印度文化交流史》，北京：昆仑出版社，2008 年，第 261~265 页。
③ 刘安武：《汉译印度文学》，《中国翻译》，1991 年第 6 期，第 44~46 页。
④ 参见鲁迅：《中国小说史略》，《鲁迅全集》第 9 卷，北京：人民文学出版社，1981年；鲁迅：《中国小说的历史的变迁》，《鲁迅全集》第 9 卷，北京：人民文学出版社，1981年；胡适：《〈西游记〉考证》，《胡适文存》第 2 集第 4 卷，上海：亚东图书馆，1924 年；陈寅恪：《〈西游记〉玄奘弟子故事之演变》，《金明馆丛稿二编》，上海：上海古籍出版社，1982 年；郑振铎《〈西游记〉的演化》，《郑振铎全集》第 4 卷，石家庄：花山文艺出版社，1998 年；叶德均：《无支祁传说考》，《戏曲小说丛考》，北京：中华书局，1999 年。

语系。东语系开设梵语－巴利语、印地语、乌尔都语三科印度语言专业，并很快培养出第二代印度语言专业队伍。随之，印度经典得以从原文翻译。第一代学者季羡林、金克木领衔的梵语团队翻译了印度史诗《罗摩衍那》及以迦梨陀娑为代表的印度古典梵语文学作家的许多作品，如《沙恭达罗》《优哩婆湿》《云使》《伐致呵利三百咏》等，并启动了《摩诃婆罗多》等经典作品的翻译；旅居印度的徐梵澄翻译了《五十奥义书》[1]及奥罗宾多创作、注释的诸多哲学著作。季羡林、金克木的弟子黄宝生等延续师尊开创的传统，完成了《摩诃婆罗多》、奥义书[2]、《摩奴法论》、古典梵语文论、故事文学作品等一系列著作的翻译。与此同时，由第二代学者刘安武领衔的近现代印度语言团队译介了大量的印地语、乌尔都语、孟加拉语等语言的文学作品，其中尤以对印地语／乌尔都语作家普列姆昌德和孟加拉语作家泰戈尔的作品的汉译最为突出。[3]殷洪元对印度现代语言语法著作的翻译以及金鼎汉对中世纪印度教经典《罗摩功行之湖》的翻译也开拓了新的领域。巫白慧等学者陆续将包括"吠檀多"在内的诸多婆罗门教哲学经典译为汉语。[4]文献资料是学术研究的基础，这一系列经典汉译成果打破了古代中国对古代印度经典汉译中存在的"佛教主导"的局限，增加了现代视角，并以经典文献为契机，首次较为全面系统地介绍了印度文明，奠定了现代中国印度学研究的基础。由这两代学者编订的《印度古代文学史》《梵语文学史》和《印度印地

---

① 参见徐梵澄译：《五十奥义书》，北京：中国社会科学出版社，1995 年。

② 参见黄宝生译：《奥义书》，北京：商务印书馆，2010 年。

③ 刘安武自印地语译出的普列姆昌德作品（集）有《新婚》（贵阳：贵州人民出版社，1982 年）、《如意树》（上海：上海译文出版社，1983 年）、《普列姆昌德短篇小说选》（北京：人民文学出版社，1984 年）、《割草的女人：普列姆昌德短篇小说新集》（长沙：湖南人民出版社，1985 年）等，加之其他学者的译介，普列姆昌德的重要作品几乎全被译为汉语。此后，刘安武又主持编译出版了 24 卷本《泰戈尔全集》（石家庄：河北教育出版社，2000 年），泰戈尔的主要作品均被收录其中。

④ 其中重要的译著成果包括巫白慧译《圣教论》（乔荼波陀著，北京：商务印书馆，1999 年）、姚卫群译《古印度六派哲学经典》（节译六派哲学经典，北京：商务印书馆，2003 年）、孙晶译《示教千则》（商羯罗著，北京：商务印书馆，2012 年）等。

语文学史》等著作成为中国现代印度学研究的必读文献。①

由于印度文化的独特之处及其在历史上形成的巨大影响力，以现代学术研究的方式开展的印度经典汉译所产生的影响进一步辐射了包括语言、文学、哲学、历史、考古等多个学科领域，并形成了一些跨学科研究领域：

其一，中印文化比较研究。由胡适等老一辈学者开创的中印文学比较研究取得了新的进展，其中一部分研究形成了中印文化交流史这一新的学术研究领域；另一部分研究成为东方文学研究领域最重要的组成部分，东南亚、西亚等区域文学研究也受益于印度文学研究的开展和所取得的成就。此外，从具体作品到文艺理论的印度文学译介也从整体上进一步拓展了比较文学研究的视野。

其二，佛教研究。现代中国对印度经典汉译的范围不再局限于传统的汉语系佛教传统经典，在许多领域都取得了新的突破。在佛教文献来源方面，开拓了对巴利语系和藏语系佛教的研究。② 由于梵语人才的培养，中国学者得以恢复梵汉对勘的学术传统。③ 对非佛教宗教思想典籍的译介也使得对佛教的认识跳出了佛教自身的范畴，对其与其他宗教思想之间的互动与联系有了更加全面的认识。

其三，语言学研究。对梵语及相关语言的研究推动了梵汉对音，以及对古汉语句法的研究。一些接受了梵语教育的汉语语言学学者结合古代语料，尤其是汉译佛经，对古汉语的语音、句法等做出研究。

---

① 单就印度文学翻译而言，据不完全统计，1950~2005 年，中国翻译印度文学作品（以书计）400 余种，其中中印关系交好的 1950~1962 年约有 70 种，关系不好的 1962~1976 年仅有 4 种，关系改善后的 1976~2005 年则有 300 余种。不过，2005 年之后，除黄宝生、薛克翘等少数学者仍笔耕不辍外，其他前辈学人逐渐"离席"，这类汉译工作进入某种冬眠期。

② 相关成果包括郭良鋆译《佛本生故事选》（与黄宝生合译，北京：人民文学出版社，1985 年）、《经集：巴利语佛教经典》（北京：中国社会科学出版社，1998 年），以及段晴等译《汉译巴利三藏·经藏·长部》（上海：中西书局，2012 年）等。

③ 自 2010 年以来，黄宝生主持对勘出版了《入菩提行论》（北京：中国社会科学出版社，2011 年）、《入楞伽经》（北京：中国社会科学出版社，2011 年）、《维摩诘经》（北京：中国社会科学出版社，2011 年）等佛经的梵汉对勘本，叶少勇以梵、藏、汉三语对勘出版了《中论颂》（上海：中西书局，2011 年）。

四、现状和汉译例解

尽管取得了上述成就，但由于印度文明积累深厚、经典众多，目前亟待翻译的印度经典还有很多。其中，以梵语创作的经典包括四部吠陀本集、梵书、森林书、往世书、《诃利世系》《利论》《牧童歌》等；以南印度语言创作的经典包括桑伽姆文学、《脚镯记》《玛妮梅格莱》《大往世书》《甘班罗摩衍那》等；以波罗克利特语创作的经典包括《波摩传》等；以中世纪北印度地方语言创作的经典包括《地王颂》《赫米尔王颂》《阿底·格兰特》《苏尔诗海》《莲花公主》，以及格比尔、米拉巴伊等人的作品等；以现代印度语言创作的经典包括帕勒登杜、杰辛格尔·普拉萨德、般吉姆·钱德拉·查特吉、萨拉特·钱德拉·查特吉、拉默金德尔·修格尔、默哈德维·沃尔马、阿格叶耶等著名现当代文学家的作品以及迦姆达普拉沙德·古鲁、提兰德尔·沃尔马等人的语言学著作等。此外，20 世纪以来，一些印度思想家、政治家、文学家以英语创作的作品也可列入印度现代经典之列，目前中国仅对圣雄甘地、贾瓦哈拉尔·尼赫鲁、辨喜、纳拉扬、安纳德、拉贾·拉奥、奈都夫人等人的个别作品有所译介，大量作品仍然处于有待翻译的名单之中。

这些经典汉译的背后离不开相关学者的努力。进入 21 世纪以来，中国大致有两支队伍从事印度经典汉译工作。第一支是自 20 世纪四五十年代以来成型的印度语言专业队伍，其人员构成以高等院校和研究机构从业人员为主，兼有相关外事机构从业人员，他们均接受过系统、专业的印度语言训练。第二支是 20 世纪初译介包括泰戈尔作品在内的印度文学作品的作家和出版业者，80 年代改革开放以来，越来越多接受过英语教育的人或全职或兼职地参与到印度作品的汉译工作之中。相比第一支队伍，这支队伍的人员构成较为复杂，水平也参差不齐，但在市场经济的推动下，一些能够成为市场热点的著作往往很快就翻译过来，例如两位与印度相关的诺贝尔文学奖得主——泰戈尔和奈保尔的作品一版再版，四位印度裔布克奖得主——萨尔曼·拉什迪、阿兰达蒂·罗伊、基兰·德塞、阿拉文德·阿迪加的作品也先后译出；此外，由于瑜伽的普及，包括克里希那穆提在内的一些现代宗教家的论著也借由英语转译为汉语。一方面，随着市场化改革的需求，第二支队伍日益蓬勃发展，但其翻译质量往往难以保障。另一方面，由于现行科研体制对从事翻译和研究的人员不利，第一支队伍也面临着诸多问题。如何在接下来的实践中取长补短，或者说既要尊重市场机制的要求，又要以学术传统克服市场失灵的状况，这也是需要进一步思考的问题。

应该说，印度经典汉译主要依靠第一支队伍，原文经典翻译比通过其他语言转译更为重要。20世纪80年代以来，这支队伍勤勤恳恳，笔耕不辍，为印度经典汉译做出了巨大贡献，取得了丰硕成果。然而，就现状看，除黄宝生、薛克翘等极少数学人外，这支队伍的第一代和第二代学人已然"离席"，后辈学人虽然已经加入进来，但毕竟年轻，经验不足，加之现行科研体制自身问题的牵制，后续汉译工作亟需动力。好在已有些年轻人在这方面产生了兴趣，其汉译意识很强，对印度梵文原典和中世纪及现当代原典的汉译工作的理解也令人刮目。可以预见，印度经典汉译将会迎来又一个高潮，汉译印度经典的水平也将有新的提升。

从某种角度说，在前文罗列的种种有待翻译的印度经典中，印度中世纪经典尤为重要。中世纪时，随着传统婆罗门教开始融合包括佛教、耆那教等在内的异端信仰与民间的大众化宗教传统，加之伊斯兰教的进入，印度进入了一个新的"百家争鸣"时代。这一时期留下了许多经典之作，它们对后世印度的宗教、社会、文化均产生了重要影响。长期以来，中国对印度中世纪经典的译介几乎一片空白，仅有一部《罗摩功行之湖》和零星的介绍。近年来，笔者组织团队着手翻译印度中世纪经典《苏尔诗海》，并初步总结了以下心得：

第一，经典汉译并非简单的语言转换，除需要精通相关语言外，还需要译者具备与印度文化相关的背景知识，以便能够精准地理解原文含义。例如，在一首描写女子优雅体态的艳情诗中，作者直接以隐喻的修辞手法描述了包括莲花、大象、狮子、湖泊等在内的一系列自然景象和动植物，若不熟悉印度古代文学中一些固定的比喻意象，则很难把握这首诗的含义。① 由于审美标准不同，被古代印度诗人视为美丽的"象腿"在当今语境中已经成为足以令女子不悦的比喻。此类审美视角需要辅之以例如《沙恭达罗》中豆扇陀国王对沙恭达罗丰乳肥臀之态的称赞才能理解。

第二，古代中国对古代印度经典汉译的传统在很大程度上为现代翻译经典提供了以资借鉴的便利，譬如许多专有词在汉语中已有完全对应的词可供选择，省去了译者的诸多麻烦。但是，这也要求译者了解相关传统，并能将其中的一些内容为己所用；同时，还应避免由于古代中国对古代印度经典翻译在视角、理解上的偏差所带来的问题。例如，triguna 这一数论哲学的基本概念已由真谛在《金七十论》中译为"三德"，后来的《薄伽梵歌》等哲学经典的汉译也已沿用，新译经典中便不宜音译为"三古纳"之类的新词。此外，由于受佛教信仰的影响，一些读者在看到"三德"时往往容易将之与佛教中所说的法身德、般若德、解脱德等其他概念联系起来，对此需要给出注释加以说明以免误解。

第三，现代中国对现代印度经典的汉译虽然已经取得了不俗的成绩，但由于时间、人员等条件的限制，在翻译体例、内容理解等方面依然存在不少可改进之处。

笔者以《苏尔诗海》中黑天的名号为例予以说明。黑天是印度教大神毗湿奴最重要的化身之一，梵语经典中通常称之为 Krsna，字面义为"黑"，汉语之所以译为"黑天"，很可能是因为汉译佛经将婆罗门教诸神（deva）译为"天"，固在 Krsna 的汉语译名"黑"之后加上了"天"，大约与 Brahma 被译为"梵天"、Indra 被译为"帝释天"，以及 Sri 被译为"吉祥天"等相当。后世对相关经典文献的介绍都沿用了这一名称。然而，若实际对照各类经典，可以发

① 参见姜景奎等：《〈苏尔诗海〉六首译赏》，载《北大南亚东南亚研究》（第一卷），北京：中国青年出版社，2013 年，第 261~262 页。

现毗湿奴名号繁多。① 中世纪印度语言继承并发扬了这一传统,在伯勒杰语《苏尔诗海》中,黑天的名号有数十种之多,其中仅字面义为"黑"的常见名号就有四个,分别是 Krsna、Syama、Kanha、Kanhaiya。这四个名号之中只有 Krsna 是标准的梵语词,且使用最少,只用于黑天摄政马图拉之后人们对他的尊称;其他三个均为伯勒杰语词,多用于父母家人、玩伴女友对童年和少年黑天的称呼。因此,汉译中如果仅使用天神意义的"黑天"一名就违背了《苏尔诗海》所描述的黑天的成长情境。为此,结合不同名号的使用情况以及北印度农村生活的实际情况,笔者重新翻译了其他三个名号,即将多用于牧女和同伴对少年黑天称呼的 Syama 译为"黑子",多用于父母和其他长辈对童年黑天称呼的 Kanha 和 Kanhaiya 分别译为"黑黑"和"黑儿"。此外,还有一些名号或表明黑天世俗身份,或描述黑天体态,或宣扬黑天神迹,笔者也重新进行了翻译,例如:nanda-namdana "难陀子"、madhava "摩图裔"等称呼说明了黑天的家族、家庭身份,kesau "美发者"、srimukha "妙口"等以黑天身体的某一部分代指黑天,giridhara "托山者"、manamohana "迷心者"等以黑天在其神迹故事中的表现代指黑天,等等。

结合以上几方面的思考,《苏尔诗海》汉译实际上兼具深入而系统的研究性质,包括四部分。第一,校对后的原文。到目前为止,印度出版了多个《苏尔诗海》版本,各版本虽大同小异,但仍有差异,笔者团队搜集到影响较大的几个主要版本,并进行核对比较,最后确定一种相对科学的原文进行翻译研究。第二,对译。从经典性和文献性出发,尽可能忠实于原文,在体例选择上尽量保持诗词的形态,在内容上尽量逐字对应,特殊情况则以注释说明。第三,释译。从文献性和思想性出发,尽可能客观地阐明原文所表现的文献内容和宗教思想。该部分为散文体,其中补充了原文省略的内容并清楚地展现出情节的发展、人物的心理变化以及作品的思想内涵。

① 参见葛维钧《毗湿奴及其一千名号》(载《南亚研究》,2005年第1期,第48~53页)及相关著述。

第四，注释。给出有关字词及行文的一些背景知识，例如神话传说故事、民间信仰、生活习俗、哲学思想等，以及翻译中需要说明的其他问题。

试以下述例解说明：

【原文】略①

【对译】

此众得乐自彼时

听闻诃利② 你之信，当时即刻便昏厥。

自隐蔽处蛇③ 出现，欣喜尽情吸空气。

鹿④ 心本已忘奔跃，复又撒开四蹄跑。

群鸟大会高高坐，鹦鹉⑤ 言称林中王。

杜鹃⑥ 偕同自家族，咕咕欢呼唱庆歌。

自山洞中狮子⑦ 出，尾巴翘到头顶上。

自密林中象王⑧ 来，周身上下傲慢增。

如若想要施救治，莫亨⑨ 现今别耽搁。

苏尔言，

如若罗陀⑩ 再这般，一众敌人大欢喜。

【释译】

黑天离开牛村很久了，养父难陀、养母耶雪达以及全村的牧人牧女都非常思念他，希望他能回来看看。牧女们对黑天的思念尤为强烈，其中又以罗陀最甚。罗陀是黑天的恋人，两人青梅竹马，两

---

① 由于原文字体涉及较为复杂的排版问题，这里仅呈现该首诗的对译、释译和注释三部分，原文略。本诗为《苏尔诗海》（天城体推广协会版本）第 4760 首，参见 Dhirendra Varma, *Sursagar Sara Satika*, Sahitya Bhavan Private Ltd., 1986, No. 181, p.334。

② 诃利，原文 Hari，"大神"之义，黑天的名号之一。

③ 此处以蛇代指罗陀的发辫，意在形容发辫柔软纤长、乌黑发亮。

④ 此处以鹿的眼睛代指罗陀的眼睛，意在形容眼睛大而有神、灵动美丽。

⑤ 此处以鹦鹉的鼻子代指罗陀的鼻子，意在形容鼻子又挺又尖、美妙可爱。

⑥ 此处以杜鹃的声音代指罗陀的声音，意在形容声音甜美悠扬、清脆嘹亮。

⑦ 此处以狮子的腰代指罗陀的腰，意在形容腰身纤细柔顺、婀娜灵活。

⑧ 此处以大象的腿代指罗陀的腿，意在形容腿脚步态从容、端庄稳重。

⑨ 莫亨（原文 mohana），黑天的名号之一。

⑩ 罗陀（原文 Radha），黑天最主要的恋人。

小无猜，曾经你欢我爱，形影不离。可是，黑天自离开后就再也没有回来过，甚至连信也没有寄过一封。伤离别，罗陀时刻处于煎熬中。为了教育信奉无形瑜伽之道的乌陀，也为了看望牧区故人，黑天派乌陀来到牛村，表面上让他传授无形瑜伽之道，实则置他于崇尚有形之道的牛村人中间，让他迷途知返。乌陀的到来，打乱了牛村人的生活。一者，牛村人沉浸在思念黑天的离情别绪之中，乌陀破坏了气氛，于表面的宁静之中注入了不宁静。二者，牛村人本以为乌陀会带来黑天给予牛村的好消息，但适得其反，乌陀申明自己是为传授无形的瑜伽之道而来，甚至说是黑天派他来传授的，牛村人对此不解、迷茫。他们崇尚有形，膜拜黑天，难道黑天完全抛弃了他们？他们陷入了更深一层的痛苦之中。三者，对牧区女来说，与黑天离别本就艰难，但心中一直抱有再次见面再次恋爱的期望，乌陀的到来打消了她们的念头，从精神上摧毁了她们。其中，罗陀尤甚，她所遭受的打击要比别人更甚。由此，出现了本诗开头提及的罗陀晕厥以及晕厥之后乌陀"看到"的情况，具体内容是乌陀向黑天口述的：

乌陀对黑天说道："黑天啊，你的恋人罗陀非常思念你，她忍受离别之苦，渴望与你相见。可是，你却让我去向她传授无形的瑜伽之道。唉，她一听到是你让我去的，当即就昏了过去，倒在地上，不省人事。唉，真是凄凉啊！这边罗陀昏迷不醒，那边动物界却出现了一派喜气景象：黑蛇从洞里出来了，它高兴地尽情享受空气；此前，罗陀的又黑又亮的长发辫曾使它羞于见人，认为自己形体丑陋，不得不躲藏起来。已经忘记奔跑的小鹿出来了，它撒开四蹄，愉悦地到处奔跳；此前，罗陀那明亮有神的大眼睛曾使它羞于见人，认为自己的眼睛丑陋，不敢出来乱逛。鹦鹉出来了，它参加群鸟大会，坐在高高的枝丫上，声称自己是林中之王；此前，罗陀又尖又挺的鼻子曾使它羞于见人，认为自己的鼻子丑陋，躲藏起来。杜鹃鸟出来了，它和同族一起，咕咕叫个不停，欢庆胜利；此前，罗陀那甜美悠扬的声音曾使它感到拘束，认为自己的声音难听，不敢开口。狮子从山洞中出来了，他得意扬扬，悠闲自在，尾巴翘到了头顶上；此前，罗陀纤细柔软的腰肢曾使它羞于见人，认为自己的腰肢粗笨僵硬，不敢示人，躲进山洞。大象从茂密的森林里出来了，它一步一昂头，傲慢自大，目中无人，盛气凛然；此前，罗陀稳重美丽的妙腿曾使它自惭形秽，认为自己的腿丑陋不堪，羞于展露，躲进森林。唉，黑天啊，你快救救罗陀吧，如果再不行动，稍后想要施救就来不及了……"

　　"此众得乐自彼时"是本诗的标题，意思是罗陀晕倒之时，即是众动物高兴之时。它们羞于与罗陀相比，虽然视罗陀为敌，却不敢直面罗陀，纷纷逃遁躲藏。听说罗陀遭到黑天抛弃，晕厥不醒，它们自然高兴，便迫不及待地恢复了原来的自由生活。"如若罗陀再这般，一众敌人大欢喜"，是诗外音，是苏尔达斯的总结性话语。在这首诗里，苏尔达斯主要展现了罗陀的美，但整首诗中没有出现任何对罗陀的溢美之词，没有提到罗陀的名字，更没有提到她的发辫、眼睛、鼻子、声音、腰肢和腿等，甚至没有提到蛇、鹿、鹦鹉、杜鹃鸟、狮子和大象的相关部位，仅以这些动物对罗陀晕厥不醒后的反应进行阐释，这就给听者和读者留下了巨大的想象空间，似形似景，情景交融。这种手法似乎是印度特有的，其审美视角值得深入研究。

　　上述例解仅为笔者及笔者团队对于印度中世纪经典汉译的一己之见，希望能开拓印度经典汉译与研究的新视角、新路子，以期印度经典在中国能得到更为深入系统的翻译与研究。

五、中印经典及当代作品互译出版项目

　　2013年初，笔者与时任中国大百科全书出版社社长龚莉女士、副总编辑马汝军先生和社科分社社长滕振微先生合作，提出了"中印经典和当代作品互译出版项目"的动议。该动议得到相关单位的

积极回应。2013 年 5 月李克强总理访印期间，国家新闻出版广电总局和印度外交部签署合作文件，决定启动"中印经典和当代作品互译出版项目"，并写入两国发表的联合声明（第 17 条）。2014 年 9 月，习近平主席访问印度，该项目再次被写入两国发表的联合声明（第 11 条）。该项目成为中印两国的重大文化交流项目之一。双方商定，双方各翻译对方的 25 种图书，以 5 年为期。2016 年 5 月，国家新闻出版广电总局印发"关于实施《"十三五"国家重点图书、音像、电子出版物出版规划》的通知"，该项目被列入"'十三五'国家重点图书出版规划"。在此期间，笔者与薛克翘先生商量组织翻译团队事宜。我们掰着指头算，资深的老辈学人几乎都不能相扰，后辈学人又大多刚刚走上工作岗位，有的还在求学，翻译资质存疑。我俩怎一个愁字了得！然，事情得做，学人得培养。我们决定抓住机遇，大胆启用后辈学人，为国家培养出一支新的汉译团队。因此，除薛克翘、刘建、邓兵等少数几位前辈学人外，我们的翻译成员绝大多数在 40 岁左右，有的还不过 30 岁。两三年的实践证明，我们的决定完全正确。新生代学人知识全面，学习能力强，执行能力更强。从已完成待出版的成果看，薛克翘先生对审读过的一本书的评价最能说明问题："字里行间，均见功夫。"译文质量是本项目的重中之重。除薛克翘、刘建和笔者外，我们邀请了黎跃进教授、石海军研究员和邓兵教授作为特约编审，约请了尼赫鲁大学的狄伯杰（B. R. Deepak）教授以及德里大学的阿妮达·夏尔马（Anita Sharma）教授和苏林达尔·古马尔（Surinder Kumar）先生作为印方顾问，对译文质量进行全面把关。译者完成翻译后，译稿首先交予编审审校，如遇大问题时向印方顾问咨询，之后返予译者修改。如有必要，修改稿还需经过编审二次审校，译者再次修改。这以后，稿件才会交予出版社编辑进行审读，发现问题再行修改……我们认为，唯如此，译文质量才能得到保障，译者团队才能得到锻炼。

　　本项目是中印两国的重大文化交流项目之一。因此，印度方面也有相应团队，负责汉译印的工作，由上文提及的狄伯杰教授领衔，由印度国家图书托拉斯负责实施。需要指出的是，双方翻译的作品并非译者自选，而是由双方专家通过充分沟通磋商确定。汉译作品的选定过程是这样的，笔者先拟定了50多种印度图书，这些书抑或是中世纪以来有重要影响的经典巨著，比如《苏尔诗海》《格比尔双行诗集》和《献牛》等，抑或是印度独立以后获得过印度国家级奖项的作家之名作，如默哈德维·沃尔马、毗什摩·萨赫尼、古勒扎尔的代表作等。而后，笔者请相熟的印度学者从中圈定出30种。之后，国家新闻出版广电总局的相关领导、中国大百科全书出版社的龚莉社长和滕振微先生以及笔者本人专赴印度，与印方专家组进行面对面的交流探讨，最终确定了25种汉译印度图书名录。印度团队的印译中国图书名录的选定过程与此类似。具体的汉译书单如下表：

序号	书名	作者	备注
1	苏尔诗海 *Sursagar*	苏尔达斯 Surdas	诗歌
2	格比尔双行诗集 *Kabir Dohavali*	格比尔达斯 Kabirdas	诗歌
3	献牛 *Godan*	普列姆昌德 Premchand	长篇小说
4	帕勒登杜戏剧全集 *Bhartendu Natakavali*	帕勒登杜 Bhartendu	戏剧
5	普拉萨德戏剧选 *Prasad Rachna Sanchayan*	杰辛格尔·普拉萨德 Jaishankar Prasad	戏剧、诗歌、短篇小说
6	鹿眼女 *Mriganayani*	沃林达温拉尔·沃尔马 Vrindavanalal Verma	长篇小说
7	献灯 *Deepdan*	拉默古马尔·沃尔马 Ramkumar Verma	独幕剧
8	灯焰 *Dipshikha*	默哈德维·沃尔马 Mahadevi Verma	诗歌
9	谢克尔传 *Shekhar: Ek Jeevani*	阿格叶耶 Ajneya	长篇小说
10	黑暗 *Tamas*	毗什摩·萨赫尼 Bhisham Sahni	长篇小说
11	肮脏的边区 *Maila Anchal*	帕尼什瓦尔·那特·雷奴 Phanishwar Nath Renu	长篇小说
12	幽闭的黑屋 *Andhere Band Kamare*	莫亨·拉盖什 Mohan Rakesh	长篇小说

序号	书名	作者	备注
13	宫廷曲调 *Raag Darbari*	室利拉尔·修格勒 Shrilal Shukla	长篇小说
14	鸟 *Parinde*	尼尔莫勒·沃尔马 Nirmal Verma	短篇小说
15	班迪 *Aapka Banti*	曼奴·彭达利 Mannu Bhandari	长篇小说
16	一街五十七巷 *Ek Sadak Sattavan Galiyan*	格姆雷什瓦尔 Kamleshwar	长篇小说
17	被抵押的罗库 *Rehan par Ragghu*	加西纳特·辛格 Kashinath Singh	长篇小说
18	印度与中国 *India and China*	师觉月 P. C. Bagchi	学术著作
19	向导 *Guide*	纳拉扬 R. K. Narayan	长篇小说
20	烟 *Dhuan*	古勒扎尔 Gulzar	短篇小说、诗歌
21	那时候 *Sei Samaya*	苏尼尔·贡戈巴泰 Sunil Gangopadhyaya	长篇小说
22	一个婆罗门的葬礼 *Samskara*	阿南特穆尔蒂 U. R. Ananthamurthy	短篇小说
23	芥民 *Chemmeen*	比莱 T. S. Pillai	长篇小说
24	印地语文学史 *Hindi Sahitya ka Itihas*	罗摩金德尔·修格勒 Ramchandra Shukla	学术著作
25	棋王奇着 *The Chessmaster and His Moves*	拉贾·拉奥 Raja Rao	长篇小说

毫无疑问，这些作品均是印度中世纪以后的经典之作，基本上代表了印度现当代文学水准，尤其反映出印地语文学的概貌。我们以为，通过这些文字，中国读者可以大体了解印度现当代文学的基本情况。

就本项目而言，笔者在这里需要表达由衷谢意：

首先，感谢原国家新闻出版广电总局的相关领导，没有他们的认可，本项目不可能正式立项。其次，感谢中国大百科全书的前社长龚莉女士、前副总编辑马汝军先生和前社科分社社长滕振微先生，没有他们的奔走，本项目不可能成立。再次，感谢中国大百科全书出版社社长刘国辉先生及诸位编辑大德，没有他们的付出，本项目不可能实施。感谢另两位主编薛克翘先生和刘建先生，两位前辈不仅担当主编、审校工作，还是主要译者；他们是榜样，也是力量。十分感谢黎跃进和邓兵两位教授，两位是特邀编审，邓兵教授也是译者，他们认真负责的精神令人起敬。感谢印度尼赫鲁大学的狄伯杰教授以及德里大学的阿妮达·夏尔马教授和苏林达尔·古马尔先生，他们的付出为本项目的实施提供了某种保障。特别感谢石海军研究员，他是特邀编审之一，可惜天不假年，他于 2017 年 5 月 13 日凌晨突然辞世，享年仅 55 岁，天地恸哭，是中国印度文学研究的一大损失！最后，感谢翻译团队的诸位译者，他们是新时代的精英，是中国印度研究领域的后起之秀，他们的成就由读者面前的文字可见一斑。

祝福诸位，祝福所有为本项目的立项和实施有所付出的先生大德们！

自《浮屠经》以来，汉译印度经典已有两千多年的历史。这一人类历史上少有的浩大文化工程背后既有对科学技术的追求，也有对宗教信仰的热忱；既有统治者的意志，也有普通民众的需求。印度经典汉译一方面极大地丰富了中华文化，另一方面也保存和传播了印度文化；既形成了自己的学术传统，又推动了许多相关领域研究的发展。时至今日，在中印关系具有特殊意义的大背景下，继续推进对印度经典的汉译在两国关系层面有助于加深两国之间的认知和了解，构建更为均衡、更为深厚的国际关系，在学术研究层面也有助于推动相关领域研究的继续发展。

姜景奎

北京燕尚园

2017 年 12 月 31 日

2019 年 12 月 25 日修订

译者序

　　孟加拉语长篇历史小说《那时候》于1982年出版,以19世纪中叶英殖民时期印度加尔各答的社会和文化生活为题材,反映孟加拉文艺复兴时代背景下孟加拉的历史进程和社会变革。小说一经发表即受到广泛赞誉,至今仍是印度最受欢迎的孟加拉语小说之一。作者苏尼尔·贡戈巴泰(1934—2012)是印度著名作家,他以这部小说于1983年获印度班吉姆奖,1985年获印度文学院奖。[①]在"中印经典和当代作品互译出版项目"的推动下,《那时候》被列入中方25部汉译作品目录,使这部优秀印度小说得以与我国读者见面。这部有300多个故事人物,篇幅达62万余字,叙事时间跨越30年的长篇历史小说,可谓给读者提供了一席丰盛的孟加拉语文化飨宴,值得细细品味。

一、苏尼尔·贡戈巴泰与《那时候》简述

　　苏尼尔·贡戈巴泰是印度当代著名孟加拉语诗人、小说家。他

---

① 薛克翘、唐孟生、唐仁虎、姜景奎:《印度近现代文学》,昆仑出版社,2014年,第658页。

出生于孟加拉地区的福里德布尔（今孟加拉国境内），在加尔各答大学获得文学硕士学位。他毕生致力于孟加拉语文学的创作和推广，担任过印度孟加拉文学院院长，晚年出任印度作家协会主席直至病逝。他对中国人民怀有友好情谊，生前曾应中国人民对外友好协会邀请，于2011年率印度作家代表团访问中国。他最初作为一名诗人在20世纪50年代开始他的文学创作生涯，参与创办诗歌杂志《克里迪巴斯》并任编辑，是当时印度孟加拉语诗歌热潮的核心人物[1]。他坚持写诗到生命的最后阶段，出版过十几部诗集。1966年他凭借《自我表现》进入小说创作领域，很快成为首屈一指的孟加拉语小说家[2]，并有多部作品被搬上银幕。他是一位高产作家，一生创作了200余部文学作品。其中，《那时候》与他的另两部长篇小说《初现之光》和《东方西方》一起并称为主题小说三部曲，涵盖从19世纪上半叶到20世纪末的历史时段，描写印度在英国殖民时期及独立后孟加拉地区的政治、社会、文化以及人们思想的演变。苏尼尔曾有"文学叛逆者"的声名，他的诗歌和小说的读者群以年轻人为主，他把年轻人的关注作为创作的主旋律，描写了他们的空虚与迷茫，在青年群体中享有很高声望和地位。[3]《那时候》是他改变通俗文学创作风格的第一部长篇历史小说，一举成功，为他收获好评并赢得了荣誉。《那时候》作为苏尼尔最具影响力的代表作，在1982年出版后曾多次再版，孟加拉语版有上下卷和全卷本两种，1997年由企鹅书局发行了英译精简版。此外，小说印地语、乌尔都语、阿萨姆语、奥里萨语、古吉拉特语等多种语言译本也在印度相继出版。

印度是个有着一百多种语言的多民族国家，其中使用人口超过5000万的语种就有16个之多。孟加拉语属于印欧语系印度–伊朗语

---

[1] Sourin Bhattacharya, "Sunil Gangodpadhyay (1934-2012)", *Indian Literature*, Vol. 56, No. 6 (272), 2012, p.17.

[2] Sunil Gangodpadhyay, *Those Days*, Aruna Chakravarti trans., New York: Penguin Books, 1997, p.i.

[3] Sourin Bhattacharya, "Sunil Gangodpadhyay (1934-2012)", *Indian Literature*, Vol. 56, No. 6 (272), 2012, p.19.

族的印度－雅利安语支的东部分支，是印度语言文化的重要组成部分，使用拼音文字，其字体由古印度婆罗米字母演化而来。在印度近现代各民族语言文学发展的历史进程中，孟加拉语文学占据着特殊和重要的地位。孟加拉语现在是印度西孟加拉邦和特里普拉邦官方语言以及相邻孟加拉国国语，在使用人数上仅次于印地语，达到3亿人以上，列世界母语人口排序的第六位。孟加拉地区是英国殖民者在印度次大陆最先统治的地区。其港口城市加尔各答自1772年起成为英殖民统治的首都，因而最先受到西方近现代教育和文化的影响，当地受过英语教育且富有民族主义思想的知识分子群体早于印度其他地区出现。自古以来孟加拉地区就有语言多样性的鲜明特点，是多种语言文化的交汇融合之地。随着英语替代波斯语成为统治者的官方语言，权力文化也给当地精英文化和大众文化带来改变，孟加拉知识分子借此于19世纪上半叶推动了处于停滞的本民族语言文化的发展，用母语进行写作和表达思想被知识精英们逐渐接受并推崇，掀起孟加拉语言文学变革的潮流并很快波及社会各个领域。[1]《那时候》就是在这个背景下的故事，苏尼尔把这场时代变革浪潮作为小说主旋律。希沃纳特·夏斯特里认为，1825年至1845年的二十年可以算作孟加拉新时代诞生期，这一时期"无论政治、经济、教育，各方面都进入了新时代"[2]。苏尼尔针对他的观点指出这个新时代就是"孟加拉文艺复兴"，但时间"还要晚些"。他把作为《那时候》时代背景的孟加拉文艺复兴起止时间界定在1840年至1870年的三十年。

19世纪上半叶肇始的孟加拉文艺复兴时期，孟加拉语向现代转型，进一步规范了语法，其书面语言逐渐与口语表达一致，形成富有生机、拥有强大表现力的现代语言。[3]小说描写了孟加拉语文学在此时期以崭新面貌和现代文学表现形式，率先进入近现代印度文学

---

① Pulak Naranyan Dhar, "Bengal Renaissance: A Study in Social Contradictions", *Social Scientist*, Vol. 15, No. 1, 1987, p. 33.

② শিবনাথ শাস্ত্রী, *রামতনু লাহিড়ী ও তৎকালীন বঙ্গসমাজ*, Calcutta: S. K. Lahiri & Co, 1909, pp.22–24.

③ Buddhadeva Bose, "Modern Bengali Literature: A Study in Indian-Western Relations", *Comparative Literature Studies*, Vol. 1, No. 1, 1964, pp. 47–53.

之列，诞生出丰富的孟加拉语历史文献和文学作品，包括对诸多梵语典籍的翻译和改编，以及出现大量现代体裁的散文、诗歌、小说、剧本及各种刊物的情形。同时，小说展现了在对传统文化的溯源和传承发展中，接受西方理性主义话语的知识分子和本土精英们开始思考国家和民族问题，质疑英国殖民统治的合法性，形成不同程度的反殖民意识，投身时代变革和社会转型的大潮。《那时候》在尊重史实的基础上虚构了那段时间的象征性人物诺宾古马尔·辛格，以他的出生到英年早逝为时间段，把小说人物与时代人物相结合，用发生在那时候的真实事件和虚构的故事情节串联起宏大的历史叙事，为我们呈现出1840年至1870年在英殖民统治下以加尔各答为中心的印度社会在政治、经济、文化、教育、宗教、民生等各个方面的景象，使读者仿佛亲临"那时候"，目睹发生在当时社会的史实情境，聆听生活在那段历史中的各阶层各类人物的有趣对话。

二、《那时候》的主题思想与创作特色

　　《那时候》是一部历史题材的长篇小说，虽然作者强调"小说就是小说，不是历史"，我们也不能把小说当成历史文献，但作品从个体的角度反映了历史著作所无法呈现的生活层面。作者将那段历史时期有影响力的真实事件几乎无一遗漏地巧妙写进了小说，使真实的历史与虚构的故事相互交融，共同构成小说引人入胜的故事情节。小说上卷，描写了印度教改革和梵社运动、加尔各答霍乱流行、加尔各答最高法院建立、印度教徒第一所现代教育机构——印度学院的教学与变迁、农村教育和女子教育的推行、孟加拉语现代散文和孟加拉语报纸刊物的出现、印度现代商业和运输业兴起、印度教徒抵制基督教传教士对年轻人的影响、"青年孟加拉派"的社会活动、英国商人兴起靛蓝生意、有钱的印度教徒热衷修建神庙等情节事件。小说的下卷叙述了印度教寡妇再嫁合法运动、现代孟加拉语文学的诞生、加尔各答飓风灾难、英国殖民者对奥德土邦的兼并、1857—

1859年民族大起义和莫卧儿王朝消亡、反抗蓝靛厂主的农民暴动、英殖民统治政策调整和公务员制度雏形在印度的形成等事件。在作者笔下，这些历史事件仿佛从教科书中鲜活地走了出来，不再是生硬的文字记录。尤其是对印度民族大起义，作者跳出对这场起义浪漫化或妖魔化描写的窠臼，把它的起因、过程、结局以及造成的影响作了详略得当的客观叙述，特别对起义发生后各方反应进行了重点描写，让读者看到：这场由士兵反叛、农民暴动和伊斯兰"圣战"组成的大起义的领导者不团结并缺乏一致的目标；起义没有得到包括知识分子和市民阶层在内的广泛支持；起义者拥戴昏庸的莫卧儿末代皇帝巴哈杜尔·沙二世为领袖，把信仰寄托在一个已不复存在的帝国合法性象征上。小说描写了这场起义直接导致莫卧儿帝国正式终结，英女王撤销了东印度公司对印度的管辖，改由英政府直接统治，英印间开始有了协商的政策。同时，这场起义进一步助推了知识分子和民族资产阶级的觉醒。

《那时候》像一部19世纪中叶前后印度加尔各答社会的百科全书。在人物方面，除了诺宾古马尔和比图谢克·穆克吉两家成员及与其相关联的众多虚构人物，还塑造了许多栩栩如生的时代人物：著名泰戈尔家族的领袖实业家达罗卡纳特·泰戈尔和他的长子、印度教改革家戴本德罗纳特·泰戈尔；印度最早的资产阶级启蒙思想家和社会活动家罗姆·摩罕·罗易；社会改革家伊斯瓦尔·钱德拉·维迪耶萨迦尔；第一位现代孟加拉语诗人迈克尔·默图苏丹·德特；孟加拉现实主义话剧奠基人迪诺邦图·米特罗；著名报人、激进人士哈里斯·钱德拉·穆克吉；梵社青年领袖喀沙布·钱德拉·森；现代孟加拉语小说开创者班吉姆·钱德拉·查特吉；印度学院创办人戴维·黑尔和女子学校创办人约翰·贝休恩，以及英国女王维多利亚、前后几任英国总督、莫卧儿末代皇帝巴哈杜尔·沙二世、土邦王公瓦吉德·阿里·沙等。在宗教方面，有对印度教、伊斯兰教、基督教等多种宗教的教规、仪式、节庆和不同教派组织及教徒习俗尤其种姓陈规陋习的描写。在社会民生方面，作者的神来之笔伸入官府王宫、市井茅屋，触及从城市到农村的各个角落，包括各类建筑、现代交通工具、服装、饮食、医药、音乐、生活习俗以及婚庆仪式、殡葬方式等，甚至连刷牙用具、沐浴方式和炊煮新能源都有细致描写。在文化教育方面，小说中有多部梵剧内容及表演形式、梵语史诗和经典翻译，以及现代孟加拉语诗歌、话剧和小说问世的叙事，还有多种报纸、杂志和书籍印刷发行状况的描述。小说甚至对当时南亚的植物和动物也有描绘，包括城市花园和农村旷野名目繁多的树木花草、家庭笼养和斗鸟集市上名称各异的鸟类、土邦王公豢养的多种飞禽走兽，以及恒河中的鳄鱼、江豚，森林里的野兔、梅花鹿等。小说中随处体现的知识与趣味令读者大饱眼福。

《那时候》是一部思想表现力和艺术感染力俱佳的文学作品，这部小说的独特魅力在于作者将真实与虚构的故事巧妙编织在一起，在作者笔下，历史与传说、事实与想象、文献与评议融为一体。通过人物描写和人物对话，展现出那个觉醒时代里人们新旧思想的碰撞，特别是知识分子和中产阶级激进思想与保守观念的博弈，将"印度是谁的国家？""人为什么活着？"这样的讨论贯穿于小说的始末。作者笔下的人物个个形象鲜明、饱满而富有个性。马拉室利·拉尔评论道，"改革时代的知识巨匠们与生动形象的小说人物一起，在书中大步流星，让人想起'那时候'"，并称赞"与托尔斯泰、陀思妥耶夫斯基和巴尔扎克一样，苏尼尔·贡戈巴泰也创造了一个大型叙事"。[1]小说在最后部分写道，"他们谁都不认识谁，可是他们都是同一国家的公民。在他们的心中谁都没有这个虚拟国家的地位。可是有人在《摩诃婆罗多》上，有人在莫卧儿的历史上，有人在办公室的地图上寻找国家"。这形象地体现出在孟加拉文艺复兴时期具有现代观念的知识分子不同的政治追求。这也是作者通过小说对孟加拉文艺复兴运动的观点表达：这场运动表面上只局限在城市上层

---

① Malashri Lal, "Reviewed Work(s): *Those Days (Sei Samai)* by Sunil Gangopadhyay and Aruna Chakravarti", *Indian Literature*, Vol. 41, No. 1 (183), 1998, p. 243.

社会，但它波及包括农村在内的各个领域，在知识分子中催生了国家观念的萌芽并开始形成民族主义势力。这场运动的意义还在于使孟加拉语言文学在印度语言文学发展中取得特殊地位，19世纪中叶诞生的现代孟加拉语文学率先跻身现代印度文学之列。

苏尼尔阐述自己创作《那时候》是要"搅动文艺复兴的思潮"，其目的显然是意图唤起年轻人对已经淡忘的、一个多世纪前那个特殊年代的孟加拉文化记忆。《那时候》在正式出版之前，曾以连载的形式在加尔各答《乡土》杂志发表，历时两年半，引发极大反响。针对不少读者反映小说中有许多史实是以前不知道的，苏尼尔直言，"历史的成功建立在资料之上，小说依靠的是理论和艺术情调"。他认为长篇小说是在时间的背景下把鲜活人物串联起来的散文，而这些鲜活的人物很多是历史人物，所以他们要按小说家的意愿行动和对话。"我没有故意提供任何错误的材料，那些新的全是我的想象。"他以惯用的直截了当的语气表示，"学者和研究者们在这部作品里不会得到什么新材料"。苏尼尔希望通过他的小说，让读者回顾那段孟加拉文艺复兴的特殊历史，不忘时代青年的追求与担当。

三、《那时候》的人物塑造

这部小说的一大特点是不把人物设定为主角，"故事的主角是时间……要使时间有血有肉地活起来，至少要有一个象征性人物，诺宾古马尔就是那时间的象征"。故事从诺宾古马尔的出生写起，他早产于加尔各答一个富裕的大地主家庭，被母亲过度溺爱，生活奢侈。他自小异于常人，骄横任性，不愿循规蹈矩。他五岁就能书写英语和孟加拉语字母，在接受了传统和现代教育后，十三岁时建立"求知会"，十四岁在自己家里设舞台表演戏剧，自任导演和主角，十五岁就成了梵剧编剧作家。步入青年后，他被伊斯瓦尔、哈里斯等人进步思想影响，成为具有理想主义抱负的社会精英。他反抗社会不公和种姓礼教，积极投身以社会变革和文化宗教改革为特征的孟加拉文艺复兴运动，热衷梵语典籍的孟加拉语翻译和孟加拉语戏剧编演。他不惜挥霍家财追求梦想，企图凭一己之力改变社会，用母语文学和文化教育抵制西方文化和宗教侵略、消灭愚昧落后。在花费八年时间完成梵语经典巨著《摩诃婆罗多》的孟加拉语翻译后，他继续创办报刊读物并自办印刷厂，认为"报纸的责任就是医治人的思想"，要求编辑们"宣誓绝不脱离已认知的真实道路""不会陷入明知是偏袒的错误中去"，并且写作语言"应该是通俗易懂的孟加拉语"。他在亲身体验过农民的贫苦后宣布永久免除自家地产的地租并规划创办农校。他同情女性的不幸境遇，在全力支持守寡女孩再嫁运动中公开允诺为每对再婚夫妇的婚礼资助1000卢比，甚至要求怯弱本分的妻子答应如果自己早逝也要改嫁。"他视金钱如同粪土，自己有那么多的钱，而其他很多人没有，这使他不舒服。"在斗鸟集市上他一口气买下市场所有夜莺，打开鸟笼放飞；在加尔各答飓风发生后他对上门求助的每个人都慷慨捐助100卢比。由于他经常行为乖张、随心所欲，而处于不被人理解的孤独境地。当时充满低俗淫秽信息的报刊流行，"他要为孟加拉居民办一份干净有味儿的日报，为此没有吝啬钱，可是国民不接受他的报纸"。他意外发现一位"每次社会改革他都走在前面，慷慨捐献"的知名人士为了香火延续让自己多病的儿子结婚，导致美丽、健康的儿媳妇成为寡妇后沦落为妓女，愤懑和失望使他从高傲跌落而一度厌世。哈里斯和普江格塔尔促使他将眼光转向农村和农民，在亲眼看到农村贫困的实际状况后他计划投资修建农村道路和筹办农校。诺宾最后在救助一个疯癫农夫时被反咬一口伤及胸部，又把一名妓女错认为自己已逝的母亲，在肌体和心灵的重创下殒命。年仅30岁的他在临终前仍抱着对美好光明的希冀。随着诺宾的去世，这部发生在孟加拉文艺复兴时期的小说故事也到此结束。作者以这位满腔热情但尚不成熟的有志青年的英年早逝象征孟加拉复兴运动降下了帷幕，在给读者留下不舍的同时，也让读者看到新的年轻人已随他的遗愿在礼炮声中迎接新世纪。

小说中辛格家族财产的掌控人比图谢克是当时对抗变革的旧世界保守势力的代表。他是高种姓婆罗门、一名有地位的律师，属于英殖民制度下获益的中产阶级。他认为英国在印度建立了和平和正义，因此应该得到尊敬，但他反对进行非印度教的教育或干涉印度宗教。他精于算计、专横冷酷、固执守旧，为维护传统礼教不惜断送亲生女儿的幸福乃至性命。他有五个女儿，其中老二和老四早夭，其余三个女儿先后出嫁后都成了寡妇。他最疼爱的三女儿宾杜在童婚丈夫病亡后回娘家寡居，他请家教让她与辛格家的养子耿伽一道接受梵语教育。但在宾杜14岁"成为女人"时按照传统断然停止了家教，不顾女儿的哀求没收了女儿视为生命的所有书本。当耿伽从迷恋宾杜发展到在神堂越轨亲近她被发现后，比图谢克为维护婆罗门教规，狠心地秘密将女儿只身送往远方的修行圣地。他的挚友和生意伙伴拉姆卡马尔·辛格在生前就将家族产业交给他掌管，但辛格直到临死也不知道诺宾是自己妻子与比图谢克的血统。比图谢克认为"只要是婆罗门，就是神生的。多少妇女为要孩子去求神做丈夫。宾波波蒂非常诚心想生个儿子，比图谢克满足了她的愿望，有人传宗接代了。他的朋友拉姆卡马尔·辛格满意地咽气了，还有比这更完满的功德么？"比图谢克代表着印度教社会的根基，是社会变革的阻力。他与辛格一家的人物关系和矛盾冲突以及他们之间爱恨情仇的故事情节是小说中极具吸引力的部分。

耿伽·纳拉扬是诺宾没有血缘的哥哥，一位思想进步的新型知识分子。他受过良好教育，善良正直，虽有些腼腆，但说话得体、办事稳重。他有着对浪漫爱情的渴望和对融入社会进步潮流的追求，但又性格懦弱内向，经常处在感性与理性的矛盾交织中。因同情农民的悲惨遭遇，他卷入了反抗残暴蓝靛厂主的斗争。他曾是印度学院的高才生，通晓英语和法律，原想通过法律为农民讨回公道，结果面对的是推事与涉事农场主沆瀣一气，自己差点送命。他为了自卫当众打伤了农场主的眼睛，被农民视为英雄。他虽然没有直接参加蓝靛农民暴动，但被后来蓝靛农民暴动的组织者拥为传奇色彩的领袖。这场农民暴动是在民族大起义的影响下发生的，很快得到加尔各答城市精英和知识分子的响应和支持，斗争最终取得胜利。他因宗教礼教失去青梅竹马的恋人宾杜，后来在支持寡妇再嫁合法运动中身体力行娶了年轻守寡的古苏姆·古玛丽，使她命运得到改变，获得新生。

作为耿伽的同学、诺宾的好友，默图苏丹是小说里作者对真实时代人物描写中最为具体生动的一位。他从英语诗人、改宗的基督徒转变为孟加拉语写作者，是现代孟加拉语文学的首位诗人，开创了孟加拉语十四行诗和无韵诗。他在1858年至1862年间创作了多部剧本和诗歌。小说里作者对他的文学思想转型、善于吸收西方文学的精华运用于自己的创作实践和首创孟加拉语现代诗歌的曲折过程，以及他为追求理想抛弃奢华享受，他的好高骛远、桀骜不驯、跨国婚姻、嗜酒习性甚至同性恋倾向等生活细节作了详尽描写，并引用了他的叙事长诗《诛梅克纳特》等作品内容，还原了这位传奇诗人的精彩风貌。他成名后赴英留学，举家旅居英法的落魄遭遇令人扼腕叹息。

作者围绕诺宾展开的人物故事中还有其他许多在那个觉醒时代里推动社会变革和文学进步的具有代表性的真实人物，这些人物个个形象饱满、栩栩如生。比如对倡导印度教改革、领导梵社运动的戴本德罗纳特·泰戈尔和梵社青年领袖喀沙布·钱德拉·森的描写。他们曾因共同理想而亲密无间胜似父子，主张"神是我们的父亲，所有的人都是兄弟"，认为"宗教离不开社会，社会也离不开宗教"。戴本德罗纳特接受喀沙布的思想，摘除了代表婆罗门的标志圣线，并在女儿的婚礼上改变了印度教一直沿袭的传统：不设祭司，没有那罗延神石和火炼等陈规旧习，代之以带着新郎新娘祭拜梵天，以年长的梵社人代替祭司祝福。这给印度教社会带来巨大震动。但他们后来因对印度教改革持不同观点导致梵社分裂，痛苦地分道扬镳。对改革家伊斯瓦尔·钱德拉·维迪耶萨伽尔的描写，呈现出他放弃政府厚禄，致力于普及教育，提倡女权，反对一夫多妻，宣传寡妇再嫁合法的执着和坚持。尤其他促使殖民政府通过"印度教寡妇再嫁合法"法案的艰难过程，反映出传统习俗变革的艰难。他甘愿清贫，在朋友有难时及时伸出援手，如默图苏丹落魄时，"只有维迪耶萨伽尔，这个既不是地主，又不是富豪的散文作家，帮助诗人默图苏丹"。

哈里斯·钱德拉·穆克吉是孟加拉现代新闻业的开拓者和社会变革的积极参与者。他出身贫寒，自学成才，富有激情和锐气。在小说中他是诺宾的朋友和偶像。小说中民族大起义的残酷现实激发了他的爱国情怀，在加入英属印度协会后积极参与社会政治活动，从城市转向农村，为穷人和农民发声。他编辑《印度爱国者报》，支持孟加拉蓼蓝农民抗暴斗争，揭露殖民者欺压农民的罪行。他还指责诺宾在"千千万万人面临饥馑，在靛蓝厂主的压迫下村村着火，国家变为废墟"的情况下沉迷于翻译《摩诃婆罗多》。小说中他与诺宾的精彩对话反映出当时激进的中产阶级知识分子和社会精英力图变革社会的不同主张。小说还讲述了"孟加拉话剧舞台之父"迪诺邦图·米特罗创作第一个剧本《蓝靛园之镜》的过程，通过这部首次以农民为主角的剧作发表和由默图苏丹将其英译刊行的遭遇，批判了英殖民制度。小说在最后部分描写了开创孟加拉语小说先河的班吉姆·钱德拉·查特吉以《将军的女儿》等作品所引起的巨大反响。小说中苏尼尔还对以戈帕尔·高士为主要代表的"青年孟加拉派"在孟加拉文艺复兴时期的社会活动进行了细致描写。这些通晓英语，原本已忘记印度传统文化而一味模仿欧洲文化的"青年孟加拉派"，转变为推崇用孟加拉语表达思想，在获"智慧海"殊荣的伊斯瓦尔·钱德拉·维迪耶萨伽尔等思想开放的梵语学者影响下，开始追求"西方科学同印度文化融合，爱人类同爱国家融合"。

这部小说还体现了对英国人应该区分的观点，认为"有些人是豁达、宽容的，抗议单方面的剥削。这些人自愿研究印度的语言、文化，热情地发展教育，在报纸上批评政府的政策"。其中印度学院的开办者戴维·黑尔热心教育，对学生既严厉要求又充满关爱，亲身护理罹患霍乱的学生，由于过度劳累而病逝。对另一位投身印度教育尤其女子教育的英国人约翰·贝休恩的描写也给人留下深刻印象。"贝休恩的愿望是，在伟大文明古国印度也像欧洲那样出现新觉醒的潮流。"他不辞艰辛推动印度女子教育，为了消除学生对洋人的恐惧、对异教徒不能接触的顾忌，他蹲下身体让女童当马骑。他积劳成疾去世后，所创办的第一所现代女子学校被命名为贝休恩女子学校。

　　《那时候》也是一部大量涉及女性描写的小说，其中被诺宾昵称"林中月光"的古苏姆·古玛丽是作者着墨颇多的一位。她是诺宾少时的玩伴，是唯一让诺宾心动的女性，后来成为他的嫂子。古苏姆是小说故事中一位命运得到改变，获得美满结局的女性。她家境殷实，貌美、多才、善良，有一双蓝色的眼睛，自幼得到父母和哥哥们的宠爱并习得不少梵语典故知识，知书达礼，有主见。但她命运多舛，成为包办婚姻和童婚的受害者，10岁时按门第观念被不知情的父亲安排嫁给了有精神疾患的丈夫，常年忍受着孤独甚至随时有被伤害的危险。她曾对诺宾的关切发出"您能说世界上有谁幸福？"的提问，让诺宾深受震撼。古苏姆17岁时成为寡妇，她虽然可以不选择"萨蒂"殉夫，但按印度教传统只能孤老终身。在印度教徒眼里，"头上没有红朱砂，手上没有手镯"的寡妇再婚，"那是小人、丧失种姓或下等种姓做的事"。幸运的是古苏姆在寡妇再嫁合法的运动推动下与耿伽再婚，作者对她再婚后获得新生的描写充满诗情画意，被伊斯瓦尔称为在寡妇再嫁合法的运动中"最成功的一对"。作为强烈对比的是宾杜，虽同样是年轻寡妇，但宾杜没有这样的幸运。同当时印度教家庭绝大多数年幼守寡的女孩一样，九岁半即守寡的她只能除去首饰、抹掉吉祥痣，终身与神像为伴。她与耿伽同年，由于两家的特殊关系，他们曾一起接受私塾教育，14岁时被父亲比图谢克按传统教规强制终止了学习。耿伽迷恋聪颖秀丽的她，因一次耿伽擅闯神堂对她的亲密举动被发现，宾杜从此在人们视线中消失，后被宣布身亡。几年后耿伽历尽艰辛在远方的印度教圣地找到她，但她已是被人强暴后成为人母的富豪小妾，她最终与耿伽相约来世后投入江水，留下耿伽一人。后来耿伽一想起她就自责。"来世是空的！什么也不是！宾杜今生什么都没得到，只带着屈辱和痛苦走了。"作者把自己的笔锋刺向了吃人的封建礼教和丑陋的童婚习俗。此外，作者对代表时代特色的女主人、女商人、女眷、女管家以及女佣、妓女等众多女性角色都有深入、具体的描写。尤其在对妓女希莱摩尼的叙事里详细讲述了她希望儿子接受学校教育、自己恢复平民生活，但企盼破灭的遭遇。"从学校收了一个妓女的孩子起，市里上层的和有钱的印度教人士都要抵制学校。"她的儿子钱德拉纳特因身世使他的同学都拒绝与他同班而转学，学校为了声誉和生存开除了他。他在悲愤中离家出走，从此不认母亲走上颠沛流离的人生道路。希莱摩尼决意去苦修，途中遭强盗劫色劫财，被逼疯自杀。作者通过笔下每位女性及其家人的遭遇，深刻揭示女性被歧视的不同命运。小说对童婚、包办婚姻、一夫多妻、寡妇殉夫、种姓门户观念等当时社会的陋习弊端进行了深刻揭露。

作者用虚构补充史料，以细腻的人物刻画和虚实结合的叙事手法，以及既尊重史实又伴有典型随性发挥的人物对话，让那时候的历史仿佛复活起来，对读者产生强烈吸引。《那时候》出版后，在赞誉中也有质疑的声音，批评集中在小说中作者对历史伟人或偶像所作的"随意点缀"[①]。对此苏尼尔回应："为了激活他们，我不得不使用大量想象出来的对白。有人会认为，这对作者来说是太自由了。但我认为，不应给作者的自由划上界线，因为事实上读者的自由是无限的，而我没有让任何历史人物背离其生活的地点和时间。"作者认为自己"不想砍去那时期任何伟人石像的头颅，只是有时显现从前那些石像脚上的泥土和稻草罢了"。小说之后的《作者的话》回答了读者共同关心的一些问题，值得一读。对这部小说，读者可以通过各自鉴赏，得出自己的评判。

---

① Sourin Bhattacharya, "Sunil Gangodpadhyay (1934-2012)", *Indian Literature*, Vol. 56, No. 6 (272), 2012, p.18.

四、关于译本

由于孟加拉语文学作品特别是当代作品译著较少，我国读者对孟加拉语文学的印象多限于泰戈尔及同时期的几位作家及其作品，《那时候》的汉译出版有助于加深对当代孟加拉语文学的了解。感谢此次"中印经典互译项目"的启动实施，使《那时候》这部印度当代优秀长篇小说能获准介绍给中国读者，也使我们有幸得到翻译这部小说的机会。特别感谢执行主编姜景奎教授。他是我步入印度语言文学教职生涯的引路人。这次又蒙他信任承担这部小说的翻译重任。机缘巧合的是，在翻译工作开展后得知刘运智先生已对这部小说上半部作过翻译，因版权等多方面原因而停顿。经与他联系确认，虽还有难点、疑点待译，小说上半部译稿已基本完成。于是我及时提出了邀请刘运智先生共同完成这部小说翻译的建议，这样既避免老先生已花费的心血付之东流，又可以新老结合，取长补短，尤其是可以让我有机会在合译中向前辈学习，更好地实现此次中印经典互译项目的意图和目标。感谢姜老师对我的建议予以批准和支持，也感谢刘运智先生的提携。

我们对《那时候》上半部译稿补译、修订了部分段落后提交主编审读。感谢刘建先生阅后提出细致、中肯的审读意见。根据审读意见和编译会议要求，我们再次对上半部进行修改的同时，对下半部的翻译采取既分工又合作的方式，尤其在重点难点部分采用了先分别翻译再整合的办法，有些地方还采用了讨论和磋商后再确定统一翻译词汇的方式，同时关照上下两部的延续性和完整性。刘运智先生是我国目前笔耕不辍的最年长孟加拉语专家，虽耄耋之年，仍精神矍铄，充满工作热情。他是毕业于北大东语系的前辈，曾作为外交官长期在孟加拉地区的加尔各答和达卡工作及深造，有较高的南亚语言文学修养。退休后他对孟加拉语文学作品的翻译乐此不疲，积累了不少成果及翻译经验，为人谦和、乐观豁达。在这部小说的翻译工作中，他的学识与品格使我受益良多。

　　此译本译自《那时候》的孟加拉语版原著。作者力图体现小说所处的年代，在人物对话中夹带了当时的孟加拉语方言和俚语。小说中还有不少象征、暗喻和比拟等修辞表达，且混用英语和梵语，在不少叙事场景出现印度两大史诗《罗摩衍那》《摩诃婆罗多》的人物和故事，以及迦梨陀娑的《沙恭达罗》《云使》《优哩婆湿》等梵语经典作品内容。作者在小说中还有不少诗歌创作，并引用了一些孟加拉语和英语的诗作名篇，加之全书62万余字的篇幅，这些都给译者带来不小挑战。企鹅书局出版的英语译本缩减了原著篇幅的三分之一，据其译者表述是为照顾英语读者的阅读习惯。①但对我国读者来说，精简显然无法满足对这部小说特有原汁原味体验的要求，因此我们坚持对原版完整翻译不做删减。翻译中的另一个难点是小说里320多个人物姓名的翻译。其中一部分是那个时代的真实人物和史籍人物，包括有的是孟加拉语转译的英语、梵语原名。这些人物姓名多已被从英语等翻译或转译为汉语，经对比确认，虽然与孟加拉语原文的发音不符，但我们尽量继续沿用已被公认或约定俗成的译名，比如迈克尔·默图苏丹·德特、罗姆·摩罕·罗易、约翰·贝休恩、哈里斯·钱德拉·穆克吉等。其他人物姓名则按照孟加拉语原文音译。还有一点需要说明，作者在这部小说中未作注释，译本中的注释皆为译者注，但即便有了这些看似必要的注释，对印度文学史和近现代史不熟悉的读者，阅读中可能还是会遇到些许困惑。但加更多的注释则有妨碍大部分读者的阅读习惯和小说整体面貌之虞，而目前这样可能更符合作者的本意，即通过这部小说，"今后他们将有兴趣好好读那段历史。这也是一种收获"。

　　在即将付梓之际，衷心感谢中国大百科全书出版社各位领导、编审专家和编辑们的大力支持与帮助，尤其感谢社科学术分社社长曾辉先生和编辑王瑲女士，这部译著得以出版是与他们的认真敬业

---

① Sunil Gangodpadhyay, *Those Days*, Aruna Chakravarti trans., New York: Penguin Books, 1997, p.vii.

和辛勤工作分不开的。

最后，请允许我用这部译著向已逝去的作者苏尼尔·贡戈巴泰先生表达敬意和怀念。苏尼尔先生为人真诚直率，我与他在北京和加尔各答曾有几次见面交流。印象深刻的是，2010年5月我和国际孟加拉学会会长董友忱先生受邀在加尔各答参加西孟加拉邦第八届文学节，时任印度作协主席的苏尼尔·贡戈巴泰先生热情接待了我们。在交谈中问及如果推介他的一部作品到中国，他会希望是哪一部时，他爽朗地回答就选《那时候》吧。可见这部小说不仅为印度广大读者所喜爱，也是作者本人所认可的代表性作品。面对完成的译本，虽力求贴合他的真实表达并体现原著的文采，但遗憾不能就翻译存在的问题再向他请教求证了。在小说中我时常能感受到与他的相逢，希望通过我们对译本的努力能实现他的愿望——"写这部书的根本目的，是搅动十九世纪的文艺复兴思潮"。相信通过这部小说能增进读者对印度现代孟加拉语文学的了解和对孟加拉文艺复兴历史的兴趣，这对促进中印文化交流和中印两国人民友谊也无疑是有益的。对于翻译中存在的错谬疏漏和粗糙之处，有待读者批评指正。

张幸
2023年夏于燕园

目 录 |

001 | 总序：印度经典的汉译
001 | 译者序

001 | 一
010 | 二
020 | 三
029 | 四
038 | 五
049 | 六
059 | 七
068 | 八
076 | 九
085 | 十
094 | 十一
104 | 十二
112 | 十三
120 | 十四
128 | 十五
138 | 十六
147 | 十七
157 | 十八
167 | 十九
176 | 二十

185 | 二十一

194 | 二十二

202 | 二十三

211 | 二十四

220 | 二十五

228 | 二十六

236 | 二十七

245 | 二十八

253 | 二十九

261 | 三十

269 | 三十一

278 | 三十二

286 | 三十三

294 | 三十四

303 | 三十五

311 | 三十六

319 | 三十七

327 | 三十八

336 | 三十九

345 | 四十

352 | 四十一

360 | 四十二

368 | 四十三

375 | 四十四

382 | 四十五

391 | 四十六

400 | 四十七

408 | 四十八

415 | 四十九

425 | 五十

一

那个婴儿只孕育了七个月十天就降生了。他在娘胎里就很淘气，不愿在黑暗的海洋里等待太久。

拉姆卡马尔·辛格老爷当时正在视察奥里萨的地产。时近黄昏，他坐在大河的游艇上欣赏落日的余晖。此时，一条小舢板像飞箭一般向游艇驶来。他的管家迪巴戈尔从小舢板跳下来。拉姆卡马尔突然看到迪巴戈尔，心跳骤然加快。河面上清新的空气中，迪巴戈尔带来了坏消息。拉姆卡马尔以为是宾波波蒂过世了。迪巴戈尔也是这样想的，他是看到女主人失去知觉后赶来的。他无法好好安慰主人，只是说，老爷今天就得回去，是律师先生派我来的。

拉姆卡马尔泪流不止，宾波波蒂是他家的幸运女神。

拉姆卡马尔从游艇甲板下到船舱，对卡玛拉森德莉说，从今天起我就一无所有了！世界上任何东西，甚至连女人都不能使我快乐了。

卡玛拉森德莉让拉姆卡马尔躺下，并开始给他按摩头部。她想起宾波波蒂，也流下几滴眼泪。她曾在恒河码头上，远远地见过宾波波蒂几次。看面相她就像世界之母杜尔迦女神一样！卡玛拉森德莉都不配做她的女仆。她不明白，有这么漂亮的妻子，拉姆卡马尔为何还去找别的女人，两三年就更换情人。卡玛尔森德莉的肤色像发光的黑色石头。也许是因为妻子的肤色乳白，拉姆卡马尔只挑选肤色黑的姑娘做妾。男人就是这么奇怪。

卡玛拉森德莉在银杯子里倒了点白兰地拿来，说："喝一点吧，要不你会更虚弱的。"

拉姆卡马尔用左手推开，说："我没一点兴趣。别来烦我，卡玛拉。你走开！"

卡玛拉森德莉站在窗前把头发散开，外面的河水闪烁着落日的红光。她望着那边想，这次可能要离开老爷了。谁知道命运将把她带到何方啊！

拉姆卡马尔躺在软床上大声发出失望的叹息声。这时游艇已经开始航行了。

三天后，当拉姆卡马尔走进加尔各答乔拉桑科街区自家大门时，听到了新生婴儿的哭声。他扬起眉盯着迪巴戈尔。迪巴戈尔也懵了。他也不知道，宾波波蒂的病实际上是产前阵痛。此外谁听说过怀胎七月就生孩子的。至少要满八个月吧。

拉姆卡马尔这年是四十七岁。十五年前他娶了宾波波蒂，那是他的第三次婚姻。之前他的两位妻子年纪不大就过世了。他对第一位妻子拉克希米摩尼还有一点点印象，但是第二位妻子海姆巴拉的模样，现在都想不起来了。宾波波蒂九岁时嫁到这儿来。那时这家的面貌当然是另外一副样子。宾波波蒂来后，辛格家就发了财。拉姆卡马尔在哪儿做生意，那里就有金子收获。宾波波蒂虽然使得这家这么发达，可是她总是有块心病：丈夫没有子嗣。尽管亲朋好友甚至宾波波蒂流泪哀求，拉姆卡马尔还是没有再娶亲。

拉姆卡马尔冲上楼梯。他的发小和挚友比图谢克站在二楼的楼梯口。每当拉姆卡马尔因事外出时，比图谢克就负责照看这个家。比图谢克是位能干的律师，他异常聪明，心胸宽广。把责任委托给这位朋友，拉姆卡马尔总是放心的。

拉姆卡马尔问："全都完了吗？"

比图谢克拥抱住朋友，说："你来了，不用发愁了，先洗脸再说！"

拉姆卡马尔焦急地盯着比图谢克尔，说："你先说，我还能见到宾波波蒂么。"

两位好友几乎是相拥着站在宾波波蒂的卧室门前。宾波波蒂闭着眼，仰卧在大床上，两手在胸前做合十状，脸色异常苍白。

三位英国大夫静静地坐在床右边铺着天鹅绒的椅子上。床左边是著名的印医丁德亚尔·佩希夏斯德里，他两眼紧闭，下巴垂到胸前，不知道是否睡着了。可是这是他广为人知的姿势。一个南方保姆抱着襁褓，襁褓里传来洪亮的啼哭声。出生后婴儿啼哭，肯定是有生命力的。

比图谢克的安排没有任何差错。但拉姆卡马尔丝毫没有感到做父亲的欢乐，他是为宾波波蒂忧心。宾波波蒂是他心中的宝贝。

拉姆卡马尔又小声问："一切都结束了？"

比图谢克说："没有，现在命还在。贞洁的女神在等待你，不见你最后一面是不会离开我们的。"

拉姆卡马尔正跟跄踉地跑过来，几位英国大夫中的外科大夫戈登站起来挡在他前面，严肃地带点责备的口吻说："别打扰她……请您……她还有好转的机会。"

拉姆卡马尔茫然地说："我只在旁边坐一下，只摸一下……不说话。"

比图谢克恳求大夫。外科大夫戈登退到一旁，从口袋拿出金表看了几下。

拉姆卡马尔脱下皮鞋，轻轻地走到妻子旁边。他闻到屋里有一种怪味，他不懂这是否就是死亡的气息。他以前在宾波波蒂的卧室没有闻到过这种气味。

他把手放到宾波波蒂的额头上更加吃惊了，这么凉！他忘记了做过的保证，低声叫道："宾波，宾波，睁开眼看看吧，是我来了。"

宾波波蒂没有听到他的呼唤，一动不动。

外科大夫戈登又开始说"请您，请您……"了。印医也睁大眼睛说："辛格先生，您呼唤薄伽梵①吧，现在不要叫夫人。如果薄伽梵发慈悲，一切都会好的。"

拉姆卡马尔竭力控制住自己，离开宾波波蒂的床边。有这么多英国大夫和印医在场，他觉得看他的小婴儿不合适。

他从屋里出来时，比图谢克说："不看看儿子？"

他向南方来的保姆示意，她走到拉姆卡马尔身边叽里咕噜说了一通，他却一个字都没听懂。

褪褓里一个孩子，他小得让人觉得不是人的孩子，似乎没有眼睛，没有鼻子，只是一个肉玩偶。但无疑是活的，他在哭，两只小手在动。

拉姆卡马尔长叹一声，是这婴儿的到来尅死母亲了。他根本没有必要来。拉姆卡马尔从未感觉到缺少儿子。他根本不愿用宾波波蒂的生命去换来儿子。

他把两枚硬币塞到保姆手里，迅速走出屋子。

人和死神战斗了七天。之后宾波波蒂睁开了眼睛。她最先问："我这是在哪儿？"

当时是中午，拉姆卡马尔刚坐下吃饭，听到消息后放下碗就来了。听到宾波波蒂一再问这问题，拉姆卡马尔说："这是你的房间，这是你的床，你看，我在这里，你知道吗，你有儿子了？"

宾波波蒂眼睛很可怕，她说："啊，我是不是死过了？"

拉姆卡马尔说："别胡说，你怎么会死？你的……"

宾波波蒂说："我觉得好像去过好多地方，很多山峰、河流、丛林、大黑隧道，那边有光，光很强，很刺眼……"

突然宾波波蒂坐起来说："我儿子呢？我儿子……"

保姆把褪褓递到她怀里。她吃惊地说："这是谁？这不是我儿子！我的儿子很大了。"

拉姆卡马尔边抚摸妻子的额头边说："宾波，你不记得了，你怀

_____

① 薄伽梵（bhagavān），印度宗教中对神及其化身的敬称。小说中所有注释均为译者所注。

孕了，这是你怀的孩子。"

婴儿此时并没有哭，他睡着了。宾波波蒂瞧了他一眼，逐渐地她的视线清晰了。她的几滴眼泪落到孩子脸上。她吻了他的额头。

"耿伽在哪儿？耿伽？他为什么不来？"

亲友和仆人都聚在门口站着，拉姆卡马尔说："谁去叫耿伽来！他在哪里？"

拉姆卡马尔这才想起，过去三天他都没有见到耿伽，耿伽一次都没来过。拉姆卡马尔有些不快。

一个仆人来报告说，耿伽去英国人的图书馆看书了。

拉姆卡马尔不耐烦地说："去叫他来，我现在就要见到他。"

拉姆卡马尔下令说："派个人去，跑着去把他叫回来！"

英国人的图书馆离得不远。人赶紧去了。拉姆卡马尔对妻子说："你听，他来了，马上就来！"

宾波波蒂说："你以为我死了吧，我睡了一大觉，我转悠过很多地方后又回来了。"

宾波波蒂守寡的大姑子海曼吉尼过来说："你是不是饿了，吃点东西吧？这几天你除了药什么都没吃。"

宾波波蒂紧紧抱住襁褓，好像谁要抢走她儿子似的。她说："我一点都不饿，像服用了玉液琼浆似的，我的身心全都饱了。"

不一会儿，耿伽就被带到屋里来了。一个十四岁的英俊少年，面带羞涩。他站在宾波波蒂的床边，宾波波蒂叫他更靠近些。她边抚摸着他的脸边说，坐在我旁边吧。你是不是以为我死了？

耿伽低头不言语。

海曼吉尼说："喂，你现在别多说话，歇一会儿吧。眼睛和嘴都歪了，会再晕倒的。"

拉姆卡马尔也害怕了。像油灯在熄灭前发出噗噗声那样，宾波波蒂该不是回光返照吧？

他说："宾波，你现在睡吧，我派人去请印医，请他来看看。"

宾波波蒂说："现在不用再怕了！多久没看见你了，多久没看见耿伽了。啊，耿伽憔悴了。今天你吃饭了吧？有人给你饭吃了吗？"

耿伽点点头表示吃过了。

"你叫我一声妈吧。多少天没听到你叫妈了。"

耿伽纳拉扬声音颤抖地叫："妈……"

"过来，坐到床上来，耿伽宝贝，你有个小弟弟了，你会爱他吧？"

耿伽纳拉扬的小传是这样的。

拉姆卡马尔·辛格的祖宅在胡格利县的巴格萨村。拉姆卡马尔的爷爷离开农村来加尔各答碰运气，逐渐做了盐代理后，进入了上层社会。爷爷的另两位兄弟还住在农村。这家族在加尔各答这支越发达，在农村的那支就越潦倒。拉姆卡马尔和村庄没有任何关系了。有一天拉姆卡马尔突然听说，巴格萨村有一座罗摩大神的庙，有个妇女在黑夜里把她一岁的儿子扔在那里后逃走。但被住持看见了。那妇女被抓后承认，因为饥饿，做出这样绝情的事。因弄不到东西给儿子吃，她想把孩子献给大神，自己决心自杀。这个故事，英语报纸刊登过。

这位妇女是寡妇。拉姆卡马尔得知，这位寡妇是他一位堂嫂。为怕人们非议，拉姆卡马尔将她和孩子带到加尔各答的家中。有钱人家都收容一些这样落难的亲戚。在乔拉桑科的辛格家，每顿饭至少摆五十个碗，主人都不知道他们的名字。拉姆卡马尔的母亲慷慨大方，谁来投靠都不拒绝。拉姆卡马尔得到母亲允许后，把那妇女和孩子接到家里来了。这个家里很久没有婴孩，所以大家都争着疼爱这小孩。孩子的母亲虽然来到这家，但心情不是很舒畅。其他被收容者住在底层，却让她住在上面。宾波波蒂看到，她总是坐在一边哭。她是心死之病，特别不爱说话，也许就因为这病，六个月后她就离开了这个世界，她在走之前把孩子放到宾波波蒂怀里，含着泪说：大姐，你照看他吧。

那个婴儿就是耿伽纳拉扬。宾波波蒂完全是慈善心肠，加之她渴望有个孩子，她把这孩子当作亲生的。在确实知道这孩子的体内流淌着他家族的血液后，拉姆卡马尔向宾波波蒂建议，将这孩子收为养子，在宾波波蒂生孩子之前一直是这样。宾波波蒂当即同意。拉姆卡马尔正式将耿伽收为养子。这大约是五年前的事。

奇怪的是，随着年龄的增长，耿伽的面相和拉姆卡马尔神似。好像他就是拉姆卡马尔亲生的似的。看到的人都这样说。

人们还说，收为养子的事纯属多余！谁都知道，拉姆卡马尔好色，他肯定在自己村里养着一位妾，每年拜神节时他都回去一次。这耿伽就是那个妾的孩子，为了继承财产就将他收为养子了。有人相信这种传闻。拉姆卡马尔的密友比图谢克也听到这传闻了，他听到后一笑置之。不管别人怎么看，比图谢克一点都不信。

宾波波蒂认为，是罗摩大神给她送的孩子。人得到这样的好孩子是好运。这孩子稳重、聪明、好学。有条不紊地正在学习梵语、法语、英语。财产在这孩子手里会得到保护和增加，拉姆卡马尔对此是放心的。

几天后，拉姆卡马尔和宾波波蒂讨论到两个孩子的事。

他当时怀疑，亲生的孩子是否能存活。他从未见过这么小的婴儿。这一切似乎非常奇怪。婴儿在出生后若干天是在睡眠中度过的。从一片漆黑中来到这光明的世界，眼睛要相当的时间才能适应。但是这小家伙不怎么睡，时时醒着，还哭。也已学会笑了。要是把手指放到他面前，他就会咯咯地笑起来。两个来月的婴儿还看不到什么，可如果有人到他面前来，他就会盯着看人。

关于亲生儿子，拉姆卡马尔的心情每天在变。他现在每天几次来看儿子的脸。最初几天，他的心思没放在新生婴儿上，来看宾波波蒂时都不看婴儿一眼。似乎不想多给他爱，如果走开，很快就会忘记他。耿伽有他的血统，有了耿伽，他就心满意足了。后来一天天地，他的亲儿子像磁铁似的吸引他。看到只怀胎七月就生下的婴孩就有如此强大的生命力，特别是听到他的笑声，使他有点吃惊。

笼罩拉姆卡马尔的还有一种奇怪的感觉。他一向认定自己没有生育能力。宾波波蒂当然一向认为是自己不能生育。但拉姆卡马尔给许多女人播过种，她们谁都不能给他生个一男半女。如果有人能，即使不承认那是自己的血脉，也会好好养育的。最终他的雄风在宾波波蒂身上成功了。一想到这点，拉姆卡马尔就暗自高兴。

宾波波蒂现在身体还很弱，可是她抱着孩子，夜里很晚还醒着，坐在那里。靠马路的窗户全都关上了。附近在办庙会，人们深夜还在路上喧哗。昨晚一群醉鬼唱着歌挨着这房子跑来跑去。一个警察一直站着看热闹。最后拉姆卡马尔派人把这群醉鬼赶走了。

拉姆卡马尔在睡前来到妻子身边，他们两双眼睛盯着熟睡的婴儿。宾波波蒂说：看到他的两只眼睛了么？真像你的一样。嘴唇也像你。只是额头有点像我。

拉姆卡马尔笑了。谁知道女人是怎么明白这一切的。婴儿的嘴、脸现在一点都认不出来。

"你怎么样，还好吗，宾波？"

宾波波蒂脸上显出甚为满意的神色。她说："我挺好的，你得注意身体，我一点都照顾不了你。"

"你不用为我操心，有妈在，还有大姐在。"

"耿伽睡了吗？他吃饭正常吧？"

"我看他去睡了。他没来过你这里？"

"这会儿没来。我派人打听过，听说正读书呢。"

"他是不是不常来你这里？"

"也许他是害羞了。他从来没见过我这样躺着。多少年我都没有病过。"

"孩子们在弟弟妹妹出生后，都会这样感到些痛苦的。我妹妹出生时我九岁，我当时觉得，母亲爱她比爱我多多了。她那时多受宠啊。"

"耿伽不再是九岁的孩子了。他长大了，会明白的。"

"但是，宾波，你能同样爱这两个孩子么？"

"怎么不能？我是没怀耿伽，可是他少什么了？"

"宾波，我想到一件事。在收了养子后，如果自己又生了儿子，那么这一家是会发生大冲突的。在法庭上这种事见得多了。"

"耿伽是好孩子，他绝不会和弟弟争的。"

"耿伽也许不会争，但你这儿子长大后，如果不能忍受耿伽呢？"

宾波波蒂感到痛心，说："你为何要这样说？绝对不会那样的。喂，你瞧着吧，这哥俩永远不会闹翻的。"

拉姆卡马尔说："不闹翻就好。我的财产相当多，我要平分给他们，我要事先写好，他们得到……"

说到这里，拉姆卡马尔突然停住了。平分？这孩子身上流的是我的血，他和耿伽平分秋色？他长大后知道了，能不恨父母？

拉姆卡马尔笑出声来。

"怎么啦？"

"我自己刚刚开始想，财产给他们平分，但是……我的血流在这孩子身上，血缘这么大的引力使我也软弱了。"

"只要我活一天，我就平等对待他俩。"

"好。你作为母亲如果能做到，那我为什么做不到？"

又过了几天，宾波波蒂完全康复了。家里这些天一直请英国大夫和印医来。他们谁都不相信，母子最终都能存活。这当然是奇迹。拉姆卡马尔的母亲索达米尼已经拜神、请婆罗门，给贫苦人舍饭，为这孩子祈福了。

家族的长辈来给新生儿算命，宣布这婴儿有富贵命，有一天他会光宗耀祖。宾波波蒂生下的孩子堪称珠宝。

这孩子被命名为诺宾古马尔。

婴儿出生后的第二十一天，宾波波蒂抱着他转遍了家里的屋子。然后婴儿被轮流抱着。傍晚，拉姆卡马尔从客厅来到楼上，看到宾波波蒂正坐着给婴儿喂奶。耿伽的面颊靠着母亲的背坐着。拉姆卡马尔沉醉地想，啊，这是多美的景象！

他当即就下楼吩咐迪巴戈尔备好双驾马车。今天他心情很舒畅。在时隔多日之后，今天他要到詹巴扎街区的卡玛拉森德莉家去。

二

　　店关门了，谷比还在里面烧着炉子，忙着炼金。这时候拉伊莫汉推门进来了。他个子很高，在这矮小的店铺里他无法站直，得低着头。他穿着西姆拉编织的围裤，黄色上衣，围着山提普尔围巾，脚踏英国皮鞋，左手戴着宝石手串。他有时是在这种时候到店里来的，所以谷比不觉得奇怪。他推过一张小木凳，说，请坐，科沙尔先生。

　　拉伊莫汉坐下，跷起二郎腿。他掏出口袋里的小铜盒子，拿出一个蒟酱叶包放入嘴里，又拿出一个给谷比，说："来一个？"

　　谷比长时间坐在炉火前，额头冒出滴滴汗珠。他左手抹汗，右手伸过去说："来一个。说说，有什么消息。您很久没来了，街坊的很多消息我都听不到了。"

　　拉伊莫汉说："最大的消息是，不知是谁捅了朱罗·德特的小老婆一刀后逃跑了。今早看到她的脸都变形了。"

　　谷比问："朱罗先生的哪个小老婆？他不止一个，好几个呢。"

　　"是新娘市场的那个。①原先住在我希莱摩尼旁边的楼房里。"

_____

　　① 新娘市场（Bowbazar）是位于加尔各答市中心的一个街区。

"啊，是的，听说是个大美人。"

"是的，加尔各答的一颗明星陨落了。朱罗·德特呜呜地那个哭啊！亲妈死了都不会这样哭的！"

"是谁杀的？去勾搭朱罗先生的小老婆，胆子够肥的呀。"

"你是不是去招惹过她呀？"

"罗摩，罗摩！我只是无名之辈啊！我都是听你说的。"

"从朱罗的哭声看，就是他雇杀手杀的。鸟儿正要飞走，朱罗发现了那对狗男女。朱罗先生一出手，谁能跑得掉？"

"念罗摩吧！听了这些丑事都是罪过。还有什么消息？"

"我今天看到很多运米的船到了杰德拉甘杰。看来米价要降了。"

"运米船来了？两三个月来，弄到的米都吃不得。"

"不，从孟加拉各地运来了很多好米。"

"今天威廉堡垒砰砰放了几响炮，看来是英国来人了。"

"英国公司董事会的某个要员来了，叫什么名字来着，我忘记他的名字了。"

"您这是刚出来呢还是要回家去呢，科沙尔先生？"

"这刚刚傍晚怎么就回家？我回家啃生叶子呀！你听到奏乐声了吗？"

"对，早就听到了。说说，奏什么乐！"

"今天乔拉桑科的泰戈尔家很热闹。达罗卡纳特·泰戈尔添孙子了。所以请来英国人的乐队。"

"没邀请您？"

"今天只请洋人。有舞女跳舞。明天邀请本国人。我不需要邀请，看见有吃喝就闯进去。"

"是谁添丁了？"

"戴本德罗纳特先生。达罗卡纳特的长子，戴本德罗的女儿夭折了，这生的是第一个儿子。有新传宗接代的人了，所以热闹非凡。"

"看来戴本德罗先生比他爸爸还阔气。"

"不胜过爸爸还叫富豪？记得吗，有一次只是祭拜辩才天女就花掉十万卢比！达罗卡纳特看到这样花钱都叹气了。"

"他的珠宝都不戴在脖子上，戴在脚上。"

"你说什么脚上？是鞋上，把珠宝钻石镶在鞋上，把大家都惊呆了。"

"还要见多少这些事啊！"

"达罗卡纳特家的钱堆成山。他们的钱是不用数的，是论斤称的。戴本德罗进印度学院就读。那学院是异教徒的大本营。不信种族和宗教。洋人德鲁佐死后，他的门徒还在那里，更变本加厉。达罗卡纳特为了不让儿子陷得更深，让戴本德罗离开那所学院回去管理家产，而儿子也借拜神之名胡乱花钱。他刚二十三四岁，戴本德罗纳特挥霍得大大超过东印度公司的那些洋人。"

谷比说："那你们也得益了。"

拉伊莫汉说："这边我们的拉姆卡马尔·辛格也添丁了。过去一直是徒有其名，这次也许是自己的真本事。"

"怎么说'也许'？"

"我不是别人说什么都信的奴隶！拉姆卡马尔·辛格的老婆生儿子了，但谁知道，那孩子是拉姆卡马尔·辛格的还是别人的！"

"啧，啧，啧！天哪！别这样说。全区的人都知道，到处都谈论，拉姆卡马尔·辛格家的是贞妇。"

"停，停！贞洁！总督本廷克①立了这样一部法律后走了，全国都完蛋了。"

"那洋大人都做了什么？"

"卡纳古尔的异教徒一念咒，洋人就跟着起舞。总督本廷克禁止了寡妇殉葬，结果我国就没有贞女了。你举出一个贞女给我看。"

谷比不吭气了。他怕讨论这些事。拉伊莫汉·科沙尔就是管不

---

① 威廉·亨利·卡文迪许·本廷克勋爵（Lord William Henry Cavendish-Bentinck，1774年9月14日—1839年6月17日），简称威廉·本廷克勋爵，于1828至1835年任英国驻印度总督。

住自己的舌头。但他是个顾家的人。

"这回说你自己的事吧，科沙尔先生。"

拉伊莫汉从另一个衣袋拿出一条金链子，说："瞧这个，你能给多少钱？"

谷比拿过来反复端详后说："这又是从哪儿弄来的？您的东西没个完哪？"

"这是我孙子的。"

"孙子的东西您也卖？啊哈，那可怜的家伙不难过么？"

"他已经结束痛苦了，就剩下我了。他去年就上了天堂，那里金银有的是！拿去称称看。"

这是一个把戏。谷比很清楚，这不是拉伊莫汉孙子的饰物，而拉伊莫汉也知道，他出卖的首饰来源瞒不过谷比。可是每次都得说点这样的故事。

谷比拿出戥子。拉伊莫汉在一边紧紧盯着。他的年龄很难估计。若是有人问年龄，拉伊莫汉就笑笑，或诙谐地说，就算我十二三岁吧。没看见我胳肢窝还没长毛吗？拉伊莫汉不长胡须，身体只是皮包骨，所以他越高就越显瘦。高鼻梁，眼睛非常犀利，说话很圆滑，拉伊莫汉像是这城市中一只招人喜欢的猫。

"您这金子重一点五托拉①，瞧好。"

拉伊莫汉嗔怪道："你怎么用手托着，哼！"

谷比说："用手托起？您看啊！"

"放下，放下。俗话说，金匠的戥子，马茂德普尔的湿婆神节日，是一定要打架的。你好好看看。"

"整一点五托拉！按十九卢比一托拉算……"

"小子，怎么是十九卢比？涨到二十卢比了。"

"那是纯金。"

"我拿来的不是纯金？"

---

① 托拉（Tola），印度重量单位，1托拉约11.6638克。

他们讨价还价很久。谷比出价无论如何不肯超过二十八个半卢比，拉伊莫汉拿不到三十卢比就不卖，最终二十九卢比成交。拉伊莫汉数好钱后，站起来头撞到屋顶，他用手摸着脑袋走了出去。

星期六晚上，路上人很多。月夜，所以并不是那么黑，路边楼房的灯光也照出来，很多路人手提着马灯。一辆四轮马车被两辆牛车挡住了，车夫大声吆喝，坐在里面的一位先生连声叫：躲开，让开，糟了牛一使劲甩尾巴几乎打到先生的脸。一头牛挨了赶车人鞭打突然猛跑，牛车翻落到路边的水塘里。人们大叫：打它，骂它，拉住它。四轮马车乘机冲了过去。启德普尔大路两边是大水沟。虽然车声、马嘶声很大，也听得到人声。谁都不是悄悄地走路，谁在听谁说话，没准，可是大家都在说。

这中间有一小群游行队伍，两个人敲着鼓。一个人手持熊熊燃烧的火炬，其他人在唱歌："忘记炸弹，忘记赤裸湿婆头上的发髻和脖子上挂的髑髅念珠。"

拉伊莫汉嘴角上总是挂着一种奸笑。他正穿过人群，突然撞到一个人身上。那人从头到脚打量拉伊莫汉之后结结巴巴地说，我是奇克斯特园子里的番石榴，不，不，我说错了，我是番石榴园的奇克斯特。你是谁，多罗树？

那人满嘴酒气。站在旁边的几个姑娘听了他说的话，嘻嘻地笑起来。她们三人手里拿着红手绢。

拉伊莫汉问："撞伤了吗，先生？"

那人说："没有，没有。怎么会伤？就像波浪撞到船一样，只是推远了一点。"

拉伊莫汉拿出小盒子说："请吃个蒟酱叶包。"

那三个姑娘说着给我，给我，就过来了。拉伊莫汉的盒子空了。他一手捂着口袋，生怕乱中丢钱。

一个姑娘说："你手里的花环要给谁戴啊？"

另一个姑娘拉住他的手说："到我家去吧。"

另一个拉住他的另一只手说："别介，来我家吧，我家很近。"

那个醉鬼说："去吧，先生。难道我是被扔掉的香蕉叶？谁都不瞧我一眼。"

拉伊莫汉摆脱那几个姑娘，摸了摸她们的下巴走了。

在湖边角落，一个黝黑的本国基督徒正在赞颂伟大的耶稣。旁边一个圆脸洋人提着汽灯。身边放着一大堆《圣经》。过一会就会分发，连英语字母都不认识的人也会来抢。经常看到路边水沟里扔下用摩洛哥羊皮包装的《圣经》。可是传教士的热情未受影响。

拉伊莫汉走上新娘市场的一栋两层楼的楼梯，喊道："希莱摩尼，希莱摩尼，我能进来么？"

一个穿着蓝色耀眼纱丽的姑娘从屋里走出，说："你今天来啦？你不怕？"

拉伊莫汉笑着上了楼，说："害怕还能躲到哪里去？除了你这里！为什么，怎么啦？我看这区全是空荡荡的？"

希莱摩尼说："昨晚出事了，今天没人上这边来，只有你这码头上的死鬼。"

拉伊莫汉说："谁都不会来，好哇，好哇。我听了太高兴了，那我今晚可以独享了。"

屋里的垫子上铺着单子。面对门口的墙上挂着迦梨卡特的画。一只猫叼着鱼正要逃走。单子上面有几个红色的藤枕。有个一岁多的孩子头靠在那里睡着了。

拉伊莫汉坐下后说："早上我来这边窥探过，看见很多士兵站岗，到处是岗哨。"

希莱摩尼说："还来了两个洋警察。"

"他们会不来？死的又不是你我，是朱罗·德特的小老婆，总督没有亲自来……莫迪太太运气多好，连洋人都来看她的尸首了！"

"啊，那看不得！杀得很残忍，尸体被肢解了。"

"所以我对你说过，不要死盯住一个老爷，做个自由自在的鸟儿，在这枝上住，在那枝上吃。"

"我跟莫迪说过，朱罗老爷火气大，别惹他——她没听，还逞能说，怕什么朱罗老爷！现在懂了吧！"

"算了，过去的就过去了。啊，希莱摩尼你说过，今天因为害怕，没人会来了，你这番打扮是在等谁呢？是等我吧？"

"啊，打扮是我的习惯。等谁？等有能力的！手里没钱谁敢叫我开门。"

拉伊莫汉把口袋里的银币弄得叮当乱响，满面带笑地说："没有能力！今天我带来一百块钱。叫仆人来，开瓶酒。"

希莱摩尼说："阿卜加利的商店关门了，现在从哪儿买得到酒？"

拉伊莫汉说："到藏有酒的人那里转一圈，他们就会把酒拿出来，多要点钱呗。去吧。"

"等等，我把孩子放到那屋去，你肚子饿了就捣乱。"

"捣什么乱，我唱歌给你听。我拿你写了一首新歌。"

"算了，别拿我写什么歌了。你为那些大老爷写吧。"

"拿那些大老爷写歌是为了养家糊口，拿你写的是情歌。我来教你，你唱。你的歌喉真甜。"

希莱摩尼把孩子抱起来。拉伊莫汉说："这小脸蛋一天天圆了。啊，这是谁的儿子？"

"还有谁的，我的！"

"那我知道。他的爸爸是谁？"

"你有必要知道吗？是薄伽梵给我的。"

"薄伽梵？哪家的薄伽梵？德特家、泰戈尔家、希尔家、德贝德家、马利克家，有多少薄伽梵啊。加之还有外国薄伽梵！是哪个薄伽梵给的？"

"你闭嘴吧。"

"孩子不是我的吧？当然我不是薄伽梵，我是他们的走狗。"

"我拿烂扫帚抽你的脸。"

屋里还有个暗门，挂着厚厚的门帘。希莱摩尼推开帘子把孩子抱到那屋去了。

过了一会，她拿来一瓶酒。这地区今天比往日安静得多。每天傍晚这一带早就响彻笑声和脚铃声了。

拉伊莫汉通常是陪船长来这些地方的，当然花钱的是那些船长。拉伊莫汉陪着陪着就习惯了，到了晚上就不待在自己家里。有时他是独自来希莱摩尼这里。希莱摩尼来这里已经四年，来时才十七八岁。

今天拉伊莫汉像船长的作派，倚着靠垫伸开腿坐着，边喝酒边说："唱一支歌吧。"

希莱摩尼说："是你说的今天教唱歌。"

拉伊莫汉闭眼静默了一会儿，唱道："金树银叶，有只希莱摩尼鸟落在那里……"

他伸手爱抚希莱摩尼的面庞。但这好事突然被搅了。

拉伊莫汉刚教希莱摩尼一两句歌词，突然从大门外传来停车的声音。希莱摩尼的仆人拉姆达斯跑上楼来敲门，说："萨卡尔老爷来了，萨卡尔老爷！"

躺着的拉伊莫汉急忙坐起来，说："准是贾格莫汉·萨卡尔！"

希莱摩尼皱皱眉头说："你干吗起来，坐下！"

拉伊莫汉伸伸舌头说："神经病，这儿哪有我的地方！萨卡尔来了，和他比，我不过是只臭虫。"

希莱摩尼拉住他的手说："不，你坐下。拉姆达斯，你去告诉老爷说，今天不见。我身体不好。"

"别这样，希莱！不能回绝老爷。老爷就是财神爷，到手的财神能一脚踢开？"

"那些老爷今天回去，明天还会来。你刚教我好听的歌，今天你留下。"

"啊，我几时成了老爷了？我爸爸、爷爷没有做过盐承包商，也没给洋人背过铺盖。我得过你的十四个安那。①你挖苦我说我没钱，我说我带来了一百卢比。我几时见过一百卢比？我最多是二十、

---

① 印度货币单位，1卢比=16安那=100派沙。

二十五卢比的顾客！"

"哎！别说没良心的话。我几时收过你的钱？世尊保佑，我不缺钱。"

"我净说没良心的话。我溜啦，请老爷上来吧。我的鞋呢？"

"你干吗要溜？我不需要钱。我说啦，你留下。"

"别回掉贾格莫汉·萨卡尔。他又发誓要挽救妇女了，心里会非常痛苦的，傲慢的人。"

"那你走吧，出去，滚！"

"哎哟，别这样轰人走。难道你也像别人那样拿扫帚打孙子？你说亲热一下再走吧。现在我还怎么走，贾格莫汉上楼来了，我下去会踩到他的肩膀的。"

楼梯响起脚步声。贾格莫汉身材高大，醉得脚步踉跄。他手搭在拉姆达斯肩上走上楼来。上楼后咚咚地敲希莱摩尼那关着的门。

希莱摩尼对拉伊莫汉说："你去开门！"

拉伊莫汉悄声说："老爷看见我在这里会发火的。我要是一只鸟能从窗子飞走就好了。现在怎么办？"

"像个黄莺那样怕得发抖！"

拉伊莫汉闭上眼睛无声地笑了笑，然后扭动腰肢跳起舞来。

"你是不是怕得发疯了？"

"不是怕，不是怕，是高兴。今天我有机会逮住他了。听着，我藏到那间屋子去，你可别露出一点风。"

贾格莫汉·萨卡尔高声说："希莱摩尼，你在哪儿？开门。"

希莱摩尼说："今天您请回吧！我身子不舒服。"

贾格莫汉·萨卡尔说："我会使你身心都爽的。我有厉害的药。"

拉伊莫汉使眼色示意希莱摩尼开门后，闪入旁边房间，从里面关上了门。

贾格莫汉进到房间里站住，打了个饱嗝，将手上的鞭子扔在地上，两手抚摸肚皮非常满意地说："怎么，希莱摩尼，你身体一点都不坏嘛。你身段发育得更好了，我愿变个蜜蜂住下来。我很久没来，很久没见你啦。"

希莱摩尼说:"我在想,加尔各答的姑娘有的是,您怎么突然想起我这个不自由的女人啦?"

贾格莫汉·萨卡尔说:"想是真想,不过事情太多不得脱身,连快活的时间都没有。今天来跟你说几句知心话。"

"请坐。要扇扇子么?我去做点果汁来?"

"果汁?我是来喝酒的,你说做果汁?为什么说身体不好要把我打发走,亲爱的?"

"夜很深了,我想睡觉了。"

"夜不深我就出不来。一帮小崽子围着,会有人看见的。干大事有许多风险,明白吗?希莱摩尼,时刻有人跟在后面。"

贾格莫汉坐下来,看到希莱摩尼还站在远处,就说:"过来,到我跟前来,搂着我,让我心情平静点。近来我太孤单了。"

拉伊莫汉一直站着,从门缝看着那边。

二

听说，诺宾古马尔刚五个月大时，发生了一件怪事。一天他从床上滚到地上。那天宾波波蒂坐轿子去恒河沐浴，让信赖的女仆金达莫尼照看儿子。金达莫尼以为孩子睡着了，刚要走出去，孩子从床上跌到地上。

金达莫尼听到声响急忙跑来，看到后都傻眼了。诺宾从那么高的床上摔下去也不哭，反而爬进床底下想藏起来。爬！金达莫尼吓得心头怦怦直跳。谁见过五个月的婴儿会爬？金达莫尼伸手到床底下焦急地叫，小少爷，小少爷！

金达莫尼不敢抱起诺宾。她想，肯定是鬼看上这孩子了。她叫嚷着招来全家人。

诺宾慢慢地在床底下坐了起来。他似乎正在淘气地笑。五个月的孩子会爬，额头碰破流了血也不哭，而是笑。这似乎不是人间能有的景象。

诺宾八个月时，有一天自己站了起来，从房间步入走廊，又让大家吃了一惊。

后来诺宾的事更加惊人了。

宾波波蒂喜爱养鸟。家里养有很多八哥、鹦鹉和杜鹃。三面走廊放着一排排鸟笼。中间是天井。三层楼房，底层房间给收容的人和仆人用，挨着楼房的几间配房是男女奴仆住。二楼走廊的下半截围着栏杆，上半截夏天挂着帘子。宾波波蒂站在走廊上按需要吩咐男女奴仆。奴仆都不许上楼。

每天早晨宾波波蒂亲自给鸟笼的小碗里加食儿添水。鸟儿发出各种叫声，令宾波波蒂伤心的是没有一个鸟儿会说话。她每天站在房前教八哥：八哥，说，罗陀黑天，说，罗陀黑天！罗陀黑天！

宾波波蒂的嗓音很甜，她念出罗陀黑天的名字似乎使这家都圣洁了。但是愚蠢的八哥什么也不懂，扭头张开红眼睛只是看着宾波波蒂。

那时婴儿诺宾拉着母亲的衣襟站在那里。宾波波蒂怕孩子去逮鸟，怕鸟儿突然啄他，便用手护着他的头。

八哥没学会说话，诺宾比它们先说出了罗陀黑天！

几乎是清晰的发音，他好奇地望着母亲，一次次地说着这话。

不叫妈，不叫奶，不说去，婴儿说的第一句话竟是罗陀黑天！当时他是八个月十七天。宾波波蒂浑身发抖。她听了金达莫尼说的话后有点疑惑，也许是鬼看上这孩子了。对提前降生的孩子，担忧总是很多的。但那天她高兴得发抖。能说出罗陀黑天名字的孩子，有什么鬼敢去碰他。

宾波波蒂抱起孩子跑进丈夫屋里。

拉姆卡马尔·辛格很久才醒来。他睁开眼睛就呆住了。宾波波蒂几乎疯了，又哭又笑，完全停不下来。她吻着吻着，孩子的脸都被吻湿了。拉姆卡马尔最初并不明白妻子跑来要说什么。

是孩子让爸爸明白了。他又说罗陀黑天——正像机器娃娃的声音一样。

逐渐地很多地方都在传，乔拉桑科的辛格家有个非凡的孩子。他一岁就会唱歌跳舞说儿歌。家里来了客人，就在客厅坐成一圈，诺宾站在中间摇手动脚、翻眼，表演各种把戏。并不是所有人都欣赏这种场景，有人就难受得背过脸去。这孩子似乎很不正常。手脚硬得像木头，嘴唇厚、鼻子尖，缺少点美。他眼光锐利，行为早熟，人见了会浑身发抖。看来这孩子活不长。大自然一高兴就生出一两个这样的婴儿，又突然没了。

斯利拉姆普尔的马尔希曼先生办的新闻周刊《镜报》也登载了这孩子的消息。报道说，双桥居民、著名的拉姆卡马尔·辛格先生广行善事，晚年得子，孩子名为诺宾。他为家里增光，让父母沉浸在欢乐的海洋里。特别是他非常虔诚，一见到神像两眼就流泪，唱起歌来。孩子才一岁两个月。

这边耿伽纳拉扬一天天变得不合群了。他本来就害羞，家里来了亲戚他就跑出去，默默地走路。现在更见不到他了。他总是待在房间里。一年前，他离开了英国人办的学校，入了印度学院。他的心里涌起了新潮，他眼前有个幻想的神奇世界。

他独自在屋里边踱步边背诵：

> 我没有疯，可是比疯人更不自由，
> 关在牢狱里，水米不进，
> 挨受着鞭挞和酷刑……

他念着罗密欧的道白，听到了甲必丹·理查森的嗓音。甲必丹先生完全使诗歌变活了。他在课堂上教着教着，突然像狮子般吼叫起来，有时又吹出悠扬的笛声。他在讲述罗密欧时，讲着讲着似乎他就是罗密欧。他又是凯普莱特，他是茂丘西奥，甚至又是朱丽叶。闭上眼睛听朱丽叶说话，觉得教室里真的是有女人来了。

理查森上课时，连一根针落地的声音都能听到。这么优美，连不安分的学生都沉醉了。

家里正在商议着耿伽的婚事。拉姆卡马尔想让耿伽早日管理产业。在相看了许多女孩后，基本上相中了巴格巴扎的戈古尔·巴苏的女儿丽拉波迪。丽拉波迪七岁。耿伽现在根本不想结婚，但他对谁都不能说。他同这么小的女孩有什么话说？再说一提到结婚，耿伽连耳朵根都红了。这事似乎有什么秘密，现在他还不能正确理解。近来一提起这事，宾杜巴希尼就很生气。

宾杜是比图谢克的三女儿。耿伽有时下午去她家。以前几乎是天天去，现在，特别是周六、周日，他是不会忘记去的。比图谢克家收容的人中，有一位是希沃拉姆阿阇梨①。耿伽定期跟他学习梵语和孟加拉语。这位老师在洋人马尔希曼的报纸任专家有些日子了。他长住在斯里拉姆普尔，周六来加尔各答。

宾杜也跟这位老师学，她对读书有很大兴趣。她在那里与耿伽见面。宾杜守寡回娘家后更专心读书了。

比图谢克有五个女儿，没有儿子。比图谢克因为没有儿子，更疼爱耿伽。比图谢克的第五个女儿八岁，下个月结婚。如果这女儿同耿伽结婚那就非常圆满了，但是不行。比图谢克是婆罗门。因为是婆罗门望族，姑娘的婚事要门当户对。女孩出生后两个月内，必须在本种姓内物色人选，确定关系，届时结婚。

宾杜从小命就不好，她的婚事是和克里希纳城的男孩订下的，在她还不到七岁时，那男孩死了。这样宾杜成了别人订下的媳妇，不可能再嫁给望族了。给她订了个非望族的男孩。宾杜和耿伽同岁。耿伽记得宾杜结婚那天的事。那天天空是血红色的。巴杜利亚卡德发生大火灾，整整烧了两天。八岁的小女孩离开玩耍的房间和玩偶，在火红的天空下到婆家去了。那天她是哭着走的。一年半后哭着回来了，抹去了发缝中的红朱砂，成了寡妇。

比图谢克没有儿子，但不像他朋友那样抱个养子。他要让五女苏哈希尼的未婚夫入赘。比图谢克在民事法院当律师挣了很多钱。作为律师，他的声誉几乎同拉吉纳拉扬·德特一样。和苏哈希尼定了亲的人，又结了两次婚，比图谢克气得解除了女儿同那男孩的关系。结果社会上议论纷纷，但比图谢克用钱封住了众人的嘴。他从

---

① 阿阇梨（Ācārya），婆罗门教、印度教和佛教中对师长的尊称，指讲授宗教经典及仪轨的人。

三　023

梵语学院物色了一个穷而聪明的学生做苏哈希尼的新郎，这孩子出身南方婆罗门望族。

宾杜成了寡妇回来后无心再玩玩偶。按规矩她被先推入一个更大的玩偶房间。比图谢克嗓子激动而又颤抖，说："孩子，别哭啦。从今天起我就把服侍神的责任交给你了。记住，毗湿奴神就是你的主人。我们全家都是他的后代。"

可是一个九岁半的女孩怎能整天把心放在神堂里？开头几天她身上围着一块白单在神堂庄重地打坐。有时她妈去看到，女儿在莲花座上睡着了。

现在宾杜念着"南无、南无"做祷告，其余时间就读书。她的梵语、孟加拉语相当有造诣。在解难题方面她也胜过耿伽。宾杜问："耿伽，你说，'为了科学，人心先动'是什么意思？"

耿伽勉强回答："人心急于知道一切。"

宾杜摇头笑着又说："不是，不是。没这么容易。人心最初想知道东西的真相。然后人心去关注它，下决心去感知它，而受阻后生气……'为追寻而生气'。"

听到宾杜说出这番大话，耿伽也变小了。他说："这不是诗，这全是枯燥的哲学，我不欣赏。"

宾杜气得吼叫起来："这全是枯燥的哲学？你懂什么！读了两页英语书你就什么都懂啦？是吗？"

耿伽对梵语的热情真的减少了许多。而孟加拉语可读的书一本也没有。

"宾杜，你不读英语书，你怎么了解他们写出了多么美好的诗篇？你知道梅格雷先生说什么？我国的好书屈指可数，放不满欧洲图书馆的一架。而他们的文学则是多么巨大的宝库！"

"去问问你那梅格雷先生吧，仅仅放一部《摩诃婆罗多》需要几个格？"

"宾杜，你读这么多梵语有什么用？你又不办梵语学校。"

"我读书是为我自己快乐。"

希沃拉姆老师很瘦，讲话时总是摇晃膝盖，手里的水烟筒发出响声。他楼下的房间里白天也很暗，四面摆满书本。他的脸瘦削，嗓门却很大。打开一本书就一心读下去。他喜欢教书，得到耿伽和宾杜这两个称心的学生，他非常热情地教。宾杜的姐妹对读书从来不感兴趣，不过都会读会写孟加拉语。耿伽注意到，婆罗门家庭的女孩子一般都学会读和写。耿伽的母亲宾波波蒂不识字。耿伽在弟弟出生前，每天读书给母亲听。

希沃拉姆老师星期六从斯里拉姆普尔回来早了一点，洗过手脚后默念了一会。睁开眼睛看到两个学生来了。他先听耿伽说了家里的好消息，对耿伽的弟弟特别感兴趣。

他舒服地抽着烟，没有打开书本。

宾杜说："老师，您说过今天教我们学迦梨陀娑的《云使》的……"

希沃拉姆老师："《云使》，唔。"他思考着，使劲摇着膝盖，然后说："宾杜，几天来我就想对你说，但没说出来。你跟我学的够多了，你没有必要再学了。"

宾杜感到奇怪，问道："没什么可学的啦？您说的，学无止境。再说我现在还没学到什么。"

希沃拉姆说："你学的足够了，不必要再学了。你学的比女人该学的都多了。"

"不，老师，这话我不爱听。不学习，我的时间怎么过。"

"好呀，要是想保持读书的习惯，你自己就能，不用我帮助。"

"自己读？您还没有消除我的愚钝呢，我到现在还没全弄懂梵语语法。耿伽说，他对哲学不感兴趣，喜欢诗歌，说什么英语里有好诗歌。英语里难道有比《云使》好的诗？您教我们《云使》吧。"

"听着，宾杜，女人是不该读《云使》的。"

希沃拉姆老师说这话自己都不好意思，低着头。宾杜的脸色变得苍白。她模模糊糊地知道。似乎什么地方有条不能逾越的界线。

耿伽默默地坐着。他不理解非常热情施教的老师突然改变主意的原因。宾杜为什么不再读书了？

他问道："老师，您也不再教我了？"

老师说："为什么不再教？只要你愿意，就来吧。"

"那么是宾杜犯什么过错了？"

"我无权给女人施教，这是社会习俗不允许的。宾杜学到的东西，够她自己读宗教书用了。特别对女人来说，读《云使》是要遭到谴责的。"

"好吧，《云使》就算了。您教的《摩诃婆罗多》到现在还没教完呢。"

"听着，我实话告诉你们。宾杜，你父亲对我说了，女儿学的够多了，还要什么更多！她现在已经十五岁了！"

宾杜生气地站起来说："那么您不再教我啦？"

"你父亲不愿意，你叫我怎么办？"

宾杜脸色都变了，她咬住嘴唇忍住哭。突然的打击使她单纯的心全碎了。无罪而受罚，人心受到的打击最大。宾杜没再说一句话，突然跑出屋子。

耿伽像罪犯那样默默地坐着。

希沃拉姆长叹一声，说："看来我在这家教课也完了，我也受不了这长途的奔波。我已决定在斯里拉姆普尔租房了。"

耿伽心里很难受。比图谢克为何突然下达这种指示？宾杜说，她读书是为自己快乐，她父亲为什么要剥夺她的快乐？宾杜是充满单纯、欢乐的性格，让她痛苦有什么好处？他也有点为希沃拉姆老师感到痛心。他走了，耿伽会难受的。这位先生没有妻子，无依无靠，什么亲人都没有。他结过三次婚，三个妻子都夭折了。他认为自己不吉利，决定不再续弦。他对耿伽和宾杜讲过他的婚事，他的心非常清纯。

"你今天有心读书么？"

耿伽说："您走吧，我也不再读了。"

"你现在在学院读，愁什么？梵语时代结束了。我要是再待几天，就能学几个英语字母了。非雅利安语言现在胜利了，不学英语在哪方面都不方便。啊，你说，英语'人'的第一人称单数是什么？"

过了一会，耿伽向老师行过礼后走了。

黄昏已过，是该回家了。傍晚过后一个人在路上走不安全。当然家很近，耿伽一跑就到。

但他在走之前想见一下宾杜。宾杜的自尊心很强。禁止她读书，她一气之下也许会把书全撕掉，永远不会再摸书本。那样一来宾杜靠什么度日？耿伽只知道，宾杜面临的是长期的孤独生活。禁止女人读《云使》，《云使》里有什么？耿伽必须读读看。

苏哈希尼在二楼走廊躺在女奴怀里吃牛奶米饭，她无论如何不肯自己吃，得硬喂她吃。为此比图谢克专门给她派了个婆罗门种姓的女奴。

"喂，宾杜在哪里？"

苏哈希尼说："不知道，没看见。"

那女奴说："我看见她往神堂那边去了。"

耿伽往那边走去。苏哈希尼用尖嗓子问："耿伽哥哥，你会先结婚呢，或是我先结呢？"

那女奴说："姑娘想结婚想疯了。"耿伽转身站住，说："等等，我要告诉你的新郎，说你吃饭慢，他会砰砰地打你的背的。"

苏哈希尼举起拳头说，我也打他。

耿伽没有进入神堂。他到神堂前先拜过神，然后叫：宾杜，宾杜！

没有回答。耿伽探头看，宾杜不在这里，也不在自己屋里，也许是到她妈妈那里去了。但是宾杜在哭的时候是想自己待着的。以前耿伽看见过。耿伽上房顶露台去找。

宾杜站在西边栏杆后面。当时天空的色彩还在变幻。一半天空几乎黑了，时时有几道银光。另一边天上闪着金色，有些地方红得像吉祥志。宾杜注视着落日的方向。看到红色背景下纯情的宾杜，耿伽感到宾杜的生活和血红的天空没有任何联系。

耿伽想悄悄地从后面把手放到她背上，吓她一跳。如果宾杜眼里还有泪水，就对她说，宾杜别哭，从现在起我来教你。我在学院里学到的，全都教给你。

走近了，耿伽的手却停住了。他觉得一切不再像从前那样了。一句话可以破坏很多东西。今天老师一再对宾杜说女人。宾杜从什么时候起变成女人了？到昨天为止她还是少女，同耿伽开过许多玩笑。今天如果她成了女人，那把手放在她背上对么？

耿伽赶紧缩回手来。

四

　　耿伽每天步行去学院。他的许多同学坐轿子或租来的牛车上学。作为地主的儿子，耿伽应该坐双驾马车来的，但他喜欢走路。他家离伯德尔丹加不太远。他欣赏着路边的景色走半个钟头就到学院。

　　那天，他走到伯德尔丹加拐弯处，看到许多男生在学院前面往戈尔迪奇方向跑。那角落总是乱哄哄的。耿伽好奇，也跑过去。

　　戈尔迪奇对面的玛塔波·德特市场里有时会抓住小偷。这时不仅是店主，行人也狠揍小偷。除小偷外还有各种抢劫者。某个醉鬼也许抓起烤肉店的一串烤肉撒腿就跑。有大麻瘾的人在大麻商店附近等待机会，在店主去小便或因事离开时，就冲进去乱搜一通。有时也逮住学院的某些学生，市场的人就同他们争吵。英国人黑尔先生禁止大麻商店老板向学生出售大麻，因此大麻商店受到的袭击最多。

　　店老板气极了，一天抓到了偷大麻的学生，拉到黑尔先生那里。黑尔平时虽性情懦弱，但若有人违反他的命令，他发起火来还是很可怕的。他听了老板的指控后，叫花匠加西拿鞭子来。加西拿来鞭子后，他狠狠地抽了那学生十几鞭。

　　有一天，黑尔也这样鞭打了耿伽的同学班古·德特。班古没有偷大麻，他正要去米尔查普尔教堂听桑蒂斯先生讲圣经。黑尔先生知道后，一天把班古叫去。先生手里拿着皮鞭，嘴都气歪了。黑尔把班古的背打出血后，自己也哭了起来。他一边用温水给班古洗伤口，一边温柔地用英语说：你们用心读书吧，现在不必为宗教伤脑筋。

在德罗齐奥[①]先生被解雇后，黑尔先生就警觉了。家长们看到基督教对学院学生的影响加大后都生气了。已经有一些家境好的学生离开印度学院，进入戈尔雅迪学校的东方研究班了。

耿伽今天又跑去看发生了什么。人群中有很多同学。波拉纳特、贝尼、班古、普德博就站在旁边，他们显得很忧郁。

耿伽走过去问他们："怎么啦？"

贝尼说："今天默图又闹事了。"

"默图！"

耿伽推开众人想亲自看看。默图坐在草地上，被一群人围着。他拿着酒瓶叫嚷："I am like the earth, revolving around the self-same sun, boy（我就像地球一样，围绕着同一个太阳旋转，啊）……"

耿伽震惊了。默图近来做得太过分了。他从前是傍晚后喝酒，现在白天也离不开酒瓶。上课时他总是打酒嗝，吐出酒气，说话时舌头也不利落。几天前，学院院长卡尔先生斥责过默图。

默图家的轿子停在附近的路上。两个仆人总是跟在默图身边。他们无助地站在两边，不敢去拉默图的手。默图总是拿棍子打，又大把大把给钱。

默图身穿西服，即使天很热也不脱下。前几天他突然脱下印式衣裤换上西服，喝酒也多了。他看到耿伽后，斜着眼说："怎么，耿伽，你还在这儿？普德博、班古他们全都跑开了，你明白么？

---

① 德罗齐奥，这里指享利·路易斯·维维安·德罗齐奥（Henry Louis Vivian Derozio，1809—1831），印度诗人和加尔各答印度学院助理校长，父亲是葡萄牙人，母亲是印度人。他是最早在孟加拉年轻人中传播西方思想的印度教育者之一，是一位激进的思想家。被认为是"印度英语诗歌之父"。

Seasons both of joy and sorrow, I have, like her, as I run, boy（在我奔跑之时，啊，我同她一样，既有欢乐，也有痛楚）……"

贝尼推开众人说："默图，你这是做什么？老师经常从这里过，要是看见你这种状况……"默图撇撇嘴，说："要是看见，我五辈子都得救了！愚蠢，贝尼像一条狗！"他指指手中的酒瓶说："来，如果你有胆量，就来喝一口！"然后他自己就把没兑水的白兰地咕咚咕咚地倒进喉咙里。

普德博说："现在卡尔先生就会得到消息。卡尔先生是厉害的人，也许就会采取措施……"

默图吼叫着打断他，说："I hate the damned fellow Carr! This will do me no harm! None whatever!（我讨厌卡尔那个该死的家伙！这无损于我！一点不会！）"

贝尼说："闭嘴，闭嘴！我看你完全丧失理智了！敢这样说先生。"

班古说："默图，起来！你不上学啦？"

默图耸耸肩膀说："不，不，不！"

班古说："你一个星期没来了，你不读书了？"

普德博说："为什么不读？走吧，默图，跟我们走。"

默图说："你们走吧。You goody goody boys, you go to the class!（你们些好孩子，你们去上学吧！）我不去了。"

波拉纳特小声说："别出声，利兹先生走过去了。"

其他人扭头看到，学院的数学教师利兹先生打着伞正在园湖的栏杆旁慢步走，双眼似在沉思。

默图说："That fellow（那家伙）！怕什么？我再也不怕了。"

在利兹先生走远后，普德博笑着说："尽管你说大胆，默图，你是怕利兹先生的。"

默图为了显示不怕，又把酒瓶放到嘴唇边，然后小口地边喝边说："我，默图苏丹·德特esquire（先生），我谁都不怕。"

波拉纳特说："我把先生请来？利兹先生在拿破仑的部队打过仗，

他来了就会把你像死尸那样带走。"

默图说："叫吧，我看你叫！"

普德博说："别这样，默图。你不上学，我们也觉得不好。"

默图小声说："为什么？你们一个个都是明星了。"

班古说："我们或许是星，但是默图，你可是木星！"

普德博说："又要写作比赛了，默图，这回你会得奖的。"

默图说："A fig for your scholastic fame.（对你的学业名望毫无价值。）"

"你真的不上学了？"

"不上了。我讨厌学院，我讨厌卡尔。"

"你为何这样恨学院？你违了规，所以卡尔责备你。"

"D.L.R①不来的话，我再也不上学了！别人没有教我的学问。"

"理查森先生又回来了。他不回来你就不读了？"

"是的！"

"起来，默图，听我的话！"

"你也是讨厌的家伙！"

耿伽一直没有说话。这下他在普德博耳边说："我去请戈尔来？他肯定会听戈尔的话。"

普德博说："你说得对。你去看看他来了没有？"

耿伽往学院跑去。戈尔正站在大门口和梵语学院的两个学生交谈。耿伽把他请到一边，把事情告诉他。

戈尔发愁地说："我去了怎么做呢？"

戈尔脸白净，高鼻梁，浓眉大眼，唇线和下巴似女人般温柔。在人群中很引人注目。

耿伽不顾戈尔的反对，硬把他拉来。戈尔分开人群走进中间，

---

① D.L.R.这里指大卫·莱斯特·理查森（David Lester Richardson, 1801—1865），即文中理查森先生，英国东印度公司官员，曾在印度学院（Hindu College）教授英语语言文学，并任该校校长，作为孟加拉语诗人迈克尔·默图苏登·德特的老师，对其诗歌创作产生深远影响。

不高兴地说：

"默图，你又带白兰地来学校啦？"

默图一见他立即跳起来站好。两手抱着他，亲吻了脸颊，说："戈尔，戈尔，很久没见到你了。我是来找你的。我去机械学院，没有见到你。我给你写了七页长信，你只回了我一短信。为什么，戈尔，为什么？"

戈尔急于想挣脱，但默图无论如何不放开。默图比戈尔高，脸庞虽然瘦削，身体却很有力，他把戈尔紧紧抱在胸前。

戈尔说："你又在白天喝酒啦？"

"喝得好！我为什么不喝？理查森不喝酒？他不去找姑娘寻欢？正是因此他才这么爱好诗歌。正是因此，对他来说世界才这般美妙！他说过什么，不记得了吗？ To cold and vulgar minds how large a portion of this beautiful world is a dreary blank.（对于冷漠与低俗的智者来说，这个美丽世界的大部分都是乏味的空白。）戈尔，除了诗歌我什么都不爱。Poetry widens the sphere of our purest and most permanent enjoyments.（诗歌拓宽了我们最纯粹与最持久的喜悦范畴。）你瞧着，总有一天我会成为大人物的！拜伦，同拜伦一样。到那时你为我写传记吧。"

戈尔说："好的，你会成为大诗人。但你向我保证过，喝了酒是不来学校的。"

"保证？我不能做任何保证。这是真的，戈尔，我不能保证。普德博能，班古能，耿伽能，拉吉纳拉扬能，我不能！为此你就生我的气？没有你我就活不下去了！戈尔，你答应过要来我家的，为什么不来？"

人群中有人嚷起来说："这是罗陀和黑天怄气。"

普德博说："人们在看笑话了，戈尔，带默图离开。"

默图连眉头都不皱，一直盯着戈尔的脸，说："我只能做一个承诺，我一定去英国，一定！一定！"

戈尔柔声说："放开我，默图。我成不了诗人，我现在就去学校。"

默图模仿理查森的声音，大声痛苦地说："不，我恳求你们……今天谁都别去学校。今天你们都跟我走，普德博、贝尼、班古、耿伽，走，大家都走。"

他一手抓住戈尔，另一手想抓住其他朋友。人越围越多，来找乐的人开始找茬。人群中也有梵语学院的学生。

梵语学院和印度学院虽在相邻的楼里，但两校学生间有芥蒂。除了黑尔先生提议的若干免费生外，印度学院的大部分学生来自富裕家庭。相比之下，梵语学院的学生都是乡村的"土包子"。他们还没学会穿西服，身上只围着披肩。但他们的嘴很犀利，善于做出刺人的评论。因默图肤色黑而戈尔很白，他们便用种种比喻来挖苦。

普德博不喜欢这些，明白了逃不出默图的圈子后，他迅速地冲出人群坐到默图的轿子里。

这时默图还没放开戈尔。他一手拿白兰地，另一手使劲抓住戈尔的手腕，从人群中将他拉了出来。

因为一顶轿子坐不下，默图使劲打了个口哨，像英国佬那样把手指放在舌头底下打哨，他学得挺帅。

波多丹加拐角是轿夫们的大本营，两顶轿子飞快地过来了。大家都认识、也很尊敬默图，这少爷来租轿子，轿夫能得到意外的赏赐。

在朋友们都坐上轿子后，默图说："抬到启迪普尔去。"

默图家的大房子住的人很少。默图的父亲拉吉纳拉扬·德特是很会享受的人。他不喜欢家里来一大群亲戚。由他同村萨格丹利的几个妇女伺候他妻子詹碧夫人。有穷亲戚来投靠时，另租房子安置。拉吉纳拉扬这所房子是按自己的喜好建造的，不容别人说三道四。

家里有十四个仆人。拉吉纳拉扬是美食家，每天都要吃新鲜口味，为此他以更高的工资把英国人家里的厨师汉萨马德挖过来了。他若不喜欢某个菜，就连碟子一起摔掉。吃过他家烧羊肉的人，一辈子都忘不掉那滋味。默图的朋友来，总能吃到美味佳肴。一提到那羊肉，他们就说，像帝王中俄国的沙皇那样，食品中就数这烧羊肉了！默图没有兄弟姐妹，在家里极受宠爱。五六个仆人随时准备执行默图的命令。詹碧夫人严令：不管你在做什么事，默图要什么，得马上送到。

拉吉纳拉扬也溺爱儿子。《孟加拉观察报》《加尔各答文学公报》《评论》等报纸登载过他这十七八岁儿子的诗歌，为此他感到无比骄傲。有一天，法院的同事比图谢克说，你儿子学了地道的英语，过几天会在英国人头上拉屎！拉吉纳拉扬听后心花怒放，英国先生们看吧，土著不比他们差分毫。他在家里的躺椅上抽烟，有时也把水烟筒递给儿子。麻醉品商店的老板给默图送酒来，拉吉纳拉扬连问都不问就付账。默图还向许多商店赊过多少东西，连他自己都记不得了，要拉吉纳拉扬去寻问。他对汉密尔顿先生的商店说过，每次轮船从英国带来新的奢侈品，每样送一瓶来给默图。

为了镇住家里人，默图的疯劲没完没了。他总是拿着商品的预订单坐在屋里暗笑。拉吉纳拉扬派人到处去搜寻那些商品。钱是不用发愁的，无论如何要弄到那商品。弄到手后，拉吉纳拉扬亲自拿给默图，笑着说："还要点什么，说吧！"

父子间的游戏就这样进行着。当然，默图的主要嗜好是买书。默图总是以种种方式使朋友们惊奇。他在家里问他们，谁想吃什么，闭着眼说，不管是什么，点出名字，我五分钟就能拿出热的给你们。

真的，他能做到。鸡、羊肉、咖喱小牛肉、蛋羹，只要点出名字就行。马上就送到，还是热的。每天有四五个灶随时为默图做各种食品。想吃就吃，不想吃就不吃。哪天他想吃什么，事先无法知道。

默图也有什么都不吃的日子。他身边放着酒杯，面前打开书本，度过一个个钟头。

默图和同学在家门前下了轿进屋去。四五个仆人成排站在门旁。默图从口袋掏出一把钞票塞到一个仆人手里，说：打发他们！然后他伸开双手，喊：嗨，嗨！似乎是说他回到家了！充满感情的声音像是某位冒险的王子登上什么新岛似的。

宽敞的院子四周有走廊，一边有大理石台阶。默图踏上台阶后突然站住，自言自语说，如果你们碰到家父……

朋友们在交谈，没有听到默图说的话。这下默图大声说："如果遇到家父，要小心点！"

朋友们感到奇怪，默图为何说这话？朋友们见过拉吉纳拉扬几次了。严肃的拉吉纳拉扬很高兴地对待儿子的朋友，询问每个人的家境。他和耿伽的父亲特熟，一见耿伽就亲切地说了很多话。默图和父亲更是亲热。

默图不客气地说："见到家父你们别说话，表示我们是一伙的。"

班古问："你同你父亲怎么啦，默图？"

"有很多事。"

拉吉纳拉扬这时正在法院里，所以见不到他。可是朋友们感到奇怪。

默图上楼后，朝自己的房门打了一棍子，门开了。默图进屋后说，请坐吧。他随即打开柜子拿出几个英国玻璃杯，倒了白兰地，说："喝吧，自己拿，一口喝光。"

其他人默默地站着，谁都不碰酒杯。戈尔痛苦地说："默图，你还要喝呀？"

默图说："为什么不喝？今天我高兴，非常高兴，你们来了，班古，喝！波拉，喝！耿伽，你不喝？"

普德博始终没来，狡猾地在半路下了轿，他很聪明。他总是说，我是贫苦婆罗门的孩子，跟这么有钱的人来往多了我受不了。耿伽在这之前来过几次，从未在这里见过普德博，虽然普德博很喜欢喝酒。普德博总是拒绝默图。

默图硬把一杯酒塞到耿伽手里。耿伽立即浑身发抖，他想起了宾杜巴希尼。

宾杜有一天问耿伽，印度学院的学生都喝酒，你一定也喝了？耿伽说，不喝，一点都不喝。宾杜说，看到路上那些醉鬼我讨厌。

在学院读书的学生也是醉鬼，啧！耿伽，你若再喝酒就别再来见我！耿伽说，我说过，我永远不喝酒。你瞧着吧。宾杜说，你摸着我的手发誓吧。

今天耿伽能恪守这个誓言么？戈尔举起一杯酒，沾了沾嘴唇说："默图，你和你父亲闹什么了？说真话！"

默图说："他强迫我结婚。不知是什么地方的八九岁的小妞，我跟她结婚？绝不！拉吉纳拉扬·德特没这能耐！"

贝尼、班古和波拉纳特已经结婚了，戈尔好像也订婚了。他们不重视默图说的话。

贝尼说："叫结婚，你就闭着眼结呗，还有什么话说？"

默图说："跟八岁的小妞？不可能！她能懂我的话？只会流鼻涕，只会呜呜地哭。"

波拉纳特说："你上哪儿找更大的姑娘？加雅斯特家发育了的姑娘还能是处女？在全国都找不到。现在就结婚吧，过三四年姑娘就成人了。"

"爸妈喜欢的姑娘我不娶。不，不，不！ Alas! They know not that I die of pains that none can heal.（唉，他们不知我会在无人能治愈的痛苦中死去。）"

耿伽纳拉扬突然感到非常懊丧，他的处境和默图一样。他现在也不愿结婚。但他不能像默图那样坚决反对，他必须听从命运的安排。

贝尼说："所有的男孩在婚前都像默图这样闹一闹，然后接受。默图也会接受的。为了传宗接代，我们大家都被迫结婚。"

默图吼叫着："被迫！好吧，你们瞧着吧。"

"父亲强迫的话，你怎么办？你能拖几天？"

默图又拿起白兰地酒瓶，说："拉吉纳拉扬·德特强迫我？如果逼得紧，我就让他一辈子都忘不了。"

五

默图突然脱下西服扔在地上，打开靠墙的木柜，问戈尔："你说我穿哪件？"

衣柜里至少挂有二十多件西服，不同颜色，式样繁多。在商店里也看不到这么多同尺码的西服。柜子的油漆闪闪发光。

贝尼问："现在穿西服？又上哪儿去？"

默图说："不，哪儿都不去。你们来了我高兴！"

"那为何又穿西服？"

"难道让我像野蛮人那样光着身子坐着？"

"是你脱了西服的。"

"老穿一件西服，无礼！你们能做什么？色彩变了，心情也变了。戈尔，你说，我穿哪件？"

"随你的便。"

"你不给挑一套？这金黄色的？这件你喜欢？"

虽然默图只征求戈尔的意见，但有时贝尼不说话可不行。贝尼和默图之间有点芥蒂，在课堂上总是有碰撞。贝尼也是大人物的孩子，不过他爸是出名的吝啬鬼，他不能像默图那样大把大把地花钱。

贝尼说："这大下午的，穿金黄色西服？哇，默图你这是什么嗜好呀？"

默图说："贝尼，我的嗜好从来与你的不同！我爱金色云彩飘过天空，飘过广阔的蓝天。你看看，天空变成怎样的金黄色了。"

贝尼看了看窗外，说："哪儿有金黄色？是漫天乌云，傍晚会有暴风雨。"

班古说："诗人就是这样，有许多想象空间。"

默图穿上西服，骄傲地像演员那样踱步。他的醉眼炯炯有神，脸上也有光彩。他今天比往常更不安分。

贝尼说："默图，干嘛这么不老实？安分坐一会儿吧。"

默图像演员似的哈哈大笑，像理查森先生讲授《哈姆雷特》那样，也仰起头说："我不能安分，不能，不能！I am like the earth, revolving ever round the self-same sun, boy...（哎，我就像地球一样，永远围着同样的太阳转……）你们为何不喝？酒杯全满着。喝，班古！喝，波拉！"

在默图的一再要求下，耿伽手拿满杯的白兰地默默地坐着，一点都不沾嘴唇。其他人在一小口一小口地喝。

厨师端来满满两盘烤肉，很热，还在冒气。默图耸耸肩，说："啊，我的最爱！你们尝尝看，仅三个月大的小牛肉，好味道。"

耿伽起了鸡皮疙瘩。他突然想起房后的牛棚，几天前母牛产崽。牛犊出生后挣扎着跳起，过了一会跑到他旁边来，这是耿伽从未见过的奇事。这牛犊可能正是三个月大。白净的身躯，大大的黑眼睛，像涂上了青黛，见到就想爱抚它。而默图见到烤的小牛肉竟欢呼！

其他人都拿了些烤肉。

贝尼最先把烤肉塞进嘴里，立即跳起来捂着嘴发出夫夫的呼声。肉很烫，咽不下，又不能吐掉。大伙都笑了。贝尼好不容易吞了下去，说："真是美味，真烫！"

戈尔问："默图，令尊在家容许吃牛肉吗？"

默图说："我在家里要什么都行。"

班古说："默图结婚时，我们要好好闹一闹。有舞女跳舞吧，默图？"

"要看舞女跳舞，哪天都行。结婚要舞女干嘛？现在我绝不结婚。"

班古说："算了，算了。这种话大家都说！当令尊做了决定……"

默图说："我不是说了吗，我爸没有本事强迫我。"

这话班古也不爱听，说："我去对令尊说，这冬天就给你成婚，租艘大船乐几天。有个叫卡玛拉的姑娘跳舞特棒，我请她来。"

班古在提到卡玛拉的名字后，斜眼看了看耿伽。耿伽知道，他父亲经常去名叫卡玛拉森德莉的姑娘家。姑娘只有十七八岁。班古故意刺激耿伽。耿伽低下了头。

贝尼说："默图会坚持同蜜罐似的姑娘结婚的。"

默图气愤地吼叫说："你们也要做我爸的同党？"

戈尔说："默图，慢点说。"

默图立即缓慢地说："班古和贝尼为何让我伤心？难道他们不理解我的心？"

"你要惩罚令尊？什么时候能惩罚父母？"

"能，我离家出走！那时拉吉纳拉扬就明白了。"

贝尼讽刺地笑着说："你离家出走？那时你这么多五颜六色的衣服、一瓶瓶的白兰地、一天几种食品，谁来付钱？嗨，嗨，嗨！大诗人，到那时用天上的云彩代替烤肉，用空气代替白兰地，行吗？"

"对，I care a damn（我毫不在乎）！我喝空气活着。"

戈尔说："默图，别狂。我们都看到你父母多么的爱你。你别让他们伤心。"

"就得让，伟大诗人蒲柏说什么，知道吗？'跟随了诗神，必须离开父母。'"

贝尼说："蒲柏是说过，但他在生活中实行了吗？诗人们只是说说罢了。"

"你瞧着，你瞧着，我能不能做到。"

耿伽站起来说："我要回家。"

默图说："为什么？怎么，耿伽，你一点都不喝？酒杯没干啊。"

班古说："干什么，他滴酒不沾。"

默图一跳坐到耿伽身旁，说："在我家不吃饭是走不了的，吃，吃吧。"

耿伽说："不，默图，今天我什么都吃不下，没有胃口。"

"就喝一口。"

"不，我不喝酒。"

默图硬把酒杯端到耿伽嘴边，耿伽要硬抢过去，在推抢间酒杯落地，酒弄湿了红色波斯地毯，玻璃杯滚到桌子底下。

默图连眉头都不皱，拿起杯子说："喝。"

耿伽双手合十，说："饶了我吧，默图，我无论如何也不喝酒。"

"那就再吃点烤肉……冷了就不好吃了。"

"我们家有头小牛，我喜欢它，我不能吃牛犊肉。"

"别说牛犊，难听，要说 beef（牛肉）。"

"吃点烤肉你就知道了，耿伽！这么好的烤肉一辈子都没吃过。"

默图说："你们不会因吃烤肉出事的！为这烤肉，我憎恨印度教。牛肉和酒，强壮的人时时都需要。英国人、法国人、俄国人全吃牛肉，全都喝酒！因此他们是救世主，他们写得好诗。只有印度教徒懦弱、素食、穿破衣裳、剃光头待着。因此其他民族随时来打印度教徒的嘴巴。"

贝尼说："除牛肉外，我什么肉都不喜欢。"

耿伽说："你们吃牛肉，喝白兰地，你们拯救印度社会吧，就把我除外吧。"

"唉，coward（胆小鬼）！"

"所有人都是社会改革家？大家都有胆量？"

"耿伽没有什么新思想，你永远做个温顺的人么，耿伽？"

"叫我怎么办？我不像你们那么活泼！我对牛肉没兴趣。"

默图看到朋友们在鼓励耿伽，突然哈哈大笑，然后在耿伽背上打了一巴掌，说："我骗他们的，耿伽，你也被骗了。这些不是烤牛肉，是纯粹的羊肉。我妈不是在家吗？我怎么能把牛肉拿回家？我喜欢牛肉，但要到外面吃。这些是羊肉，信任我，拉吉纳拉扬·德特的儿子不说假话，给一点点信任。"

再也留不住耿伽了，他走了。波拉和班古也不能待得太久，也想一块走。大家都站起来。

默图攥住戈尔的手，说："不，你别走，你留下。"

戈尔说："我不走？我得走很远的路。"

默图痛苦地说："不，戈尔，你别走。我孤单单一个人，怎么过？要是你也走了，那我再喝酒……满满的一瓶。"

戈尔说："好吧，好吧，我再待一会儿。"

贝尼说："默图，我也待一会。待会我和戈尔一起走。让他们走吧。"

默图的脸色立即变了。他不喜欢在其他人走后贝尼留下来。戈尔和默图都不说话。贝尼自言自语说了一阵。

靠墙的白石头桌子上凌乱地放着默图的许多书，贝尼走过去看。虽然贝尼十分清楚，默图不喜欢人家动他的书。

贝尼挑选了两本，说："默图，我能借这两本么？"

默图说："找你最想要的，就拿柏斯特传记吧，那本我正在读。"

默图往窗下看了看，说："我的轿夫要去洗澡了，贝尼，你如果想回家就走吧，他们送你回家。如待会再走，你就得自己雇轿子了。"

贝尼着急地说："不，不，我这就走。可是戈尔走吗？怎么样，戈尔？"

默图代替戈尔说："不，戈尔现在不走。他整天陪着我，也可能整晚。"

贝尼眉毛一挑，说："整晚？"

戈尔说："有毛病！谁说整晚了？贝尼，你先走。他冷静下来后我就走。现在扔下他走了，他还要喝酒的。"

贝尼微微一笑，说："除了你，谁也管不了他。你热情点照看他吧……对了，默图，我问你一句话，不生气吧？"

"什么？"

"你拿戈尔名字写的藏头诗，对戈尔不用阳性而用阴性，为什么？戈尔的脸当然很漂亮，说他是姑娘也行。"

默图严肃地说："谁说是写戈尔？我大部分诗是献给戈尔的。因此就说全是为他写的？""但是藏头诗是每行的第一个字母合成名字，是写他的。德罗齐奥有一天不是说过吗？然后你就写了。我记得这么几行：戈尔啊，天真，告诉他危险，啊！这是为他，她情人的死！"

"贝尼，你好好学习朗读吧！不是那样读诗的！记住，你是在读拜伦或蒲柏这样大诗人的作品。"

"我写不出诗歌，否则我也愿意写戈尔……"

"轿夫们一去洗澡，你就叫不到他们了。"

"不，不，我马上就走。"

贝尼赶快出去了。默图送他到楼梯回来后说："吝啬人的孩子也吝啬！一听说要自己租轿子就逃跑了。拔掉了眼中钉。"

戈尔红着脸低头坐着。

默图过来抱住他，边吻边说："这回只剩下你我了。我和你。戈尔和默图。默图和戈尔。啊，多么快活！"

戈尔好不容易才挣脱开，说："你发什么疯？默图！在大伙面前你竟这么羞辱我！"

默图说："害什么羞！我是属于你的！"

"贝尼说了很难听的话！"

"贝尼该入地狱。"

"不，默图，你太过分了。近来其他人的话你都不听了。"

"只听你的话。"

"你再这样孩子似的闹，我就永远不来了。"

"别说这话，别说这话。不见到你我就待不住。因此你近来就躲避我？"

"我们还有许多朋友，你不用其他人的名字写藏头诗，只用我的干什么？"

"我做得对！我只喜欢你。看，我给你拿什么来了？打开桌子的抽屉。"

"又拿什么来了？"

默图使劲拉开抽屉，里面有两种相同的化妆品。默图拿起来说："瞧，香膏，这是薰衣草。"

"你为我弄来这些东西？"

"你那天不是说吗，你很喜欢薰衣草。"

"那是说说而已。"

"薰衣草是我好不容易弄到的。不是时时都有的。"

"默图，你为我花了多少钱。那天还寄来了'勿忘我'。"

"可你还是忘记我了！戈尔，为什么说花钱的事？为你我可以倾家荡产。我要把你的一幅照片放在身边，为这张照片，要卖掉我所有的衣服我也愿意。"

默图张开两手，闭上眼睛激动地说："贝尼这傻瓜抓得很准，这藏头诗是写你的。"

戈尔为了避开默图的拥抱，走到桌子的另一边去，试图转移话题，说："你真是不去上学了，默图？"

默图说："如果理查森再来教，到那时我再考虑。"

"读书难道仅仅是读诗？你很多天没上数学课了。"

"我憎恨数学。学数学做什么？数学谁都能学，我是诗人，没有必要为数学伤脑筋。如果莎士比亚愿意，他是可以成为牛顿的，但是牛顿没有成为莎士比亚的本事。"

"你完全不上孟加拉语课了？"

"你要我学仆人们的语言，浪费我的时间？……"

"我们家里还说孟加拉语，你为何说只是仆人的语言？"

"学语言不是为了说话。工人也会说话。"

"黑尔先生说，不学孟加拉语的不让参加考试。"

"我拒绝考试。而黑尔先生，不管他，不管他！黑尔先生吃着鲶鱼汤和葫芦、罂粟壳，成了十足的印度教徒了。"

"我崇拜黑尔先生，我听了他的话，近来用心学孟加拉语了。"

"这语言有多少好学的？它有什么？不能用来写诗的语言还算语言？"

"婆罗多钱德拉是用孟加拉语写作的。近来伊斯瓦尔·古普塔也在写。"

"婆罗多钱德拉是诗人吗？比不上拜伦、瓦尔德斯瓦尔德一个脚指头。像伊斯瓦尔·古普塔那样的韵文我随时都能写。"

"你能用孟加拉语写诗？写来看看吧！"

"我现在就写，拿纸笔来。"

"我来写？"

"我说，你写。孟加拉语字母我记不住，半个音，复合字母，可怕的文字！我讨厌动手写这种文字。你是姑娘，所以爱孟加拉语。"

"默图！"

"我不爱孟加拉语，可是我爱你，戈尔！你写，我来说。写什么呢？山？大海？美女？孟加拉人有什么美？云彩来了，好，就写雨季吧。"

默图背着手踱步，突然摇着头说：你写：

沉重的吼声从云端传来，
兴涌的大河小河……

戈尔说："兴涌？什么意思？"

"没有意思？那么，写：汹涌的大河小河在地球上，押韵吗？河和上不押韵？你那孟加拉语不押韵就不是韵文。后面一行：美女带着男人嬉戏。"

戈尔问："带着男人？什么意思？美女同谁一起嬉戏？"

"怎么啦，同丈夫。"

"丈夫是谁？啊嘀，你想的是美女的雄性伴侣？"

"不是吗？好吧，后面一行：美女带着男伴快乐嬉戏，把儿子等奉献给欢乐之内。"

"欢乐之内？有这个词么？"

"怎么不行？我默图说，嗨，如果有痛苦的，那为什么欢乐的就不行？"

"好吧。到这里完了？"

"不，还有，你写：风频频地吼叫，海潮很大，看见很大，很厉害。"

"不合韵。"

"不合？很大，很大，好，写，很大影响。"

"海潮很大，看见很大影响。"

"海潮很大，看见很大影响？"

"对！然后，啊，自由怎么拼写？"

"齿音'斯'和复合音'瓦'……"

"有复合音？这复合音又是啰嗦！听着，不要复合音，只写上'斯'。"

"'斯'听？"

"对。"

"别胡闹，有这样的吗？'斯'听是没有意思的。"

"你就写吧，这里不加复合音，是有原因的，只写'斯'。

你写：自由了怕不自由，吵起来怎么都不会平静。

完了。"

"这诗有意思吗？"

"没有意思吗？比你那伊斯瓦尔·古普塔的好。我写的就是好。诗写了八行，对吗？这回你一起读，把每行的第一个字母连起来看！"

戈尔低下头读诗，顿时他脸红了。他抬起头说："又来了，真拿你没有办法。"

默图笑着说:"戈尔请坐!对不对?我用孟加拉语也写出藏头诗了。你告诉贝尼,这也是藏头诗,是每行第一个字母组成你的名字,但这不是写你,而是写雨季。想做的话我什么都能做,明白啦?可是这可恶语言的任何书本我都不愿碰!梵语有婆罗门味,而孟加拉语有仆人味!"

"这些话你是跟谁学的,默图?"

"又跟谁学?"

"听说近来你常去凯斯特·巴龙吉那里?"

"是的,去过几次,怎么啦?"

"他是否养了什么美女?你去是想看她?"

"哎,哎,戈尔,看你妒忌的!你理解得对,你脸红了,我到任何女人面前去你都发火,是吧?"

这回默图把戈尔抱在胸前,边吻边说:"可是我最喜欢你,戈尔,别生气,别生气!"

"啊,默图,放开,放开。"

右边墙有门,门后是默图的卧室,默图把戈尔拉了进去,硬要他坐在床上,说:"……今天你就履行你的诺言吧,请你光临我的床。"

戈尔不安地说:"这回我该走了。"

默图俯伏在地上,两手放在戈尔的腿上说,露出你的腹部,让我的头枕着。

"默图,你怎么像疯了一样?"

"那天我要把纸放在你的怀里写作,可你把纸扔了。

I thought would be able

(making thy lap my table)

To write that note with ease:—

But ha! Your shaking

Gave my pen quaking;—

五　047

Rudeness never I saw like this—

我以为我能将你的大腿作为我的桌子
轻松写下那个句子——
但，哈！你的摇晃使我的笔颤抖——
从未见过如此无礼——

为什么，为什么，为什么，戈尔？我这么爱你，可你为什么不爱我？为何要拒绝我？我拿你写了那么多诗歌，可还得不到你的心？今天是时隔多日后又得到你了。"

"默图，别发疯，放开我。"

"不，不，不。"

为了不让默图过分，戈尔使劲推开他的头。默图失去平衡仰面倒在地板上，头撞地砰的一声响。戈尔真的恼怒了，他没有伸手去拉默图。

过了一会默图坐了起来，非常无奈地说："戈尔，你也把我远远推开？我再也没有别的人了。我再也不去烦你了。你瞧着，有一天我会突然到某个地方去，你们就再也找不着我了。"

六

比斯瓦纳特·莫迪拉尔先生一生挣了大把的钱，像很多人那样，也是盐使他走运的。

英国公司^①在掠夺初期，船队从印度装满货物运回英国。返程时大部分空驶的船只，会在深海里翻船。暴风雨来时，那些船不堪一击，像玩具似的，突然就翻船了。英国人起初装满不值钱的盐压舱，到码头后盐就被丢弃了。但不久商人们就醒悟了，有必要扔掉吗？盐也可以卖嘛。不存在远渡重洋进口盐的问题，虽然英国盐和印度盐都是一样咸的，可是在混乱的印度，英国人还是用种种手段开始卖盐了。为了在印度市场上推销盐，雇用了一些印度人做帮手。

英国逐渐垄断了这里盐的买卖。这里买卖的盐即海盐，只有普通百姓食用。在新商人的操纵下，盐价随时飙升。在禁止本地生产盐后，外国商人的利润大增。同时设立了自己的代理、分支代理。加尔各答初期的许多财主实际上就是这些盐商。

比斯瓦纳特·莫迪拉尔先生暴富后，晚年沉迷于唱歌奏乐、排练和演出大戏。他把无数家财分给了自己的继承人。在他家附近建

---

① 英国公司，指东印度公司。下同。

了一个大市场，所有权就写他一个儿媳妇的名字。那个新娘拉尼的市场被人们称作新娘市场。慢慢地整个街区都被叫作这个名字。

新娘市场这街区很奇特，从前住满了妓女。有钱人另外买房安置他们的妾。许多来碰运气的穆斯林和西部的舞女来这里摆卖她们活生生的艺术品。为了满足批发商、商人、承包商等群体的过夜需求，开设了许多客栈，那里有床铺和陪睡的女人。

此外，这里有迦梨女神庙，英国人也来拜神。凡事都是英国人优先，英国人来拜神的那天，祭司就卖力气把印度人推开，说：让开，让开，白人先拜，白人先拜。英国人虔诚地脱下鞋，颔首走向迦梨女神。

这个街区大戏、斗鸟等都很热闹。近来从奥里萨来了个名叫戈巴尔的男人，唱维达孙德尔的歌迷倒了众人。听说戈巴尔从前在路边卖香蕉。一天他在比斯瓦纳特·莫迪拉尔家外面叫卖。莫迪拉尔在客厅支起耳朵听他叫了几声后，对同伴拉杜·萨卡尔说："听见没有，拉杜，那人的嗓音多美，调子真好！来人，把他弄来。"

把戈巴尔弄来后组成了大戏班。他所唱的歌现在人人都在唱，"那外乡人用什么魔法使爱神燃起双倍的欲火"！

新娘市场的小巷里有过许多老爷的房屋。城市人口一天天增多，所以很多家的客厅都租给外来人。两间房的屋子就要住十几个男人。每天都有这样新建的客栈。通常一个人在加尔各答找到工作后，就租一间这样的房子，从乡下把儿子、兄弟、侄子带到城市来上学或找工作。远房的亲戚，或者听信了他们建议的人逐渐也来找工作。住宿当然免费，吃饭的花费也不到一半，以做饭洗碗等作为交换。

在新娘市场五十五巷有相邻的两家客栈。一家是乔拉姆·拉西里的。两间房子和一个屋顶共住了十三个人。乔拉姆性格稳重，是个好人。为了生计每天得拼命干活。早上吃了几口饭就出去，晚上回来已是九十点钟了。他在启迪普尔一个英国人手下做工，有时要陪英国老爷到郊区去四五天。本村人想住他这里，他也不驳人面子。这么一大家的开销他自己去挣，谁的学费、交通费他也定期给。因为他是老好人，他没有想过，他辛苦挣来的钱养了多少败类。

住在他家的人是村里的一大祸害。他们肥头大耳，粗嗓门。他们在乔拉姆面前显得很文静，一出门就原形毕露。其中三人找到了一般的工作，其他人整天在家里闲聊、喝酒、抽大麻。其中还有三个孩子上学，但不去上课。大人硬要他们做许多工。老人浑身抹了油伸开手脚坐在井边，让这三个孩子不断地给他们打井水浇头。整个下午就这样洗着。

其中一个孩子名叫罗摩钱德拉。村民们说，是谁给这魔头起名叫罗摩钱德拉的？应该叫哈奴曼·钱德拉！罗摩钱德拉闹得四邻不安。虽然才十四五岁，脸很长，浑身是劲。在阿尔普利巷一家小学挂了名，但他很少去。有小贩到村里来时，他多少总得偷点东西后逃跑，不管是金星果、桤果或香蕉。他伸手抓起后立刻就跑得无影无踪。

这屋子的成人里，最可怕的是何波拉普。乔拉姆听到他臭名昭著的故事后，两次为他找好了工作，说："先生，你另租房子住吧。"何波拉普才干几天，丢了工作后，畏畏缩缩地回来求乔拉姆。乔拉姆不能再说什么了。

何波拉普实际干的是盯打工者的梢。谁哪天领工资，他了如指掌。到时候他就跟踪、攻击他们，说："妈的，拿钱来，我快活，你也有份。"

何波拉普每天都有找乐子的新招儿。他的主要徒弟是罗摩钱德拉。何波拉普傍晚时赤膊在屋顶乘凉，罗摩钱德拉往水烟筒里装大麻。两人轮流抽大麻，琢磨各种坏主意。何波拉普肤色黝黑，胸前后背长有长毛，人们说，占卜班和哈奴曼并排而坐。

因为客栈里没有女人，男人的舌头就管不住。不分老小，不论多难听的话都说。他们发生争吵时，难听的话像潮水般涌出。路人都驻足倾听。

当乔拉姆因事去了郊区，家里剩下这十二个人时，他们就从路边叫来几个廉价妓女，通宵寻欢作乐。邻近各家的婴幼儿突然惊醒，嚎啕大哭，母亲默默地拍着孩子的背，想让他们再睡。她们以火一样的眼神盯着丈夫，丈夫背过脸去。大家都怕何波拉普和他的同伙。

一天午夜，一个姑娘从这屋里跑了出去。那姑娘虽是自愿的，但受不了他们的折磨逃走了。何波拉普拿着一捆粗绳子在后面追，扯着破嗓子唱：我漂亮的花环戴到女友脖子上。

那姑娘为逃离何波拉普的魔掌，砰砰地拍打各家的门。虽然她也知道，没人会收容她。姑娘只要一次出走，任何一家都不会再有她的地方了。

村里的房子几乎都是黑乎乎的，很多人被打闹声惊醒，但都不敢出声。只有一家床头灯还亮着，一个瘦长脸的二十一二岁的青年在专心写东西。女人的尖叫声影响了他的专注。最初他静听，想弄明白是怎么回事。他绕开睡在屋里的其他人走出去。街上没灯，他开头什么也看不到。后来他看到，一个男人在拐弯处拖着一个女人在走。何波拉普这时不唱了，他粗鲁地叫嚷：走，贱女人，你已经收了钱，现在要耍滑头！今天要把你捆上。

听声音就知道那人就是何波拉普。这种事几乎每天都发生。年轻人长叹了一口气。他曾想跑过去帮她，但这时那边的屋门已经关上了。

这青年也是住在一个家庭客栈里。这房子里最年长的人名叫泰戈尔达斯·班纳吉。他的三个儿子、两个侄子、两个外甥、小姨子的儿子、老仆人斯里拉姆·纳彼得和他住在一起。有时村里的其他孩子和亲友也来住。泰戈尔达斯月工资十卢比，够他在加尔各答住很久的开销和供孩子上学了。他的孩子学习好。大儿子伊斯瓦尔是梵语学院的优秀生。有时在梵语诗歌创作比赛中表现突出，获得五十或一百卢比的奖赏，他就将钱交给父亲。他每月还可领取八卢比的奖学金。这家唯一的奢侈品是有时在傍晚吃糖球。

伊斯瓦尔读书虽好，但从小就固执。一固执就死拧。因为他固执，父亲泰戈尔达斯曾经将他打得半死，可他还是固执。泰戈尔达斯现在虽然不打了，但有时还说，我这孩子是头犟牛。

伊斯瓦尔从梵语学院毕业后，在威廉堡学院得到了办公室主任的差事。月薪挺高，五十卢比。他的工作是教英国文官们学习印度语言。英国人统治印度后懂得了，不学当地语言就不能和国民交流。伊斯瓦尔在接触英国人后也明白了，必须学习英语。不学官方语言，就不能同官方来往。他在早晨和傍晚有规律地学英语和印地语。经常轮到他做饭，他下班后赶紧做饭，饭后教弟弟们读书。然后等大家都睡了，他自己再读写到深夜。熬夜他丝毫不觉得累。他二十二岁了，脸庞瘦削，头比身大。

一天下午他在下班回家的路上，正在一家杂货店买半个拜沙的鹰嘴豆，有人拍了他的肩膀。他回头一看是朋友莫顿莫汉。

莫顿莫汉比伊斯瓦尔年长一点，但两人从小就是同学，所以有很深的友谊。莫顿莫汉剃光了头，留了一条小发辫。他是心怀坦荡的性格。他是来杂货店买白米花的。

莫顿莫汉说："怎么，小媳妇！买这么多鹰嘴豆做什么？难道要种？"

伊斯瓦尔笑着说："我很会种地，小时候拿着镰刀和农民一起割稻子。"

莫顿莫汉说："拿去，吃米花！我想过，你的舌头像镰刀一样厉害，没有必要拿起真正的镰刀！你买这么多豆子做什么？"

"家里吃饭的人多。我们那边的人肚子大。我的兄弟一边嗷嗷叫地吃，一边拉。"

"这么多豆二十几个人都吃不完。"

"我们家现在有十一张嘴。早晨把豆子泡上，下午就胀开了，就够下午吃的了。吃不完就剩下，晚上掺进南瓜里，这样做成的菜味道也好。每天只是南瓜就不好。"

"下午豆子，晚上也豆子？那你们早上吃什么？"

"姜。"

"哈，哈，哈，哈！因此味道才棒！"

他们边聊边走。伊斯瓦尔家在附近。伊斯瓦尔请莫顿莫汉到他家坐坐。那天，五十五巷何波拉普和他的徒弟在大闹。罗摩钱德拉为偷小贩挑着的酸奶，把陶罐打破了。那可怜的人在那里嚎哭，不赔偿就不走。何波拉普不赔反而揍他，两三个同伙叉着腰站在旁边。

"怎么啦，怎么啦。"伊斯瓦尔说着就往那边去。莫顿莫汉拉着他的手说："做什么？做什么？别跟这些野蛮人争吵。"

伊斯瓦尔说："他们打这可怜的穷人。他们这样残暴，我在这村住不下去了。"

莫顿莫汉说："别看他们那边，别听他们说话。那样谁会烦你？"

"老兄，走路时是不闭眼的。人们能堵上耳朵不听？"

伊斯瓦尔喊道："喂，卖酸奶的，你从我这拿钱走吧。我今天不行，你后天来吧，就这房子里。"

何波拉普回头对伊斯瓦尔说："学者的儿子来了？那还发什么愁？"

罗摩钱德拉立即加入，说："打肿脸充胖子！"

莫顿莫汉拉着伊斯瓦尔的手往家走。伊斯瓦尔流着鼻涕，眼睛也红了，脖子也气歪了。因为手上没钱，感到无助。

莫顿莫汉说："你赔卖酸奶人的罐钱。穷苦人还有很多，你都能消除他们的痛苦么？"

伊斯瓦尔说："尽我所能。"

"那么你成大人物了？"

伊斯瓦尔骄傲地说："我穷，可我是大人物。"

伊斯瓦尔回到家后，让莫顿莫汉坐在自己的床上，说："想吃什么，说。"

莫顿莫汉说："我吃不了你那泡豆。你找到好工作了，请我吃甜品吧。"

伊斯瓦尔说，当然。

虽然手头紧，但伊斯瓦尔在请朋友吃的方面很大方。他做学生时，吃点心的钱几乎都是请朋友吃了。甚至为此毫不犹豫地向甜品店赊账。他把小弟善普钱德拉叫来，说："去，以我的名义向甜品店老板要点甜品来。"

泰戈尔达斯回家乡去了几天，现在这家主事的是伊斯瓦尔。不久前为二弟结婚借了不少钱。伊斯瓦尔现在靠借钱维持这个家，很紧张。弟弟们不懂怎样做这些普通蔬菜，伊斯瓦尔完全承担了做饭的任务。

"听到说甜品，我想起了一件事。你为辩才天女节写了一首诗，记得么？我可记得，诗写得很有韵味。"莫顿莫汉说：

> 炸薄饼三角饺真美
> 甜食糖球炸糕献上。
> 献上祈愿的贡品
> 祝辩才天女胜利。

伊斯瓦尔说："你记得对，我忘记了。"

莫顿莫汉说："别人的一沓沓作品你都背得出，自己的作品却不记得。"

伊斯瓦尔说："这样吧，我很快就能做好饭。你坐到厨房门口，我就能边干活边聊天了。"

厨房既脏又湿，只有一个门，没有窗。蟑螂从这墙飞到那墙。莫顿莫汉看到那群蟑螂，说："天呀，这么多蟑螂！说不定哪天会煮熟两三只在菜里的。"

伊斯瓦尔微微一笑。有一天真有蟑螂落到饭里了。伊斯瓦尔怕坏了大家的饭，把那只蟑螂嚼烂咽了。这事莫顿莫汉不知道。那算什么过错？"听说中国人是吃那东西的。有人说吃了蟑螂就不会得哮喘病。"伊斯瓦尔心想。

做饭很容易。斯里拉姆从院子点着柴火拿来扔入灶里。伊斯瓦尔把火烧得旺旺的。莫顿莫汉说："天呀，这烟！"

普善钱德拉淘好米，砂锅里放上水坐在灶上，一会儿就煮开了。伊斯瓦尔把锅端下来，撇去米汤，然后煮豆。把浸好的豆子放进南瓜汤里。又炸了薄饼。

莫顿莫汉说："甜食我吃过了。现在我想尝尝你亲手做的饭。"

伊斯瓦尔说："吃吧！太晚了，回去做什么？今晚就住这里吧。"

就这样，吃过饭后，朋友俩聊到很晚。当大伙都入睡后，伊斯瓦尔悄悄地说："莫顿兄弟，我给你读一篇文章，你听吗？"

莫顿莫汉有点奇怪，问道："谁的作品，你的？"

伊斯瓦尔这时像那些新作家一样，红着脸羞怯地说，是的。

"写的什么？新的梵语诗？"

"不，不是梵语，也不是诗。孟加拉语。用孟加拉语写的韵文。"

"孟加拉语，还是韵文？你说什么，伊斯瓦尔？孟加拉语韵文是不堪读的、索然无味的东西。写它有什么用？"

"我在威廉堡学院，不愿教那些孟加拉语课本，很粗鄙的语言。因此我感到有必要新创作一些孟加拉语。"

"如果是写学生读本，那又当别论，否则是无效劳动。"

"为什么？用孟加拉语为老百姓写些读本不行么？"

"你要让老百姓受罪去读孟加拉语。如果想读有韵味的经典，那么梵语有巨大宝库。如果想做事，现在有英语。现在大家都学英语。"

"我可是考虑到老百姓才写的。"

"读吧，我听。"

伊斯瓦尔从枕头底下拉出一个长本子。他近来扔掉麦管笔，开始用英国沾水笔了。他拿到第一个月的工资就从汉密尔顿商店买了一大瓶英国墨水。

伊斯瓦尔手拿本子，说："我考虑从写黑天传（婆薮提婆生平）开始。你听了评判一下。"

伊斯瓦尔开始读："……那罗德来到秣菟罗①，对冈斯说，大王，你不用发愁，不用找了，戈比和贾多波看见……"

---

① 秣菟罗（Mathura），又译为马图拉，今印度北方邦城市。

莫顿莫汉说："读慢点，像轿夫那样弄得人晕头转向的。"

伊斯瓦尔沉默了一会，说："我是用正常速度读的，但你听不懂，不习惯。我在读英语诗时看到他们用逗号、分号、问号、惊叹号。在韵文里这些不怎么必要。但在散文里很有用。我在想，在孟加拉散文里用标点符号怎么样？"

莫顿莫汉说："伊斯瓦尔，你才同英国人来往几天，就开始为他们的一切唱赞歌了？英语的标点符号怎能用于我国的语文呢？"

"你认为那些都不必要？"

"没有任何必要。"

"可是我认为这些符号方便阅读。不管怎样吧，我继续读……"伊斯瓦尔又开始读："……大力罗摩和养牛人等去对仙人难陀说：黑天在吃泥土，我们制止他，他也不听。这时养母耶雪达急忙走来掐着黑天的脖子教训道，坏蛋，你吃泥土，今天我就好好地叫你吃泥土……"

莫顿莫汉眉头愈皱愈紧，说："停，停！伊斯瓦尔，你写的什么呀，这全是农民的对话，全都能懂。有什么味儿？"

伊斯瓦尔脸色大变，慢吞吞地说："没味儿？"

"味儿在哪儿？人们写信也不这么直白，伊斯瓦尔，算了吧，这不适合你。为什么用这种小孩玩意浪费你的时间？"

"莫顿兄，你说这是小孩玩意？"

"不是是什么？'你吃泥土，今天我就好好教你吃泥土'哈哈，这也叫创作！你这梵语大学者，用这种不识字妇女的语言写作的话，大伙都会笑话的。"

"是这样？"

"给我看了就看了，别再给别人看啊！这些愚蠢的作品很少有人认可。你不该做。在学院读书时你能写挺好的诗歌，大家都希望你写得更多。"

伊斯瓦尔把脖子歪向一边，咬紧牙关。他不喜欢莫顿说的话。如果是别人这样评论，他是会愤怒驳斥的。但他尊重莫顿说的话。

他严肃地问："你不赞成用孟加拉语创作？"

莫顿莫汉说："孟加拉语可作韵文。对儿童和妇女进行道德教育，孟加拉语韵文很有用。但是这语言承载不起散文的庄重。"

"我决定出版这部黑天传。"

"这不是你这样的学者该做的事。"

伊斯瓦尔把本子卷起来，说："算了，那就不出版了。我撕了它。你的话看来是对的。孟加拉语里没有文学。"

七

宾杜巴希尼和衣躺在神堂里。整栋房子静悄悄的。现在是下午，家人吃过饭正在睡觉。底层奴仆的喧闹声也暂时停息了。马路上太阳很猛。走路的人不多，车马也少。只是时而有几只乌鸦和鸢的叫声，破坏了一点平静。

神堂的一扇窗开着，风吹进来。两只乌鸦站在窗台上专注地看宾杜，非常忧虑地讨论着什么。我们不懂它们的语言，但无疑它们是在谈论宾杜。几天前它们看见姑娘活泼可爱，今天她却躺在地上流泪。

今天是宾杜独处的日子。今天是十一①。在这以前就过了几个十一。宾杜从九岁半守寡起就按规矩过十一。饿肚子她也从不感到痛苦。十一这天虽然不吃饭，她仍同姐妹们跑来跑去玩各种游戏。早晚都在背书。她对母亲说，为什么是一天？我可以七天不进食，妈，你想看吗？过去苦修者、圣仙年复一年地禁食。在《摩诃婆罗多》里，安芭也修自由苦行。

妈笑着说："我的女儿是师尊！说话就能和吠陀、史书相比。"

---

① 十一，指有新月的第十一天，印度教寡妇在这一天被严格禁食。

宾杜的妹妹衮多玛拉还没有结婚。她说："二姐，你为谁祷告呢？"

妈说："衮多，闭嘴！下辈子我们的宾杜会得到像湿婆神那样的丈夫的。"

宾杜说："饶了我吧！我下辈子不需要湿婆那样的丈夫。我要做男人。"

衮多玛拉是紧挨着宾杜出生的妹妹，两人说着说着就吵开了。有一天她说："妈，二姐每逢十一都到后面的池塘里沉入水中三次，她沉下去喝水。"

宾杜生气地说："什么话！看门人施里帕德尔在池塘里给牛羊洗澡，我喝那里的水？哼！"

母亲说："别说了，衮多。小寡妇在十一那天能喝水吗？听到说这种话都不吉利。"

衮多比自己的年龄小得多。她不明白守寡的痛苦。她认为姐姐不住在婆家，回娘家住是值得高兴的事。她说，这样的十一我也能守。妈，第二天姐姐多么体面，多少甜食、果汁……

比图谢克老婆不再笑，打了衮多脑袋一下，说："我这姑娘真傻！"她眼角涌出了泪水，看了看宾杜，偷偷地长叹了一口气。

衮多玛拉忍受不了守寡的痛苦。她按时嫁到北村的地主家。到了那里后，她总是哭喊着要回娘家。在仁慈的公公面前不断念叨，也回来过几次。后来她十二岁时实实在在嫁过去了。在四个半月里她拼命做儿媳妇，有一天她突然死了。她死了还不满一年，她丈夫又娶了一个八岁的姑娘，得了很多嫁妆。衮多彻底从地球上消失了。

宾杜从来不承认自己守寡。她的脾气是从小东西里寻求快乐。因她性格暴烈，别人从来不打听她的事。但突然这是怎么了？她不再是小女孩，她是女人了。所以她从现在起没有随意走动的自由了，甚至在家里也不行。

宾杜守寡后三年，有一次害怕了，那天她来了月经。她不懂月经来潮。她怎会知道？通常是已婚的大姑子或大嫂教给她们这些秘事。宾杜不跟她们一起住。宾杜因为害怕躲在自己屋里。她想，准是得了什么绝症了，会像衮多玛拉那样死去的。宾杜一天半没有出屋。

最后她妈妈知道了。大家庭里，索达米尼不是每天都见到子女的。她忙于伺候丈夫，把照看子女的责任交给奴仆。她听说后走来看。她看了女儿一眼就明白了。她抚摸着宾杜的后背说，我的疯丫头，因此就不吃饭躺着了？这有什么可怕的？是姑娘都这样，薄伽梵怎样造女人，女人就会怎样。

对那些在清楚了解丈夫之前就守寡的姑娘来说，来月经的自然法则就这么奇怪。

宾杜从那天起就成了大姑娘，但没成为妇人。她的自由未受限制时，还去爬树，整个下午都在玩驱鬼的游戏。又拿起书包去跟阿阇梨先生读书。妈妈有时责备说，别再淘气了，宾杜，姑娘家该文静温柔。比图谢克上法院和从法院回来时，总是看到宾杜从楼梯跑下来或坐在走廊同耿伽在争辩，他好奇地笑笑。宾杜从未听爸爸说过严厉的话。

只是那个星期六，全都翻了个个。阿阇梨先生说，他不再教宾杜了，因为宾杜是女人了。宾杜后来算，那天她是十四岁七个月十一天。世界上的姑娘都是十四岁七个月十一天成为女人么？那天晚上，比图谢克也严肃地说，宾杜，你不能随便下楼去了。你不必再跟老师读书了，要不别人会议论的。你读过神学课本和珍迪的故事，就足够了。现在你已经长大，把心思放在黑天神的莲花座上吧。

宾杜在生气和委屈中想把自己的身体剁碎扔掉。她为什么成了女人？薄伽梵为何这么残酷，使她的年龄增大？

比图谢克的话就是命令。第二天，宾杜看到屋里的书全没了。宾杜失去了比生命还宝贵的、她收集的几卷《摩诃婆罗多》手抄本和斯里拉姆普尔出版的一些的孟加拉语、梵语书，她是一无所有了。

比图谢克的道德观念很强。他虽生于名门望族，但不娶多个妻子。黄昏时分，从不乘坐敞篷马车去同欢场的女人鬼混。好心的拉姆卡马尔·辛格几次耍手腕也不能把比图谢克带到欢场去。当然，比图谢克也制止不了拉姆卡马尔嫖娼。

这两个朋友的为人，相悖之处太多。拉姆卡马尔·辛格懦弱、宽容、享受、依赖别人，他最大的依靠是命运。而比图谢克聪明过人，善于算计。他的额头和下巴有自信的条纹。拉姆卡马尔不节制饮食，未到中年就发福了。比图谢克一生滴酒不沾。他那修长的身躯像剑一样闪闪发光。比图谢克因为酒，生罗姆·摩罕·罗易[①]的气。罗姆·摩罕死在遥远的英国之后，在印度对他的声誉有很大争论。很多曾反对他的人，已改变看法。但比图谢克坚持自己的观点。当大家在集会上赞扬罗姆·摩罕时，比图谢克就表示遗憾，说："但他把喝酒的潮流引进上流社会好吗？我认为，受过教育的人不该酗酒。王公自己年纪大了，可以做到少饮，但别人行吗？王公推行成为时尚，看吧，现在路上到处都是醉鬼。"

拉姆卡马尔听后笑着说："比图，你不懂得这些味道的真谛，要不，哪天你喝一瓶躺倒试试？你会看到醉中有乐的。"

比图摆摆手，不屑一顾地拒绝了。他很不高兴地说："不管你们怎样给王公唱颂歌，我也不能支持他。你们是不是要说，王公蔑视梵语推行非印度教的结果是好的？读了两页英语，儿子就不受父母管教了。在不吉利的时刻兔子和王公交上朋友了。"

这时另一个人说："比图兄弟，你可是因为这英国人挣了大钱哟！"

几年前，法庭正式用英语取代了波斯语。比图谢克精通波斯语，近来请了个英语老师，学习英语后能工作了。

虽然有很多不一致，但由某种潜在原因，比图谢克和拉姆卡马

[①] 罗姆·摩罕·罗易（Ram Mohan Roy, 1772—1833）印度重要的思想家和社会活动家，印度启蒙运动的先驱，孟加拉文艺复兴时期（Bengal Renaissance）的代表人物，被称为"近代印度之父"，他创办的宗教改革团体"梵社"（Brahmo Samaj）在唤醒人民思想、改善教育理念和改变封建习俗等方面发挥了重要作用。

尔之间，有一种深刻的内在吸引力。不管是艰难或快乐，两人总是在一起。在财产问题上，如果没有比图谢克出主意，拉姆卡马尔一步都不敢迈出。两人的年纪虽然相当，但比图谢克对待拉姆卡马尔很像对小弟弟一样。很久前贝拿勒斯来的一位星相学家说，拉姆卡马尔会短命。拉姆卡马尔已经活过了星相学家说的年龄，现在依然活着。但死亡的恐惧总是撞击他的心。所以他对朋友说，比图，我一闭了眼，你就挑起我家庭的担子。在我还在的日子里，我代替你签字。

真的，拉姆卡马尔把家务重担交给比图谢克有些日子了。辛格家的奴仆偷东西被抓住，都是请比图谢克裁决的。比图谢克也习惯了，他一有时间就过那家去。那家的客厅里为他专门准备了一个水烟筒。妻子索达米尼有时抱怨说，你倒管起朋友的家务来了，自己家务好坏根本不管。这抱怨并不实在，比图谢克对自己的家务眼光也很锐利，证明就是他很准时。譬如，守寡的女儿年纪大了，一天之内就叫停了她的玩耍和读书。

比图谢克亲自指示，十一那天别让宾杜见到非婆罗门。满屋都是奴仆，外面的人也来来往往。因此这天她只能待在神堂里。

以前宾杜没有这样饥渴过。除了饥渴，她全身燃烧着怒火。她气得双眼像野猫那样发出绿光。

宾杜以前因为读书忘记了十一这天。特别是在这天，她傻乎乎地背诵语法规则，没有空闲想别的事。现在宾杜整天感到空虚。

耿伽从那天起就不怎么来了。他也不跟阿阇梨先生学了。后来阿阇梨就彻底到斯里拉姆普尔去了。耿伽虽然有时过来，但只到底层而不上楼。这家的门对他都是敞开的。他不能上楼见宾杜巴希尼么？没良心！他现在被同学迷住了，而从前有段时间他曾怕见人，除宾杜外，不和任何人交往。近来他一定是偷偷地喝酒，所以怕见宾杜。宾杜在《阳光》报上读到，印度学院的学生近来都喝酒，还显示给别人看。耿伽对宾杜发过誓，永不喝酒。你做不到还发什么誓？宾杜警觉地等着，总有一天会见到耿伽的，到那天要好好数落他。

耿伽以前是同宾杜争辩的，现在他有时来同比图谢克辩论，满嘴是漂亮的词句。因为他过于敬重拉姆卡马尔·辛格，所以不能同他坦率交谈。但他从小起同比图谢克的关系就很自然。比图谢克有一阵曾让女儿宾杜和耿伽一起背诵诗篇。幼时有过多少日子抱他、扛他、亲他。今天耿伽同比图谢克讨论无神论问题。

拉姆卡马尔·辛格又去郊区查看产业了。耿伽的同学班古的妹妹要在波拉斯丹加结婚。朋友们都要他去。这事得到母亲宾波波蒂的批准还不够，耿伽来征求比图谢克的意见。

比图谢克不持异议。在详细问了交通安排后决定，派那家的账房先生迪巴戈尔同去。耿伽虽不愿意，但只能接受。

谈着谈着，比图谢克提到耿伽的婚事，笑着说："你去参加别人的婚宴，这回也要让你成婚了，耿伽。不能再拖了，多大年纪啦？"

耿伽羞怯地低下头。比图谢克说："让我算算看，帕德拉月出生，到这个帕德拉月，多少？十七！是吗？十六岁过了，现在还没结婚，人们会怎么说？你父亲没那么细心，全都交给我了。女方在催了，现在还没定日子！去年他们家父母去世守孝一年。一年已过，你没去？你没去祭奠，这冬天没让你去。"

祭什么奠？耿伽内心在抗议，但不能张口说出。

"当了儿子就得去管家产，不用上学了，你读的书足够了。"

耿伽惊呆了。比图谢克叫停了宾杜的学业，这回也要停他的学？对此必须抗议，否则就闭着眼结婚。结婚和离开学院有何关系？

"伯父，我还有两年没读完呢。"

"读得足够了。你会写会说英语了，还去学院读什么？你不用像别人那样找事做。"

耿伽知道同比图谢克争论没有好处。如果一句话都不说，那么就无法使他回话。耿伽选择了恳求。

"伯父，请您允许我再读两年。"

"听着，耿伽，我十四岁时就在谢罗武先生的办事处找到工作了。从那时起我就挣钱。你父亲拉姆卡马尔·辛格那时十五岁，从那时起他做起大笔的生意。你现在十七岁了，还像牛那样闲逛。"

"您那时还没有这么大的读书风气。"

"你是说我们读书比你少？"

"不是！你们是自学成才的。伯父，您如果听过理查森先生讲课，就会每次都去的。"

"理查森？那个醉鬼？把教育孩子的责任交给他！学校社团还留下他，也是一大丑闻！"

"不，不，他现在不在，去马德拉斯了。"

"哈，哈，哈，那还有什么牵挂？听着，孩子，我说实话，你这学院教坏了孩子，我根本不喜欢。除宗教外，还有什么是对人的教育？从白兔来的那天起，国家就开始完了。"

"白兔？啊，是指黑尔先生！"

"你来卖钟表就卖吧。一个洋人同这么多土著来往有什么可骄傲的？你干吗操那么多心教印度人读书？印度人不懂自己的好？在黑尔把钟表生意交给格雷先生那天，一家英语报纸写道：黑尔、格雷，教育是骗局，实际上是极力宣传无神论。我不明白？算了，这些事。我们老了，现在将一些事交给你们。某一天我们就会闭眼……你父亲留下的产业够你们几代人用的，至少不用去给英国人做奴隶。那你为何对英国教育这么着迷？慢慢地熟悉工作……"

他们谈话时，宾杜正在二楼走廊上听着。当听到爸爸要停止耿伽的学习时，她既高兴又痛苦。她看到，耿伽满脸不高兴地走了，都不抬头往上看一下。

宾杜躺在神堂地板上想起很多事。她怎么都睡不着。她想，她被世界抛弃了。喉咙干渴难以忍受，胸膛似乎随时会开裂。窗户上的两只乌鸦不停地叫。除了那哇哇声，没有别的声音。宾杜扬起脸，眼泪簌簌地流下。她哭什么，不知道。

哭也应有个限度啊。坐在没人的屋子里，谁都不能没完没了地哭下去。过了一会儿，宾杜擦擦眼，看到地板上有几滴泪水。她什么都没想，贪婪地舔那泪水。几滴泪水连舌头都沾不湿，只是有点咸味。宾杜立即用衣襟擦了擦舌头。她有什么罪？在十一这天她喝了水，喝了自己的泪水，喝了有罪么？

"宾杜，宾杜！"

宾杜着实吃惊。谁？是谁叫她？声音有点熟，又有点生。这时是不会有男人叫她的。

宾杜起来站到窗前，从窗户看不到外面的路。这边是他们的园子、牛棚，再过去是池塘，池塘边的树上挂着串串花蕾，这边没有人。

宾杜开门走出去，从楼梯往下望，一个人都没有，静悄悄的。比图谢克没在家。如她愿意，此刻可以下去。但她委屈，她不去。

宾杜回到神堂躺下，又听到那叫声。这回叫得更急：宾杜，宾杜！

宾杜在这大热天里感到冷飕飕的。每个毛孔都像针刺似的。宾杜辨别出嗓音了，这是奥科纳特。很久以前，似乎是很多世纪以前，在拉吉普村似乎有一个人用这声音呼叫过宾杜。他穿着卡裆裤，光着脚，脚白得像白人，长头发，十四岁的少年。宾杜想起他的面容了，这相貌这声音是她丈夫奥科纳特的。

奥科纳特善于爬树，他站在番石榴树杈上拿熟了的番石榴打他的小媳妇。

是他叫么？可是他不在了。宾杜亲眼看到，仅仅呕吐了一天半就要了他的命。是他回来拉宾杜，带她到看不到的死亡世界去么？宾杜害怕地掩上脸。她想像小时候那样，躲到妈妈怀里躺着。但是强烈的委屈盖过了恐惧，她呜呜地哭开了。

哭声停止了。这回她不喝自己的泪水了。而是怒目盯着毗湿奴神像。半手掌大的金像，工匠的艺术使神总是笑着。看来没有比人或神总是在笑更为残酷的了。宾杜浑身冒出怒火。她定睛看了神像好一会。

奥科纳特呼唤，宾杜为什么就跟他到死亡的冥界去？爸爸说，从今起，毗湿奴就是你的丈夫了。宾杜把神像从花坛上拿起。

宾杜穿着单衣。青春已经在她的胸部显现。宾杜把硬邦邦的金偶像贴在柔软、发热、充满青春活力的胸前，无奈地说："你会给我什么？神啊，你说，你会给我什么？"

八

　　这城市明显分为两部分。紧靠胡格利河岸是过去的古堡，那地区是白人官员住宅。红湖南边和西边是英国人漂亮的别墅。这中间穿过名为法院街的大道。再往南是树木环绕的乔林吉和贝尼亚大道，旁边有几个阔洋人的花园，清除了丛林，建起了新堡垒。为便于作战，留了几个广场。其位置在城市高楼大厦的中心。

　　原住民的村子基本上是在这城市的北部。除牧师、教师和一些商店老板外，其他洋人不太到这地区来。当然，洋人应邀参加有钱的原住民的节日时也可能来。政府官员都很想得到贝尔加齐亚的达罗卡纳特·泰戈尔那神话般的欢乐宫的请柬。虽然没有特殊禁止原住民到洋人区去，但没事谁都怕到那边去。传说傍晚时分喝醉了的洋人在广场上打本地人取乐。从加尔各答去迦梨神庙朝拜的人都赶在天黑前回家，或者干脆在神庙过夜。

　　走过新娘市场，从拉尔巴扎进入洋人区，首先映入眼帘的是最高法院大厦的尖顶。在建立殖民统治的同时建立了法院，英国着实让印度人吃了一惊。英国人骄傲地宣扬，公正审判是英国民族的特点。印度国人也认为在英国的统治下会得到公正的审判。土邦王公难陀·古马尔被绞死的记忆，已从人们的心中抹去。那是约七十年前的事了。

虽然英国统治印度，但至今没有按照正式的宪法成为印度的皇帝。东印度公司取得了印度的经营权，但他们的业务有时要受到英国议会的质询。他们在印度的行为也非常小心。不同原住民商量，英国人不会贸然改变任何社会政策。起初理发匠、扫街的、经纪人、代理商、批发商同洋人接触，开始学几句英语，洋人通过他们进行工作。现在家境好的人也学英语了。洋人通过他们知道，印度不只有面貌丑陋、无知的人，还有长期积累的知识财富。而且更奇怪的是，有些非常穷的人也会无缘无故傲慢的。

洋人在知道一件事后自尊心受到了伤害。像很多洋人讨厌接触原住民一样，原住民也讨厌接触洋人，一接触后，立即去恒河沐浴洁身。洋人的心理是：能被我踩在脚下的人来哀求我，这很自然；但如果他不抗议就躺倒在我脚下，心里却把我踩在脚下，那我就高兴不起来。

不管怎样，现在崇敬英国人的心情，比害怕或憎恨要强烈得多。几个世纪的混乱，百姓到了完全崩溃的状态。莫卧儿时代的结束，人们不感到痛苦。人们还记得那时的残暴。希拉朱多拉、米尔卡西姆、普拉塔巴蒂多等名字有待将来的戏剧家使其显赫，现在还被放在被历史遗忘的黑夹子里。现在人们眼中，他们是色鬼、吸血鬼和强盗。现在不是没有色鬼和强盗，但现在可以控告他们。也有公正的审判。著名的波萨卡家族的孩子赫尔戈宾陀被控告强暴少女凯德摩尼，最近入狱了。这种事情一百年来也没听说过。他父亲有百万家财，不是也因一个小穷丫头坐牢啦！不久前花二十卢比就能买到那样一个女奴。

英国人公正执法的象征就是这高等法院的尖屋顶，人们路过时都崇敬地看着它。现在人们还不知道审判制度是英吉利民族的一个骗局而已。必要时他们会毫不迟疑地撕毁的。

今天法院因节日放假。大厦前的台阶上，一个中年乡下人带着老婆孩子坐在那里。他们饥饿、疲惫和茫然。他们走了五天五夜，然后坐船渡过胡格利河。今天下午到达阿尔梅尼亚码头。他们上了码头，看到加尔各答的样子惊呆了。他们从未见过成排的高楼大厦，没见过这么多穿形形色色衣服的人，没见过洋人。

他叫特里罗真·达斯。妻子名叫塔戈摩尼。子女名叫杜拉钱德拉和戈碧拉。他们来自库什提亚县的平谷里村。特里罗真世代是农民，除了种地什么也不懂。连续两年没有收成，他陷入了大灾难。他的住房几天前被烧光，变得一无所有了。这个家庭是对永久租佃制的最新献礼。

特里罗真·达斯不知道，他的地主什么时候变更了。他知道什么云会下雨，什么时候稻子会生虫，河里什么时候涨洪水，他关心天、地、阳光、雨水、河流和树木的消息。不知道国家是什么，不知道地主是怎么变更了的。但他也知道，不给地主交租是大罪孽，即使吐血也得给地主交租。连续两年失收就得哭着去哀求地主。那时能通过卫士引见，但得给点好处。

这次他看到的是新管事和新卫兵，说要他交三倍地租。他不明白。村里除了三户婆罗门、加雅斯特外全是农民。农民的境况都一样，都不明白。收不到租，扛枪的家丁就硬抢人家的东西。在特里罗真家弄不到什么，就放火烧了他的家。管家站在旁边抽烟。特里罗真去向他行礼，他缩回脚说：别摸，别摸，小子！你呼唤薄伽梵吧！除了薄伽梵，谁也救不了你。

从前的柴明达①虽然残暴、贪财，但佃农能知道这人怎么样。地主为了自身的利益，荒年时借谷给农民。因为若不给他们吃的，不让他们活，下一年他们怎么种田？又怎能偿还欠地主的债？从死人那里是收不到地租的。但现在情况变了。地主收不到农民交的租，就不能按时把钱交到英国公司的金库里。结果上校沃利斯爵士制订了永久租佃制。不管地主想怎么收，收多少都行，每年必须按定额向公司交税。地产一再转手会使公司受到损失。公司得到定额的钱

---

① 柴明达（zamīndār），指地主阶层。

后，就不再为柴明达伤脑筋了。

结果地产吸引了新的富豪。做点食盐、布匹甚至瓶塞生意突然发达的人，也去买地成为地主。他们有权增加地租。不管怎么做生意，他们都有权收地租。这些新地主住在加尔各答，和佃农不见面。工作人员去收钱。新地主在城里盖起大楼，沉迷于享乐中。

最现代化的享乐是文艺活动。剥削农民得来的钱用于音乐、艺术和宗教改革。工作人员若收不到钱，就夺小农的佃转佃给大佃农。孟加拉开始出现无地的农民阶级。他们中许多人为了谋生来到城市。连续不断的人流流入加尔各答。这个特里罗真·达斯是新无地者中的一员。

佃农受压迫的故事近来传到英国统治者耳中，甚至传遍了英国。为调查佃农情况，向每个县派了推事。地主为了维护本身利益也建立了地主协会。长了见识的原住民也学会运用协会、学会、大会、报纸等欧洲的机构了。

特里罗真从未见过薄伽梵，普通百姓从来见不到。但他认为如果很努力总是能见到地主的。他有世代相传的信念，若抱着腿苦苦哀求，地主是会发善心的。不管怎么棍打鞭抽，终归他不能扔掉佃农不管。工作人员没有怜悯。不管怎么说，地主是值得尊敬的。

特里罗真想象地主的房子：大宫殿，有许多铁栏杆，旁边站着士兵。他是这样想加尔各答的。到了那里就能看到地主的房子了。

但这里到处是地主的房子，路上的人许多都裹着头巾。谁都不认识谁。特里罗真连地主的名字都不知道，只听说他住在加尔各答。

特里罗真茫然不知所措，带着妻儿在人群中东奔西走。只要一坐下，就有人来驱赶。最后来到法院这里落脚，因为放假，法院前面空着。

特里罗真·达斯认为高法大厦是地主的楼房，但里面没人。特里罗真不敢东张西望。天快黑了，他决定在这没人的地方过夜。明天会怎样，他不知道。两个孩子嗷嗷地哭了很久。塔戈摩尼坐在一块面纱上，不知是醒是睡。

天刚黑，群蚊袭来！不是蚊子，简直是一群小鸟！特里罗真噼啪在自己身上乱打。塔戈摩尼却没感觉。特里罗真靠在包袱上睡了。两个孩子看到父母都不作声，哭得更厉害了。女儿嚎得比儿子还厉害。特里罗真气得揍了两人几拳。这下塔戈摩尼起身，她把两个孩子搂过去，嚷道："别打，别打。没本事给他们饭吃，还打人，老天爷呀！"

特里罗真·达斯说："为什么不吃爆米花？叫他们吃！再哭我就揍死他们。"

塔戈摩尼说："为什么带我们来这里？把我们带回平谷里去吧。"

特里罗真现在也后悔离开村子，可是怎么能承认呢？他说："房子塌了，住哪儿？树底下？"

塔戈摩尼想知道，这里哪一栋楼能住。

特里罗真不再答复，只是呼呼地生气。他是与世无争的农夫。除了自己的老婆，从来没有向人发火的机会。

他的全部家当就是两个大包袱，带来了一些米花和红糖。孩子连续吃了几天爆米花，喉咙都破了。他们不想再吃米花了，要吃饭。来到外国主子这里，他到哪儿弄米饭。

过了一会，儿子女儿饿得又吃了点米花。男孩走下台阶往最高法院墙上撒尿。回来后说要喝水。

特里罗真骂道：狗崽子。

儿子喊要喝水。女儿打了个嗝。塔戈摩尼说："我也渴了。整夜就这样干嗓子待着？"

特里罗真烦透了，他也没法改变，他们会不断喊要水的。

米花和红糖是装在两个陶罐里带来的，他把红糖倒在夹被子上，拿着空罐子站起来，来的时候他看见附近有池塘。

塔戈摩尼说："带着杜拉钱德拉去！"可是特里罗真不想带，什么也不说就走了。

是阴历上半月，所以天空有点亮，路不是很黑。但特里罗真走了不远就害怕了，要是迷路了呢？他回头看看，小心往前走，数着走了多少步。在乡下广场上迷路，就得这样数着步走。

池塘的一边有几条豺狗拉长声在吠。似乎有个大动物在远点的地方使劲喘气。有几匹马吃草走到那里。但在朦胧的月光下特里罗真在远处认不出是什么。他起了鸡皮疙瘩。一群萤火虫被风吹得明灭不定。

特里罗真下池塘习惯用手先推开浮萍。这池里的水清澈透亮。英国人非常钟情于这个红湖。他们不喝这里的水，但假日的下午来这里垂钓或进行游泳比赛。保留这池塘是为突然有火灾时可用。禁止本土人来这里。

特里罗真下到膝盖深的水里，先洗了脸又漱口，喝足了水，然后把灌装满水正要上来，这时两个阎王小鬼过来驱赶。

虽是英王国的岗哨，但其面相和穿着很像纳瓦布时代的士兵。满脸胡须，因抽大麻两眼通红。他们深夜看到一个傻头傻脑的人，下到洋人区的水池里，既生气，更多的是吃惊。两人一齐掐着特里罗真的脖子，开始驱赶他。特里罗真一点都不明白。背上挨了揍后，他想是地主的打手来了，他有点放心了。在混乱中一失手，陶罐打碎了。

岗哨为了逮醉鬼，随身都带着像篮子似的东西，醉鬼走不动了，就捆住放上篮里抬走。他们看到特里罗真的腿还直，就推着他走。

特里罗真哭了起来，说："我还有老婆孩子呢，我去带他们来。呜呜。"

谁听谁的啊。岗哨刚才看到特里罗真摸腰，一看那里没有东西，更狠地将他推到派出所去。特里罗真越喊，他们就打得越凶。

这边塔戈摩尼像雌鸟那样把两个小鸟护在翅膀下。过了一个时辰又一个时辰，丈夫还没有回来。她除了等待，怎么办？那些豺狗吠着吠着走近她了。突然远处响起两三声枪声，这些都使塔戈摩尼毛骨悚然。豺狗转入洋人的花园，洋人从窗户开枪，打死一两个豺狗后就欢呼起来。

儿子和女儿嚷着要喝水，哭了一阵，累了。儿子睡着了，女儿开始打嗝。月亮躲到教堂的尖顶后面去了，女儿开始呕吐。塔戈摩尼赶紧用手捂住女儿的嘴，但那是止不住吐的。那是霍乱。

市里每家至少有一人死于霍乱。可是比起农村来，城市是安全的，市里有英国药，只要给钱，医生就到家来。见到医生就充满崇敬的心情。在农村一发霍乱就是村传村的。很多人害怕霍乱开始逃离农村，躲到加尔各答来。当人们天刚亮逃出村子时，害怕得一再回头看，"吐泻婆"是不是追来了。这"吐泻婆"名叫亚洲霍乱，是世界上毁灭人最多的。

女儿在呕吐的间隙，又叫要喝水。她的哥哥杜拉钱德拉醒了，叫了几声爸爸，他爸爸听不到他叫了。却来了两个拿棍棒的士兵。他们是流动的哨兵，看到一个妇女带着两个孩子坐在这里也没少吃惊。他们的职责不是看守法院大楼。看守大楼的是另两个士兵，但整天都见不到他们。

一个守卫叫：听差！

杜拉钱德拉听到那粗嗓子一嚷，更加大声叫爸爸，并哭了起来。塔戈摩尼说，我家的人哪里去了？这丫头怎么了？

两个守卫听到陌生妇女的声音感到奇怪，走上台阶想看个究竟，把桅灯举到塔戈摩尼的脸旁。看见塔戈摩尼年青、健壮，他们交换了眼色，达成了一致意见。以带到派出所的名义将她逮捕。

一个守卫吼叫着：起来，起来！

塔戈摩尼蜷缩到墙边。一个守卫抓住她的纱丽拉扯。另一个抱住她的腰。

塔戈摩尼说："求你们啦！救救我的女儿吧！"

这时守卫的灯光照到女孩身上。女子这时又哇哇地吐了不少。这种呕吐，守卫是懂得的，顿时吓得两眼朝天。他们二话不说扭头就跑，就像两头竖起尾巴的公牛。

过了一会，女孩的声音小多了，可是还在喊：水，水！

六岁的男孩杜拉钱德拉看见妹妹难受，说："妈妈，我去弄水？"

他把第二个陶罐腾空后拿着往前走。他拿不准见过的那个池塘在哪个方向。他心里怨恨爸爸，为什么爸爸不回来。他又拼命地喊：爸爸，爸爸！

小孩的清脆喊声被高楼大厦的墙壁挡了回来，没有人答应。一匹脱了缰的马向这边冲来，他被吓得跑回妈妈身边。妈妈说，算了，不要再去了。

有这样的说法：半夜犯的霍乱，天亮前会止住。真是这样。过来一会，女孩完全不动了。她妈认为她睡了，有点放心了。

月亮下去了，天上朵朵云彩在舒卷。在难熬的闷热过后，后半夜刮起了凉风。此刻世界是多么安静和美丽。那些夜里无眠的享乐者、小偷、信徒这时也入睡了。舞女们的脚铃声也停了。醉鬼们也躺下了。沉睡的城池上笼罩着人间少有的美丽轻纱。

塔戈摩尼和杜拉钱德拉也睡了一阵。天亮了也没醒。

逐渐地路上有人走动了。洋人来到这个国度后起床都很晚。先起来的是他们的仆人、卫士、端盘子的、送牛奶的、送水的。他们走在路上惊得站住了。

在神圣的执法机构的台阶上散落着米花、红糖和破被子，中间睡着一个农村妇女和男孩，旁边是沾满粪便和呕吐物的五岁女孩，死后变得僵硬了。她头上飞着一群群蚊子。

在砰砰七声炮响中塔戈摩尼赶紧坐起来，看见前面站着一些人。她赶紧伸手抱起死去的女儿。

九

　　轻易不能使塔戈摩尼离开那地方，这就是农村妇女的固执，加之害怕和失败，使得她完全蔫了。眼看着好奇的路人越聚越多。一看是霍乱的猎物，都不敢靠太近，但说话声音越来越大。有的说，哎哟！起来，看你坐的是什么地方，在这里等着挨打呀！有人说，现在就去叫收尸人收拾干净，要不洋人会大发火的！有人说，现在喝醉酒也没法待了，乡下到处都是病。有人扔下一把钱说，女神保佑，女神保佑！

　　人群中有个另类的人说：哎哟，这孩子脸色都变了，看来也染上病了。孩子，跑吧，现在就跑。

　　杜拉钱德拉看见这么多人，吓得赶紧抱住妈妈的腿。

　　两个扫街的扫着地过来了。跟在后面的是抽过大麻的岗哨，后半夜他回小屋睡觉去了，什么都不知道。现在开始大声嚷嚷了。

　　最高法院外面发生这样的丑事是不可想象的，可是毕竟发生了。到处是爆米花、红糖、破衣服和呕吐物。中间是那死了的女孩。

　　"把这个弄走，现在就弄出去，哪来的废物！"

　　塔戈摩尼像从丛林闯入居民区的野兽那样，蜷缩在角落里喘气，紧紧把已死去的女儿抱在胸前。

扫街的走上台阶又倒退下了，他们提出一个原则性的抗议，他们不碰尸体，他们的工作只是扫街。再说，死者是什么种姓的，哪儿有准？除塔戈摩尼和孩子占的地方没扫外，他们扫完后走开了。

　　通知收尸人，很久才会到来。所以站岗的跑去找来两个女洁厕工。这些人在城里很厉害，在洋人那里打扫厕所的，钱挣得多。早晚她们把洋人的马桶顶在头上倒进圣洁的恒河里。其余时间给她们放假。她们蜂腰，丰乳，舌头锋利似刀，爱穿彩色条纹纱丽。没有男人不怕她们的舌头的。她们搬运赃物时在路上码头总是碰到人的，他们也没有办法。

　　两个洁厕工上了台阶，先后对塔戈摩尼、人们和守卫以暴风雨的速度说了些难懂的语言，像是在责备众人。同时她们的彩色身躯引起一阵骚动。这样的女声带韵味的语言，在远处也很值得欣赏，所以很多人就聚拢来了。两个掏粪工取代了塔戈摩尼和她的死孩子，成为众人瞩目的中心。

　　突然所有的声音都同时停止了。一个洋人站在背后。他是法院的首席法警，住得很近。他名叫安德鲁斯。但原住民都叫他伊德鲁斯。他以残暴著名。有些洋人憎恨原住民，不愿接触。他却不同，很多人挨过他的耳光。一次他拿棍子打花匠的肚子，花匠连吐了几天血。那次大家都称赞伊德鲁斯先生的脚有劲。

　　说伊德鲁斯还不能漏掉一句话：他的眼睛也很厉害。

　　两个掏粪女工立即跑过去，一个揪住塔戈摩尼的头发，另一个去抢已经死了的女孩。抢来夺去的，丈夫不回来，塔戈摩尼无论如何也不肯起来。她说的话谁都不懂。

　　母爱的力量比不上掏粪女工的手臂。一个掏粪女工从塔戈摩尼怀里成功地抢过女孩。塔戈摩尼还不知道孩子已经死去。她什么都不明白，这是什么地方，丈夫去打水没有回来。陌生人站在远处笑，女强盗来抢她的孩子！

　　塔戈摩尼跑着追那掏粪工，杜拉钱德拉步步跟着她。她们俩把女孩抢来抢去，路人看了都不说话。她们走出了煤码头区，来到恒河边。在抢夺三四次后，塔戈摩尼使劲抢过孩子后猛跑，最后跳入河里。

掏粪工立即跃入水中将她拉起。这回她害怕了，朝相反的方向跑。似乎跑着跑着就能离开城市回到自己村子了。

恒河岸边是一溜火化场。贫苦百姓不焚烧尸体，都扔在河边。每天河里漂浮着无数尸体，很多是因缺少木头，烧了一半就扔掉的。这里是秃鹫的王国，一看见遗弃的尸体和地上的大骨头，秃鹫和兀鹰就打起来。那是使人毛骨悚然的场景。碉堡的报时炮响时，它们拍打着翅膀飞上天，顿时遮天蔽日。

四周散落着人骨和骷髅。在这里走常常会踩到人骨。有时清开一条路，以便走到洗澡的码头去。路上经常可以看到死人的肢体。

恒河上有无数的船只。大部分是木制的，近来也有一两艘机动船。船只来来往往，河道很忙碌。有时船只相撞或因风暴突然倾覆。这时沉船和货物一起拍卖，商人和船东就云集到船码头竞拍。

塔戈摩尼身穿湿衣裳跑着跑累了，杜拉钱德拉落到后面挺远。妈妈坐下来扯开嗓子哭孩子。

附近火化场多的是，在这里痛哭没人觉得不妥。塔戈摩尼坐在沐浴码头路边。有些人走路时扔几个拜沙或卢比到她怀里。这不是怜悯的赏赐，是给赴天堂者的盘缠。

塔戈摩尼抱着死孩子在焚尸场哭，呼喊失踪的丈夫，就像是"何力希钱德拉"的一幕。但穿旃陀罗衣服的特里罗真·达斯并未突然出现。而其他的旃陀罗却不怀好意地盯着塔戈摩尼。

过了一会，一顶四人抬的轿子停在面前。轿子两边挂着帘子。轿夫把轿子放下，一边的帘子撩开了一点，一个女仆抱了个孩子下来。

坐在轿子里的是宾波波蒂。她在朔日和望日一定来恒河沐浴，近来也带小儿子来。诺宾古马尔刚过两岁，但十分淘气。因此宾波波蒂不能不看紧他。来到恒河码头也不放心。一天，就在宾波波蒂下去沐浴这会工夫，孩子突然挣脱女仆的手向水里跑去。因此现在除女仆外，轿子后面跟着账房先生迪巴戈尔和一名跟班，他们时时盯着诺宾古马尔。

女仆和孩子下来后，轿夫把轿抬到码头去。这里的码头不分男女，随便在哪里下水都行。轿夫吆喝着把人们赶开。

常来洗澡的人认得出是大户人家的轿子。看见是辛格家的轿子来了，大家都让了路。人们见到遮得严实的轿子就明白，里面坐的是漂亮的女人，所以很有兴致地偷看。如能从帘缝见一下这美女就好了。他们有时也受骗，风吹动了门帘，看到里面坐的是满面皱纹的老太婆。

轿夫抬着轿子下到齐腰深的水中，宾波波蒂同轿子一起一次次沉入水里又抬起来，正好是七次之后，他们抬起来站定，现在宾波波蒂要拜一会儿太阳。

宾波波蒂像金神像一样，两手合十放在额头上。她脸色平静、满足。生活中她没有不圆满的事了。

突然响起三声隆隆的炮声，是发警告说河里要涨潮水了，轿夫们急了。

轿被抬上去了，女仆正抱着诺宾看河景，她听到迪巴戈尔叫唤后回到轿子旁边，掀开帘子进去后，宾波波蒂问："是谁在这里哭？"

塔戈摩尼不哭了，但杜拉钱德拉还在哭，被宾波波蒂听到了。她一听到小孩哭心都颤。自己的孩子出生后，她对世界上的孩子都充满母爱。

女仆金达往外望后说："有个女人抱着女儿坐在那里，小男孩在旁边哭。"

宾波波蒂问："为什么？"

女仆金达还能怎么回答！她努努嘴唇说，怕是没饭吃。

宾波波蒂脸上是一层悲痛的阴影。世界这么美，可是这里人们为什么还这么哭？为什么人们没饭吃？大人不吃就不吃吧，但让小孩饿肚子是很不应该的。

"叫迪巴戈尔过来。"

女仆金达伸出头把迪巴戈尔叫到轿子边。宾波波蒂不直接对他说,但让他听到:"金达,你告诉迪巴戈尔,把那哭的孩子、他妈和跟她们一起的全带回我们家。叫轿夫起轿,让她们跟着来。"

迪巴戈尔说:"遵命!"

宾波波蒂的轿子走了,但迪巴戈尔遇到大麻烦了,在路上随便遇到什么人都带回家去,太太真是疯了。

迪巴戈尔蹲在塔戈摩尼面前,问:那孩子死了,还抱着她哭什么?怎么了?

虽然毫无瓜葛,但迪巴戈尔见多识广,走过江湖。他用各种办法哄塔戈摩尼和杜拉钱德拉,知道了他们的事。两个祭司和几个来沐浴的人一起,终于使塔戈摩尼明白,她怀里的孩子真的是死了,再这样放久了,她的灵魂是得不到超度的。

这时塔戈摩尼又哭了一场,过了一会她把女儿送到水里。她相信了迪巴戈尔仁慈的话,跟他一起走了。当然,塔戈摩尼无论如何都不会知道,她和儿子去的这家,正是她丈夫特里罗真·达斯离乡背井到城市里来想找的那家地主。

迪巴戈尔回到乔拉桑科,看见辛格家大门旁站着一个肥大的中年英国人,手持大拐杖。迪巴戈尔吃了一惊。他见多识广,认识这个洋人,他是黑尔先生。

谁都躲不过那些看门人。有生人来就掐着脖子,先收下若干金钱。他们看见洋人却不知所措了。他们一点都不懂洋人说的话。

迪巴戈尔赶紧过去摸洋人先生的脚行礼。

黑尔吃惊地避开,说:"喂,干什么,干什么。"

"先生,您在这儿?"

黑尔问:"这是耿伽纳拉扬父亲的住所么?我要找他。"

这边塔戈摩尼和杜拉钱德拉看见这么高大的楼房也惊呆了,不愿进去。迪巴戈尔回头叫她，说："来，进来。怕什么？太太要收留你们，那还有什么说的？孩子，走吧，进去！"

塔戈摩尼又哭起："我们那个他没了，啊，我们上哪儿去找他啊。"

迪巴戈尔在洋人面前有点为难地说："会的，会找到的。进来吧，跟太太说话吧。"

黑尔对什么都好奇。他问，他们哭什么？怎么了？

迪巴戈尔说："她丈夫走失了，先生。在恒河码头哭，一个小女孩早上死了，先生。很穷，先生……"

黑尔先生站的姿势，像左脚放在右脚上的神像那样听着，泪水一滴滴地落下。黑尔先生年纪大了，受不了人们诉说苦难的话语。

杜拉钱德拉止住哭呆望着。在他的小生命中这么短的时间里发生这么大反差的事件，使他大受震动。早上看见一个红眼洋人，一群强盗在他面前打了他母亲，而这个洋人在哭。

黑尔先生掏出手绢擦擦眼睛，感动地说："你们收容她们？给饭吃？非常仁慈……真厚道。"他从口袋拿出一个钱币放到杜拉钱德拉手里，说，拿着！几年后长大点了来找我，我送你进学校。

迪巴戈尔对门房说："带她们进去。太太以后会忙了。您请，先生！这边请。欢迎光临！"

迪巴戈尔领着黑尔进了客厅。比图谢克和拉姆卡马尔手执烟筒正在那里谈事。他们看见黑尔后吃惊地站了起来。迪巴戈尔正要介绍，黑尔抢先举手行礼，说："我是戴维·黑尔，你们的服务员。"

他穿着宽大的裤子，白色长西装，头发几乎全白了，看来不用梳子。宽阔的前额有三道明显的皱纹，年纪虽大，但他的样子还很健壮。

他在门边放下手杖，坐下后说："我来找耿伽纳拉扬。他两个星期没来学校了。他是不是病了？"

拉姆卡马尔说："没有呀！耿伽挺健康的。"

黑尔说："那他为何不上学？"

拉姆卡马尔再次表示惊讶，说："没去学校？怎么我不知道？"

比图谢克不作声。他曾反对耿伽去学院读书，他不知道，耿伽当时就接受了。比图谢克以前没当面见过黑尔，对他干的事并不特别看好。要说起来，近来以学医的名义，印度教徒的孩子在解剖无种姓的、低种姓的尸体，就是他煽动的。另一方面在学院进行外族的教育。在那里宗教没有任何地位。孩子们一天天变得不懂礼貌，变得粗野。后果是永远不会好的。

但对这位先生是不能说这些的。说到底他是洋人。他说："耿伽很快就要结婚，所以他不上学了。"

黑尔长叹一声。近来他的耐性少了。看到老人没有责任感，他的脾气突然暴躁起来。这两人竟不知道，孩子哪天去学校或是在家。

他低下头使自己平静，然后带笑地说："耿伽结婚，好事……别忘了请我们吃喜糖……他哪一天结婚？两星期之后？"

拉姆卡马尔说："不，结婚还早着呢。"

黑尔说："那么他是在考虑结婚？从现在起就不上学了？"

拉姆卡马尔焦急地说："不，不，为什么不上学？那怎么行？肯定上。"

比图谢克有点厌烦地盯着朋友。拉姆卡马尔有何必要抢先说话，话应该由他来说。

拉姆卡马尔说："黑尔先生，您来点什么？抽烟吧？"

黑尔说："我不吸烟。"

"那么喝点酒？白兰地、啤酒、葡萄酒？"

"谢谢，我不喝酒。"

"怎么，先生，您不喝？"

"除了酒，我喝饮料。不过现在什么都不喝。"

拉姆卡马尔·辛格感到奇怪。论民族，他是洋人，可他说什么不喝酒。什么时候听说过狮子、老虎吃素？这戴维·黑尔先生真的很奇怪！

"那么来点甜食？"

黑尔说："我能见一下耿伽么？"

"当然，当然！"说着拉姆卡马尔立即朝房后喊：耿伽，耿伽！来人，去喊耿伽来！

拉姆卡马尔回来后说："感谢您来，先生！您为我国孩子的教育无私地劳动！"

比图谢克皱起眉头，一心地抽烟。

黑尔听到称赞自己后笑了起来，扬手指指拉姆卡马尔，说："你们是这国家的重要人物，没有你们的帮助，什么都做不成。还请你们更多地关心。"

拉姆卡马尔遇到英国人就软了。他两手合十，说："在建学院时我就捐赠过许多，如果再……"

黑尔先生说："不是那事，你们给了慷慨的帮助，但是，更需要道义上的支援。"

耿伽不好意思地走进来。黑尔立即站起来说："走吧，你跟我出去一趟。先生们，我如果带走他，你们反对么？"

这次也是拉姆卡马尔抢在比图谢克前面说："不，跟您走还有什么反对的？"

黑尔严肃地说："耿伽，你不报告为什么不上学？走，今天要处罚你。"

女仆金达听说英国人来了，抱着诺宾来看。诺宾伸手扑过去，好像是想要黑尔先生抱。

黑尔把他拉到怀里，闻孩子身上的气味。然后高兴地说："这里很干净！这是谁的孩子？"

拉姆卡马尔说："我的，我的小儿子。"

黑尔说："呀，孩子真俊，他会很聪明的。"他亲了诺宾后，将他还给他父亲。然后手扶着耿伽的肩膀说，走吧！大家和黑尔一起走到大门。当黑尔走出去时，诺宾哭了。好像他也要跟黑尔先生一起走。

黑尔又回来摸了摸诺宾的脸，说："我还会来的。我要是一匹马，你能爬上我的背么？"

　　诺宾使劲抓住黑尔的肩膀。他非常喜欢这个白人。

　　黑尔把诺宾抛上高空又接住，诺宾高兴地笑起来。黑尔说："哇，不害怕。我说，你们以后看吧，这漂亮孩子时刻都会是不平凡的！"

十

耿伽听黑尔说要处罚他，并不那么害怕。受他处罚是有趣的经历。背上当然是挨了打，但当时黑尔先生就不安了，就得安慰他说：不，先生，打得很轻，不觉得太疼。

但耿伽感到更奇怪的是，这大清早的，黑尔先生亲自到他家来。耿伽听说过，学院的学生谁缺席三四天或是病了，黑尔先生去问候或亲自照顾。可是近来黑尔被任命为法院的专员后，就不像以前那样把很多时间放在学院了。很久以来，戴维·黑尔无私地投身于教育运动。他把自己的生意停了。不错，他曾挣了不少钱，但这些年几乎都花光了。他从来不拿任何教育机构的薪金，相反还花自己的钱，建立医学院后，他作为秘书，给他定的工资很高，但那些钱他也捐了。

政府在知道不能直接给黑尔任何经济帮助后，巧妙地任用他在法院工作。因此现在从早到晚不见他去学院教书，都以为他另有高就了。

黑尔一手搭在耿伽肩上，另一手持文明棍步行。走出很远后，他问，跟令尊坐在一起的那位是谁？

耿伽说，他是我伯父，家父小时候的好朋友。

"啊，你见过弗朗西斯·培根的像么？"

耿伽摇摇头，表示没见过。

黑尔又说，看见你就会明白，这人的相貌同弗朗西斯·培根奇怪地相似。一样的眼睛。我总感到奇怪，看到很多这国家的人同许多欧洲人的相貌非常相像，只是肤色不同。

耿伽只是在上莎士比亚课时听说过弗朗西斯·培根的名字。知道得不多。他不明白黑尔为什么突然发现比图谢克同那个欧洲人相像。

走了不远黑尔又突然站住，亲切地问："你不觉得饿？进食了吗？"

耿伽说，是的，先生。

"说实话，别怕。请你在我家吃饭，不会使你失去种姓的。你也可以在任何一家甜食店吃了来。"

耿伽坚决地说，没有必要。他真的吃过了。实际上他什么都没吃。饭是端来了，但一听说黑尔先生来，就急忙出来，没顾得上吃。

可是黑尔没停顿，又问："那你说，吃了什么？"

耿伽说，牛奶。

"只是牛奶？没其他的？"

"桎果、香蕉、甜食。"

"好，可是为什么走得这样慢？跟着我快步走。"

黑尔走路总是发出踢踏声，年纪虽然大了，但脚步还很有劲。从他的步伐看，好像不是干净利落的洋人，倒像是大家庭的忘我的老舅舅。

"你知道同学波拉纳特·萨卡尔家在哪儿吗？"

"是的，知道。"

"是在外西姆拉的贾格莫汉·萨卡尔大厦？"

"贾格莫汉·萨卡尔是波拉纳特的伯父。那里有紧挨着的两栋不同的房子。"

"走吧，我们到那里去。知道波拉纳特的消息么？你不知道，听说他病得很重。你们是什么同学！是活着还是死了，你们都不打听。今天你得整天服侍波拉纳特，这是给你的惩罚。"

耿伽感到浑身轻松了。接触到这样的人心灵都会高尚的，黑尔先生时刻为别人着想，自己的事一点不想。完全无私的人是多么快乐，这就是难以置信的事例。

黑尔先生说："我同贾格莫汉·萨卡尔有要紧的话说。看来在妇女教育方面能得到他的帮助。所以我不能在波拉纳特那里待很久。但你要待在那里。"

耿伽好奇地问："先生，这回是否要开办女子学校了？"

黑尔佯装嗔怪，问道："怎么，你反对？"

"远不是反对，我是高兴。不过这可能么？"

"为什么不可能？有你们帮助就可能。妇女协会建立后曾开办过少女教育。但因缺钱和有钱人缺乏热情而没办几天。你们想把少女们放在黑暗中么？"

"我不愿意。"

"贾格莫汉·萨卡尔很热心，他心地善良。在他帮助下马上就要建立一家少女学校。如果我能再活十年，在印度一定能推进妇女教育。"

耿伽想到宾杜的事。宾杜有强烈的读书愿望。他问："这地方也让寡妇来读么？"

黑尔低头问："你说什么？再说一遍。"

耿伽重复说了。黑尔先生满脸痛苦的样子。他埋怨说："你说这话不感到害羞？我一开学校，你们就把守寡的女孩儿们送去？她们看不到阳光，谁能让她们看到学问之光呢？"

他停了一会又说："听着，耿伽，我不是印度教徒，但我一想到印度寡妇的事就流泪。女性是母亲，可是让她们这样受罪，是男人们应该做的么？"

耿伽低下了头。

黑尔拍拍他的背说："你学到的学问，如果能做到，就向国民解释，努力做点消除女性痛苦的事吧。这事我不能做了。你们中间要有人来做。"

两人又默默地走了一段路。有时走路的人向黑尔表示问候。二十多年来，许多学生跟黑尔先生读过书。城里受过教育的人都认识黑尔。黑尔对谁都不多说一句话。耿伽觉得今天黑尔又是另一种人了，他面有忧色，丝毫看不到快乐和轻松。

五月末，一早起太阳就挺猛。阳光晒得黑尔脸红红的，背上被汗水浸湿了，黑尔也不觉得。

先到了贾格莫汉·萨卡尔家。贾格莫汉和比拉吉莫汉是哥俩。贾格莫汉挣了很多钱，有地位。他没有得到祖宗的很多遗产，他的好运是做进出口生意得来的。萨卡尔·阿托公司是市里知名的机构。只挣钱是不能给家族增光的。贾格莫汉在谢波尔诺先生的学校读过书，基本上掌握了英语。他年轻时曾想成为基督教徒，他奶奶得到消息后，拿着个毒药瓶说，你再说一遍那句话，说呀！你会失去种姓，我还活什么。现在那一切都过去了。贾格莫汉每年在家里办杜尔迦女神节，慷慨为公众事业捐助，豢养着十几个溜须拍马的帮闲。开会时他站在拉姆·戈帕尔·高士旁边发表演说，有时在英语报纸上发表关于农民悲惨境况和妇女问题的辛辣文章。他作为备受尊敬的人，现在很出名。

贾格莫汉和朋友正在客厅坐着。他右边坐着一个瘦削高大高鼻梁的人，这是我们前面认识的拉伊莫汉。他巧妙地获取了在这家的地位。贾格莫汉很多事情都得依赖他。

黑尔先生先走到那里。肥胖的贾格莫汉一看到黑尔出现在门边，立即跑过去伸手说："好运气，好运气！您来了。欢迎黑尔阁下光临寒舍。今天我刚提到你。下个月我的女子学校要开学了，就在我这房子里面，索帕巴扎的拉塔甘特·德沃·巴哈杜尔给了我很大的鼓励……我慢慢说，先生，请坐，请坐！"

黑尔先生没坐，手扶着耿伽的肩膀站着，说："真是好消息，我会尽力帮助的。学校在您家里办，可是女教师从哪里找？"

贾格莫汉说，我已给伦敦的英国及外国学校协会发了信，达罗卡纳特先生将亲自同他们谈。看来可以找到一名女教师。所有的花销由我支付。本土的女教师哪能找到？开头三四个月先由老学者教着……名字叫女子学校。

黑尔先生说："我想先了解一件事，女孩会来学校么？从前我看到招女生很难。"

"肯定会来！"

"希望您自家的女孩也会去。"

"嗨，嗨！我没有女儿！有的话肯定去。这村的每一家我都去过，给太太们作揖，说，太太，今天民族觉醒了，驱除了无知的黑暗后，知识的曙光出现了。别犹豫了。为我们的闺女、姐妹，为女孩子们敞开知识大门吧。困难在哪里，知道吗，黑尔先生？这里许多人，不少是有文化的有钱的大人物，他们认为，女孩一学会了写读，就会成为寡妇！明白吗？多么愚昧！"

"而寡妇学会读写后会怎么样呢？她们不能第二次成为寡妇吧！这个孩子刚才问，寡妇能不能读书。"

"寡妇读书有什么用？这孩子……他是谁？"

耿伽说："我是波拉纳特的同学，我叫耿伽纳拉扬·辛格。家父是拉姆卡马尔·辛格。"

一听到拉姆卡马尔的名字，贾格莫汉皱皱眉头。拉姆卡马尔·辛格是比贾格莫汉还高三、四级的大人物。因此他有点妒忌。

他冷淡地说，啊。然后望着黑尔说："别听那些疯话。谈寡妇教育都是罪过。寡妇净化了我们的世界，她们的压抑、克制、耐性是多么伟大。只有印度教的女性，才能这样忍受肉体的痛苦，有寡妇才有我们的宗教存在。"

拉伊莫汉伸长脖子像鹤似的，说："说得对，人们都这样说。"

贾格莫汉又说："王公拉塔甘特·德沃写了一本关于妇女教育的书，证明在古代大家庭中对印度教姑娘也进行教育。在穆斯林时代，我们把男女孩都关在家里，明白不，先生。在帖木儿进攻印度之后，我们的妇女陷入了黑暗之中。我们要让女孩走出家门，得慢慢来。"

拉伊莫汉说："王公巴哈杜尔没说过寡妇读书的事。"

贾格莫汉向耿伽投去愤怒的一瞥，说："一提那些事，工作全都白费了。黑尔先生，明白不，各种各样的说法都会出来的。人们会说，我们沉迷于把家里的姑娘变成洋太太的时尚。人们不看好，却把坏放大来看。也许有人抨击我们的道德。"

拉伊莫汉伸了伸舌头，说："先生，别这样说，对别人怎么说都行，对您这样神仙般人物的道德说三道四，是不道德的。"

贾格莫汉宽厚地说："不是所有人都明白的。"

黑尔说："你们聪明，你们会很明白，不需要寡妇。先从小女孩开始努力吧。"

贾格莫汉说："请坐，黑尔先生。我有很多话要说。男人读了很多书，小女孩也读同样的书么？我倒是认为，有必要为小女孩编写操守教育的课本。学校课本委员会对这工作能给予帮助么？"

黑尔说："我们讨论看看。待会儿再来和您说话。我先去看看波拉纳特，他得了什么病？"

贾格莫汉说："波拉纳特？那家的波拉？听说他连着两天拉肚子。"贾格莫汉对这事根本不重视，他考虑的是重大问题。没有时间为侄子的小病伤脑筋。

黑尔带着耿伽走出来。耿伽心里说，宾杜，你的命不好。这辈子你什么都得不到了。但愿你下辈子不再做寡妇。

黑尔先生像是看透了他的心事，在耿伽的耳边说：亲爱的孩子，你瞧着，慢慢地寡妇会来学校的。要是我能再活十年，那我要为所有阶层的女孩打开教育之门，这是我最后的愿望。

耿伽听了这话有点兴奋，但并不是那么高兴。十年之后宾杜还能有读书的热情？那么大年纪了，她还怎么上学？

旁边那座房子开着门，客厅空旷无人。耿伽先进去叫波拉纳特的名字。波拉的父亲比拉吉莫汉很快地下来，一见是他们就嚎啕大哭，抓住黑尔先生的手说："先生，您来啦，但波拉看来没救了。"

听说波拉纳特已不能走动，在二楼的一间房里躺着，黑尔说："我能上去看看他么？"

不仅黑尔先生被带上了二楼，波拉纳特的母亲和姑妈也在场。黑尔像是这家最亲的亲戚。

波拉纳特躺在床上，脸色苍白，眼睛浮肿。比拉吉莫汉走过去说："孩子，你看，谁来了！看，睁开眼睛……"

波拉纳特困难地睁开眼，不知是否认出了，想说句什么，却哇的一声吐了，床单上和地板上都是。

黑尔先生喃喃地说："霍乱！城市里到处都是霍乱了！每年夏天都这样。不到雨季不会减少。"他又看看比拉吉莫汉，说："我要个扫帚和一盆水。能马上拿来吗？"

他小声对耿伽说：你们印度人家里很不清洁。病房里应时刻保持清洁。因为你们做不到，所以疾病传播很快。在拿来水和扫帚后，黑尔亲自清扫那些秽物。家里人都惊呼起来。比拉吉莫汉要把扫帚抢过去，黑尔根本不理。在做完事后说："我把这个学生留下，波拉一呕吐，他就清扫。我把这责任交给他了。现在需要一块干净的布。"

一个八九岁的女孩站在门边。她撕下纱丽的一角递给先生。耿伽认出这个女孩了。他六个月前受邀来吃过饭，这女孩是波拉纳特的妻子曼古玛丽。肯定是因波拉纳特病重，把她从娘家叫来的。

黑尔先生将那块布浸湿，仔细地给波拉纳特擦脸，边擦边小声说："波拉，坚强些！你要活下去！波拉，生活真美好，你不能走，不，波拉，我们要留住你。"

波拉纳特闭上眼，难忍的疼痛使他全身抽搐，但他什么都没说，眼角流下泪水。

黑尔先生查问了治疗的事。有名的印医看后都不给治了。黑尔问：你们信得过医学院学生的医术么？

波拉纳特的母亲说："您说什么我们都听。"

黑尔说，我写封信，马上派人送去。

黑尔不再在那里多待，临走时对耿伽说：明天你去医学院把波拉的情况告诉我。

黑尔刚走到门边，曼古玛丽失声痛哭起来，大家一下子惊呆了。黑尔回过头，他两眼含泪，很可能他也不抱什么希望了。他沉痛地说，别难过，姑娘，只要有呼吸就有希望。然后他就快步离去。

但第二天耿伽去报讯前却听到可怕的消息。

耿伽那天没能照顾波拉多久，比拉吉莫汉很快就硬把他送回家去了。他知道耿伽是大人物的公子，接触了传染病人后，如果他也病倒，那是很糟糕的事。耿伽不愿走。但是连波拉的母亲都说，回家去吧，孩子，有我们呢。你妈妈会担心你的。要不你明天再来。

第二天清晨，班古来到耿伽家，气喘吁吁地说，太糟糕了，快走！

耿伽纳拉扬发抖地问：波拉……

班古说，不知道波拉的情况。黑尔先生死了。

待了一会，两人嚎啕大哭。两人痛苦、诧异。他们似乎没有正确理解这意外的含义，只是不断地掉泪。耿伽脸色煞白。

黑尔先生住在拉尔巴扎左边格雷先生的房子里，两人来不及请轿子，就往那边跑去。这时市里很多人闻讯后也在跑。对耿伽说来，消息来得太突然，他都不敢相信。昨天这人还到他家来过，还同他待了一阵。

格雷先生的楼前挤满了人。以前英国人的住所前，从来没有这么多本地人聚集过。实际上这城市里没有什么事有这么多人聚集过。

印度学院在校的和已离校的学生也不例外。迪罗吉奥的学生也来了。有地位有身份的人也一个个来了。耿伽的朋友围成一圈站着。甚至连平时起床晚的默图今天也来了。默图好说长话，爱对受尊敬的人说些不敬的话，但实际上他的心很软。他也在掩面呜呜地痛哭。来晚了的人一再打听消息，黑尔先生是怎么死的，听了一百遍还想听。

黑尔先生晚上一点钟醒来，突然开始呕吐，肚子痛得难受。可是他以自然的姿势定定待着。他把轿夫叫来说，去对格雷先生说，为我准备一副棺材。轿夫一听这话出去就大哭大喊起来。他的哭喊惊醒了许多人。格雷先生跑来了，在深夜派轿子去请医生。他最宠爱的学生、医学院的助理外科医生普鲁孙诺·米蒂夜里守候在旁，抹了止痛药膏。黑尔说，普鲁孙诺，好学生，撤掉药膏，这回我要平静地死去。

曙光初现时，他就断气了。

村里放满了双驾马车、四轮马车……天上响起阵阵雷声，风越刮越猛。在尊敬的查尔斯·艾雅到来后开始出殡。与此同时，在强烈的暴风雨中，出殡队伍也没有散。没有一个人因怕雨而不去送行。所有的人都默默地低头向戈尔迪奇走去。没有为洋人专门划定的墓地。戴维·黑尔的墓地将在他梦想之地印度学院附近。办丧事的全部费用由老百姓负担。

耿伽想起很多事，特别是昨天的事。黑尔先生说，一下雨霍乱就会减少。他自己成为今年最后一个牺牲品，让雨下来了。

路上积满了水，耿伽踩着水走着走着，耳边不断响起一句话。黑尔先生昨天至少说了两次，如果我能再活十年，如果再活十年……他想活，他说，生活多么美好，还想做很多事。

耿伽流下的泪水和雨水掺合在一起了。

十一

又一天的黄昏，拉伊莫汉又钻进了谷比金铺的小屋。谷比正要出门，看见拉伊莫汉后又坐下了。"啊，科沙尔先生，很多天没上这边来了。我以为您把穷人忘记了。"拉伊莫汉跷起腿坐在藤凳上，拿出装蒟酱叶包的盒子，给了谷比一个，自己吃了一个。说："谷比，你越来越穷了，可是你胖得越来越漂亮了。"

"别说这个了！穷人就剩下这点财产了，得存一点，为更穷的日子用。"

"房子好像一层修成两层了！"

"所以两手都空了，盖房使得我一无所有了。"

"像这样一无所有是你的好运气，哪天请我们到家里吃甜点吧！你家就是我家，当用我们的钱……"

"您能光临寒舍，我是荣幸之至啊，请问何日驾到？"

"不好说，现在正是雨季，脚下净是烂泥浆。我们德普尔路是一打雷，水就没过膝盖，我能踩烂泥。"

"那就不来了吗？我给您洗脚，喝您的洗脚水。"

"怎么回事，谷比？为何这么尊敬我？过分虔诚意味着什么？"

"不尊敬您尊敬谁？以前您走路，后来看见您坐轿子，现在您坐上双驾马车了。上星期二从我身边嗖地就过去了。我怎么喊您都没听见。不过我很高兴，看见您发达了，我们也高兴。"

"哦，哦，等几天吧，你还会看到很多的。我这刚刚下了钓钩。现在坐双驾马车，以后要坐三驾马车、四驾马车，自己的，完全是自己的！"

"那天您坐的是谁的车？不是自己的？"

"不是，神经病！那车是拉姆卡马尔·辛格的！"

"几时又贴上辛格了？您从前总是围着萨卡尔先生转的。这回是否撇下他又逮住拉姆卡马尔·辛格了？"

"没撇下，没撇下他。两手玩俩人，明白啦？池塘两边我都下了饵。"

"那您没为我做点事？听说拉姆卡马尔·辛格很快要给儿子娶亲了，少说也得花十万卢比！"

"什么十万，小子！像我们这样的穷鬼撸来吃的就得有十万！我听说光首饰就花二十五万。"

"科沙尔先生，从中给我找点事做，我得五万就足够了。"

拉伊莫汉不出声地笑歪了嘴。他笑得有点残酷。在自己失败离开这世界之前，他要耍耍聪明手段。

他向谷比扬起左手说："就这点！五万你就满意了？"

"是的。"

"要是给你更多工作呢？"

"那是您的恩典。"

"比图·穆克吉也要嫁女了，得到消息了吗？"

"哪个比图·穆克吉？是那大律师？"

"是，我们这位拉姆卡马尔·辛格的FR-PH-GA。"

"你说什么？"

"朋友、哲学家、导师。知道这些么？"

"要知道这些我也能进市场了。因为愚蠢，才整天坐在炉火前喘气。"

"如果我能收到那位比图·穆克吉家的定金呢。"

"那我就每天给您叩两次头。"

"光叩头！不分给我一份？小子，坏蛋！"

"那也是您的恩典。您要一份我能说不给么？"

"一卢比给一个安那回扣。你现在就开始做吧。金匠马托波是固定给辛格家做的。"

谷比立刻就生气了。就像其他无能者一样，他也不能忍受本行业的竞争者。近来马托波作为金匠很出名。拉伊莫汉是试探着提到他的名字的。

"马托波！他是头号小偷、毒包，明白么？科沙尔先生。毒包，我告诉你，谁都不能给他吃毒药！"

"那就算了。辞掉马托波不是小事。你得按规矩做活，得动脑子。先付点定金。"

"什么？"

"这一次看来你不明白？要说两三遍？先给我点定金。干这么大的事，不得先扔出点东西么？"

"定金！现在我手上什么都没有。我先干活，从老爷那里得到钱，一分一厘都给你算清。"

"哎，小子，事先不要给门房礼钱么？不要花钱？这些有钱人家的门房一个个是吃不够的神仙，不讨好他们，什么都干不成。"

"科沙尔先生，您得相信我手头空空。"

"拿来，小子！别装了。好活不能这样白给。至少拿出五十卢比来。"

"今天不行，要不改天……"

"那是说要我去找马托波？我是为你好才说的。要不先给你看那么多好处干什么？如果你能进辛格家一次……变成壁虎进去，五年后你就能成为鳄鱼出来！"

"那今天我先给三十？"

"你瞧，又这样讨价还价。秉性难移，狗改不了吃屎。秉性怎么能改！几十万卢比的生意，而你为十几二十卢比在捣乱！"

"三十五卢比。今天我拿不出更多钱了。"

"再加点，再添点！好了，别多说了，给四十五卢比。其余五卢比算我给你的孩子买糖了。"

谷比不情愿地磨磨蹭蹭打开了木钱箱。谷比从里面拿出钱就像是打断了骨头。可是没办法，对科沙尔说话不能硬。活儿很诱人。为那些富人家的婚事做一工，很多人就时来运转了！拉伊莫汉一提马托波的名，正打中谷比的痛处。在抢了马托波的活儿获得的快乐中，谷比毫不痛心地扔出五十、一百卢比。

拉伊莫汉数过钱后装入口袋，满意地笑了。他为自己的本事而陶醉。他大方地拿出蒟酱叶包给谷比。

"那么活儿准有吧，科沙尔先生？"

"你放心吧，你的房子这回要盖三层了。"

"今天没拿点货来？"

"没有！"

"那么请起吧！今天没讲一点消息。"

"啊，还有事。消息还有，全国流行大瘟疫。霍乱死了很多人了！人们都没有工夫去焚化尸体。恒河漂浮着千百具尸体，去瞧瞧吧，真是值得一瞧的景象！"

"天哪！还有谁去瞧！"

"码头上漂着那么多尸体，洋人的船都靠不了岸，大官们正在开会。这瘟疫我从未听说过。我听说达罗卡纳特·泰戈尔从英国回来了。"

谷比睁大眼睛问道："你说什么？他什么时候去的英国？我一点都没听说！过海了？种姓、宗教全都完了？"

"他还有什么种姓、宗教？有钱人什么时候会丢掉种姓？谁敢告发，就拿银鞋抽他，就全妥了。他的祖先渡过黑海，他会不过？算了。听着，给我一条金项链，小的就行，很大的没必要。"

"项链？您买？"

谷比感到很奇怪，但不能怪罪他。拉伊莫汉从这里那里弄来的金器卖给谷比，实际上他是为此而来的。今天事情正反过来了。

"喂，小子，我买。难道我买不起黄金？"

"不，我说的是，您是否又要结婚？"

"别废话。你有什么项链，我看看，我很急。"

谷比拿出各种尺码的四五条项链。有镶着宝石的扣子，有的是一般图案。拉伊莫汉挑了一条小的项链，问道："称称这个，看有多少金……"

项链虽小却很重，整一托拉半。谷比要价三十五卢比。拉伊莫汉听后，摇了摇谷比的下巴，说："哇……绝顶聪明啊！我来卖，你说十九卢比一托拉，多一点都不行。而卖给我你却要高价，嗯？"

"我得算上工钱啊。"

"不要脸的，你跟我也要工钱！"

讨价还价后定为三十二卢比，谷比无论如何不肯减了。最后拉伊莫汉长叹一声说："好吧，我斗不过你。"

谷比把项链装入小盒时说："可是，科沙尔先生，这么小的项链戴在任何仙女的脖子上都不配。您可以拿那红宝石的，好看得多。"

"那价钱也好看得多。拿来，就这个了。你别再做寄生虫了。"

"给谁的脖子戴？"

"别说。"

拉伊莫汉好像有点难为情，不想多说。他站起来脑袋立即撞到屋顶。屋顶比他矮，他总是记不住，

"我走了，谷比。"

"不给钱啦？"

"啊，我忘了。我喜欢现钱交易，赊欠不是我的脾气。"

拉伊莫汉小心地拿出刚才谷比给的钱，数了三十二卢比给他，收好盒子后走了。

这回谷比也暗暗觉得好笑。一切痛苦都会得到安慰的。拉伊莫汉没有认出来，这条项链是他不久前以二十八卢比卖给谷比的。谷

比赚了四卢比。命不好就得不到这种机会。

拉伊莫汉的目的地是新娘市场。离谷比店铺不远就是位于乔拉桑科的泰戈尔家。拉伊莫汉看看那边，长叹一声。他恨这所房子。他曾去这房子蹭过吃喝，但被打了出来。能去达罗卡纳特·泰戈尔家走动，在众人面前很光彩。拉伊莫汉的叔叔与达罗卡纳特年纪相当，他过早地闭眼了。达罗卡纳特作为伯父，应该给侄子安排工作。达罗卡纳特现在不用本国人。他只和洋人说话，现在从洋人的国家回来了。不管怎样，他儿子戴本德罗纳特·泰戈尔当管家照看产业了，现在也需要人手。起初戴本德罗纳特开始享乐时，拉伊莫汉抱有很大希望。他去戴本德罗纳特那里转过几次，没有得到准信。也许戴本德罗纳特改变了主意，现在对酒和女人不感兴趣了，不举办歌会舞会了，男人该干的事一点都不干了，而是对学梵语有很大的兴趣。这不是很不应该么？这样大望族的子弟，不多少学坏，那别人从哪儿找饭吃？在外面几乎看不到戴本德罗纳特先生，不知他和一些怕见光的人整天聊些什么。拉伊莫汉摸不准脉。人们说，给达罗卡纳特拍马屁的人一个个都是坏鸟。而他儿子戴本德罗纳特先生养着四只乌鸦。

拉伊莫汉心说：会过去的。一切都会过去的。打破素食是用不了几天的。地主家的孩子什么时候不吸血？

詹巴扎的卡玛拉森德莉家今天有大聚会。拉姆卡马尔·辛格从勒克瑙请来高端歌唱家和手鼓师。这全是为了讨卡玛拉森德莉的欢心。她的舞名已传遍各地，她还想多学些。拉姆卡马尔从不吝啬花钱。卡玛拉的任何无礼要求，他都要成全。老爷就是老爷拉姆卡马尔·辛格，这大家都承认。以前从未有人请别人来观看自己的姘头跳舞，要办舞会就花钱租舞女来，把自己的情人雪藏起来。可是众人称赞卡玛拉森德莉，使拉姆卡马尔·辛格更加乐不可支。

歌舞会从傍晚过后就开始了。詹巴扎这所房子是拉姆卡马尔·辛格新买下的。他邀请了知音朋友，准备了好多酒饭。但女人只有一个。夜越深就闹得越欢。卡玛拉森德莉肤色黝黑，她喜欢大红的衣服和纱巾。她在会场中就像一团血红的火焰。一支舞跳完后，"真棒，真好，再来一个"的喊声四起。当激情被鼓起，拉姆卡马尔·辛格站起来搂住卡玛尔森德莉的腰肢时，大家齐声要求他们跳双人舞。但拉姆卡马尔·辛格不愿在众人面前这样玩。他满脸带笑，醉眼朦胧，把卡玛拉森德莉带进旁边的卧室，关上了门。

这样使拉姆卡马尔·辛格获得更多的快感。当舞姿婀娜的卡玛拉森德莉成为众人渴望得到的女人，当她点燃了众人的欲火时，拉姆卡马尔·辛格似乎是要让他们懂得，这女人只有我才能享受。

拉伊莫汉经常出席这种聚会，看到这种场面。他今天到了这房前也没进去。起初他想进去喝点为别人准备的酒，但又改变了主意，向新娘市场走去。

这时落起了绵绵细雨，拉伊莫汉没带伞，都淋湿了。他为躲开水沟，大步跳着，他的心被两边揪着：爱找乐的心拉他回头，他生来就喜爱吹拉弹唱，年轻时对音乐有很大兴趣。那时纯粹是为娱乐，现在那音乐当然有其他用途了。可是现在，高端的音乐吸引他，除了在准确的节拍中舞女的舞姿外，他还得到很多东西。说起来卡玛拉森德莉是拉姆卡马尔·辛格买来的女人，拉伊莫汉注意的不是这个，但她的舞姿确实是值得一看的。再说他已经习惯晚上在一个个晚会中度过时光了。两边都揪着心，使他喉头发干。而拉伊莫汉明白，只要一进去，就不容易出来了。在夜里拉伊莫汉总是在卡玛拉森德莉舞厅的地板上睡着的。

他有六七天没有来希莱摩尼这里了，因此拉伊莫汉有点犯罪感。最后不顾后面的吸引力，使劲往前迈步。

他穿的英国皮鞋沾满了泥和水，他在清真寺旁的池塘洗净脚，来到希莱摩尼的房前。

这房子今天黯然无光，窗户紧关着。不知里面是否有人。拉伊莫汉并不吃惊。大门开着，他走进去，在黑暗中，他摸索着走上楼梯。希莱摩尼雇有仆人。前几天拉伊莫汉看到，一个西部妇女代替仆人工作。今天看来她也不在。希莱摩尼在吗？

他上楼后推开大屋的门，害怕地叫：希莱，希莱摩尼。

屋里几乎是黑的。角落一个陶盆里烧着稻壳。不知屋里是否有人。

在叫了两三声后，有微弱声音答应："谁？"

拉伊莫汉放心走进去，眯起眼睛，在适应了黑暗后看到，一个女人躺在床上。

"怎么样，希莱摩尼？"

"你回来了？"

拉伊莫汉走到烧稻壳的陶盆边，他知道旁边有麻杆。他摸到一根麻杆插进稻壳火盆里，麻杆一下就点着了。他举起麻杆问：蜡烛在那里？

不用多找，他找到蜡烛点着后说："哪儿有毛巾？我脑袋都湿透了。"

在昏暗的烛光下，希莱摩尼的脸庞像月亮被乌云笼罩了，眼窝下是死亡的蜡黄色。身上只剩了皮包骨，说话有气无力。她说："死鬼，你又来我这里找死！滚开，滚开！"

拉伊莫汉说："我刚来怎么就叫滚滚的！人们对猫狗都不是这样赶的。"

希莱摩尼说："我多少次禁止你来了！我是等死的人，你也想死？"

希莱摩尼得了不治之症，她想，拉伊莫汉接触到她，会传染上的。这病缠了她三个月了，既不撒手，又不放过她。很多天没人到她这里来了。她的东西也慢慢地不见了。青春一逝去，妓女就一无所有了，但是希莱摩尼现在还不满二十岁，竟然这么惨！

"昌杜在那里？昌杜？"

"在那屋睡觉。"

"傍晚就睡觉？吃什么了吗？"

"你问这么多干什么？"

"妈的！说着话就这样呲我？我不能问孩子吃饭没有？那天我看

见的给你们做饭的女人去哪儿了？"

"谁知道。"

拉伊莫汉长叹一声。希莱摩尼虽然随时昏迷等死，但傲气仍在，她丝毫不要拉伊莫汉的帮助。拉伊莫汉要给钱，她就撕碎扔掉。希莱摩尼的儿子昌杜纳特现在三岁，母亲得了这病，他受的苦也就到头了，谁会来照顾他？说不定哪一天小偷、强盗就会宰掉母子，把东西全弄走。拉伊莫汉家没有别人，早就全完了，所以他也不能把昌杜纳特带在身边。能放在谁家呢？谁会要妓女的孩子？

拉伊莫汉从隔壁把熟睡中的孩子抱来。孩子眼窝下有泪痕。狠心的拉伊莫汉心中也一动，同时也发了火。他气呼呼地在希莱摩尼旁边坐下，问道："你现在说，这是谁的孩子？我要用毛巾勒住他的脖子拉到这里来，在加尔各答发消息！"

希莱摩尼噌地坐起来，说："又说这话？从我眼前滚得远远的。孩子是我的，薄伽梵给我的。"

希莱摩尼的信念是何等奇怪！死到临头还要坚持。这事特别牵动拉伊莫汉。他的职业是欺骗；他一生把设局、赌博、造谣的武器磨得锋利，却被这一个普通妇女击败了。她没有贞操，却有真诚。这样的女人世间少有。

"如果是贾格莫汉·萨卡尔，你就说，我将内幕曝光。那坏蛋以拯救妇女为名，钻入有身份人家的深闺。满脑子坏水，嘴里却说着好话！他曾经多么爱你，现在也不来了。"

"我说过一千次了，不是他。"

"好吧，那从今起我就是昌杜的爸爸。"

"不，你的能力做不到。谁都不是他爸爸，他没有爸爸。我要是死了，昌杜也跟我死。"

"希莱，为什么这样恨我？人们为寻欢才找你这样的姑娘。人们犯迷糊都不会来看病倒的老婆的。可是我来了。"

"做得好。现在走吧。"

"从今天起我就收养昌杜。瞧这个。"他从盒子里拿出项链，戴在昌杜纳特的脖子上。然后拍了下手，说：哇，真合适。

"解开，现在就解开。你从谁家偷东西来蒙人。"

"偷的？我向你发誓，真是我的东西。今天我叫他儿子，能空着手来么？我还要对你说，从今儿起我就住这儿，不再走了。我现在就出去买吃的。你以为我骗你想跑掉？"

昌杜纳特面貌俊美、肤白，戴上金项链后更好看了。拉伊莫汉入迷地看着。认养的那天是要给些金首饰的。以后如突然缺钱，卖了项链又可支撑三五天。

希莱摩尼又忍不住，开始默默地流泪。拉伊莫汉把手放在她瘦小的脖子下，说："我一定治好你的病，你好起来吧！然后你我一起生火做饭！我非常需要你。"

十二

这回说点古代的故事。

名为汗·贾汗·阿里的司令持着德里皇帝的委任状来统治杰索尔。当然我们并不特别需要这位阿里。我们感兴趣的是他的一个职员。可是有必要提及汗·贾汗·阿里，因为历史上有此人的名字。他死于1458年。那时觉醒提婆还未出生。[①]

那时候孟加拉的人名还没有加上头衔的习惯，家族和村子的称谓就是人的称谓。我们也不确切知道汗·贾汗·阿里那位职员的名字。他是婆罗门的儿子。他生在新岛附近的比尔拉村。他爱上了一个漂亮的穆斯林女子。那爱是如此强烈，为了她，他准备放弃自己的种姓和宗教。印度教有严格的壁垒，其他宗教的人无论如何是无权进入的。如婆罗门的儿子娶了异教徒，妻子绝不能成为印度教徒，他还要丧失种姓。爱的结局是，婆罗门的儿子丧失了种姓。他的新名字是马穆德·达希尔。因为他来自比尔拉村，以前叫他比尔利亚。这名字也酷似穆斯林：比尔阿里。

印度教不接受新的人，相反把自己人推向其他宗教。世界上其

---

① 觉醒提婆是毗湿奴教派的著名弘扬者。

他宗教可是亲切地欢迎新来者的。有时还设了奖。在改变宗教后比尔阿里被主人看中，赏给他一个乡，这个乡名为振古迪亚。

逐渐地这个乡的比尔阿里成了大家尊敬的人物。他经常热热闹闹地举办各种节会。

有这样的说法，新穆斯林是吃牛的死神。比尔阿里自己吃，也对大家说吃牛肉的好处。但是振古迪亚乡是印度教为主，还住着一些婆罗门。所以比尔阿里的主张不可能得到大众的赞同。

名为加穆德夫和乔德夫的两个婆罗门在比尔阿里手下做代理。一天他们对好心的主人开了个玩笑。这是他们一生中最大的错误，成为历史上的笑料。

伊斯兰教的斋月。把斋的比尔阿里正同朋友讨论问题。他手持香橼，时时放到鼻子前闻闻。这时加穆德夫和乔德夫中的一个说："先生，您今天没有把斋！"他又向吃惊的比尔阿里解释，按他们的经典说，闻味就是半吃。所以就是没有遵守把斋的规矩。

比尔阿里听后笑了。在笑中藏了深意。

之后有一天，比尔阿里请了许多印度教徒到客厅来，他在交谈中突然示意仆人，抬来烧着的炉子，锅里正煮着牛肉。人们传说，那天比尔阿里杀了一百头牛。

很多印度教徒一闻到牛肉味就掩上鼻子，许多人逃离会场了。但比尔阿里拉住了加穆德夫和乔德夫，说，为什么要跑？按你们的经典，你们已经吃了一半。按照经典，你们已经失去了种姓。因此怕羞有何用？坐在我旁边吃完另一半吧。

改变宗教后，加穆德夫和乔德夫改名为卡玛鲁丁和贾马鲁丁，并得到了赐地。但就像闻味就是吃了一半一样，印度教家庭一半成了穆斯林，另一半却没有得到超度。加穆德夫和乔德夫还有两个弟弟，名叫罗迪德夫和舒格德夫。社会都很恨他们，亲戚们也不来往了。因比尔阿里的关系，他们家族加上了比拉里的名字。人们不说他们是完全的婆罗门，叫他们为比拉里婆罗门。

因不能忍受亲戚们的虐待，哥俩中的罗迪德夫出走了。可能他没有什么子女，所以出走是容易的。但是舒格德夫陷入危机。他有该出嫁的女儿，还有未出嫁的妹妹。因家庭名声不好，这两个女孩都找不到对象。当时舒格德夫运用最后的武器——没有比这更有效的了——来对抗社会。他花钱买了两个婆罗门。他的妹妹同弗雷村的蒙格拉难陀·穆克吉结婚了。而女婿是比塔婆格村的贾格纳特·古沙里。这两人得到了好多土地和金钱作为陪嫁。后来舒格德夫、蒙格拉难陀、贾格纳特的子孙全被称为比拉里婆罗门。

其他人的事暂且不说，我们只追述贾格纳特·古沙里。像甘古尔村的婆罗门叫甘古里那样，住在古沙村的叫古沙里。古沙村就在布德万县城边。慢慢地这些古沙里人迁到了班古拉县的索纳穆齐、库尔纳县的比塔婆格和达卡的凯奇顿村居住。就是说那是出生的地方。在我们这个故事里，比塔婆格的古沙里们很重要。

这些古沙里人有悠久的家族荣誉。名为阿迪舒的古代高尔（今孟加拉）的国王（很难说他是史前的或历史的人物，我们这章开始时把这些说成是古代的故事）从曲女城带来五个真正的婆罗门。可以认为那时的高尔是非雅利安人居住。由这五位婆罗门生成了善迪罗、婆罗达吉、卡索波、巴德索、和沙波诺五族。后来这些家族制造了许多麻烦，做了许多坏事。

善迪罗族的始祖启迪希的儿子名为帕德纳拉扬，许多人认为他就是著名的梵语剧本《贝尼毁灭》的作者。帕德纳拉扬的后代就是我们说的古沙里人，因为原本是善迪罗族的，有人称他们为班多科迪，或班多巴泰（班纳吉）。但从根上说，他们是古沙里。

虽然家族显赫，但因接触了异教徒，比塔婆格的古沙里们被加上了比拉里的称号。他们多少代都受到宗教和社会长老的迫害。很久之后他们进行了报复。

又过了几个世纪，古沙里的后代班加诺和叔叔舒格德夫同亲人发生争吵后离开村子，出去碰运气。走着走着他们来到戈温德布拉水渠边。虽然他们是被赶出族的婆罗门，但他们的服饰无可挑剔，穿着丝绸衣服，留着发辫，额头涂有檀香，肤色雪白，一看便知是婆罗门。戈温德运河边当时只住着几户渔民和农民。他们看见婆罗门便五体投地行礼，请他们住下。村里收留婆罗门是一大功德。

那戈宾陀运河现名叫古恒河，又叫达利运河。英国人在戈温德布拉、苏丹迪和加尔各答这三个村新建城市，为了行船方便把这运河拓宽了。当英国人来和村民联系时，渔民不敢说话，把两个婆罗门推了出来。婆罗门如同神仙，所以村民称他们为"神"（thakur）。英国人发音不准，叫成了台戈尔。把古沙里和比拉里的称呼去掉，班加诺和舒格德夫变成了泰戈尔。

这些泰戈尔们是加尔各答的初始时代的码头工人和承包人。开头，班加诺和舒格德夫给英国人的船只供货。后来同英国人混熟了，获得更多的工作。这个新城市当时有很多新工程。为了防止教派冲突，挖了马尔哈达沟。在希拉朱多拉突然攻破加尔各答堡垒后，英国人在广场空地建了坚固的堡垒，叫威廉堡。这些工程都是这两个泰戈尔的子孙承包的。泰戈尔们当时的财富大增。听说他们砍伐了丛林，在那儿准备建花园，后来新堡垒就建造在那里。

后来这一族有两兄弟值得一提。两兄弟名叫尼尔摩尼和德伯纳拉扬，两人相当富有。但尼尔摩尼工作更出色。

泰戈尔们离开了戈温德运河边，来到梅乔巴扎的名为巴杜利亚卡达的富人村。尼尔摩尼把管家的责任交给弟弟后外出。他受雇于英国公司，有时去吉大港或去奥里萨。除挣钱外，他是冒险的性格。那时做代理是来钱很多的。尼尔摩尔把钱都寄给弟弟了。后来他辞职回家，等着他的却是痛苦。当时他家是无比的富有，但是弟弟德伯纳拉扬声称这大部分是自己努力和聪明的结果，尼尔摩尔只占一小部分。不错，尼尔摩尔是从外地寄钱回来，但德伯纳拉扬靠自己的本事使财产翻了几番。

兄弟俩闹矛盾到了严重的程度，在雨季的夜晚，尼尔摩尔拉着老婆孩子的手，带了家神纳拉扬的石雕像离开了巴杜利亚卡达的家，以后再也没回去。德伯纳拉扬给了哥哥十万卢比现金，让他承诺不再享有房屋和地产的权利。

在雨夜，尼尔摩尔当然没有带着家眷在路上瞎转。加尔各答一名富翁，为取得赠地给婆罗门的美名，收容了他们。这个人名叫谢特·毗湿奴乔兰。毗湿奴乔兰成为富豪是通过做恒河水的生意。印度教徒从结婚到办丧事，每天祈祷都需要恒河水。甚至在法院宣誓也要对着恒河水宣誓。他用带盖的陶罐装满恒河河水运到恒河以外的地区去卖。虽然不是往牛奶里掺水的手段，但也有种种作弊。因此盖有谢特·毗湿奴乔兰印记的恒河河水比其他人的更可靠，甚至连很远的德累加纳王公也向他购买恒河水。

在谢特·毗湿奴乔兰赠予的乔拉桑科区的土地上，泰戈尔家族建立了两房分支。尼尔摩尔自己又买了些地，逐渐在那里建起了高楼。

尼尔摩尔有三个孩子，长子名为拉姆罗真。尼尔摩尔死后，家务重担就落到长子肩上。他工作很出色，还照看两个弟弟的家庭。在购买了一些地产后，他在加尔各答的富人社会有了自己的地位。拉姆罗真是会享受的人，虽整天忙于工作，但傍晚时总要出去兜兜风。他穿紧身衣、戴头巾，自家的轿子在门口准备着，他坐轿去广场呼吸新鲜空气。他有到亲友家探望的习惯。那时两个泰戈尔家庭的争吵已经解决，拉姆罗真常去巴杜利亚卡德的家，看望父辈的住所。来回路上凡是有庙的地方，他都下来虔诚礼拜。

有时他家有聚会。拉姆罗真·泰戈尔对文化的兴趣比同时期的富翁要高得多。他请来古典音乐歌唱家，又请来诗人，代替单纯的看舞女跳舞取乐。像拉姆·巴苏和何鲁·泰戈尔这样的诗人也来参加聚会。

拉姆罗真没有儿子，有过一个女儿也夭折了。在妻子阿罗迦森德莉的同意下，他将二弟的一个儿子收为养子。他是有能力按自己的理想培养这儿子的，但他突然病倒，他明白，他的末日到了。在养子十三岁时，拉姆罗真去世了。

拉姆罗真的养子名为达罗卡纳特。在养母阿罗迦森德莉和他自己的大哥拉塔纳特的呵护下，达罗卡纳特长大成人了。当时印度学院尚未建立。在乔拉桑科，一个名叫谢伯纳的英国人在印欧混血人卡马尔·巴苏家开办了一家学校。谢伯纳也不是纯粹的英国人。他母亲是婆罗门，这事他曾骄傲地公开告诉过大家。达罗卡纳特在谢伯纳的学校里读拼写课本、鹦鹉故事、信件写作、信件全书和皇家英语文法。达罗卡纳特年满十八岁就准备走自己的路了。

当然达罗卡纳特得到养父的地产，但收入不是很多。他不是持有小地产就满足的人。他的财富是其他元素造成的，工作几年后就超过了周围的人。他在政府当秘书，使自己成为地主打官司的法律代理。他一个乡一个乡地扩大了自己的地产。

地权对孟加拉人的吸引力很大，但达罗卡纳特明白，虽然土地可以守住钱财，但财神已经到商业那里去了。达罗卡纳特就涉足许多商业，如银行、保险、丝绸与靛蓝买卖和船运。达罗卡纳特的祖先给轮船装卸货物后时来运转，达罗卡纳特自己开始买船，进口或出口货物。甚至单独同英国人合股开了一个公司。对本土人士来说这是惊人的事件。由于达罗卡纳特的努力和他的人格光辉，在卡尔·泰戈尔公司建立后不久，总督巴哈杜尔·威廉·本廷克写信向他表示祝贺：您开创了英国人和印度人联合经商的首例。

当然本廷克有一点弄错了。这事达罗卡纳特不是第一而是第二。当时在商业上，他唯一的对手是鲁斯德莫吉·加瓦斯基。鲁斯德莫吉主要是做造船生意，加尔各答港造船是有名的，他造的船一艘艘下水了。他同英国人合股开设了鲁斯德莫吉·塔尔纳公司。报纸的编辑对本廷克的贺词做了一点修改：达罗卡纳特是印度教徒中同英国人联合经商的第一人。鲁斯德莫吉不是印度教徒。他是伊朗琐罗亚斯德教徒，波斯族人。在阿拉伯穆斯林占领伊朗后很多波斯人来到印度西海岸。他们的后裔鲁斯德莫吉从孟买坐船来到这个新城市。这里的商业是印度最诱人的地方。鲁斯德莫吉在商人中地位最高。他公司的船只一半到中国，一半到非洲。他对生产新东西也有兴趣。加尔各答用的冰要从美国波士顿运来，因此冰价极高。鲁斯德莫吉热心在加尔各答制冰。

无论在哪方面，达罗卡纳特都不愿居于第二位。所以他紧盯着鲁斯德莫吉。没过多久鲁斯德莫吉倒了。

达罗卡纳特在进入商业圈后，发现有两类英国人。他尊敬的朋友罗姆·摩罕是首先提醒他注意这方面的。英国统治这个国家，他们是王族，是主子。但这些人只是英国的一小阶层，是一个商业机构的股东，是拿薪水的职员。此外还有其他英国人，他们来印度碰运气，有自由职业，同王家职员有利益冲突，理想也不同。其中不少人贪财、好色，有不少是无道德的披着人皮的野兽。也有些人是豁达、宽容的，抗议单方面的剥削。这些人自愿研究印度的语言、文化，热情地发展教育，在报纸上批评政府的政策。

罗姆·摩罕和达罗卡纳特两人明白，对于混乱、丧失了道德、教育和文化的印度来说，英国的统治是理想的形式，但希望英国不要伤害印度人的自尊。达罗卡纳特比罗姆·摩罕更懂得，对英国人来说，印度人是奴隶。印度人长期不研习军事学了。在他们看来，反英就是发疯。因此，如果想从英国人那里取得尽可能多的财富、名誉和生命权，就必须取得第二类英国人的帮助。

达罗卡纳特在游历欧洲后，更加体会到这一真理。英伦其他阶层的英国人同在印度的英国代表有很大区别。他们对达罗卡纳特不像对奴仆或对佃农那样，而是平等待人，乃至优礼有加。英国名人也给他平起平坐的地位。从大公爵、贵族到小说家查尔斯·狄更斯都来到他的住所看望他。

达罗卡纳特从印度带了许多礼物送给英国人。他从英国带了特殊的礼物送给印度人。有一个人名叫汤姆森。这个汤姆森准备为世人的自由而拼命战斗。从前他曾在各地做过反对美国奴隶制度的演讲，为此他随时有丧命的可能。达罗卡纳特邀请这个特殊人物来印度有着很深的目的。

一个寒冷的清晨，达罗卡纳特的轮船在加尔各答港靠岸了。事先得到讯息的数百人聚集在码头欢迎他。轮船停靠泊位后，达罗卡纳特走出船舱，港口鸣笛。他的笑脸呈现出奇特的光彩。以前不相信的人看吧！在出国前许多人对他说，印度人受不了欧洲的水土。谁都不会活着回来的，比如罗姆·摩罕就没有回来。

达罗卡纳特举起手说：我还活着。

十三

英国白人士兵和印度士兵在城外一处演习打炮，日夜响着枪炮声，人们把那地方叫作达姆达姆。去达姆达姆的路上有一地名叫贝尔加赤亚。很多村里什么树多，就以树名做村名，例如博多托亚（榕树底）、甘古尔加赤、雷布巴甘（柠檬园）、贝亚拉巴甘（番石榴园）、达利穆德拉（石榴园）、多罗德拉（多罗园）等。

在贝尔加赤亚，达罗卡纳特·泰戈尔有座漂亮的欢乐宫——贝尔加赤亚别墅。大花园中有曲折流淌的珍珠渠，渠水清澈，有诗人喜爱的莲花。花园侍弄得很好。有玫瑰、加昙波、旱莲、素馨……诸如此类许多漂亮的花。

外面这栋楼里有宽敞的大厅。无可挑剔的美使人眼花缭乱。墙上装饰着现代艺术家的画作，中间有一座座雕塑。有些屋子墙上镶嵌着比利时镜子。屋顶悬着百十支蜡烛的吊灯，灯光落在镜子上。地板上都铺着米尔扎普尔地毯。绣花红布和绿绸罩着家具。中间是白石桌子，上面装点着花束。楼梯两边挂着罕见的兰花，藤蔓遮住了铁栏杆。

外面是大理石瀑布，爱神丘比特站在上面。灯光照射瀑布，像仙境似的。

珍珠渠中有一小岛，岛上有房，名为夏宫。一边是铁吊桥，另一边是木桥连接着夏宫和花园。这两条桥上覆盖着新弄来的杉木叶。到处挂着彩旗。按照亲密程度，分别请客人在客厅，或到夏宫落座。从四周飘来器乐和歌舞声。花园里不断放焰火。

　　冬天，风呼呼地吹，天空晴朗。今晚月亮领着无数的星星骄傲地挂在天上。在贝尔加赤亚别墅里，达罗卡纳特今天就像众星簇拥着的月亮。他在游历欧洲后凯旋了，为此今天和朋友欢聚。大家都急于想听他的经历。

　　贝尔加赤亚别墅建立之初，达罗卡纳特分别在不同日子宴请白人朋友和黑肤色朋友。他近来取消了这种区别，既请特殊的官员、领事、最高法院法官、军官、县长，也邀请印度人中的名人、地主、商人。在享受方面，达罗卡纳特毫不吝啬。但他不喜欢胡闹。高兴、开玩笑可以随便。但如果谁太出格，就会告诉他，以后再不会邀请他到别墅来了。

　　达罗卡纳特在游历欧洲前喜欢法国风味，他别墅的晚宴是法国菜、莫卧儿式烤肉。他从法国直接进口很多最好的酒。他的性格特点是，爱炫耀胜过享受。

　　在小岛上夏宫的一间房间里，达罗卡纳特站在挑选来的朋友中间。客人手持酒杯，都从容淡定的，因为晚会要开通宵。

　　达罗卡纳特身穿天鹅绒裤子，长可及膝的绣金上衣，脖子戴着镶宝石的金项链，戴着头巾，围着绣金的羊绒围巾，脚踏精工制作的皮鞋。他不是十分高大，但两眼炯炯有神，显露出他的性格特点。鼻子下留着胡子。他说话缓慢，特别地加重每一个字，英语简练、清晰。他站在那里，一手支在桌子上，桌上放着一个银盒子和摩洛哥羊皮做封面的记事本，那是他写下的旅游日记。

　　他时时翻开本子，读他的游记给客人听。

　　一位英国人问："先生，您真的会见了天主教教皇吗？"

　　达罗卡纳特微微一笑，礼貌地点点头说："是的，先生，是真的。罗马英语学院的校长带我去的，见到教皇我很荣幸。"

另一个英国人问："在此之前有哪个教皇在住所接见过非天主教徒么？"

"那我说不上。"

第一个发问的英国人疑惑地问："您站住教皇面前也没摘下头巾，也是真的？"

"是的，也是真的。"

在场的英国绅士和夫人发出受到伤害的惊呼声。在教皇面前，全世界的帝皇都得光着脑袋。

达罗卡纳特说："你们别激动。教皇陛下没有生我的气。他亲切地欢迎我。我向他解释说，对别人表示尊敬要戴头巾是我国的习俗。"

很多人对这说法并不那么高兴。

这时德罗齐奥的学生、热情的德其纳兰占·穆克吉站起来说："王子达罗卡纳特的行为很得体。他是按我国的习惯向尊敬的教皇致敬的。"

又一个英国人问："您到了英国后，无论在哪儿，都遵守印度的习俗么？"

达罗卡纳特立即说："是的，先生。我尽可能遵守。我承认贵国人民对这点相当宽容。我们的习惯是每天洗澡前默念吠陀经。有过这样的事，当我正在念经时，某望族的妇女和丈夫来见我。我就让仆人请他们稍候，因为我不能不念经……我记得，有一天我应维多利亚女王邀请，参观王宫的儿童室，那里有你们未来的威尔士亲王和公主。我看到穿着镶宝石的莫斯绫的少男少女十分高兴。他们从未见过印度人，所以惊异地凝视我。我开头没有称呼他们。给我引路的李特伦顿女士问我，你们用什么方式向年幼的人问好？他们能同你握手么？我说好的，我们同年幼者肢体接触来表示爱意。这时他们走过来握手。我也将手放在他们的肩上，问他们好。"

在场的英国人从未目睹过英国王子，同他握手更是做梦。这个印度人竟有这样的好运，甚至还同英帝国女王维多利亚共进午宴。

但那有什么好骄傲的。

达罗卡纳特的亲人、普拉森诺古马尔·泰戈尔用英语问道："我听你说了很多那个国家辉煌的事，但那里有像贝尔加赤亚这样的大厦么？"

这时达罗卡纳特暗中长叹一声，沉默了一会后说："兄弟，我曾为这别墅骄傲过，但到英国后我的傲慢被粉碎了。我给我儿子的信中写道：人如果有钱，那最适合享受的国家就是英国。我无法用语言表达那里的公园之美。我这花园在我眼里现在就像弃妇一样不可爱了。"

一个英国人问："您参观过德文希尔公爵的植物园么？"

达罗卡纳特兴奋地说："啊，您提得真是地方。我见过许多植物园，但都无法与它相比。在查茨沃思的德文希尔公爵的花园里，本国的、外国的树木多到数不清。谁知道世界上有这么多的树？更为奇怪的是，在那寒冷的国度里，公爵先生努力搜集到许多温带的树木。我这别墅哪能和它相比，简直就像牛粪比大海！"

"那里您还看见什么使您惊奇的东西？"

"我先不说实事。有件奇事大大超过想象。白种人实现了不可实现的事。他们抓住了魔鬼，让他成为奴隶。"

"先生，别搞神秘，能说明白点么？"

"我学过法语和阿拉伯语，有些好的寓言。有个寓言说，有一个人释放了瓶子里的魔鬼后，魔鬼帮助他做了很多事。我在欧洲看到比那更强、更大的魔鬼，现在成了白种人的奴隶。那魔鬼叫做蒸汽机。你们想象得到么，可以坐几百人的大铁箱被那魔鬼拉着走？那真是前所未有的景象！这种车在英国的几个地方跑着，它跑的路叫铁路。我在德国的科隆、英国的曼彻斯特亲自坐过这火车，那叫奇怪！"

在座的欧洲人有不少坐过火车，孟加拉人以前也不是没听说过火车，报纸上总是有这类引人注目的消息。但达罗卡纳特亲眼看到火车后就像小孩子那样被迷住了。在参观纽卡斯尔煤矿时看到，是靠蒸汽机把煤提上来，用火车运走。孟加拉拉尼甘杰煤矿最卓越的建设者达罗卡纳特到了纽卡斯尔后感到遗憾，要是在印度也能这样采煤多好！在印度不能铺设铁路？

达罗卡纳特说："不仅是火车，蒸汽机还在做许多奇怪的事。我看到借助蒸汽机在印报纸、印钞票。"

有人评论说，轮船近来也在安装蒸汽机。

达罗卡纳特说："我在利物浦也参观了造船厂。在去英国前我拨款给佛卡德公司建造两艘轮船。我亲眼看到，正在制造那两艘轮船的引擎。在我亲友的热情要求下，一艘船以我的名字命名。'达罗卡纳特号'的引擎是三百五十匹马力。请想想，蒸汽代替了那三百五十匹马。这是多么大的魔鬼！"

大家有点醉意地鼓起掌来。

聊着聊着夜深了。达罗卡纳特的游记非常吸引洋人和本土居民。这是第一个富裕家庭本土住民游历欧洲后作的亲身见闻。达罗卡纳特不是对什么都赞扬，他在讲述中很尖锐的一句话是：英国如此发达，是因为攫取了印度的财富。英国人也是第一次从一个原住民嘴里听到关于他们祖国的事。这是一种新的视点。最为重要的是，这个原住民所到之地是他们还没有机会去的。

聊着聊着气氛变得不愉快了。在酒的影响下有些人的行为更可爱了，有的人吐出了内心的苦涩。

《印度之友》杂志的某位作家突然提问："泰戈尔先生，我们明白了，英国，骄傲的英国使您叹服，您会再次去么？"

达罗卡纳特坚定地说："当然，我在回程时想，有很多东西还没看到，不满足，我还要来。我对许多新朋友说，我会再来的。"

"可是，您作为婆罗门，越过了被禁止涉足的海洋，您的社会不会让您失去种姓么？我们知道，一个运动正在兴起，您一定得赎罪。根据印度教经典，要赎罪必须吃牛粪，这是真的么？"

有人笑了起来，有人在暗笑。眉头紧蹙的达罗卡纳特停了一会儿。《印度之友》时时咬他一口。当然在他去英国前，他们表示过祝贺。现在这个人在他伤口上撒盐！过去他收容过许多婆罗门，他根本想不到他们会反对他。可是这些人开始鼓噪要将他逐出社群。近来他看这些愚蠢和守旧的婆罗门不顺眼了。这些傻瓜设置障碍，不让人们吸收国内外的知识、观看人类的创造和大自然的美。

达罗卡纳特缓慢而严肃地对发问者说："您一定知道，已故的罗阇①罗姆·摩罕·罗易是我尊敬的朋友。是他的榜样使我摆脱了一切陋习。这社会如果抛弃我，那我会高兴地另建社会。我有这个能力。"

"您家庭所有的人都会支持您么？"

达罗卡纳特看了看普拉森诺古马尔，他这个兄弟没有抛弃他。普拉森诺古马尔的父亲罗姆·摩罕是恨他的。但普拉森诺古马尔思想开放，但痛心的是自己的父亲和兄弟全都不支持。他们也因达罗卡纳特有与异教徒来往的罪名而要求他赎罪。

达罗卡纳特说："家庭里暂时有分歧，但这不重要。我再次对你们说，我绝不会赎罪。我没有什么罪过。相反我给国民树立了巨大的榜样。"

"令郎戴本德罗纳特先生是您的支持者么？我们想知道您有多孤单？"

"我儿子……他当然是我的支持者……今晚晚会成功的责任是交给他的。"

达罗卡纳特大声叫站在外面的仆人：来人，去叫戴本德罗纳特来。

无人应答。

达罗卡纳特走到门旁，身上的围巾有一头拖在地上。他的两个贴身仆人一动不动地站着。

他生气地说："戴本德罗在哪儿？他没在这里？"

两个仆人害怕地说："是的，老爷！"

① 罗阇（Rāja），又译作拉贾，南亚及东南亚地区对国王、土邦君主、酋长及尊者的称呼。

"他在客厅么？去看看，说我叫他马上来。"两个仆人赶紧跑去。可是他们的态度使达罗卡纳特的心动了一下，他想起了几年前的一件事。

他非常激动，脸都红了。他对屋里的客人说，你们先聊着，我马上就来。

达罗卡纳特过了桥向客厅走去，眉头皱起。他看见站在瀑布前的几个仆人又问，看见戴本德罗了吗？

仆人不敢回答。他们知道老爷的脾气。他不喜欢的事，你说了实话，他也受不了。仆人都知道大少爷不在这里，都忙着找去了。戴本德罗在离开时对仆人和管家说，告诉我爸爸，说我觉得不舒服，先走了。

管家从老远看见达罗卡纳特，赶快躲到花园里。达罗卡纳特自己喊着戴本德罗……一间间房去找。当他明白儿子没在别墅时脸色煞白。他慢慢地走出去，站在辽阔的天空下。

几年前，他在这别墅为欢迎奥克兰公爵的姐姐艾登小姐举行盛大宴会。那天他也将安排的责任交给戴本德罗。他要使儿子懂得，聚会花的钱不是没有意义的。为做生意和管理地产，同官员搞好关系就方便得多。那天戴本德罗也忽视了自己的工作，有一段时间不在场。

可是今天他也走了？如果客人知道了，他在众人面前就会颜面尽失。他儿子却不在乎父亲的荣誉。

他一点都不明白儿子的想法，戴本德罗离开学院后，突然开始摆阔。达罗卡纳特听到了，但没有阻拦。他知道，长大后这毛病就会没了。有一次过辩才天女节，戴本德罗把全城的鲜花和甜食全买到自己家来了。达罗卡纳特不喜欢这样过分铺排。戴本德罗不懂得，举行这样的宴会比花十几万卢比拜神有用得多。为了改变戴本德罗的不稳重的习性，达罗卡纳特让儿子做银行的审计工作。

达罗卡纳特注意到，戴本德罗不太想同洋人交往。他的英语较差，就给他请个教师，不几天就能掌握了，戴本德罗是聪明的。父亲不仅认识上层人物法官、县长直至最高职位的英国人，而且同他们还有非常友好的关系。但儿子却尽量不接触英国人。达罗卡纳特让儿子当了卡尔·泰戈尔公司的股东，但如果他不在了，戴本德罗纳特怎么同洋人一起管理公司呢？

戴本德罗一时的摆阔过去了，但现在做的还不如摆阔好呢。富豪的儿子爱玩乐是很自然的。但戴本德罗现在日夜学习梵语，正着迷于建立什么学校。一天，达罗卡纳特为此责备了夏斯特里先生。让他管理这么多财产，他竟去干这些小事！他从国外回来后还听说，有些天戴本德罗纳特连续几个钟头坐在椅子上不吃不喝，谁叫他他都不答应，这意味着什么！

达罗卡纳特仰望布满星星的天空，满脸痛苦的样子。他原以为一切都会按他的意愿实现，但今天他觉得十分无助。他一个普通人经过艰苦劳动和执着坚持，快要建成一个帝国了。但有什么用？那个英国人问，你今天是多么孤单，实际上再没有人像他这样孤单了。没父没母，妻子几年前也去世了。亲友都妒忌他。他曾想按自己的模样培养儿子，但儿子却躲得远远的，从不过来说句亲切的话。家里人都尊敬他，怕他，他像只老虎，没有一个可说些亲密话的人。儿子戴本德罗是厌恶他的生活方式么？

达罗卡纳特委屈地想，既然如此，他还为商业和飞黄腾达这么累干什么？他的生活枯燥乏味，想起在国外那些日子是多么惬意，受到多少欢迎，多少赞扬。所到之处，万众瞩目。

钱挣了很多，不再需要了。达罗卡纳特决心尽可能快地渡海到海湾各国去，为这个不幸的国家流汗有何用？

十四

戴本德罗坐在乔拉桑科房前走廊的躺椅上，时间约是午夜。整栋房子漆黑一团。风是冷飕飕的，但戴本德罗只在长袍外裹一块丝绸披巾。因心烦，他并不觉得冷。

戴本德罗是二十六岁的青年了。他强壮、高大、肤色白皙、大眼睛，但脸色忧伤。蓝天上星星万点，他时时抬眼凝望。往常他这样看天时，总是感到心情非常平静，但今天他的心却怎么都安静不下来。

他刚从贝尔加赤亚父亲的欢乐宫走出来。谁知道后果有多么深远。父亲是狮子般的强人，他不能容忍手下违反他的意志。戴本德罗在那里待不下去，他觉得受不了！那么多人只是沉醉于欢乐，不知疲倦地唱、跳，不停地饮酒。戴本德罗待在那里时，脑海里反复出现奥义书中的一句话："对于为享乐和财富而骄傲的蠢人来说，不会有来世。那些有今生没有来世的人，一再落入死亡的手中。"这句话一直在他心中，挥之不去。他几乎是跑着离开那里的。

父亲会生气，可是今天是戴本德罗一生中做出最困难决定的时候了。他已经成人，但父亲凡事都要给他发指示、提建议。他从早到晚坐在联合银行数钞票，数着数着他的心不安了，可是又不得不按父亲的指示去做。父亲要在财富和权力上取得印度人中最高地位。他的宝贝儿子在他的庇护下帮他实现这一愿望。务实的父亲完全不管儿子怎么想。年迈的达罗卡纳特不知道，年青的戴本德罗纳特心中急于了解来世的知识更甚于今生的财富。就像戈比拉波斯杜的国王舒托顿不了解其小王子沙戈·辛格想去苦修一样。

生命的目的是什么？

戴本德罗心中出现这个问题也是在这样的深夜，在恒河边。世界上最爱他的人、他的祖母死了。是祖母把他抱大的。祖母给他讲过许多故事和童话。奶奶被抬来了。按照习俗放在一间茅屋里，上半身放在岸上，两脚浸在水里，一群歌手在她耳边唱歌为她送行。戴本德罗纳特坐在旁边的席子上，那时他二十一岁。达罗卡纳特那时因事滞留在阿拉哈巴德，戴本德罗总是和奶奶在一起。恒河的水流声，随风飘荡的歌声糅合在一起，使他有了奇异的感受。

他自问：生命的目的是什么？

他是印度最有钱人之一的儿子，他的手指一动，奢侈品就立即送到他身边，能得到最高级的享受。但这享乐和死亡，就是生命的最终结局么？这生命和野兽的生命有何区别？这生命没有自己更大更多的快乐么？

现在，带着痛苦和怀疑坐在那里的孤独青年，心中豁然开朗。天上的月光似乎荡涤了他的心灵。当时他尚未找到生命目的是什么的答案。但他肯定体会到，享受并不是生命的一切。财产、排场、对别人颐指气使都很低俗。他所坐的普通席子最适合他，他讨厌地毯之类的东西。

夜将尽时他回家了，但睡不着。一种快感传遍全身。

次日一早，他又来到火化场看祖母。老太太今天是最后停留了。大家喊着"恒河女神"将她抬到恒河里。戴本德罗走进河里站在旁边。此时达罗卡纳特的养母、善良的阿罗迦森德莉仿佛望了爱孙一眼，一手放在自己胸前，一手高举呼唤着神离开了这个世界。戴本德罗觉得奶奶像是给他指出上苍和来世的方向。

在办完奶奶的丧事后，戴本德罗成了满足一切的摇钱神树。不管谁要什么，他全都给。他要把在短暂享乐期收集来的饰物全给人。亲友中那些很容易满足的人乐了。有人拿起一件东西问：我能拿走么？他立即点头说，拿去吧。一个人两手都拿满了。他的堂兄弟拿走了他的礼服，从墙上摘走了所有值钱的画，可是还不够，看着石头桌子、黑檀木的椅子等东西问：我拿走可以？戴本德罗毫不犹豫地说，拿吧！当时他全都拿走了。

在焚尸场得到的强烈快感没有持续多久，又一种痛苦缠绕着他。他得到了指引，但没得到安宁。他明白了为何没有幸福，但他又不能由此得到永恒的幸福和宁静。薄伽梵是无限欢乐的根源，但薄伽梵是谁？他在哪儿？他是什么样子？

幼年拴上圣线之后，他用心观看人们对夏尔村石头的膜拜。当时认为这石头就是薄伽梵。在杜尔迦女神节、贾格纳特神车巡游节、辩才天女节，他也像其他人那样陶醉。每天上学的路上向女神行礼。像其他孩子一样，在考试前惴惴不安地向女神祈求能考及格。当时知道像夏尔村的石头一样，杜尔迦等女神都是薄伽梵显灵。

他现在懂得了，这些木头或泥塑的偶像绝对不是薄伽梵。但薄伽梵是什么样子？在新孟加拉青年十分厌烦膜拜这些木头泥巴之后，很多人倾向于无神论。又有不少人改信基督教。国内好的、聪明的人都信基督教了。但戴本德罗要找到自己的薄伽梵。

这种求索是多么痛苦，谁会理解？他的心思丝毫不在财产和工作上，也不喜欢和人交往。他一天天地不去上班，坐船渡过恒河到希沃普尔的植物园去。那地方阒无人迹，他独自坐在济兹先生纪念碑前，努力驱赶心中的痛苦，但痛苦怎么也不肯离去。他感到阳光也是深黑色的。

他在强烈的探索中，开始读东西方的哲学书。他的同学热衷于休谟和洛克的哲学。他们是唯物论和怀疑论者。我就终结于我之中。火能焚烧，谁说它是永恒真理？我借助感官看到火，我感到它焚烧的力量，但如果我不在那里，我怎么承认火的焚烧力呢？人脑是个空盘子，那里只有经验的印记。所有知识都是我们的经验，此外没有别的知识。这唯物主义未能使戴本德罗满意。

自然主义者有另一种说法。大自然主宰人类的一切。这理论使戴本德罗起鸡皮疙瘩，这魔鬼的力量难以抗拒，谁都逃不脱大自然魔鬼的手。如果最终只能在他面前低头，那还有什么希望？还有什么依靠？

他研究梵语经典也未能得到满足。有时看到一丝光芒但又消失了。心中的痛苦一点都没有消除。后来有一天终于得到解脱了。

一天他从楼梯下来，看到二楼走廊上有几张撕下的书页，他好奇地捡起来。是梵语诗句。戴本德罗基本掌握了梵语，但他不懂这诗句的意思。

有一位家庭教师教他学梵语。他把那位夏玛查兰潘迪特①请来，问："这书页是什么书上的，是什么内容？"

潘迪特也皱起眉头，这诗句他也不熟，也不明白其真正含意。

戴本德罗不能再耽搁，已经是十点钟了，他该去联合银行了。他不去就发不出现金。他对潘迪特说，你把它的意思写下来，我下午回来看。

他虽然到了办公室，但总是不安。他焦急得很。这张纸是从哪里来的？写的是什么？中午过后他再也待不下去了，把现金交给一个人后赶紧回家去。

夏玛查兰潘迪特还是满面愁容，他未能读出诗句的真意。他犹豫了一下后说："不如去请拉姆钱德拉·维达巴吉希来。我觉得这是梵社的事。"

听到梵社的名字，他心动了一下，那梵社现在还在？谁主持？是拉姆钱德拉·维达巴吉希么？对，当然是他，他领着父亲给的薪金。他派人立即去请维达巴吉希，然后陷入了深思。

① 潘迪特（Pandit）指博学者。

罗姆·摩罕建立梵社是为了给信仰同一个上帝者提供祭拜场所，印度教徒、犹太教徒、基督教徒、穆斯林都能参加。维达巴吉希以前就跟罗姆·摩罕在一起。他的愿望是由梵社宣传吠檀多教。罗姆·摩罕没有同意。他认为不需要新的宗教，所有教派只要是信仰上帝的人都聚集在一起。他在场时，信各种教的人都来。傍晚时欧洲人和穆斯林的孩子用英语和波斯语唱圣歌。两位歌手歌唱毗湿奴和黑天，戈拉姆·阿巴斯打鼓。少年戴本德罗纳特坐在罗姆·摩罕旁边听。

罗姆·摩罕为梵社单独建了一栋楼。但他同梵社有关系一两年之后去了英国，再也没有回来。罗姆·摩罕的小儿子拉塔普拉萨德是顽固的印度教徒，主张崇拜偶像。他不热心再维持父亲这个梵社。本来梵社要关门了，但达罗卡纳特站了出来。全国都在反对罗姆·摩罕，从梵社建立时起，印度教要完蛋的谣言四起，保守派建立了相反的大会。为避免争论，达罗卡纳特没有强求和罗姆·摩罕意见一致。为了表示尊重朋友的意见，他说，如果梵社办下去就办吧，费用由他来承担。

戴本德罗纳特记得，小时候他常去马尼克·多拉的罗姆·摩罕·罗易家。一次他去邀请罗阇罗姆·摩罕参加杜尔迦女神节。罗阇吃了一惊。他说：邀请我去拜神？他是强烈反对偶像崇拜的，可是人们邀请他拜神！罗姆·摩罕把朋友的孩子戴本德罗叫做"贝拉多"，他说，贝拉多，别请我，请我儿子拉塔普拉萨德吧。

戴本德罗的耳边似乎响起那个惊诧的声音："邀请我去拜神？"很久以来他已经忘记了。他还想起另一件事。罗姆·摩罕在去英国前不久，来向达罗卡纳特辞行。交谈了一会儿后，他问，戴本德罗在哪儿？叫他来，不跟他告别，我不走。

罗阇在少年戴本德罗来后，热情地拉着他的手，那种态度含有什么深意么？罗阇是否想说：贝拉多·戴本德罗，我了解令尊，他是讲享受的人。我的工作你就担当起来吧！

可是戴本德罗在欢乐中忘记那事了。自罗阇在国外逝世后，他只是因好奇去过梵社两次。当时那里的情况很糟。拉姆钱德拉·维达巴吉希十分执着，独自点着灯和一个贫苦的婆罗门孩子在读奥义书。有时那孩子不来，拉姆钱德拉就是唯一的修炼者，自己既是主持，又是听众。下雨天有人突然闯入，有的人手中拿着箩筐，有的拿着鹦鹉。拉姆钱德拉受到鼓舞开始宣讲。听众睁大眼睛听着，雨刚停就全都走了。戴本德罗看到这些觉得奇怪，再也没去。中间有几年他完全忘记梵社的事了。

拉姆钱德拉·维达巴吉希听到召唤，立即来到泰戈尔家，在戴本德罗面前坐下。戴本德罗行礼后问道："先生，这撕下来的书页是哪本书的？这诗句的意思您能给我讲解么？"

维达巴吉希审看后说："这是奥义书里的诗句。是从梵社收集的经典中撕下的，这纸怎么到这里来了？"

戴本德罗说："我不知道。您给我讲解其意思吧。"

维达巴吉希念了诗句：

> 主无处不在，
> 你们享受他的赐予吧。

然后他先讲字义：主涵盖了整个世界，他所赐予的东西你们就享受吧。他赐予了什么？他把自己赐予了你，你享受那最好的财富吧！抛弃其他一切，享受那最好的财富吧！

戴本德罗似乎惊呆了。他找到了主的本相。他曾想过，在何处能找到主？此刻听到了，主涵盖整个世界，他献出了自己，人还能要求更多的东西么？

这飞来的纸张像是给他带来了神的箴言。他向维达巴吉希行礼，像对长辈那样。

拉姆钱德拉·维达巴吉希正为寻找一个学经的学生而着急，他找到了戴本德罗纳特。一个渴望解脱的人遇到了弘扬者。

戴本德罗为了学习和弘扬他新近获得的知识，同几个朋友建立了"求真社"，第二年改名为"知真社"。在他家底层的一间黑屋里开会。拉姆钱德拉·维达巴吉希定期来讲解吠檀多经。戴本德罗原想不让父亲知道，但什么事情都瞒不过精明的达罗卡纳特。一天他把讲吠檀多的维达巴吉希叫来责备说：本来戴本德罗理财的本事就少，你再在他脑袋里塞进神，就真把他毁掉了！

戴本德罗对父亲这种皱眉头并不在乎。"知真社"出版了杂志、报纸，还办了学校。作为商业巨子达罗卡纳特的儿子，却沉迷于非商业工作。甚至有一次"知真社"的年度庆典，戴本德罗向他家在加尔各答的商业机构的所有职员都单独发了请柬。"知真社"存在的日子里，只有一百五十人左右知道秘密事项。职员们连该社的名字都没有听说过，在听到名字后也不懂其含义。当然少东家的邀请就像命令一样，大家都来出席。晚上八点，在螺号和牛角声中会场门打开了。身穿红绸排成两排的达罗毗荼婆罗门齐声朗诵吠陀经。然后戴本德罗阐释无偶像的以感觉为形式的大梵天理论代替对偶像的崇拜。之后一个接一个讲话。拉姆钱德拉·维达巴吉希一人就讲了两个钟头。夜里两点，职员们茫然麻木地回家去。这一切是怎么回事，他们一点都没听进去。但戴本德罗的目的达到了。他把"知真社"公开带到了公众面前。

没过多久，戴本德罗就明白了，"知真社"和梵社分开办不好。两社的目的既然相同，还是合起来为好。这样知真社每月的祈祷会和梵社的祈祷会合并了。

戴本德罗进行到这里停顿了一下。公开同罗姆·摩罕的梵社合并可能受到各种反对，反对不仅来自印度教，也来自自己家庭。父亲会说些什么，没准。达罗卡纳特对儿子不说狠话，但他会在适当的时候毫不犹豫采取措施的。

但此时戴本德罗也是彷徨的。他纯净的心灵容不得任何伪善，他内心对长期传下来的宗教行为、传统和拜神感到厌烦。这点不告诉大家，他于心不安。他寻找到真理后要和大家分享。这对真理的追求像是另外一种宗教，有宣传的必要。首先更必要的是建立一个宗教团体。为使国民远离基督教，除了宣传这新教外别无他法。

他就是在这问题上还摇摆不定。他在贝尔加赤亚别墅突然孤独地坐在走廊上，心想，时间无谓地流失了。他必须对父亲的讲排场和逞威风表示反对。生命的目的，不是在物质世界爬得比别人高，生命的目的在于追求真理。

他仰望月光下的天空，祈求给他力量。他站起来立即暗暗发誓。

巴乌沙月七日，戴本德罗和他的二十位朋友举行了入教仪式。把梵社原来念吠陀经的那间屋子挂上幕布，中间设坛，拉姆钱德拉·维达巴吉希老人坐在上面。那天是星期四。下午三点，戴本德罗纳特就离开办公室来了。他对维达巴吉希说："啊，阿阇梨，我们为接受纯粹的梵社教规来到您这里……为让我们能修炼独特无二的婆罗门教，让我们行善，不被罪恶所迷惑，请给我们指出解脱之路。"

维达巴吉希涌出泪水，他多日的愿望终于实现了。按照年龄，先是阿托尔·巴塔查里亚、然后是夏玛查兰走到坛前宣读誓词接受婆罗门教，第三个是戴本德罗纳特。再次是他弟弟吉林德罗纳特、奥凯古马尔·德特和其他人。入教后新婆罗门教教友互相拥抱。一场社会革命正在进行。这觉悟使他们异常兴奋。戴本德罗对大家说：以前是梵社，现在是婆罗门教。没有大梵天就没有宗教，没有宗教就得不到大梵天。

这样就有点脱离了罗姆·摩罕的理想，维达巴吉希和戴本德罗开创了一个不同的宗教。罗姆·摩罕要的是，把摆脱了旧观念的、主张一神的人从各种宗教集合到一个地方，所以他不想用另外的名字宣扬宗教。而戴本德罗建立的只是高种姓的印度教社会。当然，罗姆·摩罕的意见只是一种理论，而在戴本德罗的主持下，立即走上了建立新教的实际道路。

十五

　　辛格家楼房的下层全由迪巴戈尔的妻子索哈格巴拉掌管。迪巴戈尔不仅是这家的管家，还是拉姆卡马尔·辛格的左臂右膀，有颠倒黑白的本事。他能把迷迷糊糊的拉姆卡马尔·辛格在集市上卖掉，再从苦力市场买回来，只受限于眼光锐利的比图谢克而无法做到。像迪巴戈尔这样精明的人也惧怕比图谢克。迪巴戈尔在老家斋纳贾尔建了砖瓦房，地产每年一亩亩地增加，比图谢克也不是不知道。但比图谢克认为，不让仆人、职员偷窃一点，就很难使他们好好工作。但时时得多加小心。

　　比图谢克突然有一天把迪巴戈尔叫来，说："这次回村去是否挖池塘了？"

　　迪巴戈尔听了发抖。是谁把消息告诉这老家伙的呢？比图谢克派人盯他的梢，他竟没有觉察。

　　比图谢克叫他别怕，说："你做得好，村里一人挖塘，众人受益。可是挖池塘要立碑的，知道吗？以谁的名义呢？"

　　迪巴戈尔立即回答："以老爷的名义。"

　　"你疯了不成？还有以活人名义立碑的？怎么，你们家没有家神？你挖了池塘却没安放迦梨女神像？"

迪巴戈尔是毗湿奴派，他家不拜迦梨。甚至其他地方拜迦梨时他也不去祭拜。

他说："我们家七代以来都是拜那罗延的。"

"你从来没有说过啊。去账房签字领五十卢比，我会报告拉姆卡马尔的。用这些钱给神制一顶金冠吧。"

迪巴戈尔不明白，比图谢克耍的什么手段。不过，这是一种警告，绝不会错的。他不问挖池塘的钱从哪儿筹措的，不等你求他，就赏给你五十卢比。迪巴戈尔胆战心惊地走了，比图谢克得意扬扬地离去。

但是，比图谢克了解不到下层索哈格巴拉的行为，那是另一个世界。

家里男女仆人有十八个。此外还有各自洗衣服的、养牛的、花匠、厨师、门房、轿夫、马夫。男女仆人是做固定工作的。伺候主人、太太的各三人，还有四个伺候两个少爷。主人的寡姐、姑姑各一个，都不干别人的事。老爷的母亲过世两年了，她的两个女仆还在，整天跷着腿坐在那里，没有事做。

这家有两个厨房，一个为楼上的主子做饭。另一个为收容的人和仆人做饭，厨房全由索哈格巴拉掌控。她很厉害，谁都不敢吱声。

房后是大园子、牛栏和池塘。园子的一边是一排排多罗树叶盖的小屋，再后面是厕所。小屋是供仆人住的。其中一间小屋总是传出哭声。

宾波波蒂从恒河码头捡回一对母子。她听说这妇人失去丈夫，死了女儿，就流下眼泪。后来叫来索哈格巴拉，指示说，从现在起让他们住在家里。

索哈格巴拉从第一天起就不喜欢他们。她对任何新来的寄居者都是此种态度。其他寄居者也恨塔戈摩尼和杜拉钱德拉。寄居者的信条是，为争得楼上的可怜都互相妒忌。即使死了，也不会帮助别人。

索哈格巴拉有自己一套办法教训新来者。太太过几天就会忘记新来的人。那时索哈格巴拉就会虐待他们。过几天他们就会哭喊爹娘欲跑无路。可是开头几天还得关心着，如太太突然想起来，就不好办了。谁知道她丈夫是走失的还是扔下他们逃跑了？那孩子坐在母亲身边哭，叫她吃饭也不来。像是纳瓦布的公主，要把饭送到屋里。

索哈格巴拉派人硬把孩子抱来。六岁的杜拉钱德拉，上身赤裸，穿一小裤头，身上好像还沾有农村的浮萍。两眼似落水的孩子。

索哈格巴拉坐在走廊的小凳上，面前放着蒟酱叶包等。她每天都坐在这里瞪大眼睛盯着四方，嘴里嚼着蒟酱叶包。她身躯肥胖，那两只巨乳和腰间的肥肉透过薄薄的纱丽显现出来。白净的脸红得像火。

两个仆人把杜拉钱德拉拉到面前让他站住，索哈格巴拉从头到脚看了一遍，往痰盂里吐了口痰，"你们母子像什么？哎？一个半月过去了，还坐着哭？连一根草都不捡。"

杜拉钱德拉吓得缩成一团，不知如何回答。

索哈格巴拉说："来，从今天起叫这孩子做工。给他一盆水一块抹布，擦走廊。"

虽然这工作有别人在做，但仆人很愿意叫这孩子干活。立即拿来水盆和抹布，女仆把湿抹布塞到杜拉钱德拉手中，说："贱孩子，还愣着干什么？拿去，擦！管家太太一发火能生吃了你。"

杜拉钱德拉开始擦走廊，干这活他不觉得很苦。他日复一日地坐在黑屋子里听母亲哭，也感到枯燥无味了。在这里能遇上各种各样的人。

啪啪声，被扔在天井的两条大鲤鱼使劲地蹦。两人拿着大砍刀坐在那里。索哈格巴拉在远处下令：把两个鱼头去掉……主子不在家，上面不要鱼头。鱼肚鱼背分开，待会儿我要数段的……杜尔乔顿，你站着瞧什么？摇奶油了么？去，先做这事。庞吉，给太太的鸟儿喂食了么？现在还没喂？……要你们做什么，该死的东西……这月买了几十斤豆子都吃完了？不是喂鸟，喂大象了吧？

庞吉回答说："不是几十斤，批发的老头只给了二十斤……"索哈格巴拉狠狠地骂她："你妈的！朱尼她爸自己说的四十斤，我亲自看过的，你想骗我？过来，过来……"

在这些吵嚷声中，杜拉钱德拉出事了。他拉不动装满水的大陶盆，使劲一拉，盆翻了，碎成两块。水都撒到天井里了。宰鱼人嚷着：该死的东西，该死的东西！

索哈格巴拉说："我一看就明白，贱骨头的孩子！全都毁了。纳古勒，拧他的耳朵，扇他两嘴巴。"

正在拉扯孩子时，塔戈摩尼来了。看见儿子挨打，她冲过来抢过孩子大哭起来，"哎哟，他爸爸没了，你们把他爸爸找回来哟……"

索哈格巴拉惊呆了，这女人胆真大，竟敢跑到走廊里来哭！哭声要是传到楼上还了得？

索哈格巴拉说："喂，马上制止这女人，给她嘴巴塞上棉花，别让她吱声。多么糟糕，我们全都会挨剋的。"

两个仆人捂住塔戈摩尼的嘴，把她放倒在地。塔戈摩尼像羊被宰那样挣扎着。

索哈格巴拉从来不离开自己的座位，今天打破了规矩，走到她身边说："瞧着，孩子，在这里要想保命，就永远别吭声。我要是再听到你叫唤，就捆上手脚活活扔到池塘里。我告诉你，小心点。"

塔戈摩尼被两个仆人放开后，肿胀的双眼看见眼前这个凶神恶煞，不敢再说话。她马上懂得了，这些人会随时打死她们母子的。

索哈格巴拉又说："瞧你儿子干的好事，叫他擦这小小的走廊，竟把盆打破了，谁赔？能用身体去偿还倒好。否则三餐不许吃饭。"

从那天开始，塔戈摩尼开始干擦走廊的活。三栋楼的一层共八个走廊，都让她擦。索哈格巴拉时时派人来看，是否擦得光亮。这人为了显示自己的权力，随手一指，逼她再擦一遍。而他向索哈格巴拉告发说，塔戈摩尼在一盆水里一再淘抹布，擦完走廊都不换水。

塔戈摩尼挨打挨骂后，逐渐变成有经验的女仆。她懂得了，命运注定要她吃这家的饭了。她不敢迈出这家门一步。一回想来到这城市的第一天，她心里就突突地跳。

塔戈摩尼的泪海已经干涸，心已变为沙漠，不再哭了。她坚信不会再找到丈夫特里罗真了。平谷里村的一切像是做梦，像是前世，水渠边一间小土房，她公公、丈夫的宅基地，后面一片稻田，房前两棵酸枣树，房后两排八棵槟榔树。那种自由自在的生活永远不会有了。要在这陌生的楼房里当一辈子仆人了。她是女仆，或者说是女囚犯。她的儿子不会再学父亲、爷爷的职业耕田了，他也是奴隶。

塔戈摩尼劳累一天后，傍晚坐在房门边。她想起在平谷里村的事。不管家多么小，她是主妇，不管怎么穷，也感到一种不稳定的快乐。她至今都不明白，是谁的诅咒，是什么罪孽，把一切都毁了。为何地主派人烧了她的家？为何丈夫那晚去打水再也没有回来？

杜拉钱德拉当然没有再想这一切。小孩没有记性，他们为存在而活着。这时他扔下母亲，自己到池塘边逗鸭子，追在小鸭后面跑。

塔戈摩尼同住在旁边的仆人都不亲。他们现在还不正眼看塔戈摩尼，说活都带刺。为瓜分从老爷家偷来的东西，总是在吵架。实际上他们的主要嗜好是嚷嚷，说粗话。吵嚷声传不到主子住的楼上去，所以他们管不住自己的嘴。

这些仆人来自附近农村，他们一两代前就失去土地，成了奴隶。他们有了很多经验，已成为老手。他们为有多年当奴隶的经验而骄傲而憎恨新奴隶。他们抹去了自己的乡村印记，视塔戈摩尼这样的女人为村鬼。

在高楼后面的奴仆住区里，不停地出生、死亡，全按自己的法则进行。这里是禁止婚姻的，所以盛行私通。谁也不为这些事瞎操心。只是在吵架时才知道谁是谁的奸夫，哪个女人有百十个情夫。可是不管如何通奸，对女人来说，在这里怀孕就是重罪。因为那只是女人的过错，一切惩罚都是咎由自取。谁要是怀孕了，虽然住在多罗树叶盖的小黑屋里，社会也会窥视。是寡妇或小姑娘怀的孩子？"把她赶走！把她打死！"其他奴隶就代表社会嚷嚷起来。到时候就会传到索哈格巴拉耳朵里。

有个女孩，大家都叫她马杜。她的本名叫什么，塔戈摩尼不知道。十八九岁年纪，手上没戴首饰，因为穿白衣，所以知道她是寡妇。马杜有一天被抓住了。她显怀了。她坐在园子里嚼着破锅里的东西，这就不用再怀疑了。这女孩偷偷干事，谁都没有发现。十一那天也禁食，她跟谁搞的？大伙都想听有滋有味的故事，马杜最初什么都不说。做饭的泰戈尔·杜尔乔顿很有办法，他揪住马杜的头发把她提溜起来，马杜扛不住了。马杜的情人不是奴仆中的，是名叫拉库的花匠。那个拉库？三个月前他借口回乡请假逃走了。

傍晚时分，在点亮壁灯和蓖麻油的马灯前，在黑暗的走廊上，索哈格巴拉拿来一根粗绳子，吩咐两个仆人，拉住绳子两头摇动。然后对马杜说，跳吧，从这边跳到那边。

马杜身怀六甲，都懒得走路了。她含着泪，哭着说："我不行，不行，管家太太，我求你啦。"

索哈格巴拉两手叉腰站着，在黑暗中两眼像火球似的。她说："要让你喝毒药！母猪！不知羞耻。"还说，我叫你跳，跳吧！索哈格巴拉看见马杜还迟疑不决，上来啪啪打了两个嘴巴。

因为穿着纱丽不好跳，事先就把马杜扒光了。在黑暗中谁也看不到，所以马杜也不知羞。在挨了几巴掌后她开始跳。索哈格巴拉数着：一、二、三……

奴仆事先就被教唆过的，开头低低甩绳子，一点点往高甩。一次次故意把绳拉高，绊住马杜的脚，让她啪地摔倒在地上。就这样马杜一再摔倒。大家笑个不停。

隔天再进行这样的操练，共进行了半个月。头天二十次，第二天二十五次，再一天三十次，这样递增着。但什么都没发生。马杜的肚子还是像南瓜那样逐渐增大了。索哈格巴拉摸摸马杜的肚子，感觉到有胎动。

马杜哭喊着说："放了我吧，管家太太。让我随便走去，听天由命好了。"

听了这话，索哈格巴拉哑巴了。年轻轻的寡妇，肚里怀着孩子到处去转悠？豺狗会把她撕碎吃掉的！再说，没有伦理了？想怎么做就怎么做？她是为马杜好，才竭力拔掉她肚子中的刺，这她都不明白？小人就是这样，不知感激的！她事先没有想到这点。

马杜下一个要练的，是头顶满盆的热米汤。大盆里装满东西一个人都很难搬动，三个人把那盆抬到马杜头上，要她把米汤顶到池塘边倒掉。这样有两条好处，一是顶重物会使腹中的东西坏掉。二是米汤要是流到地上，脚一滑，马杜就会摔倒，热米汤和盆摔下去，马杜还有救么？即使能保住命，腹中的胎儿也保不住了。

但不知马杜从哪里获得了非凡的力量。这么大的盆，她稳稳地顶着，难以置信地扶着，一滴米汤也没洒出。日复一日，索哈格巴拉和其他人失望了。

索哈格巴拉要采取更厉害的措施，再迟就不行了，说不定哪天孩子就会呱呱坠地。在吉德谢里庙住着一位有名的巫婆，索哈格巴拉派了可靠的仆人去。索哈格巴拉各方面都得控制住。如果消息传到主子耳朵里，家中有寡妇出轨，不是要归罪于索哈格巴拉么？那个巫婆的草药，索哈格巴拉以前就试过了，是完全无用的。那仆人拿回些草根和几粒烟泡子似的黑色丸子，让一起给她灌下去。因为有味儿，要掺些红糖。为此花了三卢比现金。

这些天他们都紧盯着马杜，可是她还是逃到池塘边了。三四个人一起把她抓回来按倒在地，两个人硬是撬开她的嘴，把药塞进去。索哈格巴拉这才柔声说："不怕了，孩子，悄悄地睡吧。明天一早肚子就会空了，过两天你又可以做工了。"

当天晚上马杜死了。她嘴里发出怪声，在地上滚了两三个钟头。最后挣扎着说："把我抬出去吧，我喘不上气来了……啊，谁来抬我出去。"过一会儿又无声无息了。谁知道她腹中的孩子还活了多久？也许他拼命想从母亲肚子里出来，但出不来。

马杜的尸体在屋里停放一天一夜。后来天刚亮来了两个收尸人。他们把马杜的尸体用席子一裹，用竹子绑住抬到恒河扔了。马杜小小生命的故事结束了。消息丝毫没有传到主子耳朵里。只是七天后，宾波波蒂的大姑子海曼吉尼的娘家亲戚需要叫人洗东西，叫自己的仆人，说：不是有个叫马杜的丫头么，叫她来，她衣服洗得好。海曼吉尼的女仆当即说，她没了，她死了！海曼吉尼吃惊地问：怎么回事？这活蹦乱跳的丫头几天前我还见过。女仆小声说，马杜出了丑事，服毒了！海曼吉尼耸耸鼻子，听听这些丑事都是罪过。过了一会，她走开了。就这样，马杜被楼上完全忘记了。

塔戈摩尼对马杜的下场并不很吃惊和害怕。她也认为，作为寡妇，这种女人的结局就是这样。可是索哈格巴拉是想努力打掉孩子挽救马杜的，这就证明了，尽管索哈格巴拉数落你，可她的心肠还是慈悲的。不管怎样，塔戈摩尼现在怕鬼了。马杜的房间就在她的隔壁，现在还空着。塔戈摩尼时时看见马杜。一会儿马杜看着塔戈摩尼狞笑，过一会儿她又消失了。每天深夜她都听到马杜屋里有哭声。塔戈摩尼坐了起来，心里怦怦直跳。

奇怪的是，其他人都看不到马杜的鬼魂。听到塔戈摩尼的惊叫声后，仆人都跑来窥视马杜的空房，但都找不到证据。这家从前就有一个被绑的鬼。傍晚后总是在厕所那边出现，许多人见过。许多人也认为无罪的马杜有鬼魂，但她无论如何也不让人们逮住。只是有时在塔戈摩尼面前出现，发出让人心颤的嬉笑声，然后躺在地上挣扎着说，我吸不到新鲜空气，啊，给我点空气……

因此塔戈摩尼在傍晚时尽量不出屋，她也要把杜拉钱德拉留在身边，但杜拉钱德拉会听么？他一有机会就跑出去。

塔戈摩尼从未到过这房子的楼上，不允许她上去。她只是远远地见过几次这家的主人和太太。神仙住在天堂里，老爷也是那样离得远远的。不懂事的杜拉钱德拉有一两次偷偷从楼梯上去过。傍晚二楼点上桅灯后，杜拉钱德拉被灯光吸引，像飞蛾扑火那样扑到楼上去看。为此被楼上的仆人驱赶过几次。

一天他被诺宾古马尔看到了。金达摩尼正在喂诺宾吃甜食。这时他"谁呀谁呀"地叫起来。他看到楼梯口有个黑孩子的脸。

诺宾说："叫他来，叫他来！"

杜拉钱德拉在金达摩尼的呼唤下走过去。诺宾拿起甜食说：拿去！

金达摩尼不让给。诺宾尖声叫喊说："就给，我就给。给两个，给三个，给四个！"

诺宾为自己挑选了个玩伴。虽然他们年龄相差很大，诺宾刚三岁，杜拉钱德拉已六岁半了。但这家没有年幼的孩子，诺宾定期把自己那份甜食分给他。

诺宾玩得也怪，有时叫杜拉钱德拉躺在地上，自己装扮成迦梨女神，张开两手，伸出舌头，踩着他的胸膛。有时又让杜拉钱德拉趴在地上装孔雀，诺宾骑在他背上，扮腰间挂着木剑的卡尔迪克神[1]。

因为与生俱来的聪明，这两个孩子似乎知道谁是主子谁是奴隶。杜拉钱德拉高兴地把主人的公子背在背上，或让他站在胸膛上，换取甘露般的甜食。

女奴金达摩尼有一天偷金镯子被抓住了。宾波波蒂信任的老女奴是第一次犯事，没被赶出去，但求饶就得"磨鼻子"。诺宾看到了那情景，觉得很有趣。

第二天他说："杜拉钱德拉，磨鼻子！"

杜拉钱德拉不知道什么是磨鼻子，诺宾就做给他看。

这时耿伽从三楼下来，看到弟弟在地上蹭鼻子，笑了。说："怎么，弟弟，做什么？"说着把弟弟抱了起来。耿伽非常爱弟弟，亲了他的脸。

诺宾说："我教他磨鼻子。"

耿伽哈哈大笑："他不懂得磨鼻子，你教他？真好玩！"

耿伽在忙别的事，没站多久就走了。

诺宾对杜拉钱德拉说："你磨吧！"

杜拉钱德拉在地板上蹭了一下鼻子，但他不喜欢这玩法，说：

---

① 卡尔迪克神指湿婆与杜尔迦女神的儿子，战神室建陀。

"不，少爷，玩别的吧。"

但诺宾固执，想干什么不会轻易放弃。金达摩尼听到他的叫唤后过来，听说杜拉钱德拉不愿意磨鼻子时，说："小崽子，不听话？少爷叫你磨鼻子，就磨吧！少爷跟你玩，就是你几辈子的福气了。"

这时迪巴戈尔上来了。他听后也骂了杜拉钱德拉，揪他的耳朵，说："如果不听少爷的话，就要掉脑袋，记住！"

杜拉钱德拉在光滑的地板上磨起鼻子来，一刻不停地要从走廊这头磨到那头，然后再回来。诺宾拿了根彩色棍子跟着后面抽打，边打边哈哈大笑。杜拉钱德拉一停下，他又吆喝：走，走，马儿走啊，驴儿，走啊……

诺宾的嗓音多么悦耳，清脆！谁听到都想亲亲他。

十六

一星期内办了两桩婚事。星期二是耿伽纳拉扬的，星期四是苏哈希尼的。这是比图谢克在反复考虑后定下的日子，两桩婚事都得由他主持。因为拉姆卡马尔·辛格近来几乎同家里脱离关系了。他想的只是傍晚的享乐。比图谢克怎么努力都不能把朋友拉回来。拉姆卡马尔在受到责备后微微一笑，说："比图，你没尝到滋味，你怎么会懂得？你几时像渔夫那样跳入激流里。看吧，多么舒坦！"

当然不存在节俭开支的问题。给特邀宾客家里送去两条围巾，两块包金的铁块，两匹达卡产的布料，两瓶玫瑰香水。辛格家和穆克吉家坐着一排排裁缝。仆人和看门人得到两套制服和红绶带勋章。婆罗门祭司一会这家，一会那家去凑热闹。吹鼓手专心吹笛子打鼓。熬糖的烟雾遮蔽了一片天。比图谢克手拿包金的细棍，板着脸到处查看。他什么时候到什么地方，没准。

虽然没给拉姆卡马尔什么责任，但比图谢克要求他，办婚事的那几天他必须在场。在女方家他不能出错。在把耿伽带进洞房前，女方家长来请求同意，那时表示同意的必须是拉姆卡马尔，而不是比图谢克。还有，婚礼时家里要安排舞女跳舞，因为那是有钱人家的规矩。但不能带卡玛拉森德莉到家里来。

耿伽同巴格巴扎的巴苏的女儿丽拉波迪结婚后安全地回家来了。丽拉波迪现在八岁五个月。她在红色贝拿勒斯结婚礼服和花环中，几乎看不到，像是个活的包袱。耿伽带着仆人家丁浩浩荡荡回到辛格家门口。那里大灶上正煮着奶。

耿伽的母亲宾波波蒂在亲戚和寄居妇女的簇拥下站在那里，耿伽向宾波波蒂行过触脚礼，丽拉波迪看到后，立即过来把头贴在婆婆脚上。

宾波波蒂按规矩问儿子："耿伽，你带谁来了？"

耿伽害羞地低下头说："妈，我给您带回女奴来了。"

这时聚集在此的妇女发出欢呼声，孩子们拍手，锣鼓声震耳欲聋。

这回宾波波蒂执着铁锅问新媳妇："孩子，你看见什么了？"

虽然在娘家学习过千百遍，但丽拉波迪忘记答案了。她羞得开不了口。四周响起了种种声音。宾波波蒂再问。八岁半的女孩头低得快着地了。这时一位业已婚配的妇人过来伸手扶起丽拉波迪的头，说："你说，孩子，我到家了。"

试了两三次，丽拉波迪好不容易像小鸟那样小声说了，又是欢呼声、鼓乐声。宾波波蒂把儿媳妇拉入怀里。

在解开拴住两人的绣球后，耿伽得到了解脱。仆人来倒水洗脚后，他进屋去舒了一口气。啊，这不是结婚，倒像是一场艰苦的考试。连续几天的仪式使他累极了。在巴格巴扎岳父家他一直都害怕，人们极力用各种玩笑来折磨他。

在洞房发生一件事。耿伽的朋友无权进入，在那里的只有很多陌生妇女。朋友不在场，耿伽感到孤立无援。他是坐在宝座上的唯一男人，新娘不在身边。大约二百名妇女在看着他。

突然一个姑娘来到他面前，指着他的下巴问："喂，知书识字的新郎官，你的新娘哪里去了？我们中的哪一个是你媳妇，找出来吧！"

耿伽紧张得出汗了。这是大难题。那里各种年龄的妇女都有，从中找出哪个是他妻子真的很难。举行婚礼时他只看了丽拉波迪一眼，没有机会，也没想好好看过。这么多人中哪一个是她？妇女都打扮得漂漂亮亮来参加婚礼，看起来都一样。

耿伽不知所措地望着大家。在洞房里女人怎么使坏都行。你看到谁，谁就笑，或是皱起眉头。有的人走上前来说：好像想起我了？这话得早说！

耿伽不回答，她们无论如何是不允许的。他越是不知所措，她们就越开玩笑。有的戳他的脸，有的揪耳朵。有的说，妈呀，来娶亲把新娘给丢了？明天怎么有脸回去见妈妈？有的说，进错门了吧？脱下帽子把脸藏在锅里！还有许多这样的玩笑话。

像很懦弱的人有时也会突然杀人一样，耿伽也突然变得老到了。有个穿金戴银的十七岁已婚美女时时来捅耿伽的耳朵根。耿伽突然抓住她的手说：我找到了，这就是我的媳妇！

这样屋里又充满了笑声。那美女拼命想挣脱，耿伽说，不会再丢掉了，这回找到了，不会再丢掉了。

这玩笑开得让那美女最后都哭了，耿伽还使劲抓住她的手。有人在远处说，喂，新郎官，我们这个宝贝的丈夫是练拳击的，会马上来揍扁你的，放开她！

耿伽怒目圆睁，说：不！

这时，丽拉波迪才被从藏的地方推出来。一个人把她带过来说：瞧好了，小心！你媳妇马上要带个姑娘来的！

今天耿伽回家后就没事了，没什么要他做的。今晚叫"黑夜"，从傍晚到明早不能见新娘的面。现在在深闺里妇女要拿新娘取乐。长辈们为消除疲劳要喝酒、看舞女跳舞，鼓乐师们喝米酒。而婆罗门祭司和仆人抢油饼和甜食，那一锅被几个人抢着吃光了。

耿伽脱下结婚礼服，在衬衣上围了条羊绒围巾走下来。进入二月份了，可是还挺凉。耿伽让他的朋友同学这时候来。

长辈都坐在花园里，客厅现在空着。耿伽把朋友带到那里。戈尔达斯、普德博、拉吉纳拉扬、班古、贝尼等许多人都在。谈到洞房里的种种事件，他们都很开心。

耿伽不喝酒，所以没给朋友们准备。但拉吉纳拉扬在闹腾。近来他也像默图那样好饮了。他是喝了点酒来的，他一再说，哪里有杯子，哪里有白兰地？干聊什么？你们也这样？喂，耿伽，从你爸爸仓库里拿几瓶白兰地来！

耿伽为了转移话题，问道："对了，默图在哪里？他没来？他昨天也没来！"

拉吉纳拉扬翘起嘴唇说："默图堕落了！怎么找得到？因默图不来就不给我们喝白兰地么？"

耿伽转向别人，有点伤心地说："我一再劝说默图，可是他不来。"

贝尼说："现在先别说默图的事了！喜事中又扯那些不吉利事做什么？"

耿伽生气了。他还是喜欢性情桀骜不驯的默图，虽然他有种种恶习。默图是诗人，和拜伦、弥尔顿是同类，因此许多人尊敬他。贝尼不喜欢默图，总是要同他斗，耿伽知道这些。

一提默图，他们好像严肃了些。默图又出什么事了？只有戈尔才会准确知道。戈尔是默图的好伙伴，不会说谎。

"戈尔，默图怎么了？"

戈尔脸上出现忧虑的阴影，心不在焉。他慢慢地断断续续地说，昨天故意不告诉你，耿伽！默图离家出走了。默图要改信基督教，躲到牧师那里去了。

拉吉纳拉扬纠缠说："那不是牧师，是牧师阁下，名叫罗德·毕晓普。他又把默图推进威廉堡里去了。堡垒的头头鲍尼准将亲自为默图站岗！这回默图走了，永远找不到他了！"

耿伽说："你说什么？在堡垒里？"

班古说："默图的父亲找来持棍的步兵，想从警察手中把默图抢回，但他又不能同堡垒里的白人打。他自己到司令部去的。默图策划要父亲伸手。"

"不是强迫拉默图去的吧？"

普德博严肃地说："不是。我和戈尔还去见过默图。"

"后来呢？"

"当然他没见我们，不知是他不愿见呢？还是牧师要把我们赶走的。后来戈尔自己去，见到他了。"

耿伽看着戈尔，戈尔肯定知道默图的秘密。默图绝对不能不见戈尔。也许是因为和普德博同去，所以默图不见。很多朋友都怕普德博嚼舌头。

戈尔说："是真的见了我。但没说什么特别的话。他很激动。我只问了一次：默图，你怎么能这样伤父母的心？你妈妈昏倒了，不吃不喝。他捂着我的嘴，说现在别说那些事。我的心为求天父庇护而焦急。我作了首诗，念给你听听，否则我就不痛快。然后默图就读了他的诗。我从来没有读过也没听过他写的这么糟的诗！他那么虔诚，又说我们的宗教是那么坏。"

耿伽说："可是以前没听默图说过笃信基督的话呀！相反，我看到他在读了迪约多·巴尔加的书后，有点无神论的味道。"

贝尼说："默图何止是笃信基督？他还另有所图。他的一只脚已伸向英国，这回牧师们要送他去英国了。"

耿伽说："是谁出主意让他离家出走的？克里希纳·莫汉·班纳吉肯定在他耳边念咒了。"

班古说："受不了那些人的骚扰，自己失去了种姓，还抓住些小孩让他们成为基督徒。哪来的舔洋人屁股的东西！"

普德博说："不能只归罪于克里希纳·莫汉·班纳吉先生。他自己相信了。默图的父亲抓住他时，他明白地说，你儿子已不是吃奶的小孩！他是成人了！他没有自己的脑子？你有能力就阻止呀！……你知道我想起了什么？默图的住地不是有个叫米蒂的孩子么？是他把默图勾引坏了。那孩子早就改信基督教了。我有几次听到那孩子对默图讲，信了教能去英国。"

拉吉·纳拉扬说："不是，都不是。默图入基督教是为不同印度教徒结婚。印度教的女孩不读书，默图绝不会娶那样的姑娘。他爸硬要他结婚。所以默图变成小鸟飞走了。"

耿伽长叹一声。默图的胜利就在这里！而他自己一点都不行。这婚事他是强烈反对的，但他不得不接受。在婚礼上他丝毫不觉得愉快，相反厌烦极了，都不愿好好看新娘一眼。

耿伽在朋友们走后，晚上孤独地躺着。他一再想默图的事。永远见不到默图了吗？默图改信基督教后，还能待在这城市里吗？他那强势的父亲能容忍这种羞辱么？

耿伽虽然不愿意，对妻子丽拉波迪的事，还是想了很久。耿伽在床上坐起来。不，他做得不对。他比不上默图，默图就是默图，耿伽永远不会像默图那样，永远不会为实现自己的愿望而叛教，不能伤父母的心。既然结了婚，就不能不善待妻子。在宗教作证下，他把一个单纯的女孩选为终身伴侣，就应尽力使她高兴。他永不会对丽拉波迪冷漠或不热情。

星期四，比图谢克家举办苏哈希尼的婚礼，待客的责任交给耿伽了。耿伽结婚那天，没有机会好好看看来宾。今天他亲自站在门口。比图谢克没有儿子，耿伽就像儿子一样。市里地位显赫的特殊人物一个个都来了。路上挤满了各种车辆。士兵拼命为大人物的马车清道。比图谢克认识市里特别有声望的法律人士和本地的特殊人物。布德万王公德杰希钱德拉的养子莫哈达博钱德拉·巴哈杜尔来了，接着是王公诺罗辛哈钱德拉·罗易·巴哈杜尔，他是波斯达著名王公苏克莫·罗易的小儿子。然后是索帕巴扎的王公、目前印度教的顶尖人物拉塔甘特·德沃。过了一会来的是戴本德罗纳特及其兄弟。在这么多王公贵族中，戴本德罗纳特的衣服最不显眼，虽然他用一条白围巾使他的白皮肤显得更白了。紧跟着到来的是孟加拉银行的德万和著名教育家拉姆卡马尔·森，他带来五岁的孙子喀沙布。戴本德罗纳特一见父亲的朋友拉姆卡马尔·森，过来站了一会儿，问了几个问题，又摸摸凯索博的下巴表示亲热。这时普盖拉西的王公萨铎阁兰·科沙尔抵达。他们交谈着进去了。

一起到来的有罗姆·戈帕尔·高士、罗西格克里希纳·马利克、拉姆德努·拉西里、德其纳兰占·穆克吉、达拉钱德拉·乔格巴拉迪。他们曾是"青年孟加拉派"的所谓造反青年。现在年纪大了，都成了家，出了名。

比图谢克为小女儿选的女婿不是来自富有家庭。女婿虽穷，但曾是梵语学院的高材生，现在研究法律，等待当法官。新郎名叫杜尔迦普拉萨德·班纳吉。和他同来的是同学和亲戚中的伊斯瓦尔·钱德拉·维迪耶萨伽尔、莫顿莫汉·德尔迦龙加尔、莫黑西钱德拉·夏斯特里、拉姆纳拉扬·德格拉德纳、达尔嘉纳特·必达普善。

耿伽的朋友来得晚些。他虽忙于招待贵宾，也着急见朋友。

他们一到，耿伽就离开门口远点，焦急地问："什么消息？完啦？"

戈尔忧愁地点点头说，是的。

"你去了？"

"是的，但根本没说话，只是见了一眼。"

普德博说："怎么也靠近不了。传教路的教堂被武装士兵团团围住。老辈子有谁见过这么多士兵手持武器改宗的事？英国人那点脸面全都不顾了！这国家不再有印度教徒了！会充满异教徒的！"

"你是怎么看到默图的？"

"哪儿看见了？洋人从堡垒坐着封闭的车带着默图来的。像是什么公爵太太怕被人抢去，所以这样警戒。他们以前从未这样热情地把本土居民抱在怀里。他们从车上下来进教堂时，我们远远看了一眼默图。默图一次都没回头看。

大门立即关上了。所有的洋先生洋太太拥挤着，只有两个土著在中间。一个是默图，另一个是黑宝贝凯希德·莫汉，他是证人！看见啦，那拉姆·戈帕尔·高士，拉姆德努·拉西里站在那里。他们的朋友就是这个凯希德。他们不能约束朋友么？要不我们哪天去揍他！"

这时里面来叫耿伽进去，后来两个钟头他都不得闲。

当客人用餐，开始念起婚礼的经文时，耿伽突然想起一件事。他整天在这屋里转来转去，但一次都没有看到宾杜巴希尼。这么大的节日，宾杜在哪儿？

一想到这事，耿伽的心就怦怦地跳。他似乎是这世界上最可恨的罪犯。不仅今天，一周来这两家这么大的节日，竟一次都没见到宾杜，耿伽竟一次都没想到过！过去几个月他心里从未想到过宾杜的事。宾杜是他的小伙伴，他竟忘记了。

悠扬的笛声对耿伽说来并不悦耳。周围这么多人，可是缺少一个人，好像一切都是空虚的。

耿伽又仔细地在全楼寻找，来到三楼神堂前。到处都是灯火辉煌，这里只点着一盏蓖麻油灯。刚过了少年期的姑娘坐在昏暗灯光下的花丛中。今天她真是孤独，因为这屋里也没有毗湿奴神像了，按照家规，那神像要安放在洞房里。

耿伽觉得，宾杜像是在修行，头发披散在后背，白色衣服在油灯下变成黄褐色。宾杜两眼紧闭。她坐在那里好像有点摇晃。

"宾杜！"

宾杜不慌不忙，慢慢回过头看。微笑着问："谁呀？耿伽？你娶了怎样的媳妇？哪天我要去看看你媳妇。"

耿伽抱怨说："你为什么不参加我的婚礼？是因为我没亲自来请吗？那我理解，可是今天是苏哈希尼结婚，你不梳妆打扮去欢乐，为何在这里这样坐着？你太傲慢了，不是吗？"

宾杜还是脸上带笑，佯装嗔怪，说："去你的！怎么说这种话？你现在还是男孩，我是寡妇，什么好事我都不能露面，你不知道？"

耿伽像尊石像那样呆了几分钟。他不知如何回答。

过了一会儿，他像被一阵狂潮冲起。他觉得一切都是假的！他眼前的这个人是谁？是宾杜，幼年时梦中的伙伴。围绕着她不知做过多少梦。取而代之的是被怎样的大错缠绕？没有宾杜，他的生命将会空虚，毫无意义。

耿伽不进神堂，但是今天这屋里没有神。耿伽迅速进去使劲抱住宾杜，激动地说，"宾杜，你是我的！这么久我都没懂得，没有你，我一点都不会快乐。"

宾杜轻轻地但坚决地推开耿伽，说："去，耿伽，别这样说！我不是你的什么人。你快乐，我就会快乐的。"

十七

拉吉纳拉扬·德特睡床如睡针毡。躺一会就浑身发热，立即起来出去走走。总是烦躁不安，想走一走会舒服些，走一会又觉得累，这时又想在床上歪一会儿。但那也不是办法。

拉吉纳拉扬·德特一夜夜地睡不着，面色红赤，怒火中烧。他一辈子从未受过这样的侮辱。

今天下午，拉库迪亚的地主亲自上门来了。这个人这几天完全变了。虽一再请求，他就是不进客厅就坐。他下了车就支着包银的手杖站在门口。拉吉纳拉扬·德特很礼貌地对他说："该发生的已发生了，请进，跟您说点事。"

那干瘦老头恼怒地说："不，我来只问你一句话。德特，你为何故意害我？"

拉吉纳拉扬·德特惊呆了，突然不知如何回答。"故意？"拉吉纳拉扬会故意害他？他像普通的掮客那样说假话？

他不敢直视那老头的严厉目光，好不容易才说出："先生，您倒霉了，我没倒霉？我没有别的儿子了，要是有，为了挽回您的声誉……"

拉库迪亚地主不听他说完，长叹一声扭头慢慢走回马车上去。

不等拉吉纳拉扬·德特送别，把脸扭向别处。委屈的老人拼命忍住眼泪。

拉吉纳拉扬·德特脾气大，从未有人敢到他家来侮辱他。而他什么都做不了。他忽然觉得天旋地转，失去知觉倒下了。

拉库迪亚地主的灾难，拉吉纳拉扬·德特当然有责任。地主的小女儿和拉吉纳拉扬的儿子订了婚。婚期已定，只剩下二十一天了。女方已经开始邀请客人。

毁掉婚约后，女孩就此蒙羞。她还能再结婚么？已许过人的姑娘再也找不到出身名门的新郎了。

拉吉纳拉扬·德特在屋里踱步，时时发出"啊，啊"声，像是被蝎子蜇了。这时没有一个人能安慰他。妻子詹诺碧频频昏迷，谁知道是否还有救？他这么亲这么爱默图，而默图竟毫不犹豫地让他名誉扫地。

拉吉纳拉扬的侄子贝尼·莫汉连着几天到处寻找默图。默图三天前改信了基督教，怎么都阻拦不了。可是贝尼·莫汉还在努力，想把他找回来。

早上贝尼来探望过。拉吉纳拉扬·德特一夜没合眼，满面愁容坐在椅子上，失神地望着天空。

贝尼·莫汉轻声说："大伯，我说件事。我叫克里希纳·莫汉先生来？他同意来。"

拉吉纳拉扬·德特皱眉，说："克里希纳·莫汉？那个黑基督徒？他若来我家，我叫家丁打断他的骨头！"

贝尼·莫汉说："是。现在生气没用。该发生的已经发生了。现在如得到尊敬的克里希纳·莫汉帮助，至少能找到默图。"

"尊敬的？啧！那小子是婆罗门的败类，因贪钱失去了种姓。"

"可是他的话洋人听！"

"永远别在我面前提他的名，贝尼，别再来烦我了！"

"我得到的消息是，默图现在在牧师迪亚洛蒂先生家里。我如果能做到，把他带回来？"

"不。"

"大伯，您为默图的妈妈想想吧。她日夜喊'默图，默图在哪里'，又昏倒了。您不想救她？"

"贝尼，你真是小孩。你不懂，他不会来的。你为何去求他，丢自己的脸？你不知道，他在堡垒里洋人的怀里时，我请我的朋友普凯拉希的王公索多西伦·科沙尔去，可粗野的儿子根本不见他。这么高贵的人就这样受了侮辱回来了。"

"即使默图拒绝我，我也不丢脸，他是我兄弟。我尽可能把他拉回来。您不会打他吧，您答应啊！"

"你做不到的，干嘛白费劲。"

"那是我的责任，总得争取啊！这中间默图什么时候跑到英国去，那哪有准啊？在克里希纳·莫汉先生家里还有几位绅士在座，谈到默图，他并不是那么热心改信基督教。他是想去英国。牧师们要送他去英国……"

拉吉纳拉扬·德特吼叫起来。一想到儿子为了蝇头小利竟能抛弃世代相传的宗教，他倍感痛苦。

"牧师们送他去英国？我送呢？我没有钱么？我能让他去七次英国，我有这能力。知道我为什么不让他去么？你没听说吧，有一天他对母亲说，英国姑娘的长相、品德比孟加拉姑娘强一百倍！她们一天天不洗澡，身上的臭味能把鬼吓跑。那得黄疸病的英国女人比我们孟加拉姑娘好？印度教姑娘不识字，戴面纱，不穿鞋，不打扮成洋太太那样招摇过市，所以默图说不娶她们。在这种情况下，送他去英国还能有救？在那里他不娶个猫面婆回来？那样他会失去种姓的。因此，我想来想去决定，先逼他结婚。在印度学院还差一年毕业，毕业后再送他去英国！可是儿子就先打了我一闷棍。"

贝尼·莫汉说："这是默图的过错，太出格了。我尽量劝他，带他回来。成了基督徒就必须离开这个家么？说一千道一万，他是我们的默图。让他赎罪，再恢复种姓。您别不同意，至少看在伯母的面上……"

这边默图在阿尔约比肖博·迪亚洛蒂家里十分愉快。现在城里人只谈他的事，使默图十分激动。所有报纸都是他的消息。还有许多人改信了基督教。但是土著和洋人能引起这么大动静的，除了默图还有谁？

"要做诗人，必须抛开父母。"诗人蒲柏这句名言在默图的生命中实现了。朋友们以为他做不到，什么做不到？他们还不了解默图。拉吉纳拉扬·德特原想强迫他结婚，他也不了解儿子。

可是默图因为朋友心里有点别扭，特别是为戈尔。他是一天不见戈尔都不行的，同戈尔还没聊够。这期间耿伽结婚了，肯定有许多笑话。

他叫戈尔来，可是他为何不来？戈尔是否还在恼他？不，不，世界上其他人说什么都行，都跟默图没有关系，但如果戈尔误解他，默图受不了这打击。

默图拿起纸笔给戈尔写信。

奇怪，他先想到一句孟加拉话"啊，戈尔三四天了。"他反复念这句，他想不起准确的英语，又写不出孟语字母。他改信基督教了，同英国人一样了，现在根本不存在使用土著人的简单语言的问题了。

"啊，戈尔，竟然三四天了！！！"这句话是用罗马字母写的。然后用英语写"你如真想我，那么就到教堂路的路德教堂来。你一定会说你没有车钱。好吧，雇顶轿子直接来，我付费。我现在有许多钱，你向卡尔先生请假来吧……"

戈尔得信后没来。默图心情越来越坏。他进入了新世界，这么受鼓舞、激动，不告诉戈尔行吗？

他又写了一封信：

"我亲爱的朋友，一位诗人对其爱人说，'我能爱他！不！'我说，最亲爱的、真诚的朋友……你好吗？你绝不要想我会忘记你，你也别忘记我……我在写诗……知道在哪儿出版么？伦敦！你能想到么？见到贝尼吗？很奇怪，我不喜欢贝尼，贝尼看我也不顺眼。可是几天来我一再想起贝尼，也想起其他朋友……普德博获得奖章了么？你为何一次都不来？来吧，戈尔，来吧，租顶轿子来，我说过……"

这之后戈尔来了，但带了贝尼来。此前贝尼·莫汉来过默图这里一两次，但没达到目的。贝尼打听到，默图会听戈尔的话，因此他同戈尔一起来。默图跑过去拉住戈尔的手，看见跟在后面的贝尼，吃了一惊。他假装生气地说："贝尼哥，你又来了？我说过，你们那建议我不接受，不接受，不接受！我已经照你们说的，推迟去英国了，你们还要怎样？"

贝尼·莫汉说："默图，你至少回一次家吧。"

默图说："在这里别叫我默图、默图了，现在我名叫迈克尔。"说完他哈哈大笑，像淘气孩子那样，想用新手段来折磨家长。

戈尔说："我答应过令堂，带你回去一次。"

默图当即严肃地说："戈尔，你别的要求都行，只是别提此事。"

"为什么？这要求不正当么？"

"这一切你不懂。"

贝尼·莫汉说："我们不能再看伯母痛苦了。她悲痛得像疯掉了。默图，你一次也不回去看看慈爱的母亲？"

默图回答说："贝尼哥，你为何天天说同样的话？我答复过很多次了。"

戈尔说："迈克尔·M. S.德特先生，如果你不再听我的话，那你为何非得要我来这里？我再也不来了。"

默图拉住戈尔的手，说："你别瞎生气，戈尔，你全不知道。为什么我不想去看我妈？我也很想妈妈给我扇扇子，这天热得让人流汗，妈妈扇的比什么都凉快。可是我一回家，爸爸就会让士兵扣留我。"

贝尼·莫汉立即说："不，不，大伯亲自答应我，谁都不会扣留你的。"

戈尔说："我担保，你可以随意回来。"

默图说："你写过，因为迪亚洛蒂先生在困难时刻来到我国，我就改信了基督教。你这想法是错误的。你知道，谁都不能强迫我做什么。我是自愿投在耶稣足下的。我不接受任何人的强迫。"

"知道了。那看不看你妈去？"

"去。"

贝尼立即站起来说："也许我们的轿夫走了。我再叫顶轿子来。"默图说："行了，行了，贝尼哥，怎么这么急？我说回去就是现在回去？今天教堂有个纪念仪式必须参加。明天，明天也不行。理查森上尉明天来参加宴会。后天我能回去。后天上午十一点。"

戈尔说："看来去见令堂也要约定时间？"

"当然，为什么不？"

"教堂的纪念仪式是在傍晚。现在是早上，你拒绝去？你如果现在想去，就说。否则随你的便。"

默图耸耸肩，自言自语说："谢谢你。因为我爱她，尊敬她。好，走吧。"

谁都没多说话。詹碧·黛维在屋里昏倒在地，披头散发。一只手似是想抓住坚硬的水泥地板。

默图鞋也不脱就跑过去坐下，叫："妈！"

叫声像是屋里响起雷声，詹碧被惊醒了，恐惧地问："谁？"

一瞬间她的迷茫被打破了，她抱着儿子疯狂地叫：默图，默图，默图。默图也叫：妈，妈，妈！

詹碧激动过后专注地看着她的心肝一阵后，无力地说："孩子，你就这样伤我的心么？"

默图说："妈，您瞧，我还是你那个默图。我的眼、耳、鼻、手脚变了吗？我说另一种话了吗？只是我的信仰变了，但还是您的儿子，妈！"

"啊，阎王夺走了多少人的儿子了。洋人把你从我怀里抢去了。"

"谁也没抢走我。您瞧，我自愿到您这里来了。"

贝尼·莫汉去报告拉吉纳拉扬。开始他不愿来。如儿子请他原谅，他才会同儿子说话。贝尼好说歹说才把他拉来的。贝尼怕的是，默图只是来看看妈妈，也许见了妈妈就走，那拉吉纳拉扬就更觉受侮辱了。

拉吉纳拉扬走过来站在门边。他的身影落到默图身上。拉吉纳拉扬板着脸，似乎是想以严肃来掩盖他受到伤害的傲慢。默图梗着脖子。

仅仅一年前，父子还像朋友那样，而现在是面对面的对手。

拉吉纳拉扬说："我同老婆罗门谈过赎罪很简单，他们找到病根了。要给三五百婆罗门赠送丝围巾，请他们饱餐一天。让你站在齐脖子深的恒河中吃'牛五味'①，念几句咒语。仪式我马上就安排，就在这星期。"

默图站起来拒绝说："爸爸，您记着，即使太阳月亮不升上天，即使太阳从西边出来，我也不赎罪。我是依从自己的智慧、知识成为基督徒的！我脱离了野蛮的印度教同英国人在一起了！"

拉吉纳拉扬气得浑身发抖，说："滚出去！我永远不想见你的面！"

拉吉纳拉扬沿着长长的走廊走去，嘴里重复着：他不是我儿子，不是我的什么人！异教徒！黑蛇！我要把他从心里抹去！与其养头坏牛，不如让牛圈空着！

拉吉纳拉扬突然站住，他想，我没有儿子，我死后没人送终，我无后就得进地狱了。

他绷着脸当即发誓，要再婚，还要再生个儿子！

这对默图非常有利，戈尔目睹了父亲的倔强态度。有了这样一个证人，在好友和好心人面前，默图就能很容易地说，父亲不愿意，我回家干什么？他有时偷偷回去看母亲，口袋里装满了钱走。奢侈是他骄傲的基础，没有足够的钱他不舒心。

开头他的麻烦是上学的事。他求学的热情难以遏制，但他无权进入印度学院。除印度教徒外，其他学生不能在那里就读。默图好

---

① "牛五味"指酸奶、牛奶、奶酪、牛粪和牛尿。

几个月住在不同的牧师家里，跟他们学。许多洋人看到这青年的聪明和好学都挺感动和奇怪。他们建议默图进比沙波斯学院。

比沙波斯学院住校生自然是花费高的，每月六十卢比。默图不可能定期从母亲那里拿到这么多钱，要通过母亲传话给父亲。拉吉纳拉扬·德特虽然不承认儿子，但人们现在还说默图是他的儿子。今后如果默图向牧师们乞讨，拉吉纳拉扬就会丢脸。他通过妻子每月给儿子一百卢比。

在比沙波斯学院，默图是最值得提起的学生。在那里读书的都是欧洲青年，还有几个当地的基督徒。其中默图最为出色。默图在古典语言系专心学习希腊语、拉丁语、希伯来语和梵语。他学语言的迅速成功，使老师们惊叹不已。而这又使默图一天天骄傲起来。他总是破坏学校的规章和纪律。傍晚时穿着华丽衣服出去找乐，回来时总是头重脚轻的。

入学头几天，他就闹事了。他看到欧洲学生和本地基督教徒学生穿两种服装。他觉得在基督教里不分民族，人与人是平等的兄弟，这是该教的精华说法。可是为什么穿两种衣服？

默图有一天像欧洲学生那样穿黑色法衣、腰带、四角帽到课堂来。欧洲学生都斜眼看他。老师停止讲课。校长也来了，对默图说：孩子，如果你要穿法衣，就穿白色的。

默图站起来说："不，先生，我要穿欧式衣服。要不我按我的喜好穿本国衣服。"

校长说；"好，你就穿本国衣服吧。"

默图心里暗笑，他已打定主意了。第二天上课时制造了另一件骚动。正在读书的人都抬起了头，学院的学生都离开教室出来看默图。那天默图穿了件白丝的长裤，围着彩色围巾，头戴律师那样的彩色头巾。那天默图像是随心所欲化妆表演的主角。校长也跑来了。

把这样的孩子放在宗教学校里是不安全的。校长和学校部门开会讨论。那天本来是要开除默图的，但受人尊敬的克里希纳·莫汉·班纳吉建议说，如果对默图这样严厉，那么今后会对吸引出身名门的孩子加入基督教产生深远的影响。当局在多方考虑后，接受了克里希纳·莫汉的建议，允许默图穿欧洲学生那种服装。

此后迈克尔·M.S.德特成了十足的洋人。上课时他穿着牧师那样的衣服。平时娱乐穿西服，戴礼帽。

一天，校长把默图叫到校长室，有点生气地问："孩子，昨天在教堂祈祷时你为什么觉得好笑？"

默图说："我们尊敬的牧师用孟加拉语布道。"

校长责备说："你就是孟加拉人，可是听到孟加拉语你觉得好笑？"

默图在生活中已经摈弃了孟加拉语，他现在是基督徒，就是英国人，他以英语写诗会永垂不朽。孟加拉语对他有什么用？但在教堂祈祷时突然使用孟加拉语使他感到奇怪。

他回答校长说："先生，你知道在祈祷时牧师说的是哪种孟加拉语吗？他说，我们抛弃了帐篷，风刮，大雨下，明天起来，运帐篷到别处。这是孟加拉语？孟加拉语里没这么多这那的。我听到这种英式孟加拉语就觉得好笑，说英语更好。"

后来的事件更严重，发生在餐厅。

傍晚时分，学生可随意外出，谁去哪儿没人管。但晚餐铃响时必须到达餐厅。默图有几天是深夜回来，在此之前对他的约束有点放松了。尽管他不守纪律，但他在学习上是这学院的骄傲。在有些假日里，默图除了吃两餐饭外，根本不出屋，只是读书。

有一天，默图听到晚餐的钟声后到餐厅去。他用功一天，累了，吃完饭还要读书。近来他忙得没有时间给戈尔回信。他开始读原文的维吉尔和荷马的作品。

欧洲的习惯是餐前喝饮料。默图整天都没有喝过什么，所以等着饮料。他突然看到，侍者只给欧洲学生上饮料，但有色皮肤者的杯子却空着。

默图满面怒容，这愤怒是遗传来的。他先吹了个很响的口哨，然后用左手指头示意，呼叫侍者过来。侍者过来后，默图指着空杯子说，为什么不斟上？

侍者说，今天饮料不够了，不能全都给。

默图说，那怎么所有欧洲的学生都得到了？为什么本国学生一个都没得到？如果饮料不够，那应当从头开始，该给谁就给谁，这才合理不是？

侍者支吾着说，我们得到指示，先给白人学生，然后其他……

默图站起来狮吼般说，你这混蛋，发命令的也是混蛋！默图把空杯子摔到地上，他不仅把自己的杯子，也把旁边几个黑肤色学生的杯子摔碎了。

十八

马尼克甘杰的地主布尔诺钱德拉去加尔各答观光。他是孟加拉邦人，从来没有渡过帕德玛河，对首府加尔各答有点怕怕的。但在乡下没什么新鲜的娱乐消遣，总想到外地转转。此外还要替母亲还愿。连续两年的好收成，收入不错，家里的钱都堆成山了。所以布尔诺钱德拉决定在雨季后出去旅行。

他父亲早就去世了。母亲奥诺戈莫希尼是非常执着的女人，她替未成年的儿子成功地管理田产，甚至在儿子成年后仍未放松缰绳。儿子只是名义上的地主，实权都在她手上。一年半前她也去世了。她临终前对儿子说，布尔诺，我对迦梨女神许诺过，你去迦梨卡特替我祷告，否则我的灵魂也不得安宁。

诺言是关于布尔诺钱德拉的，母亲去世时，布尔诺钱德拉二十九岁，那时还没有子嗣。奥诺戈莫尼希急着要孙子，在八年间给儿子娶了五次亲。五个媳妇都住家，但谁都没有生个儿子。在守孝期满后，朋友们都建议布尔诺钱德拉再结婚。布尔诺钱德拉决定，先去一次迦梨卡特。

布尔诺钱德拉同邻乡的地主易卜拉欣·谢赫友好。易卜拉欣·谢赫是明白人，去过两次加尔各答。所以布尔诺钱德拉向他咨询。

易卜拉欣·谢赫把路上的秘辛告诉他。他描绘的加尔各答图景使布尔诺钱德拉大惊。说什么水会凝结变硬，加尔各答人嚼着吃。有的人白天睡觉晚上醒着。印度教的老爷到穆斯林姑娘家去，管老鸨叫妈。

布尔诺钱德拉问："兄弟，我再问一件事。听说一去加尔各答，洋人就抓去让改信基督教，抓你们了吗？"

易卜拉欣·谢赫是傲慢的人，他很注意维护穆斯林的光荣。他说："拉我入基督教？他妈还没出生呢！"

布尔诺钱德拉问："洋人现在还怕你们，怕穆斯林，但对印度教徒却很残忍？"

易卜拉欣·谢赫说："朋友，我在加尔各答听说，毁了你们印度教的是你们印度教徒。印度教看来不再存在了。他们强迫印度教徒说魔鬼语言。"

"做什么？"

"魔鬼语言是什么你们会明白的。我在信度利亚巴迪看到，路上的人看到一群老爷，追着喊'魔鬼语言，魔鬼语言'，全被赶跑了。"

在东孟加拉，英语教育还没有那么深入。布尔诺钱德拉跟一位学者学过几天波斯语，只会用孟加拉语签名。魔鬼语言是什么意思他不懂。听说魔鬼，他有点懂了。他被吓得脸色惨白，说："那去加尔各答也没用，我不能丢掉种姓。我妈在天堂里会诅咒我的。"

易卜拉欣·谢赫安慰他说："带几个拿棍子的家丁去。加尔各答人就服两样东西：打手和钱。一见打手的棍子就跑，你一扔钱他就跪下。撒钱和用棍子打人，在加尔各答是一大乐趣。"

布尔诺钱德拉选好日子，带了几个保镖上了大船，七天后他的大船在拉尔戈拉附近的沙滩上搁浅，一动不动了。本来他是可以坐轿子从陆地走的，但易卜拉欣一再说，不坐自己的大船去，在加尔各答就没面子。所以他扔下旧船，派人买来新大船，从帕格万戈拉启程了。他的新船按时到达巴格巴扎码头。

拍马屁的和掮客天天在码头转来转去，他们像圣地的婆罗门，看谁先抓住老爷，要按规矩竞赛和争夺。一见到本国的大人物时，他们的高兴劲儿就甭提了。孟加拉的有钱人似乎都是傻瓜。

布尔诺钱德拉落到两个掮客手里。不管他们的真名了，人们叫他们难敌和普林吉。这两人上了布尔诺钱德拉的大船，行了五体投地礼。

越靠近加尔各答，布尔诺钱德拉的心就跳得越厉害。谁知道看到的是这样奇怪的世界！他叫持棍的保镖准备好，他为了减少激动开始喝酒。当到达巴格巴扎时，他像条蛇。这时他的懦弱全没了，喝酒后他变成了狮子。他母亲在世时，他从未碰过这东西，只是在这一年半里把以前的一切欲望都满足了。

他两眼通红，来到船舱外吼叫：“你们是什么人？谁允许上我的船的？”

难敌和普林吉合掌说：“老爷，我们是您的奴仆，是来服侍您的。”

布尔诺钱德拉想起了朋友易卜拉欣·谢赫的建议，从丝绸衣服口袋掏出两把钞票扔在两人面前。他们热情地趴在地上捡，布尔诺钱德拉抡起棍子打他们的屁股。

突然挨打虽然有点吃惊，但难敌和普林吉还勉强笑着。吃奶的牛有时也得挨鞭子。

布尔诺钱德拉问：“觉得怎样？”

难敌和普林吉齐声说：“啊哈，您的脚很软和，像是莲花做的。像是黑天的脚在踢，我们就是罗陀。再踢一次吧。”

布尔诺钱德拉高兴地说，好！然后回头对随从说：“看见了？话说得多漂亮！加尔各答和宣传的不一样。”

难敌和普林吉被任用了。在罗摩巴甘租了一所住房。然后连续几天的庆祝。难敌和普林吉忙着把布尔诺钱德拉包装成城市老爷。一看布尔诺钱德拉的衣服和头发就认出这是东孟加拉的老土，一说话更是没治。当他在十几个人的簇拥下上街时，那些抽大烟的、吸大麻的叫喊起来：东孟老土来了，东孟老土滚蛋！瞧那脑袋，像大鲤鱼！

这些话使布尔诺钱德拉很伤心，所以叫理发师理了发。难敌和普林吉解释说，把披肩发全剪去后，肩会受风，人就不聪明了。因此加尔各答的大老爷剪短发，头前面留长些，那样好看，像鸡冠。布尔诺钱德拉原来穿薄的手工绣有鸡冠花边的围裤，上穿纳瓦布时代收税官那样的丝绸上衣，脚踏尖头皮鞋。他扔掉这些换上裤子，在拉尔迪奇附近的商店买了羊毛的中式长袍和英国皮鞋，头戴法官头巾。上衣口袋里有怀表，手戴钻石戒指，总是带着香水。这样打扮使布尔诺钱德拉变得文明了。

掮客为老爷采购得两次回扣，但得钱最多的是姑娘们。离住宅很近就是妓院。当然这城市里她们无处不在。布尔诺钱德拉买了一对白马和一辆马车。马车一夜夜停在一个个妓女家。他转来转去，他的心最后被名叫苏古玛丽的年轻妓女迷住了。

苏古玛丽十九岁，身材苗条，有欧洲女人般的白皙皮肤，头发蓬松。苏古玛丽家是三代妓女，她妈妈朱尼芭拉（小名叫邦达朱尼），新近退休当了老鸨。苏古玛丽也很喜欢布尔诺钱德拉。这个人很单纯，不喝酒时有点软绵绵的，酒一入肚又是另一副嘴脸。还没到晚上，苏古玛丽屋里白兰地和香槟就像潮水似的流淌开了。难敌和普林吉能咕咚咕咚地喝，他们不容易醉倒。他们讲各种有趣故事让老爷高兴。老爷不完全懂他们的话，但一听他们讲就笑了。稍微有点醉意后，布尔诺钱德拉为了更好玩，拿出十卢比叫道：难敌！

难敌就明白，拿到钱后像懂事的孩子那样，撅起屁股让布尔诺钱德拉拿起棍子狠揍。然后轮到普林吉。真的，易卜拉欣·谢赫出的什么主意，没有比这更有趣的事了。

苏古玛丽从中也得到很大快乐。她说，啊，把钱给我，我也打孙子！

贼眉鼠眼的鼓手瞧呆了。一天他说："先生，你们那里没有挨打的人吧？那里全是地主？"布尔诺钱德拉说："怎么没有？但在自己家乡棍子打人没趣。我想打就打佃户，能用竹竿吓唬他们，能关他们，他们是我的佃户，一声都不会吱的。"那鼓手说："我明白了。你们一天不打几棍就不吃饭。我们见过许多老爷，但没见过拿棍子打人的老爷。"

难敌说："说棍子干嘛？这是老爷爱的祝福！"

普林吉说："你是不是妒忌了？别耍嘴皮，打鼓！"苏古玛丽问："老爷，听说你们家乡四面都是水，你们从这家到那家去怎么走？游水？"

难敌说："老爷带了多么大的船来，知道吗？这么大，有两层楼高。老爷家乡有很多大船、轮船，老爷游什么泳？"

普林吉说："周围有水又怎样？老爷的王宫在水中就像是因陀罗的坐骑大象。"

布尔诺钱德拉说："不是大象，是你的脑袋。我家离梅克纳河七英里。全是旱地，我去视察地产，是骑马去。"

苏古玛丽问："马？"

布尔诺钱德拉说："对，对，是马，快马。跑起来很快，就像是鸟王！"

快马，快马，苏古玛丽说着说着咯咯地笑起来。苏古玛丽的妈妈邦达朱尼坐在隔壁房间里，姑娘屋里有客时她从不进去，这是规矩。拍马屁的有时端酒给她。

邦达朱尼在隔壁小声说："苏古，对老爷说，哪天带我们坐船玩玩。好久没有坐船去兜风了。"

布尔诺钱德拉听见了，说："明天就去吧。妈，既然您说了，那还有什么说的？为什么明天，今晚就走！"

易卜拉欣·谢赫说过，要管妓女的母亲叫妈，那是加尔各答的规矩。布尔诺钱德拉没有忘记。但是邦达朱尼一听叫妈，在那屋就伸出长长的舌头。

听到外面有骚动，布尔诺钱德拉紧张起来：谁来了？谁来了？是魔鬼么？

到现在为止，布尔诺钱德拉在加尔各答还没见过魔鬼，但心里害怕。他让到来的两个随从站在苏古玛丽家大门口。

这之后三四天的坐船玩完全像玩乐应有的那样，只是有点花絮。

布尔诺钱德拉坐在船顶上喝了白兰地醉醺醺的，突然又有了打人的兴致。难敌和普林吉按惯例调转屁股。但轮到普林吉时，棍子打重了，他落到涨满水的恒河里。加尔各答很多人是不会游泳的。可怜的普林吉快要死了。最后大船上的两个船夫跳进水里救了他。

日子一天天过去，布尔诺钱德拉没注意到他的钱快花完了。原想带老管家一起来的，但怕带他来会影响寻欢作乐，所以没带。愚蠢的布尔诺钱德拉不懂钱数，他沉迷于苏古玛丽，从家乡弄钱来很慢，所以把大船卖了。

邦达朱尼通过女儿又提要求，说很想去迦梨卡特看看。老爷若发善心，她们就去。

布尔诺钱德拉立即说，好啊，明天早上走，难敌和普林吉做好一切安排。

苏古玛丽的住地一片喊声：都没有机会去迦梨卡特玩。苏古玛丽来纠缠布尔诺钱德拉，说："只是我们去迦梨卡特？我的女友米丁、耿伽巧儿、麦格尔、乔格尔·巴里她们不去么？"

布尔诺钱德拉说："为什么不去？全都去！"

苏古玛丽亲了亲布尔诺钱德拉的脸蛋，说，她们是我的好伙伴！我真喜欢你！

去的人共有四十八人。难敌说，老爷您做得对！去朝圣不带一大群人去，坏蛋们会笑话的。普林吉说：老爷心胸广阔，能带一小群人去？我们老爷无论如何是不会落后的。

从梅乔巴扎的马圈挑选雇用了十五辆马车。年轻和年老的妓女穿戴好纱丽和首饰从家里出来。布尔诺钱德拉前几天把自己的四轮敞篷马车卖掉了，所以他也租了辆车，带上苏古玛丽和她的宝贝耿伽巧儿。

去迦梨卡特需要很多东西。难敌先雇车走了，先去租好房子，安排好一切。普林吉在这边买东西。要在拉塔巴扎买瓶装酒，从新娘市场买米、豆子，从梅乔巴扎包好玫瑰香的和本地风味的蒟酱叶包，从莫卧儿商店买烟。

他们按时出发，到达迦梨卡特村。苏古玛丽下了车就找：妈在哪儿？妈的车到了吗？妈没受苦吧？

邦达朱尼手拿扇子下了车，说："我在这儿，孩子，来，先坐下休息会儿。"

路很远，坐车来是很累的。苏古玛丽用手绢擦脸，她满脸通红。难敌倒上白兰地加了苏打水送到苏古玛丽嘴边。她发起怒来：你们没学过吗？米丁、麦格尔、耿伽巧儿她们都在，你不给她们先送，先给了我？你们自己先坐下了，老爷的喉咙都干了，没想到？

还没到迦梨卡特，就没有下脚之处了。一群乞丐蜂拥而来，还有修行的婆罗门，做饭的婆罗门，还有抱着各种希望的人，有的是长胡子，毛巾搭在肩膀上，或顶在头上。到处乱哄哄的。在新娘市场开卖族谱后，城市里婆罗门大大增加了。现在在迦梨卡特是乞丐多还是婆罗门多，很难说。

布尔诺钱德拉在二楼铺有地毯的房间休息。苏古玛丽的女伴为他扇扇子。难敌和普林吉把饮料送到他手上。邦达朱尼在门边小声数落说：苏古，你们来了就这样坐着？不去安排拜神？

难敌说，拜神是在下午，现在干吗？五点钟做饭，

邦达朱尼说："什么话！庙里的钟声响了，那死鬼却说下午再拜神？来迦梨卡特应先拜神再干别的。"

普林吉说："是，是。我正安排拜神，我把婆罗门都请来了。"

普林吉从外面叫来一个穿全新衣服，脖子挂着念珠，头上有发辫，脚踏木屐，面相可靠的婆罗门。邦达朱尼说："妈吧！怎么办啊，我急急忙忙出来忘记带钱了！我拿什么去拜神许愿？"

布尔诺钱德拉说："妈，别说这话羞辱我。我的钱就是您的钱。拿去，要多少？"他从口袋拿出二十五卢比给难敌。难敌扣下五卢比，其余的给了邦达朱尼。邦达朱尼又留下些，给了婆罗门七卢比。

婆罗门得了钱满面笑容，买了两条羊腿，两碗白糖，大约半斤，一个花环，一些米，十个香蕉，一些酥油、朱砂——总共两个半卢比的东西，进庙去拜神。

这边在租来的屋子一层支起大灶，二层楼上的一瓶接着一瓶喝酒，不仅瓶子乱飞乱倒，连人也倒下了。一人倒下，想拉他起来的人也倒了。来到迦梨卡特还这样过分，这让邦达朱尼不高兴；她年纪越大越信教了。她有时数落她们，但谁听谁的话啊。苏古玛丽的女伴一个个搂着奉承者的脖子，难敌和普林吉说，哇，很久没这样痛快过了。感谢我们的布尔诺钱德拉老爷。

饭做好了，楼下的席子上洒了水，摆上了饭，可是谁吃？楼上的老爷想不到女人吃饭的事。有人来叫就被赶走。仆人、跟班和其他人开始大吃。滚烫的汤、咖喱鱼、羊肉、土豆、鸭蛋，盆子摆了一地。时间已到下午了。

酒瓶都空了，可是布尔诺钱德拉还没喝够。他迷迷瞪瞪地说："难敌在哪儿？普林吉在哪儿？酒瓶都空了，开香槟的砰砰声也停了，你们是怎么了？"

难敌说："老爷，给钱！"

布尔诺钱德拉说："要钱？多少钱？"

这下邦达朱尼真的发怒了，说："你们怎么搞的？煮了一锅又一锅，可是不吃。不下恒河沐浴，不去拜神，这是怎么回事？天快黑了，先吃饭吧。"

布尔诺钱德拉像英雄似的站起来，说："不，不吃。我们去看女神。应该空着肚子拜神才有福气！先去拜神再做别的，走，苏古玛丽！"

苏古玛丽走了两步就倒下，完全不省人事了。拉了她好一会也不管用。邦达朱尼说："算了，别管她，她不行了。"

布尔诺钱德拉心里受伤了。苏古玛丽不同他一起进庙？花了这么多钱养这么个妞有什么好处？布尔诺钱德拉醉醺醺地认为苏古玛丽是故意装作晕倒的。他几次要拉她起来，可是苏古玛丽口吐白沫。

这时布尔诺钱德拉说，那我自己去。

他沿着楼梯往下走，难敌和普林吉跟着。楼下的人当然没醉，但他们吃饱睡着了。两个保镖也睡着了。布尔诺钱德拉不再叫他们，他沿路推开众人走去。他两脚虽然走着但醉醺醺的。难敌和普林吉将乞丐推开。

布尔诺钱德拉到了庙里，突然感到痛苦。想起了逝去的母亲，他来加尔各答迦梨卡特拜神，是应母亲临终前的要求。可是这些天他没有想起迦梨卡特。来迦梨卡特是听了苏古玛丽的话！而那没良心的婊子最后不一块来。

布尔诺钱德拉喊着："妈妈，我是你的坏孩子，我是大罪人。"

庙里的祭司从长相和服饰认定布尔诺钱德拉是大老爷，把其他人赶开，热情地说："请，请往前来。请问您的身世？"

布尔诺钱德拉往前倒下了，吐出了大量臭气冲天的东西。祭司大喊："完了，完了，全完了。多么糟糕，把这醉鬼弄走！"

难敌、普林吉抬起布尔诺钱德拉。布尔诺钱德拉流下泪，一再说我是大罪人，大罪人！我妈妈许过什么愿，你们记得么？

难敌、普林吉说："老爷，令堂许的愿我们怎么知道？"

布尔诺钱德拉十分痛苦地说："我一点都想不起了。"

祭司说："有祭礼就献上，把他从这里弄走！"

一听说祭礼，布尔诺钱德拉摸摸口袋，口袋是空的。他无助地、迷茫地望着难敌和普林吉，说："钱呢？我的钱没了？你们给我钱吧？我不能为我妈献祭礼吗？"

难敌和普林吉说："老爷，我们从哪儿弄钱？我们哪儿有钱啊？"

布尔诺钱德拉从手上取下钻戒投到供盘上，然后呜呜大哭。难敌和普林吉把他拉了出来。

布尔诺钱德拉把持住自己说："我再也不去那些婊子那里了。我回家去，回家乡去。把我带到恒河边去，我要洗圣水。"

天已黑了，难敌和普林吉现在不愿去沐浴。他们一再解释，但布尔诺钱德拉醉得没有理智了，他一定要去洗澡。

难敌和普林吉没有办法，只好拉着他走。布尔诺钱德拉也走不动，知觉也逐渐消失了。虽已走近恒河，但他不行了，像石头一样倒在地上。在恒河岸的斜坡上，头朝下挂着。

难敌对普林吉说："算了，就放在这里。这小子完了。"

普林吉说："看看，是不是藏有钱？"

两人蹲下搜了布尔诺钱德拉的身和钱包，没有，什么都没剩下，为他浪费时间没有意义了。他们想走，但又停住了。两人想法一致。这小子的衣服也值钱，为何要留下？两人又回去扒下布尔诺钱德拉的衣服，连鞋也扒了。他们把东西打包后站了起来。

他们互相对着看，又想到一起了。两人退到两边，拿棍子使劲揍了布尔诺钱德拉的光屁股几下。

十九

诺宾古马尔五岁时，在辩才天女节为他启蒙。为此辛格家异常热闹。

宾波波蒂娘家没人受过教育。她的公公、丈夫虽然没上过学，但拥有大量财富。宾波波蒂的养子耿伽纳拉扬靠自己的努力成了学者，有了学问。他有礼貌，讲道德，性格稳重。没有人不爱耿伽。宾波波蒂为儿子而骄傲。她看到耿伽日渐成熟，也被学问吸引了。

耿伽在印度学院读完后，现在按比图谢克的指示学习经商和管理地产。拉姆卡马尔·辛格现在什么责任都不负，带了卡玛拉森德莉到北印度游览，已经五个月没有消息了。听说他在贝拿勒斯租了一栋宽敞大楼，沉迷于歌舞中。

宾波波蒂看到，当家的什么都没有遗传给耿伽。耿伽不喝酒，从不在傍晚坐马车出去后半夜才回家。他按时上班，傍晚后和同学讨论问题。客厅再也听不到脚铃声和酒瓶酒杯的叮当声，而是耿伽的朋友在那里高声读书的声音。

比图谢克对耿伽非常满意。耿伽虽在印度学院读书，但没参加欧洲帮，也没加入戴本德罗纳特·泰戈尔的新潮派。此外他已两次去视察过田产，表现出足够的本领，还做了安排。

宾波波蒂想要诺宾也学大哥的样。即使他们不劳动，当家的积攒下的财富，也够七代人花了。即使不理财，只是学习或沉迷于宗教，至少家庭生活也会平静。哥俩感情很好。在诺宾出生后，宾波波蒂和丈夫的疑虑被证明是没有根据的，耿伽非常爱弟弟。而诺宾不管多么淘气，但非常顺从耿伽。有一天他静坐听耿伽朋友的讨论。

宾波波蒂同比图谢克商量过诺宾读书的事。比图谢克每天都来他家。同宾波波蒂直接谈话的男人只有比图谢克。宾波波蒂九岁就成为新媳妇来到这家，现在她大约三十岁了，在这长时间里同比图谢克有过很多欢乐和痛苦的事。前几年宾波波蒂几乎见不着丈夫的面，但宾波波蒂没有恼怒，因为拉姆卡马尔在家的短暂时间里，他就像是宾波波蒂的奴仆。他满怀感激地说，宾波，你是我的吉祥天女，你是我的杜尔迦女神。因为你，我才有了这一切。你如果生气就说话，我大门都不出了。可是别叫我再管财产了！在我还活着的几天里……宾波波蒂当即说：不，不，你想做什么就做吧！

比图谢克主张，让诺宾在家跟不同的老师学。当然学梵语也学英语。但没必要上洋学校。近来许多家境好的青年也学英语，耿伽的朋友中有一两个家贫但聪明的学生，可以让他们负责教。宾波波蒂对此不持异议。

启蒙仪式那天，比图谢克请了三位特殊的婆罗门来当老师。当然近来难找真正的婆罗门了。许多婆罗门贪财，抛弃了是非观念和道德，讨好富人。

梵语学院的秘书罗斯莫·德特先生是比图谢克的朋友。他是孟加拉人和印度人中任官职最高的，月薪九十卢比。罗斯莫·德特很受洋人敬重。但他不是婆罗门，所以不能当阿阇梨。因此比图谢克将该学院的助理秘书、老拉姆马尼克·维达龙加尔聘为阿阇梨。罗斯莫·德特说，还有一个人，名叫杜尔迦杰伦·班纳吉。比图谢克同他谈话后叹服了。杜尔迦杰伦性格古怪，精通梵语、英语，曾在黑尔先生的学校教书。后来突然辞职入医学院就读。他以优秀成绩学医后帮助治疗穷苦者，又受聘于威廉堡学院，虽然他学习了英国的教育、科学，但他的处事为人完全是印度式的。比图谢克喜欢这种人。杜尔迦杰伦·班纳吉住在达尔德拉，比图谢克在他家里又认识了一个人，将他任命为第三位阿阇梨。他是梅迪尼普尔的婆罗门，年轻，是著名的学者，名叫伊斯瓦尔·钱德拉·班纳吉。不久前在梵语学院取得了"学海"的称号，近来任梵语学院首席学者。这年轻人其貌不扬，但脸上有明显自傲的痕迹。

在比图谢克做了介绍后，伊斯瓦尔·钱德拉说："先生，我认识您。您不记得了，但到今天我还记得。有一天我到府上吃过大餐。那是您的一位女儿结婚时，我的一位同学是您的女婿。看来让接亲的人吃到撑死是您的规矩？"

比图谢克哈哈大笑。

说笑过后，比图谢克非常礼貌地说："大学者，辩才天女节您如能光临我朋友拉姆卡马尔·辛格家，我将非常感激！我朋友有个五岁儿子，他也像是我的儿子，你们那天去祝福他，做他启蒙老师吧。"

杜尔迦杰伦说："到那天也会安排大宴会吧？"

伊斯瓦尔·钱德拉的朋友说："馋鬼！流口水了？"

杜尔迦杰伦说："老弟，老弟，婆罗门看到好吃的不着急吗？是有这个说法吧。会给家族丢脸的。"

伊斯瓦尔·钱德拉对比图谢克说："为此事请婆罗门，一定会送一两条围巾吧？"

比图谢克说："是的，这是我们的规矩。"

伊斯瓦尔·钱德拉又说："还有金首饰？"

杜尔迦杰伦笑着说："看来你不知道拉姆卡马尔·辛格是多大的富豪。听说他非常慷慨，会给你很多金子的。"

比图谢克说："我只能说，不会对你们有任何不敬的。我的朋友会给予你们地位相称的报酬。"

伊斯瓦尔·钱德拉说："德特先生、杜尔迦杰伦先生很爱说笑，他不拐弯抹角就不会说话。因此我要声明，我同意出席您朋友公子的启蒙仪式，但我有条件，不要说金首饰、围巾，就是学费也不能给我一分钱。我的工资有五十卢比，这样我家已过得很好了。没有必要接受任何人的赠予了。"

比图谢克感动得说不出话来。

伊斯瓦尔·钱德拉又说："我十分了解杜尔迦杰伦先生，他的工资有八十卢比。我看他也没有必要接受赠予。所以我们什么也不要。如果同意我们的条件，我们就去。如果想为这仪式花点钱，那就帮助贫苦学生吧，那会有用的。"

比图谢克说："就按你们的意愿办。"

杜尔迦杰伦说："伊斯瓦尔，你说我们我们的，不对。我明白你什么都不想要，而关于我，你也这样说，使我想要也不好意思了。但他也任命拉姆马尼克·比达龙加尔为阿阇梨了，为什么把他也排除。我知道，那老头是很贪婪的；再说他有一大家人，他还能干多久，没准。他需要钱。我要说的是，他们打算给我们三人的钱，为什么不全给比达龙加尔呢？"

伊斯瓦尔·钱德拉说："你说的是件大好事，就这样办吧。不过，这不是忘记帮助贫苦学生了？"

比图谢克明白，他找到合适的人选了。伊斯瓦尔·钱德拉又说："还有一件事，我不吃奶制品，也不吃鱼和肉。在您家里我只吃水果。别强迫我吃很多东西。在你们阔人家里吃一餐，肚子得一年都不舒服。"

杜尔迦杰伦对比图谢克说："先生，这点我与伊斯瓦尔的意见不同。我好吃，不反对油饼和甜食。"

仪式安排在外面的布棚里，热热闹闹祭拜了辩才天女。拉姆卡马尔·辛格没有从北印度回来。上星期他派人来又拿走一箱钱。所以一切责任全在比图谢克身上，外人都以为他就是这家主人。

三个婆罗门并排坐在软座上。诺宾古马尔从早上起就禁食，沐浴后穿上丝绸衣服被带到他们面前。先是拉姆马尼克·维达龙加尔念各种经文祝福他，这老头大部分牙齿没了，所以基本上听不懂他说了些什么。

然后杜尔迦杰伦为诺宾摩顶，念了几句咒语祝福他。诺宾没有不自在的样子，他那非常锐利的眼睛看着他们。杜尔迦杰伦说，这孩子的脸上有天才的光辉。

诺宾一点都不懂要向三位阿阇梨行礼。站在旁边的耿伽和比图谢克一再叫他行礼，手摸着师尊的脚行礼！诺宾只是回头看看，似乎他不知道什么是行礼。最后耿伽拉他的手摸了老师们的脚。

伊斯瓦尔·钱德拉没念任何经文。他说，还没有举行真正的启蒙仪式呢。粉笔呢？石板呢？

石板、粉笔和几本书放在辩才天女像的脚下，被鲜花遮住了。祭司拿了出来。

伊斯瓦尔·钱德拉把诺宾抱在怀里，说，祝你写字漂亮，来，我们一起写。他把粉笔给孩子拿着，自己握住孩子的手。然后说：先从上到下画一直线，这样，这样！然后在左边画一个三角，这样，这样！这是什么？见过风筝么，孩子们在广场放的风筝？这是风筝的一半，不是吗？这回右边画一只手，这样！这叫ka[①]。

诺宾说：ka。

杜尔迦杰伦说："啊，怎么，伊斯瓦尔不先教元音，怎么先教辅音了？"

伊斯瓦尔·钱德拉说："就要这样。第一天总得写点什么。比起第一个元音来，对孩子来说写第一个辅音容易些。"

诺宾一次次地念：ka，ka，ka，ka。

然后伊斯瓦尔放开诺宾的手，诺宾自己在石板上歪歪扭扭地写起来。

伊斯瓦尔·钱德拉感到十分奇怪，说："怎么，这孩子早就学过写字了？"

---

① Ka是孟加拉语第一个辅音字母。

耿伽说："没有呀？"

伊斯瓦尔·钱德拉说："他会写ka！这不，又写了一个。"

另两个婆罗门也看了石板。真的，在伊斯瓦尔·钱德拉写的旁边，诺宾又写了一个。不管怎么歪扭，但看得出是ka。启蒙的第一天就这样写，任何孩子都不可能做到。

比图谢克也拿起石板来看，周围也来了很多人。宾波波蒂和其他女人躲在远处的竹帘子后面。

伊斯瓦尔·钱德拉拿回石板，说："我看看。我看看。再写一个。"

没有人反对，孩子又写了。

伊斯瓦尔·钱德拉擦净石板，说："再写一次！多好的孩子！再写一次！"

大家再次惊呆了，诺宾什么都没看，在那空白石板上又写了个ka。

杜尔迦杰伦问道："你们真的知道这孩子没学过写字么？"

耿伽和比图谢克都说："没有。谁在启蒙前学过写字的？"

杜尔迦杰伦这回在石板上写了英语A、B两个字母，对诺宾说，像这样写两个在旁边！

诺宾好像很好奇，很用心地写了A、B两个字母。杜尔迦杰伦全部抹去后，诺宾又能写出来。

不用怀疑了，如果说在家里跟谁学过写孟加拉语字母，哪儿有教写英语字母的人？

杜尔迦杰伦说："我听说过，有听到后能记住的事，可是这孩子能过目不忘？"

比图谢克说："这孩子出生后不久，就有许多奇事，比别的小孩学走路早，学讲话早。喂，耿伽，他几个月就学说话了？"

耿伽回头看着母亲。那里通过其他人回答说，八个月！

杜尔迦杰伦说："我一看就明白，这孩子有非凡的天分。"

比图谢克说："他的生辰八字上有，会给家族争光的。"

杜尔迦杰伦说:"要好好关心他,关心他的健康。你们瞧着,这孩子会长寿的。"

耿伽说:"从一岁半、两岁起,他就能说很多儿歌。他自己念着儿歌在走廊上转。"

伊斯瓦尔·钱德拉说:"我听听。说一个儿歌吧。"

诺宾眨着眼,说:

> 主啊,你是世界的造物主,
> 常常看到你,我就会聪明。

三四位婆罗门同时叫好。伊斯瓦尔·钱德拉说,嗓音很美,再说一个吧!

这回诺宾大声说:

> 来吧,来吧,漂亮妞儿,
> 别把有趣变没趣,漂亮妞儿。

杜尔迦杰伦和伊斯瓦尔·钱德拉笑起来,可是比达龙加尔耸耸鼻子,说,这都是从哪儿学来的?

伊斯瓦尔·钱德拉说:"再说一个吧,还会么?"

诺宾摇晃着说:

> 你和我密不可分,
> 你是莲花我是蜜蜂,
> 我估计我是泥土,
> 你是我最好的宝贝。

不像孩子们说不完整的话,他发音几乎准确。大家听着听着就笑起来,甚至比图谢克也笑了。唯独维达龙加尔有些不满。竟在神面前说这些不文明的话！竟出自一个孩子之口！

伊斯瓦尔·钱德拉说，好像有点熟，这歌是谁写的？

杜尔迦杰伦说："这是冈吉拉·贵易的歌，很古老的，现在听不到了。"

伊斯瓦尔·钱德拉说："这孩子是怎么学到的？"

耿伽说："乞丐、毗湿奴教徒、唱圣歌的来了，我弟弟专心听他们唱，听着听着就学会了。"

伊斯瓦尔·钱德拉说："那么这孩子也是听过就记得的了！"

杜尔迦杰伦："我从未见过，也未听说过这样的奇孩子，愿上帝祝福他长寿！"

两人十分疼爱诺宾。宾波波蒂在远处看到后感到十分骄傲。她看到诺宾的行为举止，有时也怀疑，是否受到非自然力量的影响。但大人物都这么称赞他儿子，她就放心了。

现在招待婆罗门吃饭，也要喂诺宾了。耿伽抱着诺宾到母亲那里去。诺宾问："哥哥，我的启蒙仪式完了？"

耿伽说："是的，你的启蒙式很好。"

这时诺宾大声说："哥哥，杜拉没有启蒙仪式？"

比图谢克感到奇怪，问道："杜拉？杜拉是谁？"

耿伽拍拍诺宾的背说："现在去吃饭，去吧。"

诺宾哭了起来："不，我不去。也要给杜拉启蒙。叫杜拉来，叫杜拉来。"

耿伽也不知道杜拉是谁，他焦急地抱起诺宾走了。放在母亲面前后，他问："妈，杜拉是谁？你瞧，弟弟又发倔了。"

宾波波蒂说："不知道，孩子。是不是楼下那个跟他玩的孩子？"

诺宾开始哭喊着杜拉的名字，宾波波蒂和耿伽苦劝他，说："好的，也给杜拉启蒙，以后会的。"

塔戈摩尼带着儿子站在人群最后面。她也听到少爷叫杜拉的名字，但她害怕了，在心里说，这一切都不妙，卷到老爷的事情里去都不好。塔戈摩尼带着儿子赶快离开了。

诺宾到下午才找到杜拉钱德拉。他一天都把着石板和粉笔。这些成了他的新玩具了。

"杜拉,没给你启蒙?你不会有学问的。"

杜拉钱德拉不懂启蒙的含义。他在远处看到,骑着白天鹅的辩才天女面前的甜食,他的命运使他一块都得不到。

"来,我教你启蒙。坐下,坐在我面前。盘腿坐着。"

他自己以婆罗门阿阇梨的姿势直起背坐着,模仿他们说:"半个风筝和一个鼻子。以前有人教过你么?写A、B。现在向我行礼吧。"

二十

　　拉姆马尼克·维达龙加尔突然逝世，梵语学院助理秘书的职位空缺了。很多人谋求这一职位。但洋人明白，让老学究或乡村婆罗门来主持学校不好，需要有现代观念的、激进的、受过高等教育的青年。威廉堡学院孟加拉语系主任伊斯瓦尔·钱德拉五年来工作出色，获得好评。因此教育部秘书莫耶特先生请求威廉堡学院院长玛尔夏先生允许伊斯瓦尔·钱德拉离开。玛尔夏先生高兴地同意了。

　　两个职位的工资都是五十卢比。可是伊斯瓦尔·钱德拉对梵语学院的工作比对威廉堡学院更热心，是很自然的。他在威廉堡学院，教的是外国人。他们学孟加拉语、梵语是为了保住饭碗。而在梵语学院教的是本国学生。那里才是真正做学问的场所。玛尔夏先生非常喜爱学者伊斯瓦尔·钱德拉，在伊斯瓦尔离开威廉堡学院后，让他的弟弟迪诺班图接替他的职位。

　　梵语学院的秘书是罗斯莫·德特。他不怎么懂梵语，但精通英语，能同英国人保持良好关系，所以获得管理梵语学院的重任。伊斯瓦尔·钱德拉是他的助手。罗斯莫·德特先生还有其他很多工作，还是法庭的法官。他不能整天待在学校里，只是来一两个钟头，看看各种安排是否正常运行。伊斯瓦尔·钱德拉完全投入到学院的管理工作中去了。

梵语学院的学生毕业后获得"学花""学美""学宝""学海"等称号。在伊斯瓦尔·钱德拉之前，已经有过一两个"学海"，后来也有。伊斯瓦尔·钱德拉把自己的名字写为伊斯瓦尔·钱德拉·舍尔曼，但从前几年起，人们就称他为"学海"了[①]。他到梵语学院后就以这名字著称了。

在任新职后必须去见父母一次。所以伊斯瓦尔·钱德拉带着弟弟回去了。从加尔各答回家乡梅迪尼普尔很简单，不需要车、马。从新娘市场出来，走到恒河边的哈德科拉，坐渡船到沙利卡，然后沿大路走。拜沙克月，随时会有暴风雨，那时就躲在树下。到达莫沙德村后，伊斯瓦尔·钱德拉一群人离开大路走上平原，向西直插过去近得多。雨季时大路和平原几乎一样，有些地方泥泞深可及膝，当然现在平原是干涸的。他们在天快黑时到了拉吉波哈特，在这里要渡过达摩达河。他们把带的米花和红糖都吃了。

达摩达是非常可怕而又美丽的河。现在是夏天，大部分河流流速减缓。达摩达河现在虽然像苦行僧那样瘦削，但脾气暴躁。在雨季时这条河流非常可怕，两岸十几里地都被水淹。每年都有洪水。

那天晚上没有船，他们又回到拉吉波哈特。村里有可过夜的客栈。有钱人为方便旅客，修建了这样的客栈，可免费居住。

早上渡过了达摩达河，又走了十里路，到了巴杜尔村。伊斯瓦尔·钱德拉有亲戚住在这里，去见过他们后，又向家乡走去。从这里到比尔辛哈村还有十几里路。下午约两点他们到家了。

事先没有得到消息，看到孩子们突然出现，全家人都高兴万分。

泰戈尔·达斯现在退休住在村里。伊斯瓦尔·钱德拉在进入威廉堡学院后坚持要父亲辞职了。泰戈尔·达斯的月薪是十卢比。他的同龄伙伴都劝他说，听信年轻儿子的话急忙辞职不对。如果儿子以后学坏，不再管父母的话，你又得到处找工作了。但泰戈尔·达

---

① 伊斯瓦尔·钱德拉·维迪耶萨伽尔（Iswar Chandra Vidyasagar），被誉为"学海"，译称"智慧海"。

斯早已明白，这儿子对神不怎么虔诚，但他把父母当作神。

伊斯瓦尔·钱德拉在七兄弟中最大。他不仅最能干，而且从小就最爱母亲。母亲因伊斯瓦尔回来，早早就开始做饭。伊斯瓦尔·钱德拉的妻子丁莫伊也跟婆婆进了厨房，丈夫很久没有回家了，但在大白天是不能见丈夫的。

伊斯瓦尔·钱德拉在问候过父母后，在村里走动。先到了加里甘特·查特吉家。他是伊斯瓦尔·钱德拉的启蒙老师，伊斯瓦尔·钱德拉每次回家都买新衣服给他。查特吉先生身体不好，视力也差了。可是他看到的景象让他惊呆了。他叫妻子，说：去瞧瞧那疯孩子！

孩子们正在附近广场的泥泞中玩"卡巴迪"。伊斯瓦尔·钱德拉也下去一起玩。老师开始叫：伊斯瓦尔·钱德拉！伊斯瓦尔在远处回答说：我先玩完这局。

过了一会，伊斯瓦尔·钱德拉喘着气来了。老师说，你这是怎么了？跟孩子们在一起，就完全变成小孩了！

伊斯瓦尔·钱德拉说："在加尔各答没机会玩。一到农村我身体就健康了。定期玩卡巴迪不得胃病。"

老师对妻子说："听听孩子说的！他现在怎么了，你知道吗？梵语学院的助理秘书，早晚都要跟洋人说话。我国的大人物在那里都没有位置。"

伊斯瓦尔·钱德拉笑了。

师母说："我们那时候的伊斯瓦尔，脸只有这么点，淘气极了！他今天这么大了！啊，伊斯瓦尔，你多大了？"

伊斯瓦尔·钱德拉数着说："二十六了。"

她说："瞧脸可看不出来，孩子，似乎还要小些。"

老师问："伊斯瓦尔，梵语学院的学生尊敬你么？"

伊斯瓦尔·钱德拉说："我在威廉堡学院还惩罚过洋学生，这些吃豆饭的可怜的学生能不尊敬我？"

谈着谈着，加里甘特问道，你去齐尔巴伊么？走吧，我也跟你去，后天我也去那里。

齐尔巴伊是伊斯瓦尔·钱德拉的岳父家，他很少去。现在妻子住在这里，不存在去的问题。

伊斯瓦尔·钱德拉说："我看你的身体不太好，走这么远做什么？"

加里甘特说："你说我该怎么办？又一家结婚的。不去不行。"

伊斯瓦尔·钱德拉感到奇怪，问道："结婚？谁？您？"

加里甘特说："还问为什么，不结不行，他们不依不饶。"

伊斯瓦尔·钱德拉瞪大眼睛望着老师。师母就坐在旁边，可是老师毫无顾忌。加里甘特·查特吉家道中落，热衷于多妻。这事伊斯瓦尔·钱德拉从小就知道。老师家里只是这个妻子。他一年去其他村子的妻子那里取钱，同那些妻子同居一次，她们的父母每次都给钱。

伊斯瓦尔·钱德拉虽然都知道这些，但他今天要重新审视老师了，他充满了憎恶之情。作为老师，他尊敬；作为人，他瞧不起。近来伊斯瓦尔感到，纯粹的人很少。很多人有学问，但他们中有几个纯粹的人？

这老头在世的时光不多了，现在还有兴致结婚？明明知道还要再毁掉一个姑娘！

老师见伊斯瓦尔·钱德拉不说话，自己就说："你说我该怎么办？学校现在不景气。我有六个子女，支撑这么一大家多不容易！从旧的丈人家拿钱现在也不多了。总得弄点收入啊！"

伊斯瓦尔·钱德拉问："那姑娘几岁？"

老师说："九岁多了。这么大岁数的姑娘，她父亲急得来求我。他们给的钱也多。"

伊斯瓦尔·钱德拉厉声说："过两天你就要闭眼了，那姑娘不就倒霉了？"

"而她如果不结婚，她父母就会被逐出社群的。"

"你儿子斯里纳特……他也合适呀，为什么不让他跟这姑娘结婚？"

"我在别处给斯里纳特定了亲。我不是对你说过吗，钱很有吸引力。"

师母亲手做的油饼拿来给伊斯瓦尔·钱德拉，但他两手合十说，对不起，我不能再吃你家的东西了。然后他摸了摸加里甘特的脚行了礼，说："老师，这是我最后一次见你了，我永远不会来了。"

伊斯瓦尔·钱德拉转身大步走了。老师不明白他发怒的原因，惊异地叫喊，伊斯瓦尔，怎么了，伊斯瓦尔! 伊斯瓦尔不再停留，也不回答。

从此伊斯瓦尔·钱德拉时时刻刻心中不安。那些名人、受人尊敬的人也做这种无道德之事，那么普通未受教育或受了坏教育的人当然也这样做了。而他没有任何力量去制止。想到这些，他全身像火烧火燎似的。

他想起了在梵语学院读书时的语法老师山普纳特·巴杰斯博迪，在妻子逝世后，他年事虽高但还热衷再婚。那时伊斯瓦尔·钱德拉对他说，老师，在这种年龄结婚不好。巴杰斯博迪不听，又娶了个小女孩。从那以后伊斯瓦尔·钱德拉不再去山普纳特·巴杰斯博迪家。巴杰斯博迪说，你一次也不去看看你师母么? 他拗不过，有一天终于去了。可是一见那姑娘，他就忍不住流泪。过了不久，巴杰斯博迪把那姑娘扔在无边的苦海后走了。

伊斯瓦尔·钱德拉虽然没见过加里甘特要娶的女孩，可是一想起来他就想哭。

母亲帕格波迪看到伊斯瓦尔的行为也觉得奇怪。她用心做的饭菜伊斯瓦尔几乎一点都不吃。因儿子带回了好消息，便下网捉塘里的鱼，挤家里母牛的奶，做好饭。可是伊斯瓦尔说："妈，我只吃点豆和饭，别的我不吃。"

妈妈大为吃惊，说："啊，你说什么? 为何不吃? 我为你做了这么多。"

伊斯瓦尔·钱德拉说："妈，我们是吃豆和饭长大的，我很乐意吃豆、饭。我没有必要突然变成大人物。妈，我国有许多受苦人，一想到他们，我就吃不下好饭。"

帕格波迪说："你得到好差事了，改天我也让贫苦人吃个饱。"

伊斯瓦尔·钱德拉说："托您的福，我和迪诺班图都有了合适的工作。现在如果我们省一点，就可以用来发展农村。"

"那会的。我辛辛苦苦做了一天，你就吃一点吧。"

伊斯瓦尔沉默了一会儿，说："妈，我们在加尔各答路上每天都看见养牛人挤奶，他们把牛犊拴在远处，它们痛苦地哞哞叫，但吃不到一滴奶，牛奶全被人们偷走了。为小牛犊而产的牛奶，被我们剥夺了。看到这些，我对喝牛奶产生反感。鱼、肉我也不想吃了。"

帕格波迪真的害怕了，说："啊，天呀！我从来没听说过这么不吉利的话。不吃鱼、肉，身体顶得住么？"

帕格波迪亲自夹了一块鱼放到伊斯瓦尔嘴边，说："吃，我叫你吃！"

几个弟弟好奇地瞧着，他们知道哥哥关于吃的这些疯话。哥哥很固执，说到做到，但哥哥能拗过母亲么？

伊斯瓦尔·钱德拉从母亲手上接过鱼块，说："妈，你既然说了，我就吃了这块鱼。但是拿走这些奶饭吧，牛奶类的东西我无论如何是不吃了。"

泰戈尔·达斯站住旁边抽烟，听着这一切，他说话了："他的歪脖子你是拉不直的，学究！再强迫的话，他会全都扔掉的！"

伊斯瓦尔·钱德拉在乡下住了几天后又回到加尔各答。他的心情坏极了。他从九岁起一直住在加尔各答，有时回乡下度假，每次回村都非常高兴，像小孩那样把家乡的泥土抹在身上。但这次他觉得村民的贫苦、痛苦、迷信与日俱增，为蝇头小利而焦躁不安，因小事而斗殴。有什么办法消除这一切呢？只有发展教育。适当的教育能给人们树立一面镜子，让人们学会认识自己。

他回到加尔各答后，着手对梵语学院进行根本的改革。梵语学院就像是何力柯西的牛圈。政府办的学院可以随意使用。学生不用交学费，他们认为读书就像放牛，愿来就来，愿走就走。虽然学院是在砖房里，但老师们似乎还像从前在树底下的学校一样。某老师在上课时坐在椅子上叫他喜欢的学生来，说：孩子，给扇扇扇子，我睡一会儿。

学校每周的休息日是不固定的，初八和朔望日禁止读梵语，所以这几天学院关门。十二、十三、十四、朔望日不教新课。这不知是谁定的规定，可是一直这样执行着。

伊斯瓦尔·钱德拉叫停了这些制度，每星期日学院放假，其余几天正常上课。老师和学生都要在十点半前到校。若有老师在课堂上睡觉，他亲自去唤醒。对睡得很沉的老师，他会笑着建议，带点鼻烟，一犯困就吸点！

学院大楼后面，花匠房旁边是厕所。学生借口上厕所，成群地在那里说笑。他们的课本里有不少古代有趣的诗句，那里也是适合讨论这些的地方。新助理秘书新立的规矩是，每次只能一个学生上厕所。去时要拿一块木板做的通行证。老师或学生若不请假，谁都不能老缺席。每月学生要考试一次。不仅学梵语还要学孟加拉语、英语和数学。

学生没有多大问题，但老师是问题。很多老教师教过伊斯瓦尔·钱德拉。现在伊斯瓦尔·钱德拉成了他们的上级，他们不愿接受他的全部指示。特别是上午十点半要到校是太过分了。

伊斯瓦尔·钱德拉口头上不能对处于师尊地位的老师说些什么。正十点半时，他拿着表站在学院大门口。那些迟到很久的老师看到，伊斯瓦尔·钱德拉微笑着看一下他们的脸，又看一下表。一天，一位学者说："伊斯瓦尔·钱德拉，你微笑着，什么也不说。这使我太羞愧了。我认错，先生。从明儿起我准时到。"

这期间有一事使伊斯瓦尔·钱德拉深受学生热爱。印度学院和梵语学院在相邻的两栋楼里。一天伊斯瓦尔·钱德拉有要事去印度学院院长卡尔先生家。他穿着母亲手织的粗布衣服和披巾，前额剃光，后脑留着小发辫。卡尔看见他这种打扮，不让座。自己反而把双脚搁在桌子上，问道："潘迪特，什么事？"

那天伊斯瓦尔·钱德拉受了侮辱，愤怒地回来了，对谁都不说什么。几天后机会来了。相邻的两校管理人员间总是要商谈工作的。卡尔先生来梵语学院见助理秘书。伊斯瓦尔·钱德拉得到消息后，双脚穿着拖鞋搁在桌子上，又不给卡尔先生椅子坐。问道："先生，什么事？"

卡尔先生立即气呼呼地走了出去。

这件事传开了，甚至传到英国人圈子里。梵语学院的学生听说后，嘲笑印度学院的学生。卡尔先生不认为此事有趣，告到了教育部负责人那里。他说："任何欧洲人都忍受不了这种侮辱。"

教育部秘书莫耶特先生来调查，伊斯瓦尔·钱德拉平和地说："我不知道我有什么过错。我原想这是贵国的礼貌。像卡尔先生这样有身份的人，如果把穿皮鞋的脚搁在桌子上，而我如果不也这样做，不是失礼了么？"莫耶德先生哈哈大笑。然后他写报告说，我在孟加拉人中还没有见过像大学者伊斯瓦尔·钱德拉这么勇敢而又厉害的人。

虽然那次伊斯瓦尔·钱德拉保住了工作，但在一年又三个月后，他辞去了梵语学院的工作。

罗斯莫·德特并不欣赏伊斯瓦尔·钱德拉的所作所为。伊斯瓦尔·钱德拉深受学生爱戴。因学院的种种改革，英国人称赞了伊斯瓦尔·钱德拉，罗斯莫·德特认为这降低自己的地位。伊斯瓦尔·钱德拉地位比他低，照常理应是伊斯瓦尔·钱德拉干活，他出名。但现在是竹笋比竹子值钱了。这回罗斯莫·德特强力掌舵，接连否决了伊斯瓦尔·钱德拉的改革建议。伊斯瓦尔·钱德拉制订的从根本上重铸学院的计划，罗斯莫·德特不同意报送教育部的洋大人。

伊斯瓦尔·钱德拉恼了，递交了辞呈。学院的几名教师听说后，书面向罗斯莫·德特表示，维迪耶萨伽尔对学院非常有用，希望不要让他离开。罗斯莫·德特没有接受。他认为只要施加压力，就会使伊斯瓦尔·钱德拉服软。

一句话就使伊斯瓦尔·钱德拉辞职了。朋友杜尔迦杰伦大夫到他家来说，伊斯瓦尔·钱德拉，大家看到你这事都惊呆了。在这市场上谁会丢掉这样好的差事？你知道罗斯莫·德特是怎么说的吗？这孩子一句话就把差事丢了，以后吃什么？

伊斯瓦尔·钱德拉笑着回答说，你告诉他，必要时我去卖土豆，开杂货店，没有尊严的差事，我永远不干。

二十一

　　宾杜巴希尼做了个梦，她睡在天堂的花园里铺满玫瑰花瓣的床上，头戴金冠闪闪发光的男子站住她面前，满面笑容。宾杜认出了，他就是毗湿奴神、全世界的主宰、宾杜的偶像。他向宾杜伸出手，以非常迷人的声音说：起来吧！你抱什么屈，躺在这里？这不，我出现了。

　　宾杜的身体受到人的抚摸，惊醒后急忙坐起来，惊惶地问："怎么，是你？"

　　耿伽一手支地，坐得很近地专注看着宾杜的像盛开的白莲花的睡脸，上面有几滴晶莹的露水。宾杜现在完全是个大姑娘了，长得更俊了。雨季乌云似的头发长可及腰。她的胸脯似在大声宣告青春的来临，也长高了。

　　宾杜惊惶地问："怎么了，耿伽，你进神堂来了？"

　　耿伽说："我在外面站了很久，不想叫醒你，宾杜，你美极了，所以我头脑不能保持冷静了。"

　　宾杜微笑说："啊哈，你媳妇怎么样了？她从娘家回来了？"

　　耿伽心不在焉地说，没有。

　　"你还要让她在娘家待多久？去把她接回来，我们精心给她打扮。"

"她不愿来。"

"啊，什么话？家里的大媳妇，她能在外面待多久？新媳妇首饰叮当响着满屋子跑，多么快活！"

耿伽拉住宾杜的手，情不自禁地说："现在别说她，宾杜，你看看我。"

宾杜年龄比耿伽小，但气质似乎大得多。二十一岁的耿伽虽然已成家并负有重任，但在宾杜面前表现得却像孩子。

宾杜不理会耿伽的激动，非常自然地说："把媳妇长期放在娘家不是事，派人接她回来吧。结婚三年，现在她也不小了。"

耿伽不高兴地说："现在她还是小女孩。我说的话她一点都不懂。她是她妈最宠爱的闺女。来到我家就哭着要找妈妈，现在还玩布娃娃。"

宾杜笑着说："这回你带她来，我们会教会她，她也会同你一起玩布娃娃的。女孩最大的布娃娃就是丈夫。"

"宾杜，她永远不会成为我生活的伴侣的，她没有读过一点书。"

"你教她读呀！你成大学者了。"

"我要同你坐在一起读很多书。你记得吗，我们要一起读《云使》的？到今天还没有实现。"

"我再读书？像我这样的姑娘，再读书是家门的不吉利！"

"你到现在还在抱屈，不是吗，宾杜？伯父不让你读书了……这回我们再偷偷地一起读吧。"

"放开我的手，到外面去站着。你闯进神堂来，要是被别人看见了呢？"

"宾杜，没有你，我就活不下去。"

"该死的！是被鬼迷心窍了吧。去，出去！"

"谁也看不见，家里没人。因我的种姓是加雅斯特，你就要把我赶出神堂？怎么，因我身为加雅斯特就不洁？"

宾杜不回答，静听了一会。她原是睡着了的，都不知道已到傍晚，屋里已经黑了。全楼寂静无声。

宾杜问："家里为什么没有人？全都去哪儿了？"

耿伽说："今天全都被请到拉姆普尔我大舅家去了，你不知道？都去了一天了。"

宾杜轻叹了一声，把脸扭向一边，她不想让耿伽了解她的心情。她是寡妇，去哪儿都不带她，所以从来没有人觉得有必要告诉她邀请的事。这家人逐渐忘记她的存在了。她住在三楼的神堂里。

宾杜回过头问："全都去了，你为何不去？"

耿伽说："我发烧，你都不管不问我的消息。我发烧躺了三天了。"

宾杜听说他生病后，出于女人的本性，焦急地摸着耿伽的额头，说："啊，现在还发烧！你发烧还出来？"

充满青春气息的宾杜靠得这么近，耿伽再也把持不住了，一把将她搂在怀里。

宾杜自然害怕地说："耿伽，你疯了？你烧糊涂了？放开我，放开！"

"不，我永远不放开你。"

"你脑袋坏了，耿伽，你在神的面前……啧，啧啧！我想死，你放开我吧，要不今天我就自尽。"

宾杜的祈求不是造作，耿伽明白这点后放了她，痛苦地说："宾杜，你真的不要我？"

宾杜说："我有这个毗湿奴神了，我还能要其他人么？"

耿伽生气地把手伸向那个神像，说："我要砸碎这个石头神。"

宾杜攥住他的手说："你真的疯了？我从未听你说过这样的话。你是怎么了？说给我听听。"

耿伽说："我发烧几天了，什么都觉得不好，朋友来了，跟他们在一起我也觉得不好。妈说，要把丽拉波迪从巴格巴扎接回来，我说算了，妈妈，让她玩洋娃娃吧。我不用人侍候，我要的是伴儿，丽拉波迪是给不了我的。她还不懂事……我感到非常委屈，你把我忘了？"

"我能忘了你么，耿伽？我还有什么，会忘了你？"

"你说你有毗湿奴了，而我什么也没有。我想了很多，你待在远处，我一点都不能平静。我没有任何依靠，而你一再地把我推开……为什么，宾杜？为什么，你不惦着我？"

"走，我们到神堂外去。"

"你认为我在这里会弄脏你的神堂？我真的有一天会砸碎你的神！"

"你真的加入梵社了？我听说你常去戴本德罗纳特·泰戈尔家走动？"

"谁告诉你的？"

"你以为我不打听你的消息？我可什么都知道。"

"我一到跟前你就把我推开。今天我不放开你，今天没人能阻止我。"

"去！家里没人，你就像小偷似的进来。你是国王想去哪里就去，是吧？你有很多地方可去。我会待在远处，这是我的命。"

"我不认命。"

"你不认，但我必须认，我是女人。"宾杜说后笑了。她没有一点痛苦的表情。这时屋里更黑了。室外天上有月光。

"你笑什么？"

"我们曾一起读书，你记得么？突然有一天老师说，我不再是小姑娘了，我是女人。当时我很吃惊，也非常生气。但现在我真的是女人，女人有许多事不能做。你小时候是玩伴，现在对我来说，你是别的男人，我不能坐在你旁边，这你都不懂？"

"不，我不懂。宾杜，我需要你。"

"今生不行。"

"不，就是今生！"

耿伽又抱住宾杜，焦急的脸压在她山峰似高耸的乳房上。

宾杜屏住呼吸，身体僵硬。然后平静而坚决地说："放开我，放开，先听我说。"

"我不再听你说什么了。"

"你先放开我，然后你的话我全听。"

耿伽一松手，宾杜立即跑出去。耿伽马上追。底层的仆人不会上楼来，二、三楼都没有人。宾杜巴希尼藏在哪里呢？她想到如果往下跑，在楼梯会被耿伽逮住，她便向屋顶跑去。

小时候玩捉人游戏时，两个孩子就这样跑来跑去。可是那时游戏是无目的的。但现在这两个青年男女在半黑的楼梯上不能再玩那种纯洁的游戏了。

耿伽很快便抓住宾杜，使劲地抱住她，疯狂地吻她的脸。耿伽刚停下，宾杜便坐在他的脚旁，抓住耿伽的腿，痛苦地说："耿伽，我不能做丑事，绝对不能。你作为我的朋友，要这样毁了我？"

耿伽说："丑事？这如果是丑事，那什么是好事？人们所说的那些好事，我都可以放弃。我愿意用我的财产换取你，这是丑事？"

宾杜说："这些你不用跟我说。这辈子我只能这样过了。祝福我吧，让下辈子你是我的。"

耿伽也蹲在宾杜对面，说："谁能说有没有下辈子？因此这辈子就失去你不是太傻么？宾杜，在这国家社会之外还有国家社会。走，我们到没人认识我们的地方去。"

宾杜说："但我们能逃脱自己么？我自己知道，这是丑事。"

"不，不是丑事。"

"耿伽，放开我，不行，无论如何不行。"

"宾杜，我不能离开你。你这么漂亮，像女神的脸，光彩照人，宾杜，你点燃了我心中的火。"

耿伽又要把宾杜拉到胸前。宾杜伸手拦住他，说："你如果强迫我，那只能得到我的身体而得不到我的心。我今晚就上吊，你知道我的固执吧。"

耿伽放开宾杜，锐利的目光审视着宾杜的脸庞，说："是这样？说真的，你的心是否交给别人了？"

"去，别说这样的话，耿伽。"

"宾杜，你不要我？"

"这么下流、野蛮的我不要。你要把纯洁、美的光辉形象留给我。"

耿伽站起来说："我走了，永远不来了。"

宾杜不给任何回答。

耿伽又说："你一点都不明白，我脑袋里火在燃烧，我不知道怎样才能平静。你不见我就高兴，是吧？我再也不来你这里了。"

宾杜这次也没说什么。她靠着屋顶的栏杆，下巴抵在膝盖上坐着。

耿伽扭头气恼地走了。楼梯响起脚步声，可是没人叫他回来。他快步走回家，家里也是空荡荡的。没人跟他聊聊使头脑冷静下来，他又不想去找朋友。平和、性格温柔的耿伽今天变得非常暴躁不安。城市里不缺女人，想去的话，耿伽现在就可以叫上双驾马车，到某个标致歌姬的妓院去，他现在也不缺钱。可是除宾杜外，再没有女人能吸引他了。宾杜在他的生活中，不仅能解决他对女人的需要，宾杜比那要多得多。可宾杜拒绝了他，打发他回来了。

那晚，耿伽在床上翻来覆去地折腾。

耿伽的不安过了几天仍丝毫未减退。他的心需要平静，去听戴本德罗纳特先生讲经会获得平静。

他的同学拉吉纳拉扬·巴苏现在在戴本德罗纳特先生的"求知社"翻译奥义书。拉吉纳拉扬曾一度酗酒，现在改变多了。他曾是怀疑论者，对所有宗教都加以嘲讽。现在他的心似乎又回到宗教上来了。戴本德罗纳特先生念奥义书的诗句，然后讲解。拉吉纳拉扬听后将诗句译成英语。戴本德罗纳特用简明优美的语言解释奥义书的深奥诗句，许多人都去听。耿伽有一天和朋友拉吉纳拉扬同去，被戴本德罗纳特吸引住了。戴本德罗纳特也友爱地待他。

耿伽去那里几天，心还是平静不了。宗教、哲学、社会、改革，他一点都不觉得好。心总是想到宾杜跟前去。为了惩罚自己，他到库什提亚视察地产去了。

一到那里他就明白，他又错了。在加尔各答他还得到一点安慰，那就是宾杜在近处，一想她就可以跑去看看。但这库什提亚对他说来就像是沙漠。他没办完事就跑回加尔各答来了。

又一个傍晚，他来到宾杜的神堂，说："我认输了，宾杜，我不能离开你待在远处。"

宾杜没生气，反而以甜蜜的声音说："来，坐在神面前。是不是太不关心身体了？"

但耿伽不再满足于听她的甜言蜜语。离得远时，他想，如得见宾杜一面，心就乐了。来到她面前后他才明白，像灯蛾扑火一样，他迷恋宾杜的姿色，已经不能自已。

宾杜绝不让他亲近。耿伽如坐得远同她聊天，她不反对。但耿伽一拉她的手，她就说："你是要我死？比起走罪恶的路来，还是死好。"

耿伽问："不做别的，如果我只把头靠在你怀里睡，也是罪过？"

宾杜说："讲这话就是罪过。甚至手摸手也是罪过。"

耿伽要疯了，他发誓要打破宾杜的抵抗。如得不到宾杜，他的生活将毫无意义，他已经分辨不出好歹了。他下班后不管早晚，都来坐在宾杜身边。这家的大门对他是敞开的。他什么时候来，来找谁都行，谁也不拦他。但他不找别人，只是时时坐在宾杜旁边。他也不觉得这很显眼。除了宾杜外，他似乎不想再看到别人了。

一个寂静的下午，耿伽对宾杜施暴。宾杜那天哭了，她是无助的。她不能大喊大叫，因为耿伽是她的挚爱，她哪能让耿伽丢脸！她哭着说："我死了好！你为何这样毁了自己？你拿点毒药给我。"

耿伽把宾杜抱在胸前，说："我什么都不知道。来吧，今天你我欢庆死的节日！"

宾杜抽泣着说："放开，放开我，别这样把我带到地狱去……"

这家的男仆已悄悄地议论半月之久了。事情终于传到女主人耳朵里了。宾杜的母亲带着女仆在那个时辰到来，看到那景象吓得发抖：他们正在神像面前云雨。

她高声叫：宾杜！然后打了她一巴掌说："死丫头，你这是干什么？该死的！败家鬼！你怎么还不死？你心里想的就是这个？耿伽是我们的宝贝孩子，你的毒眼盯上他了？魔鬼！"

耿伽回过神后，离开宾杜，过来低下头说："伯母，罪过在我。宾杜没有任何过错。"

宾杜像尊石像一动不动。

宾杜的母亲索达米尼对耿伽说："耿伽，你躲开，别待在魔鬼身边。我竟怀了这样的毒包，啊！"

耿伽刚出去，她就把门关上，说："让她在这里待着。老爷回来该怎么办就怎么办。耿伽，来，下来……"

女主人回头厉声对女仆说："看见了，小心，别乱嚼舌头！否则就割掉你的舌头！"

耿伽像受了伤似的说："您……把宾杜关住……罪过全在我，是我强迫她的……"

耿伽说什么也不离开那里，声音越来越大。那天比图谢克也在家，他上楼来了。一看见他，大家都不吭气了。

耿伽颤抖着说："伯父，原谅宾杜吧！我昏了头，我渴望得到宾杜，但她到最后都不肯……要惩罚就惩罚我吧。"

比图谢克打开门看见宾杜。宾杜还是那样不动，散乱的衣服也没穿整齐，就像是验贞洁仪式上的"萨蒂"①那样屏住气坐着。

比图谢克对宾杜没说什么，只命令耿伽："跟我来。"

耿伽无力违抗，跟随比图谢克下楼。比图谢克连衣服都未换，就带耿伽上了马车。

耿伽原以为比图谢克带他回自己的家。父亲拉姆卡马尔不在市里。比图谢克会在母亲宾波波蒂面前说的。但比图谢克命令车夫一直走。

---

① "萨蒂"（Sati）指印度的寡妇殉夫制度。

比图谢克在路上一言不发。耿伽面对他的严厉，瑟缩不安。但他暗暗决定，即使剥夺他的全部财产，他也不会容忍给宾杜任何惩罚，他会站出来制止。

按比图谢克的命令，马车走了很久，在新娘市场的著名迦梨庙前停住了。下车后，比图谢克说："来吧。"

傍晚时分，迦梨庙挤满了拜神的人群，抽大麻的和喝酒的人吆五喝六地嚷嚷。不过拜神的人都认识比图谢克。他推开众人进入庙堂里，跪在神像前，示意耿伽也跪下。然后低声说："耿伽，你今天所做的事永远不会有人知道。令尊令堂绝不会知道。我不愿你的生活有丝毫的不安定。只要你发誓，你永远不去见宾杜，永远不同她说话。"

耿伽迟疑了一会，说："我同意发誓，但您也得说不给宾杜任何惩罚。她是无辜的。"

比图谢克说："好。我保证。"

这时耿伽伏在神像前念了誓言。

但三四天后，耿伽听说宾杜已不在她自己家里了，没人知道她去了哪里。

耿伽跑到比图谢克那里，激动地说："大伯，您说过……"

比图谢克说："我说到做到。耿伽，我没给宾杜任何惩罚，她很好。我使你履行誓言变得容易了。我把宾杜送到贝拿勒斯去了，她永远不会回到这里了。她在那里会很好的。"

二十一　193

二十二

达罗卡纳特又去国外旅游了。他的心已不在国内。长子的行为使他愤怒和痛心！此外这里没有可称为他生命伴侣的人。大家都怕他，或尊敬他，但谁都不爱他。他把管理商业和地产的责任扔给大家。他挣到大量的财产，但有时生气地想，这么辛劳有什么用？继承者如果不能或守不住这些财产，那么他为什么还跟在财神后面跑浪费生命？不如去花费它。在欧洲，以他的名声，漂亮女人会围着他转，那里的饰物和美酒都很高级。

达罗卡纳特去英国时带走很多钱，此外还严令长子戴本德罗纳特，每月给他汇十万卢比作零花钱。这次他住多久，没准。十万卢比可以买到五千托拉黄金。

达罗卡纳特第二次出游前，担心能否得到像上次那样的热情款待？首次相识的惊奇，第二次就会减少许多。再说，他上次来时，欧洲的上层人士将他看作印度教徒或印度人，印度是童话般的国度，都想看看那里的人是怎样的。这次达罗卡纳特一到欧洲，就大肆挥霍，以吸引众人关注。

达罗卡纳特带了一大群人。他的小儿子诺根德罗纳特、侄子诺宾钱德拉、一位英国私人医生、一位英国私人秘书，几个仆人。此外给了两个医学院学生深造的机会，提供路费和在英国的吃、住、教育等开支。那两个学生和另两个公费生也来了。到英国后，他首先安排这些学生和他的儿子、侄子入学，并为他们租了单独的住所。然后如释重负地随意游览去了。

他上次来，详细了解西洋民族有什么科学发明、工商业采用了什么新方法，目的是在印度使用它。但这次他对发展印度或增加自家的财富不上心了。现在他对歌舞、宴会或戏院、歌剧等更感兴趣。他给女王和她的丈夫带去了贵重的黄金制作的礼物。女王和阿尔伯特亲王收到后非常高兴，王室多次邀请他。此外公爵、侯爵、伯爵……总是围着他转。谁要是宴请了他，他必然在同一地方更加出色地回请。有时他在住所邀请著名的文学家、艺术家聚会。他想让英国人懂得，作为被征服民族的代表，一个印度人在一切方面都能同他们一样。

达罗卡纳特在参观英国议会开会后，有了新的想法。英国佃户的代表在议会占有席位，为何印度人不能参加选举？而印度人中谁是比达罗卡纳特更好的代表？如获得了议会议席，他就能在英国长住了。

英国首相亲自到达罗卡纳特的住所，邀请他参加晚宴。达罗卡纳特在谈话中，提到在议会中印度人代表权的事，首相陷入困境。他不能说话伤害这位贵宾，只拐弯抹角地说，议会不可能选出非英国人。达罗卡纳特挑战说，他在任何地方竞选都会获胜！首相当时只能说，即使那样，印度教徒还是不能在议会宣誓的。除了基督教徒，任何人都没有那个权利。

达罗卡纳特问：印度教徒和基督教徒区别在哪里？印度教也是尊奉唯一的上帝（神），基督教不尊奉吗？印度教和基督教在宗教信仰上没有任何冲突，那为什么不能一起坐在议会里？

首相问道："你们承认基督教的创立者耶稣是上帝的儿子么？我们认为那些不承认的人是走上了邪路。"

因为讨论正变得不愉快，两人都打住了。但达罗卡纳特心里还窝着火。此后，他逐渐对基督教产生反感。他在印度时，对婆罗门的不可接触的理论和主张感到厌烦，这回他把牧师称为"穿黑袍的英国婆罗门"。他在报刊上读到牧师堕落的丑闻，就剪贴在本子上。当欧洲朋友或客人过分赞扬基督教时，他就打开本子让他们看。

达罗卡纳特中间有几天来到法国。法国国王路易·菲利普几乎成了他的私人朋友。在凡尔赛宫的内室也有达罗卡纳特的踪迹。以前从未有外国人得到与王后及其姐妹谈话的荣耀。达罗卡纳特是唯一的例外。他穿印度服饰，围一条名贵的羊绒围巾。妇女见后大为惊叹，她们从未见过如此美的东西。

达罗卡纳特在法国举行晚会让来宾大感惊奇。那天邀请了国王、王后和法国贵族。他特别要求，请偕妻子或情人前来。晚宴设在大厅里，墙上挂满了名贵的羊绒围巾。客人特别是妇女目不转睛地盯着那些绣有精美图案的围巾。现在法国人围围巾成为时尚。但那时，法国人没见过这么精致的围巾。当碧眼美人站在某条围巾前惊叹地注视时，达罗卡纳特走过来说，女士，能送给你这条围巾，我深感荣幸。然后他从墙上取下围巾，亲手围在吃惊的女人身上。慢慢地，围巾都被分光了。这样的宴请盛会很久都没有人见过。

达罗卡纳特在巴黎认识了马克斯·穆勒。马克斯·穆勒比达罗卡纳特的儿子诺根德罗纳特还小六岁。当这个青年获得德国莱比锡大学的哲学博士学位后，来法国跟随布尔努夫教授研究梵语。布尔努夫有一天带了马克斯·穆勒来见达罗卡纳特。达罗卡纳特当然不很懂梵语，但布尔努夫教授和马克斯·穆勒从学习梵语谈到有关印度的事，与真正的印度很不一样。达罗卡纳特听后感觉奇怪。他看马克斯·穆勒很好奇，就对他说，他哪天高兴就可以在上午来他这里。马克斯·穆勒几乎定期来。达罗卡纳特虽不很懂梵语，但他在家庭的熏陶下，对梵语文学及印度的传统也有足够的了解。他把那一切都灌输给马克斯·穆勒。这德国青年对印度文化有无限的热情。

达罗卡纳特这时沉迷于唱歌、奏乐。他能准确地仿唱法国和意大利歌剧。他的嗓音洪亮，有时他的歌使马克斯·穆勒甚为折服。

有时马克斯·穆勒弹钢琴为其伴奏。达罗卡纳特虽然不十分练习，但声音很美。一天马克斯·穆勒要求达罗卡纳特唱支印度歌，印度王子说，外国人不会懂的。但在马克斯·穆勒的纠缠下，他唱了一支歌。然后问道，懂得它的意思么？

马克思·穆勒坦率承认，他听不出这歌有什么味，他认为这不是什么歌，声调、节拍什么都没有。

达罗卡纳特发火了，粗鲁地说："这是你们的过错，你们轻易不接受任何新东西。任何东西如果开头不能取悦你们，你们就不喜欢。当我第一次听意大利歌剧时，觉得像是猫叫，我耐心地学会欣赏其韵味。你们认为我们的宗教不是宗教，我们的诗不是诗，我们的哲学不是哲学，因为你们不懂。"

马克斯·穆勒窘极了。

达罗卡纳特近来脾气总是不好。从国内汇来的钱稍微迟些，他就写信责骂大儿子。他告诉戴本德罗纳特说，他很明白，戴本德罗纳特所走的路是守不住财的。

这边真的是这样。在父亲出国后，戴本德罗纳特的心完全不在产业上。全部时间用于宗教修炼和弘教上。迄今参加梵社的人已超过五百。现在不仅在城市，还打算将新教宣传扩散到农村去。

一天早晨，戴本德罗纳特正坐在屋外看报纸。管家拉金德罗纳特来到面前大哭，边哭边说，国内发生这么残暴的事，怎么没人来管呢？

戴本德罗纳特合上报纸，说，别哭了，先说说是怎么回事。

拉金德罗纳特说的故事是这样的：

上星期天，拉金德罗纳特的妻子和他弟弟乌梅希·钱德拉的媳妇坐轿子去赴宴时，他弟弟叫轿子停下，硬把自己老婆拉下轿。他俩为了改信基督教，求牧师多佛先生庇护。乌梅希钱德拉十四岁，他妻子十一岁，都未成年，所以是无权改变宗教信仰的。乌梅希钱德拉的父亲去哀求多佛牧师把儿子儿媳妇还给他。多佛先生不听，还告到高等法院。法院当即判决说，既然儿子不愿回父亲那里，法

⌐怎能强迫？

拉金德罗对父亲说，向多佛先生要求，说他们已向法院申诉，要求在判决前不要让他们改信基督教。多佛不听，昨天傍晚多佛先生为他们两人入教行了洗礼。

戴本德罗纳特听后十分激动，法院竟这样判决？也强迫未成年男女改宗，这是明显的偏袒，这是英国的"公正"范例！

他把职员奥凯·德先生叫来，说，你马上拿起笔抨击此事。深闺内的妇女也这样逐渐地放弃自己的宗教改信别的宗教？目睹了这样严重的事件，我们还不觉醒么？

戴本德罗纳特亲自坐车到市里有身份人物的家里去，向他们解释说，牧师们以免收学费为诱饵，让孩子们入他的学校，然后优先让他们改信基督教。成百上千的孩子就这样成了基督徒。这样下去全国人都会变成基督徒的。现在有必要让孩子们脱离与牧师的接触。

不少有身份的人本来是看不惯戴本德罗纳特的，很多人认为他宣传梵社就是打击古老的印度教。保守的印度教尊长拉塔甘特·德沃建立了一个宗教大会来反对梵社。但他看到戴本德罗纳特的焦虑后，也持同样的观点了。曾受过英国高等教育的人中只有一两个问道，反对弘扬基督教有什么道义基础？基督教也是伟大的宗教。每个人都有信教的自由，有人信基督教，舍弃印度教，为何要阻拦？

戴本德罗纳特说，基督教是伟大的，这我承认。信教自由，这话也对。但信基督教的是哪些人的子女？是农村的穷人和城市里刚受教育的年轻人。农村人入基督教是受了种种诱惑。而城市青年丝毫不了解印度教的经典，让他们入基督教当然很容易，但问题是是否合适。牧师们对吠檀多教进行种种谩骂，使人们产生了错误思想。所以我说，应当在全国同样宣传印度教和基督教的观点。让两种观点竞赛。如果有人认为一种比另一种优越，那就不用害怕了。

听了戴本德罗纳特的焦虑和强有力的理由后，大家都理解了问题的严重性。出身良好家庭的青年甚至少年受迷惑改信了基督教，那怎么阻止印度教社会的崩溃呢？于是决定开办一所印度教学校，让孩子们也能像牧师办的学校那样免费读书。许多人也想过为少女办学，此前也做过努力，虽无结果，但许多人仍未放弃希望。

在西姆利亚一次公众大会上提出办校建议后，一天内就募集到四万卢比。甚至深闺中的妇女也送来捐款，戴本德罗纳特取得了很大胜利。

戴本德罗纳特好几年热衷于办刊物和弘扬宗教，没有时间顾及其他。同家里人几乎不联系，身体疲惫。为此他顺河游览几天。斯拉万月在大雨中，他带着妻子沙罗达孙多丽及三个孩子迪金德罗纳特、绍登德罗纳特、海门德罗纳特一起出发了。同去的还有拉吉纳拉扬·巴苏。巴苏新近加入了梵社，是受戴本德罗纳特特别青睐的人。戴本德罗纳特深感需要这样一位精通英语的伙伴。奥凯古马尔·德特和拉吉纳拉扬·巴苏两人可以分别用孟加拉语和英语在各种报刊上宣扬戴本德罗纳特的观点。

戴本德罗纳特把妻子和孩子放在一艘大帆船上，自己和拉吉纳拉扬待在一艘小艇上。两个人整天谈论各种事情。傍晚，拉吉纳拉扬将谈话和当天的事件写下来。然后吃完饭时边饮酒边又讨论起来。

几天过去了，两艘船离开了新岛和巴图里。当天已近黄昏，戴本德罗纳特叫拉吉纳拉扬写日志。拉吉纳拉扬说，还不到时候，谁知道还会发生什么事！

说着说着，天空西南角呼呼地吹过来大块黑云。戴本德罗想到会来风暴，待在小船上不好，说，走，到大船上去。船夫试图使小船靠到帆船边，一阵狂风把帆船的桅杆吹折了一截，帆和缆绳缠绕到一起落到小船船顶上。剩下的帆把帆船和小船带动着迅速往前跑。帆船拉动小船侧翻了，如不马上砍断缆绳会非常危险。船夫正在找砍刀砍缆绳，在匆忙中却没找到。一个船夫正用竹竿去挑开缆绳，竹竿掉下去打在戴本德罗的鼻子上，血流了出来。

风停了一会后刮得更猛了。惊恐的船夫大喊，呀，又来了，又来了。小船完全侧过去了，一会就会沉没的。戴本德罗冷静地坐着，看即将降临的必然死亡。

船夫好不容易找到砍刀砍开缆绳，最后一根绳子刚砍断，小船脱离了帆船，箭似的冲到沙洲上。戴本德罗和拉吉纳拉扬跳了下去，好不容易得救了。

　　在风暴和黑暗中什么都看不见，也无法知道帆船把他的妻子和孩子带到了何方。这时一艘小船靠过来，还以为是海盗呢，大伙惊叫起来喊：是谁！

　　一个人从那船上跳下，奔戴本德罗而来。戴本德罗听声音认出是他家的仆人，他带来了重要信件。

　　在黑暗中无法读信。在不时的闪电中戴本德罗好不容易看到一点意思。信里写道"从英国传来坏消息，达罗卡纳特不在了。"

　　戴本德罗正要倒在地上时，拉吉纳拉扬把他抱住了。过了一会，戴本德罗把持住自己，他忧虑得多的是其他事，而不是父亲的噩耗。如不立即返回加尔各答，财产将有大麻烦。他最近才知道，父亲达罗卡纳特过去几年在市场上欠有一千万卢比的债务。这回债主将扑向他家来。

　　第二天，戴本德罗冒险在暴风雨中启程回加尔各答。经四小时好不容易才到达波尔达。从那里下船后雇了马车，在恶劣天气的午夜回到加尔各答。那天的风暴像是昭示他们家有难。

　　债主像饿狼似的在周围转着，等待办完丧事。戴本德罗纳特告诉大家，在守丧期间不谈钱的事。

　　但此前为治丧发生了分歧。戴本德罗的小叔拉姆纳特·泰戈尔说，这时候别总是梵社梵社的捣乱，哥哥是位名人。

　　戴本德罗说，那又怎么了！我不能做任何违反教规的事。我要按奥义书的主张治丧。我不承认那块石头。我不将石头当作那罗延神去祭拜。

　　罗阁拉塔甘特·德沃说，那不行，不行。你那样做不合规矩。令尊下一世的功德不会完满的。这时，戴本德罗征求二弟吉林德罗纳特的意见。他是顺从哥哥的，他也同哥哥一起加入了婆罗门教。

但现在他也说，如果我们这样做，那会被大家抛弃的。

戴本德罗感到奇怪和不知所措。大家都反对他。在印度，宗教和社会习惯是两回事。那些入了梵社的人也惧怕违反社会习惯。

戴本德罗纳特坐在僻静处反思对是非的判断力，每次都得到同一答案。自己的宗教信仰，要比社会习惯重要得多。一天他梦见了已逝世的母亲。她好像还活着，站在面前说，我非常想见到你，你是否成了梵社学者了？这使我们家族纯洁了。你母亲也得益了。戴本德罗感到浑身舒坦。

祭奠那天，在房子西边搭了大棚，棚里摆满了十六种金银供品，中央是祭司，亲人们在立起神石后等待戴本德罗到来。

个子高、肤色白的戴本德罗身穿麻衣神情严肃地进来，念了一段奥义书的经文，献了祭品后退下。亲友叫他坐在主祭的位置。他是达罗卡纳特的长子，没有他，祭礼就不能开始。但他眉头都不皱直接上了三楼。

过了一会，他听到弟弟吉林德罗纳特代替他读了祭文。戴本德罗纳特心里说，本族人要抛弃我就抛弃吧，但是大梵天会更爱我的。

二十三

人生并不是所有黑夜都会迎来天明的。有的就在黑夜中途停止不动了。时间的长河暂时停止，有如以手势叫人一样。

拉姆卡马尔·辛格老爷在詹巴扎的房子里，在卡玛拉森德莉的搂抱中酣睡，突然大声叫喊：完了，死了。他像献祭的被砍头的山羊那样，在床上滚来滚去。

卡玛拉森德莉惊醒后问，怎么了，怎么了？惊慌地推他，但拉姆卡马尔·辛格说不出话，眼睛翻白，口吐白沫。仆人听到响动都跑过来了。隔壁客厅里几个朋友躺在地毯上，他们醉了，轻易不会醒来。鼓手把手鼓挂在脖子上睡着了，手鼓是他的宝贝，也叫不醒他们。拉姆卡马尔·辛格的贴身仆人杜奇拉姆见状便呜呜地哭了起来。

看到拉姆卡马尔·辛格的状态应该吓得逃跑。他已说不出话，脸因痛苦而抽搐，脊柱弯曲得像一张弓。如此一位名人，他一声令下百十人都得立即趴在地上，现在却是这样的无助！

卡玛拉森德莉茫然不知所措。她在危难时头脑没法冷静。通常妓女的妈咪是出主意的，但卡玛拉森德莉没有妈咪，没有亲人。过去几年拉姆卡马尔·辛格给了她奴仆、享乐的设施、爱和关心。卡玛拉森德莉从极普通的人变为加尔各答无人不知的人物。

卡玛拉森德莉的女仆全是年轻女子。拉姆卡马尔·辛格崇尚青春，看不惯松弛的皮肤和白发。这些女奴有时也感谢他的青睐。他以前一两年就换妾。但这个卡玛拉森德莉迷住了他。他有时说，如果要带人出去，我就带你，卡玛拉！他很肯定他会上天堂的。哎，这人今天竟是这样！

卡玛拉森德莉有个女奴名叫阿德巴拉，很聪明。她从拉姆卡马尔·辛格那里总能弄到钱，已经买了楼房，准备自己另做生意了。阿德巴拉对杜奇拉姆说："老先生！这不是哭的时候，丢人啊，丢人！俗话说，与其丢脸，不如死去！这位大人物在这里如有三长两短，他的老婆孩子还有脸面见人？快叫车，把老爷送回家去。"

卡玛拉森德莉一听这话更害怕了。拉姆卡马尔·辛格真的要死了？老爷对钱还没有做出安排，他一死我怎么办呢？我是无依无靠的女人。大家如果卡着我的脖子要赶我走呢？老爷亲口说过，詹巴扎这所房子是以卡玛拉森德莉的名字买的，可是房契在哪儿呢？

杜奇拉姆正在安排车子，卡玛拉森德莉对他说，等等，等等！啊，我全完了，为我想想吧，老爷都这样了，在车上走着走着死了，我不是有一份罪么？

阿德巴拉说："要是老爷死在婊子家，好吗？全国人都会知道……"

这时鼓手瞪大眼睛起身生气地说，怎么了，嚷什么？他看了拉姆卡马尔·辛格一眼，惊慌地说，啊，老爷怎么了？老爷在喘气，还不快找医生。真是女人见识！

他自己张罗去请印医，脚被门槛绊倒后没再起来。

这村里有座富豪拉吉钱德拉·马尔的大楼。拉吉钱德拉过世后，他妻子拉斯摩尼管理地产，虽然她是首陀罗种姓，可是近来很多人都称她王后了。拉斯摩尼的大楼里，新近来了一位印医。听说挺有名气。女仆们听说过。

卡玛拉森德莉吩咐女仆说，去，马上去把那位印医叫来。无论如何要请来。这么晚如果他不愿来，你们要抱他的脚求他，要用嘴唙他的大脚趾头。

女奴去请印医了，杜奇拉姆也不再拖延，从屋里跑了出去。他懂得，要立即给比图谢克报讯。比图谢克对这类危机处理得很好。

夜里在加尔各答单独走路很难，落到强盗手里就甭说了，被守夜的士兵看见麻烦也不少。杜奇拉姆像夜行的动物那样在暗处拼命奔跑。他从小就侍候拉姆卡马尔·辛格，他没想到像老爷这样有权势、有数不清财产的人，会像普通人那样突然死去。

不久，他来到比图谢克家前面。这么晚要把信息送给比图谢克也不容易。杜奇拉姆使劲大喊。若是比图谢克有吸毒的习惯，也许在这深夜很难叫醒他。但他没有这毛病，睡得不沉，他醒了。他下楼来听说后，只考虑了几秒钟，一点都不惊慌，严肃地吩咐门房，叫车夫！把马厩门打开。

比图谢克飞快地准备好，坐上了他的四驾马车，车很快将他送到詹巴扎。他只在吉德普路拐弯时叫停车，他看了看不远处辛格家的房子，考虑是否现在通知宾波波蒂或耿伽。最后决定说，不，走吧。

住在拉斯摩尼家的印医很好，病家来请，他不拒绝，这么晚也来了。这个人年事已高，见到他的人会觉得他会随时死去。

比图谢克到达詹巴扎的房子，看见那位印医坐在拉姆卡马尔·辛格的床边，他怎么都摸不到病人的脉搏，病人翻来滚去的。要抓住他的手，他就缩回去。印医叫女奴按住病人，她们也按不住，当然她们是轻轻地按，不敢对主人太用力。比图谢克一来，就厉声命令：杜奇，按住他双脚，我按住他的手。

屋里只点着一盏油灯，灯光微弱，室内昏暗。比图谢克朝女奴说，谁去点一火把来。

卡玛拉森德莉懒懒地望着比图谢克，这是他们首次见面。她这些年多次听说过这个人，但从未见过。这个人是辛格家的总管。今后卡玛拉森德莉的命运是否掌握在他手上呢？比图谢克可没往她这边瞟一眼。他不得不到这里来。他的嘴角显露出厌恶。

印医把了一会脉，摇摇头，说："没气了，没气了。他的日子走完了。"

卡玛拉森德莉扑到他的脚上说："您是名医，您救救他！需要多少钱，我的首饰全都给……"

印医缩回脚说："我无能，我能治病，但不能制止死亡。"

比图谢克说："先生，现在能送他回家么？他受得了车子的颠簸么？"

印医摇头。

比图谢克又问："没有办法减轻他的痛苦？"

印医说："这病叫弓形抽搐，连阎王都怕这病，阎王的小鬼犹豫不敢来，所以这病拖得很久。这病很糟糕。"

这时比图谢克失望地说："他还会恢复知觉么？连句话都说不了了？"

印医的话使众人吃了一惊，他说："是的，能让他恢复知觉，这不难，用针刺就行。然后全靠上苍的意愿了。"

印医真是神了，谁知他往拉姆卡马尔·辛格嘴唇上使了什么剧毒药，瞬间他的抽搐减少了，他睁开眼。印医喊着杜尔迦女神神，双手举到头顶向神行礼，然后说："谁点火照着点，我走了。这里没我的事了。"

过了一会儿，拉姆卡马尔·辛格说话了。他说："谁？比图？"

印医说过，痛苦不会减轻的。但是拉姆卡马尔·辛格脸上没有丝毫痛苦的迹象，声音也自然。好像有什么非凡的方法使他突然脱险了。

卡玛拉森德莉坐在旁边呜呜地哭泣，因为比图谢克在场，她不敢同拉姆卡马尔·辛格说话。拉姆卡马尔瞧了她一眼，说："别怕，卡玛拉。比图，卡玛拉在，你不要让她受什么苦。"

比图谢克说："我来是要送你回家，你不想见见宾波波蒂和你儿子么？”

拉姆卡马尔·辛格双眼流泪，问："今天是什么日子？"

比图谢克说："十一。"

拉姆卡马尔微微笑着说："对，贝拿勒斯一个算命师说什么你还记得么？我在十一那天走。"

比图谢克说："还有很多十一要来的，忙什么？"

拉姆卡马尔说："有几句话要对你说，如果我没时间……"

比图谢克高声吩咐大家：你们都出去，出去，关上门。

这时卡玛拉森德莉还在呜呜地哭。比图谢克婉转地说："杜奇，叫她也出去一下。"

卡玛拉森德莉抬起头说："不，我要留下，我哪儿也不去。"

比图谢克这回是直视卡玛拉森德莉了。他气得浑身燥热。这个黑皮肤小妇人用什么魔法罩住了拉姆卡马尔？她的容貌有什么出奇？她都不配做宾波波蒂的仆人。比图谢克怎么都不明白，有头脑的人会抛弃宾波波蒂，竟被这么一个姑娘迷住。

比图谢克严厉地盯着卡玛拉森德莉的眼，命令说："我们有秘密事要谈，你现在出去！"

卡玛拉森德莉不敢违抗命令，她颤抖着走出去。

这时比图谢克把手放在朋友的额头，说："兄弟，别操心，一切都会好的。"

拉姆卡马尔说："我知道总有一天会死的，我应有所准备……但是我没能。我不想走……真想活下去……"

"现在感觉怎么样？还痛吗？看来痛过去了。"

"不，比图，没有时间了。身上痛得要死。我手脚都不能动了，我没时间了……有句话要对你……"

"关于财产都立了遗嘱，如果你有新的愿望……"

"我不为财产伤脑筋……有你在……我知道……全会对的……只有一件事……我若不知道是死不瞑目的……这一向一想到这事我就烦。"

"拉姆卡马尔，我送你回家……这罪恶之地……坚强点。回家去躺在宾波波蒂怀里……她是贞洁的。"

"比图，我的孩子……诺宾……我最疼他，他是我的吗？他是谁的孩子？"

比图谢克像被雷击中了似的，脸色煞白，没有一点血色。他从临死者口中听到的是什么话。他当时回答不上来。

拉姆卡马尔·辛格一边大喘气一边说："谁给我点火送行？……谁，耿伽或是诺宾？他们都不是我的骨肉！"

比图谢克低下头说："你说什么呢，拉姆卡马尔？诺宾是您亲儿子……宾波波蒂是你家的吉祥天女，你儿子为你家族争了光。"

"他是我的么？你说实话！"

"怎么会是我的？去，去，去，这种话……诺宾是你亲生儿子……"

"比图，我心里发燥……我这么老……像蜜蜂采蜜……我睡过多少女人全都不结果？谁都不给我生个孩子。所以我想，我没有那能力，宾波对我……"

"你的孩子很好，不是孽种……宾波波蒂做了许多善事，薄伽梵可怜她，给了她这样一个宝贝儿子……"

"那孩子是我的？不是你的？"

"拉姆卡马尔，我可以对神和圣水发誓……你说什么疯话。"

"你敢发誓？"

"是的，现在我就去拿那些东西来。"

"你就摸着我的头起誓吧。"

"我说了，诺宾是你的孩子……他身上流的是你的血，我从来没有起歹心，没摸过宾波波蒂。"

"啊，平静，平静……我心里有力气了……真想见一见宾波和诺宾……一次，宾波……我没良心，这一向离他们远远的……"

"我现在就送你回家。"

但是几分钟内，拉姆卡马尔·辛格喉咙咯咯作响，手脚开始抽搐。也许是针刺的力量已经过去了。比图谢克摸着他的额头开始念经。这时如能在朋友的嘴巴里滴上恒河河水就好了。但在这污秽之地怎会得到恒河河水？

最后拉姆卡马尔转过脸去，靠在比图谢克手上咽气了。

比图谢克尖声喊叫："杜奇拉姆，打开门。"这时一大群人呼啦啦地涌进来。卡玛拉森德莉伏在已死去的拉姆卡马尔身上。其他女仆也来朝他的脚磕头。屋里一片哭喊声。

比图谢克想尽快将拉姆卡马尔的尸体从那里移走，希望不要让人知道他的朋友死在这样可憎的地方。但这不可能。要从妇女面前移走尸体很难。此外像是风把消息传开了。天刚刚亮，黑暗还没退去，就有一大群人挤在房前。比人群高出一头的拉伊莫汉·科沙尔露出了长脸。他推开众人哭着说："让开，让开。我还没见老爷最后一面。我们老爷像大神似的……啊，他挺大方的。"

比图谢克见拉伊莫汉到来，稍微松了口气。他知道拉伊莫汉十分精明、狡猾。不管什么命令他都会执行。他说："喂，拉伊莫汉，叫这些女人躲开。得先把拉姆卡马尔弄回他家去。在那里平静地超度。"

拉伊莫汉当即止住假哭。他十分喜欢丧家。丧家到处是乱哄哄的，人们的眼睛也朦胧。他冲到女人堆里用力推她们，又嚷道，全都退后，退后。老爷生气了，退后。不知道吗？不能碰尸体！

他趁机巧妙地从卡玛拉森德莉脖子上取下一条有点松了的金项链。然后他那贼眼东张西望。这么一位大人物死了，不趁机弄几十卢比还像什么话！他一个人就把拉姆卡马尔的尸体扛到车上。这时拉姆卡马尔手上两个很值钱的戒指进了拉伊莫汉的口袋。

拉姆卡马尔·辛格的尸体运到了焚尸场，他的葬礼大大超过一般规格。人们都说，波斯达王公苏克梅·罗易家的杜尔迦女神节，和拉姆卡马尔·辛格的葬礼，以后见不到了！记者拼命写，英语报纸也刊登了拉姆卡马尔·辛格的卓越经历，地主协会也开会通过致哀提案。

办完丧事后，乔拉桑科的辛格家十分冷清。拉姆卡马尔·辛格在时，家里并不特别感觉他的存在。他近来几乎不在家住。但他的过世，使这屋子变得更空荡了。

从外表看不出，比图谢克因挚友的去世，受到多大的打击，没人看见他流泪。他在众人面前，并不显得疲惫无力。他亲自照管丧事及宴请几乎全市的名人。这么大的压力当然他也受不了。办完事后他自己也病了。

一天，他撑着来到辛格家。他谁也不叫，也不让报信，自己上了二楼。他走在长长的走廊上，看见诺宾和杜拉钱德拉在楼梯上玩，他只亲切地看了一眼诺宾，没有说话。走廊右拐走到头是宾波波蒂的房间。比图谢克来到门前站住，低声叫：宾波，宾波波蒂！

开门出来的是女仆金达摩尼。比图谢克等了一会儿。金达摩尼见是大先生，羞涩地走开。比图谢克进屋去。

宾波波蒂坐在床上，穿着寡妇服装。她面容的变化让比图谢克吃了一惊。原来的黑发长可及腰，现在全没了，她剃光了头。原来戴满黄金首饰的两手现在空了。从前穿丝绸，现在穿一袭宽大白袍。原本青春丰满的宾波波蒂现在像个巫婆。

宾波波蒂下了床，说："我不幸，我儿子年幼……再也没人管我了……"

比图谢克向前一步，说："我怕我受不了你这身打扮，所以几天没来。可是你知道，只要我在一天，你就不用愁。"

宾波波蒂说："你病了？"

比图谢克说："没什么……宾波，你要坚强些，你要撑持这个家……我只要活着，一定……"

宾波波蒂走向前一点，说："我的孩子……是我家的宝贝，是我的命根子，如果什么时候谁以他的名义……"

比图谢克坚定地说："世界上永远没人知道。你丈夫死得很安详。他相信我。现在你只要坚强些……"

宾波波蒂颤抖起来，体内好像起了风暴。她昏倒了，倒在比图谢克脚边，边哭边说："我不行……我软弱……"

比图谢克说："你行，一定行！有我呢！我时时在你身边……你是我的宝贝……"

比图谢克抱起宾波波蒂，抚摸她的背，安慰她。

二十四

　　金匠谷比时来运转了。拉伊莫汉帮他揽到三四家富人的活儿做，他发达了。不再像从前那样，傍晚时自己烧炉子拉风箱了。现在他店里有五六个人干活。他自己坐在椅子上悠闲地抽烟。钱多了，身上的脂肪也同步增长，油光满面。为了在社会上增加名望，在拉姆巴甘也包养了一个西部来的妞儿。

　　拉伊莫汉隔了很久又来到他的店子。高大的拉伊莫汉现在不怕脑袋撞房顶了。谷比已经拆了他的旧店，建了新楼。墙上镶有比利时镜子，前面有铁门。拉伊莫汉通常是快关门时来，那时没有顾客。今天也是，当谷比送走他的顾客时，拉伊莫汉来了。

　　谷比站起来表示尊重，说："请进，请进！科沙尔先生，请进，请坐！喂，拿蒟酱叶包来，拿烟筒来，把科沙尔先生的鞋放那边去。"

　　拉伊莫汉像大老爷似的坐下，打了个饱嗝，说："来杯水！吃奶油吃出胃病了。"

　　在谷比吩咐下，小伙计端来一杯水。拉伊莫汉唇不沾杯地把水喝完，又打了个饱嗝，舒坦地哼了一下。谷比问："在哪儿吃了这么多奶油，科沙尔先生？"拉伊莫汉说："还说什么？一个又一个大人物逝世了。吃他们的白喜席我的胃都吃坏了。"

谷比说："您也不想吃了，消化力也不行了。"

"老了，谷比，不能那样吃了。"

"是谁的白喜席，吃这么多？"

"怎么？拉姆卡马尔·辛格的，没请你？"

"是的，请倒是请了。我以为还有别的什么人死了。"

"拉姆卡马尔·辛格死了，我很痛心。真的大善人呐，这样的人不会再有了。"

"啊，那还用说。同大神一样，从来不讲价钱，懂得尊重东西。真是一颗星陨落了。"

"就像你说的，拉姆卡马尔·辛格从来不向人伸手，总是手心朝下的。可是还留下了数不清的财产。"

"科沙尔先生，说说国家是什么状况？"

"很糟糕，很糟！受尊敬的人走了，现在是无知者横行，种姓、宗教不存在了，国家要变成地狱了。"

"我们这区一所学院的学生前天都成了基督徒了。这样如果家境好的孩子都成了基督徒……"

"成了基督徒，有什么好奇怪的？不管什么就是王族，硬要从自己皮下抽液也无可奈何。但是印度教徒坑印度教徒。那些吃了异教徒饭的婆罗门把国家毁掉了。达罗卡纳特·泰戈尔惨死在国外，听说他的遗体没有火化，被埋在英国地下，被洋人践踏。你想想，这么高大、受人尊敬的人最后都得不到儿子来点火火化。戴本德罗纳特·泰戈尔都不给父亲送终。"

"啧，啧，啧！"

"戴本德罗纳特·泰戈尔现在手持木头的杜尔迦女神像四处攻击说，我们没有神，连低级的长拉尔种姓也能听吠陀经。"

"啧，啧，啧！"

"婆罗门、加雅斯特、首陀罗挨在一起坐着吃饭。"

"啧，啧，啧！"

"你知道今天下午我看见了什么？在波陀丹加拐弯处，一个在学院读书的孩子在吃饼干！"

"饼干是什么？"

"饼干你都不知道？就是把面粉揉了烤成圆饼。穆斯林和白人商店有卖。"

"从来没见过。"

"不加入英国人的鼻涕就做不成。穆斯林商人每天两次去洋人驻地收取鼻涕，和面粉一起揉，再加上葱、蒜等香料，穆斯林再站上去用脚踩，做成饼干。印度教徒的孩子竟吃那东西！今天我看见三个孩子在抢来抢去的，你敢吃那东西么？我赌一个卢比！像孩子那样跑去买饼干，在路上嘎嘣嘎嘣地在众人面前吃！"

"啧，啧，啧！"

"这些是谁教的？就是那没良心的梵社教的，入了梵社就得吃鼻涕和饼干。吃了这些他们就得超度了。"

"你说什么？"

店里几个店员吃惊地听着这些谈话。拉伊莫汉收住话头，轰他们走，说："回家去吧！回家去！"

谷比在他们走后，放下商店的帘子，说："科沙尔先生，今天我看见一个从未见过的怪人，不知是人或是木偶。走路像木头人，可是又说话。不像英国人也不像印度人。黄皮肤，不很高，头上有大辫子，不知是男是女。"

拉伊莫汉说："我明白了，那是中国人。你以前见过么？他们在这里很久了。曾经有个中国人叫阿钊的，后来就有了阿钊坡。他们建了个糖厂。现在有许多中国人到印度来了。"

"家父在世时，我没有看见过。今天我店里来了个卖灯笼的，一句话都不懂。"

"喜马拉雅山那边是中国，他们来自那里。那国家的男女看起来都一样，像是孪生的。全国人都是双胞胎。"

"多么糟糕的国家！那他们是怎样越过喜马拉雅山的？"

"还能翻过山？人没有翻越喜马拉雅山的本事，大神的随从随时守卫着。他们是乘船来的。鲁斯德牧先生的船到中国去。会来的，很多各种各样的人都会来的。有糖就会招来蚂蚁。这加尔各答撒有许多糖和蜜。去轮船码头看看吧，多少种族的人，多少奇怪的语言，我见过一个穆斯林青年，黑皮肤，是非洲人。后来见过希腊人，脸比蒙古人、帕坦人坚毅。他们来自赛犍陀·沙的国家。听说过赛犍陀的名字么？"

"没有。"

"你太无知了。听说俄国人会进攻加尔各答。大家都知道英国人不怕任何人。现在我看英国小子也怕俄国人。时时传说俄国人要来了。在办公室一提俄国人，英国人就跳起来。如果俄国人真的来进攻，英国人就会赶快逃跑的。"

"俄国人真的会来么？"

"也许会。听说俄国人是大英雄。在贾格莫汉·萨卡尔的客厅，有一天谈到，酿造白兰地最好的是法国。你见过法国人么？'月亮城'①里就有。法国有个拿破仑。像他这样的英雄，世界上还没有过。英国人听到拿破仑的名字都要被吓死。拿破仑能生吃活人。这样的大英雄也被俄国人打伤了，他带了五十万兵，不是二十万，去打俄国，全死在那里了。拿破仑孤身逃生了。"

"哇！那些俄国人会来？又会有战争？"

"我们是平民百姓，国王同国王打仗，有你我什么事？最多就是俄国国王代替英国国王。"

"谁知道他们是吃什么活食的神仙？"

"来了再看吧。这回说说干活的事。"

"东西带来了吗？"

拉伊莫汉从腰里掏出一小包，笑着说："我把老箱子摇着摇着，

---

① "月亮城"为加尔各答的白人居住区，相对于北部贫民窟的黑城而言。

找到一些金子！当时我想，你的运气来了。这些是你享受的。"

谷比也笑着说："我看你奶奶有无数的宝贝。你摇她的箱子不是摇出过很多了？"

"她是大户人家的闺女，手一转就掉黄金，一笑就有珍珠。那是在她年轻时，我没见过，只听说过。"拉伊莫汉从小包里拿出一条项链，两个戒指。

谷比说："好像见过。这项链是我打造的。"

拉伊莫汉装作责备说："你瞎了吧？我奶奶的项链怎么是你打造的？小子，这不是崭新的，是老东西，它的光泽是不同的。"

"不管你怎么说，科沙尔先生，一拿上手我就觉得是我亲手打造的。"

"可能是你爷爷打造的。我奶奶的东西是你爷爷打的，这没什么奇怪，所以你像见过。"

"那当然是一种说法。而这戒指上的宝石是巴马宝石公司这两年才投放市场的。"

"啊，巴马宝石公司曾经是泰戈尔公司，不是吗？那时人们的戒指上不镶宝石？拿去，别废话。秤吧。"

这样有趣地讨价还价了一会儿。价钱挺好，拉伊莫汉数好现金装入小袋里。两人一起走出商店。

应谷比的要求，拉伊莫汉同他去拉姆巴干，请他来品一下谷比包养的妞儿。拉伊莫汉走过的码头多，见多识广，他的意见非常重要。

晚上找轿子不容易，一匹马拉的车也牛气，不管顾客怎么叫唤，车夫扭头就走开。费了很大劲才叫到一辆。

拉姆巴干区整个白天是睡觉的。傍晚后这里才有真正的男欢女爱，家家户户灯火辉煌。小风琴声和脚铃声使人沉醉。不时可以听到女人的淫荡笑声。

金匠谷比走进的那家房前的水沟边，有个酒鬼失去知觉倒在那里。苍蝇嗡嗡地在他嘴唇上飞。路上人们来来往往，谁也不瞧他一眼。谷比和拉伊莫汉上楼去。谷比的女人住在三楼。不久前这女人名叫楚尼碧碧，现在叫作博登巴拉。她肥嘟嘟的脸庞，和谷比很合得来。

拉伊莫汉喝了几杯白兰地，听博登巴拉唱了几支歌。博登巴拉的嗓音可以和迦梨卡特献祭的羊临死前的叫声媲美。

拉伊莫汉边听歌边微笑。他是同上层人物来往的，习惯于欣赏那些值钱的女人，他不上这类小妓院来。金匠谷比有了不少钱，但抠门的脾气未改，所以他哪能有更高的眼光？拉伊莫汉向谷比使眼色表示：好货，继续搞！

拉伊莫汉把剩下的半瓶白兰地藏在腋下起身了。再久坐还得听歌，那就要命了。不管怎么说，拉伊莫汉有很高的音乐素养。

拉伊莫汉出来时，那醉鬼还是那样躺在水沟边，嘴里时时发出咕咕声。他二十五岁左右，看来是有钱人家。拉伊莫汉看到后吃惊站住了。这不新鲜，每天都能碰到几个。这些人的历史都一样，带着满箱子的钱来寻欢，钱花光了，伙伴扔下他跑了。那些自己没钱，靠别人的钱寻欢的，从来不会这样昏倒在路边。

拉伊莫汉想把他拉起来，但昏迷的人重量加倍。拉伊莫汉打他的脸说，起来！那人毫无反应，只发出咕咕声。他似乎厌烦拉伊莫汉的拉扯，更加向水沟那边蜷缩。

拉伊莫汉的动作已引来一群人。谁都不想帮他一把，城里人就是这种脾气。不仅不帮，相反听到一种议论。一个说，白费劲，先生。您把那倒霉鬼扔到恒河去吧，那他也不会睁开眼的。

拉伊莫汉这时低头在他耳边说："喂，还要再喝点么？"这下起作用了，那人抬手像拿杯子的姿势，说："倒，倒酒来。"

拉伊莫汉没把酒瓶给他，说："你哼哼！"

他像孩子那样被迫哼了一下。拉伊莫汉倒了几口白兰地到他嘴里。那人十分吃惊地坐了起来，好不容易才睁开眼说："我在哪儿？"

拉伊莫汉的手搭在他肩上，亲切地说："走吧，兄弟，跟我走，我送你回家。"

烈性的白兰地使那人恢复了知觉。他能站立起来了。他靠在拉伊莫汉身上开始行走。

穿出人群走了几步后，拉伊莫汉问："先生住在哪儿？现在往哪个方向走？"

那人含糊地说："我还要喝，可是我没钱了，谁出钱？"

拉伊莫汉说："要喝就喝吧，我给！"

那人看了看酒瓶又看看拉伊莫汉，然后问："你是谁？神的使者？"

拉伊莫汉说："当然是神的使者，你不看看脸。"

那人拿过酒瓶，奇怪地问："喝吗？我真的喝？"

"对，喝吧。"

"站着喝，或是坐着喝？"

"随你的便。"

"我是有身份人家的孩子，不能站着喝。"

"那就坐着喝。"

那人坐在附近一家大门口的台阶上，舒舒服服地喝了一大口，对拉伊莫汉说："来，大哥，给你行礼。"

拉伊莫汉坐在他旁边喝了一口酒，然后问："你叫什么？"

"赫尔钱德拉·萨满德。Your obedient servant. Allow me to take that dust of your feet, sir.（您忠诚的侍者，请允许我拂去您脚上的尘土，先生。）"

"唔，看来你还有点文化，为什么倒在水沟边？这样待着到后半夜，豺狗会吃你的肉的。"

赫尔钱德拉无所谓地说："吃就吃吧。"

"家在哪儿？"

"家？我没有家。没亲人。"

"唔，看来跟我差不多。你念过书？做什么事吗？"

"没有，做事就是喝酒。"

"总有藏身的地方吧？昨天住在哪儿？"

"路上。"

"前天呢？"

"路上。"

"明白了，拿去，喝完这瓶，然后跟我走。"

拉伊莫汉很喜欢这个人，这么豪放。无所事事的人对他有一种吸引力。那些自己放任随波逐流、没有很高理想的人是不会骗人的。拉伊莫汉觉得，他们才是真正的人。他喜欢同这些人在一起。以前他在路上也捡到过这样的人。

这么晚找不到车子，拉伊莫汉带着他走路。赫尔钱德拉有时要倒下，拉伊莫汉就拉住他。走了一个多钟头才到新娘市场。

拉伊莫汉现在还住在希莱摩尼的房子里。希莱摩尼病了很久，慢慢地好转了，恢复了往日的美貌，又重操旧业了。当希莱摩尼忙于取悦顾客时，拉伊莫汉就照看希莱摩尼的孩子钱德拉纳特。

虽然他已经收养了钱德拉纳特，但那孩子从来不称呼他为爸爸。这是希莱摩尼严禁的。拉伊莫汉不明白，希莱摩尼为何这么固执。希莱摩尼不知道钱德拉纳特的父亲是谁，又不给拉伊莫汉做父亲的权利。钱德拉纳特管他叫拉伊大哥。

楼前停着一辆装饰豪华的双驾马车，看来今天是来了有钱的顾客了。二楼房间里灯火辉煌，手鼓声咚咚响。

赫尔钱德拉没进楼，停下来。好不容易睁开眼睛问："这是谁的房子？"

拉伊莫汉说："你有必要知道么？有你住的地方就行了，走吧。"

"我不随便去什么人的家。你为什么带我去？你什么企图？"

"这里有饭给你吃，你的命运带你来的。"

"我把话说在前头，就是榨干我，我也拿不出钱。我全花光了。"

"这我一看就明白了。"

"那你还让我住下？给我吃？看来你是从天上下来的。"

拉伊莫汉把赫尔钱德拉拉进去，安置在一层楼梯下的小屋里。

这小屋原是空的，拉伊莫汉收拾干净了。傍晚时分有客来找希莱摩尼时，拉伊莫汉就躲在这里。一般说来，嫖客来找漂亮的妓女是不喜欢见到别的男人的。

拉伊莫汉让赫尔钱德拉坐在木板床上，说："睡吧，兄弟。要想吃什么我就给。只有一件事，在这里不许出声。"

赫尔钱德拉又要失去知觉了，他好不容易说出："我还要喝酒。"

拉伊莫汉说："好吧，喝，现在先睡觉！"

楼上希莱摩尼正在唱歌，拉伊莫汉专注地听着，脸上露出明显高兴的样子。希莱摩尼唱的是拉伊莫汉写的歌。她的嗓音真甜，唱得很准确。

希莱摩尼唱歌在市里很出名了。现在不少人给她另起名字，名字很合适，叫夜莺。

二十五

　　一天，比图谢克在宾波波蒂房间里，把耿伽纳拉扬和诺宾古马尔叫来，宣读拉姆卡马尔·辛格的遗嘱。诺宾才六岁，根本不懂遗嘱是什么。而耿伽对财产、金钱似乎毫无兴趣。

　　从比图谢克强行把宾杜送去贝拿勒斯后，耿伽一方面感到很恼火，另一方面厌世。对比图谢克的尊重已消失殆尽。他现在都不正眼看比图谢克了。

　　丧事虽已办完，但耿伽现在还不穿缝制的衣服，身上围一块披巾，冷漠地坐在地板上，下巴靠在膝盖上。不管明白不明白，诺宾严肃地坐在母亲身边，两眼死盯比图谢克。耿伽和诺宾都剃光了头。耿伽的头光着，诺宾戴了顶红绸帽子。

　　比图谢克清了清嗓子，先看了看耿伽，说："耿伽，今天有件事必须告诉你。这一向对你保密。但你现在成人了，也学到相当的学问，没有理由再保密了。你不是拉姆卡马尔·辛格的亲生儿子，宾波波蒂也不是你的生母。可是他们俩这么爱你，是你生父生母从来没有给过你的。拉姆卡马尔长期没有儿子，所以抱养了你。继承这家族血统的是诺宾古马尔。"

　　比图谢克不安地望了望宾波波蒂。宾波波蒂戴着面纱，看不见她的脸。

耿伽看着地面不做声。比图谢克说的，他不是不知道。这种事都保不了密。耿伽对亲生父母已没有一点印象。从记事起他就管拉姆卡马尔和宾波波蒂叫父母。但是在诺宾出生后，奴仆、亲友向他暗示过他的真实身世。可是这对耿伽没有多大的伤害。因为他并不感到缺少什么。在诺宾出生后，宾波波蒂和拉姆卡马尔还是那样爱他。宾波波蒂是亲妈，此外他不想别的。

比图谢克说："这些事今天有必要特别告诉你。因为在拉姆卡马尔的遗嘱里，你得到的比诺宾少。怕你伤心，所以让你先有个准备。实际上这建议是我向拉姆卡马尔提出的。收养之后，如果妻子怀孕，那么那孩子应得到家产的大部分，这是家族的制度。"

耿伽缓慢地说："您全都给诺宾吧。我没有任何意见。他是我弟弟，我要把一切都给他。"

宾波波蒂摸着耿伽的胳臂，小声叫：耿伽！

耿伽将手放在宾波波蒂脚边叫：妈！

只有这两声叫唤。此外谁也不说话。

比图谢克并不特别重视这种内心的震撼，他又清了清嗓子，说："算了，先念遗嘱——我自愿立遗嘱如下：我的祖产、祖宅、衣服、金银、铜具、首饰等的五分之一给我守寡无后的姐姐海曼吉尼。其余的五分之四由我的继承人继承。我本人挣得的财产和金银铜具首饰等，特勒穆德拉的房屋、新娘市场的两所房产、在杰索尔的莫达拉格……卡利斯普的地产、兵营的地产……"

遗嘱不是很长。拉姆卡马尔·辛格留下了七个乡的地产，加尔各答七处房产和几亩地，三家商业机构。用于典当业的七十五万卢比，一艘船，两个大煤矿，一百万卢比的黄金宝石。借给三个英国人的债合六千五百金币（按每个金币折合21先令）。从中按工资赠给每个仆人、卫士、职员，如工资为五百卢比，可得五百卢比。大管家迪巴戈尔的加倍。给收容的人每月补贴。每年二百卢比维修家神庙。每年五千卢比奖学金，给梵语学院两位优秀学生等等。

在这笔大财产中，只给耿伽一个乡的地产和加尔各答新娘市场的一处房产。其余全部是诺宾的。小孩诺宾一时间拥有了大量财富。

耿伽望着地面，但他眼睛冒火，心里充满委屈。他好不容易才忍住泪水，但他说不出话。为什么委屈，他真的不贪婪这些财富？他自己有足够的能力，英政府的政策也变了。他们也让印度学院的高材生当副收税员，耿伽的好几个朋友获得那种差事很高兴。耿伽什么时候想，就能得到那工作。可是为什么感到委屈？耿伽只觉得，拉姆卡马尔不再爱他了？过去的爱全是伪装的？给他的比给被收容的人稍多些，他就尽责了？拉姆卡马尔什么都不给他也行啊。

小小的诺宾，竟挺懂得我的你的了。他用心听完比图谢克的话，大声问道："是哥哥的多，或是我的多？"

比图谢克说："你的！"

诺宾拍着手说："我的多，我的多！哥哥输了。"

宾波波蒂制止他，问比图谢克："这是哪份遗嘱？这遗嘱的事我一点都不知道。以前不是这样的。"

比图谢克说："就在上个月，拉姆卡马尔改变了遗嘱。也许他没想到告诉你。"

耿伽愤怒地看着比图谢克。他明白了，这全是比图谢克捣的鬼。对迷迷糊糊的拉姆卡马尔，比图谢克可以为所欲为。有一段时间比图谢克很爱耿伽，但是同宾杜发生那事后，耿伽就失却比图谢克的爱了。比图谢克是厉害人，他用剥夺的方式惩罚耿伽。

耿伽本想生气地说，我不承认这份遗嘱，但还是约束住自己。比图谢克精通法律，他不会做任何不妥之事。

耿伽看了看宾波波蒂，说："妈，我什么也不要，全都给诺宾吧。我要离开这个家。"

宾波波蒂哭了，她手摸着耿伽的头，十分痛心地说："你要是走了，我就抹脖子。对我来说，你们俩都一样。不管遗嘱怎么写，所有的财产都由你们俩均分。你是哥哥，你在诺宾之上。"

比图谢克说："嫂子，日子从来不是一样的，财产不是小孩过家家。拉姆卡马尔做了合适的安排。我认为应该按照遗嘱，把耿伽的财产分割出去。"

羞涩、少言寡语的宾波波蒂第一次厉声抗议比图谢克的话，她说："不。只要我活一天，耿伽就跟我住在一起。诺宾还是孩子，谁照管他的财产？"

比图谢克说："你和我，遗嘱就是这样写的。"宾波波蒂说："耿伽代表我照管一切，你把这写在纸上吧。耿伽，我向你发誓，对你，对诺宾，我从来没有另眼相看。你们俩是我的两个眼珠子。"

比图谢克很恼火，变得严肃起来。

问题变得越来越复杂了。耿伽在法律上对财产没有任何权力，但宾波波蒂把照管经营全部财产的责任交给他了。为此，她同比图谢克发生了冲突。耿伽默默地准备顶撞比图谢克了。他从小起就看到，这家的一切都是按比图谢克的指示行事。他从现在起要努力粉碎比图谢克的权力。

比图谢克对耿伽说："你现在带弟弟先出去，我有几句话要对嫂子说。"

在他们出去后，两人默默地坐了一会儿。比图谢克是不能忍受任何抗议的。宾波波蒂不听从他的安排，他到此刻还不相信宾波波蒂会驳斥他的话。他粗暴地说："宾波波蒂，拉姆卡马尔·辛格留下的财产，是许多王公都没有福气得到的。为了这样的财产，许多亲兄弟都要杀来杀去。而耿伽是别人的孩子。"

宾波波蒂说："你别这样说。我从来没那样看待耿伽。"

"人是会变的。谁敢说耿伽永远不会妒忌诺宾？所以我要将他的财产分开。最好从现在起他就不在这家住。"

"耿伽是宝贝儿子，没有人比我更了解他了。他没有什么贪心。他对弟弟永远不会有坏心的。"

比图谢克皱起眉头。他的女儿宾杜同耿伽出的事还没有对宾波波蒂说过。现在也许还不是说的时候。宾波波蒂说耿伽是宝贝儿子。但他知道，耿伽道德败坏，使他家出丑，所以不能饶他。

"我是为了诺宾好，才做了这样安排的。诺宾既是你的，也是我的。"

"您说过永远不提这事。如果被乌鸦知道了……"

"不，不，不再说了，永远不说了。"

"你我这样说秘密话对么？孩子们现在长大了……"

"你是不想要我再来了吧？"

"您要是不来，我看到的是无助。我还有什么人？可是这时候家里没有其他人好些。"

"宾波，你不爱我了？"

宾波波蒂头靠在比图谢克的脚上哭开了。比图谢克将她扶起，说："你这迷人的美貌，拉姆卡马尔没看重，你因为不生孩子十分痛苦。为消除你的痛苦，我给了你一个儿子，那是罪过么？我一生没有任何过失，我只向你认输。你看，人的命运多么奇怪！我妻子没怀过一个男孩。你只要一次，我就给了你一个儿子。你没张嘴要，但我明白你的痛苦。所以不是贪婪，不是性欲难忍，我同你做那事是出于责任感！我是婆罗门，出身高贵。已婚妇女同婆罗门产下孩子是我国习惯允许的。所以我告诉你，没有任何罪过，心里别怕……算了，这事永远对乌鸦都不说了。我也不再单独来你这里了。"

宾波波蒂哭了起来。

比图谢克说："我是爱拉姆卡马尔的，他有许多优点，但有一件事我从来不能原谅他。他扔下你这样的宝贝住在妓院里。这回我要将那女人甩掉。遗嘱没有写詹巴扎那所房子给谁。这星期我就把那女人赶出那房子。"

宾波波蒂停住哭，说："算了吧！"

比图谢克吃惊地问："谁算了？你说谁呢？"

宾波波蒂说："就是那个姑娘，那个叫卡玛拉什么的。就让她住在那里吧。一所房子有什么关系？"

"你说什么？喝过七个码头水的臭女人，你要给她一所房子？绝对不行！"

"哎哟，让我丈夫喜欢的人痛苦好么？他是为她买下的房产。再说我听说从前那是低级种姓或收尸人的房子，我们要这种房子有什么用？"

"不是收尸人，是汤姆·安东尼，一所英国人的房子。我们不去那里住，租出去少说也能收回二十、二十五卢比。那女人完全是巫婆，把拉姆卡马尔完全变成了绵羊。这星期我就去赶走她。"

为了这事，比图谢克和耿伽发生了第一次冲突。

为了在上诉之前威吓赶走她，比图谢克派迪巴戈尔带了四个兵丁去卡玛拉森德莉的住所。在去之前对迪巴戈尔说，把事情办妥回来，你们会得到奖赏。什么奖赏先不说。

比图谢克很清楚，像迪巴戈尔这样的职工是两边吃钱的。因此要事先给迪巴戈尔下钓饵。当然，如果比图谢克亲自去的话，一吓唬就能把那女人赶走。但他不愿再踏上那污秽之地。此外到了那里想起拉姆卡马尔会使他更加痛心。

迪巴戈尔一听到奖赏的话，就明白是怎么回事了。如不能把那女人赶走，就会挨大先生的剋。在这混乱时刻，他的差事要靠大先生的高兴。

迪巴戈尔一到詹巴扎就大声吆喝。仆人和三四个寄生虫现在还住在那里。迪巴戈尔把遇到的人都推搡出去，现在就出去！这些男女看到迪巴戈尔身后面目可憎的兵丁，像老鼠遇到洪水那样四散逃走了。

迪巴戈尔上了二楼。

卡玛拉森德莉端坐在大客厅里，穿着一袭白袍，没戴饰物，真正印度教寡妇的装束。卡玛拉森德莉没有剃光头，头发披散在背后，脸上还是悲痛的样子。一见迪巴戈尔，卡玛拉森德莉抬起头问道："谁？"

迪巴戈尔早就见过卡玛拉，他看见这女人这身装束吃了一惊。

迪巴戈尔因有特殊需要，曾几次来这里找过拉姆卡马尔·辛格。

那时他看见这女人像木偶。拉姆卡马尔·辛格同这姑娘玩木偶戏。前几年卡玛拉舞跳得好，所以她的服装和首饰的数量增加了。她这素颜是认不出来了。再说在老爷死后，他的妾又找新老爷，这才自然。任何人八辈子都想不到，妓女会作寡妇打扮。

迪巴戈尔说："这……大先生派我来。"

卡玛拉森德莉说："谁是大先生？"

"就是那天来过的，我们老爷的朋友。他现在是主人。他说……"

"我只认识一位大先生。他在我们的茫茫大海里漂走了，再没有什么大先生了。"

"去了就回不来了。老爷突然走了。现在主事的是比图·穆克吉。他派我来说，你必须离开这房子。"

"我离开这房子？那我到哪儿去？这是我的房子。"

"没这样写过。老爷自己糊涂，他没想到会死。现在，姑娘你走你的路吧。"

"我不走。"

"说这话怎么行！老爷没单独给你点东西？老爷没少给你黄金和钱。你另租房子去吧。"

"我不离开这里。"

"姑娘，别太固执。在比图·穆克吉的控制下，这房子你是出不了手的。"

"我的老爷死在这里，我也要死在这里。我死后你们再占这房子吧。"

"别说丧气话，你年轻轻的怎么会死？你还要过一辈子呢。可是你必须离开这房子。"

"小心点，别过来！"

迪巴戈尔虽向前走了两步，还是停住了。卡玛拉森德莉突然像野猫似的吼叫起来。迪巴戈尔有点严厉地说："那得硬把你弄走了。我有命令……你怎么不明白？"

卡玛拉森德莉说："你碰我试试，我立即服毒自尽，我准备了毒药。"她指指椅子旁边。那里真的有一纸包。

迪巴戈尔不敢了。他不喜欢对女人硬来。此外这女人前几天还是老爷的宝贝。那时拉姆卡马尔为了讨她欢心，命令迪巴戈尔弄来许多东西。而今天要把那女人像贱猫贱狗那样赶走，像迪巴戈尔这样有见识的人也不好意思。还有一点，如果真的突然服了毒，那谁来救她？那时也许比图谢克会说，谁叫你动手拉拉扯扯的？为什么不再来问问我？

迪巴戈尔为保住面子，说；"我再给你两天时间，你做好安排吧。告诉你，必须离开这房子。"

迪巴戈尔出来后又后悔了。事没办成，谁知道又会挨比图谢克多少责骂。他被那妓女打败了。他觉得寡妇装束实际是伪装。座位底下藏有毒药，这些都不是那女人自己想出来的。一定是有人在她耳边念了咒。她是不会轻易放弃那房子的。

迪巴戈尔回来后，看见在客厅里比图谢克和耿伽摊开很多文件在算账。迪巴戈尔向他们报告了出征的结果。

比图谢克咬牙切齿地说："你没卡她的脖子，做得好。派人去法院了结此事。"

耿伽说："为什么，为什么她不放弃那房子？她对那房子有什么权利？没必要告状。我亲自去赶她走。"

比图谢克说："不，不，你没有必要去那种地方。"

耿伽说："为什么？房子是我们的，为什么我不能去？"

比图谢克说："先赶走那屋子里的人，然后再去。看见她们都是罪过。"

因为比图谢克禁止，有一天傍晚耿伽到那里去了，他对谁都没说，独自去的。

二十六

又是拉姆卡马尔·辛格的私人双驾马车停在詹巴扎的卡玛拉森德莉家门前。车子是用硬红木做的，油漆光亮似镜子能照人。两匹乳白色的马，马背上是金线绣锦。车前两根铜柱黄灿灿使人误以为是黄金的。当然，拉姆卡马尔·辛格的马车用金柱子也不奇怪。驾车车夫的服饰像莫卧儿王朝的士兵，路上行人见了就害怕。车后总是站着两个穿制服的保镖。

四年前买下的这所房子，几乎每天拉姆卡马尔的双驾马车都出现在门前。但是今天到来时见到的是多么的不同！以前车刚停住，两个保镖跑过来开车门。肥胖的拉姆卡马尔手搭在保镖肩上慢慢下车。他头戴金冠，身穿天鹅绒衣服，持象牙手杖，戴着六个戒指。精心修剪过的胡子，脸庞总是带笑。这边那边看看，然后缓步走入屋里。

今天全是另一个样子。双驾马车停住后，一个年轻人迅速下车。他身着细布裤子和中国丝布上衣，没戴饰物。为防别人误认，车夫下来吆喝说，都走开，走开，老爷的大少爷来了！行礼啊，这是大少爷。

耿伽站在外面看了一眼房子。房子是两层的，很宽敞。至少有十四五间。铁门两旁两棵椰子树。房子左边有个小花园。

耿伽对车夫说，你先走吧。耿伽是二十一岁的青年，是第一次同出卖色相的女子面对面谈话。像他这样大家族的这种年龄的年轻人，出入欢场是很自然的事。与他同龄的纨绔子弟认为在自家同妻子在一张床上过夜是很丢脸的，因此不少人包养妓女。甚至有父子同在一个村子的不同房屋出入的。但是印度学院的学生排斥这种习惯。耿伽的朋友几乎全部憎恨嫖娼。

耿伽更是激烈憎恨。他是来要回他家的财产的。因这淫荡女人，他母亲宾波波蒂十分伤心，他今天要把这女人赶走。

车夫和其他随从大声叫人让开。耿伽走上二楼。客厅像是刚刚打扫干净的。手鼓、手风琴、脚铃等全都不见了。干净的地毯上只有一把椅子。二楼没有任何男人。三个精心打扮的年轻女仆在等待耿伽。她们感激地说，今天我们的运气真好，您大驾光临！她们拉住耿伽的手，请他坐在椅子上。一个跪着给耿伽脱鞋，一个给耿伽端来饮料，站在他面前现出淫荡的模样。

耿伽感到奇怪，问："这是什么？"

那姑娘笑着说："您受累了，请喝点阿月浑子饮料。"

耿伽摆摆手说："不，不，我不要。"

另一个姑娘拿来烟筒，把包着银的吸管递给前主人的公子。

耿伽也对他说："不，不，我不抽烟。"

三个姑娘这时同声说，我们是您的奴仆，请吩咐，给您拿什么？

耿伽起初有点不知所措，他一向总是礼貌对待妇女的。他活到现在还没见过这么不知羞耻的女人。除了几个亲人外，他很少看见其他女人。在路上他碰见过低级种姓的女人，但从来没有好好看过她们。他性格腼腆。但这些女人这样从容无耻让他发抖。他的耳根都红了，垂下眼睛。

两个给耿伽揉脚，其中较漂亮的那个嘴唇轻触耿伽的耳朵，悄悄说，给您开瓶香槟？

人过分害羞就会突然生气。耿伽十分生气地说:"这些是什么?你们都退下!把你们的女主人叫来。"

一个姑娘说:"我们女主人不会来的。"

另一个说:"不喜欢我们?真倒霉!"

耿伽这回不再软弱,说:"怎么,你们女主人为什么不来?"

一个姑娘说:"她听说您来,就插上门了。"

另一个说:"您就像她的孩子似的。"

耿伽站起来说:"我来是同她谈事的,你们都下去。"

这时两个姑娘拉住耿伽的手说:"啊哈,干嘛生气?请坐,请坐!我们是女人,看见您生气我们就心颤。"

其中一个把手按在自己高耸的胸脯上甜甜一笑,说:"您瞧,我心颤的,瞧吧!您摸摸看!"

另一个说:"我们见您生气,要是被吓死了,那也是您的罪过。"

耿伽觉得掉入了陷阱。他干嘛要来这里?他又想从这里逃走,但一逃走,这些女人不追在后面哈哈大笑么!他是辛格家的长子,为什么逃走?这房子是他的财产,如他愿意,可以放火烧了它。这回他尽量严肃地说:"见不到你们女主人我不走。马上去通知她,这是我的命令。"

爱开玩笑的那位姑娘说:"去,别这样说。如果不喜欢我们,那再叫别人。"

强壮的车夫默默地站在楼梯旁,耿伽对他说:"卡里姆巴克斯,找找看,女主人在那里?"

这时客厅的侧门开了,卡玛拉森德莉走了出来。她还是穿着那身寡妇衣服,没戴首饰。乌云似的头发散披在背上。

耿伽一见卡玛拉森德莉完全呆住了。很久以前他就听说过这个女人了。他在心中想象的女人与这个完全不同。

耿伽原想这个会骗人迷人的女人是中年,至少与他母亲宾波波蒂同年,红唇、身材有点发胖,描眉。但一见,觉得比自己还小,同宾杜一样。特别是这身寡妇衣服,使耿伽首先觉得她同宾杜一样,从心里感到难受。

卡玛拉森德莉定睛看着耿伽，向前走了几步后站定，慢条斯理地说："您……你是耿伽？我听说过你……多有学问，多好。你给这屋子添彩了。"耿伽定定地站在那里说不出话来。

卡玛拉森德莉又说："我是不幸的恶人。我知道，地狱里也没有我的位置。我没有种姓，没脸皮，可是我要对众人说，令尊是我丈夫，我是将他看作丈夫而不是别的。薄伽梵作证，我从来没有欺骗过他……"

卡玛拉森德莉回头对女仆们说："你们说，你们全都看见过的，我什么时候骗过他？他就像神似的。"

女仆们说："这事刚才对他解释过了。大老爷是我们的神，他的孩子我们能不好好伺候么？"

卡玛拉森德莉说："我是无依无靠、穷困、不幸、倒霉的人，他把我扔在茫茫苦海里走了，就在这里。正是这间屋里。他走之前对我说，卡玛拉，我走了，你住在这里吧。我在天上看着你。从那时起我就没离开这房子一步……耿伽，看见你我的心就跳，你的面相真像他，一样的眼睛……"

耿伽叹了一声。小时候不少人说，他的脸长得像爸爸，也许当时他们不知道耿伽和拉姆卡马尔没有任何血缘关系。这女人也许也不知道。

卡玛拉森德莉说："你怎么站着？坐吧。"

耿伽说："不用坐。"

卡玛拉森德莉说："你来了，真是我们的福气。见到你我也安心了。从你这儿我见到了他，他在这房子里咽了气，这房子就是我的贝拿勒斯、净修林。我要在这里为他祷告到我最后的那天。"

虽然年龄几乎相同，但卡玛拉森德莉这样讲话，好像她要大得多。这女人现在想的全是拉姆卡马尔·辛格。耿伽虽然看着她，但想得更多的是宾杜。这女人也像宾杜那样无依无靠。宾杜被强行送到外地去了，可是宾杜没有任何过错，什么时候能见到宾杜呢？

卡玛拉森德莉说："拿枪的士兵来硬拉我我也不走，我要在这里服毒死去。就算法警来打破我的头，也没人能让我离开这里。"

　　看到耿伽不做声，卡玛拉森德莉突然停住不说了。然后轻声问道："你是来把我赶出这房子的吧？你不说话是难为情吧？说吧，你说出来，你张嘴说一次，我拿根枴棍，拿件衣服就离开，一次也不回头看。你们永远见不到我了。虽然我说出来会掉舌头，可是我要说，耿伽，你就像我的孩子一样。你说的话我愿意全部都听。如果你说要我去收容所……"

　　耿伽不能再控制住自己了，他激动地说："妈，您哪儿也不要去，您就住在这里！"

　　卡玛拉森德莉几乎要喊叫起来，哭笑交加地说："妈？你管我叫妈？啊，像我这样的大罪人也得超度了！"

　　卡玛拉森德莉看着女仆说："你们全都听到了？叫妈了，我亲爱的丈夫的儿子管我叫妈了，我感激！"

　　卡玛拉森德莉攥住耿伽的手，喜极而泣了。

　　耿伽没有经验，生活中也没见过多少，女人突然笑或哭意味着什么，他一点都不懂。看到卡玛拉森德莉不停地哭，他也流泪了。好不容易控制住自己后说："您不用发愁，谁都不能把您从这里赶走。我保证。"

　　卡玛拉森德莉在拉姆卡马尔咽气的屋子跪下，额头触地说："啊，你听着？你看见了？你儿子亲口说，我就住在这里。你的好儿子、宝贝儿子叫我妈了。"

　　耿伽向楼梯走去时，三个女仆对他说："您不是人是神！您要答应常来。让我们能伺候您。"

　　耿伽说："不，我不能答应。不过别怕，谁也不会来骚扰你们的。"

　　耿伽下楼梯时全身发抖。他自己也不明白为什么。他从未如此近距离见过穿这么少、性格豪放的这么多女人。过去非常憎恶她们，而今天面对面地又恨不起来。他觉得这些人像宾杜一样，在命运的捉弄下落到这种地步。

耿伽离开那所房子，上了马车，吩咐车子绕弯去。车夫问："老爷，往哪个方向走？"

耿伽犹豫了一会。真的，他现在往哪儿去呢？现在他不愿回家。他此刻有强烈的愿望，只想见宾杜，但他又没有办法见到她。

他吩咐车夫到靠近堡垒的恒河边去。他要呼吸新鲜空气，放松身体。

现在比图谢克每天早上要和耿伽讨论几个钟头，拉姆卡马尔·辛格的财产在什么地方，是什么情况，必须给耿伽讲清楚。对这事是耿伽自己表示出热情的，几天前他对财产还毫无感情。但自己被遗嘱排除在外后，兴趣陡然增加了。他自己什么也不要，但是一定要削去比图谢克的主宰权，将来在诺宾成年后，耿伽会把全部财产交给他。他要使辛格家脱离比图谢克的魔掌。

谈话非常枯燥无味。再没有从前那种亲切、尊敬的关系了。比图谢克现在还想用自己的人格影响罩住耿伽，但耿伽永远不会那样服帖了。

讨论结束后，比图谢克说："到这会儿你对土地是大致了解了。这回你去易卜拉欣布尔看看承包地，那里的佃户闹事。我说，不如卖给在那里种植蓼蓝的英国商人。我们都不了解英国人种蓼蓝的事。"

耿伽说："看吧，我自己去一次。"然后耿伽很简要地说："詹巴扎的房子，我们放弃了。"说完就站了起来，好像这事不必要讨论。

比图谢克觉得奇怪，问道："詹巴扎的房子？哪一所房子？是买汤姆·安东尼那所么？"

耿伽说："是的，那房子家父不是为我们买的。他把那房子给另外一个人了。"

"给了另外一个人？给谁了？文件上提到么？让我看看。"

"就算没写，他说的就够了。"

比图谢克不理会耿伽的话，大声说："不，不，那不是事。送给神还为下辈子积德呐。不给大神，不给宗教，这么大一所房子让那婊子享受！告一状，那婊子就得哭爹喊娘地逃走。"

耿伽的眼睛仍盯着着比图谢克的脸，坚定地说："不，没有必要打官司。我说了，我们不会占那房子。"

"你说了？对谁说了？"

"您知道她的名字。家父去世时您见过她。"

"是叫做卡玛拉的那小娘儿？你对她说了？你在哪儿见她的？"

"我去过那所房子。"

"你去了？你近来开始往那种地方跑了？"

"是的，我想有时候去，这事我没对你发过誓。"

耿伽正要出屋去，比图谢克的吼叫就像打雷一样："听着，你有什么权力对卡玛拉小娘儿说话？谁给你这样的权力？"

耿伽在门边回头平静而又坚定地说："我得到母亲的允许。我妈说，我们不需要那财产。没有那些我们也过得去。"

"对你妈说了，你晚上去那婊子的房子了？"

"是的，说了。"

"你妈不先同我商量从来不对任何事发表意见。"

"伯父，您知道我是不说谎的。如您有怀疑，去问我妈吧。"

"等等，就算你妈说了，也是她理解错了。我说过要打官司。"

"我妈在世一天，她就会尊重我的意见，这写在文件上了。如果我妈不信任我了，我即刻就离开这个家。我说了，不打官司。"

"无礼！敢顶撞我！比起我来，你妈会更听你的话？"

"那我不知道，你亲自去问她吧。"

"那是个不知羞耻的女人……毒蛇……这又有新客了……那没良心的贾格莫汉·萨卡尔定期去她那里。所有消息我都知道……我们要把一所房子留给那条黑蛇？绝不，要打官司。"

耿伽静默了一会儿。他眼前出现了卡玛拉森德莉的寡妇装束、贞洁女子的脸庞。似乎不是卡玛拉森德莉，是宾杜的另一副面孔。

他又说:"我答应她让她住在那所房子里。"

耿伽不再说什么,离开了那里。他十分激动,这是他第一次当面违反比图谢克的意愿。但这仅仅是开始。他感到一种舒畅,好像是对比图谢克虐待宾杜的报复。

耿伽走出客厅吩咐车夫备车。今天梵社的门徒在戴本德罗纳特·泰戈尔家聚会。耿伽的朋友拉吉纳拉扬特别要求他去。耿伽对梵社有好感。他从未见过有这么多学者集会。

拉吉纳拉扬几次劝他加入梵社。在心理方面耿伽没有什么障碍。他要平静,梵社的人讨论高深的宗教和考虑社会改革。耿伽同他们接触特别受到鼓舞。他一次次地产生了抛弃一切投入这工作的愿望。

但耿伽的母亲也许认为耿伽是去嫖娼。耿伽如果真有欲望,那他能很容易同妍头沉迷于享乐,很容易地从地产中拿到钱。而如果耿伽加入梵社,宾波波蒂就会到处嚷嚷,也许会自杀。听说梵社的人不信神后,宾波波蒂说,谁家的孩子如果做了这种丑事,那他的父母自杀要比见他的面好。耿伽还想说点什么,宾波波蒂堵住耳朵说:"别说了,听到这种事也是罪过。"这景象耿伽还记得。他怎么躲避母亲呢?

二十七

傍晚时分，朋友们来到拉姆·戈帕尔·高士家。几乎每晚都有一两个朋友来找他。但今天是很久以来朋友最多的聚会。

曾有一段时间，他们以"青年孟加拉派"著称，名声很不好，但也得到一些赞誉。他们是保守社会的眼中钉。有些青年也开始仿效他们。德罗齐奥的学生"青年孟加拉"在最初的激情影响下制造了种种过激事件。在路上一见留着发辫的婆罗门，就边驱赶他们边说，我们吃牛肉，我们吃牛肉！婆罗门怕接触到这些年轻人而丢掉种姓便疯狂逃跑。这些年轻人有时在自家屋顶大喊，告诉邻居：瞧呀，我们喝穆斯林接触过的水，瞧呀，牛肉！作为证明，他们把牛肉乱扔。

这些都是很久以前的事了。"青年孟加拉派"的成员现在早已不是青年了。他们现在是中年，有稳定责任感的公民，全都成家了，有的担任政府高级职员，有的做生意改变了命运。可是年轻时的反叛之火尚未完全熄灭，在许多人心里火还在燃烧。在每个社会运动中，他们不少人还走在前面。

在这组织中，拉姆·戈帕尔·高士被认为是无冕之王，他是受过英国教育的人士中的主要人物。大家口头叫他安朱王。在同英国人比赛英语演说时，他嘴里像是喷出火星。英国人也称他是新的德摩斯梯尼。[①]

拉姆·戈帕尔很讲交情，过去他是穷人的孩子，现在同非官方的英国人合伙做生意，挣了大把钱。但在朋友遇到困难时和为他喜欢的人舍得花钱。在他家晚上的聚会，雪利酒和香槟酒有的是。但在这里谁都不会酗酒出丑，每人都有自己的量。喝酒不是聚会的主要内容。他们的目标是通过交换意见净化灵魂和获取知识。

不少朋友因为工作分散到全国各地，没法定期见面。今天是隔了很久才见到几个居住在外地的朋友。罗西格克里希纳·马利克现在是布德万县的副收税官。拉姆德努·拉西里是克里希纳城学院教师。住得最远的是拉塔纳特·西克达尔，他是台拉登政府土地测量部的高级官员，他得到父亲病重的消息回到加尔各答。现在他父亲有所好转，得以同密友贝利昌德·米特拉一起来参加拉姆·戈帕尔·高士家的聚会。

拉塔纳特见到久别的朋友很高兴，但更多的是感到奇怪。他想不到变化如此大，他最惊愕的是听了他们讲的话。他们在学校时总是讲英语，孟加拉语几乎毫无地位，只是在家里同父母讲孟加拉语。在获取知识、净化精神或欣赏韵味方面，孟加拉语是单调的。拉塔纳特出门在外，已经忘掉孟加拉语了。这次回家同父亲讲话，一再说出英语和蹩脚的印地语，贝尼他们还为此嘲笑他！贝尼、拉姆·戈帕尔、罗西格都是著名的英语通，可是他们今天都说孟加拉语。这个国家突然间是怎么了？难道人们都忘记了英语，陷入文盲黑暗中了？

朋友们围着一张圆桌，每人的椅子旁都放有烟筒。仆人在桌子上摆放有酒杯和各种瓶装酒，谁有兴趣就自己去倒。在拉姆·戈帕尔面前放着一个奇形怪状的瓷器。器皿是圆形的，一边伸出像象鼻似的小管，从那里冒出轻烟。所有的人都好奇地看着。

---

① 德摩斯梯尼（公元前384—公元前322），古希腊雄辩家。

拉姆·戈帕尔微笑说："你注视你的饮料，我亲爱的菲罗兹。我先喝口热水，近来我习惯于喝这个了。"

拉姆·戈帕尔往带把的圆形瓷器里倒进一些黑色热液体，然后加入三勺牛奶，三勺糖搅匀。拉姆·戈帕尔小心地尝了一口，心满意足地说，啊！

拉塔纳特止不住好奇，用英语说："这奇怪的东西是什么？"

拉姆·戈帕尔开玩笑说："这是我的宠儿，要尝尝味道么？"

罗西格克里希纳说："这是茶。拉塔纳特，你听说过茶么？从前这玩意是从中国来的。现在我们的阿萨姆有的是！"

拉塔纳特离开家乡很久了，所以不知道茶。在报纸上读到过茶，却没亲眼见过。在台拉登，酒到处都是，称为热饮料的只有羊奶。

贝利昌德不喝酒，他的嗜好是抽烟。他说："我愿意看看。听说英国人近来很流行喝茶。"

拉姆德努说："我见过黑尔先生喝这东西。可是这里面没有麻醉物质。因为黑尔先生反对吸食麻醉品。"

希沃钱德拉说："如果不麻醉，喝它做什么？"

拉姆·戈帕尔把茶倒进另一个杯子给贝利昌德，说："当然上瘾。喝一口就感到兴奋。Like kissing a damsel...and you want to kiss again...（就像亲吻一个少女……你还想再吻一次。）拿着，贝尼，今天我教你尝一种新的甘露。"

贝利昌德开头有点犹豫，他拿起杯子看了看朋友。因怕烫着先吹了几下，然后胡乱尝了尝，面色变得难看。他不喜欢这种饮料。拉姆·戈帕尔喝这个有什么好？拉姆·戈帕尔不是开玩笑给他下了点毒吧？拉姆·戈帕尔不同，他什么都不在乎，什么都不怕。他总是说，"I bear a charmed life"（我过着毫无灾祸的生活）。

拉姆·戈帕尔问道："兄弟，觉得如何？"

贝利昌德说："有点苦，有点涩。"

朋友们哈哈大笑。

拉姆·戈帕尔又给贝尼的杯子加了点糖，说："这回再看看。"

贝利昌德害怕地又尝了尝。这回脸上充满笑容。他说："哇！空前的美妙，味道全变了。"拉姆·戈帕尔问："怎么样？身体里是否有一种舒服感？"

贝利昌德说："十足！"

拉姆·戈帕尔又问："不想再喝？再喝？"

贝利昌德说："当然！兄弟，我说，从现在起我们要喝这种东西。为什么只喝酒损害健康呢？毁灭一切的酒正在毁灭这个国家。"

只有德其纳兰占·穆克吉一直沉默。近来他同布德万县的王族关系密切。那里守寡的女王常常召见他咨询法律问题。有时无比漂亮的女王动情地望着他，看来法律顾问本人比那枯燥无味的法律更吸引她。德其纳兰占目光一投向天仙般的女人，头就发昏。他待在远处也总是想起她那容貌。这事对谁都不能说。

德其纳兰占砰的一声打开一瓶香槟，往自己的杯子里倒了一点，说："你们要喝茶，我喜欢这东西，我不放弃。喝酒会毁灭蠢人，聪明人喝酒，思维能力会更强。"

拉塔纳特说："我同意你的意见，德其纳！我看你们都很兴奋，我不能理解！"

希沃钱德拉问："兴奋？什么意思？"

贝利昌德说："拉塔纳特完全忘记了孟加拉语了。他用印地语管爸爸叫pitaji，管水叫pani。"

拉塔纳特生气地说："你们，你们突然喜欢孟加拉语了？我怎么不知道？在学校里你们不是恨这语言的么？"

贝利昌德说："兄弟，现在孟加拉语有了很大变化……我们那时以为孟加拉语表达不了伟大的感情……但现在孟加拉语出现了很多好的作家。"

拉姆·戈帕尔说："你看过《知真》么？我以前从来不读孟加拉语，我恨它。但有一天来了一份《知真》报，读后我大为惊讶，你要看这报么？"

罗西格克里希纳说："戴本德罗纳特、奥凯·德特他们用孟加拉语写他们高尚的思想，并不比伯劳斯·卡尔莱或米勒差。"

贝利昌德说："名叫伊斯瓦尔·钱德拉·维迪耶萨伽尔的婆罗门学者写了一部书，那不是真正的文学。拉姆·戈帕尔，你有那本书么？给拉塔纳特看看。"

拉姆·戈帕尔当即把书拿来。《不着调的五百二十》，伊斯瓦尔·钱德拉·维迪耶萨伽尔著。拉塔纳特和其他朋友拿过书本反复观看。贝利昌德说："我从这里读一段，想听么？"

贝利昌德开始读道："特勒姆普有个叫戈宾陀的婆罗门，他有两个儿子，一个讲究吃，虽然他不知道饭菜有什么毛病，他也不吃那饭菜。一个讲究睡，如果床有什么问题他就不睡。国王听说他们有特异功能后非常好奇，要检验他们的这种功能，将他们二人叫到首都，问道：你们谁在什么事情上讲究……"

贝利昌德停住问道："你们以前听到过这么优美而又严肃的孟加拉语么？这语言是下贱的东西么？"

除拉塔纳特外，大家都高度赞扬。德其纳兰占说："作品虽然很美，但这种书谁买？上层人士会买孟加拉语书？"贝利昌德说："我听说书刚出版就轰动了。玛尔夏先生为威廉堡学院买了一百本。读者都挤着去买。人们都说这是孟加拉语第一部文学散文集。人们对作者伊斯瓦尔·钱德拉很感兴趣。"

拉塔纳特感到茫然。戴本德罗·泰戈尔、奥凯·德特、伊斯瓦尔·钱德拉·维迪耶萨伽尔——这些人他从未听说过。他只知道戴本德罗·泰戈尔，是著名的达罗卡纳特的长子。但是奥凯·德特、伊斯瓦尔·钱德拉·维迪耶萨伽尔这些无名之辈是什么人？

拉塔纳特问贝利昌德是否认识这些人。

贝利昌德是加尔各答图书馆的副馆长，他对新作者有兴趣。他说，这位伊斯瓦尔·钱德拉担任过梵语学院的副秘书，我是那时候认识他的。他愤而辞职后现在写书。我一见他就明白，这人有一股火。戴本德罗、奥凯·德特、伊斯瓦尔·钱德拉全都比我们年轻。可是我要说，他们正为国家做大事。

拉姆·戈帕尔说："这话对，戴本德罗先生宣传梵社十分有利于国家。年轻人从前成群结队加入基督教，现在基本停止了。"

拉塔纳特说："这梵社……你能详细说明它的理论么？我真想听。"

贝利昌德说："我以后再向你解释。他们给了迷信的印度教狠狠一击。"

德其纳兰占说："我们以前没有打击过么？为何全归功于他们？至今为止，有谁说过比罗西格克里希纳反对印度教顽固、保守更为严厉的话？"

罗西格克里希纳在当学生时做的事震动了加尔各答市和印度教社会。最高法院因某案件召他作证，证人必须宣誓。一位奥里萨邦的婆罗门拿来圣树叶和恒河河水，放在证人面前，要证人摸着它发誓：我说真话，不说假话。当这些东西端到面前时，罗西格克里希纳默默地站着，不去摸它。当法官问你为何不宣誓时，他严肃地说，我不认为恒河水是神圣的。当翻译译成英语时，在场的印度教徒用手堵着耳朵逃走了。城里到处嚷嚷，许多人认为末法时代到了！印度教徒的儿子公开说不承认恒河！报纸上对此不知写了多少！

听了德其纳兰占的话后，罗西格克里希纳有礼貌地羞涩地说，你别提旧事了。不是我们有组织地为改革印度教做了什么事，是他们在做。

少言寡语的拉姆德努·拉西里说："那当然对，但梵社的一件事我不喜欢。他们大骂基督教，是不合适的。我们崇尚真理，吸收宗教中所含的真理是宗教认可的。大家都应该敞开胸怀寻求真理。"

德其纳兰占说："基督教徒也没少骂我们。他们认为印度教不是宗教。"

贝利昌德说："基督教里也有很多迷信，为什么我们要以迷信去回答他呢？"

拉姆·戈帕尔说："梵社的人很多方面是正确的，但他们不放弃种姓制度。全都是信同一个教的，可是有的人是神圣的，有的人无权读吠陀经，这叫什么事？"

拉姆德努说："他们在《知真》杂志上写到，吠陀是薄伽梵的箴言，而许多人内心是不信的。这是虚伪。所以我不再订《知真》杂志了。"

拉姆·戈帕尔说："德努，德努，你干嘛这么激动？《知真》上还有不少可读的东西。"

罗西格克里希纳说："停止这些讨论吧。先决定谁在戴维·黑尔的纪念大会上讲话。六月一日就要到了，拉塔纳特，你既然在这里，这次你就讲吧。"

拉塔纳特说："必须用孟加拉语讲么？"

贝利昌德笑着说："不，不，你用英语讲吧。不过你得学孟加拉语了。受过英语教育的人现在不再藐视孟加拉语了。发展我国的教育必须靠孟加拉语，特别是如果要教育妇女的话。"

拉塔纳特吃惊地问："你们在考虑妇女教育的事？在这个国家可能么？"

德其纳兰占说："为什么不可能？我们还要让妇女在黑暗中待多久？"

这时外面有很大的喧闹声，哭声盖过了各种激动的声音。大家好奇地站到二楼的走廊上。

不是什么新鲜事，很多人正抬着尸体去焚尸场。夏季中期死人大增。这时霍乱很厉害，路上日夜都有哭丧声。可是傍晚时分去焚尸场送葬的人哭声变成了吼叫。酒鬼和抽大麻的人为找麻醉品到处打听，今天谁死了？今天谁死了？我们焚尸场的朋友无缘无故被排除了啊。

一个十一二岁的女孩跟在死尸后面一次次地倒在地上，但人们使劲把她抬起来。那小丫头像疯子似的踢闹着又倒在地上。她的额头上涂有吉祥志，头发散开拖到地上。当小女孩又躺在地上时，两个壮汉从两边将她抬起。

拉姆·戈帕尔和朋友觉得这些人要对女孩施暴。近来不再有将妻子带到焚尸场的制度了。怀疑是别的事。

　　他们立即下楼。如果那些人硬把女孩带走，那就要提出抗议。虽然法律已经禁止寡妇殉葬，但现在农村有时还能听到"萨蒂"的事。在加尔各答发生这种事也不出奇。

　　拉姆·戈帕尔拦住抬女孩的人，问道："你们要带她到哪儿去？"

　　那人生气地说："地狱。"

　　这时拉姆·戈帕尔的朋友围住那人，愤怒的拉塔纳特正要打他。他说，先生，干什么？这姑娘疯了。

　　拉姆·戈帕尔说："你们先放开她，我们看她怎么疯。"

　　贝利昌德说："马上报警。"

　　另一个人说："别闹了，你们以为我们硬要她去吧？这疯丫头怎么都不愿在家待着。我们拦过她多少回了——她丈夫死了，家里没别的女人。你们说，你们怎么拦她？"

　　拉姆·戈帕尔问那女孩："你为什么去焚尸场？"

　　那女孩的眼睛真像疯了的。她厉声说："去死！死！你们是谁？"

　　拉姆·戈帕尔问："你为什么要死？"

　　那女孩说："我做得对！"出殡的队伍停住了。好些走路的陌生人聚集在那里。那女孩又大声喊：放开我，放开我，我去死！

　　贝利昌德说："除了报警别无他法，我去。"

　　出殡的人害怕了。他们说，先生，我们有什么罪？这女孩自己要去。你们都是有身份的人，要不就把她扣留在你们家里吧。

　　拉姆·戈帕尔说："那样好，把女孩带到我家里来，我把她送去跟女人在一起。"

　　那女孩无论如何也不愿意，是硬把她拉进去的。她尖声叫喊说，我没有亲人，让我去死吧，让豺狗把我吃了吧，放开我吧。

　　那女孩被送进内宅。送殡的人又重新哭着抬着尸体走了。

　　拉姆·戈帕尔及朋友静默了一会儿，然后慢慢上二楼坐下。除贝利昌德外，每人都往自己的杯子里倒了酒。贝利昌德说："在拉姆·戈帕尔的帮助下，制止了一起寡妇殉葬，但有多少结果呢？这些少年寡妇的未来是什么？九、十来岁的女孩守寡后，终生不自由……因此我说，如果没有给她们受教育的制度……"拉姆·戈帕尔抬起头严肃地说："只有教育制度是不行的，还必须有让寡妇结婚的制度。"

德其纳兰占说："正确。"

希沃乔兰说："那么，你说这些寡妇要成为基督徒？"

罗西格克里希纳说："不管是变成基督徒或变成穆斯林，必须有让她们再婚的某种制度。"

拉姆·戈帕尔说："不。为什么这样？"

希沃乔兰说："印度教的寡妇结婚？不可能。我没听说梵社的人有这胆量。谁向社会提出这事呢？我们在这问题上能前进多少？"

拉姆·戈帕尔说："这我不知道。今天你们亲自见到这女孩的状况了。如果有谁能为消除这些悲惨女人的痛苦而制订出允许她们再婚的法律，我会尽可能使它得以通过。"

拉塔纳特用英语说；"你们这是说什么！要是这样，我得马上调回加尔各答。"

二十八

　　贾格莫汉·萨卡尔来到希莱摩尼家后放声大哭，他醉得厉害了。夜深了，贾格莫汉想起了国人受苦受难的事，心里忐忑不安。特别是到今天还没做什么来消除妇女毫无援手的状况，妇女还是不能说话。贾格莫汉早就在努力拯救妇女了，但没有人帮助。在黑尔先生去世后这事被压下了。贾格莫汉准备自己出地办女子学校，但女学生从何而来？居民们都不同意，大家听说后都觉得好笑。有的人还恨得咬牙切齿。

　　贾格莫汉·萨卡尔听说贝拿勒斯开办了一间女子学校。北巴拉王公拉吉·克里希纳·穆克吉也热心于妇女教育。但偌大的加尔各答却没有任何为上层印度教家庭女孩读书的设施。英国妇女此前开办过几间学校，那些地方只是欺骗女孩改信基督教。不信耶稣就不能读书。贾格莫汉想要取得在加尔各答建立非基督教学校的功劳。

　　贾格莫汉从来不带朋友上妓院。他喜欢秘密地独自来这些地方。他认为，除了他的车夫和一个很信任的仆人外，谁也不知道他猎艳的事。贾格莫汉说："你明白么，希莱，我大半生荒废了，我什么都做不了……啊，啊。"

　　希莱摩尼坐在天鹅绒坐垫上面对着贾格莫汉。她很了解贾格莫汉的脾气。这位肥胖先生有两个奇怪的习惯。一是一进屋就使劲打一个饱嗝，这似乎是他满足的象征。他在喝酒后又继续打嗝。希莱摩尼从来没见过别人喝酒时这样打嗝的。最后就是哭了。希莱摩尼一听到贾格莫汉哭就明白，他会有半个多钟头失去知觉。

希莱摩尼说："您做了这么多，这么多房子、车子、财产……"

贾格莫汉抓住希莱摩尼的手，呜呜地哭着说："那又怎样？那又怎样？……上月又买了辆车，但财产什么的全是过眼云烟，一点都带不走的。"

希莱摩尼说："您的捐赠也不少……"

贾格莫汉把希莱又拉近些，说："我不吝啬，谁要我都给……没给你吗？你说，没给吗？"

"当然给了，我若不承认就是罪过了。"

"上星期给了你一对手镯，给我家女仆苏罗一个戒指，给了卡玛拉一条项链……"

"现在对卡玛拉很上心？"

"啊，那女人很傲，很傲慢！怎么对你说呢，拉姆卡马尔·辛格死了变鬼了，而到现在那女人还是寡妇打扮，不戴首饰。妓女还当寡妇！哼！"

希莱摩尼装作生气，使劲摆脱贾格莫汉的搂抱，说："你既然对卡玛拉那么着迷，还来我这里做什么？"

贾格莫汉将她拉近，说："卡玛拉和你不一样。卡玛拉能像你这样唱么？卡玛拉身上黑，你像牛奶般白皙。我就爱你。可是你知道我为什么要卡玛拉？她过去是拉姆卡马尔·辛格这样的大人物包养的姑娘。拉姆卡马尔·辛格死后，现在谁会得到她？全城都在嚷嚷。你不明白谁得到拉姆卡马尔的女人会增多少光吧。我先给她家送去一条金项链，她收下了。后来就不出来了。弄了两个别的女人来陪我，那两个像是什么野种的老婆。我说，叫卡玛拉来，我有话对她说。那女人说，她不会来的，今天是她的十一，听听，听到这种话能不冒火？"

刚才已经不哭的贾格莫汉又哭了，那脸扎向希莱摩尼的怀里说："你说，希莱，她们这样做对么？把我这样有身份的人赶出来，啊！"

希莱摩尼亲切地抚摸贾格莫汉的头说："啊哈，伤心了吧，别难过，别难过。那些臭女人一倒霉，总有一天会来求您的……"

"不打掉她的傲气，我就不是贾格莫汉·萨卡尔。我知道贝迦·马利克也围着卡玛拉转！贝迦·马利克要跟我较劲！"

"贝迦·马利克都不配当您的仆人。"

"希莱，你说，有几个人知道贝迦·马利克的？给洋人放债吃利息挣了大钱神气了！我在报纸上写文章，为国家做了这么多事，而卡玛拉这小婊子不拍我，却去拍贝迦·马利克！"

"永远不行！"

"卡玛拉，你瞧着，哎哟，我叫什么卡玛拉，希莱，你是我真正的宝贝，而卡玛拉是颗假珍珠！你瞧吧，我要办间女子学校，在我国留下永不磨灭的功绩。"

"为什么？"

"学校，女子学校。"

"学校？那么让我儿子也去读书吧？"

贾格莫汉顿时坐了起来，奇怪地瞪大眼睛说："儿子？你什么时候有了儿子？"

希莱摩尼说漏了嘴，妓女是不能有儿子的，即使有，也不能在顾客面前说。但是希莱摩尼做母亲的感觉一天天强烈起来，时刻想起儿子。甚至在跟老爷上床时，眼前出现的也是儿子的面孔。希莱摩尼的儿子一天比一天英俊了，既有品，又有德。她儿子极聪明，读书很有悟性。拉伊莫汉不知从哪儿拉来个酒鬼住在那里。虽是个十足的酒鬼，可是他时时说英语，看来有点学问。在给吃饱饭和弄点麻醉品的合约下，他每天上午教她儿子钱德拉纳特读书。他清醒时彬彬有礼，带着钱德拉纳特朗读英语单词……

希莱摩尼看到孩子读书，非常惬意。她时时想放弃这罪恶的营生，只带着儿子过日子。他问拉伊莫汉，既然钱德拉这么想读书，不能送他进学校么？拉伊莫汉说，要进学校就会问他爸爸的姓名。你到今天都没说过他父亲的名字。

因为她脑子里转的是这些事，所以一听说学校，她就提儿子的事。现在很难收回了。

她说："我有儿子很久了……"

贾格莫汉似乎不信。他到这所房子住这么久了，竟不知道希莱摩尼有个儿子！

"多大？"

"有八九岁了。"

贾格莫汉从头到脚看了看希莱摩尼，希莱摩尼今天像西部的妇女那样，穿着紧身乳罩，双乳高耸，皮肤柔嫩，一双大眼睛，青春靓丽。怎么也想象不到她是母亲。

"你儿子住哪儿？"

"就住在这楼下。"

"去！别说这些了。过来，到我这儿来。我困了，躺在你怀里睡一会。"

希莱摩尼知道，是贾格莫汉睡觉的时候了。他合眼了，过一会她就能脱身了。

贾格莫汉的头靠在希莱摩尼怀里，说："你还到处去唱什么歌，跳什么舞？我给你的钱还不够花么？"

希莱摩尼为了不多说话，说："好吧，我不再去了。"

"瓶子里还有白兰地么？来，我再喝一口。"

"让我的孩子进你的学校吧。"

"去你的，疯婆子！你儿子读书做什么？难道你要他当老爷？"

"我儿子读了书，要像办事处那些人一样在办公室做事。"

"哈，你说什么？学问能进妓女儿子的脑袋里？你不如教他打拳弄棒，还能对付村里的恶棍流氓。"

"不，他很聪明，会写自己的名字了。"

"那还要什么？足够了！不想让他学拳就教他学打手鼓吧。"

"为什么？让他进您的学校一次看看吧。"

"去，去，我的学校是男生读的么？男生学校每天都有新建的，我不伤那脑筋。我是为女孩子办学。"

"女孩子也读书？有钱人家的女孩也走路去上学？啊，妈呀！那像什么话！谁敢失去种姓！"

"为什么会失去种姓？你瞧着，会有的，小小的漂亮姑娘，就像刚开放的花朵！"

贾格莫汉边用嘴唇蹭着希莱摩尼的乳房边说："我非常爱小姑娘，非常爱，我要将知识之光送给她们。她们会笑、会玩、会跑，啊，我很爱。"

希莱摩尼为使贾格莫汉睡得久些，轻轻揉他的头。贾格莫汉声音含糊地说："唱支歌听，我的希莱，我的夜莺。听了你的歌我心里舒服，眼睛舒服，听着听着我就睡着了。"

希莱摩尼唱道：

等等，夫君，别遮着脸走，
我是爱你的，
要看着你的眼睛，
但不会拉住叫你住下。
我不会对你说伤心话，
你过的好就好，
离别了我就没命了。

贾格莫汉·萨卡尔趴着，拍着希莱摩尼的大腿打拍子。他几乎要睡着了。

通向另一间屋子的门有轻微响声，希莱摩尼看了看那边。门开了点小缝，拉伊莫汉躲在里面。拉伊莫汉招手向她暗示，希莱摩尼虽然明白，但摇了摇头。拉伊莫汉还是要告诉她什么。

这时希莱摩尼不唱这歌，唱起了别的歌：

啊，有道德的人，看到女人的痛苦，

我明白你的痛苦，

啊，有道德的人，大门并未关上。

你却挖了地道进来，

你迷惑了世界，维护了家声，

我懂了，有道德的人，

需要十六个养牛女献祭。

贾格莫汉回过头问："这是什么歌？我从来没听过，这歌是谁写的？"

希莱摩尼说："昨天一个小叫花子唱的，我听着听着就记熟了。曲子很好……这歌以前我也没听过。"

贾格莫汉怀疑地说："再唱吧，再唱一遍。"

希莱摩尼又唱这支歌。

贾格莫汉听后更怀疑了，嘟囔着说："迷惑了世界，那是指我！啊，有道德的人，看见女人的痛苦——这是说我……真糟糕。你却挖了地道进来，我哪儿挖了地道进来？哼！小心，再唱这支歌我就割了你的舌头！老实说，谁教你的歌？"

希莱摩尼平静地说："我说过了，一个小叫花子唱的。"

"是哪儿的叫花子？"

"我怎么知道？我没记他的出身、地址，可是他有时来，两三天一来。"

"啊，是有人想毁了我！是谁跟踪我？拿我的名字损我？为何唱这支歌？说呀，说真话！"

"啊，天呀，我哪知道这歌会吵了你的觉，我以为是敬神的歌，会使你快点入睡……夜很深了。"

"敬神的歌？是不敬，不敬！这是要使人好？这歌是否还有歌词？"

希莱摩尼低下头说："是的，还有好些。"

听了后面的歌词后，贾格莫汉·萨卡尔几乎跳了起来。他肥大的身躯疯狂地在屋里奔跑，眼睛里还有泪水。他厉声说："大阴谋！大阴谋！是谁干的？是谁干的？贝迦·马利克？巴佳龙博·米蒂勒？啊，希莱，救救我。"

希莱摩尼说："我是小女子，怎么救您？"

贾格莫汉·萨卡尔怨恨地说："你忘了这歌吧，永远别唱了。你到处去唱歌跳舞吧，可是出去永远别唱这支歌了，答应我，发个誓！"他取下右手中指一枚镶有宝石的戒指扔到希莱摩尼怀里，说："拿去，把这歌忘掉！"

希莱摩尼像听话的女仆，说："没有比您的吩咐更重大的事了，我不唱。永远不记得这歌了。我怎么知道歌词里有什么？"

"你就别唱了，但是那小叫花子呢？"

"我怎能封住他的嘴？"

"你不是说他有时候来么？"

"是来。"

"再来就捉住他。你让他闭嘴，要不就吓唬他，我让他去坐牢，明白了？"

"是的，明白了。"

贾格莫汉·萨卡尔掏出两把钞票扔给希莱摩尼，说："拿去！再拿！顾住我的面子。却挖地道进来了，啊，天啊，多可怕的话，像我这样有身份的人……"

希莱摩尼说："你蹦什么？躺下睡吧。"

贾格莫汉用手背边擦眼睛边说："我睡过了，不困了。我周身都发热……看来快要天亮。我去恒河洗个澡就回家去！"他一刻都不再停留，打开门在黑暗中走下楼梯。外面响起他的双驾马车声。

拉伊莫汉推门进来笑个不停，希莱摩尼也笑了。希莱摩尼没有想到，一支歌竟会有这样的反应。

拉伊莫汉说:"看见了,希莱,看见了,多么好的药!"

希莱摩尼说:"啊,他很伤心了,像被宰的羊那样蹦来蹦去的。"

拉伊莫汉说:"当然!在挖地道的话刺伤他了!真的挖了地道。"

"怎么了,这么大的人物!"

"放下你的大人物吧。那是个魔鬼下流胚!以拯救妇女为名闯入上等人家里毁了人家的种姓。一个婆罗门寡妇,只有一个女儿,他为了把那小姑娘从黑暗中拉出来,毁了她的母亲!我全知道。怎么了!我还拿他写了另一支歌,我也教给你。"

希莱摩尼说:"他听了第二支歌就不会再来这里了。"

拉伊莫汉说:"会来的,会来的。他听得越多,就会越生气地来。不仅是贾格莫汉·萨卡尔,我还拿贝迦·马利克作了一支歌。我这回不会放过任何人。"

二十九

　　比图谢克醒得很早，他的卧室宽大，床头朝西。他独睡有几年了。他睡觉不喜欢受到干扰。妻子索达米尼有痛风和糖尿病，夜里要起来几次，所以她单住。

　　早晨的第一缕阳光从东窗照到比图谢克的眼睛，他睁开眼看，不管冬夏都是这个习惯。虽然他年过五十，但没有感到任何倦怠，一醒来立即坐起，两手合十顶着前额向神祷告。然后左手掌放在鼻子前查呼吸。他认为，人睡醒后只有一个鼻孔出气。有些天是左边，有些天是右边。每天这时他都在床上想，今天是左边或是右边？虽无一定原因，不知为何，他醒后喜欢用左鼻子呼气。

　　今天是右鼻子呼气，所以下床后他先伸左腿，在走向窗户时依次用右鼻孔和左鼻孔呼气，这样花费了不少时间。这时他向太阳神念了几句经文。在比图谢克醒后，全家是不可能仍在酣睡的。一听到他的木屐声在二楼走廊响起，楼房底层就不安了，仆人准备挨骂了。

　　他的妻子索达米尼的卧室正对着楼梯。近来她几乎整天卧床，房门掩着，比图谢克一推就开。一个女仆睡在室内地板上，听到老爷的脚步声，她就起来靠墙坐着。这时索达米尼还在睡。比图谢克来到床边，看了妻子一会儿。几年前索达米尼还是身材高大，一脸高兴的人，突然身体就垮了，掉了膘，皮肤松弛，白皙的皮肤现在也变得灰暗了。

比图谢克懂点医术，从肤色变化能判断出病的程度。他抬起妻子的一只手，查看指甲和舌头的颜色，然后把脉，又把她的手慢慢放回胸前。他长叹一声，一切都是命运！比图谢克从来没有忽视、不关心妻子。他是婆罗门，他有能力、有钱，娶几门亲很容易，但他专一。索达米尼怀过五个女儿，却没能给丈夫生个儿子。比图谢克没有继承人，可是他不另行娶妻。与比图谢克同年的拉吉纳拉扬·德特干的是什么事！拉吉纳拉扬·德特的独生子默图改信了基督教后出走了。听说他在遥远的马德拉斯。在不承认默图是儿子后，拉吉纳拉扬·德特多次结婚，希望再得子，但努力毫无结果，徒增众人笑话。

索达米尼多次缠着要比图谢克再娶，但比图谢克不从。如果命好，一个妻子也会得子。

命运会怎样对待一个人是没准的。她从来没有得不到丈夫的关爱，身体的欢愉也从不缺乏，可是她得了这种病，这辈子的欢乐全完了，现在只是等死了。看看那边宾波波蒂的运气，宾波波蒂一生很少同丈夫在一起，拉姆卡马尔·辛格几乎不在家过夜，宾波波蒂自然心里很痛苦，可是她多么健康。现在她的姿色像是减退了，过早地成了寡妇。可是宾波波蒂很幸运，有儿子而骄傲。

比图谢克又长叹一声，走出屋子。他没有儿子，也不赞成要养子。他观察了小女婿杜尔迦·普拉萨德的行为，让他入赘。这小子很文静，到现在还未能完全、准确地了解他。如果他诚实，那么比图谢克会把财产全部交给他。拉姆·卡马尔·辛格是在比图谢克很不同意的情况下，匆忙地收耿伽为养子的，这就是结局！耿伽！近来一想到这名字，比图谢克就冒火。

比图谢克下了楼。冬天，他坐在阳光下刷牙。在房后的花园里仆人已为他摆好躺椅。一个仆人在小藤篮里放了几条柠檬树枝。比图谢克挑了一根，一边刷牙一边想耿伽的事。年轻气盛的耿伽好像开始藐视一切了，似乎他拒绝比图谢克的每个指示才感到快乐。他派耿伽到杰索尔县的易卜拉欣布尔办事处去。那里的不少土地已被承包去种蓼蓝了。因种植蓼蓝近来发生了一些冲突。种蓼蓝很赚钱，许多英国人都扑向那里。碰运气的非官方英国人来到印度从事各种商业，现在他们全都争着去种蓼蓝。比图谢克明白，不能同外国人竞争。因为外县的法庭不能审判英国人，所以他们不在乎任何法律，肆意虐待农民。因此比图谢克想，把承包去种蓼蓝的土地租给英国人。靛蓝市场一火，就会得到好价钱。为此，他派耿伽去。但是耿伽干了完全相反的事，回来了。他没做任何努力，没将土地移交给英国人。相反，他免除了农民因种蓼蓝预付的租金，允许他们在那些土地上种水稻。

比图谢克往地上吐了口痰，同情农民！比图谢克对耿伽的企图看透了！装作对农民宽大，装成爱国者，他要证明自己是地主！诺宾现在还小，谁都不认识他。佃农们现在认为耿伽是拉姆卡马尔·辛格的长子！哼！比图谢克从心里觉得好笑。只要他愿意，现在就能将耿伽扔到垃圾堆去。耿伽不知道，比图谢克如果想，一天之内就能侵吞拉姆卡马尔·辛格的全部财产。他甚至在拉姆卡马尔死后，能把整个辛格家庭从乔拉桑科抹掉。对他来说这不是不可能的。他没有这样做，是看在宾波波蒂和诺宾的面上。一想到诺宾，他的心就安了。

等诺宾成年吧，他要让诺宾成为加尔各答的富翁，上层社会的顶尖人物。在那之前，他要把耿伽彻底粉碎，否则他不会安宁。家族的败类！比图谢克曾经那么爱过耿伽，他回报的却是毁了他的女儿。这一向以香蕉牛奶喂养的黑蛇，现在竟向比图谢克喷毒气！比图谢克要让他变成路上的乞丐。

他要在死前吩咐，让诺宾给他送终。

比图谢克刷完牙，扔掉柠檬树枝后，伸出右手，仆人拿来铜的刮舌板。他刮了一会儿舌头又交给仆人。洗脸后他又上了厕所。

比图谢克在早上拜神前，一般对谁都不说话。所以仆人都不等吩咐，每天都按规矩办事。

比图谢克大小便后去洗澡。房后头有自己的池塘，但他不喜欢在池塘里洗。仆人很早就在花园里的一个大搪瓷浴缸里放满水，水是太阳晒热的。旁边铺了一领席子。比图谢克脱了衣服穿着裤衩躺在席子上，几个仆人来给他身上抹油。抹了一会，主仆都不说话，只有抹油的声音。然后比图谢克躺进浴缸里，仆人给他搓澡。

虽有这么多过程，可是他的洗澡就像乌鸦洗澡一样。他怕水，不去池塘洗澡，他虽然很信教，可是从来不去恒河沐浴。他家里存有恒河河水，每天拜神前用河水洒脸。他因为怕坐船出去巡视，自己都没有买过地产。他的财产大部分在加尔各答的不同商业机构投资。

比图谢克沐浴后穿着湿衣服进屋去。又把手放在前面检验他的呼气。他皱起眉头，沐浴后身体洁净了，这时用两个鼻孔呼吸，人就不受血脉的影响了。可是今天为何还是右鼻孔出气？这是什么不祥之兆呢？与此同时，他的右眼跳了一下。

比图谢克不理会内心的担忧，上楼去换衣服。他穿上麻质衣服去拜神，心不在焉地一边念经一边摸摸鼻子，现在是右边！

这神堂有一段时间被宾杜占着。每天早上当比图谢克来拜神时，宾杜为父亲拿来铜水瓶、恒河水、鲜花等。比图谢克一天里只有这时见到宾杜，说一两句话。现在坐在这屋里，就想起宾杜。他想到那命乖的宾杜，并不感到悲伤。比起她的罪恶来，对她的处罚是很轻的。丫头昏了头亵渎了这神堂。耿伽以罪恶的心看她、抚摸她。宾杜为什么不服毒？宾杜如果那样死了，比图谢克可为女儿骄傲，要去迦梨庙勒石为女儿立碑。压抑是寡妇的骄傲。一个寡妇今生严厉自我压抑，遵守每一条法规，那来世她的吉祥志就会完好无损。他不知多少次对宾杜说过这话了。可是她不听。今生他不会再见她的面了。

比图谢克拜完神站起来。今天他不能安心拜神，不能集中精神，坐在那里毫无意义。到傍晚再来拜一次。他又把手放到鼻子前，现在还是右边。

比图谢克吃了一个橘子、一块甜点，喝了一杯浓果汁。然后来到妻子索达米尼屋里。

索达米尼刚醒，还半躺在床上。一个女理发师正在她脚底抹朱砂。这些以前只在下午进行。但是现在索达米尼有种种爱好，时时产生各种愿望，一想到就要。一天半夜睡醒突然想吃红糖。她梦见杜尔迦女神节的鼓乐声响起，她的死尸从旁边抬过。冬天之前她会死去。梦中有这样的暗示。吃不到今年的新红糖了。她想到这些就心痛，像不懂事的女孩那样哭起来。

在索达米尼病倒后，守寡的大女儿纳拉雅尼就管起家了。女仆把她请来。不要说新红糖，家里什么糖都没有。这么晚了，上哪儿弄去？纳拉雅尼向母亲作了很多解释，但索达米尼根本不听。"啊，我为你们做了这么多，而你们这么一丁点事都不给我做。"说完就大哭。纳拉雅尼没叫醒父亲，当晚就派人去波斯达巴扎买红糖给母亲吃。

比图谢克进屋默默地待了一会。女理发师迅速做完事走了。比图谢克上前问："今天觉得怎样，索达？"

索达米尼看见丈夫后拉了拉面纱，说："好，今天比昨天好些。"她的一个优点是，从来不在丈夫面前多说自己的病。丈夫是大忙人，不愿再让他操心。

比图谢克问："膝盖疼得好点么？"

索达米尼说："可以说完全不痛了。您别多操心了。科博雷吉先生给了很好的药。"然后她又装出笑容说："您别让科博雷吉再给这样的好药了吧。能在发缝点上吉祥志我就高兴了！"

比图谢克装作吃惊的样子，说："那怎么会呢。算命的说我不会丧妻。我的寿命是八十，你的寿命更长。"

索达米尼说："怎么是八十，您会活得更长。女人活长了不好。"

比图谢克摸摸索达米尼的额头，冷，冷得有点过分，这使比图谢克担心。病人身上是应该热一些的。可是索达米尼的体温好像一天天降低了。

比图谢克说："对，今天看来挺好。"

"苏哈希尼他们有信来么？"

比图谢克的小女儿和女婿杜尔迦普拉萨德去克里希纳城了。比图谢克的祖宅在那里。那里的房子很久没人收拾了。所以比图谢克派女婿去打理，清除掉园里的杂草。房屋很大，空放着不是事。英国公司掌权后，需要大量租房。政府职员出高价租房。那房子如果出租会有些收益。他让女儿跟女婿去，女儿得胃病有些日子了，去那里对健康有好处，那里的水土好。

比图谢克说："没有，没来信。这才走了几天，还不到来信的时候。"

"今天不上那家去？"

"还没去，就去。"

那家，是指辛格家。比图谢克常年习惯是每天早晨去辛格家看看。那家的所有事情都是按比图谢克的吩咐办的。不管耿伽想怎样反叛，比图谢克现在还是这两家的主宰。

比图谢克在离开前，将手放到妻子索达米尼鼻子前，说："你呼气。"

奇怪，索达米尼也是从右鼻孔出气。

比图谢克皱着眉头下了楼。客厅前的走廊上聚集了一群求见者和掮客。近来有一种新的灾难，名叫捐款。从前给儿子祈福、为父亲办丧事、嫁女等，一些赌棍、小偷来请求帮助。近来是学校来要捐款，小丑来要捐款。湿婆大神节、杜尔迦女神节都要捐款。来募捐的人就像糖罐上的苍蝇，是怎么赶都赶不走的。

求见者见到比图谢克都站直了。比图谢克先看到了站得较远的拉伊莫汉，他合掌致意。

拉伊莫汉在拉姆卡马尔·辛格去世后，有时来这里走动。比图谢克明白，做帮闲是拉伊莫汉的职业，他要靠新的老爷。但拉伊莫汉想错了，比图谢克并不觉得，同溜须拍马者消磨时间是好的消遣。此外帮闲者在这里不能肆意饮酒，也没有希望跟去逛妓院。市里的人都知道，比图谢克·穆克吉不喜欢这些。那么拉伊莫汉来做什么？

比图谢克问他："怎么，有什么消息？"

拉伊莫汉装笑说："我来给您请安。"

比图谢克既不给他回答，也不看其他人，严肃地向门口走去。守门人弯腰行礼。车夫跑过来问是否要套车。比图谢克扬手制止。他步行到辛格家去。他心想，那家也许有什么灾难了。

比图谢克跨着大步，一会儿就走到那家了。他在门口见到迪巴戈尔眼巴巴地站在那里，像是在等他。比图谢克一见到他，心就颤了一下，焦急地问："小少爷怎样？诺宾？"

迪巴戈尔说："好。他正跟老师读书呢。"

"你家太太呢？她身体好么？"

"好的。她刚到恒河洗澡去了。"

比图谢克松了一口气。他瞎操心，全都挺好的。他没有问及耿伽。

迪巴戈尔不好意思地说："大先生，我要跟您说几句话。我这么老了，要带着老婆孩子没饭吃饿死么？您评评理！"

比图谢克问："怎么了？"

"我从小就吃这家的饭，伺候老爷没犯过过失，拼命干活来的。"

比图谢克责备说："别废话，实说。"

迪巴戈尔立即说："耿伽少爷把我开除了，不要我当差了。他说，地产的事不需要我了。"

"为什么？"

"说什么我没良心，不够格。"

比图谢克知道，迪巴戈尔不是没良心，也不是不够格，他是小偷。可是是可信赖的小偷。给他工作他会做得很好，什么也不偷。近来那些小子全是小偷，有几个是会做事的？他们只会偷，像迪巴戈尔这样干事的很难得。

"耿伽说要辞掉你了？"

"是的，没说得那么清楚，可就是那意思。我一听就像从天上摔下来似的。这一向我都是听您吩咐的……我话没说完就……"

迪巴戈尔很狡猾，像蚂蚁预知暴风雨会来那样，他知道耿伽同比图谢克的冲突就要摊牌了。他在一段时间里可以中立，站得远远的，要得利时就要先投靠一方。他思前想后明白了，站在比图谢克这边最好，最安全。比起手段高强的比图谢克来，耿伽只是孩子，什么也不是。

比图谢克笑笑说："你先到外面去转几天吧。我想派你去易卜拉欣布尔办事处，必须惩罚一下那里的佃户，必要时不能放火烧他几家房子么？"

迪巴戈尔说："是的，您如果吩咐，连阎王殿我都能放火烧了它。"

同迪巴戈尔的谈话没能继续，比图谢克的贴身仆人拉库纳特跑来报告了坏消息，克里希纳城来人了，苏哈希尼得了重病。

比图谢克听后呆了一会儿。他没想到灾难是来自这方面。从早上起看到右鼻子出气，他觉得要坏事了。苏哈希尼，他的小女儿，他最疼爱的孩子……

比图谢克从失神中醒了过来，一点都不能浪费时间……必须尽最后努力救苏哈希尼。

三十

克里希纳城不近，走陆路至少要两天，再说还有强盗，晚上很难走。走水路时间短些，但比图谢克怕坐船。算命的说，他有落水的难。

比图谢克派了两个职员和迪巴戈尔坐快艇去打前站，自己带了几名家丁乘两辆双驾马车出发了。耿伽听到这不好的消息，也要跟去，比图谢克说没必要，让他待在加尔各答照管这两个家。

跟患病的妻子告别是不容易的。索达米尼现在似乎完全不懂事，每天早上不见到丈夫就很不安。所以不告诉她，比图谢克就走不了。而如果将苏哈希尼生病的事告诉她，她就更不安，那时救她就难了。比图谢克很少离开加尔各答。只因打官司，去过一两次布德万。所以怎么向她解释突然外出的原因呢？只能撒谎了。比图谢克解释说，克里希纳城皇宫有重要案件召他去咨询法律。他同意去，因为可以一箭双雕，又可看女婿维修房屋有多大的进展。他在场肯定会使工作加快。那样就能和女儿女婿一起回来了。

索达米尼表示理解，说："不管房子的事完不完，您要带苏哈希尼回来。不知我还能活多久。我得最后见她一面。"

比图谢克的大女儿纳拉雅尼给他收拾好衣服。她也是命不好，前几年回到娘家的。

纳拉雅尼小声说："爸爸，我也跟您去吧？"

比图谢克说："不，孩子，你去了谁管这里？现在全部责任都交给你了。"

"可是我们中去一个就好，苏哈希尼怀孕了。"

"啊？"

比图谢克气得要揪自己的头发。为什么没人告诉他苏哈希尼怀孕的事？那他还会让她去克里希纳城么？这家里谁都不同他说话，只是害怕他。

苏哈希尼婚后，比图谢克没让她去过婆家一天。他经多方考察，从穷人家选了品德好的孩子做女婿。婚前订的条件是入赘。一切都安排得好好的。女儿自己缠着要去克里希纳城走走。比图谢克想，去就去吧，克里希纳城是有利于健康的地方，那时谁都不敢对他说苏哈希尼怀孕了。

车子摇摇晃晃地走着，比图谢克闭眼端坐在车内，像在沉思。他担心见不到苏哈希尼了。来信没说她得了什么病，这时是冷天，霍乱病少。最怕是这种病，一天时间都不给你。还能是什么病呢？肯定是重病，否则为何这样送急信。

比图谢克子女的命运不好。他没有儿子，五个女儿死了两个，两个成了寡妇。大女儿纳拉雅尼没儿子，带着三个女儿成了寡妇。比图谢克表面上不表现出什么爱，但他内心把爱都倾注给小女儿苏哈希尼了。他抱着很大希望把一切都交给女婿杜尔迦·普拉萨德，将来让他继承财产。如果苏哈希尼不在了，那杜尔迦普拉萨德就没有任何价值。那么一切都归诺宾了。

人们知道，并且永远知道，诺宾是拉姆卡马尔·辛格的孩子。这也是真的。阿周那总说自己是般度族的，什么时候说过自己是因陀罗的儿子？比图谢克是婆罗门，只要是婆罗门，就是神生的。多少妇女为要孩子去求神做丈夫。宾波波蒂非常诚心想生个儿子，比图谢克满足了她的愿望，有传宗接代的了。他的朋友拉姆卡马尔·辛格满意地咽气了，还有比这更完满的功德么？比图谢克从来不以享用的眼光看待宾波波蒂，只因有必要生孩子，他才与宾波波蒂同房。在诺宾出生后，他一次也没叫宾波波蒂同房。现在宾波波蒂是寡妇，不再存在那问题了。

在去克里希纳城前，比图谢克同妻子索达米尼告别，但没能去见一次宾波波蒂。宾波波蒂听别人说比图谢克不在市里，这能让她没一点委屈么？

马车突然停下了，比图谢克探出头问："怎么了，为何停车？小子们快走啊！"

家丁说："老爷，公司士兵过来了。"

比图谢克听到了喇叭声。

东印度公司的士兵行军过来了，现在必须让路。比图谢克的车开到空场上。他看到约一千多名步兵和骑兵。只好等他们过去，别无他法，浪费了很多时间。

只有前面十来个是白种人，其余都是本土士兵，著名的孟加拉团。从加尔各答到白沙瓦，人们听到孟加拉团的名字会发抖。现在国内没有战争，到处是和平状态。平时要显示力量，这是英国民族战略的一部分。团里当然不是孟加拉人。士兵全是西部的婆罗门或刹帝利种姓的。孟加拉民族忘记军事学了。加尔各答成为首府后，为保证安全，英国人抢走了孟加拉人的剑和枪，让他们拿起了笔。

比图谢克着迷地望着士兵，他们多么好看，多么有纪律地行进，英国民族的教育是什么素质！只在十来个白种人士兵的命令下，上千士兵默默地低头向前走。比图谢克听爷爷讲过故事，从前一看见纳瓦布的军队来了，农村人就害怕。纳瓦布军队的罪状是不声不响就抢劫、强奸、杀害妇女。没有地方可以控告这些暴行，所以一看见纳瓦布军队大家就跑进丛林颤抖着呼唤梵天。和他们比起来，英国人是多么文明有礼貌。公司的军队从来没有无缘无故地抢劫。相反，公司军队走过的地方，强盗很久都不敢作乱。

一个白人骑兵离开队伍来到比图谢克车前，拿鞭子打了双驾马车中的一匹马，问谁在里面，是男人或女人？

比图谢克探头用英语说："是我，先生。"

白人士兵很年轻，烈日下晒红了脸。他又抽响鞭子说："你是什么王公？公司的军队正在行进，你为何不下车站好？"

比图谢克不能准确理解白人士兵那难懂的语言，但还是赶快下车敬了个礼。

白人士兵问："你是什么人？"

比图谢克说："比图谢克·穆克吉，先生。律师，先生。在民事法庭做律师，先生。"

"摘下头巾，狗娘养的！"

比图谢克穿的是全套律师服装，长上衣，戴头巾。他看到其他车子的兵丁早就下了车，把所有武器放在脚下低头站着。比图谢克很少外出，从来没遇到过公司的士兵，所以不懂这些规矩。

他急忙取下头巾，又向洋人行了个礼。

骑兵立即回头扬起一阵尘土跑走了。他的姿势多么坚定迅速，转眼间就回到队伍中了。

比图谢克从看见他后，一直手拿头巾，另一手作行礼状。他并不因此感到愤怒或厌恶。英国在印度建立了和平和正义，作为交换他们可以要求获得这样的荣誉。比图谢克自然是尊敬强大的英国的。但他们进行非印度教的教育，或干涉印度宗教时，比图谢克是不能容忍的。

公司军队用了一个半小时才过完，比图谢克又上路了。此后再没有障碍了，路上在一处过夜，第二天下午到达克里希纳城。

比图谢克来到自己的房屋，用手支着脑袋坐在那里。女儿苏哈希尼还活着，但已到最后时刻了。女婿杜尔迦普拉萨德也病了，他们都得了出血热。

迪巴戈尔他们先到，对医疗等等做了很好的安排。但希望很渺茫。得了出血热就像遇到了阎王，一染上就好不了。杰索尔和库尔纳那边成千上万人死于这病。这病也传染到克里希纳城了，出血热已经要了几个人的命。

比图谢克像是疯了。他这辈子没少看见死亡。死亡是生命的必然结局，随时随地说走就走。但比图谢克怎么也承受不了失去爱女及其女婿的悲痛。他早就认识克里希纳城的执政官吉尔迪克钱德拉·罗易，他求罗易安排找来皇宫最好的医生。这里有个牧师是很有名气的医师，也求他来了。甚至还请来一位穆斯林医师。他们三人轮流照看，谁都不敢做保证。人与阎王的斗争还在进行着。

比图谢克不吃不睡，苏哈希尼和杜尔迦普拉萨德躺在旁边两张床上。比图谢克坐在床头，时而俯看女儿，时而看看女婿。要是谁说话就好了，但两人都说不出话了。

那晚过去了，第二天还是那样，两人的脸色像死人似的煞白。只有微弱的脉搏才知道他们的生命还在跳动。在印医、西医和穆斯林医生的三种药的激烈冲击下，他们的生命之鸟可能冲不出牢笼了。能否再熬一夜也是疑问。

那晚比图谢克独自坐在那里，有段时间打瞌睡了。他自己不知道，觉得是醒着的。他看到，室内突然大放光彩。封闭的室内充满神奇香味。一个光彩夺目的男人慢慢出现。比图谢克认为，似乎是阎王，亲自来带走他的女儿和女婿了。

他双手合十说："主啊，可怜可怜吧，如果说我一生中还做过好事，那我乞求拿来换取这两人的生命。"

这时那个神像说："比图，你看。"

比图谢克仔细一看，他知道错了。这不是阎王，是毗湿奴大神。四只手拿着螺号、车轮、木槌和莲花。脸上露出虚幻、神秘、奇怪的笑容。他是穿着比图谢克家神一样的服饰来的。比图谢克感到空前的颤栗。他今生有幸，在这危险的夜晚，世界之主毗湿奴神来看他了，所以不用再害怕了。

比图谢克感动地以头叩地行礼，他怕再抬起头时，再见不到神像了。

他抬头看时，神像还是那样笑着看他。

比图谢克说："大慈大悲的神啊，请给我施舍吧！"

那有光环的男人说："我就是来施舍的。"

比图谢克说："我的命根子女儿女婿……"

那男人伸出拿莲花的手的一个手指说：一个！

比图谢克不明白，不知所措地望着。那男人又说。随便你，选择一个吧。我可以给任何一个人的生命。

比图谢克浑身发抖，什么话都说不出。随便哪一个？他要乞求谁的生命呢？苏哈希尼的或是杜尔迦普拉萨德的？比图谢克看到那个光辉的人像灯焰那样闪动，也许马上就会熄灭。

比图谢克焦急地哭喊着说："主啊，我没有儿子，这女婿就是我的儿子，苏哈希尼是我的眼珠子。没有她，我……她怀的孩子也活不了……"

那光辉的人形抖动得更厉害了，真的，看来快要熄灭了。他严肃地说："一个人！"

比图谢克瞬间做了决定。苏哈希尼才十三岁。杜尔迦普拉萨德死后，她将面临漫长的守寡生活。看着女儿守寡的景象，比图谢克再也不能忍受了。如果守寡的苏哈希尼出轨，让家族蒙羞，那他今生和来世都完了。杜尔迦普拉萨德是男子汉，他能受得住丧妻的痛苦。他聪明，有才能，一辈子还能得到更多的东西。可是苏哈希尼什么不存在了。

比图谢克说："杜尔迦普拉萨德。"

光辉的人立即消失了，光芒也不见了。房间里又恢复了灯光昏暗和有烟的老样子。

比图谢克像是忍受不了神的消失，一边喊着主啊，主啊，一边下楼梯，结果滚了下去。

在楼下的迪巴戈尔和其他人听到响声后赶紧出来，看到比图谢克已失去知觉。他被抬放到木板床上。有人跑去请医生来，其他人往比图谢克脸上洒水。

比图谢克过了一会苏醒了，但说不出话，嘴里只发出嗡嗡声。

大家都认为比图谢克是梦魇了，睡觉时往往是这样的。

两个人硬把比图谢克拉起来坐好，在两边扶着他。迪巴戈尔在他耳边念罗摩大神的名字。

比图谢克完全恢复知觉了。他声音自然地说："为什么拉着我，放开！"然后他嗷嗷地哭了起来，抱着迪巴戈尔说："啊，我看见了什么，我看见了什么！"

从来没有人看见过性格坚强、自尊心极重的比图谢克这样哭过。比图谢克在面对苏哈希尼的姐姐的死亡时，也不是这样软弱的。

在医生到来时，比图谢克含着泪水一再说："我看见什么了！我看见什么了！"

医生上楼来检查，苏哈希尼和杜尔迦普拉萨德的情况还是那样。两人的脉搏还在跳动。那么比图谢克为何突然大哭呢？

神仙不知要开多少玩笑，让人们受多少考验，那是没完没了的。

第二天早上，杜尔迦普拉萨德死了，苏哈希尼慢慢地好转了，两天后苏哈希尼完全度过了危险期。她不知道自己已成了寡妇。

比图谢克完全懵了。这是怎么了？他是乞求杜尔迦普拉萨德活的呀，那是他的真心话么？无所不知的薄伽梵明白他心里想的，反过来让他女婿死了？但是怀孕的苏哈希尼怎么过这长期被排斥的生活？对少年寡妇来说，死亡才是祝福。

苏哈希尼这时还卧病在床，没有力气站起来。在这情况下把她的手镯砸碎，把吉祥志抹掉？当地几位有身份的人士建议，现在不必把痛心的消息告诉她，过几天再说。

但比图谢克不能做这种缺德事。丈夫的尸体火化后，任何一个印度教徒的女儿都不能再戴首饰和点吉祥志了。古代的圣人不是傻瓜，他们的箴言都是经多方考虑的。一个人的罪过会毁了整个社会。当神来考验时，比图谢克很明白是要争取考试及格的。如果真正的人存在，那必须面对命运，不能有丝毫的害怕。比图谢克不怕。

苏哈希尼没有力气，不能大哭。她咬着嘴唇，枕头被泪水浸湿了。她虽然只有十三岁，但知道守寡的痛苦。她见过姐姐宾杜巴希尼。

　　比图谢克带着女儿在克里希纳城住了两个半月。他按照医嘱，没有立即带她回加尔各答。虽然有许多要紧的工作，比图谢克也不能回去。他能将女儿委托给谁呢？同加尔各答的联系正常进行。妻子索达米尼有点好转了。没有将女婿的死讯告诉她。

　　后来一个晚上，苏哈希尼临产阵痛，产下一名男婴。比图谢克想起，在女儿怀孕时，他竟愿她死去。想起来不禁毛骨悚然。

三十一

耿伽不再是羞涩、少言寡语的少年了。曾有一段时间，家里都感觉不到他的存在。他现在是强壮、严肃的青年了。他的脸上长出了黑胡须，虽然还不成型，但他同别人谈话时，胡子能衬托出他的成熟。

耿伽不再将时间花在与同学朋友交谈上。早上他亲自到办事处给职员交代工作，饭后去视察三家商业机构。他外衣口袋有块表，没有一天是会迟到一分钟的。傍晚有时有人来家里谈生意，耿伽陪到很晚。比图谢克也在场，时时同耿伽发生争执。

当然他那罗曼蒂克、充满激情的心现在平静了，现在很少是边读书边流泪了。他的妻子丽拉波迪大部分时间住在娘家，还是小孩脾气，现在她不能离开父母和玩玩偶的伙伴太久，总以种种借口回巴格巴扎娘家去。耿伽当然不反对。他对丽拉波迪毫无兴趣。他独自在自己房间里一天天地在灯下读书，整晚不睡。

近来他对梵语文学有了兴趣，将英语诗和梵语诗对照起来读。可是梵语诗里男女之爱的韵味太重，耿伽读着读着耳朵根都红了。他有时合起书本长叹，在那无人的深夜他想起了宾杜，心中觉得风暴在怒吼。他发过誓永远不见宾杜。

快天亮时，耿伽被读梵语诗的童声吵醒了。诺宾现在八岁，起得很早，在二楼走廊转来转去读诗。奇怪，这孩子的记忆力超群。小小年纪就能读《摩诃婆罗多》的艰难诗句。大家看到他的聪颖都感到惊奇。宾波波蒂要常见到诺宾，所以不让他上学校。但耿伽为弟弟的教育做了很好的安排。他从梵语学院和印度学院挑选了三位学生做老师，让他们教诺宾梵语、英语、数学。此外注意到诺宾对音乐的爱好，在家里请了一位包月的乐师。诺宾跟他学声乐。诺宾听了乞丐和行者唱的歌后学得很像。他虽然不全懂歌词的含义，也以那种感情摇晃着脑袋唱。有时他在母亲面前演出各种戏剧，谁知道他是从哪儿学来的！

诺宾很爱大哥耿伽，他学了什么新课都要让哥哥听。耿伽醒后把诺宾叫到卧室来，亲切地让他坐在旁边，考查他新学的知识。

耿伽问诺宾，说："God 是什么意思？"

诺宾说："上帝。"

耿伽问："Lord？"

诺宾说："主。"然后诺宾自己边拍手边说，"我知道 philosopher 的意思，哲学家。而 ploughman 是农夫。"

比图谢克讨厌诺宾和耿伽亲热。虽然耿伽开始不礼貌了，但比图谢克知道，总有一天他要通过诺宾把耿伽逐出这个家，需要的只是等待。让诺宾再长大点吧！到那时比图谢克就会看到，耿伽的傲气是怎样完蛋的。

宾波波蒂在傍晚时把耿伽叫来。早上宾波波蒂喂鸟时见过耿伽，耿伽来向母亲行过礼，互致问候。如果要谈有关财产的事，耿伽会在白天其他时间自己通知后来见宾波波蒂。傍晚时宾波波蒂通知，那肯定有要紧事。

但是事情并不是那么紧急。

耿伽向母亲行过礼，低头站着。宾波波蒂说："从巴格巴扎来问日子了，你听说了吗？"

耿伽有点摸不着头脑。巴格巴扎是他岳父家。看来问日子是从那里来的了。但这事告诉他做什么？问日子的人穿着大袍进入深闺，从女主人那里得到赏钱。这些是女人的事，耿伽不想伤脑筋。

耿伽冷淡地哼一声，噢！

宾波波蒂笑了，说："噢什么？你不明白是什么意思？"

耿伽说："问日子是什么意思？"

宾波波蒂说："什么节日都不是，不是女婿初六，不是芝麻初六，不是月底，突然派人来问日子，你不明白？"

耿伽说："看看是不是哪家做什么法事？"

"不，不是的，亲家母指责我呢！六个月了，我们都没去接丽拉波迪，你一次都没去过。所以亲家母派人来提醒我们了。"

"噢！"

"又噢！做个安排吧。他们派了十二个大妈来问日子，明天我就派十六个大妈去。我跟乔纳丹和德伟波德说了，买上好的甜食和二十斤鲤鱼。后天你去接丽拉回来。"

耿伽发愁地说："我事挺忙的，妈，我去不了，派别人去吧。"

"那怎么行？你必须亲自去。你为何不想去岳父家？"

"要去的话也得迟些，这月没时间。"

宾波波蒂亲切地抚着耿伽的背，说："去吧，去一次。巴格巴扎才多点路！你泰山家是有声望的大家族，你不亲自去，他们是不会送女儿来的。让丽拉这么长时间住娘家不好看。你去这一次吧，以后不用再去了。男人不多去岳父家好……你瞧，你爸爸……自打结婚我来这家后，从来没回过娘家。他不让我去，他也从来不去。"突然谈到拉姆卡马尔·辛格，宾波波蒂流泪了。

耿伽不能拒绝母亲的要求，去巴格巴扎接回丽拉波迪。这次他看到丽拉波迪似乎变化很大。这几个月她长高了，脸色也漂亮了，手脚也好看了。她的行为现在是更多的羞涩取代了女孩子的活泼。以前耿伽还没有机会这样仔细端详丽拉波迪。他整天几乎见不着她。晚上当他来睡觉时，丽拉波迪已睡着了。这次耿伽对妻子也不感到有什么兴趣。他奉母命接回妻子，现在让母亲负责她吧。

一天早上，诺宾来向哥哥告状了。大嫂读书很不用心。他很努力，但大嫂无论如何不读。

耿伽觉得有趣。有时他看见诺宾在当另一个男孩的老师。那男孩是某个仆人的孩子，已经很多次禁止他上楼了。可是诺宾哭闹，每次都冲破了那个禁令。诺宾没有玩伴。除非跟着母亲，他不能到房子外面去，所以他要那孩子做伴。那孩子同诺宾玩，听他的命令，装作他的学生。他不会读，挨诺宾打过手心。

耿伽问："你也开始教你大嫂了？好事！那么得发给你当老师的报酬了。"

诺宾说："大嫂不听我的话，光是笑，你说说她吧。"

耿伽边笑边说："为什么，笑什么？真不该！"

诺宾说："我给大嫂发了书，她撕掉了！我要打她，她躲到妈妈那儿去了。"

耿伽大笑起来。

耿伽虽整天忙于各种工作，但想着这事。真的让丽拉波迪读书怎么样？他再也不能扔下她，要同她过一辈子了。如果把她训练成自己一样，也许有一天会成为合格妻子的。许多基督教的女孩都学会写和读了。可以请欧洲妇女到家里教。耿伽知道，母亲宾波波蒂不会反对。而比图谢克反对又有什么关系？比图谢克对宾杜的教育设置了障碍。那时耿伽不能对抗。但比图谢克不可能对丽拉波迪设置障碍。

耿伽曾向宾杜做过保证，在比图谢克禁止她跟老师读书后，他会定期地偷偷教她读。耿伽没能实现誓言。那时和同学过着愉快的生活，完全忘记宾杜了。为此耿伽至今还感到内疚。

那天晚上耿伽回到卧室时，看到妻子丽拉波迪还没睡。她穿着一袭丝绸纱丽，围着金丝绣花的黑色围巾，发髻上和手臂上戴着花。不仅醒着，晚上还这样刻意打扮，耿伽见了大为惊奇，这一切是怎么回事？

耿伽到旁边的小屋换好衣服回来，看见丽拉波迪两眼含泪。

耿伽问："怎么了？想妈了？这么晚打扮好坐着，是不是要回去？"

丽拉波迪说："不。"

"那？"

丽拉波迪起来，面对耿伽站着，说："您为何不同我说话？我回到娘家，甘佳乔问我，你丈夫整晚不睡觉和你聊天吧？你丈夫爱抚你吧？"

耿伽说："整晚不睡觉聊天？我疯了？"

丽拉波迪翘起嘴唇说："甘佳乔说，她丈夫就是整夜不睡，也让她醒着的。"

耿伽说："你那甘佳乔的丈夫一定是整天睡觉的，不中用的东西。可我白天要做很多事。"

"我回娘家，她们拿我开玩笑。"

"让她们笑吧！听着，诺宾想教你，你为什么不愿学？他向我告状了。"

"那么点孩子净说大人话，他说什么我就得听不成？他是我的老师？"

"好吧，你跟别的人学么？"

"不。"

"为什么？让洋太太来教你。你学了就会知道很多东西，得到很多快乐。"

"不，我没有必要。女人读了书要倒霉的。"

"胡说，这些都是谁对你说的？"

"大家都说。苏哈希尼的命就不好。"

"去，别这样说。这些都是蠢话。"

"我妈也说。"

"你回家去给你妈解释吧。你倒霉，意思就是我死。要是这样，我还叫你读书？"

"苏哈希尼的丈夫也教她读书。"

"苏哈希尼的丈夫是得了难治的病死的，不读书的人也得这种病，他们也死。听着，我读一本书给你听。那墙洞里有三本书，你把最下面那本拿来。"

"您拿吧。"

耿伽高声笑着说："你怕摸了书命就不好？我摸了就没罪过？哈，哈，哈。"耿伽拿书来翻开，说："听这里。两个女人说话。譬如你和甘佳乔两人谈话。听好了。第一个人问，喂，现在很多女人开始读书了，这是什么潮流。你觉得怎么样？

"这时另一个回答说，你用心听着，姐姐。洋人开始做的这件事，经过这段时间看，好像我的命好转了，有知识了。

"问：为什么啊？那些都是男人的事，有我们什么好歹？

"答：听着，这样我们觉得命好了，因为我国妇女不读书，几乎像牲口一样无知，只关在家里做家务度日。

"问：好，读了书就用不做家务了？妇女不做家务、不做饭、不照看孩子怎么行？这些事男人干么？

"答：不。男人为什么要干？女人必须干。但如果读书有了知识，那干完家务后空闲时读写几行字，心里踏实，也能了解自己。

"问：好。我问一件事。你的话使我懂得读书是必要的。但是古代的妇女说，如果妇女必须读书，那么寡妇呢，也是这样吗？如果承认这是真理，我就不读。如果我命不好呢。

"答：不，不，那只是说说而已。我奶奶说，没有一部经典说过女人读书就会成寡妇。只是那些出卖肉体的女人，编出这些瞎话，夸大其词罢了。如果真是这样，那我们怎么在史书里读到很多妇女有学问的事，也听说过大人物的夫人几乎全都是知书识字的。为什么不看看，近来洋太太也像洋先生那样会写会读，她们怎么不成为寡妇？"

丽拉波迪说："算了，算了，我不想再听了。我知道这些都是洋人或异教徒写的。他们说这些是要毁掉我们的种姓。"

耿伽说："不是异教徒和洋人。这本书是真正的婆罗门学者名叫戈尔莫汉·维达龙加尔写的。你再听。

"问：好吧。如果不是罪过，那为什么过去我国妇女不读书？

"答：听好了。当女人在娘家时，只是玩和出去看戏。父母也不叫她们学习。只说不学会做家务和煮饭，到了别人家怎么办？学会做家务到了婆家会有好名声。否则丑名会没完没了。但谁都不谈知识的事。"

丽拉波迪说："在我小时候还没结婚时，我跟我哥哥的老师读书。我坐在哥哥旁边。我姑妈来揪住我的耳朵拉我起来，责备说，男人不要的丫头，想跟男孩子平等？最后像我这样做绝后的寡妇过日子？现在想起这些话我的心都发颤。"

耿伽严肃地说："你娘家的什么规矩，或者谁说的话，在这里行不通。从下月起就给你请个女教师。"

丽拉波迪害怕地说："我笨。读书写字太难，进不了我的脑袋。"

耿伽想把书撕掉，他怎么能把这种蠢人培养成才？他不再说话，把书放回原处后睡了。过了一会，他觉得丽拉波迪把他抱住了。对耿伽来说，这是新的经历。以前从未有过。他佯装睡着，一动不动。

丽拉波迪细声说："您睡着了？生气了？"

耿伽不回答。丽拉波迪又说："好吧，我读，您亲自教我吧。我看见洋太太就害怕。您教我就不怕。"

耿伽说："行，现在睡觉。"

"您一点都不爱我。甘佳乔说……"

"你的甘佳乔说什么，明天我再听。现在睡觉。"

"甘佳乔说，你丈夫不想让你当妈妈。你对丈夫说……"

"去，我不愿听那些胡话。"

"甘佳乔当妈妈了，我不当么？苏哈希尼当妈妈了，凯蒙葛丽当了，杜尔迦莫伊当了，我还没有……大家都笑话我。大家都说你丈夫不爱你。"

"那些话我明天再听，现在先睡吧。我困了。明早我还有很多工作。"

丽拉波迪抱着耿伽，用头蹭着他的胸，蹭着蹭着就睡着了。自她有月经后，妇女们给她进行如何笼住丈夫的种种教育。丽拉波迪现在还很幼稚，不太懂，做了一番努力后睡着了。她的女伴说，在晚上丈夫进屋时稍做打扮，一哭，就能攻破堡垒。但她丈夫根本不理会她的哭。

丽拉波迪睡着了，可是耿伽很久都未能入睡。他一点睡意都没有了，只是翻来覆去，不明白为何如此不安。他坐了起来。

丽拉波迪的手松开了。她放开耿伽后仰睡。冬末的月光照在她沉睡的脸上。被子从她身上滑落了。

耿伽突然开始了惊奇和着迷的较量。丽拉波迪竟是这样美，这是他从来不知道的，是否是月光使她的脸变得这么美！

他喃喃地说：他父亲教他点亮灯！然后小心翼翼地把手放到丽拉波迪额头上。他想起了读过的各种诗篇对女人的描写。

他拉起丽拉波迪的手，说（英语）："要是我这俗手上的污尘亵渎了你的神圣庙宇。"

耿伽好像不是耿伽，而是莎士比亚某个剧中的角色了。罗密欧在这之前做什么？"啊，神明，请容我把殊恩受领，这一吻涤清了我的罪孽。"

耿伽低头吻了丽拉波迪的嘴唇。

丽拉波迪惊醒了，说："谁？谁？妈呀！"

耿伽激动地说："啊，我的嘴唇有罪？感谢你的指责，让我收回吧。"

耿伽按照剧本的指示又深吻了丽拉波迪。丽拉波迪完全软了，说："真舒服，我都要失去知觉了……我要告诉甘佳乔，我丈夫爱我，不单你丈夫爱你。"

耿伽说："现在别说话。"

他让丽拉波迪躺下，深情地注视着她。这下他想起了梵语，背诵道：

那里有一位多娇，正青春年少，皓齿尖尖，
　　唇似熟频婆，腰肢窈窕，眼如惊鹿，脐窝深陷，
　　因乳重而微微前倾，以臀丰而行路姗姗，
　　大概是神明创造女人时将她首先挑选。①

　　丽拉波迪问："您在念结婚经文？我们早就结婚了。"

　　耿伽说："不是，你不懂这些。"

　　"您给讲解一下吧。"

　　"她漂亮、年青，尖尖的白牙齿，她的嘴唇像熟了的频婆。她的目光像受惊的鹿。脐窝很深，因臀部肥大而行动迟缓，因乳房沉重而略略前倾……你看见的她就是上帝创造女人的模样。是谁写的，知道么？迦梨陀娑！你是这样的吗？"

　　丽拉波迪说："我怎么知道？你说的意思我不懂。"

　　耿伽这时照描写的那样，用手指着牙、唇、乳房、腰肢、肚脐解释说，这是这个，这是这个，然后手按住丽拉波迪呼吸急促、起伏颤动的胸脯，又说，真要用指甲把乳房插出血么？

　　耿伽真的除掉丽拉波迪的乳罩，五个手指按在乳房上问："你觉得痛么？"

　　丽拉波迪说："啊，啊，啊！"然后耿伽按照《青年生理》所描写的，把丽拉波迪的衣服全部脱光，开始云雨。

　　两人完全没有经验，但获得了无比的快感。丽拉波迪十分快乐，因为从现在起她和甘佳乔及其他女友处在同一级别了，可以像她们一样一次次讲述这事了。丽拉波迪兴奋得要说给耿伽听。耿伽说，别作声，别作声，现在别说话。他在完全获得这十分兴奋的女人肉体后暗想，好像不是丽拉波迪，他享受的是宾杜巴希尼。

---

　　① 此处引用了金克木先生的译文。

三十二

　　四月的一个早晨，约翰·埃利奥特·德林克沃特·贝休恩[①]踏上印度的土地。他四十七岁，身体健壮，心中充满热情。他出生于受过高等教育的家庭，他是法律和数学专家，牛津大学的Wrangler[②]。他对诗歌也很有兴趣。他带着很多希望在加尔各答港下了船。他看到春风和阳光下的这个城市，为之着迷了。

　　他早就对印度有兴趣了。他年轻时在伦敦当律师，出了名后，有件十分有趣的案子请他做辩护。是关于烧死女人的事，丈夫死后，活着的妻子要殉葬的制度。一群印度教徒要求通过法律禁止殉葬，而另一群印度教徒向（英国）枢密院上诉，说这会丑化他们的宗教。持反对意见的印度教徒同他联系，贝休恩听后茫然不知所措。意见分歧在于是否要烧死活的女人上。他在报刊上读到过"萨蒂"的事，但他认为那是神话。欧洲不少女人被诬为女巫后被烧死。他也知道许多入侵者残暴的事，但那是中世纪的事了。现在是十九世纪，人

---

　　① 约翰·埃利奥特·德林克沃特·贝休恩（John Elliot Drinkwater Bethune, 1801—1851）出生于英国，毕业于剑桥大学圣三一学院，后取得律师资格并担任英国内政部法律顾问，通晓多门语言。1948年被任命为法律委员前往印度，并在抵达加尔各答后担任教育委员会主席，为改善印度女性教育做出了重要贡献。
　　② Wrangler指大学数学学位考试的一等及格者。

类文明有了新的觉醒，科学和技术展现了无限的可能，到处刮起解放思想之风。在智慧之国印度竟有这么多迷信笼罩下的黑暗！

贝休恩从此开始研究印度社会。当时英国妇女运动正在兴起，到处建立妇女协会。妇女公开集会要求享有与男子平等的权利。贝休恩也认为，上帝同样地给了男人和女人智慧、良心和苦乐的感觉。过去男人只把女人当作玩物，不承认妇女在社会生活中的作用，是不公道的。在欧洲，妇女取得了一个又一个权利。但是贝休恩痛苦地获悉，印度妇女现在还被践踏，虽然禁止烧死她们了，但现在她们仍是终生痛苦的。

贝休恩是信奉伟大思想、会愉快地生活的人。他是努力使世人更幸福自己才满足的这类人。贝休恩未婚，无家庭牵挂。在英国东印度公司想派他去印度任法律秘书时，他热情地表示同意。他长期以来想直接了解印度的愿望就要实现了。

在贝休恩到达印度前不久，大贺胥当了印度总督。大贺胥的欲望是扩大王国，不管是用欺骗还是武力手段都行。而他的法律秘书贝休恩的愿望是，在伟大文明古国印度也像欧洲那样出现新觉醒的潮流。这两个政治人物都住在加尔各答。

按照任命，贝休恩担任了教育委员会主席，也就是说，他是印度教育制度的首要人物。他住在加尔各答，事情很多。他看到加尔各答有梵语学院和马德拉沙伊斯兰学校，是分别给印度教徒和穆斯林学生施教的。而最光辉的机构、学生获得东方知识的印度学院，除印度教学生外，其他人无权进入。不仅必须是印度教徒，而且如果不是出身高贵，也不能在那里就读。他看到这奇怪的制度后，产生了怀疑。此外，他看到的教育制度是不正常的。梵语学院教梵语，马德拉沙教阿拉伯语和波斯语，而印度学院教英语。在孟加拉邦，孟加拉学生都不以孟加拉语为媒介学习。贝休恩想，能想象英国青年在英格兰只通过希腊语、拉丁语学习，而不学英语么？

他同一些印度人交谈，知道他们以印度学院为骄傲。在印度最卓越的城市加尔各答有这么一个教育机构，土著青年在这里学习英语，背诵莎士比亚的诗歌，在家里拜神时也读荷马的诗篇。他们完全不学孟加拉语，以精通英语为荣。

贝休恩认为，印度学院不是教育机构，而是制造奴仆的工厂。帝国在扩大，政府的工作也在增加。低工资很难招到英国职员，现在从印度学院的毕业生中可以得到足够多的政府下层职员。为制造奴仆，有什么必要去读莎士比亚、荷马？

贝休恩看到这些后恼了。他是教育界的主席，他的工作是发展教育，而不是生产奴仆。教育的含义是自悟。学生如果对母语、对自己的文化和国家的传统一无所知，那他们算是受了教育吗？贝休恩知道，英国教育制度的根本，是唤起学生对本民族和文化的爱。而印度的制度正相反。这里学生学的是憎恨自己的文化和传统，盲目地模仿外国文化和语言。在这种制度下，也会出一两个有思想的人，但大部分是有奴性的。

贝休恩在同其他官员谈话后明白了，英国的政策是：用这种教育制度制造忠于主人的奴隶。那些来统治印度的人，责任不是使这国家的国民精神得以提高。印度学院只让印度教徒学生入学，现在对穆斯林学生进行英语教育是不妥当的。穆斯林是沉睡的狮子，不让他们醒来为好。

贝休恩在英国了解不到这些。英国老百姓想的是，英国是为了拯救没落的印度而去的。东印度公司来印度经商，可是被迫担负起管理印度的责任了。因为印度人管理国家的政策是错误的。他们只会相互矛盾、争吵。贝休恩来到加尔各答后明白了，英国在本土和殖民地是两种政策。英国货运到印度免税，而印度货运到英国却要高额课税。这样慢慢地就破坏了印度商品在英国的市场。东印度公司承担起管理印度责任的目的就是这个。印度人慢慢地就忘记了工业生产。他们生活所需的东西要全部依靠英国的工业品。

贝休恩吃惊地想，英国人中那些以有文化而自傲的人，为何也不明白这苦涩的真理呢？他找到了答案。他们不明白的原因是他们不是"真正受过教育"的，他们没有任何的自省。

贝休恩懂得，他个人不可能改变这些。但他不是无所作为的人。那些抱有伟大理想生活的人，大部分对周围的敌意几乎毫无察觉。我们所说的实际知识，他们掌握的相当少。贝休恩一开始工作，让印度人、英国人都生气了。

印度学院的教师凯拉西钱德拉·巴苏改信了基督教。于是学院董事会的印度教徒委员愤怒地说，必须解除凯拉西钱德拉的职务。贝休恩觉得奇怪。改变宗教信仰，就表明这教师不合格了？学院里有不少欧洲教师，他们信仰基督教。那么一个孟加拉人如果改信了基督教，为什么就不能教书了？印度教徒委员们回答说，这给学生树立了坏榜样。贝休恩新来乍到，在他调查清楚前，凯拉西钱德拉·巴苏已经被辞退了。

几天后，名叫古鲁乔兰·辛哈的学生成了基督徒。印度兴起了改信基督教热。学过英语的青年人认为，他们入了基督教，就上升为王族了。

按照印度学院的规矩，古鲁乔兰·辛哈不能再在那里当学生了。除印度教徒外，谁都无权在那里就读。几年前，拉吉纳拉扬·德特的儿子默图苏丹也是在改信基督教后被迫离开学院的。但这次贝休恩坚决表示了抗议。

印度学院不属政府完全管理。几年来英国政府给这所学院若干资助，但学院不是公立的，而是社会名流捐赠的。那些人或他们家庭的代表现在还是学院管理机构的成员。罗阇拉塔甘特·德沃领导他们，是他维护了这保守派的主要和坚固堡垒。

印度教徒委员们想，贝休恩也像牧师一样，要让基督教在印度泛滥。所以罗阇拉塔甘特·德沃等人坚决抵制。虽然贝休恩对宗教问题不是很感兴趣，他也不相信，不信基督教就会坠入地狱。他承认信不信教是个人的爱好。他想取消只有印度教徒才有权在印度学院就读这一根本规定。他给对方举例子说，胡格利学院或戈拉姆·穆罕默德王子在拉沙巴格村建的英语学校，基督教徒、穆斯林和印度教徒学生一起读书。那里没有任何歧视。穆斯林和基督徒没有不愿意和印度教徒一起学习。那么为什么印度教徒要躲得远远的？

这争论中途停顿了。名叫古鲁乔兰辛哈的学生这时还没决定自行离开学校。但是罗阇拉塔甘特·德沃他们恨贝休恩了。

这之后，贝休恩对学生生气了。教英国文学和历史的、很受欢迎的老师甲必丹·理查森，在走过其他几处后，近来当了印度学院院长。毫无疑问，甲必丹先生是非常合格的教师，但到处都在议论他好色的缺点，此外他还不按时到校。一天天地，在上课很久之后他才踉跄地到校，眼睛发红。贝休恩看不惯这位不检点、没有时间观念的院长，他不配做学生的表率。他要理查森检讨。傲慢的理查森递上辞呈，贝休恩毫不迟疑地就接受了。结果学生大哗，家长也开会抗议贝休恩的决定。学生们决定，为他们亲爱的老师举行盛大的欢送会。贝休恩下禁令称，欢送任何被辞退的老师是违法的。学生们在报纸上揭露了贝休恩残暴干涉的事，全国都谴责贝休恩。

贝休恩的所作所为引发了大骚乱。贝休恩看到，在教育内容方面，印度的法律制度有许多歧视。欧洲人获得并滥用一些特殊的便利。在外地，无论欧洲人怎么压迫印度人都不被制止。外地的任何法院都不审判欧洲人的刑事案件。许多欧洲人和英国人分散在农村，他们垄断了几种商业。为了生产丝、糖和靛蓝，他们建立了办事处，在那里建立了自己的统治。那里没有任何法制。白人殴打当地人，放火烧房子，硬把年轻姑娘拉走。她们的丈夫、印度籍职员如果出来阻拦，会受到他们的侮辱，很多时候受到攻击。

作为法律秘书，贝休恩不同意容忍这一切。他所学过的法律，最根本的是在法律面前人人平等。美国独立战争和法国革命后，所有人有平等权利的主张为欧洲的有识之士所接受。贝休恩也是其中之一。他不承认对白人和黑人的各种法律制度。他起草了新的法律，要废除给欧洲人的额外方便。

于是非官方的英国人群吼叫了。他们通过掌握的好几家报刊，刮起了抗议风暴，他们称贝休恩的新法为黑法。约一世纪前迈克尔先生也企图使用这样的法律没有全部成功。贝休恩决心很大，不管报刊怎么谩骂，他都不退缩。可是他注意到，原住民中有些人站出来支持他。名叫拉姆·戈帕尔·高士的人出版了一部英语书支持他。

可是最后贝休恩仍失败了。大贺胥当时忙于抢夺印度国内统治者的财富，根本不愿为了微不足道的意识形态原因而惹恼英国人。政府撤销了贝休恩的新法草案，英国人社团欢呼雀跃。那天贝休恩孤独地坐在屋里。他没能给所有教派的学生进入印度学院的权利。他虽然做了努力，在法律审判方面也未能给白人和黑人同等的便利。

一天早上，他的佣人来报告说，有个印度先生想见他。贝休恩同意让他进来。

一个穿西服的英俊的孟加拉人进到室内，手拿一本书。他以前是印度学院的学生戈尔达斯·波沙克。

戈尔用纯正的英语说，贝休恩先生，我来占用您宝贵的时间，您能原谅么？

贝休恩笑了笑，本土人见到他名字的字母，全都读成"佩顿"。起初他都给予纠正，现在不纠正了。字母的不同发音，不可能让所有人都懂。

他指指椅子说："先生，请坐。然后再听您说。"

戈尔说："先生，我要说的话很短。我的朋友写了一部诗。您是学者，喜爱文学。为此我敬赠您一本，敬请收下。"

贝休恩问："这本诗不是您创作的？"

戈尔说："不是，先生。是我小时候的好朋友，他住在马德拉斯。如果他在加尔各答，肯定会亲自来送给您的。我应他的要求……"

"孟加拉语诗？很遗憾，我不懂孟加拉语。"

"不，先生。是英语写的。这里收集的是古典诗。"

贝休恩接过书，书装帧很美。在他的名下是作者的签名，迈克尔·默图苏丹·德特。书名是《被囚禁的夫人》。

贝休恩翻开书页看。戈尔有礼貌地说："我这朋友年纪很小就开始写英语诗，使许多人大为惊奇。我相信，慢慢地他会像弥尔顿、拜伦一样。"

贝休恩叹了口气，合上书本。然后问："您的朋友是讲孟加拉语的，为何不写孟加拉语诗而用英语写诗？我没有听说过一个诗人抛开母语而用别的语言作诗的。"

戈尔达斯说："先生，这个诗人迈克尔·M. S. D.，像英国人一样精通英语。许多英国人都承认。"

"我也承认，许多英国人也精通法语，但他们不用法语写诗。对孟加拉人来说，用孟语创作的障碍在哪里？"

"先生，孟加拉语不适宜文学创作，它是下等人使用的语言。不可能表达伟大的感情。我也曾几次要求他用孟加拉语创作，但他对孟加拉语发表了这样的看法。"

贝休恩皱皱眉，他以前也注意到很多孟加拉人谴责孟加拉语。孟加拉语如果不高级，那么孟加拉人就不用为它感到痛苦了。这难道不是怪事么？

他想起前几天去克里希纳城学院主持一个颁奖会。他看到优秀学生为取悦他，朗读了不少英语诗。当时贝休恩问坐在台上的当地名人：先生，他们谁都不会孟加拉语诗么？在英国的集会上，一首英语诗都不念的话，是不可想象的。在你们孟加拉邦的集会上，这怎么可能？

那些贵宾众口一词说："先生，他们学什么孟加拉语？孟语没有科学的东西。用孟语写作的东西都是下流的。"

贝休恩有点生气地说："五百年前在我们英国，英语是非常不文明的、粗野的，难道我们因此就接受其他语言么？像你们这样的人如果努力，孟加拉语会得到发展提高。如果孟加拉语没有巨著，那为什么不把欧洲的优秀作品翻译成孟加拉语呢？学生们读了孟加拉语译文后，兴致提高了，他们就会用孟加拉语写出高质量的作品。"

贝休恩直盯着戈尔的脸说："据我所知，我可以说，对一个有很高理想的聪明青年来说，这样宝贵的机会不会再有了。孟加拉语如果现在还不成熟的话，那么谁不渴望净化这语言，首先把伟大作品献给国人？用已经有许多作家创作过许多优秀作品的语言很难出名了。但是在这未开垦的处女地上，很容易种出金色的庄稼来。"

戈尔达斯·波沙克并不喜欢这番话。他原想取得像贝休恩这样受人尊敬的英国人的表扬信寄给默图。但这洋人说的是相反的话。

戈尔站起来礼貌地说："贝休恩先生，您的指示我一定转告给我的朋友。"

贝休恩在戈尔走后开始看那本书。他用心地读了若干部分，他失望了。对这个人来说，想取得英语诗人的地位是做白日梦。按印度的观点，这是个"受过教育"的人，但是贝休恩认为，不管他学了多少英语，这样的人是没有教养的，因为他不认识自己。

三十三

　　塔戈摩尼在辛格家，在奴仆群中也混熟了，自己的工作也很稳固，现在也和其他人一起嚷嚷了，有点过分地认识了自己的分量。她近来有点发胖，脸上也有了笑容。

　　诗人们写过许多吟咏笼中之鸟的诗篇，但有谁知道，笼中之鸟会为自由的天空痛苦多久。野鸟出于习惯，头几天当然会在笼子里乱蹦，然后就会爱上笼子。常可看到，笼门虽已打开，鸟儿也不想飞回自由的天空去。

　　塔戈摩尼原是穷苦农民的老婆，现在是富家的女仆。她和儿子有了栖身之地和食品，往事已逐渐淡忘。言谈举止已没有充满恐惧的乡下人的淳朴。她头几年还时时为失踪的丈夫掉泪，现在很少想起特里罗真·达斯了。一想起他来就生气。塔戈摩尼肯定，那倒霉鬼是甩掉他们逃走了。要不这城市这么多人，他怎么却像烟一样消失了？她现在也常到外面走走。那天还同这家的仆人去给巴格巴扎亲家送信，为此得到两个卢比和一袭纱丽。此外还总陪伴太太去恒河码头洗澡。她对市里的情况也了解不少。

　　按照自然规律，她已经抛弃贞操观念了。奴隶是不可能还以贞洁为荣的。青春少妇、健壮，又是寡妇，必然是男人的猎物。头一年半，塔戈摩尼很不容易地约束住自己。时代遗留给她的传统观念是：女人被别的男人弄了去，就得永远坠入地狱。但城里地主这房子被称为王宫，塔戈摩尼慢慢地懂得了，这房子的上下层就是天堂和地狱的差别。而这里的地狱并不是那么可怕。如果能忍受，还会过得很舒服。

这种家庭的奴仆，地位时有升降。越是受老爷太太的宠，对下层就越厉害。当然也有今天得到老爷宠信的仆人，过几天没准就被打或赶走的！金达摩尼曾是太太宾波波蒂的亲信，上月不知因什么罪被赶走，都不能待在加尔各答了。

迪巴戈尔老婆索哈格巴拉的权力现在还完好无损，没有人超过她。她每天早上手拿蒟酱叶包，坐在走廊的凳子上连发命令。从安排做饭到一切都得听她吩咐。她这几年过分发福，自己走不动了。两个奴仆从两边架着她让她坐下。她走几步就累得直喘。她受不了热，夏天穿衣服像受罪，只穿一袭薄薄的白色纱丽。她既肥胖，肤色也白净，透过白纱丽可看到她那枕头似的大乳房和台阶般的肚皮。她边擦汗边吆喝："杜桥丹在哪儿！看见那两个鱼头了吗？戈碧拉前天给你一满罐酥油，这就用完了？脸蛋这么亮，往身上抹酥油了吧？臭肉，没良心的贱货……"

迪巴戈尔在家乡建了两所砖房，挖了池塘，建了神庙。他总是叫妻子回去管家。他没有子女，到这岁数该做点善事了。此外，迪巴戈尔的两个兄弟在家乡把什么都霸占了。但索哈格巴拉说什么也不愿回去，在那里她能使唤这么多奴仆么？再说偷窃的瘾是大瘾，回去自己过日子，只能花钱。在这里她可以侵吞堆成山的米、豆，可以在酥油海洋里游泳。虽然她没有体力去侵吞或使用了，痛风病使她只能完全卧床了。

塔戈摩尼看到其他仆人的情况后，懂得了：面对索哈格巴拉的虐待，只能忍气吞声，这是规矩。从未有人敢控告索哈格巴拉。楼下的仆人无权同楼上的主人说话。有什么大事只能报告迪巴戈尔。厨房两个婆罗门厨师争吵，一个抄起烧着的木柴打了另一个的头，都是由迪巴戈尔处理的，没有报告楼上的老爷。迪巴戈尔辞退了挨打的厨师。所以在索哈格巴拉要惩罚不听话的仆人，命令拿烧红的铁铲去烫他时，报告迪巴戈尔是毫无意义的。

在二十来个仆人中，索哈格巴拉突然给几个仆人奖赏，原因难弄明白。如果某天晚上她叫某女仆给她捏脚，就意味着这女仆走运了。塔戈摩尼从一开始就被索哈格巴拉嫉恨，用了很长时间这恨才消了。

杜拉白天大部分时间不在塔戈摩尼身边，他待在楼上，成了少爷的仆人。为此每月还得到两个卢比工资，吃的也好。他陪诺宾玩，做的游戏是他身体的一部分要忍受打击。杜拉钱德拉小小年纪，也学会了挨主子打时不抗议。杜拉钱德拉拿着银色木剑打着打着，故意装作被刺中，诺宾坐在他胸膛上，拿剑刺他的喉咙。杜拉钱德拉痛得笑起来，诺宾更加施虐，看到杜拉钱德拉流泪他才满意。当然，诺宾也爱杜拉，他不仅把好吃的和他分享，也让他陪着读书。杜拉钱德拉已经能读有孟加拉复合字母的《慷慨的人》了。

人不能长期孤独。塔戈摩尼在接触不到儿子后，慢慢也同其他仆人交往了。仆人的主要娱乐是造谣，似乎加尔各答所有大户人家的秘辛，都是他们亲眼所见。甚至某大人物去更大人物老婆那里走动，她偷偷地打了胎等等秘事，他们无所不知。

对他们来说，破产的有钱人很可怜。有钱时是神仙，而一旦从天上跌落，就露出他们巨大的用稻草造的身躯，奴仆们取笑他们。他们管达罗卡纳特·泰戈尔叫作达罗卡大王。在奴仆眼里他和天神因陀罗一样，因此称他为大王。但将他儿子叫作德巴·泰戈尔。[1]因为德巴·泰戈尔宣布自己破产了，他们非常鄙视他。从农村来的一贫如洗的人受不了这些大人物的落魄。实际上，好像马利克家的小媳妇跟穆斯林私奔的故事，比德巴·泰戈尔破产的故事，对仆人有

---

① 德巴（Deba），指神的意思。

更大吸引力。

一天傍晚，纳古勒闯入塔戈摩尼的房间。纳古勒抽大麻，醉得两眼通红。他有魔鬼般的力气。近来被提升为采购，已经不在仆人序列了。别人开始称他为纳古勒大哥。最近鱼价大涨，鲤鱼鲩鱼等涨到八卢比四十斤，他按十卢比报账。这家每天至少买一二十斤，纳古勒每天至少白得半个卢比。如果按四分之一给索哈格巴拉，那么只要见到纳古勒，就意味着她就有钱进账了。

塔戈摩尼一人在家，儿子在楼上。她突然见到纳古勒，吃了一惊。纳古勒柔声说，亲爱的，你还要干守多久？今天要拉拉你柔软的小手。

仆人几乎都抽大麻等麻醉品，女仆也不例外。老爷不管下面的事。仆人只要小心不让上面知道出乱子就行。为此是禁止喝酒的，一喝酒就会瞎嚷嚷。如果谁哪一天酒瘾上来了，会在外面过夜的。

塔戈摩尼说："啊，妈呀，怎么了？"

纳古勒坐到她旁边亲切地说："不会装烟么，亲爱的？来，我教你。"然后他以跟抽烟没有关系的理由，企图扯开塔戈摩尼的衣襟。

塔戈摩尼那次是逃脱了。她什么都没想，简单地认为逃避的唯一办法，是躲到索哈格巴拉那里。像纳古勒这样有权的人，也不敢在索哈格巴拉面前使蛮。

索哈格巴拉问："怎么像丧家女人那样喘？怎么了？"

塔戈摩尼明白，不能点名告纳古勒的状。没有下面的女仆告男人的规矩。那样受惩罚的都是妇女。

塔戈摩尼沉默不回答。

"是不是见鬼了？面色为何苍白？"

承认这点要容易些，塔戈摩尼点点头说："是的，像影子似的就不见了。"

"你到厕所那边去了吧？穿着脏衣服去了吧？我早说过，天黑不要穿隔夜的衣服去，总有一天会掐着你的脖子的……"

当然，那天纳古勒没有再骚扰。他在塔戈摩尼的房间里坐了个把钟头抽大麻，还格格地大笑。

什么都是循环的，怎么开始还是怎么结束，纳古勒知道，像塔戈摩尼这样的，怎么抽身逃走，还会怎么回来。

后来有一天，塔戈摩尼真的见鬼了。连续几天让她在傍晚时点灯。负责点亮楼上灯的是另外一人。塔戈摩尼只负责点亮厨房、库房、水房、菜房和后座一层各墙洞的蓖麻油灯。塔戈摩尼一手拿着涂了硫磺的麻杆，一手提着油瓶转来转去。

在去点亮中间那座楼停用的客厅前走廊墙龛的玻璃灯时，塔戈摩尼被吓了一跳，迪巴戈尔站在那里。迪巴戈尔推开客厅门说，过来！

那时老爷还在世，但连续几天不回家，少爷耿伽视察地产去了。比图谢克早上来看一下就走了。整天迪巴戈尔就像是这家的主子，这些日子迪巴戈尔也吸毒。当然索哈格巴拉很厉害，迪巴戈尔从来不敢在外过夜。

塔戈摩尼见是迪巴戈尔，吓得说不出话，连喊都不敢喊。她想不到迪巴戈尔会有这种行为。刚才还看见索哈格巴拉在后面的走廊坐着，离得这么近，迪巴戈尔竟向她提出这种建议。迪巴戈尔已年过六十，塔戈摩尼总是把他看作父辈，此外迪巴戈尔是惩罚他们的。

迪巴戈尔又说："过来，傻站着干什么？哎，脑袋真傻了。"

那天丧失理智的塔戈摩尼逃走了。又躲到索哈格巴拉那里。嘴里不知说什么，只是发抖。

索哈格巴拉责备说："这不幸的孩子太害怕了，完全吓昏了，家里出鬼了？这房子里请有神，鬼老子都不敢往这儿迈步！"

塔戈摩尼那一整夜都睡不着，搂着儿子流泪。她明白，她的青春美貌被鹰犬盯上了。这几年，每日两餐饱饭使她的皮肤恢复了光滑，在镜子里都认不出自己了。当男人盯住她时，她感到全身舒服。但她马上想起名叫马杜的姑娘，那不幸的女人怀了孕，犯错误的代价是丧了命。后来叫帕博的女仆也犯了同样错误，但她没死。在堕胎后骨瘦如柴，现在谁都不瞧她一眼。

那天晚上，塔戈摩尼想逃离这家。世上除了杜拉钱德拉，她没有一个亲人。拉着儿子上路乞讨也能度日，乞丐在市里能要到饭吃。这样塔戈摩尼能保住面子。

塔戈摩尼是容易走掉的，谁都没拿铁链拴着她。一家的奴仆可以到另一家去打工，谁都不会阻拦。但是我们在前面提到过，鸟笼打开了的鸟儿的故事。塔戈摩尼为保全面子拉着儿子上路的决心逐渐消散了。老爷吃剩的饭菜对杜拉钱德拉来说像是国宴，塔戈摩尼也没有就鱼骨头做的菜吃过饭——要放弃这些，走向渺茫的未来，她不敢再迈步了。

后来有一天，她被叫到索哈格巴拉的房间。冬天到了，索哈格巴拉的痛风病加重了，连续几天卧床不起。塔戈摩尼近来得到索哈格巴拉宠爱，时刻在旁伺候。看来索哈格巴拉喜欢她。傍晚时分，杜拉还在楼上陪伴诺宾，诺宾不睡着，他就不下楼，这时塔戈摩尼在自己屋里换好衣服准备去索哈格巴拉那里去。索哈格巴拉怕接触不洁的物品，穿着脏衣服的人都不敢碰她。

塔戈摩尼走时，仆人都朝她微笑。这些天塔戈摩尼转运了。而索哈格巴拉是不会下毒手让塔戈摩尼倒霉的。塔戈摩尼不明白，几个女仆在评论什么。

索哈格巴拉在楼下占有三间房。下面很多房间常年空着，她如果想用都行。索哈格巴拉越胖，她的床垫就越厚。主人换下来的大床放在她卧室里。索哈格巴拉痛得嗷嗷乱叫，塔戈摩尼来给她揉腿。索哈格巴拉的腿很粗，肌肉很柔软，手一按就下陷。

揉了半小时，索哈格巴拉觉得舒服些。她叫道："丫头，这边来，站到我面前来。"

塔戈摩尼站在她床头。索哈格巴拉叫她掀开面纱。

索哈格巴拉注视了一会塔戈摩尼的脸。今天她的眼神完全是另一个样。她在塔戈摩尼脸上看到了什么，只有她自己知道。

过了一会，她说："到隔壁房间去，管家先生发烧。叫你捏脑袋你就捏，叫捏腿就捏腿，去吧。"

塔戈摩尼不动。索哈格巴拉亲自叫她到迪巴戈尔那里去！迪巴戈尔有一天曾推开黑暗的客厅门叫她进去，索哈格巴拉肯定不知道那事。现在应该告诉她么？能对她说她丈夫的坏话么？这样做有什么好处呢？

塔戈摩尼觉得马上死了才好。

索哈格巴拉又命令道："去吧，别怕！"

塔戈摩尼这次没再逃走，她麻木地一步一步向旁边那房间走去。

床是空的，迪巴戈尔不在，他躲在门后焦急地等待着。塔戈摩尼一进去，迪巴戈尔就抱住她。他的手很烫，但这是另一种烫。

迪巴戈尔把她拉向床去。塔戈摩尼好不容易才说出："啊，先生，可怜可怜我吧！"

迪巴戈尔回答说："闭嘴，别说话。我会掐死你的。"

一个半钟头后，塔戈摩尼呜呜地哭着出来。

索哈格巴拉正盯着那门口。塔戈摩尼一出来，她就示意叫她站住。然后挣扎着想坐起来，但失败了。她说："噢，我不行了；你看右边墙洞里有个藤篮，给我拿过来，你怎么还死站着？听我说，把藤篮拿给我。"

塔戈摩尼止住哭，照索哈格巴拉的吩咐做了。索哈格巴拉从篮子里拿出几枝树根给她，说："把这些吃了，不用怕。你听我的话，没事。我结婚三十三年了，一天都不让管家先生在外面过夜。关住男人是不容易的。神让我命中无子。"她从枕头底下拿出一袭山提浦尔产的纱丽放到塔戈摩尼手上说："这纱丽你先别忙穿，以后哪天叫你，你洗过澡穿上这新衣服来。现在你去吧。"

这之后，塔戈摩尼没有去死，也没拉着儿子上路。只是偷偷地哭了两三天。杜拉很久没见过妈妈哭了。有一天晚上睡着睡着听到妈妈哭，他问："你怎么了，妈？"

塔戈摩尼没有回答。

第二个星期，索哈格巴拉叫了另一个女仆代替塔戈摩尼。塔戈摩尼并不觉得奇怪，只是有点妒忌。那天她也流泪了。当然下一个星期又叫她了。以后每月大约是一两次。

　　一天，纳古勒也来到她屋里，色眯眯的眼睛，衣冠不整地说："他只是临死前吃两口！"然后使劲地把塔戈摩尼推倒在地。那天塔戈摩尼不仅用全身力量抵抗纳古勒，心力也全用上了。这样发生过几次后，塔戈摩尼更多的是喜欢纳古勒了。迪巴戈尔老了，纳古勒年轻。迪巴戈尔连牙都没了，而纳古勒像野兽般凶猛。

　　不久后，塔戈摩尼就习惯同这两个男人轮流交欢了。结果是在她的行动言谈中有了个性。在这么久之后，她才懂得自己作为女人的价值。

　　杜拉钱德拉接连几天发高烧，诺宾为此十分着急，亲自来看望。少爷来到女仆家里，几乎是不可能发生的事。但诺宾的固执谁也挡不住。杜拉钱德拉短短几天就完全蔫了，塔戈摩尼也发愁得要死。她在世上除了这孩子就没有亲人了。儿子要是有个三长两短，她还怎么活？从昨天起杜拉钱德拉有所好转，看来危险期过去了。这时索哈格巴拉给了她许多帮助，派人向医生要了药。塔戈摩尼非常感激。

　　塔戈摩尼让儿子睡后，也在旁边睡下。这时有人敲门，这声音塔戈摩尼熟悉。这不是纳古勒，是迪巴戈尔那里来叫的，不能不去。塔戈摩尼去洗澡，回来后正在换衣服时，杜拉钱德拉醒了，问："妈，现在你要去哪里？"塔戈摩尼不自然地说："哪儿也不去！我去看看，太太为什么叫唤。"

　　这之后杜拉钱德拉开始哭闹，不愿让妈妈离开。不管塔戈摩尼怎么解释说，你先睡，我就回来。杜拉还不明白。子女在生病时有权利不讲道理让母亲受累，杜拉钱德拉大哭并拉住母亲的衣襟。

　　若是去迟了，索哈格巴拉和迪巴戈尔会发火的。在费了大劲还不能使杜拉钱德拉明白时，塔戈摩尼厌烦地狠狠揍了他一巴掌，连续说："你死吧，死吧，你不能去死么！你死了我才舒服！"

三十四

为巴拉斯德女子学校的事，市里闹得沸沸扬扬。

偌大的城市至今没有女子教育的设施，每次的努力都失败了。基督教的传教士办过一两间学校，但有地位的本地人都不让子女去。穆斯林人有严格的隔离制度，子女不能外出。印度教家庭的阻拦一点点地在崩溃，虽然丧失种姓的恐惧还在，恐惧也不是完全没有根据。传教士就像嗜血的老虎，硬把少年男女拉入基督教。在这种情况下名为巴拉斯德村的居民正努力建立一所本土的女子学校，为此受到全国的称赞。特别是学校在贝尼乔兰·萨卡尔的辛劳和努力下开办了，大家都感谢他。但突然发生了完全相反的事件。

巴拉斯德学校的年度颁奖典礼上，一个英国人作为主席带了妻子出席，听了一个女孩朗诵诗歌后大为赞赏，摸了她的脸。这样家长们开始大叫大嚷。有人说，因异教徒摸了印度教女孩的脸，女孩就失去了种姓。有人甚至说，英国人的触摸，破坏了那女孩的贞操。那个英国人也没料到这样的结局。最后发展到这学校要被撤销，停止给老师理发和洗衣服了。甚至当地的地主还想勾结强盗来杀害他们。

市里的报刊进行了一番争论。在路上、码头上，人们都在议论。

不少人谴责印度教接触了不可接触的人后会丧失种姓的理论。而主张将被洋人触摸过的男女童完全远远隔离的人也不少。

受到事件打击最大的是贝休恩。印度的民心如果受到这么多旧观念束缚，那怎么扩大教育呢？官方的反应也不好。政府不断采取措施教国民学习英语，但政府高级职员认为，没有必要为妇女教育伤脑筋。政府对待国民总是小心翼翼的，也必须让传教士们停下。印度人不明白经济上的损失，只是对宗教受到干涉不满。

贝休恩应邀参加戴维·黑尔纪念会。黑尔逝世六年了。可是每年他的忌日，印度教育界都开会纪念他。演讲用英语和孟加拉语。贝休恩吃惊地看到，某些人讲到黑尔的功绩时流泪了。这个民族真奇怪，被英国人摸过，就丧失了种姓，而又为纪念一个英国人而流泪。

贝休恩在会上认识了几位特殊的孟加拉人。他同他们交谈后很高兴。他们受过相当的教育，是心胸开阔的人。后来在几次集会上又见到这些印度人中的先进分子。后来贝休恩得知，这些就是著名的"青年孟加拉派"的团体。名叫德罗齐奥的早逝的欧洲青年是他们的老师。他们是印度受过英语教育的人中最出色的。他还听说，他们中有位名叫拉姆·戈帕尔·高士的，在他家里经常集会讨论各种严肃问题。

贝休恩邀请拉姆·戈帕尔·高士和他的朋友到他家喝茶。拉姆·戈帕尔·高士和他的好友德其纳兰占·穆克吉及其他几个人来了。除一人外，都穿着西服。那个穿印度服装、脑后有一小发辫的是维迪耶萨伽尔的朋友莫顿莫汉·德尔迦龙加尔。

拉姆·戈帕尔认识莫顿莫汉好几年了，从相识到友谊，有了很好的关系结果。"青年孟加拉派"在学了英语后，完全忘记了本国的传统和文化，只是一味模仿欧洲文化。他们认为印度充满了迷信。通过莫顿莫汉，他们逐渐消除了这错误。他们找到了梵语文学的巨大宝库，懂得了学习母语孟加拉语的必要。在同莫顿莫汉的朋友伊斯瓦尔·钱德拉·维迪耶萨伽尔交谈后，他们知道在梵语学者中也有这样思想开放的人。结果是西方科学同印度文化融合了，爱人类同爱国家融合了。

贝休恩尊重拉姆·戈帕尔和他的朋友，只以怀疑的目光看了莫顿莫汉一两眼。他听说过，婆罗门学者不吃别人触摸过的东西。那么请这位婆罗门吃东西好吗？他不会认为是侮辱吧？

精明的莫顿莫汉明白贝休恩的疑虑。笑着说："先生，我不吃牛肉。但是很欣赏茶的味道。我还知道，吃牛肉的人会泡非常好的茶。"

贝休恩不懂孟加拉语，谈话是用英语进行的。莫顿莫汉也很懂英语。有时在一两个词上停住，这时他就用孟加拉语问拉姆·戈帕尔英语的对应词是什么。

莫顿莫汉很风趣，不开玩笑就不会说话，在很短的时间里就克服了不自在。贝休恩虽然是很高级的官员，但也没有他这种风度。

开头谈的是天气，现在天很热。有两个仆人来回地拉动挂在屋顶的大扇子，可是热并不减少。拉姆·戈帕尔说，英国现在是春天，天气很舒服。在我国夏冬之间没有什么季节。先生，我国这种气候，您不觉得难以忍受吗？

贝休恩说："没那么难受。你们国家频频下雨，我很喜欢下雨。一下雨我就站在窗前看。英国没有这样的骤雨。"

莫顿莫汉说："光看下雨没有好结果。下雨时赤裸着出去吧，痱子就会一扫光了。"贝休恩笑笑说："是的，痱子是很难受的。我不知道治痱子有这样的药。谢谢你，先生！"

德其纳兰占问："据我所知，先生从前不是做官方工作的，现在年纪大了，为何突然从事官方工作？"

贝休恩说："因为我早就有来印度的激情。"

德其纳兰占说："我也是这样猜想的。这激情有什么特别的原因么？"

贝休恩说，他在一件寡妇殉葬案件中第一次对印度产生了兴趣，后来读了许多关于印度的书。谈着谈着他问道："'萨蒂'制度在印度是否已完全绝迹？"

拉姆·戈帕尔表示，不能硬说全没了。在边远的农村还有一些。甚至城市里也……然后他详细叙述了几天前在他家门前发生的事件。很可能那天那女孩正是要去丈夫的焚尸床殉葬的。那女孩现在在拉姆·戈帕尔家，还没有恢复健康，时时想自杀。

德其纳兰占说："这是怪事，不少女孩子自愿死去，并没有人强迫她们。"

莫顿莫汉说："肯定是强迫的。是社会强迫。无助的少年寡妇靠什么，靠谁活下去？"

拉姆·戈帕尔说："责任在于没有教育。女孩如果受过一些教育，就会懂得生活的意义。我能问先生一个问题么？您是政府教育部门的负责人，这国家能有给少女教育的设施么？"

贝休恩笑着说："为少女的教育？这国家的人不需要。您没听说过巴拉斯德事件么？"

拉姆·戈帕尔说："发生一两件这样的事就退缩，怎么行呢？在来您这儿之前，我考虑过关于妇女教育的事，开办女子学校也是我的目标。但在看了听了后我明白了，在印度不可能。"

莫顿莫汉说："先生，在这么短的时间里怎么就失望了呢？"

贝休恩说："我来解释。我是政府部门的首脑，但我不能随意行事。我需要别人批准拨款。我看到政府对妇女教育没有任何兴趣。管理局主席何波豪斯笑着就把我说的话否决了。当时我还固执地说，必要时我自己花钱办学。我不喝酒，没有成家。如果我能为女性做点什么，我这一生就值得了。但从巴拉斯德事件我明白了，印度人不需要妇女教育。"

德其纳兰占跳起来说："您如果同意，我们同您在一起，我们全力帮助您。"

拉姆·戈帕尔不像德其纳兰占那样突然激动起来。他缓慢地说："我们同您一样，对这问题同样热情。当然您会想，我们为何不办学校？我们知道，许多人会出来阻拦，还可能使用武力。我们不能让女孩子卷入任何危险中去。可是印度人很惧怕政府的力量。不管政府援助不援助。您个人如果带头办学校，那么人们就会认为您是政府的代表而害怕。我们在背后将给予您一切帮助。"

莫顿莫汉说："办校后，可以将招收女生的责任交给我们。我有两个女儿，叫作班普玛拉和亘陀玛拉，她们就是首批女生。您可以任命有能力的英国太太当校长。"

贝休恩感到奇怪，问道："您是婆罗门……您的女儿能走出家门去学校？您不会被逐出社会？"

莫顿莫汉说："为什么被逐出？婆罗门的女儿求学不是什么新鲜事，一直就有。有几个长臂猿吐唾沫就让它们吐吧。"

贝休恩问道："您刚才说你们从前也有妇女教育？我从未听说过。"

莫顿莫汉说："我给您举几个例子。在古代妇女同男人一样受教育，有几个还创作过吠陀诗句。大仙人蚁垤的女弟子阿磊德伊去奥伽斯托圣人住地求学，仙人贾格波尔戈·迦尔基也给梅德雷伊教授过梵学。比多普国王的女儿鲁格米尼公主亲自写信给黑天，这事在《摩诃婆罗多》里有。乌黛那阇梨的女儿丽拉波迪多么有学问，请看，她在商羯罗阿阇梨和孟登·米塞洛的辩论中担任仲裁。科尔纳特的国师和诗人迦梨陀娑的妻子是大学者。名叫维斯瓦戴维的妇女写了一部名为《恒河言论》的书。名叫科纳的妇女精通星相术，现在人们还像她那样算命。还要举多少例子？没有必要回顾古代了。在贝拿勒斯有个名叫何迪·维达龙加尔的著名妇女开办了梵语学校，现在还正规地教学生，谁不知道？"

莫顿莫汉接着说："会宣传的，一定会的。适合女子教育的书我们会写的。"

德其纳兰占说："如果想马上开始工作，那我准备出校舍。我在米尔扎浦尔有个客厅闲着，在那里可以办学校。"贝休恩说："今天就去吧，越快越好。"

很快，贝休恩和德其纳兰占的双驾马车向米尔扎浦外西姆利亚方向跑去。

德其纳兰占的房子真是值得一看。有大拱门和走廊的古式房子，四周是花园，有果实累累的各种名贵树木。花园有高墙围着，只有一个门进出。为扩大花园，德其纳兰占最近花了九千卢比买下旁边十二亩地。

看了房子后大家都喜欢。这样的房子出租的话，每月至少能得一百卢比租金，可是德其纳兰占就这样让它闲置，有时同朋友来这里聚会。现在一句话就要献出房子和相连的土地。莫顿莫汉表示满意，对德其纳兰占说："大门边坐上两个拿棍棒的看门人，坏人就进不去。而我想把我的朋友伊斯瓦尔·钱德拉那伙人拉来管理学校。需要这样一个厉害的人。"

决定在这宽敞美丽的房子里办学，同时决定了很多事。问题是学校用什么名字？拉姆·戈帕尔说，叫加尔各答女子学校很简单、合适。

贝休恩说："如果以英国女王的名字命名，将来可能得到政府的援助。"

莫顿莫汉说："维多利亚女子学校是最好的名字。女子学校同世界上最有权力的女人名字连在一起。"

贝休恩说："我姐姐认识维多利亚女王。我写信给她，我想她会取得女王同意的。"

虽然当时未能定下校名，但对办校没有不同意见。

不久，星期一就开学了。莫顿莫汉将他的两个女儿送进校舍后站在大门边。微风吹动他的小发辫，他脸上带笑。名叫李德森戴尔夫人的受过高等教育的英国太太在花园里亲切招呼女孩子们。

第一天学校里来了十一个女孩，但逐渐地减少了。女学生不用交学费，学校还发书和本子。甚至学校还为交通不便的学生安排了车子。但几个月后，学生减少到七人了。

虽然市里若干人士和报刊对办学表示欢迎，但很多人和报刊制造了许多谣言并大加鞑伐。在这学校上学的几乎还是吃奶的女孩，可是拿她们造了许多男女关系的谣。一家报纸的老编辑写道，男人和女人的关系就像老虎和羊的关系那样。

贝休恩和德其纳兰占并没被这些压倒，他们继续办学。为这七个女生每月约支出八百卢比。贝休恩心里盘算，有一天学校要扩大，数以百计的学生要来读书，需要更多大楼。为此他在附近买了一些地。但是女生数目日益减少，他的计划也要破灭了。好心人说，且不管恶意宣传的影响，学生减少的一个原因是，米尔扎浦尔在郊区，这么远，家长不敢送孩子来。学校应该办在市中心。

贝休恩认为这说法有道理，就那样办！新学校在市中心建立。在赫杜亚西边有很多空地，现在长满荆棘，但那块土地属于政府。贝休恩向政府建议，拿米尔扎浦尔的土地和房产交换，请政府将赫杜亚的土地拨给他们。政府对此不持异议。贝休恩不像是政府的人，而像当地社会的代表。

一年半后的一天，他为新校舍奠基。共济会会员来了。副总督夫人里德拉亲手栽种了一棵无忧树幼苗。贝休恩在讲话中说："希望这棵树成为东西方文化交流的象征。我听说在孟加拉语里，无忧树的意思是快乐树。这树不仅好看，还和许多美好的愿望相联系。我还听说古代印度妇女嚼无忧树的嫩根，祈求儿女的好运。更令人高兴的是，欧洲的自然科学家将无忧树命名为琼斯无忧树。他们通过这名字使威廉·琼斯爵士永垂不朽。伟大的威廉·琼斯在印度把他的一生献给了东西方知识的融合。以这棵树为中心，让知识传播到远方吧。"

建新校舍支出约八万四千卢比，其中德其纳兰占·穆克吉除老房子和土地外，又捐了几千卢比。北区有志于学问的拉吉·克里希纳·穆克吉给予了援助。布德万大王公照例给了一千金币。贝休恩从自己的积蓄中支出四万金币。他唯一的目标是让大楼尽快完工。他总是来看工程有多大进展了。他也定期前去米尔扎浦尔那间还在挣扎的女子学校，鼓励他们。

一天，他来到米尔扎浦尔学校不太高兴。他对土著的事总是很热心，总是和土著人在一起，致使他的同事和某些政要开始讽刺他。贝休恩建了一间学校还不罢手，他要办更多学校。他为孟加拉语的发展有很多考虑。除非通过母语，不可能有好的教育。但孟加拉语没有好的书。为此他建立了孟加拉语翻译社。由专人将英语书译为孟语。他对熟识的人士说，你用孟加拉语写书吧，将孟加拉语的地位提高吧。你们也为妇女教育出力吧。他还宣布给孟语文学考试最好的学生颁发金质奖章。

　　学校没有获准以维多利亚女王的名字命名。不仅是挖苦，那天一个与他作对的政客还斥责他，说他不报告印度政府，企图通过维多利亚的侍从直接将学校的事报告女王，是不妥的。这样，只好命名为加尔各答女子学校了。愤怒的贝休恩将这学校和郊区学校的事写了一封长信给总督大贺胥。可是仍未能消除他心中的痛苦。

　　他在校园看见一个小女孩哭着要回家。贝休恩走近问道："你哭什么，孩子？"

　　小女孩不懂他的话，不做声。学生看到贝休恩慈祥的脸都不害怕。他有时给她们发糖果，女孩子去抢着吃。

　　贝休恩走近摸摸女孩的下巴，说："孩子，你会当女王？"

　　这女孩不明白。穿着西服的贝休恩趴在地上说："看，我是马，孩子，你骑在我背上，像女王那样吆喝我。"

　　爱是一种世界语言，孩子们都懂。那女孩展颜一笑，坐到贝休恩背上说："贝休恩马，跑，跑。"

　　莫顿莫汉来接两个孩子，在门边见此情景流下了热泪。等贝休恩的游戏结束后，他说："先生，比起您来，我们都是小人物！"

　　贝休恩羞愧地转移话题，说："您说过，您招收女生，这事做得怎样了？我还需要女生。"

　　赫杜亚校舍快完工了，一个月内就能开学。贝休恩内心激动不安了。他心里不断盘算，到那天要举行怎样盛大的庆祝会。

　　有一天，他去乔纳伊视察一家学校，回程时下了暴雨，很难行车，但贝休恩惦记着加尔各答，他在雨中踏着泥泞回来，结果发烧了，三天后才知道他得的是黑热病。他昏迷了一整天，醒来后，看见床头站着一排关心他的印度人和欧洲人。贝休恩首先问："校舍粉刷完工了吗？"

几个人都流泪了。一个人很痛苦地说："颜色很好看，先生，您病好后去亲眼看吧。"

贝休恩长叹一声，沉默了很久，然后平静地对他的印度朋友说："我们英国人不怕死。我们不像你们那样相信来世。我知道最后一咽气就全完了。我伤心的只是一两个愿望还没有实现。我请求你们看着，我不存在时，别让学校死了。"然后他向律师口授了遗嘱。他将所有动产和不动产留给了学校，他自用的双驾马车每天停放在学校前面，让女孩子们乘坐上学用。

贝休恩逝世后，赫杜亚旁新建的女校不再有命名问题了，大家称它为"贝休恩先生的学校。"

三十五

有道是"夜里灯火通明，白天黑灯瞎火"。看到白天的景象真的让人不明白。这些房屋大白天睡觉，大门紧闭。养牛人牵着奶牛来叫卖牛奶，女仆们轻易不拿奶瓶出来。这里仆人的愿望也与人不同。希莱摩尼家早上十点只听到一个男孩的声音，他大声念书，那是希莱摩尼的儿子钱德拉纳特。

夜晚这家二楼点亮大号桅灯，响起风琴、手鼓和脚铃声。门前停着豪华的双驾马车，一阵阵喝酒的吼声盖过了乐声，打破了夜晚的寂静。而白天是静悄悄的，与其他房屋比较，希莱摩尼这样的妓院似乎更加安静。

希莱摩尼现在好转了，她在市里老爷的圈子里名声显赫，钱来的相当多。现在市里最出名的妓女是卡玛拉森德莉和希莱摩尼。她们不仅卖身，卡玛拉森德莉的舞技娴熟，而希莱摩尼的歌喉使人们一听就永世难忘。人们都忘记她的真名，都叫她"夜莺"。有身份的家庭节日聚会，邀请洋人和洋太太时，就会召希莱摩尼和卡玛拉森德莉来。一般人以为，像希莱摩尼这样的妓女，在家里是吃珠宝睡金床抱银枕的。但如果哪天到她家来，会惊得目瞪口呆的。希莱摩尼最喜欢吃的是小虾和青菜，她就着碗边喝豆汤，看见肉就掩鼻子。

她不喜欢大鱼，说有土腥味。她喜欢小鱼和鲳鱼。下午她穿着普通纱丽坐在厨房前的走廊嚼菜梗时，你会以为她是一般家庭的媳妇或仆人。虽然吃这些东西，希莱摩尼的面容现在还是憔悴了。

她早上十点醒来，就让拉伊莫汉做一件事。希莱摩尼境况好转后现在不缺仆人，可是一有必要，她就使唤拉伊莫汉。早上她去井台洗澡，看见打水的缆绳断了，水桶不见了。小偷总是偷井台上的桶，因此用完后就把桶拿回去。昨晚也许粗心的仆人忘记拿了。

希莱摩尼昨晚去索帕巴扎唱歌，很晚才回来。她的习惯是起来就洗澡，看见水桶没了，缆绳也断了，顿时火冒三丈。希莱摩尼把仆人都叫来臭骂了一通。当然仆人没有傻到承担责任或诿过于人的地步。他们说，水桶没丢，绳子一断掉到井里了。

希莱摩尼很固执，必须把水桶从井里捞上来。否则她不相信没有被偷。她有能力一次就买回四十个水桶来，可是固执就是固执。

希莱摩尼嚷道："那倒霉的笨蛋在干什么？现在还在挺尸？啊，老天给了我多少痛苦，没有人帮我！"

被拉伊莫汉收容的名叫赫尔钱德拉的人今天也在。另外还收容有两个老人。拉伊莫汉对不幸的流浪者心软，只要一见到，就叫来这里住。当然希莱摩尼不能容忍他们，但对这三个人还是忍住不吭声。

希莱摩尼的叫嚷声吵醒了他们。希莱摩尼围着毛巾在井台上活动手脚，毛巾只围住很小的地方，再生气一蹦就有可能一丝不挂。他们没有想到，像希莱摩尼这么漂亮、唱歌像夜莺的人，竟能骂出这么难听的话来。

赫尔钱德拉害怕地问："大姐，我去拿个水桶来？"

希莱摩尼回头怒眼圆睁对他说："大姐？我是你哪辈子的大姐？短命鬼！世界上没有你的地位，所以来这里啃泥巴，还叫姐姐套近乎！让我浑身冒火！"

赫尔钱德拉说："不洗澡还会更冒火的！我去拿水桶来。"

希莱摩尼说："闭嘴！怎么，他在哪儿？那个填坑的死鬼还在睡？没得过他一点好处。你们谁不能去叫他一下么？"

拉伊莫汉本来就睡得沉，再说喝醉了睡更不易醒。一个仆人去推他。拉伊莫汉揉着眼睛走出来说："怎么了？今天又是什么事？"

希莱摩尼说："我完蛋了你都不睁开眼。我光着身子站在这儿多久了，谁也不为我着想。"

拉伊莫汉向别人了解后，对希莱摩尼说："所以我一再对你说，别放水桶在那儿，是铜的东西小偷就偷。近来出了一种东西，叫浴缸，很结实，铁做的，谁都不会拿的。"

希莱摩尼大叫大嚷说："我在铁东西里洗澡？啊，为我的好？除了大仇人，谁都不敢说这种话！谁要是为我好，那就从金桶倒玫瑰水给我洗澡，说什么在铁器里洗！在那水里洗过后我的肉会烂掉，你们就高兴了！啊，我把这大仇人养在家里！"

拉伊莫汉满脸带笑说："你把我当仇人供着，你不知道吗？你越是骂我，我听起来特别舒服！"

这样希莱摩尼更恼怒，骂的更难听了。拉伊莫汉不断同她逗笑。后来真有一次毛巾从希莱摩尼身上脱落了，拉伊莫汉驱赶仆人和收容的人说："在这里看什么，去清真寺旁打水来。"

但是希莱摩尼还不息怒，她不用池塘水洗澡，甚至用其他东西装的水也不行。得先解决丢失水桶的事。这得由拉伊莫汉来做。

为此，拉伊莫汉去新娘市场的拐弯处找捞井里东西的钩。东西急需用时就难找了，在不需要时到处都是。当要买炒米花时，眼前净是卖酸奶的。往日满街叫卖捞井里东西用的钩，现在有急用却没了踪影。拉伊莫汉等了一个钟头后，更加害怕了，不知家里会发生什么事，希莱摩尼身上的毛巾又掉了几回。夜晚那些阔人一再哀求目睹希莱摩尼的肉体，这个希莱摩尼在白天似乎没人认为她是人。

拉伊莫汉买了新桶和一根粗绳回来。这时希莱摩尼以等死的姿势，坐在井边的石台阶上，以手支着腮帮子。她看见新桶就发火。拉伊莫汉说："等等，那些家伙一个都不见了，我自己下去，我下井去。为了你我做什么都行！"然后他坐在井沿说："我听乡下东孟加拉人唱过一支歌很有趣，我还记得其中几句：'从哪儿得到水桶，从哪儿得到绳子，你就是那口深井，我要跳下去淹死。'我想过，也想跳进深井里死去，可是你又不让。所以我就买了绳子和水桶来了。"

希莱摩尼说："你别逗笑了。既然这么想死，这些天为何不死？谁不让你死了？"

拉伊莫汉说："死过了，可是死一次不舒服，愿意一次又一次地死！"拉伊莫汉将绳子紧紧拴在井口的铁柱上，另一头捆住自己的腰，说："我这就吊下去！"然后将一只脚放进井口说："如果我回不来，那就下辈子见了。"

这下子一切全变了。希莱摩尼跑过来哭着说："啊，不，别下去！我错了！"

拉伊莫汉以男女分手戏末场男主角的姿势说："夜莺，如果你需要，我能从蛇王的头顶上将宝石取来，这只是个小小的水桶而已。"

希莱摩尼说："不，不，我不要水桶，我什么都不要了。你要是去了，也让大兀鹰把我撕烂吃掉吧。"

拉伊莫汉又下去一点，说："设个拿枪的人看门吧，那样什么大老雕都不敢靠近了。"

仆人和被收容者在走廊排成一排。其中赫尔钱德拉鼓励说："下去，大哥，下去！"

希莱摩尼揪住拉伊莫汉的头发，说："我打破你的头，你要是死了，我也死，一天也不多活。"

拉伊莫汉又这样开了一会玩笑后起来了。不用说，他根本不想冒死的危险下井去。他很了解希莱摩尼。希莱摩尼又哭了一会儿。拉伊莫汉亲自打水倒在她头上，给她洗澡。过了一会儿，她换上干净衣服，又照常坐在那里弹琴，完全成了另一个人。

这是一天发生的事。可是每天这家都有点这样那样的事。在白天，拉伊莫汉和希莱摩尼的关系像老夫妻般和美。希莱摩尼完全依靠拉伊莫汉。希莱摩尼的家就是拉伊莫汉的家。拉伊莫汉虽然还常去市里几个有钱人家里走动，但已放弃了拍马溜须的生涯。他整天跟希莱摩尼开玩笑。晚上顾客一来，他就不见了。希莱摩尼要出去唱歌的话，拉伊莫汉亲自送去和接回。

希莱摩尼自成为歌手后也有了些改变。她不再热情欢迎那些单纯迷恋她肉体的富翁到她家来。只是还不能完全回绝三四个老主顾。对那些做得太过分的、蹂躏希莱摩尼身心的，她不抱什么幻想和同情。拉伊莫汉想出了赶走他们的高招。他拿那些富翁的见不得人的丑事编成歌，教给希莱摩尼唱。

拉伊莫汉说："希莱，你瞧吧，会有这么一天，你不用再唱了。我只要满市去说，你又在教人唱关于某富翁的歌了！你瞧着，他们就会跑来把钱堆在你的脚下，让你停唱那支歌。不是吹牛，我要一个个地让他们全变成笨驴。"

希莱摩尼的儿子钱德拉纳特现在十四岁了，很壮实。这个不认识父亲的少年，长相和行为都很文雅，话很少，说话很有礼貌。他自个儿玩儿，自个儿读书。家里这么吵，他也不在乎。他在很小时就被喂掺上鸦片水的牛奶，让他天一黑就睡觉。被拉伊莫汉知道后，这些做法就停止了。这孩子非常聪明，他已经明白母亲的职业了，所以没有必要虚伪地让他睡觉。不管是否明白，钱德拉纳特对夜间来客不表示任何好奇。希莱摩尼认为儿子的爱心很少。与希莱摩尼对儿子的爱相比，钱德拉纳特对母亲却不是那么亲，甚至没有向妈妈提过任何要求。

他很热衷于读书，拉伊莫汉亲自教他孟加拉语，名叫赫尔钱德拉的酒鬼英语很好，孩子跟他学英语。现在赫尔钱德拉自己承认，他的那点学问，可供钱德拉纳特学的已所剩无几了，他需要更高级的教师了。但是，钱德拉纳特进不了学校。去任何一所学校读书，必须说出学生父亲的身份。拉伊莫汉说过多次，要收养钱德拉纳特为养子。虽然他住在妓院里，但他体内流的是纯粹婆罗门的血，他的头衔是科沙尔。社会上对这头衔还是很尊敬的。在这问题上，希莱摩尼很固执，无论如何不听拉伊莫汉的话。她现在还说，梵天给了她这个儿子，梵天是他的父亲。

嗨！所有的人都是梵天的儿子。可是到具体的人，如果介绍说是梵天的儿子，社会无论如何是不会承认，是会笑话、会谴责的。

当然可以进洋人办的学校，洋人不管这么多，但希莱摩尼也反对送到那里去。近来市里好像也怕魔鬼了，比起霍乱病来，基督教瘟疫更厉害。孩子读了一点书就成了基督教徒。在这问题上，教会的热情好像突然增大了几倍。母亲们怕失去种姓，把儿女都管束在家里。谁知道牧师什么时候在他们的耳边一念咒就拉走了呢。

为钱德拉纳特读书的事，希莱摩尼不得安宁。她对学问一点都不懂。但谁看见她儿子，都说这孩子长大后是块宝。希莱摩尼晕头转向了。

一天中午吃饭时，拉伊莫汉说："希莱，你明白么，你要是想，可以让钱德拉纳特进本国最大最好的学校。印度学院很有名气。如果你同意亲自做一两件事，你儿子就能在那里读书。"

希莱摩尼吃惊地说："又要我做什么？我认识几个字母？我不懂学校的事。"

拉伊莫汉说："我会教给你的。"

赫尔钱德拉坐在拉伊莫汉旁边。他虽然从傍晚起就醉了，但也关心世事。他说："大哥，这事我也想了好几天了。听说名叫贝休恩的英国人来了，是教育部门的总管。他破了许多规矩，还教女孩子读书。他心胸开阔，脑袋发狂，很像从前那个戴维·黑尔。"

拉伊莫汉说："你知道戴维·黑尔的事不成？"

赫尔钱德拉摸摸耳朵说："谁不知道那位伟人的事？我就在黑尔先生的伯德丹加学校读过书。"

"你读过书为何这么落魄？变成这么个废物？"

"大哥，这是我的命！"

"你离家出走多久了？"

"有五年了吧。"

"在那之后你知道什么？黑尔先生早就上天堂了。好的洋人在这个国家活不长。那些吸血鬼倒活着。"

希莱摩尼说："又说什么废话。刚才不是谈钱德拉入学的事么？"

赫尔钱德拉说："大姐，我亲自送钱德拉进印度学院。必要时我会抱着洋人的腿说，考考吧，考考这孩子。"

拉伊莫汉喝住他，说："别说了，那不行，洋人不行。我国的大人物当了委员会委员。他们不同意的话，做什么都不行，得先抓住他们。"然后回头对希莱摩尼说："后天德特家不是有歌会么？我打听过了，许多爵士、公爵英国人会去，市里的大人物会去，其中有印度学院的监理会主席等五人。你盯着他们唱，你不能用唱歌来打败他们么？"

希莱摩尼说："这我哪知道！这么大的人物，我怎么知道谁输不输？"

拉伊莫汉说："你唱情歌，或唱敬神歌。在酒会上唱敬神歌更好，老爷们会流眼泪。你就唱它吧。我告诉你那五位先生的名字，你向他们行礼，他们肯定有人给你献花或扔金币，就让他们给！"

希莱摩尼撇撇嘴，说："有多少？那些都是空话。他们是给花环的多。"

拉伊莫汉说："听着，当这五个人中有人给时，就算是只给花环，你就起来走到他们面前，两眼含泪说，如果我能让你们开心，那么请给我儿子一个安排。然后你把一切都说出来，必要时先爬在他的脚上，你能做到么？"

但拉伊莫汉这些建议完全没有实现。那晚回来后希莱摩尼那个打他！对她的侮辱简直到了顶点。印度学院监护会的五个委员中一个叫好。希莱摩尼看见他要扔花环，就在他讲话前来向他行触脚礼。完了，那个大人物发起火来：大胆！一个婊子来摸他的肢体？她们不懂得尊重人，像猴子，见树就上。

拉伊莫汉听后恨得咬牙切齿。他长期去给财主们帮闲，近来对所有富人都产生了种姓仇恨。他凶狠又带笑地说："是这样！别哭，夜莺，我一定让你儿子进入印度学院。为此我要制造一桩大事。你瞧着吧，这群魔鬼被妓女触碰了身体就发火！在众人面前装样子，而单独地在房间里，这些老爷们抱着你这样女人的脚……我要一个个地砸碎他们的骨头……"

这之后，看好了日子时辰，一天上午，拉伊莫汉带着钱德拉纳特和希莱摩尼上路了。他亲手给钱德拉纳特打扮，新衣服，围巾，脚踏英国皮鞋，看起来就像婚礼上的小新郎。希莱摩尼也打扮得光彩照人。大白天谁都没有见过希莱摩尼这种打扮。她脚穿绣金线鞋，身穿丝衬衫，外套是羊绒薄衣，她十个指头戴了七个戒指，嘴唇抹得红艳艳的。她晚上以这种打扮去欢场。而今天大白天拉伊莫汉要她这样打扮，带她去学校。

一辆租来的双驾马车停在伯德丹加路口的印度学院楼前。拉伊莫汉下车后对希莱摩尼说，去吧，拉着孩子的手一直进去，仰起头，眼睛别看地下，就像我教你的那样说，去吧。

希莱摩尼说："你也一起去吧，我怕！"

一见是希莱摩尼，路上已聚集了一大群人。拉伊莫汉都不瞧那边，只说："没什么好怕的。走吧。我听说今天委员会开会，你没看见，他们的车子排成排了。你一直走到大家面前站住！"

拉伊莫汉亲自拉着他们向前走了几步，又悄悄在希莱摩尼耳边说："全都记得准吧？仰起头一直走到大家面前，你说我带儿子来入学的。我名叫希莱·布尔布尔①。你们不认识我吗？如果他们问孩子父亲的姓名，你就一个个地瞧他们的脸，然后你使使眼色，放肆地笑着说，要我说吗？现在说出他爸爸的名字好么？比这更好的是写上他爸爸的名字是梵天。"

---

① 布尔布尔（Bulbul）意思为夜莺。

三十六

维迪耶萨伽尔站在梵语学院二楼走廊上。学生之间总是发生斗殴，特别是像紧挨着出生的兄妹那样，紧邻的梵语学院和印度学院的学生为小事就争吵。在青春躁动期的学生是时时要这样打斗的。维迪耶萨伽尔大多是站在上面欣赏这景象。有时还大喊说，我看看谁会赢！打得厉害时，当然他就亲自下来制止。有一两次还叫来了警察。

在罗思梅辞职后，维迪耶萨伽尔当了梵语学院秘书，现在取消了秘书的职位，维迪耶萨伽尔这时是院长。在发展印度教育的问题上，印度的英政府很大程度上要依靠他。

今天没有发生斗殴。维迪耶萨伽尔看到，印度学院大门旁停着一辆双驾马车，那里好像发生骚乱。他在上面看不明白是怎么回事。但这不是他机构的事。他回自己的办公室了。

印度学院门口的骚乱越闹越大。一个衣着华丽的青春少妇拉着一个小孩的手要进学校去。这种事过去从来没有发生过。这是一间享有国家荣誉的学校，从来没有女人进去过。

喂，怎么了，怎么了……一群孩子在鼓噪。出身高贵的孩子站在一旁看，他们中有拉姆卡马尔·森的孙子喀沙布·钱德拉，达罗卡纳特·泰戈尔的孙子绍登德罗纳特，马亨德勒拉尔·萨卡尔，迪诺班图·米特拉，普拉达博钱德拉·马宗达等。凯西伯是非常稳重的孩子，他无声地注视着。其他人感到奇怪，在交谈着。跟那女人来的男孩和他们同龄，因害羞而涨红了脸，哪儿都不敢看。

希莱·布尔布尔哪儿都不看，拉着儿子直闯进去。楼梯左边的大房间里委员会正在开会。拉伊莫汉的消息是准确的。今天英国和印度的委员们要做出重要决定，大部分委员都来了。看见希莱同儿子进来，受人尊敬的印度委员都吓呆了。

希莱·布尔布尔按拉伊莫汉所教的，鹦鹉学舌般全都说了。她眼不低，头抬起。用不着谁说希莱摩尼是妓女，一看到都会明白的。

在希莱摩尼说话时，一个印度委员大喊：该死的，捣什么乱？看门的小子在哪儿？拉姆德赫！伯乐吉巴西！

希莱摩尼说："我名叫希莱·布尔布尔。看门的小子敢向我动手？这么多绅士坐在这里。"

英国委员们制止说："先听听是怎么回事吧。女士，请坐。"

这时印度委员中的一位社会精英说："怎么，先生，让一个下贱女人坐在我们面前？她的到来玷污了这神圣的学校。"

希莱摩尼目光紧盯着有地位的本国委员的脸，好像马上要说，怎么，先生，不认识我了？你有多少天和我肌肤相亲，还要提醒么？当然她嘴上没有说出来。她的目光就足够了。

英国委员觉得有趣。现在穆斯林和基督徒学生无权进入这间学校。甚至印度教的学生或教师改宗后，印度教的委员们也会起来驱逐他们。这回英国委员得到机会了。他们一致说，你们反对的理由，我们一点都不明白。这个女人不是印度教徒么？印度教徒的孩子当然是印度教了。

一个印度人愤怒地说："妓女的孩子还有种姓？他的爸爸是谁，有准么？"

希莱摩尼眼珠一转，微微一笑，然后逐一盯着孟加拉头面人物的脸说："要我说吗？我当着大家的面说出他爸爸的姓名？这样行吗？再想想看吧！"

这样一来，那些神采飞扬的脸黯然失色了。所有的人心里都在盘算，谁知道这罪恶的女人要做什么？如果她瞎说出某人的姓名呢？如果一次被抹黑，那就很难恢复名誉了。妓女说出的话就会成为全市的笑料。报纸的坏蛋作家就会拿来大做文章。

希莱摩尼说："我说，请记下，他父亲名叫薄伽梵。"

印度委员集体退场，以示抗议。

英国委员考查了希莱摩尼孩子的学习资格，对钱德拉纳特的天资没有任何疑问。英国人单方面决定让钱德拉纳特入印度学院三年级。然后校长牵着钱德拉纳特的手让他坐在教室里。

希莱摩尼以胜利者的姿态走出来。双驾马车在附近等着，拉伊莫汉躺在里面。希莱摩尼上了车，拉伊莫汉就跳起舞来。她说："怎么样，成功没有？成功没有？我让这些小子都丢尽了面子，全都夹着尾巴跑了！"车子响动着往前走，拉伊莫汉高兴得手舞足蹈。

那天印度学院三年级的其他学生回家沐浴后，在头上洒了恒河水，穿的衣服也扔掉了。家长们十分激动，国家像是变成地狱了，这不公道，不公道！在索帕巴扎，拉塔甘特·德沃的王宫里，在乔拉桑科，戴本德罗纳特·泰戈尔的楼房里，在达尔德拉，拉金德罗纳特·德特的大厦里，大人物分别开会。如果不能解决，国家的教育制度就会完全毁灭。建立印度学院的是国内的大人物，而今天掌握该机构的是英国人。

第二天，印度学院的许多学生缺席。三年级除钱德拉纳特外，一个人都没来。钱德拉纳特带着书和本子独自默默坐在教室里。印度教徒教师都不愿去三年级教钱德拉纳特。但英国校长不动摇。对那些不愿教的老师将采取措施。既然让钱德拉纳特入学，就会让他读下去。一位英国教师来三年级教钱德拉纳特一个人，说："过来，孩子。我们今天学诗，你听说过拜伦么？"

钱德拉纳特有礼貌地站起来背诵：

Oh talk not to me of a name great in story,

The days of our youth are the days of our glory.[1]

（哦，别跟我谈什么故事里的伟大名人，

我们青春的岁月是我们最光辉的时辰。）

英国先生听后大为惊奇。

面对社会的强烈抗议，英国当局答复说：妓女不是自行产生的，是社会制造出妓女。能养育妓女的社会，为何不能给她们的子女以受教育的机会呢？英国也有妓女，她们的子女进学校没有任何障碍。

伊斯瓦尔·钱德拉·维迪耶萨伽尔坐在二楼，听说印度学院的事件后，他不做任何评论。他同印度学院没有什么关系，只是在空闲时去跟一两位教英语的老师谈英国文学，因此听到了那里的事。

那天他办完事已经很晚了。出了学校他到了苏吉亚街他朋友拉吉克里希纳·班纳吉家。他经常来这里。他和拉吉克里希纳很谈得来。维迪耶萨伽尔在那里吃过晚饭要回家，拉吉克里希纳要给他派车，但他不同意。他的脚板硬，可以步行看看世界。从苏吉亚街到新娘市场才多远！虽下着小雨，他也不在乎。

路上有个女人跟着他。那不幸的女人不识人，或是夜深了，看见孤单的行人以为是合适的顾客呢。开头是苦苦哀求，后来死命拉住伊斯瓦尔·钱德拉的手。

维迪耶萨伽尔使劲挣脱手，大步前行，走出不远后他停住了，又回到那女人身边。突然他流泪了。这是他的毛病，随时会哭。道理他全明白，可是却改不了心软。

那女人年纪小，瘦削的脸，面容憔悴。伊斯瓦尔·钱德拉站在她面前问："夜里下雨，你还在路上转什么？回家去吧！"

那女孩看到他后失望地叹了一声。看样子他是给人做饭的婆罗门，或者是拜神的，没有钱。女孩的命不好，找错了人。

女孩说："我怎么办？先生，今天还没有一个客，家里一分钱都

---

① 选自拜伦诗歌《一切为了爱》（*All for love*）首句。

没有，吃什么？"

伊斯瓦尔·钱德拉垂下眼睛，他怎么责备这个不幸的女人呢？他独自又怎能解决这问题？这社会不教女人读书识字，这社会强迫女人很小就结婚，然后丈夫突然死了，那个寡妇就一辈子没有欢乐了。已故丈夫的财产被五鬼抢走了，那女人为了穿衣吃饭被迫上街，这社会就称她为妓女。希莱·布尔布尔把孩子送进了印度学院，使社会底层许多肮脏东西暴露于光天化日之下。希莱·布尔布尔孩子的父亲是谁？肯定是这社会的某个大人物！

伊斯瓦尔·钱德拉把身上的钱给了那姑娘，说："今天别再淋雨了，回家去吧。"

那女人说："你为何无缘无故给我钱？你是谁？"

伊斯瓦尔·钱德拉说："我谁也不是。"然后大踏步走了。那女人大叫："啊，先生，怎么走了？害什么羞？我会让你非常舒服的！啊……"

伊斯瓦尔·钱德拉捂着耳朵跑走了。

印度教学校学生日益减少。不少学生拿着书本躲起来，看到钱德拉纳特来时就嘲笑。钱德拉纳特不予理睬。

第八天，钱德拉纳特从学校回家，路上被三四个拿棍的年轻人跟在后面突然袭击，他来不及跑，最后满身血迹，倒在地上。歹徒立刻逃跑了。钱德拉纳特倒在那里，一条狗过来闻闻。没有一个人来碰他。

那天傍晚前拉伊莫汉喝醉了坐着。赫尔钱德拉不知从哪儿弄到点钱买了酒，两人喝得酩酊大醉。天黑后希莱摩尼为儿子发愁了。她来到拉伊莫汉面前想说些什么，拉伊莫汉笑笑不予理睬。钱德拉纳特又不是小孩了，不会迷路的。洋人单独教他，所以没注意时间。

最后希莱摩尼拿棍子揍他们。他俩跑了出去。这两个醉鬼有时叫住行人问，谁看见钱德拉纳特了？人们都不回答，被吓跑了。他们还走到伯德丹加印度学院又回来。学校大门关着，那里没有人。

赫尔钱德拉提议坐在园湖边再喝酒，去前面店铺买烤羊肉吃，但拉伊莫汉说：不，走回家去。回去就会看到，钱德拉到家了。我就会对希莱说，拿回去，把扫帚拿回家去！

他们在回程时，突然发现钱德拉纳特，只见他满身血污，已经僵硬，于是大声哭喊起来。他们坐在路上痛苦极了。他们都很喜欢钱德拉纳特。这事怎么告诉希莱摩尼呢？拉伊莫汉由痛苦变为愤怒，指着市里所有大人物的名字骂祖宗。

叫骂声吸引了杜尔迦乔兰·班纳吉，他是市里的名医，看完病人后正坐轿子回家。他探头看见一个躺着的少年身旁两个醉汉在哭喊。他责备说："喂，别出声，要不就送警察局。"

杜尔迦乔兰下了轿，将俯伏的少年翻过来看，钱德拉纳特没有死，是头部受重伤失去知觉了。

杜尔迦乔兰问："是谁把他打成这样？不是你们打的吧？"

拉伊莫汉疯狂地说："是您打的他！周围这些大楼里、市里所有的有钱人合起来打的！"

杜尔迦乔兰说："你们在这里能找得到烧尸台？你们像豺狗似的躲起来哭。这孩子要是治，现在就能活。来，把他抬上轿子。"

拉伊莫汉焦急地说："先生，您瞧，我得先把话说在前头，这可是妓女的儿子。您碰了他不会失去种姓吧？"

赫尔钱德拉用英语说，他是印度学院的学生，他母亲名叫希莱·布尔布尔！

杜尔迦乔兰也听说过这件奇事，眨眼间他全明白了。他说，我是医生，我不懂什么种姓不种姓。抬吧，别耽搁了，快抬！

钱德拉纳特两天就好转了。他头上绑着绷带，他还要去上学。

希莱摩尼听了这不可能做到的话，表示反对，拉伊莫汉却说，这是虎仔说的话，为什么不去？当然去，脑袋就这样绑着绷带去，对大伙说，瞧呀，我不在乎！我亲自送他去，接他回。必要时我们也拿根棍子。希莱，你也买辆双驾马车，我亲自坐在马夫旁边。然后他回头对赫尔钱德拉说，傍晚前如果你再拉我喝酒，我就砸烂你脑袋，没良心的东西！

最后是拉伊莫汉胜利了。没人能阻止钱德拉纳特上学。这一打击使历史悠久的印度学院开始崩溃了。有钱人的孩子都离开了。塔尔德拉的拉金德罗·德特建议连夜再办一所学校。许多人站出来帮助他。拉斯摩尼女士给了一万卢比，还有不少人捐款，建立了市印度学院。请了被印度学院辞退的理查森为校长。凯西伯·森等学生都进了这所新学校。

拉伊莫汉那天对希莱摩尼说："今天为我单独办个歌舞会吧，希莱，没有别人。你只为我打扮，眼睛抹上青黛，为我点上桄灯，屋里有香水，我依着靠垫坐，闭起眼睛拉手风琴，你按着我的节拍唱。不是以后，就在今天！"

希莱摩尼说："我要死了，我要死了，老爷的兴头真大！"

拉伊莫汉说："我让市里那么多绅士丢尽了脸，今天我不能当会儿老爷么？我真想。"

"如果真想，你就去拉姆巴干！加尔各答不缺少姑娘！最多是我的两个拜沙的老爷来了。"

"你诅咒我的钱？我没挣钱么？我不能给你很多钱么？你瞧着吧，今天我就挣钱回来。"

"算了，别又去什么地方偷了！说不定哪天又挨揍！"

"我不偷，我是用我的聪明！人们付给我聪明的钱。"

"行了！我太知道了！"

"你是叫我去找别的女人？我是从什么时候起就在你这里了，从那以后，我还瞄过其他女人一眼？是为了得到你的心我才这么虔诚的。你跟着我，你就看吧。我们俩合起来能做多少事！"

希莱摩尼嗨了一声，说："船长们马上就要来了，我得照规矩办。你现在躲开吧。"

拉伊莫汉没受到一点伤害。他说："待在你这里挨棍子扫帚的打，是我的最大快乐。今天无论如何我也不走。"

希莱摩尼又说许多好话，又拉他的手。可是拉伊莫汉不为所动。

希莱摩尼的歌他天天听，希莱摩尼大部分夜晚和他同眠。可是今晚他要装扮成希莱摩尼的顾客。

在他的坚持下，希莱摩尼只得穿戴起来。拉伊莫汉把买来的花环给她打扮，他自己也穿起细布衣裳。胡子上抹香水，头发上抹油，并用梳子梳到前额。屋里点上三十支蜡烛的大灯。在强光下可看到时光在拉伊莫汉脸上留下的印记。头发稀疏了，脸皮也不光滑了，眼角也有皱纹了。

船长们被回绝了。在钱德拉纳特睡着后，他们单独的歌舞会开场了。开了瓶香槟，倒入两个杯子，两个人饮了。

拉伊莫汉倚在靠垫上，吸上烟筒管子，真的舒服地合上了眼。昨晚市里的头面人物正是这姿势坐在这靠垫上，拉伊莫汉像小偷似的躲了起来。

拉伊莫汉激动地说："唱歌吧，头一次我教的歌，很久以前，就是那支你穿着薄衣在贾木纳河边。"

歌一支接一支地唱，希莱摩尼唱歌不觉得累，香槟喝得越多，拉伊莫汉就越叫好。有时他纠正歌中的一两个音。看来今天拉伊莫汉真的很痛快。

晚上这一带肯定是嘈杂的。车马来往不断，时时觉得有车被这家的看门人挡住了。这时希莱摩尼只顾听，顾不上唱了。她心不在焉唱走了调，被拉伊莫汉听出来了。

他急忙坐起来问，是谁来了？然后他眼珠子一转，说："今天要是有人来，不管是多大的顾客，我都把他打出去。"

然后他把希莱摩尼拉过来抱着说："你别听那些，希莱，记住，今天世界上没有别的声音，没有客，只有你和我。今天只有我是你的，你是我的。我要编歌，你唱。然后你会明白，希莱，唱着唱着，有一天我们俩拉着手上天堂去，怎么样？怎么，不相信？瞧着，你瞧着吧，我要在天堂上给你弄个位置。"

三十七

　　一个真正的英国人当了诺宾的家庭教师，一个老学者教梵语和孟加拉语。看到诺宾也很喜欢音乐，也找了个唱歌的来教他。可是诺宾的老师都待不久。英语教师卡尔格·培德里格也向耿伽纳拉扬告他学生的状。

　　诺宾的梵语、孟加拉语学得很好，但他把老学者侮辱后赶走了。诺宾小时候淘气，现在是少年，变得不受拘束，谁的话他都不听。由于宾波波蒂的宠爱，现在没人敢管他。只是还有点听耿伽的话，他嘴上不说。但近来耿伽总是到外地视察办事处。

　　十二岁的诺宾现在是英俊少年，脸上闪现天才的光辉，两眼炯炯有神。只要一看其面相，就知道这少年绝非平庸之辈。

　　但是这少年心中多么残忍，是难以想象的。他不把仆人当人看，稍有失职就狠骂。宾波波蒂安排了七个仆人负责他的吃睡玩。诺宾不坐着吃饭，仆人得端着饭跟着转。诺宾有时在屋顶，有时在花园，使勺一口口吃。他一示意就要仆人端过来，稍迟一点就把饭打翻。全年给他洗澡都是温水，如果水过热或过凉，就骂仆人笨。有时怒极了，也敢打年老的仆人。他要想外出，就像从前的王公那样伸开腿坐在躺椅上，点名叫仆人，仆人立即来给他穿鞋。

这景象被耿伽看到了，耿伽是受过印度学院教育的学生，他不喜欢这些。他不承认人分高低的种姓观念。在法国革命后，人人有平等权利的消息传遍了全世界，浪潮也冲击到像耿伽这样的青年心中。此外他还读过哲学家卢梭的若干著作。由于经济原因，现在不少人还在推崇奴隶制。但耿伽赞成要以对人的态度对待奴仆。

　　一天他对诺宾说了这样的话。他亲切地称诺宾为小弟。他说："怎么了，小弟，你自己不会系鞋带？"

　　诺宾傲慢地说："不会。"

　　耿伽说："这大家都会。连巴哈鲁都会，而你不会？"

　　诺宾说："大哥，巴哈鲁会读梵语诗么？我会。巴哈鲁干的活是系鞋带。那不是我干的活。"

　　耿伽说："人必须学会干自己的事，来，我教你穿鞋。"

　　诺宾说："手一摸鞋就脏了。妈禁止过。"

　　这样耿伽不能再说什么了。宾波波蒂禁止的。宾波波蒂盲目溺爱儿子。宾波波蒂自己很仁慈、温柔，她自己从来不折磨仆人。但如果诺宾下令要砍哪个仆人的头，宾波波蒂也许会答应的。耿伽去同母亲争论多次都失败了。关于诺宾，宾波波蒂是聋子。

　　近来耿伽常常考虑管教弟弟的事，诺宾年龄虽小，但少年老成，耿伽根本不喜欢。小小年纪就这般溺爱不会有好结果，随时会走上堕落道路的。耿伽想起朋友默图。父母过分溺爱，想抓紧默图却失去了。最后默图狠狠伤了父母的心，谁都不知道他在哪儿失踪了。他母亲哭着哭着咽了气。而他那气疯了的父亲希望再得一子，接连再婚，最后失望地离开了人世。

　　耿伽好像找到了弟弟诺宾和默图有若干相同之处。诺宾像默图一样粗暴、固执，也随时背诵诗歌或儿歌。当然默图从小就接触欧洲人，除英语外，他轻易不说其他语言。但诺宾却更喜欢孟加拉语和梵语。有时耿伽都感到奇怪。

　　诺宾喜欢在二楼的一个小屋顶玩。耿伽看到，诺宾总和玩伴杜拉坐在那里。诺宾面前摆着一盘甜点心。他念一首梵语诗或儿歌后问杜拉，你会说么？我说两次、三次，你听了如果能背出来，就给你甜食吃。

杜拉努力了，但是做不到。这时诺宾将甜食一个个地扔去喂乌鸦。在甜食的引诱下，屋顶的围墙上来了大群乌鸦和其他鸟儿。家养的猫也守在一边。杜拉一次次地努力。这时诺宾拿起一个甜点心放到他嘴边，说："你，再说你就能吃上了。瞧，瞧，说……"杜拉忘了一个字，诺宾就把甜食扔给猫去。这样一盘甜食都扔光了。

诺宾热衷于学梵语，但他的梵语老师总是待不久。他根本不把老师当老师，总是淘气地揪老师的发辫。有钱人家的酬劳高，有些老师想尽量多教几天，但后来忍无可忍，为保住尊严走了。

有一次耿伽从办事处回来，妻子就告诉他，诺宾把一个婆罗门的小发辫剪了。

每年九月末，宾波波蒂要办个盛大的法会。届时宾波波蒂赠给婆罗门金子、衣服和大米。今年给一位婆罗门赠送了一头牛，这婆罗门刚走出辛格家，就把牛犊卖给了屠夫，被辛格家的两个仆人看到，跑回来详详细细向宾波波蒂报告。正坐在旁边的诺宾命令仆人把那婆罗门抓来。

仆人一向都是这样，叫他抓人他就把人绑来。那婆罗门无路可逃，落到强壮的奴仆手里，处境就不妙。他先说谎，想软化宾波波蒂。但仆人驳斥说，他们亲眼看见屠夫已经宰了那头牛犊。可是宾波波蒂的仁慈占了上风，想饶恕婆罗门。但诺宾这时明确要求剪掉婆罗门的发辫，他需要它。宾波波蒂不同意，说剪婆罗门的发辫是罪过，但诺宾根本不听。对婆罗门来说，牛就是母亲，婆罗门能把母亲卖给屠夫，那他就没有权利保留作为婆罗门身份的标志了。十二岁的少年严肃宣布这一决定后，哭着要求说，妈，我一定要剪下他的发辫！我一定要剪！

宾波波蒂惊惶地说："啊，别哭，别哭！"

宾波波蒂在必要时能为儿子上天摘月亮，一个婆罗门的发辫算什么？她不再反对。几个人一起按住婆罗门，诺宾亲自拿剪刀剪下他的发辫，哈哈大笑。

耿伽听后感到震惊。他对那些无知、爱说大话的婆罗门，也不是很尊敬。可是近来他欣赏梵语文学的韵味，对梵语学者相当虔敬。但给一个穷苦婆罗门送牛犊合适么？谁都不送母牛，都是送公牛犊，牛犊长大后婆罗门拿它做什么？婆罗门不耕种，怎么弄东西去喂它？

耿伽听说过，二十年前德罗齐奥的学生"青年孟加拉派"曾在路上追赶婆罗门，要剪他们的发辫，但最终没有剪成。而诺宾这小小年纪竟如此大胆？成年后他还会做出什么事呢？他走的是什么路？

比图谢克会让这种事发生么？想到这儿，耿伽更惊惶了。在他不知情的情况下，家里什么事都可能发生。比图谢克对神是无限虔诚的，在他眼里这事是不应该做的。

那天傍晚，耿伽见到诺宾就问："小不点儿，听说那天你把婆罗门的发辫剪了？"

诺宾满面带笑说："耿伽哥，你到现在还没看见！我把大家都叫来看过了！来，到我屋里来！"

诺宾拉着耿伽的手进自己的屋。真的，墙上挂的玻璃柜里放着一条发辫。

耿伽说："你真淘气，剪婆罗门的发辫，你不害怕？"

诺宾说："大哥，你要是在场会更有趣。发辫被剪后，那婆罗门抱头鼠窜了。我们讲印地语的看门人大喊，嗨，罗摩大神，发辫丢了，罗摩大神！"

诺宾说着笑得前仰后翻。耿伽微微一笑，虽然他内心不以为然。他认为这事的影响将是深远的。

他说："小不点儿，你这么疯，今后如果婆罗门学者不愿教你了呢？我这回给你找了个知名学者。"

诺宾说:"我对潘迪特说,您如果不来,我就派兵去把你抓来,把你的发辫也剪掉。"

耿伽说:"多么可怕的话。你对大学者说这样的话?他是怎么回答的?"

"潘迪特先生说,你做得好,孩子。近来有成千上万假的婆罗门,应该这样惩罚他们。"

"你瞧吧,报纸这回会刊登许多关于我们家的消息。"

"让他们登吧!哪家报纸登?你把那报纸买回来!"

"啊,天啊。"

"你坐吧,耿伽大哥!你没在,所以我把那天的对话都给你写下来了。"

"什么对话?"

"那天剪发辫时的,你坐,我读给你听。"

诺宾从书堆里找出几页纸,其中有用漂亮字体写的孟加拉语,耿伽看后惊叹不已!这么漂亮的字体,少见!当诺宾朗读他的作品时,耿伽更感惊奇。作品名为《婆罗门是旃陀罗》,用的是深奥纯正的孟加拉语。

耿伽问:"这些是你自己写的?或是老师给你说的?"

诺宾说:"我写的。我还写了很多,老师不知道,我只读给杜拉听,再就是读给你听。"

"这我都写不出来,弟弟!一写孟加拉语我的笔就断,你倒写得漂亮。这文章要拿给维迪耶萨伽尔先生看,告诉你的老师吧。"

"耿伽大哥,我还会写歌。我作了两首孟语歌,要听么?"

耿伽更加吃惊了。诺宾真的写了两首孟语歌,既合节拍又合韵。弟弟也会像默图那样成为诗人?诗和艺术。诗人从小都这样固执,富于幻想和放浪形骸么?

耿伽看到诺宾的孟语写作能力和知识后虽然赞叹,但自己学过英语,深知如果诺宾不学英语,眼界就不会开阔,对欧洲文学、哲学没有了解的话,对现代世界的许多东西就不了解。

他为弟弟聘请了英语教师。比图谢克开头表示反对。他不是反对学英语，现在大家甚至婆罗门学者也在学英语。不学习官方语言在社会上就没有地位。但比图谢克说，异教徒不能进家来。英国人吃牛肉猪肉，进屋也不脱鞋。他们若是进了印度教徒的家，那家就不圣洁了！这边宾波波蒂又不让儿子出外读书。要教诺宾学英语，不能找个印度教徒么！

耿伽连夜在辛格家的花园建起一个书房。父亲在世时，这家的节日或婚礼邀请过英国人。当时让他们坐在这花园的客厅里。因此请英国老师来花园的客厅教诺宾是很容易的。

加尔格·培德里格性格温柔。他也像其他来碰运气的英国人那样，想来印度做生意发财，但没捞到特别的便宜。工作并不是为所有的人准备着的。加尔格·培德里格的大部分时间是读书。耿伽同他交谈后得知，他非常好学，如果他能稍为约束诺宾的淘气，就适合当诺宾的老师，

但是加尔格·培德里格总是向耿伽告状。一次，耿伽从奥里萨回来后，听说加尔格·培德里格辞职走了。问诺宾也得不到答案。他说："那先生是疯子，他喃喃自语还教什么书？"

市里并不缺英语教师，走了一个会来十个。但加尔格·培德里格是耿伽挑选来的，他为何不干了，应当了解。他把加尔格叫来。

加尔格同他谈了一个多钟头。他根本不是生诺宾的气走的，相反还挺爱诺宾的。他认为诺宾这样聪颖的学生非常少见。他非常聪明，教这样的孩子是快乐的。但他也从未见过这样奇怪的少年。年纪虽小，但明显有两大特点。有时他非常专心读书，听老师讲完后，他立即就能说出。他问老师很多问题，想知道很多东西。而有些天根本不想学，在老师面前翻跟斗，做各种操。有时整天不说一个英语词，用孟加拉语说笑。加尔格·培德里格误认为他疯了，不知怎么办才好，因而不来了。

耿伽不能不信。他知道诺宾从小就有异常，但也许这些异常正是天才的迹象？耿伽问英国人，这有治么？诺宾对待其他老师也是

这样，有什么办法教育好他呢？

这个英国人认为，应当让诺宾上学，接触其他少年。在强制性纪律约束下，能使他的性格变好。

耿伽也知道这点，但母亲无论如何不愿送诺宾进学校。否则诺宾也像他一样上印度学院了。

几天后，意外的机会来了。诺宾自己来说，耿伽大哥，我要上学，我不再喜欢家庭教师了。我也要像路上那些孩子一样，拿着书本去上学，你对妈妈说吧。

诺宾自己提出要求，那就不用再说了。宾波波蒂长期以来的反对，一下子就被吹掉了。她还没明确表态，诺宾就不吃早餐了。于是她把耿伽叫来，说："耿伽，你去安排一下，他一固执起来……去叫祭司选个吉日……"

印度学院的老教师还认识耿伽。耿伽的几个朋友现在也在这里任教。所以让弟弟入学是不难的。耿伽从外地回来后听说，印度学院的事件引发了市里的骚乱。一些顽固的人从学院出来另办了一所新校，办吧！耿伽要让弟弟进自己读过的那所旧学校。在全国哪儿还有像印度学院这样有名的教育机构？

他叫来裁缝为诺宾做了西服，安排了一辆专用的双驾马车和两个仆人每天接送诺宾上学。

在入学的前一天，比图谢克来了。他在楼梯口遇到耿伽，严肃地说："你们是否要让诺宾进印度学院？都不认为有必要问我一下？"

他不等回答，慢步上了二楼。他站在宾波波蒂门前，又重复两次这句话。他进屋后走了两步又说："那不行。诺宾不能去学校，就让他在家里读。"

宾波波蒂说："孩子会哭的，很固执。"

比图谢克说："让他哭吧，过两天就不哭了。印度学院现在是坏蛋的学校。妓女的孩子在那里读书，能让这家的孩子去读么？这就是耿伽的聪明？他不懂家族的荣誉，让辛格家的孩子坐在妓女的孩子旁边？"

停了一会，比图谢克紧盯着宾波波蒂，又说："把孩子养大成人只是你个人的责任？我的意见一钱不值？"

　　宾波波蒂立即发抖，恐惧地说："不，不，就照您说的办。"

　　过了一会，比图谢克从宾波波蒂的屋里出来，亲自叫耿伽来，说："诺宾不去学校。他十三岁了。我决定了，今年让他结婚。新娘我已经挑选好了。"比图谢克也不等耿伽答复，走了。

三十八

　　诺宾古马尔婚礼的排场，近来在加尔各答没有比得上的。市里王公贵族不少，新发家的财主也比不上。德特、马利克、德沃、希尔、萨卡尔、科沙尔——每家的拜神、婚礼当然办得都非常热闹，大把大把地花钱。但是拉姆卡马尔·辛格的遗孀宾波波蒂把他们都击败了。人们说拉姆卡马尔过世了还这样讲究，要是他还活着不知要怎么办呢！人们还说，对，这就叫亲兄弟！未成年人的财产总是被十几个鬼抢走的。而比图谢克·穆克吉使他朋友的未成年儿子的财产增长四倍了。

　　诺宾在巴格巴扎结婚。当新郎接亲时，万人空巷来观看。新郎不坐双驾马车而是骑马来的。为此做了一套特别的服装，上有珠宝，头戴王冠，腰带上的佩剑镶金。十三岁少年诺宾古马尔就像是梦幻国的王子。

　　舞女为婚礼连续跳了七天舞。近来的规矩是，在不同的日子里分别邀请洋人、洋太太和本土客人。给每位受邀请者送去请柬和铜盘，或羊绒围巾，或贝拿勒斯布料，或镶银或铁的海螺。所有报纸大登特登有关婚礼的报道。

　　这么大的场面，耿伽没有起任何作用，都是比图谢克一手操办。

他不认为需要和耿伽商量。他公开蔑视耿伽。

耿伽强烈反对童婚。他自己被迫这样结了婚，但他想让亲爱的弟弟学成后，能辨别好坏时再结婚。童婚这种恶习是印度产生许多惨剧的根源。

这事耿伽向母亲宾波波蒂解释过，但没有任何结果。她引用比图谢克的话答复耿伽，她说："他觉得怎么好就怎么办，不要再反对了，耿伽。他不是想对诺宾不好！"

耿伽怎么也想不通，比图谢克是有名的固执。不让上学后，诺宾疯狂地哭喊了两天，没有吃饭。可是宾波波蒂不愿拒绝比图谢克的意见，让诺宾上学。视子如命的宾波波蒂因害怕比图谢克而忍受了儿子的哭闹。

一想起比图谢克在楼梯口粗鲁地对他说的那番话，耿伽还气得发抖。那话说得非常刺耳。他发誓，一定要打掉老家伙的傲气。宾波波蒂越是支持比图谢克，他就越能把诺宾拉过来。弟弟听他的话，诺宾一固执起来，比图谢克也没有力量改变，诺宾一点都不怕他。

但非常奇怪的是，诺宾因不能上学又哭又闹，但一句话他就同意结婚了。这么小的孩子对结婚这么有兴趣！事实上一结了婚他就忘记不能上学的痛苦了。耿伽问："小不点儿，你要结婚啦？结婚是什么，你明白吗？"

诺宾以学者的姿态说："是的，大哥，我要娶罗陀。"

耿伽感到奇怪，说："哪个罗陀？"

诺宾说："我是黑天大神，所以罗陀是我的媳妇，会很有趣的。我同罗陀在花园里玩捉迷藏的游戏。耿伽哥，你知道我会吹笛子。"

比图谢克相中的巴格巴扎的新娘当然不叫罗陀，而是比罗陀大的克里希纳帕米尼。这名字的含义诺宾不难明白，他高兴极了。

婚礼过后几天，耿伽决心去视察各办事处了。种植蓼蓝者的不满已传到四面八方。如果不立即采取措施，会变成严重的骚乱。蓼蓝种植者请求地主帮助他们克服困难。但地主被种植园的英国人打败了，虽然做了很大的努力，但政府不批准郊区法院审判犯罪的英国人。结果英国人放火、强奸妇女甚至杀人等事不断发生。鞭打农民的事更是天天都有，很难想象靛蓝厂的英国人手里不拿鞭子。

耿伽即使到了现场，也不见得能采取什么措施，但若是不去，那些办事处就可能丢掉。比图谢克自己从不外出，所以这责任就交给耿伽了。耿伽的心也不在加尔各答家里。在诺宾结婚后，家里来了很多亲戚，大家都拿新郎新娘开心。因耿伽不能参加这些疯闹，所以没人关心他。他在家也像是住在别人家里。诺宾的妻子克里希纳帕米尼只是一个八岁不识字的女孩。国家和社会已经出现了新变化的潮流，而这家人都没有觉察。这使耿伽忍受不了。

他想按自己的意志塑造妻子丽拉波迪的努力也失败了。他试图教丽拉波迪读书，没成。丽拉波迪不肯跟英国太太学，在其他男人甚至老人面前也不开口。那时耿伽耐心地亲自教她，她就哭着说："啊，我没妈了，你别生气，我不行。羊怎能拉犁耕地？"

耿伽作为人，怎么能同把自己比作羊的女人长期相处！

耿伽甚至对诺宾说："小不点儿，你试着教教你大嫂，她如果不用心学，你就数落她！"诺宾很热心地教了几天，但结果并不好。诺宾和丽拉波迪年龄相差不大，丽拉波迪只大两岁。他们常常打闹。最后宾波波蒂下令不让两个人在一起学了。不想学就算了。可是她没有理解丈夫心意的热情或陪伴丈夫。丽拉波迪想，女人生来只是晚上陪丈夫睡觉的。对此她是快乐的。与她同龄的许多女孩没有这样的机会。丽拉波迪从妈妈、奶奶、姑、姨的生活得出了这样的想法：家里的媳妇很少同当家的见面。当家的因种种工作总是在外面过夜的。一个月一个月地不见面，一点都不奇怪。因为离得远，难得一见，要将丈夫当作神一样尊敬。耿伽每天有很长时间跟丽拉波迪在一起，很多痛苦的心里话要对她倾诉。这似乎使丽拉波迪不舒服。谈话中丽拉波迪的眼睛显得很不安分，她认为丈夫的这种行为不正常，她似乎要喘起来。

当耿伽去视察办事处时，丽拉波迪甚至不想同行。耿伽用船带她去过几次，她不欣赏。她认为外面的世界是可怕的。天黑后她会认为一艘普通小船是强盗船，看见光身的男子认为是坏蛋，而路上赤裸的男子很多。雨中的河流、中午的树丛、空中飞翔的白鹤，都不能使她着迷。耿伽明白，要让她懂得欣赏和赞扬大自然的美，必须对她进行心理教育。她们多少个世纪没有得到过自由，都忘记自由的深意了。耿伽当然不是时时都能这样公正对待妻子的，他总是傲慢的。

这次耿伽也是单独出行。易卜拉欣布尔传来了骚乱的消息。他的目的地就是那里，心情非常沉重，但也不是特别担心和忧虑，而什么都想不了，什么都不想，使心情更加沉重。他时时都明白，他失去生活目标了。他不牵挂家务事，但又不能投身到家务事之外的大事如教育、宗教改革、文学创作等上去。国内每天都出现新运动，这一切汇合起来逐渐形成了一种爱国感情。耿伽知道这一切，但他似乎是旁观者，不是参与者。为此他曾一再谴责自己，但改变不了内向的性格。

他被比图谢克击败了。宾波波蒂让耿伽代表她管理地产。但是在地产或商务上，如果耿伽想做什么改变，比图谢克有时就干涉。耿伽提出十个建议的话，比图谢克会同意四五个，而对其余的建议，他会严肃地摇头说：不，这不会有好处的。或者说：不，这对家族的声誉不利。只有耿伽明白其中的狡猾。比图谢克一般对小事、非常一般的事表示同意，而对重要问题，要保住自己的权力。对此宾波波蒂觉得，耿伽一半的建议被比图谢克接受了，而对其他建议，比图谢克当然更有经验、智慧和家庭权力。

耿伽深知，自己不是这笔巨大财产的主人，他是为维护弟弟的利益才卷进去的。如果他不能运用权力，在需要做出决定时受到阻拦，那么他的作用就像一个普通职员。可是这几年耿伽努力想办法打掉比图谢克的权威。但几个月前比图谢克在楼梯口对他说，我说了，诺宾不去上学，我马上就让他结婚——这话确实实现了。结果耿伽的心似乎完全崩溃了。比图谢克视他为草芥。对宾波波蒂来说，比图谢克的命令是不可违背的。

佃户们误认耿伽是地主，但实际上不是。他不是辛格家的后代。耿伽不是这世界上的什么热门话题。

易卜拉欣布尔的问题特别棘手。在拉姆卡马尔·辛格时代，他在这里有自己的靛蓝厂。种蓼蓝收益很大，但近几年情况变了，英国人在附近建了厂，承租土地强迫佃农种植蓼蓝。农民近来种植的蓼蓝，必须全卖给英国人的靛蓝厂，得不到应有的价钱。在价钱问题上，英国人说了算。现在又不是价钱问题了。英国人现在按每亩一个卢比给农民预付款，然后一切收成归英国人。凡不愿收预付款的农民，就抓来打个半死，让他们在契约上按下手印。那预付款是一辈子都还不清了。

耿伽几年前看到农民的惨状后，决定让种蓼蓝的农民改种水稻。

但是比图谢克阻止了。他说，像不能在水里和鳄鱼打斗一样，在王国里同王室的人争论也保不住性命。既然英国人建了靛蓝厂，看到附近的土地上长出金灿灿的稻子是不会舒服的，会像中国龙那样嘴里喷火把稻子烧成灰的。

在比图谢克的命令下，易卜拉欣布尔乡的一半地产包租给了靛蓝厂的英国人。之所以没有将全部土地放手，是因为有些地块种甘蔗特别好。有几个中国人还建了个糖厂。而白糖几乎卖出了金价。但是将一半地包租给英国人，问题并未解决。在名叫麦克格雷格的场主虐待下，佃农丧了命。麦克格雷格的打手名叫夏尔马·钱德拉，他的皮鞭打到谁的背上，谁的腰一辈子就折了。今年天旱收成不好，麦克格雷格大为恼火。他认为是佃户捣鬼，便闯进村去捣毁房屋。佃户们怕丧命，便跑到英国人管辖之外的地区躲避，可是那里也不行。麦克格雷格不管什么地区，他的马能跑多远他都去。中国人怕动乱，关闭糖厂走了。

耿伽的帆船一靠码头，就有几个佃户走过来，船要来的消息早就传开了。承包土地的佃户哭倒在耿伽的脚下。他们世世代代一直认为地主是他们的保护者。谁是国王，他们不打听。交不齐地租，地主的管事就来打人，这也是地主的权力。而在遇到灾难时就得投靠地主。

耿伽忧虑地倾听诉说。从大家说的话中知道了，靛蓝厂主麦克格雷格的本性犹如恶魔。许多人的背上、胸前、脸上都有麦克格雷格鞭打的伤痕。许多人无家可归。

耿伽觉得对已经承包了土地的农民没有什么可做的了。土地已经包给靠土地为生的人，承包人就是那些地和人的主宰。虽然现在那些佃户还认地主是他们的主人，但是法律并不承认这点。要制止对属于他的土地的佃户受虐待，也得求助法律。反对英国人不能拿枪拿棍去打，比图谢克很懂得打官司。耿伽的心早已麻木不仁，但听了佃户诉说的悲惨故事后，逐渐克服了冷漠。最使他震惊的是贾马鲁丁·谢克的事件。贾马鲁丁的妻子哈尼法失踪好几天了。大家认为她被抓到靛蓝厂里去了。麦克格雷格有几个本地的职员，其中名叫格拉克·达斯的是十足的坏蛋，是这个英国人做坏事的帮凶。格拉克·达斯盯上了哈尼法，肯定是他将她弄去给英国人了。哈尼法失踪两天后，贾马鲁丁·谢克亲自去靛蓝厂打听。从那时起贾马鲁丁也没有回来。靛蓝厂有一地下室，肯定是把他关在那里，或者已经被杀了。这也不奇怪，谁都不敢到靛蓝厂去。只有耿伽可以采取措施。不管怎么说，他是地主，靛蓝厂的洋人至少对他要尊重些。

耿伽认识贾马鲁丁·谢克，很强壮的男子汉，长相在人群中也很显眼。他是这儿的村长，说话粗鲁。可是耿伽了解，贾马鲁丁很单纯。这么活蹦乱跳的一个人失踪了！

贾马鲁丁的老父亲患白内障。他睁着眼，在他面前招手他都看不见。他说："老爷，我是你的奴仆，我儿子的事你不去说说？"

耿伽说："你们不去报告县推事先生么？只有他能执法，你们去向推事先生申诉吧。"

大家齐声嚷嚷，说的大意是，他们不相信推事，他们像怕恶魔那样怕他。他是靛蓝厂麦克格雷格的亲戚，当推事先生来调查时就住靛蓝厂，长时间同工厂主手握着手。几个月前推事先生骑着大象带着狗去猎虎。这推事会听对洋人的控诉么？

耿伽站起来说，走，我去。

耿伽当时就要下船，他在当地的代理说："怎么，您要去哪儿，老爷？麦克格雷格是吃人的神，那野蛮人不懂得尊重人，您不知道。"

耿伽不回答，正要下船，他的司库阿凯森老头说："老爷，您去之前，我有个建议，请等等。"

耿伽不喜欢迪巴戈尔，曾要将他辞退，但因比图谢克阻挠没有办成。近来耿伽到郊区不带迪巴戈尔了。阿凯森代替了他。这人稳重，他的建议有价值。

司库把耿伽请进里面，悄悄说："老爷，您要去见推事，那当然去。但您是地主，那洋人不管怎么说是您的承包人，要见的话，洋人应该来您这儿。您派人通知洋人吧。"

耿伽说："我通知他就会来？要是不来呢？我总觉得他不会理睬我的通知的。"

司库说："那您就不见他。您是地主，就不能做点出格的事？佃户们一跳，您的风度就该破坏？您应有自己家族的尊严！"

耿伽说："森先生，如果现在我看见屋里有条毒蛇，我就会跳起来。这样跳对地主来说是很不合适的。佃农有事必须做。我走了！"

司库说："那至少请您做一件事，至少先送个信去。您要去，总得给他们时间准备招待您。您要是突然去了，如果洋人不在厂里呢，再说，您现在还没洗澡吃饭呢。"

耿伽只好同意。他派人去通知靛蓝厂说，傍晚去会见，请洋人届时在场。

送信去是一大错误。欢迎他的安排非常好。麦克格雷格在院子里伸开腿躺在椅子上，脸上盖着绿帽子遮太阳。地上倒着几个酒瓶，上面一群苍蝇嗡嗡地飞着。英国人衣服上有汤迹。看来从中午起吃得挺起劲。

几名职员紧张地在不远处站成一排，一见耿伽带了两名随从进来，就请他们进去，在洋人耳边说了几句话。英国人推开帽子，血红的眼睛望着耿伽，含糊地说："哈啰，地主！很高兴见到你！请进，请进！"

有人跑来搬椅子给耿伽。耿伽坐下后看见洋人又歪着头将帽子盖住了脸。

耿伽清了清嗓子，说："麦克格雷峰先生，下午好！祝你健康，希望你能习惯和喜欢这方的水土。我来是想同你讨论几个问题。"

麦克格雷格的回答是打起鼾来了。

耿伽感到吃惊，他认识不少英国人，从来没有见过这么粗野的。

一个小且胖的孟加拉人合着手有礼貌地站在旁边。耿伽回过头说："包出的地到索纳穆勒为止。在那之外是我的领地。靛蓝厂的人也去那里硬捉我的佃户。我的佃户不是靛蓝厂的佃户。"

那个人说："老爷，我们做梦也没想过去折磨您的佃户。你们三代是这一带的地主，可是我们抓回来的，是躲到您领地里的，我们的佃户。得先说这区的农民为什么出区去，那些小子为得到两个安那工钱和几把米，我们的洋先生从来不是不愿花钱的，可是小子们……"

耿伽说："我地区有些蔗田被放火烧光了，糖厂被威胁关闭了。"

那个人说："谁放火烧了谁的田，那哪有准啊？那些小子说着话就打起来，放火烧邻居的房子。老爷别信这种话。"

耿伽还想说什么却又停住了。他讨厌同一个普通职员谈这些事。看这人的面相就知道他很凶。谁知这是不是那个格拉克·达斯。

耿伽问："厂里还有其他英国先生么？我有要紧话要说。"

那人说："不在，老爷。先生们全都打野猪去了，早上就出去了。听说您要来，麦克格雷格先生才留下的。"

耿伽对那人说："有个叫贾马鲁丁的农民来这厂里，没有回去。"

那人说："哪个贾马鲁丁，老爷？多少人在这里来来往往。"

这回麦克格雷格含混地说："那帮乞丐！看面相都一样……"

耿伽觉得被侮辱，气得耳朵根和鼻子都红了。这洋人醒着、听着，只是故意装睡，说完这句话又开始打鼾了。

那职员说："先生说这些农民长相都一样，只听名字分辨不出来。"

"叫起你的先生，我有话对他说。"

那人伸出舌头，说："老爷，我不敢。这里谁都不敢，格雷格先生如果被吵了觉，会发火的，顺手拿到什么就……"

耿伽站起来，能怎样回应这不文明的行为呢？使用体力或以不文明行为报复？这都不是耿伽惯用的。这洋人是故意侮辱他的！这是对他不信任！一个人能这样对待另一个人？这是英国诗人莎士比亚、弥尔顿？

突然耿伽觉得脑子一片空白。他站稳了，但他记不起是在哪儿。他眼睛看不见了，耳朵听不到声音了。他像一尊石像，受了侮辱和极度愤怒之后，似乎丢开侮辱和愤怒到了其他地方了。

那个职员说："老爷，您看远处那棵树，佃农说话都不敢越过那条线。他们有几个脑袋敢走进英国人的办事处来？您是受尊敬的人，你不同。您说的是苏贾乌丁或是格扎乌丁？他来这里干什么？"

耿伽一句都听不到。他眼前整个世界都在旋转。他的头一点点地在转。

那人问："老爷，喝英国人家的水么？我去弄甜点心来？"

这话耿伽也没听到。他虽然站着，却像是失去知觉了。他脸色乌黑。

大家看见他这样站着都觉得奇怪。他的一个随从叫："老爷！"

耿伽伸出一条腿，正要倒下，随从把他拉住了。这时他像是恢复了知觉，说："怎么了？你们为何拉住我？"

"老爷身体不好了吧？"

耿伽长出了口气说："没有，走吧。"他缓步走出了靛蓝厂。

三十九

耿伽从英国人的房子出来，正常地走到轿子旁，就失去了知觉，踏进轿子后就倒下了。他的随从焦急地呼唤他，但得不到任何回答。这时轿夫抬起轿子猛跑。

从这里到码头有一两里路，耿伽昏迷不醒。许多佃农坐在快艇停靠的河岸上，等待贾马鲁丁的消息。看到耿伽被抬下轿子时，大家都站起来嗨、嗨地叫唤，都以为耿伽在英国人家里挨了打，可怕的英国人是不放过任何人的。普通佃户按照传统，是把地主比作父亲，甚至比父亲还高。他们想象不到地主会受侮辱。他们的热血沸腾了，喊声震天。有几个人愤愤地把手中的棍子插入地下。

耿伽被抬到船舱里。随行的职员焦急地争论该怎么办。有的说，立即抬上岸到地主的办事处去，有的说，不行，那需要很长的时间，得请医生来。有的说，这里请不到医生，该立即回加尔各答。

司库阿凯森生于医生家庭，懂些医术。他给耿伽诊了脉。他的意见也是立即回加尔各答为好。至少到克里希纳城，那里有顺势疗法医生。

耿伽过了一会张眼坐了起来。他周围是职员惊恐的面孔，外面是佃户的嘈杂声。他感到奇怪，问道："怎么回事？我怎么在这里？

嚷什么？"

老司库说："老爷，您别说话，休息吧。"

耿伽从床上下来伸伸腰说："怎么，我没有觉得有病。我去了靛蓝厂，后来怎么了？"

一个职员说："老爷，您同英国人谈话去了。"

耿伽说："是的。可是那英国人不同我谈，非常野蛮，喝醉酒……但后来……后来我不记得了。"

"您昏倒了……现在躺着吧……一会儿涨潮我们就开船。"

"我昏倒了？为什么？我从来没这样过。"

"老爷，英国人不尊重您。"

"对，我记得，我气极了，那就昏倒了？真怪！"

传来一阵脚步声，几个持棍子的佃户上了船，站在舱门前齐声说，我们为了老爷愿去死！五村的打手来到老爷这里……老爷您说一句话，我们就砸烂洋人的住房。

司库看见他们就嚷着说："该死的，没良心的东西都上来了！去，去，都下去！大胆，穷人今天都像疯了。"

佃户不理睬责骂，说："打了我们老爷，我们就要报仇！只要老爷一句话，我们就把靛蓝厂烧成灰。"

耿伽举起手说："你们安静。打了我？谁说我挨打了？我不记得。啊，普江格，你是跟我去的，真的有人打了我？"

普江格说："没有，老爷，我时刻都站在您旁边。"

司库说："谁敢打老爷！穷人没有一点头脑。"

耿伽说："可是我没有打听到贾马鲁丁的消息……他们不承认……说他们不认识贾马鲁丁。"

佃户又说，贾马鲁丁亲自去靛蓝厂找他媳妇哈尼法没有回来。是格拉克·达斯在晚上硬把哈尼法拉去的。没看见他俩从厂里出来，河面上也不见他们的尸体漂起，一定是埋在厂里地下了。他们要把贾马鲁丁和哈尼法抢回来，老爷受的侮辱也要报复。老爷是听说他们的事后，发慈悲才踏进那虎穴的。

佃户还要说激动的话，被司库狠剋，制止了。"愚蠢而又大胆的人要把好心的地主耿伽推向同英国人打仗的灾难！哼！白蚁的翅膀飞向死亡。像揪起耳朵头就来一样，郊区一个英国人挨了打，英国士兵就从加尔各答带着枪炮跑来，一村村地放火烧。坐在船上讲反英的话也很糟，老爷，别听这些话。"司库说。

司库像赶狗赶羊那样，对佃户说："走开，走开！出去，现在就出去！老爷病了，你们来吵什么？大胆！先下去，从船上下去，然后爱干吗就干吗。老爷是替你说话去的，这是你们七辈子的好命！今晚就开船。"

耿伽拦阻司库说："森先生，他们是我的佃户，遇到危险来找我，赶走他们合适么？我们的道德是保护求庇护者！"

司库说："老爷，他们这种行为有资格当您的佃户么？来见地主，哪个带礼物来了？不给地主送礼还有胆量开口！穷小子们近来做得太过分了。"

佃户们这时羞愧地说，现在他们没有吃的，许多人的房屋被烧了，所以拿不了礼物来。如果又有好日子过，一定会送礼物来表示敬意的。

一个人很动情地说："老爷，今年送给您的礼物，就是我们的眼泪，别扔下我们走了啊！"司库说："老爷，坐在这里有什么用？您做过努力了。靛蓝厂的英国人不听您说，也不能特别怪罪于他。我向您解释过靛蓝种植法案！靛蓝厂主承包的土地叫种植区，在那里地主无权说话。那里的佃农现在是靛蓝厂主土地的奴隶，场主可以让他们生或死！您待在这里做什么？"

耿伽发火说："森先生，您是说没法对付？这些与世无争的人只能等死？"

司库一笑，这老人一生兴衰成败见得多了。地主的少爷看到佃农的痛苦而不安，对他来说还是新鲜事。耿伽的血现在还躁动不安，还不到懂得自己好歹的时候。

司库说："老爷，打了胜仗的人能放弃什么吗？我们是被人统治的民族，还有什么脸去对抗不公？我们得靠英国人的一点点怜悯活着。您肯定听说过今年任命了一位省督。总督住在西姆拉，能有几天到省城加尔各答来？现在如果省督何迪先生发慈悲……"

耿伽说："省督海利德上校？他做什么？"

司库说："听说他已经出来了，要亲自视察本省的状况，总有一天会到这边来的。到那时让佃户成群跪在他脚下吧。他如果有办法，就能救他们。您说呢。现在这国家当权的不是地主了，英国人是主人。老爷，如果您听我的劝告，把您那未包出去的土地也包给靛蓝厂主吧。那样您就会得到安宁。种甘蔗的事先藏在脑袋里吧。"

耿伽说："海利德先生什么时候来，是没准的。贾马鲁丁和哈尼法被秘密扣留了，不要采取点措施么？他们如果在里面被打死了呢？"

"打死了，您有什么办法制止？俗话说出头的椽子先烂，重要的人先死。我认识贾马鲁丁，这小子死硬，注定是要死的！媳妇被抓走了，有什么必要去理？有谁敢进虎穴？强壮的男子汉不会再娶个老婆来代替她？您说呢？"

"您说什么，森先生？他媳妇被抓去了，他不去找？闭着嘴坐在家里就是强壮男子汉了？"

"要是那样他还能活着，他应当再娶个漂亮女人，过些日子再送进靛蓝厂去。"

"家里的媳妇被人硬拉了去，你竟拿这残酷的事来开玩笑，我觉得不好，先生。"

"如果认为我是开玩笑，那就请原谅，老爷。但您从哪儿看到残酷了？英国人喜欢上我们这个大国，就抢了去，而喜欢一个女人，就不能抢走么？这世界是男人享用的，而女人获得精子，我们的经典说过这话。您再看看，穆斯林的经书上一定也有这样的话。基督教的经典上也有。"

"现在别讨论经典了。告诉佃户，明天我就去见推事谈他们的事。"

佃户们欢呼起来。

司库满脸不高兴，说："您今天病了，往后您要是再招上更厉害的病，那回到加尔各答，我们有什么脸见老夫人？您去推事先生那里做什么？您听到佃户说了吧，这靛蓝厂的英国人是推事的好朋友，那个英国人天天来这个英国人厂里吃饭，他会听您对他的控告？只会丢您的脸。"

耿伽严肃地说："靛蓝厂当然能强迫佃户种蓼蓝，法律有漏洞。但他们没有任何权力从佃户家抢走媳妇或者打人。不管英国政府有多大罪恶，他们制订的法律大家都可利用。贫苦人不了解那些，法律就能为所欲为？我一定要惩罚麦克格雷格。"

"老爷，既然您提到法律，您没有考虑到所有方面。您很清楚，秘密扣押、杀人或放火烧屋，这些都是刑事案件，而在郊区对白人不能起诉刑事案。任何法院都不接受。推事先生在听您说后会把您轰走。您最好是向加尔各答最高法院起诉。您把贾马鲁丁的老父亲带去，让他在加尔各答立案。您要愿意您出钱。"

"如果贾马鲁丁、哈尼法活不了那么久呢？如果他们杀死这俩人为了灭迹扔到河里了呢？"

"那还能怎样？成百上千的人正在这样死去，再加上两条命而已。"

森先生停一会儿、咳一会儿，不好意思地说："您可能觉得我的话刺耳，老爷，但我说的是有道理的。给您说些好听的假话没用。哈尼法被英国人触摸过后，穆斯林还能让她进家？您问问他们吧。甚至连贾马鲁丁都不会要她了。把哈尼法放回来是空想。为她这样一个女人，会让上千个男人受折磨的。"

耿伽说："你的理由你先留着。明天我一定去见推事，这是我的责任。"

"您的什么责任？"

"什么责任我不知道，可是我心中压着大石头。"

"您的身体……"

"我现在好了。我不明白那会儿头怎么那么昏？"

"老爷，您也听说了吧，纳迪亚的专员把苏克乔的地主尼尔根特·罗易扣留了，听说专员下命令强迫尼尔根特·罗易吃马料。"

"别再说那些了。我对你说过，这是我的责任。"

耿伽对佃户说："你们都回去吧，夜深了。现在别听这些话了。再说也不会有什么结果。明早我就去见推事。你们谁想跟我一起去就去吧。"

佃户高兴地嚷嚷起来。在痛苦中他们得到一丝安慰，他们的地主同情他们，不听司库、管事的意见，而是重视他们说的话。

佃户们还不愿离去。耿伽一再向他们解释后，向餐厅走去。

船板上铺上坐垫，面前银盘里有白米饭和十几样菜。母亲宾波波蒂吩咐，外出时要派厨师仆人跟着耿伽。耿伽吃得不多，可是主厨杜尔乔顿每天两餐都做了各种菜。耿伽在洗脸时把右手戴的三个戒指戴到左手手指上，他们家禁止右手戴戒指吃饭。几代之前，一位当家人突然吞下了一枚脱落了的戒指，坐在那里就死了。

耿伽吃第一口饭时就觉得没有食欲。而刚才在同佃户谈话时他觉得很饿，现在也饿，按说也该饿了。可是为什么不想吃？他看见各种菜好像全都没味。河里刚打的鲜鱼做的汤、油炸大虾、生菠萝蜜菜，杜尔乔顿的拿手羊肉，耿伽都不能多吃一口。甚至每天餐后喝的热牛奶，他刚喝就闻到一股臭味，几乎要吐出来。耿伽明白，这不是做得不好，而是他不想吃。耿伽从来没有这样过。他失神了。

司库看见耿伽抱手坐着，就说："老爷，您什么都没吃，我就明白您身体不好。您需要休息，今天最好就回加尔各答。"

耿伽抬起头说："我没感到什么不舒服，司库先生，只是不想吃。"

司库说："很多时候痰、憋气是难以察觉的。我带有药。如果您吃点罗勒叶汁加蜂蜜……"

耿伽放下碗站起来，他不反对，把司库给的药吃了。然后回自己船舱里凭窗看着河面。谁知道今晚是什么日子，傍晚时天黑，现在月光很亮。月儿跟河流的浪花在捉迷藏。耿伽看了很久，然后长叹一声睡下了。他很久都睡不着，脑袋不停地想着下午麦克格雷格的粗鲁行为和无助佃户的痛苦。他听了大家的话也明白这县的推事也是个野蛮的英国人。他会怎样处理，很难说。可是已经答应了佃户，耿伽必须去见他一次。他没有力量把贾马鲁丁和哈尼法从英国人手里抢回来，但他必须尽一切努力，努力才是男子汉气概。

一时间耿伽觉得发燥，他坐了起来。他是怎么了？在靛蓝厂里他短暂失去知觉，那时他站着，可是他一点都不记得了。后来上轿时完全失去知觉，这是从未有过的。

往头上洒水可能有好处，他这样做了，然后坐到船顶上吸点新鲜空气。

谁也不知道是夜里什么时分了，船上的人都睡了。同帆船绑在一起的小艇点着一个火把，旁边两个人背靠背坐着，身边放着两把锋利的矛。毫无疑问两个看守也睡着了。

耿伽被温柔的冷风吹得颇为舒服，在船顶踱起步来。过了一会他全不记得时间地点了。

好像这里没有河流，没有船只，没有人，耿伽是孤零零的。他在无边的陆地上转。突然他脑子里出现闪电般的记忆片段，那是他不认识的，他像婴儿躺在母亲怀里，但他不认识这母亲……他把花环撕碎……他身穿王服……他沉入海底，只伸出两手……过了一会又像是躺在什么庙的地面上。

他抬头望天，望着淡淡的云和月光下无垠的夜空，似乎他真的找到无限了。他的呼吸加速。他的面容变样了。

耿伽听到一声响，他往码头看，有几个人下河去洗脸、谈话。耿伽往那边看却什么都看不见，什么都不知道。他又回头望天。

过了一会，耿伽像梦游似的从船顶下来，但并不回船舱。船梯收起了，船紧靠岸边停泊。耿伽从船边一跳上了岸。他快步地向码头有人的地方走去。

那些人正坐成一圈。一位老人正往大盘里的爆米花掺蔗糖，然后一勺勺舀到众人手上。耿伽坐在那里也伸手。那老人什么也不问给了他一勺。耿伽全塞进嘴里了，就像尝了甘露一样。他贪婪地又伸出了手。

那老人这次问道："你是谁，先生？"

耿伽不回答，伸着手。那个人说："客人大仙，如果你满意，全都拿去吧。我们很穷，没有值得抢的财宝。"

这伙人里年纪大的居多，还有三个年轻人和一个婴儿。他们是去朝圣的。吃过饭后他们又要上路了。这时耿伽无声地跟着他们。通常是晚上走路的，但是外地的朝圣者来到这里后，听说这里受靛蓝厂主的压迫成了恐怖王国，大部分佃户都逃跑了。因此朝圣者也要尽快地穿过这地区。

耿伽加入了他们这一伙，他越走离他的船就越远了。朝圣者开头认为他是什么强盗团伙的代表，虽然他没有带武器，但他们也不敢动他。天亮后他们一看耿伽就吃惊了。耿伽明显有家庭显赫的印记。他穿着上好细丝衣服，脖子上有金项链，左手戴五个镶有贵重宝石的戒指，脸上满是痛苦和忧愁。朝圣者的领队早上问他："先生，您去哪儿？您住在哪儿？我们是一般百姓，您为什么和我们做伴？"

耿伽说："让我跟着你们吧，我不认识路。"

耿伽是胆小鬼么？他是要逃跑么？他说过要做佃户的代言人去见推事，他是像懦夫那样连夜逃到外省么？这一切耿伽都记不得了。他的全部记忆都断了。对任何东西都不再感到负有责任了。

同朝圣者一起走了几日几夜，来到了普拉耶格三河口。朝圣者的目的地就是这里，他们要在这里洗圣浴。天还没亮，在恒河、朱木拿河和萨尔斯瓦蒂①这三河的神圣汇合处，耿伽沉入水里几次后获得了新生。他脑袋里的空虚感克服了。他全身发抖，这不是因为冷，

---

① 萨尔斯瓦蒂是一条历史河流。除传统译名外，也有萨拉斯伐底、萨拉斯瓦底等不同译名。

而是另一种感觉上的激动。他穿着湿衣裳上岸后看着黎明时的天空，他想起普拉耶格离贝拿勒斯不远了。这回他必须去那里。是命运把他拉到这里的。

他离开了朝圣者，独自地向贝拿勒斯出发了。

四十

公历四五月，梵语学院正放暑假，但是院长没有假。这位小个子婆罗门在骄阳下徒步在孟加拉农村走来走去。

来到印度不久就过早去世的贝休恩先生，在短时间内就激发了很大热情。他为之拼命的妇女教育虽遇到许多障碍，但逐渐开展起来了。贝休恩先生还一再提醒，不通过母语进行教育，就不能塑造真正的人。不管你如何热心教授英语或梵语，如果孟加拉邦没有好的孟加拉语教育制度，那么教育就不可能发展。教育设施不仅要在城市，还必须分布到农村去。他还说过，他考察过，这里学生的智力并不差，如得到适当的教育，他们能和世界上任何民族媲美。

梵语学院院长伊斯瓦尔·钱德拉·维迪耶萨伽尔在这个问题上的观点和贝休恩完全一样。想成为学者的人愿学梵语就学吧，但对全省老百姓的教育必须用孟加拉语。为此需要开办千百所学校，这大工程没有政府的帮助是不可能的。东印度公司政府从印度弄走了千千万万卢比利润，从中拿出一点点就可为印度的男女童做很多事。

维迪耶萨伽尔已将扩大农村教育的计划呈递给政府。官方用种种借口拖延了很久，发过许多信函和备忘录。这期间任命了教育委员会委员佛雷达里克·海立德为孟加拉省督。海立德同维迪耶萨伽尔关系密切，他知道他的所有计划。省督把那些计划呈递给总督，总督原则上批准了。

但问题是这些学校的选址、建校和后续管理都需要一个合适的人，谁来做这些事呢？维迪耶萨伽尔想负起这责任，政府并不怀疑他的资格，但他肩负着梵语学院的重任，他还能劳累地一村村地去建校么？维迪耶萨伽尔满口答应，不仅如此，他还不要报酬。

维迪耶萨伽尔走路不觉得累，当了梵语学院院长后，还几次头顶行李步行回家去。只有一点不便，维迪耶萨伽尔长相丑陋像轿夫，到了新的村子后，得费很长时间使村长相信。他走过西亚科拉、拉塔纳加尔、克里希纳城等村庄，反应都非常好。他在村子的神坛或榕树底下，同村里受尊敬的人座谈。他是亲自去请，而不是派人去叫。他向他们讲解他的计划。村里人如果肯出一块地，自己捐钱盖一所房子，那就在该村建模范孟加拉学校，由政府支付教员工资。

他后来又去了齐尔巴依、钱德拉科纳、斯利普、卡马尔普尔、拉姆季波普尔、玛雅普尔、凯索波普尔、巴蒂哈尔，在所有地方他都成功了。他吃饭很随便，吃得少。在村里随便在谁家吃点豆、饭就行。要不单吃点水果也行。过夜也不用发愁，随便在人家里倒头便睡，或睡树底下也行。在骄阳和暴雨下这婆罗门继续奔走。

伊斯瓦尔·钱德拉有一天在拉姆季波普尔休息，这里的学校已经开办了。他坐在树荫下听到学生高声读书。老师读九九表，学生竞相大声读。伊斯瓦尔·钱德拉想考查一下学生的程度。他走进教室，学生席地而坐。很多学生光着上身，有的只围着一块布。老师的围裤褴褛不堪。可能是不穿缝制衣服的传统，破了的地方也不缝补，只打了个结，只有胸前的圣线是完好的。老师每天来校时带着枕头和扇子。他靠着枕头睡在门旁，防止调皮学生突然逃走。学生轮流给他扇扇子，学生能不碰到他的头他就满意，提前给他们放学。

老师见维迪耶萨伽尔来了急忙坐起来。在此之前这地区早就传开他要来了，但来的人不像是维迪耶萨伽尔，但从面相、锐利的眼神看，他就是维迪耶萨伽尔。伊斯瓦尔·钱德拉在老师旁边坐下说：

"我来看看您的学生，怎么样？他们有兴趣学么？"

老师说："当然！要是不教他们，我就没有工作，所以我壮着胆教。您问问他们吧。"

伊斯瓦尔·钱德拉问了学生几个问题，不是很失望。学生学了孟加拉语和简单的数学，但还不够。他问一个孩子："日和夜是怎么回事，说得上来不？"

那孩子听了这怪异问题说不出话来，他的妈妈、奶奶都会，为了这还要上学？太阳出来是白天，太阳落下月亮上来就是夜晚。

伊斯瓦尔·钱德拉又问："太阳是怎么升起又落下的？"

学生们都答不上来，所以老师亲自上来说："怎么，太阳神坐在七匹马拉的车升上东边，天空就是白天，经过一天，太阳神从西边落下，走了。"

伊斯瓦尔·钱德拉微笑说："那是神话，你没听说过日、年是怎么运行的吧？"

老师摇摇头。

伊斯瓦尔·钱德拉："太阳不转，地球转，太阳在天上不动，地球二十四小时转一圈。"

老师说："地球转？先生，您说什么？是开玩笑呢还是说实话呢？"

伊斯瓦尔·钱德拉说："不是玩笑，是真的。别错教学生。地球有两种转动。"

老师说："先生，您说转就转。可是也许是您城里的地球转，我们乡下的地球不转。是完全不动的，我是看得见的。"

伊斯瓦尔·钱德拉讪笑。老师说，好吧。

伊斯瓦尔·钱德拉详细地给学生讲解日、年的运行，季节变化和日、夜长短的原因。老师不高兴地听着。在伊斯瓦尔·钱德拉讲完后，老师嘟囔说，既然您说了，那就让地球转吧，永远转吧。谁为它伤脑筋！

那天伊斯瓦尔·钱德拉明白了，单纯建校达不到目的，需要有合格的教师。坏的教育比没有教育还可怕。老师也得先培训，为此必须办师范学校。他同《知真》主编奥凯古马尔·德特讨论过。像德特这样性格坚毅、摆脱了恶习的人，如果他同意，可以把办校的责任交给他。

假期结束了，伊斯瓦尔·钱德拉必须回加尔各答了。为见父母，他回到村里。

比尔辛格村泰戈尔达斯·班纳吉的家面貌改变了。他的长子伊斯瓦尔·钱德拉得到政府给的一百五十卢比的工资。只有几个印度人得到如此高工资的差事。此外伊斯瓦尔·钱德拉写书也有很高的收入。他弟弟也做事。泰戈尔达斯和妻子帕格波迪曾有一段时间日子过得很艰难。现在好日子来了。家里富裕了，建了神坛，新建了几间茅屋，牛栏里有牛，稻谷满仓，池塘里有大鱼。不仅自己过得好，村里每个人都得到过伊斯瓦尔·钱德拉父母的帮助。

伊斯瓦尔·钱德拉有在村里散步的习惯。回村后他一家家去转。他要去查实谁没有饭吃。看见哪家不生火做饭就拉他们到他家去。他还偷偷地开始按月给几户资助。

可是还有几个人饿着，伊斯瓦尔·钱德拉没有本事让他们吃饭。他一般不算日子。但每次回村他都下了决心，以后不算好日子就不回村了。

这次伊斯瓦尔·钱德拉是傍晚时到达，第二天是十一。寡妇在这天都禁食。伊斯瓦尔·钱德拉当学生时回村那天是十一，他哭了。名叫凯德勒摩尼的女孩是他小时候的伙伴。那时他十三四岁。刚到家就听说凯德勒摩尼三四个月前结了婚，现在已成了寡妇。伊斯瓦尔·钱德拉把自己的饭碗扔了，凯德勒摩尼整天水都不喝一滴，而他却吃饱饭？为什么？凯德勒摩尼有什么罪？

那个凯德勒摩尼肯定已经死了，得到解脱了。可是每年都会有一两个寡妇的。他这次也是在不吉利的时刻回来的。他连着听到两桩伤心事。他一贯是先去见启蒙老师迦梨甘陀·查特吉的。近来因为愤恨不再去了。这次听说他死了，他使六个女人成了寡妇，其中最小的才九岁。此外，他邻居的女儿萨朵帕玛，才十一岁的姑娘，一个月前也成了寡妇。

伊斯瓦尔·钱德拉听到这两个消息后心都碎了。他既痛苦又生气，眼睛流泪，怒火满腔。在无知、盲目的陋习下，让吃奶的孩子同老头结婚，她们在懂得结婚是什么之前就倒大霉了。伊斯瓦尔·钱德拉下午坐在神坛前同父亲聊天。这时帕格波迪进来，拿衣襟捂着眼睛，说："我都不敢看那女孩了。我看着她出生，不知抱过多少回，她守寡了。那女孩趴在地上哭呀喊呀的。"

伊斯瓦尔·钱德拉很生气，无声地低下头。

泰戈尔达斯问："你说谁呢？萨朵帕玛？我也很疼爱她……我也不敢再看她了。"

帕格波迪说："我早就说，别嫁给那个结过三次婚的人。"

泰戈尔达斯问儿子："伊斯瓦尔，你读过许多经典，所有经典都说要这样折磨寡妇么？她们没有别的办法么？"

伊斯瓦尔·钱德拉抬起头气愤地说："怎么没有？有让寡妇再嫁的制度。"

"再结婚？你说什么？"

"爸爸，我研究过各种经典。对寡妇有三种指示：节欲守节，殉葬或再嫁。"

"政府明令禁止殉葬。在末法时期守节谈何容易。所以再嫁是唯一办法。你引用经典说寡妇可再婚，你能证明么？"

伊斯瓦尔·钱德拉眼睛都红了，他对父亲说："您知道，只要我抓住什么就不会放开。必要时我把所有经典中有关支持这点的指示都摘引下来。这事我想了很久了。如果您同意并祝福我……"

泰戈尔达斯大声说："如果你认为这是好事，那我们为什么要制止？即使我们制止，你的责任也不应停止。你不要因别人指责或其他原因而后退啊。"

伊斯瓦尔·钱德拉说："好吧，从明天起我就全力投入这工作。"当晚在没人在时，他又问母亲："妈，我同爸爸的谈话您全都听到了，但为什么不说话？您对这事没意见么？"

帕格波迪说："我以为他听了那些话会生气的。他既然答应了，我还发什么愁？"

伊斯瓦尔·钱德拉说："妈，可我还想听听您的意见。"

帕格波迪说："你真的明白经书上说寡妇再婚没有任何障碍？"

伊斯瓦尔·钱德拉说："是的，妈。我真的明白，我要写书。我要努力让政府通过法律。我知道有许多人会出来阻拦。我不管这些。但我想听听您的意见。"

帕格波迪说："我不禁止你，你做吧，谁说什么让他们说去。如果你能坚持到底，我祝福你，千千万万痛苦的妇女会举起双手为你祝福的。"

伊斯瓦尔·钱德拉回到加尔各答，潜入经籍的海洋。他知道，在道义上没有任何理由阻挠寡妇再婚。如果经典说有法律，要让那些完全不懂结婚含义的少女终生被剥夺，那么那经典就是错误的，应当抛弃，那种陋习应该改变。但要对有保守观念的人解释这些话是困难的。必须引经据典去堵住他们的嘴。连英国政府都不想轻易干涉这个国家的宗教信仰，而如果政府不制订法律，那么没人会接受这个解决办法。所以必须引用经典提出证明争取政府同意。

伊斯瓦尔·钱德拉在某种程度上放弃了吃和睡，整天在梵语学院工作不再回家。他整晚在梵语学院图书馆度过，整夜灯火通明，他坐在堆积如山的经典面前。

一天，他的朋友拉吉克里希纳·班纳吉硬把他拉到家里，亲切地责备他说："你在干什么，伊斯瓦尔？你这样干下去会病倒的！"

伊斯瓦尔·钱德拉笑笑说："我没事！你知道，当我固执起来时，不干完它我才会病。有什么吃的，拿来！"

拉吉克里希纳说："不管你说什么，每天必须在我这里吃两顿饭，你答应吧！一天天的不睡觉，人还能活么？"

伊斯瓦尔·钱德拉没时间回答，随便吃了点又跑回学校去了。

一天，拉吉克里希纳说："你这么辛苦，有什么好处？以前也有人为寡妇再婚努力过，他们也引经据典的，但都没有好的办法！"

伊斯瓦尔·钱德拉说："我很清楚，从达卡的王公拉吉波乐普·森到德罗齐奥先生的学生，许多人都宣传支持寡妇再婚，但至今为止，都没有付诸实施。但你是了解我的。我是牛栏里的黑天，我不仅说，不仅在报上写文章。既然我抓住了，我一定要让它实现。不实现我绝不罢休。"

他在梵语学院图书馆通宵达旦地读着，一阵阵头脑发热。有时为了使头脑冷静，他在黎明时走出去。清晨的冷风使他冷静下来。

一天，他很早在路上走着，突然站住了，心里说我得到了！

在空旷无人的路上，他背诵这一段段经文。然后似乎他的对手成排地站面前。他指着他们说，我从这些开始提出我的建议，我看你们中哪位学者能驳倒我的论点！

四十一

一直享有盛誉的印度学院就要关闭了，学生数目减少到某些班级只剩下三四个学生了。三年级只有钱德拉纳特一个人。他每天拿着书本准时来到教室默默坐着。印度教师都不肯教他。英国教师见他聪明很吃惊，像这样英俊聪明的学生少有。

但这样学校很难办下去了。政府教育部门为这学校花了很多钱。但从学校收了一个妓女的孩子起，市里上层的和有钱的印度教人士都要抵制学校。那边竞争对手市立学院开办几个月，学生人数就超过了一千。被印度学院驱逐的甲必丹·理查森抱着报复的心理，拼命为市立学院出力。市里的头面人物也给以帮助。慷慨的拉尼拉斯摩尼已独自捐了一万卢比。

印度学院当局降低了学费，可是吸引不了学生。名门贵族的孩子再也不跟妓女的儿子钱德拉纳特为伍了。

这样学院的模范就保持不了多久了。比起接受钱德拉纳特入学引起的大震动来，把他赶走要简单得多。一天印度学院院长突然来到三年级教室门前，叫钱德拉纳特跟他走。

当时一位年轻的英国教师正在教钱德拉纳特。老师和学生听到院长的叫声都很奇怪。钱德拉纳特害怕地站起来。

院长指着钱德拉纳特说："你滚！永远别到学校里来。永远别进这个门。"

钱德拉纳特茫然地问："先生，我再也不能来了？"

"不能！"

钱德拉纳特不说话。他明白，是因为他，印度学院的学生才这么少。对此学校当局是得采取点措施的。他的求知欲是如此的旺盛，他没有考虑过会离开学校，校长会突然生气地叫他走。再过一个星期他就要考试了。

他痛苦地问："先生，那以后我去哪儿读呢？"

院长大声说："你愿上哪儿就上哪儿，这学校跟你没有关系了。"

年轻教师站起来要提抗议，被院长制止了。看到钱德拉纳特仍站着不动，院长叫看门人来。

看门人也恨妓女的儿子。有一天钱德拉纳特去舀水喝，看门人就骂，说："别碰，会毁掉别人种姓的！"现在看门人十分高兴地掐住钱德拉纳特的脖子，把他扔到了门外去。

起初拉伊莫汉每天在放学时站住学校对面等着接孩子，近来不太来了。再说现在是中午，还不到放学的时间。钱德拉纳特害怕了，怕在路上被坏蛋打。他孤单一人怎么回家呢？他又想，打就打吧。

他缓步走入园湖，在湖边坐了一会，他挺不住了，头靠在膝盖上呜呜大哭起来，浑身发抖。不知道他是生谁的气或是伤心，但他那稚嫩的心像是碎了。

园湖地区从来是不缺少无所事事的人和孩子的。从对面市场出来的生意人也来这大树下睡觉。但在中午的太阳下，坐在池塘边一个少年的哭声吸引不了人，谁都不来问，你怎么了？

钱德拉纳特哭了很久，也有哭累的时候，过一会便停止了。他抬头看水，水里有他的影像。许多人说他长得好看，但他觉得他的脸似魔鬼。人世间没有他的地位。他读过《罗摩衍那》《摩诃婆罗多》，也读过弥尔顿、拜伦、莎士比亚，对诗中的境界感到亲切，诗中的男女很亲密，但没人将他看作亲人，他为何要出生在这世界上？他不是自愿来到这世界的，这世界谁都不是自愿来的，可是为什么他是不可接触者？

他先是把书一页页撕碎扔到水里，后来把书和本子大把大把撕开扔进池塘里。又脱下校服，也想撕烂它。衣服不容易撕破，他生气地用牙齿咬住两手拼命扯。后来裹上一把泥沉到水里去了。然后他站起来解开围裤的下摆，紧紧系在腰间。钱德拉纳特不回家，在路上乱转。他从未一个人走过，他不认识路，看到哪儿就走到哪儿。

在一处他看到在一个英国人的督促下，一群工人正在清除丛林，而另一群人正在填坑。城市道路两旁走几步就有池塘或水坑，周围长满杂草和树。近来政府决心清除杂草树丛。天还没黑成群蚊虫就出来肆虐。每年霍乱病传染了一家又一家，说是这些树丛和臭水沟传染的。钱德拉纳特站着看了一会，但立刻又心不在焉，又流眼泪了。他撩起衣襟擦擦泪，又往前走。

一会，他走到一大群游行队伍中间。他开头不明白为什么游行。一群人拍手跳舞还唱歌。队伍前有辆车拉着一些人，钱德拉纳特离得远看不清。那些人像丧魂失魄的样子。钱德拉纳特一度认为是什么名人出殡呢。他用心地听到唱歌：

> 他是师尊别以为他是黑天，
> 师尊高兴就证明黑天高兴。
> 你接受似罗陀般的少女吧，
> 师尊有理由把她留下。

出殡唱这种歌么？看到他们打着铙钹唱着跳着都觉得好笑。很多人聚集在大路两旁观看。妇女在走廊上窥视。十字路口的香料店前挤满了人，穿着各式各样的服装和鞋子。有穿印度服的，有穿中国长衫、围围巾、持手杖的，有的赤膊，肩上搭条毛巾，有的是小法庭的律师……有放贷的、理发的，也有聚在一起的四五个妇女，她们抱着孩子。

城市的马路上凡是节日人都很多。有的虔诚地向歌者行礼，有的开各种玩笑。当有人问为何不流泪时，婆罗门就哭得厉害了。有的说："啊，师尊胜利！这回是末法的师尊！"有的说："黑天，这回别洗澡了。"有人以更大的嗓子想证明那黑天是加尔各答人。

唱圣歌的人一点都不气馁。一个人拿着铙钹走出队伍，边敲击边跳舞边唱歌：戈巴尔跳着舞回来偷吃了酥油；啊，啊，偷吃了酥油；跳，跳……这时观众就欢呼大神的名字。

钱德拉纳特推开众人来到前面，他想看看车子。

车子用鲜花和彩条装饰，上面没有什么神像。只坐着个活生生的大师。这城市里至今还没人见过瘦的大师，而这一位有三个人那么胖，六七个人推他都感到吃力。这位大师肥头大脑，肚子像南瓜，浑身有神的印记，额上抹有檀香，看起来就像是乌鸦拉的屎。因怕看到罪人或不合乎经典的东西，所以师尊闭目念经。

他是马利克家的师尊诺德钱德拉·戈斯瓦米·吉乌大师。越是有钱人家的师尊就越讲排场，否则办法事的人就丢面子。当带着弟子招摇过市时，人们就说是某某家的师尊过来了。

钱德拉纳特跟着吆喝声走了一阵觉得不坏，但心头的大石头怎么也去不掉。他心中的委屈像阵阵潮水涌上来。这么多人高兴地跳着，没人知道有个跟着走的少年心中充满痛苦。钱德拉纳特不知不觉地又放声大哭。

一个信徒看见他哭，一把将他抱到车上，然后大喊……啊，师尊，你是真实的！感谢伟大的灵魂！你拯救了这少年！孩子你欢呼伟大，伟大，师尊！

钱德拉纳特手脚缩成一团，他像麻风病人，是不可接触的。如果他们知道了呢？他想逃出游行队伍，那人拉住他的手说，别走，你上哪儿？跟我们走吧，你会得到贡品的。你爸爸哪辈子都没吃过的。

钱德拉纳特挣脱后跑走了。他需要让心情放松些。他坐在清真寺台阶上又哭了很久，然后躺在那里睡着了。他醒来时已近黄昏。

他看到身边有几枚钱币。斋月，穆斯林做完祷告出来看到他睡着，以为是孤儿，有的人就给了钱。

钱德拉纳特没碰那些钱。他醒后迷迷糊糊，不知是早或晚。他平静了一会后又糊涂了，这是什么地方？在黄昏的朦胧下什么都是陌生的。他从这里怎么回家呢？他想到妈妈，这时妈妈应该换好衣服，画好眼线，浑身上下喷上香水，准备去让晚上的顾客享受了。钱德拉纳特不生妈妈的气。但他再也回不了家了。

清真寺旁有家烤肉店，许多人站在那里，看来是因什么事显得很激动。钱德拉纳特走上前问人，这地方叫什么？

那些人都忙自己的事，谁都不回答。店里大灶挂着肉，肉香勾起他的饥饿感了，这是钱德拉纳特放学回家吃晚饭的时候了。而他永远不会再上学了。要是他回家去说了，拉伊莫汉大爷又要把他弄去读书。大爷很有本事，也许弄个假名又把钱德拉纳特弄到什么地方去，过一些日子后肯定又会被抓住，又要被赶出来。不，钱德拉纳特不能再受那种侮辱了。他这辈子不再摸书本了。

他问了店主，知道这里叫戈兰哈达。正在这时三四个人跑过来。其中面貌狰狞的人吼叫着："是加鲁！"手上举着刀冲进前面的人群里。

在钱德拉纳特不知怎么办前，那些人已将他推倒。他突然被推倒伤了脑袋，但还是站了起来，他看见这里已经空无一人，全都跑光了。只有一个人仰着躺在路上，胸前扎着一把刀，涌出血来。像被砍了头的羊那样抖动着，过了一会完全不动了。

钱德拉纳特从未见过这种场面，呆在那里浑身发抖。这人真的死了么？刚才还在嚷，这就完了？他想过去看看是否还有气，但一瞬间，本能告诉他要快跑开，他转身盲目狂跑。

钱德拉纳特不知跑了多少路和码头。穿过许多黑路，来到一个灯火辉煌的村庄。在许多家门前，打扮妖艳的女人手持桅灯站着。有醉鬼喧闹的路上，摆满了双驾马车。钱德拉纳特很明白这些女人为何在夜里这样打扮。虽然这里名叫索纳加赤，但钱德拉纳特误认是自己家，又拼命地跑。跑了好久，来到黑暗地。他坐在树下歇息。眼前又出现那个被刀扎的人体。钱德拉纳特也像那个人浑身发抖，死是这么容易？那人名叫加鲁。他家人肯定到现在还不知道。他母亲也许已经盛好饭等着他呢。他们不吃米饭，吃烙饼和烤肉串。加鲁永远吃不了烙饼和烤肉串了。

钱德拉纳特今天要是不回家，妈妈希莱摩尼会去哪位老爷家唱歌么？拉伊莫汉大爷今天也在一层的楼梯下喝酒么？希莱摩尼每天下午亲自给儿子端饭。今天下午她什么时候出去的，现在在干什么呢？妈妈这会儿是否又脱下了绣有金银线的紧身衣换上纱丽在哭呢？或者说"答应了的就得去。钱德拉要是回来了就给我送个信儿"。妈妈说完坐上哪位老爷的车了呢？拉伊莫汉大爷会出去找我么？

钱德拉纳特想，我今天要是死了，妈妈还去找老爷么？他想，我死后，妈妈会大哭的。只会哭，永远不会再过那种生活了。要是这样，我死了好。死多么容易啊，谁往我胸前扎一刀就行了，或者自己扎自己一刀。

有人突然在黑暗中在钱德拉纳特背后抢起棍子说："混蛋，滚开！"

钱德拉纳特赶紧起来，看见一个络腮胡子光着身穿条破围裤的人，手持竹竿，像是疯子。

那人说："混蛋，占我的地方！我要生吃了你，你占了我七代的地盘，死去吧！"

钱德拉纳特这时看到树底下有个陶罐，一个被窝卷。这人是睡在这里的。钱德拉纳特错占了地方。

那人举起棍子要打钱德拉纳特。钱德拉纳特两手合十哀求说："别打，别打，我就走。"

那人说："不走就打破你的脑壳，混蛋！"

钱德拉纳特逃走了，他怕得心怦怦乱跳。看到加鲁被扎后他害怕了。但看见这人举起棍子，钱德拉纳特怕的是自己死，可是他刚才还想死来着。

不，不能就这样死掉。钱德拉纳特是会死的，但不能死在别人手下。要按自己的意愿，最好是被水淹死。他邻居的女孩名叫乔波拉的去恒河洗澡被淹死了。钱德拉纳特也要跳入恒河，他不会游泳，死在恒河里一切罪恶都会得到超度的。恒河母亲敞开胸怀接纳所有的人。她是大家的母亲，不管种姓，不分贫富，全都拉入自己的怀里。现在钱德拉纳特要找到恒河。

钱德拉纳特跑一阵走一阵，来到一个村庄。这里叫巴格巴扎，有许多富人的楼房。一家门前有许多人。这些富人家一年过十三个节。很明显，里面正在大吃，大篮里装着已用过的蕉叶和陶碗扔在路上。大门口有一群乞丐，钱德拉纳特也站在旁边。他肚子饿极了，喉咙也干透了。想吃饭比想死厉害多了。

他看到有人从屋里拿出满满一篮油饼，并对乞丐说："都排队坐好，别起哄，全都有份。饭很多，都有肉，有甜食，坐好……"

乞丐在路边坐成一行，丐头喊道：好，巴苏老爷家的饭像甘露，谁都没有他大方！

钱德拉纳特也坐在他们中间。他皮肤白皙，身壮，在乞丐中很显眼。他从来不愁吃，想吃什么都有。但今天他毫不犹豫地跟乞丐坐在一起，旁边的人都吃惊地瞅着他。

吃了四个油饼和南瓜，肉来了。钱德拉纳特吃了这些觉得更饿了。他不安地伸手等待。这时命运女神又一次捉弄了他。分发食品的人到钱德拉纳特面前惊呆了，在又黑又脏的乞丐中，钱德拉纳特看起来像是神的使者。那人问："你是谁，在这里坐？你是谁家的孩子？"

这时，这老爷家的少爷、与钱德拉纳特同龄的孩子，走上前来看到是钱德拉纳特，像见了鬼似的叫了起来。说："啊，天啊，这就是那个孩子！小叔叔，来看啊！"

分发食品停止了。大门边一个老者正同来客谈话。他走过来问：

怎么了，吵什么？

那少年说："小叔叔，看啊，这就是那个孩子。就是因为他，你不让我们上印度学院了。这就是婊子的儿子。"婊子的儿子是什么好看的东西！许多人围过来看钱德拉纳特。甚至连乞丐都认为和他同吃是受了侮辱，好像他们也要失去种姓。

那少爷说："这孩子进了我们班。他妈那女人带他去的，大家都看见……"然后说："这猪崽子要毁掉我们家，又来我们家吃饭！"他一棍子就打翻了钱德拉纳特的碗。他的小叔揪住钱德拉纳特的耳朵说：滚开！小娘养的！

钱德拉纳特一声不吭。两三个人合力把他抬起扔到一边，并狠狠地揍他，比下午学校看门人打得更狠。

可是这次钱德拉纳特并不感觉痛，他倒在地上还东张西望。见旁边有块大石头，他拿着站了起来。他看见扔他的人中那个分发食物的人，便疯狂地跑过去用石头砸他的脑袋。那人喊着天啊，要死了，便倒下了。钱德拉纳特扔石头打其他人，然后拼命地跑了。

拿枪的士兵和很多人追出很远，但都没有追上。

钱德拉纳特逐渐走到恒河边，但这时他想不起跳进恒河自尽的事了。他的手受伤了，开头他以为是扎的，但在河岸的月光下他抬起右手掌看，沾有血，人血。钱德拉纳特下河去小心地洗手。今天是他的又一次启蒙。

四十二

浦凯拉希王宫里来了个圣人，城里人现在只谈论他。有人说，他是真理时代的人，他是罗摩时代入定的，几千年过去了还没有醒来。有人说他是大圣人蚁垤的弟弟，他身上全是白蚁堆。有人说不仅是白蚁堆，还长有大榕树、菩提树。

诺宾古马尔决定要去见那圣人。

诺宾婚后突然大变，不再是母亲的宝贝亲儿子了。他虽刚十三岁，但是已婚男子和辛格家的当家人了。比图谢克患糖尿病已卧床多日，不能像从前那样天天来这家。耿伽出去巡视办事处已经五个半月没有任何消息了。

宾波波蒂很为耿伽操心。耿伽从来没有这样过，他至少应该派人送个信来。宾波波蒂叫比图谢克找找耿伽，比图谢克不办。他说，船现在没回来，你的大儿子总是在什么地方兜风吧。

宾波波蒂亲自命令迪巴戈尔派人坐快艇去打听耿伽的消息。迪巴戈尔立即点头表示同意。但他知道，耿伽的消息对他很有用。耿伽在远处待得越久，对他就越有好处。此外，他在报纸上看到易卜拉欣布尔靛蓝厂厂主与当地佃户发生纠纷了，耿伽要是卷入那就更好了。耿伽去的是纳迪亚，而迪巴戈尔却派人去库尔纳打听消息。

宾波波蒂叫他来问话时，迪巴戈尔说了假话。

儿子一结婚就是别人的了，诺宾结婚半年，宾波波蒂就体会到她拴不住宝贝儿子了。诺宾的妻子克里希纳帕米尔才八岁，这种年龄的媳妇通常住娘家。但她是诺宾的玩偶，诺宾时时要她在身边。不仅如此，原来一直和母亲睡的诺宾，现在是已婚男子，他要像其他成年男人一样有自己的单独房间，同他的女伴过夜。

现在宾波波蒂每晚都感到空虚，睡不着觉。

诺宾在其他事情上也任性了，不经母亲批准就外出。宾波波蒂的每次禁止都失败了。诺宾说："我已不是吃奶的孩子，妈。喀布尔的捉人佬会把我装在口袋里背走，倒吊在热锅上从鼻子放血么！"

现在不管是什么事，迪巴戈尔都为诺宾鼓掌叫好。他盘算的是能让少爷花钱就行。这孩子是有数不清的财富的主人，如果他开始花钱，跟班的就会得到很大部分。拉姆卡马尔·辛格老爷是宽宏大量的人，那时迪巴戈尔每天能轻松地弄到十个卢比。他的过早去世使迪巴戈尔感到非常不便，比图谢克对账本盯得很紧。而耿伽是读书人，有异教徒心态，他不是那种值五卢比的东西会花五十卢比的人。哎哟，在加尔各答上流社会不大把扔钱就没面子，人们会在暗中嘲笑，这，耿伽不懂。迪巴戈尔很希望诺宾把心思用到花钱上。

诺宾上个月自己入了印度学院，他不理睬宾波波蒂的反对。而比图谢克没有理由反对。印度学院希莱·布尔布尔的一幕结束了，钱德拉纳特被驱逐了，现在不再有与妓女儿子接触的问题了。印度学院以前的学生又逐渐回来了。有钱人家的学生也回来了。不管甲必丹·理查森的新学校怎么叫唤，印度学院是有悠久传统的机构。很多学生想要在父辈就读过的学校读书。

诺宾在学校里听说圣人的事，学生们在教室里就谈这些。

重建的印度学院不像从前那样有纪律了，破镜难以重圆。以前想入这学院很难，没有显赫的家庭出身、财富和智力的学生都不收。在希莱·布尔布尔事件结束后，学校当局为了增加学生数量都去求学生来。许多贫困生也乘机进来了。现在在课堂上打闹代替了读书。

诺宾很喜欢这种气氛，不几天他就成了班里的头领。他鼓动玩各种坏游戏。当老师不在教室时就闹开了。有的孩子学鸟叫，有的学马四条腿跑，有的在讲台上学老师，而诺宾欣赏着这些哈哈大笑。每天都有新故事听。

譬如，有一天休息喝水时，住在卡西普的学生说，知道吗，昨天下午巴格巴拉的拉拉老爷家出什么事了？一群喝醉酒的白人闯入拉拉王爷家，扎伤了五个看门人。

其他学生大哗。一个想说点什么，其他人就抗议。一个说，巴格巴拉发生的事，你怎么知道？

卡西普的学生说，傍晚时我从那里经过，亲眼见的。

有一个说，八个喝醉酒的白人从哪里来的？一定是黄昏时吸毒了。

另一个支持卡西普学生的说，从达姆达姆到广场堡垒的白人来来往往，他们总是醉醺醺的。

其他人正要说，被诺宾制止了。他说，等等，后来呢？王爷们做什么？

卡西普的学生说，王爷们害怕地叫喊着逃跑，躲到一口古井里。

诺宾说，他们是怎么钻进去的？是变色龙？

又一个学生说，不是，不是，真相我知道。听我大哥说的。王爷门前树上有乌鸦，一个英国人拿猎枪瞄准了正要打，王爷的看门人就来赶……

又一个说，去，全是瞎说！我邻居的事我不知道，你知道？

诺宾问那孩子，你住在王爷家隔壁？以前没听说过呀！

那孩子说，当然是隔壁，王爷家后面不是有大沟么，沟边有一淤了的池塘，那里是我家后门。

诺宾说，那就是隔壁，你说吧。

他说，王爷家有个职工的脸长得像猴子，人们看到就想笑。我们看到多少次都笑着逃走。昨天一个英国人看见他就笑，那职员也笑说，你也是红脸猴子！就这样，英国人生气了，许多英国人一起来开枪打王爷家。

孩子们笑着，这个把那个扑倒。大家在欢乐中把讲故事的人抬了起来。其他人还要讲另一版本的故事，这时钟声响了，老师离开吸烟室来到教室，喧闹就停止了。

第二天发现这事不是没有根据的。巴格巴拉的王爷家出事了。一家孟加拉语报纸写道：一群白人正敲打乐器行进，其中一人口渴，想进王爷家喝水，被警卫卡着脖子赶了出来。对此上校下令开枪。

但学生都不认为报上写的是真的，第二天又编出新故事。有的说死了十个人，有的说十五个。有的说大王爷逃跑时摔断了腿，有的说小王爷光着屁股跑到恒河边，停不下来掉到河里，他又不会游泳。

那天诺宾逃学了。他有无限的好奇，他想知道事实真相。他的双驾马车就停在校门等着，杜拉坐在上面。诺宾说，去巴格巴拉。

诺宾这小小年纪很注意家族的荣誉，不受到邀请便不到有钱人家去。他来到巴格巴拉王爷家门前坐在车上往里窥看。那里没有异常的迹象。穿制服的看门人持矛站岗，人们进进出出。甚至还看见有人坐在宫里抽烟。

诺宾派杜拉去打听真相。杜拉去问了几个人。是发生事情了，但很小。一个新潮的白人打猎，两天前在这一带转来转去。巴格巴拉有许多狐狸，甚至大白天也出来活动。白人很喜欢猎狐。那白人追一头狐狸，狐狸可能逃入王爷的花园了。那猎人要进花园，被看门人挡住。一心打猎的白人什么也不考虑，怕在争论时狐狸逃之夭夭，那猎人一枪把看门人打死了。然后王爷们出来要猎人道歉，猎人头脑也冷静下来了，说，他本不想打，但突然枪走火了。英国人失手走火，那没有什么。实际上看门人是寿命到了，他就死了。就这样全了结了。王爷给了死者家属二百卢比。

诺宾听杜拉说后苦笑一下。

诺宾想亲自去查看普杰拉希的王爷家来了圣人的事，那天放学后回家吃过饭，诺宾就叫杜拉套车去普杰拉希。到了那里诺宾不下车，叫杜拉先去。杜拉回来后说，是的，真有一个蓬头乱发的人坐在神堂里，许多人围着他。

诺宾问，看起来怎么样？

杜拉说，看起来挺可怕的。又说，也让人崇敬，我也远远地行礼了。

诺宾责备说，谁问你害怕或是崇敬了？我问那人的长相怎样！杜拉说，胖，浑身抹上泥土。我看见上面有草，但没看见榕树和菩提树。头上两盘发束像眼镜蛇似的垂到胸前，闭着眼。

这样的人不亲眼看看不行。既然人这么多，进去没人会认出来。诺宾禁不住好奇便下了车。诺宾年龄不大，显得个子小，瘦削。但他穿的丝绸衣服，肩搭中国丝围巾，脚踏锃亮皮鞋。看见他面容严肃，步态缓慢，会误认为是什么大人物，他的眼睛炯炯有神。

参拜者中女性居多，诺宾推开没文化的家庭妇女站到前面。真的一看到圣人心就跳，觉得那不是人而是一座山。周围的人在交谈，说圣人在这里十天了，没起来一次，没有大小便。不吃，甚至不张眼。王室的人试他，在他耳边敲鼓，但他没有任何反应。现在谁都不想试了。说什么他一睁开眼睛，所有的人都得变成灰！大家都向他磕头和扔钱。

在拥挤人群中不能久站，诺宾和杜拉慢慢地退出。这时又听到许多消息，说圣人身上的泥总是湿的。连着十天泥都是湿的，他在恒河边上涂的泥，所以他身上是湿的恒河泥。

诺宾在回程微微一笑，见了圣人他很开心。回家后他要找克里希纳帕米尼讲见圣人的经历。他走进母亲屋里，他的姑妈海曼吉尼和女人正在那里聊天。大家一见诺宾都停下来说，来，坐这儿，看见什么了？怎么看的？

诺宾描述了圣人的面容说，你们听说过么，一连十天不开眼，不小便。

女人们睁大眼睛说，真的？那他就是大圣人了！十天不开眼！

海曼吉尼说，十天啊，看见城里人了吗？十天，在泥土下闭眼多少天谁知道？他们全都行。

诺宾说，人一天天的不吃饭能活么？

宾波波蒂说，有功力的人不用吃，他们不是凡人。

诺宾说，妈，你知道我想什么吗？在他耳边敲过锣鼓了。要是在他鼻子边放点鼻烟会怎样呢？

女人们同声说，去，去，别说这样的话，少爷！听到这种话也是罪过！任何时候都不能去查圣人。

海曼吉尼说，我有个姑父见过一位圣人。姑父坐船去贝拿勒斯。在恒河边丛林里有个圣人在打坐入定。水手们看见后说，老爷，树林里有大老虎，这和尚今天会被老虎吃掉。水手们把圣人拉上船。他坐在船上像尊石像。那时河口没有水，去贝拿勒斯的旅客要通过沼泽丛林，我姑父坐的船由船夫拉纤通过沼泽。突然船夫和其他人都看见，岸边有同样一个圣人站着，两人的相貌完全一样。这边船头上圣人依然入定。人们看见岸上的圣人睁开眼注视着、笑着上了船，把船上的圣人拉起来，然后两人笑着从水面上走了，看不见了。

其他女人说，你说什么？大姐，这真是怪事！

海曼吉尼说，看啊，我对你们说的时候我都起鸡皮疙瘩。他们都是古代的圣人，有的修行了一万年，有的两万年。他们想的都能做到。

一个女人说，我也听说过这样一个人，一次七里铺的德特家在森德尔班丛森林耕地，耕着耕着在三十尺深的底下有个圣人，身体都干枯了，从身上生出很粗的根。德特他们很费劲把他弄到七里铺来。他在那里住了一个月，后来突然失踪了。

宾波波蒂说，他们愿意时就现形，想离开这世界就走了。

海曼吉尼说，普杰拉希王爷运气多好，圣人在他们家现形了，什么时候又走掉，那哪有准呢！走，我们去看看。

诺宾说，姑妈，你们不能去！那里什么人都有。

第二天宾波波蒂派仆人去拿回圣人脚下的一把泥土，装了两个口袋，一袋拴在诺宾的手臂上，一袋留给耿伽。圣人的圣土放在身上，子孙能免灾。

诺宾不能完全不听母亲的，但他总是把袋子解下来扔来扔去玩，在母亲面前又绑得好好的。

谈论了几天圣人的神奇功能后，诺宾慢慢地平静了。有一天在中饭时诺宾同朋友在圆湖玩捉蝗虫游戏。这时他们班的老师到广场来了。这位老师是婆罗门，曾在富人家做过饭。现在经教育委员会的大力举荐当了老师。他喜欢吃蒟酱叶包，为了不挨他揪耳朵，孩子们一见到他，都跑去买蒟酱叶包了。

老师高兴了，说，诺宾，听说普杰拉希圣人的事了么？他出事了。

怎么了？怎么了？大家都拉着老师问。

老师说，听说圣人的种种特异功能后，一个英国人去检验他。啊，在洋人面前就不那么神奇了。普杰拉希的王爷们烧烟熏他，把他沉入水底，他都没事。而洋人拿了什么液体在圣人的鼻子边，圣人就打了几个喷嚏，睁开眼睛见了洋人就哭，说，啊，别让我坐牢，别让我坐牢！

诺宾高兴得跳起来说，鼻烟，鼻烟！我早就知道。

老师说，普杰拉希的王公大为光火，这么多天，这么多人来取这骗子脚下的泥土。现在王公们都让这小子给捏脚了。

诺宾笑得直在地上打滚，然后把手臂上的小口袋扔进水里。

因为好奇，诺宾总是出去做各种事。他已经形成自己的观点：别人说的话不经过检验就不能信。

诺宾在课堂上的淘气与日俱增，根本无心读书，老师都为他着急。而大家都知道，这孩子只要稍为用心读书就能比谁都好。很少学生有他这样的记忆力，但他就是不读。

一天，老师正在用心教，教室里很肃静。这时诺宾突然无缘无故地打了同学一拳。那同学站起来告状。老师忍不住了，咬牙切齿地说："站在凳子上，你，站在凳子上！"

诺宾笑着站上凳子。老师说："揪耳朵，一直揪耳朵站着。"

诺宾问："揪谁的耳朵，先生？"

全班哄堂大笑。

老师走到诺宾旁边，沉痛地问："你为什么这样做，为什么打他？"

诺宾骄傲地回答说："先生，我是辛格家的孩子，种姓的脾气改不了！"

四十三

一天放学后，诺宾看见妻子克里希纳帕米尼在卧室同一个女孩在玩。两人同龄，都穿丝质纱丽，手上戴满金镯子，像两个玩偶。她们在玩玻璃做的英国娃娃。

诺宾一进屋，那女孩拉上面纱背过身去坐着。

诺宾问妻子，这姑娘是谁？

克里希纳帕米尼说："是我女朋友。我结婚时你没见过她？她一直坐在我旁边。"

那时洞房里有许多女人，都不能好好看看。诺宾不记得这姑娘了。他又问："你的朋友？我们这区怎么有你的朋友？"

克里希纳帕米尼说："谁说是这区的了？她嫁到哈德科拉，比我晚了整一个月。坐她家的轿子看我来了。"然后对她女友说："见我的新郎这么害羞干什么？我见你的新郎我都不戴面纱。"

那姑娘还是羞得低下头。克里希纳帕米尼硬把她的面纱掀开。那姑娘长得非常漂亮。克里希纳帕米尼肤色白皙，但这姑娘肤色像玫瑰，两个眼珠有蓝光。

诺宾把围巾扔在床上，也坐在她们旁边，问："这朋友叫什么名字？"

克里希纳帕米尼戳她身上一下，说："说吧。"

姑娘害羞，不开口。好几回想说也说不出。克里希纳帕米尼说："糟了，我也忘记她的名字了。只叫她朋友！啊，想起来了，古苏姆，你不是叫古苏姆么？"

姑娘这回含糊地说："古苏姆·古玛丽！"

诺宾说："啊，古苏姆·古玛丽！烂名字！完全不能接受！"说着便哈哈大笑。

克里希纳帕米尼觉得对她的女友不够尊重，生气地说："烂名？谁说的？大家都说她的名字比我的美！"

诺宾说："这是大戏班女人用的名字，古苏姆·古玛丽，阿波拉巴拉，比杜穆齐！"

克里希纳帕米尼瞪大眼睛说："啊，天呐，我姑妈就叫比杜穆齐！那是名字不好么？"

古苏姆撩起纱丽的下摆站起来说："我该走了，不早了，我妈要祷告了。"

诺宾拉住她的手让她坐下，说："是不是生气了？朋友，我给你起个好听的名字。"

克里希纳帕米尼说："您先过去见过妈妈吧。我们在这里玩，我儿子马上要同她女儿结婚了。"

诺宾说："我也玩！你们为什么不带上我玩？"

诺宾从小就同杜拉玩俱卢大战、德班德广场、鬼是我儿子、狮人降生等等游戏。结婚后克里希纳帕米尼把玩具从娘家都搬来了。她自己玩，诺宾见了也一起玩。近来他玩玩偶也感到快乐了。

古苏姆说，我们不同男孩子玩，要不我妈会生气的。

诺宾说，好吧，我就变成女孩。看着吧，我是怎样变成女孩的。诺宾把克里希纳帕米尼挂在床上的一袭纱丽拿来缠在身上，然后把左手的戒指衔在嘴里，猫着腰走路，变了声说活："喂，朋友，你生我的气了？"诺宾从小就会模仿，他的形态真像女人。

克里希纳帕米尼说："你能扮多少种人？"

古苏姆笑了。诺宾装扮成女人坐在她们旁边，说："啊，笑了！这回我们三人一起玩。先给朋友起个名。你就叫般诺乔司娜！"

克里希纳帕米尼说："妈呀，又是什么名字！我七辈子都没听说姑娘叫这名字的。"

诺宾说："你七七四十九辈子前就是这名字。怎么，朋友，你不喜欢？"

古苏姆说："这是一种藤蔓的花名怎么能做女孩的名字？"

诺宾非常奇怪，扬起眉说："你知道？怎么知道的？"

古苏姆："不是有叫沙恭达罗的故事么？我从那故事听说的。"

"从哪儿听到的故事？"

"博先生教我哥哥他们，我坐在旁边。那故事很惨。"

诺宾看着妻子说："看见了？你朋友比你知道的多得多！"

克里希纳帕米尼说："我哪有老师教的哥哥。"

诺宾说："朋友呢，你看起来像藤上的花儿一样，所以你父母给你起名叫古苏姆·古玛丽。我给你起名叫般诺乔司娜（森林中的月光），一样的！"

克里希纳帕米尼说："光说话，不玩儿了？"

诺宾说："对，这回玩吧！你们的孩子要结婚，男孩女孩起名字了吗？"

两人你看我我看你。她们没想到起名的事。

诺宾说："那么女孩叫沙恭达罗，男孩叫杜希曼。"

古苏姆说："不行，我不玩了！你丈夫净说坏话，叫什么杜希曼，国王名字叫豆扇陀！"

诺宾笑笑说："这你也记得？好吧，就叫豆扇陀。"

古苏姆说："不，我不用那名字，那是悲剧，我知道。"

诺宾说："最后是大团圆。"

克里希纳帕米尼拿出一木偶说："她烦了，快快结婚吧，这是家长。"

古苏姆说："这种结婚不用家长，这是在森林里结婚，他们自己结婚。"

克里希纳帕米尼说："我不允许这样不吉利的结婚。"

诺宾玩得很投入。现在谁会说他是印度学院那个最淘气的学生！他一会儿男腔、一会儿女腔念各种男女主角的对白。克里希纳帕米尼准备了甜食，因婚礼后要分发。诺宾把甜食先抢过来吃了，笑着躺在地上。

游戏结束，古苏姆该走了。两个女仆和四个轿夫跟她来的。天色朦胧，很快就要黑了。诺宾派了两个家丁送轿走。分别前，克里希纳帕米尼抱着女友的肩说："几时再来？明天？后天？"

古苏姆说："哎哟，我来过多少次了！你不能去么？"

诺宾说："为什么不去？一定去！朋友，你不叫我去？我不是你朋友？"

古苏姆的蓝眼睛只看了诺宾一下，不回答。她抱着两个木偶上了轿，把女儿女婿带回去。

古苏姆年龄大些，十岁半。而克里希纳帕米尼刚刚九岁。她们的家都在巴格巴扎，是邻居。两人一起长大，现在分开了还不习惯。克里希纳帕米尼回娘家的机会多，到节日时也回去一两天，这时古苏姆得到消息也去巴格巴扎，两人总是在一起。

古苏姆·古玛丽的丈夫斯瓦米·奥科纳特比诺宾大。第一个妻子死后他想去当苦行僧。她母亲及时得到消息，拿把大刀架在脖子上说，你不听我的话硬要去？那就去吧，回来就看我的尸体吧。

奥科纳特最后没当成苦行僧，因为那样会使母亲死去。但从那时起几乎是时时愁容满面。他不管理祖先留下的财产，也不去他在加尔各答的商行。第二次结婚后，他精神上的性无能也没好转。

诺宾听克里希纳帕米尼说过这些事。关于苦行僧，到现在他还没有形成想法。一听说苦行僧，他就想到长胡子的人，他们不苟言笑，有的还戴着银框眼镜。古苏姆·古玛丽的丈夫是那样的人么？

诺宾和克里希纳帕米尼上楼后说："如果你有了儿子，你朋友有了女儿，那他们真的成亲了好，对么？"

克里希纳帕米尼毫不羞涩地说，我是这样决定的。

诺宾紧紧盯着她的脸。诺宾对一事有疑问。他知道只有结了婚的男女会生孩子。那些没结婚的或寡妇、单身男子是不会有子女的。但，他不了解婚后什么时候、怎样和为什么生孩子。他很想知道，但又不能问别人。他读过的书上也没有答案。诺宾上学后什么都想知道，但这些未知数使他痛苦。克里希纳帕米尼比他小许多，难道她懂？

因为难为情，这事也没敢问妻子。

克里希纳帕米尼进卧室专心收拾她的木偶，发现少了一个，不会是古苏姆拿去的。她东找西找都没有，便拉住诺宾的手说，一定是你藏起来了！我的木偶在哪里？

诺宾平静地说："哪儿？我没看见。"

克里希纳帕米尼说："那能到哪儿去了？那是我妈从迦梨卡特买的，是最好的。"

诺宾说："可能是你朋友喜欢，把它偷走了！"

"你说我朋友是小偷？"说着就给诺宾脸上打了一巴掌。

诺宾呆了有几秒钟，然后跳起来揪住克里希纳帕米尼的头发大声说；"死丫头！你真笨，今天就让你入地狱！说别人贪婪、打丈夫的女人得入地狱！"

过了一会，克里希纳帕米尼趴在诺宾脚下求饶了。她突然生气，使得脑袋不正常了。但她知道打丈夫是大罪过。对诺宾来说，这一切都很有趣。他从每件事中寻找快乐。在妻子求饶后，他从地毯下拿出隐藏的玩具。

除了这对少男少女的争吵、生气外，这楼房的二层静悄悄。哪一间都没有生命的反响。宾波波蒂为耿伽伤心而卧床不起。

船从易卜拉欣布尔回来几天了。老司库森先生流泪痛苦地对宾波波蒂诉说了一切，找不着耿伽纳拉扬。森先生派人四处寻找，但耿伽像幽灵般消失在虚无缥缈中了。不可能有人从船上硬把耿伽抢走，守卫没有听到一点声音。说他自愿在晚上离船，也很难相信。

他是船主，他一下令叫船去哪儿就去哪儿。如果不愿见推事，那当晚就起锚回加尔各答就是了。这话森先生也对耿伽说过几次。耿伽穿一件衣服就走了，这是怪事，从未听说过。耿伽失踪或是死了，更多的怀疑是死了。

宾波波蒂在生下诺宾后对耿伽关心少了，但耿伽曾是她最疼爱的。现在诺宾也远离她了。她听到关于耿伽的消息后，像被雷劈了一样。她对大儿子的爱变成了痛苦和悔恨。耿伽不是她亲生的，但宾波波蒂感到对他有一种血亲的感情。

宾波波蒂哭了好几天，到处求人说，不管花多少钱；要在全国寻找耿伽。但是谁都办不到。比图谢克要把耿伽从她心中抹去。雇员们只拿钱不做事。

诺宾对大哥的失踪当然感到奇怪，但并不感到很冒火。大哥离船到某个地方去了，有一天一定会回来的。

耿伽的妻子丽拉波迪听到消息后昏倒了。然后一天都不愿在这家住，她被送回娘家去了。一个月内似乎众人都忘记耿伽了。他的房间上了锁，家里的任何地方都没有他的痕迹了。他在这里度过了二十七年，在一年里他就被抹掉了。只有宾波波蒂哭湿了枕头。

诺宾一旦喜欢上什么，就被迷住。一次，一只白猫跑上楼来。他看见猫就喜欢上了，从那天起就养着，起名叫穆朱丽。养，就是整天让猫待在身边，他的奴仆杜拉当看守，不让猫下楼。当穆朱丽喵喵地叫几声时，诺宾就怀疑是她饿了，它那份牛奶一定是被杜拉吃了。为此杜拉就被揪耳朵。晚上诺宾还抱着猫睡觉。

穆朱丽不是公猫，是母猫。虽然整天被看守，她还是偷空去幽会了。一天发现它怀孕了。当时诺宾和宾波波蒂同床睡。宾波波蒂不喜欢猫，但在儿子的哀求下，她全都接受了。看到母猫快要生了，她说，这时别关着它了，它们这时要单独待着，放开它吧。诺宾不听。他听说穆朱丽要生小猫了很高兴，不久全家都是猫了。

一天早上醒来，诺宾看见抱着的猫已经僵硬了，他哭得啊！最亲的人死了也许还不会哭得这么伤心呢。诺宾整整三天不吃饭。从那之后他不能再看见猫。二楼要是突然来了猫，他就拿棍子驱赶。

诺宾对与克里希纳帕米尼的女友玩木偶还是那样有兴趣。他问，你朋友怎么不来了？让你儿子在丈人家待多久？我家的男人从来不在丈人家住。是公狮去母狮那里或是母狮去公狮家？

两三天后，诺宾更加不安了。对克里希纳帕米尼说："送信去，告诉你朋友，明天就把你的儿子和她的女儿送来。"

诺宾替克里希纳帕米尼写了信并签上字，派人送去一篮甜食、一条大鱼和那封信。次日古苏姆自己没来，送回两个木偶和双倍的礼品。同时有封短信，圆圆的字体写着：我不能去，什么时候能去，没准。上帝祝福你们愉快，朋友古苏姆·古玛丽·班诺乔德斯娜上。

诺宾看完信，皱着眉头问："这信是谁写的，她的丈夫？"

克里希纳帕米尼说："我朋友自己写的，她什么都会。"

诺宾藐视地说："字既写得不好，又是女孩子的坏脾气。还傲慢地写道，什么时候能去，没准！"

诺宾很想看看古苏姆的婆罗门丈夫。他对妻子说："你朋友的严肃丈夫肯定是不让他媳妇自个儿来。哪天请他们吃饭吧。"

诺宾给奥科纳特先生发去请柬。但奥科纳特不答复。古苏姆的手书来了，她表示遗憾，出于某种原因现在她不能来，克里希纳帕米尼能去么？

不收到当家人的邀请就不存在去的问题。诺宾可以派轿子将克里希纳帕米尼送去，他自己去不好。但他同古苏姆玩木偶还没完，所以他受不了。他不管社会习惯，有一天他对克里希纳帕米尼说："走，今天去哈德科拉看看你朋友的家，把木偶也带上。"

诺宾去那家受了很大的侮辱。

四十四

克里希纳帕米尼的朋友在哈德科拉的婆家并不是世家，发达才不过两代。很多人现在还说，乔迦伊·马利克以前是在神庙前卖炸豌豆的。他原来住在贝尼德，他在老年时得女神托梦，潜入湖底找到了秘密藏宝。又有人说另一种故事，一个强盗被士兵追赶，躲进马利克家。第二天早上他没被士兵捉拿，而是得了可怕的霍乱病，傍晚时死了。乔迦伊·马利克连夜把尸体火化，拿了强盗的财宝，撇下妻子和孩子，离开贝尼德来到加尔各答，在这里又结了婚。很难断定这故事的真实性。可是关于加尔各答大部分有钱人改变命运都流传着两种故事。不管怎样，乔迦伊·马利克的三个儿子中，大儿子吉德·普拉萨德做生意相当精明，挣到的财富数不清。是他在哈德科拉建了这座宫殿般的楼房。

吉德普拉萨德命不长，他的突然去世，使财产没能做出好的安排。热爱兄弟的吉德普拉萨德将全部财产写在三兄弟的名下。小弟乔迪卡普拉萨德未成年，所以在大哥死后，二哥加里普拉萨德成了财产委托保管人。年迈的乔迦伊·马利克现在还活着。谁都不知道他的准确年龄。但他自己说，生于纳瓦布王公西拉吉多拉的军队同英国人克莱武在普拉西作战的那年。按这推算，他有八十六岁了。

十年来他老了，牙齿也掉光了，说的话谁都听不懂。他现在还能走路。前几年每天黄昏都走着来神庙拜神，现在是坐轿子来了。

加里普拉萨德在负责管理家产后行为完全变了。他在大哥的管制下是少言寡语埋头干活的人，没有什么个性。在获得自由后，他对发展个性比做生意更加用心。加里普拉萨德在社会上摸爬滚打懂得了，挣钱或盖大楼不是大事，要紧的是家声。人们现在还在说，卖炸豌豆的乔迦伊·马利克的儿子们现在还盯着两文钱。有人当着面还说。

加里普拉萨德开始在加尔各答的路上、码头上撒钱了。他要看看什么叫欢娱。钱挣得够多的了，两三代人扔都扔不完。但他就要在这一代挣个好名声，要让人们完全忘掉乔迦伊·马利克的事。不得不承认说，是的，老爷就是老爷，哈德科拉的加里·马利克！他捐献很慷慨大方。什么地方办学来找加里·马利克老爷寻求帮助，他从不拒绝。他先问谁捐了多少，然后又问某人，某人，最后他比捐得最多的还多捐一卢比。他骄傲地说："写上吧，去找司库，现在就能拿到钱。我全部付现金。我不是那种打肿脸充胖子、光许诺不给钱的人。"谁嫁女，谁为父亲做功德，来找加里普拉萨德一次就行。而过湿婆节时，在广场搭台让一百个姑娘跳舞，以前谁见过？那次唱的歌是：偷了蛇王头上的宝石，糊里糊涂在外国丧了命。现在人们记忆犹新！

加里普拉萨德的弟弟乔迪卡普拉萨德拼命学二哥的样。他不喜欢英国式，更倾向纳瓦布式。时时穿奇装异服，勒克瑙流行的衣裤，脚踏拖鞋，帽子歪到一边，使人突然怀疑他有没有右耳。此外手上总是有一块红手帕。因为他喜欢葱蒜，总是在异教徒舞女家走动。

乔迪卡普拉萨德从小就没学理财，二哥也不让他学。乔迪卡普拉萨德每月的零花钱够买一块地产的。弟弟的任何愿望，加里普拉萨德都会让其实现。他的心愿是，哥俩合起来抹掉父亲的名字。自己不出名，那还是人吗？哥俩都觉得，把穿旧衣的乔迦伊·马利克介绍说是自己的父亲，丢人。他们也不愿意父亲出现在众人面前。

但老头总得去拜一次神庙。

奥科纳特在这家完全是不同性格的人。他父亲、祖父长的都不好看。乔迦伊·马利克面相像商店老板，也传给了儿子们。但奥科纳特像母亲。他修长、壮实、色白、貌美。他母亲是吉德普拉萨德的第三个妻子。因为前两个妻子不育，所以吉德普拉萨德娶了个穷人家的漂亮女儿。奥科纳特是母亲的独子，幼年在母亲的呵护下，没受到叔叔的奢华生活的影响，很爱读书。他是印度学院的好学生。按习俗，他在读书时就结婚了。但不久妻子就死了。他明显受到宗教的影响，开始定期到乔拉桑科的戴本德罗纳特·泰戈尔家去。后来他强烈发誓要加入梵社，但因母亲反对未能实现。母亲急忙给他第二次娶亲，并要他了解并管理地产。但没什么结果，他不用心于此。

诺宾带了克里希纳帕米尼来哈德科拉的马利克家不久就明白了：他真不该来这里。他同古苏姆玩不成木偶了。他来是为了玩木偶。他是坐着父亲最耀眼的双驾马车来的。他本来期望这家的主人会在大门外列队欢迎。诺宾对门阀的荣誉很注重。他是拉姆卡马尔·辛格的儿子。而拉姆卡马尔是加尔各答有数的几大富豪之一。一提乔拉桑科的辛格家，大家都知道。现在诺宾是辛格家全部财产的唯一继承人。他的妻子克里希纳帕米尼也不是等闲之辈。她是巴格巴扎有名的巴苏家的闺女。

大门外没有人迎接，站在马车后的两个仆人赶紧下车打开车门。诺宾腋下夹着装满木偶的克什米尔箱子，下车后东张西望。只有一个看门人懒慵慵地望着这边。诺宾怀疑是否弄错日子了。不，今天是星期六。古苏姆不知道他们来么？

只有一个戴面罩的女仆上前来说，请进，新媳妇在等你们。

这时克里希纳帕米尼也下车了，若不是戴面罩穿黑纱丽的女仆扶住，她就会倒下了。女仆扶着她走了。

诺宾从大门严肃地走过铺着软垫的一段路，走上走廊。两个仆人站在那里，但不慌不忙，像在搞什么阴谋，一见诺宾便停住了。

其中一人推开沉重的房门说，请在这里坐。

诺宾和克里希纳帕米尼都进了那间房。另一边还有门开着。那女仆不说话，拉着克里希纳帕米尼进了那门。

房间里乱放着带垫的椅子。一张大桌子上铺着白单子。四面墙壁挂着四幅寒带国家的风光画，很可能是从拍卖会买来的。

诺宾小心地把围裤提起一点坐在椅子上，从上衣口袋掏出金链怀表看时间。现在是整六点，堡垒的炮响了六声，像是对诺宾的表表示支持。准六点是诺宾和妻子到来的时间。

没有人再进这房间里来。生性活泼的诺宾不能长时间静坐。他频繁摇腿，厌恶地皱眉头。他想，这家人不懂交际？把他当作一般的求见者放在外屋的小房子里坐等。不是亲戚或工作关系的人可以让在会客室里坐。但诺宾他们是这家媳妇娘家的关系，可说是亲戚，理应让上二楼客厅坐。诺宾从小起就是这样看自己的。他曾希望，古苏姆和她丈夫在这家里一定还有地方，会请他们过去。

诺宾过不多会儿就待不住了，两次大声叫仆人。可是他们没来。这时他站起来探头看到外面有两个仆人坐在附近，身体蹭来蹭去，不知在笑什么。

诺宾一手抱着木箱子，另一只手叉在腰间，严肃地问："喂，你们的老爷在哪儿？"

一个仆人抬起头说："哪个老爷？你是问谁的事？"

另一个说："二少爷什么时候回来不知道。小少爷今天、明天会回来，也可能不回来。"

在诺宾古马尔家，任何仆人都不会这样坐着对老爷说话。

诺宾说说："我是问奥科纳特先生。"

这回两人相望着，一个微笑说："他在上面。"

诺宾说："去向他通报，说诺宾古马尔·辛格来了。"

那仆人说："我们无权去向他报告。"说着还向走廊吐了一口痰。诺宾家的仆人若如此放肆，迪巴戈尔会剥了他的皮。可是这是别人的家。

诺宾气呼呼地又回到房间。他马上又想起，今天来是要带木偶儿子媳妇回去的。空手是去不了亲戚家的，所以带来两篮礼品，现在还在车上。

他又回去对那两个仆人说，车上有礼品，叫人去拿下来。

两个仆人马上就跑去卸下拿进屋里去了，好像一辈子没见过礼品似的。

诺宾在屋里低头踱步。他想马上就走，可是怎么给克里希纳帕米尼送信呢？女朋友的丈夫奥科纳特虽然在家，可是一面都不见。想到这点他最为伤心。

诺宾窥视通往里屋的门。里面一个大院子，挂着各种衣服，好像从上面飞下来似的。诺宾从未看见过这么凌乱的房屋。从外表看，房子宽敞，并不老旧，但看不到有收拾的迹象，到处堆满垃圾。家具无疑是昂贵的，但一看便知没有定期打扫。快到黄昏了，可是底层还不见点灯。

这时另外两个仆人端来放满水果、甜食和一杯果汁的大石盘来。诺宾一见就冒火。没有人在面前时他从来没吃过东西。他压着火说，没必要，拿走！

一个仆人说，新太太说请您吃点甜食。

诺宾说，告诉上面，我要走了。

两个仆人不说什么就进去了。与其在这里独坐，不如自己在车上坐等。或者派他的仆人去告诉克里希纳帕米尼。

诺宾正要出去，门前来了一顶轿子，接着来了一辆车。轿夫、侍卫停下轿后，从轿里扶出乔迦伊·马利克。他两眼朦胧，一层皮包骨。他手搭在侍卫肩上，走路摇摇晃晃像小孩。诺宾从未见过这样的活骷髅。乔迦伊·马利克的脸颊在动，像是不停地在嚼着什么。

车子刚停下，两个仆人就像变戏法般出现在大门边。车里喊道：梅朵！杰朵！

仆人答应说："是的，老爷。我们在！"

从车上下来的是这家的少爷乔迪卡普拉萨德·马利克。他喝醉了东倒西歪的，衣服上都是污渍。走了两步就打了个趔趄。在他倒地前两个仆人把他架住了。乔迪卡普拉萨德从来不这样不到时间就回家。他从下午起就喝香槟，现在是黄昏时分了。一定是有什么急事需要现金。只有钱能吸引他，他一两天就得回家一次。

他总是大声说话。命令仆人说："小子们好好扶着我，我的腿使不上劲了。"然后高声唱歌。

前后仅差几尺，不同的仆人搀扶着父和子进去。乔迪卡虽然几次要倒下，但他的速度快一点，因为他着急，所以超过了乔迦伊·马利克。

父子相互看着，可能开头谁都认不出是谁。

乔迪卡普拉萨德皱着眉头，使劲望着他，问："你是谁？爸爸？啊？"他把乔迦伊·马利克的下巴稍为抬起，看后哈哈大笑，笑得喘不上气来。他笑着说："啊，你是老爸？我的亲爸！你还活着？我哪天看到你你都活着，这是怎么回事？你也能死掉一两天的啊？"

乔迦伊·马利克的脸颊更使劲地动了动，嘴唇发出声响。

乔迪卡普拉萨德弹了一下父亲的光头，说："爸爸，那就活着吧，活吧！我们全都死后，你还活着吧，我们打算给你大把花钱，你又受不了，又不让我们放手花。猪崽子！你自己花钱还抠门儿么？啊？"

轿夫正要搀着乔迦伊·马利克往前走，乔迪卡普拉萨德拉住其中一人的胳臂说："别动，我在跟我爸说话，又不是你爸，走什么！我拿鞋抽你的嘴巴。"

他正要蹲下脱鞋却歪倒了。他就势抱住他爸的脚说："我是你的不肖儿子，爸爸，我都不能花你的钱！啊！"又哭。轿夫把乔迦伊·马利克扶进去了。乔迪卡普拉萨德被扶了起来。他立即忘了父亲的事，唱起歌来：想起别人来能明白么？

他手舞足蹈地边唱边上楼梯。诺宾赶紧躲到柱子后面。乔迪卡普拉萨德看了他一眼，笑着问："你又是谁？脸像室建陀！"

诺宾转过脸去不回答。乔迪卡普拉萨德并不重视他，唱着歌进去了。

乔迪卡从身边走过时飘来的臭味使诺宾难受。对他来说这种景象是全新的。他很小时见过父亲。拉姆卡马尔·辛格在家时从不这样放荡，后来几乎不在家住。耿伽在时，辛格家没人喝酒。诺宾的同学有时喝酒，诺宾只是好奇。但见了喝醉了的乔迪卡普拉萨德后，他极为恨酒。他站在那里发誓一辈子永不喝酒。

诺宾在车里又等了半个钟头。克里希纳帕米尼来了，立即吩咐开车。不能在路上兜风了。诺宾打算一回到家就揍克里希纳帕米尼。

克里希纳帕米尼说："看到我朋友的惨状，石头都会哭死的！她父母怎么相的亲，她丈夫是个疯子！"

诺宾说："是疯子还是坏蛋，都不下来一下，野蛮，下贱！"

克里希纳帕米尼说："真的疯了！哪儿也不去，只坐在神像前嘴里说个不停，要不就是一声不吭。我在那里这么久，他一句话也不说。有时还不省人事！这一个月更厉害了！我女朋友哭坏了。"

诺宾说："我们的儿子媳妇带着了？"

克里希纳帕米尼说："没有，那话我说不出了！上楼去看见这种状况，女朋友的婆婆哭，我女朋友也哭！"

诺宾说："想哭就让她们哭吧。我们和她们没有任何关系了，对儿子媳妇也不抱希望了！那是下流胚的家！像我们这样的人不能去。"

克里希纳帕米尼说："但我朋友说了很多话，拉着我的手。她婆婆现在哪儿都不让她去，所以要是我来……"

诺宾厉声说："不行！"

克里希纳帕米尼再也没去哈德科拉。十天里她开始呕吐。名医也不能让她多活一天半。她抛下木偶和同丈夫嬉戏的梦幻，死了。

四十五

拉塔纳特长期在西部地区任职，不久前调回加尔各答。他参加大三角测绘局印度办事处时月薪三十二卢比。由于他勤奋、精通数学，进而得到多次提升。德罗齐奥的学生拉塔纳特·西克达尔很守规矩，他非常憎恨受贿和吹牛拍马。他办事处的两个头目喜欢他的这些品德，加之在英国也没几个像拉塔纳特这样精通高等数学的人。

拉塔纳特被调到加尔各答办事处当审计长，工资六百卢比。他长期带着测绘人员和机器在山上转，走过许多崎岖山路。他身高六英尺，壮实。本地的英国人背地里叫他李维雅坦。在加尔各答，他的工作是审核账本。

印度现在没有什么大战，大体平和。英国官员现在忙于各种事务。山峰一向吸引着英国人。此外在以热天为主的印度，他们喜欢一次次地上山去寻找凉爽宜人的气候。喜马拉雅山从古代起就为世人所知。英国人从台拉登向喜马拉雅走，越走越感到无限惊奇。这众山之王多深、多广、多伟大！像大海不停的波浪那样，望不到边的山峰有一望无际的森林。其中有形形色色迷人的陌生树木，有前所未见的野兽、生物、昆虫。在山洞里会突然见到有特异功能的人，或修炼闭目静坐。谁都不知道他这种状态有多长时间了。来到这里心胸开阔，而每一步都危险。在别处看不到这样寂静和可怕的奇怪结合。

山麓的森林茂密，越往上树木越少。山顶只有皑皑白雪。没有数过有多少个山峰。那些地方不要说人，从来就没有生命踏入过。印度教人士相信，这雪原是神仙和仙女嬉戏的地方。

人们总是努力将无限限制在一定的范围内，这被认为是文明的象征。人们忍受不了漫无限制和无休止的神秘，因此就有了高墙围着的窄小城市的文明。

测绘部职员对于测定喜马拉雅山峰数据十分热情，当然不存在登上顶峰的问题。只需在一个定点同山峰取一直线用机器进行集合运算，再将数据发回测绘总部加尔各答。

印度人世代以来在远方向喜马拉雅致敬。但是英国人不相信对无生命物质的崇敬，他们要践踏这样的世界。印度人为喜马拉雅写了诗歌，但喜马拉雅不仅仅是一座山，它是连绵不断的山脉，印度人对此没有什么兴趣。使英国人更感到奇怪的是，印度人连喜马拉雅那些山峰都没有命名。当地人对近处看得见的一些山峰随便起个名字。那些远的难以攀登的山峰没有名字，永远被忽视。

测绘部迄今对选择出的七十九座主要山峰的高度进行过测量，但它们没有单独的名字，在纸上算起来很不方便。不过三十一个有当地的名字，其余的只能以一、二、三、四号标出了。

测绘部的经费不紧张。政府对此事也不吝啬。当然英国政府的首要目标，不是获取自然地理知识，还有更深刻的原因。搜集喜马拉雅资料有特殊需要。因为喜马拉雅那边就是俄国。俄国人现在是英国的敌人。总是听说俄国人要来抢走英国人手中的印度。俄国军队会从哪条路来，是公司防务部门必须知道的。所以测绘部门也被派驻喜马拉雅山中。

虽然拉塔纳特中间回过几次加尔各答，但几乎二十年都在外省，他不知道在外出期间孟加拉社会发生了多少变化，他甚至都说不好孟加拉语了。拉塔纳特的朋友贝利昌德总是说，拉塔，学孟加拉语吧！不会本国语你怎么了解本国人呢？你一辈子就和山过了？这话刺中了拉塔纳特的心，他下班后每天傍晚去贝利昌德那里读孟加拉语和文学。贝利昌德的弟弟吉肖里昌德也是很聪明能干的人，拉塔纳特可以向他们学到不少东西。慢慢地他的心离开了山，而被人吸引了。以不久前逝世的贝休恩先生为名建立了一个贝休恩学会。省内教育界的先进人士集合在那里宣读有关本国的各种问题和文学艺术的论文。贝利昌德让拉塔纳特成为会员。起初拉塔纳特去那里静坐。他想总有一天他也去宣读论文，用孟加拉语。

这期间拉塔纳特发现一件奇特的事。

他正在办公室工作，助手们把测绘部各中心收集的数据呈报给他。作为总测算师和总会计师，他要核验。他沉浸于艰难的运算当中。突然他脑子里像电光一闪，他惊叫起来："啊！"

开头他自己似乎也不相信。他面前桌子上摆的只是数字，但中间一座山峰像是抬起了头站着，那山峰越来越高，像是要摩天了。拉塔纳特惊奇、高兴得在想象中看到了白色皇冠的巨大星星。

过了一会儿，他醒悟过来了。他抱起那些材料跑出房间。不远处的房间里坐着安德鲁·瓦上校，他是全印度测绘部负责人。不事先报告是不能进入高级英国人房间的。但拉塔纳特忘记了这点。他像风暴一样推开门闯了进去，把那些材料一扔，十分激动地说："先生，请看，有情况！"

瓦上校当时正和两个英国人谈话。他惊惶地说："怎么了，西克达尔？怎么回事？你为什么发抖？"

拉塔纳特说："先生，今天是大吉的日子。我们今天找到了世界上最大的东西了。"

瓦上校还是不明白，说："西克达尔，别这样激动。坐下，怎么回事？对我详细说吧。"

拉塔纳特没有坐下。他伏在桌上说："先生，请看，这十五号的最后数字。"

瓦上校说："那又怎么了？十五号为什么这样使你发狂？"

拉塔纳特说："我们从六个不同的点观测过十五号，请看尼克尔森的报告。尼克尔森根本不明白他看见了什么。这材料压了三年了。"

瓦上校有点不耐烦地说："到现在我还不明白是怎么回事。"

拉塔纳特骄傲地说："我计算过它的高度是二万九千零二英尺。世界上没有比它更高的了。我们发现了世界最高峰。"

这回瓦上校跳起来说："你说什么？"

瓦上校了解拉塔纳特的天才。他的前任萨尔维雅将军写下不少赞扬拉塔纳特的话。所以他不能不信拉塔纳特所说的。可他还是同拉塔纳特一起又核算了很久，然后他也欢呼起来。

这是会传遍世界的新闻。这时测绘部的所有职员都聚集到那里。这个大发现的功绩属于加尔各答办事处，大家都高兴地欢呼。

瓦上校拍着拉塔纳特的肩膀说："谢谢，西克达尔！你做了一件奇事！"然后瓦上校自言自语说："Poor Nicholson, he did not suspect that he was viewing through the telescope the highest point of the earth. （可怜的尼克尔森，他没想到自己当时正在通过望远镜观望地球的最高点呢。）"

那天傍晚大家在瓦上校家里打开香槟庆祝这一盛事。省督不在加尔各答，已派人给他送信去了。对英国人来说，这天是最快乐的日子。印度人没有真正明白新发现的意义。但在十九世纪新觉醒的时候，白种人每天沉迷于新发现，像发现世界最高峰这样的事件是有巨大意义的。全世界不得不承认加尔各答测绘部的功劳。

谈着谈着问题就来了。十五号用什么新名字呢？全世界的山之王，不能没有名字。当地人是否起过名字，难道还得派人去调查？这国家的山如果有当地的名字，是不必要改变的。

拉塔纳特说："先生，我自己也出去观测过几次无名的山峰。我清楚地知道，当地人不知道最高峰的存在。"

瓦上校说："那我们应当给它命名。要向全世界宣布这一发现。明天向英国发送急报，所以必须有名字。"

拉塔纳特迅速地想，爱国的英国人一定会建议用女王维多利亚的名字。拉塔纳特从自己的经验得知，喜马拉雅山像是男人。同样印度人是将喜马拉雅那些熟悉的山峰想象为男人的。好几个是用神的名字命名的。英国人不会喜欢印度教神的名字的。拉塔纳特也是一神论者。印度教的众多神仙对他没有吸引力。他先想到了另一个名字。

　　在其他人说话前，拉塔纳特说："先生们，我能提个建议么？"

　　瓦上校说："当然！西克达尔，说吧，你是怎么想的？"

　　拉塔纳特说："先生，测绘部前负责人乔治·埃佛勒斯是我的数学老师。可以说印度的测绘部是他真正创建的。是他开创了科学的方式，今天我们还是按照他的方式进行观测和运算的。他退休后现在住在英国。以他的名字为喜马拉雅山脉最高峰命名，他会得到快慰的。请想想，这将是我们集体献给这一事业英雄的礼物。希望将十五号命名为乔治·埃佛勒斯。"

　　在场的英国人对此有支持也有反对。拉塔纳特认为必须尽快完成命名。如果已有人提女王的名字就危险了，就不能驳回了。谁敢反对女王的名字？

　　安德鲁·瓦上校在乔治·埃佛勒斯手下工作过一阵儿，瓦很尊重他。他考虑了一会后说："好极了，西克达尔，你的建议应当接受。这名字会使我们部门受到尊重。不过我有一点修正，不叫乔治·埃佛勒斯，只叫埃佛勒斯①。埃佛勒斯这个词有这样的含义：不能不承认这永远的最大的。"

　　各种报纸连续几天刊登了这个故事，国民第一次知道了拉塔纳特·西克达尔这个名字。德罗齐奥的学生中很多人现在与各种福利事业有关，国民都认识他们。但是拉塔纳特虽然是印度学院的优秀生，但不为老百姓所知，这次可出名了。

　　当然英国报纸照例是不登载一个当地人的功劳的。几乎没有一

---

① 埃佛勒斯（Everest），喜马拉雅山脉主峰，即珠穆朗玛峰。

家英国报纸提到拉塔纳特的名字，有的说"孟加拉总计算师"，有的说"职员"，有的只提"一位先生"。

拉塔纳特的朋友一天聚集在拉姆·戈帕尔·高士的住所为拉塔纳特庆贺。到场的有布德万的副收税官罗西格克里希纳·马利克，德其纳兰占·穆克吉，现任加尔各答收税官、资深教师拉姆德努·拉西里，加尔各答主要官方图书馆馆长贝利昌德·米特拉，达拉钱德拉·乔格巴拉迪，他刚刚辞去布德万王室大臣职务回到加尔各答，他能言巧辩，是著名记者。此外，到场的还有莫顿莫汉·德尔迦龙加尔等。

"青年孟加拉派"的许多人年老后已不喝酒了。但是拉姆·戈帕尔没有放弃，反而喝得更多了。拉姆·戈帕尔脸色不好，看来他的心在燃烧。他开了白兰地和香槟，随意享用。

拉塔纳特喜欢牛肉和酒，需要这些东西维持他的强壮身体。他总是对朋友发表这样的见解：若不能使印度教徒流行吃牛肉，印度社会就不可能发展。吃牛肉者绝对不能忍受别人的白眼。拉塔纳特这次回加尔各答后奇怪地看到，他的许多朋友现在不热衷于吃牛肉了。那些曾经公开地吃牛肉，还把牛骨头扔到邻居屋顶上的人，现在谁都不提牛肉了。甚至贝利昌德对他说过一两次，拉塔，不行，别再过分了。印度教徒对牛肉的观念很难改变！

那天当然是为拉塔纳特准备了很多烤牛肉。美食家拉塔纳特很满意。守旧的印度教徒愿吃羊肉就吃吧。他有自己喜欢的食品就行了。

谈话在热烈进行，拉姆·戈帕尔不满地说："可是我们的拉塔做了这件大事，政府承认了么？不应当为他开一次公开的招待会？他的功绩在历史上会占有地位，公司的董事们不该给他颁奖？要是在别国，会把他抬在头顶上跳舞！"

拉塔纳特的脸长得大方，但性情腼腆，特别是一听到谈有关自己的事就难为情。他说："不，不，没什么。你们夸大了。"

贝利昌德说："为什么没什么？那天你对我解释说，能进行三角学复杂运算的英国人有几个？在印度没有！你当然应当得到公司的勋章。"

拉塔纳特说："公司已经给我阿里浦尔气象局局长的职务了。"

拉姆·戈帕尔说"那又怎么了，那只是你额外工作的增加，那是提升你的职务吗？"

罗西格克里希纳·马利克说："兄弟，别指望更多了。黑皮肤就是黑皮肤。白人的职务是永远不会让黑皮肤的人做的。瞧呀，我做到副推事了，现在还是。新参加工作的英国人很快就成了我的上司。"

拉姆·戈帕尔说："对这种不公应当抗议。为此召集一次大会怎么样？"

罗西格克里希纳说："我不认为这是什么好办法。我们不开会幻想职务得到升迁，却能为国家的进步做些事。最需要的是唤醒国民对不公的认识。"

拉塔纳特说："这话非常对。罗西格，我这次回来看到，种姓、宗教、印度教徒又恢复往常的过分行为了，人们的思想又复旧了。"

德其纳兰占说："因名叫希莱·布尔布尔的妓女的儿子入印度学院的事，保守分子又重新巩固了阵地。"

贝利昌德说："我听说已经把那个孩子赶走了。"

拉姆·戈帕尔拍拍拉塔纳特的胳臂说："拉塔，你在大自然中发现了宏大，我们应当把我国民众中伟大的东西都寻找出来！"

拉塔纳特说："对，你们给我指路吧。我一定朝那个方向去工作。"

贝利昌德说："许多人得不到抬头的机会，所以不明白其实际高度是多少。"

拉姆·戈帕尔说："我们现在必须开始争取政治权利的运动。"

罗西格克里希纳说："现在还不到走上这条路的时候。现在还是要多做社会运动的工作，你说呢，拉姆德努？"

少言寡语的拉姆德努说："你说的话对。"

拉塔纳特对拉姆·戈帕尔说"你是当代的雄辩家,你若努力可以做很多事。"

拉姆·戈帕尔说:"雄辩家再加上伟人就会成大事,你说呢?"

拉塔纳特说:"十分,很,我准备着。"

贝利昌德说:"真拿拉塔没办法,十分,十分很。他嘴里再也不能说出别的了。"

笑声使气氛轻松多了。

拉塔纳特问拉姆·戈帕尔:"老兄,上次我来时,在府上门前发生了一件事,救了一个女孩,她现在怎样了?"

拉姆·戈帕尔说:"她就住在我家里。她的亲人都不来领她回去。谁知道,大家都认为我是异教徒,她在我家就失去了种姓。贱内给女孩起名叫古拉尼(意为捡来的),我起名叫尼波巴拉,我教她读一点书,但会怎样呢?一辈子受苦呗。我若有能力就让她结婚。"

拉塔纳特说:"好啊,我们大家给她募捐,拯救这女孩。"

拉姆·戈帕尔说:"因为钱就受阻不成?有了钱就结婚?"

德其纳兰占说:"凯什德说,如果同意让女孩改信基督教,那他就有办法。"

拉塔纳特说:"我们的女人为了结婚必须成为基督教徒,真是怪事!"

拉姆·戈帕尔说:"印度教的寡妇是不能结婚的。她即使还是处女,一旦成了寡妇,就是寡妇的命了。你们西部怎么样我不知道,在孟加拉根本不可能。"

贝利昌德说:"听说梵语学院的伊斯瓦尔·维迪耶萨伽尔在引经据典论证什么寡妇再嫁了。"拉姆·戈帕尔说:"他一个婆罗门怎么干?他能使全国傻瓜的心转变多少?"

莫顿莫汉说:"你们不了解那婆罗门的执着,完全像乌龟那样,一咬住了就不放开。西克达尔先生,这婆罗门也是一座山峰,到现在还没有人测量过。"

德其纳兰占说:"我怕会有人袭击维迪耶萨伽尔先生。要是坏蛋伤害了他的身体呢？"

贝利昌德说："在讨论'萨蒂'殉葬法时，许多人威胁要杀死他。"

拉姆·戈帕尔有点感慨地说："那时我们很多人也没站在罗姆·摩罕一边。由于年轻，我们没有理解罗姆·摩罕有远见的观念的意义，而沉迷于许多小事上。"

达拉钱德拉说："在德万先生之后，维迪耶萨伽尔独自起来纠错了。"

拉塔纳特说："我上一次来就听说这位伊斯瓦尔大学者的事了。兄弟们，我们有这么多人，为什么不帮助他？"

达拉钱德拉说："拉塔纳特说得好，我们也应该完全支持伊斯瓦尔·钱德拉·维迪耶萨伽尔的努力。"

拉塔纳特说："那么来吧，兄弟们，现在我们就宣誓，这位伊斯瓦尔大学者努力让寡妇再嫁之事，我们'青年孟加拉派'全体人员都站在他一边。"

全体举起手中的酒杯或茶杯宣誓。

四十六

耿伽穿过名叫莫卧儿塞拉的地方，在黄昏时分来到贝拿勒斯附近。恒河左岸半月形的城市当时已是灯火辉煌。耿伽的心跳加速。不能再延迟了，必须见到宾杜巴希尼。

耿伽当时没有进城，他心中有障碍。他跟朝圣者走了几个月，似乎没有记忆力了。跟其他人一起走路，身体很壮实，但心中不想事。一点没有受到往昔生活的影响。他不痛苦，不害怕，也没有期望幸福。

他在普罗雅格河口沐浴后，沉睡被唤醒了。现在对他来说一切都清清楚楚。他知道他是耿伽纳拉扬·辛格，他去视察易卜拉欣布尔的地产，他站在佃农一边对抗残暴的靛蓝厂主，中途突然溜走了。他有母亲、弟弟、弟媳妇，他都记得，但对他来说已毫无意义了。他不会再回头了。他要带着宾杜从熟悉的世界消失，在人们难以到达的地方安个窝。他要突然站在惊呆了的宾杜面前说，宾杜，我没有忘记你，我来了。我走了很远的路，我们俩离开熟悉的世界到陌生的国度去吧。

但阻碍耿伽的是别的东西。

他遵照比图谢克的吩咐，到新娘市场的迦梨庙摸着迦梨女神的脚发过誓，永远不见宾杜。那誓言宾杜也知道。要是宾杜因这誓言拒绝他呢？不守誓言的人谁都不尊敬。耿伽本人也一样。那时耿伽年幼，没有力量拒绝比图谢克的压力。此外为了不让宾杜受到任何残害，他被迫宣过誓，现在如何越过这个障碍呢？

旅途劳顿使耿伽疲惫沮丧。现在他需要休息。他很容易找个客栈过夜。他在路上卖了两个戒指，他有足够的钱，可是他犹豫不决。他来贝拿勒斯是为了寻找宾杜的，在这事上不能昧心。

进贝拿勒斯城的路上有一大铁门，旁边是一警察所。大门两边两个大火把熊熊燃烧。有许多牛车、马车和人群。

耿伽从那里退后一点，坐在大树下平静地合上眼。这样他心灵的眼睛看到了巨大的迦梨女神，她的舌头是金色的，两眼也贴上了金箔。那舌头和眼睛在黑暗中闪闪发光。这就是新娘市场的迦梨女神像，耿伽在她面前发过誓。耿伽浑身颤栗，他不是害怕。在上学时他就逐渐不信神怪了，但这是另一种感觉。他闭眼想宾杜的面貌，但却见到金属和石头的神像。几经努力，还是想不起宾杜的模样来。

耿伽睁开眼睛频频吸气。他必须打破这誓言的束缚。他这么远到来，不能再回去。从普罗雅格来的路上他一再地想这事。如不能完全摆脱过去，就没有办法见到宾杜。

一时间，耿伽在心里说，我不承认！

耿伽盘腿坐地两手合十说，从今起我就脱离你们了，我重新发誓，从今天起，我不再拜任何神了。这些神仙只是在错误信念下用木头、石头塑造的偶像，谁愿意玩这些偶像就玩吧，对我来说这一切都是毫无意义的。

耿伽同友人拉吉纳拉扬·巴苏去过戴本德罗纳特·泰戈尔家几次。拉吉纳拉扬加入梵社那天，耿伽在场。他也尊敬摆脱了旧习的梵社。他也认识到，在统治民族的基督教徒的压迫下，国民中出现了改信基督教的热潮。要遏制它，宣传这新观点是最好的办法，这样印度教就会有清新的面貌。

耿伽虽然尊重梵社，但他不能参加，参加就是严重背叛他保守的毗湿奴家庭，他母亲无论如何是接受不了的。许多视宗教为生命的印度教妇女认为，任何对神表现出不敬必然会夭折。宗教使印度教徒变得胆小。因为恪守宗教就有种种恐惧。

现在耿伽孤零零一个人，无后顾之忧，在信念上他是自由的。这时他在那里以自己的思想作证接受了梵社。他念道：啊，现在和过去的真正创造者是真实的……唯一的梵，独一无二的遍及世界的梵，我崇拜你……他是真实、智慧、无限的梵……由他产生了过去，由他而活着又消失，他就是梵……我要天天向你祈祷，而不再向别人……

耿伽现在是新人了，对他来说，旧的信念、誓言已没有任何意义。他如果是基督徒或穆斯林，以后还会遵守向印度教的神发的毒誓么？不要废话，为了宾杜，做基督徒或穆斯林他也没有意见。所有宗教的上帝都是一个。

耿伽又合上眼，当然这回也没见到宾杜的脸。在黑暗中又浮现那金色舌头、金色眼睛的迦梨女神的面孔。可是耿伽已经没有任何责任了。他知道总有一天视线会清晰的。

这回耿伽穿过大门进入贝拿勒斯市。路上到处点着火把，店铺里正在交易。他从商店买了件新衣，扔掉朝圣者的脏衣服。又从另一店买来油饼和奶油填饱肚子，然后在附近的客栈栖身。这么晚去找宾杜不好。

耿伽不了解贝拿勒斯市。它的人口比加尔各答还多，到底有多少种人！早上他走在路上就晕了。

这城市很古老，是印度教徒最神圣的圣地。湿婆神亲自来这里安诺布尔纳要布施。这里也被穆斯林控制过，在庙旁建了清真寺。阿逾陀的纳瓦布将贝拿勒斯的土地所有权给了印度教地主，又把地产管理权给了英国人，结果这里到处是印度教徒、穆斯林和英国男女。英国官员骑马从胆小的朝圣者身边冲过，或者看到有地位的穆斯林乘轿子吆喝而过，或者一群群苦修者游行堵塞街道。各地的王公、大王公也光彩夺目地来收取贡品。各种年龄的寡妇和年老信教的孟加拉人也不少。

耿伽知道，父亲拉姆卡马尔·辛格曾在贝拿勒斯置有一所房子。比图谢克在这里没有任何私产，因为他不喜欢到远处旅游，所以他的地产只在加尔各答扩展。耿伽认为把宾杜安置在拉姆卡马尔·辛格的房子里是很自然的。他看过契约，知道房产的地址。

耿伽不认识路，边问边往前走，他要到德沙斯梅特码头去。这里大约有十个码头，其中五个合称五胜地，当中一个是德沙斯梅特，大伙都知道。一问路人，他们会自愿告诉你许多事。贝拿勒斯人喜欢和陌生人聊。他们和加尔各答人不一样。

耿伽走了相当远后，看见一座高庙的尖顶，在阳光下庙顶闪着金光。他以前从未见过这样的庙。他向路人问起庙的事，他们感到十分吃惊。来到贝拿勒斯不认识巴巴比斯瓦纳特庙，是何方罪人？

耿伽听人说，庙顶确是黄金的。谁都不知这庙有多少年代了。可是在奥朗则布时代曾一度被毁，女王阿赫拉巴伊重建。而大王兰吉德·辛哈在庙顶上贴金。一个同路人拉着耿伽的手说，走，我也去庙里。跟我一起去瞻仰世界之主吧。来贝拿勒斯得先朝拜比斯瓦纳特，再去干别的事。

耿伽甩脱手。对他来说从远处看看庙就够了。他永远不拜石头偶像了。

他在德沙斯梅特码头附近找到了那所房子，院子里有几个强壮的印度斯坦人浑身抹上油在练摔跤。他们拍打着大腿吼叫着：来啊，过来啊，小子！那是非常有趣的摔跤，一个人把另一个人扑倒，但互相都抓不住。因为抹了油身上很滑。噼啪地摔倒在地引发一阵大笑。

人们站在那里看他们玩，耿伽也站在那里，不能越过这些斗士走近房屋去。房子全是硬石头建造的，三层，看来里面有好几进。在耿伽上学时，父亲拉姆卡马尔·辛格带了卡玛拉森德莉来住过一些日子。

摔完跤后耿伽问摔跤手，这房子里有谁在？他从加尔各答来，想进里面看看。

摔跤手觉得奇怪，说，孟加拉先生到房子里干什么？这房子的主人是宰德·辛格，几天内他就来贝拿勒斯，所以先派几个保镖来了。房子里没有别的人。

那么是地址错了？怎么办呢？耿伽又一次看了房子，看见大门旁一块四方白石上用天城体字母刻着"辛格宫"字样。耿伽用手指着说，这房子是加尔各答的辛格老爷的，这房子是我的。

摔跤手对此一无所知。他们每年一次陪同宰德·辛格来贝拿勒斯，住在这里。宰德·辛格的房子当然叫作辛格宫，这简单的道理这位孟加拉先生不懂？他们是老实人，他们说，跟他们说产权没用。一星期内王公就来了，请孟加拉先生等着同他讨论吧。

耿伽觉得天要塌下来似的。不错，宰德·辛格的房子是可以叫辛格宫的。那么这一带还有辛格宫么？德沙斯梅特附近名为辛格宫的房产，他是知道的。

在场的几个观众说，不，他们不知道附近还有什么房子叫辛格宫的。不过孟加拉先生可以做一件事。码头上有个叫蒙萨拉姆的，他的职业是给大家前额抹檀香。他对这一带的房子都了解，问他就全知道了。

耿伽来到码头，很快就找到蒙萨拉姆了。有热心人陪耿伽来。蒙萨拉姆坐在竹片搭的棚子下，他是长脸，看不出多大年纪。

蒙萨拉姆听后说，对！加尔各答的拉姆卡马尔老爷的事他记得。他是非常有趣的人。每晚在这里请歌舞伎来，尽情欣赏歌舞。不仅这样，老爷很慷慨。每月请贝拿勒斯所有的婆罗门饱餐一顿。啊，那真是美味佳肴。蒙萨拉姆现在还记得。是的，附近的辛格宫就是拉姆卡马尔老爷的房子。

那为何现在又是宰德·辛格的了？他回答说，这房子五年前就卖了。拉姆卡马尔·辛格的代理从加尔各答来了。宰德·辛格只花了一千二百卢比，很便宜从他那里买下了。但拉姆卡马尔·辛格是二千五百卢比买来的。这事他全知道。这就是命运！大人物死后，他的财产也就散失了。这样的事蒙萨拉姆见得多了。

耿伽失神地在码头朝河水坐着，他到哪儿去找宾杜巴希尼呢？贝拿勒斯这么大，他以前没想到，他怎么能找到在深闺里的女人呢？比图谢克自己没有地方，他把宾杜送到哪儿呢？比图谢克自己没来，是通过某职员送走女儿的，那人会不会把宾杜随便扔在什么地方，自己溜走了呢？

或者比图谢克根本就没送宾杜来贝拿勒斯？那狡猾的婆罗门是不可信的。为不让耿伽找到她，也许比图谢克将她送到别处，却扬言说是贝拿勒斯。比图谢克的祖宅在克里希纳城，不会是放在那里了吧？不，克里希纳城不很远，会知道的。

耿伽生气、失望，非常沮丧，但他明白，不能垮，必须找到宾杜。为了宾杜，他抛掉一切来了。再没有退路了。如果找不到宾杜，他就永世留在贝拿勒斯。

这之后的几天，他走遍了贝拿勒斯的大街小巷。清晨和黄昏洗澡时在各码头也细细地寻找。有时远远地误认某个姑娘是宾杜，他像个疯子似的跑过去。但没有宾杜的任何迹象。

耿伽转遍了整个贝拿勒斯，有了经验。越是大的圣地就越是罪恶的温床。英国人在贝拿勒斯设了警察所，但这里几乎没有法律和纪律。有英国推事、有法庭，但没有人尊崇。这里坏蛋流氓和好人一样多。小巷子里有无数的舞女和卖身的女人。一天黄昏后他走入一条巷子后大为吃惊。每家门口打扮得花枝招展的女人成群。她们一见耿伽就咯咯地笑。有几个过来拉住他的手。耿伽好不容易摆脱她们后逃走了。

有一天几乎是在耿伽的眼前，几个歹徒拿棍子打了一个商人的脑袋，抢光了他的东西。耿伽躲在一堵墙下，否则他也危险了。商人的仆人惊叫起来，也没有走远，被歹徒赶上打破了头。又有一天，他看见恒河里一条船突然着火。岸上的人们说，准是强盗抢船后放火烧的。黄昏后贝拿勒斯是非常可怕的地方。耿伽是富家子弟，一向娇生惯养，现在孤身出来闯荡，每天都有新经验。有时他想，比图谢克多么狠心，把女儿送到贝拿勒斯这样危险的地方来，她能过得快活？

在摩尼卡尔尼迦码头，耿伽每天傍晚都看到奇怪景象。一个大脸盘的苦修者在恒河上漂浮一两个钟头。有时整天待在水里不动地漂浮着，像是躺着休息。耿伽也见过他在路上走。他总是全身赤裸，身体像座山，大步行走时几乎就占了整条路。

要是问起这苦修者的事，会听到多样的故事。没人知道他的真名实姓。有人说他以前叫希沃拉姆，有人说叫迦那帕提·萨罗斯瓦蒂。但他来自德隆格地区，大家都叫他德隆格·斯瓦米。他的年龄是几百岁，没数。在贝拿勒斯住了有一百五十年了。他可以随意隐身。因为赤裸，有一次被英国推事监禁。他自行从监狱出来，到推事面前嘻嘻笑。又一次一个英国人强迫他吃异教食物。苦修者视檀香和臭粪为同类。他立即表示同意说：你吃的东西我能吃，但在这之前我吃的东西你也得吃。他伸手从胯下抓出一些粪便说，先生，这是我今天的饭，然后放进嘴里吃掉了。自那以后，英国人下令说，德隆格·斯瓦米可赤身裸体随意行走，任何人不得拦阻。

又有一次，乌乔伊尼王公坐船游览恒河，德隆格·斯瓦米上了那条船，将王公腰间佩戴的非常名贵的宝剑拿在手里看，突然扔进河里。宝剑上镶嵌各种宝石，是作为大王公的象征，是从英国政府得到的。所以王公狠揍疯癫的苦修者。德隆格·斯瓦米不假思索地将手深入恒河里捞起同样的两把剑，对王公说，哪一把是你的，挑选吧。失去理智的王公怎么也不明白哪一把是他的。这时苦修者责备王公说，愚蠢，自己的东西都认不出，可还叫嚷说这是我的，那是我的。

德隆格·斯瓦米现在哑了。耿伽看见他从水里出来后，一个马拉提信徒擦拭他的身体。一群群男女跑来围着德隆格·斯瓦米将自己的病痛、危难的事求解。苦修者似乎什么都听不到了。他像山那样巍然不动。过了一会他离开码头，大家都俯伏在地向他行礼。有的人大喊说，活湿婆，活湿婆！

耿伽坐在远处看着。他在踏上贝拿勒斯后没有向任何神像、和尚或苦行僧行过礼。他清晨在恒河洗澡时捧起一捧水，向最高的梵天致敬。他现在是梵，同崇拜偶像的印度教没有任何关系。在贝拿勒斯除了德隆格·斯瓦米外，还有许多苦行僧，虔诚的人们围着他们。很多苦行僧显示出非凡的功力。还听说他们能找到失踪的人。可是耿伽并不想去找他们。

有一个年轻寡妇很像宾杜，她同几个寡妇来摩尼卡尔尼迦码头洗澡。耿伽不时认为她就是宾杜，叫起："宾杜，宾杜"来。而有时又想，不，不可能是宾杜。她的女伴都不是孟加拉人。她们说的是清晰的印地语。当然宾杜这几年应该会说贝拿勒斯话了。那女人比宾杜稍高些。耿伽同她对视过，没有一点认识的迹象。宾杜要是见到耿伽，自己不会跑过来么？

接连几天后，耿伽找出了她和宾杜的一两个不同点。不是的，不是宾杜。可是耿伽还是准时来到码头坐着。一天他突然醒悟了，知道不是宾杜，为什么还来看那女人？停止不找宾杜，来这里等这个女人？耿伽再也不来码头了。

过了一个多月，找不到宾杜存在的任何迹象。一天耿伽坐在德沙斯梅特码头的台阶上看日落。蒙萨拉姆来到他身边，因接触过许多孟加拉人，也学会一些孟加拉语。他问道，您寻找拉姆卡马尔·辛格的房子，您是他的什么人？

耿伽说："拉姆卡马尔·辛格是家父。"

蒙萨拉姆问："您一个人在贝拿勒斯做什么？"

耿伽说："我找一个女人，可以说是我的亲人。您知道许多事，您能说说么，一个寡妇，孟加拉人，名叫宾杜巴希尼……"

蒙萨拉姆严肃地回答说："是的，我知道，拉姆卡马尔·辛格老爷的朋友比图谢克的女儿。不错，她在这里住过，不过您找不到她了，她死了。您回去吧。比图先生寄钱到拉尔·何尔德雅那里转给这女孩，去年拉尔·何尔德雅把钱退回去了。"

耿伽两眼狠狠地盯着蒙萨拉姆说："她死了？不可能！什么时候

死的？怎么死的？"

　　蒙萨拉姆亲切地抚摸着耿伽的胳臂，说："知道那些有什么用？会使你难受的。你不能把她再要回来了。对你这样的年轻人来说，贝拿勒斯不是好地方。您回家乡去吧。我说，这儿对你不好，这种年纪有谁孤零零满面愁容到处乱转？"

　　耿伽坚信蒙萨拉姆关于宾杜的死没说实话。蒙萨拉姆知道的很多，要对他隐瞒什么。他不会放过蒙萨拉姆的。

四十七

比图谢克患病很久后稍有好转。重病几乎要了他的命，有几天都说不出话了，只是瞪大眼睛望着。糖尿病是会要命的。比图谢克以无限的精神力量又坐了起来，也能说话了。但有些肢体功能没有恢复。左腿和左手麻木，左眼完全失明。呼吸也只能通过右鼻孔了。不管什么原因，他更爱他左边的身体。

开头几天他要靠在别人肩上才能走，慢慢地他能支撑自己的重量了，右手持一粗棍，左腿一点一点挪动，走几步就停下休息。他不顾这小小的不便，几天里就习惯了。现在他想完全作自己身体的主。

在这期间比图谢克的妻子过世了。他也不去法院了。现在家就是他的世界。不是一个家，是两个家。

他家目前不太平静。大女儿纳拉雅尼现在当家。她守寡后带了三个女儿回娘家来，其中两个女儿已出嫁，只剩下一个了。比图谢克的小女儿苏哈希尼的丈夫已去世，儿子五岁了。比图谢克十分疼爱这个外孙，起名为布拉恩戈巴尔。他在病中一见到外孙就感到安宁。叫着"戈巴尔，戈巴尔"心里就舒服。将来死时也要叫着这名字咽气。

戈巴尔父亲的家要把戈巴尔带走，比图谢克在病中听说后气极了。这管祭祀的婆罗门竟敢如此放肆！这就叫作没良心！他从穷人家选了这贫苦、聪明的青年做入赘女婿，同苏哈希尼结了婚。那时他给了他们家大量的经济援助。今天亲家竟如此大胆，要从比图谢克身边将戈巴尔抢走！巴尔波迪乔兰的命不好，不能活着享受家庭的欢乐。但他是入赘女婿，所以比图谢克对外孙享有完全的权利。

亲家希沃罗真多次来说，孙子是他的，看不到孙子他心不安。他妻子现在还忘不了丧子的悲痛，每天痛哭。把孙子拉入怀里才会得到些许安慰。

比图谢克很清楚，这不安和哭泣都是假的，全是为了达到目的的伪装。希沃罗真从未接过儿子和儿媳回家。在儿子死后，一次也没来安慰过苏哈希尼。突然只疼起孙子来了！富贵人家的儿子很值钱。布拉恩戈巴尔再长大些，希沃罗真就会让他结五次、十次婚挣钱。不能让孙子成了别人的，要留在自己身边。

希沃罗真甚至不喜欢比图谢克给起的布拉恩戈巴尔的名字。给他改名叫加里普拉萨德。当希沃罗真来到这家叫孙子加里普拉萨德在哪儿时，比图谢克就浑身冒火。这是故意藐视他，从不叫他给起的名字。

一个月前亲家来说，想将布拉恩戈巴尔至少带走几天。那时比图谢克的病刚好，能坐在床上，但不能出去。他没见希沃罗真，派人去说，比图谢克的孙子一天也不能离开这家。希沃罗真只要愿意，来这里看多少次孙子都行。

希沃罗真受辱后威胁说要告到法院，他享有对孙子的合法权利。比图谢克翘起嘴唇笑笑。主祭的婆罗门拿告状恐吓他！告吧，他会把希沃罗真的住所捣毁！

比图谢克在多日后来到律师事务所翻看英语报纸。这时仆人来报告说，蒙希·阿米尔·阿里求见。比图谢克觉得奇怪，蒙希·阿米尔·阿里是民事法庭与他同时出名的律师，为何突然来找他呢？蒙希先生是汉达尼家族受尊敬的人，他不会无缘无故来的。

比图谢克礼貌地请他进来。蒙希先生高大俊美，一头银发，身穿黑衣，头戴帽子。到门口就边问好边进来。比图谢克请他坐，并吩咐仆人拿专用的水烟筒给他。

比图谢克年轻时学过波斯语，所以大部分时间同蒙希用波斯语交谈。当然蒙希先生也精通孟加拉语。

蒙希就座后引了哈菲兹的一行诗，意思是最亲爱的患了重病，不知他几时走，使我的心像藤蔓在抖动。

比图谢克也用诗回复，大意是，世界上没有吸引人的东西了，只有朋友的爱，只有爱的吸引，人才活得长久！蒙希先生问了比图谢克的身体状况，说，缺了他，民事法庭就像森林没有狮子那样寂寞。

比图谢克说，当夜莺的悦耳歌声传来时，谁还为失去的春天悲痛？当像阿米尔·阿里这样的夜莺王在时，民事法庭还缺少什么！

这些都是斗嘴，比图谢克知道，蒙希先生不仅是来念诗的。

过了一会，谈到实质问题了。蒙希先生说："由于真主慈悲和托像您这样朋友的福，我在詹巴扎买了一间小茅屋和一个小花园。如蒙先生大驾光临寒舍，将蓬荜生辉。不过我看贵体……"

比图谢克说："我就快要走了，到召唤我的时候了！"在谈话间比图谢克仔细观察了蒙希的脸。蒙希拥有大量土地，看来他又买了一所带花园的大房子了。但说要请比图谢克去，不是主要目的，还有更深层的内容。

他问："产业是买谁的？"

蒙希先生说："花园和房子是从乔拉桑科的泰戈尔家买的。"

比图谢克知道，乔拉桑科的泰戈尔家现在走下坡路。达罗加纳特·泰戈尔死后，巨大的债务落在他的儿子们肩上。他的大儿子戴本德罗纳特出卖了土地房屋地产，偿还了部分债务。

蒙希说，与詹巴扎房子相连的花园虽小但很漂亮，有许多种类的花。但因一个女人，无法正常使用。泰戈尔他们的产业丢荒很久了，这女人住在旁边的房子里，她和她的人把东西都抢光了。现在她们到院子里来捣乱，在园子里放牛。那女人手下的人很坏，晚上来园子里闹。

比图谢克马上将蒙希先生的话译成律师语言，要点是：蒙希·阿米尔·阿里想把他在詹巴扎房产旁边那女人的园子也吞并了。但为什么来找他呢？

蒙希先生说："那女人是妓女！"

比图谢克冷漠地说，哦！

蒙希先生说："我要去告这个妓女，所以来向您请教。"

比图谢克并不热情地笑着说："请教，向我？您本人就是聪明干练的律师，让我给您出主意？"

蒙希先生说："罪过，罪过！我哪能比得上您？您只要拿出一点聪明来，多大的案子都会摆平。我调查过那女人的情况，那妓女是强占那房子的。那是已故的拉姆卡马尔·辛格的财产，目前那产权有您一份！"

比图谢克突然吃惊地想起，是詹巴扎那个女人！那个卡玛拉，拉姆卡马尔·辛格就死在那房子里。是的，对，那女人强占了那所房子。比图谢克曾经要赶走她。

这下他热情地同蒙希进行讨论。比图谢克在病倒卧床后，很久没有过问那房子的事了。要弄回詹巴扎的财产这是大好机会。如将花园和房子一起卖给蒙希先生，蒙希就能赶走那女人！

这事商量了好一会，比图谢克对蒙希说，要同拉姆卡马尔·辛格的遗孀讨论后再告诉他准信儿。

在蒙希·阿米尔·阿里走后，比图谢克长叹一声。他虽然想离开法院，可是诉讼案还是不想放过他。

那天黄昏，比图谢克从家里走出去。这么久以来，他只从自己家到大门来回踱步，路很短，但是腿没劲。今天他要坐车出去，想去看看那家，再去广场呼吸新鲜空气。

辛格家的看门人、仆人一见比图谢克都忙站起来。几个月后比图谢克来到这里，他是这里的第二主人。他变了很多，瘦了，脸上没有那样逼人的光芒了。一只眼睛像磨砂玻璃。迪巴戈尔闻讯后赶快跑来惶恐地说，大先生，请进。您不来，我们完全像个孤儿似的！啊哈，过去这房子多么热闹，现在完全空了。

比图谢克在一层站了一会儿，询问了职工各种事情。他知道耿伽失踪很久了。他自己也病倒了，这家的产业没有管好，这还用怀疑么？诺宾古马尔未成年，宾波波蒂是女流，他们丝毫没有管理财产的知识。比图谢克还得强力掌舵。只要他还活着，就不能让拉姆卡马尔·辛格的财产受到任何的损害。他高举手中的拐杖对迪巴戈尔说："明早把所有的账本送给我看。"

已经报告给宾波波蒂，现在比图谢克要去见她了。比图谢克上楼很吃力。可是他倚着手杖挪步，走几级楼梯就站定喘喘气。

比图谢克在走到一半楼梯时，诺宾从上面咚咚地下来，不知他忙些什么。他对比图谢克视而不见，从他旁边走过下楼去了。

比图谢克十分奇怪地望着诺宾，叫道："小不点儿！"

这时诺宾已到楼下。他说："噢，伯父？"

"小不点儿，过来！"

"伯父，您请楼上坐，我过一会儿来。"说着就跑走了。

比图谢克惊呆了。这几个月小不点儿长大了！这么久之后见到他也不向他行礼，连话都不问！他生病时宾波波蒂去过他家一两次，戴着面罩远远地看他，什么话都不说。宾波波蒂在别人面前不和比图谢克说话。诺宾一次都没去看过他。比图谢克的心感到一阵刺痛。他那么爱小不点儿，而小不点儿竟不来看他。他要是死了，应该是小不点儿给他点火送行的。

比图谢克喘着气上了楼。左脚左手的力气不能恢复了么？难道他的双脚永远不能轻松地在铺有地毯的楼梯上上下下了么？会的，医生说他会完全康复的。

客厅面对着楼梯，门开着。比图谢克看到铺上了新地毯，挂上许多新吊灯。比图谢克皱起眉头。这客厅很久没打开了，现在谁在这里聚会呢？

他缓步向后面走去。

宾波波蒂房前走廊上以前可以听到各种鸟儿歌唱。现在这里非常寂静。鸟笼还成排地挂着，但大多已空，鸟儿飞走了或是死了。宾波波蒂不再有闲情逸致养鸟。比图谢克看见还有一只会说话的八哥在笼子里。以前他一见了就说，八哥，说罗陀胜利，黑天胜利！鸟儿的红眼睛看了一眼又闭上了。鸟老了，也不会说话了。

比图谢克来到房门前叫：宾波！

一个新来的女仆出来说："太太在里面等您。"

比图谢克和女仆同时进去。以前仆人都知道，比图谢克一来，谁都不再在跟前待着。

宾波波蒂在挂着拉姆卡马尔·辛格巨幅油画像的南墙下站着，面罩拉到了额上，穿着漂亮得体。宾波波蒂多大年纪？最多四十一二岁，但青春正如日中天。她那雪山女神般的美貌尚未衰减。

比图谢克挪动着腿进去，扶着床柱子站住，对女仆说："拿蒟酱叶包来，放下蒟酱叶包后走开。你不用在这里。"

宾波波蒂向前来给他行了触脚礼。比图谢克抱着她的肩拉起来，问："你怎么样，宾波？"

宾波波蒂不答，呜呜地哭了起来，对比图谢克说："我想过，也许你永远来不了这里了，也许你我见不上面了。"

宾波波蒂这下大声哭起来。

"别哭了，宾波，我不是来了吗？"

比图谢克坐在床上，两手扶起宾波波蒂的下巴，问："你伤什么心？"

宾波波蒂用手掌抹抹泪水说："我日夜向薄伽梵祈祷……您要是不好，我也死。"

比图谢克温柔地说："一切都会好的。我还要活很久，你瞧吧。"

"我已经完了。"

"怎么，你缺少什么？"

"这家以前是完美的，现在空荡荡了……以前是人来人往的，现在像是没气儿了。"

女仆拿蒟酱叶包来了。宾波波蒂退后一点拉上面罩坐在比图谢克脚边。

比图谢克嚼着蒟酱叶包，问宾波波蒂："小不点儿跑着去哪儿？见了我也不过来。"

宾波波蒂说："我也不知道，是朋友来了吧！他的同学来，他也去他们家。媳妇死后，他不知怎么了，和谁都不说话，也不哭，只是闷着。我哭，想把他拉过来亲他，他不来。连续几天，我发现他在外面过夜了，我没再说什么。"

比图谢克说："给他再娶亲，全都会好的！"

宾波波蒂说："还有耿伽，没有一点消息……"

比图谢克知道会提起这事的，他不喜欢，他在心里早就把耿伽抹掉了。他狠狠地说："他是年轻人，如果自己要到什么地方去，谁能找得到？迪巴戈尔派人四处找过了，很努力了。"

宾波波蒂说："您好了，这回可以做安排了。我能说一句话么？"

"说吧。"

"耿伽不会是去了贝拿勒斯吧？我心想。"

"贝拿勒斯？为什么，为什么突然去那里？"

"您当时没全对我说，可我全都知道。我的宾杜在贝拿勒斯。耿伽如果是为她去了贝拿勒斯呢。"

"去，他是能去的。他要是傻了，什么事都会做得出的。但上帝保佑我不出丑了。贝拿勒斯没有宾杜巴希尼了。"

"没有？贝拿勒斯没有？"

"宾波，命运呀，谁阻挡得了？"

"什么意思？"

"曾经在贝拿勒斯，但宾杜现在不在了！"

"不在了？宾杜？噢，天呀！"

"我隔六个月给贝拿勒斯一个商人汇钱转给宾杜。去年那商人说宾杜死了。"

"宾杜死了？这么久我们谁都不知道，没听说。谁都没去看过她。谁将她火化的？宾杜，不幸的宾杜……"

"谁去？我什么时候出过远门？我家哪里还有男人？别的人信不过。贝拿勒斯那位商人是我的顾主，有身份的人，一切都是他安排的。"

宾波波蒂用衣襟擦泪，呜呜地哭起来。比图谢克眼睛是干的。他给手绢让宾波波蒂擦了一会眼泪。然后用一只眼扫了宾波波蒂两眼，高声说："命运！守寡是宾杜的命，她必然短命。这是造物主给她注定的，你我能挡得住？上帝保佑，你的好儿子没能毁了她的德行。"

宾波波蒂又流下了眼泪。

比图谢克问："我见客厅又整理过了。拉姆卡马尔这画像原是挂在那里的，是谁挪到这里来了？"

宾波波蒂不在乎地说："小不点儿！在客厅里唱了几天戏了。"

"唱戏？"比图谢克吃了一惊。开头他不明白，谈了一会他才明白是怎么回事。他说："什么？像下流人那样唱大戏？装小丑？啧，啧，啧，宾波，要狠管！这么点年纪就这样，这孩子就完了！绝不行！我只要活着就不让这样做。好吧，从明天起我就管教他。从明天起我每天都来。我按时来，照我的安排全都会好的。要给小不点儿娶亲，必须把他拴在家里。别让他学拉姆卡马尔那样。你别发愁，我会做好的！"

比图谢克让宾波波蒂抱着他的双脚。

四十八

詹巴扎有名的富豪普利迪拉姆·马尔的儿媳妇拉斯摩尼守寡后亲自操持她那巨额财产和大家庭。马怡西家族的这个女人没读过书，但她的悟性很高。她丈夫不是王公，但名为拉吉钱德拉，因这层关系，很多人将拉吉钱德拉的妻子称为拉尼（王后），加在她的名字后。拉斯摩尼夫人既漂亮又有魄力。

她虽出身贫寒，但因长得漂亮，成了富家的媳妇，成了女主人。在出生地哈里西普尔附近的恒河边上，一天少女拉斯摩尼去洗澡和打水，当时她十一岁。那时年轻的拉吉钱德拉正同朋友在恒河坐船到某圣地去。那时拉吉钱德拉心灰意冷，生活没有安宁。两个妻子连续死去，他无心再娶了。但河边这位美貌少女被他看到了。拉吉钱德拉的朋友也说，真的是举世无双！他们打听到种姓适合，门当户对。普利迪拉姆从儿子的朋友口中听到这一切后娶了这女孩为儿媳妇。媳妇是好兆头，她来后这家日益发达了。

在拉吉钱德拉去世前，人们不怎么认识拉尼·拉斯摩尼。在丈夫的葬礼上，她才有点为人所知。人们从未见过这样大方的女人。葬礼后连续两天施舍了很多稻谷。她吩咐：不能让任何祈求者空手回去。第三天她按自己的体重施舍。拉尼拉斯摩尼坐在称的一边，另一边只放银币。她的体重等于六千一百七十枚银币。她把那些钱分给了婆罗门学者。后来凡是做善事求的，都会从拉尼那里得到意外的布施。

拉尼·拉斯摩尼一面慷慨捐献，另一面财富不断增加。不论是管理地产或是做生意，她都表现出非凡的聪颖。挣钱使她快乐，花钱也同样快乐。拉尼·拉斯摩尼同加尔各答的富翁有一点明显不同，其他富翁也捐献施舍，但他们用于享乐花的钱也不少。但拉尼·拉斯摩尼修心行善，在特殊日子里睡在地上。

加尔各答的富人中，只有泰戈尔家的戴本德罗纳特先生抛弃了一切享乐投身于宗教宣传。算起来戴本德罗纳特和拉尼·拉斯摩尼是对头。戴本德罗纳特宣传，叫国人放弃偶像崇拜，只拜无形的梵。而拉尼·拉斯摩尼拜有形的梵天。她对一切神都虔敬不移。她的金库为弘扬印度教的精神而敞开。达罗卡纳特王子曾向她丈夫借过二十万卢比。因为不能按时归还，现在泰戈尔地产的一个乡归拉尼·拉斯摩尼名下了。所以，以不同的方式，戴本德罗纳特将达罗卡纳特地产的钱，用在与拉尼·拉斯摩尼完全相反的宗教活动上。

拉尼·拉斯摩尼建收容所、建恒河码头、给各地的神像披金挂银或重塑金身。此外还很关心这城市的发展工程。詹巴扎的拉尼·拉斯摩尼大厦印度教节日的灯饰连续几年得到众口一词的称赞。过杜尔迦女神节当然要数博斯王公达苏克梅·罗易，然后就是拉尼·拉斯摩尼了。节日里全城的人都挤满了她家。战车节的那天推到路上的是宫殿般的金银打造的战车，后面跟着长达两三里的游行队伍，不停地唱歌奏乐，欢呼"诃利波罗！"

在杜尔迦女神节，拉尼·拉斯摩尼又表现出另一种面貌。节日从朔日那天开始请神，第七日凌晨婆罗门手持新账本去恒河沐浴。乐队敲着锣鼓铙钹跟在后面。震天的锣鼓声吵了一个英国人的觉。他开窗看到，一群半裸的土著大声喊着跳着向前走。从前他已经见识过土著民多种奇怪、愚蠢的表现。但在太阳升起前吵醒大家，这竟是什么奇怪的乐趣？

面孔涨得通红的英国人大喊大叫，当即命令停止敲打。但拉尼·拉斯摩尼的人怎么会听呢？他们不予理睬，照样擂鼓前进。

英国人气得马上通知警察局，要求警察协助。希望土著在回程时不要破坏他的平静。

随从将消息报告了拉尼·拉斯摩尼。她也马上发了火。她说，我们是印度教徒，英国人有什么权力阻挠我们的宗教活动？英国人过基督教节日通宵地闹，我们去阻挠过么？你们去，敲打得更响些。不仅这样，今天一整天在这条路上来回地敲打。她也派了几个兵丁跟着她。

三四个警察阻挡不住游行队伍，拉斯摩尼的手下说，我们女主人说了，这路是我们的，在这里我们想怎样就怎样。整天锣鼓声不断，使英国人十分恼怒。

英国人状告拉斯摩尼。英国人的法庭英国人说了算，罚了拉斯摩尼五十卢比。但这女人不是那种认输的女人，十分固执。拉斯摩尼在交了罚金后说，好呀，今后谁都无权在我建的大路上走。从詹巴扎到巴布码头道路两旁用木条装上了结实的围栏，一切交通停顿。城市管理者遇到很大困难，最后他们同拉斯摩尼妥协，道歉并退还了罚金，拉斯摩尼也撤了路障。城市居民从这女人获胜的故事中得到很大的乐趣。

拉尼·拉斯摩尼有一次侮辱了东印度公司的英雄。

政府突然下令，不许渔民在恒河随便捕鱼。从公历一月、二月的辩才天女节开始到九月、十月间，恒河里鲥鱼多的是。这时河上满是渔民的小船，致使大轮船行驶不便。于是决定不许随便在此捕鱼。捕鱼必须交税。一收税，渔船数量就会大减。

渔民去向拉斯摩尼哭诉，许多人的生计要被毁掉。现在拉尼不救的话，还有谁会救他们？除了她，还有谁同情他们的痛苦？

拉斯摩尼这时又表现出特有的聪明。政府要征捕鱼税，行啊，那税她自己付。她交了一万卢比，向政府承包了从库舒里到梅德布鲁吉的恒河河段，然后用大轮船用的大缆绳把这河段围了起来，对渔民们说，这回你们随便捕鱼吧。

用缆绳围起来的结果是，所有的轮船都受阻，没有轮船能泊在加尔各答港了。加尔各答的生活要停顿了。加尔各答的人每天都去恒河岸边一睹拉尼·拉斯摩尼的风采。诺宾古马尔带了杜拉钱德拉也去了。那真是奇怪的景象。在粗缆绳的那边，成排地停着英国轮船，他们的水手全都傻了眼。而这边像昆虫似的上千条小渔船上，渔夫们欢叫着。这景象使诺宾乐不可支。他那时还笑，但以早熟的姿态对杜拉钱德拉说，看啊，看啊，詹巴扎的女地主使英国人丢尽了了脸。

政府急了，要拉斯摩尼做出解释，拉斯摩尼的答复很简单，她承包了部分恒河，她现在有权将那部分分给渔民。轮船从这里经过会影响捕鱼。政府已经包给她了，方便与不方便的责任在政府。在承包了的池塘撒网捕鱼时，邻居还能下那池塘么？最后政府只好妥协，又恢复了渔民在恒河免税捕鱼权，拉尼也收起了缆绳。

拉尼现年六十岁，但健壮，犀利丝毫未减。她到了老年容貌更加光彩照人。现在她亲自管理地产，听取佃户诉说困难。她一生有两大功德：制止对佃农的不公正，重振古老的印度教。基督教和膜拜无形的婆罗门教是她的眼中钉。她一定要重建印度教！

近来她做了一件大事，使她受到了来自国民的伤害。

拉尼是靠自己的，她守寡后常常带了许多船和兵丁去游览圣地。多次决心去贝拿勒斯朝拜湿婆和杜尔迦女神。贝拿勒斯路很远，又怕强盗来抢。但拉尼一旦想到什么就不会罢休的。她装饰了二十五条船，装了够六个月用的食品，大量的兵丁和带武器的卫士。午夜涨潮时起航。拉尼带了家属随从预先上了船睡了。她睡着了，没注意到是什么时候开船的。她做了个梦，不是梦，她觉得是神灵显圣了。是迦梨女神亲自站在她面前责备她，说："你丢下没吃没穿的像你子女一般的孩子，你这是要去哪儿？贝拿勒斯？你为他们做事就是祭祀我了。就在这里，就在恒河边建庙吧。我在这儿接受你的祭祀。"

梦醒后，拉尼·拉斯摩尼急忙坐起来，她全身汗湿了。不是梦，完全像是真的。女神来给她下昭示了。她茫然地坐了一会，然后出去喊：停船！

次日凌晨拉尼将船上的米、布全部分发给当地的穷人后，回到詹巴扎。停止旅行的原因，她没有告诉任何人。她叫来了马杜罗。

拉尼没有儿子，有四个女儿。三女儿嫁给马杜罗，三女儿夭折了。她又把四女儿嫁给了马杜罗，并让他入赘。马杜罗很精明，是拉尼管理财产的好帮手。

她对马杜罗说："你去恒河岸边看看地，我要建庙。"

俗话说"恒河西岸，像贝拿勒斯一样"。所以要是得到恒河西岸的土地最好。但经过多方寻找，也没找到合适的连片土地。而东岸德其内希村有地卖。最高法院检察官海斯丁先生的别墅、穆斯林人遗弃的一个墓地和加齐先生的住所，合起来约一百亩地，价值四十二万五千卢比。她就在那里开始了当时最大的建庙工程。在恒河岸边打好了地基，建好了沐浴的大码头，然后是湿婆庙毗湿奴庙，尖顶是镶嵌珠宝的迦梨庙和舞神庙。花费了几十万卢比，花吧，一切都要让拉尼高兴。

为使建庙工作顺利进行，拉尼斋戒苦行。早、中、晚三次沐浴，素食，睡泥地，日夜敬神。在建庙的几年间，她每天听取马杜罗的报告。有时亲自去德其内希村查看工程进展。剩下的工作不多了，年内就可以安放神像了。拉尼开始数日子了。

可是阻挠从另一方面来了。

一天，马杜罗满面愁容来报告坏消息。婆罗门学者发布公告说，詹巴扎的地主老婆拉斯摩尼在德其内希村建庙不符合经典规定。

拉尼如同从天上摔下，不符合经典规定？她诚心、不计后果，想用她的全部财产建庙，怎么不合经典？

马杜罗说，婆罗门说了，首陀罗无权建庙。任何神祇都不会接受首陀罗的祷告的。钱多了就能推翻经典么？潘迪特们要搞成运动！

拉尼哈哈大笑，说："可是女神向我显圣说，她会接受我的祷告的。"

婆罗门学者不相信那梦，梦不能推翻经典。

拉尼·拉斯摩尼闷坐着，她的虔诚、她为宗教的忙碌，全都微不足道？她出身于首陀罗家族，这才是大事？再说了，谁是首陀罗？马黑希人根本不是首陀罗。婆罗门发公告就发吧！在地契上她用的图章是"神授奴婢拉斯摩尼夫人"。学者不让她尊崇她的母亲？德其内希庙不立神像就这样空着？婆罗门宣布说不合经典人们就害怕不去了？

过了一会，拉尼抹去眼泪说："那也不能把它拆了呀，马杜罗。我还没有学会认输。加尔各答学者说的不算是最后的。你派人到贝拿勒斯、马尔哈达邦、南印度去，那里也有大学者，把他们的意见带回来。"

但是从远方传来令人失望的消息。印度的婆罗门无论如何不承认首陀罗有建庙的权利。加尔各答的学者公开开展运动了。他们宣扬说，绝不会承认拉斯摩尼·达斯的胆大妄为。如果容忍这违反经典的行为，印度教社会就会出现混乱。钱能买通一切，但买不到宗教。拉斯摩尼·达斯竟还想去贡饭，首陀罗要给神贡饭！迦梨女神会伸出五只手？

视宗教如命的拉尼·拉斯摩尼巧妙地同英国人做斗争，但是怎么去同有神一般地位的婆罗门斗呢？她的心碎了。她躺在地上不停地哭泣。有时痛苦地叫喊：女神啊，女神，我出生在首陀罗家庭有什么罪，使我不能伺奉你？难道你不是首陀罗的女神？

拉尼时时想起新岛的事。几年前她去新岛朝圣，月食之夜站在新岛恒河岸上的她，许的愿望都实现了。给婆罗门学者们分送了袈裟和银币，也邀请了高僧大德，每人给了五十卢比和红绸。学者们都两手合十为她祝福。

拉尼想起那些事叹了口气。婆罗门可以接受她的赠礼，还为她祈福。而她建庙，婆罗门竟反对！这是怎么回事？这是自私、贪婪的心态！过了一会拉尼又责备自己。不，关于婆罗门，这样想也是罪过!

　　拉尼的难处在于，她不能视婆罗门为敌人。否则她可以用棍子或智慧去加尔各答打婆罗门。出钱也能买通一些婆罗门。但婆罗门一将这事宣布为违反经典，那么老百姓就不会站在她这边了。她需要经典的支持。没有婆罗门拜不了神。戴本德罗纳特·泰戈尔一伙取消了膜拜，用非婆罗门念吠陀经。拉尼·拉斯摩尼是为反对这些，才想重建膜拜的荣光的。可是婆罗门制止她!

　　马杜罗有时来安慰她，但拉尼怎么也不受劝。她想不出什么办法。是迦梨女神亲自叫贡饭的，吩咐立庙供奉穷神，这她一辈子也完成不了了。

　　一天马杜罗急忙跑来说:"妈妈，好消息! 这回看来有办法了。"

　　拉尼并不很关心，背过脸去，说:"说什么?"

　　马杜罗说:"妈，您坐起来，有很多事。"

　　拉尼坐起来瞧了马杜罗一眼，冷淡地问:"有什么办法，我听听。"

　　马杜罗说:"一位精通吠陀经的学者说，如果您事先把庙产赠给一位婆罗门，那婆罗门在庙里立神像后，再安排贡饭就不违反经典了。"

　　拉斯摩尼说:"这叫什么话? 我献给神的一切财产变成了婆罗门的，我成了他的雇员。我不要名，得到伺奉女神的权利就行了。"

　　马杜罗说:"好，这是最好的安排。"

　　拉尼问:"这位潘迪特的安排大家都会接受么? 他是谁? 住在哪儿?"

　　马杜罗说:"为什么不接受? 他不是一般的学者。我刚刚同他谈过。他引经据典给我听了。"

　　拉斯摩尼又问:"那潘迪特是谁?"

　　潘迪特名叫拉姆古玛尔·巴塔查里亚，家在胡格利县的卡马尔布古尔，来加尔各答开办了一间查玛布古尔学校。他十七岁的弟弟名叫格达特尔，和他在一起，那孩子歌唱得好。

四十九

拉伊莫汉和他的同伙在尼姆德拉焚尸场码头救出了钱德拉纳特。他们连续三天找遍了加尔各答全城。希莱·布尔布尔几乎是半疯癫状态。报纸登载了印度学院驱逐钱德拉纳特的消息，甚至连钱德拉纳特往巴格巴扎的巴苏家扔石头砸破了巴苏小舅子脑袋的消息也不隐瞒。

拉伊莫汉明白，要是老爷的兵丁抓住钱德拉纳特就会打死他的，也会请求警察局帮助抓他。必须先把钱德拉纳特转移出去。

拉伊莫汉开头没有认出钱德拉纳特来。他在焚尸场装成殡葬工，只穿着粗布围裤，全身抹上黑土，脸上也抹了灰，头发凌乱。他手持粗竹竿在捅火堆，捡人们在焚尸场扔掉的米饭香蕉和甜食充饥。

在拉伊莫汉认出他之前，钱德拉纳特认出了他们，扔下手中的竹竿溜走了。这时拉伊莫汉叫道，这是钱德拉。拉伊莫汉上年纪了，哪能跑得过少年。他的伙伴也是吸毒或喝醉酒的，也跑不动。可是大家还是喊着抓住他，抓住那孩子，追了过去。加尔各答的人都爱凑热闹。焚尸场有不少寄生虫，靠死尸过日子。他们大部分时间睡觉或者用碎砖头玩游戏，火化尸体的队伍一来，他们立马就起来。现在看见追一个小孩他们也乐了，也加入追赶的队伍。一定是抓小偷，所有的人，甚至小偷们也很热心去抓小偷。

钱德拉纳特被很多人追赶，开头像胆小的老鼠东躲西藏，后来慌了，跳入了恒河。他不会游泳，但在被淹没前，被焚尸场的几个寄生虫一齐跳下去把他捞了上来。这些人在恒河河底把来焚尸场的人扔的钱币都捡得上来，捞起个人更是易如反掌。

拉伊莫汉推开众人进来，他喘得厉害。他抱着钱德拉纳特痛苦地叫唤：钱德拉，钱德拉，我的孩子！你这是干什么？你妈妈都快要哭瞎了！

钱德拉纳特在蹦，想挣脱。他闭着眼，脸在抽搐。

拉伊莫汉说："你跟烧尸人在一起，一点也不恨他们，黄金变成黑炭了。我的孩子，回家吧！"

钱德拉纳特狠打了他一拳，吼叫着："放开我！我不回去，不回家！我不认识你们。"

这时三四个人合起来像抬尸体那样把他塞入了车子。拉伊莫汉对车夫说："快走，有赏钱！"他们在车里把钱德拉纳特按住，拉伊莫汉回身关好车门不让路人看见。

希莱·布尔布尔身穿白褂在二层房间里俯伏在地板上睡。她三天没进一粒米了。哭着哭着，她那圆脸肿得像柚子了。

拉伊莫汉进门后说："希莱，起来，看看是谁来了。"

希莱·布尔布尔回头看见钱德拉纳特，立即起身像雌鸟那样扑到钱德拉纳特身上。

但是钱德拉纳特不需要母爱了。他没让母亲搂抱。他一推，把希莱·布尔布尔的脑袋撞到墙上。

钱德拉纳特大声说："你是我妈或是女魔鬼？为什么怀了我？怀了我为什么不把我掐死？"

希莱摩尼呜呜地哭了。拉伊莫汉安慰她说："别哭，希莱，这不是哭的时候。孩子回来了，应该祭拜薄伽梵。母亲和孩子是有这种距离的，不应该记恨孩子说的话。"

他又向钱德拉纳特说："钱德拉宝贝，我的孩子，别说这样狠的话！对你的侮辱，对我们的侮辱还少吗？你妈都要死了，别再往伤口上撒盐了。"

钱德拉纳特说："你别叫我儿子，你是谁？你是我哪门子爸爸？几天的爸爸？你为何把我硬拉回来？"拉伊莫汉说："我会答复的。现在冷静点，先洗洗脸，吃点东西。"

钱德拉纳特说，不。

希莱·布尔布尔说："啊，钱德拉，你想怎么骂我就骂吧，我永远不做罪过的事了，我会赎罪的。我要带你去净修林朝圣，给你打造普里贾格纳特的金冠，给你净修林黑天手中拿的金笛子，这样还洗不尽我的罪孽么？"

钱德拉纳特说："你死去吧，你愿干吗就干吗，我不是你的什么人。"

钱德拉纳特被送回他的房间里，他气得大哭，把屋里的书本全撕毁了，把饭扔到墙上。看到他疯狂的样子，谁都不敢进去。

那天后半夜，钱德拉纳特又离家出走了。

拉伊莫汉又带人在加尔各答到处寻找。转遍了所有的焚尸场，钱德拉纳特没有到那些地方去。在迦梨码头附近，成百的乞丐在到处转，想到钱德拉纳特可能夹杂在里面，拉伊莫汉整天守候，也没找着……

第五天在梅德布鲁吉找到了。那里连着填埋了几个池塘修路。五十几个工人在干活，其中之一是钱德拉纳特。

这次钱德拉纳特看到拉伊莫汉不想跑走，举起锄头追着要砍他。正要对准拉伊莫汉的脑袋砍下去，拉伊莫汉身体一扭，锄头砍在他的肩上，他眉头都不皱一下，双手紧紧抱住钱德拉纳特说："我再也不放开你了，我的孩子！这次时时把你抱在怀里。"

白人包工头管这些苦力，他发现这怪事后，过来问是怎么回事。

拉伊莫汉用英语说："这是我的儿子，先生，他疯了，被疯狗咬了，从那时起脑袋就废了，先生。"

那白人没再说什么，右手摆了两下，意思是带走吧，马上离开！

钱德拉纳特被抬上车。带回家后将他锁在房间里。

拉伊莫汉对希莱·布尔布尔说："希莱，这回从这里搬走吧。你不是想离开老爷的包养吗？那还留在这里干嘛？我们离开城市到启迪普尔去吧！或者罗莎巴格拉，那里正在砍伐森林建造住宅。我们去买所房子扮成夫妻住着。孩子脑袋发热，要连续五天用药和蜂蜜给他服用，会好的。"

希莱·布尔布尔说："我做不了那些事，你安排吧。我要去朝圣，得赎罪去！"

拉伊莫汉说："又是什么罪孽？你有什么罪孽？女人从来不会单独造什么孽。你同那些大人物造的孽去朝圣能洗刷得干净么？必须报仇，懂吗？那些大人物把钱德拉从印度学院驱逐了，我要把那些王八蛋都找到。不报仇我就不是拉伊莫汉·科沙尔！我报不了仇，你就给我改名，叫我猴子！"

希莱·布尔布尔说："对我说大话没用。除了这儿子，我在这世界上再没亲人了。"

拉伊莫汉说："没别人了？我什么也不是？挨了这么久的打，我还待在你身边，现在说我什么也不是？"

"啊，天呀，我什么时候这样说了？我去朝圣，你也跟我一块去啊，再也不回这里了，这我早就说过了。我恨死这加尔各答了。"

"那就得逃走。我们为什么要害怕地逃走？"

"那你就留下。我们娘俩去。"

"去哪里？"

"眼睛看得见的地方。"

"正是因此叫作女人见识！说走就行了？要走也需要做许多安排。"

"我不要什么安排，拉起儿子的手就走，谁能把我怎么样？"

"这样一说就行了？你现在还有好身段，有花容月貌，正青春年少，谁会让你顺顺当当地走？在路上有老虎豺狼守候着，要把你撕碎吃掉！"

"所以我说你也一起走，你瞪大眼睛看住我们。没有你，我们能去哪儿？"

拉伊莫汉看看自己老态龙钟的身体，叹了一声说："我哪儿还有力气？我从来没有拿过枪弄过棍。"然后又敲敲自己的额头说："我的力量在这儿。用我的智慧可以同加尔各答的老爷们对抗，但在强盗匪徒那里是捞不到便宜的。所以我说，为什么要逃走？我们就住在这里斗！"

这时，楼房前马路上响起了鞋底钉有铁片的脚步声。拉伊莫汉从百叶窗缝隙窥见，有几个士兵往这边来了。他的脸色都变了。士兵没进这屋，往前走了。拉伊莫汉关好百叶窗，喘着说："吓死我了，天啊！我以为士兵是来抓钱德拉的。"

希莱·布尔布尔说："啊，天啊！为什么抓钱德拉？钱德拉又没有搞破坏。"

"巴格巴扎巴苏家的小舅子脑袋不是被钱德拉打破了吗？你以为他们会轻饶了他？总有一天警察会找到这房子里来的。"

希莱·布尔布尔十分惊惶地说："那就别在这里住了。你今天就安排去朝圣吧。不能坐船去么？要是雇几个士兵呢？"

"要是保镖成了食人者呢？如果士兵在半路抢走东西溜了呢？等等，再考虑一下！"

"不管你说什么，我一定要去朝圣。"

"迦梨码头也是圣地，那就去那里吧。得找一所房子。一两天内不行。"

"不，不去迦梨码头。要到没人认识我们的地方去。"

"等等，再想想。做一件事就行。今天必须离开这里。卡玛拉住在附近，我和她很熟，我一说她会很高兴让你们住的。先过几天再安排别的。"

"谁的家？"

"詹巴扎的卡玛拉。"

希莱·布尔布尔像受伤的毒蛇那样叫了起来。她和卡玛拉森德莉是这城市著名的娼妓。希莱·布尔布尔出名在唱歌，卡玛拉是舞蹈。她们是死对头。拉伊莫汉提出去她家栖身的建议伤害了希莱·布尔布尔。

希莱·布尔布尔说："怎么，我躲到卡玛拉家去？你为什么不先吐口痰把我淹死？把我埋葬在野蛮地！你就是这样想的！真是墙倒众人推啊！今天我遇到危险你就能说这种话，卡玛拉如果是你心爱的小老婆，你就去吧，马上去，走吧，滚！哪儿来的胆小鬼！所以那么怕和我一起去朝圣。卡玛拉那在众人面前光屁股的低级种姓的女人，你倒上心了！没良心的东西，我用牛奶养了条毒蛇……"

希莱·布尔布尔一开骂就别想让她停下。拉伊莫汉举起两手没有办法让她停下，又两手合十求饶，最后竟伏在她的脚下，可希莱·布尔布尔还是不停地骂。

拉伊莫汉使劲捂住她的嘴说："正因为卡玛拉是你的死对头，我才想到她的。你和钱德拉躲到那里，不仅警察，连警察他爸都不会怀疑的。大家都知道，希莱·布尔布尔不管躲到什么地方，就是死也不会到卡玛拉那里栖身的。我说，等等，让我先说。你不必去，你干嘛去？警察又不来逮你。钱德拉去那里待几天，警察找不到他的。钱德拉也不能轻易地从那儿逃跑。"

希莱·布尔布尔挣脱嘴后说："那女人会把我儿子藏起来？瞌睡虫进了你脑袋了！那女魔鬼会叫更多的大兵把钱德拉抓走的。"

拉伊莫汉说："绝对不会。你想想你自己，卡玛拉如果有儿子，想在你这里躲避，你能不让么？在受难时谁还会给同类人再踹上一脚？"

"同类人？那女人不知是什么种姓的。去瞧瞧，她是哪个烧尸人的女儿，多么有姿色！"

"啊，她的种姓当然比你低。可是我说，她也同你一样同许多有钱人在一起混，心胸都放宽了。"

在做了许多解释，说明了钱德拉纳特面临的危险后，希莱·布尔布尔终于同意了。

但把钱德拉纳特带走并不容易，他不让人挨近。谁要是去抓他，他就像发怒的野兽那样挥拳。最后三四个人把钱德拉纳特的手脚和嘴捆绑起来，在黑夜里抬上了车。

深夜，路上没有行人。去时拉伊莫汉在车上不断地劝钱德拉纳特。如果他不愿同家里保持任何关系，那好，几天后他愿去哪里就去哪里，先让这乱子过去。等大家把这事都忘记了。现在要是被巴苏家的人抓住，钱德拉纳特就会更危险。再说，除了印度学院就不能读书了？拉伊莫汉要在家请英国教师来，或者钱德拉已经学了不少，现在就可以在商社找事做，能够上升到白领阶层。如果钱德拉纳特认拉伊莫汉为父，那他可以姓科沙尔。以后在社会上谁敢小觑他？

那晚卡玛拉·森德莉家也有聚会。卡玛拉喝醉酒眼睛都红了。她穿着紧身衣服。因为年龄关系，现在发胖了，腰也粗了。可是她的舞姿还使很多老爷动心。

拉伊莫汉把卡玛拉森德莉从客厅请出来，将事情原委告诉她。卡玛拉开头不明白，她醉醺醺地一再问："是谁的儿子？父亲叫什么？只是希莱的儿子？希莱的儿子？……他干了什么？抢劫？骗钱？住下吧，住吧，愿住多久就住！既然你说了，还能不同意？为什么这么久你都不来，风流人？多久没见你的面了。"

这房顶有一小阁楼，很久没有使用了。好不容易收拾出来，让钱德拉纳特睡在那里。拉伊莫汉把他的手脚放开，说："你想打我就打吧，随便打，我就坐在这门口。不把我打死，你就出不去。"

钱德拉纳特像孤独的猫一样靠墙坐着问道："你要守着我多久？多少天？"

拉伊莫汉叹了一声，说："比方十天八天。大家都把你忘记了，那时你愿干嘛就干嘛。"

钱德拉纳特说："我一秒钟都不愿待在你跟前！看见你我就浑身冒火！"

"我背过去坐。你别看我。"

"你滚得远远的！"

"干嘛这么生气，钱德拉？你没读过《摩诃婆罗多》么？迦尔纳是怎么说的？人出生在什么家庭，生在什么地方，那是神的事，对这些，人是起不了作用的。你瞧社会上那么多人能仰头站着，我们也没少努力，输了几次就会信了，这不行！永远不能放弃努力。"

"别说了，我不喜欢说教。"

"听着，钱德拉，你可以生我的气，可以生你妈的气。但是我们从来没有往你身上抹黑。"

钱德拉纳特朝拉伊莫汉那边吐了一口痰。那痰落到拉伊莫汉的脸上，又流到脖子里。拉伊莫汉没擦，盯着钱德拉纳特看。那目光不是生气，而过了一会后流了眼泪。已经很久了，也许是三四十年来拉伊莫汉没有哭过。这哭也许是老了的缘故。

钱德拉纳特以凶狠的目光瞧着。看见谁哭，他的心都不会再软了。

二楼的歌舞还在进行。上面这两人沉默着。这样还能坐多久？一时间钱德拉纳特睡着了。拉伊莫汉醒着坐了很久，在后半夜时睡着了。他横着躺在门边。拉伊莫汉很迟才醒。他赶紧坐起来，看见屋里空了。他长叹一声，再找钱德拉纳特也没用。要扣留就该把他的手脚捆上。人不该从人的身上跨过，钱德拉连这点礼貌都不讲了。他肯定是从拉伊莫汉身上跳过走了。钱德拉纳特成年了，他也聪明，怎么能违反他的意愿把他扣住？从来看不到在钱德拉纳特身上有什么爱的痕迹。现在他把所有的束缚都扯断了，希莱·布尔布尔必须接受这一现实。现在这孩子千万别稀里糊涂被人打死。拉伊莫汉自己受过许多殴打、侮辱，他不明白的是，钱德拉纳特心里哪根神经受了伤害，竟堕落成这样！

全楼现在差不多都睡了。希莱·布尔布尔和卡玛拉·森德莉两人现在还有影响力。这期间卡玛拉又教了几个姑娘好挣钱。那两三个姑娘洗过澡后晃来晃去。拉伊莫汉不认识她们，她们也不认识他。

他曾想，要不要问问她们关于钱德拉纳特的事，后来觉得没用。就是问看门的也没用。

伤透了心的他走到房后的花园里。现在还剩的难题是，必须把这消息告诉希莱·布尔布尔。要稳住不明事理的希莱·布尔布尔是很要命的，一想到这，拉伊莫汉就起鸡皮疙瘩。这会儿他不想面对希莱。无疑，希莱会完全怪罪拉伊莫汉的。他把钱德拉纳特带到这里错了么？一生中他还没有过这么大的过错。把门插上能把一个成年男孩关几天，此外怕被警察抓去也不是假的呀。

拉伊莫汉正在园子里转时，有人叫：喂，听着！

拉伊莫汉吃惊地看到旁边的花园里，穿着华服的高贵穆斯林旁边，站着一位老人。拉伊莫汉认出那老人，吃了一惊。是比图谢克·穆克吉。他右眼戴着黑眼罩，身体消瘦了。他倚着手杖站在那里。

拉伊莫汉来到面前，比图谢克说："你不是拉伊莫汉么？"

拉伊莫汉礼貌地笑着说："您好！穆克吉先生。隔了这么久您还认出来了，您无所不知，您从来是不会错的。您怎么在这儿？"

比图谢克说："先说你在这儿干嘛？"

拉伊莫汉尊敬地弯下腰说："我们是任意的鸽子，哪儿撒粮食，我们就上哪儿吃。"

"那你到底吃谁的食儿？"

"有吃就吃，不问主人是谁。哪儿还有那样的主人？拉姆卡马尔·辛格老爷过世后，我们就像孤儿一样了。我们习惯待在大树下乘凉。"

"听着，暴风雨要来时，蚂蚁会弃巢排成行出走，看见了？你也离开这房子躲到别处去吧。我敲打那女人这房子的宅基地，已经立案了！"

蒙希·阿米尔·阿里用波斯语问比图谢克："这鸟儿是谁？"

比图谢克说："你不会认得出来的。我们的经书提到过这鸟儿，名叫金翅鸟①。看见啦？总是合着手的。"

拉伊莫汉当时就做了决定，希莱·布尔布尔想放弃她的职业，但拉伊莫汉想重操旧业了。可是我这老头不中用了，已经干瘪了。需要年轻人。必须报复对钱德拉纳特的不公！他跳过栏杆来说："老爷，您要赶走卡玛拉，好事。您想做的事，没有做不成的！能收容我就好了。"然后低头摸了摸比图谢克脚下的泥土。又说："老爷您行行好，让我们活下去。贱人是您的奴仆。只要您下令，我们随时准备执行。如果您发话，我就把卡玛拉这女人赶出去！"

比图谢克以祝福的手势举起右手说："好，好！"

---

① 即毗湿奴的坐骑迦楼罗（Garuda）。

五十

贝拿勒斯城震动了。从早上起人们就加枝添叶地传说德隆格·斯瓦米的一桩事。清晨他从摩尼格尼迦码头跳下水去，过了很久从另一码头上来。然后不知想到什么，出水后进入面前的迦梨庙，往神像身上撒尿。

有人说当时庙里没人，有人说，祭司在。又有人说孟加拉信徒在。不管怎样，祭司或孟加拉信徒大惊，说："啊，罗摩罗摩！斯瓦米先生，你这是干嘛？"

德隆格·斯瓦米已好几年不说话了。他眉也不皱，很久才干完他的事。然后用手指在地板上流淌的尿中写下"恒河水"。

贝拿勒斯人分成了两派争论起来。不过支持德隆格·斯瓦米的居多。他们认为德隆格·斯瓦米是活湿婆神，他所做就是他的祈祷。他有超越常人的行为，在众人面前赤身露体也毫不顾忌。对他来说檀香和臭屎都一样。所以恒河水和自己的尿有何不同？恒河就在他体内流过。

另一伙人不同意。他们认为苦行大僧或神仙下凡也得为大众教育做点什么吧。这种行为太出格了。

一群群人往迦梨庙跑去。

耿伽纳拉扬坐在德沙斯梅特码头的台阶上。他也及时听到消息了。他听到向迦梨神像撒尿的故事后感到非常有趣。现在他一合眼就看见金舌头金眼睛的神像。他对破坏了誓言不感到任何歉疚，现在神像对他说来只不过是一块石头罢了！

当然破了誓言也没得到什么好处，他没有找到宾杜。也许没有希望了。他跟在蒙萨拉姆后面去过很多地方，也找到了比图谢克汇款给的那位先生。这两人都说宾杜不在了。但耿伽不能全信。宾杜是得了什么病死的？在哪儿火化的？这两人的答复都含糊不清，好像是要回避什么。他们无所谓地说："先生，那些事听了有什么用！该发生的都发生了，您回家去吧。在贝拿勒斯孤孤单单地疯转什么？"

但是耿伽一次都没想过回去的事，他已经习惯于贝拿勒斯的生活了。

耿伽无所事事，所以也跟着众人去看德隆格·斯瓦米了。德隆格像一座山似的在迦梨庙院子面向恒河坐着。上千人向他膜拜。许多人喊叫着祈求他的祝福。但斯瓦米像是没有知觉，什么也听不到，什么都看不见。耿伽十分反感对那些苦行僧的虔敬，但看到德隆格·斯瓦米后，觉得这人不简单。在乱哄哄的人群中这样纹丝不动地坐着，不是一般人能做到的。但这些虔诚的信徒是人或是昆虫？没有自己的思维能力？耿伽恨得脸都歪了。

昨天傍晚贝拿勒斯出了件可怕的事，一群歹徒手持枪、剑攻击了名叫"茜茜宫"的一栋楼。楼里有许多人，房主甚至还有枪，但阻挡不了。歹徒杀了两个人，抢走了钱和所有首饰，还劫走一个标致女人。贝拿勒斯人对这样一件残暴事件不关心，而对一个苦行僧对迦梨女神的出格行为却要疯了。

那天下午耿伽坐船到恒河对岸的罗摩城去转转。贝拿勒斯和罗摩城之间有渡船，但他没有来过。罗摩城还没有建成城市，是贝拿勒斯王公的宫殿及其随从的住所。远处还有一家富人的楼房。这里人没有那么多，他在恒河岸边的空地上孤独地走着。

耿伽现在总是想起加尔各答，他放不下的只有母亲宾波波蒂，再没有别人让他牵挂了。他想到妻子也有点心动。他曾努力按照自己的意愿塑造她，但没有成功。丽拉波迪只能和他同睡，却没有能力成为他的生活伴侣。而耿伽再没有别的什么人了。他心中充满无限孤独，他需要一个女伴。丽拉波迪代替不了宾杜。现在丽拉波迪会出什么事就出吧，耿伽没有责任。

他又想到同学，离校后逐渐断了联系。默图、拉吉纳拉扬、普德波、班古、戈尔全都分散了。耿伽觉得他们全都按意愿建立了自己的生活。只有耿伽什么都没做成，生活没有目标。痛苦使他东游西荡，想打掉比图谢克的专断也失败了。现在他有什么脸回家乡去？失败，大家对他的回归不会嘲笑么？去视察易卜拉欣布尔的地产，突然从船上消失，他能说出什么理由呢？理由他自己都不知道。宾杜没有了，那么他的余生就在这里度过吧。

耿伽想回贝拿勒斯，便沿着河岸去渡船码头，却走到了另一码头。当时天快黑了，天上有月光，风儿轻轻地刮着。耿伽看到一个女人从河里上来，湿衣裳紧裹在身上，背上一条长辫子，两眼闭着。

耿伽立即屏住气，心里毫不怀疑，一眨眼间他就放声叫出："宾杜！"

码头旁边两个女人拉着一块红绸布，让前面的人看不到在洗澡的人。但耿伽是沿着河岸来的。他的眼睛突然看到那边。耿伽第二次看时，又大声叫："宾杜！"然后跑过去。

当耿伽跑到码头时，那拉绸布的两个女人用听不懂的语言喊叫起来。不知从何而来的两个凶恶卫兵抓住耿伽的手，粗声说，傻瓜，哪儿来的混蛋！

耿伽使劲挣脱，但他的体力哪能和阎王使者般的卫兵相比？他们把他拉开。耿伽使劲乱蹦，"宾杜、宾杜"地大喊大叫。卫兵用力揍他的脖子和小腹，使他出不来气。

耿伽看到路边停着一顶轿子，那里有七八个卫兵匍匐在地。听到骚动声后他们中有几个人过来，手里执着长矛。

耿伽很久没有理发刮胡子了，所以他们将他看成疯子，否则早在那里把他干掉了。卫士们用粗言骂他，边打边将他拉到远处，扔到布满荆棘的空场上。

耿伽没有失去知觉。不可能的奇怪感觉比身体的疼痛更使他茫然。他丝毫没有认错，可是为什么有这么多兵丁跟着她？宾杜没有听到他叫喊么？或者这真的是幻觉？这个女人除了是宾杜还能是谁？

过了一会儿，一阵哼哈声惊醒了他。轿子开始抬走了。耿伽也恨恨地起来走到路上。轿子两边都挂着帘子，看不到轿里的人。两个拿着火把的人跟着轿子跑。

耿伽拼命跑过去掀起帘子探进头去，痛苦地叫："宾杜，我是耿伽，你认不出来了？你上哪儿去？"

只是几秒钟工夫，一个拿火把的士兵把他推倒，然后几个卫兵在他身上踩过。他的嘴冒出血来。轿子在拐弯处消失不见了。

耿伽就那样在那里睡了一会。他的脑子一片空白。卫士们不屑去杀他。几个人踩了他，好像骨头都要断了。耿伽当时站不起来，可是在那状态下他还觉得他没有错，他看到了宾杜巴希尼。闭上眼睛他只看到那几秒钟的景象。

宾杜以王后的姿势坐着，全身都是贵重的饰物，她更加漂亮了。宾杜定定地望着他，脸上纹丝不动，眼也不眨。宾杜的眼神就像耿伽看到的德隆格·斯瓦米的那样。怎么痛苦地呼唤她都不瞧一眼。真的像古代石像的活眼睛，多么狠，多么不自然！

耿伽不怕那些卫士的殴打，怕的是宾杜的眼神，他见到的是哪一个宾杜？

蒙萨拉姆把遗弃的花、多罗树叶和锅碗瓢盆收拾干净刚要回家，耿伽浑身尘土、血迹，衣着破烂地出现在他面前。耿伽抓住蒙萨拉姆的肩膀凶狠狠地说："你为什么说假话？"

蒙萨拉姆东张西望，然后叹气说："老爷，到我的小屋来。"

耿伽又吼道："不，你先说，为什么你说假话欺骗我？"

蒙萨拉姆两手合十，痛苦地说："老爷，我全说。可是不能在这里说。空气很坏，先进屋去。"

蒙萨拉姆拉着耿伽走，他的家就在附近。贝拿勒斯大石屋的底层一般不住人。蒙萨拉姆就住在那样底层的两间房里。他有两个妻子和两个孩子。他卖花和甜食，给祈福者抹檀香，紧紧巴巴过日子。有时做掮客捞点外快。

他很小心地给耿伽擦净伤口，拿出一条新围裤说："先生，脱下衣服换上这件。"

屋里点着灯。他的两个妻子好奇地来门边看着。蒙萨拉姆赶她们走，说："走，走，走开！给这位先生拿水来。拿盒酸奶和盐来"。然后又柔声说："先生，吃点酸奶会凉快点。今天就在寒舍住下吧。"

耿伽双眼在冒火，像是要把蒙萨拉姆烧化掉。

蒙萨拉姆小声说："先生，我是穷人，能同狮子斗么？德维·辛格的名字使这一带的人都怕得发抖。他既有钱，棍子也厉害。我远不是他的对手。您也不行。您回老家去吧。"

耿伽说："你为何说那姑娘死了？我今天亲眼看到她了。"

"我说的是对的。印度教人家的姑娘如果被别的男人带走一次，那么就说她死了，像不能把人从阎王手中抢回来那样，也不能从别的男人家里把印度教的女人抢回来。"

"噢，你们真坏！知道她还活着，就捏造说她死了？给她家也报了死讯，拉尔先生和你一样不要脸。"

"啊，悉多、罗摩，悉多、罗摩，拉尔先生是有道德的人，从来不做非分的事。他是为了救你们，才故意放出那消息的。要不，您想想，你们不是会失去种姓么？谁家的女孩，还是寡妇被不同种姓的男人抢去，她家不就有罪孽了么？比图老爷是婆罗门，这事要是传了出去，他家不就出丑了么？我知道，先生，在孟加拉地区因同居毁了多少婆罗门家族。"

"到底发生了什么，敞开对我说。"

"没有什么新鲜的。这种事这里常有。一看见漂亮女人就跟上了。开头是引诱，如果得手就好，否则就硬抢。光天化日之下，在众人面前歹徒就来抢走美女。你们这姑娘是被抢走的，那天我在码头。大家都喊。可是还能怎么办？十几个坏蛋，谁能拦得住？"

"这地方没有警察局？没有警察？明天我就带警察去救她。"

"先生，这是罗波那的王国。没有罗摩。这里不像你们加尔各答那样警察到处跑。警察有什么能耐？能从德维·辛格的宫殿里救出什么女人？您以为是德维·辛格亲自抢去的？不，不，他才不亲手干这种肮脏事呢。这里盛行买卖姑娘。你们孟加拉人把寡妇送到贝拿勒斯来就放心了，完了。后来多少人进了妓院，多少人被卖了，谁打听了？好多女孩子从苏拉特港被运到阿拉伯国家去了。"

"强盗把宾杜卖了？"

"对极了。"

"这么说我们只能接受？"

"那还有什么办法？"

"我亲眼看见她了……德维·辛格如果扣留了她，我们就去救。国家现在不是无政府。公司时代有法律。法律会惩罚像德维·辛格这样的歹徒的。"

"先生，今晚好好睡个觉，明天你就会清醒些，那时就会明白的。纸、笔、老婆一到了别人手里就回不来了，所以我才……您就承认她死了吧。您把她弄回来做什么？"

"做什么是什么意思？带回加尔各答去。"

"您昏了头，所以不明白。被抢去后被多少头野兽糟践过了，谁知道。然后又落到德维·辛格的魔窟里。我听说那里有二三十个女人。您如果把这舞女救出来，谁会收容她？她父亲会么？您会么？您想，社会也不允许，没办法。这些女人最后的地方是妓院。您忘掉她吧。为什么为了一个丧失道德和种姓的女人给自己找灾难呢？"

耿伽想起了易卜拉欣布尔乡穆斯林农民的老婆被靛蓝厂主英国人抢去的事，他的司库森先生说的也正是这种话。他们说同样的话，把被别的男人摸过一次的女人带回去是没有意义的。谁都不会在家里再收留她的。

耿伽簌簌地掉泪。宾杜从来不给他接触她身体的权力。他的心像被针扎似的。他对道德、经典不满，他变得可怕……几个披着人皮的野兽合起来对宾杜……耿伽不敢往下想了。为何宾杜一句话都不对他说？为什么冷眼看他？

蒙萨拉姆说："因为救回被抢的女人有许多麻烦，所以英国警察也不想伤这脑筋。把女孩放到哪里？印度教家庭的女人一旦失身，还不如死了好。"说着说着，他看见耿伽没有知觉。在耿伽的头撞地前，他扶住他，小心地让他睡下。蒙萨拉姆见得多了。生活是多么的残酷，多么的奇怪，有谁知道！但是这年轻人是有钱人的孩子，心软，也许在生活中这是第一次受打击，所以受不了。

之后几天，耿伽住在蒙萨拉姆家。蒙萨拉姆的两个老婆轮流伺候他。这两个女人也很奇怪，她们住在相邻的两间房。现在耿伽占了一间，她们俩现在住一屋，但听不到她们吵架，相互的感情很好，像两姐妹或两朋友。

一天耿伽在感谢他们后告别了。蒙萨拉姆一再说，希望耿伽现在离开贝拿勒斯，留在这里危险。德维·辛格的走狗到处转悠。如果他们知道这年轻人看见过德维·辛格买的醉鬼女人，那他们当天就会把耿伽灭掉！

耿伽对蒙萨拉姆说的话点头表示同意，但他不想离开贝拿勒斯。他寄住在苦行僧的营地里，跟徒弟们混在一起。当手鼓响起唱起歌时，他也唱。其他人让他抽大麻他也抽一两口。他总是在黄昏时分雇一艘小艇去罗摩城。

又到了拜沙克月的月圆之夜。这晚上恒河岸边的贝拿勒斯不再是圣地了，变成了欢乐的城市。市里那些庙宇、修行者的营地里歌会、舞会一点都不少。妓院都空了，她们全都来到恒河边。舞女从勒克瑙、阿克拉来到这里。

俗话说，要想看清晨就去贝拿勒斯，要想看黄昏就去勒克瑙，而要欣赏夜晚的凉风就去马尔贝。但是在拜沙克和阿斯万月的月圆之夜，贝拿勒斯也能同勒克瑙抗衡了。恒河河面上漂浮着成百上千的小船。从远处看，像一群群天鹅。从船顶飘来丝弦声、手鼓声、脚铃声和甜美歌声。为此有钱人家在竞赛。大盘子上放着大麻叶，酒瓶也不少，看各人的兴趣。

节日是从黄昏开始的，一直闹到天亮。但是大部分船上午夜之后舞女就走了，歌姬也走了，而观众和听众也不出声了。老爷昏沉沉地搂着情人。拉纤的、船夫、卫士都吸大麻醉醺醺地倒下了。

德维·辛格的四条船拴在一起。从黄昏起德维·辛格一直激动不已。五十多岁的德维·辛格穿着白衣服，留着黑胡子，脸长得像老虎。他现在还能和舞女一起跳。可是当他喝醉了两眼朦胧时，把身上的衣服也脱光了。

半夜，当大家都失去知觉时，一艘小艇靠在德维·辛格的船边。耿伽从小艇向看准了的船舱窥视。在白色的月光下看舱里并不难。宾杜巴希尼在床上侧身缩着腿在睡。她穿着绣有金线银线的红色丝绸纱丽。脖子上一个大花环，香气在舱内弥漫。

耿伽小声呼叫：宾杜，宾杜！

宾杜睁开眼望望。她抽大麻醉得两眼通红。她不吃惊，稍微抬起头，歪着头好奇地在看。耿伽像苦行僧似的长发，满面胡须，轻易认不出来。

宾杜在纱丽和首饰的响声中坐了起来，然后伸出两手，柔声说："谁？耿伽？来……"

似乎没隔多久时间，似乎命运没有同她玩最危险的游戏，似乎什么都没有发生过，还像此前见面那样呼唤他。在罗摩城码头见到宾杜时，她那毫无表情的脸，使耿伽很吃惊。今晚看到她那非常自然的行为，耿伽开头也发呆了。

宾杜又叫："来，耿伽，进来！"

耿伽一跳就进了舱，跑过去搂着宾杜。然后像是过了几个世纪，谁都不说话。只有外面的流水声。两个火热的生命在时隔很久之后又抱在一起了。宾杜两手紧紧抓住耿伽的背，好像永不放手似的。

耿伽想挣脱，着急地说："一点都别耽搁，我带船来了。现在就跟我走。"

宾杜像月光般满面带笑说："去哪儿？"

"走吧，我们走，很远很远。没人认识我们的地方。"

宾杜亲切地问："你先说，那个地方在哪儿？"

耿伽说："我们去找没人的地方，在森林里，在河边，搭间茅屋，只有你和我。"

宾杜突然十分有兴趣地说："有这样的地方？去吧，现在就走！"

"走吧，拉着我的手。"

"啊，妈呀，我的首饰盒没带。"

"什么？"

"我的首饰盒……得回罗摩城一下。"

"要首饰盒做什么？那些东西没必要。"

"怎么，我那么多首饰都扔掉不成？"

耿伽痛苦地说："宾杜，你还想着首饰？首饰对我们有什么用？"

耿伽不明白宾杜是在酒醉中说话。宾杜两眼紧紧盯着耿伽的脸笑着说："你真是耿伽？小时候和我一起玩的？去。我在做梦！我不喜欢做梦。完全不喜欢！"

耿伽痛苦地说："宾杜！别耽搁了。现在如果有人醒了呢。"

宾杜立即说："啊，天啊，是这样！你是怎么来的？德维·辛格的人看见就会宰了你。你马上走开。"

"你不同我一起走？"

"我？我去哪儿？"

"宾杜，别耽搁了，这罪恶的地方一秒钟都别待了。来，跟着我。"

"可是我的儿子呢？"

"儿子？"

两人无言地对视。好像有人在耿伽头上打了一闷棍。宾杜先说首饰盒，然后，然后……

宾杜这下把头靠着耿伽胸前呜呜地哭了。耿伽傻坐着，他听到宾杜说什么了？

宾杜又抬起头，稍微控制了一下自己，擦着眼泪平静地说："你不问我为什么这样还不死掉？"

耿伽说："先离开这里，然后我再听。"

"你能把我儿子带上么？"

"你说什么？我不明白，宾杜！"

"你是要吃掉我，我看不清楚你了。啊，你的脸怎么这么瘦？"

"宾杜，你不跟我走么？再迟我们俩都危险。"

"听着，死是容易的。我就不能死么？他们硬把我抓来，我喊妈，没人来救我……以前我没有罪孽，可是神也不来救我。在德维·辛格家里，绑着我的手脚，我不吃饭，硬给我嘴里灌牛奶……折磨我，我呼唤神，神也不让我死。听见我呼唤，神给了我什么，知道吗？我有了孩子，怀着孩子谁能死？你说。"

宾杜又笑着说："你是怎么认出我的？我的耿伽？以前我是寡妇，现在我穿着金光闪闪的纱丽，戴着首饰，女奴给我身上抹牛奶、奶皮、姜黄粉。"

耿伽冷淡地问："你有儿子了？"

宾杜说："是的，漂亮的儿子，真像王子……你想想，神开什么玩笑，寡妇生孩子！我要死，却给了我儿子！后来又把儿子抢走了。"

"谁？"

"他们！三个月大的孩子，从我怀里夺走了，不知放到哪里去了。我求他们把我儿子还给我！为了这，他们的话我都听，他们叫跳舞我就跳，对了，我学会跳舞了。他们叫我抽大麻我就抽，就是要把孩子还给我！从前我没想过要当母亲，啊，当母亲多么辛苦又多么快活！"

耿伽长叹一声，命里注定他没有一事是成功的。他做噩梦也没想到，这么小心翼翼地、有计划地来到宾杜身边，竟会是这结果。

"你回去吧，耿伽。"

"你不走？"

"不，我怎能走？我完了。我的身体被玷污了。你认识的那个宾杜不是我！我是贝拿勒斯的一个妓女。"

"啧！宾杜！你现在如果跟我走，我们俩能到远远的地方去。"

"我是可恨的，喂虫子的，你带着我干什么？耿伽，啊，头痛死了，给我揉揉头。"

"来吧。"

"不，不，我说什么疯话。我哪有这样的命？你走吧，他们就会来的。"

"我要给你捏捏头，宾杜！"

"啊，我没有这命，你走吧，揉脑袋，你走吧，走。"

宾杜一直这样说着。耿伽再也待不下去了。他决定走。他明白，宾杜不会走。哪个母亲会扔下儿子？孽种也是自己生的！

耿伽不告辞，从窗子出去上了小艇。他没带别的船夫来，自己摇的桨。他一辈子没冒过这样的险，可是全失败了。他操起桨，看见宾杜从窗户探出头来慌张地看着。在月光下这次耿伽明白了，宾杜是一副不自然的醉态。

宾杜几乎是哭着说："你走啦，耿伽？不带我走？"

耿伽伸出一只手说："来吧。"

宾杜立即跳上小艇。

耿伽小声说："你低下头坐好，别让人看到。"

小艇离开大船后宾杜往脸上撩了撩水，散开了头发，在月光下身上的首饰闪闪发光。她朝两边看着，好像在心里说，啊，这世界真美，真美！

耿伽说："宾杜坐下，别让人看见。"

宾杜不理解，突然大声喊起来："啊嗬，不给我，谁也不给我……"

她又突然清晰地说："下面是恒河母亲，头顶上有天上的神仙，我对他们说，如果有下辈子，我愿下辈子能得到你。这辈子我是全被毁了！全都完了！谁都没给我什么……"宾杜巴希尼不让耿伽有机会准备，跳入了河里。小艇激烈地摇晃。耿伽一时不知所措，接着他也跳了下去。

　　月光照耀着四方，耿伽觉得月光是一条宽阔的路，通向不可知的地方。

　　过了一会风暴来了，所有的船只一齐晃动。暴风雨荡涤了整个世界。

国家出版基金项目
NATIONAL PUBLICATION FOUNDATION

中印经典和当代作品
互译出版项目
CHINA-INDIA TRANSLATION PROJECT

那时候（下）

Sei Samaya

［印］苏尼尔·贡戈巴泰◎著

刘运智　张　幸◎译

中国大百科全书出版社

目　录 |

437 | 五十一
444 | 五十二
451 | 五十三
460 | 五十四
468 | 五十五
475 | 五十六
485 | 五十七
493 | 五十八
500 | 五十九
507 | 六十
515 | 六十一
524 | 六十二
531 | 六十三
538 | 六十四
545 | 六十五
554 | 六十六
561 | 六十七
568 | 六十八
575 | 六十九
583 | 七十
589 | 七十一
595 | 七十二
601 | 七十三

608 | 七十四

618 | 七十五

625 | 七十六

635 | 七十七

641 | 七十八

648 | 七十九

654 | 八十

660 | 八十一

669 | 八十二

677 | 八十三

685 | 八十四

695 | 八十五

702 | 八十六

709 | 八十七

715 | 八十八

723 | 八十九

731 | 九十

738 | 九十一

746 | 九十二

755 | 九十三

762 | 九十四

769 | 九十五

776 | 九十六

785 | 九十七

793 | 九十八

800 | 九十九

808 | 一百

816 | 一零一

822 | 一零二

828 | 一零三

835 | 一零四

842 | 一零五

848 | 一零六

855 | 一零七

862 | 一零八

869 | 一零九

876 | 一一零

883 | 一一一

890 | 一一二

897 | 一一三

904 | 一一四

912 | 一一五

918 | 一一六

923 | 一一七

929 | 一一八

935 | 一一九

948 | 一二零

955 | 一二一

962 | 一二二

967 | 一二三

975 | 一二四

982 | 一二五

989 | 一二六

997 | 一二七

1009 | 一二八

1018 | 一二九

1025 | 一三零

1035 | 一三一

1044 | 作者的话

五十一

　　冬季结束了，但还没到夏天。风是柔和的，阳光像丝巾般温柔。市场上蔬菜新鲜翠绿。白天醒来后不会突然感到疲惫。夜晚睡觉很舒服，这时候真好。

　　在孟加拉，春天只是诗人的幻想和天花女神现形的季节。往常冬天刚过就燥热，但今年好像很意外，在冬季和夏季雨季之间，久违的春天又出现了。那是美丽、可爱，布谷鸟欢叫，让人心不静的春天。

　　查杜巴布广场上搭起一排排帐篷，从早上起那里就人头攒动，时时传出"斗呀，斗呀"的喊叫声。

　　有红夜莺、皇夜莺和兵夜莺。红夜莺周身乌黑，只有腹部和尾巴是红色。而皇夜莺小时候全身褐色，以后逐渐变白，头上有一撮毛，大眼睛不安地环视四周，大声欢叫。实际上好斗的是兵夜莺，它的翅膀是褐色的，但头上有黑毛，头两边有红色条纹，像士兵那样头上戴着红黑相间的头巾。

　　在一个个老爷的帐篷里，大笼子里关着训练有素的好斗的鸟儿，驯鸟师时时在逗它们。这几天，主角是老爷们的夜莺，而不是老爷。裁判一发令，老爷们便拿一对鸟儿走进赛场。这些夜莺已饿了二十四小时。裁判扔下一把豌豆，双方的夜莺就扑过去。它们都受过训练，不击退对方就不会去吃。观众猛烈的掌声和欢呼声使搏斗的鸟儿更激动。在受伤的一方恐惧和退却时，观众大喝倒彩。

每年为筹办这一赛事花费数以十万计的卢比。可是多年来一直观看斗鸟的人认为，今年玩的并不是那么过瘾，没有那种气派与歌声乐声，也没有那种大把花钱。广场上，查杜巴布亲自同马利克家的赫尔纳特巴布斗。不是玩鸟，而像是图杜马大战。那情景许多人还记得。罗阇苏克梅·罗易的儿子们为玩鸟也花了不少钱，有几个那种眼光高的人！

最后一次盛大的夜莺大战是在两年前。那次罗阇苏克梅·罗易家族的罗阇拉金德罗纳拉扬带来一大群战鸟。事先鸣锣宣布说，印度没有一个养夜莺的人能打败他的夜莺；谁能打败他的夜莺，他就摘冠献至那人脚下。数十万人来观看斗鸟，甚至英国官员也成排地站着观看。但那次发生了前所未有的事，不知从何处钻出一个陀耶尔·米迪尔来，同极尊贵的罗阇拉金德罗纳拉扬比赛。

十点钟比赛开始，第一局，罗阇的鸟儿受伤。第二、第三局也一样。原说五十对鸟儿分出胜负，但是赛了三十七局，罗阇拉金德罗那拉扬已输了二十七局。他由惊诧逐渐变为痛苦。他的仆从曾不断打听加尔各答哪家如何训练鸟儿，从未听说过陀耶尔·米迪尔的名字。拉金德罗纳拉扬不等比赛结束，就像俱卢战场上的难敌那样，气呼呼地退出了战斗。

人们说，在那次夜莺大战失败后，罗阇拉金德罗纳拉扬痛心得像拉拉巴布那样去苦修了。

今年，陀耶尔·米迪尔坐镇战场中央，但没有什么特别的对手。若干新发家的老爷搭了帐篷，有的带来几十只鸟儿，但没有经过调教，也不好看。这些老爷都是名不见经传的。懂行的观众耸耸鼻子评论说，我看全是白养的老鸟儿，只有像大虾似的钳，中看不中用。

双桥著名的辛格家的少爷诺宾古马尔，在离普通观众稍远的地方观看。他是十五岁的少年，穿着黄色长衫，白裤子，黑色英国皮鞋，没戴帽子，口袋里装着金怀表，链子也是金的。他右手食指戴着钻戒，两眼炯炯有神。

诺宾的跟班杜拉钱德拉站在旁边。杜拉钱德拉的面相大变了，他比主子大几岁，就在去年长高了许多，很结实，膀大腰圆，巴掌大，脖子粗，留了长发。诺宾尚未变声，还是又尖又细像女人说话。相比之下，杜拉钱德拉的嗓音像成年男子。他穿着围裤，上穿小褂。近来他按宾波波蒂的吩咐，对诺宾称您了。

诺宾回头问杜拉钱德拉："你还想看吗？"

杜拉钱德拉立即说："老爷，听您的吩咐！"

诺宾说："你想看就看吧。我坐到车里去。"

杜拉钱德拉说："不，老爷，我也走。"

实际上杜拉钱德拉非常欣赏斗鸟儿。他从未想到像夜莺这种娇嫩美丽的鸟儿也能用喙去啄别人。当败下阵来的夜莺想飞起却一次次跌落时，他也和其他观众一起激动地大喊。

诺宾始终不做声，杜拉钱德拉的过分热情也没逃过他的眼睛。他迈步往回走时说："其他人像你这样，对斗夜莺这么上心也不奇怪……"

杜拉钱德拉问："老爷，您觉得不好？"

诺宾说："名门望族受人尊敬的人士也沉迷于这种儿戏中，真是怪事。他们的脑子里都是牛粪……"

杜拉钱德拉不明白这些，不敢做声。诺宾严肃地走着，又说："国家被有钱家族的猴子们抛弃了，聪明而强有力的英国乘机掠夺了一切，啧，啧，啧，赫赫有名的斗夜莺竟是这样！女孩玩的木偶戏比这要好得多。"

诺宾推开众人出来后，面部的表情变了，第一次有了笑容。他说："可有一件事使我很高兴。哈德科拉的加里普拉萨德·德特那些鸟儿的脚都被啄坏了，输惨了。好啊，真好，真棒！"

杜拉钱德拉不认识那个人。他不明白他主子对这人的失败为何如此高兴。

诺宾在心里暗笑了一会，然后手指指向一边说，往那边走。

杜拉钱德拉说："老爷，车子在这边。"

诺宾斥责说："我知道。往那边走。"

为查杜巴布广场的斗鸟，这里成了一个大集市。各种甜食、烙饼、油炸品店一家连着一家。再过几天就是湿婆节了。为此，卖各种泥人、毛巾、锅碗瓢盆的商人都来了，附近的罗摩巴甘的庸俗女人来这里买东西。

卖鸟儿的也来了，有各式家养的五颜六色、大小不一的鸟儿，最多的是夜莺。新贵们为明年的斗鸟从现在起就买夜莺。店主们吆喝着那些夜莺驯鸟师的名字。

诺宾来到一间鸟店前站住，对杜拉钱德拉说："问问要多少钱？"

杜拉钱德拉感到奇怪，主子刚刚谴责过斗鸟，这回又要买鸟不成？明年要来这里支起帐篷玩？随心所欲的主子想些什么，真让人难以琢磨。

一对夜莺叫价四卢比。

杜拉钱德拉一听瞪大了眼睛，这些人说什么？是骗人还是宰人？七八卢比就能买一头奶牛了。这么一丁点儿翅膀的小鸟儿值两卢比？这些人看见他年幼的主子知道是大人物的公子，所以要狠宰一刀。

杜拉钱德拉说："小子，大白天的要抢劫呀！"

店老板说："老爷，没听说过驯鸟师乔米尔·谢克·哈里发的名字吗？启迪普尔的乔米尔·谢克！他亲手调教的……老爷，米亚·侯赛因·沙，他是更有名的驯鸟师，请看这个。"

诺宾古马尔说："说价钱，我买！"

讨价还价后，降到两卢比一对，不能再降了。

诺宾把手插进裤袋说，数数这大笼里有多少只鸟儿。数过后又重数，确认笼子里有五十对兵夜莺。

诺宾把一百卢比扔到店主面前，然后蹲下去把笼门打开。

这些鸟没有经过驯鸟师的调教，被人捉来用绳子拴着养了几天，笼门打开后它们也不飞走。

诺宾叫它们来，来，他猛地抓住一只鸟拿到笼子外扔上天去，说，走吧！

那只夜莺拍拍翅膀转了一圈，吃惊地看了看诺宾，然后飞走了。

店主吃惊地说："啊，干什么，先生？您这是干什么？"

一个、两个夜莺拍打着翅膀飞了。诺宾又伸手抓出一个往上一扔，说，走吧，从哪儿来回哪儿去吧！去吃田里的稻子吧，飞到喜马拉雅山去吧。

一百只鸟几分钟就飞光了。诺宾走到旁边的笼子说，这里面有多少只，数吧！

眼看着人群都挤过来了，观众丢开主要的看点都来看诺宾了。像森林着火似的，消息马上传开了，说辛格家的小少爷在大把地扔钱呢。不是扔钱是什么！一只鸟一卢比，很多人冲上去想逮那些鸟儿，但没有一个人能逮到。

诺宾放空三个鸟笼后，停了一下，几只鸟儿停在附近的白玉兰树上，发出怪声。一群鸟儿在天上盘旋。诺宾入迷地注视着，他真的感到快乐。他不知道，区区几个卢比竟能换取这样的快乐。

他身上没钱了，他卸下手上的宝石戒指，交给杜拉钱德拉，说："看看附近哪儿有金铺，把这卖了拿钱来。"

杜拉钱德拉哭着说："少爷，这回请走吧，不必要了。"

"叫你干嘛就干嘛！"

"我不能去卖这戒指。老太太会把我辞退的。那是令尊的戒指。"

"那你就回去，从家里拿钱来。"

"别待下去了，这回请走吧……"

诺宾不再同他废话，又打开了一个鸟笼门。那老板刚要喊，诺宾责备他说："明天去辛格家拿双倍的钱。我的话值十万卢比。"

斗鸟场的观众都涌了过来。诺宾打开一个又一个鸟笼，引起阵阵欢呼。在查杜巴布巴甘从未见过这种景象。连陀耶尔·米迪尔、加里普拉萨德·德特都离开自己的帐篷来看这新鲜事。

在诺宾打开全部鸟笼后，斗鸟也在无结果的状况下收场，裁判们不满地回家去了。

当诺宾站起来时，人们呼叫他的名字。群众像尊重英雄那样给他让路，很多人跟到他的马车旁。

有个疯子在双驾马车前仰面躺在路上。他约莫五十多岁，头发花白，白胡须沾满了尘土。他在喧闹声中，颤颤巍巍地站起来，看到面前的诺宾，两手抱拳说："老爷，给点水，我好泡爆米花吃。"

诺宾最讨厌疯子、醉鬼和警察。他一看见来到面前的强壮疯子，马上就叫杜拉。杜拉将疯子狠狠地推开。

诺宾上车后车门关上了。杜拉钱德拉站在车门的脚踏上叫沙伊希赶车，马车摇晃着走了。

这时疯子又向别人要水。城里人取乐方式很奇怪，许多人逗这疯子玩。这小子不要爆米花，而是要水。你该先找爆米花啊，水有的是，走几步就是池塘。

"先生，给点水吧，我泡爆米花吃。"

大伙往后退，说，喂，小子，吃什么爆米花，吃米饭吧，那不用泡。又一个说，吃什么米饭，吃鱼吃肉吧。既然心里想吃，为什么不吃鱼吃肉！

那人好像不明白他们说什么，只是一味哀求："老爷，给我一点水吧，我好泡爆米花吃。"

到傍晚集市散了，查杜巴布巴甘没人了。西边天际一抹晚霞，城市在准备晚上的聚会了。树枝上现在很多鸟儿在鸣叫，其中不少是被放飞的夜莺。

附近的人已经散尽，可是那个疯子还在说，先生，给点水吧，我好泡爆米花吃。那疯子饿极了，但他不会去抢来吃。因脑袋有病，不会说乞求的话。如果他说先生，给我点爆米花吧，我泡湿了吃，也许好心人会给他点吃的。但因语言障碍，谁都不明白他是饿了，他成了大家取笑的对象。但他怎么办？很久以前他出去找水泡爆米花吃，那事他记得。这愚蠢的疯子在路上边走边看着天边的红霞。一看见路上行人又错误地说，先生，给点水吧，我好吃爆米花！

　　行人害怕地说，该死，这小子是谁，滚开！滚开！

五十二

　　几天前，比尔辛格村的伊斯瓦尔·钱德拉家遭抢劫。人没被强盗杀死，可是东西全被抢走了，以至第二天不买锅碗瓢盆就没法开饭。

　　当时伊斯瓦尔·钱德拉正在家里。大约四五十个强盗，在午夜突然举着火把和长矛攻进来。伊斯瓦尔·钱德拉让年迈的父母和家人躲开，他自己准备抵抗强盗。村民听到喊声也出来抵御强盗，伊斯瓦尔孤单一人能干什么？家人都求伊斯瓦尔逃走，但这固执的婆罗门死固执。这时他的妻子丁梅伊，抱着三岁的儿子纳拉扬钱德拉坐在大门边说，那我也留在这里，让强盗来先宰了我和孩子，然后再杀你们。伊斯瓦尔在家人的坚决要求下，也从后门撤离了。

　　伊斯瓦尔·钱德拉回到加尔各答后，被海立德先生挖苦说："怎么啦，大学者。听说你家挨抢劫，而你却像懦夫那样从后门溜了？"

　　伊斯瓦尔·钱德拉回答说："如果我独自走到四五十个强盗面前送命，那你会说什么呢？你就会说这家伙真傻！对吗？不，先生，我不想这样轻易地送死。我还有许多事要做。"

　　从那之后，伊斯瓦尔·钱德拉的父亲泰戈尔·达斯雇了保镖，养在比尔辛格村的家里。强盗在离去时，在他家院子里插下燃烧的火把，这就是表示他们还会再来。泰戈尔·达斯的儿子伊斯瓦尔·钱德拉在加尔各答政府里任职，月薪五百卢比，就是说算得上是大人物了，所以强盗盯上他家了。

新雇的保镖名叫斯里曼多，既忠于主人又孔武有力，附近的居民都知道他的棍棒工夫确实了得。此外，附近警察局的警长有一次向泰戈尔·达斯索贿后也蔫了。警长那时还不知道，连英国总督都尊重泰戈尔·达斯的儿子。被抢的次日，警长看到，泰戈尔·达斯的儿子伊斯瓦尔·钱德拉，正高兴地同邻居的孩子玩游戏呢。当警长了解到，只要这位矮小婆罗门说一句话，就能让他丢掉饭碗时，马上就来求饶，并一再保证能保护这家的安全。从那以后，强盗再没来过。

泰戈尔·达斯派保镖斯里曼多到加尔各答保卫儿子。伊斯瓦尔·钱德拉感到奇怪，在加尔各答要保镖做什么？加尔各答有警察局，再说加尔各答大富翁有的是。强盗为什么要丢开他们，盯上他这样的教员？但斯里曼多无论如何不愿回村去，他像影子似的，二十四小时跟着伊斯瓦尔·钱德拉。

泰戈尔·达斯虽然住在乡下，也获得准确的消息，他儿子在加尔各答生命有危险。不是怕抢劫绑票，而是别的原因。伊斯瓦尔·钱德拉论证寡妇再嫁符合经典和法律，在这方面已有很大进展，因此树敌很多。

伊斯瓦尔·钱德拉所著《关于寡妇再婚是否合适的建议》一书出版后，引起一场风暴。成群的婆罗门学者拿起笔反对他的书。在论战中没有人能击败伊斯瓦尔。伊斯瓦尔将笔变成剑，引经据典，驳倒了对手的全部论点，但理智的支持比经典的支持更重要。他不断地质问对手，比起淫乱、堕胎来，让寡妇再婚对社会不是更好吗？由于守寡，不是有千千万万女人失足、夭折和被掳走吗？在守节的名义下，在特定的日子里，不让寡妇吃东西，即使渴得口干舌燥，也不给她们一滴水喝，这难道是理智社会应做的事？女孩子在懂事之前就结婚，成了寡妇，她的余生就只能受惩罚？

人在输了辩论后会更恼怒，对手在辩论中输给这个犀利聪明的婆罗门伊斯瓦尔后，不择手段地对付他。他一走出来，一群人就挖苦他，或躲在暗处偷偷地向他扔石头。他突然被一群人包围，他就直视他们的眼睛。现在还没人敢当面对他动手，可是在很多有钱人家里，马屁精们已经出主意说，老爷，辩论这么多有何用？晚上一棍子打死这坏婆罗门得了，他的种姓、宗教都进地狱了。

我们前面已认识的贾格莫汉·萨卡尔先生，是守旧派。有段时间他为妇女教育而疯狂。有一次他的朋友带来两个十一二岁的女孩，在他的花园里尽情地玩，玩得太出格，引起村里的绅士大怒，成群结队地来他家大闹。他的朋友抱头鼠窜了。而这位贾格莫汉·萨卡尔轻松地说，这里没有什么胡作非为的事。我们教两个女孩读书写字，我们加班搞妇女教育。

乡绅们不听这些，狠揍了贾格莫汉·萨卡尔和他的朋友，甚至还告到法院。那时贝休恩先生在米尔扎普尔刚建立了女子学校。一些报刊发表了不少很不雅的评论，强烈反对妇女教育。作者利用贾格莫汉·萨卡尔这桩饶有意味的案件兴风作浪。"孟加拉居民们，请看妇女教育的良好结局！近来改革派的先生们以度假为名，不浪费时间，在欢乐宫里使两名少女赤身露体，同她们边跳舞边教授ABCD，一手拿酒瓶，一手拿书本，激动得闭上眼睛。他们以唱圣歌为名，唱道'BAT, bat, CAT, cat'。深夜市民们听到稚嫩声音的'BAT, bat, CAT, cat'，我国妇女的尊严还剩下什么？我的笔蘸墨水写下这些句子，真想跳入墨水池里淹死！"

这事件发生后，贾格莫汉·萨卡尔躲藏了很久不敢见人，现在又以新身份亮相了。他因肝痛难受了一阵，结果完全戒酒了，还出版了名为《是喝酒还是喝毒药》的书，并建立了戒酒委员会。此外，他十分卖力维护永恒的印度教。

他家客厅每晚有聚会，都在诅咒伊斯瓦尔·维迪耶萨伽尔。萨卡尔以特别富有而出名，他捐过一些钱建庙建学校。伊斯瓦尔亲自到加尔各答很多人家里，争取他们支持寡妇再嫁。伊斯瓦尔不认识贾格莫汉·萨卡尔。所以和朋友拉吉克里希纳·班纳吉一起来找贾格莫汉·萨卡尔。交谈了一会儿后，他们明白了，从他这里什么都不会得到，只好失望地回去了。

贾格莫汉·萨卡尔被追随者围住，他骄傲地说："我让这拍洋人马屁的婆罗门丢尽了脸。他来向我念经，英国的寡妇能再婚，在我国也行吗？为让英国人喜欢，我们要让我们的姨妈、姑妈再婚吗？"

一位马屁精说："老爷，因为伊斯瓦尔·维迪耶萨伽尔这家伙，女人傲到什么程度了，请听，多少老妇、石女为了结婚都疯了。"

另一个说："说什么老妇人，我的亲姑姑五十岁，已守寡六七年，一向专心拜神。她素食做得好。我吃过一次酸味青香蕉煮豆和黄瓜，太好吃了。家父没牙，不吃鱼和肉了，除了我姑妈做的素菜，他什么也不吃……"

贾格莫汉·萨卡尔责备说："去，去，又说什么素食。你说你姑妈什么事来着？"

那人说："是的，我那五十岁的老姑妈突然说，我也不能再待在你们厨房里了。我为你们劳累了这么久，这回饶了我吧。那家的拉伊摩尼和尼罗巴拉说了，好像是叫什么维迪耶萨伽尔的老学究裁定说，寡妇可以再嫁。你们给我相个人吧，我要再结婚。"

贾格莫汉·萨卡尔说："你说什么？五十岁的老东西？"

帮闲的说："是的，老爷。她是全疯了，说什么我再也不做饭了，今天就让我结婚，让我在死之前再快活快活。"

"老女人也有兴趣快活快活，哈哈……"

"还说什么我有金首饰，结婚费用我来支付。"贾格莫汉·萨卡尔笑过之后，拍拍帮闲们的背表示赞许。

另一个帮闲者说："伊斯瓦尔·古普塔写的真精彩，老爷，您读过么？"

贾格莫汉说："怎么写的，我听听。"

帮闲者朗读：

聚成一伙，抱成一团，

擂响大鼓，寡妇再婚。

有些地方人们欢叫，

有些地方豺狼追随老虎。

很多人要求法律要加上

结婚必须要处女膜完整。

人问是否完整谁来分辨？

多少寡妇被挑拣出来……

他还要朗诵下去，贾格莫汉制止了，说："说什么，说什么？谁去分辨是否完整？"

帮闲的说："是的，老爷。有人说寡妇当然可以再婚，但只限于处女膜完整的寡妇。"

贾格莫汉高兴得直拍大腿，说："伊斯瓦尔·古普塔先生说得对，谁又去分辨是否完整？难道先把姑娘抓来检查，谁的处女膜完整，谁的破了？哈……"

一个爱说笑的帮闲又添加说："老爷！要检查女人的私处就得设检查员，会有成千上万的人排队，要申请做这项检查工作的。"

没有黑天神就没有歌，不提女人就没有乐趣。妇女教育也好，寡妇再嫁也好，提到一项就行了。一涉及女人，低级趣味之河就哗哗流淌。这种言谈不仅在贾格莫汉·萨卡尔的客厅里，在加尔各答许多大人物家也一样。

伊斯瓦尔·钱德拉得到"青年孟加拉派"的强力支持。这个受过教育的团体，准备给他种种帮助，这些婆罗门在道义上声援他。许多报刊也支持他，但是有钱人反对，而拿了富人钱的婆罗门是反对伊斯瓦尔·钱德拉的宣传员。新发迹的富豪仿照从前的宫廷会议，在家里也开会，贪吃残汤剩饭的婆罗门当会议主席。这些保守的富豪把罗阇拉塔甘特·德沃拉来做他们的后台。

罗阇拉塔甘特·德沃虽以顶尖的保守人物著称，但他本人务实，在许多问题上很宽容。他在国内影响很大，他一反对，在社会上推行寡妇再婚将很难。因此，伊斯瓦尔努力争取他支持寡妇再婚。

拉塔甘特·德沃的孙子阿难陀钱德拉·巴苏同伊斯瓦尔·钱德拉很要好，他曾跟伊斯瓦尔学过莎士比亚。伊斯瓦尔对阿难陀钱德拉说，社会和王室很尊重你爷爷，如果他同意，就能消除我国寡妇的痛苦。你对他做些解释吧！阿难陀犹豫，不敢去做。他爷爷是非常严肃的人。虽然在别的事情上可以向爷爷提要求，但这种社会问题，如果他认为是放肆呢！阿难陀对伊斯瓦尔说，送一本你写的书给我爷爷，征求他的意见吧。

拉塔甘特·德沃读了伊斯瓦尔送来的书后，巧妙地避免发表意见。他称赞了伊斯瓦尔的写作才能，说：“我们是俗人，我们怎么评判呢？如果你同意，那么我就召集学者们，让他们同你论经。”

伊斯瓦尔同意了，他与学者论战了两次。一天，罗阇拉塔甘特·德沃送了一块围巾给伊斯瓦尔。又一天送给了新岛的学者普拉吉纳特·比达拉纳特。他对两人精通经典深为叹服。拉塔甘特·德沃的心态很大程度上是这样：让赞成和反对寡妇再嫁的论战进行下去好，这样可从双方那里了解到许多经典。

但伊斯瓦尔主张寡妇再嫁，不仅仅是为展示学问，他还要付诸实施，否则是不会罢休的。他下定决心，不管富豪们如何拼命阻挠，一定要推动通过法律，允许寡妇再嫁。“青年孟加拉派”和这位婆罗门为此向政府提出请求，在写好请求书后，伊斯瓦尔到处征集名流的签名。

这下拉塔甘特·德沃突然生气了。辩论是一回事，而要求助外国政治势力，迫使国家制订一部法律又是另一回事。在制止“萨蒂”时，拉塔甘特·德沃曾表示反对，在寡妇再嫁问题上，他也以同样原因强烈反对。如果出现社会变革，那么通过群众心理的渐变去变化吧，没有必要用政权的力量去干涉，一旦政治力量插手，就会没完没了。

支持寡妇再婚者认为，维护国家、法律的责任在政权。寡妇再嫁如得不到法律的认可，老百姓是不会赞同这种婚姻的。即使结了婚，寡妇再婚后生的子女也得不到财产。儿子如果不能继承父母的财产，那么这种婚姻就是失败的，无效的。这么简单的事，拉塔甘特·德沃一伙竟然不懂。他们以加倍的热情去征集反对者的签名。

支持寡妇再婚的请求书，已安排好向政府递交，有九百三十二人签了名，最后签名的是伊斯瓦尔·维迪耶萨伽尔。递交请求书的前一天，伊斯瓦尔整天转来转去，他不坐车也不坐轿，他的两条腿就是两匹马，走路一点都不觉得累。他回家时已经很晚了，路上空无一人。伊斯瓦尔看到有几个人等在路上，看样子是等他的。他回头问："喂，你在么？"

保镖斯里曼多说："是的，您别停下，往前走。我随时准备着，会盯紧他们的。"

在斯里曼多的驱赶下，那些人害怕地溜走了。伊斯瓦尔认出其中一个是某老爷的跟班。他大踏步往西姆利亚方向走去，走到贾格莫汉·萨卡尔家前面。他对斯里曼多说，你在外面等着。他进屋去站在贾格莫汉·萨卡尔面前，萨卡尔大吃一惊。伊斯瓦尔说："您不是派人杀我吗？有什么必要这么辛苦？我这不是来了，想杀就请杀吧！"

五十三

冬天的早晨，一艘来自马德拉斯名叫本廷克的轮船，驶进加尔各答港。一个肤色黝黑的洋人同其他旅客从船上下来。他头戴礼帽，西装革履，嘴上叼着一根白色东西，一头冒着烟。这东西叫香烟，在加尔各答人眼中是新东西。

这黑色洋人是已故律师拉吉纳拉扬·德特的独子默图苏丹，但他已不是曾搅乱加尔各答的名叫默图的放肆、聪明、温柔、轻率、娇惯的青年，已变成面容憔悴的中年男子了。默图苏丹现年三十二岁，但脸上已没有青春的光彩，相反有了衰老的影子。

默图苏丹在马德拉斯长住了八年。曾有一天，他没有告知亲戚朋友，就秘密离开了加尔各答。那时他胸怀大志，对未来有许多计划，但都没有实现。加尔各答许多人认为，他已经死了，没有一个人到码头迎接他。默图苏丹东张西望，想找个熟人，没有。加尔各答已发生很大变化。默图苏丹上哪儿去，住在哪儿，都没准儿。他长叹一声，把行李放上一辆手推车上，说："去迦梨卡特，主教学院。"

默图苏丹在马德拉斯不断遭遇失败。他受了去英国的诱惑，改信了基督教，但没有得到去英国的机会。他原想，去马德拉斯同欧洲人社团混熟后能谋个高级职位，但在那里他仍然是土著身份。他为了糊口，只好在普通学校教书。他渴望成为诗人，仿照弥尔顿写了许多诗，但他的英语诗也不受欢迎。有的人只拍拍他的背表示赞许，加尔各答的报刊挖苦他的作品。默图苏丹认为，欧洲女人比孟加拉姑娘优越百倍，到马德拉斯不久，就同他的学生、靛蓝厂主的女儿列百迦结婚。虽然生了四个子女，但婚姻并不幸福，也不长久。他抛弃了子女和列百迦，又和一个法国姑娘同居了。

在"要当诗人，就不能同父母保持关系"的信念下，默图苏丹到马德拉斯后就不同父母联系了。他开头还给朋友写信。他曾把戈尔看得重于自己的生命，一天不见都不行，分手之初还定期给戈尔写充满激情的信，后来也把他遗忘了，眼不见心就不想了。学院的同学都成了家，各忙各的事，再也没有那种吸引力了。在他几年杳无音讯之后，加尔各答许多人都怀疑默图苏丹是否还活着。他那样任性，突然丧生也不是不可能的。

只有戈尔对默图的爱是真诚的、专一的。他一天都没有忘记亲爱的朋友，八年来他都为默图着急。他写信得不到默图的回复，不罢休，找来马德拉斯的报纸仔细寻找，看有没有默图写的文章。默图的很多文章不具真名，但戈尔太熟悉他的文风了，只要看一行就能认出。

默图苏丹改信基督教后，在主教学院学生宿舍度过了五年。在马德拉斯的八年，他同加尔各答没有发生任何关系。这期间国家和社会发生了巨变，默图都没有留意。

詹碧·戴维失去儿子后，过早地离开了这个世界。气疯了的拉吉纳拉扬在詹碧·戴维还在世时，就连续娶了希伯森德莉、普拉斯诺梅和赫尔加米尼三个出身名门的美女，他还想生个儿子。他将改信异教的默图逐出族了，他不会喝默图端来的水，他无论如何不能在死后坠入无子嗣的地狱。詹碧·戴维失去儿子，加上丈夫再婚，备受折磨，她诅咒丈夫：我若贞洁，那么你的其他妻子都不会给你生儿子。最终真是这样，拉吉纳拉扬命中注定见不到第二个儿子，死得十分痛苦。

父亲过世一年，默图苏丹都没有得到噩耗。亲人们偷偷侵吞了拉吉纳拉扬的财产。他们捏造说，默图苏丹已经死了，近亲们瓜分了财产。再说，即使默图还活着，按照印度教法律，改信他教的孩子已失去继承权。低级种性的、贫苦的印度教徒一般都成了穆斯林或基督教徒。家境好的、有钱的印度教徒不轻易改变宗教信仰。可是近来在基督教会的引诱下，政府通过了名为"雷克斯罗斯"的法律。按照这法律，改信他教的子女可以申请继承父亲的财产，但至今没有人尝试运用这新法。

戈尔听说拉吉纳拉扬的私宅被人侵占后，很是着急，房子应归默图所有，可是默图在哪儿呢？当克里希纳莫汉·班纳吉因事去马德拉斯时，戈尔交给他一封致默图的信，求他无论如何要找到默图。通过克里希纳莫汉，默图苏丹同加尔各答又建立了联系。

默图苏丹回加尔各答的目的是筹款。他在马德拉斯贫苦受罪，根本不知道父亲有多少财产。拉吉纳拉扬也像儿子那样奢侈享受，随便大把花钱。默图苏丹把第二任妻子留在马德拉斯，独自乘船冒险回加尔各答。他的打算是：继承父亲的财产，变卖得钱后再去马德拉斯。

他在加尔各答没有住处，印度教朋友是否会收留像他这样的基督教徒呢？为此，默图直接去主教学院克里希纳莫汉·班纳吉的住所，到达后他立即发信给戈尔。

戈尔见信后就来了。多年之后老朋友重逢了。

默图苏丹不像从前那样跑过去亲他的脸，只是站起来握住戈尔的右手，说："安德森，我来了！"

戈尔吃惊和痛心地说："默图，你的面容怎么了？"戈尔眼前闪过那个黑肤色青年的身影。现在默图不仅虚胖，脸浮肿，眼窝深黑，浑身是放浪形骸的痕迹，嗓音也沙哑了。

默图苏丹笑笑说："高尔，你是安德森。"

戈尔也改变了不少。时光流逝不会放过任何人。戈尔现在生活宽裕，职务高级。像印度学院其他高材生一样，现在他是一名副推事了。他两次丧妻，眼神透着痛苦，可是面容还是那样英俊。

默图苏丹说英语，孟加拉语他几乎全忘光了。给戈尔的信寄出后他非常焦躁，在克里希纳莫汉家里没有酒喝，克里希纳莫汉强烈反对喝酒。

默图苏丹说："走，高尔，我们上哪儿去？别的不说，总得在市里转一转。"

戈尔说："我坐车来的。先去启迪普尔吧。不想看看你的家？"

"那个家能让我进么？"

"为什么不让？前几天我还去闹过。我对他们说，小心，默图很快就回来，他来之前你们什么都别动。"

"怎么，你到处去说我要回来的事了？我想秘密地住些日子。"

"没有，没告诉别人。可是你为何要这么秘密？不见见老朋友吗？"

"我难为情，高尔。从前我骄傲地仰起头走路，现在像个乞丐。"

"谁说你是乞丐！你还是我们亲爱的默图！"

"我还有什么值得大家爱的，高尔？"

"你别高尔、高尔地叫我，我叫戈尔！你别什么都是英语，连我的名字都英国化了！"

"对不起，很抱歉！我亲爱的戈尔，我完全不会说孟加拉语了。"

"我在信里多次叫你学孟加拉语，没有孟加拉语我们就没有进步，用孟加拉语发挥你的诗才吧。"

"这辈子怕是不行了。说说朋友的消息吧。普德博、班古、婆罗纳特、拉提夫他们怎么样？他们还想我吗？"

"怎么不想？会见面的，慢慢会同大家见面的。可是拉吉纳拉扬现在住在梅迪尼普尔。"

"耿伽纳拉扬呢？以前我很喜欢他。"

"耿伽像你一样，失踪很久了。没人知道他的音讯。"

戈尔的双驾马车停在恒河这边等着，朋友俩坐船过河后上了车。

快到启迪普尔时，默图突然抓住戈尔的手说："不，戈尔，我不去！家慈死在这里，我怎能进这空房子？"

戈尔有点生气地说："你怎么就不想念令堂？她逝世时你都没来瞧一眼！"

默图苏丹声音喑哑地说："真的，我是罪人，我没良心！你想怎样说我就说吧。"默图苏丹大滴大滴地流泪。他忘记了，英国男人不是随便在什么地方都掉泪的。

从前默图在这房前一下车，三四个仆人就跑过来听他吩咐。今天这里看门人、仆人一个都没有。像是空旷无人的房子。

默图苏丹一踏上台阶又难受了。从前他在这里同好朋友玩得多么开心，这里有多少美好记忆！今天却是一片破败景象。楼梯扶手都松动了。过去灯火辉煌，现在是漆黑一团。

戈尔喊道："有人吗？有人在这儿吗？"

没人答应，像是被遗弃的破房子。

戈尔说："那上去也没用，要不我们找个白天再来。"

默图苏丹说："看一下我的卧室。"

戈尔说："这里黑咕隆咚的，看什么？"

默图苏丹说："我亲手摸摸那墙。我要看看，它们还认识我不？"

两人上到二层，走廊还没全黑。前面那栋楼的灯光有些照到这里。以前这地区人少，现在已建了许多房屋。

默图家的门都朽了，一推就开。里面没有家具，全被别人搬走了，空徒四壁。从前这里堆满默图的图书，到处乱放着他的衣服。

默图苏丹靠在戈尔肩上又哭开了。他呜咽地一再说："戈尔，从前有过的，现在怎么了？从前的日子哪儿去了？记得你和我在这房间里同睡一张床！我是多么疯狂地爱你。没有任何女人像你这样吸引过我……"

戈尔惊叫起来："谁？"

门前出现白色的身影。在戈尔的追问下，那人还是沉默着。

默图苏丹止住哭，他也害怕了。在黑暗中这形象是怎么出现的？好像不是人间有的……

戈尔又问："谁？"

没人回答。

这时戈尔壮着胆往前看看，说："啊，是您？屋子为何全黑着？"

默图苏丹这时还怕。他一再问："是谁，戈尔，是谁？"

在默图离开加尔各答后，戈尔来过这里几次。詹碧·戴维去世时，戈尔来过。他比默图更关心这家的事。

戈尔说："这是赫尔加米尼夫人。默图，这也是你的一位母亲。"

默图苏丹有点讨厌地说："在黑暗中她为何像鬼魂般站着？为何不说话？"

戈尔说："因为痛苦，所以这么麻木。"

默图苏丹说："我有几个母亲？我从未见过她。"

戈尔说："她是令尊的第四位妻子，我以前见过。"

戈尔问这女人："太太，您这儿没灯？您为何独自住这里？家里没其他人？"

这下女人说："有个仆人，我叫他买东西去了。你们等着，我去点灯来。"夫人很快把灯拿来。在灯光下看到她很年轻，最多十六七岁。因守寡头发剪得很短，面容显得很痛苦。

赫尔加米尼问道："你们是什么人？从哪儿来？"

戈尔指着默图苏丹说："这是您的儿子，名叫默图。我想您听说过。"

赫尔加米尼像疯子似的一步一步走上前，把手中的灯举到默图脸前，以奇怪痛苦的声音问："你是默图？怎么这会儿才回来？全都完了啊，孩子。"然后哭着说："啊，我什么人都没有了，我上哪儿去啊？"

默图苏丹惊慌地退了一步，他受不了别人的哭声。他对戈尔说："你翻译给她听，我对她说，母亲，您愿在这儿住多久就住多久。"

戈尔说："孟加拉语怎么叫妈你都忘了？你自己说，妈，您住吧！"

默图苏丹称这位比他岁数约小一半的女人为妈，说了那些话。

赫尔加米尼真的是疯样，她听不懂默图说的那些蹩脚的孟加拉语。她边哭边抱住默图苏丹。默图好不容易挣脱后说："戈尔，你跟她说明，谁都不会将她从这房屋赶走。"然后他迅速地从屋里走了出去。

几天后，戈尔在家里邀请了几个朋友和若干特殊人物，乘机把默图介绍给加尔各答的学术界。

要解决默图苏丹的财产问题需要很长时间。他在这里是一无所有，不解决收入问题，他就不可能待在加尔各答。心怀叵测的亲人不知从哪儿弄了份假遗嘱，所以财产继承现在还是未定之天。此外，戈尔的心愿是默图不再去马德拉斯，而是住在加尔各答。

出席聚会的人有：贝利昌德·米特拉的弟弟吉肖里昌德·米特拉，他是警察法庭的副推事。他妻子是启迪普尔人，曾到过默图苏丹家，管默图叫默图大哥。启迪普尔的房子正在打官司，所以默图苏丹住加尔各答的事未定。吉肖里昌德的妻子通过丈夫说，默图苏丹可以住在他们在达姆达姆的别墅里。那里有很漂亮的花园和一所房子，有很多房间。吉肖里昌德邀请默图苏丹去他家做客。

不仅如此，吉肖里昌德说，在警察法庭他属下还有一个职员的位置空缺，如果默图愿意，可以去任职。

戈尔等人都高兴地欢迎这一建议，对默图来说这是最好的办法。

默图苏丹听后，脸色都变了，职员的位置！他们竟敢提这样的建议！让想成为拜伦、司各特那样作家的人去警察法庭当个职员？

吉肖里昌德说，工资不算少，至少给一百二十卢比，将来有希望提升。

戈尔说："你怎么不吭声呢，默图？吉肖里巴布是个大善人。"

吉肖里昌德说："您可以和我一起坐车去，德特先生。"

默图苏丹长叹一声。这些人以为，对他这样的失业者来说，这职位是有诱惑力的，交通和住房都方便。默图口袋早已空空如也，不得不仰仗别人，已经向几个人借了钱。还有什么办法！默图苏丹说："这对我来说是很幸运的事。"

默图苏丹住进达姆达姆别墅，每天同吉肖里昌德一起去上班。当然，吉肖里昌德完全不把他看作手下的职员，而是像朋友一样。

很多朋友总是来达姆达姆别墅聊天。有许多食品饮料，人们相互辩论，欣赏音乐，谈论文学。默图生性就好交际，神聊没人比得上他。现在他随口就能用英语作诗，但傲慢的默图有时觉得非常尴尬，感到自己是鹤立鸡群，就默默地专心喝酒。

到吉肖里昌德家来的有许多学者。虽然他们是研究英国文学的著名学者，但近来几乎都是在谈论孟加拉文学。拉姆·戈帕尔·高士、德其纳兰占·穆克吉、拉姆德努·拉西里、贝利昌德·米特拉等等，默图苏丹当学生时就认得他们。他们是印度学院早期的学生。德罗齐奥的面授门徒。是他们在孟加拉传播了西方思想。近来他们迷上了孟加拉文学，有些人还脱下西装穿起印度服了。他们对伊斯瓦尔·维迪耶萨伽尔让寡妇再嫁的事很感兴趣，总是谈起这事。一谈起来他们就诅咒罗阇拉塔甘特·德沃。默图苏丹这时什么也不说，他不相信印度教徒会让寡妇再嫁。那天他见到年轻的后妈赫尔加米尼，她一辈子全毁了。印度教徒会给这无助的寡妇指出一条什么好路？

一天，吉肖里昌德的哥哥贝利昌德·米特拉突然同默图苏丹争论起来。傍晚时大家在别墅湖边聚会，这天谈到孟加拉文书报。贝利昌德的朋友，因埃佛勒斯峰而出名的拉塔纳特·西克达尔，现在致力于孟加拉语教育，他自己也写作。拉塔纳特和贝利昌德联合出版一份杂志，用通俗的孟加拉语写作，让妇女和受教育不多的人能够读懂。杂志名字简单，叫《月刊》。默图苏丹从吉肖里昌德那里拿杂志翻看过一两次，他感到恶心。贝利昌德在杂志上写连载小说，名为《阿拉蕾家的杜拉尔》，是用下层人的语言写的。可是那作品在全孟加拉引起很大争论。

默图苏丹听他们谈话感到厌烦。过了一会，他醉意上来了，用英语说："你写的什么废物，贝利昌德巴布？这难道是上等人的语言？您想把人们对奴仆用的语言引入上流社会？在家里您随便穿什么衣服，围块毛巾走来走去都行。但您能穿着那种衣服到文明场合来吗？"

贝利昌德吃惊地望着默图苏丹，然后笑着说："我们谈的是孟加拉文学，你对此丝毫不懂，德特先生！"

可是默图苏丹还说："我读过你们这杂志的作品。那也叫文学？有这种语言的文学？孟加拉语是渔夫、织布工的语言！如引进大量梵语词汇可以使这语言文明些。"

贝利昌德说："德特先生，我说，您听着。梵语的日子一去不复返了。我使用纯粹流行的口头语。您瞧着，总有一天大家都会用这语言写作的。我提倡的这语言在孟加拉将永远存在！"

默图苏丹当时也傲慢地说："根本不会。喷，喷！文学是神圣的东西，你们拿来当儿戏！如果要用丑恶的孟加拉语写作，得先提高它。您瞧着，我创造的语言将是永恒的。"

"您创造语言？什么语言？拉丁语？希腊语？泰米尔语？"

"不，孟加拉语。"

大家同声哈哈大笑，是好笑。那个只说英语不会说孟加拉语的人，说几个孟加拉语单词发音都会错的他，竟要创造孟加拉语！

贝利查德挖苦说："您写孟加拉语？哪个时代？这末法时代，还是真理时代？"

默图苏丹哑口无言。

五十四

　　一个星期六下午，诺宾古马尔被女人的喧闹声吵醒了。他每星期六下午有许多重要事情要做，所以吃过午饭要睡一会儿。

　　诺宾未毕业就离开印度学院了。他的性格忍受不了老师管束，或在教室里静坐。他很聪明，记忆力超强，别的学生要学七天的，他一天就学会了。所以其余时间就在教室里淘气，这有什么奇怪？

　　他离校后，在家里建立了名为"求知会"的俱乐部。名流、思想家来这里发表有关国家、时代、社会、文学的演讲。比起学院老师的命题写作，这个更有意义，更能受教育。诺宾也宣读了自己写的几篇文章，使听众大为惊讶。十四岁的少年竟说出这种深思熟虑的话，从来没人听到过。大家都感激诺宾。他也感到自豪。求知会现在是诺宾最操心的事。一年多来求知会正常运转。

　　诺宾听到女人的尖声喧闹后，从房间走出来。耿伽失踪两年，被认定是死了，他的卧室现在由诺宾使用。声音是从那里传出的。诺宾走过去，看到了奇怪的景象。

　　在克里希纳帕米尼死后一年半，诺宾第二次结婚了。那时他沉迷于求知会，不愿结婚。但宾波波蒂在比图谢克的教唆下，不断施压，最后诺宾同意结婚。克里希纳帕米尼的堂姐妹、另一巴苏家的女儿索罗吉尼成了这家的新媳妇。

诺宾第一次婚后，刚踏入少年期的他，十分迷恋妻子，第二次结婚就不是那样了。从前诺宾对家庭之外的世界，很少接触，所以得到一个女孩做玩伴就高兴了。

现在诺宾认识了市里许多名人，他年纪虽小，但行事稳重，也把自己看作有地位的人了。热心办求知会使他名声大噪，国内报刊都刊登有关报道。

现在外面的吸引力比家里的要大得多。所以诺宾对第二个妻子不热络。这是母亲促成的婚姻，结了婚，好像他就没有什么责任了。妻子待在内院，她有的是时间。在诺宾吃午饭时，宾波波蒂命索罗吉尼去给丈夫扇扇子，这时候她见到诺宾。从前诺宾到了晚上，硬拉克里希纳帕米尼同睡，虽然那时还没有任何性的要求。作为玩伴，睡觉时也不想离开。他对索罗吉尼没有那种热情。到了晚上，宾波波蒂也不让年纪还小的儿媳妇去陪儿子。

诺宾进屋看到，索罗吉尼中午领着几个女孩在玩木偶过家家。她们都是九到十岁，只有一个大点，约十二岁。

开头诺宾的心突然一跳，他想起了克里希纳帕米尼。克里希纳帕米尼死后几天，诺宾哭得厉害，后来很久都不想她了。

正是同样的景象，克里希纳帕米尼中午在这屋里同女伴玩木偶，有几次诺宾也一起玩。现在这些女孩正在玩木偶结婚的游戏，只是那个活泼、能说会道的克里希纳帕米尼不在了，她消失在虚无缥缈中。

诺宾一走进那屋，那些女孩都感到不自在，停止了游戏，低着头，似乎诺宾是大人物，她们犯了什么大错似的。

虽然地球都让男人占领了，但在家里、在内室，女人有一种天生的权力感。

索罗吉尼为给她们壮胆，说："我们玩木偶过家家，关上门，就不会再吵了。"

诺宾让她们别怕，说："你们玩吧，我来看看。"

诺宾突然回忆起两年前的日子,他不能同她们一起玩吗?对要在傍晚与学者聚会,要发表演说的人来说,中午同女孩玩木偶有罪吗?

那个年纪稍大的女孩坐在远一点的垫子上,其他人坐在放着许多木偶的地毯上。漂亮的木偶都穿着上好的丝绸衣服。

坐在垫子上的女孩与众不同,她的皮肤是玫瑰色,眼珠子是蓝色的。

诺宾看了她两眼,似曾相识,但记不起在哪儿见过。那女孩不像其他人那样胆小,眼睛直直盯着诺宾。

诺宾坐在索罗吉尼旁边,说:"让我和你们玩吗?男女孩子结婚啦?我会做媒人!"

索罗吉尼说:"男孩还玩这游戏?这是我们的游戏,不是男孩和女孩结婚。我们玩莎维德丽和她丈夫。"

坐在垫子上穿黄色丝绸纱丽的女孩说:"喂,索罗吉尼,你的新郎能扮姑娘,你叫他现在穿上纱丽啊!"

诺宾吃惊地望着那姑娘,立即想起了,她是克里希纳帕米尼的女友,经常来和克里希纳帕米尼一起玩木偶过家家的。有一天诺宾真的穿上纱丽扮姑娘,很有兴致地同她们玩。这姑娘叫什么来着?

诺宾严肃地问:"以前见过你,你叫什么名字来着?"

那姑娘唇上有隐蔽的笑意,她有点神秘和挖苦地回答说:"不记得了?这就忘记了?我名叫林中月光。"

诺宾一回忆起往事,心里就冒火,他去过这姑娘的公公家,受尽了侮辱。那是一个破落家庭,没人懂得交际,连仆人都很粗野。这姑娘又通过什么途径来了?

其他女孩都奇怪地看着她。一个说:"大姐,你什么时候起又叫这名字的?"

克里希纳帕米尼的女友古苏姆·古玛丽目光紧盯着诺宾。诺宾也想起来了,是他给起名叫林中月光的。这姑娘长大了,可是他从心里不喜欢她。

索罗吉尼突然笑起来，说："古苏姆大姐，你是怎么知道我先生会扮女人的？不过这是真的，我偷偷看见的。"

古苏姆·古玛丽说："啊，怎么回事？你先生扮女人，你偷偷地看？我从未听说过。"

其他女孩都笑了。

索罗吉尼说："笑吧，他穿上贝拿勒斯纱丽。从妈妈那里要来的，绣金的红色贝拿勒斯纱丽。"

其他女孩也笑起来，而古苏姆·古玛丽忍住笑问道："朋友的先生，听见了么？你每天穿红色纱丽？"

如果一个男人，被几个妇女，即使她们还是少女，围住开玩笑，那么处境是很尴尬的。许多打胜仗的男英雄，遇到这种情况也会失败的。

诺宾后悔了，为何此时走进这房间？进来后为何想和她们一起玩木偶？他曾想拿起棍子打碎这些木偶，但这样会被这些淘气女孩取笑的。

他生气地望着妻子索罗吉尼，但她不看这边。诺宾不知道，这羞涩的小丫头古苏姆·古玛丽竟会说出这么多话。

索罗吉尼说："我们家要演戏，每天要排练。我偷偷地在门缝里看。妈制止过，但我偷偷地看。"

一个姑娘直白地问："什么是演戏？"

索罗吉尼说："像演罗摩传、黑天神大戏那样。可不是在广场上演，而是在我们家神坛上。要搭台的。"

古苏姆·古玛丽说："英国人的大戏叫戏剧。你们演英国戏？"

诺宾这下教给这群无知、没文化的女孩一些知识，大声说："怎么，只有洋人演？以前我们的王公、大王时代也演戏，梵语戏。我们演的也是这种戏，不过是用孟加拉语演的，洋人也来看。"

"戏名是什么？"

"《结髻记》①。"

"你在戏里扮演什么？"

这下索罗吉尼代替诺宾说："他演公主帕尼莫迪，所以穿贝拿勒斯纱丽……"

古苏姆说："索罗吉尼，你先生演公主挺像的！可是我们没有看戏的命。只有男人能看！"

索罗吉尼说："不，大姐。姑娘们可以在帘子后面看。妈说，我们都去看，派车去接你们。"

古苏姆不认为这话有多大价值。她说："去你的！我没那样的命。"

诺宾正想离开，古苏姆叫住他，说："你等等，你是想，我为什么又来了？没人叫我，我像不吉利的贪心人那样来了。您娶了我的堂妹索罗吉尼。我的姐妹又是索罗吉尼的朋友。她们要来，就把我也带来了。您都不过问我们的消息。"

诺宾原想说，谁去你倒霉的公公家里打听？那是酒鬼的窝。即使克里希纳帕米尼还活着，我也绝不去了，但他没有说出口。

古苏姆说："记得吗，我女儿同你儿子结婚了，你把我女儿、女婿都扔在我家里了，你把我的名字都忘了。我们的女友也过世了。"

诺宾冷冷地说："还能怎么样？"

古苏姆说："现在索罗吉尼来了，我把女儿女婿给她送来了。我女儿在这里会幸福的。我也不玩木偶了。"

诺宾没吭声。

古苏姆说："我再说一句？您在戏里演公主会很像的，不过走路时要注意。"

诺宾不明白，走路时要记住什么？

古苏姆看着他困惑的面容，笑着说："我家旁边总演大戏，一次

①《结髻记》（Venīsaṃhāra），作者婆吒·那罗延（Bhatta Narayana），是古典梵语戏剧名著之一，取材于印度古代史诗《摩诃婆罗多》，描写黑公主被欺凌，头发散乱被血污染，毗摩（怖军）将其乱发结髻的故事。

演出，一个男小贩既演罗陀，又演碧德，扮相多美！戴着面纱，穿着鼻环，谁会说他不是女的是男的？但他行走时挺着胸，嘻嘻……所以我说你……"

诺宾严肃起来。

"您生气了？您是我朋友的先生，我不能跟您说句笑话吗？"

"姑娘是怎么走路的，你做给我看看吧。"

"你跟索罗吉尼学吧。"

"她还小，你做给我看。"

"该死，说话引来灾难了。不，不，我不行。"

诺宾突然抓住她的手说："不行是什么意思？一定要行。"

古苏姆说："妈呀，这是什么人呀！您硬要我走步呀？饶了我吧。"

诺宾说："我不放开你，我要看女人走路是怎么不同的。"

"逼着走步有何用？谁硬逼着公主帕尼莫迪走步？"

索罗吉尼站起来对丈夫说："您为何捉住古苏姆？放开！"

诺宾说："这姑娘以前我见过，那时她不说话，现在滔滔不绝地说，拿那个扮罗陀的小贩来和我比！"

古苏姆说："如果我有错，说话不当，请原谅。我永远不说话，永远不来这里了。"

诺宾责备地说："必须来，我发请柬。必须和你丈夫一起来看我们的演出。"

"不，不必要发请柬。我们不会来的。我男人哪儿也不去。"

"为什么？为什么哪儿都不去？他是什么大人物？我去你家那天，他连我的面都不见。"

"他谁都不见，是其他人要见他。"

"啊，是这样！我看你丈夫真的像神。"

古苏姆转动着深蓝色海水似的眼珠，说："哪一天请你再去我们家，看看他。他被关在铁笼子里，哪儿都去不了。"她停了一下又说："他现在是被锁住的疯子，谁到他跟前去，他就打谁。"

诺宾吃了一惊，他没料到会听到这些。这么漂亮姑娘的丈夫竟是疯子！疯病没治！诺宾以前听说过。

总得说点什么，诺宾找不到别的话，只说："啊，那你够惨的！"

"您能说世界上有谁幸福？"

在那天的求知会上，诺宾古马尔一再走神。他负有许多责任，他是秘书，要致开幕辞，介绍当天的演讲，宣布演讲内容纲要。贝利昌德·米特拉、拉塔纳特·西格达尔等名人出席。克里希纳·卡马尔·帕德查、哈里斯·穆克吉[1]、克里希纳达斯·巴尔等热情的新青年来了。英国的学者和教员来了。为与会者备饭是杜拉钱德拉的责任，但诺宾也得照看。

可是今天诺宾总是走神，眼前不停闪过古苏姆的面容。以前诺宾不假思索地给她起名林中月光。那时他正读迦梨陀婆的剧本和诗歌，很喜欢《沙恭达罗》剧中这个名字。古苏姆的眼睛真像森林中的月光一样。

这么个小丫头，怎么能说出"您能说世界上有谁幸福"的话来？这小小年纪她就知道痛苦了？她丈夫是被关着的疯子，她面临的是无限痛苦的生活。

在那天的会上，加尔格·佩德里克先生宣读了英语论文《社会道德与思辨》。在进行讨论后不久，蒲立业马托波·巴苏用孟加拉语演讲，表示支持伊斯瓦尔·钱德拉发起的寡妇再嫁运动。诺宾今天不怎么说话。他边听边想，寡妇应当再嫁，但古苏姆会怎样呢？被囚禁的疯子是恢复不了健康的。男人的妻子如果是疯婆，那男人可以随时再娶亲，可是古苏姆为什么不能再嫁？

诺宾也警觉到，自己也有这些可怕的想法了。难道学者伊斯瓦

---

[1] 哈里斯·穆克吉这里原型是哈里斯·钱德拉·穆克吉（Harish Chandra Mukherjee，1824—1861），梵社活动积极参与者，曾任《印度爱国者报》主编，并撰写大量文章支持孟加拉蓼蓝农民抗暴斗争，揭露殖民者欺压农民的罪行，被孟加拉人誉为"农民利益的英勇捍卫者"。

尔·维迪耶萨伽尔想解放寡妇，国家和社会就会变成英国？不管丈夫是疯子或麻风病人，丈夫就是印度教妇女的唯一依托？古苏姆一辈子必须和疯子丈夫在一起？"世界上有谁幸福？"古苏姆说的这句话在他耳中轰鸣。

诺宾在会议结束时，站起来说："各位，我有个请求。"

大家都在静听，诺宾的建议是：为提高孟加拉语，求知会时时举行论文竞赛怎么样？要宣布一个题目，给最优秀的作者奖励若干卢比，这样受过教育的人就会热心用孟加拉语写作了。

大家都表示赞成。

诺宾说："那么我今天就宣布一个竞赛。"他将给优秀作者奖励二百卢比。

"论文竞赛的内容是什么？"

诺宾不假思索地说："内容是，世界上谁是幸福的。"

会场后头一个高大的老头站起来说："好，好，这建议太好了，内容也很合适。这世界上谁幸福？这是很深奥的。"

这个人是拉伊莫汉。他的面貌、衣着有了很大变化，现在不再用手拉着皱巴巴的围裤了，不穿丝衬衣，不抹眼影，不拿念珠，猛一看认不出是夜里出入妓院的他了。现在他容光焕发、衣着得体，适合参加上层聚会。头发梳理得油光锃亮的，肩上搭着披巾。他现在常来听内容严肃的演讲。此外他来这里也有重要意义。求知会排练的戏剧《结髻记》要配几支歌，为此拉伊莫汉写了三支歌，配了曲。那些歌受到大家称赞。

拉伊莫汉走到诺宾面前说："您的建议真好！您对国家将非常有用。二百卢比奖金，您真是令尊的好儿子！好！好！"

五十五

　　索哈格巴拉的病很奇怪。人发胖也有个限度，但索哈格巴拉完全越界，胖得出格了。她年轻时不是不美，而是白皙，眼、鼻、嘴都是圆圆的，但好像和丈夫的地位上升进行比赛一样，她开始发福了。人到了一定的年龄就不会长高，但索哈格巴拉不自然地横着长了。她的手长，胸前乳房像摆动的南瓜。她的两条腿看似湿婆神的铁棍，而湿婆神现在也提不动这么粗的铁棍了。她在肥胖的同时似乎更加白皙了。

　　两条纱丽接起来也围不住她的身躯，她的屁股胖到不亚于母象。她穿不了衣服，总是觉得很热，身上发燥时就叫嚷。迪巴戈尔没少给她治疗，但医生都治不了，她谈不上健康。

　　不久前，两个女仆从两边扶着，让索哈格巴拉坐到凳子上去。她坐在那里管理着她的王国。这家的仆人都由她掌管，从油盐柴米豆到鱼段的数目她都盯着。

　　后来索哈格巴拉不能走动了。她的腿分不开了，一走动腿就摩擦，扯破皮就出血。最后她只能躺在床上。躺在床上就像是一座活的肉山。

　　所有的男女仆人轮流来服侍索哈格巴拉，其中塔戈摩尼的地位有点特殊。塔戈摩尼在晚上来，伺候索哈格巴拉和迪巴戈尔两个人。

迪巴戈尔已经六十岁了，可是肉欲丝毫未减。失去行动能力的索哈格巴拉现在像不懂事的小孩。她要时时看住迪巴戈尔，现在也不难为情了，有时在一张床上，塔戈摩尼要睡在迪巴戈尔和索哈格巴拉中间。当迪巴戈尔使劲抱着塔戈摩尼时，索哈格巴拉睁大两只大眼睛盯着。塔戈摩尼在伺候好迪巴戈尔后起来时，索哈格巴拉问她："你伺候好了吧？是先洗过澡来的么？身体手脚都接触过了，去行礼后走吧。再来时先洗澡。"

然后索哈格巴拉问丈夫："你身体好吧？火出了吧？舒服了吧？说呀！你想要舒服……啊，我的发缝有朱砂，有你这样的丈夫，我多么幸运……"

说着说着索哈格巴拉就开始哭。

索哈格巴拉死后，四个人都抬不动，做了张大床，在底下绑上竹竿，十个人才抬走。得悉索哈格巴拉的死讯，宾波波蒂亲自来看望。过去十年，楼上的老爷没到仆人的地方来过。宾波波蒂在她的嘴唇洒了几滴恒河水，说，啊，贞洁的吉祥天女，准会升天的！

她把自己非常名贵的一袭丝绸纱丽盖在尸体上。

塔戈摩尼在索哈格巴拉死后，坐上了走廊的空凳子，这事没人敢过问。索哈格巴拉的位置由塔戈摩尼接任，理所当然。塔戈摩尼是迪巴戈尔相中的，不仅如此，她儿子杜拉钱德拉是少爷的宠仆。不，说仆人不好，杜拉钱德拉的地位比仆人稍高，他是少爷的全天候伙伴。他也有一点文化，不跟仆人待在一起。

塔戈摩尼现在也开始显摆她的青春，身体有些丰满了。吃什么树根可以打胎，或者哪个傻丫头怀胎五个月了，该去向哪位女信徒拿药，她全都知道。新来了年轻漂亮的女仆，她也派去伺候迪巴戈尔一两回。

三年前她给杜拉钱德拉娶了亲，但她没有和儿子媳妇同享天伦之乐的命。近来杜拉钱德拉不再接受母亲了。他憎恨母亲，他羞于介绍母亲是一名微不足道的女仆。当请洋人教员来教诺宾时，为不让洋人从大门进出，在花园里建了一间结实漂亮的书房。现在那房子给杜拉钱德拉夫妻住。而杜拉钱德拉的老婆也很受宠，她根本不想伺候婆婆，总是打扮成阔太太在花园里闲逛。不久前她生了个儿子。

杜拉钱德拉的态度令塔戈摩尼伤心，她在独处时心里就念叨。不自觉地对空说：儿子不看我就算了！儿子不给我吃穿？我怕他？我有能力靠自己，我向谁都不伸手！俗话说，"只要投钱就有鱼虾酸奶，不要朋友也要钱，有了钱，老虎奶都能买到"。

塔戈摩尼手里现在攒了一些钱，月份钱已由三卢比增到六卢比，这钱是一分都不用花的。加之她取代索哈格巴拉后，收入也相当多。即使你不索要，也有人进贡。送牛奶的人偷偷在外面卖掉一些奶，给塔戈摩尼进贡些钱。甚至两辆双驾马车的四匹马的马料也是从库房出的。马夫在外面卖掉部分马料，也自愿给她一部分。酥油、油、香料全都是小贩送到家的，以前钱都是迪巴戈尔收取的。现在他不再去惹那些腥了，那些钱都归塔戈摩尼了。

纳古尔曾经是塔戈摩尼的另一个姘头，但这家伙说瞎话无人可敌。他在家乡有老婆孩子，有时请假回去。这次他回来后说：他老婆咳嗽，命不会长了。在老婆死后就将塔戈摩尼当作媳妇带回家乡去。那里纳古尔有一大家，需要像塔戈摩尼这样的一个人看管，纳古尔不能放弃这里的高收入而整年待在家乡。

纳古尔在媳妇死后，忘记了许的诺，目光转向了别处。他现在迷上了被迪巴戈尔抛弃的另一个年轻女仆。算了，塔戈摩尼对这些根本无所谓了。她知道青春正在消逝，现在男人另寻新欢了。可是如果纳古尔一两天忘记给她进贡，她就向他施压。

她清清嗓子后说："喂，小子，今天买了多少鱼？你这是二十斤？别以为我瞎！我看你总是躲躲闪闪的，没良心的东西！俗话说，别太过分了，太过分会倒霉的！太贪了吧，不是吗？"

塔戈摩尼跟着索哈格巴拉，这些话早就背得滚瓜烂熟了，现在用得正是地方。

这样说了若还不起作用，那么塔戈摩尼就瞪眼，说："小子你再来骗我，我就报告少爷！"

瞪眼得不到爱，但是能分得部分赃物。

此外塔戈摩尼手里有王牌。大家都知道，塔戈摩尼可以避开迪巴戈尔，通过儿子去向少爷告状。而少爷是听杜拉钱德拉的。谁都相信，不久后杜拉钱德拉就会取代迪巴戈尔的位置。至于杜拉钱德拉是否尊敬母亲，谁都不知道。

迪巴戈尔在家乡很有地位了。他长期在辛格家当管家，用挣来的钱盖房置地挖池塘建神庙。即使现在丢了差事也没关系，离开加尔各答可以回村安度晚年。迪巴戈尔圆滑，从来不给塔戈摩尼空头许诺，甚至对床上这位性伴侣也从来不说温存情话。塔戈摩尼只是一个伺候他的女仆。在迪巴戈尔不需要时，塔戈摩尼在他眼中没有任何地位。塔戈摩尼曾在一天惊恐地提过要求：迪巴戈尔回乡下是否能把她带上？她得到的是迪巴戈尔的狠狠训斥。

塔戈摩尼的钱全放在床底下。有时在晚上数钱，一再地数也不满足，从前她不会数数。当她拉着丈夫和儿女的手来到这城市时，二加二等于几她都不懂。那些都是很久远的事了，塔戈摩尼几乎不记得那些梦幻般的朦胧往事了。她家两边是两排多罗树，中间是多罗树叶盖的土坯屋，一天地主的代理来放火烧了屋子，梦中的那把火现在也熄灭了。

现在塔戈摩尼精于算数，边数钱边想，这么多钱！这么多钱，她要像守财奴那样守住它。

近来她躺在这些钱上作了个新梦。

像迪巴戈尔在叫作"二十四区"的地方盖房、挖塘那样，塔戈摩尼不能在同村或附近村庄盖一所房子吗？房子、池塘、耕地……她虽然现在还没有完全被甩掉，但她知道，迪巴戈尔不久后就会抛弃她。即使自己扑到他身上，他也不会碰她了。塔戈摩尼这几年没少见，这家的老奴仆是什么状况，体力一差就得走人。大家用各种借口整你，别人打碎了东西，也说是你的过错。别人偷了东西也嚷嚷说你是小偷，最终有一天得哭着离开。向主子乞求也没用，你根本见不着主子。此外，任用或辞退仆人，全由迪巴戈尔决定，主子才不操这份心呢。谁去对他说什么他都讨厌。活儿要是做得不好，主子就唯迪巴戈尔是问。

塔戈摩尼看到，许多老仆人抱着破包袱一无所有地走了。他们上哪儿去？哪儿有像扔死牛那样的地方呢？

塔戈摩尼不是一无所有，她有了足够的钱。但她是孤身女人，拿这些钱做什么呢？稍一松手钱就会被五鬼掳走。不久前她的欢乐就是儿子，儿子现在是别人的了，他现在那么忙。可是塔戈摩尼在内心深处画出新居、满是牛粪的院子、小房子、柚子树，年幼的杜拉在那里玩沙子。

在耿伽失踪后一段时间，这家冷冷清清的，现在又热闹了。诺宾再娶亲后，外家人总来。此外每周六傍晚学者们都来。辛格家大门外停着一排排马车。轿夫们不断地吆喝，不停地有轿子停下。客厅挤满了人。他们发表了很多意义深长的演讲，有关国家进步和社会改革，这些与仆人无关。仆人们只知道每星期六少爷的朋友来，得给他们送上许多食品。家里来客多，仆人高兴，人多就意味着食品多，从那里捞一点也能积少成多。

中午没事时，塔戈摩尼一步步走到花园里儿子家门前。门大多是从里面关上的。这时塔戈摩尼就叫，媳妇，我孙子睡着了吗？开门，媳妇！

杜拉钱德拉的媳妇苏巴拉不情愿地打开门。她喜欢睡午觉。夜晚她得起来几次，孩子几时会哭或弄脏床单都没准，午觉被婆婆给搅了，她心情能好吗？如果媳妇知道丈夫瞧不起他母亲，那她会做的更加过分。

她不叫婆婆进来，两手扶在门上说："什么事？孩子刚睡着！费了好大劲才让他睡了。"

"那我看一眼，不看一眼孩子我不放心。"

"您别的时间不能来吗？孩子玩了很久。"

"从早上起我连眨眼的工夫都没有，还没到下午又要开始分香料，给油灯添油，量炸油饼的面粉。"

塔戈摩尼知道杜拉钱德拉这时候几乎没有一天在家。她问道："杜拉在哪儿？"

"跟少爷出去了。"

塔戈摩尼有时连着三四天都见不着杜拉一眼，也要来这里找一找儿子。

塔戈摩尼近来见了苏巴拉也吃惊了。苏巴拉十四岁，她父亲是鞋匠。她结婚来这里时戴着鼻环，满面惊恐。她现在不戴鼻饰了，时常打扮，穿着纱丽，真像老爷家的女人。儿媳妇竟这样对待塔戈摩尼。

苏巴拉从门上缩回手，塔戈摩尼就进去，站在熟睡的孙子前。她充满激情说："啊，我的宝贝，多么漂亮，面如满月。媳妇你看，他的眼睛就像杜拉一样……"

她一走神就去抱孙子，苏巴拉啊一声叫起来："妈妈！他会醒的，会哭的。刚睡就被吵醒会大哭的。"

塔戈摩尼像罪犯似的缩回手。吵醒了不会再哄他睡么？她没养过孩子？太过分了。

她严肃地说："他的手压在胸上了。媳妇，把他的手放在两边，小孩睡觉不能把手放在胸前，那样会做噩梦的。"

儿媳妇生孩子时，塔戈摩尼非常希望晚上能搂着孙子睡，但希望落空了。苏巴拉不愿孩子离开，哪怕只是一会儿。

塔戈摩尼幸运地有一两个中午见到了杜拉钱德拉。但杜拉见到母亲显得气呼呼的，不想说话。塔戈摩尼肺都要气炸了。她真想抚摸一下杜拉，问他，你怎么样，杜拉？妈为你操心，你明白吗？

但这些话都没有说出。杜拉一见母亲来，就躺在床上故意打起鼾来。

塔戈摩尼内心痛苦，说："啊，你为何这样恼我？我做错什么了？即使我错了，也是为了你啊。你小时候，为让你吃好住好，我……"

一天中午，塔戈摩尼看见杜拉进屋，便迎上去说："杜拉，我有话要跟你说。"

杜拉将头扭向别处，严肃地说："什么事？"

"我说，你好好坐下，啊，媳妇，你也来，也来听。"

杜拉沉下脸说："要说就快说，一会我要跟少爷出去。"

塔戈摩尼像报喜似的兴奋地说："我说，我手头攒了些钱，用这些钱在乡下能买所房子么？"

杜拉说："去乡下买房？为什么？做什么用？"

"我们不要一所自己的住房么？一辈子就住别人的房了？"

"在乡下买房，谁住？"

"怎么，我们都去住啊！"

"住乡下的房子？吃什么？吃空气？"

"听我说，听我说，你仔细听！我攒的钱够买一所房子和几亩地了。还有一个池塘，种地就够我们吃的了。这不好吗？在别人家干活干到死？要有我自己买的房子，我和媳妇管家，你种地……"

杜拉讨厌地瞪大眼睛斥责说："我去犁地？你脑袋是否有毛病了？我们在这里难道苦得要去乡下当农夫？少爷离开我一步都走不了……嗨，疯话，离开加尔各答到乡下去！你想去你就去吧！"

五十六

  一天，比图谢克拉住从求知会出来的拉伊莫汉。每周六傍晚，比图谢克都到辛格家的客厅来，盯着看，什么人来了或走了。

  在开会时，比图谢克从来不进会场，这些是小孩儿玩意。没准会对他这样的老人说些不敬的话，难保自己的尊严。诺宾现在迷上这个会，比图谢克没有阻挠，但心存疑虑。几个小青年傍晚聚在一起讨论什么重大问题，考虑国家的什么发展，他觉得不正常。这是什么新潮？

  全国的年轻人中，普遍出现种种堕落行为，年轻轻的就酗酒。从前在长辈面前还有所顾忌，现在也不怕了。市里到处是妓院，从前主顾是中年富翁，现在年轻人也公开出入那些下流场所了。一些在英国学成归来的年轻人，有机会在政府任职，造就了一批年轻职员，他们中大多来自郊县，成群住在公房里，把妻儿留在乡下，傍晚也去买春寻欢。黄昏时这些放荡的酒鬼和色鬼闹得使你走路都难！

  还有一群青年迷上了宗教，那也是一种反叛。不久前基督教时髦了一阵，现在稍为平静了。又有一群人以修炼无偶像的梵为名，开始了宗教狂热。那婆罗门教是没有首领的，它唯一的目的就是贬低古老的印度教。

比图谢克想不通的是，如果青年人都沉迷于宗教、酒和嫖娼，那怎么保持家庭的纯洁和发展呢？像那些滥交的、吸毒的毁了自己的生活一样，那些宗教狂也无心于社会的发展，在他们看来，想发财也是罪过，英国人乘机掠夺了印度的财宝。乔拉桑科泰戈尔家的戴本德罗纳特，以宗教的名义让青年人上蹿下跳。达罗卡纳特·泰戈尔大胆地投入同英国人的商业竞争，而他的孽种、这个戴本德罗纳特，为了还债和搞宗教活动，把父亲积攒的财产一点点地卖掉了。

比图谢克一想到这些，就厌恶地皱眉头。对印度教徒来说，宗教纯粹是个人事务。居家的印度教徒按各自的意愿谈论宗教，在生活中尽可能遵守教规，但是一群人打着宗教旗号聚在一起发表演说或唱歌跳舞、哭闹、上街游行，这真是奇事！这是毗湿奴派苦行者干的事。这样他们可以去苦修去寻求栖身之地，或者到丛林里去！戴本德罗纳特每年竟生出一个儿子或女儿来！

比图谢克知道，诺宾很不安分，爱幻想。必须紧紧盯住他，稍一放松他就会被毁了。诺宾的性格还未稳定，坏人一唆使，他就干坏事，此外花钱大手大脚。他会败光拉姆卡马尔·辛格那无人可比的财富的。诺宾尚未成年，在法律上还无权管理财产和地产，权力还在宾波波蒂和比图谢克手上。宾波波蒂溺爱儿子，儿子一要钱，她就给，给就给吧，比图谢克费了很大劲也制止不了。

诺宾对知识和学问沉迷的程度，比图谢克至今也不认为是好兆头。他认为这只是一时的热情，和其年龄不相称。比图谢克怀疑，他会突然完全走向反面。

比图谢克自己不参加求知会会议，但他派迪巴戈尔去当探子，迪巴戈尔在周围转来转去。比图谢克通过迪巴戈尔得知，会上不用白兰地和香槟，也不偷偷饮用，不谈论女人，也不谈宗教，只是讨论枯燥无味的社会改革和文学。比图谢克起疑了。

比图谢克听说求知会张罗演戏，起初想强烈制止。唱大戏唱歌这些低级趣味的东西，是下等人欣赏的，只有少数上等人偶尔去观看，是为换换口味，难道上层人家自己去演？

但比图谢克只好顺从诺宾的固执。敢情英国戏剧同唱大戏唱歌不是一回事，高等洋人也热心支持这种戏剧，在某些富有的印度教家庭近来也开始流行了。

诺宾躲避着比图谢克，不愿直接面对。有时遇到就找个借口跑掉，他不公开拒绝，但内心有点怕比图谢克。比图谢克若将意见强加给他时，他就告到母亲那里将它否决掉，就这样他得到了演戏的许可。

比图谢克明白，来硬的不能使这孩子冷静下来，要控制他必须来阴的。

他坐在客厅的躺椅上抽烟，迪巴戈尔在旁边忙着给他捏腿。求知会的活动结束了，演讲者和会员先后都离开了。比图谢克眼睛盯着那边，看到最后走的拉伊莫汉，立即对迪巴戈尔说："把他叫来！那个正在下楼梯的……"

迪巴戈尔把拉伊莫汉叫来了。

比图谢克一只眼戴了黑眼罩，这只坏眼睛见不得光。客厅里点着上百支蜡烛。

他用那只好眼上下打量拉伊莫汉后，问道："你叫什么名字来着？"

拉伊莫汉两手合十，礼貌地弯腰笑着说："老爷，您一次次看到我，又一次次地忘掉。当然我是小人物，像老爷这样的大忙人怎会记得我呢？在下是拉伊莫汉·科沙尔。"

比图谢克说："唔，想起来了。你怎么又上这里来了？我是在卡玛拉那里见过你的。"

"老爷，您在很多地方见过我。已过世的拉姆卡马尔·辛格老爷特别喜欢我。没有了他，我们许多人完全无依无靠了。"

"我明白了。有一天你曾说过，你是快乐的鸽子！你从几时起又对学问有兴趣了？快乐的鸽子不是这样出名的。"

"老爷，人们命中有什么，连阎王的小鬼都说不清，猫老了也会吃素，人老了，享乐者也会变成苦行者。罪人也会裹上长袍躲藏在别的罪人底下的。托您的福，我年纪也不小了，有一天也会问自己，喂，愚昧的心啊，时光流逝了，在世界上你攒下什么了？知识是一点没有。黄金是没有了，只勉强能糊口。在残存的日子里，听听好话，关于国家发展的好话，要不到了阎王殿也不好交代。我看到拉姆卡马尔·辛格的少爷诺宾开办求知会，我就来坐在角落里。"

"他们给你位置了？"

"人有时也可怜不够格的人。耳朵听到好话，灵魂也能提高。孩子是您的宝贝，感谢拉姆卡马尔·辛格生了这样的儿子。在天分上他同日月一样！"

"这我明白，但来这里的都是大学生、懂英语的有身份的人。你是怎么在他们中取得地位的？我看你是穿了伪装，可是一说话，你的学问就露馅了。"

"是的，我不懂英语，可是我小时候读过几页经书。我坏，但我出身不坏，我家族的血统有点读书写字的学问。有时那血统也会说话的。"

"啊，说着说着就会发誓了。会有用的。"

"老爷，我再说件真事。这个会上不像白人那样总说英语，是讲孟加拉语的。诺宾是孟加拉语的支持者。孟加拉语既然是国家的语言，知识的语言，中间我也背诵几句经文。"

"好，好，我明白，你够格。可我还是不明白，你来这里的真正目的是什么？是不是希望得到些钱？"

拉伊莫汉吃惊地伸伸舌头，说："不是的，老爷！为了钱我曾到处转，现在需要弄点无效的知识。我们的会上谈到要交会费，我也会交的，还有……"

比图谢克焦急地问，还有什么？

"会员们演戏，为此我写了三首歌，也是我谱的曲，我教诺宾唱。来这里的很多懂英语的人、学者，没人能像我这样写孟加拉歌曲，因此也需要我。"

"这就清楚了，你这样的聪明人来，当然能胜任工作。必须事先把自己弄成不可或缺的人，然后随便抚摸这孩子的头，是吧？大伙都想把他的脑袋嚼碎吃掉，对吗，迪巴戈尔？但你要知道，只要我还活着，这种事就不会发生！谁想这样干，我就能让他绝种！"

比图谢克这一威胁，并没有使拉伊莫汉脸上露出丝毫恐惧的痕迹，他还是照样笑着。

在比图谢克凶狠目光注视下，拉伊莫汉沉默了一会，说："老爷，我没牙了，嚼不了谁的脑袋了。胳臂也没劲，眼也朦胧，我能拧断谁的脖子？现在死神已经召唤我了，我要尽可能清除心中的坏东西。我不那么迷恋宗教，所以倾向于求知！我对您说过，我这是无效的修炼。"

"真是妙语！这会儿我要听你的歌。迪巴戈尔，你出去，把门关上。我不叫你你别进来。"

门关上后，比图谢克说："坐下，坐在面前这张凳子上唱。我看你为这戏写了什么歌！"

拉伊莫汉清了清嗓子，唱道：

良宵已逝，无法留住，
没有丈夫，女友魂飞，
女友啊，月儿已西沉，
莲花开了，莲花落了，
情人还会来给我欢乐？……

比图谢克翻着白眼严肃地舔着嘴唇听着歌。以前从未听说他喜欢听歌，他也从来不花时间听这种艳曲。今天他听拉伊莫汉唱另有深意。

一支歌唱完后，比图谢克说还要听一支。

拉伊莫汉又唱道：

谁心爱的鸟儿飞来了，
　　　女友快抓住收在心里。
　　　哪个妞儿养的鸟儿骗了谁
　　　挣脱锁链飞来了，抓不住。

　　比图谢克的表情更加严肃了。他斥责说："你只教这些下流的歌？"

　　拉伊莫汉完全明白比图谢克听歌的目的，所以在唱第二支歌时，将"收容在生命里"改成"收在心里"了。他平静地说："老爷，按照戏里内容编的歌，大家都很喜欢。"

　　"为什么不？孩子们会不喜欢这些东西？这是情歌，你就教诺宾唱这些？"

　　"是的，老爷。在戏中他饰演公主，这歌是为她写的！"

　　"他演公主总是玩爱的游戏？怎么，公主从来不唱敬神的歌？你教他唱敬神歌呀，如果是夏玛之歌就火了。"

　　"那也有，老爷，请听第三支歌。"拉伊莫汉立即说：

　　　忠实于你的，
　　　请收下，女神，我的祈求……

　　拉伊莫汉把这支歌的丈夫换成了女神，情歌变成敬神歌。

　　比图谢克这下有点满意了。说："我要你做几件事。"

　　他一叫，迪巴戈尔就推门进来看看。比图谢克吩咐他："以我的名义去账房取二十卢比来。"

　　迪巴戈尔一走，他就问拉伊莫汉："你住在哪儿？在詹巴扎那个女人那里？"

　　拉伊莫汉说："不，不，老爷。那里我只去过几次。我早就听说您要把她从那房子赶走，后来我就没去。她现在还没走吗？"

　　"现在还在打官司，这么顽固的女人还真少见！官司一直在打。

我看有人在私下给她出主意，她自个儿没有这样的本事。"

"那可能。老爷，有许多大人物去她那里。"

迪巴戈尔拿来二十卢比，比图谢克接过钱，示意迪巴戈尔出去并关好门，然后将钱递给拉伊莫汉说，拿去。

拉伊莫汉十分惊讶地说："钱？为什么？老爷？"

"怎么，你不碰钱了？钱是不干净的东西？"

"不是，老爷，钱是心肝、眼珠子，是父母和子女的爱，钱是今生的解脱。有多少罪人坐在钱堆上变成了伟人。我只是问问，您怎么突然这样可怜我了？"

"拿着吧，这是对你唱歌的奖赏。乞丐到门口来唱歌也得打赏一点的。"

拉伊莫汉接过钱后一再高举过额头致谢。

比图谢克猛抽了几口烟后精神来了，说："每月你从我这儿拿二十卢比。可是光唱歌不行。你们这会上都谈论些什么，你得告诉我，分毫不能省略掉！"

这下拉伊莫汉松了口气，说："当然，老爷！这些事您当然应该关心。"

"我必须盯住，不能让诺宾走上邪路。"

"当然！"

"在里面你看到什么出格的事了吗？这演戏我不喜欢，你没听到什么吗？"

"那些是没毛病的娱乐，一点毛病没有。可是为那个不信神鬼的维迪耶萨伽尔那么疯狂不是好事。"

"维迪耶萨伽尔不信神？我早就认识他了，他年纪轻轻的，有点头脑发热，但这人不贪。他在小不点诺宾的启蒙仪式后离开时不拿酬金，真叫我吃惊。在末法时代还有不贪财的婆罗门学者吗？"

"不过，老爷，在末法时代婆罗门学者不信上帝！这维迪耶萨伽尔只是不信神吗？他要让寡妇再嫁！"

"你说什么？"

"您没听说？为这事全市都嚷开了。您那诺宾为寡妇再嫁上蹿下跳。"

比图谢克好一阵不出声，他的痰突然涌上来。他对自己这毛病感到吃惊。过了一会他抬起头，无奈地说："我有五个女儿，她们谁都没有和丈夫在一起的命。我最疼爱的女儿宾杜到迦希后自尽了，我全忍了。看在社会和国家的面上，我从不软弱，没有求助于邪门歪道。可是现在老了，不行了。科沙尔，你永远不要在我面前谈寡妇！他们想干什么由他去。"

拉伊莫汉不吭气。

比图谢克又说："是我邀请维迪耶萨伽尔来给诺宾启蒙的，维迪耶萨伽尔是他的师尊。如果现在诺宾遵照他师尊的话去做，我有什么脸去制止？"

"说得对。"

"你给盯紧点，别让诺宾结交坏人，走上邪路。我们两家就这么一个男丁了。"

"孩子是你们的宝贝。年纪虽小可是多么聪明，多么懂事，没人见过这样的孩子！"

拉伊莫汉向比图谢克告辞后走到大路上，全身发烫，烦躁不安。当然了，口袋里有二十卢比，真想去喝上几杯加苏打水的白兰地，很久没有喝了，现在没有以前那种生活了。为了同诺宾的会议合拍，近来拉伊莫汉需要读书。

拉伊莫汉感到不安，因为近来对麻醉品严厉管制，未到黄昏酒店就关门了。他知道给钱能在哪儿弄到这些东西，但去那里又会遇到那些哥儿们。

今天路上白人警察很凶，拉伊莫汉开头以为是有人闹事，城市里闹事的不少。几天来市里的头头为保持清洁发怒了，打扫、填臭水坑，还发布命令不许随地大小便。从未听说过这种奇怪法令。不少行人评论说，在路上不撒尿，难道人们回卧室去撒？但这不是开玩笑的事，站岗的逮捕了几个年老的和年轻的到警察局罚了款。拉伊莫汉走出不远就明白了，今天不是那种事。路上人不多，警察却很多。拉伊莫汉看见，一群本土警察和几个白人警察正在巡逻，便挨着墙站住。后来往前走，又是这样的队伍。

一个身材高大的哨兵将棍子夹在左腋下，两手正在揉烟丝。拉伊莫汉走到他面前敬了礼，问道："兵大哥，今天是怎么回事，这么多大兵和警察？"

哨兵瞟了他一眼，说："你不知道某位纳瓦布①要来？"

大兵说了一位纳瓦布的名字，拉伊莫汉听不明白，好像挺陌生。他想，去他的，管他什么纳瓦布、王公？这城市来过多少土王、大王、纳瓦布、王公了。

再晚一点牛车没有了，轿夫也不见了。拉伊莫汉得走回新娘市场去，他小心地看四周。

希莱莫尼的儿子钱德拉纳特逃走后再没回来。拉伊莫汉看见过他三四次。有时他在码头卖苦力，有时挖土，他一见拉伊莫汉便瞪着红眼睛看。拉伊莫汉明白，已不可能将他拉回家了。他对母亲和拉伊莫汉一时的强烈怨恨已变成终生的恼怒了。拉伊莫汉不再对希莱莫尼提起见到钱德拉纳特的事。

希莱莫尼已完全洗手不干她的职业，也不再唱歌了。拉伊莫汉劝解了很久，让她至少不要放弃唱歌。她是希莱·布尔布尔，在市里她的歌多么受欢迎！但她根本不听！那些大人物毁了她儿子，她还去为他们唱歌取乐？她恨！

拉伊莫汉轻轻地走进家，今天他很高兴。家里一片漆黑，近来希莱莫尼总是熄了灯睡觉。拉伊莫汉点亮了几盏灯。希莱莫尼躺在自己屋里的床上，拉伊莫汉轻抚她的背，叫道："希莱，起来，今天给你唱支歌！"

拉伊莫汉说："起来吧，这歌不是唱给老爷听的，这歌只有你我

---

① 纳瓦布（nawab），印度莫卧儿帝国时期各土邦的行政长官。

两人听。起来，心情会好的。"

"不。"

"我的希莱，我的宝贝，我的金子，我白天的荷花，晚上的莲花，起来！"

"不，你吃饭吧。饭盖着呢。"

拉伊莫汉硬让希莱莫尼转过脸来，说："宝贝，起来，两人一起吃。听着，希莱，你听我说句话，对那些不公正对待你儿子钱德拉纳特的人，我一定要报仇，你瞧着吧，总有一天。"

五十七

在哈德科拉的马利克家，乔迦伊·马利克的小儿子乔迪卡·普拉萨德感到恼怒的是：父亲还不死。家里没有儿子娶亲或姑娘出嫁，可为之大办婚礼。媳妇们也没有生孩子，可办满月酒和大大庆祝一番，操办总得有点由头吧。家里办歌舞会也不热闹，过湿婆节和杜尔迦女神节也比不过皇宫或者拉斯摩尼女士。不管你办的多么排场，人们还是往那两家跑。

人们都在谈论，收到索帕巴扎王家公子大婚的请柬了。别人谁都做不到这样。哈德科拉的德特家办满月酒那天，成千上万的人都吃到鱼、肉、米饭了！乔拉桑科的拉姆卡马尔·辛格家过节，那才叫厉害，谁都比不上。

马利克家现在只有一次办葬礼的机会了。到时候看吧，拉姆卡马尔·辛格的儿子算什么，乔迪卡·普拉萨德是多么有钱的父亲的儿子，但父亲乔迦伊·马利克既不瘫，也不死，虽已年近百岁，但还算健壮，不急于满足他这个愿望。他耳背，没牙的嘴说话谁都听不明白，可是他还能走动。

乔迪卡·普拉萨德在见到父亲时，时而叹气，时而气得咬牙。当然，那是他清醒地待在家里时。近来他总是在想葬礼的事，时时大骂父亲是"没良心的老东西",大喊要打死他。"我说过你的葬礼要震动全国,可是你还不死!来吧,今天有我没你。"

仆人们早有准备,及时逮住乔迪卡普拉萨德。

他在外面喝醉酒回到家,嘟囔着问道:"死了?老家伙死了?唔?你们谁先告诉我好……好……消息,我赏他五个金币。死了?"

这时他的老父亲乔迦伊·马利克抓住二楼走廊上的铁栏杆像十个月的婴儿那样曲着腿在跳,嘴里发出呜呜声。

一天,几个仆人把乔迪卡普拉萨德从马车上抬下来。他已失去知觉,全身像瘫痪病人那样颤抖,口流白沫。

乔迪卡普拉萨德去一个异教徒妓女家里跳舞,昏倒后再没恢复知觉。

这家混乱到没人安排谁给谁看病,乔迦伊·马利克的次子加里普拉萨德掌家,他的享乐和欢娱不少,但他至少有一优点,从来不在醉醺醺时回家。他在城市的各个角落有几个情人窝,有时在那些地方扎几天,又在家同家人好好过几天,也许因此财产才没被败光。或者是因乔迦伊·马利克的长子卡勒莫·吉德普拉萨德强力管住家产,所以家产不仅没被糟蹋,反而日益增加了。

乔迪卡普拉萨德昏迷的那天,加里普拉萨德正好在家。他急忙请名医来给小弟弟治病。医生全都回绝了。看样子乔迪卡普拉萨德没有给父亲送终的命了,相反,他父亲要白发人送黑发人了。

一天中午,古苏姆·古玛丽来到中间这座楼探望叔公。她同叔公乔迪卡普拉萨德的妻子杜尔迦莫尼很要好。古苏姆·古玛丽在这家只能同杜尔迦莫尼说说知心话。

杜尔迦莫尼是乔迪卡普拉萨德的第三任妻子。加尔各答的富人家有一规矩,老爷不管在外养多少个小妾,家中只能有一个妻子。妻子死后可续弦。加雅斯特和吠舍种姓不太流行多妻制,但丧妻后再娶是无罪的。老爷也许一个月都不在家住几天,但内室不能空。家里的妻子如果不痛苦,老爷在妓院就快活不起来。

命好的人媳妇都早死,每结一次婚就意味着得到金钱和首饰。

从这方面说，乔迪卡普拉萨德命好。他的首任妻子婚后两年就死了。第二任妻子来后一年就自尽了。

杜尔迦莫尼不哭闹也不自尽，她很精明，自尊心很强，娘家在佛拉斯丹加。她读过一点书，曾努力想把堕落的丈夫拉回正道，但没成功。现在她不想见丈夫的面。

杜尔迦莫尼正在绣花，一见古苏姆·古玛丽就说："来吧，坐。"

古苏姆·古玛丽问："婶子，他怎样了？"

杜尔迦莫尼说："还是那样。"

"有知觉了么？"

"没有。"

"今天大夫怎么说？"

"我也不明白他们说些什么，你也不会明白的。如果他命大，就会得救。"

"他的命，还是你的命？"

"我不为我的命操心。你知道，我不喜欢吃鱼吃肉。他的死活和我没多大关系。"

古苏姆·古玛丽大惊，说："啊，多么不吉利的话。去，去，婶婶，别这样说。别人听见了会怎么想啊！"

杜尔迦莫尼笑笑，说："我会对别人说吗？这话只对你说。"

"婶婶，真的，你很勇敢。"

杜尔迦莫尼不是弱不禁风的小女子。她高大，身材好。乔迪卡普拉萨德总是打她，他没有道德，打老婆是泄欲的一部分。有一次杜尔迦莫尼带了女仆偷偷回了娘家，乔迪卡普拉萨德派人硬把妻子叫回来。杜尔迦莫尼的父亲家道突然中落，所以无力阻止财大气粗的女婿。那次乔迪卡普拉萨德狠揍了杜尔迦莫尼，杜尔迦莫尼也打伤了他。古苏姆·古玛丽亲眼看到，杜尔迦莫尼扇了喝醉酒丈夫的耳光。

古苏姆·古玛丽看见杜尔迦莫尼做的一件大事深为感动。杜尔迦莫尼亲自写信给伊斯瓦尔·维迪耶萨伽尔。那位学者为了让寡妇再婚，正像被七战车包围的激昂①那样在战斗，正向议会提出请求。她在信中写道："向您致敬！您要是成功了，成千上万受苦受难的女人会崇拜您！请接受我这受人摆布者的敬礼！祝您长寿！"杜尔迦莫尼卸下手上的金戒指随信寄去了。

古苏姆·古玛丽问道："姐姐，你怎么为寡妇再嫁这么着急？"

杜尔迦莫尼说："你听说过行尸走肉么？我就是守活寡的寡妇，你也一样。"

古苏姆·古玛丽坐到杜尔迦莫尼身边。杜尔迦莫尼的手很巧，不用事先描图就能绣出花草、藤叶来。她绣了不少漂亮的靠垫，可是为什么绣？绣给哪位心上人坐呢？她什么亲人也没有。

杜尔迦莫尼问："你那位今天怎么了？今天好像不那么嚷嚷了。"

一听提到丈夫，古苏姆的脸色就变得苍白。她的情况不同于杜尔迦莫尼。她只要想回娘家，就能回去，她是家里的宝贝闺女，父亲也要接她回去，但她妈说："古苏姆啊，丈夫就是一切，这就是女人的命。你小心伺候着，看能否救活他，你离开他回娘家住，会倒霉一辈子的。"

古苏姆说："他从早上起一直在睡。"

杜尔迦莫尼说："好睡就好。我时时在想，你跟疯子在一起你也会疯的。"

"别这样说，姐姐，我也怕。"

"我是要让你怕。"

隔壁房间里传来一声巨响，吓得两人赶快跑过去。

乔迪卡普拉萨德在熟睡中翻身从床上摔下来。虽然铺有柔软的地毯，但床很高，一定是摔伤了。乔迪卡普拉萨德没出声，也不睁眼。

古苏姆着急地说："叔叔摔了。姐姐，抬吧，我和你一起抬。"

杜尔迦莫尼厉声说："别动，别碰他。不知多少别的种姓女人碰

---

① 激昂（Abhimanyu）是阿周那（Arjuna）与妙贤（Subhadra）之子。

过他了，七辈子都洗不干净的。一碰他我就恨。"

古苏姆惊呆了，她跑出去大声叫人。贴身女仆听到叫唤就过来，杜尔迦莫尼说："去叫杰朵和梅陀来。老爷摔下来了，要抬起来。"

杰朵和梅陀是老爷的宠仆，该时刻伺候着的，但这时却找不到他们。最后在大门外找回来了，他们坐在那里抽大麻呢。

乔迪卡普拉萨德到现在还躺在那里。杜尔迦莫尼都不过去看一下他的脉搏。

但恨他的人想不到的是，乔迪卡普拉萨德慢慢地康复了。

乔迪卡普拉萨德现年四十岁，日子还长着呢。他从小就学坏，迷上了酒色。他不懂生活，不知道爱的价值，愚昧无知。除自己的小圈子外，一概不问世事。他只知道，一撒钱就有人围着他转、尊重他，撒钱越多就越受尊重。

他不能正常走动时，总是折磨杜尔迦莫尼。二十四小时内发出上千条命令。他看见别人安静坐一会就不高兴。他好几年没同杜尔迦莫尼待上一天。起初杜尔迦莫尼不愿挨近他，他感到奇怪，后来开始发怒，并威胁说："瞧着吧贱人，我让你凶！我要再娶一个！"

他原是一天不喝酒都不行的，现在竟连着十一天滴酒未沾了。医生严厉嘱咐过，绝不能让他沾酒。最后他同杰朵和梅陀搞阴谋，在第十二天弄了一瓶酒，咕咚咕咚就喝光了。那不是酒，是魔术！他又像睡狮般醒来，照常吼了一声。

他要立即出门，他穿上心爱的衣服，帽子遮住右耳，手持红手帕。一边转动手帕一边唱着"别人怎么想得明白"，走下楼梯。他走时都不同杜尔迦莫尼说一句话。

他在大门外碰见父亲。当时乔迦伊·马利克在两个仆人搀扶下散步回来。乔迪卡普拉萨德好不容易压下敲打父亲脑袋的念头，只是狠狠地瞪了他一眼说："你以为我会死了，真有趣，不是吗？"

从那天之后，乔迪卡普拉萨德又照往常那样生活了。每两三天至少醉醺醺地回家一次要钱，没什么新鲜的。

最令人伤心的是，这家最优秀的孩子疯了。奥科纳特是求知欲极强、聪明的青年。叔叔们的堕落行为他一点都没有沾染上。他因迷上了宗教，脑子不正常了。

奥科纳特起初闷声待着，或不说话，或口中念念有词，这就是病征。他变得凶狠已经有些日子了。他身材高大孔武有力，有一天，有个仆人差点被他掐死。比这更可怕的是，有一天他要把熟睡中的母亲抱起从三楼扔下去，差点就酿成丑闻。

奥科纳特现在被铁链锁住。除了家里的一个老女仆外，他谁都不认识。那老女仆每天喂他两顿饭。别人到他跟前去，他就转着眼珠子吼叫。

突然有一天，奥科纳特不知怎么挣脱锁链，先打碎了一个非常漂亮的瓷瓶，然后看见母亲在附近便追过去。

全家有一种极恐怖的气氛，像地震时人们惊惶乱跑那样。他一头乱发，满脸胡须拉碴，腰间只缠了块布，看起来凶神恶煞，似乎不喝谁的血就不罢休。

仆人和看门人跑过来想管住他，但没人敢靠近。奥科纳特盯着谁看，谁就拼命跑开。喊叫声震耳欲聋。有人在呼唤薄伽梵，有人说得报告警察局。

加里普拉萨德的儿子希沃普拉萨德和奥比加普拉萨德，站在二楼走廊吩咐怎样抓住疯子，他们自己不敢向前。这时奥科纳特已站在下面天井里。他妈妈坐在上面哭着说："别让他出去，一出去就再也找不着了。不管怎样要抓住他。我赏一条金链……"

在希沃普拉萨德和奥比加普拉萨德的命令下，看门人最后拿起大棒打奥科纳特。奥科纳特站着挨打并嗷嗷地叫。如果他抢过棍棒，那很多人就会受伤。可是他被打倒在地了，十几个人一起把他按住，又拿铁链捆上，拉回他的房间里。大伙像打了大胜仗似的，松了一口气。

只有奥科纳特的母亲在呜呜地哭。她拍着额头说："儿呀，我早就禁止过你！我命多不好啊！不管你是婆罗门或是基督徒，随你的便，只要你睁开眼睛看看，叫一声妈妈，奥克，我的孩子！睁开眼看看。"

古苏姆像木偶似的，在婆婆旁边呆站着，似乎不会说话了。要是奥科纳特追她，她也不会跑。当大家拿竹竿打她丈夫时，她也发抖。她再也忍受不住了。

听到婆婆哭，古苏姆一时也懵了。她突然跑过去扑在丈夫被捆住的腿上。她边撞头边说："您快好起来吧！您快好吧！啊，神啊，让他快好吧！"

奥科纳特张眼看了一下，目光奇特。好像是在想，这个又是谁？他看了古苏姆一会，然后使劲一蹬腿，像踹开落到他脚上的虫子那样，把古苏姆踹到墙边，古苏姆的头被撞破了。这时她被拉开了。

古苏姆过了很久才有所好转。她睁开眼睛看到杜尔迦莫尼坐在她床头，正在轻轻地抚摸她的全身。

杜尔迦莫尼见她睁开眼睛便关上门，坐到床上，说："你为何扑到他的腿上去？"

古苏姆答不上来。

杜尔迦莫尼又说："说呀，为什么不说？说！"

古苏姆慢吞吞说："不知道为什么，婶，我脑子好像不管用了。"

"我不明白。跟这疯子在一起，你有一天也会疯的！听着，我说一句话，你能做到么？"

古苏姆的蓝眼睛紧紧盯着杜尔迦莫尼的嘴。

"你哪天弄点毒药给他吃，一切痛苦就会消失了！我有毒药，你能让他吃么？"

"你说什么，婶婶？"

"我说的对！那疯子是永远好不了的。你成寡妇后，我让你再嫁。为了你，我给维迪耶萨伽尔写了信！我是老太婆了，我完了。你还年轻。"

"婶婶！"

"勇敢点，古苏姆！学会好好活下去！我们为什么要跟醉鬼、疯子成家？我们就没有欲望和欢乐么！我经常带着毒药，我谁都不怕！我对你说的，你能做到么？”

古苏姆转身一头扎进杜尔迦莫尼怀里，哭着说：“婶婶，别说这样的话，听到这些话也是罪过！”

五十八

拉斯摩尼女士的执着最终得逞了，虽然有一群婆罗门反对，她还是热热闹闹地在德其纳索立了庙。

人们从未见过这样的热闹场面。孟加拉富人和地主不少，可是没人建过这么大的庙，没办过这么盛大的节日。光有钱还不行，还得有花钱的心！

拉斯摩尼女士骄傲地为印度教诸神建庙时，印度教正受到来自各方面的攻击。英国学者发现了许多几乎失传的印度教经典和梵语典籍。有些英国人引经据典证明，印度教中有许多惨无人道的制度和观念。基督教传教士列举印度教的罪过，是无法辩驳的，他们乘机拉拢印度人改信基督教。另一方面，梵社的人也宣扬印度教的各种错误。在他们看来，神只是一个偶像，他们憎恨偶像崇拜。不仅如此，他们还扬言吠陀经不是神授的，吠陀经不是正确无误的。梵社人对印度教最神圣经典的攻击，使他们更加远离这部经典了。

有识之士几乎都憎恨印度教的迷信和不道德的制度。那伟大宗教制定的律法是：丈夫死后妻子必需殉葬，对男子却很宽容，但女人如果在六七岁时就成了寡妇，那终生就只能过悲惨生活了。那宗教就是：一个人即使学问比别人高得多，只因他出身是首陀罗，就不能同婆罗门等种姓的人坐在一起！那宗教就是：印度教徒可以吃穆斯林农民辛勤种出的稻米，但不能喝被穆斯林碰过的水！

不少思想开放的印度教徒，对宗教很虔诚，但不信外国的基督教，又不完全信梵社。由于印度教有各种弊端，他们又羞于承认自己是印度教徒。

这时候住在迦梨博德的拉斯摩尼女士，在德其纳索举办的盛会，给印度教注入了新活力。杰斯塔月望日，贾格纳特大神巡游日那天，是立庙吉日。从波拉伊城到神庙大路两边挂上了桅灯，搭在路边的台上敲锣打鼓。庙门高耸入天，装饰着五颜六色的鲜花。

光是应邀来的就有十万人，不请自来的不计其数。拉斯摩尼女士吩咐，不能让任何人空着手饿着肚子回去。从贝拿勒斯、浦那、马德拉斯请来资深婆罗门学者，新岛、帕拉巴德、戈达利巴拉的婆罗门一个也不落下，区内的名人全都请来了。恒河里挤满了各式各样的船只，路上挤满了车子。

庙里院子的一角拴着许多膘肥滚圆的牛，另一边堆满布匹。此外还装饰成几座山：银币山、甜食山、香蕉山、米饭山。不仅加尔各答的，连巴尼哈德、贝德哈德、特里贝尼等附近市场的甜食全都拉来了，总共有两万斤。米饭更是堆成山。拉斯摩尼女士按婆罗门的等级分别赠予牛、金币或银币。而米饭、甜食等是献给神的。

在节日的前几天遇到了麻烦。保守的婆罗门宣布，拉斯摩尼女士出身于"玛希硕"（养水牛的），属于首陀罗种姓，首陀罗建庙不符合经典。后来查马布古尔梵语学校的拉姆古玛尔像学者那样释法，让拉斯摩尼女士以其师傅的名义先申请，度过了危机。但立庙时谁担当祭司呢，精通经典的学者因畏惧社会非议，都不愿意拿首陀罗的钱当祭司。最后按拉斯摩尼女士的吩咐，女婿马杜罗去恳请这位拉姆古玛尔·查特吉担任主祭重任。

不是任何婆罗门都是祭司，在孟加拉只有巴塔查里亚是世袭的祭司。属于查特吉家族的拉姆古玛尔，开头对拉斯摩尼女士的提议尚有犹豫。他因为生计，从查马布古尔来加尔各答开设了查马布古尔梵语学校。拉姆古马尔在父亲过世后就担起了家计的重责。他要放弃教职担任有薪酬的祭司么？而拉斯摩尼女士到立庙前一直说，由于没有祭司，全部工作停止！拉姆古马尔最终表示同意担任祭司。

命中注定拉姆古马尔担任建庙日的祭司，他十九岁的弟弟格达特尔也在。格达特尔性情腼腆，他来自乡下，现在还不能跟当地人正常交往。

拉姆古马尔穿上贝拿勒斯的丝绸衣服主持祭礼。拉斯摩尼女士坐在一边双手合十闭眼十分虔敬。另一边坐着年轻的格达特尔，他怕在拥挤中走失，一刻也不离开兄长。他充满惊奇，这么多人，这么多东西，这神庙就像一座大山。格达特尔的侄子特里戴也来了。他年纪虽小，可是比格达特尔调皮的多，到处去转着看。

詹巴扎的马尔家同乔拉桑科的辛格家是世交，所以拉斯摩尼女士特别邀请辛格家来参加德其纳索神庙落成庆典。诺宾古马尔必须应邀出席，但他不是独自去，母亲宾波波蒂也同行。

宾波波蒂不愿出门，她只在朔日和望日去恒河沐浴一次，那也是坐在围得严实的轿子里，她同轿子一起浸入水里。诺宾多次叫她去朝圣，但她不同意，她一天见不到儿子都不行。

诺宾说："妈，我去视察地产时你怎么办？你也跟我一起去么？"

宾波波蒂回答说："你爸去察看地产也没有用，这事儿别人可以去做。"

诺宾说："等我成年了，我要像车轮那样转，产业自己不照看行吗？"

耿伽就是去视察地产失踪的，宾波波蒂一想到这事心都颤。她听到诺宾这样说，便拉住诺宾的手，忧虑地说："不，不，你永远不要去察看地产。已有的产业就足够了，远远地照看就行了。"

诺宾听到母亲说的话笑了。

诺宾一行从尼姆德拉码头上了船，乘着涨潮一个小时就到了德其纳索。时间已过中午，庙会正热闹。诺宾搀着母亲上了岸。宾波波蒂戴着面纱，她从未在光天化日在陌生男人面前出露过面。中年的她还像新媳妇那样害羞。

人多挤得走不动，杜拉和几个职工合起来在前面开路。诺宾扶着母亲来到祭坛。

地位显赫来宾的座位是单独围起来的，男女分开坐。诺宾让母亲坐在带垫子的椅子上，他自己不坐，他不是能在一处久坐的人。他手持作为家庭主要人物象征的权杖，从未有过十五岁少年就手持权杖的。

诺宾到处走动看各种设施。从王公、大王到区内的名人几乎全来了。诺宾在找人，就是他的老师伊斯瓦尔·维迪耶萨伽尔，他没有来。梵语学院的学者几乎全来了。他们都接受了拉斯摩尼女士的赠品。只有他的老师不在场。

诺宾想，他为什么不来？是因为他在任何地方都不接受赠予？或者，也许很多人认为他不是婆罗门？他傍晚不吃饭，人们从来没见过他拜神，他是哪种婆罗门？再说，他现在忙于寡妇再嫁的事。

诺宾看到偌大一座庙宇，湿婆庙殿堂内如此光彩照人，起初非常感动，但看到伊斯瓦尔不到场，他的虔诚顿时减少了几分。

诺宾也没见到戴本德罗纳特·泰戈尔。梵社人集体抵制这一盛典。也知道"青年孟加拉派"不来，但看到几个他们的人，诺宾大为吃惊。就是说持洋人观点的"青年孟加拉派"的几个人，也表现出对神的虔敬了。

还未到黄昏，灯火都已点亮。庆典要搞到很晚，诺宾还想多待一会。恒河边上这地方很美，他躲开人群坐在树丛下觉得很惬意，但宾波波蒂不安了，频频派女仆给诺宾送信。

诺宾拉着宾波波蒂的手来到码头。刚要上船，他突然想起还没有拜这些庙的神。他真想跑回去膜拜。但又想，算了，从远处朝拜也行。

这时他拉着母亲的手站住了。宾波波蒂问他："怎么了？"

诺宾说没什么。然后上了船，也没有从远处朝拜。

拉斯摩尼女士因慷慨解囊建庙，和对印度教的虔诚，受到省内外报刊的称赞和感谢。只有梵社人保持沉默，他们看不惯这样大肆张扬的偶像崇拜。

梵社内部也出现一些矛盾。梵社建立已经十二年，这次出现了危机。戴本德罗纳特·泰戈尔想要纯洁的宗教，体验与最高无上的梵一致，抛弃偶像崇拜和迷信，给印度教一个净化的形象，但近来他怀疑，已有几个无神论者潜入梵社了。戴本德罗纳特·泰戈尔不崇尚偶像崇拜，不喜欢基督教，他认为无神论者是无人性的。

戴本德罗纳特负担《求知》杂志的开支，但该刊目前以枯燥的学术讨论代替了神学。主编奥凯古马尔也倾向那边。而另一位评论员伊斯瓦尔·维迪耶萨伽尔不参加任何宗教讨论。奥凯古马尔写了一篇文章《外界物质同人类自然关系论》。戴本德罗纳特读后讨厌了，他寻求的是人同上帝的关系，而这些人为外界物质伤透了脑筋。他们不懂得进入人的内心世界？这奥凯古马尔只是论述，在他的挑动下，戴本德罗纳特不得不承认，《吠陀经》也不是毫无错误。

奥凯古马尔做的另一件事，使戴本德罗纳特更生气。奥凯古马尔模仿罗姆摩罕建立了一个"灵魂社"。来梵社的都是知识分子，奥凯古马尔乘机向他们灌输自己的观念。他有一天在"灵魂社"说，有什么证据说上帝是无限的？你们全都相信上帝是无所不知么？好吧，来判断一下上帝是否无所不知。相信上帝是无所不知的请举手。

戴本德罗纳特听后忍不住了。以举手的方式来判断上帝的本来面目？竟然这样放肆！他表示要停办《求知》杂志。不仅如此，他对整个梵社都不满，想同它断绝关系，甚至还想离家永远躲到喜马拉雅山上去，在那里不断冥想上帝。他真的在筹措了。

诺宾古马尔刚过十六岁，就来参加梵社的会议。他家的求知会现在很红火，每周都有新会员加入，讨论各种有趣问题，但这满足不了诺宾的求知欲。市里凡有学者聚会，他都去参加。

但诺宾觉得自己不配参加梵社，首先是年龄障碍，梵社成员年龄比他大一倍还多。因为他年轻，开会时大家都看着他。此外梵社人的语言都深奥，讲演起来就不想停下。一提到最高的梵，许多人就流泪。诺宾看到听到这些都觉得好笑，性情活泼的他忍耐不了多久。

此外，一个叛变了的梵社人对诺宾也有影响。他叫乔杜波迪·甘古利，比诺宾年纪大些。他是按规矩宣誓入社的，后来脱离了梵社，到一个牧师那里相信了唯一神教义。他有时也来参加求知会的会议，同诺宾关系很好。

乔杜波迪·甘古利说："诺宾兄弟，听说你近来去参加梵社的会？"

诺宾说："我试图了解他们的事。"

乔杜波迪说："我大哥失望了。我是抱着很大希望跟他们去的，但我看到他们言行不一。"

"怎么不一？"

"梵社的人说，他们不相信偶像崇拜。可是你瞧，梵社人的家里都有石的、木的或泥塑的神，也许他们不拜，但在自己家里都制止不了这种偶像崇拜，那么在全国怎么制止呢？甚至他们还支付拜神的开销。戴本德罗纳特先生家的湿婆节、杜尔迦女神节的花销是由他的地产支付的。"

诺宾沉默不语。

"你再看，梵社人是没有种姓歧视的，全都拜一个主，他们之间还有差别吗？但是你看，婆罗门、加雅斯特能入梵社，但首陀罗能入吗？至今有梵社人婆罗门的子女同加雅斯特的子女结婚吗？我可没见到。"

诺宾不想争辩。他说："不管怎样，我很喜欢杜尔迦女神节、湿婆节和战车节。"

"那你还去梵社做什么？"

"去听听智慧的讲话，去看看各式各样的人！"

诺宾有一天听说市里有一家年轻人集会研究学问，集会以布德万著名的拉姆卡马尔·森的为中心。

诺宾在印度学院读书时见过喀沙布·钱德拉几次，喀沙布·钱德拉比他大几岁，严肃，寡言少语，轻易不同人交谈，甚至有人提问时他也不立即回答。诺宾不很喜欢他，他傲什么！

　　几天前，诺宾听到关于喀沙布·钱德拉的传言后，有点暗暗高兴。喀沙布·钱德拉考试作弊被逮住了，这小子还傲什么！哼！

　　乔杜波迪有一天向诺宾解释说，喀沙布·钱德拉这孩子不简单，他是思考型的人。他从小起就很单纯，学习很钻研。在同朋友或熟人谈问题时，大家都静静地倾听。近来喀沙布·钱德拉和他的朋友沉迷于演剧。

　　诺宾有一天跟随喀沙布·钱德拉去位于克鲁多拉的家里。那里的年轻人几乎和他同龄，同他们交往没有什么不便，可是诺宾在这里和谁都合不来。喀沙布·钱德拉用英语演讲，甚至同朋友交谈也用英语。他们演的剧是《哈姆雷特》。

　　诺宾跟家庭教师学英语，掌握得相当不错，但他不喜欢这样无耻的模仿。孟加拉人讨论宗教问题也用英语？哎！诺宾不再去那里了。

五十九

因接受希莱·布尔布尔的儿子钱德拉纳特入学,印度学院垮掉了。由于学院接受了妓女的儿子,地位显赫的家长让孩子退学,另建学院。当局看到有光荣传统的印度学院没落,立即明白错误所在,并马上改正,像驱赶丧家犬那样,将钱德拉纳特驱逐出校,并以各种诱惑努力找回学生。学生也开始回来了,新建的学校垮了。

但印度学院已恢复不了昔日的辉煌,希莱·布尔布尔和她儿子的事件影响是不容易消除的。许多人感到必须根本修改印度学院的法规,结果印度学院改名为总统学院,并归属政府。学生不分种族、宗教都可入学。有一分校仍叫印度学院。由于在其他地方还建了许多学院,学生大量增加,以总统学院为中心筹建了加尔各答大学。许多原印度学院的学生在总统学院就读,但钱德拉纳特不可能回去了。他离这种生活太远了,他已经改变到让人轻易认不出了。由于愤恨、不满,他早就离开母亲流落街头了。他晚上露宿,每天的两餐饭也没准。他总是有一种战斗情绪,大多是同命运作战,这种战斗实际上只有一两个人能取胜。

钱德拉纳特很受母亲的宠爱,吃奶油长大的身体,从未受过苦。由于固执,出走后学会了不怕任何痛苦,他的身体能随环境的改变而变化。他已由少年期进入青春期，突然长高了很多。嗓音变了，头发长长的，满脸胡须。他现在不叫钱德拉纳特了，只叫昌杜或昌多。

他最初靠卖体力吃饭，现在他找到更方便的方法了，他的基地在尼姆德拉火化场。

人们为谋生竟如此多姿多彩。有些人在火化场靠死尸就能很好地活下去。不仅是旃陀罗，还有一些人也是靠死者的亲属存活。从准备木头到请祭司等等有许多事要办。

昌杜现在是一个小团伙的头目，这领导权是他争夺得来的。野水牛群有领头牛，一见有外来的水牛，就去战斗，将其赶走。有时外来的水牛打赢了，就成了那群牛的头目。世界的规则就是这样。

在尼姆德拉火化场的寄生团伙中，昌杜取得头目地位是不容易的。他挨过几次打后不得不逃跑。后来在同这伙人的首领法基尔打架时，两人一齐落水，他在水中掐着法基尔的脖子好一会儿。当然那次法基尔没死，但右手瘫了，昌杜把他的手掰骨折了。

那是几年前的事了，现在昌杜带着刀，头上扎着红布条，手持棍棒。他故意把脸弄得狰狞可怕。当另一团伙为了尸体而来时，他带人围上去。没有他的同意任何抬尸人都不能过来，怎样火化，用檀香木或杂木，用多少油或松香，烧四小时或六小时——这些都得事先和昌杜商定。尸体上的衣服、首饰都归昌杜一伙。这些东西在波斯塔市场可以卖个好价钱，当然不用昌杜他们去市场卖，市场有人定期前来收货。

不是每天都有有钱的死人，一两个月有一个。普通人死得多，他们只用很少的木头，胡乱烧个半焦就扔到水里去。昌杜一伙就背着这些半焚烧过的尸体扔入河里收取工钱，随他们愿意，给多少就收多少。

昌杜有个特殊的兴趣。尸体在焚尸台上烧了一阵后，要拿大棒使劲砸烂骷髅，否则这东西不容易烧透。昌杜取代了旃陀罗，亲自去干这活儿。昌杜抽大麻红了眼，头扎红布条，抡起大棒跳跃着猛砸，当打碎头颅流出脑浆时他笑了。这时他像凶恶的湿婆神，这时看见他，谁都不知道他曾经背诵过莎士比亚、拜伦、迦梨陀娑的诗句！

上个月，巴图雷卡达的马利克家小少爷的尸体来了，前天来的是巴格巴扎巴苏家夭折的三儿子，昌杜砸烂了他们的头颅。

不火化时，火化场阒无一人，昌杜和同伙坐在河边，手执大麻烟枪，只是看着河水聊大天。

昌杜继承了希莱·布尔布尔的优点，他的歌喉很美。老爷们在各种节日里，带着欢场女子在恒河上听歌姬唱歌。战车节、吉祥天女节恒河上挤满了这类船只。昌杜听着听着也能唱了，他最喜欢的一支歌是：

> 喂，爱嬉闹的妞儿，我们到贾木纳河对岸去，
> 你会看到里希莱码头上好玩的商店，
> 巴鲁伊普尔的香粉最好，我给你买，
> 满足我俩的希望，啊，宝贝！

歌声突然停止了，昌杜大叫："瞧，瞧！"他的同伙也嚷："哪儿？在哪儿？"

恒河上漂来两具尸体。很多这样的尸体从上游漂来，但如果没有昌杜一伙发放的通行证，任何尸体都别想通过尼姆德拉码头。

按昌杜的吩咐，手下人跳入水中，像海豚般潜水，准确地把尸体拖上岸，然后仔细地检查。很多时候能在尸体上找到戒指或脚腕上的银镯子。亲属不会除下尸体的铜的或银的镯子，这些东西都归了昌杜他们。每五具尸体总能从一具上弄到些东西。

尸体一靠岸，秃鹫和兀鹰就成群地飞来，这时昌杜一伙就拿棍棒轰它们。兀鹰飞走了，而秃鹫不愿轻易离开，它们照常争斗，但昌杜他们不愿秃鹫撕碎尸体吃掉，他们要把从水里捞上来的尸体又扔回水里。

这火化场有两个旃陀罗，一个叫达鲁，另一个名叫奇尼亚。达鲁带着老婆住在一间茅屋里。奇尼亚年纪也够大了，既抽大麻又酗酒，有时失去行动能力。谁都不知道他来自何方，他说的是混合了印地语、孟加拉语的奇怪语言。昌杜一伙同他开玩笑，抢了他的大麻烟枪或酒坛就跑。当奇尼亚以自己独特的骂人话大骂时，有人偷偷地从他背后脱他的衣服。奇尼亚开始跳舞。就这样消磨许多时光。

达鲁比奇尼亚文静和稳重，年纪不过四十，肤色黝黑，头发抹得油光锃亮，人们见了都不认为他是旃陀罗。他比奇尼亚能干。他的老婆叫莫蒂亚，不久前她还是英国人居住区的清洁工。是用什么咒语迷住她带到火化场来的，只有达鲁自己知道。昌杜这伙人同莫蒂亚很要好。

达鲁刚洗完澡坐下来吃饭，就来了一大群人。奇尼亚醉了，必须要达鲁去。达鲁饿着肚子去了。在死者亲属的哭叫声中，达鲁面无表情地倚着手中的棍棒站在一旁。在亲人给死者的嘴上点火后，达鲁点燃尸床的火，又去吃饭了。吃完饭拿衣襟抹抹嘴又去砸尸体的腿骨。

奇尼亚有时和莫蒂亚大吵。达鲁有老婆，奇尼亚没有。有时奇尼亚忍受不了，在夜里闯入达鲁的茅屋。达鲁什么都不说，全都由莫蒂亚安排。她把奇尼亚推出去，边骂他祖宗，边拿烧着的木头打他。

昌杜他们看了会笑话。当情况不妙时就过来说："喂，别打啦，这老东西会死的。"

莫蒂亚说："死吧，死吧，什么东西！"

昌杜想夺下她手上烧着的木头，莫蒂亚瞪大眼睛说："我打破你的头，打出脑浆来！"

昌杜笑着转过身说："打吧！我还没挨过打！"

大伙合起来把莫蒂亚扔进恒河里。大伙知道，她死不了，她命大，会活的。

昌杜他们就是这样过日子。

这期间发生过一件事。突然有个衣着整齐的英俊青年每天下午来坐在岸边。这里没有码头，只有几段木头，涨潮时木头就被淹没。那青年来了就坐在那里，他看着倒映在水中的晚霞，长叹了一声。有时拿出笔记本写些什么。

昌杜一伙看到后感到疑惑：他要做什么？人们没事都不来火化场。许多人到离此地不远的阿难陀莫伊德拉洗澡，不到这边来。这年轻人来占了他们的地方。

昌杜一伙人坐到那人旁边，招惹他骂他，他也不在乎。他在沉思，自我陶醉。他戴金边眼镜，身穿薄衣，肩披玫瑰色围巾，有时也走来站在焚尸床旁，也掉眼泪，这真是怪事。都不知是谁的尸体，他竟为之哭泣！

昌杜忍受不了这个人，他和伙伴们商量整治他。

码头的木头日久已淤在泥里，昌杜一伙把那些木头撬起单放着。一天下午，那人又来坐在木头上。昌杜拿棍子从后面一撬木头，那人和木头一起滚到水里去了。他落入水中，高举两手大喊爹娘。

看来他不会游泳。他落水后只喊了一两声救命，就拼命挣扎。眼看他呛水后要被冲走，昌杜一伙跃入水中将他救起。衣着漂亮的青年像湿淋淋的猫那样可怜，好半天才缓过气来。

他柔声问道："你们为何要这样做？"昌杜纳特一伙哈哈大笑。

那人两手合十还是柔声说："兄弟，为何这样做？我犯了什么罪？"

昌杜的一个光头伙伴过来脱了他的裤子。他光着屁股溜走了。

对昌杜一伙来说，这是最纯粹的娱乐了。光头笑着说："这傻瓜永远不会来了。"

昌杜说："会来的，会来的。所有的人都会来的。我待的这个地方，小子们总有一天要来的。我要砸烂他们的头颅。"

还有比这更令人毛骨悚然的事件。

一天晚上，月儿很亮，刮着风。在这样的夜晚昌杜一伙抽大麻醉了，大声嚷嚷，唱歌。他们挨着菩提树搭了个窝棚住，但是唱不下去了，奇尼亚走来捣乱，他们打他嘴巴，他也不停下。

这时四个人抬了具尸体来火化场，扔下就跑。

昌杜正好看到了，对徒弟们说："喂，喂，看他们跑哪儿去了。"

光头往前走了几步，高声说："他们溜了，头儿！"大伙呼喊着去追那些抬尸人，但他们跑了，没逮着。很多人认为这火化场有两个鬼，因此受雇的抬尸人晚上轻易不愿来。他们是怕鬼而跑的吧，或者是他们付不起费。

昌杜带着一伙回到停尸台边来。

在清晰的月光下，白单子下是头发散开皮肤白皙的青年女子，看来似乎还活着，两眼张开。昌杜觉得，那两只眼睛正瞪着他。

把布单撩开后，昌杜和同伙惊叫起来。姑娘赤裸的胸中插着一把刀，血已凝固。

虽然每天都见过各种各样的尸体，但这时他们都害怕了，躲得远远的。

一个说："准是什么大户人家的女儿，被杀了。"

另一个说："randy, randy！"

又一个说："还活着，现在还活着！"昌杜过去低下头，抓住姑娘的面颊左右摇晃，没有一点活着的迹象。

光头把布单全扯开了，这回更惊人了，那姑娘一丝不挂。

他们相互对视了一会儿。他们从未见过这么美的女人身躯。在月光下那胴体更显得是世间罕有。光头突然大喊一声，扑到那姑娘身上，疯狂地用嘴在蹭。

昌杜说："你干什么？干什么？"揪着他的小发辫要拉他起来，但光头无论如何也不起来。最后昌杜一棍把他打了下来。

这时又有人扑到尸体上，昌杜也赶他们，但好像大家都疯了，都不听他的话了。光头说："头儿，你躲开吧！"

那伙人全是野孩子，但昌杜曾经有过家，所以他忍受不了这种野蛮行径。他独自地要把大家赶开，但他的团伙造反了，谁都不听他的话了。

昌杜为了立即镇压住反叛，拉住一个人，把刀架在他的脖子上说："我要收拾你，今天要把你们都收拾了！"

光头从那姑娘身上抽下刀，想阻止昌杜。光头手中有刀，如果他胜了，那就是他当头儿了。昌杜把光头打倒在地后，躲到女尸后叫嚷道，来吧，谁敢过来！

昌杜平息反叛后，叫大伙搭把手将女尸抬起，让她在恒河里漂走！

一个人这时还低声说："要是现在还活着呢？"

"如果活着，恒河母亲会救她的。"

最后他们把她放在水里漂走了。以前从未哭过的光头，这时嚎啕大哭。谁知道这不幸的姑娘是怎么被人杀的！也不知道有谁为她伤心，可是在火化场有人为她而哭泣！

近来这里还发生过一件事。夜晚下大雨，昌杜他们都睡了。那天一具尸体都没来。突然听到达鲁屋子里传来当当声。莫蒂亚好像惊恐地大嚷。光头最先听到，便叫醒昌杜。

准是秃鹫闯进那屋子里了，秃鹫厮打时就发出这种声音。大家一起往达鲁的屋子跑去。

光头刚进去就退出来伸出长舌头，然后做个鬼脸，说："啊，真棒！莫蒂亚生孩子了！"

六十

印度是谁的国家，似乎尚未定局。印度教徒当然认为是印度人的，他们身上流的是雅利安人的血。从古代起他们就是这大海环绕、山峰高耸土地的继承者。他们的宗教、文化、生活方式是建立在这块土地之上的。虽然国家的统治权六七百年来不在他们手上，但他们认为穆斯林是外来者。伊斯兰教有强烈的阿拉伯气味，他们向麦加、麦地那朝拜，他们的行为习惯都和印度教徒相反。虽然连续几个世纪穆斯林把印度教徒列为二等公民，可是印度教徒以血统高贵为傲，在社会生活方面不和穆斯林掺和，他们私下认为穆斯林是野蛮的。

印度的穆斯林大部分是由其他宗教改宗的。印度教徒早就失去雄心了，他们越衰弱，种姓歧视就越厉害。印度教徒受印度教徒的折磨最厉害，伊斯兰教义的平等箴言，吸引受压迫的印度教徒改信该教。那些帕坦-莫卧儿人在印度居住了几个世纪后，把印度视为自己的土地。如果说穆斯林是外来者，那么雅利安人也是外来者。这国家的原住民被称为土著。土著人把印度教徒和穆斯林都称为野蛮人。而在上层的穆斯林眼中，印度教徒是半土著，他们崇拜多神，不团结，有点野蛮。

由于穆斯林连续统治印度几个世纪，他们认为国家的所有权只属于他们，印度教徒只是数目不断增长的臣民罢了。英国人从穆斯林手中非法夺取了政权，因此，自尊心很强的穆斯林感到受了伤害。他们坐在室内舔舐傲慢的伤口，把愤怒的目光投向英国人。

　　英国镇压了欧洲强盗和商人，几乎已经占有了整个印度。所谓英国，并不是指英格兰的政治势力，只是指一个普通的商业机构，他们轻而易举地战胜了大国印度，所以英国人瞧不起印度人。印度人口众多，甚至还有一支庞大的军队，但保卫不了国家的人民是不配称为人的。英军现在还嘲笑纳瓦布与皇家军队作战的方式，喝醉酒的白人士兵模仿莫卧儿士兵的姿势，其他人猛拍桌子叫好。

　　英国认为，已有四分之三的印度臣服于他们，他们可以对印度为所欲为。他们有咬它、嚼烂它、彻底撕碎它的一切权利。

　　因为英国是直接夺取穆斯林手中政权的，所以现在刻意回避穆斯林。他们支持印度教徒多于支持穆斯林。他们经常出入印度教徒的家庭，参加各种娱乐活动。面子受到伤害的穆斯林蜷缩在自己的圈子里。他们不像印度教徒那样接受英国推行的教育。

　　二十年前的法院用语和官方语言是波斯语。那时印度教徒还向大毛拉学习波斯语，受过教育的印度教徒能操流利的波斯语和乌尔都语，现在被英语取代了。穆斯林不仅失去了政权，也失去了语言权力，更加没有力量了。

　　结果在职员、医生、教师、律师和东印度公司的各种职位中（当然只限于副推事以下）形成了一个新的工薪阶层，其中穆斯林的人数微不足道。

　　在印度，邻里之间怀敌意者居多。印度教徒和穆斯林此时尚未忘记长期以来的种族仇恨，相互离得更远了，这就方便了英国人。穆斯林由于心怀不满和愤恨，远远地躲开了，而印度教徒认为英国是他们的救星，孟加拉地区的印度教徒正是这样看的。过去穆斯林是统治者，现在英国也是统治者。在印度教徒看来，英国要比穆斯林好上百倍。因为在英国统治下，知识有规则和法律的外衣。此外英国不插手宗教，虽然有几个传教士到处发狂，但大部分英国人和政治势力不为宗教事务伤脑筋。

乍一看，会觉得加尔各答和孟加拉地区出现了新的觉醒大潮，这觉醒仅仅在印度教徒中。有些印度教人士忙于宗教改革，有的想改变社会风俗习惯，有的沉迷于做买卖，或者倾心于文学创作、发展教育。当然这些都是高级种姓的印度教徒。在人们眼中，穆斯林完全是沉默的。报刊上只是印度教徒说的话，鲜有穆斯林存在的证明。

在加尔各答，没有一所砖房不是穆斯林人建造的，因为印度教徒不会做工匠活。有钱人穿的贵重衣服，都是穆斯林师傅缝制的。印度教徒学过的缝纫术也早忘光了。加尔各答的穆斯林人数很多，大部分都很穷，富有的很少。

阿卜杜尔·拉提夫·汗先生的家像座堡垒，从外面看，那不像是人住的房子，门窗总是紧闭的，风都吹不进去。一共两座楼，拉提夫先生住外面这座。这家有严格的深闺回避制度，女人不让陌生人看见，甚至在白天，她们也不能见到家里的男人。

拉提夫先生有帕坦血统，但两代以来都使用孟加拉语了。他的第二位妻子是印度教徒。他是穆尔希达巴德的大地主，此外近来他投资做糖的生意，白糖差不多贵比黄金，有百分之百的利润。

这所楼房是他父亲在启迪普尔的船坞附近建的。那时大地主在加尔各答建房是有地位的象征。不来加尔各答摆阔，当富人做什么？此外，在乡下很难弄到奢侈品，在加尔各答有钱就能买到一切，甚至连老虎奶都能弄到。当然老虎奶没什么用，但像冰这类奇特东西，除加尔各答外，哪里能弄到？拉提夫先生常年住在加尔各答，他父亲一年来一次。现在遥控管理地产最好。可以让职员去收取地租，如果地主亲自去，佃农总是要伏在他们的脚下痛哭哀求的，那多糟糕！

这房子所在地过去是旷野，现在四周慢慢建成贫民区了。拉提夫先生虽然住在严密封闭的房子里，有时还是听到贫民区传来的哭声，讨厌的婴儿哭声。

拉提夫先生叫唤："米尔扎！米尔扎！"

拉提夫·汗的听差米尔扎总是站在门旁，身穿军服，腰间挂着一把剑。他行了一个长礼，立正应答："老爷！"

拉提夫·汗问："谁在哭？是我听到哭声，或是我在做梦？"

米尔扎说："不，老爷，您听得准，旁边贫民区里的野蛮人是这样喧闹的。"

"去，打他们几下，让他们别哭。"

"人们挨了打会哭得更凶，人就有这毛病。"

"他们现在为什么哭？有人打他们？"

"老爷，他们是饿哭的，饥饿是最厉害的打击。俗话说，米饭比上帝重要得多。"

"米尔扎，他们为什么不吃饭？米饭是穷人的食物。"

"老爷，您不知道，贫民区这些贫苦穆斯林整天出去找工作，孩子们留在家里。不是每天都有工作的。哪天他们拿不到吃饭的钱，就生气打孩子，孩子就哭。"

拉提夫·汗不高兴地说："别跟我废话！弄不到吃的，他们进城来干什么？可以待在乡下啊！我受不了这哭声，不管你怎么做，叫他们别哭！"

米尔扎敬礼后走了。不知道用什么方法，过了一会哭声停止了。米尔扎满脸带笑，带来一位客人。米尔扎知道，主人见了会高兴的。

这位是蒙希·阿米尔·阿里，刑事庭的律师，是加尔各答穆斯林社会唯一的律师，相当有威望。人很文雅、精明，也很风趣，说话也带出诗句。阿里年纪比拉提夫·汗大很多，已届老年，但很幽默。

一看到蒙希·阿米尔·阿里，人们就想起一句格言：老年人的色欲表现在舌尖上。

可是今天蒙希先生没有那种情绪，只是干巴巴地问好，进屋后站住，定定地看着拉提夫·汗。拉提夫请他坐，但他似乎没有听到，一脸怒气和悲伤。

拉提夫不知所措地问："先生脸色怎么这么不好，出什么事了？"

蒙希·阿米尔·阿里暴躁地说："今天是印度斯坦穆斯林的凶日，而你竟坐在家里安然地抽烟？啧！"

"今天？今天怎么了？"

"你不知道？今天纳瓦布瓦吉德·阿里·汗来加尔各答，把我们穆斯林的脸都丢尽了！"

拉提夫·汗惊问："哪个瓦吉德·阿里·汗？奥德王？他离开勒克瑙来加尔各答，来这英国人的王国？这是什么事？"

蒙希·阿米尔·阿里讽刺地念了几句诗：

> 从那里撩起衣襟，
>
> 大声地奏起乐曲，
>
> 这回从这里飞舞衣襟
>
> 响起脚铃回去吧！

拉提夫还是不明白，焦急地问："先生，请坐。怎么了？直说吧，奥德王为何来加尔各答？他是我们最后的指望了！"

蒙希·阿米尔·阿里比拉提夫·汗消息灵通得多。他精通波斯语、乌尔都语，也能讲孟加拉语和英语。他失望地坐下，拿起吸烟管子抽了几口，然后说："今年初英国人就从纳瓦布手中夺去勒克瑙了。这事你没听说？撒旦的奴隶英国对纳瓦布背信弃义。勒克瑙未发一枪一弹，没有一个士兵保卫国家。英国人没打仗就抢走了纳瓦布的皇冠。印度斯坦穆斯林的最后骄傲——奥德落入英国人手中。我们还有什么？"

拉提夫在明白事情的严重性后，半天说不出话来。他的头在旋转，他感到似乎自己的地产被剥夺了。过了一会他才慢慢地说："可是为什么，勒克瑙王从那老远跑到加尔各答来？"

阿米尔·阿里几乎是责备的口吻说："他有兴趣来？是作为囚犯

来的。他手脚都上了镣铐。印度斯坦王在德里成了笼中的傀儡，而勒克瑙的王将被囚禁在加尔各答。"

拉提夫·汗拍拍脑门说："我一点都不明白。我听你说过，纳瓦布瓦吉德·阿里有很大一支军队，还有骑兵，甚至还组建了女兵。白人的军队比他多多少？可是他为什么不打？穆斯林也像软弱、胆小的印度教徒那样，忘记战斗了？您给解释解释。"

阿米尔·阿里又长叹一声，念了首诗，说："仙女隐藏了自己的美貌，现在魔鬼现出了原形，为什么是这样，我不明白。朋友，勒克瑙的士兵没有忘记战斗，但是纳瓦布瓦吉德·阿里王沉湎于歌舞和作诗！这是我们的命啊！大贺胥总督会把他们一个个地吃掉，不全部吃掉印度斯坦，他是不感到饱的。"

"纳瓦布瓦吉德·阿里·沙今天就来加尔各答？"

"是的，所以我才来你这里。我们的纳瓦布手脚上了镣铐被拉在地上走，不是很好看么？"

拉提夫的眼睛饱含泪水。他边呼唤着真主边叹气。过了一会他又问："纳瓦布来加尔各答住在哪里？"

"听说英政府仁慈地在梅地亚布鲁杰给了他土地和房子。"

"嗨，纳瓦布离开王宫和凯瑟花园来住在加尔各答的低洼地里！这里哪有王宫和花园！"

他们讨论了一阵，决定去看纳瓦布。虽然纳瓦布瓦吉德·阿里·沙已经没落了，可他毕竟是印度斯坦最后的骄傲，禁不住要去亲眼看看他。

拉提夫·汗的四驾马车准备好了。他带了四个保镖同蒙希·阿米尔·阿里一起出去。

他们离开启迪尔普尔到了加尔各答郊区，看到路上有成百上千的人。士兵和警察正在巡逻，时而抢起大棒驱赶不听话的群众。

听说纳瓦布一行会从这里经过。因为不宜坐在车里看纳瓦布，拉提夫·汗和阿米尔·阿里下了车，站在路口拐弯处，保镖围住他们。

人群中印度教徒、穆斯林都有。所有穆斯林都是满面愁容，而印度教徒则有点惊奇和好奇。对他们来说，纳瓦布的到来就像市里其他的人闹事一样。

纳瓦布一行阵仗很大。前面是吹鼓手，后面许多车上大笼子里装着各样的鸟儿，有孔雀、鸽子、鹅、鸭、夜莺等等。有一笼乌龟，然后是鹿、豹子，满满三笼各种猴子、熊。接着是长颈鹿、骆驼、象。然后是四个黑人轿夫抬着纳瓦布镶金的轿子来了。后面是一溜女人的轿子，最后是男女仆人。

蒙希·阿米尔·阿里想错了，失去权力的纳瓦布瓦吉德·阿里·沙，并非手脚戴上镣铐来加尔各答，他是带着一切享乐的东西来的。英国人夺取了他的王国，还允许他住在勒克瑙。纳瓦布可以像从前一样随便寻欢作乐，英国人对此没有反对，只要纳瓦布不为王国的事伤脑筋就行。但纳瓦布把王冠交给英国人后，现在来加尔各答打官司，说是英国人遵守法律。在加尔各答最高法院打不赢的话，他自己就去伦敦最高法院上诉。他会亲自问维多利亚女王，东印度公司的军队根据什么法律霸占他的王国？

纳瓦布的轿子用极薄的莫斯绫帘子遮住。在路边火把的照耀下，看不清轿子里纳瓦布的形象。他坐着向前倾，像是醉了。市里的人是这样想的，因为他们在黄昏之后看惯了有钱人的醉态。而这位是著名的好享乐的纳瓦布，但他不沾酒、鸦片和大麻。他沉迷于歌、舞和女人这三大嗜好中。

纳瓦布虽然旅途劳顿，但没有睡着，也没有兴趣欣赏这新城市。他在哼一支歌，一进入这城市，他就想起这歌词了。他忘了王室的事，忘了落难的事，头朝前在哼歌。人们听到轿子里发出种种叫声。瓦吉德·汗不管这些，一直在哼哼。

拉提夫·汗看到纳瓦布的轿子，眼睛又湿了。他这种身份的人站在路边哭不好，但他控制不住自己。阿米尔·阿里说得对，今天是穆斯林最糟糕的日子。

当纳瓦布的轿子从旁边过去时，他扯开嗓子喊，愿真主保佑纳瓦布，愿夫人健康！然后他想跑过去摸一下纳瓦布的轿子。

蒙希·阿米尔·阿里没这么激动，他攥住拉提夫·汗的手，将他拉出人群。

现在必须把放声大哭的拉提夫·汗送回家去。白人警察不顾有地位人的尊严，拉提夫·汗再这样跑，脑袋就会挨棍子。

两人又回到马车上。不远处出现了混乱，警察手中的大棍落到人们头上。这种地方不能再待下去了。他对保镖说："快赶车，回家！"

拉提夫·汗坐在车里大哭。蒙希·阿米尔·阿里什么都不说，只拍打他的手。他心情也很沉重。奥德的纳瓦布来加尔各答，却没有放一声炮欢迎他。

他过了一会激动地说："拉提夫，抬起头，别哭了。印度斯坦的穆斯林是绝不会忍受这种侮辱的。印度还有成千上万的士兵，他们除了打仗，别的事都不懂。他们会报复英国人的。我把话说在这里，很快就会发生革命的，到那时我们大家都应该参加，请记住。"

六十一

　　罗阇拉塔甘特·德沃向政府发去一份申请书，抗议伊斯瓦尔·钱德拉的申请。在伊斯瓦尔申请书上签名的不足一千人，而在罗阇拉塔甘特·德沃抗议寡妇再婚的请求书上签名的有三万三千人！索帕巴扎的罗阇巴哈杜尔派自己的职员到各村去征集签名。

　　此后他又从孟买、浦那、特里普拉、达卡等地收集了许多支持和反对这建议的签名，经清点后，抗议寡妇再婚的比支持的多许多倍。反对者没有驳倒伊斯瓦尔的论点，他们说的主要是，寡妇再婚或不再婚是印度教社会的事，外国政治势力没有必要来干涉。

　　政治势力当然没有罢手，经过三读后，印度教徒寡妇再婚法予以通过。印度教寡妇再婚没有障碍了。再婚妇女的孩子享有继承父亲财产的合法权利。

　　虽然签名支持寡妇再婚的人数少，但政府认为这样的社会改革工作，只有勇敢的人会站出来，在所有国家，这样的人都是少数。

　　法律通过后的几天，人们当然是高兴得发狂，但不久后就明白了，这只是一点点成果！这回该是反对者高兴了。

　　不少人原以为，该法律一通过，全国的寡妇就会忙着结婚。守寡的少女数以千计，报纸刊登了她们的悲惨状况，引起许多人痛哭。

但法律通过几个月后，竟然没有一个寡妇再婚。

贾格莫汉·萨卡尔为此十分开心。他抽着烟，心满意足地问帮闲："喂，法迪克昌陀，你们那位伊斯瓦尔·维迪耶萨伽尔做了什么？拉屎让人笑话？"

法迪克昌陀说："是的，老爷，诗人提拉吉写了一支歌，您听听？"

"我听，我听，唱吧！"

法迪克昌陀唱道：

> 学海（维迪耶萨伽尔）被学问压垮了，
> 波罗奢罗将他打死了。[1]

在场的几个人大笑。

贾格莫汉·萨卡尔说："啊，维迪耶萨伽尔的徒弟们这样鼓噪，最后夹着尾巴逃跑了！要有哪个寡妇结婚的话，我们就有把戏看了！"

一个说："老爷，不是有句话么，大马猴有大肚子，想要辣椒就低头。这就是那事！"

"那么维迪耶萨伽尔可以娶个寡妇让大伙看看啊！"

"他很聪明，早早就结婚了。他的徒弟也全都找门当户对的结了婚，现在说大话！你不明白吗，自己的事斤斤计较，别人的事死不开口！"

"就算维迪耶萨伽尔早就结了婚，再娶一个有什么罪？寡妇就是二手货！"

"哈哈，这话说得好，老爷！二手货！就像去商场买二手货似的，人们娶个二手货！"

"谁都不能留下租来的女人。政府干的真好。家中有老婆，又能

---

① 波罗奢罗（Parāśara），破灭仙人，广博仙人（Vyāsa）之父。

偷偷地同寡妇、婊子搞！就像人们交换项链一样！"

"老爷，还有一个故事，您听到过吗？维迪耶萨伽尔的一个学生干的事。"

"什么，什么？说！"

"那小子叫斯里希钱德拉，现在大家都叫他齐齐钱德拉！"

"喂，你就直说吧！谁是齐齐钱德拉？"

"他不是一般的人！斯里希钱德拉·尼雅拉德纳，穆尔希达巴德法庭的专家！总是说大话的！在法律通过前，他就叫嚷，我要娶个寡妇，娶个寡妇！那小子好像是个大改革家！"

"他也是事先娶了亲的吧？"

"那我不知道，听说是单身汉！是哪门子单身汉，天知道！"

"现在他也退缩了？这里面又有什么故事？"

"还有，老爷，他不仅嚷嚷要结婚，还早就从善提普尔拐带一个寡妇来了。"

"唔，拐带？良家妇女？带到哪里了？"

"到了加尔各答的什么地方，准确的地点不知道。"

"该死的！要你们干什么？给了你们这么多吃用，而你们却不好好去打听消息！安排人，安排人去！好好探听那女人在哪儿！没有本事公开养姘头，以结婚名义把良家姑娘拐带走！社会就变成七层地狱了！我们还活着呢！总得想法对付它！维迪耶萨伽尔把年轻寡妇拉到街上变成窑姐！我要控告他！那姑娘在哪里，先找出来。那个斯里希钱德拉去了什么地方？"

"他现在躲起来了，谁也找不到他。"

"那也得把他找到。我要让那小子坐大牢！弄了个大户人家的姑娘干这种事。"

贾格莫汉·萨卡尔气呼呼地说："明天我就去告诉罗阇拉塔甘特·德沃，得制止它！打官司把他们绞死！"

这时，伊斯瓦尔·钱德拉·维迪耶萨伽尔病倒了。

人的精力是有限的。他一边在孟加拉农村到处建学校，一边彻夜不眠地读经籍，为支持社会改革准备锐利武器。他走访人们的家庭，寻求对寡妇再嫁的支持。

他的月薪有五百卢比，写教科书收入也相当多，应当算作富人。他执着，花钱不心痛，但到哪儿去都不租轿，只靠两脚走。他走路不觉得累，这回不行了，并不是身体坏，而是心情不好。这么久以来，这个不屈服的犟人垮了。

善迪普尔的织布工在纱丽的宽边上印上了一支歌：祝维迪耶萨伽尔长寿幸福，他建议当局，让寡妇再嫁。人们曾以较高的价钱购买印有这歌词的纱丽，许多人敲锣打鼓来他家唱这支歌。现在这支歌又出新版了。

维迪耶萨伽尔病倒了，在他朋友拉吉克里希纳·班纳吉的位于舒吉亚街的寓所里。他发烧，满床滚，怎么也停不下来。过去受多少苦都不哼一声的人，现在胸痛得大喊"呀，呀"！拉吉克里希纳安慰他，没有奏效，默默地坐在床头。贝德大夫来看过了，什么药都无效。

外面传来了歌声，拉吉克里希纳警觉地关好窗。伊斯瓦尔说："算了，算了，别管！他们唱就唱吧！满足他们的愿望吧！"

外面一群好事者边跳边唱：

> 维迪耶萨伽尔永远卧病在床吧，
> 维迪耶萨伽尔永远卧病在床吧！

伊斯瓦尔·维迪耶萨伽尔边听歌边说："啊，我不愿永远卧病在床，现在我死了就不痛苦了。我马上死去，他们就高兴了。"

拉吉克里希纳关上窗站在那里。

对伊斯瓦尔打击最大的，是斯里希钱德拉·尼雅拉德纳的行为。伊斯瓦尔知道他是个激进的理想主义青年，提议让他在穆尔希达巴德的法院任职。他现在竟这样做？

"青年孟加拉派"向伊斯瓦尔表示过，永远和伊斯瓦尔站在一起。拉姆·戈帕尔·高士、贝利昌德、吉肖里昌德说过，法律一通过，他们就在全国安排寡妇再婚。不要说全国了，在孟加拉还没有一个寡妇再婚。"青年孟加拉派"说过，第一个结婚的将是斯里希钱德拉。

斯里希钱德拉喜欢的姑娘，是善迪普尔人，名叫加丽莫迪，十一岁。姑娘家里没人赞成寡妇再婚，但在"青年孟加拉派"的劝说下，姑娘的母亲拉克西米莫尼同意了。母亲和姑娘一起被带到加尔各答。结婚的日子已经敲定，这时斯里希钱德拉却变卦了。斯里希钱德拉的母亲将一把刀放在胸前，说，如果儿子娶了寡妇，她就自杀。在母亲逼迫下儿子只得顺从。

伊斯瓦尔听后气极了，有哪个母亲会丢下儿子自尽的？这只是吓唬人罢了！受过教育的孩子，如果妈妈反对正义的事，孩子不能劝母亲认识错误么？这一来还是什么孝子？学到的知识有什么用？虽受过教育还认可父母的恶习，实际上是愚蠢！

当斯里希钱德拉食言躲藏起来时，伊斯瓦尔完全失望了。他现在卧病在床，忍受不了谈论寡妇再婚的事。去他的寡妇！谁愿做什么随他的便。他不负任何责任了，他不再外出，没脸见人了。

罗阇拉塔甘特·德沃趁机征集了许多有地位人士的签名，向政府递交了一份请愿书，说寡妇再婚法虽然通过了，但应缓行。政府的法律如不实现，政府会受到嘲笑。印度最多有一两个寡妇愿意再婚，但没一个男人会娶她们。这些天来已经证明了这法律有什么意义！

加丽莫迪的母亲拉克西米莫尼也被一伙人控制住了。他们劝她说，以结婚的名义把姑娘从家里带走，她还能再回来么？社会上再没有她的地位了，她臭了！

在他们的挑唆和帮助下，拉克西米莫尼向法院起诉说，斯里希钱德拉用假许诺将加丽莫迪从善迪普尔带到加尔各答，使她也担上了丑名。现在他应和加丽莫迪结婚，或者赔偿四万卢比。

印度报纸这时都在嘲讽斯里希钱德拉。洋人写道：由此可见

"青年孟加拉派"的社会改革进展是什么。又有人写道：他还是法院的法官？谁能期望得到他的公正审判？应当解除他的职务。他应当自揪耳朵向加丽莫尼求饶，罚款四万卢比！

伊斯瓦尔在病榻上也听说这案子了。他说：好！

拉吉克里希纳和三四个朋友那天来看伊斯瓦尔。伊斯瓦尔背过脸朝着墙。

拉吉克里希纳说："伊斯瓦尔，你怎么这样沮丧？在一个地方失败了，我们可以安排其他寡妇再嫁。"

伊斯瓦尔说："算了，别再跟我说这些。"

在场的一位报纸编辑说："我们正在尽全力争取，一定会成功的。"

伊斯瓦尔说："随便你们怎么做，别再把我拉扯进去。我白费了许多劲，我受到的教训足够了！"

那位编辑说："您说这话怎么行？您是我们的司令！"

伊斯瓦尔回过头来说："你们的司令病了，临死的人对你们还有什么用？你们另找司令吧。"

"不，不，您没有多大的病，您才多大年纪？"

"没看见么，我都走不动了！瘸司令还有什么用？三十六岁了，还小？"

"司令虽病，也能指挥作战，又不是需要司令时刻上战场！就坐在帐篷里下达命令吧。您瞧，在木尔坦战役中，挥格将军发着高烧躺在帐篷里出主意也打了胜仗。您躺着吧，只是别离开加尔各答，我们会胜利的！"

"不仅离开加尔各答，现在是我离开这世界的时候了！"

两天后的一个中午，伊斯瓦尔·钱德拉睡下了。室内无人。这时一个人悄悄地溜进去，抱住伊斯瓦尔的脚。

伊斯瓦尔睁开眼睛问："是谁？"

那人说，我是斯里希钱德拉。伊斯瓦尔这下好好看了看他后，立即缩回脚，粗声说："我差一点就死了，你是来让我完蛋的吧！"

"请您原谅我。"

"我原谅你什么？该干什么上法庭去。"

"是的，法庭会解决的，但是我对您犯了大罪。您若不原谅，我一辈子都不会安宁的。"

"你离我远些吧。"

"结婚都全定了。您要是不高兴就全完了。"

这下伊斯瓦尔高兴地说："噢，结婚都定了？突然同意的原因是什么？怕丢掉差事？还是怕罚款四万？"

斯里希钱德拉又抱着伊斯瓦尔哀求说："您要是不相信我，我就去苦修。您一向照看我，我的本性是不诚实么？我妈不明白事理，我作为儿子不能对母亲来硬的。所以日夜在她身边劝解，就没能来见您。妈妈今早同意了，我就跑来见您了。"

"只来我这里有什么用？先去找新娘求饶吧。"

"是的，我去过了。她们都理解。我对拉克西米莫尼夫人一再说，我一定结婚，只是要迟些，但她在坏人的挑唆下去起诉了。为了让您相信，我把女方的请柬带来了。"斯里希钱德拉从口袋里掏出一张纸。

伊斯瓦尔说，把枕头给我垫高点。

他稍微坐起，靠在枕头上，然后打开请柬看：

> 为小女结婚，兹定于印历8月（阿格拉哈扬月）23日星期日，在加尔各答安多巴迪西杜里雅苏格西街12号举行婚礼，敬请光临。
>
> 拉克西米莫尼
>
> 印历1778年阿格拉哈扬月21日
>
> （公历1856年）

伊斯瓦尔看了两遍，严肃地说："为什么只写小女结婚？应写上'守寡的女儿结婚'。我不喜欢躲躲闪闪的。来宾应该知道是寡妇结婚。"

"是的。"

"在这里举行婚礼，不该事先取得拉吉克里希纳同意么？把他请来。"

"是的，事先跟他说过了。他高兴地同意了。"

也就是说，斯里希钱德拉是在一切都敲定后才来找伊斯瓦尔的。

在半个月内，加尔各答印度教社会中，首次婆罗门寡妇再婚完成了。伊斯瓦尔·钱德拉那时尚未完全康复，但他还是始终站在那里照看，可别出错。

大约邀请了两千位要人，伊斯瓦尔·钱德拉抱病也亲自去邀请了几家。这好像是他嫁女，婚礼就在他住的苏吉亚路的房子里举行，所以他当然就是女方的家长。

伊斯瓦尔·钱德拉去邀请人，在一处受到严重伤害，伤害来自他期望得到帮助的地方。他去罗姆·摩罕·罗易家，请罗姆·摩罕的儿子洛马普拉萨德·罗易届时出席婚礼。社会上层人物出席的越多，越能消除人们对这种婚事的不满。

洛马普拉萨德·罗易似乎有点犹豫。他在关于寡妇再婚的请求书上也签了字，口头也表示过支持，但一谈到出席婚礼，他就说，为什么把我拉进去？要不我就不去了吧。

伊斯瓦尔·钱德拉脸色变得极难看。他眼睛看着墙上挂的罗姆·摩罕的一幅画像。

为了制止寡妇殉葬，这位伟人同社会进行了许多斗争。今天为寡妇再婚，他儿子竟说出这样的话来！伊斯瓦尔·钱德拉站起来，说："那还挂这幅画像干什么？扯下扔到地上吧！您不去，仪式也会搞得好的。"

加丽莫迪事前就被带到拉吉克里希纳·班纳吉家去了。新郎将从拉姆·戈帕尔·高士家来。

结婚吉时在午夜，但怕出意外，所以在傍晚时就把新郎接来了。从拉姆·戈帕尔·高士家到婚礼台道路两旁，每两步就站有警察。

路上挤满了人。很难说，其中多少是看热闹的，多少是支持的，又有多少是反对的。

拉姆·戈帕尔·高士的装饰豪华的双驾马车上，坐着新郎斯里希钱德拉，还有拉姆·戈帕尔·高士及其朋友何尔钱德拉·高士、山普纳特·潘迪特和达加尔纳特·米特拉。

一时间马车在人群中前进不了。有人在大声喊叫，不知是支持还是反对。斯里希钱德拉拉住拉姆·戈帕尔·高士的手。

听说反对者带了打手要来攻击新郎一行，所以安排了这么多警察。拉姆·戈帕尔对斯里希钱德拉说："别怕。"然后带着朋友下了车，在马车两旁走着。当然没人捣乱或阻拦，平安到达拉吉纳拉扬·班纳吉家。

举行了完整的婚礼，双方两位有地位的主婚人在场。此外维迪耶萨伽尔的支持者、梵语学院的学者们来了，"青年孟加拉派"来了。从拉贾迪甘波·米特拉到诺宾古马尔·辛格等富豪始终都坐在那里。连洛马普拉萨德·罗易为了面子，到最后也不得不来。来的还有许多妇女。

念完经，交付姑娘、送首饰和嫁妆，欢呼声不断，拜过把门的扫帚、摸过鼻子耳朵、手上系上绳线等等什么仪式都没落下。最后是盛大宴会。

婚礼在欢乐中顺利完成了。伊斯瓦尔·钱德拉在一整天的劳累后，疲惫又满意地站在门边。诺宾走过来向他行触脚礼告别，然后说："我能向您提个请求么？"

伊斯瓦尔·钱德拉说："有什么事就说吧。"

诺宾说："从现在起，我要帮您做一切事。我知道您为这婚事花了许多钱！以后每个寡妇再婚我都给一千卢比。"

伊斯瓦尔·钱德拉吃惊地望着这个年轻人。

六十二

随着时光流逝，卡玛拉森德莉的生活有了很大改变，但容貌没有特别的变化。她肤色黝黑，但这是其特色。在印度，美的首要特征是肤色白皙。可是众口一词承认，像卡玛拉森德莉这样的美人十分罕见。她那细致的黑色面庞像是石雕似的，光滑到连苍蝇都停不稳。

她发育后被拉姆卡马尔·辛格看上，便时来运转了。拉姆卡马尔·辛格将她从常人抬高到妓女界的顶尖地位。给了她宽敞的房屋，带她去各地游玩，从西部聘请教师来教她跳舞。

卡玛拉·森德莉真的把身心都献给了拉姆卡马尔·辛格。这个爱享乐、爱奢侈的男人心很软，从未伤过谁的心。在拉姆卡马尔过世后，卡玛拉森德莉面对空荡荡的四周，真的守寡了，这事没人见过和听说过。但什么事都有个限度，一个美人、舞女、妓女能躲着多久不见人？即使她自己想躲着，人们为何要让她待着？

卡玛拉·森德莉是市里最红的妓女。她年纪不小了，但作为舞女，现在还保持着迷人的身材。中间有些日子她显得稍胖，在加以留意和加强锻炼后，又变得苗条了。现在她每天的舞会都很红火。

希莱·布尔布尔的名字已被好色的人们忘怀了，再也听不到希莱的名字了。出现了一些新人，譬如：罗珊古玛丽、沙达·门吉罗娃丽、莱希玛·库克多瓦利。失去了勒克瑙王国的纳瓦布到加尔各答居住后，勒克瑙、阿拉哈巴、贝拿勒斯的舞女、歌星、妓女纷纷来加尔各答碰运气。纳瓦布带来的那一群也不少。

这位勒克瑙纳瓦布有件有趣的事。

卡玛拉·森德莉说什么也不离开拉姆卡马尔·辛格的那所房子。她现在有钱，可以轻而易举地在加尔各答弄到两三处这样的房子。但她是从这所房子开始走运的，拉姆卡马尔·辛格是在这所房子死在她的怀里的，所以她无论如何不能放弃这所房子。

比图谢克·穆克吉和蒙希·阿米尔·阿里这样厉害的两个律师合起来也没能赶走她。官司打了四年后，他们认输了。卡玛拉·森德莉本人相当聪明，此外，她的两个情人也为她的官司出谋划策。一个是帕迪克钱德拉·马利克，人们叫他普德·马利克。另一个努杜比哈里·萨卡尔，人称他为小努杜，虽然不知道大努杜是谁。这两人轮流、定期来她家。这里还住着三个姑娘，名叫乔波拉、德朗基尼、乔丹比拉希。卡玛拉·森德莉已经教她们学好歌舞了。

一天，纳瓦布瓦吉德·阿里·沙派使者送来信件。他听说卡玛拉·森德莉舞技超群。他突然来到这个城市，这里从未有过王公、皇帝，只有外国政府。纳瓦布不知道此地人也懂高雅的舞蹈和歌曲，所以他也要看看加尔各答的女人跳舞。

纳瓦布派来的使者，长相、服饰、谈吐都是另类的，卡玛拉·森德莉开头不明白提议是什么。当她明白后，心头不禁突突地乱跳，这是多么大的荣誉啊！这么尊贵的纳瓦布要见她！那不是一般的纳瓦布或皇帝，他是多么高贵的人啊！他是印度斯坦的宝石、奥德最后的自由的纳瓦布。

卡玛拉·森德莉不仅卖身，她还是艺术家，艺术家总是要找知音的。许多人花钱来看她跳舞，其中有几个是真正懂行的？大家都知道，在印度最懂得歌舞的，就是这位纳瓦布瓦吉德阿里·沙。是他邀请卡玛拉·森德莉！

下午普德·马利克一来到，卡玛拉·森德莉就眉飞色舞地说：

"知道吗，今天发生什么事了？你说今天谁来过了？"

普德·马利克脸色大变。谁知道又是谁来捣乱了？是什么大人物，社会头面人物？或是比他大十倍的愚蠢富豪？孟加拉地区出了许多冒牌地主，他们像绝后的人做法事那样大把地撒钱，没法和他们比。

普德·马利克说："上午来的是什么样的人？准是不懂事的，有谁在大清早到熬夜的鸟儿家来的？而你就这样见他啦？那时你梳头描眉了么？"

卡玛拉说："啊，来的不是其本人，是派来的。请我星期六去。你说，是谁派来使者？"

乔波拉、德朗基尼和乔丹比拉希三人正围着卡玛拉·森德莉坐在客厅里。现在她们也没换衣服没化妆，晚上八点前不会有演出。

普德·马利克总是提前来聊聊天。他是中年人，又矮又胖，大秃脑袋，肤色白皙，光头显得更白。他喜欢穿白色衣服，所以远远望去像是个白糖球。他喜欢聊天开玩笑，以此来消磨时光。他沾上校沃利斯公爵的永久租佃制的光，成了无所事事的富翁。他父亲曾在北孟加拉买了一块地产，他继承下来，成为该地产的三分之二的主人。不需要他亲自去照看，过去十年，他一次都没去过他的领地，通过管家定期把钱送过来。

普德·马利克说："谁的使者？我、我一点都不明白。"

经过一番说笑，卡玛拉·森德莉说出了纳瓦布的事。普德·马利克听后眼珠子都快要蹦出来了。

他痛苦地喊起来："你是想死呀，卡玛拉？你要踏入他的陷阱？"

卡玛拉·森德莉一点都不明白。她单纯、惊诧地问道："怎么，出什么事了？"

"你什么都没听说吗？纳瓦布的故事，市里都传遍了。这纳瓦布是吃活人的神祇，一弄到女人就嚼碎吃掉！"

"去你的！这么一位有身份的人。"

"有身份的人就不吃女人的脑袋？现在没有女人去梅地亚布

鲁吉。"

"你胡说什么。我的鼓手说，纳瓦布非常喜欢歌舞。一看到好的舞蹈，激动得自己也跳起来。"

"他当然是喜欢跳舞，看了跳舞会忘记一切。他也会看你跳一次舞，然后就吃掉你。"

"我从未听说过这种怪事，是纳瓦布疯了，或是你疯了？"

"这些事是我亲耳听到的。"普德·马利克还讲了许多可怕的故事，想制止卡玛拉·森德莉。但她不听，她认为普德·马利克说这种话是出于妒忌。

第二天她派人送信给努杜·比哈里。

努杜·比哈里年龄比卡玛拉·森德莉稍小。他父亲刚过世，手中有很多钱。他不像普德·马利克那样无所事事。他学过法律，做过几天律师，此外还管理着两个煤矿。他父亲是很严厉的人。父亲去世后他自由了，没几天就把身体弄垮了。

努杜·比哈里高大、壮实，一头长发，长相像司令，但声音却柔弱得不自然。他在父亲的训斥下不敢高声说话。

近来卡玛拉·森德莉对努杜·比哈里，比对普德·马利克更加亲密。作为情人她对努杜更是另眼相看。

小努杜与普德·马利克正相反。一听说是纳瓦布召唤，他就高兴得跳起来。卡玛拉·森德莉的荣誉就是他的荣誉。他要亲自把她送到梅地亚布鲁吉去。

卡玛拉·森德莉说："纳瓦布是哪一类人呢？怎么普德·马利克说的完全相反？"

努杜·比哈里一听到普德·马利克的名字就冒火。

"他知道什么？他只是一只老窝瓜！那小子哪里懂得纳瓦布的心？人们一听到勒克瑙纳瓦布的名字就得低下头。大象遇了难还是大象。纳瓦布是落难了，但王爷的脾性一点没变，还完全保持着玩乐的习惯。"

"你还是打听一下吧！我一听就害怕。不能不理纳瓦布召唤，但去了后若是出了差错，要是纳瓦布下令砍手砍头……"

"星期六必须去吧？还有四天，我去打听打听，再来告诉你。勒克瑙的纳瓦布到加尔各答后没有召见过谁，只给你发了信。明白这含义么，卡玛拉？你被召见一次后就出名了！这使普德·马利克嫉妒得气炸肺了！"

两天后小努杜全打听清楚了，他还没说话却拉住卡玛拉的手哭开了。

卡玛拉森德莉吃惊地问："哎哟，怎么啦，怎么啦？"

小努杜含着泪水慢吞吞地说："卡玛拉，答应我。你无论如何不要去梅地亚布鲁吉！不管纳瓦布用多少珠宝项链引诱你！"

"怎么啦？纳瓦布真的要抓住女人杀掉？"

"不，不是的。问题更可怕。谁要是进了纳瓦布的宫廷就再也出不来了。纳瓦布全要娶了去。"

"啊？"

"是的，我全打听到了。"

"这些是谁告诉你的？"

"梅地亚布鲁吉的人全都这样说！那里人多极了，全都是批发商、掮客，像追糖的蚂蚁一样。还有卖鸟儿的，纳瓦布喜欢鸟儿，还有就是结婚上瘾。"

"你说什么？不谈不说，见了谁就娶谁？这是勒克瑙的无形法律？"

"纳瓦布是什叶派！他们可以随便娶亲！"

"随便是什么意思？"

"我说过了，结婚、娶亲都是随便的。纳瓦布喜欢谁就娶谁。你知道有人怎么说吗？一个送水的姑娘进去送水，突然被纳瓦布看上，就和她结婚了。那个送水工现在成了贵夫人了！"

小努杜哭着，但卡玛拉·森德莉却笑了。这真像是童话。一个送水女工被纳瓦布看上，一夜之间竟成了贵夫人！

小努杜说，不仅送水的女人，纳瓦布还娶了个扫地的，她也成贵夫人了。

"什么意思？"

"谁知道？听说纳瓦布每天娶一个。这些日子已有了百来个贵夫人了。谁知道以前有过多少！一见到像你这样的大美人，纳瓦布还会撒手吗？会强行娶你的！"

卡玛拉·森德莉咬着嘴唇笑，说："那当一次纳瓦布的贵夫人看来也不坏！"

小努杜双手合十说："卡玛拉，你竟说这样的话？要失去种姓的！"

"我们还有种姓？"

"啊，你想的是这个？你要离开我们？我们没求过么？现在我给你磕头了，卡玛拉。"

"啊，干嘛，干嘛呢？先生！难道我真的就扭着跳着去做纳瓦布的贵夫人了？还有，去了又怎么了？就这样硬要结婚？这难道是野蛮的莫格王国不成？"

"对，大伙都这样说，纳瓦布连自己的王国都保不住，现在竟要征服女人！美女进了纳瓦布的王宫就出不来了。结婚后成了贵夫人，名为贵夫人，却永远见不到外面的阳光和空气了。你懂吗？"

卡玛拉·森德莉叫来乔波拉、德龙基尼和乔丹比拉希，把事情都说了后，问道："怎么，你们谁想去当纳瓦布的贵夫人？这样的机会再也不会有了。"

三人同声说："啊，妈呀，饶命吧！"

小努杜说："说得对，为什么去纳瓦布的宫殿当囚犯？我们给你们的荣誉还少么？"

卡玛拉·森德莉说："那还说什么贵夫人的事？"

乔波拉说："啊，一想到那些葱蒜味，还有纳瓦布的非洲太监，我就心惊胆战。"

连续两三天，他们聊着关于纳瓦布奇怪而又令人毛骨悚然的事。

如果卡玛拉受到邀请不去，恐怕纳瓦布会生气硬把她抓去，所以小努杜建议，租船带她们去恒河游览几天。

"好主意！"卡玛拉·森德莉高兴地同意了。

但出发的前一天傍晚，德龙基尼就不见了。第二天也没找着她，卡玛拉·森德莉的船出发了。回来后听说，德龙基尼化妆成扫地女工进入纳瓦布的宫里，纳瓦布也娶了她，让她也成了贵夫人。

当然，这是真事呢或是杜撰的，没法分辨真假了。

六十三

在给比图谢克的外孙布拉恩戈巴尔授圣线的那天，诺宾古马尔在时隔很久之后，来到比图谢克家。他很小时，拉着哥哥耿伽的手来过多次，当时妇女都抢着过来亲他。

诺宾现在走出家庭开始认识外面的世界了。他不喜欢同姨、姑、姐、叔等闲聊。除非受到邀请，他绝不来这里。

比图谢克为唯一的外孙拴圣线仪式大肆庆祝，他为布拉恩戈巴尔忍受了许多烦恼。布拉恩戈巴尔的爷爷希沃罗真，无论如何不肯放弃对孙子的权利。布拉恩戈巴尔是比图谢克唯一的外孙，希沃罗真也只有这么一个孙子。

比图谢克忍受不了这贫苦婆罗门的固执！比图谢克以让希沃罗真的儿子入赘作为嫁女的条件。入赘的女婿过世后，其子住在外公家是理所当然的！希沃罗真哪有能力抚养孙子成人？比图谢克已为这八岁少年请了三位家庭教师了。

希沃罗真扬言要打官司，对此，比图谢克付诸一笑。这傻瓜不懂，官司赢输不仅仅是公正或不公正的审判。穷人跟富人打官司，从来赢不了。不用别的，只要把官司拖上五年，比图谢克就能使他倾家荡产。

希沃罗真终于没打官司，但也没罢手，每月来一两次提出要求。他至少要把孙子带回家住几天，难道一次也不让他踏上祖宅？奶奶一次都没见过孙子，儿子从来不带母亲来岳父家，否则她自己也会来看看的。

但比图谢克在这问题上非常严厉，毫不松口。他一次也不同意让布拉恩戈巴尔去。希沃罗真为什么同意儿子入赘？是贪钱吧！在要求接孙子的背后肯定有什么意图。

近来巴图谢克不让希沃罗真进这家门了，可是他还常来，站在门外望着，要是能远远地望一眼孙子就好了！

给布拉恩戈巴尔授圣线的那天，也没邀请他父亲家的人。希沃罗真已经把关系闹僵，比图谢克不愿再见他们了。比图谢克就此事征求过女儿苏哈希尼的意见。

"我不愿同他们再保持什么关系了，孩子！难缠的婆罗门坐下来说些什么，哪有准呀！他也许会哭！还是不请的好，你说呢？"

既然父亲这样说了，苏哈希尼还能说什么？再说，她婚后只去过婆婆家一次共七天，同婆家没有什么关系。他们长什么模样，她都不记得了。

"您知道怎么做好，爸爸！"

不知羞耻的希沃罗真不知从哪儿得到的消息，今天也来站在门外。他也想在这个日子给孙子祝福。希沃罗真比比图谢克老，约七十岁，身体不行了。穿一件已旧了的赭色衣服，上面写满了神的名字。除了这件，他没穿过别的衣服。

苏哈希尼结婚时，是耿伽负责待客。在给苏哈希尼的儿子举行喂饭仪式时，这待客的责任落在诺宾身上了。苏哈希尼一看见诺宾，就想起耿伽大哥。诺宾现在的年龄，同她结婚时耿伽的年龄差不多。而这两兄弟很不一样，耿伽羞怯，性情温柔。在众人面前他感到不自在，进到室内也不敢抬头看人。而诺宾正相反，落落大方、活泼，他对一般人总是用命令的口气说话。他站在门边完全像成年人那样接待贵客。他明亮的眼睛直盯着别人的脸。

苏哈希尼近来突然想起宾杜巴希，但她想将姐姐的面容从心里抹掉。姐姐的命很不好，没像苏哈希尼有个孩子。她没能守住寡，大家都知道姐姐同耿伽发生的丑事，她死了好。这家里没有怀念她的地方，特别是今天这样的好日子。

在客人将要吃完饭时，诺宾走进里面喝水。他同客人不断说话，喉咙都干了。

苏哈希尼看见他，说："来，小弟！"

苏哈希尼现在二十二岁。她身体有点发胖，穿着一袭丝绸纱丽，像个母亲的样子。

苏哈希尼走近诺宾，吻了他的额头，说："小弟……"然后两眼不断流泪。

诺宾吃惊地问："怎么啦，苏哈希尼姐姐？"

苏哈希尼说："小弟，今天我真想耿伽大哥！他多么的爱我！我曾经搂着耿伽大哥的脖子骑在他背上！耿伽大哥撇下我们到哪儿去了？"

诺宾不出声，他也很爱耿伽大哥。有的人在场就有浓浓的爱的味道，耿伽大哥一来就有那种感觉。他还清楚地记得父亲去世后，那天分财产的事。几乎全是诺宾的，没给耿伽什么。当宾波波蒂对此提出异议时，耿伽说："妈，你干吗这样说？小弟得和我得都是一回事。"那时诺宾还小，还不懂这么多，但今天一想起来，他明白了，耿伽说这话时没有一点嫉妒。可是在宣布耿伽失踪或死亡后没多久，诺宾就不记得大哥了。

今天见苏哈希尼哭，他觉得很突然，他没法回答。

有个妇女走过来说："啊，苏哈希尼，你哭啦？怎么啦？"

苏哈希尼赶紧抹掉眼泪，说："不，不，没什么！"然后她看了诺宾一眼，说："我们的小弟长得多大了，多英俊，多聪明，真好……"

那个妇女为表示对苏哈希尼的同情，擦着眼泪用哭腔说："哎呀，如果布拉恩戈巴尔的爸爸活着……要是他活着……"

这时诺宾避开了。女人在他面前哭，使他感到十分不安。

比图谢克不能像从前过节那样到处查看了，他的糖尿病又厉害了，近来另一只眼睛也几乎失明。他坐在外面的躺椅上了解各方面的情况。家里的仆役和收容的亲属不少，他们各司其职，可是比图谢克有时还叫诺宾来了解一切。

从中午起就给婆罗门赠礼，请客人吃饭，到晚上十点报时的炮响时结束。这家是比图谢克的长女那罗延尼管事，她说要让诺宾坐在她面前吃。摆了十六个大银盘的菜肴，她派人去叫诺宾。

诺宾整天同人交谈，又多次上楼下楼，累得不想吃饭。那罗延尼硬要他坐下来吃。很多女亲戚在那里，宾波波蒂也在。那些年龄比诺宾大的、多日不见的，全都为诺宾突然进入青春期感到吃惊。大家都说，几天前还完全是个孩子，现在成大人了！他做了多少事啊，什么事全都管！

那些年龄小些的，也惊异地看着诺宾。有的悄悄对别人说："看呀，有胡子，有胡子了！"

诺宾不久前在自己家搭台演剧。他饰演公主引起许多人的特别关注。不少妇人和孩子躲在竹帘后面看戏。诺宾的演技受到报纸的特别称赞。那时他刚开始长出胡子，而公主无论如何不应有胡子，所以演戏前刮掉了。结果现在胡子长得更黑了。

诺宾吃了一点东西就要走。那罗延尼说："啊，干吗起来？吃，吃，再吃点。至少喝点奶汤……"

诺宾早就把手放入洗手的水杯里了。宾波波蒂说："他就是这习惯，像鸟儿一样，就吃一丁点儿！"

诺宾说："我站了一天腰都痛了，得睡会儿去。先去看看布拉恩戈巴尔。"

一听这话，那罗延尼望着苏哈希尼。宾波波蒂抢先说："今天不必去看布拉恩戈巴尔了，他睡了。"

诺宾好奇地说："我去看一下布拉恩戈巴尔剃光头是什么样！"

那罗延尼说："布拉恩戈巴尔已经睡了。"

"刚刚还听到他说话，他坐在那里数钱，这孩子认识钱了！"

女人们都不做声。

授圣线仪式后，布拉恩戈巴尔被单独关在二楼的一个房间里。他得守戒三天，除婆罗门外，不能见其他种姓的任何男子。

诺宾刚走到院子，一个仆人就给他手上倒水。净过脸后，诺宾说："我看一下布拉恩戈巴尔就走。"

宾波波蒂说："算了，现在别去了！"

"为什么？"

"现在不能去。"

正在这时，一位年轻人走来问那罗延尼："大姐，布拉恩戈巴尔要喝牛奶，现在送去吗？"

诺宾这下产生了怀疑，他望着大家的脸，粗声粗气地问道："怎么回事？你们为何禁止我去？他去过布拉恩戈巴尔的房间，我去一次就有罪？"

那罗延尼说："他是婆罗门。"

宾波波蒂附和说："除了婆罗门，谁都不能去。"

诺宾的脸色霎时变得煞白，他丝毫不知道有这样的规定。他不是婆罗门就不能见布拉恩戈巴尔？今天他为布拉恩戈巴尔授圣线的事劳累一整天了，早上布拉恩戈巴尔还偷偷地问他："诺宾舅舅，你给了我一个上了弦就能动的大象，告诉你……"禁止他见布拉恩戈巴尔？这一向大家都说，诺宾就像这家的孩子一样，但实际上不是，他不是婆罗门，比他们低贱。

诺宾没再说话，径直向门外走去。他愤恨整个婆罗门种姓。他想起他很小时候的事来了，那时他好奇和淘气，曾剪了一个婆罗门的小发辫。

诺宾出门时看见，一位披着写有神名披巾的婆罗门，似乎正在哀求看门人。他是布拉恩戈巴尔的爷爷希沃罗真，诺宾不认识他，以为他是乞丐。

诺宾一见是婆罗门，就更恼火了。他心里说，这就是婆罗门！为贪点好吃的东西，不请自来。因为脑后有一小撮头发，脖子上有根像迦梨庙的祭司那样的圣线，就有权见布拉恩戈巴尔！

他责问看门人："这老家伙在这儿要什么？你没告诉他，中午就把婆罗门送走了？"

希沃罗真走近诺宾说："我只要一次……"

诺宾不听他说，又吩咐看门人拿几个油饼给他，叫他走！然后快步朝自家走去。

这边苏哈希尼又哭开了。

她抱着那罗延尼说："大姐，小弟生气地走了，多么不吉利。"

那罗延尼说："你说我该怎么办！小弟不懂事，突然那样说……"

宾波波蒂抚摸着苏哈希尼的背脊，安慰说："你发什么愁？怎么不吉利了？小弟不明白突然发火，明天看吧，他会冷静下来的。"

苏哈希尼回过头说："婶，小弟去看一下又有什么罪？"

宾波波蒂说："孩子，能这样做吗？按经典……他三天后才能见布拉恩戈巴尔。"

"经典上为什么这样规定？"

"这我们怎么知道？"

"小不点儿就是我弟弟。我们没有兄弟，小弟就是我们的唯一兄弟，还管什么婆罗门不婆罗门的？"

"这样说行吗？"

那罗延尼说："别再为这事伤脑筋了。以后我叫小弟来，向他解释。现在走吧，要关好仓库，还有许多事要做。"

这事虽小，却引起诺宾心中的强烈反应。第二天他没再去那家。

宾波波蒂来规劝他，他说："我再也不去伯伯家了。妈，你别让我去。到了那家，我每走一步都得考虑，什么地方我该去，或不能去，我有什么必要去那里？现在我想起来了，小时候玩着玩着，一天我闯进了他家的神堂，伯父当时就斥责我。"

"因此你就想不承认种姓、宗教？婆罗门是至高无上的种姓。他们能做的，我们能吗？"

"我不跟你争辩，妈！你只是别再叫我去他们家。"

"别说怪话！他们和我们多么亲。给布拉恩戈巴尔授过圣线了，授圣线时有点……其他时间你愿什么时候去都行！"

"除了神堂！"

这事及时报告给比图谢克了。他行动不方便，但他像从前的土王那样，是用眼睛看，用耳朵听的。

比图谢克听到消息后动摇了。按照习俗，诺宾无权去见刚授了圣线的婆罗门。从这角度说，他的女儿们阻止诺宾做得对。但实际上诺宾是婆罗门。就比如《摩诃婆罗多》中以苏塔之子为名的迦尔纳①实际上是刹帝利。

比图谢克闷坐了一会儿。他想，小不点儿诺宾说，永远不来这家了。他年轻，头脑发热，这种心态也许不会持久。小不点儿永远不来这家，什么时候有过？我的一切都是小不点儿的。如果我今天突然死了，那小不点儿就将是布拉恩戈巴尔的家长。必须找时间把真相告诉小不点儿，至少在我死之前……但他可是向宾波波蒂发过誓的。

---

① 迦尔纳（Karṇa），印度史诗《摩诃婆罗多》中主要人物之一，是太阳神苏利耶（Sūrya）与凡人公主贡蒂（Kuntī）因咒语所生。迦尔纳作为神子的证明是苏利耶所赐能保护他不死的黄金铠甲和耳环。由于贡蒂未婚，迦尔纳由苏塔（sūta）种姓的车夫收养长大。

六十四

　　默图苏丹当了一阵职员后，职务提升了，被任命为警察法庭的翻译，薪水也增加了，再在基肖里钱德拉·米特拉的别墅住下去不好看。尽管基肖里钱德拉和夫人对他非常关心，可是住在别人家里总是很不舒服，总有点拘束。如果突然失手打碎了玻璃杯，就像犯了大罪。主人越说没关系，他就越感到难为情。

　　默图苏丹坐着基肖里钱德拉的双驾马车去上班，但从达姆达姆到拉尔巴扎，要很早就出发，基肖里钱德拉是很守规矩的人，他要在准十点到达办公室。默图苏丹有时迟到，头天晚上酒喝多了，早上不愿睁眼。默图苏丹没有冲凉，在最后一刻胡乱吃几口东西，从自己屋子出来。这时基肖里钱德拉已在门外的车上等着了。他非常文雅，没表露一丁点儿厌烦情绪，只是一再掏出怀表来看，眉毛却掩藏不住焦急。默图苏丹一上车就一再请求原谅，而基肖里钱德拉冷静文明地说："不，不，没事，没事的，德特先生。"

　　此外，基肖里钱德拉家几乎每晚都有聚会，默图苏丹觉得在那里不合拍。他的性情像淘气的孩子，在聚会时总想吸引众人的目光，让大家都同他交谈。但基肖里钱德拉的大哥贝利昌德及其朋友几乎都在谈重要的事情。而默图苏丹不喜欢谈论救国、救社会等内容。

这些人很没趣儿，不懂诗，不懂品味修辞的美。默图苏丹有时也参与他们的讨论，被他们挖苦说，你的见解毫无价值。也许因默图苏丹是基督徒，他们不愿将他当作自己人。默图苏丹同他们在一起也不觉得好，他们都比自己年长，显得严肃，默图苏丹一向忍受不了长者的严肃。他们不知道，默图苏丹这个如今寄人篱下的小职员，曾是骄傲地踱步就能震动加尔各答的大人物。

　　一天，默图苏丹对基肖里钱德拉说，他想另租房子住。基肖里钱德拉听后大感奇怪，他妻子也很伤心。他们一再地询问，默图苏丹有哪些不方便，是否照顾不周？在别人家里不舒服的原因，很多时候是招待过分了，这话又很难解释。默图苏丹只说，没别的原因。总是晚到法庭，既耽误了基肖里钱德拉，又难保自己的差事。他要保住职位，必须住在离工作地点很近的地方。

　　就这样做了安排。默图苏丹在拉尔巴扎离警察法庭不远的下吉德普路租了两层楼房。现在保住差事是没问题了。即使他睡过头了，法庭开庭时，听差会来请他的。

　　默图苏丹在马德拉斯的第二任妻子亨利叶达，急着要和丈夫团聚，听说丈夫现在单独居住，就到加尔各答来了。默图苏丹同马德拉斯的关系完全脱离了，开始了新的生活。

　　默图苏丹至今还没有继承父亲的财产。父亲在加尔各答的房子、在森德尔班的领地、在萨戈尔丹丽的祖宅，现在都被亲友霸占着。他们将默图苏丹扯入大官司中，打官司要花很多钱，因此默图苏丹现在只能举债。最后如果继承不了父亲的遗产，他就会陷入深渊。

　　默图苏丹明白，在警察法庭做小翻译过不了日子。他开始学习法律，他看到，懂英语的法律工作者挣的很多。学了法律后他可以辞职独立地去挣钱，他需要很多钱。在加尔各答如果不能随意地大把花钱就没有地位。默图苏丹不能随心所欲地花钱，心里就不舒坦，匮乏和手头紧让他心烦。迁入新居后，默图苏丹朴素了几天，生活有规律，专心做事和学习法律。空闲时还开始向一位学者学习梵语。

　　戈尔因事不在加尔各答。他回来的第二天，就来到默图苏丹在吉德普路的家。他看到房子的状况后，吓了一跳。门口站着法庭的一个听差，在二楼的一个房间里，亨利叶达正在呜呜地哭。默图苏丹在另一房间里睡在躺椅上，姿势很奇怪，腰和下肢吊在躺椅外，上身蜷缩着。他是醒着的，他手中点着的香烟就是证明。地上扔着许多啤酒瓶，有液体从他的嘴流到脖子去。

戈尔急忙叫道："默图，默图！"

默图苏丹回头看看戈尔，一点都不激动，毫无热情地说："戈尔，哈罗，我的孩子。"这时才十一点钟，戈尔没有料到，此刻会看到默图苏丹醉成这样。他走过去抚着他的臂膀说："你这是干什么，默图！"

默图苏丹说："戈尔，你能帮我做件事么？叫那女人别哭！请！"

戈尔说："怎么了？对我说！今天是星期二，你没去法庭？我以为你不在家，去法庭找过你。"

默图苏丹吼叫说："你们以为我怎么啦？不，我不去！我不去做那警察法庭的什么鬼翻译了。"

亨利叶达听到外人的声音，走过来站在门外。

默图苏丹一见亨利叶达，就从椅子跳下来，跪在妻子面前，痛苦地用英语说："亨利叶达，亲爱的，你别流泪！一见你哭我的心都碎了。"

戈尔说："默图，不向我介绍令夫人么？"

默图苏丹说："当然！亨利叶达，这是戈尔，他的事我对你说过多次了。你虽然没有亲眼见过他，在心中一定认识了。这是戈尔，我的生死都掌握在他的手里。"默图苏丹像是渴极了，拿起一瓶啤酒，咕咚咕咚地喝起来。

戈尔礼貌地对亨利叶达说："夫人，默图瞎说，他近来不听我们的话了。您怎么哭了？您要坚强起来。您来了，我们就不发愁了。您管管他吧。"

亨利叶达小声说："在这城市我谁都不认识，我很无助。他谁的话都不听，残害自己的身体，一点都不节省家用，我不知该怎么办。"

戈尔冷漠地说:"我看见下面有个听差站着,是要债的?"

亨利叶达说:"不是,是从法庭来叫他去上班的,他说不去!"

默图苏丹将酒瓶从嘴唇边移开,说:"这位推事罗易先生审案非常缓慢,我永远不在他面前废话了。"

戈尔说:"你辞掉法庭的工作了?默图?你怎么过下去?你把老婆带来了!"

默图苏丹立即站起来,气愤地把啤酒瓶扔到房间的角落里,说:"噢,我干这小职员的工作,你们就高兴啦?你们俩都想这样?好,告诉听差等着,我就去。"他往前走了几步,差点就倒了下去。他又说:"是的,我去。为了让你们高兴,我去做奴隶。"

戈尔拉住朋友,说:"算了,算了,今天就算了。你眼睛都红了,默图,满嘴酒气,在这情况下谁去法庭?你今天请假吧,让听差把信带去!"

"信?谁写信?我都忘记怎么写了。我死了,我是活着的鬼!"

"去你的,你疯啦?好吧,我写信,你签名。"

醉醺醺的默图苏丹抱住戈尔狠狠地吻了他的脸,然后对妻子说:"你瞧,我们的救星来了,不要再发愁了。戈尔,带钱了吗?最好再来几瓶酒!别哭,亨利叶达,喝啤酒,一切问题都会解决的。"

戈尔安排给法庭送信后,硬将默图苏丹推进了浴室。然后叫仆人把房间收拾干净。亨利叶达过日子没有经验,又不懂本地话,指挥不动仆人。戈尔吩咐他们干活。

仆人很迟才给默图苏丹夫妇端来饭菜。默图苏丹要戈尔一起吃,戈尔没办法也只好吃了,吃后他想告辞,让他们夫妇睡觉,但默图苏丹拉住戈尔的手,他想在久别重逢后同床睡觉。

两人躺着聊了很多悲欢的往事。默图苏丹的醉意慢慢地消退了,可是心里充满了失望。

默图苏丹从马德拉斯回来后,根本不会说孟加拉语,像是全忘了。近来说一点夹杂着英语词的孟加拉语。在法庭上他得听罪犯说孟加拉语后译成英语，甚至按法官的吩咐，用孟加拉语审问犯人，可是到现在他还藐视孟加拉语。

戈尔今天见到亨利叶达，开头有点吃惊。默图苏丹到马德拉斯后同列百迦结婚，他曾充满激情地向戈尔描绘过自己的妻子，也为妻子列百迦写过诗。所以朋友妻子的形象已经刻在戈尔达斯的心中了。聊着聊着戈尔问："默图，那个列百迦怎样了？她的儿女呢？"

默图苏丹说："你别再跟我提起那靛蓝厂主女儿的事了。她把我烤糊吃掉了。"

"可是默图，我听说，马德拉斯的基督徒大多数是罗马天主教的，他们中有浸礼会的吗？"

默图苏丹拉住戈尔的手说："戈尔，我不许你在我面前再提到列百迦！永远不许！"

"可是你的子女呢？听说有四个子女？"

"戈尔，请别提那事了！你为什么要让我伤心？她们的事……我要全部忘记，全部清空我的记忆……你不喜欢亨利叶达？她是可爱的……你该尽量理解她……"

"韩丽叶达真的很温柔、很漂亮。"

"不是韩丽叶达，是亨利叶达！她是法国人……地道的法国人，不是欧亚混血。"

"你又创造了奇迹！地道的法国人！我听说过许多本国人的许多事件，但没有听说过本土人娶欧洲人的事！你是我国的第一人！"

"戈尔，还有许多事本来我是本国第一的，但是现在，是土著法庭的小职员取代了这一切。我要死了……"

"怎么说这种话！你已经留下很多东西了。我们对你还有许多期望。你是否对贝利昌德·米特拉说过，你要用孟加拉语写作同他们竞赛？"

"去你的！"

"你说过这种话吗？"

"我为钱操心死了，别谈那些。"

"你现在什么都没写，默图！英语也没写！试试用孟加拉语写吧，近来好多优秀的作家用孟语写作了。"

"戈尔，我需要钱，要更多的钱！我一定要得到我父亲的遗产。"

"总有一天会得到的！基肖里钱德拉正在努力，但因此你就不干其他工作啦？你看，拉塔纳特·西克达尔也曾忘记孟加拉语，但现在他孟语写得很好！你也在他们的月刊上写点吧！"

"散文，天啊！他们是一群可怕的无业游民，根本不懂诗歌。他们用有争议的孟加拉语写的诗，读上三五句就让人不舒服。你们怎么能读这种散文？"

"你读读伊斯瓦尔·维迪耶萨伽尔的文章看，很有韵味，又简洁。"

"那也是散文！我不喜欢散文，这还是用孟加拉语写的。去他的！"

"默图，你别这样蔑视孟加拉语。受过高等教育、有远见的人，现在都从事孟语创作。"

默图苏丹忍受不住了，拍打着枕头说："让我离开！别让我干什么，我是废物！你们忘掉我吧！"

"怎么啦，默图，你是不是疯了？"

"对不起，戈尔……"

"默图，我对你说句话？你这么久之后回到加尔各答，我原以为全城的人都会拥戴你！你以前是我们星球的丘比特。可是你为何这样蜷缩起来？随便在法庭干点事，整天喝啤酒？"

"还该干什么？"

"应该在社交界获取自己的地位！"

"社交界是指那些有钱人。我这样的小职员在他们中间像什么？乌鸦落在猪群里，哈哈。"

"默图，你怎么是乌鸦，你是诗人！"

"你没看我的肤色？乌鸦在我面前都得认输。"

默图苏丹又点起一支香烟，问："你不尝尝？试试！"

戈尔摆摆手，说："不，不，我害怕那东西！我爸爸的水烟筒好。你家里没配有那玩意儿吧？"

"谁备那些破东西！你抽一支试试，你会喜欢的。"

"不，默图，卷烟我受不了。"

戈尔用手支撑着稍稍坐起，说："听着，默图，近来不仅有钱人热心于社会公益，还有许多社会工作。很多人到处办学校。维迪耶萨伽尔先生多么勇敢地让寡妇再嫁。泰戈尔家、辛格家演剧，研究学问，我们可以参加进去。你瞧，'青年孟加拉派'也参加了。但我们印度学院的人，谁都没有兴趣。我们不该干点什么吗？我们做一件事吧，默图。"

"什么？"

"走，今天跟我走。今天傍晚，维迪耶萨伽尔先生主持加耶斯特家族寡妇再婚的婚礼。走，我们到那里去，多数人现在还接受不了寡妇再婚，都在谴责，这时候我们不是应和维迪耶萨伽尔先生站在一起么？"

默图苏丹完全拒绝了这一建议，说："一边待着去！我不赶那时髦。寡妇再嫁的事又要我伤脑筋。戈尔，你认为我很笨？"

六十五

按法律，诺宾现在尚未成年，但他有大把花钱的机会。他还不懂得钱的价值，好像还不懂得人必须去挣钱。他以为那玩意儿，一要就能得到，并且源源不断得到。

因比图谢克的精明，诺宾父亲的财产逐渐增加了，按照经济的奇怪规律，不费劲地增加着。钱这东西对诺宾来说是没有价值的，因为它像水和空气一样，他只要提出，就能得到。

诺宾现在天天跟伊斯瓦尔·维迪耶萨伽尔在一起。他这小小年纪已经见多识广，最后认定伊斯瓦尔是最理想的人，内心将他奉为师尊。像其他刚到十六岁的年轻人一样，他也崇拜勇敢的人，他没见过比伊斯瓦尔更勇敢的人。在和伊斯瓦尔相处后，他知道了在印度要让年幼的寡妇再婚有多困难。虽然通过了法律，但国民大多数强烈反对，甚至曾在口头表示支持的人，如今也退缩了。虽然已有几个寡妇再婚，可现在还存在许多障碍。伊斯瓦尔坚持，如果有少年寡妇找到合适的新郎再婚，他将为他们主婚。诺宾也同样执着，像伊斯瓦尔出钱那样，诺宾承诺为每件婚事提供一千卢比。

由于诺宾还无权签字，所以就得向宾波波蒂要钱。宾波波蒂从不拒绝。虽然比图谢克紧盯着已故的拉姆卡马尔·辛格产业的收支，但他对诺宾的随便花钱也不持异议。

诺宾慷慨大方的消息传遍了全省。几乎每天早上都有人来向他乞求。起初诺宾不说什么，凡有人来他都给钱。一天，伊斯瓦尔将他叫去，提醒他：不少骗子或没家没业的人，赶时髦与寡妇结婚，为了贪钱，像蚂蚁一找到糖就跑过来。他们同年少的寡妇随便结婚，十来天后就把老婆扔了。他们的目标是捞钱。有的人拿了钱，但不结婚。所以不调查准确就给钱，不是事儿。给不是新郎的人花了钱，会有损主要的目的。

一天早上，拉伊莫汉带了一个人来见诺宾。

身躯高大的拉伊莫汉深深地弯下腰行礼后说："老爷，我完成五十个了。"

诺宾不明白，好奇地看着。

随拉伊莫汉来的人大约三十岁，穿着肮脏的围裤，白色上衣，头发剪得短短的。脸庞四四方方的。他猛然扑到诺宾脚下行礼，拿腔拿调地说："老爷真伟大。我遭遇了大难才来您这里，您不救我，我就没有指望了。"

比自己年龄大一倍的人扑在脚下行礼，诺宾并不吃惊。他年纪虽小已经明白，他生来就得到四面八方大多数人的效忠和尊敬。

拉伊莫汉责备同来者，说："说英语，说英语。"然后对着诺宾假笑，说："老爷，这是改革派的人，懂英语。"

那人说："尊贵的先生，我是微不足道的人，我爱做善事。"

诺宾问："什么事？"

拉伊莫汉说："老爷，他很同情寡妇，他发过毒誓，非寡妇不娶。他爸爸和哥哥对他十分恼火。所以我说，你去，去找老爷。"

诺宾说："娶寡妇？好呀。新娘在哪儿？敲定了么？"

那人说："新娘找好了，先生。内巴尔的女儿，在斋纳伽的莫基尔普尔，我的出生地，先生。"

拉伊莫汉说："您听了这些事肺都会气炸的，老爷。那女孩只三岁就结婚了，结婚不到半年，灾难就临头了。那女孩连自己的丈夫都不认识。"

诺宾含混地说："比起寡妇再婚来，更有必要制止童婚。"然后又说："好吧，我现在就告诉维迪耶萨伽尔先生。你们下午来吧。"

站在诺宾旁边的杜拉说："他去梅地纳普尔了，现在不在加尔各答。"

诺宾说："那么等等吧，等他回来。"

拉伊莫汉从口袋掏出一张纸，说："不能再等了，老爷。请柬都已印好，大家都知道了。再等的话，女孩的父亲就要将她送到贝拿勒斯去了。"

"但维迪耶萨伽尔先生不在，现在怎么结婚？"

"所以我说，老爷，您亲自主持完成第五十宗吧。"

"什么意思？"

"我数过了，到现在为止有四十九个寡妇再婚了，这是第五十个。报纸会大大赞扬您的。维迪耶萨伽尔先生现在不在，您亲自主持婚礼的话，他回来后看到会多么高兴啊！"

"满五十个？你数过？"

"是的，报纸前几天登的。"

年轻的诺宾很受这满五十个的消息鼓舞。近来英国时兴银婚、金婚的事，这也是那类东西。他很有兴趣地观看了请柬。

婚礼将在博拉赫纳伽举行。雨季，路况很糟。诺宾能否亲自到场也没准。为使仪式不出差错，他把安排婚礼的责任交给拉伊莫汉，吩咐他花钱不要吝啬。

几天后，比图谢克把拉伊莫汉叫来，不是到辛格家，而是叫到自己家。他近来腿脚不便，轻易不出门了。

比图谢克躺在客厅的躺椅上，手上拿着吸烟管。拉伊莫汉坐在旁边的地上。比图谢克不用什么开场白，直说："我要绑住你的手脚，用鞭子抽脱你背上的皮和肉。"

拉伊莫汉一点也不惊惶，相反带笑地说："哪里还有皮和肉？我身上只剩几根骨头了。您打起来也不会舒服的。"

"要把你扔去喂猎狗，猎狗喜欢干骨头。"

"老爷养有猎狗？没有听说呀！我听说猎狗饿得像魔鬼，几根骨头能喂饱么？"

"没良心的东西！你每月拿走我二十卢比，还来骗我？"

"老爷，不管我做了什么，没良心的几个字落不到我头上。我吃谁的饭，就说谁的好话。"

"我对你说过，盯着点小不点儿。你却反过来算计他。"

"老爷您自己说过，您不反对寡妇再婚，在这事情上您心软。"

"因此你就带些不三不四的人来糟践钱？小不点儿还是孩子，你怎么说，他就怎么听。不过我还没死！每办一件事你能分到多少？"

"一分也没有。我敢面对迦梨女神发誓！我大半生都过去了，还要钱做什么？"

"说说这博拉赫纳伽的事。"

"为这事我没少受罪！为使那家少爷高兴……寡妇再婚完成'金婚'了，多么热闹，维迪耶萨伽尔也高兴得向诺宾祝贺了。"

"你连维迪耶萨伽尔都骗了！胆儿够肥的啊，你！那婆罗门不在加尔各答，所以骗不着他。博拉赫纳伽那事也叫结婚？"

拉伊莫汉伸长舌头，瞪大眼睛，说："不是结婚？老爷，您说什么？多少人亲自见证了！二百多人……诺宾自己去不了，但杜拉去了，他看见……我都累死了。"

"闭嘴！"

"您不相信？老爷，真的很热闹，还要我发誓么？"

"是，结婚！新娘是妓女的女儿。用她办过多少次婚礼都数不清了。而新郎是个酒鬼，就寄住在你家里！这叫结婚或是叫骗钱？"

拉伊莫汉吃惊了。对能人应该尊敬，他从未见过像比图谢克这样的大能人。这老头一眼失明，另一眼弱视，脚走不动了，可是坐在家里竟知道这么多事！能耐真是神奇。他抱住比图谢克的脚，说："老爷，我的种姓、出身、地位的观念都没有了。妓女的女儿或者游陀罗的儿子对我来说都一样。落魄的人没有种姓，您说他们是什么，就是什么。他们隐瞒种姓，隐姓埋名，但他们真的要结婚，所以我就让他们结婚。"

"别碰我的脚，没良心的东西！妓女的女儿还结婚？有多少这样的妓女和他们的姘头装扮成夫妻。为此你召来祭司，毁了道德，哼！"

"老爷，他们也能像绅士那样庆贺，请了好多人来，念经，结婚！"

"别说了，我听了全身都冒火。为何我不让警察抓你，知道么？这件婚事若是传开，维迪耶萨伽尔就会丢面子。人们会更加谴责，这也会使我的小不点儿痛苦！所以！罚你蹭鼻子，蹭鼻子！"

"就蹭，老爷。"拉伊莫汉不敢提异议，趴在地上就蹭起鼻子来。比图谢克定睛看着。在蹭了五次后，他厉声说："如果你再对我耍滑头，立刻就得死！还有一件事，寡妇再婚闹够了，没有必要了！除你之外，还有不少人骗小不点儿，你努力使小不点儿把心思转到别的方面去。"

"您瞧着吧，看我能否做好。"

几天里，一个可怕的谣言传遍全城。众口一词地说，死人要回来。

纳迪亚一位名叫罗摩·夏尔马的大师，在推算后说，印历七月（迦尔迪克月）十五日是死人回归的日子，就是说，死了十年的人都能回来。

像王公、大王在节日里赦免囚犯那样，天上一位大神的儿子结婚，从阎王殿也赦免一批亡灵回来。

谣言像滚雪球那样越滚越大，众人谈论的都是这事！迦尔迪克月十五是死人回归日，既然是纳迪亚大师说的，就不会有错。那些悲痛的家庭真的抱着希望。那些儿子夭折的母亲，或丧夫的妻子，听到这消息后晚上都睡不着！可不知为什么，只有死了的男人会回来，没有说女人的事。也许谁都不想让死了的女人回来。

诺宾正在嘲笑这一谣言。这时拉伊莫汉进屋说："老爷，您在笑，可是人们正在损毁您师尊伊斯瓦尔·维迪耶萨伽尔的名誉。"

诺宾十分吃惊，说："怎么？这跟维迪耶萨伽尔先生有什么关系？"

"您不明白？受了维迪耶萨伽尔先生的蛊惑，那么多人同寡妇结婚，现在死人回来了，会怎么样呢？"

"什么意思？"

"一女两夫呗。寡妇同另一个人结了婚，从前的丈夫回来了，不会打成一团么？道德在哪儿？女人要守贞洁哟。"

"去你的！全是怪事！死人几时回来过？在火化场火化了的人，还能回来？"

"您不信？老爷，路上人们都在说，譬如，如果死人回来……"

"譬如，如果姨妈长了胡子，那姨父怎么办？这同那是一码事儿。"

"老爷，您在路上得小心点。人们都说您是寡妇再嫁的后台之一！谁知道，要是有人生气地向您扔砖头呢？"

傍晚时分，诺宾来到苏基亚街的房子里，见到伊斯瓦尔·维迪耶萨伽尔十分烦恼，一脸不高兴地坐着。那天路上有些人挖苦他，骂得十分刺耳。像死人回归这种可笑的、幼稚的谣言竟有这么多成年人相信，真是难以置信。

下星期本来还有一个寡妇再婚，也已邀请了客人。但怕有骚乱而取消了。一群群人在路上转，扬言要杀死维迪耶萨伽尔。

维迪耶萨伽尔灰心地说："不行，这国家干什么都不行！大家就这样无所事事，但如果你想干点实事，阻碍就来了。有不少人在劝我，说我应该远离寡妇再婚的事了。人们会按自己的意愿结婚的。"

拉吉克里希纳说："首先应该发展教育，在百姓懂得自己好之前……"

维迪耶萨伽尔说："正是为此，我为了办学，一村村地去跑，累死了。但能办成几个？只是沧海一粟罢了。"

在场的另一人说："现在正刮起反寡妇再婚风，人们不会轻易与寡妇结婚了。"

又一个人说："可是要维迪耶萨伽尔先生亲自去主持，人们才肯同寡妇结婚。这叫什么事？他这样能主持几次婚礼？"

维迪耶萨伽尔说："我知道，我不能在全国到处去主持婚礼。我也活不长了。但我们几个人热情推动，连着办几起婚礼，就会打破人们的恐惧心理。很自然地寡妇再婚就会进行下去——这就是我所要的。"

诺宾说："离迦尔迪克月十五没几天了。那天一过，人们就会明白，那说法是多么的不可信，一个死人都没有回来！"

拉吉克里希纳笑着说："不能这样说，也可能有三四个死人回来！"

诺宾说："啊？"

维迪耶萨伽尔说："你说得对，拉吉克里希纳兄弟。在有组织的地方，有些骗子会装成从前的死人。瞧着吧，会大闹一场的。一些庸俗的报纸会大炒这些事件的。"

诺宾这时心里暗暗做了决定。

迦尔迪克月十五是星期天，从那天早上起，在诺宾的领导下，求知会的年轻会员就在加尔各答街头转来转去。市里许多人都上街了，好奇地看着。时时可以听到人们的叫嚷声和笑声。在某些房屋面前响起"死人回来了""死人回来了"的喊声。

诺宾带了打手和律师，闯入那些房子。在西姆利亚的一所房子里，一个年轻人扮成寡妇已故的丈夫回来了。诺宾的律师质问他，在审问半小时后，假冒的死人突然除下伪装溜走了。

诺宾他们一整天转来转去，识破了几起假死人，将其中三人交给了警察。加尔各答很多市民又支持诺宾了，他们跟在诺宾那群人后面，一看见假的死人就咒骂。

迦尔迪克月十五夜顺利度过了，没有任何再婚女人的死去的前夫回来。

几天后，诺宾病倒了。

冬天有利于健康，但这年的冬天来迟了。印历八月（阿格拉哈扬月）到了，但阳光的热力未减。也许因此厉害的痢疾传到各地农村，死了不少人。

诺宾也染上痢疾，吃东西就吐，吐后肚子更痛。他一连三天卧床不起。请了加尔各答最好的医生来给他治病，医生整天轮流在他家值班，可是还是不断发愁。比图谢克为指挥正确无误的治疗，来到与宾波波蒂相邻的房间，他主要是安慰宾波波蒂，除了他，没人能安慰。

诺宾在午夜醒来后看见，他年少的妻子索罗吉尼定定地坐在床头，门边坐着两个女仆。医学院的一个学生坐在门外的椅子上。

诺宾喉干得说不出话来，用手指指水。索罗吉尼倒了杯水给丈夫。

诺宾喝水后害怕地等待着，好像马上要吐似的。一喝水肚子就开始痛。过了一会儿，没有吐，肚子还是痛。诺宾又喝了点水。吐就吐吧，他渴得受不了。然后他稍微抬起头，说："索罗吉，你睡吧，还要熬到多晚？"

索罗吉尼说："不，不，我很好。您睡吧。"

"你还要坐多久？躺在我旁边睡吧。"

"不，不，我不睡。您难受么？"

"难受极了，肚子痛得受不了。"

索罗吉尼过来用柔软的手揉他的胸、背，但止不住痛。诺宾觉得睡着比醒着好。一醒来就渴，要止渴就喝水，一喝水就痛，所以他不愿再醒来。

诺宾抓住索罗吉尼的手说："索罗吉，我有句话要对你说。"

"什么？"

"你听吗？"

"啊，您的话我能不听吗？"

"光听还不够。我有个要求，你做得到么？"

"当然。"

"你对我发誓。"

"我摸着你的手发誓，您说的我都照办。"

诺宾痛得边喘边说："索罗吉，如果我突然死了，你别守寡一辈子，你要再结婚。我发过誓了。我要是死了，你再嫁，我的灵魂就得安息了。"

六十六

乔杜波迪·甘古利和朋友安比加杰伦·纳萨尔，开完会从格鲁多拉的喀沙布·钱德拉家出来，步行回家。两人住在附近的村子里。安比加杰伦不久前成了总统学院的教师，乔杜波迪在东方学校执教。

下起了细雨，印历一月的雨不会久下。今年一点都不冷，风夹着雨带来一丝凉意。朋友俩步行着享受风和雨，两人都有披肩。安比加杰伦把披肩蒙在头上。这时还不是很晚，可是路上几乎没有人影了。

朋友俩求知欲极强，但不满足于读书，心中有渴望，渴望什么又不很清楚，实际上是信仰的基础动摇了。他们过去知道，人们生活中所遵循的叫作宗教（达摩），那些沉迷于宗教仪式的，认为有形或无形的上帝是保护者，向上帝哭泣或祈求的人，从来不孤独，生活不空虚。他们不提问题，盲目相信，相信就得到安宁。而乔杜波迪和安比加杰伦接受了新时代的教育，不先问为什么，就不相信或接受什么东西。他们的"达摩"叫思辨。对他们来说，在思辨的攻击下，现行的宗教都不存在，但不管思辨有多大能耐，从来不能成为人们的朋友或知己。思辨使人孤独。

市里凡有研究学问和知识的地方，这朋友俩都定期去。有一段时间，他们去梵社走动，但他们对梵社的梦，已经破灭有段时间了。梵社人在扬弃印度教的傲慢后，又推行了新的傲慢，虔诚代替思辨，侵入了他们的头脑。他们的大师尊德本德罗纳特·泰戈尔，对近来梵社内部的意见分歧和混乱无序，感到愤怒和不满，离开加尔各答到喜马拉雅山上去了。

乔杜波迪和安比加杰伦既参加诺宾家的求知者会，又参加喀沙布·钱德拉德家的讨论会。可是心里还是不踏实。

安比加杰伦的妻子住在家乡，近来市里百物飞涨，那点薪水颇难维持家计。加尔各答的人口猛增，人们从全国涌来这里谋生。水坑填平了，新建了许多像蘑菇似的小房子。在这种情况下带着妻子在加尔各答过不下去。他住在一处集体宿舍里。

乔杜波迪的妻子在两年前过世了，现在是单身。亲友们多方哀求，他都没有再娶，总是怀念亡妻。他的老家在库什提亚。他父亲在加尔各答也建了一所小住所，现在孤身住在那里。

下雨的冬夜，家境好的人早都回家了。路上看见的三四个人，几乎全是寻欢的酒鬼。虽然官府有过命令，凡是酗酒闹事的，都要抓去关进警察局，但醉鬼闹事丝毫没有减少，只是便利警察索贿罢了。那些同妓女鬼混，从傍晚起就在路上转来转去的色鬼，今天也少多了。

两人默默地走了一会儿，要是能找到车就好了，但这么晚已很难找到车。牛车在傍晚后也不见了。轿夫们见下雨肯定躲起来抽大麻了。路上几乎见不着车、马。雨下大了。

乔杜波迪突然说："我都不想再活了。"

安比加杰伦吃了一惊，说："什么话！为什么，兄弟？"

乔杜波迪说："为什么要活着，不用多，你能指出一个合理的理由么？"

"哇，为什么是一个，理由多的是。最大的理由，活着就是为了活着。"

"稍微解释一下你的话吧，安比加杰伦兄弟！"

"这是奥义书里的诗句，需要解释么？这是很简单的事。"

"我不愿靠着这么简单的话简单地活着。难道是畜生，无目标地活着？"

"你为何这样突然厌世？是因为你有一次去火化场受了凌辱，几个烧尸人把你推到水里去了。"

"这就叫厌世？人们无目标地活着，不是白白地增加地球的负担吗？"

"你是否又为你过世的丈人写什么新诗了？"

"我不再写诗了，写诗也毫无意义。诗歌这玩意，不是完全没有理由的东西吗？"

"哈哈哈。"

"安比加杰伦，你笑啦。"

"乔杜，看来你的病很难治。诗人如果觉得诗没有意义，那就意味着他封笔了。"

"你回避我的问题了，安比加杰伦兄弟。"

"你看。"

"什么？"

"看她，你能说她为什么活着，或为什么要活着吗？"

在新娘市场路拐弯处，一个身穿红色纱丽的女子靠着一堆砖头站着。看来不过十七八岁。她挥动手中的红手绢，在雨中已全身湿透，她也不理会。晚上她为何站在路上，一瞧就明白。

安比加杰伦往那边望了一眼，就厌烦地转过脸去。

乔杜波迪说："你瞧，大家都说女人软弱，而她毫不害怕，这样的坏天气还独自站在路上。这就叫为活而活，必须活着，为什么不活？一死就什么都没有了。你说理由，死后全都没理由了。"

那姑娘看见他们后，走过来打招呼。

这两人没有听见，他们边讨论边走着。那姑娘又说："喂，要我吗？要吧，随你们愿在哪儿，要多久都行。要我吧。"

乔杜波迪斥责说："走开！别烦人。"

那姑娘跟在后面说："两人一起要吧，两个卢比！"

乔杜波迪说："走开，走开，告诉你，你不会得到好处的。"

"给一个卢比吧，淋湿撑不住了！每人八个安那，八安那。"

安比加杰伦扔了个硬币给她，说："拿去，别再跟着我们。"

那姑娘这下开始生气地骂人了："该死的，以为我是要饭的？坏蛋，讨厌鬼，八个安那都给不起，还打肿脸充胖子？我是码头上的死尸呀？瞧瞧我，没有两个卢比我还不去呢……"

乔杜波迪拉着安比加杰伦的手赶快走了。

走到自家住所门前，安比加杰伦说："这下要跟你说晚安了，乔杜。今晚暂停讨论活着的理由了。对已故的嫂子致敬后，我要说，你该续弦了。结婚生子后你就会明白，活着还有另一个理由！"

乔杜波迪严肃地问："什么意思？"

安比加杰伦说："意思就是，到时候你会明白，愿意为另一个人活着。爱妻子、爱子女，就是活着的理由。"

乔杜波迪无心再争辩，扬手告别后走了。他走了不远就站住，不知想到什么又回来了。到安比加杰伦住所看到门已关上，他没有叫门，又回头走了。

在新娘市场拐弯处，那个姑娘还靠在砖垛挥动红手绢。乔杜波迪到她面前停下，注视着她。

那姑娘高兴得满脸带笑地说："来啦？我的宝贝，我的心肝，来啦？好好看看，我不次，不是瘦鹤。"

乔杜波迪厉声问道："在这里你要站到多晚？"

那姑娘说："不再站了，你来了，我不发愁了。你要了我吧。今天还没人要我。"

"跟我来吧。"

"至少得给我一个卢比。"

"来吧。"

乔杜波迪带着那姑娘很快回到自己住所。仆人开门后惊得几乎说不出话。先生是很有修养的人，家里来了女乞丐他都不答话。他做梦都想不到，先生竟在夜里带这样的女人回来。仆人明白这女人是什么货色。

乔杜波迪什么都不管，简单吩咐仆人关好门睡觉去，然后带那姑娘上了二楼。

那姑娘一踏入二楼的房间，就哀求说："喂，准给我一个卢比啊？如果给两个卢比就太好了。"

乔杜波迪说："我给你金首饰。"

他真的打开抽屉，拿出两个金戒指放在姑娘手上，说："拿着，我还给。"

乔杜波迪拿来一块毛巾，对那姑娘说："你湿透了，擦擦吧。叫什么名字？"

"我叫春姑娘，又叫凯米。"

"你饿了吧？"

"饿极了。那没关系，我回家后再吃。你给了我戒指，一卢比不给啦？"

乔杜波迪又走出房间，他的夜餐留着呢，但他自己一点食欲都没有了。他拿了一碗奶回来说："春姑娘，你喝吧，我看着。"

凯米说："啊，现在吃什么？不，不，现在不，你先要了我吧。"

乔杜波迪硬把那碗牛奶塞到她手上，指指凳子说："你坐那儿。"

那姑娘不知所措地坐下，乔杜波迪坐在她面前的地板上，然后两手合十，说："你是我妈！"

凯米吃惊地瞪大两眼，她那短暂的生命已经见识过不少精神失常的人了，但这是什么呢？

乔杜波迪说："你活着只是为了两餐饭，我看着你吃。啊，母亲，为了两餐饭，你就得站在路上？"

凯米说："我怎么办？家里不是每天都有客来。有办法的话我还站马路？因为站马路我得到了你。噢，你为什么把我叫妈？为什么要我做你的妈？你是好人！"

"你和母亲一样！抛弃了羞耻、道德，只是为了两餐饭？死不比这好吗？来吧，妈，我俩一起跳入恒河去死吧。我们作为子女，如果不能解除母亲的痛苦……"

"你说什么？我怕！我为什么要去死？我家里还有一群人，张着嘴等吃呢，谁来喂饱他们的肚子？"

"你挣钱还要养活其他人？"

"那谁给他们吃？薄伽梵？哎！"

"你是为他们活着？"

"谁知道你这么多废话，你要我就要吧，不要我就回家去。死？你杀了我不成？"

"不，妈，我崇拜你。"

"听着，为什么拜我？我是霍乱神？哎，我说什么啦？南无，南无！"

"你比任何神都伟大，你是妈，我要拜你。受了子女的礼拜，你还不顾面子地去站街？要饭都比做这个好。"

"谁会给我施舍？能得到几个拜沙？"

"你是母亲，你的罪过就是子女的罪过。你们如果下贱到这种地步，那子女就不是人了！"

"你说的话我一点都不懂，你让我回家吧。"

乔杜波迪两手抱着凯米的脚。

凯米惊叫说："噢，好人的儿子抱我的脚，我这么大的罪孽……放开，放开！"

乔杜波迪痛苦地说："我不仅口头说，我真的向你膜拜、献花。这一向你受到的侮辱全都会洗刷掉的，你又会是吉祥母亲的。"

凯米大哭，说："我们很痛苦，你为何还要更伤我的心？有本事的人，谁都不走这造孽的路！"

"再走积德的路吧。"

"噢，放开我的脚。好吧，明天起我去要饭。放开，别再造孽了。"

乔杜波迪哭着说："你们需要什么就来我这里拿。但从今天起你要强大起来，要做子女的榜样。"

在乔杜波迪激动的触摸下，凯米也受了感染，两人一起哭了起来。

六十七

诺宾让亲友们十分担忧了几天，后来慢慢好转了。他度过了危险期，但还起不了床。他降生后没得过重病，这次病后身体就衰弱了。

他高烧几天，完全失去知觉。神智恢复后，耳朵失聪了。人们站在他面前说话的声音，像是从远方飘来似的。诺宾想，我这是要聋了？我手脚僵硬，没有力气坐起来。余生就这样瘫了？他流泪了。整天服药，嘴里都感觉不到味道了，不愿说话。

又过了一个多星期，他身上有点劲了，但听力还是很差。整天有很多人来看他，问很多问题，但诺宾几乎都不明白。他一再地问，什么，什么？他自己也烦了，在床上严肃地背过脸去。

他这病得到的唯一好处是，他完全理解第二任妻子索罗吉尼了。索罗吉尼时时像影子似的站在床头。诺宾以前没特别关心过这个小姑娘。现在他发现，索罗吉尼不再是小姑娘了，不知何时已变成少女，知道羞涩了，她的胸部已是波涛汹涌了。索罗吉尼一同诺宾对视，就低下自己的眼睛。诺宾能感到索罗吉尼时时在望着他。

诺宾一点都听不到索罗吉尼说的话。索罗吉尼话不多，声音也很小。一天早上，诺宾靠在枕头上，半坐着试图读一本书。似乎索罗吉尼对他说些什么，诺宾一点都不明白，便生气地说："你们为什么这么小声说话？我一点都不明白，大声点说！"

索罗吉尼说："妈到迦梨庙去了。当时您睡着了，所以妈没能看过您再走。"

诺宾看见索罗吉尼的嘴唇动，但听不到声音。他说："你再靠近点，大声说！我什么都听不到！"索罗吉尼过来又说了一遍。这次诺宾听到了几个字，但不明白意思。

他说："再靠近点，嘴对着我的耳朵说。"

索罗吉尼警觉地看了看后面，屋里没别人。外面有几个仆人坐着，但看不见床头这边。

索罗吉尼嘴唇对着丈夫耳朵大声说。这下诺宾听清楚了。他既高兴，又吃惊。

他问："迦梨庙？为什么？妈为什么突然去迦梨庙？"

索罗吉尼说："哇，昨晚妈没对您说？因为您生病，妈以您的名义去迦梨女神庙许愿，献了两头羊了。"

索罗吉尼退后了一点。诺宾说："你又离我远了。不在我耳边说我听不到，你对着我耳朵说。"

他一点都不明白，昨晚妈说了什么。当然他对拜迦梨女神不感兴趣。他说："今天会让我吃米饭不？我饿极了，想吃热热的米饭，一勺酥油、盐和煮土豆，还要吃一段鱼，鲶鱼！"

索罗吉尼说："后天给您吃米饭，后天是吉日。今天您得吃迦梨庙的供品。"

诺宾用无力的右手搂着索罗吉尼的脖子说："你为何总是躲得老远的？有话对着我的耳朵说！"

听说今天不给米饭吃，他生气地说；"什么吉日！我都好了，我饿了，我今天就要吃米饭。"

索罗吉尼哀求说："宝贝儿，别这样说，医生说后天早上给您吃米饭。"

"不，今天我就要吃米饭！"

"今天您得吃供品，以您的名义许的愿，今天不能随便吃米饭。"

"不，我要吃米饭，我要吃米饭，我要吃热米饭！"

索罗吉尼挣脱后离得远一点，说："您别哭，会哭伤身体的。"

"我要吃米饭，我什么话也不听，拿米饭给我！"

"我去叫医生。"

"我要吃米饭，我要吃米饭！"

英国医生定时来诊治，此外医学院一名学生和印医二十四小时盯在这里。诺宾的危险期过后，医学院那个学生两天前走了，印医还在。索罗吉尼派人把印医请来。

印医是个中年人，强壮有力，声音洪亮，看起来很文雅。他切了诺宾的脉，说："好兆头！想吃米饭了，好兆头！脉象也几乎正常了！可是正遇上朔日，而在朔日体内黏液多，过几日再吃米饭吧。"

诺宾说："我要吃米饭，我要吃米饭！"

印医亲切地说："只有两天了！今天煮西米，两滴柠檬汁，免盐。"

诺宾说："我要吃米饭，我要吃米饭！"

迪巴戈尔站在印医旁。索罗吉尼拉上面纱站在床头。迪巴戈尔说："医生，今天至少给一点米饭吧？少爷这么要求。"

印医斥责他说："先生，要是再发烧，你负责啊？"然后回头柔声对诺宾说："只差两天了。今天煮西米，明天吃水果。"

诺宾固执地说："我要吃米饭，我要吃米饭！"

索罗吉尼轻声说："他耳朵听不见。"

印医说："是的，这病伤害神经，听觉一恢复正常，就全好了。"

诺宾拼命叫喊："我要吃米饭，我要吃米饭！"

没人理睬他的要求，印医和其他人都离开了房间。

大富翁家最宝贝的十六岁的诺宾少爷，为一点点米饭大哭大喊，竟没有人拿饭给他。

他身体衰弱，哭了不多久竟睡着了。中午，当索罗吉尼带了两个女仆来叫醒他，喂他吃西米时，诺宾竟将西米连盆扔在地上，说什么他也不肯吃西米。在喂他吃用罗勒叶和蜂蜜合成的药时，他把药碗也摔了。他从小起就习惯了，他的话刚出口，就会有人立即照办。仆人时时准备听他的吩咐。可是今天他要吃饭，谁都不给。他听不到别人说什么，自己的嗓音也不够大。他没有办法，心里不断涌现愤怒、痛苦和不满。

黄昏时分，宾波波蒂从迦梨庙拜神回来，听说儿子整天没吃东西，就急忙跑来，但诺宾没同母亲交谈一句。他总是俯卧着，不看母亲。索罗吉尼在耳边哀求他翻一下身，他也没有任何反应。宾波波蒂抚摸儿子的头和身，怎么劝解都没用。她知道儿子非常固执，但在病中这种固执是非常有害的！拿迦梨庙的供品喂他，他无论如何不吃，硬塞到嘴里他都吐了。对给迦梨女神的供品竟如此不恭，宾波波蒂感到不吉利，心都碎了。

又把印医请了来，印医还坚持自己的决定。饿着比喂不该喂的东西要好得多。根本不存在给米饭的问题。

宾波波蒂也一天没吃东西，晚上也没吃。她躺在床上不断流泪。也许只有一个人的训斥能让诺宾吃东西，那就是比图谢克，但他的身体状况又不能随时请他来。诺宾这样固执，谁知道是否还听比图谢克的话？宾波波蒂害怕，要是有一天诺宾不听比图谢克的吩咐呢？比图谢克能受得了吗？若是受不了，他会怎样反应呢？

诺宾在午夜醒了。房间没有全黑，角落里点着一支蜡烛。开头他觉得是在深海里的小船上漂浮，没有目的地，世界上他没有亲人。后来看到室内熟悉的家具才松了口气。

索罗吉尼睡在床边的地上，她睡着后粉嫩的脸儿透着可爱。诺宾似乎听到她的呼吸声，实际上他听不到任何声音。这寂静对他来说是个沉重的包袱。

诺宾叫道："索罗吉，索罗吉！"

索罗吉尼听到叫唤慌忙坐起，问："怎么啦？你难受？我去叫妈来。"

诺宾说："索罗吉，我快饿死了，而你睡得这么沉！"

索罗吉尼揉着眼，说："啊，妈说了许多话，想喂你吃东西。"

"索罗吉，你会煮米饭吗？"

"啊，这三更半夜的？现在谁煮饭啊？"

"你说什么？我听不到。过来对着我的耳朵说。索罗吉，现在大家都睡了，没人会知道的。你悄悄去给我煮点米饭吧！米饭和土豆，别的什么都不要。"

索罗吉尼在丈夫耳边痛苦地说："我求您啦，今天不行。只有一天了，过后我亲手给您煮饭。"

"索罗吉，因为大家都不允许，你也不听我的话了？我想吃点米饭，心里难受极了。给我一点米饭吧！"

"天啊，有谁这样要米饭吃的？这么晚我上哪儿弄米饭去？"

"去吧，煮去。去啊。要不我永远不和你说话了。"

索罗吉尼拿起蜡烛小心翼翼地出去了。门外有个女仆在睡觉，索罗吉尼小心地跨过她去，按规矩，妻子时时得照丈夫的吩咐办，但她在做饭这方面毫无办法。这家做饭都在后座的底层，索罗吉尼只去过那里两三次，那里的设施她一点都不知道。二楼有个做供神饭的小厨房，但大部分时间是锁着的。再说，哪儿是库房，米、豆在哪儿，怎么烧灶，她一点都不懂。

过了一会，她满面愁容地回来了。

诺宾急忙问道："煮啦？饭煮熟啦？"

索罗吉尼走近说："敬神的厨房锁上了，下面我一个人去害怕。"

"索罗吉，你想要饿死我？"

"您吃点甜食吧？"

"不。"

"那……那吃点豆饭吧？"

这下诺宾飕地坐起，说："豆饭？在哪儿？是的，吃豆饭，哪儿有豆饭？"

"有，我拿去。不让别人知道。"

索罗吉尼看见，纱橱里放着迦梨庙的供品豆饭、甜食和水果。

豆饭是带回来给家里其他人吃的，很多人没吃。给女神的供品不能乱扔，所以还放着，明天去投入恒河。这豆饭已经不新鲜，但索罗吉尼也不管是否还能吃了。她那固执的夫君不吃点东西是不会安宁的。

她小心翼翼地打开纱橱，取出一盆豆饭，藏在衣襟里拿回来。

诺宾坐在床上，索罗吉尼一回来，他就急忙伸手说："给我。"然后十分馋的，像路上饿极了的乞丐那样吃了起来。

索罗吉尼想，他坐在床上吃这东西是否是罪过？又想，给女神的供品不是剩的么，吃了不会有事的。

诺宾满意地吃了那些豆饭，说："啊，索罗吉，你救了我了。你说，我怎么报答你？"

索罗吉尼说："什么都不要。你睡吧。我给您按摩脑袋。"

这件事都瞒着家里的人。第二天诺宾同意吃水果和甜食，使宾波波蒂倍感奇怪。这孩子的行为真的让人费解。

过了朔日，诺宾吃饭了，在大病约一个半月后他能吃饭了。为此，也给几百个乞丐舍了饭。宾波波蒂还给每个乞丐一枚硬币。

索罗吉尼亲自去二楼在做神饭的厨房给诺宾做饭。她把纱丽的下摆往腰间一掖，亲手把饭锅端下来，又亲手用银盘端饭给诺宾，还有酥油、煮土豆和鲶鱼汤。

诺宾这么想吃米饭，可是吃了两三口就不吃了。家里许多人围着他站着，像是过节，但他只吃了一点就推开站了起来。宾波波蒂啊啊地叫了起来。印医说算了，算了，够了。头一天少吃为好。可是得看着他，今天中午别让他睡觉。发烧过后吃了饭睡觉很有害。

两三天后，诺宾好多了，也有食欲了，可是总显得没精神。他自己能行走，但神志差，听力弱，似乎同世界的联系都断了。只是吃、睡，有时到屋顶坐坐。此外似乎没有了生活目标，无事可做。

索罗吉尼时刻在他身旁，诺宾通过她得到一切消息。他不喜欢别人在他耳边大声说话。他父亲时代的老司库森先生失聪，对他说话就得大声嚷。十六岁的诺宾不敢想象自己同这老头一样。

他坐在屋顶上对索罗吉尼说:"你怎么老是说工作的事?不能说点别的话吗?"

索罗吉尼吃惊地问:"别的话?什么话?"

诺宾说:"别的好话。你会唱歌吗?"

索罗吉尼羞得低下头,摇摇头说不会。

诺宾说:"我教你唱歌,你对着我耳朵唱。我什么都听不到,歌也听不到,还不如死了好。"然后他唱了起来:

> 亲爱的,你的面容真甜,是否还记得,
>
> 你想想吧,咱俩说过什么悄悄话,
>
> 你说要先得到我的心才交心给我,
>
> 最终就是这样,你和你的道德知道。

索罗吉尼用心听着,然后突然用双唇贴着丈夫的耳朵唱了起来。唱的不是这歌,是别的歌:"因为爱,没爱成……"

诺宾很久没有这样笑过了。索罗吉尼靠近的热气和火烫的嘴唇,给了他一种从未体会过的沉醉。他两手抱着索罗吉尼说:"索罗吉,你会唱这么好的歌?你真漂亮!"

六十八

　　孟加拉人觉得，探望病人，同生命垂危的人交谈时使劲介绍自己，是一项特殊任务。诺宾患病的消息传开后，人群不断来探望。近来还传说诺宾几乎失聪了，所以来探望的人都靠得很近吼叫着说话。诺宾都不答话，厌烦地板着脸，可是探望者络绎不绝，还互相讨论着，什么时候谁家谁得过这种病死了。诺宾大难不死，可是这种病总是会伤害身体的某一部分的。诺宾很幸运，只是失去耳朵，而不是心脏。

　　也不能禁止社会名流和特殊亲友来访。虽然诺宾不喜欢，他们也来。下午是他们来访的时间，所以诺宾这时脸朝墙装睡。杜拉钱德拉守门，他被指点过，若有人进屋，他就将手指放在嘴唇上，对来客轻声说："安静！别说话，少爷睡着了。医生说了，突然被吵醒很不好。"

　　结果是探视者逐渐少了。探视的目的不是看病人，最要紧的是让病人看见自己。如果病人看不到我，那我去有什么用？现在下午诺宾不装睡了，扶着别人能走几步，有时也上屋顶。

　　一天黄昏，迪巴戈尔走来对诺宾大声说："少爷，楼下开会的先生们都来了，想见见您。我能领他们上来吗？"

诺宾感到奇怪，问："开会的先生？开什么会的先生？"

这下轮到迪巴戈尔吃惊了，他说："您办的会。每星期六先生们都来，谈各种各样的事。"诺宾问杜拉钱德拉："杜拉，他说的是什么会？"

杜拉钱德拉说："您的求知会。"

迪巴戈尔说："有一天您发烧烧糊涂了。您说，您去不了，会也不要停，您不在时会也要办下去，所以我告诉了先生们。今天是星期六，来了十几个人。"

看来诺宾对求知会没有什么热情了。而在他病前，这个会是他最为关注的。他写会议记录，为下次会议制定议程，为会刊写文章，回答读者来信，花费不少时间。

诺宾干巴巴地说："迪巴戈尔，别吼叫着说话。你们想震破我的耳膜？"

迪巴戈尔问："我带先生们上来？"

"不！"

迪巴戈尔和杜拉钱德拉交换了疑惑不解的目光，不敢相信少爷突然对求知会这么漠不关心。迪巴戈尔长叹一声后离开了。

诺宾吃过饭后躺在床上，他想以读书驱除睡意。他想口头翻译梵语诗句给索罗吉尼听，但索罗吉尼还没有从里面出来。诺宾频频往门外看。

一时间，索罗吉尼来到正在读书的诺宾耳边说："你瞧，是谁来了？"

诺宾回过头问："谁？"

他看见是戴着面纱的一个少女站在门边，看不到脸。诺宾又问："谁？"

索罗吉尼说："噢，古苏姆姐姐，过来呀。啊哈，你又害什么羞？好像不认识似的。"

那少女还是羞答答地站着。

索罗吉尼离开诺宾，过去撩开少女的面纱，说："你瞧，我姐姐的女友，我们的古苏姆姐姐。不记得啦？就是疯狂地要给你穿纱丽的那位。"

古苏姆·古玛丽一双蓝眼睛盯着诺宾的脸，声音很甜地说："你好吗，女友的新郎官？听说你不舒服，我看你来了。"

索罗吉尼赶紧说："噢，古苏姆姐姐，他耳背，得靠近点大声说。医生说，过几天会好的，会比以前更好。我把你说的话说给他听。"

她拉着古苏姆的手来到床边。

诺宾缓慢地说："这姑娘是谁？我认不出。"

索罗吉尼说："啊哈，您开玩笑，不认识古苏姆·古玛丽了？她在你们演剧前一天来过。您穿了她的纱丽学走步来的……"

诺宾望着古苏姆的蓝眼睛，然后自言自语说："怎么，想不起以前见过。"

古苏姆一直望着诺宾，好像她更难认识诺宾了。她以前见到的，是女友克里希纳帕米妮的丈夫，好动、活泼的少年，眼睛非常明亮，他成了索罗吉尼的丈夫后，还是那样。现在见到的是哪个诺宾？不仅身体瘦弱，眼睛还呆滞，脸色苍白，声音无力。

古苏姆说："我名叫林中月光，不记得了？"

索罗吉尼靠得很近对丈夫说："古苏姆姐姐说，她还有个名字叫林中月光，这下认出来了？"

诺宾摇摇头。

古苏姆两眼含泪，看不到蓝眼珠了。她的嘴唇像是颤了颤，然后回头就跑。纱丽的下摆拖在地上。

索罗吉尼也跟着古苏姆走了。诺宾又全神贯注地读书。

索罗吉尼过了很久才回来。她遗憾地说："您就这样对待古苏姆姐姐？她那个哭！她是自己要来看您的。"

诺宾听不清她在说什么，眉头都不皱一下。

索罗吉尼抱着丈夫的脖子，对着耳朵说："您说实话，真的不认识古苏姆姐姐了？"

诺宾说："不认识。那姑娘是谁？看来像是谁家的媳妇？姑娘是自个来的？她丈夫没来？"

"她丈夫是疯子。您去过他们家一次。"

"我去过？什么时候？"

"您真不记得了？"

诺宾面容显得痛苦，不肯定地说："我想不起来了，你叫我怎么办？要我说假话？"

索罗吉尼吓得突然不做声了。

又发生了几件事之后，大家明白了，诺宾不仅听力受损，记忆力也差多了。很多事他都不记得，很多人他也不认识了。求知会的事他不记得了，他曾经那么热心的寡妇再嫁的事，现在一次也不提了。连伊斯瓦尔·维迪耶萨伽尔的名字，看来他也不记得了。

又请来许多医生，他们像往常一样意见分歧。可是一致的结论是：任何药物都恢复不了听力和记忆力，过一段时间会自然恢复。诺宾年纪还小，他的生命力会使他再成为完整的人的。现在最需要的是恢复健康，最好是换换环境。

宾波波蒂无论如何不愿看不见儿子，但比图谢克吩咐说，送诺宾到外地去一些日子。

送到什么地方去？大家想了好多天。有的说布德万那边水土好，没有霍乱。有的说，克里希纳城好，很多为康复的人都去那里。也提到贝拿勒斯，有大神的三齿叉在的贝拿勒斯最好。但那太远了，不能冒险。

为诺宾的游江做了最好的安排，即三艘游船和四艘帆船的船队。除仆役、厨师、保镖和持枪的士兵外，还有一名印医和一名顺势疗法医师。还有迪巴戈尔、杜拉钱德拉这样可靠的员工。还带上了索罗吉尼，她现在不仅是诺宾的妻子和伴侣，还是传令官。

是走水路的旅游，但如果在水上玩累了，需要有个休息的地方。在库什提亚那边有辛格家的地产，有一所非常漂亮的房子，事先已派人从陆路去把房子收拾好了。

在选好吉日、祈求平安后，他们从尼姆德拉码头开始了恒河之旅。这时堡垒响起了午炮声，似乎是向诺宾致敬。

诺宾头两三天都很开心，这是他第一次离开大城市出行。他在诗歌和文学作品中读到过许多地方的描写，他有看看那些地方的愿望。他没见过大海、高山，这回他要亲眼看看，他心灵的眼睛曾看到过的大海和高山。

但三天后，他的热情消失殆尽，他满脸不高兴地从船舱看着河滩。索罗吉尼来叫他，他也不答应。索罗吉尼来拉她的手，硬要他说话，可是他不吭气。

诺宾从家出来置身于大自然中，心情更坏了。他与大自然似乎没有关系。他看着河水，但听不到水声。许多鸟儿在天上飞，也有不少落到游船上，但他听不到鸟儿鸣叫。看见船夫们撑船时嘴唇在动，一定是在唱歌或在喊号，但诺宾什么都听不到。当游船停靠在村边时，小贩们坐着小船挤到诺宾的船舱旁，招手在说着什么，诺宾一点都不明白。他厌烦地仰卧在床上。

诺宾因记忆力减退，好奇心也减少了。索罗吉尼却时时发问，那是什么树？那是什么鸟儿？这里的河水为什么是两种颜色？诺宾只简单地回答：不知道。

索罗吉尼为了使丈夫放松，总是嘴唇贴着他耳边唱歌。她的歌声非常悦耳，她在娘家时，常听到奥里萨牧童唱歌，听着听着也学会唱几首，但现在诺宾不喜欢听歌了。甚至索罗吉尼的抚摸，他也不感到舒服了。因为他听不到声音，似乎什么都不想了。

这样过了一个多月，情况有所改变。他面前的世界似乎慢慢又有声音了，当然是非常缓慢。诺宾感到，各种声音汇合起来在地球上显现。从前他听力正常时，没这样想过。现在他觉得各种声音汇合成一种特别的声音，好像充满了生命的搏动。

任何神奇的方法都不能在一天内恢复诺宾的听力。一天，他吃惊地听到船夫嘴动时发出一种声音，声音的含义他不懂，但好像声音飘入他的耳中。又一晚醒来，他似乎听到自然界的乐曲，是河流发出的浪涛声，这么多天他都没有听到过。他激动得立即坐起来，整夜地听，不睡觉。

他的船队在经过许多河道后，进入了帕德玛河。有人来在诺宾旁边稍微大声点说话，他都明白了。他站在甲板上，渴望听到各种声音。

黄昏早过了，印历九月（巴乌沙月）有雾，所以诺宾从甲板进到自己的船舱里。他看到，索罗吉尼站在船窗边，面对外面的黑暗，小声地唱：

> 我羞死了，不能说出心里话，
> 人们纷纷议论，使我受不了。

诺宾突然浑身发抖。索罗吉尼穿着白色丝质纱丽，头发散开披在背上。她在看别处，可是诺宾明白她歌词的意思。他好像是第一次听她唱歌。她靠近耳边唱歌，一天两天觉得好，后来就厌烦了。而这是自然的，不经意的，是发自索罗吉尼内心，感情冲动唱出来的。

诺宾走过来，抚摸着索罗吉尼的背，说："索罗吉，你真漂亮。我觉得好像从来没有见过你似的。"

索罗吉尼回过头看，她眼里充满了泪水。

诺宾说："怎么啦？索罗吉，你哭啦？"

索罗吉尼说："我怕。"

"你怕什么？"

"您有时说那种话，我不怕？您忘记了很多事，很多人您都不认识了。我觉得有一天您也会不认识我的。"

"胡说什么，你疯啦？会那样吗？我会不认识你？去！"

"那您说这话？"

"我说什么了？"

"说从来没见过我。"

"啊，这是另一种说法。以前没见过，意思是没这样见过。今天好像新发现你是这么漂亮。"

索罗吉尼呜呜地哭了，说："您说三声真的，真的，真的，永远不会忘记我吧！"

诺宾古马尔笑着将她拉入怀里。

刚踏入十七岁的诺宾，那晚完全接受了他十二岁的刚来例假的妻子。

第二天早晨，诺宾说："索罗吉，昨晚我做了个美梦，那梦在我心中还没完。索罗吉，生活多么美好！"

六十九

诺宾好像又重新拥有这个世界了，对他来说，活着的每一个瞬间都是快乐的。冬天过去了，空气很是舒适宜人。他站在船顶上，在朝阳的抚摸下，身上的每个毛孔都无比舒畅。一个小鸟发出嘀嘀的声音在头上飞过。天上朵朵白云，有时一群天鹅在白云下平静地飞向天边。帕德玛河滩上，时而可见一两条鳄鱼一动不动地躺着，好像没有一点生命迹象。但游船一靠近，它们就迅速没入水中。

一看见鳄鱼，诺宾就高声叫："索罗吉，看啊，看啊，快跑过来……"在索罗吉尼来到前，鳄鱼就不见了。她从未见过鳄鱼，她不相信，鳄鱼会上岸？她无论如何不信这是真的。诺宾说："你瞧着，还会看见的。"但索罗吉尼的命看不到鳄鱼。她等了很久，都厌烦了。后来她突然惊叫起来："妈呀，那是什么？那是什么？"她害怕得紧紧拉着诺宾的手。

诺宾也看见那东西了，但他不知道那是什么。

几乎在同时，水上又出现了一个很大的生物，然后又沉入水中了。很明显那不是什么鱼。

诺宾叫船夫来问。他们说这生物叫江豚。诺宾开头不明白，后来记起来了。这时他像小孩一样拍起手说："我知道，我知道，是江豚，是江豚。我在书本上读过。索罗吉，你没有读过，所以你不懂。"索罗吉尼说："哇，既难看，名字也丑。江豚抓到小小孩会吃掉的吧？"

诺宾表现出自己见多识广，严肃地说："不，名字是这样叫，书上有以它们的名字作的儿歌：看啊，水怪，文静的江豚，没有鳄鱼鲨鱼那样的利齿。"

又有几只江豚在河水中出现，好像是为了讨诺宾的欢心。

游船离开帕德玛河进入一条小河。要在前面的村子买些蔬菜和豆子。由于河面狭窄，岸上的树木看得很清楚。春季，树木都长出了新叶。诺宾出神地看着各种树木的深浅不同的绿色。香蕉的新叶像棍子直立着。这一切诺宾都感到新鲜。看到水边的一群白鹤，他想起了《摩诃婆罗多》里的仙鹤，仙鹤向坚战提出种种刁钻问题。书中描绘的景象突然显现在他眼前。

时而看见用牛粪擦得锃亮的茅草屋的地面。小男孩看见游船，跑过来招手喊叫。远处似乎有人在叫：阿米娜，啊，阿米娜，过来，淘气鬼……诺宾觉得这嗓音很熟悉，他在很久以前在这河岸上听到过这样的呼唤。一个想法立刻使他周身发抖：如果他丧失了听力，那么这一切欢乐就被剥夺了。不，那样活着毫无意义。要是那样他肯定要自杀。

一时间他又想，这可怕的病对他也有好处。因为病，母亲才非得让他出来游江不可，要不他就看不到这一切。今后每年都要游一次江。

一个翠鸟冲入水里，诺宾惊叫着说："索罗吉，看啊，一只鸟儿沉入水里了，自己去死了！"

水手们听了他的话笑了起来。一个说："不是的，少爷。那只鸟儿很狡猾。那些叫翠鸟，钻到水里逮鱼吃。"

诺宾又感到惊奇，天上的鸟儿还能潜水？真的，那鸟儿叼着一条小鱼飞走了。他不眨眼地望着说："索罗吉，多美啊！"

索罗吉说："是的，您在上面待着吧，我要下去了。"

"索罗吉，哪天我们下河去游泳，我和你。"

"妈呀，下河游泳？这么多水，我怕。"

"见水你就怕？这些日子你没说过呀。"

"在船上不怕，但不能下水去。"

"我要下河去，我要学游泳。"过了一会，他吆喝："杜拉！杜拉！"

船靠岸了，杜拉和迪巴戈尔站在船头，要下去赶集了。杜拉听到叫喊又上船来。诺宾问："杜拉，你会游泳吗？"

杜拉从小就时时跟着诺宾，哪儿有机会游泳？他回答说，不会。

诺宾古马尔烦躁地说："为什么不学？你是笨熊！"

"是。"

"我下河，你站在我身边。你不会游泳，我要是被冲走了，你怎么救我？"

"您下河？那不行。老夫人一再禁止过。无论如何不能让您下水。"

"那以后再说。你为什么不学游泳？从今儿起，你学游泳去。"

"遵命。迪巴戈尔也禁止我下水。"

"你听谁的吩咐？听我的还是听迪巴戈尔的？我说什么你没听进去？从今儿起你就学游泳去！"

"遵命。"

过了一会，诺宾从甲板下到自己的船舱。现在是他读书的时间。虽然他也很好动，但比同龄人读的书要多得多。读书是他的嗜好。他俯伏在床上读书。

索罗吉尼洗过澡换好衣服来到船舱里。她用干毛巾擦干头发。这也没有影响诺宾专心读书。索罗吉尼站在镜子前，边往发缝抹朱砂边问："您昨天做了什么梦，给我说说吧。"

诺宾放下书，看到索罗吉尼刚洗过的笑脸为之倾倒了。同发现外面的大自然一样，他也新发现了这个少女。他坐起来说："索罗吉，昨天我梦见上天堂了。"

索罗吉尼立即生气地说："去，又说这种话！"

诺宾感到奇怪，说："为什么？怎么啦？上天堂有罪？"

"您不是说，永远不说死的事了么？"

"啊嘀，是那事！不，不，我没说死的事。这是同肉体一起上天堂，像坚战那样去。不，不，不像坚战那样老，像补卢罗婆娑那样，你知道大王补卢罗婆娑的故事么？《摩诃婆罗多》里有！"

"不，我不知道。"

"我读给你听。我梦见像大王补卢罗婆娑那样，上了天堂。在仙人大会上给我设了座位。仙女在那里跳舞。后来突然我的心一蹦。你知道我看见什么了？优哩婆湿的脸和你完全一样。"

"去你的，全是瞎话。"

"根本不是，我对迦梨女神发誓，我真的看见了，你望着我笑。"

"我明白了，您拿我开玩笑！"

"你不相信么，索罗吉？像极了……迦梨陀娑的剧本里有，《优哩婆湿》①正是这样。你过来，坐在我旁边，我给你读剧本。"

"这会儿我不能听。下午吧，现在我有事。"

"现在有什么事？"

"我现在要拜神。"

"别拜了。听听，多么美的故事，多么优美的诗句。"

"我不拜神坐下来听故事？您听着，我妈说了，每天要诚心拜湿婆神，是我们家的传统。"

"加耶斯特的女儿还疯拜什么神？你已得到湿婆似的新郎，还有什么必要拜湿婆？"

"别对神说这种话！"

诺宾迅速下床搂住索罗吉尼，说："你瞧瞧，我不是你的活湿婆么？"

---

① 《优哩婆湿》（*Vikramōrvaśīyam*），迦梨陀娑著梵语剧本，描写国王补卢罗婆娑（Pururavas）从一恶魔手中救出天国歌妓优哩婆湿（Urvashi），并由此产生爱情的故事。中译本1962年人民文学出版社出版，季羡林译。

索罗吉尼痛苦地说:"妈呀,您这是干什么?碰了我啦!我还得去洗澡。拜神前谁也不能碰我。"

诺宾嘴唇贴在妻子的脸上轻声说:"再要一回吧。现在在我旁边坐一会儿。索罗吉,人为什么拜神?是为得到薄伽梵吧。读书也能得到薄伽梵的。"

索罗吉尼挣扎着说:"放开我!"

诺宾说:"你不相信?我们的经典上说,诗味和梵味是孪生兄弟,就是说诗同梵一样。来,在我旁边坐一会。"

索罗吉尼几乎是哭着说:"以拜神为名坐着而不拜是罪过。拜神是为您求吉祥。我去洗澡拜过神,再来听您的话。"

诺宾放开她,说:"好,去吧。但放开你是有条件的,从现在起不要再叫我'您',要说'你'。"

索罗吉尼大为吃惊,说:"妈呀,那不可能!女人什么时候称丈夫为'你'?不是丈夫为尊吗?"

"什么为尊?仆人对主子要称'您',而你也说'您'?我命令从今儿起,你对我私下只说'你',在众人面前你可以不说。"

"我不会有罪吧?"

"所有的罪孽都是我的。我是你丈夫,像湿婆神一样,能化解掉一切罪孽。"

索罗吉尼去洗澡后,诺宾独自打开迦梨陀娑的剧本,读了一会儿,不知想到什么,拿起书本到另一船舱去。那里的桌子上放着墨水、鹅毛笔和迪巴戈尔记账的红色账本。诺宾坐下,翻到账本的空白页,拿笔蘸上墨水,写上:优哩婆湿,伟大诗人迦梨陀娑著,诺宾古马尔·辛格译为孟加拉语。然后开始写人物表。这时他暗下决心,要由求知会演出这部戏。他要亲自扮演补卢罗婆娑。

此后四天,诺宾根本不理其他事,潜心翻译剧本。这边杜拉钱德拉每天在河里拼命学游泳,但诺宾对此事丝毫不关心了。索罗吉尼半夜醒来,看到丈夫在桅灯下还在写。夜里下了锚的游船在波浪中轻轻摆动。除了潮水的刷刷声外,四周一片寂静。索罗吉问:"喂,你怎么不睡？身体会弄坏的！"诺宾只抬头看看，不言不语，又专心写作，时而厌烦地皱皱眉头。船队带了许多人，但没带梵语学者来。诺宾对梵语还不是那么精通，有时遇到艰深的复合词他不知所措，他猜测着某个词的含义，回去后再找学者订正。

船队中途在某个城市或港口停靠时，就派人送信给宾波波蒂报平安。又派人在指定的下一港口等着接宾波波蒂发来的信，宾波波蒂得悉诺宾康复，听力和记忆力恢复后十分高兴。昨天她来信说，那就别耽搁了，回来吧。这是她生平第一次这么长时间没有看见儿子，现在她着急了。再说，印历十二月（恰德拉月）到了，随时会起风暴的。这时候河道也不安全。

船队现在掉头了，可是到家还得半个月。

诺宾译完剧本共用了十一天，一点都不觉得累。相反心里极痛快，完成了一件工作的快感是不一样的。在这之前诺宾创作过几页小东西，但没有一次写过这么多。他有了自信，他也能成为作家。

这么多天他一直坐着躺着，手脚都有些麻木了，他想跳一跳，到岸上跑一跑。那天黄昏他上了甲板。满天乌云，风飕飕地刮，看来要起风暴了。迪巴戈尔忧虑地在同船夫交谈。诺宾看到河南岸一处修得结实的漂亮码头，离那不远的高坡上有栋很大的房子，四周是浓密的树林。

他问："这地名是什么？"

迪巴戈尔说："易卜拉欣布尔。前面不远处是迈纳丹加，我们的船到那里停靠。"

高坡上大房子的一角，铁烟囱正在冒烟。诺宾很喜欢这个地方。他说："云上来了，还有必要往前走？就在这里停船吧，我活动活动手脚。"

迪巴戈尔说："您再等一会儿吧。很快就到迈纳丹加了。这地方不好。"

"为什么？这地方为什么不好？"

"这里靛蓝厂的洋人打人。看见高坡上的大房子了吗？那就是靛蓝厂。”

“因为有靛蓝厂，人们就不能去那里？这又是什么规矩？”

“靛蓝厂主很残暴，不给人留面子。当地很多人都被吓跑了。”

“这地名叫什么来着？易卜拉欣布尔？这里不是有我们的地产吗？”

“以前有过，那些地我们全租给靛蓝厂主了，在他们的压力下保不住了。从前是上好的甘蔗地。老爷在世时，从易卜拉欣尔收到很多钱。那些全都完了，只剩下房子了。”

“谁在那里住？”

“有四个工人看管。”

“停船，我要去那里。”

“少爷，别这样说。谁敢靠近靛蓝厂？俗话说，碰到老虎十八处伤，碰到靛蓝厂主三十六处伤。”

“迪巴戈尔，我从未见过靛蓝厂主，他们比老虎狮子还凶猛？英国人正统治着印度，因此人们就得离开印度吗？大家因为怕他们而逃跑，那活怎么干？你净吓唬人！叫停船，我下去看看。”

迪巴戈尔两手合十说：“少爷，求求您别这样下命令。求您听我一句话，老夫人一再吩咐，不要随便下船。看云的样子，起风暴还早呢。我们很快就到迈纳丹加了，那时您再下去活动活动手脚吧。”

“你为什么这么怕，迪巴戈尔？”

“少爷，这地方不吉利！”

“不吉利？怎么不吉利？”

“令兄耿伽那纳拉扬就是在这儿失踪的。”

诺宾定睛盯着迪巴戈尔的脸，十分严厉地说：“我不是让你靠岸么？你要什么花招？”

迪巴戈尔挨了训斥低下头，喃喃地说：“老夫人责成我……她对我说了不准的。”

“又磨蹭啦？”

船就在那码头停泊了。有一天深夜，耿伽就是在这里失踪的。

那时的船夫有几个现在还在这条船上，他们想起那天的事，沉默地面面相觑。

诺宾带着杜拉上了码头，他不怎么记得耿伽大哥的事了，但记得不久前的事。比图谢克的女儿苏哈希尼的儿子喂饭仪式那天，苏哈希尼突然提到耿伽后哭了。苏哈希尼也是很小的时候见过耿伽的。人走了，可是总在一些地方留下这样深的印记。

苏哈希尼那天为耿伽而哭，诺宾一想起来眼睛都红了。他坐在石头砌的码头上，不说话。他觉得，大哥耿伽的灵魂在冥冥中注视着他。这地方静得出奇。靛蓝厂主的大房子也没传出什么声音。

过了一会儿，大滴的雨水突然落下。杜拉着急地说："少爷，马上回船去，会淋湿透的。"诺宾不回答，坐那里让雨淋了很久，别人怎么叫他也不听。

七十

　　从加尔各答到白沙瓦有许多军队驻防，名为孟加拉军团。但实际上，东印度公司这支军队里孟加拉兵很少。各民族、不同肤色的职业军人在英国人的训练下，在兵营里有纪律地共处。当时也有一支英国皇家军队驻扎在印度。

　　阿逾陀土邦未经流血就落入英国人手中了。现在从北印度到东印度，任何地方都没有冲突，是和平时刻。土兵们早晚操练，其他时间聊天打闹。土兵们时时换防，所以他们大体都知道全印度的新闻。此外，印度也像英国那样，有些地方建起了铁路，通过叫作电报的奇怪机器互通消息。

　　印度土兵不是没有良心的。他们拿公司的薪水，随时为公司卖命。由于有长期友好的关系，英国军官和印度土兵一起玩，与他们同甘共苦，也一起过节。而从英国新来的年轻军官，倾向于按制度办事。新武器发明了，土兵必须与之适应。英国在印度的统治区越扩大，就越有必要组建强大的军队。

　　现在是和平时期，时间过得很快。

　　有一件事，新来的英国军官十分看不惯。他们习惯了信奉基督教的兵，而印度兵中有千百种种族歧视。一个骑兵连长，虽然军阶高，但他不穿军服时，见了普通士兵就得趴下来敬礼，因为那个士兵是婆罗门。骑兵连长的种姓是戈雅拉（养牛人）。在军队中这样能行吗？一个印度教徒士兵时时准备执行一个穆斯林士兵的命令，但如果穆斯林士兵摸过他的食物，他就憎恨地全扔掉。白人军官有一个厨房，而印度土兵有数不清的厨房。英国人对此感到厌烦，提出建议说，不能从中东、马来、中国，甚至从拉丁美洲雇佣基督教徒代替他们，组建一支印度军队吗？

几年前，英国征服了缅甸的若干地区，那时有部分土兵不愿前往缅甸，因为按教规他们不能过海！说是漂洋过海会毁掉他们的宗教。这是变相的叛逆。坎宁[①]爵士任总督后采取了对策。他公布法令说，今后招募新兵时必须签订合同，要有同意到任何地方、在任何环境下作战的条款。

现在是和平时期，在操练结束后，英国军官对土兵简要讲解基督教义。在餐桌上，军官们讨论说，美国黑奴全都接受他们主人的宗教，成为基督教徒。如果印度奴隶改信了基督教，那许多问题就都解决了。

现在是和平时期，土兵们休息和聊天的时间很多。他们也听到各种各样的事：在巴拉克监狱拿印度教徒用过的碗盛饭给穆斯林吃。在甘普尔，把牛骨粉掺入面粉里烙饼。使用的新子弹，要用牙齿撕开外壳，但外壳涂有牛油和猪油。土兵月薪八卢比，到英国管辖外的地区作战另有四卢比的津贴，但打了胜仗后就停发津贴，这是什么规定？土兵拼命作战，在新的地方打了胜仗，收入却减少了？工资是土兵的食盐，可是给食盐为什么没准？毁灭神灵的英国人只知道自己的利益。普拉西战役已经过去一百年了，今后洋人还能统治印度吗？有士兵说：老兄，你听说了吗？那天发生在达姆德玛兵营的事，一个小兵从婆罗门土兵的杯子倒水，婆罗门土兵正好看到，

---

① 坎宁指坎宁·查理·约翰（Canning, Charles John, 1821—1862），1859年被封为伯爵，英国国家活动家。托利党人，后为皮尔派。曾任邮政大臣（1853—1855）、印度总督（1856—1862），是镇压印度民族解放起义的组织者。

拿棍子打了那小兵的脸，你知道那挨打的土兵说什么吗？他说，别以种姓为荣啦！新子弹要用牙齿咬开，印度教徒、穆斯林的种姓都得丢掉。所有土兵都要失去种姓了。

在恒河岸，从加尔各答逆流而上不远的地方，东印度公司清除了丛林，建立了一个大兵营。附近村民就给这地方起名叫巴拉克普尔，文件上现在还是这个名字。近来从外地调三十四步兵团来这里驻防。三月末的一个早晨，该团的军士长休森听到操场上有人大叫。休森皱皱眉头。一些天来，该团的情绪令人生疑，土兵们总是交头接耳，一见白人军官就突然停止。此刻是谁在叫喊呢？

正在用早餐的军士长休森烦了，他派传令兵去。过了一会儿，远处的叫声仍未停止。传令兵带来一个土著士官。休森听了他的叙述后立即离开餐桌，让人通知他的副官波中士。他去了操场。

那里有二十个土兵定定地站着，他们的土著士官名叫伊斯瓦尔利·邦代，也在不远处站着。一个蒙面的土兵在他面前边跳边用本地语言说着什么。

休森板着脸朝那个蒙面的土兵走去。那土兵一见洋人，就躲到大炮旁边，占据有利地形，并且大喊："弟兄们，消灭不讲信用的敌人吧，消灭他。"

那土兵声音都嘶哑了，看来已叫嚷了很久，步态像喝醉了酒似的。他叫别的土兵拿起枪来反对洋人。其他土兵既没有站在他一边，也没有对他的话提出抗议。

休森斥责了伊斯瓦尔利·邦代，并问道："他就是那混蛋？他要展示什么？"

伊斯瓦尔利·邦代见了洋人忘记敬礼了，也回答不了问题。

休森又说："抓住他。"

躲在大炮旁边的土兵名叫孟加尔·潘迪。他两眼通红，激动得全身颤抖，他面对休森除下了面罩。

英国兵营里的这个土兵，向他们主子的代表开了枪。这是难以想象的事。

子弹没有打中休森。休森出于自卫立即伏在地上，他的吃惊大于害怕。在二十个土兵面前，一个疯子竟敢向他开枪，可是竟没有人阻拦。本土士兵竟不执行他的命令。

孟加尔·潘迪的步枪又装上了子弹。这时休森正拼命爬得远些。波中士策马过来。孟加尔·潘迪的第二枪向中士打去。这次也稍微打偏了点，中士和马一起摔倒在地。中士立即站起来从腰间拔出军刀。孟加尔·潘迪也持刀冲过来。他两次刺伤中士的头和肩。这时休森也持刀赶来。这样三人打斗起来。孟加尔·潘迪最有力，最疯狂。打斗中双方都大喊。孟加尔·潘迪说："弟兄们，消灭敌人，别静静地站着。在你们的武器被夺取前，你们去抢啊！英国人的末日到了。"而休森喊："卫兵，抓住他！"土兵们都不予理睬，犹豫地默默站着。看见两个英国人受了伤，土著兵谢克·班杜前来援救，但他没打算抓捕孟加尔·潘迪。孟加尔·潘迪又躲到大炮后面去了。

这中间来了一大群英国军官，在混乱中不知所措。没有一个英国人敢向孟加尔·潘迪那边走去。潘迪躲在大炮后，从远处很难打死他。虽然一再下命令，但没有一个土兵去抓捕孟加尔·潘迪。

巴拉克普尔的师长、老将军西亚尔斯也立即来了。他的马闯入人群中时，一个英国军官提醒说，先生，他的枪子弹上膛了。

西亚尔斯的脸都气红了。他咬牙切齿地说："缴他的枪！"然后他举起手枪，对土著士兵说："不服从我命令的就是死了的兵。都跟着我去抓住这疯子吧。"

几秒钟后寂静无声。

然后孟加尔·潘迪哭着不知说些什么。勇敢的将军西亚尔斯向大炮方向走了几步，土兵们不再犹豫，也跟着将军。将军的命令像咒语，世代当兵的印度土兵竟忘记拒绝这咒语了。

一声枪响，冒起烟，有个人倒在地上。烟消散后看到，倒地的不是将军，而是孟加尔·潘迪。他看到自己的失败，为了不被英国人抓住，在最后时刻，把枪口对准自己的胸腔扣动了扳机。

英国士兵当即把那二十名土兵包围缴械，并给他们的手脚上了镣铐。孟加尔·潘迪受了重伤，但还活着。他的脚被拴上铁链，拴在马后，在操场上拖来拖去，可是他没死。

按照规矩，军事法庭判处孟加尔·潘迪绞刑。就在那个操场上，全体驻军士兵在场，孟加尔·潘迪被抬来套上了绞索。他到最后一刻还在骂英国人，又对土著士兵说："消灭不讲信誉的敌人英国人，弟兄们，土兵们……"

二十个土兵的班长伊斯瓦尔利·邦代也被处以绞刑，二十名土兵被监禁。

在兵营里这是小事一桩。军事法庭判处一两个土兵绞刑不是什么新鲜事。甚至英国士兵犯了罪也交给军事法庭。孟加尔·潘迪的阴魂在巴拉克普尔兵营中游荡。三十四步兵团的土兵全被缴了械，发配到印度北部。其余的土兵满脸恐惧，虽然他们集体重新宣誓效忠了。可是英国军官对他们不时皱眉头。这些亚洲人的脸真奇怪，从表情上看不出他们想些什么。那些在总部的非常可靠的传令兵、马夫、厨子等现在也不那么可信了。觉得他们的脸和孟加尔·潘迪差不多。他们偷偷地交谈什么？他们嘴唇上偷偷发出讽刺的笑容？许多人都看见了，两个高阶军人休森和波，合起来对付不了一个土著士兵，以后土著们还怎么认为白人是不可战胜的呢？

这件事保不了密，从巴拉克普尔传到加尔各答了。对孟加尔·潘迪的绞刑立即执行了。但对伊斯瓦尔利·邦代的绞刑延迟了几天。下达绞刑令是谁的权力，这也是问题。越拖延，谣言就越多。总督坎宁将军在加尔各答听到这消息后烦了，如要严惩，必须尽快解决，一拖延就表示软弱。必须让国民明白，在英国统治下，没有动摇或犹豫。

消息最初只在加尔各答的英国人中间流传。在幸福、奢侈的英国人社区里，秘密地流淌着死亡的恐怖暗流。谁都轻易不说，但都在交换眼色。真有土著士兵枪杀英国军官？这个不配称为人的民族，某个人竟这么大胆？其他土兵消极地地站在那里，没有害怕得发抖趴在地上求饶？整整一百年前，孟加拉的纳瓦布西拉吉多拉进攻加尔各答时，英国人被迫放弃这城市逃跑了。

逐渐地，这恐怖事件的秘密，不仅仅被大家藏在心里，还悄悄地变成耳语。东印度公司在印度斯坦统治的疆界扩大了很多。为了统治这个国家，除了组建土著军队，别无他法。可是能在多大程度上相信他们？孟加尔·潘迪就是一个可怕的讯号。在印度土兵中有多少潘迪这样的敌人？如果有成百上千呢？

孟加尔·潘迪事件过了几个星期后，伊斯瓦尔利·邦代也被绞死了。那以后没有出现什么骚乱。可是事件没有被遗忘，在英国社交圈中许多人都在议论，不该采取措施保卫首府加尔各答吗？

不久后，消息也在孟加拉人中传开了，反应是复杂的。有的人觉得，事件非常奇怪，有的人却觉得没什么。孟加尔·潘迪是喝醉酒啦或是疯啦？只有神经不正常的人，才可能如此愚蠢。但其他土兵为什么沉默和消极？孟加尔·潘迪虽然失败了，但背后隐藏着什么计划？

这一件事给孟加拉人留下很深的印记。普拉西战役发生整一百年了，这是英国人给提醒的。整一百年，这有什么深刻含义？整一百年过去了，又会发生什么严重事件呢？

七十一

　　孟加尔·潘迪被绞死后四十九天，大火燃烧起来了。不是在达姆达姆或者巴拉克普尔，而是在遥远的安巴拉。开头只是放火，半夜里兵营突然起火，然后是吆喝、奔跑。不知是谁放的火，但很明显，起火的兵营只是在土兵们使用涂有油脂弹药的地方。头一天在一个兵营，第二天五个兵营，第三天更多。

　　这期间到处涌动着暗暗的不安。市里有种种议论。德里清真寺墙上几天前突然挂出告示说：波斯王号召印度斯坦真正的穆斯林参加圣战。他很快会率大军前来推翻异教徒英国人的统治。英国人要毁灭伊斯兰教。英国人垮台的日子临近了。印度斯坦的穆斯林，如果你们是真正的穆斯林，那么起来吧，拿起武器吧！

　　是谁发的告示？这不是直接来自波斯的，是谁贴出的呢？德里的英军司令西蒙·佛雷泽当着众人的面将告示撕得粉碎，但已有很多人读过了。第二天同样的告示又出现在红堡的墙上。

　　又传说阿富汗的统治者杜思德·穆罕默德率军同波斯王一起向印度进发了。以前人们都知道杜思德·穆罕默德是英国的朋友。另一个告示又说，伊斯兰教在印度遇到的灾难使杜思德·穆罕默德不能再坐视了。若干天来还听说，沙皇的军队将进攻印度，看来时间快到了。英国能抵抗住俄国军队吗？不久前他们在克里米亚战争中不是受了重创吗？

被赶下台、被侮辱的纳纳萨哈伯住在甘普尔附近的比图尔。他是普纳著名的白沙瓦巴吉·拉奥二世的养子。英国人剥夺了他的大庄园，一年给他八十万卢比的生活津贴。他努力通过申请想要回失去的权力，但只能暗暗地哭泣。这时，纳纳会见驻扎在勒克瑙的英国官员后明白了，提出申请的期限已过了。当时勒克瑙的状况很奇特。英国夺过统治权后，一切措施都很严厉。这里的集市上有成千上万强壮的男人压着怒火，他们曾是纳瓦布瓦吉德·阿里·沙军队的士兵。他们世世代代除了打仗，不懂别的生计。现在他们没有活路了，很多人面临饿肚子的局面。他们想拿起武器。

市面上现在讨论的只是：印度教徒和穆斯林的利益密不可分。英国人随意剥夺印度教徒和穆斯林的地产和土地所有权，使有地位的家族威信扫地。印度人的财产逐渐地转移到英国人手中。印度斯坦的印度教徒和穆斯林都遭遇灾难。现在帖木耳族的一支、有阿克巴、沙贾汗血统的巴哈杜尔·沙还活着，已经丧失的荣耀不能再恢复么？

大毛拉艾哈迈德·乌拉到各城市去宣传反抗，日子临近了，别再迟延。从村庄到另一村庄，从兵营到另一兵营，不知是谁传递着手工做的烙饼。收到一个烙饼，就再做五个烙饼送给别人。这烙饼就是秘密命令。

第二件事发生在密拉特。

在巴拉克普尔，孟加尔·潘迪叛乱后，英国当局认为，途过油脂的子弹壳问题，似乎只有印度教徒愤怒，穆斯林士兵并不支持孟加尔·潘迪。某些军官建议停止使用涂油的来复枪子弹。最高当局当即驳回了这一建议。过分宽容一个谣言是软弱的表现。子弹外壳的纸确实没有涂上牛油或猪油。根本就不存在使用那种油脂的问题。

密拉特第三轻骑兵联队是一支很可靠的军队。从中挑选出九十名非常能干的士兵单独站立。上校斯密特简要地向他们解释说，在子弹外壳上涂油脂的说法毫无根据。使用这些子弹时无需用嘴去咬，用手撕开即可。他让这九十名土兵给大家做示范。

在五月初的炎热中大家都站着。子弹拿来了，分给那些土兵，其中五十名土兵抱着手。他们严肃地表示，不会触摸这些不洁的子弹，还要求别损害他们的尊严。

次日，这五十人被交付军事法庭。立即作出判决，所有土兵又站在骄阳下聆听判决书。这五十名土兵拒不执行英国命令是严重犯罪，其中大多数终生流放安达曼群岛，其余几名判了十年苦役。

五十人中没有一人乞求宽恕，他们一言不发。他们被命令立即褪脱军服和鞋子，然后连续几小时几乎赤裸地在阳光下暴晒，并上了手铐。当要把他们带进监狱时，一个被囚的土兵将一只鞋向审判官扔去，喊打倒白人统治！他的同伙也喊出同样的话。

这之后，这名囚犯在密拉特兵营被严密看守。没有任何不满的迹象，全都平静。星期天傍晚，英国官员带着夫人和孩子从教堂安然回家。在整天的酷热后，这时来了凉风。此刻是尽量少穿衣服在走廊休息的时间。密拉特兵营的将军休特脱下军装穿起睡衣，命令勤务兵拿来饮料。

天刚黑，各兵营燃起了大火。瞬间所有土兵都持武器出来了，并立即释放了五十名囚犯。他们不假思索地向英军开火。

在土兵面前，英国人顶不住了。仅一天，密拉特的英国人就跑了。一些英国人丧了命，一些英国人光着脚、半裸着逃命。土兵不仅占领了兵营，而且占领了整个密拉特。

后来呢？土兵们毫不迟疑做了决定。一条路是畅通的，从现在起，德里是重获独立的印度的首都。所以到德里去！

在德里的红堡，年迈的巴哈杜尔·沙现在每天还上朝。他已八十二岁，非常衰弱、瘦小，眼睛里傲慢的光芒没有了。帝国没有了，可他现在还是皇帝。他的权力只在红堡里，红堡之外德里市的管理权都在英国人手里。但是老皇帝巴哈杜尔·沙每天还挂着拐，颤颤巍巍地上朝。他坐在尘土狼藉的孔雀宝座上。他已不能久坐，不得不靠着垫子半躺着。手里拿着吸烟的长管子。

王国没有了，可是子民还来，老百姓习惯地来告状。他合上眼睛听着女人被抢走、土地被强占和英国人残暴的故事。老皇帝喜欢听这些，他点点头。为制止这些暴行，他向像他一样失去权力的将军、埃米尔、蒙希下命令。他们也敬礼说，遵命，陛下！

出席御前会议的人全都老态龙钟，他们还是照样坐着，好像没有失去什么。皇帝还常常给他们加封。而赏赐的都是想象中的某个地方。他们也低头领受这些恩典。

有时皇帝朗诵诗篇，他是诗人、作曲家。这时他不是皇帝，只是贾法尔。当他念出一句诗时，他的宫廷会议成员就交口称赞！

巴哈杜尔·沙不仅是诗人，还是诗人的后台。王国没有了，但有宫廷诗人。著名诗人荣格是巴哈杜尔·沙的师尊和宫廷诗人。沙还给米尔扎·加里波发津贴，把他放在宫廷会议里，让他写莫卧尔帝国的光辉历史。加里波从前用波斯语写作，皇帝让他用乌尔都语写。加里波小时写的韵文深深印在沙心中。他随时会无缘无故地念到：只有我自己粉碎的声音！

不仅听子民控诉和讨论诗歌，宫廷会议上还谈论许多事情。名叫孟加尔·潘迪的士兵在巴拉克普尔开枪反对英国人，以及安巴拉兵营着火的事，他们也听到了。出席会议的人对这些事件作了种种解释，皮肤已松弛的皇帝只点头称是。一天他念出两句诗：俄国沙皇或苏丹们做不到的事，涂上油脂的子弹筒做到了。会议成员们感到惊诧，皇帝在说什么呢？现在他衰老的身体内还有很高的欲望？

每天黄昏后，王子和王亲贵戚们放肆地通宵玩乐，而白天大部分时间睡大觉，所以上午的红堡几乎是寂静无声的。

一天突然传来很大的喧闹声。市民都上街喊叫。一队骑兵扬起尘土从远处跑过来了。德里市民经历过许多征伐，轻易不会感到惊异了。但不少人皱起眉头琢磨，这来的是什么人？眼看着骑兵就从德里东边大路冲过来了，他们是密拉特第三骑兵联队。

德里市民认出这些士兵是穆斯林后，热情地为他们打开红堡的大门。起义军马蹄声声一直来到皇帝的寝宫前。巴哈杜尔·沙拄拐站在走廊上。土兵们欢呼：印度斯坦皇帝巴哈杜尔·沙万岁！从今儿起印度斯坦又自由了！

心头发颤的皇帝犹豫地沉默了一会儿：这真的可能吗？武装土兵要拥立他为皇帝，英国军队不在这个国家了？炮弹会把这些土兵炸得粉碎的！

这时起义军兴奋得一起大喊。很多人下了马开始跳起舞来。他们从未进过红堡的内宫，从未近距离地见过皇帝。他们没有想到巴哈杜尔·沙这么老、这么衰弱，他会领导他们吗？但不管怎么说，他有皇族血统，有这名义就够了！一个人大喊："陛下，您不用害怕，我们要让您重新当印度斯坦的皇帝！"

巴哈杜尔·沙命令他们肃静，但谁都不听。后来他又哀求说，这么多土兵，别都挤在这里。他要同三四个人谈话。土兵们说话的声音更大了，他们现在需要皇帝和他们在一起，请皇帝发布作战命令。

皇帝有一支小卫队，指挥官是英国人道格拉斯上尉。皇帝叫道格拉斯上尉来，想听听他的意见。道格拉斯看到，卫队已经和叛乱者合在一起了，在更远处还有一队队叛乱骑兵进城。道格拉斯二话不说扭头就跑，在跳墙时扭断了脚。一会儿工夫，一个土兵挥刀砍下了他的脑袋。

破坏开始了。土兵们不仅把英国人、基督教徒都找出来杀掉。起义者二十四小时就控制了有城墙的德里市。巴哈杜尔·沙·贾法尔看到，他真的成皇帝了，有一支受他控制的军队，每天从各地还有许多军队到来。现在如果他愿意，可以向子民收税了。他高兴得又开始作诗了。

电报立即将消息传到加尔各答，报告给总督坎宁伯爵。坎宁伯爵是头脑冷静有经验的统治者。他的前任总督大贺胥伯爵把战争拖得太久。坎宁要求立即恢复全国统治秩序和严格的纪律。又发生战争了？土兵攻占德里意义是深远的。如果土兵在德里集结成大军，那么英国势力就不可能在北印度待下去。土兵胜利的消息将会影响那些尚未出现叛乱的兵营。离德里不远，就是英国新取得的旁遮普。如果那里又出现战事，将很难对付。坎宁伯爵没有立即采取措施反攻，而是向全印度的土兵发出文告，说英政府或东印度公司从来不干涉印度人的宗教权利，所以土兵不可能丧失信仰。他们没有任何理由激动。

这文告得到的结果正相反。在德里聚集在巴哈杜尔·沙周围的军官们高兴得跳起来。他们说，白人害怕了！白人害怕了！他们现在要讨好土兵了！

乔拉桑科的辛格家，一个星期六傍晚灯火辉煌。住宅前停了许多双驾马车和轿子。诺宾古马尔·辛格在坐船出游后，几天前健康地回到加尔各答了。他又以全部热情召开求知者会，每星期六都排练戏剧《优哩婆湿》。

在外屋神坛搭起舞台，不久就要正式演出，因此连着几天进行全部彩排。每天舞台都用鲜花装饰。诺宾饰演国王补卢罗婆娑，扮相非常美，嗓音也很甜。有一场他要骑马上场，为此还学了几天骑马。

在舞台上，国王补卢罗婆娑正向优哩婆湿求爱。台前的观众是求知会的会员们。这时乔杜波迪激动地闯进来，说："你们这是干什么？国家正在发生一场革命，而你们却沉迷于戏剧小说？"

乔杜波迪的声音有点异样，人们无法不用心倾听。彩排停止了。国王补卢罗婆娑问道："革命？那又怎么啦？乔杜波迪？"

乔杜波迪转而向大家说："你们都没听说吗？英国人在印度的政权要完了！又要恢复莫卧儿王国了。土兵们狠狠地打击了英国人。"

国王补卢罗婆娑从舞台跳下来，说："你说什么？乔杜波迪？又是莫卧儿统治？"

七十二

　　仲夏时居住在加尔各答几乎是让人无法忍受的。这时疾病也在肆虐，因此阿卜杜尔·拉提夫·汗·巴哈杜尔决定去巡视地产。他在穆尔希达巴德的恒河边上有宽大房屋。不管天怎么热，傍晚从河上吹来凉风让人非常舒服。此外这时芒果、菠萝蜜很多，住在庄园里能吃到新鲜的。阿卜杜尔·拉提夫爱吃，每次当令的水果他都要享受一番。

　　汗·巴哈杜尔出行要做许多安排。内室三位夫人的东西就很多，此外还有众多随从和汗·巴哈杜尔个人的东西，收拾了一个多星期。汗·巴哈杜尔的宠仆米尔扎·库什伯德很能干。他非常清楚，主人什么时候需要什么，纳瓦布所有的事都靠他。

　　启程的日子临近了，一天下午，阿卜杜尔·拉提夫睡醒后，觉得好像还遗漏了什么，好像什么错了，可是怎么也想不出。

　　阿卜杜尔·拉提夫吆喝："米尔扎，米尔扎！"

　　米尔扎·库什伯德立即拿来烧着的烟筒。他的主人午睡后首先需要的是这个。

　　拉提夫吸着烟，说："米尔扎，全都安排妥当啦？"

　　米尔扎行礼后说："是的老爷！明早我们就出发。"

"没有忘掉什么东西吧？"

"没有，老爷！给夫人的三顶轿子，您的四轮马车都备妥了。"

"可是好像还有差错。"

"没有，老爷！已通知了汉弥尔顿公司。公司的人给了五箱酒。"

"这我知道。没忘了别的？"

"您不喜欢贾戈希亚的帽子，所以又做了班戟戈希亚帽子，您今早试戴过了。在佃户面前戴那帽子。"

"这我知道，可是好像还忘记了什么似的！"

"您是说连接器和风筝吧？带上了，真正的勒克瑙货。您放风筝让佃户们看看。穆尔希达巴德从前没有人见过风筝。"

"那行。没忘了别的啦？"

"没有，老爷！全都妥了。明天我们就走。谢克·伊姆达德看守这房子。"

"没忘别的啦？你说准啦？"

米尔扎·库什伯德突然脸色煞白，两眼发直。他趴在地上说："原谅奴才的粗心吧，老爷！犯如此大错，我自己都不知道。全都做了，只是到现在还没有通知律师先生。您要外出一两个月，可是律师不知道，这怎么行？"

阿卜杜尔·拉提夫斥责说："还是的！笨蛋！该杀头。不征求律师意见，我一步都不能走。到现在还没通知他？要不是我提醒，会怎么样呢？"

米尔扎头磕在地上，像罪犯似的说："老爷，我真的忘了。"

"去。现在就去通知律师。"

蒙希·阿米尔·阿里得到消息，当天傍晚就来了。他手持一根包银的小棍，满脸怒气在客厅坐下后说："拉提夫先生，我知道，您心胸开阔，爱忘事，可是我不知道您竟这么傻！"

迎头受到如此严厉的斥责，拉提夫·汗非常不安。不好意思地说："先生为什么这样说？我怎么傻啦？"

阿米尔·阿里说："不傻？一百个傻！您突然要去穆尔希达巴德，

知道国内的情况么？"

"国内什么情况？管它什么情况，我不能去看我的地产？"

"去看地产？还带夫人们一起去吧？不带着她们您一步也不走。去几个卫兵？"

阿卜杜尔·拉提夫质问："米尔扎，安排卫兵了么？"

米尔扎说："四十个武装卫兵。十个人持枪。"

阿卜杜尔·拉提夫说："去年是三十个卫兵，今年加强了。"

蒙希·阿米尔·阿里半藏半露地说："卫兵越多您就越危险！您还理解不了这点，拉提夫·汗！穆斯林现在能手持武器在路上走吗？白人士兵看见您这四十卫兵手持武器在路上走，就会彻底消灭他们。您的夫人们也会被羞辱。您想要这样吗？"

"你说什么，蒙希先生？白人士兵会打我们？我年年都交租交税，为什么要打我？"

"我是随便说您傻吗？革命开始了！您没听说啊？穆斯林和英国人互为仇人。一看见手持武器的穆斯林，英国人就认为是叛军。德里独立了，那里一个白人都没有了。独立的皇帝巴哈杜尔·沙·贾法尔又坐上德里红堡的宝座了。全印度斯坦都在打仗。而现在您要带上女人去穆尔希达巴德兜风！"

"蒙希先生，你是说在全印度又要建立伊斯兰国家啦？"

"毫无疑问！您知道英国人怕成什么样了吗？他们在所有地方都退却了。前几天加尔各答发生的事，看来您也没听说？"

"请说，蒙希先生，请说吧！详详细细地说。"

蒙希详细地把密拉特事件、土兵向德里进军、占领德里的事都讲了一遍。

这时从不远处传来强烈的哭声，拉提夫·汗感到厌烦，把米尔扎叫来问道："是谁哭得这么不是时候？"

米尔扎说："老爷，他们是那边贫民窟的孩子。这时他们的父母没饭给他们吃，还打他们，所以他们哭了。"

阿卜杜尔·拉提夫不耐烦地说："我最受不了这哭声，你不知道？让他们别哭！去，给贫民窟每个人一个卢比。蒙希先生今天告诉了大好消息。把谢克·伊姆达德、格鲁德和海达叶德也叫来听听。先去给贫民窟的人发钱，叫他们买糖吃。还要告诉他们，以后任何时候都不许哭，现在不是穆斯林哭的时候。为了维护穆斯林的尊严，现在必须拿起武器。德里现在独立了！"

米尔扎不解地问："德里独立？什么意思，老爷？"

阿卜杜尔·拉提夫说："啊，笨蛋！独立的意思，就是皇帝上面现在没有英国人了。皇帝又是皇帝了。我叫你干的事，快干去！"米尔扎走后，阿卜杜尔·拉提夫向蒙希·阿米尔·阿里行触脚礼，高兴地流着泪说："今天您告诉我的消息，我一辈子都感激您。这国家又重建穆斯林的骄傲了。"

阿米尔·阿里说："现在还不完全，正在进行。"

"可是德里已经不在英国人手中了。莫卧儿皇帝是我们生命财产的主宰。今天如果我死了，也是高兴的！"

"说得对，拉提夫先生。你们一向只关心自己的舒适和欢乐，做过多少努力拯救穆斯林的荣誉？现在得全力投入了。"

"一定，我准备好了。刚才你说加尔各答怎么了？"

"那事你也没听说？知道吗？因为怕大兵闯到加尔各答来，英国人像野兽害怕得乱蹦乱跳。胆小的英国人关闭了公司，忙着购买枪支弹药。那些英国人，或名叫翼德鲁斯或彼得鲁斯的，一辈子没摸过枪的混血儿，现在也开始练习使用武器了。他们拉上坎宁先生建立一支志愿卫队，土兵们一来就打。上周六晚有消息说，次日土兵将从巴拉克普尔和达姆达姆进攻加尔各答。伊雅士将军急忙在安息日早上解除了所有土兵的武装。但那又怎么样？那天下午谣传土兵从巴拉克普尔向加尔各答进发了。然后那个混乱！英国人为保住生命财产开始逃跑。有的去了威廉堡学院，有的上了小船，有的坐轮船回国了。马路上空荡荡的。那些说要参加志愿卫队打仗的人最先跑，跑得最快！"

阿卜杜尔·拉提夫哈哈大笑。

蒙希·阿米尔·阿里说："不仅好笑，还值得好好想想。加尔各答是东印度公司的首府，这里是这种状态，英国人听到谣言就逃跑。如真有一两万土兵开来，就会轻而易举地占领这座城市。如果加尔各答被占领，英王国就会崩溃。那时印度斯坦的匕首就会刺到伦敦。"

拉提夫先生兴奋得两眼闪闪发光，他激动地说："土兵来加尔各答？那我今天就去清真寺祷告！

蒙希·阿米尔·阿里说："只祷告不行，得给点帮助。"

"可是蒙希先生，加尔各答的印度教徒会加入我们的队伍么？"

"那些读过两页英语书的印度教徒会继续拍英国人的马屁。那些任副职的、低级审判官、给大商人打工的，到最后都会离开英国人，那就让孟加拉的印度教徒跟英国人在一起吧！没什么关系！他们会打仗吗？从来没拿过武器，只会喝牛奶、酥油，发长篇大论。不用担心他们！"

"但他们人数众多，占据着公司政府的重要职位。不错，他们不会打仗，但很会搞阴谋。要是他们和英国人联合反对我们呢？"

"那就是他们愚蠢。革命的火焰将蔓延到全印度，不参加革命的人就会死。可是孟加拉的印度教徒中，有不少人对英国人不满了。最初他们以为，比起穆斯林来，他们会得到英国人公正对待，现在不这样想了。那天我看到一份名为《求知者》的报纸，我法院的朋友比图谢克·穆克吉，他朋友的儿子在报上写了篇文章说，阿克巴大帝统治比英国统治好得多。在阿克巴大帝时期，印度教徒和穆斯林全都靠本事找到工作。而现在印度教徒的学问比英国人大得多，却找不到比英国人工资高的差事。"

"这样写啦？"

"是的，写了。此外，叛乱的土兵中没有孟加拉族的印度教徒，听说其他地方的印度教土兵参加革命了。在巴拉克普尔，第一个向英国人开枪的是印度教徒，名叫孟加尔·潘迪。甘普尔的纳纳萨哈伯支援起义的土兵。印度斯坦是穆斯林和印度教徒的国家。英国人是剥削者、敌人，要把他们赶出印度。英国人全都滚蛋后，全印度的皇帝将是巴哈杜尔·沙，又将给全体穆斯林增光了。"

"蒙希先生，你是从哪儿知道这些消息的？"

"您什么都不看，不看孟加拉语。加尔各答出了份波斯语报纸，名为《远眺》，至少那可以看看。《远眺》刊登了起义军的一张告示。上面写道：印度教徒、穆斯林团结起来，进行反对敌人英国的圣战！英国人要剥夺印度教徒、穆斯林的宗教权利。印度教徒从未剥夺过穆斯林的信仰。穆斯林也没有剥夺印度教徒的信仰。"

"真主保佑。那么这次英国人的日子完蛋了？但是蒙希先生，德里的大兵多少天能来到加尔各答？"

"他们为什么要来？要让这里的土兵占领加尔各答。土兵都在怒吼。一个火星就能燃起熊熊大火。现在需要的只是一个司令，在他指挥下，所有的土兵去打仗。谁能当这样的司令？"

"谁？"

"五天后就是六月二十三号。知道那是什么日子吗？一百年前这天发生了普拉西战争，英国人夺取了孟加拉的统治权。到了那天，穆尔希达巴德的纳瓦布如果率义军进攻加尔各答，那就最好了。"

"当然！"

"曾经秘密给穆尔希达巴德的纳瓦布送过信，他没有同意，完全是个废物。他说，吃英国人的饭，无论如何不能反对英国人。听说公司派军队把纳瓦布关起来了。您想想这事。"

"再没有别人啦？"

"还有一个大家能接受的。就是奥德那位失去王国的纳瓦布，瓦希尔·阿里·沙。"

"说得对。"

"这瓦希尔·阿里·沙能当所有起义军的领袖。走，明天我们去见纳瓦布。"

七十三

城市一片肃杀。加尔各答市往常总是人头攒动、喧闹声震耳欲聋，双驾马车、四轮马车在人群中穿过。真主的羊在嚼金盏草花环。瘦骨嶙峋的狗群在屠户门前争斗。婆罗门与收尸人总是挨着走。这些今天几乎都看不到了。商店关门，走廊、窗子里露出好奇、惊恐的面孔。有时有一两个人从房子里出来，迅速穿过街道进入另一家。时时有白人的军队在巡逻，脚步震动大地。

以前市内几乎见不着军队。现在军队集结在政府大楼里。市中心博德丹加附近的梵语学院成了白人军队的营地。起义军随时会占领英属印度首府加尔各答。

几乎每天都有轮船到达港口，英国兵从船上走下来。从马德拉斯和孟买派兵到印度北部和东部。从缅甸的北古市和锡兰也调来英军。

连续刊登过分渲染起义故事的报纸被封了。现在政府实行新闻审查制度，结果适得其反，谣言变成了水手辛巴达小说中瓶子里的魔鬼。大家谈论的是杀害婴儿、杀害妇女的骇人听闻的故事。英国报纸为此称印度民族野蛮，是吃人的魔鬼等等。虽然报纸刊登了这些消息，但有一点是清楚的：英国人害怕了。那些不是军人的英国人拔脚就跑。从各地传来英军溃败的消息，他们收复德里的努力失败了。为了不让土兵占领德里军火库，英军英勇地将其炸毁了，但也有消息说，土兵几乎没有打，就占领了德里另一个大军火库。起义军现在有大量武器。

为了不使恐怖扩散，坎宁伯爵严令日常生活要正常进行。机关、办事处都要开门，但没有人来。特别今天是普拉西战役一百周年。到处都有一种不祥的感觉。

拉姆·戈帕尔·高士几天来卧病在床。昨天他的几个朋友来看他，然后都住下了。近来拉姆·戈帕尔身体总是不好，但饮酒却增量了。贝利昌德、拉塔纳特近来常来。德其纳兰占在间隔多天后也来了。拉姆德努从克里希纳城来了。拉姆·戈帕尔躺在床上，朋友们坐在几张躺椅上。现在讨论的内容只有一个，可是昨晚拉姆·戈帕尔同朋友们争论起来了。

拉姆·戈帕尔完全支持起义军。他认为这下英国人在印度的统治要结束了。

最反对拉姆·戈帕尔的是拉塔纳特。虽然拉塔纳特平时严厉批评英国人，但现在完全站在土兵的对立面。他一再强调说："嗨，你说什么，拉姆·戈帕尔，你病糊涂啦？那些土兵能打败英国军队？嗨，我看见过，我明白，从印度斯坦的这头到那头，我见过这些洋人，他们的本质不同。土兵们对英国女人动手动脚，在坎普尔将女人和孩子仍入井里，他们不知会受到什么报复！英国人为维护他们女人的尊严可以拼命。为救一个基督徒，所有的基督徒都会团结起来。印度教徒和穆斯林什么时候为了自己的国家团结起来过？"

拉姆·戈帕尔说："我亲爱的拉塔，印度教徒和穆斯林现在正团结一致打击英国人，这是事实。以前从未有过的，并不意味着永远不会有。"

拉塔纳特说："打什么？挨一点揍全都会害怕得脱下军服，到那时印度教徒和穆斯林就会互相指责。这仗最多再打七天，这是我说的，记下来吧。"

拉姆·戈帕尔说："不，不可能。英国人打的是非正义战争。他们正试图镇压正在觉醒的民族。而土兵作战是为了自由。不仅如此，你们还应更好地理解，战争不仅是土兵在打，老百姓也参加了。许多农民也站在土兵一边。看看历史吧，凡是土兵和农民联手的国家，革命必然胜利。记住美国独立战争的事吧。"

拉塔纳特说："你说得奇怪，美国战争是洋人同洋人打仗。而这里是土著同洋人打仗。土著什么时候能打得过洋人？"

拉姆·戈帕尔苦笑着说："拉塔，如果我去英国，那时候英国人就是那里的土著，而我就是洋人。在美国，美国人也是土著。你自己就证明了，你虽是土著，但并不比英国人差。"

贝利昌德说："不过，拉姆·戈帕尔兄弟，如果土兵们胜利了，对我们来说，是利多或是弊多呢？我们刚刚获得西方文明带来的好处，又要走回头路？由年迈的巴哈杜尔·沙统治这个国家？他的儿子一个个都是大笨蛋！莫卧儿统治不是把国家带入黑暗时代了吗？这一向我们在莫卧儿统治下，得到什么了？文盲、迷信、享乐、地狱般景象、不公正、压迫！莫卧儿——帕坦们什么时候想起在全国办学校？几时给我们树立过这样的理想：不时时吆喝宗教也能建立起幸福社会。在纳瓦布时代，你看到什么好的方面了？全都下了地狱了。兄弟，我要大声说，英国人是我们的保护者！"

拉姆·戈帕尔说："听着，革命后会有大变革。那时是巴哈杜尔·沙或者什么人统治，他会决定这个国家的命运。还有，科学进步的结果，一个新时代已经到来。世界各方面的窗户已经打开，科学的光芒也照射到王国了。根本不存在走回头路的问题。独立的国家自己会前进的。"

拉塔纳特说："你说的这些，都是从英国人的书上抄来的。"

拉姆·戈帕尔说："任何书籍都不是只属于该民族自己的财富。"

贝利昌德说："土兵们可不像你那样读书。你那巴哈杜尔·沙或随从也不懂科学，他们要是胜利了，又会回到野蛮的中世纪去。"

拉塔纳特挖苦说："胜利？哈哈，这些土兵会胜利？做梦也想不到。"

拉姆·戈帕尔似乎受到点伤害，说："你们虽是伟大的德罗齐奥的学生，可是没有独立的愿望。你们觉得，在外国人的践踏下生存舒服吗？难道你们不知道，除黑尔、贝休恩这样的几个英国人外，大多数英国人是怎样看我们的？"

贝利昌德说："莫卧儿时代我们印度教徒自由么？你说什么，拉姆·戈帕尔？那时我们也被践踏。如果我们的命运就是被践踏，那么在文明、干净一点的脚下待着不是好些么？"

这下德其纳兰游阻止他们，说："你们为什么把战争说成是土兵和英国人的战争？这只是战争的一个方面。今天英国统治下的印度斯坦都愤怒了，英国把印度都榨干了。印度一向是物产富饶的国家，而今天是什么状况？从前国内外都需要印度货。而今天我们成了欧洲的原料市场。英国完全破坏了我们的手工纺织业，英国布匹倾销到我国。贝利兄弟，我在一方面赞同拉姆·戈帕尔的意见。你拿莫卧儿统治来比，不是有点肤浅么？你看到英国人的文明，错了。你不想想，负担重了十倍！我承认莫卧儿时期是残暴、不公正的，但是莫卧儿统治者并没有掠夺我国的珍宝，没有将财宝都运到阿拉伯、波斯去。他们已经变成印度人了。莫卧儿人没有做生意，没干涉过农民的生产。你再看看在靛蓝厂主的折磨下，农民不能种水稻，被迫种植蓼蓝。对肚子的打击是最厉害的打击。莫卧儿人残暴、抢夺妇女、掠夺，但英国人正在巧妙地打击全印度人的肚子。"

拉姆·戈帕尔说："说得对，德其纳。"

德其纳兰游说："这场战争不仅是土兵们在打，不久前山塔尔人起义了，他们受到英国人的打击，收敛了不少，但并不平静，随时都会变成大火。法雷兹也宣布独立了，他们的领袖杜杜·米扬①现在狱中。但我听说他有数以千计的门徒，随时会拿起武器反英。种蓼蓝的农民能忍受多久？各行业都会进行战斗，英国人怎么阻止？"

拉姆·戈帕尔说："你们怎么不明白，印度教徒和穆斯林联合起来争取国家独立，这是多么好的迹象！"

贝利昌德说："如果英国人离开了印度，那么你看吧，印度教徒的命里什么都没有！武器在穆斯林手里，统治权也就在他们手里。"

拉塔纳特说："英国人不会走的，不会的。不要发愁。德努，你说呢？你怎么闷着不说话？"

说话直爽的拉姆德努说："我静听你们谈话，如果问我的意见，那么我说，我赞成英国统治。印度刚刚觉醒，还不适于自立。"

拉姆·戈帕尔激动地坐起来说："不管你们说什么，如果今天土兵来到加尔各答，我自己去欢迎他们，把他们抱在怀里。"

贝利昌德说："在这之前土兵们会毁了你！"

拉塔纳特又笑起来。

拉姆·戈帕尔说："为什么？我没听说过土兵杀本国人。"

贝利昌德说："他们十分憎恨孟加拉人。你是不穿长裤就不上街的。听说土兵们一见穿裤子的人就打。"

拉塔纳特说："拉吉纳拉扬从梅迪尼普尔来的信是怎么写的？说说吧。"

贝利昌德说："拉吉纳拉扬写了很多有趣的事。他在梅迪尼普尔当校长，总是穿西服去学校的。在梅迪尼普尔有兵营，造反的土兵说不定几时就嚷嚷着冲过来。所以拉吉纳拉扬在西服里穿了印度服。一看见土兵过来，就脱下西服，混入人群中去。"

拉塔纳特说："有一天谣传说，某个学校的老师们脱下西服，完全……"

---

① 杜杜·米扬（Dudu Miyān，又名Muḥsinuddīn Aḥmad, 1819–1862），法雷兹运动（Faraizi Movement）发起人哈吉·沙里亚图拉（Haji Shariatullah）之子，该运动始于1819年，是发生于东部孟加拉的一场倡导放弃非伊斯兰教礼教习俗，履行穆斯林职责的运动。

贝利昌德说："两天前我去了维迪耶萨伽尔先生家，看见他脸色煞白地坐在那里。"

拉姆·戈帕尔说："怎么？维迪耶萨伽尔先生又不穿西服。"

德其纳兰游说："是的，维迪耶萨伽尔先生当然有害怕的原因，我都猜得到。"

拉姆·戈帕尔说："你说得更奇怪了，为什么？"

德其纳兰游说："全印度无人不知，维迪耶萨伽尔先生是寡妇再嫁法的倡议者。土兵最看不惯寡妇再嫁。他们认为，通过了制止寡妇殉葬、允许寡妇再嫁的法律，英国人伤害了我们的宗教。而加尔各答懂英语的孟加拉人帮助了英国人，所以土兵恨受过教育的孟加拉人。"

贝利昌德说："听说维迪耶萨伽尔先生要请政府停止执行寡妇再婚法。"

拉姆·戈帕尔尖声说："绝不会，不可能。维迪耶萨伽尔做了件伟大的事，又停止？反对寡妇再嫁的人，有些是居心叵测的，是以土兵的名义捏造的消息。"

拉塔纳特说："那你要明白，你是在为土兵辩白。他们如果打败了英国人，就将会停止这一切好事。教英语的学校也将关闭，又要教阿拉伯语、波斯语了。"

拉姆·戈帕尔望着德其纳兰游说："我们德罗齐奥的学生对各种问题发表意见，对合适的运动表示支持。现在国内发生这么重大的事情，我们什么话也不说么？也不能说，这样不好吧？"

德其纳兰游说："看到英国统治的缺点错误，当然应该努力争取我们的合法权利，但我认为在这危机时刻，以不公开反对英国为好。我们现在只应注视事件朝哪方面发展。"

乔拉桑科的辛格家，这时也在讨论同一内容。求知会的几个会员在这里住了几天。他们对演戏这么着迷，以致根本不想停止排练。有时当然也谈些怪异的事。

求知会会员在多次讨论后决定：目前完全有理由支持英国统治。英国人确实有不少毛病，但英国人在印度已建立起大体上有纪律的、文明的统治制度。如果代之以无文化、无政策的土兵统治这个国家，就会出现最糟糕、最混乱的状态。乔杜波迪·甘古利和诺宾说过几句支持土兵和独立的话。但《印度爱国者报》编辑哈里斯·穆克吉，以论据充分、措辞强烈的讲话完全击败了他们。最后大家都接受了哈里斯的观点。

那天他们的会议深夜才结束。在普拉西战役一百周年那天，加尔各答市什么事件都没有发生。其他人吃过饭后都在客厅睡下了。诺宾回到自己的房间。

午夜，诺宾醒了。他推推睡在旁边的索罗吉尼，说："索罗吉，索罗吉，起来，起来。"

索罗吉尼惊醒后说："什么？怎么啦？"

诺宾说："我做了个怪梦。谁知道是不是梦？你听到外面马路上的闹声了么？我现在好像还听得到。"

索罗吉尼说："哪儿？没有声音呀！一片寂静。"

诺宾说："那就是梦，知道吗，我看见什么啦。土兵来了，瞬间就完全占领了加尔各答。"

索罗吉尼说："啊，妈呀，这么糟糕！你做这样的梦？土兵来了还不把我们杀光呀？"

诺宾说："是的，哈里斯是这样说的。大家也都说。我做的梦就像真的一样。土兵把所有洋人和太太都杀了。后来发生了一件怪事。"

"什么？"

"我觉得英国人站在我们这边好，土兵们野蛮。没有英国人的统治了，就是我们的灾难，但是我梦见土兵打英国人，英国人呜呜大哭、蹦蹦跳跳时，我非常高兴，我高兴得跳起舞来。你说，这不是很奇怪么？"

七十四

　　勒克瑙市没有英国人了。在德里，自由的皇帝巴哈杜尔·沙·贾法尔每天坐在吵吵嚷嚷的宫殿里，发布圣谕。整个北印度进行着相互攻击、杀戮。无法准确知道起义的土兵占领了哪些地方，或者英军在多少地方被打败了，或又收复了某个城市。宣传的形式比实际发生的事件，更加多种多样，速度也更快。

　　英国人称之为土兵叛乱，现在世界上很多人将它称为革命了。看来麻木不仁、沉睡的印度该觉醒了。欧洲殖民者在亚洲的未来，依赖于印度革命的结果。世界各地热爱人类的人和革命者对印度的战士公开表示支持和祝贺。名为卡尔·马克思的四十九岁的犹太哲学家和社会学家，对印度土兵战争感到十分激动和鼓舞。侨居国外的这位哲学家为了生计，时时给美国纽约《每日论坛报》写文章。作为记者，他的文章既尖锐也很有见地。他没有到过印度，可是长期研究印度。他认为，虽然英国是为了卑鄙、野蛮的利益来统治和剥削印度的，可是在英国统治的间接影响下，印度有了很大的发展。在十九世纪的新时代，印度垂死的手工业、以村为中心的封建社会制度瓦解了。英国带来的蒸汽机、科学器械使印度人的生活发生了革命性变革。英国资产阶级工业巨头们为自己的需要修建了铁路和公路，结果印度开始了工业进程。今后印度人民有了力量，如能完全打碎英国的统治机器，人民的解放就会完全到来。而在印度以及亚洲，社会组织有了革命性变化，人类就会完全达到目的了。

卡尔·马克思认为，这就是印度解放的时候了。土著士兵的斗争会成功的。他十分关注战争的进程。他写道："但是，不容怀疑，不列颠人带给印度斯坦的苦难和以前印度斯坦所遭受的一切苦难，在本质上是不同的，而且也更严重得不知道多少。"

对如此残暴的反抗，必然带来解放。

莫卧儿印度的首都德里现在又在莫卧儿皇帝的掌握中了。但是英属印度的首府加尔各答什么时候会解放？土著雇佣兵不信任孟加拉人。孟加拉人，特别是孟加拉的印度教徒，是英国人的奴仆。所以土兵一听到孟加拉人的名字，就嗤之以鼻。在北印度，土兵追着英国人和居于二线的剥削者、孟加拉律师、医生、职员们来打。

在启迪普尔，阿卜杜尔·拉提夫家里，一天傍晚有个私密会谈。蒙希·阿米尔·阿里带来两个陌生人。一个年纪很轻，非常英俊，穿着白色长衫，头戴帽子，脖子上戴着珍珠项链。他名叫阿迦·阿里·哈桑·汗。他来自勒克瑙。从服饰看就知道他是纳瓦布宫廷的要人。另一个是穿着围裤、绿色上衣，扎着头巾的中年人，名叫默罕默德·格里布拉。

房间门窗紧闭，外面有阿卜杜尔·拉提夫的亲信站岗。他们小声交谈。阿迦·阿里·哈桑·汗是作为起义者的使节，从勒克瑙秘密来的。如果不能占领加尔各答，就不能把英国人赶出印度。因此，他想知道加尔各答人们在干什么，加尔各答的印度教徒在说什么。

蒙希·阿米尔·阿里说："不能依靠孟加拉的印度教徒，他们都不会打仗，加之加尔各答许多印度教的大人物全是英国人的奴才。下层种姓的印度教徒如补锅的、皮匠，还有贫苦的婆罗门、加耶斯特也去捧英国人的臭脚挣钱。不提这些没良心的家伙吧。必须由我们穆斯林采取行动。因此需要像阿卜杜尔·拉提夫这样的有钱人帮助。"

阿卜杜尔·拉提夫说:"我准备好了。为了维护穆斯林的尊严,我准备尽可能提供帮助。"

阿迦·阿里·哈桑·汗用乌尔都语说:"在勒克瑙、坎普尔,印度教徒可是和穆斯林一起战斗了。也许你们知道,在奥德,许多印度教徒的塔卢克达尔①有自己的军队,那些军队现在也和土兵共同作战了,为了使印度教徒高兴,我们在那里已经禁止宰牛了。"

蒙希·阿米尔·阿里说:"这在你们那里能做到,但很不幸,这里的印度教徒很坏。"

格里布拉清了清嗓子,说:"我能说句话么?"

蒙希·阿米尔·阿里说:"好,好,请说,请说。"然后他介绍说:"这位格里布拉先生来自达卡,杜杜·米扬追随者们的情况他都知道。他能谈谈农村的情况。我也相信,必须先从农村开始作战。"

格里布拉说:"你们加尔各答人肯定知道,我们的杜杜·米扬被英国人关在加尔各答监狱里,我们要救他,要打开监狱,把杜杜·米扬放出来。我们来两万五千打手,一起打碎它。"

蒙希·阿米尔·阿里大体把内容翻译给阿迦·阿里听。他说:"孟加拉的穆斯林不久前两次起义。开头他们起义反对当地残暴的地主,逐渐地同政府进行斗争。在巴莎萨和纳迪亚,在迪都·米尔的领导下起义了。这个迪都·米尔是著名的瓦哈比领袖赛义德·艾哈迈德的门徒。阿迦先生肯定听说过赛义德·艾哈迈德的名字吧!"

阿迦·阿里说:"他是逊尼派吧?"

蒙希·阿米尔·阿里说:"孟加拉大部分穆斯林是逊尼派。请您现在别提什叶派和逊尼派的问题。赛义德·艾哈迈德的门徒瓦哈比们,真正反对印度教徒地主和靛蓝厂主,甚至正和英国公司的军队作战。在战斗中迪都·米尔阵亡,他的副手们被绞死。瓦哈比们被打散,但现在又重新集结了。起义的土兵如果进攻孟加拉,那么瓦

---

① 塔卢克达尔(Talukdar),是莫卧儿和英殖民时期印度土地的所有者和管理者,负责收税,维护法律和秩序,同时有权按比例保留税收收入。

哈比们会同他们联手。对不对，格里布拉先生？"

格里布拉说："对，先生，您说得对。现在请听我说法雷兹的事。"

蒙希·阿米尔·阿里说："等等，我来给他解释。这运动是从法里德普尔开始的。名叫沙里阿杜拉的激进的穆斯林，从麦加朝圣回来后宣传说，在真主的国度里，人人平等。地主没有任何权力向穷人收税。地主是穷苦佃农的敌人，同样，帮助地主的英国人，也是百姓的敌人。沙里阿杜拉在哈吉归真后，他的儿子杜杜·米扬成了法雷兹领袖。听说有十余万法雷兹准备在杜杜·米扬的领导下献出生命。在几个地方作战后，杜杜·米扬被英国人抓住，关在监狱里。但他的门徒现在准备打英国人。我说的对么？"

格里布拉说："对，如果能把杜杜·米扬从监狱里救出来，他就能粉碎英国人的基地。我就是带了这个信来的。"

蒙希·阿米尔·阿里说："好极了。"

格里布拉说："还有一件事，先生。你们不是说要把印度教徒排除在外吗？请听，我到了马西德甘吉的格巴耶村的纳比·贾赛德家。在那里我见到法雷兹里也有一些印度教徒打手。他们也是贫苦佃农，也要跟法雷兹一起打英国人。纳比·贾塞德说：是的，我们也吸收印度教徒。我们法雷兹认为，所有穷人都是平等的。为什么要把印度教徒排除在外？印度教地主、穆斯林地主都是我们的敌人。"

阿卜杜尔·拉提夫以怀疑的目光看着格里布拉，他说话是另一个调子！蒙希·阿米尔·阿里很聪明，他马上压住话头，说："对对，很好。如果得到一些印度教徒打手跟我们在一起，可以做很多事。现在我们的主要敌人是英国人。请考虑这事，别提其他事。我们要在印度斯坦重建莫卧儿统治。"

阿迦·阿里说："不，在勒克瑙，我们不要莫卧儿统治。莫卧儿人是逊尼派。在我们阿逾陀，我们信奉的是神圣的什叶派。让莫卧儿待在德里，但阿逾陀要单过。"

蒙希·阿米尔·阿里不安地说："阿迦先生，这事现在请免提。

什叶也好，逊尼也好，打败了英国就是伊斯兰的胜利。我听说，阿逾陀的纳瓦布瓦吉德·阿里·沙，从来不承认什叶和逊尼的分歧。那些事就算了。现在跟我们说说勒克瑙的情况吧。"

阿迦·阿里说："勒克瑙现在完全独立了。土兵从密拉特去占领德里，而土兵从阿拉哈巴德、菲贾巴德来占领勒克瑙，本地人也参加了。英国人害怕得躲到贝利守卫队里去了。起义者把纳瓦布瓦吉德·阿里·沙的年方十岁的儿子，名叫比尔吉斯·格德鲁，推上了勒克瑙的王位。"

阿卜杜尔·拉提夫说："十岁孩子当纳瓦布，你说什么？"

阿迦·阿里说："必须让王族的人来当。在勒克瑙，王族没有别的人了。比尔吉斯·格德鲁的母亲贝加姆夫人垂帘听政。"

蒙希·阿米尔·阿里说："可是，一个孩子一个女人，能维护阿逾陀的独立多久呢？谁指挥军队？"

阿迦·阿里说："约束土兵是困难的。每个人都认为自己是纳瓦布。费扎巴德的起义军领袖艾哈迈德乌拉·沙是著名的战士，他自称司令，另立朝廷。贝加姆夫人发布命令，而艾哈迈德乌拉又发布另外的命令，十分混乱；我正努力使两者合在一起。可是这时我不得不离开勒克瑙来加尔各答了。"

其他人都静默了一会儿，都在想象勒克瑙的景象。蒙希·阿米尔·阿里游历过全印度，同许多人有联系。但同来的另一人对孟加拉以外的情况一无所知。

阿迦·阿里严肃地说："我来的目的有二。土兵哗变是在孟加拉开始的，但后来再没发生什么了。应该唤醒这里的土兵，需要你们帮助建立同他们的联系。要把瓦吉德·阿里·沙请回勒克瑙，如果他领导这里的革命，那就最好了。如他帮助占领了加尔各答，那他就能以胜利者的姿态返回勒克瑙。"

蒙希·阿米尔·阿里和阿卜杜尔·拉提夫对视着，然后长叹一声。

蒙希·阿米尔·阿里很不自然地说："先生，这点我们早想过了。

我们曾努力想去见纳瓦布，请他领导孟加拉的穆斯林和土兵的事，但我们失望了。"

阿迦·阿里问："皇帝没有接受你们的建议？"

蒙希·阿米尔·阿里说："我们连纳瓦布的身边都到不了。他的那些朋友，不让别人接近纳瓦布。阿迦先生，怎么对您说呢，在伊斯兰教义里，歌舞是大罪孽，而纳瓦布时时沉迷于歌舞中，啧，啧！"

阿迦·阿里说："这些事我知道。在皇帝那里，你们还听到了什么？"

蒙希·阿米尔·阿里说："根据听到的，我们觉得纳瓦布及其随从，似乎还住在勒克瑙的凯瑟花园里，只图享受，毫不关心失去的王国。纳瓦布现在迷恋于享用美女，对那些仆役女人也行幸，在宫里给她们以贵夫人的地位。"

阿迦·阿里说："必须将纳瓦布从泥坑里救出来。请你们做点安排，让我能去见一次纳瓦布。"

蒙希·阿米尔·阿里说："那很困难。"

阿迦·阿里说："皇帝一看见我就会认出的。他的仆从很多人也认识我。若见了面不认识，名字也是知道的。对我来说，见面不难，但是英国人盯着我呢。您知道，我是秘密来的。英国人一旦发现我，我的脑袋就得搬家了。所以我求你们帮助，请你们作出安排，让我在英国人不知情下能进入皇帝的内宫。我只要能到达沉迷于享乐的皇帝面前说：花儿啊，你现在还这样使人着迷，你是多么香啊！"

蒙希·阿米尔·阿里想了一下，说："只有一个办法。据我所知，纳瓦布瓦吉德·阿里·沙沉迷于享乐，他得到东印度公司政府的关照，但他没接受英国人的任何衣食津贴，还认为自己是失去王国的独立纳瓦布。纳瓦布的母亲去英国告状，想要回失去的王国。"

阿迦·阿里说："这些我们知道。请说你们现在打算怎么做。"

蒙希·阿米尔·阿里职业是律师，所以讲话很啰嗦，喜欢先描绘背景。他的脾气是提醒他人，你的知识比他少。他扬手说："先请听，你们会明白的。我说过，英国法院不是按东印度公司的意愿行事的。奥德拉姆①将军代表东印度公司非法占领了奥德。在英国法院的诉讼中公司可能败诉。纳瓦布瓦吉德·阿里·沙可能再返回他的王国。所以公司想……"

"蒙希先生，这一大车话以后再说吧。我要马上见皇帝了。"

"公司的军队监视着瓦吉德·阿里·沙的住所，你去就会被抓。所以我说，见面只有一个办法。公司想让纳瓦布尽情享受，把他积存的钱都花光。"

"我们皇帝有许多财宝。"

"您称瓦吉德·阿里·沙为皇帝，但对我们来说，印度斯坦只有一个皇帝，那就是巴哈杜尔·沙·贾法尔。不管怎么说，您没有见过纳瓦布的奢华，一见了您就会明白，每天要花费多少钱。他有数以百计的帮闲和仆人，数以千计的动物、鸟儿和女人。养活这些东西不知要花费多少。只有出，没有进，金山总有一天也会被掏空的。英国公司愿意让纳瓦布把钱都花光，到那时纳瓦布就不得不接受公司的津贴和养老金了。就这样，只要纳瓦布发誓拿一次钱，官司就结束了。纳瓦布对阿逾陀就不能提任何要求了。比尔吉斯·格德鲁在勒克瑙的宝座上坐的越久，英国就越得益。因为这些，勒克瑙现在没在英国的控制之下，所以归还勒克瑙的诉讼现在还停顿着。"

"我们正要把英国人从印度赶出去，为什么去打这种官司？告状不会有什么结果的，必须用剑和枪来解决问题。您让我去见瓦吉德·沙吧。"

"要去见纳瓦布，就得化妆成妓女或舞女，您能么？您的脸挺漂亮，您行。可是我这一大把年纪，怎么扮成年轻姑娘？除了妓女舞女，现在谁能靠近英国人看守下的纳瓦布的住所？"

阿迦·阿里不耐烦地说："蒙希先生，您别浪费时间了，加尔各

---

① 奥德拉姆·詹姆斯（Outram James，1803—1863），英国将军。曾任勒克瑙统监（1854—1856），1857年英国–波斯战争期间指挥过英国军队。作为奥德最高专员（1857—1858），参加镇压1857—1859印度民族解放起义。

答还缺少妓女舞娘么？听说这里夜晚有市集，需要多少钱我都花。您去租三四个绝色的妓女来。我们两人扮成鼓手、琴师，和她们一起混进王宫去。"

"装扮？"

"为赶走英国人，我现在做什么都行。"

那天的密谈结束了。只是找绝色的舞女又耽搁了两天。在大毛拉阿里的墓地附近，有名为"月娘"的"货仓"。在她的茅屋里养着十二个光彩照人的美妞。从中挑选了两个明眸一转就能勾人心魂的绝色女子，以最高价租了。

蒙希·阿米尔·阿里和阿迦·阿里精心做了伪装。他俩不刮脸，穿着肥大的裤子和廉价的丝质上衣。满嘴嚼着蒟酱叶包，液汁流到衣服上。脖子上系着红丝巾。帽子歪着戴在头上。蒙希·阿米尔·阿里一世没喝过酒，可是两眼装成醉醺醺样。他手中持琴，但不会弹。

纳瓦布瓦吉德·阿里·沙在梅地亚布鲁杰弄了多栋楼房安顿下来。阿迦·阿里到那里下了轿子就明白了，蒙希先生说的对，一群白人士兵把守大门。生人要想进入纳瓦布住地就会受到盘查。

蒙希·阿米尔·阿里做事老到，他带了一封伪造的通知书。在白人士兵提问前，就递过去，解释说他们是应纳瓦布宫廷之召而来的。阿迦·阿里一见到白人士兵，脸色都变了，使劲装作醉鬼。英国卫兵当然不加阻拦，也不检查通知书。他们看见披着蓝色绣金线披肩的姑娘，微笑着以手示意说，走吧，走吧。

阿迦·阿里和蒙希·阿米尔·阿里穿过大门，进去后松了口气，再也不怕了。纳瓦布王宫里一片混乱。没人理睬谁从哪儿来，到哪儿去。现在问题是得找到纳瓦布。麻烦的是问谁都得先给钱。拿不到贿赂或小费，谁都不开口。不管怎样，终于打听到纳瓦布现在在欢乐宫里。过了旁边这座花园就是。

进了那栋楼，问题又来了，需要知道纳瓦布在哪间房间。在连续贿赂两个仆人后，阿迦·阿里对第三个凶狠了。他掐着那仆人的脖子说："笨蛋，说，皇帝在哪儿？"那个仆人使劲想挣脱。阿迦·阿里从衣服里掏出一把刀，说："现在就给你开膛！"

那仆人颤抖着说出在二楼的某房间里。在他们上楼梯时有两三个人想阻拦，阿迦·阿里使劲推倒他们，然后向姑娘使了眼色，说："你们的任务完成了，现在随便上哪儿去吧。小心，对谁都不许说。"

阿迦·阿里从脖子上摘下丝巾，又把刀收好。然后推开了那特殊房间的门。

黄昏时分，纳瓦布·阿里·沙和五个随扈正在做祷告。阿迦·阿里有点慌张地除下帽子俯首等待着。过了一会，祷告结束。纳瓦布抬头望着来人。阿迦·阿里低头向前五步跪下，吻了纳瓦布的脚，然后用波斯语说："在下阿迦·阿里·哈桑·汗历尽艰辛来拜见陛下，向您致敬！您一定认出我了吧？"纳瓦布身穿白色丝袍，下穿浅蓝色裤子。天很热，他额头都是汗。听了阿迦·阿里说的话后，他不搭腔，紧盯着蒙希·阿米尔·阿里。蒙希在激动中忘了摘下脖子上的丝巾和头上的帽子。这时急忙摘下，一再行礼。

纳瓦布对这两人说："坐！"

阿迦·阿里说："陛下，我有几句非常重要和秘密的话，要在没有别人在场时对您说。"

纳瓦布对此也不搭茬，也不叫随从离开。阿迦·阿里狠狠地瞪着他们。那些人可能认出是阿迦·阿里了，不说什么就出去了。

阿迦·阿里对纳瓦布说："陛下一定认出我了？您派莫西胡丁作为代表去英国告状。我是莫西胡丁的侄子。陛下多次见过我。"

纳瓦布沉默不语。

然后阿迦·阿里报告了勒克瑙的现状："您的儿子比尔吉斯·格德鲁现正坐在勒克瑙的宝座上，发行了有他名字的货币。佃户们又交租了。大家的愿望是请皇帝陛下再回勒克瑙。孟加拉的穆斯林现在准备打英国人。陛下一声召唤，大家就会聚拢来，那时就会轻而易举地占领加尔各答。"蒙希·阿米尔·阿里这时说了法雷兹和瓦哈比准备的事。吉大港、达卡、梅迪尼普尔的兵营里也骚动了，随时都会发生兵变，只等待皇室的人来领导。

纳瓦布完全沉默。他反复地看这两个人的脸，但还是一言不发。

阿迦·阿里又详细描述了起义的景象、德里土兵取得胜利的故事。在勒克瑙现在有一股高兴的热潮。佃户们为纳瓦布夫人而欢呼。

蒙希·阿米尔·阿里说，纳瓦布如果想离开这里，秘密地去其他地方，他可以安排。

纳瓦布·瓦吉德·阿里在关键时刻以寡言闻名。此时他完全像石头人那样不说话，脸上不表露任何感情。

阿迦·阿里痛心地说："陛下，您说说吧！"

纳瓦布不做任何回答站了起来。他走进旁边的房间，鼻子抵着白墙放声大哭。

听到纳瓦布的哭声后，他的许多随扈齐集在室外。阿迦·阿里和蒙希没料到会是这样。

纳瓦布面对着墙哭了好一会儿，然后回过头，他的衣襟被泪水弄湿了。纳瓦布声音含混地说："我看到的全是梦，我听到的全是故事。"然后他叫文书来，马上起草一封信。纳瓦布报告东印度公司政府说，叛乱分子派人来挑唆他，但他不想卷入。他从前没有打过英国人，现在也不会打。在这种情况下，他住在外面不安全，希望政府在堡垒里给他点地方。

英政府读信后把纳瓦布接进了威廉堡学院。阿迦·阿里和蒙希·阿米尔·阿里成了囚徒，关在军队监狱里。

为在堡垒里安全住下，纳瓦布带了自己的东西和十七个枕头。他在翻身时，耳朵得有两个耳枕。纳瓦布在枕头堆里安然地躺着，又一门心思作诗了。他赞扬总督坎宁的宽容，作了一首长诗送去。

七十五

希莱·布尔布尔去朝圣的决心日益增强了。鉴于拉伊莫汉提出种种理由反对、拖延，她执意甩开拉伊莫汉，自己安排一切，她现在还不缺钱。在放弃出卖肉体和唱歌之后，她对衣着毫不在乎，在家就穿普通纱丽。加尔各答那些大财主送的很多金首饰，她留在身边。一天，她瞒着拉伊莫汉，卖了很多给谷比金铺，用这些钱租船和雇人。她决心去贾戈纳特塔姆。救苦救难者是什么人都收容的，能不拯救像她这样的妓女？

拉伊莫汉及时获悉后慌了。他一再试图向希莱·布尔布尔解释：这时候谁到外地去？土兵正在作乱，到处闹事，国内一片混乱。这时在路上步步都危险。但希莱·布尔布尔对这些丝毫不懂。她是无依无靠的朝圣者，还怕什么？她虽然青春不再，但身上仍有迷人的魅力，对此她却完全不在意了。

希莱·布尔布尔执意外出，拉伊莫汉最后不得不屈服了。近来他去参加求知会的次数有点少了。那里的戏剧暂停演出，土兵战争不平息，就不会再上演了。拉伊莫汉从未去过斯里拉姆普尔那边。贾戈纳特塔姆是很古老的圣地，那就去看看吧。

拉伊莫汉不很信神。被生活的旋风卷进去过多次后，他懂得了，时时采取适当的手段是过日子最好的办法。有本事的就能登上社会上层。没有本事的，神仙揪着他耳朵拉他也拉不上去。从中取得快乐就舒服一辈子。有人爱打仗，有人爱钱，有人爱孩子，有人好色，有人好骗。拉伊莫汉好的是最后两项，靠这两项活到现在。

拉伊莫汉曾有过大理想，但因希莱·布尔布尔而没有完全实现。他想在大众面前揭开这个城市某些大人物的假面具。他要把他们的故事编成歌曲，让希莱·布尔布尔去唱，老百姓听了就会谴责他们。这样，希莱的儿子钱德拉纳特所受到的虐待，他就能为之报复了，但希莱·布尔布尔无心于此，连歌都不唱了。失子之痛犹如万箭穿心，她对生活已经心灰意冷，说话也有点疯疯癫癫的。

拉伊莫汉自己的嗓音不甜。他是音乐教师，但不是歌手，他唱的歌没人听。因此他有时想，把他以大人物的丑事写的歌，不署名印成书，拿到集市上去散发。

租了一条船，订了往返合同，雇了两个保镖，选好吉日良辰即可动身。希莱·布尔布尔在出发前对拉伊莫汉说："你跟我一起走，有句话你可要记住，我也可能不回来了。如果我心里愿意，我就在那里，趴在神的脚底下待着。"

拉伊莫汉说："你去贾戈纳特要成活神仙呀，姑娘？尽说不回来的话！话该这样说：我们去、看、开心、回来。"

"去圣地开心？再说这样的话，就打你，毒死你。"

"开心是同你，不是同别人！听着，在圣地住久了就没有福果了。俗话说'朝'圣，没有说'住'圣的。"

"我的心要是不想，就不再回来了。这破地方我回来干什么？你高兴你就回吧。"

"你离开我，你待得下去？你的心不哭？"

"我去死，去死！啧，啧，啧！看到你，我全身都难受，你这短命鬼，色鬼！像病魔那样缠着我，把我烧熟吃掉。俗话说，婊子的老公没道德！"

"啊哈，真棒，真棒！再说！你一生气，嘴里就吐出珠宝来，耳朵真受听。这就叫做养耳、养眼！"

"割掉你那两只耳朵，割掉鼻子。要是有人挖掉你那两只贼眼就好了。"

"这就是那歌儿唱的：啊，命啊，命没啦，割了鼻子割了耳朵，你的命没啦。羞死啦……唱几句听听？"

"闭嘴，我说的你要记住，以后别怪罪我。如果我不回来……"

"啊，我的希莱宝贝，你要是不回来，我能回来吗？当我把命和心都交给你时，就是打算和你一起入地狱的。去圣地是幸运的事！"

"好吧。听着，巴布，到时候别耍花招。"

"如果我不能把你带回来，我就不是拉伊莫汉·科沙尔！到那时你看吧，我真的割掉鼻子、耳朵。"

秋天，不用怕起风暴，船飕飕地走着。他们曾想过，不走水路，走旱路怎么样。罗阇苏克摩·罗易为了去普里，修了从乌鲁贝雷到格德格的大路，途中有客栈，挖了不少池塘和水井，以供人们洗澡和饮用。因此现在从陆路到贾戈纳特舒服些，但希莱和拉伊莫汉几次同老爷们坐船游览过恒河，习惯走水路。比较起来，坐轿子并不舒服。

拉伊莫汉原希望，这次旅途像坐船游览那样美。这次没有得到什么老爷的赞助，但他也不缺什么，特别是有希莱·布尔布尔做伴。在月夜，她还会像从前那样，穿上绣金的深蓝色纱丽，额头上点上檀香。而拉伊莫汉自己穿上围裤和黄色丝上衣，手执花环，面前放着酒杯。他虽到了老年，脸上皱纹已现，可还是不容忽视的。希莱·布尔布尔的歌声使风都沉醉，而拉伊莫汉会醉得叫起来说："我的命，杀了我吧，杀了我吧！"希莱·布尔布尔一开唱，他就扔赏钱给她。为此他带了几瓶白兰地和一名鼓手。

但希莱·布尔布尔什么也不做。她穿着一袭粗布纱丽，无论如何不愿像从前那样穿衣打扮。一听说叫唱歌，就拉长了脸。一天晚上，拉伊莫汉看到满天星斗的蓝天，喜极而猛喝白兰地，用自己的破嗓子唱了起来。希莱·布尔布尔觉得讨厌，生气地将他手中的白兰地瓶子抢过去。拉伊莫汉刚说："啊哈，你这是干什么，干什么"时，她把酒瓶扔进了河里。拉伊莫汉不加任何责备，只是一味看着她。他看到的是意想不到的景象。希莱·布尔布尔一下子喝下两三杯酒后，唱着唱着突然站起来扭动腰肢，嘴唇微微张开，故意让披巾从胸前落下。两眼像两把巴格达的利刃，一手将酒杯举过头顶……才几年啊，那女人竟变成这样了！

离加尔各答越远，希莱·布尔布尔就越着急。什么时候会到达？现在她想的只是贾格纳特大神，嘴里再也不说别的。有时她不安地问拉伊莫汉："喂，如果我留在大神身边，如果我开胸用我的血祭神，那神会把我的心肝宝贝钱德拉还给我么？你说呀！"

拉伊莫汉干巴巴地安慰她。过去两三年找过好多地方，都没有钱德拉·纳特的消息。拉伊莫汉认为，钱德拉·纳特离开加尔各答逃到西部去了。谁知道在战乱中，他的命运会怎样！

船只能到格德格，除了走陆路别无他法。船夫说，到格德格还有三天路程，可是当天后半夜就出事了。满载强盗的两艘快艇扑到大船上。那两个持枪的保镖，照常规把枪放在身边睡觉。他们在阻拦强盗前就丧了命。其他人有的受了伤，有的害怕得跳入河里。拉伊莫汉和希莱·布尔布尔睡在一个舱里。他惊醒后看到门边有几个持矛的阎王使者。他在挣扎着站起来之前，脑袋受到重击，失去了知觉。希莱·布尔布尔的尖叫声打破了夜间的沉寂。

也许拉伊莫汉就像猫有九条命，他的命还在。次日早上，他恢复知觉后看到，船在马哈南达河上危险地漂浮着。甲板上有具死尸和两个垂死的躯体。还有两个人蜷缩着坐在船头。希莱·布尔布尔没了踪影。一个红色破镯子是她留下的唯一标志。

拉伊莫汉浑身是血。脑袋昏沉沉的，只想吐。可他还挣扎着对坐在船头的那两个人说："好小子，使劲让船靠岸吧，要不我们会被淹死的。"

船靠岸的地方空旷无人。没受伤的这两人吓得要死，不能指望他们去寻求什么帮助。他们中一人的大哥死了，因此这时他放声大哭。这中间拉伊莫汉又失去了知觉。

过了不久，来了两艘运稻草的船。他们的船夫听到喊声靠近大船。听说了事件经过后，把大船和他们的船拴在一起，傍晚时到了一个小村镇，那里有个警察所。那天是市集，数以百计的人跑来看被强盗洗劫后的大船。一个好心的奥里萨商人把拉伊莫汉让进自己家里。在精心照料下，拉伊莫汉第二天就好多了。

两天后，在马哈南达河边一个无人的丛林里，找到了希莱·布尔布尔。砍柴人见到了她。她身上一丝不挂，像是被什么野兽咬伤了，虽然砍柴人也认为丛林里没有猛兽。

希莱·布尔布尔没有丧命，她被抬到村镇医治。拉伊莫汉听说后去看她时，她从床上坐了起来，不说话，不动。没有任何语言，警察使尽办法也不能使她说一句话。拉伊莫汉站在她面前说："希莱，我来了！该发生的都发生了，可是命还在……"

希莱·布尔布尔似乎没有认出拉伊莫汉，还是照样望着墙。拉伊莫汉流泪了，可是希莱·布尔布尔的两眼是干的。

这之后，尽管拉伊莫汉费了很大劲，还是不能使希莱清醒。怎么努力也不能使她喝下印医给的药。她待的那家主人说："哎，看来是大户人家的媳妇，真惨！"

在陌生地方不能这样长住。拉伊莫汉向收留他的奥里萨商人借了些钱，雇了轿子回加尔各答。

拉伊莫汉坐在轿子里不断地哭。受过磨难的他，是轻易不哭的，但现在怎么也憋不住了。他抱着希莱·布尔布尔，哭着说："希莱，看一看我啊，说一句话啊，几个坏蛋糟蹋了你的身体，把这些都忘掉吧。我还在，一切都会好的。我要带你去朝拜五十二个圣地。希莱，别这样傻啦。希莱，你看，他们是怎样打我的。看我的头，希莱，啊，我的希莱……"

希莱·布尔布尔还是不出声。她身上松散地裹着纱丽，毫无羞耻感。拉伊莫汉硬把她的两手拉起抵在自己的面颊上，她不阻挡。但拉伊莫汉一撒手，她的手就落下了。

把希莱·布尔布尔带到旅社过夜也是问题。要把她从轿里抱出来在路上走，她身上的纱丽脱落了，人们好奇地看着，询问许多问题。在众人眼中，现在希莱是有吸引力的女人。纱丽脱落吸引了人们的目光。在旅社里，一个喝醉了的人过于兴奋了。旅社里相邻的两间小房间，希莱住一间，拉伊莫汉住一间。旅社的两间大屋住着很多旅客。不能让希莱自己待着。那喝醉酒的人在希莱的房间前转来转去。因此拉伊莫汉整晚不睡觉坐在那里，他的身体好像撑不住了。

在归途中，经过梅迪尼普尔时，一度谣传有土兵骚扰。轿夫被吓得离开大路躲进附近的村子里，在那里过了一天。

第五天早上，希莱·布尔布尔突然有了变化。拉伊莫汉正坐在她旁边打盹。突然一声尖叫，把他惊醒了。

希莱一手掩着左耳，右手向前伸出，高声唱道：

> 辛格花园湿婆的子弟剃光了头，
> 捂着耳朵淘气地放转圈的烟花。

当时拉伊莫汉高兴得想跳舞。这是他写的歌，也是他教的。这几年他费了很大劲，都没能使希莱·布尔布尔唱这支歌。他拍着希莱的大腿说："好，好，再唱一遍。"

希莱又唱起别的歌：

> 里面掏空了，
> 日子很难过，
> 有时吃半饱，
> 随时会饿瘪。
> 不愁衣食者，
> 不关心天象，
> 米价怎么高，

他都乐开怀，

该死，该死，

去他的乐开怀。

拉伊莫汉非常兴奋地边抱起希莱，边摇着说："不要再发愁了，希莱你唱歌了！听了你唱，我心里真舒服。"

希莱的眼睛似火烧，厉声说："你是谁？倒霉鬼！你是谁？卖苦力的？哪儿来的丧门星，敢触摸我的身体，滚开！"然后她用棍子狠捶拉伊莫汉，用手指甲挖他的眼睛。拉伊莫汉使了很多方法让她冷静。但希莱拼命想咬他、打他。她现在是非常凶狠的疯婆。最后在轿夫们的帮助下，好不容易才将她捆住。

在大自然和命运的奇怪嘲笑下，希莱和拉伊莫汉两人说的话真的实现了。希莱想，她再也不回加尔各答了，所以她没回来。拉伊莫汉发过誓，无论如何也要把希莱带回来，他真的带她回来了。

七十六

希莱·布尔布尔奇怪地开始现出双重性格。她有两种感情，两种声音。甚至面貌也因感情而不同。她完全疯了，但疯相也有两种。

有时她完全静默。一时、半天甚至一整天一声不吭，坐在那里，像一尊无知觉的雕像。她的目光是木然的，漠然的脸庞显得空前的美。她不梳洗，不换衣服，甚至不吃东西。拉伊莫汉哀求她，但她不理睬，好像在想心事。

她有时清醒过来，又专心地唱。名叫希莱摩尼的歌姬曾得到夜莺的盛誉。现在她的音色更美，更加传情，更细腻动人。

当希莱开始唱歌时，拉伊莫汉的心剧烈跳动。这么甜美的歌声，声调抑扬有致，却不能唱给别人听了！希莱唱的歌本来是能使加尔各答的老爷都倾倒的。

回到加尔各答的头几天，拉伊莫汉拼命开导她。现在拉伊莫汉走到安详的希莱面前，刚想说什么，她就开始唱起来。吓得他不敢在她面前停留。

希莱·布尔布尔唱着歌突然又停下，变成另一种形象。这时她的两眼似在喷火，脸像迦梨女神旁边的侍者，嗓音像铁桶摩擦石头地板似的。如果不是当面看到或听到，谁都不会相信她刚才还唱着动听的歌。

这时的她变得十分凶狠，嘴里骂着令人难堪难的粗话，看到人就要打。不知是什么原因，她最恨拉伊莫汉。拿到什么都扔过去砸拉伊莫汉。一次将砸槟榔的铜锤狠狠地正砸到他的额头上，使他呼吸都困难了。

希莱·布尔布尔像头公牛气呼呼地在全楼乱转，拿到吃的就大把大把满嘴塞，口水从两边流下来。她无缘无故哈哈大笑，像个女魔鬼，或者是非自然的可怕女人。

仆人都逃离这所房子了。只有拉伊莫汉和伙伴赫尔钱德拉还在，两人合起来才制服这个女疯子。那时大多数人家傍晚都不点灯。赫尔钱德拉在楼下一间屋子里喝酒，拉伊莫汉默默地坐在那里，他现在觉得喝酒没有味了，生活突然变得毫无意义了。

这天拉伊莫汉在赫尔钱德拉的逼迫下，喝了一两口酒，风有点凉，所以以酒暖身很舒服。拉伊莫汉恨恨地说："怎么就这样全都完了？哈拉，全都完了！"

赫尔钱德拉又抽烟斗，抽烟斗过瘾得多。他把烟斗推给拉伊莫汉，说："抽两口看看吧，老兄，抽了你就心宽啦。你日日夜夜想呀想，浑身就没劲了。"

这时，从楼上传来希莱·布尔布尔的甜蜜歌声。过去一天半，她一声不出。这傍晚她又打破沉默了。

赫尔钱德拉听到歌声后说："啊哈，我大姐真是好夜莺。"

拉伊莫汉用心地听了一会儿歌。希莱唱道：

> 想忘又忘不了他，
> 他使我眼睛着迷，
> 心想不看他那边，
> 可是眼睛不听话，
> 泪水如雨哗哗下。

拉伊莫汉说："这个是我教给她的。这个是谁写的，知道么？加里·米尔扎。这名字听说过么？"

赫尔钱德拉摇头说，他没有听见过这名字。

拉伊莫汉遗憾地说："你怎么会听说过？你们只知道尼杜巴布。加里·米尔扎是大歌唱家。去勒克瑙、德里学过歌的。曾在布德万土邦王巴哈杜尔·普拉达博钱德拉的堂会上唱过。以他的名义又出了个假冒的普拉达博钱德拉。加里·米尔扎来加尔各答后，在戈比莫汉·泰戈尔家唱过。他歌写得好，又有一副好歌喉。更奇的是，好像他是纳瓦布阿米尔的什么人。"

赫尔钱德拉问："你见过他吗，老兄？"

拉伊莫汉说："是的，见过。卡纳古尔的罗姆摩罕·罗易，就是这里婆罗门知识界的师尊，他为了学歌，跟加里·米尔扎有过一些日子的来往。我学加里·米尔扎的歌时，还很小，像钱德拉那样大。家父过世了，没人管我，我到处流浪……我说谁的名字了？"

"说谁的名字，大哥？"

"钱德拉的名字？为什么突然想到他？"

"别说那些了。再抽一口烟。听歌。"

这时希莱·布尔布尔又唱：

> 你爱，我爱，人们都说这坏，
> 没人驳斥，可为何说无意义。
> 什么王公，什么穷鬼，
> 全都在爱，
> 不管是谁，一天都离不开爱。
> 想想看吧，不管在哪里。

赫尔钱德拉说："啊哈，啊哈。"

拉伊莫汉说："这支歌希莱很久没唱了，我也差不多忘了。非常讨人喜欢的歌，是谁写的，说得上来么？"

"这还用说吗？一听拉长腔我就明白，这歌除了尼杜巴布的，还能是谁的？"

拉伊莫汉生气地说："尼杜巴布，还尼杜巴布！全是你那尼杜巴布。达苏·罗易先生生气地说：我要拿鞋底抽你那尼杜的下流歌。"

"老兄，那这歌是谁写的？"

"斯里特尔·格特格，他是多么大的歌唱家啊。人又慷慨大方。听说他写了很多歌分发给大家。你那尼杜巴布偷窃了斯里特尔·格特格的多少歌，你知道吗？"

"大哥，听！又唱别的歌了。啊哈，要是有好多人听就好了。"

"她的痛苦使我的心也碎了。哈拉！这是怎么啦？为什么这样？两个强盗糟蹋了她的身体，脑袋就这样坏了？以前加尔各答那些大人物没糟蹋她？"

"大哥，用心听！"

希莱·布尔布尔又唱道：

> 我是国王的公主，我是乞丐。
> 人们知道就知道吧，我知道自己，
> 金银珠宝全都得到了，
> 如果不交心，
> 心如果干枯变成沙漠，
> 它几时成为首府？

拉伊莫汉边听边流泪，一时间竟哭出声来。

赫尔钱德拉小声说："怎么啦，大哥？激动得哭起来啦？这歌是谁作的？说说。"

"谁作的，你说呢？哈拉？说，谁作的？我作的！我写的歌，我谱的曲。你说，糟糕吗？如果得不到爱，那么我说公主也是乞丐。以前有谁这样写过？"

"你写的真好，真有味！可是你哭什么？"

"我怎么啦？你说！我教希莱那么多歌，可是还有谁能听到？我真蠢啊，希莱那么想去贾格纳特市，我也没能带她到那里去。"

他们在谈话中没有注意到，楼上几时停下不唱了。拉伊莫汉突然抬头看见希莱站在小房间门口，纱丽拖在地上，上身没穿内衣。两只丰满的乳房裸露着。头发散开，眼睛、嘴巴像嗜血的凶狠女强盗，手持长矛正对准拉伊莫汉。

拉伊莫汉浑身发抖，哭丧着脸说："怎么啦，希莱？你为何这样恨我？我不让你这时候去……你为什么要打我？希莱，我是你的手鼓？"

希莱·布尔布尔满面带笑，用奇怪难听的嗓音说："喂，有种的，今天是你的日子或是我的日子！"

她闯进屋子里。拉伊莫汉说："好，来，打我吧，如果这样能遂你的心愿。"

赫尔钱德拉站起来说："大姐，希莱大姐，干什么啊？"

希莱·布尔布尔不理睬哈拉说的话。

赫尔钱德拉虽然醉了，身体还很有劲。他从旁边向希莱扑过去，好不容易从希莱手中夺下长矛，然后开始打她。并叫喊：拉伊大哥，抓住她。抓住她！

这时除了把希莱按倒在地狠打，没有别的解决办法。

打希莱嘴巴，拉伊莫汉心痛极了。可是他不得不上前帮助哈拉。赫尔钱德拉很有劲，可是希莱身上像是充满了魔鬼的力量。拉伊莫汉如果单独面对希莱，就会被她杀掉。

打着打着，希莱不动了。两人把她抬上楼，让她睡了。

日子还能这样过下去吗？拉伊莫汉总是忧心忡忡，为给希莱治病，他尽可能努力了。他请来了西医，请来了医学院毕业的对抗疗法医师，请了几名印医，甚至还请了两位巫师。全都拿走了大把的钞票，给了一大堆药，但谁都没说那些药怎样给希莱服用。巫师们不给药，但狠狠地打。一位印医只建议说，把希莱关在屋里没有好处，现在把疯婆放到路上去祈求薄伽梵吧，现在薄伽梵是唯一依靠了。随心所欲者最好的收容所就是大路。

但拉伊莫汉怎能把希莱从家里赶出去？再说，这不是他的家，他是被希莱收容的。看到希莱的丑态，他自己真想出走。可是一大把年纪了，能去哪儿？丢掉老习惯可不容易。

这时钱也开始紧张了，在船上被强盗抢光了。拉伊莫汉不知道，也没法知道希莱是不是还藏有些钱。他自己挣来的钱已用来给希莱治病了，以后的日子更难过。

一天，拉伊莫汉让赫尔钱德拉看守着，自己出去了。他得去找找，求知会是否又开了。土兵起义或者印度斯坦重建莫卧儿统治，就像是水中月镜中花。没有统帅、没有纪律的土兵现在被打散了，英国军队重新占领了一个个城市，进行残酷的报复。

拉伊莫汉很久没来谷比的金铺了。谷比不是从前那个谷比了，那间店铺也没了。像在阿拉丁神灯的作用下，在瞬间全变了。从前的木头房子变成七间砖房，每间都有拱门。卖货的那间四面墙上镶有威尼斯的镜子。谷比从前亲自在炼金炉前干活，现在他手下有几名技工。他拿着钱箱坐在垫子上。一身肥肉和新腆起来的肚子，看起来就像象头财神。现在他不叫金匠谷比了，以金匠、珠宝商谷比莫汉·萨卡尔闻名了。谷比越发达，在拉姆巴甘的新姘头就换得越勤。名叫龙姬的他的第九个姘头，就是从加里普拉萨德手中抢过来的。

拉伊莫汉看到金匠谷比如此飞黄腾达，开头有点仓皇，但立即把持住自己，像从前那样说："啊，谷比过得怎样？你这大肚子有一天会砰的一声撑破的！"

金匠谷比装作稍微欠身表示欢迎，说："请进，科沙尔先生。请进，请坐。很久没见您光临小店……"

拉伊莫汉进来一看四周，说："你穷么？那么王爷或者地主的公子诺宾古马尔·辛格早就破产了！你怎么样？"

"托您的福，艰难过日子！请坐，科沙尔先生。请吃蒟酱叶包，请抽烟。请坐到我旁边来。"

拉伊莫汉坐下后说："你艰难过日子？哎哟，为什么不早告诉我？一听说别人困难，我就很伤心。特别是像你这样的熟人。那你是什么艰难？"

"近来可以说没有一点收入，洋人太太不到这边来。因为怕大兵作乱，所有大人物家，今年都不办喜事。这样我们怎么过得下去？"

"别怕，你的好日子又来了。洋人已打断了土兵的腰，只差揍扁了。今天我来是有点特别的事。"

"请说，请。"

"我欠人一百多卢比，有点紧张。"

"当然，那还用说。你的钱和我的钱有什么两样？有您的恩典，我才有饭吃。"

吃了蒟酱叶包，抽过烟，开过一会玩笑后，金匠谷比说："商店到关门时候了，科沙尔先生，看看货吧？"

拉伊莫汉说："我今天没带什么货。钱你得先借给我。"

金匠谷比看起来傻乎乎的，但近来消息很灵通。他说："您那个，我是说希莱·布尔布尔是不是全疯了？科沙尔先生！那女人有很多好钻石首饰。这会儿能拿到手就拿呀，要不就被五鬼抢去了。"

拉伊莫汉说："那个以后再说，你今天给钱，我得走啦。"

金匠谷比的脸拉长了。他含含糊糊地说："科沙尔先生，您准是和别人做生意吧？所以很久没来啦。上金匠贾古那儿去了吧？好货都给了金匠贾古，空着手来我这里要钱？"

拉伊莫汉疲惫地说："谷比，我没有什么货做生意！你不给我钱？我会还的，决不食言。"

谷比好好看了看拉伊莫汉。这人老了，变多了。那个高鼻梁、目光犀利、非常精明的人，现在只剩下一把骨头了。拉伊莫汉会很快死去的。金匠谷比毫不犹豫地抛弃这些人。

"在这百物飞涨的市场我去哪儿弄这么多钱？科沙尔先生，您拿五个卢比吧！既然您开口了，我空手……"

拉伊莫汉惊呆了，这就是那个谷比？拉伊莫汉费了多大劲带着谷比闯入多少大人物家里，他获得了那些工作，飞黄腾达了，从此出了名。可这谷比今天不愿给他一百卢比。

拉伊莫汉气得浑身发燥，心中涌起报复的念头，但过了一会，他明白了，这是无能之火。报复念头之火只会烧毁自己，是伤不到谷比的。金钱意味着权力，所以谷比现在很有权力，而拉伊莫汉只是一个生气的小老头而已。如果谷比现在用武力驱赶拉伊莫汉，那他连抗议的能力都没有。感激？拉伊莫汉能要求谷比感激？但感激不是条件或者书面合同。

又费了不少口舌，谷比同意从五卢比增到十卢比。谷比将钱递给拉伊莫汉，两手合十说："科沙尔先生，不再说了。现在我要结账了，请回吧！"

拉伊莫汉真想把钱摔到谷比脸上转身就走，但他吃惊地发现自己已是青春不再，连把钱扔出去的力气都没有了。而十卢比起码够吃十五天左右的饭了，他一再地考虑这点。

拉伊莫汉受了侮辱，气呼呼地走出来，走了不远又回去看看谷比的铺子，无奈地生气，喃喃地说："别这么狂！你会被报应的风暴刮倒的！你会全家死绝的！谷比，我，婆罗门的儿子说了，你的骨头要被踩碎踩烂，被兀鹰啄你的眼……"

拉伊莫汉因盯诺宾古马尔的稍，每月能从比图谢克·穆克吉那里拿到点钱。他有几个月没有拿到钱了。他去打听过，比图谢克病了，账房先生调工作到城外去了，所以现在没有希望。

拉伊莫汉烦躁地从十个卢比中拿出四个硬币买了瓶真正的法国白兰地。在时隔多日后，今天要好好醉醉。

一两天后，希莱·布尔布尔发疯到了第三阶段，不唱也不闹了，只是放声大哭。她哭得那么惨，走路的人听了都要停下来。现在她见了拉伊莫汉不打了，只是哭着诉说往事。这时拉伊莫汉也坐在她旁边哭起来。

拉伊莫汉以为，这回希莱·布尔布尔会好转了。心中积累的那些痛苦发泄了，心空了，她会好的，会正常的。

三天内问题突然就解决了，希莱自杀了。或者是发生了什么不幸事件，当然那肯定无法知道了。希莱的尸体是在家里院子边的水井里找到的。歌姬希莱·布尔布尔有过许多事件的一生就这样结束了。过去这城市里追逐她的人不断，像蜜蜂采花一样，许多大人物的公子都飞到她身边来，现在一个都不来了。拉伊莫汉和赫尔钱德拉恳求村里的几个年轻人帮忙，抬尸体去火化场。这些青年不管人品怎么不好、怎么放肆，但有一个优点，在要求帮助抬尸体时，他们从不拒绝。

冬季天时短。把希莱抬到火化场时天都快黑了。两个焚尸台上正烧着两具尸体。拉伊莫汉他们得等一会儿。

其他人去附近的大麻烟馆了，赫尔钱德拉也坐不住了。他得到拉伊莫汉的同意后，也去抽一口。而拉伊莫汉抚着希莱·布尔布尔的尸体默默地坐着。他不哭，相反他似乎有获得解脱的感觉。和她不再有什么牵挂了。

一个焚尸台空出后，正要把希莱的尸体抬上去时，一群火化场寄生虫呼喊着过来了。他们刚才坐在码头上抽烟。死者的床在哪儿？他们有权得到死者的衣服。买木柴的钱谁给了？这些都是他们该得的。

火化场寄生者的老大是个强壮的小伙子，满脸胡须，手持棍棒，好像他就是湿婆神。拉伊莫汉紧紧看着他。看面相是认不出来的，但声音怎么能忘掉？

他突然抓住那老大的手，激动地叫：钱德拉！

满面胡须的头目哈哈大笑，说："触摸到了吧？触摸到旃陀罗①了？这回得吃牛粪赎罪了！"

他的徒弟们笑着又重复了一遍。

拉伊莫汉说："真是有薄伽梵！准时找到你了。我想过你的事，昌杜！看看吧，那是你亲妈！喂，哈拉，掀开她脸上的布。"

---

① 旃陀罗（cāṇḍālá）印度教种姓之一，指位于首陀罗（Śūdra）之下的不可接触的贱民阶层。

赫尔钱德拉把盖在死者脸上的布掀开。旁边焚尸台上的火光照到希莱·布尔布尔的脸上。两只大眼睛张着，好像她正看着昌杜纳特！

昌杜纳特默默地看了几眼。

拉伊莫汉说："这不幸的女人太惨了。得了，最终她还是得到安息了……啊，昌杜，你妈妈是为你伤心而死的。"

这戏剧性的场面使其他来火化场的人都围拢来了。大家大为吃惊的是，焚尸人的老大昌杜竟背诵了约翰·济慈①的四行英语诗，然后狠狠地挣脱拉伊莫汉的手跑了。

拉伊莫汉痛苦地说："啊，昌杜，等等，别走啊。你得点火……最后让你妈妈安心……"

昌杜纳特不听。他迅速地抛下同伴，离开火化场远去了。

---

① 约翰·济慈（John Keats，1795—1821），英国浪漫主义诗人。

七十七

"如果有天堂的话，那就是这里，就是这里！"红堡的大臣会议厅墙上用波斯字母刻着这箴言。打了胜仗的英国军队公历九月二十日攻占了这个天堂，他们满脸怒气，不断流汗，满身血迹。他们敲着可怕的鼓点，手持武器跑来跑去。

红堡空无一人。当了几个月皇帝的巴哈杜尔·沙带着家眷跑了。英国军队搜查也没找到，在十分愤怒下，疯狂开枪打坏了大臣会议厅比天堂还美的墙饰。精美石刻一片片地落在地板上。司令好不容易让部队平静下来。院子里挂上了英国国旗，因打了胜仗举行了感恩祷告，感谢最仁慈的上帝。

皇帝这时带着人马，躲在离红堡四英里远的胡马雍墓里。与他同在的还有一千多士兵。他的谋士提出完全相反的建议。有人说，时间还有，请陛下离开德里。勒克瑙那边的土兵还没有投降，可以联合他们打击英国人。有的说，皇帝应派使节去向英国人说明，皇帝不同意叛乱，是士兵强加给他的，他是无罪的。

年迈昏庸的皇帝什么也不做，失神和麻木地坐着。他的祖先、在巨大陵寝里的胡马雍大帝，曾一度失去帝国，后来又光复了。

深受信任的英国间谍、独眼龙罗哲博·阿里向英国人报告了皇帝的行踪。次日，英军的无敌将军哈德森只带了五十名骑兵向胡马雍墓进发了。英政府指示，必须活捉皇帝巴哈杜尔·沙。虽然哈德森手痒痒想揍，但还是向皇帝发出了缔约的命令。哈德森在骄阳下等待了三个小时，没有得到任何答复。那一千多守卫胡马雍墓的土兵如果想的话，就能在很短的时间内消灭哈德森那小股军队，但没有人给他们下达攻击令。

后来一顶围着莫斯绫帘子的轿子慢慢地出来了。轿子里躺着一个瘦小的老人。他的胡须和脸色都一样白。嘴里叼着吸烟管子。皇帝完全不说话。

巴哈杜尔·沙被关在红堡的一间斗室里。给他吃、喝之用暂定为每天两个安那。刚刚失去王国、失去尊称的皇帝喃喃地说着：在印度斯坦，所有的朋友、亲人、助手、亲戚全完了……

哈德森囚禁了皇帝还不罢休，这回轮到王子们了。任性好胜的王子们这几个月在德里懂得躲避逮捕了。这次哈德森带了一百骑兵，而集结在胡马雍墓前的大批人喊出打圣战的声音。最后王子们决定以投降代替作战。王子们出来后，哈德森命令士兵，将他们押走。德里的穆斯林跟在后面边哭边走。

走了不远，哈德森再也忍不住了，还得一天天囚禁这些名为王子的野蛮青年，并给他们吃穿！他们不应该为杀害基督徒妇孺负责吗？为了打掉王子们的威风，把他们放在牛车上拉走，而哈德森策马跟去。王子们被拉下车后，哈德森命令他们立即脱下奢华的衣服。哈德森持枪顶着几乎全裸的王子们的胸膛，扣动扳机全都枪杀了。然后他高昂着头，命令随从将尸体扔在司令部前，暴尸让德里人观看！

这还没算完，一个十分会拍英国人马屁的人，砍下两个王子的脑袋，装在一个篮子里，作为礼物送给了巴哈杜尔·沙。

在枪杀王子们后，英军士兵被赋予随便杀人和肆意抢掠的权力，开始了疯狂报复。德里变成了地狱，路上到处横尸，家家哭声不断。英国人为了报复对基督徒的屠杀，什么都不考虑了，法律暂停执行了。继德里之后，其他叛乱城市又一个个重归英国人掌握。那些沾上一点点土兵味的地方，成百上千的人被逮捕杀害。因为绞刑费时费钱，把他们放在大炮前让他们粉身碎骨要方便得多，人竟能这样杀人。

清剿开始后，在东印度公司政权的首都加尔各答，也有强烈反应。英国人及其报纸以凶狠的语言，扬言要报仇。他们称印度人为狗、猴子、地狱小爬虫，还有很多难听的话。称印度人不可信，完全不配称为人，根本不存在对他们讲人道的问题。那些同印度人交往并建立了友谊的英国人，也被狠狠地挖苦。印度人既然进行了叛乱，以后必须把他们完全踩在脚下。有人向政府建议说，不能让一个印度人留在军队里，应该从非洲请雇佣军来保卫这个国家。有的说，乘机强迫所有印度教徒、穆斯林都改信基督教，就像美国人对待买来的奴隶一样，使他们永远不敢藐视基督教主人。有人说，强迫印度女人同英国人同居，不久之后就会出现一个混血民族，他们再也不能说自己是印度教徒或穆斯林了。他们在血缘上会承认忠于英国人的。

总督坎宁勋爵是热衷于建立合理的法律的，他一生赢得了善于管理的荣誉。他要全面考虑后做出正确的决定。受过教育的英国人，狂叫要在全印度的混乱中，疯狂报复和无故杀人，他不能响应。他极力以严厉手段扭转局势，并要求英国人头脑要冷静。但这犹如火上浇油，英国人的暴力之火烧得更旺了。他们认为坎宁软弱得像女人，愤恨地称他为仁慈的坎宁，并要求英国国会立即将坎宁从印度召回。这期间全印度开始了随意杀戮。

在土兵起义被镇压后，加尔各答的老爷和财主们，看到英国人这些行动后完全惊呆了。英国人这样憎恨孟加拉人，辱骂得更加厉害了，但孟加拉人并没有支持土兵起义啊。孟加拉各地土兵叫嚷造反时，孟加拉的富人和地主没有给过他们任何帮助啊！这就是奖赏？

在被称为英国人奴仆的北印度，土兵将孟加拉人和基督徒同样殴打。连梵社的创始者、受尊敬的德本德罗纳特·泰戈尔在西姆拉山上，因害怕土兵也不得不逃走，而现在英国人对孟加拉人这么恨？

在英国统治下，孟加拉最先形成了一个职员群体。受过教育的知识界不再愁吃愁穿了，这职业使他们能在社会上立足，他们怎么会想要土兵代替英国人统治呢？而由于永久租佃制的实行，本地的地主阶级比以前更富有了，他们有了稳定的收入。他们过得这么舒服，怎么会傻乎乎地去反对英国人？英国尽可能剥削全体老百姓，也给了地主以剥削的机会，所以英国人和地主是站在一起的。可是今天英国人为什么对柴明达、塔卢克达尔这么仇恨？

如果犯错了而不是故意的，被主人抢起棍子抽打，那没有什么可怨恨的。但如你没有过错，反而是尽力讨主子欢心，主子却要抽打你，那是很伤心的事。孟加拉的老爷和富豪，在听说英国人提出，对印度人不分民族、宗教，同样进行报复的令人心惊胆战的建议后，先是震惊，然后是伤心，最后是想对抗。

很多孟加拉人精通英语，他们出版的几份英语报刊，登载了各种故事：哪里的印度人站在英国人一边抵抗土兵，落难的英国官员在什么地方在贫苦百姓家里栖身，有多少家庭将英国妇女当作母亲或姐妹予以收留等等。

孟加拉语的报纸也不落后。很多英国人能看懂孟语，或者从孟语专家那里了解孟语报纸的评论。孟语报纸也开始要求英国人宽恕。诗坛泰斗伊斯瓦尔·古普塔一向支持英国人，他这回放肆地祈求土兵完蛋。因英国人屠杀土兵，在北印度数以千计的寡妇哀号。他听了之后，假装表示同情。他写道：在他们那里如果有个维迪耶萨伽尔，问题就解决了。维迪耶萨伽尔让那些寡妇再婚，她们又能戴上首饰，又能再度欢娱，愿望实现了，又有饭吃了。他指名道姓谩骂起义的土兵领袖，骂到他的祖宗十八代。关于章西女王拉克西米巴依，仇恨女人的伊斯瓦尔·古普塔写道：

蚂蚁啣卵是为死，

喂，听听是什么声音？

喂，是章西女王，

被砍了喙的乌鸦，

作为女人装成士兵？

她家里有很多舂米碓，

很多舂米的女人

在豺狗群里，

这些日子人财都进了地狱。

与此同时，开始了表忠。王公、大王们早就向英国人上表效忠了。攻陷德里后，他们又重新向英政府表示祝贺。

布德万的大王公召开会议为英国人的胜利欢呼，并写了长信向坎宁勋爵致贺。信上签名的除布德万的大王公外，还有加尔各答的首富罗阁拉塔甘特·德沃等两千五百人。克里希纳城土王斯里珍德罗及其同伙发信给英国人表示支持。奥德地区的地主杰克里希纳·穆克吉不仅发信支持英国人，还将低级种姓的佃农组成军队，由一个英国军官领导，同来犯的土兵作战。在看到印度教徒单方面祈求英国人的宽恕后，加尔各答的穆斯林惊惶不安，他们也联合上书，声明不支持土兵叛乱，他们也是效忠英国的臣民。在英国的统治下，他们很幸福。达卡的纳瓦布表示，他提供了大象帮助英政府。达卡的其他地主和阿訇们总是支持英国的。

诺宾古马尔家也聚集了许多人，知识分子也有必要上书。英语报纸在嚷嚷，要把孟加拉人赶出重要岗位，要剥夺孟加拉富人持有武器的权力。所以孟加拉知识界和新富豪为了自卫，也有必要引起政府的注意。

诺宾默默坐在一边。他的头突突地跳着疼。乔杜波迪·甘古利、基肖里钱德拉·米特拉、克里希纳摩尔·巴塔查里亚等年轻人都在沉思。他们互不交谈。他们说对英国人的胜利要表示高兴，但脸上没有丝毫高兴的痕迹。

起草请求书的是克里希纳达斯·巴尔，他对此十分积极，十分欣赏自己的英语水平。克里希纳达斯写完后，得意地看了看，然后宣读。谁都没有说什么。

诺宾在签名后说："我是签名了，但我的心不在这里。"然后他抬头对乔杜波迪说："大哥，让我说真话么？我们大家口头上都怪罪土兵，可是在德里独立的那几个月里，我心里也觉得是自由人了。不管怎么说，英国人是异族。在他们的统治下，我们是不自由的。我们的心上不是压了块大石头么？"

乔杜波迪说："这话我早就对你说过，当时你不理睬……"

诺宾说："这哈里斯蒙蔽了我们……"

《印度爱国者报》的主编哈里斯·穆克吉的脸色也不好。他说："诺宾，我承认我错了。我们没有看透英国人。怎么讨好也是得不到英国人欢心的。今天我觉得，将来历史是不会像我们今天这样看待土兵战争的。我先说到这里，将来瞧瞧是否符合我说的吧！我们的生活调子变了。今天我还要对你们说一件事，我的笔永远不会为英国人歌功颂德了。要是我还做，那是我没有职业道德！"

哈里斯说完，从衣兜拿出一瓶白兰地，将这液态之火倒入喉咙里。

七十八

英国维多利亚女王成为印度斯坦女王的那天，诺宾古马尔的生活有了很大变化。对土兵的镇压尚未完全结束，在印度各地还有小规模的战事。这时英王的诏书突然到达印度，东印度公司时代结束了。从现在起印度公民全都直接成为不列颠皇室的子民了。维多利亚女王承诺，所有印度领主控制下的小王国将不再被兼并。"我将印度疆界内的居民和其他的子民一样同等对待。我对他们承担同样的责任，我对此作出承诺。"

总督府为此举行盛大庆祝会，给所有学童分发糖果。路上到处热闹非凡。女王诏书翻译成孟语及其他地方语言分送给特殊人士，宣读给各县城的百姓听。现在还难以评估印度人的处境会有多少改善，但许多人认为，似乎有了巨变。印度人长期习惯于土邦王和皇帝管辖，但近两百年来没有什么正经的皇帝了。东印度公司的统治，没有一点高贵皇族的气味，行为也是伪装文明。在经历这么久之后，终于有了一位女王，大家都松了口气。"臃肿丑陋"的女人维多利亚在很多人眼里成了救世女神。

这天加尔各答许多高贵家庭也在庆祝。大门装饰着花环，屋顶国旗飘扬，同亲戚朋友饮宴到深夜。乔拉桑科的辛格家当然除外，诺宾没有搞任何庆祝。马利克、泰戈尔、德特和巴苏家邀请了他，他以身体不适为由，哪儿都没去。两天前的一件事，使诺宾受到很大的侮辱。

诺宾从来不为钱发过愁。他母亲吩咐过，他什么时候要，都给。诺宾不懂得钱的价值，毫不心痛地花钱。他为求知会不知花了多少钱，近来为排戏花的更多了，但是前天他的愿望第一次遇阻。

为给演员制装，有个会员找来一些丝布样本。大家都喜欢其中一种意大利丝布，那当然是很贵的，但诺宾愿意出钱。他把迪巴戈尔叫来，吩咐他去取一千卢比来。

迪巴戈尔挠挠头，不好意思地说："现在没法拿出这么多钱。比图谢克亲自查过账，这几天停止提款。"

诺宾开始不信，他从未有过要不到钱的经验。他厉声说："去对老爷说，是我要的。现在就拿钱来。去！"

迪巴戈尔说："没办法。大老爷自己拿着钱箱钥匙。"

诺宾说："那么以我的名义去向我妈要。"

迪巴戈尔去宾波波蒂那里走了一圈，回来说，她那里也是空的，所有的都给诺宾了。不去库房取钱，她也拿不出来。

诺宾在朋友面前丢尽了脸。第二天他不再起床。跟谁都不说话。

在维多利亚女王宣布接管印度的那天，诺宾也不起床。黄昏后放烟花的声音传来。有时天上闪现烟花的亮光，到处有路上行人的欢笑。晚上九点报时的炮声响过后，妻子来叫他，他下了床，但不吃饭，同妻子一句话也不说。他走到母亲房前。

近来宾波波蒂每天很早就去恒河洗澡，所以在傍晚就睡觉。诺宾站在她关着的房门外，严肃地叫："妈，妈。"

宾波波蒂现在不是每天都见着儿子。儿子总是同朋友们谈话，他特别不喜欢家庭的啰嗦事。宾波波蒂每天派人打探他的消息。她在半醒半睡中听到诺宾叫唤后急忙起来，开头她以为是什么亲人出事了。她迅速地开门，忧心忡忡地问："怎么啦？"

诺宾问："妈，我是哪一年出生的，你记得吗？"

宾波波蒂投出十分惊诧的目光，问道："为什么？这么晚了，为什么问这事？"

"没太晚，妈，你记得不？"

"那次我们买了易卜拉欣的地产，那是多少年？四六或四七年吧。"

"我记得，妈，我算过了。前天我已经满十八岁了。"

"啊，真的吗？我没想到。你伯父什么都没说。"

"为什么你们没想到？从现在起这财产的主人是谁？是我还是大伯？"

"啊，你是这一切的主人！"

"我是主人，可是钱箱的钥匙在大伯那里？"

诺宾呼唤杜拉："杜拉，去，把大伯叫来！"

杜拉整天跟着诺宾。他正在走廊的角落里，听到呼唤就过来了。

宾波波蒂说："你说什么？这么晚去叫你大伯？"

诺宾回答说："我不是说啦，还不太晚！路上人多着呢。"

"他傍晚后正睡觉呢。"

"睡了，必要时也得起来。"

"现在有什么必要，小不点儿？"

"我现在就要钱箱的钥匙。我不再是小孩了。我要钱。迪巴戈尔竟对我说不。这回让他看看。"

"别这样做，小不点儿！你明早再去见他吧。他多么爱你。"

"我去见他？为什么？他得来，就今天！杜拉，站在这里看什么？去！"

"你疯啦？这么晚你要钥匙？"

"对，要，你别想我去大伯家要钥匙。得他自己来交给我。"

宾波波蒂极力做了许多解释，但诺宾的火气越来越大，他硬是派杜拉去了。这中间妻子索罗吉尼求他先吃饭，但诺宾不拿到钥匙就不吃饭。宾波波蒂抚摸他的身体和脑袋，想让他安静下来，但他一甩就躲开了。他又蹦又跳，好像有人将他放在热锅上似的。

杜拉大喘着气跑回来说，比图谢克早就睡着了。无论如何叫不醒他。

诺宾像疯子似的瞪大两眼，眼珠子滴溜溜地转。他狠狠地打了杜拉一嘴巴。说："叫不醒？给他家放把火，他不醒？现在要是我死了，也不能叫他？哪来的蠢货！"

宾波波蒂站在杜拉和诺宾中间，忧愁痛苦地说："为什么这样，小不点儿！听我的话，明天早上……"

诺宾说："妈，谁是柴明达？是我还是大伯？我身上有地主的血统，他只是个律师。财产是我们的，我们什么时候叫他，他都该马上来。"

宾波波蒂呆住了，流下了眼泪。她呜咽着慢慢地说："我发誓，今晚就算了，明早……"

诺宾叫嚷起来："我不要。明天一早我就离家出走，财产全归你们。"

他拿起一个非常漂亮的瓷灯摔在地上，说："我不要，一点也不要，全让大伯拿去。"

走廊上挂着成排的鸟笼，几只鸟儿叫起来。宾波波蒂和索罗吉尼合起来想拉住诺宾。但他使劲挣脱又要摔其他东西，但什么都没拿到，便跑回自己屋里插上门。从屋里传出砰嘭声，他在砸东西。

宾波波蒂和索罗吉尼两人哭着推门，求他打开，但是诺宾气得失去了理智。宾波波蒂以前也见识过任性儿子的固执，但从未见过如此过分。她非常震惊。

不管怎么哀求，诺宾还是不听。宾波波蒂对杜拉说："杜拉，你再去一次，叫迪巴戈尔来。不管怎样，把那家的大先生叫起来。就说是我说的，我遇到了大灾难，是我请他。你全都跟他说明，快去。"

半小时后，比图谢克来到时，宾波波蒂在走廊的一张躺椅上正打盹，索罗吉尼在她脚旁。比图谢克拄着拐杖，拖着一条腿走来。索罗吉尼一见比图谢克，拉上面纱躲到一边去了。

比图谢克一直走到宾波波蒂面前站住，问："怎么啦？宾波？"

宾波波蒂的头发已稀疏。她身上的靓丽近来已蒙上了乌云。鼻子上有些雀斑，嘴也瘪了。她见了比图谢克也想不起拉上面纱了。她不回答比图谢克的问话，想拼命忍住不断涌出的泪水。

比图谢克说："这杜拉是个笨蛋，头一次去不能叫我？上楼去就行了。现在一点都不晚。小不点儿在哪儿？"

宾波波蒂指指关着门的房间。比图谢克走过去叫："小不点儿，小不点儿！"

屋子里没什么声音。在比图谢克叫唤后，又传来摔东西的声音。比图谢克扯开嗓子叫："小不点儿，开门，我带钥匙来了。"

门立即打开了。诺宾说："在哪儿？给我。"

屋里乱糟糟的，床单枕头落在地板上。比图谢克看了诺宾一会儿，然后笑着问："这么晚要钥匙干什么？都等不到明天了？"

诺宾像个固执的孩子，说："钥匙从现在起由我保管。从前天起我就是这一切的主人了。"

比图谢克说："那当然！不仅你爸爸的财产，连我的那些也可以说是你的。我只有个外孙，在我闭眼之前，我也要把管他的责任交给你。"

"我从前天起成人了。可是迪巴戈尔为何对我说不？你为何不对他说？"

"是的，我们做得不对，明白得晚了。我们真的错了。我忙着做很多事，因此没算日子。不过，我曾想过，等你有了子女，我把所有的财产交给你，我就放心了。没有子女是不会安心过日子的。不管怎么说，你长大了。学习管理地产，按规矩每天到商店去吧。我这回也要摆脱这一切责任了……"

比图谢克把钥匙串递给诺宾，说："不过这么晚了，你拿钱做什么？不说说？你现在就需要钱？"

诺宾说："是的，我现在就要钱。我拿钱玩捉迷藏游戏。"

比图谢克哈哈大笑。他不轻易笑，许多人都怕听到他突如其来的笑声。他今天似乎很欣赏诺宾的固执。他边笑边说："你干什么都行，别拿钱捉迷藏，会很滑的。一滑脱了手，就再也抓不住了。"他又回头对宾波波蒂说："我们的小不点儿找到几个助手了。他们像学者那样说些顺从的话。但那些人的意图都入了小不点儿的脑袋了。我什么都知道，什么消息我都打听到。他们不知道，我还没死呢。"

然后他把手杖夹在腋下，说："我走啦。宾波，我卸下肩上的重担了。从今儿起我放心了。拉姆卡马尔的东西，交到他儿子手上了。"

宾波波蒂说："小不点儿，不给你大伯行礼？"

比图谢克说："算了，算了。晚上不必行礼。我听说小不点儿为这点小事生气不吃饭。去吧，现在吃了睡去。"

诺宾当然不能拒绝母亲的要求。他想不到，比图谢克这么深夜会亲自来交钥匙给他。他走向前，低头给比图谢克行了触脚礼。

比图谢克摸了摸诺宾的下巴，然后手碰了一下自己的嘴唇，说："孩子，我要说一句话。只把钱库钥匙放在身上还不行。得学会把金库装满的手段。"

诺宾的心颤了。那么说钱库已经空了？他手执钥匙串呆呆地站着。比图谢克挂着拐杖拖着腿走了，听得到他走到楼梯的声音。当夜诺宾把迪巴戈尔叫来打开钱库。不，比图谢克假装吓唬罢了。钱库够满的。

从第二天起，他将钱视同废物，开始乱扔。连续演出所需的钱，他多花了四倍。舞台的装饰，这市里没人见过。服装华丽耀眼。邀请了所有显要人物，给他们每人准备了昂贵的软垫座椅和五颜六色的鲜花。邀请了若干洋人官员，但很多人没来，只来了几个。看到舞台上骑着白马、穿着皇家服饰、诺宾扮演的补卢罗婆娑，大家十分欣赏。他扮相既美，声音又甜，打动了观众。次日报纸对此剧的上演大加称赞。

演出只有点小瑕疵。应该是主角唱歌时，在舞台旁边有人抢先唱了起来。这样不是一次，而是两次。引起了一阵笑声。舞台监督推搡着将拉伊莫汉赶了出去。

第二天求知会会员集会。当他们为演出成功欢呼，正在讨论某位名人对某角色的评论时，拉伊莫汉又来了。他完全是醉鬼的模样，衣服上沾满泥土，也许在路上滚过几滚。他进来就扯开嗓子唱道：

人们说什么就让他说吧，我知道我自己。
是的，孩子。

诺宾一见拉伊莫汉就火冒三丈。昨天拉伊莫汉的行为就很伤他的心。在自己的会议上，会员竟是这样的表现！诺宾和很多人原先都怕辛格或泰戈尔会雇人来捣乱，让你演不成，但这种事并没有发生。而拉伊莫汉竟如此大胆！诺宾跳起来掐着拉伊莫汉的脖子，叫嚷着："笨蛋，你又来了！快滚！"

拉伊莫汉说："为什么打我？昨天你是皇帝，而今天又是刽子手！哦，真是棒极了，所有的大人物都妒忌了……这样的演出谁都没有看见过。嗨，多少卢比的游戏……"

诺宾正要打他，哈里斯·穆克吉拦住，让他躲开了。穆克吉说："今天是高兴的日子，别打这可怜的了。他高兴得喝多了。看见打醉鬼我很难过。"

拉伊莫汉醉眼朦胧地看着穆克吉又笑了。他说："为什么只说些可怜的话？给点东西啊，现在不灌两口，喉咙都干了。"

七十九

哈里斯·穆克吉是自学成才的。他从未得到社会、家庭的帮助或怜悯，他从未求过人。他出身于高级种姓，其父有三个妻子。哈里斯一出生，父亲就将他们母子赶走，不让在家居住。父亲从不承担对儿子的责任。

哈里斯在没人爱抚、被冷落的情况下，在舅舅家长大。舅舅们也穷，不肯花钱给外甥读书。他们也出身于高等种姓，子女也不少。哈里斯作为学校的免费生，只读了几天书，就被迫辍学了。舅舅们说了，自己的负担自己明白。哈里斯有个哥哥，也是个废物，因为没有活路，已经结婚了。对望族的儿子来说，结婚是最容易做的事。

哈里斯为了活命，十四岁就外出找工作，但谁会给没毕业的孩子工作？为英国人制造职员而推行的教育方式，恶果已经开始显露。很多青年毕业后到处找工作，但并不是所有人都能找到合适的工作，失业人数猛增。

哈里斯并不气馁。他带着墨水和笔，定期坐在邮局门前，替人填写汇款单、写申请书或信件以换取薄酬。他的字体秀丽，英语字拼写正确无误，所以有一些事做。这样过了几年，哈里斯信写得很好，被一位拍卖商看中了，将他叫去，让他在办公室工作，月薪十卢比。

哈里斯从少年时代起，心中就有强烈的愤懑。他认为，社会似乎要把他造就成月薪十卢比的小职员，他无论如何不能接受这种安排。他既非名门望族又没有财产，只有婆罗门的傲慢。他明白，现在学问有价值，这是英语时代，精通英语就能获得洋人的青睐。研究学问是婆罗门的本分，他怎么能落后于首陀罗、加雅斯特呢？

哈里斯准备自己努力钻研学问了。在办公室劳累一天后，他去公共图书馆，能弄到的书他都读。有几名编辑当着他的面读清样，他开始每天来读清样后背诵。用背报纸代替背诵诗歌，可以更快地学习语言。哈里斯回到家躺下，不断背诵读过的当天报纸的段落。

哈里斯在掌握一些英语后，开始读历史、经济、哲学领域的书。他没有别的嗜好，不关心吃穿，唯一的嗜好就是读书。

十卢比工资是不够生活开销的。他有时经不起诱惑，还拿有限的钱去买一两本书。一天，哈里斯要求拍卖商加点薪。拍卖商不同意，反而说了句难听的话。哈里斯因一言不合就辞职走了。

他又去邮局前替人写信换点钱，同时去图书馆用功读书。在学习上他没有老师，是无师自通。他最主要的资本就是执着。家里很不安宁，收入不稳定，日子过得很艰难。他母亲随着年龄的增长，洁癖增加了，更加啰嗦了。嫂子也不是性情温顺的人，因此婆婆同儿媳的争吵，使家里没法待。

哈里斯在邮局前拿着笔墨坐着，觉得这社会正拼命将他踩在脚底下。不仅不给他宽心的机会，相反，每天还可能饿肚子。可是他咬着牙说：不行，绝对不行。他看着这社会，每天在心里狠狠地发誓。

他经常是到中午都还没有弄到一点吃的，可到了下午还去公共图书馆。他的读书欲望日益增长。由于自尊心很强，他决定不再一家家地上门求职。一天，他看到报纸上一则广告：军事编辑总部有个职员位置空缺。要在书面考试的基础上，从求职者中挑选一人，工资也高，月薪二十五卢比。哈里斯参加考试，取得第一名。

任职后他的生活安定了。本来哈里斯也可以过上中产阶级的日子了，但他不是那样的人。他在母亲的要求下，不得不结婚，但妻子很快就死了。他不久后再婚，但婚姻也不幸福。得不到父爱的哈里斯从小就恋母。他妻子同婆婆的关系不和。妈妈着急要儿子结婚，又想把已婚的儿子从儿媳妇那里抢回来，放在自己身边。孟加拉家庭长期存在的婆媳纠纷，在哈里斯家里闹得十分厉害。哈里斯不敢对母亲说狠话，又没法安慰妻子。他慢慢地厌倦家庭生活了。

哈里斯一些天来倾心于宗教，对薄伽梵无限信奉。薄伽梵眷顾这个没人帮助的孩子，所以他能靠自己立足。他任职一年后获得晋升，工资增了一倍。没有薄伽梵的慈悲，这怎么可能呢！只是十九岁的年轻人，有几个能有这么好的差事？达罗卡纳特王子的逆子戴本德罗纳特先生，刚开始宣传唯一梵天的梵社，就吸引了哈里斯。他不顾母亲的强烈反对加入了梵社，并在他所住的帕巴尼普尔建立了梵社分社。他热情地宣传这新教的主张。

他虽加入梵社，但内心还是不平静，他还需要别的东西。在这期间他又进行了一项试验，他要了解自学英语的水平到底有多高。他的心病是没有获得过学校的学位。他开始以笔名给报刊投寄英语文章，都很容易发表了。加希普拉萨德·高士的《印度教徒情报》登载了他的几篇文章。加希普拉萨德先生是著名的英语作家，可他毕竟是印度原住民。哈里斯又将文章投给英国人的著名报纸《英国人》。该报编辑卡尔·海利不仅热情地登载该文，还打听这位名不见经传的作者是谁，文笔竟如此犀利！他的英语完全像真正的英国人一样。这样一来哈里斯的自信便有了坚实的基础，社会上谁都不能不接受他了。

他饱览英国出版的英语报刊和书籍，一方面对英国历史、社会习俗和统治方式有了很多了解，另一方面他又开始探索新的知识。他从小就喜欢英国文明，但知识增长后，他对英国文明就反感了。英国人很崇尚自由，在英国本土，教育后代要思想自由和捍卫自由，但这个英国，却毫不关心别国的自由。哈里斯读了英国人的文章，逐渐有了自由的觉悟。他环顾四周明白了：印度人缺少这种觉悟！因此英国今天还不把印度人看作人！当然，英国战胜了印度，但统治印度却不听取印度人的意见。莫卧儿时代也不是这样的啊！哈里斯决定拿起笔来，为印度向英国人争取尽可能多的机会和方便。不久后，他作为记者获得很大荣誉，获得编辑《印度爱国者报》的重任。这下他的文章开始迸发喷火了。

哈里斯·穆克吉已跻身国内名人中了。一发声，大家都认识他。坎宁勋爵本人也派人去搜罗《印度爱国者报》。社会的头面人物争相为哈里斯捧场。哈里斯从社会最底层登上顶峰，不是一步步地，而是连续跳跃上去的。坐办公室拿四百卢比月薪是很高的职务了。为办好《印度爱国者报》，他花钱毫不痛心。"英印协会"只是地主和富豪有钱人加入的，也吸收哈里斯为会员了。哈里斯在那里开始从事政治活动。在此期间他潜心研究法律。

在土兵战争进行期间，哈里斯的报纸批评土兵的野蛮行为。同样，当英国人进行疯狂报复时，哈里斯又很巧妙地张开一张很有理的网，约束他们。他那时写文章，都顾不上吃饭睡觉了。

土兵战争结束后，哈里斯又有了新的变化。他新近感觉到，在英国人的统治下，印度是多么的无助。英国人可以同少数几个印度人友好相处，但又随时侮辱整个印度民族，或毫不犹豫地惩罚他们。在英国人统治下，老百姓毫无安全可言。

土兵起义在一方面来说没有失败。土兵当然是战败了，但因此使许多人心中产生了爱国感情。

哈里斯虽然成了有钱人眼中的宝贝，但他对有钱人没有太多好感。他无论如何忘不了自己出身穷家。当他没钱没地位时，没人瞧他一眼。现在富人邀请他赴宴时，哈里斯会毫不犹豫地对他们说些不中听的话。他只同诺宾古马尔合得来，虽然年龄差距很大，但他们互相称"你"，而不是"您"。

哈里斯的视线，从富人那边转向关心本国的百姓。土兵起义刚平息，他就到了纳迪亚、杰索尔的几个地方。他目睹了农村人民的惨状。除各种各样的压迫和折磨外，近几年靛蓝厂主的压迫更是使农民哭喊声不断。这些事没人知道，那些无助者的痛苦声音传不到城市。哈里斯决定，今后他要写这些人的事，他拿起笔投入了对英国靛蓝厂主的战斗。

他整天在办公室辛苦地履行职责，傍晚到报纸编辑部，独自写满一版又一版。

诺宾有一天来到哈里斯的报社。在演出《优哩婆湿》成功后，他又想做点新事。为此他要听取哈里斯的建议，但近来哈里斯不来参加求知会了。

哈里斯一见诺宾就说："坐吧。我先写完文章，再同你谈话。"

诺宾坐在那里静观。他越来越感到奇怪。

一张小桌子，一盏煤油灯，哈里斯坐在木椅子上。著名的《印度爱国者报》的办公室，只有这样的三把椅子和一个柜子。楼下是印刷厂。哈里斯的桌子上一盏油灯，旁边一床被子和一瓶白兰地。哈里斯专心致意，眼睛不看别处，把杯中的白兰地一饮而尽。诺宾从未见过有人写得这么快，字体漂亮，没有一处改动。英语句子从哈里斯脑袋不断涌出。

哈里斯中途停住不写了，说："噢，我犯了大错，没有招待你，诺宾兄弟。我再拿个杯子来，你饮白兰地吧！"

诺宾说："请原谅，我不喝酒。"

哈里斯不再说话，把杯里的酒喝掉。

诺宾说："朋友，你这样喝呀……不久前你不是胃痛么？"

哈里斯无所谓地摇摇右手说："别像姑妈那样下指示！我为什么喝酒，我知道。你不想喝就甭喝。知道是谁教会我喝酒的么？是拉姆·戈帕尔·高士本人。你知道他是多么伟大的人物！行了，不多说了。"

哈里斯又开始写了，文章还未写完，白兰地酒瓶已空了，最后他的手发抖了。他把印刷厂的一个职员叫来，站起来跟他讲解手稿。然后问诺宾："现在说说你的事吧！"

诺宾说："朋友，你近来不去参加我们的求知会了。"

哈里斯说："我再也不去了，你们是有钱的少爷，你们在会上演讲、演戏来救国，我不再参加了。我如果能为我国受苦受难的穷人做点有益的事，我活着就有意义。我是穷人家的孩子，如果我忘了穷人，就是丧尽天良！走吧！这里不好受，走！"

诺宾说："回家吗？走。"

哈里斯说："家？我还有家？那是个大热锅，锅里的油烧开了，你想送我到那油锅里去？为什么？"

诺宾说："那现在去哪儿，朋友？你身体不好。"

哈里斯脸上出现奇怪的笑容。他眼睛朦胧地望了诺宾一会儿，说："我现在去拉姆巴甘，那里来了个名叫何丽莫迪的好姑娘，水灵灵的，舞跳得好。你也和我一起去？走吧，现在你也成人了，走。"

诺宾甩开手说："啧！原谅我吧，朋友。"

哈里斯说："什么？说我什么？哼！知道吗，有天赋的男人，如果不能满足正常欲望同女人上床，那他的脑袋是会长铁锈的。走吧，跟我去一次看看。"

诺宾说："不！"

八十

为索罗吉尼的妹妹结婚，诺宾必须到布德万去。不久前索罗吉尼的父亲去世了，诺宾作为长女婿，就是女方的家长。新郎家不在布德万县城，而是在该县的一个古老村子里。新郎的父亲是富甲一方的地主，在加尔各答也有几栋楼房。但他家习惯在农村住所的家神面前完婚。不可能把家神请到加尔各答来，因此新娘就得到遥远的村庄去。当然安排没有任何缺陷。总共三十一顶轿子，浩浩荡荡从加尔各答出发。诺宾现在离不开朋友的陪伴，所以也带了几个朋友去。有乔杜波迪和乌玛纳特。此外把哈里斯·穆克吉也硬拉了去。

索罗吉尼已经在娘家住了些日子。她们家至少在一个月前就开始准备婚事，事后收尾也得一个月。诺宾和索罗吉尼带着自己的仆人走后，乔拉桑科的辛格家内宅二楼几乎空了。

午夜，宾波波蒂突然醒来，她觉得似乎是无人的黑夜，睡在某地，感到非常空虚。曾有一段时间，儿子躺在她胸前，那时她想，这世上不再需要别的了，但那是很久以前的事了。诺宾从八九岁起就很独立了，从那时起就不再睡在母亲身边，在别的房间里给他支了张床。诺宾现在占了他父亲拉姆卡马尔·辛格那间大房。宾波波蒂从来就没有亲密地得到过丈夫。同样，儿子也躲得远远的。

因为诺宾不在家，这种空虚感连续几天折磨着宾波波蒂。以前儿子在家里时，她都感到很安宁。宾波波蒂曾有段时间想要儿子快想疯了，但有了儿子后，她还是觉得生活不圆满。

关于孩子，无可指责。有几个人有这样宝贝的儿子？宾波波蒂知道，把这个年龄段的孩子关在家里有多难！老爷们的本性就是这样！在成人之前就长了翅膀，那时他们就不愿在家过夜了，但诺宾不是这样，那些吹牛拍马的不能使他高兴。他与学者、正经人交往，研究学问度日。他热衷于帮助维迪耶萨伽尔的寡妇再婚运动，但他作为梵学学者，并没有谩骂祖宗的宗教，他只是很固执，就是这样。她儿子这么小就出名了，这些，宾波波蒂都听到了。如果儿子在白天来一两次，坐在她旁边叫声妈，说说心里话，那多好！过去几年，诺宾到妈妈跟前来只是要钱。最近成人了，继承财产后一次都没有来过。

与宾波波蒂做伴多年的大姑海曼吉尼，去年也过世了。现在宾波波蒂的时间不好打发了。早上起来去恒河洗澡和拜神能花多少时间？如果有个孙子就好了！多久没有听到小孩的笑声了。一想孙子，宾波波蒂就叹气流泪，又想起另一个人。诺宾现在还小。要是耿伽纳拉扬活着，她肯定已有孙子孙女了，把他们搂在怀里，就能体会到生活的意义了。

为让两个仆人打扫，诺宾房间的门锁打开了。这时宾波波蒂过来站在那里。仆人干完活后，她说，你们去吧，我来关门。

宾波波蒂进入那间房间。她在很久前作为新娘第一次进入这房间时，她的婚床就在这里。那时她还是不懂事的女孩。离开父母的庇护，头一天在这陌生的家里过夜，宾波波蒂害怕，呜呜地哭。她丈夫亲切地抚摩她的头，现在她又清楚地想起来了。

拉姆卡马尔·辛格从过夫妻生活起，就给妻子指定了单独的住房。他比宾波波蒂大很多，早就有过结婚经验了。他起初是每月来几天，后来一年来一两天，晚间叫宾波波蒂去跟他一起睡，那也不是整夜。拉姆卡马尔·辛格打鼾是出了名的。那鼾声有时也把他自己弄醒，他"是谁，是谁"地叫起来。大部分打鼾的人自己不知道，但拉姆卡马尔·辛格知道，所以他喜欢独睡，当然，那几天他有时间在家里过夜。诺宾没有得到父亲打鼾的本事，他同妻子在一张床上睡。

靠床头的墙里有个大铁柜，钥匙是当家人拿着，这些年由比图谢克负责，现在在诺宾那里。宾波波蒂转来转去看。诺宾这房间变化多了。在拉姆卡马尔时期，门的正上方挂着英国艺术家的画，三个裸女正在戏水。拉姆卡马尔对宾波波蒂解释说，这三个女人是天上的妓女，所以不穿衣服。诺宾撤下了那幅画，挂上了迦梨卡特画匠的几幅画。床右边原来是当家人的烟筒，包了银的吸管非常好看。诺宾没有抽烟的习惯，那个烟筒也不在原来的地方了，以致宾波波蒂一进屋就觉得空荡荡的。原本放烟筒的地方，现在换成是小木头玻璃柜，里面摆放着书籍。拉姆卡马尔·辛格同书本无缘。诺宾还有一个与父亲不同的爱好。他房间里每天在两个大花瓶里插上鲜花。宾波波蒂也听说过，诺宾每天早上叫花匠选花来。宾波波蒂从来不知道，除拜神外，有谁在卧室里摆花？她儿子从哪儿学来的？

两个花瓶是铜质的。从前有两个瓷的。一天晚上诺宾十分生气地砸东西，那两个花瓶被砸了。宾波波蒂看到，花瓶里的花都干枯了。房间的主人不在，谁也不来换花。宾波波蒂把干花拿起来，不知怎么突然哭了。她擦着眼泪自己也感到奇怪，也不知道为什么哭。

听到门旁有响动，宾波波蒂吃惊地回头看到，比图谢克不知什么时候就站在那里了。她撩起衣襟擦眼泪，问道："您几时来的？"

比图谢克不答，默默地站着。他嘴唇上微微笑。宾波波蒂像座山那样一动不动。她不知道是叫比图谢克进来坐呢，或是自己走出房间好呢。

比图谢克拄着手杖往前走了几步，以调查者的姿态，转着脑袋把这房间四周看了几遍，然后说："十一年了。我最后进这房间是约十年前，那次拉姆卡马尔病危，你记得吗，宾波？"

宾波波蒂默默地点头。

比图谢克又说："听说小不点儿去布德万了，哪天回来？这些事我是听别人说的。"

宾波波蒂不知道诺宾哪天回来，所以她不回答。

比图谢克说话有点指责的味道，他笑笑，这下也不指责了。他说："宾波，我从未在这房间里见过你。"

这话对。在拉姆卡马尔长期外出时，比图谢克来探望过宾波波蒂。那时是在宾波波蒂房间里见面的。

几乎是毫无缘由地，宾波波蒂跪倒在比图谢克面前，给他行触脚礼。比图谢克并不感到突然。他举起左手祝福说："长寿，好运气！你独自一人在这屋里哭什么呢，宾波？"

宾波波蒂站起来说："不知道。"

比图谢克过来坐在床上说："你几时见过我哭？我相信男子气概，不相信哭，但是谁知道近来我是怎么啦？时不时地流泪，我想这是什么毛病？也许我是老啦。"

宾波波蒂问："您身体好吧？"

比图谢克说："是的，好，很好！突然像是很好！灯灭之前不是突然一亮么？这也许也是一样。你好吗，宾波？"

"好。"

"我愿你好。只要我活一天，我就会来看你。你知道，宾波，我若是想，我早就成了这家主人了，这些财产都该是我的！这屋、这床本来都是为我准备的……"比图谢克说了一半停下来，笑了。是那种高兴的、欣赏的笑声。

宾波波蒂不安的眼睛看着比图谢克的脸。

比图谢克止住笑，说："你看，我这是一种新毛病。以前你几时见我无缘无故地笑过？我的笑像哭，也是我的毛病。"

宾波波蒂觉得，这个比图谢克是她所不认识的，是个陌生人。著名的比图谢克·穆克吉突然笑或哭，对很多人来说是难以想象的。

"这回我想起来了，我为什么笑，待会儿再说。我来是有几句话要对你说。小不点儿让人太操心啊！若管不住，这孩子就全完了。"

宾波波蒂吃惊地问："他做什么了？"

"你们在格鲁多拉那十几亩地被他卖掉了。这种事谁干？正在市中心，那不是地，是黄金！价钱天天在涨！紧挨着医学院的附属医院。他因为恨我，什么都不让我知道。你知道吗？他为什么这样干？"

"为什么？"

"为了气我，做给别人看的，他不用同我商量，就能随意处置他的财产。如果是随心所欲这样干，那么不出两三天，就会全被他败光的！"

"小不点儿也没告诉我。"

"宾波，我容不下耿伽，我知道，这使你伤心了。但耿伽做了很多不该做的事。我的守寡女儿宾杜，就像他的亲妹妹一样，他对她却起了歹心。啧！所以我不能原谅他。但这小不点儿，是我的心肝宝贝，他的任何要求我都不阻拦，他心里想高兴……"

"小不点儿没什么坏习惯。"

"但他的样子很老练！他要金库钥匙，一句话我就给了他。他要钱，要十万卢比，一句话我就给。可是他背着我卖地？这伤心，除了对你，我还能对谁说？"

比图谢克为了证明刚才说的是真的，停了一下，泪水簌簌地流下。他用左手背擦眼睛，说："你知道，我为什么笑？瞧这个……"比图谢克拿出一个长卷，像是契约的纸，给宾波波蒂看。宾波波蒂不明白，等待比图谢克再说点什么。

"格鲁多拉那块地是我买下来了。我说过，你的所有财产本来我是能买下来的，这回看来就是这样。小不点儿卖的，得由我买下！嗨……不是好笑的事吗？"

"您要是不看见，那就会全漂走了。"

"我是要看着的。为了看他，我还要活下去，但我不像从前，我不贪了。我会看好你儿子的。但作为交换，我要你报答。灯灭之前会突然亮一下，我的欲望增加了，不考虑罪过或功德了。我馋，我又馋我的宾波了。我又想要你。"

宾波波蒂脸色煞白。她痛苦地看了看门。

比图谢克嘴唇边挂着笑，说："老人第二次做小孩，我也是这样。近来产生各种欲望。譬如，我想要躺在我朋友拉姆卡马尔·辛格这张大床上，而你来服侍我。"

"不。"

"宾波……"

"发发慈悲，饶了我吧。您答应过的。"

"那些话都过去了。这时代谁都不守信用了。到了倒霉的时代，我也要倒霉了。来，宾波，到我胸膛上来……"

"不，原谅我吧。那个宾波不在了，她死了……"

这下比图谢克脸色很难看，他拍拍旁边，厉声说："来，坐在这里。先把门关好，去……"

八十一

在诺宾古马尔的倡导和安排下，戏剧《优哩婆湿》上演赢得好评，引起加尔各答上层社会很大震动。演戏在孟加拉是新鲜事，此前在几个地方有过，但求知会会员的演出获得完全成功了。连洋人和太太都来观看，英语报纸也交口称赞。这真是吸引洋人注意力的好办法。在市里各地出现了上演孟加拉戏剧的热潮。

巴依格巴拉王族的普拉达博钱德拉和伊斯瓦尔·辛格哥俩，非常热心于歌舞，他们是新型的享乐男人。一群有钱人沿袭纳瓦布时期的余韵，沉迷于变态的享乐。没有酒、妓女和低级趣味他们就不满意。新潮的享乐男人不喜欢这些，但他们对自己有兴趣的娱乐会毫不犹豫地大把花钱。发掘祖国的文化，进行社会和宗教改革，建立学校和发展妇女教育等都是新的娱乐，再加上演孟加拉戏。他们为祖国和母语的发展而忧虑，他们互通英语信件。这些如得不到洋人的称赞就很不安。

罗阇普拉达博钱德拉和伊斯瓦尔·辛格，购买了王子达罗卡纳特·泰戈尔的著名的贝尔加池雅别墅。在那里建立了"我们的俱乐部"，当地的学者每周有几晚去那里欣赏音乐。这次他们决定上演一部孟加拉戏剧。早熟的青年诺宾古马尔·辛格将《优哩婆湿》从梵语译成孟加拉语。但俱乐部会员还没有达到能写孟加拉语剧本的水平，所以他们选了著名剧作家拉姆纳拉扬·德勒格罗德纳的《珍宝》，非常热情地开始排练。

戈尔是俱乐部的会员，他非常英俊，有一副好嗓子，所以给了他一个角色。戈尔也很热心。很多学者来看排练，给了很高评价。像拉姆·戈帕尔·高士这样的老人提了各种建议。时间过得很快。

排练几次后问题出现了。邀请早就发出了，请重要官员在上演那天光临，但是洋人在土兵叛乱后非常生气，他们会接受邀请么？他们一点都不懂孟加拉戏。在诺宾的《优哩婆湿》中，洋人只看到漂亮的服饰和华丽的舞台，对戏剧的内容一点都领会不了。出席的也仅是几个英国人。

拉姆·戈帕尔·高士说，我们得做一件事，这戏如能译为英语，事先发给洋人，让他们知道故事的梗概，看演出就不会困难。

这建议极好，但谁来翻译呢？拉姆·戈帕尔本人来做不是最好么？

拉姆·戈帕尔笑着说："我最多能用犀利的语言写点小册子，不敢插手戏剧和诗歌。我没有那种韵味。"

这时戈尔说："我可以和我朋友谈谈，试试。如果他同意，这事他能做好。"

拉贾普拉达博问道："你的朋友叫什么名字？"

戈尔说："他叫默图苏丹·德特。他英语很棒。他用英语写过很多诗。"

拉贾普拉达博问："谁是默图苏丹·德特？谁家的孩子？"

"拉吉纳拉扬·德特曾经是非常有名的律师，您肯定听说过。默图是他的儿子，在马德拉斯住了很久……"

伊斯瓦尔说："是的，学生时代我听说过他，很出名的学生。不是成了基督徒吗？新名字叫什么迈克尔的？"

戈尔说："对，就是他。"

拉姆·戈帕尔说："我也听说过他的事。他在贝利的兄弟基肖里的别墅住过一些日子。但他不懂孟加拉语，是十足的洋人，他怎么翻译孟加拉剧本？"

戈尔说："他对孟语不是一点不懂，在孟加拉人面前故意不说孟加拉语罢了。近来他研究梵语。看来他理解孟加拉语剧本并不困难。"

普拉达博钱德拉说："既然戈尔觉得这人能做好这件事，那就试试。把责任交戈尔兄弟。哪天把他带到排练场来。"

戈尔很久没见到默图了，为此事他去了在吉德普尔的默图家。这个在年轻时宣称自己是大诗人，对朋友们说有一天他们会写他的传记的默图苏丹，现在在警察法庭当个普通翻译，作诗是完全放弃了。他的妻子是欧洲人，因总是缺钱，生活非常窘迫。妻子最近怀孕了。仆人在这家待不长，家里乱糟糟的。默图苏丹没有社交，孤独地过日子，除戈尔外，其他朋友都不来，他也不去别人家。除了艰难地保住差事外，他白天的其他时间喝酒、读书，后半生就这样过吧。

默图苏丹一见到戈尔，就说："你也失踪了？你也把我忘了？一次也不寻问我的死活？"

戈尔坐下后说："说得好！你也可以找我一次嘛！"

默图苏丹说："我会找的！可是谁给我付车钱？我是穷职员，不是像你那样成功的副推事。"

戈尔高声笑了。学生时代默图给戈尔付过多少车费了。现在听他哭穷，真不是滋味。

默图苏丹又说："还有，亲爱的戈尔，我是基督徒，是不能随便去你家的。"

戈尔说："这说法真新鲜。你以前没去过我家？没在我那儿住过？没吃过我妈做的饭？因为你成了基督徒，去我们家就不方便了？"

默图苏丹突然非常不安地说："噢，令堂做的饭！那烙饼和菜花！那是甘露！多久没吃了！牛肉猪肉吃吃就没味了。戈尔，哪天请我吃令堂亲手做的饭？"

"走吧，今天就去！"

"马上！走，我准备好了，去见见令堂。"

"走，把夫人也带上，她在哪儿？"

"不，不，安丽叶特不去。她欣赏不了烙饼和菜的滋味。再说，她怀孕了。"

"那你一个人去吧。"

默图苏丹起来穿上西服又脱下，失望地说："不，不行！我总是口渴，去你家我待不住。"

"口渴是什么意思？"

"去你家在令堂面前能让我喝啤酒么？我不喝你们加尔各答的脏水。我不喝水，我喝啤酒。"

"你完全不喝水？"

"喝了这种脏水，你想让我得霍乱死去？不，不行！"

"怪事！我们喝这水是怎么活着的？"

"你们受得了！你们印度教徒胃里的恒河水把一切都净化了！上个月我胃痛！天啊，肝、脾、肾好像都要裂开了。"

"我不知道你生病的事。治了吗？"

"没有。"

"我认识个治胃病很拿手的印医。"

默图苏丹脸上现出很害怕的样子，眉头皱起来。他说："印医？天呐，让印医给我治病！你没忘记吧，我也是英国王族的一员。我不能不文明。"

"那随你的便吧！不过，留着胃病绝不是文明。"

"那些事就算了。你这花儿一向在哪儿开了？"

"我有了新爱好。在贝尔加池雅跟巴依格巴拉的王公们一起演戏。"

"戏？什么戏？听说有人在演《威尼斯》？"

"文明戏，是孟加拉语的。"

"孟加拉语？那是"流动戏班子"。戈尔，你最终迷上大戏了？啧！去你的最新爱好。"

"怎么是大戏？是欧式戏剧，有剧场，有布景，有舞台。前面有脚灯、暗灯。就像你见过的桑苏希剧院。"

"你别气我啦，戈尔，那些事就算了。你说点别的！"

"说别的不行，我们需要你的帮助。我们的戏要你译成英语，提供给英国观众。"

"我听说，吃大麻叶的人净说废话。你近来是否也上了大戏的瘾了？如要麻醉，就像我这样，文明的嗜好……"

"怎么，我说什么废话了？谁像你这样，能写出让英国人高兴的英语？"

"没有，没有人的英语写作比我好。但给我什么报酬？我从孟加拉语译成英语？或是由大语种译成小语种，例如从英语译成孟语？"

"可是默图，这是我们的需要，如果你不帮助……"

"对不起，戈尔，你别提这种建议来侮辱我！"

"可是我答应王公们了。你至少去看一次剧吧。我把书带来了。"

"谁写的？"

"拉姆纳拉扬·德勒格拉德纳。"

"他又是谁？一定又是什么学者？"

"你没有听说过戏剧家拉姆纳拉扬的名字？他写了《贵族的财产》后非常出名。"

"哈……戈尔，你真逗，用土著语言写的，还出名了，哈……"

"不管你怎么讪笑，默图，原住民语言的价值也增加了。你看，贝利昌德先生用笔名写的《富豪的娇子》长篇小说出版了。本省的第一部长篇小说。这本书卖得很好。"

"旃陀罗、收尸人近来也学两页孟加拉语。他们除了这书还有什么可读，你怎么不明白。"

戈尔从包里拿出一本《珍宝》剧本，说："你读一遍吧，一点不难，对你来说，很容易翻译。"

默图苏丹非常轻蔑地翻开书的首页，鼻子哼了一声："无聊！孟加拉语是个软蛋包，再加上这无聊东西，是伤害我眼睛的毒药。告诉你们的贝利昌德先生和维迪耶萨伽尔先生，谁啰嗦都不能帮助我消化这块石头。"

默图苏丹把书扔到戈尔怀里，说："低俗的作品，读两页我就明白了。请忘记我，戈尔，我求你了。"

戈尔把书包好，长叹一声，说："你在基肖里先生的别墅里，当着贝利先生的面曾骄傲地发誓说，孟加拉语多少文章你都能写！那时我以为你对孟加拉语会专心……"

默图苏丹打断说："那是我喝醉酒后说的，你就揪住不放，再说，我也没有热情，没有那股劲儿了。"

"你哪天去看看我的彩排吧。我们每周两个傍晚在贝尔加池雅别墅聚会，那地方挺美！"

"傍晚我出不去。"

"那我走啦。王公们说了，给你最好的报酬。把这翻译出来给你五百卢比。"

默图苏丹吃惊地问："什么，你说什么？多少钱？"

"五百卢比。"

"等等，戈尔，坐下，坐下。我好好听听是怎么回事？五百卢比？真给？"

"不真？难道王公们说假话？"

"等等，那是大不同啊！五百卢比？等于我四个月的工资？我四天准能完成！啊，天啊！得了五百卢比我就去做祷告。债主们现在要把我撕碎吃掉了。"

"你要做这事了？"

"当然，一定。不过，戈尔，孟加拉语如果我不全懂呢？"

"我努力给你讲解，或者你到我们的排练场来，听演员们讲，你会更明白的。"

默图苏丹使劲拉住戈尔达斯，啪啪地在他的脸上吻了几下，高兴地叫喊道："喂，喂，安利叶特，亲爱的，好消息，我要挣到五百卢比了。我要给你买法国的gown（礼服）。"

默图苏丹的兴奋稍减后，又感激地说："戈尔，你是我真正的知心，帮助来得正是时候。五百卢比……像朵大花，而我竟拒绝做这工作……"然后默图苏丹的声音频频改变。他骄傲地说："毫无疑问，这工作很糟，但我做也不丢人。许多伟大作家为了钱也乱写。"然后又懊丧地说："我不是大作家，我现在什么也不是。我是块破布，对么，戈尔？"

像破壳而出的新生命，从黑洞来到动荡的世界一样，默图苏丹从吉德普路的家，来到贝尔加池雅别墅的名人中后，生活起了很大变化。他克服了懒惰，恢复了工作热情。他的傲慢又复发了。他觉得自己最优秀，在交谈时只顾自己说，让别人听着，默图苏丹又恢复了年轻时的这种脾气。

默图苏丹怀着巨大的热情，定期来到贝尔加池雅别墅看排练。要是戈尔有一两天不来，默图还责备他。《珍宝》翻译完了，王公们非常喜欢他的翻译。默图苏丹几乎成了贝尔加池雅剧团的一员了。

为剧本的排练和演出，巴依格巴拉的两个王公花了很多钱。大家都热情等待演出的成功，但默图苏丹现在总是对大家念叨：为何费大劲、花大钱演这么差劲的一部戏？剧中既没有深刻的思想，语言也不精彩。很多人承认，实际上《珍宝》并不是最好的剧本，但有什么办法？孟加拉哪儿还有好的剧本？默图苏丹说："怎么会有好剧本？只有我能写出好剧本。"这时戈尔刺激他，说："你用孟加拉语写，默图？我听普德夫说，不久前你去求职考试时，把孟语的'世界'一词的字母都拼错了。"

默图不告诉任何人，有一天他真的开始写作了。他拿《摩诃婆罗多》里多福和天乘的故事①写剧本。写了几页就读给戈尔听。戈尔交口称赞说，这是全新的语言，全新的感情。戈尔又读给普罗森诺古马尔的养子乔丁德勒莫汉听。这位乔丁德勒莫汉是个好人、学者，爱好文学。他读了《多福公主》的部分剧本后非常赞赏，想跟默图苏丹谈谈。在贝尔加池雅别墅，两人见面相识并亲密起来。有时乔丁德勒莫汉把默图苏丹带到他名为"不朽的权力"的别墅去。在他的鼓励下，默图苏丹的剧作继续进行。学者决定在贝尔加池雅别墅继上演《珍宝》后，上演默图苏丹写的剧本《多福公主》。

一天，在谈到孟加拉诗歌时，默图苏丹说，只有孟加拉语能成功地作无韵诗（blank verse）。乔丁德勒莫汉认为，孟语是孱弱的语文，作不了无韵诗。另一个人说，法语比孟语发达得多，但法语里也没有无韵诗。所以孟语使用起来更难。以前有人试过，没有成功。

默图苏丹骄傲地说："如果能行，那只有一人，非我莫属。孟语的母亲梵语里有无韵诗，在孟语里为什么不能有？"

乔丁德勒莫汉说："您写么？那么我负担印刷费用。"

几天内，默图苏丹创作了无韵节律诗歌，名为《狄罗德玛》②，将第一章给乔丁德勒莫汉读了，他读后表示非常感谢，并热情地拿给别人看。大家深为赞赏，说这诗真有新意。

赞扬使默图苏丹更加自信，赞扬像是对他的天才火上浇油，缺油它就不能正常运转。经过这一段时间后，默图苏丹在加尔各答的部分上层社会中，越来越出彩了。

《珍宝》上演的日子临近了。最后的彩排邀请了许多知名人士。默图苏丹内心很不安，什么时候《珍宝》演出结束，他创作的剧本开始排练呢？默图苏丹这天来时穿得很体面，还喝了点酒，倍有精

---

① 多福（Śarmiṣṭhā）和天乘（Devayānī）的故事，详见《摩诃婆罗多》初篇70至80章的《迅行王传》。牛节王的女儿多福公主将太白仙人的女儿天乘扔入井中。天乘被迅行王救出。太白仙人告到牛节王处。牛节王命多福永为天乘的奴隶。天乘自主地与迅行结婚时，太白仙人警告迅行，永远不能和多福结合。后来迅行王背着天乘，秘密和多福结合。天乘生了两个儿子，多福生了三个儿子。天乘被激怒，向父亲控告迅行。太白仙人诅咒迅行王失去青春，未老先衰。

② 狄罗德玛，往世书记述的天堂的神女。

神。一时间他觉得，巴依格巴拉的两位王公今天有点慢待他，却忙着招待另一位客人。那人四十多岁左右，但看其衣服和长相，都不配在名人旁边就坐。

默图苏丹问戈尔："喂，戈尔！那个人是谁？"

戈尔望了望，说："怎么，你不认识他？他就是大名鼎鼎的维迪耶萨伽尔先生！"

默图苏丹微笑说："噢，这就是他！那个寡妇再婚法的推手！他的脸看起来和我的差不多，气质就差了。我还以为是轿夫坐错了地方呢。"

戈尔说："你没看见他的眼睛，见了你就会明白，完全是雄狮中真正的狮子！走，我给你介绍。"

默图苏丹说："不，不必介绍我。在这样的大学者面前，我说不出深奥的孟加拉语。"

戈尔说："你错了，默图！维迪耶萨伽尔先生英语也很好。"

戈尔硬把默图苏丹拉到维迪耶萨伽尔面前，介绍说："这是我朋友，迈克尔·默图苏丹·德特，他是诗人，正在写剧本……"

默图苏丹习惯握手，右手伸向维迪耶萨伽尔。

维迪耶萨伽尔只比默图苏丹大四岁，但默图苏丹脸上有一种稚气。相比之下，维迪耶萨伽尔脸上的皱纹要成熟得多，目光炯炯，他的自信不需别人称赞。他不接受默图苏丹伸出的右手。他自己两手合十上举到额前说，你好！

他们两人没再交谈一句。

八十二

《优哩婆湿》上演成功后，诺宾古马尔的热情增长了，但没有接连上演戏剧，他的心思不在戏剧上了。当地许多受人尊敬的富人，正热衷于搞戏剧，所以诺宾不想跟他们混在一起。他开始寻找新的东西。

《优哩婆湿》印成书，诺宾现在是作家了。书是献给布德万王公马哈达博钱德拉的。诺宾拿到新书的第一天，感到一种无以名状的快感。他也感到很奇怪，从前是没有这本书的。有一天他在河上泛舟时，一动念头拿起笔就产生了这本书。现在这本书会永远存在。陌生人会读他的作品，有人会称赞，有人会嗤之以鼻。这一切他都不会看到或听到了，不是很奇怪么？

诺宾决定，他要当作家。他要一本又一本地写书，要名扬四海。他把《优哩婆湿》剧本送给名人、富人。一天，他亲手送一本给维迪耶萨伽尔。维迪耶萨伽尔热情地将书翻来覆去地看，对他说了许多亲切的话。结果诺宾写作的愿望更强了，他立即开始下一部书的创作。

其他作家是经深思熟虑后写作，再反复修改，才成就文学作品的，诺宾不是这样。他一旦开始写，就像瀑布般狂泻，七八天就写成一部书，这样写了三四部。为了出版，他买了个印刷厂。他没有耐心等待别的印刷厂，这个安装了英国新机器的印厂只印他写的书。

但是诺宾当作家的愿望也没保持多久。他小的时候，很难得到孟语书籍，但近来看到维迪耶萨伽尔的成功后，一夜之间就冒出许多作家。很难说他们肚子里有多少货色，但并非会写字的人都能成为作家的！他们去求某些富人，就能得到印刷费。只要一次装扮成作家，就什么都听不进去了。让人们将诺宾同这些仰人鼻息的人摆在一起？孟语、英语报纸发表了长篇评论，赞扬他的书，但诺宾对赞扬已不感兴趣。一家著名的英语杂志谈到《优哩婆湿》时，对该书作者有怀疑，说一定是老学究的作品，肯定是梵语学院某位知名老师创作的！诺宾看到后大笑。事实上，他翻译这本书时才十七岁。

不管怎样，这些赞扬再也不能拉住他了。他开始懂得，大部分赞扬是另类的谄媚而已。从来没人说他的坏话。他的部分作品在求知会上宣读时，会员同声感谢。这使诺宾心生疑惑：我的作品就没有一点缺点错误？他恳求大家："请指出我语言的错误，以便我改正。"但大家异口同声说："您的作品是一流的，怎么挑得出毛病？"诺宾失望了。

唯一例外是哈里斯·穆克吉。诺宾把自己的每一本书都送给哈里斯。然后在几个月里一再要听取哈里斯的意见，但哈里斯没有读这些书。哈里斯说："诺宾兄弟，我脑袋里装满了各种事，我没时间也没耐心读你这些书，可以说连兴趣都没有。"

一天，诺宾硬是读了几页自己的作品给哈里斯听。哈里斯中途打断说："行啦，行啦，停止！我头都昏了。你写这么糟糕的梵语和破孟加拉语？你不能用口语写，让大家都懂吗？知道我为什么不沾孟语的边吗？你们这孟加拉语，学究气太重。英语没这么多花哨！"

诺宾说："朋友，可是为什么其他人都赞扬？他们为何总是鼓励我？"

哈里斯回答说："你这点儿都不明白？你是大人物的稚嫩孩子，你走路的声音都很响，大家用你的钱吃油饼和糖，谁会让你不高兴？我是穷婆罗门的孩子，我从来不吃不穿别人的东西，也不去砍别人的竹子，因此我说实话。你这些学究式孟加拉语我不弄。”

诺宾说："但是维迪耶萨伽尔先生也写这样的孟加拉语！这是现在这个时代的典范。"

哈里斯两手合十说："别提维迪耶萨伽尔，我尊重他，对他的文章我不想说什么。贝利昌德先生以德克章德·泰戈尔的名字写了一本《富豪家的宠儿》。我读了几页，觉得真好！一读就懂。对了，还有一点，维迪耶萨伽尔是为大众教育而写的，不像你们这样弄些低级趣味！"

诺宾越来越被哈里斯·穆克吉吸引。哈里斯这人很怪，他身上集中了各种特点。他既犀利，又固执，还心软。有时对某人发火，臭骂一通。还是他，听到国内老百姓的悲惨事又流泪。他曾经很穷，但现在相当有地位、有钱，但直到今天，他还骄傲地谈自己小时候穷困的往事。真是怪事！这城市的规矩是，大部分人隐瞒自己的真实情况，行事和实情不一样。有的人家里揭不开锅，但出门还得打肿脸充胖子。对他来说，贫困并不丢人。他现在的开支比收入大得多。

哈里斯·穆克吉的人格充满矛盾。为消除老百姓的痛苦，他天天高举如剑之笔。为弘扬婆罗门教他恪守教规，他每周至少两天，要去罗莎巴拉附近的帕巴尼普尔的梵庙，在祷告前发表演说。《印度爱国者报》上几乎都是他写的文章。而还是他，每天酗酒，直到走路摇晃和说胡话为止。他几乎每晚都不回家，而是去妓院。他爱国人，而又没有人像他这样大骂国人。

诺宾的写作热情大减后，天天去哈里斯那里。哈里斯整天忙办公室的事。傍晚有时开会，有时去梵社，或忙《印度爱国者报》报社里的事，无论他去哪儿，诺宾都跟着。威廉堡晚上九点钟的炮声响过后，哈里斯就下班了。然后聊会儿天，同时喝酒。最后站起来含混地说："诺宾兄弟，这回我们各走各路吧。现在我要去的地方，你是不会去的。家里的好孩子好好回家去吧！我现在要跳入美人海里畅游，她们的红唇，不，你们说的亲吻会使我永垂不朽的！"

身材高大强壮的哈里斯拍着自己的胸膛骄傲地说："知道我能活多少年么？三百年！我这么多工作，我不会先死的！"

诺宾叹气，他真想和哈里斯再待一会儿。哈里斯立即表示不行。他要去的地方，是诺宾憎恶的。有时哈里斯开玩笑，将酒瓶举到诺宾面前说："喝吧，兄弟，尝一口试试。这和你们唇上的甘露比一点也不差，马上就会打开智慧之窗。"诺宾讨厌地躲开，他非常恨酒。他见过多少人喝了这东西变得不是人了！

一天，他问哈里斯："啊，朋友，你那么信奉薄伽梵，在梵社祷告时闭着眼。为何你又这样喝酒？"

哈里斯说："崇拜薄伽梵和喝酒矛盾吗？薄伽梵对谁说过，别吃这个别吃那个？我不知道薄伽梵曾说过这样的话。你们的黑天神非常高兴，带着阿周那和般度的妻子们去树林里野餐喝酒！耶稣亲自给门徒倒酒，这些你没读过？嘿、嘿、嘿。"

诺宾说："那些色鬼们喝酒就醉，他们和你是一样的？"

哈里斯说："别拿我和别人比！我有天才，我高兴怎么做就怎么做！我知道，醉鬼上面有上帝，他在看着！我如果犯了错，他早就领我上别的路去了。诺宾兄弟，知道我晚上信上帝么？我知道，我受难时他会救我。我告诉你我十五六岁时的事，我替人写信、写契约，换几分钱度日。日子很难熬，没有收入，家里两天没开锅了。肚子里粒米未进。妈妈说，哈里斯，拿我们最后这口锅去抵押，买点米来。我正要出去时，下起了瓢泼大雨！那雨怎么跟你说呢，兄弟，好像天都要塌了！雨下了三四个小时都不停。我想，要不顶着大雨出去，但是什么店铺都不会开门的！当铺早就关了。没办法我就哭开了，啊，薄伽梵，你也不管我了？后来发生什么事，知道吗，诺宾兄弟？在那暴风雨的傍晚，一个大地主带了他的管事找到我家来了。他有个契约要用英语写，很急。第二天上午就要交给法庭。我做完那事，得到两卢比现金。你说，若没有薄伽梵的可怜，能是这样吗？"

诺宾不出声。

哈里斯问："你生活中有过这种事吗？"

诺宾说："没有。"

"你还小，以后的日子长着呢，总有一天会发生的。上帝让你口含金勺来到这个世界，所以你不懂这些。"

"朋友，我参加过梵社的多次会议。当然我从未想过背弃我父母的宗教。不过我必须承认，虽然他们吃甜食或发表长篇大论，倒了胃口，但梵社人比别人有道德，其他人喝酒或者……"

"罗姆摩罕·罗易喝酒，戴本德罗纳特·泰戈尔先生也喝酒。像拉姆·戈帕尔·高士、拉姆德努·拉西里这些大家崇拜的人哪个不喝？"

"可是你去妓院。"

"你看，有道德的艾皮托姆就是一个！你说谁是妓女？只要是女人，就是一块珍宝。你知道吗，古希腊罗马的大哲学家晚上都去妓院，在那里讨论哲学理论！有健美和无拘束的女人在旁边，男人体内的血液就会加速流动，他的智慧和天才就会尽情绽放！"

"为了血液流动得更快，好与坏就消失了？"

"哈哈，说得好，说得妙！对！因此在私下里，一个女人身边不能有一个以上的男人，否则就会争吵，斗气，或者流血。但对妓女来说，所有男人都一样。那是她最美的部分！她们每个人都是你的、我的。你也是她们大家的，没任何差别。不顾面子付钱吧。"

这样的争论没有结果。在哈里斯家里没有安宁，因母亲和妻子争论。所以哈里斯下班后去某个舞女家，而诺宾心情痛苦地回家去。哈里斯像磁铁般吸引着他，而哈里斯一时间又要离开他自己走，所以诺宾伤心。

拉伊莫汉来到哈里斯处，哈里斯很庇护这个人。拉伊莫汉现在糟透了，总是醉醺醺的，衣服沾满脏土，眼睛发呆，看来命不会长了。当然，不惜命的人轻易不会死。诺宾以前就听说过哈里斯的脾气大。他晚上回家时，不是一个人，总是和路上的野狗或什么乞丐一起走。听到母亲或妻子的抗议时就大嚷大闹。甚至有一天他从路上带了个麻风病人回来。几乎是出于同样的心态，他的门也向拉伊莫汉敞开。拉伊莫汉为喝酒而来找哈里斯，伸出长舌头说："穆克吉先生，给点喝吧。喉咙都干透了。"哈里斯放下工作，立即拿出酒来，诚心地说："啊哈，他灵魂中那只鸟儿总是渴的，让它难受就是罪过！"

拉伊莫汉看到诺宾，也不害怕了。他的声音中没有从前那种拍马屁的调子了，相反有时说话还很尖刻。每天都是这样子：哈里斯为《印度爱国者报》写文章晚了，诺宾默默地站在旁边。拉伊莫汉坐在旁边喝酒，他可不是不做声，几乎是随心所欲地唱着歌。哈里斯对此并不厌烦，没有叫他闭嘴。拉伊莫汉喝完酒后，催问哈里斯，说："怎么，穆克吉先生，这回请起吧。现在叫这吃奶的孩子回家吧！走，我们俩去朝圣！去卡玛拉那里？卡玛拉？她又开店了！晚年竟变成大美人了，走吧，我去了！"

一天又一天，拉伊莫汉对诺宾说："少爷，您如此高贵的出身，不顾自己的面子？令尊很慷慨，为酒和女人没少撒钱！噢！为此他多么出名！一呼百应！对，拉姆卡马尔·辛格真是个人物！不能给二十来个醉鬼吃饱饭，还算什么大人物？您继承了财产，为我们做什么了？一天不能搞一个聚会？十来个舞女跳舞，而二十来瓶酒倒在地上，我们也醉倒了，那就是过节了。"

诺宾讨厌拉伊莫汉，不大搭理他说的话。大多数日子诺宾一见拉伊莫汉就厌烦地走开，有时忍不住了就狠狠地顺斥他。拉伊莫汉听后哈哈大笑，哈里斯也一起笑。

有一天，诺宾决定不再去哈里斯那里，但是憋不过两天。他周围有无数的马屁精，只有哈里斯和拉伊莫汉不惧怕他的社会地位，他还是愿意去找这两人。他生了几天气之后，又去了。

在求知会会员中，诺宾同克里希纳卡马尔·帕达查利亚和乔杜波迪·甘古利这两个人比较要好。克里希纳卡马尔有些日子不来了，乔杜波迪来。他也很喜爱诺宾的作品。他的话听起来也很像拍马屁，虽然诺宾也注意到，乔杜波迪不是贪心的人。乔杜波迪总是会说，来吧，诺宾，我们为国家做点大事。但是什么大事，连乔杜波迪自己都没有明确的想法。他最多是想在农村办学校。

乔杜波迪不喜欢哈里斯，哈里斯谈话激进，恬不知耻地公然喝酒，他一见了就起鸡皮疙瘩。从前哈里斯来诺宾家参加求知会，现在不来了。现在出身高贵的诺宾去哈里斯那里，对此乔杜波迪不高兴。他想制止诺宾，但诺宾像扑火的飞蛾一样，一次次地往哈里斯那里跑。诺宾从未见过别人有哈里斯这样光辉的人品。哈里斯睿智，没有人能比，对国家的社会、政治、经济状况分析得如此透彻。

一天，哈里斯大大地侮辱了诺宾。他因某种原因心情不好，可能整天喝酒，因此没能用心写作，写一页撕一页。过了一会拉伊莫汉醉醺醺地来了，来了还要酒喝。哈里斯没说话，拿酒给他。拉伊莫汉边喝边唱着走了调的歌。诺宾忍不住了，叫他闭嘴。说："朋友，你怎么受得了这家伙？不能叫他走吗？"

就这样，哈里斯立即冒火了，粗鲁地说："为何要赶他走？你怎会理解他的痛苦！他说的话我都明白！你是永久租佃制的宠儿，你不明白！你真是吃奶的孩子，一点都不懂得人生！你恨酒鬼，但是你有勇气吗？你什么时候用舌头试过，酒是什么东西？"

哈里斯拍着自己的胸膛说："看，我这胸膛像铁门般硬，我能。我能坐在殡葬工旁边吃饭，也能同乞丐一起喝酒。你们是喝牛奶酥油的有钱人的宠儿，你们根本做不到。你憎恨醉鬼，老弟，你永远不要侮辱我的客人。"

诺宾右手小心地拉住围裤的纽襻，站起来说："我走啦。"

哈里斯说："好吧，晚安！"

受辱和同朋友分手的痛苦，使诺宾脸色煞白。他从未遭受过这样对待，好像全身都要发火。他曾想唤几个打手来把这两人揍扁，但马上又想，那样只是逞强。用经济力量去制服哈里斯和拉伊莫汉，一点都不难，但他们会在智慧和言语上输掉么？

他回过头痛苦地说："朋友，喝酒能表现出英雄气概或勇敢吗？"

哈里斯说："不喝也表现不出英雄气概或勇敢！"

诺宾向前走了几步，伸出手说："拿来！"

哈里斯丝毫不感到奇怪或难堪，立即拿出酒杯，倒了点酒给诺宾。

诺宾一口就喝光了，说："喝完了，怎么啦？"

哈里斯和拉伊莫汉笑了起来。

拉伊莫汉说："喝一杯身体就感到热辣辣的。"

哈里斯说："对！"

诺宾又伸手，说："拿来！"

第二杯他又一饮而干，问道："这回呢？"

哈里斯说："喝了第二杯，嘴里有奶味。我们从小就吃妈妈的奶，那奶味嘴里很久都有。"他高举手中的酒瓶说："知道这是什么？新进的货。我这一向喝小舰队的白兰地，舌头都麻了。这是地道的法国货，名叫处女。它每一滴都是血。喝四杯浑身就发热。"

诺宾从哈里斯手中夺过酒瓶，直接将液态的火倒入喉咙里。

拉伊莫汉望着哈里斯非常好奇地挤挤眼，脸上泛起一丝笑意。

哈里斯也笑着对诺宾说："朋友，拉姆·戈帕尔·高士将喝酒传授给我。而传授给你的，是我这样天才的名人。所以你没有什么好痛苦的。"

诺宾最终也没能保住突然表现的英雄气概，他把喝的酒全吐了。泪水也流了出来。

哈里斯虽然想将他手里的酒瓶夺过来，但他不给，紧紧地抱住酒瓶不放。

八十三

这房子看来是纳瓦布西拉朱多拉时代的，或者更早，是什么年代的难说。在西拉朱多拉进攻加尔各答时，许多房屋毁于炮火。这房子也许正在纳瓦布的炮火下，大门破败，屋顶塌了一角。有些房间没有门窗了。下层地板上堆满长了苔藓的砖头瓦片。墙缝长出几株小榕树、菩提树。过去这房子很大，至少有三十间房间，其中有些现在还是完好的。来自印度各地的，操不同语言、不同民族的人住在那里。在詹巴扎的拉丝摩尼女士的豪宅后面，有很多小屋子、一些茅草房。再远些是新建的漂亮楼房，近来洋人租那些楼房住。这所破陋房子处在两者中间。

它二层的许多破房中，有两间收拾得很干净。一间铺着席子、单子，像是客栈。谁什么时候来，没准。另一间大得多，一边摆着沙发和椅子，另一边是几张紧挨着的桌子，上面铺有垫子，中间是红地毯。有时在上面表演舞蹈。

诺宾靠在一张椅子上，看来自西部地区的女郎跳舞。那姑娘称不上是舞女，舞蹈并不动人。她穿着肥大的衣服，随着手鼓声扭动肢体。有时随着手鼓声，嘴里也发出嗒嗒的声音。

诺宾看不惯这类舞蹈，欣赏不了。不时端起酒杯喝一口，眉头紧皱。他什么都看不懂就很烦，对这类舞步和鼓点他还需要学习。

有时戈罗格拉姆·穆鲁格钱德拉走过来说："啊，诺宾先生，酒杯都空了，再满上！您该叫我啊！"

诺宾不反对，把空杯子递过去。穆鲁格钱德拉斟满酒，他圆圆的脸总是笑着的。

穆鲁格钱德拉是哈里斯·穆克吉特别喜欢的人。哈里斯年轻时，在一家拍卖商的仓库打工，跟他是同事。哈里斯早已远离了那种生活，从仓库小职员变成加尔各答知识界的顶尖人物，是英国人熟知的地位显赫的印度人士了，可是他同昔日的同事仍保持良好关系。戈罗格拉姆·穆鲁格钱德拉也不再是拍卖商的职工了，他自己单独开过拍卖行。五六年前，他突然发迹了。这栋破楼是他买下的，但他并不热衷去修理它。

戈罗格拉姆·穆鲁格钱德拉这人很怪，似乎侍候别人是他生活的唯一乐趣。很难想象，这老房子是怎样供应无数的食品和饮料的。穆鲁格钱德拉吃素，但他为客人奉上各种各样的熟肉。到了深夜，只剩下几个好朋友时，歌舞就开始了。这附近并不缺乏妓女舞娘，派人去叫就行。大家都知道，穆鲁格钱德拉从来不碰女人，但他的客人对这些女人无论行为如何过分，他都不反对，只是微笑。他年已过四十，白净的身材并不很高，肚子很大，额头和耳垂涂有檀香粉。一年到头都穿一式印度服，在冬天最多围块披巾。

穆鲁格钱德拉还有个特点，他是本市的活公报。恒河的阿尔玛尼码头和德克达码头每天有哪艘船到港，他都一清二楚。他也知道豪拉—胡格利铁路能运什么货。也准确知道在杰德拉港或波斯达市场以什么价钱装卸货物。不仅如此，他还知道英国官员的内幕消息，大户人家谁什么时候飞黄腾达或没落等等。他的三个兄弟最近从拉贾斯坦来，在大市场做生意，但他们只是商人。而穆鲁格钱德拉先生非常愉快，笑口常开，善待客人，喜好聚会。

诺宾听哈里斯多次讲过穆鲁格钱德拉的事，听了故事就想见这个人。哈里斯总是黄昏过后才来这里。诺宾想跟哈里斯来，被哈里斯狠狠地挖苦了一番。哈里斯假笑着说："你说什么？你要去那里？那是栋破房子，道路弯弯曲曲，不是你这种人去的地方！而穆鲁格钱德拉不知是怎么想的，他根本不修房。"

诺宾问道："朋友，你能去我就不能去？"

哈里斯假装吃惊，说："你跟我比？哪儿跟哪儿呀？牛头不对马嘴！你是地主，我是无家可归的婆罗门的儿子。"

诺宾说："我身上写着是地主？因为我是地主，就不能想去哪儿就去哪儿？"

哈里斯说："我看你是想毁了你地主的家声！地主什么时候能哪儿都去？你坐在家里，大家都来向你作揖，这就是地主！对，你要去找的人，是社会地位、财富和你相当或比你高的。而你去也得穿上昂贵的丝绸衣服，戴上珠宝钻戒，带上随从，坐着双驾或四驾马车去，否则还是什么地主！唯一例外是找女人。听说不少地主受女人勾引，也偷偷到皮匠、殡葬工家去，那是另一回事！你来报社找我这样的人，会败坏你的名声的。加之你还要去詹巴扎穆鲁格钱德拉的窝里！"

诺宾越受阻拦就越执意要做成。诺宾从小就讨厌喝酒，不是因为谁吩咐或禁止，而是自己的本性。但那天哈里斯嘲笑诺宾，说他害怕喝酒，不敢了解陌生的东西时，他就生气了，打破自己的誓言喝了酒。头几天他受不了，一再地呕吐，但怕在哈里斯面前露怯，把呕吐物擦掉后又喝。虽然已过了几个月，他现在还是喝不惯。总觉得味道难闻，但还是硬着头皮喝。

关于穆鲁格钱德拉的窝，诺宾又固执起来了。他虽是地主，也会轻易地破坏其他地主的规矩。他什么都能。一天，他硬是和哈里斯到这里来了。

在哈里斯作介绍前，穆鲁格钱德拉一眼就认出诺宾了。这个人的本事真的很奇特。他一见诺宾就说："请进，请进。拉姆卡马尔·辛格先生的公子光临舍下，真是荣幸之至！在寒舍让您坐在哪儿呢？比图·穆克吉先生好吗？令堂想必安康？"

哈里斯说:"这是我兄弟、朋友、我的一切。可别慢待他,很尊贵的客人。"

穆鲁格钱德拉说:"啊,罗摩,罗摩!先生光临岂能慢待?请像在自己家里一样!"

头一天,诺宾在穆鲁格钱德拉家听到两则令人吃惊的消息。在招待吃喝之后,穆鲁格钱德拉说:"今天纳纳萨哈伯死了十次了!"

哈里斯笑着说:"是这样?穆鲁格,你数过?"

穆鲁格钱德拉说:"是的,老爷。哈里斯,你们不记得啦?纳纳先生第九次死在伽雅,第十八次死在秣图罗了……"

哈里斯问:"那这次死在哪里了?"

穆鲁格钱德拉说:"今天的消息说,纳纳萨哈伯在尼泊尔又死一次。"

哈里斯说:"瞧吧,他还得死多少次。我觉得他不死一百次是不会放手的。"

穆鲁格钱德拉说:"那也可能!圣地有能人呀。"

诺宾觉得这些全是胡说。捏造纳纳萨哈伯死过多次的消息,他没听说过。

第二件事更加令人吃惊。一个似黑人的人带来一匹海马,想卖给加尔各答的有钱人。

哈里斯问:"海马又是什么东西?"

穆鲁格钱德拉说:"这马来自海里,金黄色。这么漂亮的马,从未有人见过。"

哈里斯说:"荒唐,从海里有马出来?"

穆鲁格钱德拉说:"是的,为什么不出?一搅海,马就出来。"

诺宾也不相信,哈哈大笑。

哈里斯回头对诺宾说:"穆鲁格钱德拉从来不说过时的、毫无根据的消息,总是有点根据的。穆鲁格钱德拉,你亲眼看见马了?"

穆鲁格钱德拉说:"是的,亲眼见的。拴在巴尔希巴甘,你也能看到!不知道是不是海马,不过是个奇怪的动物。颜色像金子一样。

知道要价多少么？"

"多少？"

"十万卢比！"

"那么明天去看看。十万卢比，谁买？"

"所有老实的先生听了要价后都退缩了。十万卢比，天啊！那个黑人说，他要去见布德万的王公。"待在屋里一角的拉伊莫汉对诺宾说："我们的少爷愿意就能买。十万卢比对他来说算什么！"

诺宾摇摇头，坚定地说："不，我不愿瞎花钱去买马。"

哈里斯说："瞧，蹭一下那匹马的皮，看是否有烧焦木头的颜色取代了金色！"

穆鲁格钱德拉说："很多人去看过了，颜色绝对真！这种马从来没有人看见过，这是真的。"

过了一会儿，谈话转到别的内容了。

拉伊莫汉经常来这里，这老家伙现在没别处好去了，有酒喝的地方他就去。谁知道哈里斯是怎么看他的，原谅了他所有的毛病。拉伊莫汉醉醺醺地扯开破嗓子唱歌，哈里斯听得入迷还猛加称赞。拉伊莫汉找到这个地方，现在每天都来。不知为何，诺宾似乎容不下这个人，但因为哈里斯而无法说他什么。

哈里斯很能干，从早到晚不停地工作。而一到晚上来到这里坐下，好像世界上没有任何事令他烦恼了。他很欣赏穆鲁格钱德拉的神奇故事、拉伊莫汉的滑稽和走了调的歌，还有喝酒。在这种环境下哈里斯的脑袋得到放松。

有时哈里斯说："喂，穆鲁格钱德拉，这里这么大的男人气味！我不能长久忍受这种男人味。拿点香水来！"

穆鲁格钱德拉急忙派两三个仆人去叫来舞女和鼓手。这村里的人都认得穆鲁格钱德拉的住所。她们都热情地来，期望得到额外的赏赐。

虽然哈里斯整天写英语，讲英语，但在这里聊天时，一个英语字也不用。他是本国歌曲和歌舞的知音。他会合着拍子摇晃脑袋，有时叫好，给舞女扔赏钱。

诺宾是被哈里斯吸引来这里的。诺宾在黄昏后，期待着哈里斯到来，就像罗陀等待黑天那样。如在《印度爱国者报》报社找不到哈里斯，他就直接来穆鲁格钱德拉这里。他慢慢地也有酒瘾了。他很喜欢这里的玩笑和狡黠的谈话。当然，起初舞女到来时，他很窘。他对女人没有坏念头。他很喜欢妻子索罗吉尼，他不想从别的女人那里，比从妻子那里得到更多的东西。但他同索罗吉尼没有太多思想交流，索罗吉尼的世界太小。诺宾同自己喜欢的男人相处，灵魂就感到愉快。

诺宾现在开始在一切问题上模仿哈里斯，所以拼命努力理解歌舞。他初来这里时，不愿意看女人的脸。每当跳舞和醉鬼喧闹得厉害时，他就回家去。现在他能直视所有的女人。在她们抛出媚眼时，他也回笑，也学会了鼓掌打拍子。

哈里斯喜欢不断看到新面孔，频频更换舞娘，他对新来的女人都很亲切，问过姓名后热情交谈。诺宾觉得，实际上哈里斯是仇视女性的，因他在母亲和妻子那里没有得到安宁，所以对女性不尊重。对他说来，女人只是玩物，此外别无价值。他总是说：女人有两类——母亲或者舞女。当哈里斯听说要请的是他很赞赏的舞女时，拉长脸说："怎么，找不到别的舞女啦？找个新面孔来！"

穆鲁格钱德拉也找了不少，哈里斯一提出要新面孔，他就能找个新女人来。为了哈里斯，他什么都准备着。只有一件事，穆鲁格钱德拉认输了。有一天拉伊莫汉说："我见过许多舞女，可是都比不上一个人！你不能把她弄来？"

穆鲁格钱德拉立即说："我知道您说的是谁。我没少费劲，可是她怎么会到我这寒酸的地方来？听说她把许多王公、大王公都从门口赶走了。"

哈里斯问："谁？她是谁？"

拉伊莫汉说："卡玛拉！那女的挺傲！老啦，可是傲气不减！"

穆鲁格钱德拉说："那女的叫卡玛拉森德莉。对，年岁是大了，可是挺漂亮，舞跳得极好。"

拉伊莫汉神秘地挤眉弄眼，说："这里有个人能打掉她的傲气！只要他想，就能！"说着说着他瞧了瞧诺宾。诺宾不明白这话的含义，眼睛转向别处。

一天，哈里斯来得很晚，他给报纸写完文章，给印刷厂交代清楚后才来。诺宾先到了，已喝了两三杯酒。哈里斯来后和他一起喝。开头闲聊天。哈里斯不醉是不叫舞女的。

醉到中等程度了，一提到舞女，就有仆人去叫一个来。这时穆鲁格钱德拉对哈里斯说："有个重要消息，忘记告诉你了，哈里斯。我刚刚想起来。我们的代理总督昨天调动了，不再是海立德先生了。"

哈里斯吃惊地问："噢？海立德不当代理总督了？谁来接替他？"

穆鲁格钱德拉说："不是有个叫葛兰特的洋人么？就是那位先生。"

哈里斯说："约翰·彼得·葛兰特？他来了？你准知道是他吗？穆鲁格钱德拉！"

穆鲁格钱德拉说："我一向正确，还跟你说假的不成？明天就是一号了吧？明天就调动。"

哈里斯把手中的杯子猛地往地上一放，说："天啊！这么重要的消息，过了这么久才告诉我？穆鲁格！我马上就得走。"

诺宾觉得十分奇怪。他一点都不明白，代理总督调动的消息有这么重要？一个洋人代替另一个洋人，这有什么新鲜的？

哈里斯回答说："你不明白，诺宾，情况大变了。这海立德还少伤害我们吗？我没想到他就这样告别了。我替种植蓼蓝的农民在战斗。这海立德是蓼蓝农民的死敌！他总是照顾靛蓝厂主的利益。他挑选出最凶狠的靛蓝厂主，给他们以副推事的权力。巴拉沙德的推事了解农民的疾苦，他为维护农民的利益，推出一条法律。海立德这小子就免除了他的差事。我走啦，你们待着吧。"

诺宾问："这么晚，你为这事又上哪儿去？"

哈里斯说："你不会明白的，情况变化多么大！我报纸的文章都得翻个个，现在得重写。约翰·彼得·葛兰特是个聪明的好人。要给他描绘出蓼蓝种植者的真实图画。如果我们能争取到葛兰特先生，那么我们就能开始对靛蓝厂主进行真正的战斗。"

在责任的召唤下，哈里斯不能再犹豫。他扔下酒杯离开欢场，又回到《印度爱国者报》报社。

那晚诺宾没有回家。

八十四

诺宾古马尔一睁开眼睛，开头不明白他在哪儿。屋顶不一样，他从未见过这么小的檩条。窗框是涂上了绿漆的木头，从窗子可见到天上飘的白云，诺宾的卧室看不到这样的天空景色。

突然响起炮声，他感到奇怪，他在早上从未听到过这么响的炮声，似乎很近。堡垒连发七响炮，就表示是早上七点钟了。他急忙坐起来，这不是他的家，而是穆鲁格钱德拉那间屋子。诺宾白天从未来过这里，所以全都觉得陌生。

他躺在铺着垫子的床上。拉伊莫汉在地板上蜷缩着腿睡。鼾声像破笛子似的响着。地板的另一边又仰躺着一个人，嘴角流着口水。用过的一只碗上飞着一群绿头苍蝇。旁边落下一块廉价绣金的红色围巾。

诺宾揉揉眼睛，他晚上就在这肮脏环境里过夜？为什么？昨晚发生什么了？他一点都不记得了。他有要吐的感觉。他从未在别人用过的肮脏床上睡过觉，他从未同下等人同居一室。

诺宾下了床站在地板上。他想起原是坐在椅子上的，晚上是怎么从椅子到床上去的呢？好像是哈里斯听到什么消息后突然走了。后来来了个舞女，这舞女是另类的。她更多的是以撩起衣服代替肢体舞动的技巧，头顶着装满酒的杯子。哈里斯不喜欢这种舞蹈，所以他不在场时才跳这种舞。因哈里斯不在，诺宾就成了主宾。舞娘一次次来向他搔首弄姿。后来的事他就不记得了。他是否完全昏迷了呢？

这时穆鲁格钱德拉走进屋子，高兴地说："噢，您起来了？身体好吧？请去洗洗脸，然后喝杯热牛奶，用点点心。"

穆鲁格钱德拉已洗过澡，换上干净衣服了。额前点上红朱砂，两个耳垂抹上檀香，满脸高兴的样子。好像他准备扔下整天的工作不干，专来伺候诺宾似的。

诺宾困惑地问："昨天我怎么了？我怎么没有回家？"

穆鲁格钱德拉说："什么都没有发生，您突然睡着了，杯子从手里掉下去。我们几个人让您躺下，很不舒服吧？啊哈，这么多苍蝇，他妈的，苍蝇……"

诺宾说："我睡着了，为什么不叫醒我送我回家？我是从来不在外面过夜的。"

穆鲁格钱德拉说："我叫了很久，不过醉酒是很难醒的！您变成石头人似的。我当时就让歌舞停了。我说，先生睡着了，现在肃静！哈里斯睡着时也是这样。"

诺宾不再废话，说："我要回家，给我叫车！"穆鲁格钱德拉说："您的车准备好了。"

穆鲁格钱德拉端来了热牛奶和一盘甜食，但诺宾什么也不吃就走了出去。

杜拉钱德拉在长廊的一头靠墙蹲坐睡着了，他整夜就是这样过的。诺宾过去叫了两声，他恐慌地站起来。诺宾说，走，可是一走起来就觉得两腿发抖，头昏。破楼房的大门外，他的双驾马车在老地方停着。车夫和跟车的仆人在屋顶上睡着了。杜拉把他们叫来。穆鲁格钱德拉一直送到大门外，但诺宾不说话，上了车。

同多年前的景象一样，双驾马车在乔拉桑科辛格家大门前停住，拉姆卡马尔·辛格是由这辆车在这样的早晨拉回来的。今天走下下车的是他十八岁的儿子，衣服脏了，两眼通红，头发凌乱。诺宾低头下车后进里面去了。他谁也不怕，可是觉得自己是罪犯。他的全身好像都肮脏了。喉咙里像是憋着气，硬憋住不哭时，就是这样。

他刚进屋躺在床上，索罗吉尼就来了，蹲下来给诺宾脱鞋。然后小声问："让人准备洗澡水么？"

诺宾只哼了一声。

索罗吉尼站起来说："您先洗澡吧，我让人准备饭。"她走后，诺宾傻坐着。索罗吉尼根本不问，昨天为什么不回来，或者昨天在哪儿。她的话中没有丝毫的不满！

诺宾就这样坐了很久。他面对镜子看到自己的脸，一个晚上他好像变化很大。满脸被蚊子叮的痕迹，胡子的颜色好像突然变深了。

过了一会，索罗吉尼进来催促："怎么，您还没去洗澡？油饼正在炸，会凉掉的。"

诺宾说："是，就去。"他往身上好好地抹了芥子油，洗了澡。虽没有食欲，但还是吃了一些东西。五月，天气闷热，身上发燥。索罗吉尼在旁边给她扇扇子。

诺宾问："昨晚我没回家，妈知道吗？"

索罗吉尼说："嗯，知道。"

"去告诉妈的仆人，等妈拜完神，我去见她。"

他吃完饭后，索罗吉尼在一个银盘里放了几个蒟酱叶包端来。诺宾在家人面前是不吃蒟酱叶包的，也没有抽烟的习惯，但在穆鲁格钱德拉那里，在大家的逼迫下，他吃过一两次蒟酱叶包。今天索罗吉尼看到他嘴唇上有红汁，所以拿来蒟酱叶包。

诺宾伸手推开银盘，说："算了！"

索罗吉尼从房间出去，这下她几乎一天都不会露面了。按规矩，家里的妇女在白天不见家里的男人，但诺宾打破了这规矩。他不喜欢仆人伺候。他洗澡吃饭时，要索罗吉尼在场。

诺宾的脑袋现在还不清醒，想睡，但他强压下睡意去见母亲。宾波波蒂已亲手为儿子准备好了饮料，是用酸奶、橘汁和蜂蜜调制成的。儿子夜里没睡觉，喝点饮料会使身体凉快。她丈夫过去也喜欢这饮料。她把杯子端给诺宾，说："一口气喝掉。"

诺宾右手拿着花，在母亲房间里坐下后严肃地问："你好吗，妈？我很久没来请安了。"

宾波波蒂感动得两眼含泪，说："我好，很好。你们好，我就好。儿媳妇很贤淑，好人家出身的姑娘，很照顾我。蒟酱叶包掉出石灰渣她都赶快过来。"

诺宾仔细观察母亲，似乎是他所不认识的，他正努力窥探她的内心。

他意外地说："妈，我决定把易卜拉欣布尔我们的房子卖掉！"

宾波波蒂说："怎么，你又要卖房产？为什么，你的钱少啦？"

"我们易卜拉欣布尔的土地全都租给外国靛蓝厂主了，单单留着房子有什么用？白白开销四个人的工资。"

"听说出租的土地是可以收回的。"

"谁能从虎口夺羊？你听说过？租出那些地是错误。"

"财产的事为什么对我说？你们觉得怎么好就怎么办吧。有你的伯父在，听听他的意见。"

"对了，关于这事还有一句话。妈，要是把大伯叫到这里来，那不是侮辱他么？我有必要找律师商量，但我发过誓，永远不去那家了。"

"啊，天啊！发这样的誓！你说什么，小不点儿？为什么，为什么不去那家？"

"你不记得啦，大伯外孙拴圣线那天对我的侮辱？他们是婆罗门，我们是加雅斯特，我们永远不能是一样的。"

"我们同你大伯的关系是婆罗门同加雅斯特的关系？你说的什么胡话？"

"我说得对，妈。我要去看戈巴尔，但不让我去，因为我不是婆罗门的儿子。我永远不会去那家了。"

宾波波蒂沉默了一会，脸上出现不高兴的阴影，但旋即就消失了。她痛苦地恳求说："孩子，我对你说句话，你会听么？我发誓如果你听我的话……"

诺宾立即柔声说："为什么不听，妈？我能驳你的话么？你说什么我一定听。"

"你别冲撞你大伯，我的宝贝。他是长辈。他一向像一把大伞，庇护着我们这个家。你别离开他。他是为你好，从不想让你坏……"

诺宾笑着看了母亲一会儿，说："你为什么怕，妈！我答应，在伯父面前我永远不表现出不恭。"

又谈了一会儿，诺宾一再对宾波波蒂做出承诺，甚至还走近抚摸母亲的胳臂安慰说："你为什么发愁呢，妈？我是你不听话的儿子么？"

母子这样交谈后，两人内心的反应是不一样的。宾波波蒂很久没有这样快乐过了，她没有料到诺宾的品行这么好。儿子真正得到了父亲的真传。拉姆卡马尔·辛格也是在外三四天过夜回家后，对家人态度都很温柔，甚至对仆人讲话声音都很甜，对妻子很关爱。同比图谢克的关系，诺宾一句话就答应了。这下宾波波蒂放心了。她现在需要的只是摆脱比图谢克，这回她要告别那家，远离比图谢克。

诺宾愤怒地回到自己房间，心里窝着火，感到受了凌辱，他丝毫没有同母亲谈财产的念头，特别是今天，但谈话总得起个头，所以就提到易卜拉欣布尔的房子，等待着母亲对他说别的事。是他提出见母亲的，母亲明白来意么？昨晚他没有回家，为此她竟然一字也不提？母亲从来不责备他，可以用亲切的声调努力制止嘛，却提起比图谢克！他这么坦然地在外面过夜，母亲竟一点都不为儿子担忧。大家都以为他步父亲的后尘了。

那天晚上，他又去穆鲁格钱德拉家。再后是每晚都无节制地喝酒。在歌舞晚会上他定定坐着。哈里斯不在，去巴拉沙德了。为了执行那里的推事艾斯利·伊登给佃农发出的判决书，他正对靛蓝厂主进行斗争。哈里斯不在时，诺宾就成了穆鲁格钱德拉晚会的主宾。

他自己也花了不少钱。每晚都召来几个妓女、舞女。诺宾晚上几乎都不回家。每次表演既然开始了，他不看到结束都不行。

拉伊莫汉紧跟着诺宾，就像豺狼跟随老虎一样。另外还有几个帮闲的，他们有天生的本事，懂得如何挑唆新堕落的富家子弟。他们以种种办法让诺宾跳舞玩乐，不仅局限于穆鲁格钱德拉家。拉伊莫汉曾做过几天拉姆卡马尔·辛格的帮闲，现在以更大的热情来拍他儿子诺宾的马屁。

拉伊莫汉几乎总是用一句话来刺激诺宾："尽管您是大人物，是歌舞的知音，可是至今没看过本市最著名舞女的舞蹈！卡玛拉森德莉全国闻名！当然，年纪有点大了，可是现在还是那么美，那腰肢扭的！"

一天，拉伊莫汉的努力有了结果。那天，诺宾有点醉了，对拉伊莫汉说："去把那女人叫来，她要多少钱？像给傻瓜的嘴塞大麻那样，在她面前堆满钱！"

拉伊莫汉神长舌头，说："啊，老天，没法在她面前亮钱！她近来谁家都不去。要看舞蹈就得上她那儿。她也不是对谁都跳的。听说勒克瑙的纳瓦布派人叫她，那女人都没去。"

诺宾说："她不来？怎么这么高傲？不管怎么跳，她不就是个市场上的婊子吗！"

拉伊莫汉说："您别以为她同别的女人一样，要不她怎会有这么大名声！像黑石头雕像，年龄与她无缘。多少大王、王公要包养她，都失望了。这固执的女人不是好蒙的。看起来漂亮又怎样，说话很厉害。一听到您的名字也许都不让您进门。"

"为什么？为什么听到我的名字不让进门？我是魔鬼不成？"

"那是秘密，不能对您说。"

诺宾站起来，两手掐着拉伊莫汉的脖子，吼叫着说："你对我还隐瞒什么？你为何总在我面前提她的名字？而为什么说一听到我的名字，她就不让进门？"

拉伊莫汉说："以前我同她很要好，我常去她那里。近来听说我和您交往，她就生气了。再也不让我进去了。"

诺宾更加恼怒了，说："她认识我？我已经这样出名了？"

另一个人解围说："费什么话，大家去一次就是了。"

诺宾放开拉伊莫汉，说："走，现在就去！"

大伙呼哨一声就出去了。卡玛拉·森德莉家就在附近，汉姆比尔巷里带花园有走廊的那栋房子。晚上大约十一点，诺宾坐双驾马车到来，其他人步行。卡玛拉·森德莉家今晚没有演出。大部分房间是黑的，大铁门关着，两个看门人在那里把守。

看门人一见马车就认出了，他们吃惊地打开车门。拉伊莫汉说："小子呆看什么？不认识了？大老爷拉姆卡马尔·辛格的独子诺宾古马尔。把门打开！"

看门人不说什么，打开了大门。诺宾心神不定，脚被衣服绊住几乎要摔倒时，拉伊莫汉扶住他。诺宾几乎忘记到什么地方了。他问："这是谁的房子？"

拉伊莫汉开玩笑说："这是卡玛拉·森德莉的房子，也可以说是您的房子。"

另一个帮闲说："不是说不让进门吗？先报了老爷的名字，像念咒一样大门就开了。"

拉伊莫汉扭头对他说："闭嘴！"然后对诺宾说："请吧，少爷，请进。"

诺宾说："看跳舞么？舞？"

"当然看！既然来了……请，请上楼。"

两三个姑娘衣装不整地站在二楼楼梯口。拉伊莫汉问："太太在哪儿？"

一个姑娘说："这么晚了，你们是谁啊？看门的小子给你们开门了？"

拉伊莫汉斥责说："闭嘴，丫头。知道吗，谁来了？你们住谁的房子，知道吗？房主本人来了！卡玛拉在哪儿？"

"她插门睡了。"

诺宾含混地问："在哪儿跳舞，跳舞？谁跳？喉咙干极了。"

拉伊莫汉把带着的酒瓶递给诺宾，说："润润喉咙吧，喉干怎么欣赏舞蹈？"

拉伊莫汉知道哪间是卡玛拉·森德莉的房间。他推门叫道："卡玛拉，喂，卡玛拉，看我带谁来了？"

卡玛拉森德莉早就被喧闹声吵醒了，马上打开门。她身穿犹太式的丝绸长袍，脖子上一串绿宝石项链，头发松开。拉伊莫汉没有瞎说，卡玛拉森德莉容貌仍然标致，只是年龄大了，有点发福。

拉伊莫汉骄傲地说："噢，卡玛拉，吹海螺吧，今天你多么幸运啊！大先生的少爷来了，瞧吧。"

卡玛拉森德莉这时还没明白过来，睁大眼睛问："谁？你说谁的儿子？大先生是谁？"

"大先生还有几个，唔？大先生只有一个，你的大先生，死在你怀里了，你成了寡妇！他的公子为得到你的爱来了。"

诺宾说："在哪儿跳舞，跳舞？我要睡了。"

卡玛拉森德莉真的像尊雕像，好久都不动，然后流泪了。她对拉伊莫汉说："喂，你身上没一点人血？因为我这辈子造了不少孽，你就这样惩罚我？"

拉伊莫汉说："等等，等等，这会儿怎么啦？你赎罪还早着呢。梳好头，拴上脚铃，少爷要看你跳舞。"

诺宾说："记住，我困了。我躺着，看谁在床上跳舞。"

拉伊莫汉哈哈大笑，说："说得好！在床上跳舞！跳吧，卡玛拉，你在床上跳给少爷看吧。我们这些闲杂人在外面等着。"

卡玛拉森德莉说："我要用破笤帚打破你的嘴，让门卫揍你。"

诺宾完全昏迷似的，摇头晃脑说："我再也站不住了，谁给我一张床。"

卡玛拉森德莉走过去，拉住诺宾的一只手，说："啊哈，比得上七个国王财富的宝贝，你这是怎么了？少爷，你回家去吧，你不能待在这里。"

诺宾说："给我床！他们让我喝多了。"

卡玛拉森德莉说："我能给你一张软床，能整夜给你扇扇子，但我没有这样的福气！待在这罪恶的地方，会败坏你的名声的。"

拉伊莫汉说："去，去，姑娘，别叨唠了！让他睡在你的床上看跳舞！怎么，少爷，躺在床上，现在跳舞，喜欢吗？"

诺宾回应说："好……躺在床上……跳舞。让我上床……"

卡玛拉森德莉说："去，少爷，你不能说这话。我是你的什么人，你不知道？我跟你妈妈一样！"

诺宾艰难地睁开眼，说："什么？去！谁说你和我妈妈一样？我妈看起来就像杜尔迦女神一样。"

卡玛拉森德莉说："那是的。可是我也像令堂一样。令尊常来我这里，他可怜我。"

拉伊莫汉说："那又怎么了？父子不能在同一地方买东西么？你开店有必要管爸爸何时来，儿子何时来么？"

卡玛拉森德莉说："拿虫子塞你的嘴！让豺狼把你撕碎吃掉！"

拉伊莫汉不理睬这诅咒，咬牙切齿地说："妈？你很想当大妈，不是吗，卡玛拉？你出身淫荡，市场上的女人！你这样的娼妇永远不是谁的妈，不是姐妹，不是闺女！妓女就是妓女，别的什么也不是。妓女的孩子永远成不了绅士。现在把少爷领进屋去吧。抱上床去！走吧，少爷！"

诺宾问："哪儿？我去哪儿？"

拉伊莫汉说："上床，躺着看跳舞。"拉伊莫汉在后面轻轻一推，诺宾就摇摇晃晃地往前走。卡玛拉森德莉在门边伸开两手说："不，绝不行。你别这样把好人的孩子给毁了……"

拉伊莫汉完全沉醉在报复中，狠狠地把卡玛拉森德莉一推，说："让开！没看见少爷难受吗？少爷在你的床上睡。"然后他就狂舞起来，又笑又拍手。其他帮闲站在远处看。他们说："怎么，这老家伙疯啦？"

拉伊莫汉马上停止跳舞，现在他的事还没玩完，他大踏步跑下楼梯冲到马路上，他要到比图谢克家去。这么大的新闻能不告诉他？而比图谢克如果今晚来亲自看看，那就太棒了。

八十五

　　易卜拉欣布尔的比拉希木普集镇河岸，码头上坐着一个人。这人高大、强壮，头发披肩，满面胡须，皮肤古铜色。他穿着围裤，上身赤裸。冬天的早晨风很冷，但这人不管这些，一味坐在那里看着水。

　　看起来不像是苦行者或坏人，但他不想引起别人的注意。他长时间坐在一个地方，凝视河水，似乎要读懂水浪的语言。

　　比拉希木普集镇曾经充满活力，每星期日、星期二，附近二十几个村庄的人都来这里做生意。但是五年来，这集镇被毁了。集市的棚子还在，但人们不来了。如果河岸崩塌，集镇、市场就会换地方。这里河流平缓，但外村人因为害怕，尽可能不来这里。

　　一些男女来码头洗澡，河边的人离开河流就没法生活。可是已不像从前那样，那时闲聊比洗澡的时间更长。现在女人们抱着水罐来打水，还没装满就惊惶地走了。她们早上来，惊惶地望着这个人，但这个人不予理睬。

　　比拉希木普集镇居民以穆斯林为主，也有一两户印度教徒。大家现在都穷得可怜。随着时间的推移，人们越来越好奇，这个人是谁，怎么老是在这儿呆坐？他脖子上没有项链，胳臂上没有饰物，前额没涂檀香粉，头发没束，因此穆斯林认为他是同族。几个人低声在谈论这个人。最后两个人向前来说："萨拉姆，法基尔先生！别在这里久坐了，到我们村里去！"

叫了几次后，那人抬头望望，不说话。目光不动，平和但强硬，不回答。那几个人一再劝说，可是他毫无反应。他的眼睛又望着水里。

大约中午时分，这人长叹一声站起来。像受到咒语驱使似的走进水中，到了齐胸深的水后潜了下去。在码头洗澡的几个男女吃惊地看着这个人，但他潜下去后并没有立即起来。时间过了很久，他是否自尽了？突然他的头在河中间冒出来，他悠然缓慢地游回岸边，然后又做怪事：从码头边拿起块泥擦舌头。这时他身上好像觉得冷了，全身开始发抖。

他这回走过来严肃地问洗澡的人："认识谢赫·贾马鲁丁吗？能给我指出他的家吗？"

那些人吃惊地对视着。一个人问道："您说的哪一个谢赫·贾马鲁丁？哪个？"

来人又问："谢赫·贾马鲁丁不是住在这村么？你们不认识他？"

怎么不认识，大家都认识。但谢赫·贾马鲁丁是个不起眼的人。从外地来的人以崇敬的言语来寻找他，这事很难令人相信。谢赫这种人，在自己家之外没有任何价值。这么久之后，难道贾马鲁丁时来运转了？真主派来的天使给他开启幸运之门了？

大家带这个人进村去。消息传得飞快，说河边来了个寻找贾马鲁丁的神秘人物。村里很多人出来看他。这个强壮、赤裸上身的人穿着湿衣裳走着，脑袋转来转去到处看。村里许多房屋破败，被废弃了，一派颓败死气沉沉的样子。牲口瘦骨嶙峋，看到它们就知道其主人的状况了。

贾马鲁丁坐在自家院子里，用椰子壳的纤维搓绳子，听到外面的人声，丢下手头的活躲到牛棚后面去了。人们叫他："贾马尔？贾马尔，出来，看是谁来了！"几个人闯进里面找。从牛棚把贾马尔拉了出来。他当时吓得簌簌发抖。

贾马鲁丁不过二十五六岁，脸瘦削。有几根肋骨清晰可数。他穿着裤衩，他的脸最能显示他的贫困。他也许一辈子都没有在别人面前，甚至在孩子面前说过一句骄傲的话。

来人见了贾马鲁丁，好像非常失望。奇怪地问道："你……你名叫贾马鲁丁·谢赫？"

贾马鲁丁两手合十，说："是的，老爷，我是贾马鲁丁·谢赫。我从来没有违抗过老爷的命令。"

来人又说："你真是贾马鲁丁？是你把我引来的。"

贾马鲁丁说："老爷，我做得不对的话，请饶恕。"

"你媳妇找回来了吗？"

大家更惊奇了。来人提起贾马鲁丁媳妇的事，会把媳妇归还贾马鲁丁吗？他是魔术师？

贾马鲁丁一再说："我找回老婆……怎么样？"

"你的老婆哈尼法被他们抓去了。"

"不是的，我老婆叫法蒂玛，去年死了……丢下三个孩子。"

"法蒂玛？那是我记错名字了？我记得贾马鲁丁·谢赫……他是另一种脸型。他老婆叫哈尼法。"

这时一位受尊敬的老人站出来问道："您问谁的事？您问贾马鲁丁老婆的事干什么？"

来人默默地看了一会儿地面，皱起眉头。过了一会儿，抬起头又说："这村从前不是有个贾马鲁丁吗？他的老婆被靛蓝厂主硬拉进洋人的厂房去了？"

这回大家都说，是的，是的。这是很久以前的事了。对，马格戈尔洋人的账房先生戈拉克·达斯把哈尼法掳去了。当时年轻的贾马鲁丁不听劝阻，像傻瓜般闯进洋人厂里找老婆。后来就失踪了，谁还记得他？后来村里又出了许多事。这位卡德尔先生，一只眼睛瞎了。去年冬天丹甘先生对准他眼睛打了一巴掌。这个莫伊努丁，时时像疯子似的胡说。他也是被打的。还有多波拉先生，他没在这里，他老婆也是被洋人的跟班拉走的……多波拉也差不多疯了……

在众人的嘈杂声中，这位来人听后，知道是找错人了。这回他被带到失踪的贾马鲁丁家。贾马鲁丁的父亲还活着，但眼睛全瞎了。来人蹲在他面前，平静地说："我答应过要找回你儿子。后来我失忆了，没能实现，但他把我又拉回来了。"

来人说的这番话，老人一点都不明白。他开始呜呜地哭了起来。

过了一会儿，这个外来人走出去，不安地到处看看。好像也不知下一步该怎么办。

这时不远处传来喧闹声。两个骑马的人从乡间小路过来了。一群男孩女孩惊恐地叫喊着逃跑。这时看到骑马的人，人们也惊慌了。他们要求这个外来人躲进人家里。因为靛蓝厂主一看见强壮的人，就会无缘无故地加以残害，或硬拉进厂里做苦工。这个外来人不听这些苦苦哀求，还是定定地站在那里。

骑马的是两个洋人。跟在后面走的是账房先生戈拉克·达斯和几个打手。他们并不是来视察这村的，离此地不远的河道里露出了沙洲，洋人自然要去占领，要去那里穿过这村是捷径。此外，有时洋人必须露露脸，让村民见了害怕。

人群中不少人躲藏起来了，三四个老头站在这外来人旁边。两个洋人在交谈，不理睬村里人。但戈拉克·达斯正往这边瞧。他突然站定问道："这小子是谁？以前没见过啊？"

一个老人主动地说："老爷，这是我姑表兄弟，在别的村子住。"

戈拉克·达斯从头到脚打量着这个人，说："唔，看这脸像公牛，是强盗吗？喂，叫什么名字？"

来人不回答。那老汉说："老爷，他脑子有毛病，犯病了。在巴吉木拉村我姑姑家……"戈拉克·达斯犹豫了一会儿后，对后面的几个打手说："往前……"

这伙可怕的家伙走后，这位自告奋勇的老者说："得救了。先生，这回请说吧，您是谁，从哪儿来？"

"我是耿伽纳拉扬·辛格。"

这名字并没有马上在村民中引起什么反响。普通佃农记不住地主的名字，或者说不费这脑筋。他们是通过地主的工人认识地主的。工人们尊敬地带来的人就是地主。地主会变，但工人不会变，所以这个村很久都同地主没什么关系了。他们的地主在他们遇难时，将他们推给靛蓝厂主，自己躲得远远的。

可是听到是印度教的姓名后，很多人感到奇怪。一两个老者感到些老地主辛格的味道了。但是这个赤裸身子、长相像疯子的人，怎么看也不像是地主家的人。

耿伽说："我想待在这里……住哪儿？你们让我住吗？我渴极了，你们谁能给我点水喝？"

一个人说："您是印度教徒，跟我们怎么住？去印度教徒的住地吧。"

又一个说："您逃走吧。您会有危险。"

耿伽这时还在发愁，没好好听别人在说什么。他皱起眉头，说："好像我们有人住在这里，叫什么名字来着？噢，普江格，他在这里吗？"

很多人认识普江格。五年前，柴明达时代，他来收过租。他们说："是的，有，普江格管事在，现在在办事处。"村民们把耿伽带到办事处去。

办事处在村头，曾有过几个职工，地主来视察时，在这里住一两天。现在地主、柴明达的事都没有了，办事处还在。有四个领工资的职工，其中两个离开这里回自己村里住了，普江格管事当然就享用这办事处了。他认为地主不会再来，房子和相连的财产都归他享受了。靛蓝厂主虽然已经控制了这里的全部土地，但不干涉地主的办事处。

普江格看到佃农成群地走来，觉得奇怪就走出来。他个子不很高，但身体很壮。左臂上拴着一根粗银线。他胡子白了，身着长袍，脖子挂着白色念珠。普江格修炼密教，印度教徒、穆斯林都将他奉为密教大师。

耿伽走出人群，过来说："你好吗，普江格？我回来了。"

普江格眯着眼睛看了一会儿这个人，然后嘴角露出轻蔑的笑容，说："你是谁？回来是什么意思？不是鬼吧？大白天你想干什么？"

耿伽说："你不认识我啦？我是你主人！"

普江格说："我的主人？哈哈哈！大白天，一个鬼魅说什么是我的主人。"他回头斥责佃户们，说："你们这些小子从哪儿弄个疯子来！哼，开玩笑？"

耿伽向前一步，说："普江格，你不记得了？我是耿伽纳拉扬·辛格。一天晚上我突然从船上走失，我迷糊了……"

普江格这回两手合十说："老爷，你别来拱我的火啦。这些农民知道，我有一次上了大当。已经来过五六个自称是耿伽纳拉扬的，说是我的主人。哈哈！喂，不想挨揍就快滚！"

耿伽笑了，嘴里露出白牙。他柔声说："过去很久了，是认不出来了。我也认不出你了，普江格，你头发白了。办事处周围过去也没这么荒凉！你打扫一间房，我现在要住这里。"

"住？这是你父亲的地产？"

"当然是家父的地产！就算不是我的，也当然是家父的！我是拉姆卡马尔·辛格的儿子耿伽纳拉扬！"

"如果你是拉姆卡马尔·辛格的少爷，那我是纳瓦布西拉吉多拉的孙子！什么都是！耿伽纳拉扬·辛格早死了，变鬼了！都给他超度过了！"

"我没死，普江格！我当了苦行僧。别瞎叨叨浪费时间了。"

"这又是一桩假冒案。你如果是耿伽纳拉扬，那来这里干吗？去加尔各答吧，同辛格家打官司吧。去那里弄清楚自己那份地产吧！我能做什么？"

"没必要打官司。我想家母还在世，得给她送个信儿。"

普江格还想再抵挡一阵，最后耿伽烦了，说要叫村长来。佃农们一直围着欣赏这戏剧性场面。他们的生活平淡得很，很少有这种乐趣。有几个人跑到印度教徒的住地找来村长。

耿伽盘腿坐在办事处前的大树下，村长用剃刀剃光了他那蓄了五年的须发。佃农们立即欢呼起来，这面相他们是不会认错的，他们以前不仅见过这位耿伽纳拉扬，他的面相也酷似已故的地主拉姆卡马尔·辛格。

普江格管事也不再废话了。耿伽刚站起来，普江格双手合十就跪倒在他面前，因为他是婆罗门，就得摸地主脚下的尘土。

虽然大家都能准确认出这是耿伽纳拉扬了，但他同以前的耿伽纳拉扬已经不一样了，不是从前羞怯、内向、身体单薄的青年了。现在他敢看人们的眼睛，声音凝重、严肃。再也没有那种沉默中的不安了。

他缓步向办事处走去。

八十六

耿伽虽然跳入水里，也没寻找到宾杜巴希尼。那时他不很会游泳，没有本事在黑夜救起恒河里的落水者。他至今都不知道，他在失去宾杜后，自己是怎样获救的。他落水不久，就失去了知觉。耿伽恢复神志后，看到自己躺在河边泥泞的树丛中。他不想活了，但死神没有眷顾他。

他后来走过许多地方，在贝拿勒斯隐藏了一些日子。后来沿着恒河南下，到了巴特那后，他又改变方向。回孟加拉的愿望一点都没有了，他又回头向北印度去。穿过赫尔德瓦尔—罗贺莫诺乔拉到达恒河源头。他想在喜马拉雅腹地渡过余生。

奇怪的是，他对宾杜巴希尼不再那样感到悲痛了。在贝拿勒斯见宾杜前那种惶惶不安的感觉，后来不知在什么地方消失了。宾杜死在水里，好像是她生命的自然结果。在恒河源头的崇山峻岭和天空的广大王国里，心里容纳不下小事。

耿伽穿了几天修行服，苦行僧在印度不愁没饭吃，即使在河岸默默地坐着也会有人来施舍点东西。在赫尔德瓦尔有不少苦修者的营地，成群的人进去，也没人过问，到吃饭的时候，坐下来就吃，很容易。耿伽好几年什么也不想，只是肉体还活着。耿伽看到，在修行营地里每天傍晚同唱颂神歌。

但沉睡的心总有一天会苏醒的。人们慢慢变成了习惯的奴隶，但有一天会突然挣脱传统束缚的，大自然有时也会变得毫无吸引力。有一天，耿伽的身体也变得躁动不安。他信奉过婆罗门教，后来丝毫不相信神了。他认为喜马拉雅的大部分苦行僧的行为毫无意义。在他看来，营地里烧掉不少酥油的盛大法事，全是胡闹。长着一个个大脸盘的信徒，像是一个个小孩，成年人能同他们一起玩多久？如果说人们生活的目标，就是感知无形的、想象中的上帝，那他就没有必要在山间修炼身体了。

一天，耿伽决心下山回到平原来，但回哪儿呢？这么多年后，他还有什么脸面回加尔各答？突然出现在母亲宾波波蒂面前，戏剧性地说，妈，我回来了？宾波波蒂现在是死是活，他都不知道。可是线从哪儿断的，可以在哪儿再接上。

他在修行地连续两夜做同样的梦。一位有胡须的穆斯林老人半眯着眼睛在哭。耿伽安慰他说："我会尽力找回你的儿子的。"梦醒后，耿伽非常懊恼。他回忆到他生命中这一章时非常朦胧：在一个深夜他从船上下来，像梦游似的跟上一群朝圣者。那朦胧感觉在到达普罗雅格圣地沐浴后消散了。

他对一位老人的许诺还没实现，梦境中这种感觉折磨着他，他想起了易卜拉欣布尔的事。好像他的船还停在那里的码头等他。他要回到那里去，一切再重新开始。于是耿伽回到了易卜拉欣布尔。

耿伽在办事处住下后，极力了解国内的状况。这期间发生土兵起义这样的大事，他都不知道。东印度公司的统治结束了，现在是女王维多利亚统治。普江格·巴塔查里亚是眼观六路的人物，知道许多消息。他已经把耿伽到来的消息，派可靠的人报告加尔各答的老爷了。他也尽量照顾好耿伽。耿伽看到，他们在这地区的地产没了，全都租给英国人了。他们那些可以种甘蔗的地、几个中国人开过的榨糖厂，一点痕迹都没有了。甘蔗地也种上了蓼蓝，中国人都逃走，糖厂也被人砸了。而易卜拉欣布尔区曾经是辛格家的一个金矿！现在全被靛蓝厂主霸占了。

普江格·巴塔查里亚给他讲，那些靛蓝厂英国老板近来是怎样可怕。为了染布，欧洲市场需要许多靛蓝，而孟加拉的靛蓝质量最好，所以需要量最大。种植蓼蓝的农民如果得到合理价钱，那么比种其他东西获利更大。因此，像罗姆摩罕·达尔加纳特这样的人，也认为种蓼蓝会有助于孟加拉农民发达。地主也开始在自己的土地上种植蓼蓝，但英国人立即控制了这有利可图的产业。为疯狂地攫取利润，他们能从蚂蚁肚子里挤出蜜来。他们几十年的剥削把农民完全榨干了。农民都欠了靛蓝厂主的债，债务一年年不断增加。不管土地出产多少，农民都得不到一点好处。若不种蓼蓝而是种水稻，那至少还得到一年的口粮。事情已经发展到这种地步：有些农民今年死活都不肯种蓼蓝了。种了没饭吃，不种也没饭吃。既然都一样，那不种还好些。目前就是这状况。

耿伽每天步行到附近的村庄去。普江格·巴塔查里亚对此非常不乐意。他建议耿伽回加尔各答住。他认为农村很快就会大乱，必须远离此地。耿伽当然不听，普江格提出派一两个保镖跟着他，也被他拒绝了。他早就不习惯地主的做派，对那种生活没有任何向往了。他尝到自由生活的味道后，就不想再受任何束缚了。现在他坦然地赤脚走路，只穿围裤赤裸着上身出去，也不感到难为情。在普江格的哀求下，他上身披了块布，但不肯穿鞋。

耿伽不愿称自己为地主，但在村民眼中他就是地主。他神奇归来的故事在附近村庄中传开了。人们口头传颂的更加离奇。普通农民以敬畏的目光望着他，一遇上就行礼问安，但谁都不敢靠近他。

耿伽这样在农村转了几天后，一群老者恳求他不要再进村去。因为他，与世无争的人会受难。邻村名叫诺宾马塔波的死脑筋青年和本村名叫默罕默德·雷查·汗的老农民状告靛蓝厂的英国老板，结果洋人十分恼火。这两个人打官司败诉了。可是英国人总是认为背后有人唆使。看见耿伽这样的人转来转去，英国人必然会怀疑。

危险真的有一天来了。

在比拉希木浦的房子里，有一天，耿伽突然得到一份《印度爱国者报》。他从头到尾读后感到吃惊。报纸的每个字都像一把火。编辑名叫哈里斯·穆克吉，耿伽不认识。写得这么好的英语，一定是出自印度学院的高材生，但耿伽不记得学院有过叫这名字的学生。报纸名为"印度爱国者报"，但也详细描写了穆斯林农民的问题。

耿伽读了《印度爱国者报》，得知巴拉沙德法官的判决书。政府了解蓼蓝种植者的惨状，并对靛蓝厂主的强迫政策感到忧虑。巴拉沙德法官因此指示该区的警长，农民可按自己的意愿随意种植。如果有人强行要他们种植蓼蓝，警察应予制止。

耿伽读到这消息相当兴奋。虽然他未能把哈尼法及其丈夫贾马鲁丁·谢赫找回来，但如果还有人像这两人这样在靛蓝厂里被打死，那他就可以采取措施了。此外，如果农民得到警察的帮助，那么在孟加拉的土地上，又可以种植金黄的水稻代替蓼蓝了。

耿伽开初想，到农村去，号召农民组织起来。如果大家团结一致不种蓼蓝，那么一小撮英国靛蓝厂主能怎么着？巴拉沙德的农民如果能不种蓼蓝，那么在纳迪亚为何不能？

后来他又冷静考虑了一会儿。现在就挑动无助的无活力的农民，卷入到任何麻烦中来都是不对的。必须先做好准备。距离最近的警察所有十英里远，耿伽亲自到那里去。事先得了解此地农民的情绪，如果农民同意不种蓼蓝，那么在有一个警察在场的情况下，他们都会在同一天耙地。

第二天早上，耿伽喝了杯牛奶，吃了些水果就到村里去。在一口池塘边，有一个人站在菩提树下，穿着围裤，胸毛很密，不穿上衣，眼神像是疯子。那人名叫陀拉博。从他的骨骼看，过去曾是强壮人，现在只剩下骨架了。耿伽特别注视这个人，有一个原因，别的村民一见到耿伽都说："先生，您好。"把手举到额头。但这人从来不向他敬礼，相反，他一见耿伽纳拉扬，眼睛就看向别处。

今天耿伽主动向陀拉博走过去。陀博拉却转过身去，对着菩提树高声唱起来。

耿伽不太明白歌词，好像是这样的：

　　巴拉乔拉的肥婆

　　靛蓝厂里的洋婆。

他一再唱这两句。耿伽站着听了一会儿，清了清嗓子，说："怎么，先生，你唱的什么歌？转过来好好唱，我听听。"

陀拉博转过来一点，不屑地看着耿伽。然后拐着弯说："我是疯子，我哪儿会唱歌！要听歌为何不到贝衮贝雷去？"

为使别人高兴，有时得假装亲切。耿伽就是这样，说："你怎么疯了？歌唱得不错。"

陀拉博说："唔，疯了，被靛蓝厂打疯了。"然后他完全转过身来说："以前挨地主打，现在挨英国靛蓝厂主打。我这臭皮囊还有什么死、活，疯了最好。吃不吃都没关系。你说要听歌，请听：地主毁了房子，牧师毁了种姓，靛蓝猴子砸了饭碗。"

耿伽脸色显出有点意外。他没忘记他是地主的儿子。他柔声问道："地主什么时候毁了你的房子？"

陀拉博这回哈哈大笑，说："我都没有房子，他毁我什么？这歌是我爷爷波乔罗迪·谢赫作的。我们总共只有十亩地，都被洋人拿去种蓼蓝了。我们的牛、犁都卖了，不种地了，可是小姨子不干。"

这下耿伽兴致勃勃地说："听着，陀拉博。你们的土地如果不愿种植蓼蓝，想种水稻的话，我可以帮助你们。"

但讨论没能进行下去。村里响起呼呼的喊声，小孩们狂跑，像是被火把驱赶的野兽一样。靛蓝厂的洋人带人来了，全部土地必须种植蓼蓝，这回洋人一分地都不会放过的。

连疯了的陀拉博都明白，这时候如果耿伽被洋人看见就会很危险。他说："啊，先生，想活命就沿着田埂跑吧！你是绅士，会先抓你的。"

可是耿伽还是站着，他为什么要跑？在不列颠王国，女王的臣民享有同等的权利。贪婪而疯狂的商人如果要破坏法律，那么是有惩罚他们的制度的。他们得承认"rule of law"（法律规则）。

三个英国人骑马，他们的管事、账房、打手照例跟在后面跑。他们没看见站在菩提树下的耿伽，一直往前去了。耿伽看到，在他身边的陀拉博已经消失不见了。

洋人办什么事都很快。这群人分散向各处去。过了一会儿，耿伽听到哭声。不是很远，是从前面的芒果园传来的。耿伽再也待不住，往那方向走去。

那里有一个洋人，一个测量员和三个打手。一个农民抱着洋人的腿，哭着说："啊，老爷，饶了这块地吧。这是我的池塘，村里人来这里洗澡，老爷！"

洋人用手杖一再将他推开，他站起来后又哀求。耿伽大踏步地走过去，愤怒地说："停下！你们知道政府新近发布的布告吗？"

靛蓝厂主麦克格雷格在这地区住了五年，孟加拉语也相当精通了。他用孟加拉语回答耿伽的英语，问："这家伙是谁？"

耿伽抬头仔细看这洋人，朦胧的记忆被唤起，面容逐渐清晰了，这就是那个麦克格雷格。耿伽去见他，受到了极大的侮辱，那天没给出任何回答。他的血突然冲上头脑。

几个农民嚷着回答说："先生，这是我们的地主！"

麦克格雷格笑着说："这笨小子是什么地主？挨了皮鞭抽，地主也得逃跑。瞧吧，你们瞧吧。"麦克格雷格的皮鞭在空中转了一圈，狠狠地抽到耿伽的背上。耿伽纳拉扬背上起了一道血印，可他毫不在乎，以洪亮的声音说："你们不知道新公布的法令？你们会因为残暴进监狱的。我在这里当着大家的面发誓，你们调换了这些农民的土地……"

麦克格雷格说："混蛋，黑鬼。你要给我讲法律？瞧，这就是我的法律！"他刚要扬起的鞭子，被耿伽抓住了。比起酗酒和荒淫的麦克格雷格来，耿伽强壮得多。他使劲一拉就夺过鞭子。他再也压不住火了，连连用鞭子狠抽麦克格雷格作为报复。麦克格雷格从马上摔了下来。

　　然后发生了小规模的暴乱。打手们刚要冲上来，农民一齐吼叫说："听着，谁都不许碰他一下。"看到一个洋人跌落在地，他们的高兴和胆量都有点过分了。陀拉博不知从哪儿拿来一根大棒，大家合起来打伤了那三个打手。在其他洋人来救援前，他们拉着耿伽一起跑了。

　　那天午夜，村子里的许多地方燃起了熊熊大火。最先被烧毁的是地主辛格家的办事处。

八十七

比拉西木浦村空无一人，一些房屋完全被毁了。一两所房子现在还在熊熊燃烧。那些没被放火烧的房子也被恼怒的一群魔鬼砸得一塌糊涂了。本来是孩子哭笑喧闹的院子，现在只有一两只倒霉的惊恐的猫、狗待在那里。这两种动物离开人是活不了的。突然被人遗弃，它们不知如何是好，时时听到它们发出的怪异痛苦叫声。

村里的妇孺老幼都分散逃到远处的村庄了。一些强壮的青年人躲入巴迪瑟尔丛林里。乌贾尼河南岸这片丛林形成还不太久。巴迪瑟尔曾经是很繁荣的居民区。后来发生严重霍乱，每天焚烧百十具尸体，后来都没人烧尸了。那些剩了条命逃跑的人，谁都不再回来。多少年来，人们害怕不敢踏入那里一步。被遗弃的居民区逐步变成丛林，里面还有一些废墟，成了毒蛇和猛兽的窝。

逃入巴迪瑟尔丛林的人中有耿伽纳拉扬。看起来他像是强盗团伙的头目，手中有枪。当英国靛蓝厂主放火烧他们的房子时，普江格·帕达查利雅在逃走前，曾带着这支老枪。在耿伽想阻挡英国人时，普江格说，直接同英国人斗是不明智的。普江格当然没有躲进丛林，他带着家眷逃离这个县，把枪和一些子弹留在耿伽那里。

耿伽躲在密林中的一所破房子里。同他在一起的有十五个身强力壮的农民。耿伽觉得有点奇怪，他给比拉希木浦村带来这么大的灾难，可是没人恨他，相反对他更加敬畏了，因他当众打了洋人。民众几代以来只知道挨打后忍气吞声，第一次看到非常残暴的人被别人打翻在地。耿伽竟敢暴打阎王的打手麦克格雷格。

事实上，比拉希木浦村的大火烧起来，耿伽只是导火索而已。此地农民早已一致决定绝对不种蓼蓝了。他们内部已经在冒烟，耿伽只是把火点着罢了。当时靛蓝厂只给每亩地预付两卢比，而种蓼蓝的开支比这多得多，之后步步还得向靛蓝厂职工行贿。蓼蓝即使增产，也进了洋人及其职工的肚子。蓼蓝产量低了或质量差了，农民就得挨打，受到连续迫害，家中的妻女还得用肉体去抵偿不足的部分。到了这种地步，就是蛇也会仰起头来反抗的。农民已到了这地步了。

耿伽手中的枪，给躲藏者壮了胆。他们知道，靛蓝厂也只有一支枪。如果耿伽带领他们攻打靛蓝厂，就能让洋人死绝。在丛林里待了几天后，这计划使他们逐渐激动起来。他们只是考虑本村、最多是本区的事，对他们来说，外界的世界都不存在。

耿伽当然不想当童话中的主角。他头脑很冷静。现在还坚信"rule of law"。他手中有一支枪，但他不会使用。这群农民手中有棍棒，但怎能敌得过靛蓝厂训练有素的打手？带领他们喊叫着进攻靛蓝厂，是不切实际的。即使占据了这里的靛蓝厂又有什么用？

耿伽还想通过法律使农民要回自己的土地，有随意耕种的权利。需要了解那部法律。英国靛蓝厂主也知道这点，所以千方百计地残害、践踏贫苦无力的农民，不让他们求助于法律。

麦克格雷格及其随从纵火烧了比拉希木浦村，这是违法的事。如果在黑夜，神话主角耿伽带人袭击靛蓝厂，作为报复，那也是违法的。施暴者没有权力将法律审判权也抓在自己手中。与以前相比，至少在一点上耿伽是坚定的：看到眼前的不公必须立即提出抗议。为怕将来会被审判而忍受不公的话，就无人格可言了。因此他没有容忍麦克格雷格的鞭子。

带来的一点米和豆子凑合着充饥，但那些一无所有的人们是绝不会坐而待毙的。他们躁动不安，想要干点什么，甚至不惜献出生命。

耿伽决定，先跟当地警察局联系，警察的责任是执法，大家会同警察一起回到村里。如果洋人再来驱赶，警察就会对付他们。警察局在迦梨甘吉，穿过巴迪瑟尔丛林就能到那里。

伙伴们多次制止耿伽。他们无论如何不相信，警察会给老百姓什么好处。警察一向维护地主的利益，而英国靛蓝厂主又是警察的顶头上司。哪个警察敢动洋人一个指头？

耿伽什么也听不进去，他一定要到警察局去。当然，他不认识路，不可能自己去，可是谁同他去呢？最后陀拉博说："我给你带路，要死我跟你一起死！"

把枪藏在一棵高高的树梢后，耿伽和陀拉博在黑夜里离开丛林，沿着乌贾河岸北边走到迦梨纳加尔，陀拉博的一个姑表兄弟住在那里。先到他那里了解一下这一带的情况。

在他们到达时，迦梨纳加尔还在沉睡，寂静到让人觉得人们不是睡着而是死了。陀拉博的表兄弟不在家。他们在那里了解到，许多年轻人都躲起来了。靛蓝厂主英国人在这里也开始残酷迫害人了。耿伽有点懊丧。迦梨纳加尔有警察局。在眼皮底下都发生这种事，那还有什么依靠？

陀拉博要回丛林去，只有丛林安全，靛蓝厂主或警察不到丛林去。耿伽站在大树下考虑了一会儿。他决定，起码得去见一次警察局长。无助的文盲村民对政府的新命令一无所知。他们不提出要求，警察也不采取任何措施维护他们权力。而耿伽在《印度爱国者报》上看到，对强迫农民种植蓼蓝，政府并不支持。

迦梨纳加尔警察局门前，火把熊熊燃烧着，旁边坐着一个持矛的士兵。耿伽来到他面前。那士兵醒来听了耿伽的述说后伸出手来，就是说，不进贡点什么别想见到警长。说来说去，耿伽最后答应以后给点东西，他才站起来。

警长就住在附近。他身穿薄绸衣，像居家绅士那样，在油灯下读一本英语书。看见这么晚来人，他既不起来，又不叫士兵关门。他合上书本叹了一口气，说："怎么，房子被烧了吧？在哪儿？几年的预付款？是种植区还是非种植区？"

耿伽有礼貌地说："全村都被烧光了。村名叫比拉希木浦。在他们的压迫下，村里一个人都没有了。"

警长说："请坐，你就坐在那里说吧。尽管说。我还得听多少啊，连你这次，今天来过五个人了。"陀拉博站在外面的黑影中，不让警长看见。耿伽蹲下，说："我在《印度爱国者报》上看到一条消息……"

警长的视线一直停留在书本上，这才吃惊地抬起头来，厉声地问道："你说读了什么？你是谁？你是农民？"

耿伽说："我不是农民，可我是几次事件的目击者。如果您详细听……"

警长把灯举到耿伽面前问："你，你不是耿伽？"

这回轮到耿伽吃惊了，他也注视着警长的脸。

警长说："你，耿伽……我们的耿伽纳拉扬？听你的声音我就觉得像。认不出我了吧？我是帕吉罗陀。我们是印度学院的同学……默图、拉吉纳拉扬、普德博、贝尼……戈尔……我家离普德博家很近……"

这下耿伽想起来了，这个中年发胖满面胡须的人，是他的同学帕吉罗陀。可是他在学生时代并不那么出众，所以不在耿伽的朋友圈里。

帕吉罗陀说："你这是什么样子？光着上身赤着脚，像你这种家族的孩子……我在你家吃过多少东西！说说，是怎么回事？多么奇怪的命运，在这种情况下同你见面……"

在耿伽说话之前，帕吉罗陀又说："等等，等等！在比拉希木浦，有人把一个靛蓝厂主打了，是你？啊，天啊！那成了大事件啦！我听说是辛格家的孩子干的好事。可真想象不到你会动手打人！"

耿伽说了事情的经过。

帕吉罗陀一再打断，这种事他听得多了。他听完后，说："耿伽，我的手脚都被捆着。我一看见你，就该逮捕你！你不知道靛蓝厂主在这里是多么厉害。你看到的只是其中的一两个而已。"

耿伽说："你没听到过巴拉沙德法官的判决书？他指示警察局的警长……"

帕吉罗陀说："我听说了，全都听说了。那个法官被调走了。有一两个idealist（理想主义者）毛孩子，最近从英国来，要帮助这里的土著。调到戈宾陀浦尔几年后头脑的热情就会冷却。这巴拉沙德又有两个执意支持农民的法官，也被调走了。"

耿伽说："但是区内这么多农民离开了土地，对政府有什么好处？政府会维护靛蓝厂主的利益而伤害自己么？"

帕吉罗陀说："在靛蓝生意中，许多政府官员得利。我再跟你说一件事。这个县的推事就受这麦克格雷格指挥。他每月去麦克格雷格家吃饭。人们说推事先生和麦克格雷格的老婆勾搭很久了。你在这个县里怎么反对麦克格雷格？农民们挨打或受迫害是很平常的事。可是你为何要卷进去？他们若是抓住你，就会要你的命！"

耿伽有点生气地说："你是说，对这种压迫就没治了？那你们为何还在这里？女王发布告谕后，作为臣民，靛蓝厂主和农民有平等的权利。"

帕吉罗陀笑了，说："你还是那样，耿伽！impractical, romantic（不切实际，浪漫主义）。战胜者和战败者几时平等过？洋人会把我们当人看吗？"帕吉罗陀止住笑，变得严肃，脸色变得难看了。他缓慢地说："很久不见了，我想起了许多往事。不过现在还不是坦诚对你说事的时候。如果有人知道你来过我这里，我就完了。我有个建议，你听着，今晚你就坐船到科德纳去，然后尽快返回加尔各答。只有这样，才能避开盛怒的靛蓝厂主，才有活路。我这就给你安排船。"

耿伽脸色都变了，说："叫我逃跑？"

帕吉罗陀说:"你在这里能做什么?在这里你有生命危险。我不是吓唬你,对他们来说,打死一个人根本不算什么。"

耿伽沉默了一会儿,他同比拉希木浦农民的命运已经拴在一起了,现在抛弃他们只顾自己逃命?

帕吉罗陀说:"别耽搁了,耿伽,动身吧。今晚你必须到达凯什德市。"

耿伽说:"我来是为倒霉的农民说话的。要是我能制止对他们的不公就好了。我现在就这样扔下他们走开?"

帕吉罗陀说:"你要帮助农民,很好,可是你在这里能为他们做些什么?最好是回加尔各答,替他们战斗。如果要告状,你就去加尔各答的最高法院起诉。控告英国人的刑事案件能在郊县办吗?你连这点都不懂。你若想帮助他们,必须到加尔各答去。"

耿伽想,看来这是唯一的办法。让陀拉博给农民送信。在加尔各答起诉后,从那里给他们送去援助。

过了一会儿,耿伽浑身发颤。又做保证?几年前,他就是做了这样的保证后,在半夜里消失的。再次在这种情况下扔下他们,他们还会相信我吗?回到加尔各答,谁知道自己会怎样变化?他站起来说:"不,帕吉罗陀,我现在不能去加尔各答,我要跟他们在一起。"

帕吉罗陀又提出种种理由劝说好久,还是不能使耿伽回心转意。耿伽出去叫:"陀拉博,你在哪里?走!"

帕吉罗陀也走到外面,他到现在似乎还接受不了地主的儿子耿伽的变化。看见耿伽要走,他说:"耿伽,这么冷的夜晚你要走……你光着身子,至少拿上这个。"他脱下身上的毛衣递给耿伽,耿伽不能拒绝,他同陀拉博立即消失在黑暗中。

八十八

耿伽根本就没有像浪漫小说的主人公那样，想扮演什么重要角色，但不知不觉中也是如此了。他从丛林外出几次，了解到气氛十分紧张。农民同靛蓝厂主总是发生冲突。麦克格雷格的走狗一直像猎犬那样搜寻耿伽。麦克格雷格的一只眼睛被耿伽打伤，伤得很厉害，他们要报仇。耿伽的长相和身份，在这地区无人不知。陌生村民见了耿伽都会过来礼貌地说："先生，您快逃跑。您要是被抓到，洋人会把您撕碎的。"

他们是这样说，可是为了见到耿伽，全村人都围了过来。有的人趴在他的脚下行礼。耿伽夺过鞭子狠抽残暴的英国佬麦克格雷格，可是他现在还活得好好的。他们不知该怎样表达自己的惊奇和激动。在他们眼中，耿伽逐渐地由人变成神了。

耿伽明白，离开丛林真的很危险。无论如何不能逃回加尔各答。在这里也不能寻求法律的保护，因警察都被靛蓝厂主收买了。耿伽他们虽然躲在丛林里，还是怕随时受到袭击。陀拉博和其他人用破砖和木头建成了一个小堡垒。耿伽的枪给他们壮了胆。

有时，一两个人乘黑夜走出巴迪塞尔丛林，搜集各种消息回来。谁知道，没受到鼓动的，各村无助的、弱小的农民从哪儿得来的力量！他们在经受了长时间的迫害后，突然决定今年是绝对不种蓼蓝了，即使丧命也无所谓。到处燃起了大火。哪个村庄、什么时候发生了什么事，耿伽都知道。

为了弄到吃的，陀拉博及其同伙必须到村里去。村民们自愿给他们一把米。不知那时村民怎么理解丛林里的秘密营地，但一个失踪的地主儿子，在很久之后回来，带枪躲在丛林里，组织一群农民，英国人现在听到他的名字都发抖。这些故事还掺入一些想象。结果传出许多以耿伽为名的神奇故事。很多人相信，为了拯救穷人，这个人是神派来的。

在耿伽的指示下，他的追随者还搞来了《印度爱国者报》。人们称为"哈里斯的报纸"，是很难弄到的。像被禁的秘密传单一样，有谁需要，就送到他手上。耿伽在该报上能看到全国的情况。哈里斯·穆克吉有理有据地详细说明，因为种植蓼蓝，孟加拉许多县完全毁了。他在每一期都详细描写，政府职员和英国靛蓝厂主是如何勾结、伤害印度民众和政府的。该报刊登了西西古马尔·高士从杰索尔发来的信，叙述了靛蓝厂主的残暴和农民遭遇的惨状。谁是西西古马尔·高士？不知道，但他亲自到农村去，搜集真相告诉国人。

耿伽读了报纸也感到惊讶。为何大家如此关心蓼蓝种植？种植蓼蓝的痛苦只是农民的，地主跟这事没有瓜葛。地主把土地租给靛蓝厂主后，就跟这事无关了，跟种植的赔赚没有特别关系了。与城市的中产阶级更是毫无关系。耿伽记得，从前报纸没有这么多关于农民的文章。哈里斯·穆克吉和西西古马尔·高士这些人，为何对种植蓼蓝农民的状况这么忧虑？若是见到哈里斯，耿伽就要问这些问题。耿伽认为自己有责任，所以自己的命运和他们结合在一起了，但这不是地主的或家传的，完全是他自己的责任。

一天，陀拉博边喊着，枪，枪，边跑进秘密营地。他看见几个带武器的人进了丛林，准是靛蓝厂主的兵或是警察。有时有人来丛林打猎，但在这危险时候，谁有打猎的雅兴？

陀拉博和其他人拿起棍棒躲在暗处。耿伽手持手枪站着。他的

心在颤抖，他开枪杀人？不仅为了自卫，也为救同伴而被迫使用武器。他一再感到，在宁静迷人的山麓下的生活比这好得多，

不远处的树林中出现三个人，他们手持棍棒，不知是否有枪。陀拉博激动地压低声音说："打呀，大先生。别让他们过来。打呀！"

耿伽举枪瞄准。那群人中有一个向前走来。这壮汉身穿黄色的围裤，手持包铜的棍子。他喊道："辛格巴布，辛格巴布！"

耿伽的伙伴交换着惊奇的眼色。陀拉博说："他过来了，收拾他。"

远处的人高举两手，说："我是来见辛格先生的，我名叫狄格波尔·比斯瓦斯！"

这下耿伽大声回答说："不管你是谁，放下手中的棍棒，单独向前来。"

那人慢慢地把棍棒放到地上，然后抬起头，严肃地说："我是乔加查的狄格波尔·比斯瓦斯。我时间有限，说几句就走。如果您同意，就请出来。要不我就走。"

耿伽放下枪说："请过来。请到您右边的屋子里来。那边有入口。"

狄格波尔·比斯瓦斯年纪不到三十，相貌堂堂。他进入耿伽他们栖身的破屋后，先是默默地注视耿伽好一会，然后说："您就是那个人！人们没有说错。我以为说的都是故事。"

耿伽问："您是谁？我不认识您啊！"

狄格波尔·比斯瓦斯说："站着说不行。您请坐，我也坐。我是从很远来的。"

耿伽的床是用干树叶铺的，他就坐在上面。比斯瓦斯坐在稍远的地上。其他人围着他们站成一圈。狄格波尔·比斯瓦斯向他们扬手，真诚地说，你们所干的事，干吧！跟我来的还有几个人，去把他们叫过来，你们出去，我有话要和巴布说。

狄格波尔·比斯瓦斯额头叩地向耿伽行礼后，抬起头，说："我没见过您。我小时候见过令尊拉姆卡马尔·辛格。"

耿伽不做声等待着。

狄格波尔·比斯瓦斯说："您看见我吃惊了，我也没少吃惊。集市上人们都说，土兵起义的一位领袖曾逃跑到喜马拉雅山上，现在为带领种植蓼蓝的农民造反，到这边来了。他是地主辛格家的人。"

这下耿伽笑了。土兵起义的领袖？人们的想象力真厉害啊！耿伽根本不知道土兵起义的事。起义的浪潮也并没有波及赫尔德瓦尔的圣仙。

"现在谈正事吧。"

"是的，有正事。我来不是为了澄清这些争论的。我先自我介绍，是我大哥派我来的。他名叫毗湿奴乔岚·比斯瓦斯。他是神一样的人物。他曾是梅赫普尔靛蓝厂的主管。"

陀拉博及其伙伴站在稍远处。听到这话后有些议论。靛蓝厂的主管是非常令人憎恨的身份。那么这家伙是靛蓝厂洋人的特务。

狄格波尔·比斯瓦斯责备他们，说："小子们，我是说以前，现在不是了。我过去也当过那家靛蓝厂的账房，现在不是了。大哥和我都辞职了。为什么辞职，知道么？以前靛蓝厂的经理是麦克佛伦森先生。他是个好人，自己出钱办学校、医院。不是所有英国人都坏，英国人中有好人、小人、小偷、坏蛋。小人、坏蛋洋人都做靛蓝厂生意。现在梅赫普尔靛蓝厂的经理雅德里就是这样一个小人，通过主管、账房残害农民。没脸没皮，是魔鬼，白皮魔鬼，不把印度人当人，他要吸人的血。看到这些，大哥和我辞职不干了。"

"好，好事。为什么来我这里？"

"除了您，就没有救星了。"

"救星？我？您要说什么，直说吧。"

"像您一样，靛蓝厂主若是抓到我，会砍我的脑袋。我大哥被警察通缉了。我辞职后，农民来乞求我，只是哭，还说，救命啊，救救我们吧！只要是条生命，都是要求生的。洋人的命、地主的命、农民的命、全都是薄伽梵创造的。我们兄弟俩对农民说，如果想活命，就别种蓼蓝了。"

"这种消息我听到一些了。"

"不仅在我们区，我们也到其他区去对农民说，停种蓼蓝。今年会大乱的。"

狄格波尔·比斯瓦斯静默了一会儿，有点激动地说："这回就靠您了。"

耿伽同他聊了一会，明白自己在不知不觉中卷入大事件中了。狄格波尔·比斯瓦斯内心有一股狠劲，他一旦投入，不达目的是不会撒手的。不是为了私利，而是一种自尊感使他如此坚决。他的人格使耿伽深深感动。

狄格波尔·比斯瓦斯说，光停止种植蓼蓝，达不到运动目的。靛蓝厂主有能力承受一年的损失，他们几倍地加紧凶残迫害，就会瓦解农民的斗志，第二年农民又不得不种植蓼蓝。所以必须不停地对洋人进行反攻，对付靛蓝厂主的迫害，要让他们懂得孟加拉人绝不会接受他们的残暴欺压，他们建在农村的靛蓝厂不再会是安全的。

但是谁来团结农民去进行反抗？被压迫的贫苦农民什么时候学会一起去抗议不公？如果没有好的领导，他们听谁的指示去战斗呢？他们去混战只有死路一条！狄格波尔和他大哥努力向农民做解释，但大家不听也不信他们，另一方面法雷兹人也号召蓼蓝农民战斗。如果各方面一起开始战斗，那么靛蓝生意就会完蛋。现在转来转去，领导的重担就落到耿伽身上了。

这期间到处发生一些冲突。村民们攻击了靛蓝厂主的士兵。残暴者阿明的尸体在河上漂浮。有人从远处向一个骑马的洋人射箭，没有射中洋人，而是射中马，洋人落马摔断了腿。民众都相信，这些都是耿伽的功绩。半夜听到远处的炮声，人们惊醒后坐起来说，这是耿伽纳拉扬·辛格去和洋人战斗。不久之后，人们可能塑造想象出来的耿伽塑像来膜拜。

耿伽说："可是，我根本没有做过这些事。"

狄格波尔·比斯瓦斯说："您出名了，这样我们也得益。您的名字和咒语一样起作用。一听到您的呼唤，大家会一致听您的命令。

人们觉得，您有神奇的力量。您在喜马拉雅山待过……您不明白，迷信的人被魔术、咒语深深吸引。您在这上面有用，您的名字已经很响亮了，这回该有所作为了。"

可是耿伽还在犹豫。不管怎么说，他是内向的人。要他带领这么多人冒着生死的危险，他一次次激动起来，内心又有人在拉住他。当时他没有做决定，只对狄格波尔·比斯瓦斯说，为更多地商量，他必须到那里去一两天。

第二天来了一群村民。就像远方的人来求活神仙一样，他们来向有神力的耿伽倾诉他们的痛苦。他们趴在耿伽面前哭诉，靛蓝厂的打手掳走了他们村两个年轻媳妇，其中一个是孕妇。媳妇被毁就是全族被诅咒。耿伽能不管吗？

陀拉博和伙伴"是的，对，对"地喊起来。他们在丛林住了几天，似乎体内的原始野性力量觉醒了。他们急于出击。近来掳走妇女的事件增多了，原因是靛蓝厂主认为，把农民的女当家掳走，他们就会哭个半死。那时再动动指头，他们就得来拍马屁了。

狄格波尔·比斯瓦斯对耿伽说："走吧，去检视一下力量吧。"

在喧闹声中耿伽被迫同意了。

当晚，大约四十个手持棍棒的农民攻击了一家靛蓝厂。他们第一次很容易获胜了。奇怪的是，那家靛蓝厂可能是没有枪，要不就是没人会使。两个洋人喝醉了。

耿伽没有做什么特别的事，他只是拿着枪走在前面，而凶狠疯狂的农民跟在后面跑。在这之前没人敢进攻靛蓝厂。他们直接砸了靛蓝厂的大门。一个洋人拼命逃走了，另一个倒在地上，被陀拉博用脚踩着他的脖子。两个被掳的媳妇被找到时已是半死状态。

那些耿伽没有参与的事件，也被说成是耿伽的功劳。这次真的是他的故事，更是十倍地传颂。乡村诗人把耿伽的名字编了歌曲：

靛蓝厂这回着火了，

耿伽·辛格冲了进去，

啊，靛蓝厂的猴子，等等，

耿伽·辛格站在大门口。

事情一旦开始，就不容你犹豫了。耿伽不得不频繁更换住所。一天又一天，到一个个村庄去参加农民造反的宣誓。在自己土地上种植了蓼蓝的，全都铲除了蓼蓝。农民们和靛蓝厂的打手发生过几次冲突。狄格波尔·比斯瓦斯说得对，耿伽一在场就有神奇的力量。他所到之处，农民像潮水般涌来。靛蓝厂的打手怎能对付他。

耿伽在一个地方被迫开枪了。对面一个洋人也开了枪。双方都没有受伤，但似乎更加表现了耿伽的神力。他的追随者在胜利中大声呼喊耿伽的名字。

大约一个多月，耿伽的胜利征程继续着。看来洋人早就开始退却了。耿伽的队伍在任何地方都没有受到大的阻碍，也看不到靛蓝厂主和警察联手。农民的信心大增，那些离开宅基地逃跑的也回来了。许多农民在多年之后，在自己的土地上种植水稻而不是蓼蓝了。

有一天耿伽突然被捕了。

洋人强迫佃户在自己的土地上种植蓼蓝。耿伽把那些土地上的蓼蓝苗拔掉，把土地还给农民。骑马的警察突然来了。过去几天，警察和打手没有任何动静，耿伽的胆子大了，没有把自己的人都带上。他不该在大白天这样站在空旷的土地上。

警察队伍从远处放着空枪过来了，他们有很多枪。进行不对等的战争没用，为避免无意义的流血，耿伽说，你们撤吧，混在农民中慢慢走，我看着。

若面临战事时逃跑，被敌人从后面打死，农民的情绪就会崩溃。相比之下尊严地投降为好，然后能寻求法律帮助进行战斗就好了。

耿伽右手高举枪支向前面走去。

指挥警察部队的是耿伽的同学、警长帕吉罗陀。他下了马，亲自给耿伽的手和腰绑上绳索。他拉着绳索在前面走着，小声说："我是为你好才逮捕你的，耿伽。除此之外没法救你。还有部队从加尔各答调来，下了命令，见到你就开枪。你带着几个农民就想和他们作战！我已经给加尔各答你们家写了信，他们会来保释你的。如果要打官司就打吧。你若在外面再待一天，命就难保了。"

耿伽面无表情。他连看都不看儿时的同学一眼。

那晚耿伽被拘留了。第二天押解到艾迭拉，送到县洋人推事的帐篷里。推事本人要见他，警察按程序将他带到那里。推事的帐篷里还有一个人，即洋人的蜜友、靛蓝厂主麦克格雷格。推事亲切地问他的同胞："是这个人吗？"

麦克格雷格一只眼歪了，下巴现在还有伤痕。他几乎吼叫着说："yes（是的）！"

推事笑着说："揍他。"

麦克格雷格立即举鞭扑向耿伽，马鞭声使空气都颤抖了。推事端起茶杯，过了一会，他说："也不能完全打死他，麦克格雷格。我们这里的警长是他的发小。若他被杀死，警长伤心的话，会打报告的。"当然他会立即安排撤警长的职。他也揍了那警长几下解恨。

耿伽在流血的状态下昏倒在那里。

八十九

在推动寡妇再婚的同时，伊斯瓦尔·钱德拉·维迪耶萨伽尔也拼命努力推行妇女教育，但突然遇到了障碍。

政府官员称赞他所做的事，英国报纸做了大量报道，维迪耶萨伽尔据此认为，他的工作会得到政府支持。政府任命他为教育特别督察，赋予他到农村去办学校的责任，因此他格外辛劳。不仅给男生办，也给女生办。名为贝休恩的加尔各答学校避开了种种障碍和阻挠，维迪耶萨伽尔任该校委员会秘书，但是他知道，如果农村妇女不识字，就消除不了印度妇女的文盲。

开办学校很难，难在承担开销。需要村民给土地和捐款建校舍，维迪耶萨伽尔都亲自去操办。学校老师的工资由政府支付。每所学校每月十五至二十卢比，最多三十五至四十卢比。维迪耶萨伽尔转着圈到胡格利、布德万、梅迪尼普尔、纳迪亚去开办一所又一所女子学校。这样建立了三十五所学校后，政府干预了。

政府教育部把维迪耶萨伽尔叫去，说，开办这么多学校，开支谁出？

维迪耶萨伽尔像从天上摔了下来一样。英国人说过许多给文盲、愚昧者分发一点知识之光的话，现在借口开支有困难就想往后退？需要多少开支？迄今才建立了三十五所学校，每月总共支出八百三十五卢比。国库支付不了这点钱？

但英政府在印度推广教育的目的，是制造一些文书和下层职员。女子受了教育，政府没有得到任何好处，因为妇女是不会来当文书的。政府为何要白花这笔钱？维迪耶萨伽尔写了很多长信申述理由，可是政府不为所动。一月又一月书信来往的结果是，三十五所学校教师的工资停发了。这些教师是维迪耶萨伽尔任命的，政府不发工资，就得由他来发。

维迪耶萨伽尔还注意到一件事。孟加拉南部的学校督察职位空缺，很多人认为职位该给维迪耶萨伽尔了，没有人比他更熟悉孟加拉农村的学校。可是这个洋人不适合担当的职位还是给了另一个洋人。在任职方面有一条红线：印度人不能担任高于此线的职位。

这位来自比尔辛格村的犟人维迪耶萨伽尔，又一次发犟了，他辞去了月薪五百卢比的官职。他辞职后并不贫困，他写书的收入相当多，但他的心碎了。不仅是这一件事，后来还有许多事。

几年前有一天，维迪耶萨伽尔到他朋友贝利乔伦·萨卡尔家聊天。贝利乔伦曾在巴拉沙德学校教书，从那里升任印度学校校长。贝利乔伦是英语大学者。他在巴拉沙德期间，写了一本教儿童初学英语的书。来到印度学校后，为这本书印刷新版发生了摩擦。在谈话中，他对维迪耶萨伽尔说："伊斯瓦尔，你为何不为儿童写一本孟加拉语书呢？"维迪耶萨伽尔开头不回答。贝利乔伦又说："你是否在想，像你这样的大学者写abc入门书丢份儿？但是不在儿童时期打好基础，长大后有几个人能读学者写的书？来吧，你和我合作，承担起向孟加拉儿童介绍英语和孟加拉语字母的责任。"

维迪耶萨伽尔想起了这番话。这之后有一天他在坐轿时很容易地写了几句孟加拉语句子。"鸟儿在飞。树叶在摇。牛在吃草。雨水落下。花儿脱落……布拉恩戈巴尔很懂事，布拉恩戈巴尔很爱弟弟和妹妹……"维迪耶萨伽尔写着写着自己都吃惊了，孟加拉语能这样容易地写？不用复合字母也能写句子？不要梵语的扶持，孟加拉语自己也能走路？

不久后，维迪耶萨伽尔出版了认识字母第一册，出版后立即引起巨大反响。当他明白社会上缺乏这类书时，开始写这类书，卖出了成千上万册。维迪耶萨伽尔是出版者，所以经济收入是巨大的。然后他创作了识字第二册，在连续写了几本教科书后，他有了固定的收入，成了真正的富人。

他辞职后成了富人，但不仅钱用完了，还负了债。他的支出大于收入。为寡妇再婚，他大量举债。为寡妇再婚，他不仅推动制定法律，还为了在社会上推行此事，亲自逐个安排婚事。他逐渐地觉察到，这些已经成了他个人的责任了，他得负担开销。传说寡妇到加尔各答结婚，维迪耶萨伽尔要给新娘置办首饰和家具。有人以寡妇再婚的名义坑害他。

那些有地位的、诚心保证过帮助他的人，现在几乎全都退缩了，忘记了要给予经济援助的诺言。甚至他的知心朋友现在对此事也冷漠了。

维迪耶萨伽尔辞职后决定，已经开办的几所女子学校，无论如何不能关闭。要他单独负担这些学校的开支是很困难的，他向老百姓募捐，但反响并不热烈。他惊诧地得悉，那些口头上总是说特别需要印度妇女教育的人，实际上没给任何帮助。印度人口是心非。

不仅是这样，打击也来自很亲近的人。曾受过他帮助的人，在暗中散布谣言，对他攻击。不久前，挚友莫顿莫汉为了一点钱同他大吵，而莫顿莫汉在年轻时，是维迪耶萨伽尔邀请他，在印度学院给他安排高阶职位的。

维迪耶萨伽尔有些日子疲惫不堪，情绪低落，身心俱伤。他默默地躺在床上读书。

但是这种状态不能长久。他想，我失去了对人的信任？为别人着想，为了别人，以致他对薄伽梵都没有这么用心。现在如果对人都不信任了，那依靠什么活着？他又陷入了意识的纷争中。他决定投入到艰难的工作中去，克服麻木。他要从事一段时间的写作。至今为止他写过一些小册子，但是没有时间写大部头。他开始翻译《摩诃婆罗多》，打算把这部巨著译完。

《摩诃婆罗多》译出一些后，他寄到《求知》杂志想要发表，一天，有一位年轻人来见他。这年轻人他过去认识，但见到后却认不出了。来人脸色黝黑，眼窝很深，穿的衣服相当昂贵，但却光着脚。

维迪耶萨伽尔问："你是谁啊，先生？"

年轻人说："师尊，您忘记我了？我是诺宾古马尔·辛格。"

维迪耶萨伽尔听到名字后皱起眉头，他愤怒了。和这些毫无主见的纨绔子弟，他不想有任何关系。这个诺宾古马尔·辛格曾经很热情地站在他这边。诺宾在报纸上宣布过，他为每个寡妇结婚资助一千卢比。后来突然找不到他了。不要说一千，他连一分钱都没有给过。他像其他富家子弟一样，翅膀硬了，会飞了。也有过一些关于他的消息。不管他说的多么动听，血统的罪过在那里，没有美酒和美女，他们是活不了的。

维迪耶萨伽尔疲惫地说："我看面相没认出来，但听到名字认出了。可是，你怎么叫我师尊？看到像你们这样的几个门徒，人们就知道我是什么团伙的师尊了。"

诺宾说："我很不配当您的学生。我能给您行触脚礼么？"

维迪耶萨伽尔说："如果有心向婆罗门行礼，就行。"

因为不能坐着受礼，维迪耶萨伽尔正要站起来，诺宾抢先扑在维迪耶萨伽尔的脚上，说："我是罪人，我肮脏……"他开始呜呜地哭起来。

维迪耶萨伽尔忍受不了这种哭泣。看到别人流泪，他的眼睛也湿了，这是他的一个弱点。他不喜欢这个生活奢侈又放荡不羁的青年。可是看到他哭，他也哭了，这是一种痛苦。

他转过脸去，说："起来，坐下说，想说什么就说。我不认为任何人是肮脏的。可是像你这样的有钱人什么时候是罪人？只有穷人、要饭的人才是罪人。"

可是诺宾止不住哭。从未见过像他这样高傲的青年如此懦弱，看来他的精神平衡错乱了。他在卡玛拉·森德莉家过夜后，恢复神志时哭了。自己被自己打败，他承受不了。回家时他下决心自杀。

他把自己关闭在卧室里大约十天，外人谁都不见。在母亲和妻子的哀求下，他假装吃几口饭。他要看到极端的自残。逐渐地他的固执增加了，他想，自杀是唯一结局。在无人的中午，他悄悄地出去跳入房后的池塘里。他不会游泳，往深水里走着走着，他胸痛得喊起来：啊！是我自己惩罚自己，而不是别人。当然他最信任的、总是跟着他的杜拉钱德拉正在这时看见他，跳进水里将他救起。诺宾狠狠抽了他几个耳光，说没有我的命令，你为什么救我，混蛋！

后来有一天中午，他拿起父亲留下的老凯尔文公司的手枪，装上子弹，枪管对准自己的脖子扣动了扳机。很久未用的枪发出巨响爆裂了，诺宾两个手指受了点伤。两次得救后，诺宾不想自杀了，但他和社会生活完全隔绝，不再踏入穆鲁格钱德拉的窝点。朋友来叫他多少次他都回绝了，谁都不见。

他躺了一会儿，眼前飘过那个景象：丰满的卡玛拉·森德莉非常痛苦地哀求说："啊，别碰我，别碰我！我像你母亲一样……"而醉醺醺失去神志的诺宾搂抱着她，说："不表演跳舞么？跳舞？躺着跳？"一回想起这样的场面，他就愤恨，像全身被刺扎了一样。他竟在青春不再的妓女的肮脏床上过夜。他听许多人说过，这是他父亲包养的女人。他不能忍受，无论如何不能忍受！为此他不能归罪于别人，只能埋怨自己。丝毫不能怪罪哈里斯，哈里斯没有一天亲自来叫过他，再说，哈里斯准时去做自己的工作，不像他这样放任。

诺宾这样过了四五个月。他要用读书忘却他的心事，后来他感到孤独的痛苦。他想对人倾诉自己的罪孽，但是向谁倾诉呢？像天主教徒到教堂去忏悔那样，把什么都说出来？他一次次想到一个名字，但又怕到他面前去。最后他明白了，除了去见他，没有别的路。

诺宾在这么久之后走出屋子，感到精神痛苦也影响到身体了。他一走路脚就发抖，脑袋里就有嗡嗡的声音。他几年前得了重病时，有强烈的求生欲望。这次他却自愿死去，他对生命冷漠了。他坐上双驾马车后很久才发现，两只脚穿的是不配对的鞋。

维迪耶萨伽尔扶他叫他起来，说："你的身体怎么成了这样？过去不是很好的么？你犯了什么罪？"

诺宾止住眼泪想站起来时却全身发抖。

维迪耶萨伽尔说："坐吧，平静下来！"

诺宾静默了好一会儿，擦干眼泪后，缓慢地说："谁也不管我。我能随意行事，走正路或走邪路，我完全自由。但我管不住自己的心，这是我的罪孽。"

听了这年轻人的话，维迪耶萨伽尔感到有点好奇和诧异。这种年纪的大部分青年人，是约束不住自己的心志的，这不是什么新鲜事！刚成年就拥有巨额财产，在背后有无数的阿谀奉迎之徒在啃啮他。维迪耶萨伽尔说："成为男子汉，就能控制自己的心志。在这问题上我能给你什么帮助呢？"

"像我这样的人，还有必要活着吗？如果您叫我去死，我也同意。"

"我说话你就去死，这太奇怪了！为什么，为什么要死？你做了什么该谴责的事了？像你这样的青年，任何方面都没有匮缺，可是想死，真是怪事！"

"没有人禁止我喝酒，我有了酒瘾后，大家都认为很正常，可是我从小就憎恨喝酒。而我不知从何时起就酗酒了。我对淫窝里的坏女人从来没有过邪念，可是在夜尽时看到，我竟躺在那里。为什么我这样大反转？为何我自己去造孽？您拯救我的灵魂吧。"

"你是要称我为师尊？我不能用任何咒语救你。如果你要走正路，自己得先让心坚强起来。"

"管不住自己心的人，有什么办法使心先坚强起来？"

"听着，那些学会用自己的思想、智慧辨别是非的人，是从来不随着别人的话起舞的。看来你现在心智尚未成熟。如因年龄小而做过若干坏事，现在就丢开它吧。时间没有消逝。你有钱，考虑国家的事，做点有益于民众的事吧。被酒勾引坏很容易，很多富家子弟就是这样的。如果你想做真正的人，那就唤醒自己的思想和智慧吧。"

"您说我的生命是有意义的？"

"生命如果能做好事就有意义。你写过几本书，再把心放到那上面吧。"

"我没有兴趣再写那种小册子了。我想做别的事。如果我把全部《摩诃婆罗多》翻译成孟加拉语，能祛除我的罪孽么？穆斯林一辈子都在抄写《古兰经》，如果我也那样……"

维迪耶萨伽尔从头到脚审视诺宾古马尔。他的嘴角露出笑容。刚露出胡茬的这个年轻人要翻译全部《摩诃婆罗多》？他说什么呢？"你说什么？你是说要抄写《摩诃婆罗多》或是将它翻译成孟加拉语？"

"我要将全部《摩诃婆罗多》翻译为孟加拉语韵文。"

"你读过《摩诃婆罗多》全本？你知道它是多大的巨著么？"

"是的，从小起我就很爱读《摩诃婆罗多》，不是卡希拉姆·达斯[1]那部，而是广博仙人毗耶娑的那部。我前几个月闭关在家，又从头到尾读了这部书。我知道这是繁重的工作，但这辛劳是我该受的。"

维迪耶萨伽尔高声笑了。几个月来他自己也是精神疲惫，为了克服它，他开始翻译《摩诃婆罗多》。这位青年因别的原因有了心病，为了救赎，他也考虑翻译《摩诃婆罗多》。这神似不是很有趣么。

维迪耶萨伽尔和诺宾就此事又谈了一会，说，希望他一周后拿几页译稿来看看。看了译稿，他就能判断诺宾的诚意。不用一周，两天后诺宾就带来了他翻译的几页孟语的《摩诃婆罗多》。维迪耶萨伽尔用心地读了几遍。然后说："我看你真是神童！你的译作中有几处错误，有三个地方没有正确把握诗句的原意，明显看出，你的梵

---

[1] 卡希拉姆·达斯（Kāśīrām Dās），中世纪孟加拉文学重要文学家、诗人。他在17世纪用孟加拉语创作的《摩诃婆罗多》，又被称为《卡希拉姆·达斯摩诃婆罗多》。

语知识还不足，但你的孟加拉语韵文很精彩。既洒脱，又合音律。我读过其他人的作品，轻易看不到这样的韵文。人们会有兴趣读这样简洁的译文的。你老实说，你真要翻译全部《摩诃婆罗多》吗？"

诺宾说："我能对您发誓。"

维迪耶萨伽尔说："好。这工作你自己做不了，不精通梵语，你辛劳一世也没有用。你有钱，可以聘请几位学者。我能为你推荐几位学者，通过他们你能确定梵语诗句的含义，但他们的孟加拉语韵文不行，用你这样漂亮的韵文译吧。"

诺宾说："我照您吩咐的去做。"

维迪耶萨伽尔说："别耽搁，马上做起来吧。抛开轻浮的娱乐从事艰苦的工作，对你有好处，也使我高兴。所以我停下我已开始做的《摩诃婆罗多》的翻译。让你的《摩诃婆罗多》在孟加拉传播吧。"

诺宾说："您……您开始翻译《摩诃婆罗多》了？我不知道，那我的……"

维迪耶萨伽尔说："我只译了一点，就此停止了。好吧，我可以把心思用在别的工作上了。你别怕，我会时不时地来看你的进度的。我会尽力帮助你的。"

九十

外屋的一部分完全重新装修后，开始神圣的工作了。请来了特殊的学者，专有几个仆人伺候他们。婆罗门厨师给他们做各种美味菜肴，愿自己做饭的学者也有安排。梵语《摩诃婆罗多》有很多手抄本、印刷本，甚至还从普纳弄来了最权威的版本。诺宾古马尔以重金购买了尼尔甘特的注释版。诺宾袪除了懦弱和疲惫，又是活泼青年了。他像风暴中的骑手，想很快地将十八卷的《摩诃婆罗多》翻译成孟加拉文本，完成这样的大工程。他把自己的印刷厂扩大了，买了很多纸张，辛格地产的职工现在都忙于这工作。需要多少钱就用吧，根本不用发愁。

维迪耶萨伽尔先生来视察过，表示满意。

诺宾同内宅几乎没有关系了。他的全部精力都投入这里了。乔杜波迪·甘古利和求知会的几个朋友为诺宾这新热情而非常高兴，他们经常来。哈里斯因为很久没见诺宾了，派人来邀请，诺宾没有去。

几位学者从梵语原诗句译成孟语，几个人将其改成孟加拉语韵文，最后由诺宾润色。诺宾手中似乎有魔术，既保持了原有的凝重，又创造了易懂流畅的语言。取代了一两个字，调换了某些动词的位置，就出现了新面貌。

一天下午，诺宾正在埋头工作，内室的呼唤来了。是宾波波蒂叫他。他虽然有点厌烦，但不能驳回母亲的召唤，他放下笔去了。妻子索罗吉尼回娘家几天了，所以近来诺宾没有在自己房间睡。在同学者们讨论梵语语法到深夜后，就睡在那里的一间小屋里。现在他关心的只是《摩诃婆罗多》。

宾波波蒂穿着一件新衣坐在鹿皮座上。诺宾看到后感到很奇怪，脱口而出说："怎么了，妈？"

宾波波蒂在丈夫去世后就剃光头了，后来又蓄回披肩长发。今天诺宾看到，宾波波蒂又剃光头了，额头涂上檀香，一副苦行者打扮。她在簌簌地掉泪。

诺宾至少有八九天没有看见母亲了。他根本不知道母亲这样的变化，尽管缺少了联系，至少每年杜尔迦节时，他在杜尔迦神像上能找到与母亲相似之处。至今他没有见过像他母亲这么美的人。

看到母亲这种服饰和眼泪，他伤心了。他跑过去扑倒在母亲的脚下。

宾波波蒂立即尖叫起来："别碰我！别碰。别碰我！"

诺宾僵在那里。母亲禁止他触碰？那些日子一到跟前，母亲就搂抱着他说："小不点儿，一抱着你我就安心了，薄伽梵给我的，没有比这更大的安乐了。"

诺宾非常激动地问："妈，你禁止我触碰你？因为我犯罪了？"

宾波波蒂说："啊，天啊，你为什么犯罪？不吉利！周围这么多荆棘、垃圾，谁碰了我，我又要再去洗澡。你坐远点。我有话对你说。"

"你为什么哭，妈？我又让你伤心了？"

"不是，你为什么让我伤心？你是我的宝贝，我的心肝……我心里痛快……薄伽梵召唤我了，他的莲座上有我一席之地。"

"薄伽梵召唤你了？薄伽梵有什么本事，现在召唤你？我不是在吗？一叫就得了。"

"你是在听小孩说话吗。我不是说去死。小不点儿，我明天要出发去赫尔德瓦尔。"

"明天？……赫尔德瓦尔？你说什么，妈？哪个赫尔德瓦尔？"

"你坐好咯，像坐在马鞍上能说话吗？我铁了心了，小不点儿。我祈求过薄伽梵了，师尊说，在薄伽梵脚下有我的地方。师尊叫我抛开尘世。四周是如此肮脏，加尔各答现在非常污秽，有的人上厕所后不清洗，女仆用脏布擦洗锅碗瓢盆，而我们用那些碗吃饭、拜神。可恨，可恨。这么不吉利！"

宾波波蒂全身恨得颤抖起来。诺宾睁大眼睛看着母亲。才几天变化竟如此之大？她瘦多了，两只眼睛也不正常。

宾波波蒂说："在这里我的身体不好，磨掉一层皮，病也不会好的。我要去赫尔德瓦尔，明天就走。"

"赫尔德瓦尔有多远，你知道么？妈！好吧，你要去那里，我来安排。为什么是明天？"

"不用你安排。我自己安排妥当了，行李都收拾好了。师尊明天就启程，我和他一起去。如果你愿意，每月给我寄十个或二十卢比，不寄我也能过日子。上苍安排好，我就有吃的。"

"你生谁的气了，说吧？妈！我知道，我有许多罪孽。"

"天啊，又说这种话。你有什么罪孽？小不点儿！你和学者一起译《摩诃婆罗多》，是多么大的功德，这个家会感激你，家族会感激你。你爸爸在天之灵也会祝福你，但我一定要走，小不点儿！"

"你扔下我就走？"

"我把你扔在哪儿？你是我心中的宝贝，一直会在我心中。在薄伽梵之下是师尊，然后就是你。师尊说，不割断虚幻的绳索就没有真正的爱。我虽然走远了，可是你时时都在我眼中。"

"你不能走。这个师尊又是谁？他几时来这家的？我要见他。"

"会见的，一定会见。师尊会祝福你的，但我必须去。在赫尔德瓦尔纯净的恒河河水里沐浴，净化我的身心，我向薄伽梵祈求你的幸福安康。"

"妈，如果我硬把你拉住呢？如果我哭闹不吃饭你也能去吗？"

"去你的，别说这样的话。小不点儿，薄伽梵叫我去，谁拦得住？"

怎么哀求都制止不了宾波波蒂。最奇怪的是，她是全部安排好旅程后才告诉诺宾的。宾波波蒂从未做过这么大的决定，或亲自安排过什么。她的决定是不可动摇的。

既然要去，诺宾要求宾波波蒂再缓几天，但那也不行。明天就是启程的吉日。这时诺宾急着作安排。派七个男女仆人跟去，一个账房带着钱去，到达后立即为宾波波蒂购买赫尔德瓦尔最好的房子。如果没有那样的房子，就在艾格纳特的栖身处建一栋房子。全家忙成一片。

这之后，是向比图谢克告别。没有派人去请他，但这老人什么消息都知道。他在深夜里来了。

当时诺宾在母亲屋里，把事情经过都向比图谢克说了。比图谢克第一句话就否决了。又进行了争论。过去宾波波蒂因为害怕，是不敢在比图谢克面前说话的，但今天她没有丝毫害怕，没有拉上面纱，她的回答只有一句：她必须走。

比图谢克对诺宾说："你先出去一下，我劝劝你妈。"

宾波波蒂立即说："不，小不点儿留下。"然后宾波波蒂就哭开了。她用衣襟掩住脸抽噎着说："您……您要用慈爱的目光看待小不点儿……为他好……他说过永不会不顺从您，不会不听您的。"

比图谢克缓慢、平和地说："你说什么呢，宾波。小不点儿比我的命还金贵，我怎么会跟他争吵？在财产问题上会有意见分歧，但小不点儿是我们大家最疼爱的，对他的任何意愿，我会阻拦么？你说呢，小不点儿？"

诺宾点点头，表示同意。

比图谢克把手搭在诺宾的肩上，温柔地说："我有些话要跟你母亲私下说说，做最后努力，看能不能说通她。要去朝圣，那就去新岛，或者去贝托纳特塔姆吧，路也好走。你说是不是？你先出去，看住，谁都不让过来。"

今晚的事件使诺宾很茫然，他走了出去。比图谢克拄着拐，靠着宾波波蒂的床站住，把眼镜摘下挂在脖子上。宾波波蒂把脸转向另一边，她当即决定，绝不再睡比图谢克摸过的床。今晚她要在睡地上。

比图谢克用手杖戳了几下地面，想引起宾波波蒂的注意。他看着宾波波蒂，就像老虎盯着妄图逃跑的猎物一样。

他厉声质问道："你要抛弃谁走掉？抛弃你儿子，或者是我？"

宾波波蒂的脸朝另一方向，说："薄伽梵呼唤我，我必须去。"

比图谢克苦笑，又用手杖戳地，说："怪事。薄伽梵从来不呼唤任何女人离开家。妇女的地方只在家里。"

"他在呼唤奴婢了。"

"唔，看来你能说会道了。这些话都是艾格纳特教你的吧。那小子是毗湿奴教派的，怎么敢到密教家里来传经？你不征求我们的意见，为什么就去他那里？"

这下宾波波蒂回过头来了，她的两眼不断流泪，她心中竟积累了如此多的痛苦。她双手合十说："您可怜可怜我吧，走的时候您好心送行吧，祝福我吧。在神面前我以您的名义……"

比图谢克拍着床："坐这里，坐在我旁边，头靠在我胸前哭吧。我敞开胸怀对你，把所有的正义、原则都抛弃了。"

宾波波蒂退后两步，说："不，不，肮脏，谁都别碰我。"

"宾波，为什么使我伤心？离开你我就不行了，你不明白？为什么要我呢？你走了，想置我于死地？在这最后的年纪，我为你抛弃了一切正义和原则。压抑很久的欲望像火一样熊熊燃烧。只是考虑社会地位和财产，我欺骗了自己。这身体完了，眼睛看不见了，左腿没力气了，可是我这身体需要你。宾波，来吧，把头靠在我胸前哭吧。我也和你一起哭。"

宾波波蒂定定地看着他。年迈的比图谢克的欲望到了极致。事先不通知，比图谢克可以随时来宾波波蒂房间，毫不犹豫地关上房门。周围的男仆女仆在窃笑，他们没有看到么？诺宾没怎么上这里来，但会被儿媳妇看到的。宾波波蒂没有能力抵抗，因恐惧和怕丢面子，她又不能呼叫。现在宾波波蒂已经是青春不再，为了破坏自己的形象，她剃光了头发，但比图谢克对她十分垂涎。比图谢克已经没有享用的能力了，但就像胃病病人那样饥饿。总是嚷嚷要搂抱。

比图谢克看到宾波波蒂不做声，说："为了你，我宽恕了你儿子的百条罪孽。我要是想的话，你们早就成了路上的乞丐了。为此你一点都不感激我？听着，我的遗嘱里把我的一半财产写到小不点儿名下了。我死后，他要给我点火火化，求得我在地狱获得救赎。他愿意怎么花就怎么花吧，得到这么多财产能享受到国王般的幸福了。作为交换，你得给我一些吧，宾波。我作为乞丐给你作揖哀求了，别离开我！你可怜可怜我吧。在我存活的日子里，别让我得不到你的柔软双手的服侍了。"

宾波波蒂不给任何回答。比图谢克又苦苦哀求，但宾波波蒂就像一尊石像。比图谢克突然变脸了。

"过来，蠢货！"

宾波波蒂脸上的一切恐惧都被抹去了。她平静地说："不。我不能再造孽了。"

"我要用绳子绑住你，你想往哪儿去？我要四处传播你的丑事，为了生个儿子，有一天你不是自愿和我私通的么？现在想显示贞洁？屁股都露出了，还想用面纱遮住脸？想从我手下溜走？我看你有什么本事？"

宾波以坚定的声音说："是的，我走，谁都拦不住我。"

比图谢克离开床铺站起。靠着拐杖一步一步地走过来，说："今天就来个解决吧。你儿子就在外面，大家都在，我要在他们面前说，你实际上是比图·穆克吉的姘头小妾。你想要好，现在就到我怀里来。"

宾波波蒂靠墙站着。当比图谢克靠得很近时，她说："别碰，别碰我，肮脏，肮脏，全都肮脏……"宾波波蒂高举左手亮出戒指说：

"这里面有毒药，我弄来放着有些日子了。再淫乱我就服毒。"

比图谢克咬牙切齿地说："那吃呀，服毒后在我面前挣扎着死去吧。我看着。"

宾波波蒂打开戒指的盖，手触额头向天神致敬后，将戒指放到嘴唇上。比图谢克右手举起手杖狠狠打掉宾波波蒂手中有毒药的戒指。

之后他长叹一声，缓慢地说："通过享受所欲，欲望绝不会熄灭①。我是知道的。情欲无法自我抵制。用暴力享受女人是兽行，那是大家都懂的。我不知道的是，人并不总能控制自己的内心。有时正义、原则、道德是最无价值的。宾波，如果你去赫尔德瓦尔得到安宁，那你就去吧。我就在这里死去，这是我的命，我绝不会伤害你的儿子。你是要听这句话吧？我承诺。"

在宾波波蒂离开这家后七天，两个信使先后送来两封信。一封是比拉希姆浦尔办事处的管事普江格·巴塔查里亚写的，另一封是一位警长写的。两封信都有耿伽纳拉扬的消息，但两人报的讯息不同。

---

① 此处为梵语 "na jātu kāmaḥ kāmānām upabhogena śāmyati"，选自《摩奴法论》第二章第94，这里引用蒋忠新先生译《摩奴法论》，中国社会科学出版社，2007年，第26页。

九十一

很多人牙齿脱落后就改吃素了。哈德科拉的马利克家，最会享乐的加里普拉萨德·马利克患了严重胃病，从鬼门关回来后酒是全戒了。他现在滴酒不沾，还到处去说酗酒陋习使国家变成了地狱。他慷慨地给西姆拉的贾格莫汉·萨卡尔发起的禁酒运动捐助。

有点嗜好是必要的，加里普拉萨德·马利克现在沉迷于拜神。他并不因不请朋友喝酒而感到空虚失落。在他父亲时代，家里就请了那罗延神石，至今，聘请来的一位婆罗门早晚在神像面前摇铃撒花瓣。加里普拉萨德的虔敬，使那快黑色石头也时来运转了。那块那罗延神石被安放在黄金宝座上。为它建立了白色石头的新庙，每天隆重膜拜。加里普拉萨德傍晚向它双手合十闭眼静坐，祷告说：主啊，保佑！你就是解脱！家里请了神，谁敢来捣乱？

印度十二个月有十三个节日，但加里普拉萨德还是嫌节日太少，不遂他的意。他是连伊都节①、初六、苏波乔尼神、湿婆神、蛇神等都拜的。锣鼓铙钹声不绝于耳。数百名乞丐得到布施。

老父亲乔迦伊·马利克虽年过百岁仍然活着。傍晚时他已没有

---

① 伊都节，又叫太阳节，是在阿格拉哈扬月（印历八月）拜太阳神的节日。在孟加拉的某些地区，通常持续时间从迦尔迪克月（印历七月）底开始，到印历八月底结束。

力气散步了，这时他在仆人搀扶下站在走廊栏杆前。老人动动没牙的嘴，只发出呜呜的声音。他的耳朵全聋了，但视力没有完全丧失，他很明白，儿子现在懂事了。他看到新庙堂里鼓乐器手的举动，脸上露出了笑容。

乔迦伊的小儿子乔迪卡普拉萨德没有特别变化。加里普拉萨德做过许多努力，想让弟弟离开美酒和美女，转到做法事方面来。走这道路的快乐也不少，很多人称赞，很多人感激，特别是消化能力正常了。加里普拉萨德现在不因半夜口渴而频频喝水了，每晚都睡得很香，但乔迪卡普拉萨德听不进这些。现在他青春尚在，体力充沛，脑袋里称为思想的东西是少了点。两年前他做过一件可怕的事。他在一家异教徒妓院里，突然看到他雇用的鼓手正淫邪地躺在他包养妓女的床上，他气得拿起装满水的水瓶向他的头扔过去。那鼓手当场就死了。结果警察找乔迪卡普拉萨德的麻烦。加里普拉萨德那次花了很多钱，才使弟弟获释，但乔迪卡普拉萨德还是不想走正路。

加里普拉萨德生气，把家产分了，让弟弟单过。乔迪卡普拉萨德得到一大笔钱后，就像失控的风筝，堕落得更快了。他出门时转动着红手绢，唱着：啊，老爷去伦敦……醉醺醺地回家时唱：怎么能懂得别人的心……

现在来描绘一下这三家人的状况。

加里普拉萨德有两个儿子，其中希沃普拉萨德已经结婚成家。他虽是富家子弟，但生性吝啬，不愿多花一分钱。因为吝啬，他从不乱来，怕消耗掉自己的活力。现在是他在照管父亲的财产。加里普拉萨德有三个女儿，其中一个是寡妇，由她母亲凯孟格丽照料。凯孟格丽日子过得很舒服，丈夫加里普拉萨德整天在家。

加里普拉萨德的小儿子奥比加普拉萨德读过大学，结果成了过分的新潮青年。在见到威尔士亲王的照片后，他理了那种发式，脖子上系一条丝领带。他身体很健康，总是带着朋友去打猎。不久前他去斋那加-莫吉德普尔打死了一头老虎。

奥比加普拉萨德对父亲的突然变化感到不快，不是别的原因，而是他受不了整天敲锣打鼓的杂音。本来父子见面就少，父亲的噪音令他很烦躁。他总是和朋友坐在屋里讨论哲学和社会问题。他的朋友中有一两个是婆罗门，有几个是无神论者，他们看到这家热衷于拜神便讥笑，使奥比加普拉萨德很没有面子。

奥比加普拉萨德注重锻炼身体，一直没沾麻醉品。在对父亲反感后开始喝酒，起初喝一两口，后来就放任了。他那些无神论朋友的酒瘾更大，甚至在讨论哲学时突然拿出白兰地来喝。

有一天，在边讨论寡妇再婚边喝白兰地正起劲时，神庙的锣鼓猛烈地敲打起来了。奥比加普拉萨德的一位朋友脸色难看地说：啊，没有一点办法冷静思考！另一位朋友说：奥比加，令尊这神圣的鼓声把我们的耳膜都震破了。又一个说：马上把窗户都关上！一个说：这鼓声我受不了，我要打喷嚏了。

很少有人受到朋友嘲笑却不感到痛心的，这时连父母都顾不得了。奥比加普拉萨德气极了，拿起手中喝了一半的白兰地酒瓶从窗户扔出去，同时骂了一声！

酒瓶没伤着人，但是酒瓶被摔碎后，加里普拉萨德闻到了酒味，他非常吃惊。拍马溜须的人围成一圈坐在神庙里，他当时正在念：主啊，主啊。闻到酒味后他都要吐。今天他的愤怒代替了呕吐，他直接来到儿子的屋里。看到儿子竟在家里聚众饮酒，不由怒从心上起。他在家中从不沾这东西。现在他最恨的就是酗酒，儿子竟敢明知故犯！他颤抖着说："无耻！贼党！野狗竟在老虎家里做窝！我，我，我……"

加里普拉萨德再也说不下去，跑过来狠狠地抽了儿子一记耳光。

奥比加普拉萨德挨打后瞬间晕头转向。在朋友面前竟受到这样的侮辱！朋友们会认为他是吃奶的婴儿。

他随即翻身扑在父亲身上，说："可恨的老东西。"挥拳拼命就打。朋友们见事情闹大就溜走了。奥比加普拉萨德的母亲凯孟格丽过来了。她两手抱住儿子，痛苦地叫喊："你干什么？真糟糕！啊，儿子，啊，我的儿子！"

一时间，奥比加普拉萨德撒手开始喘气。这时加里普拉萨德躺在地上发出哼哼的声音。

凯孟格丽焦急地哭着说："啊，安比，这是怎么了？他不是死了吧？你杀死父亲了？"

奥比加普拉萨德喝醉酒两眼通红，醉醺醺骄傲地说："让他死吧。老家伙死了有什么坏处？妈，你哭什么？你别发愁。维迪耶萨伽尔活着，我让你再嫁！我这回好好打听，给你带回一个改革派的爸爸来。那个爸爸和你我一起喝酒！这老家伙不死，我怎么带回新爸爸来？"

当然加里普拉萨德没有死。小儿子不管什么原因总是能得到很多庇护的，所以他在妻子的要求下，原谅了奥比加普拉萨德。

在乔迪卡普拉萨德住的那栋楼里，杜尔迦摩尼几乎都是独守空房。她丈夫一周难得回来一次。他有权开支票后，也不怎么以取钱为由回家了。有时他借口视察地产到郊区去，游船上带着朋友、酒和多个妓女。像这种速度用不了几年就会把钱全部花光的。

杜尔迦摩尼二十五岁，没有儿子，身上有着青春的资本。她的面庞非常俊美，身体修长，特别引人注目的是，她披在背上的卷曲、乌黑的头发。杜尔迦摩尼从不束发，脚底不抹朱砂，脸上不涂脂抹粉。她有许多男女仆人，什么都不缺，可是她是一名女囚。

杜尔迦摩尼识些字，能独立思考，而这正是她的烦恼所在。她没有未来，她的一生只能这样度过了。她娘家在佛拉斯丹加，曾是富家闺女，但娘家已日暂衰落。有两次她不告诉任何人，独自逃回佛拉斯丹加去。第一次，这里尚未分家，加里普拉萨德作为家长，派人将弟媳妇从娘家接回。第二次，是杜尔迦摩尼的兄弟在几天后硬将她送回来的。有夫之妇是不能长住娘家的，如果那样，两家都会挨骂。杜尔迦摩尼能到哪儿去呢？

在这个家里，古苏姆·古玛丽是她唯一的朋友。虽然古苏姆比她小很多，但杜尔迦摩尼能同她说说知心话。单纯的古苏姆听了杜尔迦摩尼的话，感到吃惊，毛骨悚然。

杜尔迦摩尼说："古苏姆，你知道我有时候想什么吗？我想去市场注册当妓女！"

古苏姆脸色登时煞白。

杜尔迦摩尼说："你知道为什么我还没去吗？只是为了我妈。我不在乎什么罪孽功德！这一生我受尽了地狱之苦，还有比这更大的惩罚吗？但我母亲非常好，我怎么能使她伤心？我堕落了，我造孽，会使我爸妈的家族出丑，考虑到这个，我不能去做那事。那我一生就只能这样烂下去？像我们这样倒霉的人，还有路可走吗？"

她停了一会儿又说："当然还有一条路，但是我不想死，我很想活！"

杜尔迦摩尼多次挑唆古苏姆，用毒药杀死丈夫。杜尔迦摩尼认为，像古苏姆的丈夫那样，治不好的凶残疯子，从地球上清除掉不是什么罪孽。这样他不会痛苦了，古苏姆·古玛丽也能活了。

古苏姆听了这些话后，蓝眼睛完全闭上，沉默了一会儿，不做任何回答。

杜尔迦摩尼时时用手托着古苏姆的下巴，说："你真美，古苏姆。你女友的丈夫给你起名叫'林中月光'，很合适。如果我是男人，我一定要娶你。如果娶不成，那就强奸你。"

像所有富人家一样，这家也收留了很多亲人。有的是枝枝蔓蔓的亲戚，有的是同村人。有个名叫萨朵普拉萨德的男孩住在这里读书。有一天不知是什么原因，奥比加普拉萨德和他争吵，叫他离开。当他收拾行李和书籍站在门外等车时，杜尔迦摩尼在楼顶上看到，那男孩站立的姿势有点异样，感到可怜。她派仆人将男孩叫来，听他叙述了事情经过后，杜尔迦摩尼说："你不要走，你就住在这房子的下层。"

为此事，家里对杜尔迦摩尼起了种种传言，但杜尔迦摩尼不予理睬。

萨朵普拉萨德生性腼腆，少年丧父。他比杜尔迦摩尼小四岁，在总统学院读书。杜尔迦摩尼把他叫来，听他讲学院的故事。她一阵阵长叹，说："如果有下辈子的话，我能生为男人就好了，我也能像你们这样去读书了。什么时候高兴就能随便进出这个家。"

萨朵普拉萨德带了各种孟加拉语书籍来给杜尔迦摩尼，读英语书给她听。古苏姆作为听众也来。有时他们玩牌。在马利克家第二栋楼的一间空房间里，他们三人一起度过很多时光。

一天杜尔迦摩尼对古苏姆说："你知道吗，萨朵很喜欢你！你为什么坐得老远的，不能坐近点么？"

古苏姆的脸立即通红。她说："去你的！婶儿，别说这种话。那样我再不上你这儿来了。"

杜尔迦摩尼说："瞧，面庞羞得像红玫瑰了。我全明白，萨朵的眼睛怎样瞄着你，打牌时故意让你赢。我是佛拉斯丹加德特家的姑娘，谁的眼睛骗得过我？"

古苏姆整理好衣服站起来说："我走了。"

杜尔迦摩尼拉住她的手说："男人身上散发出一种热力，靠近就感觉得到。你没感到？那热力一挨着身体就非常舒服。死丫头，你一辈子就这样过啦？就浑浑噩噩地待着？"

古苏姆的回击有点火力："你这么有兴趣，为什么不紧挨着他坐？"

杜尔迦摩尼说："去，他年纪比我小半截，我能看得上他？我如果找到心仪的男人，我就拼命和他谈情说爱。我不怕什么罪孽、功德，但是没人要我啊，古苏姆。我不能生育，只能这样过日子了。"

一天，萨朵普拉萨德和她们两人正在玩牌时，听到楼下很熟悉的吆喝声。乔迪卡普拉萨德由于某种特殊原因，回家来了。他被人从轿子抬出，又抬上楼梯，那是一桩大事，仆人都忐忑不安。乔迪卡普拉萨德在楼梯边同往常一样唱歌。

这时牌局散了，古苏姆和萨朵普拉萨德要离开了。天色不早了，杜尔迦摩尼也准备离开这屋子。杜尔迦摩尼说，等等。她想了一会，又说："你走吧，古苏姆。萨朵普拉萨德留下。"

在古苏姆·古玛丽走后，杜尔迦摩尼火辣辣的眼睛盯着萨朵普拉萨德。

萨朵声音颤抖地说："嫂子……"

杜尔迦摩尼以手示意叫他别说话，然后亲切地说："别怕！你听我的。"杜尔迦摩尼拉着萨朵的手来到自己的卧室，掀开床罩说："你就躺在这里，我躺在你旁边。留神，可别碰我，闭上眼睛待着。我不说话，你别睁眼。"

杜尔迦摩尼在萨朵旁边躺下，把胸前的衣服松开，做出淫荡的姿势。她呼吸急促，房门敞开着。

过了一会，乔迪卡普拉萨德进里面去了，男仆人连这里都没走到。乔迪卡普拉萨德跌跌撞撞地往自己房间去了，嘴里还哼着那支歌。他看到躺在自己小妾床上的鼓手，就打破了鼓手的头，而对自己妻子的房间连看都不看，也不叫杜尔迦摩尼一声，好不容易躺倒在自己卧室的床上了。

过了一会他开始打鼾，杜尔迦摩尼慢慢起来，整理好自己的衣服说："你走吧，萨朵。"

在萨朵普拉萨德走后，杜尔迦摩尼用猫爪般锐利的指甲，把自己的丝枕头撕成碎片。

在第三栋楼里，奥科纳特成了新问题。他根本不认识自己的妻子和母亲了。他唯一认识的是家里的一名老女仆，他出生就是由这位女仆接生的。除了她端来的饭外，别人拿来的他都不吃。奥科纳特的手脚被粗铁链捆绑着，因为他非常凶恶。他发疯后没生过病，连发烧都没发过。他的身体一天天地长得像魔鬼。坐在自己拉的屎尿上面，肮脏得很。老女仆比亲妈对他的照顾还多，但她两天前发烧，永远地走了。

现在谁到奥科纳特跟前去呢？谁给他端饭呢？没人敢靠近他。

奥科纳特的母亲曾被儿子踢了一脚,她的腰被踢断了,现在不能站直走路。

奥科纳特三四天粒米未进了,他睁大两眼到处看,像是在找那个女仆。有几个人想喂他吃,但被他的吼声吓跑了。奥科纳特的母亲在地上磕了多少头,请了多少医生,都没有效果。大家都认为只有古苏姆诚心努力才能使他吃饭。贞洁的妇女为丈夫做了多少事,贝乎拉①救了已经死去丈夫的命,而古苏姆这点都做不到?只有杜尔迦摩尼制止她:"古苏姆,小心,别去。不管人们说什么,这疯子会要你的命的。"

真是那样。古苏姆在拜过神给长辈行礼后,就像走上丈夫的焚尸台一样,端着甜食盘慢慢地向丈夫走去。奥科纳特开头没有用脚踹,而是等待猎物走近。古苏姆蹲着,把一只手伸出去,奥科纳特咬住她的肩膀,就像老虎抓住一头小鹿那样。看门人拿棍子狠打,想让他放开。杜尔迦摩尼拿棍子也来打了几下。当古苏姆脱身时,左肩膀已被咬下一块肉。她在那之前已昏过去了。

第二天,古苏姆被送回巴格巴扎的娘家。她在娘家听说,奥科纳特在饿了二十一天后丧命了。十七岁的古苏姆成了寡妇。对阿尔科纳特的死,除他的母亲外,大家都高兴。丈夫在古苏姆身上留下的唯一印记,是她左肩上的伤疤。

---

① 贝乎拉是钱德拉·萨达卡尔的儿媳妇,勒庆德勒的妻子。

九十二

拉吉纳拉扬·巴苏从梅迪尼普尔写了封信给他的朋友默图：

伟大的诗人都是在意想不到的地方诞生的！今天广博仙人突然从天上下凡是多么令人惊奇！他身上总是有啤酒味，除牛肉猪肉鸡肉这些禁吃的食品外，他不吃别的东西。他总是穿西服，热爱异族英国人的语言，总是憎恨鄙视本国语言，这样的人竟突然变为第一流的印度教徒诗人了？他写得这样美，圣人、大师坐在树荫下讨论都要感激不尽了。

怎么回事，默图，为了挽救这个堕落国家的诗歌，你怎么竟承担起这个没有报酬的工作重担？用英语写作，编辑英语报纸，你已经赢得美名了！……看来上苍是另一种意愿。不管怎样，你所做的事应该得奖，至少是不朽的。

默图苏丹回答说："老兄，你怎么知道尊敬的广博仙人博士不吃牛肉，不偷偷喝白兰地？拉吉，你要知道，我鄙视我国国库的所有珍宝，也要从事祖国诗歌的改革工作。"

默图苏丹现在的骄傲和热情膨胀了。国内的教育界给他唱赞歌了。他的手无论触摸到哪里，都能点石成金。

在争论孟加拉语里有没有无韵诗后，他写了《可能争宠的诗》。毕丹普波尔·拉金德罗拉尔·米特拉将它发表在他编辑的《文汇》上。会欣赏的人读了那诗篇就像触了电一样。用孟语能写出这样的古典诗？遣词造句能把严肃和美结合在一起？

> 众神之主你竟在僻静之处，
>
> 为何今天还坐着，说，啊梵天
>
> 智慧女神！诗人，女神，在你的莲座前
>
> 我致敬后请问，说吧，大慈大悲的你。

节律和感情是全新的，难以体会其韵味。作者竟是穿西服戴礼帽的英印混种！法庭翻译的喉咙，把古老雅利安文明的美图变成了如此悦耳的音乐！

默图苏丹同时创作剧本，为了换钱，为贝尔加池雅的王公将剧本《珍宝》翻译为英语，但他每一步都觉得毫无兴趣，这也算戏剧？思想既不成熟，语言又枯燥。王公花了很多钱演戏，他们应该得到很多好的剧本。

默图苏丹拿起笔，开始写《多福公主》。他从小就熟悉《罗摩衍那》和《摩诃婆罗多》的故事。他从马德拉斯回到加尔各答后，起初想钻研梵语，又读了这两部史诗。在天乘和多福争斗的故事中，他更喜欢多福。他开始构思公主多福剧本。

默图苏丹写了一两页后就朗诵，在屋里转着圈高声念对白。他内心有点犹豫。写诗受自己的思想和激情控制，但是戏剧有本身的章程和法度。这真的是戏剧吗？他想听听别人的建议。实际上默图苏丹不是想听建议，而是想听赞扬。别人读后一表扬，他的成就感就满足了，但没有这样的人。最难如愿的是，最忠诚的朋友戈尔不在加尔各答。因为职业的关系，戈尔到巴雷索去了。

他和戈尔定期有书信联系。戈尔在信中写道：为了打破疑虑，你可以把这剧本寄给拉姆纳拉扬·德勒格罗德纳看！他是享有盛名的戏剧家，他懂得是否符合戏剧的原则。

默图苏丹犹豫了一下，还是同意了。如果不检查就把剧本交给贝尔加池雅的王公，那他们要笑话呢？如果他们说，这不是戏剧，那就前功尽弃了！

默图苏丹派人去请拉姆纳拉扬·德勒格罗德纳大师，但大师没有来。他不愿踏入吃牛肉的英印混血者的家。默图苏丹派人将《多福公主》剧本的部分手稿带给拉姆纳拉扬，同时写了一封信请求说，先生如纠正此剧的文法错误，我将非常感激，并愿意付出薄酬。

送手稿的人回来说，他错误地将纸包交给大师，大师有点吃惊，将纸包放在地上，洒了恒河水使其净化。他反复看了几页后说，三四天后发表评论。

后来有一天，默图苏丹在贝尔加池雅王宫里，见到戏剧家拉姆纳拉扬了。他离得挺远。谁知道他会怎么说？戏剧家拉姆纳拉扬的评论，至少对王公们是有价值的。

拉姆纳拉扬带笑说："先生，我用恒河水净化过又怎样？你的剧本散发出异族味。语法对不对我就不说了，但你这作品根本不遵守梵语戏剧的规则。开场白在哪儿？提线人在哪儿？完全是外国的思想。看来就是洋人写的东西。如果要我说，就得推倒重来。"

默图苏丹严肃地说："先生不必劳累了。退回手稿我将非常感激！"

默图苏丹气得浑身冒火。这老学究说什么！我的剧本得重写？我的剧本得借别人的笔才站得住？没有必要。不管是起是伏，我要努力使自己的作品站起来。外国思想就外国思想吧，文学什么时候依靠国家、时代？那我们怎么能欣赏莎士比亚的戏剧？穆勒的诗歌中有大量东方理论，怎么没有人谴责他？拜伦的诗中有美学思想，因此英国人就少喜欢拜伦了吗？而卡莱尔^①的散文也受到德国的影响。

默图苏丹决定，要靠自己的能力，使愚蠢的学者吃惊，要让他们停笔。

剧本《多福公主》完成后，默图苏丹将它送到王公伊斯瓦尔·辛格那里。默图苏丹和拉姆纳拉扬·德勒格罗德纳争论的事，王公们早就听说了。为判断剧本的优劣，需要听取有识之士的意见。特别是这剧如果在舞台上演，错误缺点都会让大家看到。把剧本送到他们王宫会议的学者、全国公认的修辞学家德尔格巴基什那里，请他把不妥的或错误的地方都标记出来。

挑选一些人正式组成会议专门讨论剧本《多福公主》。默图苏丹和普列姆钱德拉·德尔格巴基什也出席了。德尔格巴基什手执《多福公主》手稿，微微笑着。他用微笑代替拥抱，似乎爱意更多些。德尔格巴基什年纪很大了，几乎是默图苏丹的两倍。他一生从未穿经过裁剪缝制的衣服，他穿围裤，身上一块粗布披巾。默图苏丹径直看着他，今天没有一点疑虑。

德尔格巴基什说："先生啊，我要说你这剧本很精彩，里面错误也很多。"

王公伊斯瓦尔问："您把有问题的地方划出来了吗？"

德尔格巴基什缓慢地摇头，说："不，没有划。错误多的是，那就得全部划了，什么都剩不下了。"

王公对他说："您的话我不明白，好像很难懂。一会儿说，很精彩，一会儿又说全都充满错误！"

普列姆钱德拉·德尔格巴基什微微一笑，说："我放眼望去，持我这种观点的人，国内只有两三个了。我们用不了多久就完了，那

---

① 托马斯·卡莱尔（Thomas Carlyle，1795—1881），苏格兰哲学家、评论家、讽刺作家和历史学家。在维多利亚时代发表大量有影响力的社会评论和散文，并出版一系列历史与哲学著作。19世纪20年代通过翻译和撰文将德国文学与思想介绍至英国。1865年至1868年曾任爱丁堡大学校长。

时这类书就会流行，就会受到称赞。"

默图苏丹站起来，骄傲地说："大师先生，您懂得，你们的时代结束了。我要开启孟加拉诗歌的新时代。这《多福公主》就像我的女儿。我作了一首诗，讲述创作这剧本的原因，如果你们同意，我在这里读一下。"

伊斯瓦尔说："当然，请读！"

德尔格巴基什说："是的，孩子，读吧，我听着！"

默图苏丹有点不自在地东张西望。如果有人替他来朗读就好了。他的孟加拉语发音不好，嗓音也破。如果由演员喀沙布·钱德拉·甘古利来读最好，但他没在场。大家在热切等待，最后默图苏丹自己朗诵了：

　　　　那美的快乐的时刻哪儿去了，

　　　　那全国的戏剧情味全都没了。

　　　　听着，印度大地，你还要沉睡多久？

　　　　不该再沉睡了。

　　　　现在就起来吧，天已经亮了，

　　　　太阳已在东方升起。

　　　　蚁垤何在？广博仙人何在？

　　　　你的迦梨陀娑何在？

　　　　婆波浦迪先生何在？

　　　　孟加拉人沉醉在荒诞低俗的戏剧里，

　　　　人们看了无法忍受。

　　　　甘露被忽视，喝的是毒药，

　　　　身心都受到损害。

　　　　默图说，母亲啊，醒来吧，在主的地方，

　　　　妈妈啊，让你的子女生活在快乐中。

默图朗读完后，会议成员都鼓掌，响起英国式的掌声。有人说，漂亮，漂亮。有人发出嚯、嚯之声。

普列姆钱德拉·德尔格巴基什慢慢地走到默图苏丹旁边，以对本家后生说话的姿态说："小子，你朗读的，我不能说是不是真正的诗。有几处不合拍，短音和长音不对。可是听了你的作品我很舒服。我名叫普列姆钱德拉，普列姆意思就是爱，是不错的。但我小时候学的语法和逻辑学，已在脑袋里扎根，忘不掉了。"然后老人颤抖的右手放在默图苏丹的头上说："祝你成功。投入改造孟加拉人兴趣的工作去吧。"

《多福公主》戏剧在贝尔加池雅舞台隆重上演了。观众一致承认，从未看过这样的戏。孟加拉副总督约翰·彼得·葛兰特，最高法院法官和许多政治人物都来了。默图苏丹事先为他们准备了英语译文。洋人们很欣赏，很多人说，这是孟加拉第一部成功的戏剧。

默图苏丹陶醉了。在《多福公主》排练时，巴依格巴拉的王公们对默图苏丹说："我们没有什么喜剧。而在舞台上能引人发笑就好。迈克尔，你试写一部吧。"

默图苏丹写了不止一部，很快连着写了两部：《这叫做文明？》和《老鸟儿脖子上的毛》。不久前这个还说不出一句完整孟加拉语的人，竟有运用滑稽口语的本事，大家又一次感到惊奇了。还没见过能这样迅速写出两部剧的人，他就像是个魔术师。

默图苏丹在写了两部喜剧后，又坐下来写《蛇神》剧本。这故事取材于希腊史诗。这地区很多人私下都在说，他的作品是受外国的影响。这次他要显示本事，用外国故事创作出本国戏剧。

默图苏丹在写《蛇神》时，心又不安了。他这是走的什么路？戏剧是散文！他从小就不喜欢散文。对他来说在诗海里畅游是最快乐的事。他作为戏剧家出名了，难道只能写散文了？

《蛇神》写到一半停下了。他要再创作诗歌，要创作孟加拉没有人想到过的诗歌。但是他定不下写什么内容。他在犹豫中度过了几天，喝啤酒的量增加了。

默图苏丹戏剧创作的成功，使他的发小都很兴奋。因工作关系分散在外地的很多朋友，纷纷写信祝贺。在加尔各答的，很多都来见面了。默图苏丹从马德拉斯回来后，在警察法庭当个小职员，在贫困中过了几年，那时除戈尔外，其他朋友没有探问过他。现在朋友们来了，默图苏丹没有感到自豪，却觉得伤了自尊。他慷慨招待他们，有时没钱，就向朋友借钱请他们吃喝。

拉吉纳拉扬和戈尔在圣诞节假期回加尔各答。他们几乎每天都来默图苏丹家，一个又一个钟头地聊天。

戈尔说："知道吗，默图，过了很久之后，我们的耿伽回来了。"

默图问："耿伽？哪个耿伽？"

戈尔说："就是耿伽纳拉扬，我们的同学，辛格家的长子，很腼腆，内向型的。"

默图苏丹想不起来。他至少有十七年没见过耿伽了，想不起读书时的事了。他皱起眉头。

戈尔说："那是很奇特的。他和我见面不多，但是耿伽和拉吉纳拉扬有些联系。五年前耿伽去察看地产时失踪了，经过多方寻找也没找到，都以为他死了，也办过葬礼了。但那个耿伽竟回来了！怪事！"

默图苏丹说："怪也不怪！我看这是一部新戏的内容！你哪天带他来吧。"

耿伽在重伤的状态下被囚禁在克里希纳市监狱。诺宾得讯后带了几名职工和律师前去，花了重金，作了辩护后，把大哥保释出来了。耿伽经过治疗康复了，但身上的伤疤没有消失。现在他还负案在身。

耿伽回加尔各答后，首先和哈里斯·穆克吉联系。哈里斯早就熟悉耿伽的名字了。他的郊区记者报道过耿伽的种种消息。对纳迪亚和杰索尔的农民来说，耿伽是传奇人物。至今没人相信耿伽已被警察逮捕。他们认为，现在到处燃起的起义之火，根源就是耿伽。地方领袖用他的名义挑动更大的反叛。

耿伽越是努力向哈里斯解释说，这全是虚构小说，没有一点是真的，哈里斯越是觉得好笑。他说："真也好，假也罢，人们就是相信。这是最大的事。您给种植蓼蓝的农民吃了定心丸。"

耿伽说："但是，同拿着枪、棍的洋人靛蓝厂主作战能有救么？农民必须依靠法律实现要求。"

哈里斯说："当然要靠法律。如果农民能揍洋人靛蓝厂主就揍吧！烧掉一些靛蓝厂吧！"

成群结队的农民每天从农村来到哈里斯家。他们哭诉悲惨的境遇，哈里斯斥责他们，说："哭什么，小子？去战斗！不能战斗吗？已经哭着哭着过了几辈子了！"

作为策略，哈里斯让每个农民都去状告靛蓝厂主。他亲自起草起诉书，替他们交诉讼费。甚至连农民在加尔各答吃住的费用都由哈里斯负担。

耿伽帮助哈里斯做这些事，每天从上午起就和哈里斯在一起。傍晚后当然就找不到哈里斯了，这时他要喝酒和快乐了。哈里斯干活时像魔鬼，快活时也一样。

哈里斯总是说，希望耿伽无论如何不要向来城里的农民做自我介绍。郊区对耿伽的传言就由它去吧。

一天，戈尔把耿伽带到默图苏丹家里。耿伽的面貌变多了，现在他的衣着很普通，一条围裤，一块汗巾，此外什么也不用。默图苏丹还是一眼就认出来了。儿时的朋友绝不会变的！

默图苏丹拥抱耿伽，说："这就是我们可怜的耿伽，我们印度学院的卓越哲学家！"

耿伽在久别后见到默图苏丹，涌出了泪水。默图苏丹在他心中占有特殊地位。

默图苏丹说："耿伽，我也很像你一样，狼狈地回到加尔各答来！你是地主子弟，现在看像个苦行僧。"

他们激动过后平静地坐下来。默图苏丹开香槟庆祝。耿伽是从来不沾那些东西的。今天在座的拉吉纳拉扬也戒酒了。

拉吉纳拉扬说："默图，你知道吗？耿伽躲在丛林里结成团伙了，拿枪和靛蓝厂主作战。那是使人毛骨悚然的事！真是想不到，我们耿伽是这么大的英雄！"

耿伽羞愧地说："不，不，那些什么也不是。可是我亲眼看到农民的惨状了。农村已混乱到什么地步，你们是想象不到的。"

默图苏丹很感兴趣地说："听听你的体验，讲详细些。"

拉吉纳拉扬说："我们也听到一些了。在哈里斯·穆克吉的报纸上读到……"

耿伽说："哈里斯·穆克吉为农民做了许多事。他值得尊敬。"

默图苏丹说："听说这人和我们一样，是个酒鬼，他即使醉了，也是值得尊敬的。这点你们承认吧？"

戈尔说："啊哈，听耿伽讲体会吧。"

谈话进行了一会，有人来访。聊天中来了陌生人，他们有点厌烦。默图苏丹以质问的眼神望着来人。

那人的年龄比他们小，三十岁的样子，从衣着看，像是政府官员。他望着默图苏丹说："您是迈克尔吧？一看见我就认出了。我能在你们的会场坐下么？"

默图苏丹说："我们约好谈特殊的事。说说您来的目的？"

那人说："只是想见您，几个月来想见您的愿望就很强了。当然还有一个请求。您是近来孟加拉特别的诗人，作为戏剧家您的卓越地位也是公认的，戏剧《多福公主》是空前的，真棒！辩才天女经过挑选，把笔交给您这样一位仰信基督的人，真是一大奇事。终于看到您了。请接受我最诚挚的祝福。"

默图苏丹听到称赞后没有感到丝毫的不自在。这些话好似是他该得的，他问道："先生，你是做什么的？贵姓名？"

那人说："我在政府邮政部门工作。不才名叫迪诺班图·米特拉。"

九十三

迪诺班图不好意思多做自我介绍。穷人家的孩子，没有机会进入加尔各答的学者圈子和上层社会。他在纳迪亚一所乡村学校学过孟语，后来父亲将他送进一家地主的办事处，做抄写的工作。那工作拴不住少年迪诺班图的心，他不听父亲的话偷偷跑到加尔各答。一个大世界招手把他叫来了。

但是对一个毫无援手的少年来说，加尔各答很是冷酷无情。迪诺班图经过多方努力，才找到外出的一位叔伯家，只能在他那里住，其他什么都没有。堂兄弟让他做饭，作为条件换取居住权。在加尔各答亲戚家做饭，比在农村地主的办事处抄写，职位提升了吗？迪诺班图总是心情不好。他一有时间就跑到加尔各答的路上去转，站在学校面前长叹。

牧师朗先生开办了免费学校。一天，迪诺班图壮着胆子进去。一群群孩子到学校来，看是否适合学习英语，但不可能全都录取。朗先生用几句话考他，说："你看，我给你几天机会。如果你能用心读书，那么这里就有你的地方，否则不行。"

他牢记朗先生这句话。每次考试他都得到助学金。若得不到，他哪儿有钱买本子？迪诺班图的父亲给他起名叫根特伯那罗延，大家都叫他根塌，他很不喜欢。上学时他自己把名字改了。

他离开朗先生的学校后，进了格鲁多拉分校，然后是印度学院。朗先生注意到这孩子了，在迪诺班图考试成绩好时，就买书给他。但迪诺班图在印度学院没读多久，同学的年龄比他小很多。别人在他这种年龄都去工作了，而他还在读书，所以他在毕业考试前，去邮政局工作了。

他在巴特那做到邮政局长，不久后调到奥里萨。又从那里调到纳迪亚，现在在达卡。他已经结婚成家。

在纳迪亚期间，他认识了一个很有天分的青年，这青年人是邻县杰索尔的副推事和副收税官，名叫班吉姆·查特吉。迪诺班图学生时期有时在《太阳》报上发表韵文，他在那报纸上也读到过这位班吉姆的韵文。后来他听说，班吉姆是加尔各答大学建校后，首次获得文学学士（B. A.）学位的两位毕业生之一。班吉姆年纪比他小很多，但性情很严肃，不想和别人交谈。他们第一次相见时，迪诺班图热心地打破椰子壳，让他吃里面的软瓤。两人有了交情。

班吉姆婚后丧妻，想再娶。迪诺班图和朋友一起到各地去为他相亲。这次他从达卡请假来加尔各答，班吉姆的婚事已经敲定了。迪诺班图有一天抽空来见像火球一样闯入孟加拉文学天空的大诗人默图苏丹。他原想和班吉姆一起来的，但班吉姆没来，班吉姆不想和陌生人谈话，此外他对孟加拉文学也没那么热情。他做学生时写过韵文，但现在他除了英语外，别的都不写。

迪诺班图问候默图苏丹并高度称赞他的作品后，说："如果允许，那我就说说来您这里的目的，行么？"

默图苏丹说："请求？当然，您可以说。如果不耽误的话，我们正听这位朋友讲故事呢。"

迪诺班图说："是，我简单地说。德特先生，读了您的诗我当然非常感动。您的剧本《多福公主》也很好，您的两部喜剧，一句话，无可指责。这样生动地道的孟加拉语没有人写过。我背得出来，要听么？啊，我可心的人儿来了！欢迎啊，小姐的样子看起来就像吉祥天女！金子蒙尘了。（公开对格达说）格达，你往前站站，谁都不让过这边来。格达说，遵命。随从说，小妞，我看你很害羞，不能往我这边看看吗？"

默图苏丹说："行了，没有必要再读了。"

戈尔说："精彩！您不是演员，可是竟背诵得出剧本的台词？"

迪诺班图说："我还能背很多。这是《老鸟儿脖子上的毛》。这回听听《这就叫做文明？》。"

默图苏丹说："够了。可是我到现在还不知道，您请求什么？"

迪诺班图说："我到您这里来有很多要求。您是受英国人尊敬的人，怎么知道此地的语言？我感到惊奇。"

默图苏丹说："我小时候多次去过杰索尔农村。那些在我记忆中沉睡的语言又回来了。"

迪诺班图说："所以我说，您把酗酒的恶习、乡村地主的通奸写出来，对社会很有好处。这回您写写佃农吧。"

"写谁？"

"写乡村的佃农。我因工作关系，在纳迪亚、杰索尔看到过种植蓼蓝的农民受到非人的虐待。我读了您的两部喜剧后想，如果您以这些不幸农民的惨状创作一个剧本，就会使全国人都知道。"

"对不起，刚才我们正在听这位朋友讲蓼蓝种植者的英雄故事，中间你来了。我们这位同学本人就是地主，但他和村民一起组织暴动。耿伽，说你剩下的故事吧。"

穿着围裤和披巾的耿伽，一直默默地听来人的讲话。这时他说："我没有特别要说的了。你们大概都了解农民的状况了，有几个地方发生了冲突，没别的了。"

戈尔说："不，不，说吧，我们很想听。"

迪诺班图说："我是外人，如果你们允许，也让我听听。"

默图苏丹说："当然，当然，请。"

戈尔问："后来那个叫陀拉博的人做了什么？"

耿伽慢条斯理地说："陀拉博和其他村民，死也想干点什么。特别是有几个妇女被掳走后，他们像炸开了锅一样。我们在一个晚上走出丛林。他们看到我手中的枪感到有了依靠，当然我没有开枪。很容易就占领了一家靛蓝厂。"

拉吉纳拉扬说："耿伽，为什么这样一点点地挤？全都直说吧！你以为占领一家靛蓝厂是小事？这是要命的事……"

耿伽只得从头到尾说了他的经历。

他说完后，迪诺班图说："您就是耿伽纳拉扬·辛格？我去纳迪亚多次听到您的大名。穷人都把您奉为神。"

耿伽羞愧地说："完全不是那样。"

迪诺班图说："那边有很多您的故事。您就是那些故事的主角。能见到您真是好运！"

默图苏丹笑着说："耿伽，你比我还要出名。"

迪诺班图转向默图苏丹说："德特先生，您听您朋友说了吧？我来也是为说这些事的。您那生动的笔把这些图画画出来吧。除了您，谁都做不到。"

默图苏丹说："散文！我再也不写散文了。诗，我只喜欢诗。现在我在考虑写一篇长诗。也许明天就开始。"

迪诺班图说："您一定会写诗的，但现在需要的是戏剧。您写了两部喜剧，狠狠地抽了一鞭，现在您写写种植蓼蓝农民的痛苦吧，使大家看后要哭。也许你们知道，政府设立了一个委员会，以便了解蓼蓝种植的真实情况，主席是希登加尔先生。听说他是同情农民的。代理总督葛兰特先生起初有点倾向农民，但现在又摆回去了。他颁布了十一项法令：如果有人像耿伽纳拉扬·辛格这样帮助农民，那就囚禁他们。我们应该把真实资料提供给靛蓝委员会，如果能改变这些法令……"

默图苏丹说："这些都是好事，但这和我们有什么关系？"

"我说过，您就拿蓼蓝农民写一部戏剧，除了您谁都做不到。您是辩才天女养育的。"

"我现在无心再写散文了。我的心只倾向诗歌。我开始拿《罗摩衍那》的梅克纳特写一部长诗。罗摩及其一伙野蛮地在非正义战争中杀死了梅克纳特，我要在我的诗中给他报仇。"

"您不再写剧本了？"

拉吉纳拉扬·巴苏对迪诺班图说："您……您真是怪人，先生。您一听说默图不写，脸色就变了。您自己写啊！您既然对种植蓼蓝农民问题有经验。"

迪诺班图说："嗨，我写？我哪有这本事？如果写过《老鸟儿脖子上的毛》和《这就叫做文明？》的人不写——我至今除了写过几行散文外，没写过别的。"

迪诺班图转而问耿伽："您能写么？"

耿伽笑着说："枪我算是打过几次，但是我的笔头真不行。"

默图苏丹站起来，手搭在迪诺班图的肩上说："我的朋友，你的手就最好……看到蓼蓝农民的状况，您心中就有了内容，有写剧本的资格……这心中的东西就叫做灵感，大作家都是由灵感驱动的，所以您别犹豫了。拿出纸笔坐下来写吧。"

默图苏丹的触摸使迪诺班图热血沸腾。他沉默着不再说话。那天告别后，默图苏丹最后说的话在他脑子里来回翻滚。

班吉姆·查特吉的婚宴在哈利市举行，迪诺班图应邀参加后，回到他工作的地点达卡。在官方的枯燥工作中，一个个构想的人物闪电般出现他的脑袋里。这就是诗人默图苏丹所说的灵感？否则为何这些东西都出现在脑袋里？那么就得写了。拖久了没有好处，最好是在靛蓝委员会存在时推出去。

迪诺班图因公务，总得从达卡坐船到各地去，有时要在船上待两三天，或一个星期。清静是写作的最好时间。写着写着，他曾想描写耿伽，但耿伽的名字还挂在法院的案子上呢。剧中提他的名字不好，所以迪诺班图就避开了。

剧本三周就写完了。剧名是事先就拟好的:《靛蓝之镜》。迪诺班图拿着全部手稿登上甲板。完成任何一件创造性工作，当然是快乐的，但此刻他的心怦怦乱跳。这剧本如果发表，怕政府会发怒。也可能丢掉差事，但是他没法后退了。

过了一会儿，来了强烈的风暴。迪诺班图坐的船当时在梅克纳河上。印历五月（帕德拉月）梅克纳河的风暴非常可怕，黑色的波浪突然活跃了。船夫虽然拼命还是掌不住舵。他们嗨嗨地喊叫着。看来船是保不住了。

迪诺班图浑身发抖。人都是怕死的，他想，我是普通人，生命没有什么价值，但我的《靛蓝之镜》手稿也要一起葬入坟墓吗？那么上苍是不愿让这剧本发表？风暴突然平息，他心中的忧虑过去了。

当然船最后没有沉，迪诺班图安全回到达卡。他没有时间再思考剧本的好坏了，需要尽快出版。在达卡，他找到几个热心朋友。其中一个名叫拉姆·坡米格的，在他那里出版了《靛蓝之镜》。没有署剧作者的名字。迪诺班图署名"某路人"写了一篇序言。然后带了印好的几册剧本来到加尔各答。

他没有机会读给朋友班吉姆·查特吉听，因班吉姆已经调到梅迪尼普尔的聂古雅去了。迪诺班图最先想到了他小时候的恩人朗先生。朗总是在各种问题上鼓励他，需要读一次给他听。

朗牧师的职业是官方翻译。他将地方语言的文章摘要翻译成英语交给政府。实际上政府是通过朗做特务工作。政府的目的是了解地方语言是否有反政府的文章，思想单纯的牧师朗不懂得这么多。他对当地的语言有兴趣后，爱上了当地的人。他自己调查过此地区农民的惨状。迪诺班图把剧本读给朗听。朗听着听着就激动、愤怒和痛苦。他一再地问："你写的真实？农村地区这么残暴？这些都是你亲眼所见？"

迪诺班图说："有些是亲眼所见，有些是听可靠的人士说的。"

朗说："你立即把这书翻译成英语。这样的乡村口语我译不成英语。你把这担子交给合适的人吧。出版的事我来安排。然后把英语本递交给靛蓝委员会。"

由谁把《靛蓝之镜》译成英语呢？迪诺班图最先想到默图苏丹·德特。他不同意写剧本，但他会不翻么？他英语很好，此外，他用孟语写过剧本，把《多福公主》《蛇神》译成英语。他有翻译剧本的经验。

迪诺班图又去求默图苏丹。那天默图苏丹的朋友都在。在大家要求下他不能再推辞了，决定由他翻译，但是他在政府法院任职，不能印上他的名字。

朗先生建议，迪诺班图这时要离开加尔各答。所以迪诺班图回到达卡，像个好人似的继续上班。默图苏丹被带到查马湖的一栋楼里。他说，他一晚上就能翻译完，但有两个条件，他至少要十二瓶啤酒，还要耿伽陪着，给他读每一行字，正确解释其含义。对白中有时有穆斯林人的用词，耿伽在他们中间待过，能正确懂得那些话的含义。

工作从傍晚开始。默图苏丹一手拿酒瓶，另一手执笔。耿伽读对白后解释意思。中途默图苏丹举手制止说，好了，好了，我懂了。然后他就刷刷地写。

翻译工作进展很快。午夜过后，默图苏丹的酒瘾达到高潮。有时他眼皮耷拉着，手里的笔也掉了。这时耿伽说，那今天就算了吧，默图！剩下的明天再弄。

默图苏丹又拿起笔又喝啤酒，说："不，不，不。今晚我必须完成它。不管怎么说，耿伽，这位邮政局长写了剧本。这小子像是谁操纵的木偶，话说到根本上了。真好！非常现实主义！说说吧，诺宾马托波是怎么说的？诺宾马托波看守似乎被你感化了。"

耿伽说："默图，你别再喝啤酒了！够了。"

默图苏丹斥责他，说："闭嘴，我亲爱的孩子。你干你的事，我干我的事。"

到了第五场，默图苏丹说："怎么啦，巴布，把人都杀了！这都超过哈姆雷特了！邮政局长写了第一个剧本就成了莎士比亚！哈，哈，哈！"然后说："耿伽，亲爱的怎么说？好看门人，亲爱的，我爱看门……啊，天啊，这诺宾马托波很有梵语味啊。"

译完剧本最后一句后，默图苏丹已醉得不省人事，在桌子上睡着了。

九十四

　　古苏姆·古玛丽的娘家总是有各种事由非常热闹。这家里快乐和兴旺像是共生的。

　　古苏姆的父辈五兄弟，全在一起吃饭。他们的子女共有二十七人，古苏姆没有同胞兄妹。在这大家庭中，守寡的古苏姆应该是失落的，但实际并非如此，并不因为她是寡妇就被推到神堂去。她的父母没有打听清楚，就把她嫁给一个疯子。现在他们为古苏姆装修了一间屋子，拨了两名女仆伺候她，把无限的爱倾注给她，为这一错误赎罪。

　　古苏姆的父亲克里希纳纳特和特里普拉王室有些商业关系。他隔些日子，就要到特里普拉去办事，那时就带上古苏姆。家庭地位显赫的年轻寡妇到处游览是不可思议的事，但克里希纳纳特不是墨守成规的人。他是男子汉，有胆有识，按自己的思想和智慧行事，敢于对别人说不。他觉得，脱离封闭的生活到外面去转些日子，会对悲伤的女儿有好处，他带着古苏姆到特里普拉去了。

　　古苏姆当然伤心，但不痛苦。她和丈夫没有正常交谈过一句话，更不要说交心了。她看见他只有害怕，他的死有什么好让人痛苦的？她只是胸口好像总是压着一块大石头。

她在去特里普拉的路上，穿过山峰和森林，慢慢地心放宽了。她被大自然的美景迷住了，每个景象对她来说都是新鲜的。看到木排在河面上漂流，她感到惊奇和兴奋。木头就这样从一地运到另一地去，啊，多么聪明！有时看到像淘气小孩般奔跑的野兔，古苏姆真想跑去逮住它们。

特里普拉王室的几名士兵护送这群旅客，所以不用担心安全。来到野外后，克里希纳纳特对女儿也不是管得很严。在离开居民区后，古苏姆把轿子的两侧敞开了。有时她若想去，也能和女教师一起到森林里走走。

他们在特里普拉名叫托尔摩的地方，在帐篷里过夜。附近有个水塘，再往上是丛林。月圆之夜，漫天的月光。古苏姆坐在水塘边，看看水，又看看天。今晚月光很亮，虽有薄云，也能看到完整的月亮。云彩在飘动，古苏姆一阵阵地错误认为是云彩停住了，是月亮在走。

突然附近有窸窣的声音，古苏姆吃惊地望去，她都不敢相信自己的眼睛了。两只梅花鹿来水塘喝水。她从未见过活的鹿，便全神贯注盯着看。云彩那时也退去，月色更亮了，好像是要让她好好看鹿。两只鹿起初不知道有人在近处，发觉有人后，瞬间就跑得无影无踪了，古苏姆看了感到浑身舒服。世界竟是如此美丽！

古苏姆失神地坐在那里，过了一会，她在人们的吆喝声中醒过来。卫士看见两只鹿后，想追去逮住它们。古苏姆立即站起来，叫父亲制止他们。如此宁静美好的夜晚，人们心中怎么起了暴力的念头！古苏姆想起了沙恭达罗的故事。这地方就像净修林，这里禁止杀生。她想，在这样的月夜，整个世界就是净修林，在任何地方谁都不应该有暴力的念头。

古苏姆向帐篷走去，当听说没有抓到那两只鹿时放心了。她又回到水塘边，月亮漂浮在水面上，天上也有月亮，她看着这两个月亮感动了，浑身都感到舒坦。她十七年的生命从未这么快活过。

可是古苏姆在如此美妙当中又想，她为什么看到两只梅花鹿？

这时候不想到沙恭达罗的故事就好了。她怎么也抑制不住，长叹一声。沙恭达罗不是像她这样的寡妇！

古苏姆在特里普拉住了三个月后，回到加尔各答。当时他们家的男孩子都沉迷于演戏。

这家的男人都不公开谈论酒和女人。私下里谁往哪儿去，谁知道，当时那些书呆子在家里是没有地位的。古苏姆的父亲克里希纳纳特是真正有道德的人，他的兴趣是古典音乐。这家的男孩必须上学读书。男孩子沉醉在放鸽子和风筝这种无害的快乐中。在秋千节和杜尔迦节有大戏和对歌。这回他们自己演剧。导演、演员、歌手、鼓手几乎全是这家的男孩子，根本不让女孩子参加。可是排练时女孩子可以在场。剧名叫《优哩婆湿》。巴格巴扎的孩子们在乔拉桑科辛格家，看了诺宾古马尔·辛格演出这个剧后，受了感动，他们也要把它搬上舞台。古苏姆从头到尾坐着看排练，有时她给二哥、小哥他们提些意见。

一天，杜尔迦摩尼给她写了一封信。

　　我最亲爱的宝贝古苏姆，我六个月没有见到你了，日夜想念你那如花儿般美丽的面庞。怎么说呢，你那双蓝眼睛总是看着我。我知道你永远不会踏入这个罪恶的家了，你得到救赎了。我这不幸的人还能上哪儿去呢？除了在这罪恶的家里腐烂，没有别的路了。萨朵普拉萨德时时提到你。这可怜的人失望了，看来他应该离开这个地方。他妈妈逼着他结婚，他毕业前不想结婚，他没有心思玩了。

　　啊，古苏姆，你大大得救了。比起伴随魔鬼般的丈夫烦恼一辈子直到死去，自由地寡居要好上百倍。我记得很清楚，萨朵普拉萨德有一次谈到你时，说过自由寡居的话。啊，如果我能得到自由的寡居就好了！你为何要像我这样守寡，你的年龄还不到我的三分之一，伊斯瓦尔·钱德拉·维迪耶萨伽尔为妇女开辟了康庄大道。你年纪还小，必须，必须，必须再结婚！你就像净修林里的仙人戈斯瓦米①唱的那样，是"年轻的美女"！我要说，古苏姆，如果我是男人，我就强行把你抢走，远走他乡。我这条命无用了，愿你命好，哪个漂亮的好男人得到你会感谢的。萨朵普拉萨德很想看这封信，我不给他看，所以不多写了。

　　你的婶婶泰古拉尼·杜尔迦摩尼。

　　这封信古苏姆至少读了十遍，读着读着她笑了，哭了，最后撕得粉碎扔掉。如果被谁看到，那就羞死人了！杜尔迦摩尼口无遮拦。再婚？啧！

　　古苏姆当然不知道，家里已经在商议她再婚的事了。古苏姆的大哥诺里宾德罗纳特，有时和他的两个儿子的家庭教师乔杜波迪·甘古利，谈论国家和社会问题。乔杜波迪·甘古利是求知会的成员、维迪耶萨伽尔的学生。诺里宾德罗纳特在乔杜波迪的怂恿下，为几个贫苦寡妇再婚提供了经济援助。在古苏姆守寡回家后不久，有一天乔杜波迪对诺里宾德罗纳特说，您是支持寡妇结婚的，您为何不让令妹再婚？诺里宾德罗纳特听后支支吾吾。他既不能立即回应，又不想在家庭教师面前扮成守旧派。他说："即使我同意了，家父是家长，他若不同意就什么都做不成。"乔杜波迪说："那您就向令尊提出建议吧。我听说令尊是拉姆德努·拉西里先生的好朋友。您一定知道，拉姆德努·拉西里和拉姆·戈帕尔·高士等人都热心于寡妇再嫁？"

　　"好吧，看吧。"纳里宾德勒这样说，暂时避谈这事。他不敢对严父克里希纳纳特说。如果父亲同意，就会叫挑选新郎；如果不同意，就会愤怒发火。

　　固执的乔杜波迪每隔几天，就提醒诺里宾德罗纳特这事。现在

---

① 戈斯瓦米（Gosvāmī）指感官之主。

诺里宾德罗纳特远远看到家庭教师，就立即躲进卧室关上门。他曾试探过两个亲弟弟，他们不反对古苏姆再婚，但都不敢向父亲提起。

他的一个弟弟有点干实事的聪明，他们不敢去试探父亲，必须想别的办法。如果请拉姆德努·拉西里先生来，和父亲谈古苏姆再婚的事，即使父亲不同意，也不至于对拉姆德努·拉西里这样尊贵的人生气。于是就去找拉姆德努·拉西里，但不巧，他现在克里希纳城。除了等他回加尔各答，没有别的办法。

古苏姆的小弟弟海门德罗纳特在剧中扮演优哩婆湿。这可怜的家伙刚迈步纱丽就脱落了，坐在楼梯上观看的女孩子笑翻了。刚踏入少年期的海门德罗纳特生气了，说："姐姐们在场的话，我就不演了！排练时她们在场不行！"

当时女孩们都咯咯地笑了起来。古苏姆的三姐说："海门，真上台表演时，如果纱丽脱落了，好吗？"

古苏姆说："三姐，海门说了，优哩婆湿一挨打，纱丽就会脱落。"

连一手持剑的男人们都笑了起来。

导演、表兄诺建德罗纳特严肃地说："喂，怎么回事！这是放肆的地方吗？因杜、索希、库希、凯米，你们离开这里！"

三姐因杜摩尼说："你们演出时人们如果觉得好笑，不是损坏我们家的名声么？女人的穿着我们显示过了，你们不学习。"

"走，走！别废话了。现在大哥过来就会看笑话了。"

"妈呀！南都的纱丽系上腰带了，看啊！南都，女友系腰带上舞台的吗？嘻，嘻，嘻。"

这时诺宾古马尔·辛格来到这里，女孩子的讪笑立刻停了。诺宾的岳父家就在隔壁，这家的年轻人请他来看一次排练，提些意见。

索罗吉尼和这家有亲戚关系，所以诺宾也是这家的亲戚。妇女看见他来，都拉上了面纱，有的躲起来了，有几个在原地坐着，她们和诺宾有开玩笑的关系。穿着围裤和蓝色裙子的诺宾面色严肃地站在台上，他手执包银的小棍子。他庄重地质问比他年纪大的青年：

"嚷什么？苏连德罗巴布是扮演补卢罗婆娑吧？"

古苏姆离开楼梯坐的地方下来要走回内院，她低着头从诺宾面前走过。在诺宾生病时她去看望过一次，那时诺宾没有和她说一句话。这次诺宾面对这穿着寡妇衣服的少女也是视而不见。

第二天索罗吉尼也到这家来了，在见过大家后，来到古苏姆这里。在此之前索罗吉尼就见过古苏姆几次了。每当她回娘家时，都要来这家转转。今天索罗吉尼拉住古苏姆的手说："古苏姆姐，你去一次我家吧，现在就走。"

古苏姆说："为什么，为什么去你家？"

索罗吉尼拼命拉她起来，说："走吧！去一次吧！我的怪儿子要和你说话。"

"你说什么？什么儿子？"

"怪儿子！在别人面前我总是我的新郎、我的新郎地叫，他说：怎么叫新郎？新郎只是结婚的那天，现在我还叫你我的新娘吗？你叫我怪儿子吧。"

古苏姆·古玛丽笑着苏："啊，丈夫！丈夫代替新郎！听起来怎么像演大戏！"

"我怎么说呢，姐！是他想的！他有很多想法。"

"我和你的新郎说什么呢？"

"去一次吧！他根本不知道你已经成了寡妇。昨晚他听我说后问，哪个姑娘？是和我们玩过木偶的那个？请她来一次吧？"

"索罗，你疯了，你的新郎也疯了！玩木偶，那是什么时代的事了！哪有寡妇上别人家去的？"

"我们是你的别人？我们家是你的别人家？"

索罗吉米现在还很幼稚，她比古苏姆小些，一听到不合心意的话就有些不高兴，这是有原因的。两家的房子挨在一起，站在这房顶和那房顶可以说话，内院后面是两家的花园和池塘。这两家的姑娘总是来来往往的。

可是古苏姆想去又觉得害羞，但索罗吉尼坚持邀请。最后古苏姆请示母亲，她妈妈布诺普罗帕说："你去巴苏他们家，那还问什么！"她又摸摸索罗吉尼的下巴，很亲热。

诺宾正躺在床上看书，索罗吉尼进屋说："你看，我把谁带来了。"

诺宾看到，一个戴面纱穿寡妇衣服的人侧面站着，没法看请脸庞。

诺宾问："朋友，认得我吗？"

古苏姆不答。

诺宾说："索罗吉，你的朋友就这样背过脸去待着？"

索罗吉尼说："您错了，她怎么是我的朋友？古苏姆姐是我姐姐的朋友。"

诺宾说："是就是吧。她就不和我说话？"

索罗吉尼说："古苏姆姐，你怎么这么害羞？你以前和我新郎……啊，我丈夫说过话的啊。"

古苏姆小声地对她说了些什么。

索罗吉尼说："你别那样！成了寡妇就不说话了？珊迪姨妈和珍登纳迦的姑父不说话？"

诺宾双手合十装作开玩笑，说："女神啊，让我瞻仰一次吧。您不知道吗，守寡的贡蒂①是和她的小叔子维度罗说话的。"

索罗吉尼强行揭开古苏姆的面纱，但她不往这边看，索罗吉尼又硬让她把脸转过来，古苏姆闭着两眼，因害羞嘴唇簌簌发抖。

诺宾看到古苏姆后吃惊了。这中间发生了许多事件，他已忘记这女孩的面孔，现在想起来了。他喁喁地说："你……你是林中月光！"

这下古苏姆睁开蓝色的眼睛望着诺宾。

---

① 《摩诃婆罗多》中，贡蒂是般度的妻子，维度罗是般度的弟弟。

九十五

自宾波波蒂走后，比图谢克一天都没来过辛格家。他没有任何兴趣了。他只是远远地盯着，不让诺宾古马尔的财产全丢失。现在他不愿为那些枯燥无味的账目伤脑筋了，可是多年形成的习惯，每天总得坐下来一两次拿起纸和笔。他自己积攒的财富也不少，也得正确去打理。哪天他会闭眼，哪儿有准啊！唯一能依靠的是未成年的外孙，而诺宾，靠得住么？

比图谢克已经听到耿伽回来的消息，并没有感到很奇怪。关于耿伽的死讯，他从来就不肯定。男人不是这么容易死去的，特别是他的死亡不是别人高兴的理由。阎王一愿意就可能拘错人。他曾认为耿伽是脑子坏了，所以他想，算了，危险去掉了！

当迪巴戈尔来报告说耿伽回来了时，比图谢克当即闭上眼睛，无声地说：就像命运法则那样，让它发生吧，我再也没有责任了。该怎么对待耿伽，小不点儿会明白的，我不再干预了。

但他内心感到非常痛苦。他那无力、偏瘫的身体好像在瞬间醒了，好像他要像拿棍子打蛇那样打耿伽。他丝毫没有忘记，心中积攒的对耿伽的憎恨和愤怒。他听到耿伽在贝拿勒斯到处转的消息后，更加恼火。这愚蠢的年轻人毁了他最疼爱的闺女宾杜巴希尼。比图谢克把宾杜永远送到远方去了。为送走宾杜，他做出最艰难的决定，但他心中的痛苦无人知晓。

他用压抑的双关语问迪巴戈尔："唔，回来了！好事！看好咯，真的是吗？不会又是假的普罗达博·钱德拉的案子吧？一定是对自己那份财产提出要求了？"

迪巴戈尔含糊地回答说："是的，看起来像是我们那位少爷，但谁敢保证呢？财产的事他现在什么都没说，形态很像苦行僧。"

比图谢克说："唔。"

迪巴戈尔为了讨好比图谢克，停了一会又说："像我们这样的小人物怎么断定真假！近来谁真，谁假，很难说。您全知道！"

比图谢克微微地笑了。

迪巴戈尔问道："叫小少爷来见您一下？"

比图谢克冷淡地说："不，算了。如果他愿意就来，没有必要叫。我不想再掺和。"

比图谢克在恼怒的同时也有些好奇。他早就做过安排，即使耿伽回来，也不能让他占到什么便宜。在传闻耿伽死后，他那份财产就划归诺宾了。近来诺宾为翻译《摩诃婆罗多》花了很多钱，为此需要卖掉一些财产。比图谢克巧妙地通过诺宾，把耿伽的土地全都卖掉了。实际上现在耿伽已一无所有，这回他该知道了！手里没钱，连家里的猫狗都不会理他！耿伽不会再度失踪吧。如果弟兄争吵起来，那么比图谢克就得干预了。

不管口头怎么说，比图谢克心里暗暗希望，小不点儿到他这里来。小不点儿对财产不上心，但在耿伽回来所造成的危险中，小不点儿必须来向比图谢克要主意。但是一天又一天，小不点儿没有来。比图谢克不知道，小不点儿发过誓，永远不来这了。

小不点儿没来，有一天耿伽却代替他来了。

弟弟诺宾做了安排，把哥哥从监狱保释出来了。耿伽回到加尔各答看到，屋子已经装修过，自己的痕迹全被抹去了。耿伽听说宾波波蒂不在家，内心哀叹不已。他想马上就出发去赫尔德瓦尔拜见母亲。诺宾劝解了很久，说耿伽现在还是罪犯，负案在身，没有到处走动的自由。

耿伽的房间也已挪作他用了，对此不能怪罪任何人。谁想到耿伽还会回来？他的妻子丽拉波迪住在娘家，再也没来过这家。那无辜的女孩不知受了多少苦。她没有犯过导致丧夫沦为寡妇的罪孽，但最终她没有看到丈夫的笑脸，八个月前了结一切烦恼痛苦，离开了这个世界。传说丽拉波迪不是正常死亡，而是卷入了丑闻自尽的。她死后两天，娘家的堂兄上吊自杀，引发了这些谣传。不管怎样，丽拉波迪从这世界消失了。

耿伽平静地接受了妻子的死讯。他对丽拉波迪的做法有些许不公，但那似乎不是他的责任，责任在于两人的命运。如果丽拉波迪还活着，耿伽现在能接受她吗？

诺宾现在忙于《摩诃婆罗多》的翻译工作，所以对耿伽的归来没有大声嚷嚷。他见到谁心里都高兴。一见到耿伽，诺宾内心就感到对大哥有一种牵挂。回忆小时候和耿伽的相处是甜蜜的。在两三天不停的交谈后，诺宾说："哥，你回来我就得救了。这回你再担负起看管地产的责任吧，我做不了那些事。天呐！"

耿伽笑着回答说："我也做不了那些了，弟弟！我这么长时间在外游荡，地产管理全都忘记了。没人会理我的。"

诺宾说："这些话我不想再听了！你是想舒舒服服待着吧！你肩膀上的伤痊愈我就放心了。你待两天亲自看看吧，我现在有多少事！我对维迪耶萨伽尔先生发过誓，一定要完成《摩诃婆罗多》的翻译工作。"

耿伽看到比图谢克不来这家，觉得蹊跷。问过小不点儿，他避而不谈，他和比图谢克的关系似乎不太正常。耿伽想，从礼貌和道理上讲，他有必要去见比图谢克。

从前是砖墙，现在是铁栏杆围着前面的花园。耿伽从小时候就看见的那棵酸枣树现在也老了，酸枣树叶在风中摇摆。这房子从远处看就很漂亮。大门边那间看门人住的小屋，以前是没有的。看门人不认识耿伽，但也没阻拦他。耿伽进去后看到，南边院子里一个小男孩拿竹竿在摘番石榴。耿伽不认识他。他怎么能认识苏哈希尼的儿子啊！耿伽小时候也上过这棵树摘番石榴。这棵树上的番石榴成熟后是红瓤的。

耿伽的心没有乱跳，也没有频频长叹。耿伽似乎感到惊诧。人们在很多时候，是摆脱自己，像旁观者那样审视自己的行为的。耿伽原以为，一踏入这家就会想起宾杜，就会软弱地倒下。怎么，根本不是那样啊！他对宾杜的记忆已经很淡薄了。那些日子的痛苦、悲伤、失望已被慢慢抹去，只是保留着对过去美好的回忆。时间就是这样神奇。

耿伽从楼梯上到客厅，那里是空的。旁边还有一客厅，比图谢克过去只在那里见来客。耿伽也向那里望了望。整座屋子空空荡荡。从前每天早上有很多人来这里。比图谢克已经多年不做律师了。

一个新仆人好奇地望着耿伽，也曾询问过，但耿伽不回答，径直往后楼走。一位老人坐在那里，耿伽走到他面前说："你好吗，诺勒诃利？"

诺勒诃利是这家的老仆人了，他的年龄比这里的树和石头都老。耿伽小时候总爬到他怀里和背上。诺勒诃利很爱耿伽，心爱的东西是越老越熟啊。隔了这么久，老眼昏花的诺勒诃利一眼就认出耿伽了。他立即站起来，又哭又笑的不可自持。他拉住耿伽的手抚摸，又扑倒在他脚前行礼，伤感地说："你去了哪里？我的小祖宗！我为你哭泣，我问过你家老太太……"

其他男女仆人都来看耿伽。内院的人都还没有得到消息，比图谢克今天没有下楼。应该先去见比图谢克，但是耿伽在这家里，不是派人先送信再见面的那种关系。他走上楼梯。他早就知道这家的伯母已经去世，她的两个女儿住在这里。

一个女仆在耿伽前先上去了，她很快请来苏哈希尼。苏哈希尼慢步走到耿伽身边站住。耿伽认不出她了。苏哈希尼除去面纱后说：

"耿伽哥，你回来了，听说……这么久之后回来了？"

"你是谁？"

"认不出了？你不记得苏哈希尼了？"

耿伽惊呆了，这是苏哈希尼么？从前她是多么小啊，耿伽结婚后，她跟着就结婚了。她现在是寡妇，身体单薄，头发稀疏，像是很老了，可她比宾杜还小。苏哈希尼长得一点不像宾杜。耿伽突然想起，在贝拿勒斯恒河对岸罗摩纳加尔，见到宾杜在轿子里的景象。宾杜的模样正像女王一样。不，不是正像女王，是像女王的石头塑像。

"你？是苏希？"

"我可是一眼就认出你了！你还是那样！"

"是吗？大家都说我变多了。"苏哈希尼没有那种激动和热情了。从前这姑娘是多么活泼啊。苏哈希尼望着耿伽，眼泪掉了下来。

"啊，苏希，你哭什么？"

"过了这么久后见到你，我不哭，难道我是块石头吗？耿伽哥，这世界是怎么了，你告诉我。"

"我的好妹妹，别哭！擦干眼泪。来，我给你讲很多有趣的故事。"

"走吧，到屋里坐。我有很多话要对你说。小弟成了大人物，不到这家来了！大姐去恒河沐浴，就会回来的。"

"我先去给伯父请安。"

"爸爸可能正在睡觉。"

"现在，早上十点钟睡觉？"

"爸爸近来总是睡觉。等等，我看看他是否起来了。"

比图谢克房间旁边是上屋顶的楼梯。耿伽往那边看看。屋顶只有神堂。

比图谢克的房门开着。他仰着躺在床上，闭着眼睛，两手放在胸前。苏哈希尼叫了声爸爸，比图谢克没有应答。

刚才他听到耿伽和苏哈希尼的一些谈话，知道是耿伽来了，但他在寻找和耿伽见面的时机。

苏哈希尼说:"耿伽哥,你站在床头叫,他就会醒了。"

耿伽说:"现在就算了吧,以后我再来。"

"不,你叫啊!他整天都是这样的!"耿伽没有站在床头,而是站他脚边,小声叫道:"伯父,伯父!"

比图谢克睁开眼睛,问:"谁?"

"伯父,我是耿伽。"

比图谢克睁开一只眼睛看,似乎看不清楚。

不能给躺着的人行触脚礼,所以耿伽没有摸比图谢克的脚,有礼貌地站着。

"你扶我一下,苏希。"

苏哈希尼帮助比图谢克慢慢地坐起来。比图谢克坏眼睛的眼皮刚睁开又闭上了,他的左腿麻木,要挪动很困难。他说:"耿伽?那么说你真的回来了?"

耿伽这时行了触脚礼。比图谢克习惯地用手摸他的头,却没说祝福的话。

"您身体安康吧,伯父?"

"唔,很好!你怎么站着,坐吧。苏希,叫人拿甜食来。你打开箱子拿一个银盘出来。唔,说吧,耿伽,这么久你去了哪里?"

耿伽没有坐,站着说:"也许我的脑子有点坏了,所以到处瞎转。"

"唔,听说你在易卜拉欣布尔失踪,又回到那里了。"

"是的。"

"听说你妻子过世了,你又结婚了吗?"

"没有。"

"令堂突然去了赫尔德瓦尔,说不再回来了。你看这事,那家完全空了。你现在住在加尔各答?"

"我还没想好。小不点儿把我从监狱领出来了,现在我负案在身……"

"和国王打官司,谁能打赢?全靠不住。如果要你坐三五年牢,政府先关你后关你都行，中间你就得花钱。"

"这些事，小不点儿没跟您商量过吗？我不知道那么多。他带了两个律师到凯什德市，他们安排的一切。"

"他从小就放肆，他不认为有必要和我商量，钱是随便花。你听着，我说，你住在这里……迪巴戈尔老了，不能再做事了，他有空子就偷。你如果能记好账，你来顶替他做事吧，你是学过写算的……"

枯燥无味的谈话断断续续。比图谢克最后的话暗示，让耿伽像迪巴戈尔那样做那家的职员。耿伽的案子要花钱，比图谢克不是漠不关心的。隔了这么久后见面，竟是这样欢迎他。

耿伽无声地看着比图谢克，受辱的感觉慢慢地在全身燃烧。他曾经下决心和这个人面对面战斗。他没有想到，过了这么久，比图谢克还是这样对待他。又要起冲突？

但是看着比图谢克，他的愤怒又变为可怜了。还要战斗吗？比图谢克早就战败了。这个比图谢克，还是那个强硬有理想的人吗？右眼失明，右手无能地垂着，右脚没劲，全身就像一堆废物，一个破架子！他没剩下什么能表现力量的东西了。做什么，多么可笑！如果完全拒绝他，他又能怎么着？但耿伽心软了，不应在比图谢克还活着时，抢走他剩下的这点力量了。

他蹲下抱着比图谢克的腿说："伯父，我做了许多错事，让您伤心了。我知道，您还在生我的气。请您饶恕我吧。该发生的已经发生了，您是我的长辈，您若不饶恕……从现在起您的话我全听……"

借用广博仙人的一个比喻，比图谢克的心只是瞬间像夏天中午的湖水一样，上热下冷。他的内心深处也想原谅这孩子，他也想享受原谅带来的和平宁静。到了晚年什么都得原谅，但这念头只是一闪而过。他无论如何不能容忍，耿伽是他生命中的恶魔，为什么回来了？想要饶恕，纯粹是欺骗！

这时耿伽还抱着他的腿，但比图谢克不能答应和赐予祝福。他没有举手表示祝福，只说："算了，行了，起来吧。"

九十六

"我要让你的古苏姆姐再结婚。"

索罗吉尼听后惊呆了。她很久以前知道夫君有些疯，他脑袋里每天充满新的疯狂，但这又是什么怪事？

索罗吉尼瞪大双眼说："您让古苏姆姐结婚？您在做梦吧？她早就结过婚了，然后成了寡妇，那天您没看见吗？她头上没有红朱砂，手上没有手镯，命不好回了娘家……"

"因为她是寡妇，我要让她再婚！"

"寡妇再婚，那是小人、丧失种姓或下等种姓做的事！对有钱人家的姑娘说这种话！您不害怕下辈子遭报应？"

"维迪耶萨伽尔先生说得对！我们这城市里有几家富豪，口头上响应维迪耶萨伽尔先生的寡妇再婚的工作，有的人还给了钱，但轮到自家，就不让寡妇再嫁。他那天说的这番话，使我羞得低下了头。他说的是实话。我们所有的进步都只是口头说说，不会实施的，你说，我该怎么做？我家没有寡妇，怎么让寡妇结婚？你如果是寡妇，不管多难，我都让你再婚。"

索罗吉尼坐在丈夫脚边哭着说："您得向我发誓，永远不说这种话了。您看，我心跳得像大炮响似的。"

诺宾笑着说:"你成了寡妇,就是我先死了,是吧?为这宏大的目标去死,我同意。为国家的事务去死,舒服!"

索罗吉尼就"哎哟,那我怎么办啊"哭了起来。诺宾拉她起来,说:"还叫谁傻丫头!我真的是死了吗?这只是说说而已!所以我说,要让你古苏姆姐结婚!索罗吉,你只在黑暗中待着,我拿来那么多书和报纸,你都不读!读了你就知道,近来有钱人家的寡妇都结婚!你所说的什么四所房子的加雅斯特,懂吠陀经的婆罗门都让守寡的女儿结婚了!你的古苏姆姐做新娘非常好。"

索罗吉尼擦干眼泪,说:"您要让古苏姆姐结婚,这是什么话?古苏姆姐是您家的姑娘?她没有父亲哥哥?他们听到您说这种话,会拿棍子打你的。"

"为什么?他们傻?家里有这么个寡妇在,不要去讨好维迪耶萨伽尔先生吗?"

"他们要干这种罪恶的勾当,去讨好维迪耶萨伽尔?我要用笤帚打他!"

"这就叫女人见识!不懂好歹!你古苏姆姐守寡痛苦,你高兴?"

"成了寡妇……那是她的命,能不认命吗?"

"我要把命翻转过来!明天我就去对古苏姆的爸爸讲。她结婚我愿意出一两万卢比!"

当然诺宾第二天没有去说,但他记住这事了。他现在很忙,《摩诃婆罗多》翻译工作几乎日夜进行着。这一向没人相信,像诺宾这样二十岁性格未定型的青年人,能专心致志地做《摩诃婆罗多》的翻译工作,但现在没法不信了。工作迅速地进行,第一卷已经印出。第二卷在印刷中。

人们读了翻译的第一卷后,惊诧不已。大家知道,诺宾让十余位梵语学者翻译,但是这么严肃而又优美简洁的孟加拉语不是某位学者写的。它出自某特殊人士的手笔,那就是诺宾自己!他的语言正确无误。

因家里工作的地方狭小，诺宾为了这项工作，在波拉赫纳加尔买了一所带大院的房子，命名为"学者寓所"，学者都居住在那里。又买了一所房子，安装了印刷机器。每天诺宾从乔拉桑科坐双驾马车去波拉赫纳加尔。他岳父家就在路途中的巴格巴扎。有时诺宾在波拉赫纳加尔工作到深夜，就不回自己家，而是在岳父家过夜，索罗吉尼就在那里。

　　诺宾像是被工作迷住了。翻译工程那么巨大，加上他又挑起了《文汇》这样高水平的杂志编辑重担。在拉简德罗拉尔·米特拉辞职后，孟加拉语翻译委员会的这个杂志很难存在下去时，诺宾自愿承担起这责任。二十岁的年轻人代替德高望重的顶尖学者拉简德罗拉尔·米特拉任《文汇》这样杂志的编辑！当然，作为翻译者和作者，诺宾已被证明极具资格。

　　他不休息地每天翻译梵语、听高深的词汇讲解，听着听着他都厌烦了。他生性爱玩，不能连续长久地思考，中间他需要娱乐。他不再去听穆鲁格·钱德拉的音乐会了，也不和哈里斯·穆克吉见面。他没有空闲去和朋友聊天，他在波拉赫纳加尔翻译《摩诃婆罗多》时，突然走开，走进属于自己的房间，把门关上。屋里的墙上挂着一面比利时镜子，诺宾在镜子前开始跳舞、跳跃、弯腰。这就是他的娱乐！他自己在屋子里，有时扮演黑天，有时扮演罗陀，有时扮演怖军，有时扮魔鬼。他在镜子前伸舌头，作怪样！过了一会儿，他衣着整齐，肩搭披巾严肃地走出来。看到他这样，谁想得到他刚才是多么幼稚！

　　为驱除脑袋中的梵语、复合词、复合句，他又想出一个办法。他在密室里有个想到就写的本子。他记述几天前他去参加湿婆节，加尔各答是怎样沉醉的，写作时他小心不使用梵语词。

　　他照自己的思路这样写道："这边轿夫、哈里、高拉①绑上脚铃、围着披巾，举着各自显示英雄气概的利箭和棍棒到每家酒馆、妓

---

　　① 均为印度教低种姓。

院和人家院子里擂鼓和跳舞。农民在鼓身绑上牛尾、鸟儿的羽毛、铃铛，到处敲鼓征集苦行僧；老师停课放学了，孩子们跟在大鼓后面……"

他写的就是口语。同是一个人，用纯正语言翻译《摩诃婆罗多》，同时写这样的散文。诺宾用这种新方式写着写着感到非常有趣。写了湿婆节后，他又写了众人拜神。逐渐地小本子写满了，诺宾想，这些文章拿去出版怎么样？他有自己的印刷厂，但作者的名字怎么署？不能署本名。他作为《摩诃婆罗多》的翻译者，已出了名，谁相信他会写出这样的东西？如果大家读后都嗤之以鼻呢？不，不能署本名。不能署穆鲁格·钱德拉么？穆鲁格·钱德拉像乌鸦那样在加尔各答收集消息。是乌鸦或是猫头鹰？用胡杜姆·朋查（大猫头鹰）做笔名怎么样？

诺宾有时想起古苏姆的事，这蓝眼珠姑娘的犀利目光扎进诺宾的心了。一想到她，诺宾的脑袋就痛了，似乎他就是古苏姆的家长，有责任安排好古苏姆的生活。必须尽快做安排，她父亲不在加尔各答，根本没法和他谈。

有一天，诺宾到戴本德罗纳特·泰戈尔家去。印度西北部严重饥荒，千千万万人面临饥馑，报纸说饥荒引起了动荡。戴本德罗纳特先生在梵社大楼召集会议。诺宾丝毫没有加入婆罗门教的愿望，但他常来参加他们的会议。他欣赏戴本德罗纳特的演讲，他从别人口中听不到如此优美的孟加拉语。戴本德罗纳特先生坐在讲坛上，用动人心弦的语言，描述遥远边陲的可怕饥荒景象。他亲自到过那些地方，有直观的体验。他用语言描绘淳朴的山地民族，和他们的悲惨图景。他说："同胞们受难，如果我们不伸出援手，我们的人道不就受损了么？"于是诺宾待不住了，他站起来向戴本德罗纳特走去。他脱下身穿的价值两千卢比的毛衣，放到戴本德罗纳特脚旁，有礼貌地说，这是我的一点捐赠，以后我还将尽力给予经济援助。

这时在场的人都纷纷摘下自己的戒指、金纽扣、带金链的表等等。

奇怪的是，这时诺宾也想到了古苏姆。一听到某地某人受苦，他就想到古苏姆的事。不行，无论如何不能让这无辜的少女终生受苦，得立即为她物色新郎。诺宾开始想他认识的没有娶亲和失去妻子的人。好像没有必要征求古苏姆父亲的意见，当务之急，是找到愿娶寡妇的合适人选。

戴本德罗纳特旁边坐着他的两个儿子，一个名叫迪金德罗纳特，另一个是久迪林德罗纳特。戴本德罗纳特的命真好，他的第十三个子女已经出生了。久迪林德罗纳特还小，但是迪金德罗纳特也许和古苏姆同龄。诺宾古马尔想，去向戴本德罗纳特提议，让他的一个儿子和古苏姆结婚。戴本德罗先生是新派，思想开放，一定不会反对的。美貌的古苏姆做泰戈尔家的媳妇是合适的，但他又想，不能提这建议。戴本德罗纳特他们是婆罗门，古苏姆他们是加雅斯特。不管是讲究的婆罗门或普通的婆罗门，在婚姻问题上现在还没有去掉种姓差别的观念。

这几天诺宾又忙于别的事，想不到古苏姆的事了。

一天早晨，诺宾正出家门时，耿伽拉住他，说："小不点儿，我找你好几天了，总是见不着。《摩诃婆罗多》翻译的真棒！再给我几部吧？"

诺宾说："你想要就拿吧，大哥！叫杜拉来拿。我是不卖《摩诃婆罗多》的。印了三千部，有人要，我就送。我不是拿《摩诃婆罗多》做生意的。"

"你做的是大事啊，小不点儿！我看我那些朋友，他们，啧！你这样纯粹的孟加拉语，这样流畅的翻译，就像是新的创作！"

"大哥，你常去哈里斯·穆克吉那里，你带一本书给他吧。"

"你给我的那本，被我的朋友硬抢去了！他怎么都不肯撒手。他用他新写的一本书作为交换，你读读看？"

"你的朋友是谁？"

"默图，我的同学，现在写了好几本，很有名了，你没听说过名字？迈克尔·默图苏丹·德特。"

诺宾拿了书就上了双驾马车。从这里到波拉赫纳加尔需要很长时间，路上他可以读。默图苏丹的名字他当然听到过，他是拜克巴拉王公麾下的剧作家。诺宾在自家舞台上演戏剧后，很多人都模仿他。拜克巴拉的王公花了很多钱。按照自然规律，财主不喜欢比自己钱多的财主。所以，诺宾有点讨厌拜克巴拉的王公，自然也不喜欢他们聘请的剧作家。

这不是剧本，而是诗歌《诛梅克纳特》。只看名字，诺宾思想就翻腾起来。这不是《摩诃婆罗多》，而是《罗摩衍那》的故事。《罗摩衍那》还没有纯正的孟加拉散文译文。待译完《摩诃婆罗多》后，要着手翻译《罗摩衍那》。

他翻开第一页开始阅读。"前面就是战场，英雄朱拉摩尼/英雄巴胡去了阎王殿/不吉利时刻/说啊，不朽的女神……"诺宾的眉毛竖了起来。这样开始，完全是从中间开始？一开始就是英雄朱拉摩尼的死亡？就像戏剧那样。诺宾从未读过这样的诗篇。

另一天，他为了搜集写胡姆杜的材料，到道路两边去观察。今天他的心中没想别的。这是多么让人难以相信的诗啊！关于诗歌，诺宾心中有这样一种奇怪的想法。他做过许多努力，但他写不出诗来。他写散文有自信，但诗歌这东西怎么写都不成。诺宾从未读过这样的诗歌。这样铿锵的声音，这样高尚的境界，每行最后没有押韵，但每行都很完整。

> ……女奴听到琴声
> 夜莺在树丛中歌唱
> 优美有味，但这世界上
> 从未听到他说话的声音！

杜拉·钱德拉站在双驾马车后面。他从行进中的车上下来，跑到窗边问："您说什么，少爷？"

不知什么时候，诺宾就开始高声读起来了，这样的诗不能默读。

他以手势示意杜拉离开后，又全神贯注地朗读了。过了一会，他又抬头对车夫说，掉头，掉头，马上掉头！杜拉又下来问："怎么啦，少爷？"

诺宾在这样的打扰下似乎都认不出杜拉了。他睁大眼睛问："谁？谁这样讨厌？"

过了一会，他又说："啊，杜拉，今天我不去工作了，我回家，你叫车子掉头，你跑到波拉赫纳加尔去，告诉学者们，去……"

诺宾一整天躺在床上读《诛梅克纳特》，他很久没有这样着迷了。一连四天他只谈这部诗。遇到人就叫过来读给他听。他心中对这英印混血诗人产生了好奇。耿伽看到弟弟这样过分的热情，便说："你想认识默图么？哪天我请他到我们家来？"

但是不能这么一般地邀请默图到家来。中间有一天是为著名教授理查森送行的招待会。前印度学院教授D. A.理查森年事已高，要永远离开印度回英国去了。默图苏丹、戈尔、耿伽、普德博等曾是理查森的爱徒。他们在市政厅举行招待会，捐钱为他买了回国的船票。诺宾参加了那次会，开完会出来时他说，在重要的外国人离开前，我们为其举行招待会，我们至今还没有为本国的任何人举行过。

乔杜波迪说："你说得对，诺宾！对我国真正的大人物，我们并不尊重。你说，不应该为维迪耶萨伽尔先生举行公开的招待会么？你做个安排吧。"

诺宾想了想，说："他不是讨厌这些么？谁去对他说？如果他斥责呢？我说，我们先欢迎文学天空冉冉上升的新星吧！从前国王、王公是给诗人送银盘的。现在国王不知何处去了，让我们来承担起这责任吧。"

诺宾说话算数，招待会就安排在下周，在辛格家的求知者大厅举行。请柬印好分送到市里所有名人手里。这事的确很新鲜，自加尔各答陷落至今，从未对任何诗人表示过祝贺。这次不仅有致敬辞，还要给诗人送礼，礼物是诺宾亲自选定的，送给嗜酒的诗人一个银质酒杯。

耿伽去征得默图苏丹的同意。在指定的日子里，默图苏丹穿好西服，和戈尔及另一位学者一起出席。虽然戈尔提出要求，但默图苏丹还是不同意穿印度服装。在出发之前默图苏丹执意打开酒瓶要喝白兰地时，戈尔按住了他的手，哀求说："默图，请！至少今天别喝。那里许多重要人物会出席，如果闻到你嘴里……"

默图苏丹放下酒瓶说："算了，今天为什么花自己的钱喝？他们肯定会供应的！有钱人家的事，希望他们供应质量上乘的！"

戈尔说："看来不会。据我所知，他们家不兴喝酒。"

"你说什么？开会，英国式的招待会，还不上酒？我听说，求知者会实际上是嗜酒者会！"

"你听错了，默图！"

"那为什么还去？为什么？为什么去听几个人瞎叨叨？"

"你说什么！这是多么大的荣耀啊！走吧，请。完事后回家你愿怎么喝就怎么喝！"

马车走到半路，默图苏丹又闹起来了。他斥责戈尔说："我说，你干的是什么事？我喉咙干死了。他们会准备弹簧座椅给我坐么？我的天啊！"

戈尔说："不用很久的，你演讲完了就回家。"

"什么？演讲？谁演讲？你脑袋坏了吧？"

"他们致欢迎词后，你不是要讲几句话答谢吗？那是礼貌！"

"你们想打死我？我用孟加拉语演讲？我听了浑身都发颤。天啊，我不去，我逃跑……"

那位学者哈哈地笑了起来。默图苏丹愤怒地看着他，说："潘迪特，你笑什么？你以为我开玩笑？我用孟加拉语演讲？绝不。"

那位学者说："先生，您说什么呢，我能不笑？孟加拉语的卓越诗人害怕用孟加拉语演讲，这不好笑么？"

这回戈尔也大声笑了起来。

默图苏丹到了会场后，是对什么都喜欢。求知会会员的热情是发自内心的，贵宾们热情地望着他。诺宾激动地宣读致敬信，他的热情感动了默图苏丹。默图苏丹站起来流畅地用孟加拉语作答，讲了一会儿，他的腿开始发抖。他突然停了一下，说："我不善于演讲……非常不会表示感谢……"然后就坐下了。这引起了欢呼声和掌声。接着是演员喀沙布·钱德拉朗诵《诛梅克纳特》的选段。默图苏丹也很用心地听，他不再急着要回家了。

在归途中，默图苏丹和戈尔谈论招待会的成功之处。默图苏丹很喜欢诺宾了。这年纪轻轻的孩子，竟能把市里所有的名人都请来，这不是小事。戈尔说："名人中我唯一没看见的是哈里斯·穆克吉。他也许在忙别的事……"

默图苏丹皱皱眉头说："还有一位没看见，就是你们的维迪耶萨伽尔，一看见他，我就得向他致敬。他为什么不来？他是否很傲慢？如果你遇到他，告诉他说，迈克尔·M. S. D不接受任何傲慢的学者。"

九十七

英国政府由于《靛蓝之镜》这本书，陷入了可笑的窘境。

朗牧师的职责，是把原住民的语言、原住民的书刊上反映的情绪报告政府。据此，朗把《靛蓝之镜》的摘要报告了孟加拉副总督的秘书西顿·卡尔先生。因为朗热心于改善印度人的状况，所以他的声音有点激动。

西顿·卡尔年轻，有点理想主义，在正义与非正义问题上是清醒的。此外，总督坎宁勋爵和副总督彼得·葛兰特虽然都住在加尔各答，但管理孟加拉的麻烦事都交给秘书西顿·卡尔。许多人还清楚记得土兵战争的可怕。如果还加大对无助的农民压迫的话，又会引发一场大火。所以西顿·卡尔立即将这事报告了他的上级彼得·葛兰特。

葛兰特在印度任职很久了，职位升到了孟加拉副总督。他对此地区农村情况相当熟悉。他获得这要职之初倾注全力工作，现在热情减退了。他年纪大了，知道已不可能提升为总督，要提前退休了。高阶官员在这种情况下都有点懒惰。

酷热的傍晚，葛兰特穿着背心，坐在他朝向乔龙吉街道的寓所二楼走廊上。傍晚，从孟加拉湾吹向加尔各答的风很令人舒服。他左手拿着小酒杯，右手拿着吸烟管，也习惯用当地人吸烟的方式了。这时候西顿·卡尔有急事来见他。

葛兰特听到《靛蓝之镜》这本书的事后，皱起了眉头。他虽然懒惰，但是个精明人。如果真像剧本所说，有知识的中产阶级和乡村贫苦农民一起进行抵抗，那真的令人忧虑。农村无助的农民一直受到压迫，但有钱人和受过教育的阶层从未站在农民一边，他们努力站在政府一边。诺宾马托波和多拉贝的利益是不同的，诺宾马托波的家庭如果愿意，花点钱是可以将其摆平的，可是他们为何要为多拉贝去战斗？这里面有危险的种子。叛乱就是这样开始的。

西顿·卡尔就此事同葛兰特讨论了一会儿。西顿·卡尔说，不仅乡村的中产阶级，甚至城市的某些知识分子，和土地没有任何关系的人，也替农民说话。哈里斯去靛蓝委员会作证，放了一把火。他和农民有什么关系？他自己没有任何土地。这是一个新动向。

葛兰特问："能否把剧本翻译成英语？那样一来官员们就可以对目前形势做出评估了。"

西顿·卡尔说："翻译一点都不难。朗先生和许多有文化的印度人有联系，他能很容易安排翻译。"

葛兰特说："那么把译文弄来，你安排，我们出钱印。你认为是合适的人选，就给他寄一份去。我们大家都应该知道。"

葛兰特发出这个指示几天后，就到外地视察了。

朗先生是早准备好译文的，马上就安排印刷。官方出钱，西顿·卡尔印刷了五百本《靛蓝之镜》英语本，装进政府专用的信封里，不仅寄给在印度的，也给在英国的名人寄去了。这之后，火药点燃了。

洋人靛蓝厂主得到英语译本后，到处散布不满，名为《英国人》的报纸嚷嚷起来。英国商界的强大组织"地主和商人协会"严词致信孟加拉政府，质问政府是否出版和分发了这本书。这本书把英国民族看得那么低贱，英国政府却是该书的后台？把所有的靛蓝厂主都描绘成恶人，指控英国人杀人、强奸，暗示县推事和靛蓝厂主的妻子通奸，给英国妇女的贞操抹黑，这样一本下流的、暴力的、不真实的书竟动用政府的财政？

政府收到信后完全慌了，没有想到事情的这一面。政府同意出书，就意味着同意书中所有的指控。商人一生气，政府还能运转？当然，政府做了一些努力，稍微约束了靛蓝厂主，但这就能使他们完全变为反对者吗？连总督坎宁勋爵本人对出版该书都生气了。

葛兰特看事态不好，就推卸自己的责任。他说，当时他忙于在外地视察，不知道这些事。他有没有指示用公款印刷呢？葛兰特说，我是说了我们花钱，但没有明确地说花政府的钱。

这样一来，责任就得西顿·卡尔来承担了，但孟加拉政府的秘书，实际上是政府的主要人物，他受辱就是政府受辱。所以政府在回信中说，出版《靛蓝之镜》是政府无意犯的错误，政府表示遗憾。

但地主和商人协会会员不依不饶，向高等法院控告该书的作者、出版者和翻译者。

英译本像该书的孟语版一样，也不署作者、译者、出版者的名字。迪诺班图·米特拉和默图苏丹·德特的名字被小心地隐没了。英译本上只有印刷厂老板洋人曼努耶尔的名字。那可怜的家伙被阎王送上了法庭。因为是牵涉到英语书籍的案子，作为孟加拉政府的代表葛兰特和西顿·卡尔应该站出来，但他们悠闲地坐着，开始寻找替罪羊。

很快就不必要寻找了，朗牧师想到洋人会惩罚无辜的人，他说，出版这本书，罪责都在我。他在法庭上缓慢地说："只要我还活着一天，只要我还有思维能力，我就要为穷人的发展而努力，我是基督徒，这就是基督教的真正道德！"

《靛蓝之镜》的案子审讯开始了。

诺宾那时一方面忙于翻译《摩诃婆罗多》，另一方面忙于胡多姆的创作。这时哈里斯·穆克吉寄给他一封信。哈里斯写得有点双关和嘲讽。

老弟，好久没有见到你了。听令兄谈到你的丰功伟绩，你在翻译全部《摩诃婆罗多》，这是多么伟大的功绩啊！将来子子孙孙会感激你的，当然如果未来这国家的人还存在的话。千千万万人面临饥馑，在靛蓝厂主的压迫下村村着火，国家变为废墟，这当然是翻译《摩诃婆罗多》这样巨著的好时机。

我还听说，你为大诗人迈克尔·德特举行了盛大欢迎会。他是大诗人，虽然我没有读过他写的一个字，可是我听人说，诗人德特写的《诛梅克纳特》超过了《罗摩衍那》！必须说，诺宾先生给他颁发荣誉状是做了社会该做的事。在放弃观看斗夜莺和舞女跳舞后，现在是沉迷于韵文艺术最合适的时候了。我想给你指出，你有点走上邪路了，令尊积攒下的钱财应当用在适当的事业上。

你是如此热爱书籍，名为《靛蓝之镜》的书出版了，你留意到了吗？作者是谁，我当然知道，但是我不说出他的名字。他描绘了令人痛心的画面，靛蓝厂主们的残暴非常真实。看来那本书也没办法宣传了。厉害的洋人把他告了，朗牧师就像激昂独战七战车那样，还能战斗几天？

我似乎也没有得到解脱，因为我向靛蓝委员会作证，提交了真实资料，愤怒的英国人把我也告了，要把我干掉。不过你别为我担心，我的身体有阿修罗魔鬼般的力量，我的寿命比英国小子们还长。不说多了，我至少要活到五十岁，要和小子们对打。衷心祝你心情愉快。

诺宾收到信后自然生气。他不喜欢拍马屁的，所以他成了哈里斯·穆克吉的学生，但哈里斯这次竟然这样看他，他立即拿出纸笔写回信。

朋友：

　　对饥饿的人来说，美没有任何价值吧，因此就要扔掉一切美好的东西吗？对没有食品的人来说，他面前的玫瑰没有任何必要，因为玫瑰、托戈尔、羌巴花这些东西不是他的食品。因此你就要把世界上所有的花木都铲除掉？农村农民正在受苦难，当然是要消除他们的苦难的，正像你正在做的那样，但是人们因此就不读《摩诃婆罗多》了吗？诗人们就不修炼母语了吗？俗话说"学者满足于字，蜜蜂满足于花，饥饿满足于吃，野蛮满足于揍"。谁干的谁就受罚，否则拜神就无用了。为祛除农民的悲惨，大家的心只投向那里，而这边新生学子轻视孟加拉语，只知咕噜咕噜说英语，或者成群变成基督徒，这叫什么话！默图苏丹·德特受洋人尊重，英语出众，他拿起笔写孟加拉语，奉上如此无比卓越的诗篇，为此我们非常感激。如果不尊重他的贡献，那当然是我们这个吝啬民族做的合适不过的事了！我读过《靛蓝之镜》，写得并不那么出色，一个洋人都没死，而本国人却连续死去，是怎么回事？当然在社会改革中，这样一个剧本是非常有价值的。得悉你现在还有魔鬼般的力量，我很开心。这力量从何处得到的！你在百忙中还想起在下，令我无比快乐……

　　诺宾虽然写了这封信，但还是被《靛蓝之镜》的案子吸引了。此前他就听耿伽谈过《靛蓝之镜》的事件。朋友们都为默图苏丹担忧，一旦泄露了译者的名字就很危险，默图的差事也可能丢掉，所以所有证据都不见了。朗牧师在法庭不动摇，他不想牵涉别人。

　　审判时，法院每天人山人海。英国商人来了，本地很多名人也来了。很久没有见过这种审判笑话。虽然针对的是受压迫的普通农民，却是在洋人的法庭上审判洋人。大家都知道剧本不是朗牧师写的，宣传也不该他负责任，可是朗牧师必须受惩罚，这是毫无疑问的。案件由摩尔丹特·华莱士审判，这位摩尔丹特·华莱士不久前在审判时评论说，印度人全都是赌徒、小偷、坏蛋。

现在诺宾每天不是去波拉赫纳加尔《摩诃婆罗多》翻译部，而是去高等法院了。他在那里看到乔杜波迪·甘古利。法庭里观众席地方小，乔杜波迪先去占两个人的座位。诺宾听询问和回答累了，他小声对乔杜波迪说，这是我们农民的案子，可是没有一个印度国民站在被告席上？这不是很可耻的事吗？

乔杜波迪说："兄弟，还是这样好！印度人几时同洋人打官司能赢？再说这是丢脸的案件。如果官司输了，那么洋人殖民者的脸不就丢光了？"

"你希望这官司会赢？"

"瞧待会儿怎么宣判吧！说一千道一万，大家都知道朗牧师是好人。如果给这样的好人判刑，好多英国人都会愤怒。在英国都会有反应的。"

"英国的报人也站在靛蓝厂主一边了，他们完全像甲鱼咬人一样，咬住就不放。"

"报人生气是有原因的。《信使报》和《英国人报》气得涨红了脸。你看过《靛蓝之镜》序言写什么了吗？幽默的剧作家写的是若干倍银子！犹太为了区区三十块钱就出卖了耶稣，同样，这两家报纸只收受了靛蓝厂主贿赂的一千卢比，就拿起笔站在农民的对立面，为残暴的商人唱赞歌。不管怎么说，太过分了！"

有时听了被告律师的提问，诺宾厌烦地走开了。他浑身不舒服。有这样的律师？为对付靛蓝厂主，聘请了两位律师，朗先生聘请的一位律师说话声音很小，听不清说什么。还有一个律师对众人伸舌头，用眼睛说话，到十一点时，他的舌头没劲了，腿也抖了，话也说不成句了。法官也狡猾，当名叫纽马驰的律师提问时，他以某种理由停止庭审。傍晚再开庭时，纽马驰只受到嘲笑。

诺宾认为，来这里只是浪费时间，耽误了《摩诃婆罗多》的工作。另外，他总惦着古苏姆的婚事，但他抽不出时间。乔杜波迪·甘古利见他中途想退场，便阻止他。乔杜波迪认为现在国内没有比这更大的事件了，他说："你不明白，兄弟……"

诺宾打断他说："别兄弟兄弟的叫！我入了婆罗门教么？在你们婆罗门教的圣地里，随你高兴，怎么叫兄弟都行。"

乔杜波迪有点意外，说："我不知道你对梵社人竟这么反感！我见你经常到戴本德罗纳特·泰戈尔先生家去。"

诺宾说："那是另一回事。我没有加入梵社，也永远不会加入。当然我尊敬戴本德罗纳特·泰戈尔先生，但我不沉迷于宗教。"

乔杜波迪说："随便吧！我要说一句话，你听好了。这《靛蓝之镜》的官司若是赢了，是我们的胜利，输了也是我们的胜利！"

"怎么？"

"赢了当然不用说。而输了呢，无辜的朗牧师受刑，你就看吧，全国会怎么嚷嚷，在英伦也会有运动。你以前听说过有牧师蹲监狱的么？"

"但是，不要忘记朗牧师是爱尔兰人。英国人对爱尔兰人不是有点恼火吗？"

"有就有吧，但也有很多英国人是支持爱尔兰的。"

在听取陪审团的意见后，法官摩尔丹特·华莱士宣判。陪审团的组成也是空前的，十二个英国人，一个葡萄牙人，一个亚美尼亚人和一个波斯人。孟加拉农民的事，没有一个孟加拉的主要人物。陪审员一致同意给朗牧师定罪。最后为了挽救朗牧师，为他辩护的律师强烈要求重审。这时主审法官巴尔纳斯·匹克，丝毫没有松动，他甚至一点礼貌都不讲，突然打断朗牧师的答辩，宣布判决朗牧师一个月监禁和一千元罚款！

洋人听到判罚后欢呼起来，印度人却惊呆了。当几位受尊敬的人要站起来时，诺宾扬手制止他们。诺宾在人们打算离开之前，稳健地走向执法者，把一袋钱放在法官旁边的文书面前，有礼貌地说："请收下我替朗牧师交的罚款！"

诺宾不等答复回头就走，到了门口拔脚就跑，怕有人来向他表示祝贺。他走到外面听到法庭内给他的掌声，他捂起耳朵。在乔杜波迪跑来拉他之前，他已经坐上了双驾马车。

第二天很多人成群结队来到诺宾家，向他表示敬意，乔杜波迪最为热情。诺宾羞愧脸红一再地制止他们。他只是付出区区的一千元，有什么值得多说的！他又不能替朗牧师去坐牢！

大家想多谈谈这事，但诺宾起身走开了。诺宾有特殊原因马上要出去，要穿上最好的衣服。今天是戴本德罗纳特先生家宴请，几个月前戴本德罗纳特又添丁了，今天是给儿子命名的日子。

名字当然是事先就定好了的。戴本德罗纳特·泰戈尔的上一个儿子名叫苏摩，所以这新生儿被命名为罗比①。

---

① 苏摩（Soma）意思为月亮，罗比（Rabi）意思为太阳。

九十八

乔杜波迪·甘古利在梵社的一次祈祷会上突然宣布，他将在印历一月拜沙克月一号除下他的圣线。距离那日子只剩下十二天了。

这消息震动了全城。这是末劫啊，出身高贵的婆罗门的儿子竟丢掉圣线，那离完全毁灭还有多远？这罪孽不仅由他个人承担，诅咒会降临到全社会。人们来到乔杜波迪·甘古利家门前喊叫。一群人到拉塔甘特·德沃那里请愿，必须想个办法。

从前也有几个新入梵社的人想丢弃圣线，但都未能成功。或是其母亲威胁说要自尽，或是父亲不吃不喝迫使儿子回头。人只诞生一次，只有婆罗门是再生的。所以他们是双重的，而双重性的标志就是圣线。婆罗门的任务是维护宗教，而如果他们做了不道德的事，那谁来制止印度教社会的毁灭呢？

乔杜波迪住在租屋里，他的亲人都不在加尔各答。他没有妻室，性格固执，一执拗就什么都不管不顾。自接受婆罗门教后，他的认知就受到冲击。婆罗门教崇拜的是无形的、唯一的、最高的梵，但他们怎么还有种姓差别呢？婆罗门的子女现在结婚还要考虑是否门当户对，这就是纵容旧习俗，所以乔杜波迪想树立新的榜样。

一些朋友为乔杜波迪好，建议他暂停这事。有一天，戴本德罗纳特·泰戈尔把他叫去，说："没有必要这样冒失。这样会使保守的印度教面临更多的打击，婆罗门教的宣传会受阻。"但乔杜波迪不听。他认为妥协干不成大事，应当清楚地把婆罗门教的真实面貌，在全国人民面前呈现。有必要证明，婆罗门教不像传统的印度教那样有种姓歧视。如果这样做会发生冲突，那就发生吧。乔杜波迪受到几个年轻婆罗门的鼓励。

到了预定的日子，乔杜波迪的支持者聚集在他家里，一群人在外面谴责和谩骂。乔杜波迪眉头都不皱一下，他站在走廊上，外面的人看到他后开始用粗话骂他，乔杜波迪对他的一个朋友说，那些骂粗口的人竟是道德的卫士。印度教啊，这就是你的现状！

他回屋后从脖子取下圣线，两手合十遥对亡父说："父亲，请饶恕我！我认为是好事，我就去做，小时候您就是这样教育我的。"

然后他头磕地，遥对居住在班古拉的母亲说："妈，您知道，我从来不做坏事。您不要听别人说的话，要相信我。您知道，您的乔杜从来不做坏事。"然后他把像环状的几根线在手中使劲地转动，激动地说："永别了！从今天起我的脖子就没有捆绑了。"

这时出现了混乱。一个约莫六十岁的中年人推开众人，闯进来说："这是要全玩完了。脑袋会被雷劈，会地震，像三十年那样来大洪水，啊，老天啊，老天啊！"

这人闯进二楼乔杜波迪的房间，说："您为何要这样虐待我，我有家有儿女，先生，您为何把我毁了？我认为您是好人，才租房给您住。先生啊，您这是做什么？"

乔杜波迪像婆罗门那样，有礼貌地说："怎么啦，纳扬钱德拉先生，您为什么这么不安？"

房东纳扬钱德拉突然停住了。看了看四周后，目光盯住乔杜波迪的脸，十分奇怪地说："啊，孩子，你说话像正常人一样！可是大家都说，您像魔鬼似的龇着牙转动着眼珠。婆罗门抛弃了圣线就变成婆罗门魔鬼了。"

乔杜波迪和在场的人大笑起来。克里希纳达斯用英语说：

"Perfect specimen of imbecility（蠢货）。"

乔杜波迪说："别怕，纳扬钱德拉先生，我现在没成婆罗门魔鬼。请坐。我只是把脖子上的圣线解下来罢了。"

纳扬钱德拉几乎要跳起来，说："坐，坐，你说什么？我来是有任务的，我妻子说了，去吧，去用恒河水把屋子全部冲刷干净，然后请祭司……先生，我求您了，我有罪，我不知造了什么孽，把房子租了给您，现在请您搬走吧。您发话我就去叫车子……"

然后开始争吵，纳扬钱德拉要乔杜波迪搬走。乔杜波迪的朋友无论如何不同意，克里希纳达斯·巴尔非常熟练地用厉害的语言，用英语、孟语混合说了一番理由，使房东无可奈何，急得哭了起来。不爱惹事的乔杜波迪最后同意搬走。他的朋友阿波尼普山同意收留他。当时就叫来车子装上行李。外面反对搬走的人骂了起来，觉得乔杜波迪丢脸了。

阿波尼普山把行李带走，乔杜波迪和其他朋友到恒河码头去，成千人跟着他们。恒河码头人头攒动。乔杜波迪不顾大家的评论，把他的圣线扔到恒河里，然后像英雄胜利般归来。

次日，乔杜波迪去把这消息告诉维迪耶萨伽尔先生。乔杜波迪既是戴本德罗纳特的梵社成员，又是维迪耶萨伽尔的学生。维迪耶萨伽尔丝毫没有表现高兴或不高兴。他说："谁如何遵守教规，是他自己的事，可是，先生，你不是赶潮流吧？如冲撞社会的话，社会会报复的，你能抵挡得住么？到时候可别退缩啊。"

乔杜波迪说："不会的，我是全都明白后才做事。"

维迪耶萨伽尔说："现在时日变化多了，可能不会那么难受了。你别做很新潮的事。听说过拉姆德努·拉西里先生的名字吧？"

"是的，那位教育大师的名字谁不知道！"

"大概是十年前，这位拉姆德努·拉西里也丢弃过圣线。那时你们还是小孩，所以你们不知道那些事。拉姆德努丢弃圣线，不知引发多大的动荡。他在克里希纳城的房屋被洗衣匠、理发匠封了，他来到奥德地区教书，也没少受罪。没人给他家打工，连商店老板都不卖大米豆子给他，非常惨。我不管拉姆德努扔掉圣线是否是大事，但朋友遇到困难了，我从加尔各答用船，给他送大米和豆子去，也派婆罗门厨师去。那厨师干了两天就被当地人赶跑了，我又再派，这样共派过五个婆罗门厨师，但没有派过理发师去，因此拉西里先生蓄起了长须。"

维迪耶萨伽尔眼前似乎重现了那些景象，他哈哈地笑了起来，停了一会又说："近来不那么糟糕了，我看你没什么危险。人们当然会跟在后面咒骂。不骂人，国人吃的饭就不消化。"

乔杜波迪也见了诺宾。诺宾听后说："你所做的很好。你胜过我了！我没有圣线，不能像你那样扔掉它，赢得众人喝彩！我问你一句话，摘下圣线扔掉，很好，但是为何将它扔进恒河？意思就是你认为恒河是圣洁的，也认为摘下这东西也不能乱扔，必须在恒河里送走。"

乔杜波迪没有料到，他嗫嗫地说："不是的，不是的。我也是能把圣线扔在厕所里的，但已经走在路上了，大伙都看着，这宣传是需要的。有多少宣传就有多少人勇敢地前来。"

诺宾笑了起来，说："像你说的。像这样勇敢的工作，不是应该悄悄地在家里做吗？如果得不到众人的夸奖，为什么心里就不舒服？"

乔杜波迪丢弃圣线，不仅是想得到称赞，还另有所图。诺宾是在几天后才知道的。

夜里，索罗吉尼跑来推开卧室的门，站在丈夫的床头，以报告惊人消息的姿态说："您说对了，和您说的一样。"

诺宾在睡前习惯在床头灯下读一会书，可是虫子骚扰厉害，蚊子更是成群。有两个仆人在室外，通宵轮流拉动室内的吊扇。虽然这样，蚊子也不走。近来诺宾也仿照洋人家，在卧室装了纱窗。可是还是有蚊子，不知从何而来。

诺宾问："怎么了？什么事和我说的一样？"

索罗吉尼嘴唇上嚼过蒟酱叶的红汁，落到晚上穿的极薄的蓝色纱丽上。她上床后边松开头发边说："您不是说过让古苏姆再结婚的话么？啧，真恶心！寡妇再和别的男人睡？"

诺宾立即坐了起来，问："这话是谁对你说的？"

索罗吉尼说："是的，我是今天才听到的，您不相信？我妈听说后哭了。妈说，天啊，怎么办？我们邻居家这么野蛮……命不好的古苏姆没有下辈子了。"

诺宾斥责她说："我不想听你妈说什么。说你听到那家怎么了？"

事情是真的！古苏姆哥哥的努力成功了。近来拉姆德努·拉西里来了，他在迦梨卡特附近的罗萨巴格拉村教书。古苏姆的几个哥哥就去求他，请他说服克里希纳纳特·罗易。古苏姆的父亲克里希纳纳特很尊重拉姆德努巴布，所以没有立即拒绝，谈了好一会儿。克里希纳纳特有钱，相信传统，但并不固执，很讲道理。他听完后说："您说的话我不能拒绝。古苏姆金贵过我的生命，我愿意她过得幸福。我错误地让她嫁给一个疯子，寡妇再婚如果符合经典，那就那样吧。您给相一个好的人选吧。对了，还有一件事，得让她母亲同意，她若不同意，我也强制不了。"

并没有人强迫古苏姆的母亲布诺普罗帕。诺里宾德罗纳特和弟兄们围坐在母亲身边，说："妈，你得同意，既然爸爸答应了……"布诺普罗帕洒下眼泪说："当维迪耶萨伽尔先生让无助的守寡妇女结婚时，我从内心举起双手向他祝福。现在到了自己的闺女，我能不同意吗？想起那个疯子，现在我还起鸡皮疙瘩。"

现在大家正四处为古苏姆寻找新郎人选。

诺宾这几天忙于《摩诃婆罗多》的翻译工作，这事一点都不知道。他爱抚着索罗吉尼的下巴，高兴地说："索罗吉，你今天告诉了一个大好消息。必须为你的古苏姆姐姐安排盛大婚礼。"

索罗吉尼说："妈呀！您为什么安排古苏姆姐姐的婚礼？她是别人家的姑娘！我妈说了，如果她结婚，我们谁都不能去吃请。我求您了，您也别去！您别卷入这罪孽里去。"

"索罗吉，这种话别在我面前说第二次！我跟你讲过多少次了，寡妇再婚不是罪孽！寡妇如果和另一个人结婚，那他就不是外人了。

他就是这寡妇的合法丈夫了！你想要你古苏姆姐姐痛苦一辈子吗？"

看到诺宾的话中有生气的味道，索罗吉尼急忙说："不，不，我不想。您说了那不是罪孽。"

"很多大学者都娶了寡妇，他们夫妇都很幸福！"

"古苏姆姐姐要跟学者结婚吧？海姆是这样说的。"

"你以为学者都是老学究？为什么？我们要为你古苏姆姐姐找个有学问、聪明、漂亮的新郎。你明白不，巴格巴扎罗易家的姑娘，这么大家族从来没有过寡妇结婚。所以我们这么热心。维迪耶萨伽尔先生这么久来真的又成功了。从明天起我就去物色新郎。"

"你听着，海姆说，您的一位朋友，不是叫作乔杜波迪·甘古利什么的吗？就是扔掉圣线，成了旃陀罗的，他想和古苏姆姐姐结婚。"

"啊？"

"叫作乔杜波迪的这个人，是诺里宾哥哥孩子的老师，常去他们家。不知是否看到过古苏姆姐姐？"

诺宾心中暗笑。

索罗吉尼忧虑地说："您在笑？妈说了，姐姐这样放肆是大罪过！戏剧排练时坐在……"

"又说这样的话！"

"是妈妈说的。"

"告诉你妈妈，听到这样说话，我的骨头都发火！你明白吗？如果你再像鹦鹉学舌那样，重复你妈说的话，我就把你关在笼子里。"

"您别再说了，您别生气！"

"乔杜波迪心里想的是这个！哈，哈，哈，哈……"

第二天乔杜波迪自己来了。脸色不好，忧伤。诺宾一见到他，就明白索罗吉尼说的话是真的。

乔杜波迪通过别人，向古苏姆的大哥诺里宾德罗纳特提婚。诺里宾德罗纳特不同意，婆罗门同加雅斯特寡妇结婚这种革命性的事，他父亲也不会同意的！不能再让盼望同古苏姆结婚的人做家庭教师了，乔杜波迪丢掉了罗易家家庭教师的差事。

乔杜波迪向诺宾坦承了，说："兄弟，我太痛苦了。我丢弃了圣线，还说我是婆罗门？你说，我怎样才能抹掉婆罗门的印记？"

诺宾说："你是因这个，才敲锣打鼓地扔掉圣线的？"

乔杜波迪攥住诺宾的手说："请相信我，我没有恶意。我没见过这姑娘。我教的两个孩子讲过这姑娘很多品德好的故事。我听后着迷了。"

诺宾说："如果你亲眼见到，就会明白，那姑娘就像吉祥天女似的。"

乔杜波迪说："我死都不会娶婆罗门种姓的姑娘！我真的不承认种姓，我要做出证明。所以我对这姑娘这么热心！兄弟，你做点努力看吧。令岳父家和他们家有亲戚……"

诺宾说："好吧，我看看！"

诺宾当然早就知道，乔杜波迪是没有任何希望的。对克里希纳纳特家来说，婆罗门和加雅斯特的种姓差异当然是大问题，但还有更大问题，是乔杜波迪不明白的。乔杜波迪家族没有名望，他是普通农家的孩子，学成后还没能立足，这样的人和根深叶茂的罗易家是不可能联姻的。罗易家是一定要把女儿嫁给门当户对的家庭的。

乔杜波迪出局了。为古苏姆又相了四五个对象，但诺里宾德罗纳特兄弟都不满意。第一次嫁错了，第二次他们要很小心，不能再把容貌、性格都毫无瑕疵的古苏姆随便交给某人。加之古苏姆寡居情况也很好，娘家对她很关照，什么都不缺。

诺宾尽管做了许多努力，也没找到合适人选。熟人中没有这样的人。在某地找到适婚的青年时，他亲自跑去和他见面，好像他就是女方的家长！时间不断消逝，以后如果不提古苏姆的婚事了呢！年龄也是问题。诺宾不是没有耐性的人，但古苏姆不结婚，他就不能平静。

后来有一天，他似乎看到天堂了。他半夜梦醒后坐起来想，奇怪，这么简单的事竟想不起来？还有谁是古苏姆最合适的人选呢？必须在一两天内就做出安排，这样想后他又睡下了。

九十九

早上，维迪耶萨伽尔的书房来了很多人，基本都是渴望得到帮助的。全城早就传遍了，说如果去向他哭诉，说遇到了困难，他多少都会给些帮助的。甚至他给很多人终生按月拨款资助。对此，他的敌友看法都一致。加尔各答有许多有钱人，但人们都不敢这样毫不客气伸手向他们要援助。

诺宾古马尔·辛格来到人群中，坐在一旁。维迪耶萨伽尔望着他，感到有些奇怪。他经常去波拉赫纳加尔诺宾的学者住所视察《摩诃婆罗多》的翻译工作。有特别需要时，他派人去请诺宾来。就是说，他常和诺宾有联系。今天诺宾这么早，事先不通知就来了，肯定是有要紧事。

他扬起眉头问："你好吗，诺宾？"

诺宾说："您先跟其他人谈完话吧，我等着。"

木头书架上整齐摆放着贵重的典籍。维迪耶萨伽尔非常爱书，花钱买书籍毫不吝啬。大部分书籍用摩洛哥羊皮包裹。有一次有人问，您为何花那么多钱包装书籍，这不是浪费吗？维迪耶萨伽尔回答说："先生，你花五百卢比买一件名贵的毛衣穿，为什么？我花几个安那买条披巾也能用。"

书房北墙挂着一幅油画，是维迪耶萨伽尔母亲的画像。这幅画诺宾以前也见过，今天这很朴素的素颜形象，对他有特殊的吸引力。帕格波迪女士肤色白皙，穿的是很便宜的粗布纱丽，手上戴着贝壳做的首饰。一看她略带羞涩的面容就明白，她心地善良。诺宾一看到画像，就想到自己的母亲，已两个月没听到母亲的消息了。虽然宾波波蒂说过永不回来的话，必须再次努力将她从赫尔德瓦尔请回来。诺宾没有母亲的任何图像。

　　维迪耶萨伽尔送走其他人后，来到诺宾身边站着。

　　诺宾说："令堂的这幅画像，我以前也见过，可是今天它更吸引我的眼睛。是谁画的？除了洋人，谁都画不了这么美的画像。"

　　维迪耶萨伽尔说："你说的对。你听说过霍德森先生的名字么？这幅画就是他画的。"

　　诺宾说："我不准确知道。不面对面是怎么画的？一个洋人是怎么画令堂的相的？"

　　"不看见怎么画？洋人是面对面画的。"

　　"洋人去过您农村的家？"

　　"没有。家慈那时住在这里。巴依克巴拉的王公请来了霍德森先生。我常去那里，有一天先生拉住我，要给我画像。我说不，不，可是他不听，不依不饶的，最后我同意了。他画好后用镀金的镜框装好送给我，不收任何费用。说啦，洋人读了我赞成寡妇结婚文章的英译文后非常高兴，这幅画就是表示感谢的。当时我就想，为什么不给我母亲也画一幅呢？"

　　"令堂同意了吗？"

　　"家慈什么都听我的！她说，人们要谴责的话，不会谴责我，会谴责你。我说，那好。我的命运没少受谴责，谴责再多点也没什么！我把母亲带到洋人家里去了！"

　　"您……把印度教家庭有夫之妇……带到洋人家里去？"

　　"画画的东西都在洋人家里，聚会后带到这里来是画不好的。我能去洋人家里，我母亲去了有罪吗？"

"不是罪孽，我想的是大胆。"

"说吧，你怎么样？"

"啊，是……有一天我在家里为大诗人默图苏丹举行招待会，您没有去。我听别人说，您不是那么欣赏默图苏丹？"

"你们欣赏就够了。欣赏诗歌各有各的情味。我喜欢婆罗多钱德拉，我读这样的孟加拉语感到快乐。你们如果想推行英式孟加拉语诗歌，那就推行吧。"

"在默图苏丹的诗歌中，您看到英式孟加拉语了么？用词全都来源于梵语。"

"你这大老早的跑来是要和我讨论诗歌？我现在没有时间，得去一次印刷厂。我编辑的迦梨陀娑的《鸠摩罗出世》要付印，就这事。"

"我给您带来一个好消息。"

"真的？我听听，近来好消息都是重磅的。"

"您一定听说过巴格巴扎的克里希纳纳特的名字。"

"他是有根基的富豪。我只知道这点。"

"当然是富豪，特里普拉王府的大臣，印度教社会的主要人物。他的一个女儿新近守寡了，他同意让她再嫁了。近来寡妇结婚的少了，您内心为此感到痛苦。这婚事一办，定会引起很大的反响。这么大的家族还没有过一位寡妇结婚的，这会让国人又会有信心了。"

"如果是这样，当然是好消息。"

"肯定会的！这姑娘貌美似吉祥天女，品德似辩才天女。因尚未找到合适的新郎，婚事卡住了。您可能知道乔杜波迪扔掉圣线的事，他想娶这个姑娘。但是女方家不同意。虽然乔杜波迪扔了圣线，但他是婆罗门的儿子，还是梵社的人，女方不想惹麻烦。"

"乔杜波迪就不该提这样的建议。寡妇再婚有很多障碍，加之如果冲破种姓界限，必然引发大骚乱。"

"最后我为姑娘确定了一个新郎，所以来请您批准。"

"新郎是谁？"

"是我！"

"你？"

"是的。姑娘是我亡妻的朋友，从小我就见过她，她和我们是邻居。从各方面看这婚姻是很般配的。"

维迪耶萨伽尔几乎不敢相信。著名的辛格家唯一的继承人，诺宾古马尔·辛格要娶寡妇？保守的印度教社会能接受吗？对寡妇再婚来说，如此大的胜利是难以想象的。这样一次婚姻真的会在全印度大大宣扬的。

他说："你……你能么？你的家庭、亲属……我听说你们和拉塔甘特·德沃有什么亲戚关……"

诺宾坚定地说："您如果祝福，我不顾任何阻挠。我心中早就认定是您的学生了，我要永远按您指示的路走！"

维迪耶萨伽尔激动起来了，这个淘气的青年几次令他惊诧了。豪门家庭没有一个这种年龄的青年是这样的。这种热情似乎都是为了国家的幸福。他忘记了去印刷厂的事，和诺宾谈了很久。

诺宾很高兴地回了家。使他更高兴的是，他让维迪耶萨伽尔高兴了。命运使他在正确的时候想到，为古苏姆找别的新郎有意义吗？他一再想到古苏姆的面庞和一双蓝眼睛。他亲自把古苏姆送给别人做妻子？谁这么傻啊？古苏姆只属于他，她不能到别人的手中。

当然，诺宾未将此事告诉别人，他觉得没有人会反对。他甚至没想到，必需听取古苏姆的父亲及其他人的意见。他，诺宾，在财富、名望、品德上都稳坐在社会顶端。谁能质疑他的资格？他这提议会令众人都惊呆的！诺宾要大办一场加尔各答人从未见过的隆重婚礼。

他吃过饭准备去波拉赫纳加尔，今晚要在岳父家过夜，晚上把好消息告诉索罗吉尼。明早去见克里希纳纳特·罗易好呢，或他自己不去，托某个人先去报告呢？最好是先派人去。

诺宾站在卧室的大镜子前，他看不见自己，看到的是古苏姆·古玛丽。他激动地说，林中月光，你是我的！我是芒果树，你是常春藤。我是大湖，你是在我湖面绽放的荷花。

就在当晚，乔杜波迪·甘古利赶到波拉赫纳加尔。他非常紧急地说："兄弟，维迪耶萨伽尔先生派我来，请你今天就去，越快越好。"

诺宾问："什么事？"

乔杜波迪说："那我不知道，可是看来他非常忧虑。你对维迪耶萨伽尔先生说我什么了？他突然教训了我一顿。"

诺宾没有去岳父家，来到巴度花园时天已经断黑了。维迪耶萨伽尔自己在屋里，面色严肃。他看到诺宾带着乔杜波迪进来，说："乔杜，你出去，我和诺宾有要紧话要说。你出去把门带上。"

门一关上，维迪耶萨伽尔就发大火，眼睛喷火似的盯着诺宾说："这就是你心里想的？你想欺骗我？你们有钱人的血液里有淫乱和欺骗！我知道你们绝不会抛弃掉这些，可是不把我的名字扯上，你们就不舒服，是吧？我从来没想过叫你来，你为何来我这里？"

诺宾生来就没有受过训斥，傲慢使他的嘴唇抖动了。他非常艰难地说："我……我一点都不明白……您为何对我说这些话……？"

"你一点都不明白？你狡猾。你能穿着干净衣服对我撒谎，能不明白我说的话？你们是有意图的，你们想淫乱，如果良知不去阻止，谁能阻止？如果你还有一丝良知的话，你就不这样说假话了。想淫乱就去淫乱吧，但竟还把一个寡妇扯进来！"

"淫乱？假话？想娶寡妇，我做非法的事了？我对您撒什么谎了？"

"你说，这守寡姑娘是你亡妻的朋友？为什么欺骗？你妻子不是活蹦乱跳活得好好的吗？那事我也是知道的，但你说的话竟使我忘记那事了。"

"我跟您说的那寡妇姑娘，真的是我亡妻的朋友。这没有一点虚假。可是我又结婚了，那事我认为没有必要提，因为大家都知道，您也一定知道。"

"有一个妻子在，你还想娶一个寡妇？"

"娶几个妻子是经典禁止的？或是违反习俗的吗？"

"我推行寡妇再嫁的目的，难道是让人们发泄性欲，乘寡妇无助之机，与寡妇结婚替代纳妾？我原希望，让年纪小的寡妇有尊严地重组家庭，获得正式妻子的地位。你愿意怎么做就做吧，我不想再见到你了。"

"您无缘无故地生我的气了。我没想欺骗您。我没有想到多妻是非法的。"

"啧，啧，啧，所有人都想方设法把我的名字和这桩婚姻扯在一起，我给你们富人的贪欲提供了机会。你已有一个妻子，你有什么权力欺骗她？为解脱一个寡妇，毁掉一个有夫之妇，有什么道理？"

"我知道，我妻子不反对这婚姻。她非常爱这个寡妇姑娘，两人会相处好的。"

"像你们这样的家族，还有什么媳妇同意或反对？她们的意见有什么价值？你们做事需要征得她们同意吗？你们纳妾、嫖娼时，怕家里的媳妇反对吗？难道所有媳妇都热情地表示同意？我不想同你保持任何关系了！你翻译《摩诃婆罗多》只是装点门面！是沽名钓誉！我要公开声明，我与你的任何功绩没有任何关系。我要公开反对你这桩婚事。从现在起我要用全力反对多妻婚姻。"

诺宾低头沉默了一会儿。维迪耶萨伽尔在屋里快步走动，时时扭头看看诺宾。

诺宾缓慢地说："我妻子至今没有生育。如果她不能给我们家族生下继承人……"

维迪耶萨伽尔两手掩住耳朵说："听到这些话我浑身冒火。你才多大年纪，就想到自己无后了？你是令尊多大年纪生的？你不要再刺激我了。你走吧。"

诺宾从屋里出去。他的心情非常压抑。今天早上还沉醉在欢乐海洋上，而现在怎么了？他想：在国内这么多人中，我唯一依靠的是维迪耶萨伽尔先生，而他也把我远远地推开了。

乔杜波迪焦急地等待，他问："怎么了？"

诺宾不回答，生气地望着乔杜波迪。乔杜波迪嘴唇像是在讥笑，他一定知道这一切。他想娶古苏姆失败了，所以也不能让诺宾得到她。那么是他向维迪耶萨伽尔耳朵里吹的风。

诺宾又回到屋里。维迪耶萨伽尔背向他站着，他走过去说："您再给我一次机会吧。"

维迪耶萨伽尔回过头，问："你又……"

"我不能因一个普通女子而失去您对我的慈爱。我的愿望除您之外，没有向别人讲过，不会再有人知道了。"

"这婚你不结了？"

"我向您发誓。此前我发过誓，我有生之年一定完成《摩诃婆罗多》的翻译工作；今天我再发誓，今生不再做娶妻的梦了。您允许我再给您行触脚礼吧！"

维迪耶萨伽尔显得浑身不舒服，脸庞抽搐。他说："啊，你为何对我说这么艰难的话？……如果先……人们有说坏话的嘴，一有空子就……你心里肯定受到打击了……啊，算了，算了……"

维迪耶萨伽尔流泪了。

诺宾出来后都不看乔杜波迪一眼，径直上了双驾马车。吩咐杜拉说："回家！"

过了一会儿，他又叫杜拉，说："停车，叫车子掉头，我去巴格巴扎。"

诺宾走了一会儿主意又变了，不去了。他要去恒河河岸兜风。夜已深，这时在恒河河岸兜风不安全，可是他在阿尔美尼亚码头下了车。他让总是跟着他的杜拉原地等候，他开始散步。他的头脑里风暴、地震、涨潮一起来了。他气得时时咬着嘴唇，出气像奔马呼出的热气一样。

恒河里停泊着许多轮船。近来驶来的大部分是轮船，发出呜呜的声音。有几艘轮船点着一排排彩色灯笼，从那里飘来喝醉酒的水手的喧闹声。岸上也有水手来来往往，有的拉着妓女嬉笑打闹。正经市民这时候是不上这里来的。

诺宾都没注意这些。他在想，买一艘轮船，无目的地漂浮怎么样？现在，就是此刻！船上没有别人，一个水手也没有，只是他自己。在世界上无人知道的、人类从未涉足的小岛上盖一间茅屋。

过了一会，诺宾离开轮船码头，在黑暗中走到堡垒的深沟，站在树下，无目的地跳跃，想抓住他够不着的那根树枝。他开始尝试，不是跳一两下，而是跳了五十下。

他回到马车里，吩咐杜拉，说："帕巴尼普尔！"

杜拉害怕地说："少爷，夜很深了，不回家么？"

诺宾古马尔盯着杜拉看，像要将他烧成灰扬掉似的。

他在《印度爱国者报》办公室，没有找到哈里斯·穆克吉，报社已关门。诺宾当即到了詹巴扎的穆鲁格钱德拉的欢场。哈里斯在那里。盛大的晚会，哈里斯和一群陌生人在一起，几乎醉得发狂了。大家见诺宾来了，都欢呼起来。哈里斯挣扎着过来拥抱了他，露出手中的白兰地瓶子，问："怎么，行吗？"

诺宾接过酒瓶放到嘴唇边。

哈里斯说："怎么啦，兄弟，回来了？作为维迪耶萨伽尔的学生，你不是装成病猫了吗？用文化艺术救国啊！这些该谴责的嗜好，不是你们做的事啊！"

诺宾喝了一大口白兰地，由于多日不喝，有点难受，他说："我在两个问题上对维迪耶萨伽尔先生发誓了，我要用生命去实现。而其他问题我自由了。"

一百

命运女神爱开玩笑，她时时乐于使大自然王国的某些规则失效。在天空自由飞翔的鸟儿，被命运关进鸟笼里。在命运捉弄下，有人今天是国王，明天就变成要饭的游方僧。捡牛粪者的儿子也会获得半个王国并娶到公主。有人拼命干活也不能给家人吃饱饭，而富豪的宠儿整天无所事事，坐在佳肴面前竟不屑地说这不吃，那不吃！命运异常残酷，残酷到至今人们还想象不出她的模样来！

命运似乎对辛格家格外垂青，她没少捉弄这家的耿伽，这又一次来光顾了。

洋人靛蓝厂主起诉耿伽的案件，法庭宣判耿伽无罪释放。法官中总有一两位真的是忠于法律的，甚至白人中也有这样的例外。法官彼格福特在释放耿伽时，充满尊敬地评论说：此人因制止对种蓼蓝农民的不合理制度，帮助了无助的农民，结果他自己受到了残害。如果惩罚这种人，就有破坏民众对法律秩序信心的危险。

靛蓝委员会也开会认为，耿伽案件这样判决可能有许多好的结果，所以印度人办的报纸大肆宣扬。本来除亲人外，没人认识耿伽，他一夜之间出名了。他的事迹在市民中广泛传播。很多人挤到辛格家门前来，为的是看耿伽一眼。

耿伽对此当然显得窘迫，他藏在自己屋里，躲避人们。他甚至想离开加尔各答，到别处转几天。正在这时候，命运女神在对耿伽暗笑。

有一天，当代教育界的顶尖人物拉姆·戈帕尔·高士，亲自来见耿伽，提出一个建议。他一贯是不考虑成熟就不说话的，所以他的意见特别有意义。哈里斯·穆克吉对拉姆·戈帕尔·高士十分尊从，他一度曾是拉姆·戈帕尔家中傍晚聊天的常客。但在高士家饮酒有限制，近来哈里斯不怎么去了，但他和拉姆·戈帕尔保持着联系。

拉姆·戈帕尔对耿伽说：“我听哈里斯说了你的全部故事。你是一个奇才！你如此谦恭、说话柔声细语，而拿起枪去反对种植园主……真不敢相信。”

耿伽低下头说：“哈里斯是夸大其词了，不错，我是拿了枪，但我只开过一枪。”

拉姆·戈帕尔很快就进入主题，说：“我代表我自己，并代表很多人请求您。请你考虑，你和巴格巴扎的克里希纳纳特守寡女儿古苏姆·古玛丽的婚事。”

耿伽的脑袋顿时像天空爆炸了一样。

像耿伽一样，古苏姆·古玛丽的名字现在也不陌生了。全市早已传遍消息说，尊贵的克里希纳纳特·罗易，想让他守寡的女儿再婚，正在物色人选。赞成寡妇再婚的人准备好了，不管怎样，一定要让这姑娘成婚。那边保守的团伙也不是无所作为，他们想，前一阵寡妇再婚的风头已经减弱了，再过些日子，人们就会完全抛弃这种伤风败俗的做法。怎么又出来这乱子！克里希纳纳特·罗易这样稳重的宗教灵魂人物，怎么突然懵懂了？保守团伙立即抓住王公拉塔甘特·德沃，说，无论如何您要阻止这桩婚姻。

市里许多富豪和克里希纳纳特·罗易有商业关系。他们也以各种方式施压，试图制止这桩婚事。当然，现在克里希纳纳特对自己的决定没有动摇，可是他有一个条件。在古苏姆的第一次婚姻时，他犯了错误，这次如果不找到好的人选，他就不能把宝贝闺女交给他.

赞成寡妇结婚者怕反对者搞阴谋，或者怕克里希纳纳特突然改变主意，想尽快促成婚事。消磨时间就意味着不祥。迄今为止，克里希纳纳特还没有相中什么人。那些没见过古苏姆的，和克里希纳纳特·罗易家没有任何关系的好几百人，积极为古苏姆物色合适的新郎，其中就有拉姆·戈帕尔·高士这样的人物。维迪耶萨伽尔自己没有去做，但他说过，古苏姆的婚期一敲定，他会亲自到场的。

可以说，拉姆·戈帕尔·高士真是代表百余人来的。经过商谈形成的民意是：耿伽是古苏姆最合适的新郎。如此谦和的伟人全国鲜见，加之他是富家子弟，英俊，健康，有一副好身材，单身。克里希纳纳特没有理由不喜欢耿伽。

拉姆·戈帕尔·高士见耿伽完全保持沉默，又说："我不是代表女方的，听了我的建议后，你可能发火……但实际上我是代表男方的，得到您的同意后，我们去向女方提出。"

耿伽这回柔声说："您到舍下来，受累了，我们很感激，愚弟现在不在家，他若是见到您，一定会很高兴……很遗憾，你们的选择是错误的，我没有再婚的愿望，我不想再成家了。"

拉姆·戈帕尔笑着说："您离开丛林回到人世间了，待在人世间，大家都是居家人。"

"很多家庭都有一两个独立类型的人，他们不想掺和。高士先生，我的余生想自由自在地过！"

"您想那样，我们为什么就会让您那样？为了国家的利益，社会的利益，请您承担起这个责任。"

"为了国家，您叫我做什么都行，但别叫我结婚。"

"人们为了国家付出生命，而您为什么像结婚这种小事都不做？您看，土兵兵变时，为了占领德里军火仓库，几个英国人自愿献出生命……"

"高士先生，我曾是苦修之人，心已不在子女家庭上面了。"

"风向变需要多久？您看，国家的风气变了。"

又这样交谈了好一会儿，耿伽还是不同意。最后拉姆·戈帕尔·高士请他再考虑后告辞了，但事情并没有到此为止。后来，对耿伽的进攻来自各方面。消息也传到哈里斯·穆克吉那里了，他也很热心。耿伽的朋友戈尔、拉吉纳拉扬、普德博甚至连默图苏丹见面时都对他谈这事。大家意见一致：为了一件大事，耿伽应当结婚。

拉吉纳拉扬以其自然诙谐的语气说："喂，耿伽，你从前支持过议会吧，现在现代议会就在你家大厅里开着。我们大家投票选举你做新郎了，现在你不能后退了。"

耿伽说："你们选举我，我同意提名了么？"

拉吉纳拉扬说："建立英联邦时你同意提名了么？不能到处套用。"

"就是说我的处境和英联邦一样？"

"兄弟，结婚难道是上绞刑架吗？你结过一次婚就害怕成这样？你瞧，戈尔，默图。"

"你们别这样要求我和烦我了。"

"我，我们全都结过两次婚了，别拖延了，你就拜倒在杜尔迦脚下吧！"

"你是否怕和寡妇结婚？你看，在维迪耶萨伽尔先生发起运动前很久，我就第二次结婚了，若不然，我肯定和某位寡妇结婚，至少能消除一个不幸妇女的痛苦。我亲自张罗让我的两个兄弟和两个寡妇结婚了。我住在梅迪尼普尔的别墅里时，人们恐吓我说，要在晚上放火烧我的房子。我说你放火试试。他们说，如我到村里去就拿砖头砸死我，于是我就拿着一根粗棍子进村。如果你有什么危险，我们全都跟你在一起。"

耿伽摇头说："不，不，我不是说那个，不是说那个……"

耿伽不善辩。他没有理由驳倒大家，但他心里不接受。现在的情况是，他已无法去任何地方，到处说的都是同样的话。大家合起来使耿伽心里更难受了。

在过了这么久之后，他又一再想起宾杜巴希尼了。耿伽没有见过古苏姆·古玛丽，但听说过她的年龄，宾杜就是在那样的年龄，被秘密地永远送到贝拿勒斯去了。在耿伽的记忆幕布上，儿时玩伴宾杜的面庞就像抹了油的神像那样，甜蜜日子的画面在闪动。然后一想到贝拿勒斯的宾杜，他的胸就开始痛，似乎每根神经都在滴血。最后在那失败的黑夜里，宾杜从大船下来站在小船上"啊、啊"地喊叫，人们的喉咙竟能发出撕心裂肺的声音！在那之前，宾杜在醉酒中两次说："我什么都没有得到啊，耿伽！"耿伽何时能忘却这种被剥夺的痛苦啊？他已经拼命努力忘记了，为何大家都合起来重新勾起那些痛苦的记忆！

　　最后见到宾杜的事，耿伽对谁都没有说，他要终生严守这重大秘密。宾杜到哪儿去了呢？她肯定不会游泳。加尔各答的名门望族，又是小寡妇，哪有机会学游泳？此外她不想活了，自愿从小船跳下去落在深水里，鲨鱼、鳄鱼吃掉她的躯体了。

　　一天夜里，耿伽梦见宾杜了。不是在贝拿勒斯的宾杜，而是一起跟他向老师学习梵语的活泼少女。梦中的宾杜委屈地皱着眉头说："你不是说教我读《云使》么？骗人！你说话没准！"

　　耿伽梦醒后坐起来，很久以来第一次放声大哭。黑暗的房间，宁静的深夜，他的哭没人会知道。

　　在穆鲁格钱德拉的歌舞会上，哈里斯·穆克吉有一天问诺宾："令兄的婚事敲定了么？他也几天没来我那里了。"

　　诺宾又定期来参加穆鲁格钱德拉的晚会，每天都喝高了，最后失去知觉。现在他是完全追随哈里斯·穆克吉的步伐了，他整天忙于《摩诃婆罗多》的翻译和其他事情，傍晚就来这里喝酒。可是，他比从前严肃多了，从前他是自己说话让别人闭嘴的，这习惯现在完全放弃了。他也不参与醉鬼的喧闹，对妓女毫无兴趣。舞女来时他就到隔壁去睡觉。

　　穆鲁格钱德拉的生意大繁荣了。他把他的兄弟和亲戚从拉贾斯坦弄来做各种生意，他自己成了大市场许多大楼的老板。詹巴扎这个歌舞厅他不能每晚都来了，可是全安排得很好。看来他纯粹是为哈里斯·穆克吉，才保留这个歌舞厅的。拉伊莫汉再也不来这里了，这对诺宾来说是舒服的事。

诺宾回答哈里斯的问题，简单说："不知道！"

哈里斯惊诧地问："我正要去问你，你为何对这事毫无热情，兄弟？一些天来我就注意到，当大家都很高兴的时候，你对此事竟一言不发！"

诺宾说："我还说什么？"

"你没劝劝令兄？耿伽是我们的骄傲！他有很多设想，耿伽和我从明年起将推出一个又一个运动，在未来十年内将英国佬赶走。"

"搞这些运动和结婚缠在一起行吗？必然有障碍的。"

"不，这结婚特别需要。这个冷漠的民族需要一再地抽打！需要提供一个个巨大样板。像耿伽这样的人物如果和寡妇结婚，那么更多的人做这事就有信心了。"

"我认为，这婚事不会成的！"

"为什么？"

"家慈还在世，不管她住在赫尔德瓦尔或住在这里，消息会传到她耳朵里，她会呜呜大哭。家兄肯定不想让妈妈伤心的。"

哈里斯放下酒杯，十分激动地说："你……你说这样的话，诺宾？你宣布过为每个寡妇结婚捐献一千卢比，你竟说这样的话？你不是维迪耶萨伽尔的学生吗？现在自己家庭遇到这婚事，你就变调了？我知道，知道，你们全都左右摇摆，当父母的好儿子去吧！口头上攻击世界，到要负起责任时，就装作好人地说，我怎么办啊，兄弟，家慈说了很多话，这婚事就算了吧。嘿！我办报纸破产了，我卷入同洋人的官司中，我征求我妈的意见了吗？令兄如果害怕结婚，那么我和他将不再有任何关系！我独自进行圣战（Crusade）！"

对这责备，诺宾无言以对。他本来坐在地毯上，喝完杯里的酒后慢慢躺下闭上眼睛。

哈里斯说："令堂远在千里之外，可是你却对她发誓！"

诺宾用手掌掩住双眼。

"怎么，不给任何答复？"

"现在别来烦我。"

"我知道，当你找不出任何理由时，你就睡觉。这就叫真正的印度人，嘿！"

诺宾这会俯卧着。虽然哈里斯刺激他，但他一个字也不说。

日子定了，十天内就结婚。耿伽就是这样的人，在回答朋友的要求时，不管愿意不愿意，接受总比拒绝舒服些。为了礼貌和文明，他能应朋友的要求喝下毒药。当然这不能和古苏姆结婚相比。耿伽在那天晚上梦见宾杜后，内心一点一点在改变。他认为，拒绝与宾杜同龄的寡妇结婚，就是将她推向宾杜同样的不幸。如果在生活中给予这姑娘以妻子的尊严，宾杜的灵魂肯定会满意的。耿伽在梦中发现了这暗示，所以同意了婚事，他似乎在接受另一形象的宾杜。

奇怪的是，比图谢克没有阻挠这桩婚事。辛格家这么大的事件，好像比图谢克没有表示赞成或反对。当耿伽去向他请示时，他冷漠地说："你要结婚……我还有什么好说的！你认为好，就结吧。"他说了这些就翻过身去睡了。这时耿伽问苏哈希尼："苏希，你全都听到了，我如果结婚，你们会高兴么？"苏哈希尼好不容易忍住泪水回答说："耿伽哥，全国受苦难的妇女会举起双手为你祝福的。"

婚礼那天，巴格巴扎的克里希纳纳特家里来了许多人，很多尊贵的人士都来了。诺宾却没有到场。

诺宾把穿喜服的耿伽纳拉扬送上鲜花装饰的双驾马车，把接亲的人安排坐上车和轿后就着急离开了。他下午就听到了哈里斯·穆克吉的噩耗，昨晚哈里斯不断吐血，可能是脑血管破裂，挽救的可能性很小。他非常困难地对耿伽隐瞒了这消息。

过了一会儿，诺宾带了两位洋人大夫和杜尔迦乔岚·班纳吉博士来到哈里斯家，那里已经聚集了一群人。拉姆·戈帕尔·高士等几人在参加了耿伽纳拉扬的婚礼后，远道来看望哈里斯。他们叫诺宾现在去一下巴格巴扎，说大家正在找他。大家质问耿伽，为何哈里斯和诺宾缺席，现在诺宾必须去，但诺宾无论如何不愿离开垂危的朋友。

天亮后，哈里斯留下了未竟的工作，停止了呼吸，让许多朋友大哭。他从前天起就说不出话了。临终前竟未能对最亲密的朋友说一句话。

哈里斯家前面聚集了一群人，拉伊莫汉也来窥探，他不进去但也不想离开。他衣服褴褛，老态龙钟，眼睑低垂，面目像路上的疯子，认不出是他了。听到完结了的消息后，他那走了调的嗓子立即唱出刚写成的歌：

> 靛蓝猴子毁灭了
> 金色的孟加拉，
> 哈里斯在痛苦时刻
> 挖开了监狱
> 挑起拯救农民生命的重担……

一零一

　　骤雨过后，吉德普尔道路泥泞不堪，旁边的水沟掺入新水后发出臭气，泥鳅在翻腾。先生们上市场，脚后跟提得高高的，像蛤蟆那样走路，家里的仆人或女奴头顶筐子跟在后面。大厦的员工怕上班迟到拼命奔跑，很多人把鞋夹在胳肢窝下，把围裤撩到大腿上。到处是马车，乱成一团。

　　虽然是早晨，路上也有两三个醉鬼和抽大麻的走动。站岗的有时丢开管束车马的事，说："巴格巴扎是大麻窝，苦力在戈纳加尔，酒窝在榕树低下，旃陀罗在新娘市场。"不过这说法过时了，现在各种麻醉品遍布全城了。九点钟的炮声一响，喝醉了的先生跌跌撞撞害怕踩到烂泥坑里，任何轿子或牛车都不拉他，因为这时的顾客有的是。喝醉酒的先生抓住一个先收现金的苦力，叫他背他。那苦力说，老兄，你当我是背死尸的啊？

　　因为这时嫖客少，妓女都站在走廊看热闹，在楼上发表评论。有两位先生坐上了马车，一个胖得像大鼓，脸盘像油罐，剃光了头。另一位先生的脸瘦削，手持着螺壳鼻烟壶，他吸很多鼻烟，鼻涕都是红色的。这两位体貌完全不同的地主坐上车后，那车根本不动，车夫吆喝着挥动鞭子，马仍一步不挪。过路的人好奇地看着那景象。

一个妓女在附近的走廊上说："一个客人一辆车！一位先生胖！另一个瘦！"一个卖花生的说："车夫，一边是胖子，一边是皮包骨的乘客。先要取得平衡，车才能走！"楼上那妓女说："那就在那瘦男人脖子绑上石头，就平衡了。"看热闹的人哈哈大笑。坐在车上那位胖先生说："老弟，市里的女人很聪明啊！主啊，遂您所愿！"另一位先生说："她们生来就没得到过指导，该教给她们美女媚人术！"一个醉鬼大声问："说什么，说什么？再说！"

两位受过良好教育的先生慢步走过，看到这景象后嗤之以鼻，一个对另一个说，多么堕落！这国家一天天变成地狱了！

附近迦梨庙前正摆卖羊肉，切成一块块供奉神灵的，顾客很多，价钱也高些。那些买不起肉的人说，现在连市里的神也卖肉挣钱了！近来兴起一股吃肉风，吃了就会像洋人那样强壮，皮肤光滑，所以羊肉很难弄到。醉鬼、商人和妓女先高价买走了羊肉，所以有时听说也有假羊肉，不能排除是狗肉或猫肉。不能吃的现在只剩下水里走的轮船、天上飞的风筝和四条腿的床了。

道路拐弯处悬挂着红黑大字广告：从豪拉到阿拉哈巴德的火车开通了，这是国内旅游空前的机会！空前的机会！很多人采用少花钱的方式去贝拿勒斯和特里贝尼，在圣地沐浴度过几天，因此阿尔玛尼码头总是人山人海。

突然听到嗷嗷的喊声，路上的行人都抬头仰望。居家的老头、老太太、妇女、儿童全都跑到楼顶去看。天上出现奇景，人在天上飞。洋人会各种玩意，人也能飞上天。一位法国人几乎每年都来展示这飞天的本事，有成千上万人在堡垒广场花钱观看人飞天。一个大布圆球下面装着机器，洋人叫它气球，我们叫它圆球。一个洋人坐上去后割断绳子，圆球就摇动着上升。它升高再升高，登天的洋人在空中招手。那圆球又能随意下降。

一群人用手指指着说：在那，那，那。看不到的人说：哪儿？哪儿？哪儿？有人说：看，看，一只兀鹰在圆球附近，这回会攻击它的。

路上的车、马全都停下，看那圆球的游戏。看那洋人在天上就像是庙会的玩偶。圆球摇动着往一边偏，这时大家"嘿，嘿"地喊起来。过了一会儿下起雨来，大家都跑走了。圆球又看不到了。有人说，洋人带伞了么？有的说，洋人现在在月宫里休息一下。

阿尔玛尼码头就有火车站。售票处前面人流不断，人群拥挤。铁路员工手执皮鞭鞭打他们。幸运买到车票的人付了钱却得不到找赎，要求也没有结果。订票处的先生只是心里在唱：爱火在燃烧时，外乡人有什么能耐加倍叫嚷？当有人大叫要找钱时，铁路警察和警长就卡他们的脖子，将他们弄走。因为印度人无权坐头等车，所以头等车的售票窗口人很少，而且安静。三四个洋人太太在那里好奇地望着三等车的魔鬼舞蹈。

码头上停靠的气船渡船噗噗地响着，人群拥挤不堪，钟声响后，船开了。火车停在恒河对岸，有人说，洋人开通火车是为了报复。三等车里的人，已经密密麻麻塞满了人，站长和守卫还过来看是否还有地方，想把更多的旅客塞进来。

离阿尔玛尼码头人群稍远的地方，站着一个长相强壮的男人，穿蓝色西服西裤，头戴礼帽，神情严肃。另一个身穿印度服的有身份的人，从二等车票柜台回来时，突然站住，走过来说："我好像认识你……您。请问贵姓名？"

戴礼帽穿西服的青年人用英语冷漠地说："我想以前没有见过你！"

那位穿围裤的先生说："那是我错了！可是为什么一看见你，我的心就突突地乱跳？"

戴礼帽穿西服的不再搭理。

"我能知道先生的姓名么？"

"有必要吗？"

那位穿印度服的人很尴尬，似是认识，又想不起名字。穿西服戴礼帽的人态度很粗鲁，看来很难得到答复。穿印度服的人向渡船走去，然后又转回来喊道："想起来了，想起来了！你是钱德拉纳特！"

当时穿西服戴礼帽的人已经走动，穿印度服的跑过去拉住他的手说："你肯定是钱德拉纳特！我肯定！"

戴礼帽穿西服的人回头站住，更粗鲁地说："so what?"

那人抓住他的手说："钱德拉纳特兄弟，你认不出我了？我在找你。我是罗丹莫尼，巴格巴扎的罗丹莫尼·罗易。我知道你见到我会生气，但是我特别需要你。"

钱德拉纳特除下礼帽，说："我不认为谁需要我什么。"

"钱德拉纳特，我们在印度学院同班读过。"

"没有！"

"我知道你要说什么。你入学后我们全都离开了教室，可是几天后我们坐在一起了。我记得你，你不记得我了？"

这位穿西服的钱德拉纳特我们早就认识了，他就是希莱·布尔布尔的儿子。他长出了一口气，紧紧盯着罗丹莫尼的脸。他丝毫没有忘记，他一见到罗丹莫尼就认出了，但他不想相认。

"你上哪儿，钱德拉纳特？买票了吗？走，我们一起走。我可不跟你坐三等车。"

"我哪儿也不去，我回加尔各答。"

"啊，你哪儿都不去？看到你在这里，我想……你是从加尔各答到什么地方去？"

"不是！"

"你这身打扮，开头我以为是洋人，我特别需要你。"

"这句话我听了两三次了，但到现在我还不明白需要我什么？"

"我要请你原谅。"

"您的渡船要开了。"

"算了，渡船走了就走了吧。要不我今天就不去了，斯里拉姆普尔我姐姐的婆婆家，她侄子的婚事谈定了，我要去一下……要不明天我再去。见到你，压在我头的大石就放下了，一直令我难受……"

"您说什么，我一点都不明白。"

"兄弟，我年轻时愚蠢、无知，虐待了你。我后来认识到了，我的心一直在悔恨……"

"我想您是弄错了。您把我当成别人了。"

"您？你……还是称你吧。我们是同学……嗨，多愚蠢，我们多么愚蠢，我们翻出你的身世，不想和你一起读书……看到你发达了我很高兴。"

"我走了。"

"你上哪儿？我找到你，就不会放你走了。真心话还没有对你说呢。"

"我准备听。"

"在这里？在这拥挤的人群中？走，我们找个地方坐，心里话要说很久的。"

"我没有兴趣和你说什么心里话。"

"我要说的就是这个。没有兴趣是我们的不幸。为什么说不幸，完全是我们的过错。是我造的孽……"

"我真的得走了。"

"走，什么意思？你以为不弄清楚你是否原谅我们，我会放你走？绝不。"

"原谅？"

"钱德拉纳特，我就是那罪魁祸首。不知你是否记得，我来提示……一天傍晚，在我们巴格巴扎的家，好像是什么宴请……对，对，想起来了，是我妹妹结婚……乞丐正在外面吃饭……啊，现在想起来我心都痛……你是我的同学，竟坐在乞丐中间……我应该拉着你的手，请你入席的……我没有请你，却做了什么！我把我弟弟叫来，说，那个妓女的儿子，玷污了我们学院的名声……你去把他打跑……你记得吗？"

钱德拉纳特不做声，谁能忘记生活中遭遇过的事件啊？

罗丹莫尼说："当时我想，我做了多么英勇的事……过了三四年，我读了更多的书，读了好多经典，钻研哲学，突然有一天觉得，我对你做了许多非人道的事，严重伤害了你！"

罗丹莫尼滴滴答答地掉眼泪。钱德拉纳特仍然不搭理，直看着罗丹莫尼。

罗丹莫尼掏出手绢擦眼睛，又说："今天我赎罪了，走，你要去哪儿？我要听你所有的事。"

钱德拉纳特自己都不知道要去哪儿，他是四年后回加尔各答来的。他在火化场见了母亲最后一面后逃走了，后来他的生活发生了大变化。他曾想过永远不回这个城市了。有一天他突然被一个洋人看中了。那洋人佩服他的英语知识，给他在布德万火车站安排了一个差事。这次他是漫无目的地突然来加尔各答。

罗丹莫尼根本不顾钱德拉纳特的反对，几乎是强行把他拉到路上，叫了轿子将他带到自己家里。

一零二

钱德拉纳特回到加尔各答完全成了新人。现在他穿最好的衣服，他既有体力又有财力。在铁路工作几年积攒了好些钱。他花费不多，吃得少，没有不良嗜好，此外他这个职务薪金既高又安逸。他的长相很俊美，人们看了他一眼，都会看第二眼的。这样的高个子，现在在孟加拉人中鲜见了。他肤色白皙，只是嘴唇似乎露出一点异样的情绪。

罗丹莫尼硬把钱德拉纳特拉到自己家里，像对待师尊一样悉心招待。他们家在巴格巴扎有三栋房子，外面那栋是装饰豪华的宾馆，让钱德拉纳特住在那里。但钱德拉纳特受到如此尊贵的款待，待了两天就感到不安了。不管罗丹莫尼怎么热情，都得不到钱德拉纳特的真心回应。

不久前，罗丹莫尼的守寡妹妹古苏姆·古玛丽举行了再婚婚礼，现在节庆还算没完，满屋都是远道来的亲戚。因为家里都挤满了人，罗丹莫尼到钱德拉纳特这里找幽静。他讲的故事没个完。

罗丹莫尼详细地讲述，他们家这寡妇结婚，非常值得骄傲。很多亲戚开头是反对的，但罗丹莫尼的父亲克里希纳纳特明确表示，他发誓将不再与拒绝参加婚礼的人来往。那时几乎所有人都含糊地改变了主意，就像寄居在大树下的人那样，他们是没有勇气拿斧头砍伐大树的。婚礼当天怕发生骚乱，请了约一百名警察来站岗，最后当然是没有发生什么事。来了许多尊贵的人物。

婚礼办完后，罗丹莫尼心里踏实多了。他早就想加入婆罗门教，他家至今还没有人加入婆罗门教。父亲对女儿古苏姆的再婚这么宽容，该不会反对一个儿子加入别的教派吧。

罗丹莫尼说："钱德拉纳特，你入婆罗门教么？走，你我找一天，到戴本德罗纳特·泰戈尔先生那里去。"

钱德拉纳特站在装有铁栏杆的窗前，从这里可以清楚看到这家大门口。有一天他坐在门外，和乞丐一起等饭吃时被打跑了。现在每天乞丐还来这里坐等，钱德拉纳特望着那边，觉得自己似乎也和他们一样。

他回过头来心不在焉地说："梵社？为什么？"

罗丹莫尼说："你对梵社什么都不知道？好吧，我拿几本他们的书给你读。兄弟，我从这个新教中找到了摆脱迷信传统获得净化之路。除了唯一的神外，这僵化、老朽的印度教无可解救。这么多等级、摩擦。这么多不公……"

钱德拉纳特说："我在布德万一直是一人独处，我读了许多书，关于梵社我全都知道，只有一点不知道，或者说没弄明白，戴本德罗纳特·泰戈尔先生宣扬婆罗门教，想祛除印度教的迷信，很好，但他会让家里的轿夫或仆人加入婆罗门教吗？"

罗丹莫尼觉得奇怪，便问："让仆人入教？为什么？"

"为什么，仆人不是印度教徒吗？他们不需要解脱吗？"

"你说什么，我百思不得其解！仆人入教？然后仆人和绅士一起祈祷？嘿，嘿，嘿！哪个小子敢申请入教？他们不会同意的。"

"黑人作为奴隶为被卖到美洲，他们可是改信了基督教的。那里主仆是信仰同一宗教的。看来你们不同。"

"你要说的我明白了，是的，有一天国人都会信婆罗门教，但是在那之前，特殊的人先加入，先好好凝结起来！"

"我要加入的话，他们让入吗？"

"为什么不让？我们如能得到像你这样受过教育、聪明的人……"

"在那里我必然要做自我介绍吧？我说，我妈是妓女，不知道父亲是谁。"

"啊，那些就算了。为什么你要先说这些？"

"就是说，你叫我做假介绍！可是我读书懂得，作为婆罗门教人，是不能虚伪的，他们是真理的修炼者。我知道，你们这些改革，只是为上层婆罗门和加雅斯特和商人阶层的。这时代商人比地主更强有力。他们为了装扮成贵族，购买了老地主的土地，为了登上社会顶层大把撒钱，装作慈善家和社会改革家。"

"你为何这么愤怒？"

"我还要问你们的维迪耶萨伽尔先生。我的知识和聪明不比别人差，但如果我想娶寡妇，他会同意么？他会亲自到场主持婚礼么？在念经时如果问起我先辈的名字，我就会明白地说，我是野种，不知道谁是父亲。"

"钱德拉纳特，你心中这把火别再烧了。忘掉那些旧事吧！"

"我丝毫忘不了。我发过誓，一辈子永远不说假话。"

"但如果你心中总是这样气愤，什么都做不了。要享受生活好的方面，就得保持心灵的纯洁。"

"人如果想抵制不公和不法，他就必须愤怒和执着。你瞧着，有一天我要砍掉这社会的脑袋！"

"哈，哈，哈！"

"你笑，笑吧。听着，你们这婆罗门教或者寡妇结婚全是虚假的，是一小撮人赶时髦。现在真正的宗教是，宣传人不分上下，人人平等，都拥有平等的权利。"

"人人平等？这种胡话怎么进入你的脑袋的？五个手指头几时一样齐？五个手指头都平等的话，什么事都做不了，同样，所有人都平等的话，社会就不能前进了。那样一来，谁都不愿当子民，全都要当皇帝了！"

"谁都不会当皇帝，谁都不会当子民，按照各自的优点做自己的事。真实的是大家都有平等权利。你听说过名叫钱迪达斯[1]的诗人么？他唱道：听着，兄弟，在一切之上真实的是人，没有比人更高的了。"

"啊，他不是毗湿奴么？那当然能跟毗湿奴派在一起。听说他们不问出身。只要变声跟他们在一起，就是和他们结婚了。他们很逗。"

"就是说你嘲笑他们。因为他们不考虑种姓，不惧怕家族身份，在你眼里，他们就是被嘲讽的对象。你把我叫到这里来只是为了自己舒服，而不是尊敬我！这从一开始我就明白了。我知道这种版本。我见识多了。"

过了一会，钱德拉纳特收拾自己的东西离开了罗丹莫尼的家。他坐一辆牛车转悠了很久，最后租了一处房子。他离开布德万来加尔各答时，没什么打算，只想转个三四天。现在他决定，要在这里住些日子。他决定辞去铁路的差事。

傍晚他锁好房门走到路上，没有坐车，而是漫无目的地闲逛。

这时格鲁多拉附近很多店铺还开着。每家店铺门前都点着火把，顾客很多显得拥挤。钱德拉纳特在一家店铺买了一根结实的手杖，和他的西服很般配。由于他的肤色和服装很协调，很多人认为他是洋人，印度人才犯这种错，洋人不会犯。当然他作为洋人可以随意走动。他拄着手杖开始悠闲地散步。

人往往不知道自己的心理活动。脚步的活动和心理的活动一致时，人就会吃惊。钱德拉纳特真的感到奇怪了，他不知不觉竟走到火化场来了。有一天他从这里逃走，离开了加尔各答，现在不知是谁把他引到这里来了。

在这里，钱德拉纳特曾把火化场的寄生虫组成团伙，他收留了

---

[1] 钱迪达斯（Chandidās），中世纪孟加拉语文学的最重要的诗人之一，他创作的《黑天颂》至今在孟加拉地区广为传唱。

两个这样的旃陀罗，其中一个还在，另一个走了，新人来了。老旃陀罗能认出这个穿蓝色西服戴礼帽的人，就是曾穿裤衩手持棍棒吆喝着走来走去的那个昌杜吗？钱德拉纳特当然一眼就认出旃陀罗了，他丝毫没有忘记，从他记事时起所有的事件他都记得。

他记得火化场的景象。连着三个焚尸台在燃烧，一边是火化场的伙计聚在一起抽大麻，另一边是分散坐着的悲伤欲绝的死者的亲属们。钱德拉纳特很熟悉焚尸的臭味，他在这里多少天用焚尸烧过的木头刷牙。

钱德拉纳特来到恒河码头站住，河流似乎认出他了，虽然明白但没有开口呼叫。钱德拉纳特在黑暗中走下台阶。一个赤脚穿着围裤的少年站在最底下的台阶，注视着水中。

钱德拉纳特惊悚了，这正像是他的影像。他离家出走时正是这种年纪，他不正是这样，站在火化场边的码头上吗？钱德拉纳特迷茫了，似乎记得他正是这样站立过，他的第二次生命开始了。

他问道："喂，你是谁？"

那小孩回过头来，两眼有泪痕，可能是来火化父亲或母亲尸体的。钱德拉纳特心动了，他的手几乎要搭到孩子的肩上了。虽然钱德拉纳特懂得老规矩：在火化场上不安慰人。在这里痛哭就是净化心灵。再说，谁来安慰？

孩子看到旁边有陌生人，就自己把持住走了上去。钱德拉纳特走下去，除下帽子，捧了一把河水洒在头上。在这世界上，钱德拉纳特没有一点亲爱的东西，可是他爱过这条河流，这话说得很对。

钱德拉纳特站在黑暗中，凝视了一会儿奔腾的河水。一瞬间，火化场的伙计包围了他，哈哈大笑起来。真是什么都没有变。过去在这样的黑暗中，看到单独的有钱人时，他不是也带着团伙去包围他吗？把他全部抢光才放他走。此刻这群伙计也当他是有钱人吧。他举起手中的拐杖亲切地说：走开，走开，到别处去！

然后钱德拉纳特来到新娘市场。夜越深在这路上走的人就越是醒着。小贩频频叫卖贝尔花儿，同时也卖鱼、玫瑰、香粉等。相向而来的是马匹马车，歪着脖子用噗噗的声音交谈着。到处是醉鬼的喧闹声。

从前是蓝色的那栋房子，希莱·布尔布尔曾居住并生下钱德拉纳特，现在变成黄色了，看来已经修理过。各间屋子都亮着灯，响着脚铃声、手鼓声和歌声。希莱·布尔布尔的所有痕迹都被抹去了，可是生活仍按照自己的规矩在前进。

钱德拉纳特拄着手杖，站在房子附近的路上。他没有激动，却是越来越愤怒。他似乎不能忍受这所房子，想立刻毁掉它，让它从世界上消失。

几个皮条客在外面转，看到钱德拉纳特目不转睛地盯着这房子看，认为他是来买春的洋人。一个人过来说："来吧，先生，美女，印度教美女，穆斯林美女，价钱便宜，先生……"钱德拉纳特还未说话，一辆马车突然驶来几乎撞到他身上，马腿腾空嘶叫起来。一位肥胖的先生下了车。左手拿着花环，两眼通红。他从车上下来迷糊地转了一圈，他的围裤飘起来像裙子一样。他含混地说："有谁在，扶住我。"

他看到面前的钱德拉纳特，便把手搭在他的肩上。钱德拉纳特当即躲开了。一个皮条客赶紧过来扶住那位先生。

那先生斜眼望着钱德拉纳特，说："这家伙是谁？为什么像根柱子似的站在路中央？"

皮条客说："走吧，走吧。我来扶着。"

那先生说："走，扶着我走。今天碧穆丽有空吧？我哪天来，哪天这女人就有客……她屋里亮着红灯笼呢。"

钱德拉纳特从未见过这位先生，没有对他生气的特别理由，可是突然他全身似乎冒火了。这人指的房间，就是他母亲从前的卧室。钱德拉纳特举起手杖像疯子一样狠揍那位先生。

一零三

哈里斯的死给诺宾的打击太大了。诺宾一连几天几乎是丧魄失魂似的。如此健康、泼辣、充满热情的人突然走了！在全国国民最需要他的时候，他离开了。世界之主太不公道了。哈里斯只有三十七岁！

诺宾终于止住悲痛了。哈里斯留下许多未竟的事业，不努力完成就前功尽弃了。特别是不能让《印度爱国者报》这样的报纸关门。

哈里斯挣了很多钱，他花钱出手也很大方，为种植蓼蓝的农民大把花钱。哈里斯死后，人们发现除了帕巴尼普尔一处小住所和《印度爱国者报》的印刷机器外，他什么都没有留下。他对遗孀及母亲的吃、住没有任何安排。

诺宾在料理哈里斯的丧事后，有一天慢步走上《印度爱国者报》报社的楼梯。这里没有哈里斯了，听不到他的高嗓音和爽朗的笑声了，这似乎很难想象。诺宾身体失控了，他觉得他在这世界上没有一个朋友。

报社里一个年轻人孤独地哭丧着脸待着。他名叫尚普钱德拉·穆克吉。他帮哈里斯编辑报纸。尚普钱德拉当学生时起就和很多报刊有关系，有段时间他想过自己办报，但没有经济能力。他英语很棒，综合能力很强，有爱国心。诺宾认识尚普钱德拉后很喜欢他，只一句话，诺宾就为他计划中的报纸买了一台印刷机。尚普钱德拉当时办了名为"穆克吉杂志"的刊物，但时间不长。

尚普钱德拉虽然比诺宾大几岁，但他把诺宾看作同龄人。两人对视了一会儿，一句话也说不出。男人在另一个男人面前还用什么语言表示哀伤啊！此刻无言胜有言！

因为没有了哈里斯，这屋子似乎空空荡荡的。诺宾举目四望，到处是哈里斯留下的痕迹。墙上挂着一条圣线。婆罗门的儿子哈里斯·穆克吉加入婆罗门教后，并没有敲锣打鼓把人招来，显摆他要丢弃圣线，可是他并不特别尊重圣线，总是从脖子摘下挂在墙上，有时要了解报纸清样的大小，就拿圣线去量度，回家时再戴到脖子上。最后走的那天没有戴。

诺宾问："这报纸要停办吗？"

尚普钱德拉说："我看是没有办法了！这印刷厂也保不住了。洋人靛蓝厂主控告他损坏名誉的案子还挂着。他虽死了，洋人作为报复可能要扣押印刷厂。"

诺宾问："能吗？"

尚普钱德拉说："对洋人来说当然能。这印刷厂如果没了，哈里斯的家庭就完全破产了。"

诺宾想了一会儿，然后问道："如果有人在这之前买下印刷厂和报社呢？"

"那当然有救了。"

"你认为这印刷厂总价值多少？"

"机器老了，铅字也用久了，即使是这样，肯定还值千来卢比吧。"

"您去对哈里斯的母亲和妻子说，我想用五千卢比买下这全部。"

"您说多少钱？"

"五千卢比。希望这些钱的利息能够两个寡妇花销了。"

尚普钱德拉吃惊地看了他一会儿。然后喁喁地说："值一千卢比的东西，您用五千卢比买下？我从未听说有这样讲价的。加尔各答市有钱人多的是，但是像您这样做善事的有几人？您……"

诺宾扬手不让他往下说了。说："你安排一下，我想明天就付钱敲定这一切。名义上我是老板，这报纸得由您来办。"

"我来办？"

"对，如果您自己不行，就把吉利希·高士叫来，他办报很有经验，你们负起编辑的责任来。开销全由我负担。这报纸绝对不能停。"

说做就做，在诺宾的努力下，《印度爱国者报》在几天内又恢复出版了。诺宾并没有止步于此。他为保留对哈里斯的缅怀而奔忙，如果国人忘记了为国捐躯的哈里斯，那么没有比这更丧尽天良的了。

诺宾邀请几位名人，组成哈里斯纪念委员会。他为了纪念哈里斯，呼吁尽个人能力捐款，以动人心弦的语言写书分送。他首先为纪念基金捐赠五百卢比，穷苦百姓有捐一个、两个、五个卢比的，而口头承诺捐五百、一千卢比的名人，实际上一分未捐。这时诺宾向纪念委员会建议，建立哈里斯纪念馆。内设图书馆，使有兴趣的学生有研究的机会。设公共礼堂，供人们集会，这城市还没有可供当地人使用的礼堂。诺宾为了纪念馆准备立即捐出巴度花园的四亩地。

但是委员会的委员全都忙于各自的利益，没有表现出特殊的热情。各人提出各自的建议，把募捐到的钱挪作他用。委员会秘书克里希纳达斯·巴尔很贪婪，把手伸向哈里斯的报纸。

诺宾感到厌烦，退出了这一切事务。像哈里斯这样放弃私利的人，如果死后受到人们这样轻蔑，那么印度还怎么诞生真正的模范人物？在哈里斯活着时，那些为之着迷并唱赞歌的人，现在拐弯抹角地说，不错，哈里斯是做了很多大事，但他考虑不周，过早地丧了命。

诺宾有一天从纪念委员会会议生气地出来，上了车后心里说：我不知道有没有下世，也不知道你在什么地方能听到我说的话，可是我要说，不管别人怎么忘记你，只要我活一天，我绝对不会忘记你！朋友，你将我独自扔下，就这样走了！

诺宾一天在家中也许待不到一秒钟。他为了忘却悲伤，投入到各种工作中去。只是工作，工作！他傍晚不到任何地方去娱乐。穆鲁格钱德拉的歌舞厅在哈里斯死后就关闭了，诺宾也不喝酒了，他总是忙于写作。

他完全用口语写些随笔，辑录成书出版，但隐去自己的名字。发表后读者大感惊奇，这是谁的作品呢？如此真实、充满讽刺的社会图景出自谁的手笔？比起德克钱德拉·泰戈尔的文章来，语言要犀利得多。翻译《摩诃婆罗多》的严肃语言出自他的手，想象力最丰富的人都想象不出他竟能写出如此犀利、强烈、睿智的孟加拉口语。与此同时，诺宾又创作新剧。《摩诃婆罗多》的工作一直在进行。剧本《靛蓝之镜》第一版销售完后，人们不敢再版，诺宾自费在自己的印刷厂重印了。

索罗吉尼每晚打扮后来到丈夫屋里，但她丈夫没有空闲关心她。诺宾购买了一盏有银网罩着的、不怕风吹灭的桅灯。他点着桅灯读、写到深夜。

索罗吉尼羞涩地在门边站立了一会儿。然后来到丈夫身边，无力地说："很晚了，您不来睡觉？"

诺宾头也不抬，说："我要迟些，你去睡吧。"

索罗吉尼说："您要迟到什么时候？"

诺宾正在潜心读书，随便答复说："没准。"

一个问题一再地问，使诺宾面露愠怒，索罗吉尼什么都不说了。她默默地又站了一会儿后，慢慢地回去了。她穿着薄薄的丝绸衣服，胳臂上装饰着鲜花，身上抹了檀香都失败了。她回到床上呜呜地哭了。她怎么也弄不明白，才几天，她的夫君为何这样变化。以前他也忙着做许多事，但每天晚上把索罗吉尼叫到卧室说好多情话。他每天不知出多少新招，开多少玩笑。他在几个月内竟变成了这样！

索罗吉尼为此向母亲和姐姐哭诉，她们听后都感到奇怪。不在外面过夜，不在别墅里养小妾，住在家里竟不看妻子一眼；这是怎么回事！这样不行。哈里斯·穆克吉是他的朋友，他的死伤了诺宾的心，但已经过去好几个月了。哪个男子汉在朋友死后，是这样伤心的？此外，在这种时候，家应该是更加吸引男人的。

大家都归咎于索罗吉尼，肯定是她迷不住丈夫。她是有夫之妇，与丈夫同床共枕也不能得到丈夫，这样的女人该死。姐姐们建议说，索罗，索罗啊，不要松手，把他抓住，必要时趴倒在他脚下，你不能放肆地哭么？

索罗吉尼真的有一晚跑来伏倒在诺宾古马尔脚下。

诺宾吃惊说："这是怎么啦，怎么啦？"

索罗吉尼带了许多首饰，耀眼的贝拿勒斯纱丽，新娘的打扮，但满眼的泪水。她的头磕在诺宾的脚上，说："今天您得说，我犯了什么罪？为什么一看见我，您就挥手叫我走开。您忍受不了我，我就服毒。您说吧，我就跳入火堆里烧死！"

诺宾在桌子上铺开一张大纸，用铅笔在上面做记号在算数。他放下铅笔，用手抬起索罗吉尼的头，然后压抑住厌烦，以稍微不安的声音说："啊，索罗吉，为何这么幼稚？没看见我正忙呢。工作时不要这样打扰我。"

索罗吉尼擦掉眼泪突然安静了。然后站起来说："对，工作时不要打扰。我不再打扰您了。可是我妈问，您夜里不睡觉，做这么多事，不能在白天做么？这样熬夜您身体会垮的。那些要挣钱吃饭的人，也是白天干活，夜里不干的。托薄伽梵的福，我们不缺什么……"

诺宾苦笑道："为吃饱饭挣钱，不用非常辛苦，对，但是为挣精神食粮，这样计算时间就不行了。我现在做的事，你们是不明白的。"

索罗吉尼说："那您说说吧，妈想知道。"

"我在办孟加拉日报。"

"什么？"

"我说过了，你们是不会明白的。洋人出版英语报纸，你看见过么？人们吃早餐前，报贩一家家送报。我办的就是那种孟加拉语日报。名叫《观察家》。"

索罗吉尼望着丈夫的脸，不知道她是否明白。

实际上认识诺宾的人，看到他的这一努力都震惊了。诺宾对报刊的热情从儿童时代就开始了。什么报刊关了，他都不能忍受。某报刊因经济拮据准备关门时，诺宾就买过来继续出版。甚至有一次，诺宾听说一家名为《望远镜》的乌尔都语报纸遇到困难时，立即买过来，让他的一位穆斯林朋友继续出版。他还买了一台印刷机送给了戴本德罗纳特·泰戈尔的著名杂志《求真》。但是这次的事大大超过了这些。两个婆罗门合起来出版名为《观察家》的很有威望的刊物，仅仅几个月他们就没有能力，热情也减退了。诺宾就将它买过来，自己办一份日报。孟加拉语的，又是日报，它的编辑又是二十一岁的年轻人！这是要和伊斯瓦尔·古普塔较劲的架势啊。

还没有决定日报哪天开始出版，可是诺宾连续几天在计算日报的开销。大家都知道，诺宾既然想了，不出日报他是不会撒手的。一边是翻译《摩诃婆罗多》这样的大工程，另一边是出版日报。

诺宾努力向索罗吉尼解释日报的事，这时索罗吉尼突然说："我能问一件事么？"

"说吧。"

"您为古苏姆的婚事说过多少话，您多么热心，那个古苏姆来到我们家，成了嫂子了，您为什么没有对她说过一句话？"

事情提得很突兀，诺宾愣住了。他的两眼炯炯发光，呼吸似乎停顿了。

他说："你的古苏姆需要结婚，结婚了……好了……我们都高兴……"

"您跟古苏姆姐姐、嫂子没说一句话……她来到这家后……"

"我工作忙，跟谁都没有说话的时间。跟你都说不上话。"

"古苏姆姐姐、嫂子问了，她称呼您什么好呢，叫小叔子或是像从前那样叫女友的新郎？"

"她喜欢叫什么就叫什么，我哪儿知道？"

"那您今天也不去睡么？我走了。"

"走吧！"

索罗吉尼走后，诺宾脸色苍白地呆坐在那里。然后他的身体开始簌簌抖动，像发高烧的病人那样。在他身体深处开始发出痛苦的叫声：啊！啊！

一零四

宾波波蒂的房间和那一排房子现在是耿伽住了。宽敞的走廊还挂着成排鸟笼。因疏于照料，好些鸟儿已经死了，还有十几二十只活着，古苏姆担起了喂养鸟儿的责任。她给它们喂食、喂水，站在每个鸟儿面前用悦耳的声音和它们交谈。

大自然忍受不了空虚，在宾波波蒂走后，古苏姆来填补了这个空缺。

古苏姆最初因羞涩不想出门。除索罗吉尼外，没有任何女人来和她说话。她觉得，这家妇女不看好她的婚姻。古苏姆聪明，她知道会是这样的。男方家大多是反对寡妇结婚的。

古苏姆当然不知道，像乔拉桑科辛格家这样的富豪家，人口竟少得奇怪，可以说几乎没有近亲。在海曼吉尼去世后，宾波波蒂朝圣去了，来投靠她们的远房穷亲戚，也先后离开了。三楼海曼吉尼的房子现在还住着四五个老妇人，但是她们不常下楼。她们认为，寡妇再婚是变相淫乱，所以从心底里不能接受这个新媳妇。

这家没有人掌舵。索罗吉尼还是个少女，比起同龄的媳妇来，她的居家知识要少得多。此外，她几乎都住在娘家。因宾波波蒂不在，她的来往更不受约束了。此外对她说来住娘家更方便。诺宾每日在波拉赫纳加尔做完翻译《摩诃婆罗多》的工作后，深夜几乎回不了乔拉桑科的家，便住在巴格巴扎。

因为这家没有主妇，仆人什么都管。老管家迪巴戈尔现在还在，从日常的采购、房屋修理到节日安排都是他管。现在比图谢克的严厉目光和警告没有了，迪巴戈尔太舒服了。

索罗吉尼在家时，古苏姆和她聊天打发时光，此外，有古苏姆从娘家带来两个女仆妮露和南妮，古苏姆的兄弟也总来探望她。她娘家人对这桩婚姻都很满意，得到耿伽这样的新郎当然是很幸运的事，此外在辛格家，古苏姆根本不可能受到轻慢，她迟早会成为这家的主妇的。

古苏姆总是想到杜尔迦摩尼。杜尔迦摩尼肯定听到古苏姆再婚的事了，没有人会比她更高兴了。古苏姆希望收到杜尔迦摩尼的信，没收到信使她有点忧虑，杜尔迦摩尼是否有什么危险了？古苏姆想写一封信，写着写着又停下了，她不知道现在同那家保持联系是否合适。实际上，古苏姆是想完全抹去前夫家的所有事的，除了杜尔迦摩尼。在那难熬的日子里，杜尔迦摩尼是她唯一的依靠。

她想问耿伽，给杜尔迦摩尼写信是否合适，但没有说出来。耿伽从未提过古苏姆从前的事，那么自己提杜尔迦摩尼合适吗？古苏姆怎么也拿不定主意，这事也没人好商量，而她总是惦记着杜尔迦摩尼。她觉得如不打听杜尔迦摩尼的消息，自己就是忘恩负义。

耿伽整天忙碌，他们在加尔各答的商铺的经理和债主，因为经济来往找不着诺宾时就来找他。比图谢克对这些完全不管了，耿伽不得不担起这责任。和小不点儿说什么也没用，诺宾想把这一切都推给大哥。诺宾能从库房拿到他所需要的钱就行，对于怎么挣钱，他丝毫不操心。耿伽逐渐地被财务事缠住了，虽然他的心没在这里，他对名誉和财富没有任何形式的迷恋。

耿伽在官司胜诉后想过，再回到易卜拉欣布尔帮助那里的农民。他听说，那里任命了一位公正的新推事，洋人靛蓝厂主收敛些了。

现在是确立农民权力的好时机，但耿伽没有去成，他的婚姻和哈里斯·穆克吉的逝世，这两件事一起改变了他。哈里斯的死使耿伽完全崩溃了，但因他得到了古苏姆尚能把持住。耿伽一生中第一次得到可以与之交心，可与其分享一切的人。耿伽整天都在盼望，夜里几时能见到古苏姆。现在耿伽完全被古苏姆迷住了，虽然结婚已三月，但耿伽仍犹新婚。

每天和律师、代理、账房谈完事都很晚了，耿伽上楼来推门看到，古苏姆趴在地板上读书。耿伽站着看了一会，不想打扰这位读者，但女性与生俱来的本能使古苏姆很快就感觉到有人在，立即坐了起来。

耿伽立下的规矩是，晚餐在自己卧室吃。晚上他不吃米饭和肉类，只吃些炒米、水果、牛奶之类易消化的东西。他在喜马拉雅腹地住了一些日子后，对肉食没什么兴趣了，在有人劝说时，才勉强吃一块鱼或肉。他也不喜欢穿衬衫和马裤。

古苏姆看到耿伽后，合起书本坐起来。她不叫仆人，亲自给耿伽端来吃的。在地板上铺上坐垫，前面洒上点水，摆上银盘，拿来装满水的银杯子。古苏姆指着盘里放的特种糖球，说：这些是妈妈亲手做好让送来的，给您吃两个？

耿伽笑了。岳母每天总要亲手做些食品菜肴送来。耿伽想，看吧，这样子能持续多久。

耿伽吃完后，古苏姆才去吃。耿伽努力规劝过她，说如他晚回，她就先吃，但毫无成效。哪儿有妻子比丈夫早吃饭的？耿伽说："近来许多规矩都变了，这个不能变吗？"古苏姆回答说："好规矩没必要变。"

耿伽听到古苏姆这样说，非常感动。古苏姆对任何事情都有明确的意见。她知道用语言表达心里想的事。耿伽想起宾波波蒂。不仅宾波波蒂，大多数女人除了家务事，什么都不知道。一提到什么违反制度的事就叫起来，啊，妈呀！这样就算完事了！

吃过饭洗过脸后，耿伽打开古苏姆的书本看。古苏姆吃完饭回来后，他说："你读了很多了！感觉怎么样？"

古苏姆高兴地说："很好，一拿起来就不想放下。"

"你全都懂吗？你有什么地方觉得难吗？"

"一点都没有！有时有一两个字的意思不懂，可是全都明白。我以前读过《贝拿勒斯女奴》，但是这和它的差别太大了。"

"真的，我们的小不点儿干的是大事。他非常努力。他比我至少小十三四岁，这点年纪就担起了翻译《摩诃婆罗多》的工作……多美的语言……在我们家族里，小不点儿是个天才。你和他认识交谈了吗？"

古苏姆张大两只蓝眼睛，嘴角微笑，慢慢地摇头说："没有。可是以前见过，我女友的新郎……"

耿伽说："他非常忙，可是总会认识的，到时你看吧，他是怎样的疯狂！总是想干什么大事，想事想得脑袋都要炸裂了。"

至今《摩诃婆罗多》已出版了三卷，古苏姆不多几天就读完了，她急着要读更多。来到这家后，时间空闲使她读书的兴趣大增，但从哪儿能得到那么多孟语书籍？

一天晚上，耿伽回来后，古苏姆问："我跟您说一件事，您不会生气吧？"

耿伽吃惊地说："什么事？我怎么会对你生气，古苏姆？能有对你发火的异教徒么？"

"您劳累一整天后回来，所以我不敢说。您能早点回来教我读点书么？我读不了梵语，您给我讲解就好了。"

耿伽突然感到毛骨悚然，他想起了梦见宾杜巴希尼的事。宾杜曾委屈地说："你说过教我读《云使》的，却没有教，耿伽！"这正像是那声音！

耿伽停了一会儿，然后在心里说：要忍受远离爱妻的痛苦/这位多情人/在这令人生情爱的雨云的面前……然后到第六节，药叉激于热情就不顾这些向云恳请……到这里就停住了。耿伽心里读着读着诗句，像是到了别的地方后又回来了，然后说："我早有此愿，把

《云使》读给谁听……你今天说了，来吧，古苏姆，坐到我旁边来，我教你读《云使》。"

古苏姆说："《云使》是什么？我从来没有听说过这书名。我很想读《沙恭达罗》。"

耿伽感到有点奇怪，问道"《沙恭达罗》？为什么突然想读《沙恭达罗》？不喜欢《云使》？"

古苏姆笑着说："我知道什么！小时候听我哥哥的老师讲过沙恭达罗的故事，可是不完整……所以想知道那故事。我没听过《云使》。"

耿伽停了一会，说："那么先听《云使》吧。《沙恭达罗》改天再说。"

耿伽能从头到尾背出《云使》，所以不需要书本。他一口气把灯吹灭，一丝月华立即照到室内。他拉起古苏姆的手来到窗前。秋季，这时天上飘着薄云。耿伽指着一片云彩说："看，那是云使在走……你读过《摩诃婆罗多》中那罗和达摩衍蒂的故事①吧？一只天鹅是他们的使者……同样被流放在罗摩山的药叉给远方的妻子写了封信，让一片云彩充当他的信使。"

古苏姆问："罗摩山在哪儿？"

耿伽说："像你这样，很多人都问这问题，所以诗人迦梨陀娑在第一颂里就说，那里的水曾经悉多沐浴而福德双全……讲的是悉多。罗摩和悉多被流放时曾在罗摩山住过一些日子。因为悉多在那里的水沐浴过，所以她触摸过的水都圣洁……那个药叉在这里……"

"那药叉叫什么名字？"

"这又是有趣的事。迦梨陀娑在诗里没有写主人公的名字。就是说，这实际上是所有离别了亲人的心里话。比如说，我哪天去了很远的地方，我如果被人流放了，那时我想你，也写这样的话。"

---

① 那罗（Nala）和达摩衍蒂（Damayantī）的故事，参见《摩诃婆罗多》里《森林篇》的《那罗传》：尼奢陀（Niṣadha）国国王那罗和毗德尔跋（Vidarbha）国公主达摩衍蒂，由天鹅做媒，互相爱恋。

"后来呢？"

"印历三月^①初他看到一片云飘上峰顶……那被诅咒的药叉已流放了八个月，他因痛苦、离别而瘦了，手镯也脱落了……到了三月初，看到一片云彩飘上顶峰，他觉得像一头象在玩挖土的游戏，就是说，像一头巨象俯身用牙戏触土山。这景象多么美！这时他对云说……"

"云怎么能听到人说话？"

"正确呼唤的话一定听得到，就像听到药叉的呼唤……此外诗人也说了，不能希望沉迷于性欲的人分清有生与无生……"

听了好几颂之后，古苏姆说："上屋顶去？"

耿伽迷茫了。他问道："屋顶？为什么？你不喜欢？"

古苏姆的脸颊贴着耿伽的臂膀说："太喜欢了，我从来没有听到过。您如果现在就停下，我会死去……走，屋顶上天空开阔，云彩在头上飘过，坐在那里听会更好。"

宁静的夜晚，整栋房子静悄悄的，所有的人都睡了。古苏姆和耿伽两个人，小心翼翼从卧室出来，一步步走上楼梯，小心地打开门，避免发出声音。秋季，天上下了薄雾，屋顶有点湿，但他们不在乎。屋顶上有几只装满水的水缸，两人紧挨着一个水缸坐在那里。夜晚真是怡人，微风轻轻地吹拂着。

耿伽凝视着天空，说："有的地方河边的羌巴花开了……有的地方森林着火了，云啊，你下的雨水使那里的土地散发出芬芳的气息，闻到那气息后，梅花鹿跑来……"

耿伽读完"前云"后不做声了。

古苏姆问："为什么停了？"

耿伽说："今天就到这里吧，明天再给你读"后云"。好东西一天里是吸收不了的，就像蜂蜜，一次吃很多会难受的。"

"我现在不想离开屋顶。"

"来吧，就坐在这里。"

---

① 印历三月即阿沙尔（āshāḍh）月，公历六月中至七月中。

"如果我要在这里待通宵，您待么？"

"疯丫头，如果你能，我怎么不能？"

"我觉得好极了，好到像是心里难受，我一生中从未有过这么美好的日子。您看天上，好像月亮在看着我们俩呢。"

"不是看我们俩，只是看你，月亮在妒忌你！"

"她会妒忌的，月亮很孤单。"

他们默默地坐了好一会。醒着的人心从来是不停止的，他们思维之河的流向不同。

一时间，耿伽转身问："古苏姆，你能回答一个问题么？人为什么活着？"

古苏姆说："我不知道，从来没有想过。"

耿伽说："我现在总想这事儿。世界有个最高的父亲，当我们有一天去到他面前时，他会问，你获得了人的生命，是生命获得成功后回来的吧？那时我们怎么回答呢？"

"我是普通姑娘，你问我这话？"

"你怎么普通呢，古苏姆？你也是有头脑的。"

"我不知道生命的目的是什么。来吧，从今天起咱俩一起寻找……您得承诺，为寻找答案，不能单独扔下我。我听到这问题，开头害怕，但是我不再怕了，我也寻找，您会帮助我，是吧？"

"我答应，古苏姆。"

古苏姆把手搭在耿伽的脚上。在那淡淡的月光下，耿伽看到，这蓝眼睛、平静、温柔、美貌如花的姑娘不是宾杜巴希尼，这是另一个女人，她性格的光辉令他不再想念别人了。

耿伽刚站起来，古苏姆说："您要走？您刚说……"

耿伽伸开两手说："来吧……"

古苏姆也站起来，与耿伽拥抱在一起。耿伽将她一把抱起向楼梯走去，说："不管生命的目的是什么，人的孤独是很可怕的。我孤独很久了，古苏姆，从现在起，你来好好填补我的空虚吧。"

一零五

正像索哈格巴拉那样，塔戈摩尼也开始发胖了，看来这是小凳子带来的好处。她坐在这下层走廊的小凳子上，拿到了掌管仆人的权力，她的脸庞也发福了。几年前塔戈摩尼身体单薄，比一般女人要高挑些，没有肥膘的身体自然是诱人的。现在她有了双下巴，手脚都是圆嘟嘟的，指尖都鼓胀起来了。

塔戈摩尼有两个月病得厉害，几乎要失去这张小凳子了，女仆曼达坐在这里，曼达和其他人以为她没救了。塔戈摩尼的手脚几乎都不能动了，自己在屋里哼哼，可是命运使她又好转了。

后来塔戈摩尼为把女仆曼达从这张小凳子赶走，几乎要动手了。从那场大病后，塔戈摩尼开始发胖，她想到自己的将来，心肝都发颤，下场是否会像索哈格巴拉那样呢。她虽然现在占据着这凳子，但她知道，脚下的泥土随时会坍塌。曼达女仆和其他几个人，兀鹰似的眼睛时时在盯着她。塔戈摩尼再也不觉得好，一点都不好。

纳古尔和杜尔乔登在天井宰鱼。塔戈摩尼慵懒地望着这一切。今天要宴请大老爷的亲戚，所以买来很多鱼。杜尔乔登宰着宰着就把一两段鱼扔到一边，而纳古尔站在那里遮挡着。他们就这样把好几斤鱼弄到外面去卖。塔戈摩尼故意装作没看见。他们以为能瞒过塔戈摩尼的眼睛？塔戈摩尼什么都知道。她不愿天天都跟他们吵。听纳古尔来报买鱼的账，她都感到好笑，说什么每芒特（四十斤）鲤鱼十二卢比，没有王法了？九到九个半卢比一芒特鲤鱼，人家还管送到家！塔戈摩尼不想从他们偷的钱中分一份。

塔戈摩尼对钱的贪欲减少了。拿钱做什么？她曾想过，"没有朋友，钱也白搭"，但是年纪大了，她认识到，虽然有了钱，女人的命也不安全。说起来塔戈摩尼已经是躺在钱堆上了。二十年来她挣的钱，一分都没花，全攒着。那么她心中不平之火为何呼呼地燃烧呢？

她近来有点面子了，不要从纳古尔他们偷窃的东西中分一杯羹了。塔戈摩尼这种变化，使纳古尔和杜尔乔登很尴尬，不明白这是怎么回事。从索哈格巴拉时代起，坐在走廊小凳子的人对偷盗的钱不拿走一半是不撒手的。塔戈摩尼现在不要那份了，有什么深意呢？塔戈摩尼对迪巴戈尔一说，就能把任何一个仆人开除。塔戈摩尼的权力比索哈格巴拉还大，因为她是杜拉的母亲。

纳古尔夜里做完工后，站在塔戈摩尼屋子窗前问："塔科姐，睡了吗？我能进来吗？"塔戈摩尼早就离开后面的圆形茅屋，搬来这里住了。在迪巴戈尔的恩准下，她在下层得到一间砖房。每当她出来时，门就上锁，未经允许谁都不能进屋。纳古尔年纪比塔戈摩尼大很多，曾是她的姘头，可是现在他管塔戈摩尼叫姐。以前纳古尔闯进塔戈摩尼的屋子强暴她，现在进屋前要礼貌地请求同意。

塔戈摩尼说："没有，没睡，进来吧。"

没有比纳古尔更坏的仆人了。他偷盗上瘾，疯狂到鸭蛋过他的手都得轻三分。几年里，纳古尔连续死了几个老婆，又在农村娶了一个。像其他仆人一样，在家乡有个老婆，在这里有姘头。一年有一次假期回农村的家，但不能久待，在钱的吸引下就赶快回来。纳古尔又频频更换女伴。年纪虽然够大了，但他的身体现在还像阿修罗那样，整天能连续干活，不管他的品德有多少毛病，每件事都需要他。

塔戈摩尼和纳古尔很久没有肉体关系了。纳古尔现在和名叫梦格拉的女仆打得火热。由他热去吧，塔戈摩尼并不伤心，纳古尔现在是为她服务的奴隶。

　　纳古尔进屋后，从壁龛拿出一个布袋放在地板上。塔戈摩尼坐在木凳上。纳古尔打开布袋拿出烟筒开始装大麻。这是塔戈摩尼一天里最热切盼望的时间。是纳古尔带她吸大麻上瘾的，现在塔戈摩尼不吸上几口大麻就睡不着觉，她不是不会装大麻，可是她喜欢让别人来装。纳古尔自告奋勇承担这责任有些日子了。

　　纳古尔装好烟后，边吹着边递给塔戈摩尼，他要让他的前学生塔戈摩尼吸第一口。塔戈摩尼两手接过烟筒，先举到额头，然后翻着白眼开始吸。吧嗒吧嗒地响，吸烟后屏息一会儿，把烟筒递给纳古尔。就这样烟筒传来传去，吸完后纳古尔再装上。

　　塔戈摩尼比纳古尔先醉，她闭上眼睛轻轻地摇头。纳古尔在别的地方还有许多事要做。过一会他就要走，走之前讨好塔戈摩尼说："塔科姐，今天你腿痛吧？"伸手便给按摩。塔戈摩尼张开迷糊的眼睛望着纳古尔，什么话都没说。

　　塔戈摩尼在这种时候，像皇帝皇后一样。实际上，上层和下层许多事情是同样进行的。在很多小说可以读到，某任性的女王每晚都要召一个男宠进宫。塔戈摩尼就是仆役系统里的女王，她就不能做么？像纳古尔这样的精壮男子不是给她按摩大腿么！这纳古尔在她无助时曾想将她像陶玩偶那样碾碎。

　　过了一会儿，塔戈摩尼抬腿踢纳古尔的胸膛说："走吧。"

　　纳古尔不得不起来，带上门走了。一天天地塔戈摩尼不要那份偷来的钱了，她本来是可以用脚踢来交换的。

　　纳古尔走后，塔戈摩尼开始哭，越哭越厉害。哭像大麻烟一样，也是催她睡觉的药。塔戈摩尼沉睡在被泪水打湿的枕头上。

　　迪巴戈尔现在未完全抛弃塔戈摩尼，他的身体没劲了，可是他还是下层的主子。因为主人放手不管，迪巴戈尔的权力现在大得很。他知道自己管不了很久了，于是从乡下把他的侄子弄来。那孩子名叫班占诺，他就是无子嗣的迪巴戈尔的继承人。他留着分头，傍晚时身上搭块披巾出门。迪巴戈尔在农村有足够的钱，所以这孩子的做派似老爷。一天诺宾正从楼里出去，班占诺既不弯腰也不两手合十敬礼。少爷当然没有在意，但迪巴戈尔在远处看到后，揪住班占诺的耳朵拉进屋里狠狠抽他耳光。不管用什么办法，迪巴戈尔一定要把这侄子培养成人。

迪巴戈尔掌控塔戈摩尼，有着特殊的目的。迪巴戈尔经常在傍晚时分把塔戈摩尼叫来。他们不是夫妻，可是像是长期的夫妻关系，可以说是痛苦和快乐的关系。塔戈摩尼从迪巴戈尔那里听到一星半点外部世界的消息。二十年间塔戈摩尼只到过外面三四次。

塔戈摩尼这天听迪巴戈尔说的奇怪消息：这家的新媳妇会唱歌。

塔戈摩尼听后瞪大眼睛，说："怎么，寡妇？加上是会唱歌的新媳妇！这是什么家族的姑娘！"

迪巴戈尔看到塔戈摩尼不相信，说："是的，塔科，我亲自听到的。法院的法警来了，我拿文件上去请大少爷签字，突然听到大少奶屋里有人唱歌！想想吧，多么丢人，我们大少奶该是贞洁的莎维德丽，大少爷竟让这样坏种性的姑娘进屋！"

耿伽娶了寡妇后，这家的两个婆罗门厨师怕有罪孽，辞职不干了。

在办喜事时，塔戈摩尼见过古苏姆。一想到新媳妇是额头上抹朱砂的寡妇，她就不敢看了。当大家欢呼时，塔戈摩尼的舌头没动。

"有一天你会看到太太像吉普赛姑娘那样跳起舞来的。"

"别说这样的话！别说！老爷不吉利也是我们的不吉利。"

"我告诉你，塔科，总之，吉祥天女已经离开这家了！这么大的家族现在是羊来糟践了。像小少爷这样两手花钱，总有一天会破产的。没有人比我知道得更多！上面没有人管。"

"那家的大先生也不来了。"

"他也老了，还能干什么？"

迪巴戈尔说着说着就说出真心话了，他希望塔戈摩尼把班占诺看做亲儿子，要教他成人。迪巴戈尔一闭眼，班占诺就得管家了。所以若塔戈摩尼和班占诺不和，就不好管治仆役了。

塔戈摩尼吃过亏，学乖了，她很清楚迪巴戈尔的真实意图。迪巴戈尔一贯对女人态度粗暴，对床上的性伴侣也不说一句软话，可是近来对塔戈摩尼的态度非常亲昵。甚至把自己的蒟酱叶包递给塔戈摩尼，说，塔科，吃个蒟酱叶包吧。

迪巴戈尔想挑唆塔戈摩尼母子不和。他知道，杜拉丝毫不尊敬自己的母亲。少爷的爱臣杜拉也时时对迪巴戈尔瞪眼，所以要把塔戈摩尼拉过来，建立起反杜拉联盟。塔戈摩尼病成那样，杜拉一次都没有张罗过给亲妈治病。塔戈摩尼还有必要要这样的儿子吗？

迪巴戈尔戳到了塔戈摩尼真正的痛处。她内心烧得厉害，说："对，班占诺就像我的孩子一样。他的远见是少了一点，过几年就好了。我说，让班占诺成家，媳妇就住在这里。"

班占诺已经结过两次婚，但两个妻子都不在了。再结婚需要先看清楚了，孩子得先学会找吃。

"班占诺的媳妇一来，我就把小凳子交给她。绝不交给忘恩负义的曼达。"

迪巴戈尔装作不认识曼达，可是在塔戈摩尼病重时，难道不是迪巴戈尔批准曼达坐上小凳子的？迪巴戈尔的床上现在可能还留有曼达的体香呢，塔戈摩尼什么都知道。不管迪巴戈尔怎么狡猾，他竟不懂得：母亲是永远不会和子女作对的。

塔戈摩尼本来很想逐渐教会杜拉的妻子苏巴拉算账，将来有一天让她顶替自己，但是没成，苏巴拉很傲慢，杜拉也是那样。杜拉斥责母亲说，我媳妇出身于上等人家，绝不做仆役的事。在他嘴里，鞋匠的女儿竟成了上等人，而母亲却是奴仆。

杜拉现在拼命努力成为上等人。他和妻、子住在花园里一所独立的房子里。他或妻子绝不会误入仆人的房间。他们的食品有专人送去。杜拉在家里也穿正式服装，穿鞋和抽烟。他自己读书，也教媳妇和儿子读。甚至杜拉自己有一个仆人。

塔戈摩尼去看时，杜拉或媳妇站在门外说话，一次都没有请她进去坐。塔戈摩尼从来没有和孙子亲热过，孙子也不认识她。塔戈摩尼不明白也不想弄明白：为什么杜拉这么恨母亲。弄明白了她的生活还剩下什么！

一天，杜拉表现得更加无情了。

塔戈摩尼只是做梦。买块地建房，挖水塘，种稻子。她不再当奴仆，要回去当农家主妇。钱她是有了，但不能自己去啊，若不带着儿子媳妇，哪儿有快乐？但杜拉根本不听这建议，但不管杜拉怎么斥责，塔戈摩尼总是在说。

有一晚，塔戈摩尼又做梦了。她吸了一点大麻后，眼前浮现的又是那未买的土地、未挖的池塘、未建房屋的美景，为此她哭了。那晚她不能独守空房了。纳古尔请假回家乡去了，迪巴戈尔的房门上了锁，下面一层冷冷清清的。塔戈摩尼孤独地抽大麻醉了，她跑到花园里敲杜拉的门。杜拉惊醒后打开门，塔戈摩尼拉住他的手说了心中的痛苦："杜拉，走，我们回乡下去，母子在那里舒服地过日子，我会高看你媳妇的，杜拉，走吧！现在就走……"

杜拉咬牙切齿地说："糊涂老太婆，三更半夜跑来胡说什么，一点不知羞耻，看见你都是罪孽！如果哪天再……"说着，杜拉狠狠踢了母亲一脚。儿子瞪大眼睛，甩掉塔戈摩尼的拉扯，砰的一声关上门。

第二天早上，再也见不到塔戈摩尼了。塔戈摩尼像被驱赶的野兽那样，跑着跑着到了恒河边。他儿子说不想见她的面，那么这脸让谁见呢？搭早晨的头班渡船到恒河对岸，逢人便问，知道平古里村在哪儿么？我要去那里，啊，你们给我指路吧。有几个人想帮她，问是什么县，什么区，什么乡？但塔戈摩尼什么都不知道。除了坦古里和平古里这两个挨着的村庄外，她什么都不记得了，但是谁都不能只听了村名就能指路。可是塔戈摩尼一直寻觅着，要回到丈夫、公公旧宅去。不管能否到达那里，她不想再回头望了。

一零六

    戴本德罗纳特的二儿子绍登德罗的同学喀沙布·钱德拉加入婆罗门教后，梵社像是注入了新鲜血液。

    梵社内部一些天来死气沉沉，有各种争论和意见分歧。有的人热衷于求知，对上帝和宗教就不那样热心。伊斯瓦尔·维迪耶萨伽尔是求知会的秘书，但他从来就没提到过造物主。奥凯古马尔·德特也一天天变成怀疑主义者了。戴本德罗纳特·泰戈尔从心里讨厌他们，生气地上了喜马拉雅山，回来后也不正常管梵社的事务了。

    戴本德罗纳特现在老了，曾经的青年革命者现在变得保守了。他在某些婆罗门教教徒的压力下，承认吠陀经不是毫无错误、神圣的经典，但在梵社讲坛上，他不同意非梵社的人代替梵社人读经。虽然他不真正反对抛弃圣线、结束种姓歧视制度或寡妇结婚，但也不赞成迅速改变。他虽信婆罗门教，但不阻拦家里供奉杜尔迦女神，祭拜时他也不在场。

    他在喀沙布·钱德拉身上看到了新青年的形象。这孩子思想既激进，又有对宗教的狂热，因有强烈的罪恶感，所以有向善心。喀沙布·钱德拉因为过于迷恋拉小提琴，自己把小提琴砸了。

    喀沙布·钱德拉是著名的拉姆卡马尔·森的孙子，是戴本德罗纳特看着长大的，经常来找戴本德罗纳特的儿子。毗湿奴家族的孩子必须接受族长的教诲，但是喀沙布·钱德拉不听，他违反家人的意志加入了婆罗门教，由此可见他的勇敢。

喀沙布·钱德拉成年后，沉迷于理想和哲学研究。他的优点是不单独做事，要和很多人一起做。他具有领导才能，青年人毫不犹豫地视他为领袖。他写了一本名为《青年孟加拉，为了你》的英语书，书里放了把火。

戴本德罗纳特带着儿子们坐船去拉吉马哈尔玩，同行的有拉吉纳拉扬·巴苏，和儿子的朋友喀沙布·钱德拉。戴本德罗纳特坐在船上的角落里读奥义书，喀沙布·钱德拉坐在另一个角落读《圣经》。突然绍登德罗和喀沙布·钱德拉一同唱起歌来。毗湿奴家庭的孩子喀沙布·钱德拉，从小就练习唱歌。在喀沙布·钱德拉的鼓励下，绍登德罗也开始写歌和唱歌了。戴本德罗纳特听了两人唱的歌后很受用。这两个年轻人不仅有枯燥的理论，也有虔诚的味道。

喀沙布·钱德拉热心宣传婆罗门教。他总是说，只有一两千人加入婆罗门教怎么行？这新教要传遍全国，甚至全世界。不管怎样，我们全要加入这个教。必须为我们的婆罗门教疯狂。不疯狂什么事都做不成。

喀沙布·钱德拉把婆罗门教的根本要义弄得很简要。他说，我们的神不是有争论的那个神，这个神是活生生的神。世界是这宗教的庙堂，大自然是他的祭司。在任何情况下，人最接近神，有崇拜的权利。

戴本德罗纳特听了喀沙布·钱德拉说这些话，非常感动，听了还想再听。喀沙布·钱德拉对财产或享受家庭快乐丝毫不感兴趣，他要把全部时间献给婆罗门教，要到全国宣传婆罗门教。

戴本德罗纳特似乎一直在等待这样一个人，他只是对一点有怀疑。喀沙布·钱德拉为何信口开河？他随便说要向所有人传播婆罗门教，他靠什么策略手段呢？喀沙布·钱德拉属于行医的种姓，人们说医生是骗子，但弘扬神圣的宗教是不能欺骗的。戴本德罗纳特悄悄问过拉吉纳拉扬·巴苏："你知道医生造假这句谚语么？"

拉吉纳拉扬笑着回答："知道，有的！"

戴本德罗纳特的疑虑最终也消除了，他认为喀沙布·钱德拉是块真金。喀沙布·钱德拉激动地站起来说，世界上所有民族同声歌唱吧，神是我们的父亲，所有的人都是兄弟！戴本德罗纳特听后觉得，这是宣传婆罗门教最理想的声音。

翌年，戴本德罗纳特带队去锡兰，轮船经过安达曼群岛。同行的有喀沙布·钱德拉和加里卡马尔·甘古利两个年轻人。因家人强烈反对，喀沙布·钱德拉悄悄地上了船躲进船舱里，他看到窗外的孟加拉人就害怕，怕亲人来带他回去。在去锡兰旅行的漫长时间里，戴本德罗纳特更了解他了。

从锡兰回来的第二年，他得到证明，喀沙布·钱德拉是个非常热情的宣传家。喀沙布·钱德拉因病换换环境，去克里希纳城住了一些日子。克里希纳城比加尔各答古老，很多学者居住在那里。牧师们把那里建成了弘扬基督教的大本营。喀沙布·钱德拉在那里开会宣传婆罗门教，同牧师发生争吵。牧师戴森和喀沙布·钱德拉论战，喀沙布·钱德拉像狮吼般回击他。许多人围拢来看，听他说话。一个接着一个会，当地的学生、教师甚至保守的印度教徒也来支持喀沙布·钱德拉。在这么久之后有一个人出来阻挡牧师，用正确的理由使牧师们噤声了。喀沙布·钱德拉没有谴责基督教，他引用了圣经的无数词句，讨论国内的和社会的情况，说明宗教离不开社会，社会也离不开宗教。

喀沙布·钱德拉这次出征大获全胜，戴本德罗纳特听后大为惊讶。

情况逐渐发展到，他不见到喀沙布·钱德拉就不行了。对像儿子般的这个青年，比亲儿子还要亲。喀沙布·钱德拉一到家来，他就急忙站起来。喀沙布·钱德拉想和其他人坐在一起，他就硬把他拉来让他坐在自己旁边。给他拿来冰糖和其他食品时，他就给喀沙布·钱德拉一勺，然后自己吃一勺，说："一回是你吃，一回我吃！……看到你，我的灵魂都舒服了，你是梵的快乐！"

戴本德罗纳特和喀沙布·钱德拉一个钟头一个钟头地谈话。喀沙布·钱德拉在孟加拉银行任职，下班后就来。一起来的还有他的朋友和支持者。大家在客厅里铺下长条席子坐在上面。穿着脏旧衣服的职员大声讨论宗教，有时唱歌，频频上茶。很晚了，有人看表想走，戴本德罗纳特拉住他的手说，放下你的表，表能定时间？

受喀沙布·钱德拉的影响，戴本德罗纳特也有了改变。喀沙布·钱德拉和他的年轻朋友发过誓，他们中的婆罗门谁都不要佩戴圣线。戴本德罗纳特听到后，看了看自己的圣线，说，那为什么我还留着它？他也抛弃了圣线。

戴本德罗纳特知道，真正的婆罗门不吃穆斯林人的食品。在梵社做祷告时，坐在坛上诵经是要真正的婆罗门主持的。戴本德罗纳特在训示时是站着说的，他从来不坐在坛上。有一天喀沙布·钱德拉对他说："您在我们眼里比所有的婆罗门都卓越，您是圣哲。您为何不坐在坛上？婆罗门学者懂得宗教的精髓吗？"戴本德罗纳特不能无视这一请求，在犹豫一两天后，他坐到坛上了。这改变了梵社多日来的一个制度。

后来戴本德罗纳特又做了更大胆的事。

喀沙布·钱德拉赞成妇女自由，他的朋友绍登德罗年纪很小时就写过一本书，名为"妇女自由"。两个朋友讨论过提倡妇女教育，将其从家庭的禁锢中解放的问题。这些，戴本德罗纳特都听到了，但他不反对。他明白，时代变了。

喀沙布·钱德拉从克里希纳城回来两个月后，戴本德罗纳特的二女儿苏古玛丽结婚。喀沙布·钱德拉及朋友虽没大声提要求，但在窃窃私语："梵社的主要人物戴本德罗纳特·泰戈尔的女儿结婚，为何按印度教规矩办？要那块那罗延石头和火作证？梵社人不接受这些偶像，而在社会仪式中必须接受么？"

戴本德罗纳特同意年轻人的意见。他宣布，女儿的婚礼按梵社的意见办。他采取一种中立的安排。几乎都保留了印度教的习俗：吹螺号、欢呼、在婚礼场所安排布施。戴本德罗纳特把檀香、戒指、祭神的食品、衣服给了新郎，妇女也祝福过了，夫妻对拜，交换花环，结绶等都没有取消。只是不设祭司、那罗延神石和火炼。代之以带着新郎新娘祭拜梵天，以年长的梵社人代替祭司祝福。

对沿袭这么多印度教的仪式，激进的梵社人虽不完全满意，但毕竟是梵社的首次婚礼。对印度教社会有特别重要意义。这事传到四面八方。小说家查尔斯·狄更斯编辑的英国报纸刊登了婚礼的详细报道。

结果引起印度教社会的大争论。新的矛盾开始了。婆罗门教推行后，开头虽然引起巨大动荡，但慢慢地也平息了。国民认为，这是一些有钱人和一些大学生的事。印度教有无数的分支，就让梵社作为一个分支存在吧。

但是梵社人不承认吠陀经，又使印度教徒不安。基督徒有圣经，穆斯林有《古兰经》，而印度教徒不承认吠陀经？谁能忘记这些神的典籍呢？而婆罗门教人说什么"吠陀不是没有错误的"。甚至还有人说，吠陀只是一部诗歌罢了。说这种话的就是印度教的敌人。

这之后，泰戈尔家的婚礼没有那罗延神石的事宣扬开去，愤怒的火星就散开了。没有神和火的见证就结婚？那是私通。全国开始憎恨泰戈尔家，不仅是嘲笑和挖苦。婆罗门教教徒时时有受到攻击的危险，婆罗门教教徒也做好了战斗的准备。

这时候梵社需要一个司令，除了喀沙布·钱德拉外，还有谁能当司令？

戴本德罗纳特的心不在城市。在苏古玛丽结婚时，他就受到来自亲人的许多凌辱和谩骂。戴本德罗纳特想远离城市到没人的地方隐居。为此他到处寻找地方，他在布德万的鼓瑟格拉芒果园里搭了帐篷，好像突然在一个晚上得到了神谕。似乎是神亲自呼唤他说，让喀沙布·钱德拉做阿阇梨吧，这样会使社会吉祥的。

他回到加尔各答后宣布，他正式推举喀沙布·钱德拉担任梵社的阿阇梨。他年事已高，不能再承担所有的事了，此外他大部分时间要住在外面。他虽然名誉上还是阿阇梨，但从现在起，这个责任由喀沙布·钱德拉担起来了。

喀沙布·钱德拉才二十三岁。让他坐在老梵社人头上！他不是婆罗门竟当上阿阇梨了！这点大家能接受吗？几位长者私下对戴本德罗纳特说：现在您做得这么过分，好吗？不能再等些日子？您把如此重大的责任交给这脑袋发热的毛孩子，让他成为梵社的师长？让这"大概是"和"我试试"能干什么事。

"大概是"和"我试试"是喀沙布·钱德拉私下里闹过的笑话。喀沙布·钱德拉追求真实到了这样的阶段，错了也不能说一句假话，为此他说话总是带着"大概是"和"我试试"这样的字眼。在银行去洋人那里对账时，洋人问：账目对么？喀沙布·钱德拉钱德拉回答说：大概是对的！洋人斥责说：账目对或不对，这里面有什么大概？有人制造笑料说，喀沙布·钱德拉坐下吃饭，说，我要努力吃饭，饭后洗了手说，这回我大概是洗过手了！

戴本德罗纳特不顾老人的反对。还有谁像喀沙布·钱德拉这样真诚实干的人？最要紧的是，他心里有熊熊燃烧的大火。在拜沙克月一日他要隆重地让他坐上阿阇梨的位置。

喀沙布·钱德拉辞去了银行的职务。他几乎全天待在泰戈尔家。节日前两天，他的朋友说，兄弟，那天的会是件大事，不带你妻子来？她不来看看？

喀沙布·钱德拉说，这是好事，当然大概是带来的好。

这回喀沙布全家可是反对了。家里的媳妇到泰戈尔这样的异教徒、堕落者的家里去？这绝不可能。喀沙布·钱德拉如果带妻子去，那么就得彻底出族，不能再回来。甚至他那份财产也被剥夺了。

这也没有解除喀沙布·钱德拉的武装。财产的事以后再说，现在得尽可能把妻子带去。但喀沙布·钱德拉找遍整所房子都找不到妻子。不知她被藏到哪里去了。

当晚喀沙布·钱德拉坐轿子到了巴里他的岳父家。他先问仆人，他妻子贾根摩西尼在不在那里。知道她在那里后，喀沙布·钱德拉没有进屋，让一个仆人送信说，他在外面等着，贾根摩西尼如果愿意就出来见面。

贾根摩西尼出来见面，喀沙布·钱德拉就先把事情原委向她解释，然后说：你好好想想。你如跟我走，你就得完全放弃你的种姓、宗教、金钱、金银首饰。就得断绝和父母及其他人的亲爱关系，什么时候能找到饭吃也没准。除了我之外，你将失去一切。放弃这一切只是换取我，你觉得值么？

贾根摩西尼不答话，只向喀沙布·钱德拉走去。

早晨，喀沙布·钱德拉和妻子来到乔拉桑科泰戈尔家院子前。戴本德罗纳特在等着他。他伸开双手拥抱，说，来吧，梵的快乐，我这个家，就是你的家。你快乐地住在这里吧。

一零七

诺宾在吉德普尔买了房子做《观察家》报社，全部重新装修了，编辑部在二楼。

印历八月阿格拉哈扬月的一个下午，诺宾的双驾马车停在楼前。从这天起，他就是这家日报的主办和主编了。名叫贾根莫汉·德尔迦龙加尔和莫顿莫汉·戈沙米的两个婆罗门，虔诚地在二楼欢迎诺宾。报纸原是只有一版的小报，是这两位婆罗门创办的，撑不下去了，诺宾买下了《观察家》的所有权。在哈里斯死后，诺宾也是《印度爱国者报》的老板。他还出钱办名为《望远镜》的乌尔都语周刊，这次他接收了这家孟加拉语日报。

诺宾坐上编辑的椅子后对其他人说，请大家就坐。首先我要说几句必要的话。

除了两位前编辑外，还有报社印刷厂的八个工人，此外还有七八个有关的人在场，有的坐着，有的站着。

二十二岁的主编严肃地说："我首先宣布，德尔迦龙加尔先生、戈沙米先生和这家报纸的前职员全都留任。"

大家全都叫好。德尔迦龙加尔和戈沙米眼睛湿润了，他们没有料到会是这样。

诺宾说:"你们要寻找更多合适的人选,我们还需要人。不是一版,这报纸要出四版。"

这回大家都感到奇怪,出四个版面的孟加拉语报纸?每天出?这种话没人听说过。

看到人们脸上吃惊的表情,诺宾说:"是的,每天出四版,这报纸要和英语报纸抗衡。你们知道,过去的孟语报纸,除了炒英语报纸的剩饭外没有别的。孟语报纸登载的是英语报纸发馊的旧闻。我不想点名,有这样的孟语报纸,它的新闻是翻译英语报纸的。不是吗?"

别人还说什么?这是明摆的事。孟语报纸哪儿有自己采访新闻的机会?

"我们《观察家》要有自己的记者。他们去高等法院,去郊区,去集市、市场,去和政府的高官对话,然后发出中立的新闻。请看,有很多消息只对洋人有用,但对我们没用,可是孟语报纸照抄英语报纸。比如,某轮船到达某地,某轮船某日离开加尔各答去伦敦。这消息对孟加拉人有什么好处?我们的行为习惯和英国人完全不同。所以孟语报纸要刊登有利于国家,唤醒人们觉悟的孟加拉消息。此外你们必须宣誓,你们同意吗?"

莫顿莫汉·戈沙米代表大家说:"辛格先生,听了您说的话,我们心中有了新的感觉。这些都是大实话,可是我们过去认识不到。"

诺宾说:"学生从医学院毕业后当医生时,必须宣誓为人类服务。报纸的责任就是医治人的思想。所以我们来吧,我们宣誓绝不脱离已认知的真实道路。特别要努力不过分地描写……还有,虽然很难避免站在世界某些人一边,可是我们要承诺,不会陷入明知是偏袒的错误中去。怎么样,这誓词对么?"

"当然,当然!"

"你们知道,我忙于《摩诃婆罗多》的翻译工作,已经完成大半了,这时不能松弛,所以我不能把很多时间放在这里。你们必须担起责任来。我从早八点到下午两点在《摩诃婆罗多》工作室。从那里来到这里需要一个钟头。就是说从下午三点到八点我在这里和你们一起工作。"

"怎么啦，先生？您不留出吃饭休息的时间？"

"我不需要吃很多东西，我休息不需要床。所以你们不必操心。这报纸需要送到孟加拉的家家户户，让人们丢掉英语报纸，有兴趣地阅读这报纸。还有一件事，戈沙米先生，写作时必须抛弃你们的祭司式的孟加拉语，我们不需要梵语和发臭的孟加拉语。报纸用的应该是通俗易懂的孟加拉语。不要为语法的些微错误怕教皇生气而伤脑筋。"

《观察家》日报开始出版了，四版的报纸，定价四个派沙。全新的新闻报道，精美的印刷，全都是新的。做好了安排，在人们吃早餐前就拿到报纸。受过教育的人都承认，没人见过这样的孟语报纸。

维迪耶萨伽尔第一天拿到《观察家》报感到惊奇。诺宾又开始做什么事了！出版日报是简单事么！那边有像翻译《摩诃婆罗多》这样的大事……时代青年，那么是停下《摩诃婆罗多》的工作沉迷于此了？

有一天他来到波拉赫纳加尔，看到《摩诃婆罗多》的翻译工作丝毫没有停止，诺宾一刻都不让学者们休息。学者们从《摩诃婆罗多》的不同手稿中选出一个作底本，逐字翻译成孟加拉语。诺宾每天上半天在这里修改，然后到观察家报社去。

维迪耶萨伽尔想，这份孟语日报不会长久出版的。

可是《观察家》报日复一日地准时出版。

一天傍晚，和编辑同龄的一个青年走进《观察家》编辑室。诺宾正在潜心写社论，那青年假咳一声，说："喂，诺宾巴布，我能坐一会么？"

诺宾抬头，感到有些奇怪，说："啊，这不是克里希纳卡马尔么？啊，请坐，请坐！过了这么久，突然想起我来啦？"

克里希纳卡马尔·巴塔查里亚是诺宾在印度学院的同学，有一段时间曾热情参加求知会，后来很久没有看见他了。克里希纳卡马尔既聪明，又好幻想。

克里希纳卡马尔说："我来看看，你在忙什么救国大事。"

诺宾说："克里希纳卡马尔，请坐一会。我先做完手头的事，再跟你说话。"

诺宾写好社论，让工人拿去排版后说："克里希纳卡马尔，你来了，很好，我正要找像你这样的人呢。"

"这里没预备个水烟筒？"

"我不抽烟。"

"你不抽就不抽，可是为了招待客人至少要准备，有各种人士要来编辑部的。"

"我现在就安排。"

"算了，算了。有鼻烟就行。我们巴塔查里亚家的孩子，是时时随身带着鼻烟壶的。"

"听说你这巴塔查里亚家族的孩子，是完全的无神论者！你好像还做了什么，是巴塔查里亚少见的。"

"啊，婆罗门才是有神论者，旃陀罗从来不是。婆罗门只知道用薄伽梵的名字吓唬其他种姓的人，实际上哪有什么薄伽梵！看那些在庙里拜神的人吧，迅速去抢祭神的供品吃。"

"哈，哈，哈，哈。"

"你们加雅斯特和商人为超度父母，给梵天进贡牛羊，看作是神圣善事，而那些婆罗门给羊脖子拴上绳子拉去卖给屠夫了。"

"对，我小时候看到这些，当时把婆罗门的发辫给剪去了。算了，那些事都过去了。你来了，我需要你。"

克里希纳卡马尔个子高、瘦削、皮肤白皙，这年纪就开始有点谢顶，但他的胡子很有男子气概。身穿围裤、背心、中式长袍、脚踏拖鞋。嘴角总是隐藏着讽刺的笑容。他吸了点鼻烟后说："你说说，像我这样的人，你需要什么？"

"你写的《高期望的失败旅行》这本书我读了，很有趣。这样的孟语书没有再出过。我需要你这样的学者、厉害的人，你们拿起笔来会有益于国家。你就为我们的报纸写作吧。"

"唔，你的报纸上有许多为国家服务的大话，我看到了。为此你花费多少了？"

"考虑花费多少能做什么好事？"

"外国商人不在你们报纸上做广告，就是说没有评论，大家不是与你擦肩而过么？"

"报纸如果正常出版，商人就会做广告的。"

"在孟语报纸上？嗨！"

"克里希纳卡马尔，你不相信孟语报纸能冲击英语报纸？英语能有好的报纸，而我们孟加拉语就做不到？"

"你抛开伊斯瓦尔·古普塔或古尔古勒·帕塔查利亚那样的粗言俗语办报。你那理想主义的言辞有几个人懂得？爱国，哼，有几个人知道国家是什么？"

"克里希纳卡马尔，你来是想使我失望吧？我不想听你这些一文不值的指示。你为我的报纸写不写吧？"

"得钱我当然写。"

"钱会有的。我听说你在总统学院教英语，你就这么缺钱，在写作之前先想钱的事？"

"谁不想钱？连坎宁勋爵都说，政府缺钱了。我不愿意像你们这样因为为国效劳而伤脑筋。那些要改变社会的人到处活动就活动去吧，我是职业作家。"

"说得好。你作为职业作家，你能为我们新写点什么吗？我们不要洋人的故事或英式的孟加拉语。"

"你是要本国的内容。我国什么地方发生什么事，你知道多少？你知道有多少这样的地方，成千上万男女公开地挨着吃、住、跳舞唱歌的地方？"

"成千上万男女？"

"只会多，不会少。女人人数比男人多，一个男人身边三四个妞儿……"

"克里希纳卡马尔，这都是在吸大麻么？男女公开坐在一起吃喝？这是你们那些英国人或远方的美国人吧？这些在印度斯坦不可能。"

"别提印度斯坦，距离加尔各答三十多里北边就是这样，我亲眼所见。你坐火车到甘吉拉巴拉去吧，那附近的高士巴拉，每逢春节那里有苦行僧的庙会。听说过苦行僧吧？没听说过？而你想改变国家的状况？所以我说，有几个人知道国家的含义是什么？"

"在孟加拉地区，印度教徒有多少派别啊。不认识其中几个派别就不了解国家了？"

"诺宾，你有点生气了。我是怎么知道的呢？上次我去过了。我看见庙会有六七万男女，其中百分之四十是妇女。我不相信良家妇女会蜂拥而去，我觉得最多的是妓女。有的是去献祭的，有的是去拜神的，有的是去唱歌跳舞的，有的自己装傻'说些傻话'装作病愈了。"

"这么多人在一起？"

"是的。苦行僧领头的现在是伊斯瓦尔·钱德拉先生。我去看到头领先生在床上躺着，旁边许多女人围着他，给他按摩身体和腿脚，有的给他吃甜食，有的给他抹檀香，有的给他戴花环。好事，头领没有时间和我谈话。我听说，像黑天在净修林嬉戏那样，现在也把女人的衣服脱了。"

"克里希纳卡马尔，你说话倾向哪边啊？似乎你对原始欲望更感兴趣？我的报纸不想宣扬那些东西。"

"哦，你不倾向原始欲望。啊你那些用假名投放到市场上的速写，原始欲望的味道也不少。"

"那个，那个……"

"我明白了，那是社会改革！你听好了，我为何细说庙会的事？看了庙会我受感动了。不仅是为原始欲望，我第一次看到没有种姓差别的庙会。在那里印度教徒、穆斯林全都平等。穆斯林在那里高兴地请婆罗门吃饭，婆罗门欣然接受。养牛人、榨油的、皮匠、毗湿奴在那里全都一样。甚至男女都没有区别。对沦落为妓女的女人，没人憎恨，没人赶他们走。这庙会好像是大聚会。这事没有必要告诉全国么？"

"好，那你写吧！"

克里希纳卡马尔几乎每晚都来《观察家》编辑部，但神聊的多，懒于写作。他添油加醋讲故事的能力无人可及，诺宾也停下工作过来听。

诺宾催他快写，他说："再等等，让你的报纸先办好。我先看看，你走到多远了！你已经花了多少钱，准确地说吧，兄弟？"

最后这句使诺宾不高兴了。他扬手阻止说："别提那些。我不想为钱操心！"

一零八

克里希纳卡马尔也像哈里斯一样，对诺宾在思想领域施加影响，虽然克里希纳卡马尔和哈里斯有很大差别。哈里斯很有学问，有熊熊燃烧着的爱国热情，有强大的生命力。哈里斯的积极工作唤醒了很多人。相比之下，克里希纳卡马尔只是个知识分子，没有工作热情，但非常擅长和别人讨论问题。

不久前，克里希纳卡马尔的大哥拉姆卡马尔自杀了。梵语学院的优等生、英俊有道德的拉姆卡马尔亲手了结自己的生命，震惊了国内的知识界。近期没听说过这样的事件。自从大哥死后，克里希纳卡马尔似乎变得更粗鲁了，对什么都是冷笑，只对女人感兴趣。

他定期来《观察家》编辑部，但不写东西。一天，他带来名叫海姆钱德拉·穆克吉的年轻人，对诺宾说："他诗歌写得好，看看能给他安排个工作不？"又一天他说："叫戴本德罗纳特的大儿子迪金德罗纳特写点什么吧！迪金德罗纳特好像和你我同年，可是相当有学问。"

一天傍晚，听说维迪耶萨伽尔要来《观察家》报社视察，克里希纳卡马尔急忙脱下拖鞋说，那么我走了。

诺宾很惊愕。他知道克里希纳卡马尔受到过维迪耶萨伽尔的特别青睐，是维迪耶萨伽尔亲自拉着克里希纳卡马尔的手，将他送进梵语学院的。诺宾问："怎么，你不见维迪耶萨伽尔先生么？"

克里希纳卡马尔站起来说："他若看见我会厌烦的。我为什么听他瞎叨叨。"

"为什么？他为什么要数落你？"

"有原因的。你知道吗，他想让我进医学院当医生，我没兴趣。我没听他的指示。"

"那是很久前的事了。他是不记从前生气的事的。"

"近来有别的原因他很生我的气。比尔辛哈的这个婆罗门有一毛病，你知道吗，他和谁的意见不合，就忍受不了人家。"

"但与他无关的事他不生气。是什么原因他生你的气？"

"那个现在先不说，我走啦。"

克里希纳卡马尔十分着急地走了。

过了一会，维迪耶萨伽尔来了。他十分细心地查看了报纸的管理工作，说："达罗卡纳特交口称赞你所做的努力。现在我看到，他没有夸大其词。可是你需要坚持住。"

诺宾脑子里想着克里希纳卡马尔的事。他突然问："您不喜欢克里希纳卡马尔？"

维迪耶萨伽尔回避了问题。他冷漠地说："人们以为我说什么，克里希纳卡马尔全都听。实际上他根本不听我的。"

次日克里希纳卡马尔又来时，诺宾抓住他说："你和维迪耶萨伽尔先生有什么意见相左，必须说出来。我脑袋里一直担心这事。"

克里希纳卡马尔笑着说："诺宾，对我的私事你怎么这么好奇？"

诺宾说："我好奇不是对你，我只想知道我的师尊那么喜爱你，为什么生你的气？"

克里希纳卡马尔说："你要想知道，就得跟我去一个地方，你能去么？"

诺宾问："哪儿？"

克里希纳卡马尔说："不管哪儿，你说，能不能去吧？"

诺宾说："为什么不能？我作为男子汉大丈夫，还有什么地方不能去的？"

"那么先做完工吧。"

两个人晚上九点从《观察家》报社出来。坐上双驾马车后，克里希纳卡马尔就开始讨论哲学。他很崇拜法国哲学家孔德①，他总是向诺宾解释孔德宣扬的实证主义理论。当然诺宾没有兴趣为哲学的难题伤脑筋。

克里希纳卡马尔说："你看，英国月份的名字就是神的名字，我们完全不喜欢这个。孔德对此做了精彩的安排。他将十二个月分成十三个月，每个月分别命名为摩西、荷马、阿里斯托、阿基米德、莎士比亚等等。"

诺宾说："那很好。但我们的广博仙人、蚁垤他们有什么过错？广博、蚁垤比他们小吗？"

"孔德把每个月都分成二十八天，每天用一个伟人名字命名，摩奴、穆罕默德、佛陀、牛顿、科隆巴斯他们。"

"他先把这些伟人名字按月日定下来了，将来有比他们更伟大的人物诞生，这哪有准啊？那时又得改名？此外全世界的人对这些人名怎么会意见一致？"

"我认为孔德这意见很棒。"

"可是我要说，阿育王要比佛雷达利克·地·葛雷德伟大。我们现在上哪儿去，说。"

"我给车夫说过了。你听着，詹·斯图亚特·尼尔对这实证主义日历是怎么说的，知道吗？这里面把互相反对的、意见相左的人名放在一起，他们如果活着相见，肯定会互割脖子的。孔德这种世界人性的宽大胸怀，你还在哪个哲学家身上看到过？'Distinction of fencing'（围栏区分）指的是工作中权力的差异，这是孔德的主要观点。"

---

① 奥古斯特·孔德（Isidore Marie Auguste François Xavier Comte，1798—1857），法国著名哲学家、社会学和实证主义的创始人，被称为"社会学之父"。

车子来到一个地方停下了。杜拉从车后过来问，该往何方去？

克里希纳卡马尔说，前面巷子里红楼前。

诺宾下车后四面看看，有所怀疑。这是拉姆巴甘的红灯区。孔德的学生为何来这里？孔德为了向世界所有贞洁的妇女表示尊敬，建议至少每四年有一天特殊的日子作为全世界共同的节日。这个孔德的学生克里希纳卡马尔为何深夜来不贞洁女人这里？

克里希纳卡马尔站在红楼门前说："来吧，得上三楼。"

诺宾不反对，跟着他。

房间灯光闪烁，听到女人的淫荡笑声后，对这房子的性质用不着怀疑了。

克里希纳卡马尔来到楼上，在一间关着的门前叫道："普罗摩达，普罗摩达。"

一个穿着红宽边纱丽的姑娘打开门看见他们后，后退一点站着。

屋里铺着厚垫子，靠墙摆着几把椅子。诺宾不脱鞋，左手提着围裤坐在一张椅子上。到现在他好像还不能相信，敬神的婆罗门的儿子、深信西方哲学的克里希纳卡马尔竟出入这种地方。而他在各种场合曾听到，克里希纳卡马尔强烈反对喝酒。

诺宾只瞟了那姑娘一眼，她便羞愧得站在远处的犄角里。

克里希纳卡马尔说："喝点茶么，诺宾？"

诺宾使劲摇头。他在外面是尽量不吃东西的。

克里希纳卡马尔说："我要喝点茶。普罗摩达弄点茶来。"

那姑娘撩起门帘到隔壁的屋子里去了。

克里希纳卡马尔说："是我教会她们泡茶的。这屋里的其他女人从前不知道茶是什么。"几乎在同时，他以解释的口吻又说："你千万不要把普罗摩达看成这里的其他女人一样。她是某名门望族的姑娘，童寡妇，受到家庭的非人虐待后被迫离家出走，在熟识朋友的帮助下带到这里的。普罗摩达特别优秀，我已决定要娶她。"

"你要结婚？"

"怎么，你也反对？"

"你不是有妻子吗？"

"有！不错，我有妻子，但那不是我的合法妻子。所以我要娶普罗摩达为合法妻子。对此，您的师尊强烈反对！这回明白了吧！"

诺宾笑了。

克里希纳卡马尔又说，维迪耶萨伽尔是寡妇再婚的奠基人，可是一听说我要娶一个寡妇姑娘时，他像油炸茄子那样炸了。

诺宾说："我知道我的师尊会反对，他强烈反对男人借口娶寡妇多次结婚。但是像你这样的无神论和实证主义者，突然遵循婆罗门学者的路数，想多次结婚，我也感到奇怪。你的师尊法国人孔德如还活着，他会说什么呢？他支持一夫多妻吗？"

"孔德的生活中也有一个名叫克罗狄璐德的女人，你不知道？"

"我没有听说过，哲学家孔德曾正式地和克罗狄璐德结婚。"

"你听着，孔德认为婚姻有三种。第一种是市民婚姻，结婚只是一种契约，夫妻意见不合就要离婚。第二种是你的宗教婚姻，以宗教名义结婚，永不分离。结婚之后，不仅寡妇不能再嫁，丧妻的男子也不能再娶。还有一种婚姻他称之为纯洁婚姻。这种婚姻是男女思想一致而住在一起，但不是同居。我要和普罗摩达孙多利做这种纯洁婚姻。相互快乐是大事。"

"那障碍在哪里？"

"知道是什么困难吗？印度人不明白其含义，他们认为我纳妾，所以我想用结婚来做掩饰。"

诺宾站起来说："你的纯洁婚姻留在你脑袋里吧，我也不相信它。我同意维迪耶萨伽尔先生的意见。克里希纳卡马尔，我不想和你再有什么关系，我走了。"

"啊，啊，等等。急什么？"

但诺宾不再等了。他哪儿都不看，沿着楼梯下去了。他周身都感到讨厌！那种纯洁婚姻是不切实际的！

诺宾带领《观察家》挣扎了几个月，还不能使报纸站稳脚跟。那些读惯低俗故事的人，对纯粹的消息不感兴趣。孟加拉的知识界不想读孟语报纸。他们家里不订英语报纸就丢脸。那些有能力订几份报的人也认为，若是读孟语报纸，别人会认为他读书少。

但是诺宾固执，要把《观察家》办下去。报纸的需求量越少，他越是增加版面降低定价，降到只有一个拜沙了。以后也许他会免费分送。他花钱像流水一样。

一时间连耿伽都吃惊了。有一个洋人俱乐部，名为"孟加拉俱乐部"，那里的房子和土地的主人就是诺宾，很值钱的财产，诺宾要把孟加拉俱乐部的房子和土地卖掉。

一天，耿伽把诺宾叫来，说："你这样做得对吗，小不点儿？那边的地价呼呼地涨。洋人离开艾斯普蓝尼德在花园路那边扩展住宅区了，过几天那边的土地就成黄金了。"

诺宾说："有什么办法，大哥！我看你的库房空了！我现在需要很多钱。"

耿伽说："你这样花钱，哪儿来这么多钱啊！过去五个月你就拿走十多万卢比了。"

"我需要更多的钱。你看见了吧，大哥，哈里斯一死，人们不知不觉地就忘记他了。他的工作总得有人继续做吧？现在为钱发愁行吗？不如你出去查看一下地产吧，看看是否能多收一些。哥哥，难道你叫我认输么？"

多日之后，耿伽去见比图谢克了。比图谢克近来病得几乎是卧床不起。有人来见，他除了"哼、哈"外，什么都不说。近来他的病加重了，苏哈希尼一早就派人给那家送信了。

比图谢克除了印医外，不让别的人医治。耿伽努力向他解释说，顺势疗法对糖尿病治得很好，他请一个医师来，就会消除比图谢克的痛苦。

比图谢克冷漠地说，我现在是指日可数了，还有什么，最后的时间吃异教徒的药做什么！

聊了会儿别的事情后，耿伽吞吞吐吐地说："还有一件事需要告诉您，我们的小不点儿着手做很多大事，这样两手花钱，我觉得很难保住财产。我往哪边都躲不开危险了。"

比图谢克衰弱的身体稍微侧转过来抬起头，苍白的嘴唇露出一丝笑意。眼睛露出热情。这么久之后，辛格家这个傲慢的青年就财产问题来向他请教了。他知道总有一天会来的！

他详详细细听完叙述，评论说："你要巧妙地关掉这家日报。还有，你能让诺宾来我这里一下吗？很久没有看见他了，见一次最好。"

但诺宾没有时间去见比图谢克，他把孟加拉俱乐部的地产卖掉了。

在耿伽使出手段之前，《观察家》报的末日就到了。仅仅花钱是换不到读者的心的。最后到了这样的地步：这报纸免费送给一百五十人，而用现金购买的不到四五十人。一捆捆卖不出去的报纸堆在那里。甚至职工们背地里都笑话老板。读者不买的报纸，有谁能用心为它写作？报纸的名声也迅速下跌了。

诺宾要断绝和克里希纳卡马尔的关系，可是有一天，克里希纳卡马尔走来，讽刺说："四五十个人啊？凭这点人你就想救国和改变社会？你们这一小撮人就想指挥社会？实际上你们谁都没有认识这个国家。"

诺宾愤怒地说："孟加拉人不读孟语报纸，只读英语报纸？这像什么话？"

克里希纳卡马尔笑了。

《观察家》关门的那天，诺宾深夜回到家里。他拖着自己的脚进门，在杜拉和另外两个人搀扶下进屋。他醉得失去知觉了。

一零九

命运女神似乎开始高举双手给默图苏丹送礼。很少有人在这么短的时间里取得多方面的成功。

仅仅三年的文学创作使他名声大噪，什么时候谁有过这种荣誉？警察法庭这位翻译的名字现在常挂在人们嘴边。大家都好奇，谁是迈克尔·默图苏丹？只知道神鬼的印度教妇女，读了这异教徒写的诗歌眼睛都湿润了。有一天，默图苏丹亲眼看到，人们喜爱他已到了什么程度。一天早上，他走过中国市场，看到一位杂货店老板正在读书。默图苏丹只看一眼，就知道那是自己写的书。他明白，那本书是《诛梅克纳特》。默图苏丹好奇地走过去问道："先生，您在读一本什么书？"老板抬头看到是个穿西服戴礼帽的洋人，便不屑地说："先生，您不懂这书的语言。这是一本好书！啊，他是怎么写的？'得救后女奴立刻来到他身边，啊，罗迪兰真。'"

默图苏丹写书后，钱滚滚而来。他的作品卖得都很好，其中《诛梅克纳特》印了第二版。新近声名鹊起的诗人海姆钱德拉·班纳吉为此书写了长篇指导性的序言。这年轻诗人是位真正的学者，拥有文学学士学位。

默图苏丹为父亲的遗产长期打官司，终于胜诉了。启迪普尔的房子、森德尔班的地产全归还他了，他终于克服了经济困难。拉吉纳拉扬·德特的儿子在很久之后又有随便花钱的自由了。默图苏丹离开了下吉德普尔的房子，回到启迪普尔，因为父亲留下的房子破损，他在附近租了一所带院子的大房子。这期间他生了两个孩子，女儿取名索尔米斯塔（多福），儿子叫弥尔顿。现在家庭生活幸福，他热情工作，喝酒也有节制了。

默图苏丹有了名望，经济也宽裕，在警察法庭做事就毫无意义了，一些天来他心中想着别的事。伊斯瓦尔·维迪耶萨伽尔给他肩上压上一个担子。哈里斯死后，他的《印度爱国者报》就不能正常出版了。诺宾向师尊维迪耶萨伽尔请求说，请您无论如何做出安排。维迪耶萨伽尔认为默图苏丹是最有资格的人选，便把他叫来任该报的主编。默图苏丹在接触维迪耶萨伽尔后感动了，他认为这位穿围裤披披巾的小矮个婆罗门，是孟加拉族的顶尖圣贤。他把他刚写的《英雄的妻子》献给维迪耶萨伽尔。

一天下午，默图苏丹在启迪普尔的房子里正在写作，听到外面鼓声大作，人声沸腾。他好奇地来到窗前。这些日子，妻子亨利叶达的孟加拉语已学得很好，能读丈夫的手稿了。她正在读书，她抬起头问："是什么声音，亲爱的？"

默图苏丹用手势示意叫她过去，说："亲爱的，过来，来看！"

外面路上，伊斯兰圣月的盛大游行正在进行。有巨大的彩色棺材、阿里的马，男孩腰间绑着小铃铛的腰带，手里持剑或木棍，模仿着战争行进。而成年男子拍着胸膛痛哭：呜，哈桑，呜，侯赛因！默图苏丹的女儿索尔米斯塔走来站在父母身边，她听到外面的喧闹声开头害怕，然后小声问道："他们为什么哭？"

默图苏丹把女儿索尔米斯塔抱在怀里，给他讲穆哈拉姆月的西方故事。

亨利叶达也很感兴趣，她问道："这是为了什么？"默图苏丹说："啊，这是多么悲壮的故事。知道么，亨利叶达，如果穆斯林有人将哈桑·侯赛因的悲惨结局写成诗歌，他将成为伟大诗人。这悲痛是全穆斯林民族的悲痛。我们的宗教中没有这样惨痛的内容。"

亨利叶达突然暗笑。

默图苏丹皱起眉头问:"你笑什么?"

亨利叶达说:"你说,我们的宗教!"

这下默图苏丹也大笑起来。边笑边说:"口头说话就说出来了。我的意思是印度教!在我写了《英雄的妻子》后,许多人说我是毗湿奴!但我是真正的基督徒。"

默图苏丹过了一会,又说:"我小时候在老家就见过穆哈拉姆节,记忆深深地印在我心中。我也为哈桑·侯赛因的痛苦而哭过。啊,我的子女都没有见过我出生的地方。"

亨利叶达说:"我也很想看看你的出生地。我爱孟加拉的乡村。"

"去吗?那么走吧!"

"我们是基督徒,村里人能容忍我们吗?"

"回我们家乡,谁会阻拦?要大摇大摆地去!我现在是村里的地主。"

说去就去!默图苏丹带着全家去杰索尔了,还带了一些士兵,也不缺钱。到了杰索尔后,默图苏丹租了一艘大船,沿格波达克河向萨卡尔达利村驶去。

这就是儿时的天空,河流两岸的树木总是葱茏翠绿,默图苏丹激动了。亨利叶达走出船舱看到,默图苏丹在甲板上像石像般站立着,两眼滴滴答答落泪。默图苏丹临近故乡时,想起了受尽苦难过世的母亲。

亨利叶达没有呼唤丈夫。

过了一会,幼子弥尔顿需要牛奶,船停靠在一处,两个管事去附近村庄找牛奶。因他们迟迟不归,默图苏丹只好亲自下去。他向附近的房屋走过去,村民看到他就四散逃跑。有几个孩子吓得哭起来。从未有戴礼帽穿西服的洋人来过这里,村民认为来的是什么外星生物。

默图苏丹也不肯放弃,便和他们赛跑。最后他拽着一个人,说:

"喂，你见了我害怕？我是你们这里的默图。小时候我也像你们一样光着身子滚一身泥巴玩耍。我能说你们这里的话，要听么？时间久了，说的不标准。"

人们聚集到他身边来，默图苏丹搂着一个个人问好，从口袋掏出一沓沓钞票分发给孩子们。最后村民送给他们的牛奶多到足够他们全家洗牛奶澡了。

默图苏丹回到村里自己的家，就像死而复生归来一样。在默图苏丹迁居马德拉斯后，曾谣传他死了。默图的父亲拉吉纳拉扬·德特一死，人们认为他已绝后，亲戚就占用了他的房子。他们现在当然很尊重默图苏丹。默图苏丹看到，他小时候开始习字的神坛已破损不堪。那棵大酸枣树还在，他曾坐在那里听爷爷讲《罗摩衍那》的故事。一想起那些他就一再地流泪。

不分印度教徒和穆斯林，人们都围拢来看默图苏丹，对亨利叶达更是好奇。这个金发女郎在河水里洗过脚上岸时，人们惊诧，这不像是人间的景象啊。竟有这样皮肤白皙的人？还有这像天使般的两个孩子？

默图苏丹时隔多年回到故乡，十分兴奋。那些曾经抱过他的姑母、伯母现在犹豫、拘谨地远远站着。默图苏丹亲自到她们家里去，把人叫来，说："姑妈，你们怕我？我碰你们一下，你们就会丢失种姓？姑妈，你做的杂烩汤真好吃，你哪天做给我吃啊？"又说："伯母，这么久之后，我是回来吃你做的牛奶甜食的，你却躲了。"有时他带了亨利叶达到某个亲戚家去，说："我回村来了，你们不欢迎新娘？吹起螺号，给新娘的发缝涂上朱砂吧。"

默图苏丹把小孩抱着或背在背上说："来吧，孩子，你吃了我吃剩的东西，你的种姓就没了。"

二十八岁的默图苏丹似乎也变成小孩了。

默图苏丹在村里住了些日子后，去佳迪村舅舅家。詹诺比·德维的大哥班希塔尔·高士还活着，他家可是飞黄腾达了。在这么久之后见到外甥，他高兴得忘乎所以了。他听说过默图苏丹大大出名的事。他不那么相信种姓不种姓，他拉住默图苏丹的手走进自己的卧室，指着一张床说："小时候你妈和我兄妹俩在这里睡过，你坐在这里，默图！"

舅舅和外甥说了很多高兴的和伤心的事。

班希塔尔·高士给家人下命令说，必须用金餐具给这位出了名的外甥上食品。为此打开箱子拿出金盘子、金碗碟、金杯子。但是深闺的妇女没这么大方，她们想，被基督教徒默图苏丹触摸过的金餐具别人就不能再用，所以背着家长做了别的安排。班希塔尔偶然看到，仆人正在用陶罐代替金壶倒水给默图苏丹洗手。他气疯了，跑过去拿棍子狠揍，那仆人被打昏过去了。他对妇女说："啧！你们的心眼就这么小？至多毁掉一批金餐具而已！我为我的外甥这点都做不到？"

默图苏丹拉住舅舅的手制止说："舅舅，你干什么！干什么！我最喜欢在地上铺上垫子，在蕉叶上放上热米饭就吃了。为什么要剥夺我这种快乐呢？"

默图苏丹亲自照顾昏倒的仆人，给了他二十卢比。

默图苏丹从舅舅家又回到萨卡尔达利，大部分时间在河边度过。他坐在河边码头，面对格波达克河看个不够。他呼唤船上的人，和他们说话。他们都不知道他是诗人，但他们从未听过有地主这样亲切地说话的。

因亨利叶达身体不好，需要离开这里了。默图苏丹最后一次呼唤儿时的伙伴河流说，格波达克啊，能在你河边搭个茅屋住下是最幸福了。有一天我会再回来的，住在你的旁边。别忘记我啊。

默图苏丹回到加尔各答后，有一天把朋友请来，说："我要去英国，那是我幼年的梦想！阿尔卑斯远方的喧闹声一再呼唤我，是实现我愿望的时候了。"

拉吉纳拉扬说："怎么啦，默图！你作为作家很出名了，人们异口同声说，你是孟加拉最卓越的诗人。有人说，你是孟加拉的弥尔顿。有人说你是印度新的迦梨陀娑。现在读者对你有更多的期望。这时候你要出国？"

默图苏丹说："因为成功了，我才能离开。我回来了，写了，胜利了！我给孟加拉辩才天女献上无韵诗，她给我戴上花环。如果我失败了，我是不会逃跑的，我要再努力，总要给国家贡献一点东西。现在我能像胜利的英雄那样离开了。"

朋友的劝告，默图苏丹都听不进，他一定要走，主要理由是，他父亲虽留下了巨额财产，但坐吃山空。在印度写诗养不了家，他要去伦敦考个律师资格回来。

默图苏丹把财产委托给莫哈德波，莫哈德波将每月给默图苏丹汇去读书费用，每月给在加尔各答的亨利叶达一百五十卢比。默图苏丹急忙安排钱买好了船票。

朋友们心中有一种恐惧，但觉得那是迷信，所以没有说出口。罗姆摩罕、达罗卡纳特·泰戈尔去了英国后没有回来。当然后来其他很多人也去了，也回来了，可是他们想到最多的是这两个人的事。继他们两人之后，默图苏丹作为名人是第三个。

默图苏丹自己也明白，所以他对朋友们说："你们不用担心，我一准会回来的，但你们会记得我吧？国人不会在一眨眼间就忘记我吧！"

肯迪亚轮船次日就要启航。傍晚时默图苏丹邀请朋友和名流在家里欢聚饮宴。开了各种玩笑，中间耿伽对默图苏丹说："默图，你要离开我们走了，你心里不觉得难过么？你怎么还能这样笑？"

默图苏丹说："我新写了一首诗，你想听么，耿伽？"

耿伽说："怎么只是我，你的新诗不念给大家听么？"

在大家都收声后，默图苏丹从西服口袋拿出一张纸，说："记得拜伦的诗句吧！那首《去国行》(我亲爱的故乡，晚安)，我仿照其意写的，请听。"

请求母亲记住奴隶

如果心中出现迷茫

心中的莲花不可没有蜜（默图①）。

---

① "默图（Madhu）"是源自梵语的孟加拉语词，意思为蜂蜜。

一一零

诺宾古马尔又无节制地花钱了。

他做任何事都不承认失败，虽然有巨大热情也失败了，在他心中代替不满的是愤怒，那愤怒对他的打击最大。他要为孟加拉居民办一份干净有味儿的日报，为此没有吝啬钱，可是国民不接受他的报纸！像《趣味王国》那样充满低俗淫秽的报刊流行，而《观察家》不行了。

愤怒的诺宾暗暗发誓说，他不再为国民的福利伤脑筋了。

因两位学者逝世，翻译《摩诃婆罗多》的工作停了几天，正在物色其他学者。所以诺宾不必到波拉赫纳加尔去，而是整天躺在床上看书或看着檩条发愣，傍晚时打扮后出去。他不带任何拍马屁的人，学者诺宾不喜欢见任何熟人。他坐着双驾马车独自在市里转悠，有时在巴格巴扎码头停一会儿，拿出酒瓶喝几口白兰地。无名的痛苦使他忧伤。酒越醉就越痛苦，他独自坐在车里哭。有时步态踉跄地从车上下来，凝视河对岸的辽阔天空。

独自走动和转悠是坚持不了多久的。一天，他来到拉姆巴甘寻找克里希纳卡马尔。克里希纳卡马尔总是拿话挖苦讽刺他，可是这人吸引着他。他来到拉姆巴甘那栋房子的三楼，敲开熟悉的房门后，他有点意外。代替普罗摩达孙多利来开门的，是另一个姑娘。普罗摩达孙多利总是穿白色衣服，这女人穿一袭绿色洒金纱丽，两眼画有眼影。

在诺宾说对不起正转身时，那女人说，请等等。

诺宾回头站住。

那女人着迷地望着诺宾说："啊，多漂亮！真像一朵红玫瑰！像是在贾木纳河边吹笛的黑天。迷人的眼睛，像爱神一样，您是谁啊？"

诺宾说："我弄错了，我是来找另一个人的。"

那女人神秘地笑了，说："您要找的人，您是永远找不到的。"

"我来找我的朋友，他在别的人那里。"

"这世界上谁是朋友，谁是敌人！请在贱人这里站一会，让我好好看看您。啊，多么英俊，人竟有这么漂亮的！宽阔的天庭、明亮的眸子、高高的鼻梁、迷人的肤色，你真叫人心动啊！"

诺宾的脸色都变了，在这样的女人面前他不自然，他感到羞耻和惊奇。他在诗歌、文学作品中读到过，男人在女子面前是这样称赞貌美的。而在这里，这女人这样过分地赞美他！他吃惊的原因是，这女人用的是文雅的词句，在妓女的口中是听不到这样的语言的。

女人在他抬头看时，像是读懂了他的内心，说："你在想什么，我不是市场的妓女！喂，能请您进我屋里来么？"

诺宾问："你是谁？"

那女人笑逐颜开，像灿烂的月光。她说："你不认识我，我是你亲爱的啊！"

诺宾这回决心回去了。这就是妓女！懂得各种手段，可能是听什么大戏班演出背熟台词了，用这些拉住嫖客。

那女人见诺宾要走，马上变脸哭丧着说："我难道是地狱的虫子，你用那种憎恨的目光看我？好吧，今晚我就死去。"

这回诺宾朝女人的房间迈步。他抑制不住好奇，没有走掉。

从前的家具都换掉了。屋里没有卧榻，代之以软垫子，上面铺着床单，有两个漂亮的靠枕。靠墙有个新的玻璃柜，里面摆着一排排玻璃杯。

诺宾坐在垫子上，他有点忐忑不安，他没这样独自到过妓女家。这女人的举止有些奇怪。该不是疯子吧？

那女人在诺宾脚旁坐下后说："我名叫苏巴拉。你的名字不必说，你是我的尊贵客人。你喝什么，说吧？喝甜酒？我这不幸的人除了甜酒没有别的！"

在这短时间里诺宾已经明白，这名叫苏巴拉的女人已经有点醉了，所以有点疯癫、有点神秘。

苏巴拉冷漠地说："我明白了，你一点都不关心我，我是丑陋的火化场黑女，你是黑天，我是八曲仙人[①]……"

就是说，苏巴拉也想听诺宾称赞她美貌。她不黑，也不丑，她很漂亮，面庞像圆月一样。只是她的额头正中央有一伤痕。

诺宾说："听了您……你的话，好像你是良家闺女。怎么到这里来的？"

那姑娘咯咯地笑了起来，边笑边用额头磕地，同样笑着站起来走到隔壁房间。她拿来大半瓶的朗姆酒和两个玻璃杯，又坐在诺宾面前，说："你们男人为何全来问我们的历史地理？你们是否觉得特别有趣？好人家的姑娘更加有趣？"

诺宾说："历史？地理？这些你是怎么知道的？你上过学？"

"哇，没上过？在贝休恩学校，我读到三年级。那罪孽使我命乖了。"

诺宾震惊了。在贝休恩学校读过书的姑娘也要做娼妓？受过教育的人士热心挽救妇女的结果就是这样？他不知是哭好或是笑好。

苏巴拉说："那么听听我的故事？"

---

① 八曲仙人（Aṣṭāvakra），根据《摩诃婆罗多》卷二《森林篇》第132—134章，八曲仙人是迦诃多（Kahoḍa）与妙生（Sujata）之子，天资聪颖，十二岁就精通学问。得知父亲由于在辩论中败于伐楼拿（Varuṇa）之子般丁（Vandin）而被沉入水中，八曲前去参加遮那竭王（Janaka）的祭祀，在辩论中击败般丁，为父亲赢得了荣誉。

她倒了两杯朗姆酒。诺宾不愿用这种人家的杯子喝饮料。克里希纳卡马尔曾经挖苦他说："你是富家子弟,不坐双驾马车哪儿都不去,如何来认识这个国家?你能像我这样步行才行!"那时诺宾和克里希纳卡马尔步行走过加尔各答的小巷。他只能做到这点,他家族的荣誉不允许他的嘴巴去碰她们的杯盘。

他自己的车子里有白兰地,于是诺宾问:"你有仆人吗?"

苏巴拉说:"有一个,他现在不在。怎么了?"

那还能怎么办,诺宾自己下去拿白兰地也不好看。叫这女人去拿也说不出口。他推开苏巴拉给的酒杯,直接拿起朗姆酒瓶喝了一口。他习惯于喝不掺水的酒,是跟哈里斯学的。

苏巴拉伸开腿坐着,两手搭在大腿上说:"在贝休恩读了三年后我结婚了,很好的家庭,很像你这样的俊美新郎。我们家族也不差,家父是主收税官的律师。我丈夫是总统学院的学生。我命不好,结婚不到一年他就归天了。婆婆对我说,扫帚星,你读了书命定该守寡,剋死了我儿子。我小时候爸爸就没了,我们是在舅舅家长大的。我被婆婆驱赶回到舅舅家。"

"儿子在总统学院读书,可是他妈妈说,你是因读书成了寡妇的?"

"她是那样说的!难道是我瞎编故事?"

"那时你多大?"

"十一岁。"

"你的舅舅们不能让你再结婚么?"

"你听啊!舅舅们没有经济实力,他们写信给维迪耶萨伽尔。"

"他没做什么安排么?"

"怎么没做?要不他怎么弄个慈悲海、学问海的名字?有一天他穿着拖鞋来到我们家。妈呀,维迪耶萨伽尔的名字我听到多少次了,一见到他我简直要吐了。他剃着光头像个轿夫,可是听了他的声音就明白,对,是比尔辛格的孩子!他在一个月内就为我这寡妇敲定了结婚。我这次嫁入更大的家族,大家都知道这家主人的名字。我在那里见过迈克尔·默图苏丹。"

"啊？真的？"

"是的，我说过我不编瞎话。迈克尔·默图苏丹那时还没有写诗，他到那家是为了喝啤酒。他怎么那么能喝啊，六七瓶，越喝越叽里咕噜地说话……"

"你嫁到那里后又出什么事了？"

"该出的事都出了！俗话说，'带着你的命去孟加拉闯荡'。我公公多么大的名声，多么慷慨，为穷苦人哭泣，但他不明白我这苦命人的痛苦。"

"你公公名字叫什么？"

"去，那怎么能说？我命不好，哪能到处说这些名人的坏话？你听着，后来怎么了。我第二次嫁的是个傻瓜！维迪耶萨伽尔先生让我结婚就完事了，他后来也不去看看那些再婚的寡妇是什么情况。"

"这对他来说可能么？"

"不，我不怪罪他，他是伟人，罪孽都是我的。我公公的独生子得了肺痨病，大家都知道他活不长了。公公隐瞒这事急忙让他成亲，所以这么同情寡妇。我在舅舅家蹭饭吃，舅舅们哪能打听那么多？维迪耶萨伽尔哪有时间？我公公想，如果在孩子死之前，能生个传宗接代的……对了，贵客，您说实话，真的有薄伽梵么？"

"如果真有叫作薄伽梵的，他也不会可怜你，很明白！"

"为什么不可怜？我犯了什么罪？我对迦梨女神发过誓，我对你说，是肺痨也好，别的什么也好，我尽心服侍丈夫了，他吐血，我用手……他人不坏，当他憋得难受时，喘着气望着我说，啊，苏巴拉，我很想活着……"

苏巴拉两眼簌簌地掉泪。诺宾拿起朗姆酒瓶又喝了一口酒，说："算了，不要再说了。"

苏巴拉的确很奇特。刚才她还在哭，立刻又破涕为笑。她眼泪未干又笑着说："知道吗，他刚死，大家就叫我女魔鬼！你看，我是女魔鬼！对，我能把你吃掉。"

"你在哪儿学会喝酒的？是谁把你带来这里的？"

"我的公公是大名人，连他都说，他家没有我待的地方了。剋死两个丈夫的女人，除了是女魔鬼，还能是什么？她是不祥的，看到她都是罪孽，不是吗？"

"你没什么罪孽！得了肺痨谁能活？明知是肺痨病人还让结婚……维迪耶萨伽尔先生肯定不知道！"

"我们结婚之后，他知道了又能做什么？"

"他知道后，总有一天会去和你公公理论的。我知道那婆罗门的固执。"

"那对我有什么好处？他生我公公的气，能让我的婚姻告吹么？我第二次成了寡妇他能让我再婚么？"

"那时你多大年纪？"

"十三，那时我还不懂男人是什么。"

"是你公公把你赶出门的？"

"那么受尊敬的人把我扔到大路上去？那样人们就会指责他了。是他派人把我送回我舅舅家。在那里情况也一样，舅舅们瞪大眼睛看着我。好人家的姑娘两次成了寡妇，这种事谁七辈子都没有听说过。我命不好。我自己想，我上面是土星（灾星），我命中的幸福像海市蜃楼。在舅舅家我是女奴，舅舅们百般数落我，我也不吭声，三舅妈的一个弟弟引诱我，拉我的手，我从来不和他乱来，我敢对蛇神发誓。一天我生气打了他一巴掌。不是有句话吗，'不值得用脚踩的人，通过用手打他说话'。"

"最后是你那舅表兄弟带你走上这条路的？"

"不是。我十七岁前没让任何人碰过，到那时止我是相信薄伽梵的……我现在十九岁，大了好多，不是吗？真的现在我十九岁，我不说假话。"

"是谁把你赶出家门的？"

"贵客，你为何这么好奇啊？今天你突然从哪儿冒出来的？一看见你我就惊呆了，你完全像庙里的神！"

"说说是谁教会你喝酒的吧？"

"谁都没有教，我自己学会的，走上这条路的人都会的。你问是谁带我走上这条路的？是你们带的！"

"什么意思？你不能待在舅舅家么？"

"能！我挨打受骂也待在那里，但是命运往哪儿去啊？一天，阿纳迪杰伦坐轿子到我舅舅家来了。他是我第二任丈夫的堂弟。啧！啧！啧！以前只有男人有二房太太，现在女人也有第二任丈夫了。阿纳迪杰伦来说，是我公公派他来接我的！家里办喜事，而儿媳妇不在场很难看。舅舅们满口答应。我心想危险过去了！不会再回来了！我拉上面纱上了轿子。当轿子停下时，我看到，不是哈尔希巴干，而是另一个地方，多寒碜的房子……这！我说……"

诺宾也吃惊了。哈尔希巴干寡妇结婚？那就是尼拉姆博·米特拉的家，是加尔各答第五或第六个寡妇结婚。诺宾应邀参加了那次婚礼。他记得新郎是希沃普拉萨德·米特拉，对，人是有点瘦，显得衰弱。诺宾没能看清新娘的面孔，这就是她？尼拉姆博·米特拉，每次社会改革他都走在前面，慷慨捐献。当寡妇再婚运动开始时，他是维迪耶萨伽尔的最大支持者，是他把儿媳妇推出去的？只是为了香火延续，让自己多病的儿子结婚，把这样美丽、健康的姑娘毁了？这些人是国家的智库，学过英语，是改革者啊！

诺宾不想再听，可是苏巴拉还在说。

"后来怎么了，你知道吗？那家伙把我带到哈勒嘎达一所房子里。哈勒嘎达在哪儿知道吗？那里是用骨头制作纽扣的……在那地方……那房子的主人，封住我的嘴，把我关在屋子里……后来……那家伙……晚上……我孤身女人怎么救自己……我舅舅或公公连找都不找我，我是死是活，谁都不过问……"

苏巴拉哭着哭着要扑到诺宾的脚上，他闪电般躲开了，说："你别碰我！"

像诺宾古马尔这样的富家公子，特别是有权继承财产的年轻人，是不可能独处多日的。他还能孤独夜行多久？再说很多人都认识他。二十二岁的他，是这城市数得着的名人，许多会议、委员会都给他尊贵的席位。

他出名的原因有两类。名流学者认识他，因他是富人中的另类。虽然他拥有无人可比的财产，但他没有沉浸在奢侈和恶行中，没有垂涎于英国统治者的恩赐，也没有为图宗教改革之名而疯狂。他少年时期很排场地在家里演出戏剧，担任主角而名声大噪，但他不认为舞台是他生活的顶峰，而立即抛弃了那迷恋。他的兴趣逐渐地放在最大的事业上，对社会有益的任何活动他都去参加。

孟加拉总统学院新近形成的中产阶级，认为诺宾是文学的支持者和别有韵味的文学家。对主持翻译《摩诃婆罗多》这样巨大工程的这个年轻人，他们感到惊异和好奇。他免费发放《摩诃婆罗多》，最近又在报纸上宣布，在印度任何地方，谁想要这本书，连邮费都不用给就寄给他，全部开支都由他来负担。路途越远，邮费越高，高就高吧，从坎纳古玛丽到白沙瓦，不管什么地方，他都将《摩诃婆罗多》寄到。

无文化的百姓认识他，因他是施主。他不仅立即拿出一千卢比，付清《靛蓝之镜》案件的罚款，还会随时随地捐出几千卢比。真正的穷人、老实的赤贫者、赌徒小偷都在传，随便找个借口，去乔拉桑科辛格家向少爷乞讨，是不会空手回来的。已有数不清的人以不同理由来求他施舍了。从医学院的学生到要嫁女的婆罗门，以真真假假的理由来乞求经济援助，都认为理所当然。此外，报刊的编辑、希望娶寡妇的人和有兴趣办学校的人也定期来找他。诺宾虽然很骄傲，但完全不是因骄傲而捐赠。他视金钱如同粪土，自己有那么多的钱，而其他很多人没有，这使他不舒服。

一天早上，从普拉森诺古马尔·泰戈尔那里来了一位使者。是什么事情？那使者说，英国的龙嘉沙雅地区近来发生严重灾荒。为了援助那里饥饿痛苦的英国子民，加尔各答的名人成立一个基金会，所以来向诺宾先生要援助。

诺宾听后哈哈大笑。他抚摸着新长出来的胡子说："当然，当然！本国人贫苦到走投无路，现在我们要援助英国受苦的洋人了，是吧？"

那使者不明白诺宾的挖苦，说："是的，罗阇普罗达博钱德拉·辛格、王后斯瓦诺莫伊、赫尔拉尔·希尔先生、我们家主人全都给了一千卢比。"

诺宾笑得更厉害了，说："那么我也得给一千卢比了，你说呢？否则我就丢面子了。那我们的钱就使龙嘉沙雅的洋人学几天牛叫了！他们听说我们捐钱了，会举起两手表示祝福吧？难不成还骂黑鬼？你既然来了，把钱拿去吧。喂，杜拉……"

这就是诺宾捐钱的方式！

许多想要钱的人不愿放弃同诺宾的关系。一次次地以各种原因去要钱是丢人的，比较起来，还是天天跟先生在一起，多少都能得到一些好。有钱人一扬手就是三几百！此外，很多人看到诺宾的谄媚者的位置空缺时，就想去补缺。这么高贵的公子没有拍马屁的，这可说不过去！

诺宾把他们像虫子那样掸掉，但总有一两个像蚂蝗似的叮着他。他们隐藏在早上来客厅的人群中。

一天傍晚，诺宾正要到拉姆巴甘那所房子楼上找苏巴拉时，从上面下来一个人。他一见诺宾就站住了，然后伸了伸舌头，说："啊，是少爷？您在这儿？您喜欢这里的女人，就给我们下命令，我们就会把她送到您的别墅去。像您这样有身份的人来这样的地方合适么？"

诺宾从来没有见过这人。他惊奇的是这个人竟认识他！他问道："你是谁？"

那人有礼貌地弯下腰说："在下是您的奴隶。"

诺宾想，真是大奇事，我的奴隶遍布全市，自己竟不知道！这个人着围裤衬衫，鼻子下面留有胡子，头发中分抹油，绅士般的面庞，怎么能是我的奴仆？这高个子的长相很像拉伊莫汉·科沙尔，但是年纪比拉伊莫汉小很多。拉伊莫汉老了，不知在哪里消失了。

那人双手合十，说："您为何辛苦跑来？要什么请说，立刻就送到您的车上，我们的工作就是伺候您。"

诺宾不理睬他，径直上了楼。他当时就暗下决心，不再这样来苏巴拉这里。

诺宾进屋后，描绘了在楼梯见到的这个人，问道："能说说这个人是谁么？"

苏巴拉说："他是这里的皮条客。是这龟公带我到这里的。"

诺宾有点生气地问："他带你来这里？怎么带的？"

苏巴拉笑着说："你真是小孩，什么都不知道。我在哈尔嘎达巷里，但是我适合待在那里吗？不用我自己说，看起来我不是像画片上的洋太太吗？嘻、嘻、嘻。"

今天苏巴拉又醉了。可能她整天都吸食麻醉品，可能她不再想用健康、清澈的眼睛看这个世界了。

她说："住在哈尔嘎达巷的，都是廉价的女人。当我的小叔子把我扔在那里时，我也走上了那条路，廉价的买卖，全是一两个卢比的顾客！这些掮客都有探子，掮客自己也到处转，一看见漂亮的、会唱歌的姑娘就带到好的地区来。这个拉姆其拉奥把我带到这里，他出钱购置了这些家具，让我住在这里。我挣的钱被他拿走一半。"

诺宾问："他名叫拉姆其拉奥？"

"大家都这样叫他。他本来是说印地语的，但口音听不出来！这家伙坏透了！"

"这样的人怎么认得我？"

"你这样的贵人相，他见了一次就记住了。"

"你不能再住在这里了。"

几天后，诺宾在毛拉阿里租了房子给苏巴拉住，用七百卢比把拉姆其拉奥打发了。诺宾给苏巴拉单独租房的消息，像风助火势一样传播开了。许多人听后无动于衷，说："管他呢！那小子终于包养市场的女人了！"过去很多人不真正了解诺宾，认为他只是慷慨捐献，沉迷于做大事，但有不沾烟、酒、女人的人吗？

诺宾从不触摸苏巴拉。在突然遇到苏巴拉后，他常来这里，是要知道苏巴拉身世的真相。不管诺宾如何装出比自己年龄大得多的严肃，岂能掩藏得住内心的幼稚？他起初都不敢相信，哈尔希巴干著名的米特拉家族的儿媳妇，竟是这样沦为娼妓的。米特拉家族像诺宾家族一样，显赫有名望。那么我家族的妇女也会这样变成妓女吗？

诺宾过去认为，加尔各答的妓女几乎全来自西部省份。不只他，很多人都这样认为。男人都不想承认，自己社会的妇女为了生存也操起这原始职业了，所以坦然地把责任推给别的社会而怡然自得，享用了也不加指责。妓女为抬高身价也自称来自西部。也许是来自孟加拉的穆尔希达巴德的穷家媳妇，租了豪华的房子，却对老爷们说："我来自勒克瑙，勒克瑙来的，会跳舞，你要看吗？"

诺宾在反复询问苏巴拉后确定，她曾是尼拉姆博·米特拉的儿媳妇。诺宾应邀参加过她的婚宴，因此他没有要享用苏巴拉肉体的念头。他一想起那天傍晚的婚礼就毛骨悚然。那天多少名人在场，参加寡妇再婚的婚礼这种大事，他当时的确感到骄傲，但是对那姑娘未来的生活，没有人负起责任。是尼拉姆博·米特拉自己的责任？让患肺痨病的儿子和寡妇结婚捞到了称赞，而儿子一死就无耻地将儿媳妇赶走？

诺宾想，有一天要卡着尼拉姆博·米特拉的脖子，将他拉到苏巴拉这里来，但这是不可能的，尼拉姆博·米特拉的影响也是足够大的。诺宾为了报复，手都痒痒了，后来他想起，他手上有能报复的强大武器。他又开始写猫头鹰速写了。他要揭露说大话的米特拉们的真相，让国民认识他们。

虽然诺宾不想要，但苏巴拉几乎每天都极力勾引他，她喝醉后需要男人的肉体。虽然诺宾尽了力，但未能使苏巴拉戒除恶习。令人痛心的是，良家姑娘、高端家庭的媳妇苏巴拉，上过几年学，读过相当多的书，可是仅仅两三年时间就成了娼妓。不管是被迫或是其他原因，一旦干上了这行，都想比别人更加称职，这就是规则。苏巴拉知道，她没有回头路，成了娼妓就是一辈子的事，那么她为什么要不合格呢？

她每天醉意一上来，就把诺宾叫进房间去。被拒绝后她就发火，狠狠地嘲笑诺宾，怀疑他的性功能有问题，甚至向诺宾身上扔东西。她嘴唇颤抖着说："你可怜我？谁要你可怜？来充当可怜我的老爷！我年轻美貌，我谁都不怕！把米饭撒出去，还怕乌鸦不来？像你这样的很多富豪公子都来舔我的脚！"

诺宾想让苏巴拉回归健康、正常的生活。他慢慢地体会到这一真理：虽花了很多钱，也不能使一个堕落的女人回归正常社会。他不愿意承认这是真理，那么是克里希纳卡马尔说对了？

最简单的是将苏巴拉送到某个圣地去。印度教圣地周围都有大妓院。苏巴拉如果到圣地去单独租房子住，自愿做功德度日，那么没人会查问她的历史，但苏巴拉根本不信大梵天，一听圣地的名字就暴跳如雷！扯开嗓子说："为什么要我逃跑？为什么？所有的人把我像丧家犬那样驱赶，但加尔各答市是谁买下的？我卖我的肉挣钱，我就在这里跷着二郎腿坐着。"

这苏巴拉是诺宾生命中的一章。换了别人，是不会自愿这么深深卷入的。若发现苏巴拉这样好人家的姑娘沦落风尘，感到痛苦是对的，但她已沦落为妓女，还能做什么？想到这点肯定就回避了。最多是说"啊，我们的社会烂透了"，然后长叹一声。

但诺宾不是那类人。他热情地办《观察家》报，他几乎以同样的热情，想把苏巴拉拉回到正常的生活中来。他在毛拉阿里租房，设了两个看门人，为苏巴拉雇用了两个老女仆。她的吃喝安排得很好。这样诺宾更加出名了。人们说，他以《摩诃婆罗多》的名义大把花钱，而不为女人花几个钱，怎么说得过去？放手吧，放手吧，豢养更多的女酒鬼吧！诺宾家里也知道这事了。索罗吉尼偷偷哭泣。耿伽想制止弟弟，曾暗示过几次，但诺宾不听。

诺宾为《摩诃婆罗多》的事忙个三四天，然后常去苏巴拉那里。他下车后往上看，苏巴拉正在二楼窗户边焦急地等待着，像是英国小说的某个女主角在热切盼望情人。但这儿不是英国，这里的良家姑娘，都不会站在窗户边，向路人展示自己的身体，妓女才这样。

诺宾长出了一口气。虽然多方努力，也改变不了苏巴拉的这个习惯。他又想，这样把苏巴拉关在笼子里，能关多久？一天半夜里，几个醉鬼嚷嚷硬要闯进去，他们和看门人打了起来。

苏巴拉在二楼看见诺宾来了，就不顾羞耻地呼唤他，就像笼里的鸟儿鸣叫一样。

需要跟人商量一下，但有这样的人吗？在哈里斯死后，诺宾完全没有朋友了。他考虑了很久，又去找克里希纳卡马尔。

克里希纳卡马尔听后，笑着说："这姑娘看起来怎么样？你说她很漂亮？她既然成了妓女，再挽救她有什么好处？为什么要让知趣的人得不到这个妓女？"

诺宾听后，皱起眉头望着他。

克里希纳卡马尔又说："社会需要妓女。你如果不想享用，为何要扣留她？放开给有兴趣的人吧！不时时从良家供应一些，怎能满足对貌美妓女的需要？你再努力也不能长期将她扣住。"

诺宾这回痛苦地说："你需要吗？那你来看看吧。"

克里希纳卡马尔说："不，兄弟，我的需要我另外解决。听着，诺宾，这个社会，年轻女人没有丈夫是不行的。成了寡妇后到处挨打，否则就去做鸡，这就是命运。不管你的师尊怎么努力，什么都做不成。让十来个寡妇结婚，就能改变人心？一个越是长期被人统治的民族，他的道德就越弱。"

诺宾说："那么你是说，除了结婚，这女人就没有别的办法了？"

克里希纳卡马尔说："你也没少让寡妇结婚啊！这女人再结婚就是三婚了，这样的事，你的师尊做梦都不会想到！听着，你用金钱能硬让她和某个人结婚，但能持续多久？你自己肯定不会结婚的，因为你强烈反对重婚。"

诺宾古马尔失望地站起来，克里希纳卡马尔看到后微笑说："你能回答我一句话吗？一个好人家的媳妇因命运成了妓女，你为她那么着急，是吧？你肯定没有为她们伤过脑筋。穷人家有多少母亲女儿，因为没饭吃走出家门成了妓女，成百上千地在道路码头转悠，你就从来没有看见过？这就是你们的救国！"

克里希纳卡马尔说得对。几天后一个傍晚，诺宾去到毛拉阿里就听说，鸟儿飞走了。是苏巴拉自己逃跑的，或是被什么男人抢走的，那就弄不清楚了。在诺宾对看门人大吼后，他们承认，几天来有个英俊的先生几次来过房子前面。

诺宾并不感到特别奇怪，一个月来苏巴拉就厌恶这种生活了，一见面就骂他是太监。苏巴拉不想回到没有男子同居的所谓幸福生活去了。因为寻找苏巴拉没有任何好处，诺宾立刻把毛拉阿里的房子退了。

苏巴拉这章，在诺宾的生活中虽然很短暂，但留下了很大的伤疤。

一一二

　　诺宾终日操劳，加之熬夜和过度酗酒，患了重病卧床不起了。一周内就出现生命危险，大医生都失望了。维迪耶萨伽尔先生的朋友、名医杜尔迦杰伦·班纳吉在看过诺宾后很忧虑，他治疗过哈里斯·穆克吉，诺宾的病症和哈里斯的一样。但是哈里斯三十七岁，诺宾才二十三岁。

　　英国医生定时来施药，两名印医也来看过。耿伽为给弟弟治疗，咨询过市里最好的专家。达罗卡纳特·泰戈尔资助最早去英国学医的两个孟加拉人中，一个名叫苏尔乔古马尔·乔格巴拉迪。在改信基督教后改名叫顾迪德·乔格巴拉迪。目前他是印度医生中名气最大的。耿伽以前就认识他，所以他非常愿听苏尔乔古马尔的意见。

　　苏尔乔古马尔有一天私下对耿伽说："辛格先生，我要告诉你真相。任何病，不管有多少好药，最好的药就是想生存……没有比这更好的药了。我看令弟缺少那东西。为什么……这年轻人如此颓废！一句话都不说……"

　　耿伽说："身体太衰弱了。"

　　苏尔乔古马尔说："还没衰弱到没有力气说话，没有虚弱到听不到说话！而他不回答我们的任何问题，也不明白他是否听到我们说的话……"

"乔格巴拉迪大夫，必须由您来治疗。"

"看来他的虚弱是酗酒造成的！在我国，一些年轻人沉迷于英国方式……算了，但是年纪不大，肝脏还没有损坏到不能切除的地步！但是为何如此颓废？财产、享乐什么都不缺啊。"

"但是他并没有过多酗酒。许多人日夜喝得烂醉，年纪很大了还能到处转，而小不点儿才几个月……"

"所以我才说！在这方面最重要的是得到……有一种病名叫忧郁症，古希腊高层人士得过这种病，是一种纵欲过度、放任和厌倦生活的病……"

"乔格巴拉迪大夫，您肯定知道，我弟弟不是纵欲和放任的人，他心胸坦荡，国民都感谢他，他是天才。"

"可是从病征看，我觉得是忧郁症。在我们的医学典籍中，这病无药可治。这事您可咨询我们的老专家杜尔迦莫汉先生。"

"他也看过了。"

"他是你们家的朋友，他如果能使令弟开口说话，那就可能好转。令弟根本不搭理我们说的话。"

是的，诺宾自得病后和谁都不说话。不管索罗吉尼或耿伽怎么问，他都是以"唔、哼"作答。这次不像几年前那样，那时诺宾病重完全失聪，现在眼、耳、鼻等感觉器官完全是好的，但不知什么原因，他不愿说话。这次病症主要是呕吐。他的胃什么都受不了，任何食品，甚至药一咽下去就吐。什么医生都止不住呕吐。他变成了一具躺在床上的骷髅，只有眼睛非常明亮。面容忧伤，他醒的时候只看着屋顶的檩条。

诺宾决心死去，不是因为太悲伤或委屈。他没有指责什么，也没有什么诉求，就是感觉什么都不好。像他这样活泼、固执性格的年轻人这一突然变化，大家都感到不正常。他为什么不说话？

索罗吉尼在心理上还没成年，遇到危险时，她像被缚住的小鸟那样挣扎。她的英俊有素质的丈夫，两年来对她冷落了。她没有能使丈夫回头的智慧。娘家人得知诺宾病重的消息就跑来了，但他们来倒添了乱，耿伽在治疗方面做的都很周到。

耿伽多次痛苦地问："你是怎么啦，弟弟，跟我说吧。医生说，你会好的！呕吐止住后就会好的。可是你心都死了，为什么？你的心想什么？"

诺宾说："没什么。"

"你想吃什么？想见什么人？把乐师叫来，你要听歌么？"

"不要。"

"你想去什么地方换换空气？"

"不。"

"为什么全都说不，不？说，你要什么！好兄弟，你心想什么，对我说吧！"

"没什么！"

这样还怎么谈下去？可是耿伽不认输。他叫妻子古苏姆·古玛丽也去照顾诺宾。古苏姆和索罗吉尼总是待在那房间里。诺宾和古苏姆也不说话。古苏姆结婚后，诺宾在这家见过几次，称她为嫂子和您。古苏姆曾经是他第一任妻子的女友，他不承认那层关系。

古苏姆曾想跟他开玩笑，大嫂是能跟小叔子开玩笑的，但诺宾不让。在哈里斯死后，他对家庭生活关系就冷漠了。

杜尔迦杰伦·班纳吉每天来诊视一次。在看完其他病人后才能来这里，所以有点晚了。他忧伤地坐在诺宾的病榻旁。他从未见过这样的病。普通的呕吐一直止不住，这也不是霍乱，否则都活不过三天。什么都不吃，病人还怎么生存？

杜尔迦杰伦想起，在诺宾启蒙时，他和维迪耶萨伽尔是作为阿阇梨来到这里的。那时诺宾是五岁的孩子。他在那种年龄举止是多么得体，在一天里就把英语、孟加拉语字母写出来了。从那以后他就注视着这孩子的成长。他比所有同龄的孩子都先进。十三岁时他建立了求知会，十四岁时在自己家里设舞台表演戏剧，自任导演和主角。十五岁后他成了戏剧作家。十八岁他着手翻译《摩诃婆罗多》

这样的大工程。这青年的下场竟是这样！二十三岁由于过分酗酒受伤卧病在床。除了双眼外，脸庞完全没有了生命迹象，是死亡的样子！有过人天分的人就是这样？

听到诺宾生病的消息后，维迪耶萨伽尔先生非常痛苦。他定期向杜尔迦杰伦打听诺宾的消息。他痛苦地对杜尔迦杰伦说，显赫的家族好像就有这种诅咒，父子相传甩不掉的。可是不管怎么说，我不能生这孩子的气。

杜尔迦杰伦低下头问："诺宾，我听说今天一整天你粒米未进。喝点酸奶果汁吗？"

诺宾说："不。"

杜尔迦杰伦说："完全不吃怎么行？你不怕呕吐吗？吃碗酸奶看看。"

"不。"

"完全不想吃？"

"不！"

杜尔迦杰伦惊呆了。诺宾古马尔嘴里的是什么气味？除白兰地外，什么也不是！

"诺宾，你又开始喝酒了？"

诺宾沉默。

杜尔迦杰伦蹲下，看到床下放着一瓶法国酒。多糟糕啊！病人胃里一粒米都没有，他却喝酒！这是毒药！屋里没有杯子和盛水的器皿，就是说诺宾是随时拿起瓶子就喝的。他对站在旁边的耿伽说："这是什么！这样做是要杀死这孩子！是谁拿白兰地给他的？"

耿伽当时就把人叫来，不久就找出罪犯了。除了非常忠于主子的杜拉钱德拉外，谁能拿白兰地给诺宾？杜拉钱德拉几乎总是站在房门外。

经审问，杜拉钱德拉承认说，他能做什么？一生从来不敢违抗诺宾的命令。主人要酒时他若不给，他有几个脑袋？

杜尔迦杰伦非常激动地说："我什么话都不想听。要想救人就得强行喂他吃。拿一碗酸奶来。"

他走到诺宾面前，不是医生，而是像家长一样厉声说："你不要再废话了，要硬灌……耿伽，你抓住一边，我抓住另一边，撬开嘴唇硬灌！想这么轻易就欺骗我们？"

诺宾不抗议，也不说话，一句话也不说，喊了一声"嗨"。索罗吉尼用勺子把酸奶果汁倒进他嘴里。诺宾古马尔喝了一碗酸奶。刚喝完他就坐起来，全都吐了。

所有的人瞬间无言。人是不能这样想吐就吐的。诺宾的胃真的是受不了任何食品。

杜尔迦杰伦长叹一声，说："早就是空腹喝白兰地了，这还怎么受得了酸奶？但是不能放手。从明天早上起还得这样喂。不吃就硬灌！"

然后是索罗吉尼和古苏姆苦苦哀求诺宾。诺宾不作声，死死地待着。

耿伽训斥杜拉钱德拉说，如果他再这样拿酒给诺宾，就立即解雇他，一直打到他离开此地。

第二天几乎也是这样过的。一天内这样灌了诺宾三四次，每次他都吐了。苏尔乔古马尔·古迪夫·乔格巴拉迪曾用一根橡皮管给他灌流食，也没有好结果。

苏尔乔古马尔问："诺宾先生，你只要回答我一句话，只是一个问题。您不想活了？"

诺宾沉默一会，皱起眉头想了想说："是的。"

当晚十点过后不久，诺宾的房间没别的人了。杜拉钱德拉蹑手蹑脚地进屋去。他像小偷似的东张西望，突然从披巾下面拿出一瓶白兰地。呼哧呼哧地说："少爷，我拿来了。"

同时一场戏上演了，那房间就像是舞台。两个女人突然从两边的门闯进来，是索罗吉尼和古苏姆。她们站在杜拉钱德拉两边。

诺宾说："给我。"

诺宾看到杜拉犹豫，便厉声斥责说："我说了，给我，你竟如此大胆！今天起就没你的事了，滚吧！"

索罗吉尼说："祸害，立即滚得远远的！"

杜拉钱德拉把酒瓶放在地板上跑走了。

古苏姆说："我们姐俩不吃饭，就坐在这里，坐通宵。您不吃我们也不吃，来，索罗吉。"

这妯娌俩真的就挨着坐在床前的地板上。这出戏演到现在，诺宾没有说一句台词。

那瓶白兰地还在地板上放着，古苏姆向那边望了一眼。她涌出泪水，她没有见过酒这东西对父亲家有什么影响。但很久之前，她第一次结婚，那像是她的前世，她看到酒是怎样毁了杜尔迦摩尼生命的。过了很久之后她想起杜尔迦摩尼的事，心里还翻腾不已，她无论如何不能让索罗吉尼的生活毁了。

她过了一会儿说："把仆人叫来，把这东西扔到垃圾堆里去！"

这回诺宾说话了："把它给我，索罗吉！"

索罗吉尼害怕地看着古苏姆。

诺宾翻过身来，目光像磁铁似的吸引着索罗吉尼，伸出一只手命令道："给我！"

索罗吉尼说："啊，姐姐……"

古苏姆站起来，走到床边，她的蓝眼睛盯着诺宾古马尔，以温柔恳求的声音说；"去！别这样！您为什么这样作践自己……"

诺宾断断续续地说："夜很深了，嫂子，回自己房间去……"

"不，我不去。我和索罗就待在这里。索罗还是小孩，她怕您，我不怕……您什么都不吃，我们也不吃，看您能顶几天？"

诺宾除下身上的被单慢慢地坐起来。人们看到他像一具活骷髅都害怕，他身上穿的背心很肥大，头颅比身子要大得多。

古苏姆看到诺宾一只脚伸出床外，就说："怎么了，你要干什么？"

诺宾想下床，觉得没有必要回答。原先两个人搀着他都站不住，现在他想自己走。

索罗吉尼开始又哭又喊："啊，天啊，怎么办啊，糟糕，有人吗，快来人！"

耿伽和女仆、亲人都跑来了。这时诺宾已经下地站着了。索罗吉尼和古苏姆从两边扶着他，他粗鲁地说："撒手！"

耿伽抱住弟弟，说："怎么了，弟弟，你要什么？"

诺宾说："叫所有的人都出去，否则我就不住这里。"

"我叫，我叫，所有人都走开，你先躺下……"

耿伽几乎是硬把诺宾拉到床上去睡的。在好奇的人都走后，耿伽命令古苏姆关上门。

诺宾说："把这瓶白兰地给我！"

"你，你……这种情况……医生们说……"

"拿来！"

"不，绝对不行！你别耍小孩脾气，弟弟。"

"你们想害死我？你不明白，只有喝白兰地我才不吐！"

"但是空腹喝了它……"

"拿来！"

"弟弟，你躺下。如果要喝，我倒三四滴给你，别再固执了，弟弟……"

诺宾虽然非常衰弱，他的行为表明他虽濒临死亡，但还是辛格家的主要人物。他不理睬耿伽的话，侧身躺着。

耿伽从地板上拿起酒瓶。古苏姆痛苦地说："您给了？"

耿伽没有办法，把酒瓶放到弟弟手中。

诺宾颤抖的手打开瓶塞，嘴唇触碰到酒瓶，但是否喝到三四滴都有怀疑！他拿不稳酒瓶，脱手摔到地上粉碎了。屋里弥漫着酒精味。

钱德拉纳特没再回铁路部门工作。他搬离带客厅的住所，在启德普尔兵营旁边，租了一处条件一般的房子居住。他手头攒有一点钱，但不够一辈子的花销，因此他开始从事新的职业。

他在房门前树起广告牌，给自己编了头衔。上面用英语和孟加拉语写着：空前的机会！空前的机会！来自喜马拉雅苦行僧的仙药！有效治疗鬼魂缠身、破伤风、梦遗、牙关紧闭、惧怕洋人、受虐狂等疑难杂症。只收费两个卢比。半月内若不见效，原款奉还。就诊时间早上九点至下午一点，钱德拉纳特大师。

一开张时却门庭冷落，人们看了广告牌觉得好笑，有的说，大师也学英语了？真是时代不同了，让我们大开眼界啊！

有一两个巫师特别好奇，在门前探头探脑。谁没见过驱鬼或取蛇毒的巫师？他们的脸像驱魔师，身穿红袍，束发。但这位完全是一副洋医师的模样！穿西服戴礼帽，把腿跷起搁在桌子上，脚蹬皮鞋，还抽着烟卷。

莫亨德罗拉尔·萨卡尔，医学院的著名学生，毕业后当了医生，近来在市里大力宣传顺势疗法！很多人受此影响放弃了西医、印医、草药的治疗习惯，接受顺势疗法医治了。现在这里出现的又是什么新东西！不仅莫亨德罗拉尔·萨卡尔大夫，著名的富翁阿克鲁·德特的孙子拉贾·德特也开始用顺势疗法了，还跟着好几位先生！吃了像白冰糖似的几片白色的药片，和像水似的几滴药水就能治大病？还有比这更大的骗局吗？

许多人看了钱德拉纳特的广告牌后都觉得，可能是又在要什么新骗局了吧。

钱德拉纳特收留了一个穆斯林少年，名叫加鲁。有一天这孩子来乞讨，钱德拉纳特只看他一眼，就被吸引住了。这孩子没有头发，也没有眉毛，竟然全身不长毛发，真是造物主的奇迹。失去父亲的加鲁待在市里的垃圾堆里，像昆虫那样觅食，别的孩子见到后还会打他。

钱德拉纳特让他吃得饱而且吃得好，没几天他就强壮起来了。从未听过关切话语的加鲁，现在也有了笑容，钱德拉纳特和他一起度过了一段好时光。他给加鲁改名，说，从今天起你的名字是苏丹，你记住，你就是加尔各答市的主人！不要惧怕任何人，明白吗？来说说："你叫什么名字？"

那孩子说："我名叫加鲁·谢克。"

"什么？我说过了，从今天起你名叫苏丹！"

"是的老爷，苏丹！"

"为什么又叫老爷？你得说yes，sir（是的，先生）！"

"yes，sir!"

"就得这样！说说看，黄瓜的英语是什么？"

"cucumber."

"南瓜？"

"pumpkin."

"农民？"

"ploughman."

"好，好！"

仅仅一个月这孩子就学会了许多英语词汇。此外，他跟钱德拉纳特练拳击，在恒河里游泳，还锻炼登高下低。钱德拉纳特教他学习这些有特殊的目的。

钱德拉纳特的第一个顾客，是亚美尼亚的一个鞋商。加尔各答市每天都有闹鬼的消息。这位亚美尼亚先生在贝拿勒斯普尔买了一所别墅。他那所房子一个月来也闹鬼。亚美尼亚先生不是听说，而是亲自看到的。时时有鬼跑动、挠头，门窗虽然紧闭，鬼也能变成黑猫闯进来，等等。请过乡村的巫师来也没用，所以他来请洋法师。

钱德拉纳特收费五十卢比承办，七天就把别墅的鬼祛除干净了。于是他的名声逐渐传开，顾客也增多了。

人们一来，钱德拉纳特做出种种可笑之事。拉贾斯坦的一位商人带他的侄子来，侄子的牙床僵住了，一直合不上嘴说不了话，两眼瞪着，已经三天了。他是晚上到屋外方便时，看见了某种东西吓的。

钱德拉纳特听完讲述后大声唤来苏丹。

当时像是有什么东西突然闯进屋里来，商人及其侄子都害怕了。苏丹身穿紧身天鹅绒衣服，倒立着进来，不是用脚而是用手走路，两脚朝天。

那商人惊叫起来："活罗摩，活罗摩！这是谁？"

钱德拉纳特简短地说："别怕，他是我的助手。"

他侄子当然没有立刻就能把嘴闭上。

苏丹嘴里叼着一支笔，钱德拉纳特拿笔在白纸上写了处方，将它夹在苏丹的脚趾缝说，快去取药来。

钱德拉纳特这时叼起一支烟说："我是从闹鬼的屋子里将他带来的，他什么活都会做。"

过了一会儿，一个黑乎乎的活物从房顶跳下，正骑在那商人侄子的肩上。商人和他侄子一起叫出声来："爸呀，爸爸，救命啊救命！"

钱德拉纳特笑着摇头。苏丹是披着黑色披风从檩条上跳下来的。

他是怎么上去的，外人无从知晓。

钱德拉纳特止住笑，说："交钱吧，两个卢比。"

钱德拉纳特最逗人笑的是治惧怕洋人的病。他在布德万任职时，看到在农村这种病很多见。小小的村落，如果突然有洋人去，村民害怕肯定要逃跑，有时会两三个人同时得这种病。远远看见洋人或者听到洋人说话，他们就簌簌发抖。他们甚至也不敢靠近行善的、好心的洋人。儿童、青年、老年人全都会得这病。

或是某位发了财的农民，其儿子周身瘙痒或患了牙病，农民有能力带他到城里治疗。但如他儿子怕洋人，那就麻烦了。到城里总会遇见一两个洋人的，那时他的手脚就会抽搐，口吐白沫。甚至看见中国人也怕，他眼中的中国人也是洋人啊，而他们治瘙痒和牙病是很在行的。

农民带他的儿子来了，一见到穿西服戴礼帽的钱德拉纳特，就叫起来："天哪，是洋人啊！"然后牙齿就打起架来了。

这时钱德拉纳特更加吓唬他，说："对，我就是洋人！你是强盗，我要打死你！"

他对农民说："别怕！半个钟头就能治好你儿子的病。"

钱德拉纳特掐着那孩子的脖子，硬推到里屋去。在里屋将门窗紧闭，不让一点声音传出。一条木凳上点着煤油灯，旁边放着一尺多长的木槌子。

那农民的儿子十六七岁，面孔已显得成熟，他全身瘙痒。钱德拉纳特突然站到他面前，拿出一根英国香烟抽，那青年靠在墙上嚎啕大哭起来。

这时钱德拉纳特吼叫："苏丹！"

苏丹推开里屋的黑幕出来。他的着装是多种多样的，针对不同的病人穿不一样的服装。今天完全是洋人打扮。穿皮鞋、西服，戴礼帽。嘴里叼着点燃的雪茄。脸庞瘦削的苏丹看起来像个木偶。

他一来就吹胡子瞪眼吓唬说："混蛋的南瓜，混蛋的农民，混蛋，混蛋！"

然后他走近农民的儿子，用手指捏他。那孩子喊着"爸呀、妈呀、我不行啦，小姑你在哪儿呀"，后来不喊了，哭着满屋子跑，躲开苏丹的手。苏丹不断地喊着追赶他，又捏他，中间还挠他。过了一会，那孩子就撑不住了，拼命反击苏丹。苏丹拿出一把小刀要扎他，并且露出可怕的牙齿。那男孩为了自卫，举起那个木槌。

钱德拉纳特掏出怀表。计算着大约到了三十五至四十分钟，他推开幕布说："行了，行了，可以了。"这时苏丹也放下手中的刀，嘻嘻地笑着问："你叫什么名字，我叫苏丹先生。"

钱德拉纳特问："以后见到洋人还会怕么？俗话说，有狗就有木槌！"

钱德拉纳特的治疗立竿见影，很快又有几个病人来诊治了。

钱德拉纳特晚上和苏丹一起吃饭，聊天。钱德拉纳特在苏丹睡着后出去散步。他喜欢独自在街道闲逛，还有教训醉鬼的嗜好。他在妓寨周围转，遇到夜行的寻芳客，就挑起争端，将他们痛打。以钱德拉纳特的体力，空手也能对付三四个人。

有时没人来请，钱德拉纳特自己也跑到闹鬼的屋子里去。巴图雷卡达一个金匠的独子患癫痫病，时时发作，发病时翻白眼吐白沫，然后咕噜出许多含混不清的人名。这金匠的钱足以把市里的牛全买来转卖到沙罗码头。他就是那个金匠谷比，现在改叫谷比莫汉金匠了。他在巴图雷卡达就拥有三座楼房。

谷比莫汉为给儿子治病，聘请过英国医生、吠陀经师。家里的女人去迦梨卡特许愿、念经，去各地求神符、神水，但都没有用。顽固的病魔把谷比莫汉的儿子拉克米莫汉折磨得痛苦不堪，现在喘得厉害，像狗似的伸出舌头喘气，说话声音也改变了。

这回请来一位大师。这位大师像家神一样，总有几位徒弟跟随着。大师带了六七位徒弟，住在谷比莫汉的住宅一层的三间房里。几天来热热闹闹地做法事，然后人们就传说，没有月亮的那天，大师就要捉鬼了。

那天从傍晚起，谷比莫汉家门前就聚集了许多人。看门人也阻挡不住，四五十人硬是推挤着进了内院，其中也有钱德拉纳特和苏丹。今天他俩都穿围裤和衬衫，苏丹还戴了头巾。

大师及其门徒坐在全黑的大厅里，让拉克米莫汉躺在床上。屋角一张桌子上摆着丰盛的食物。这些食物十个人都吃不完，是给鬼准备的。

乡村巫师驱鬼就是大声咒骂被鬼缠身的人。这位大师开始对观众发出难听的咒骂。他对时下流行的梵社特别生气，说，近来这些病难治，是因懂几句英语的年轻人在国内刮起一股妖风。观众不愿听这种恶毒咒骂，结果引起混乱。

在群情激动的情况下，大师突然宣布，他不捉鬼了，一秒钟都不在这里待了。谷比莫汉无助地向大家作揖哀求说："先生们，请安静，安静！"

最后达成协议，那些不相信的人得离开，相信的可以留下。因为空气已被不相信者毒化了，任何好事都做不了。一群人指手画脚地嚷着出去了，留下的是多数。

钱德拉纳特一声也不吭，他领着苏丹待在一边。

这之后，大师高声念着难懂的咒语，徒弟们用烟把众人的眼泪都熏出来了。突然间变得异常寂静。随之有像鬼的声音说："走开，走开，大家都出去！"

大师及其徒弟把观众都赶到屋外去，但是前门和窗户开着。从门窗似乎看到充满烟雾的黑屋里，几个影子在走动，从声音可知是鬼在吃东西。观众们全都毛骨悚然，有两三个人惊叫起来，一个女人晕倒了。

鬼不仅吃东西，还吧嗒吧嗒地抽烟。真是神奇、令人惊叹！

过了一会，哇哇乱吐的声音突然开始了。鬼在呕吐，那是恐怖的呕吐，贪图大吃的鬼的末日！

在目瞪口呆的观众中，钱德拉纳特哈哈大笑。那边大乱，点亮灯后看见鬼们跑出来——是大师及其徒弟们，他们在地上打滚呕吐，一副惨状。

事情是这样的：钱德拉纳特派苏丹在黑暗和烟雾中，将许多泻药掺到食品里。吃了这些东西的人，会呕吐超过五分钟，把吃下的东西全都吐光。

钱德拉纳特笑着拉起苏丹的手说，走吧。

一一四

古苏姆·古玛丽坐在屋顶的小屋里潜心读书。

古苏姆一天的大部分时间在这里度过。这地方很幽静，很美好，是个与家里其他人都无关的地方。中午，四周一片寂静，只偶尔听到小贩的叫卖声：碎冰！水桶！治牙病！碗碟！米尔扎普尔的铜盘！松香，松香！每个人有自己不同的叫卖声。乌鸦叫、兀鹰叫和小贩的吆喝非常合拍，都是大自然的一部分。

一对老鹰停在屋顶上歇息，有时歪着脖子看古苏姆。那么尖的喙，眼睛总是气鼓鼓的样子，这让古苏姆很害怕。在古苏姆很小的时候，娘家有个名叫西姆的小仆人去商店买甜食，两手各提着一个竹篮，突然八九个老鹰向他扑过来。西姆哭着回来，他被老鹰抓伤了。从那之后，古苏姆一看见老鹰就会受惊吓，她不敢站起来把老鹰轰走。

古苏姆有时心不在焉，然后又专心读书。耿伽是很严厉的老师，每天教她，晚上回来要盘问检查。一年多里，耿伽也教她学了不少英语。耿伽不强调语法，而是先让古苏姆背诵一些英语诗歌，不懂意思也要她像鹦鹉学舌那样诵读，然后一个个字地给她讲解。这之后，让古苏姆把全句的意思用孟加拉语写出来，这些是她的家庭作业。古苏姆也学会了在不懂英语词义时查字典。

今天读的是雪莱的一首诗——《印度小夜曲》。

耿伽纳拉扬说，你看，像我们的诗人迦梨陀娑用云来写作《云使》一样，这一位英国诗人写的是风。他是大诗人，知道么，就是P. B.雪莱，年纪很轻就死了，但他写下了不朽的诗篇。更让人称奇的是，他从未来过印度，却能这么热爱印度，写下如此优美的诗篇：

> 飘游的乐曲昏迷在
> 幽暗而寂静的水上，
> 金香木的芬芳溶化了。
> 像梦中甜蜜的想象；
> 那夜莺已不再怨诉，
> 怨声死在她的心怀；
> 让我死在你的怀中吧，
> 因为你是这么可爱！ [1]

耿伽激情地朗读着，说："中间听到金香木的名字了吧，这就是我们的羌巴花。在印度学院，我们的理查森先生教书时读成旃巴！我说，先生，为什么把我们的羌巴读成旃巴？理查森先生听后笑了。我的朋友默图前几天去了英国，他在做学生时盲从英国。他说，不，在说英语时遇到本国字，发音就得像英国人那样。默图把戈尔叫作高尔，把我叫作耿洁思。"

古苏姆读着英语诗歌，突然从面颊红到耳朵根了，像是天外的幸福之光照射到脸庞。

> 让你的爱情化为吻
> 朝我的眼睛和嘴唇倾洒。

---

[1] 译文节选自查良铮先生译《印度小夜曲》，《雪莱抒情诗选》，人民文学出版社，1958年，第74页。

耿伽在讲解这两行诗的意思时，难得的像个丈夫一样拥吻了她！作为古苏姆的丈夫，耿伽有时却完全像个小孩！

耿伽说："倾洒是什么意思，懂了吗？吻像雨水般落下来，要看看是怎样落下的吗？"说着他就起来搂抱住古苏姆·古玛丽，说："就这样……落到嘴唇上、眼睛上。"啊，当时的天色还不算晚，一个女仆在门外坐着，她如果看到了呢？

古苏姆在一个有漂亮封面的本子上，用孟加拉语写下英语诗的意思。突然，传来阵阵可怕的声音，她被吓坏了，合起本子走到门前。不知什么时候起南面天空已布满了乌云，狂风的吼声震天响，闪电从天空的一边划到另一边。如此强烈的风暴使古苏姆无法看清东西，觉得自己好像瞎了一般，她用衣襟捂住眼睛。这时门窗都抖动起来了。

古苏姆此刻独自待在屋顶感到恐惧，一时半会儿风暴没有减弱的迹象。她从小屋出来，还没走到楼梯，就像被风暴的手抓住了。她使劲拉住纱丽，她的头发似乎要和风暴做伴了，每迈一步都像要转圈，古苏姆要用全力去抵抗这场暴风雨。

附近没什么高楼，这屋顶有墙围住，所以不妨碍她在这风雨中沐浴。啊，真舒服！好享受！人生是如此美好！古苏姆像下凡的天仙一样，在雨中开始转圈跳起舞来。她睁大两眼看真实的大自然面貌，比诗歌里描写的好多了。漫天的狂风暴雨，巨大的电闪雷鸣，人们能用什么语言去描写呢？如此浩瀚的天空，什么时候、什么诗篇描绘过？花园里的树木都弯着腰在欢迎雨水。

古苏姆站在楼梯口呼叫："索罗吉？索罗吉！快来！"

叫了两三声后，索罗吉听到了，来到楼梯旁问："怎么啦，什么事？"

"马上到上面来！"

"妈呀，姐，你全湿透了。"

"上来呀，快！磨蹭什么！"

索罗吉尼一上来，古苏姆就说："来，在雨中洗个澡！我淋了很久了；突然想到，我不能只一个人快乐，要叫你来！"

索罗吉尼很害怕。走上楼梯说："在雨水中淋？你疯了吧，姐，这样淋湿会着凉的。"

"真拿你这丫头没办法。你什么都怕，着凉就着凉吧。来！"

"在屋顶……湿衣裳……要是有人看见了呢？"

"在这里有谁看！好吧，我把楼梯门关上。"

古苏姆硬把索罗吉尼拉到雨水中来，满脸兴奋地问："怎么样，觉得好么？"

但索罗吉尼并没那么开心，她有点拘束。古苏姆又对她说："如果你早点来，能看到暴风雨时的天空就好了。乌云像疯象举起鼻子冲过来，这就叫作大象掘地。"

两个少女大约洗了一小时后，下楼去了。她们感到很冷。古苏姆派仆人去厨房下令做姜糖水，过了一会儿，姜糖水拿来了。古苏姆说："喝吧，趁热喝下去，索罗吉尼，什么事都不会有的！"

然后古苏姆哼着歌。她的四周充满生机，但此时她却不快乐。她在早年成了乔杜科德特家的媳妇，她那时看到发疯的丈夫就觉得未来一片渺茫，她做梦都没有想到，她的生活能变成如今这样美满。丈夫耿伽完全是像神一样的人，谁修行几世能得到这样的丈夫？

古苏姆心中只有一事感到不快，就是小叔子不愿和她说话。她从那么小就认识他了，诺宾曾是自己闺蜜的丈夫，现在成为自己的小叔子，她盼望能和他聊天。耿伽因为要管理财产，整天在外忙碌，而诺宾本来的出门时间就没准，加之他对所有事情都没了热情以后更少出门。他还在管《摩诃婆罗多》的翻译工作，但已经有十三四天了，只待在自己屋子里不出来。他曾患重病卧床三四个月，现在虽然好了，但已没有以前那种热情的状态。

诺宾一看见古苏姆·古玛丽就想躲，只说一两句干巴巴的问候话就走开。古苏姆想不明白，为何他如此冷淡？她知道，她守寡后，诺宾曾特别热心地为她张罗第二次婚姻，而现在对她竟这么冷漠！

古苏姆原来期望到这家后会很热闹，很温馨。她未婚时曾来这里看过两次戏，那是多么美好的回忆！她听说求知会开会时，名流们都聚集到这里，古苏姆对这些事很感兴趣。可是她成了这家的媳妇后，这一切都停止了。

诺宾的行为如果有错，她是可以向耿伽或者向诺宾本人提出的，但诺宾的行为举止无可指责。可他为何要这样礼貌和谦恭？她比诺宾小五岁，可诺宾称她为您。然而就是这个人，曾经给她起名叫林中月光。难道这个家庭是这样的规矩，不管年龄大小，只以关系分长幼，论关系为长，就不能和任何人开玩笑？古苏姆在娘家就没有这样的规矩。她的三嫂与古苏姆几个弟弟的年龄相近，他们经常开玩笑，三嫂总是和大家一起玩。

傍晚时暴雨下得更可怕了，漆黑的天空像要塌下来似的。情况似乎很不正常，频频闪电，但没有雷声。在这令人害怕的时光，古苏姆觉得特别忧郁和孤独。她一向待在大家庭里，娘家的亲人超过五十人。相比之下，这乔拉桑科辛格家，就是座空荡荡的大宫殿。

古苏姆和谁聊天打发时间呢？一个就是索罗吉尼，但她的心在这些日子里像是死了。古苏姆不管怎么努力，也不能使她高兴。此外索罗吉尼并不那么善解人意，得随着年龄的增长才会懂事。

傍晚后伴着细雨又刮起了大风，逐渐地雨点随着风密集加大了。风不停地吼叫着，就像海啸一样，门窗虽然都紧闭了，仍觉得好像全楼都在颤抖。古苏姆不喜欢门窗紧闭，可现在没有办法打开，四周砰砰乱响，像是有什么东西被打碎了。

大自然今天疯狂了，但古苏姆看不到外面的情况，更加不安了。她一个人在关闭的屋子里能做什么？她也无心读书了，谁知道耿伽什么时候回来。

一个女仆来报告说，后花园的几棵大树被刮倒了，接着有人说，恒河发大水漫到广场了。过了一会又有消息说，仆人住的茅屋屋顶被风刮跑，不知刮到哪儿去了。再晚一点有消息说，巴图里亚泰戈尔家房子的一部分完全崩塌了。风暴的破坏力越来越厉害了。

古苏姆和从娘家带来的两个女仆一起玩牌打发时光。晚上十点后在她心中也激荡起风暴，耿伽还没有回来。在风暴如此可怕的夜晚，路上也许英国人都没有了，耿伽去了哪儿呢？

古苏姆感到无助。对谁说呢？谁有办法呢？可以派仆人去送信，但仆人又能做什么！这时一个紧闭的窗户被强风撞开了，玻璃碎了，强风到处吹。好不容易才关上窗，大家看到外面的景象都惊呆了，树木被吹到天上去了！

古苏姆再也待不住了，她跑到走廊的另一头捶索罗吉尼的门，叫道："索罗吉，开门，开门！"

索罗吉尼打开门，看到张皇失措的古苏姆后，说："啊，姐，我也很怕！今天好像世界要变成地狱了。"

"少爷在哪里？在家吗？"

"是的，在。整天躺着。"

"叫他一下吧。我好像感觉快不行了。"

索罗吉尼惊吓得呆站着。诺宾近来总在自己屋里喝酒，把自己关在屋里，谁都不见。索罗吉尼去和他说话都挨训斥。夜里这时候他是完全不正常的。

"索罗吉，你怎么还站着？他到现在还没有回来。"

"妈呀，太糟糕了。"

"我对谁说啊，到哪儿去说啊？叫少爷吧。"

"这时候去叫，他一定会大怒的。"可古苏姆一刻都不想等待，她感到和索罗吉尼废话没用，便直接跑去砰砰拍诺宾的门。

诺宾在里面愤怒地说："谁？滚开！"

"少爷……开一下门……糟了……"

诺宾打开门后本想更厉害斥责的，看到是古苏姆后，厌烦的目光不见了，然后尊敬地问："啊，嫂子，是您……这么晚？"

"我的……您哥哥现在还没有回来……外面这么大的事……"

"外面怎么了？"

"您不知道，风暴多么可怕……今天好像要毁灭了……"

"您平静点，嫂子。怎么怕成这样！哥哥去哪里了？"

"不知道。"

诺宾想了一会儿，像是想耿伽会在什么地方。然后他退到右边，刚打开一扇窗子，强劲的风暴就冲击着他的身体。可他在关好窗后很平静地说，是的，风暴是很厉害！然后他大声呼叫："杜拉，迪巴戈尔！啊，谁在那里，叫车夫备车！我要出去。"

古苏姆全身发抖，她拼命想止住眼泪。索罗吉尼脸色煞白。

诺宾不顾两个女人在场，转身拿起床边桌子上的酒瓶，喝了几口白兰地，用左手的手背擦擦嘴唇，去找他的手杖。他拿到手杖后走到门旁说："您不用怕，嫂子，我去，准能把哥哥带回来。"

索罗吉尼这会几乎喊起来："您……现在出去？房子倒塌了，大树吹翻了……"

诺宾认为没有必要回答她的话，看见这时已站在楼梯角落的杜拉，就问："车子出来了？"

"少爷，外面大灾难！一步都走不了！"

"唔，走，别耽搁了！"

索罗吉尼抓住古苏姆的手说："啊，姐！"

这时古苏姆也醒悟过来了。

为丈夫担忧，她竟惊慌失措地把小叔子推向险境。她自己毁灭就毁灭吧，还要让索罗吉尼毁灭！甚至连杜拉都害怕出去。

她说："不，不，您别去！……别去……如果有人能行，就让别人去看看。"

诺宾不回答，径直朝楼梯走去。索罗吉尼和古苏姆一起跑过去拦住他。

"您别去……求您了……"

看来诺宾眼里只有男人的头颅，他举起手杖对准杜拉的脑袋说："呆站什么！走！"

诺宾无视女人们的苦苦哀求出去了，杜拉和另外两个仆人跟他去，迪巴戈尔吓得躲了起来。真是没法驾驭双驾马车，路都辨认不出是路了。外面漆黑一团，在无声的闪电中看到路上全是树枝树干、稻草、破盆、竹子、砖块。诺宾在这些东西中前行，杜拉在他前面开路。

他们很艰难地走了一段路后，听到了人声。是耿伽和几个人回来了。耿伽因事去德干尼舍尔，因天气恶劣被困住了。可是他冒险回来，在一个地方车翻了。两匹马死了，车夫重伤。耿伽幸运没有伤着。

回到家后，大家通宵都醒着。这房子的一角也轰的一声倒塌了。逃无可逃，坐在屋里也时时有危险。真的是大毁灭开始了，这一夜好像就是世界的末日。

一一五

第二天早上，情况还不明朗，中午过后令人毛骨悚然的消息就来了。风暴虽减弱了，雨还下个不停，人们开始冒着风雨走出家门，每个人的叙述都不同，令人惊恐。

昨晚这城市真的是大毁灭的演习。人们都问，"怎么会这样啊，先生"。没有一栋房子是完整的了，道路一点都不认识了，百年的老树连根拔了。这么大的房子好像被魔鬼搬走了，变成了空旷的广场。一个人说："昨晚我看到一艘船在天上飞，是的，我不说瞎话，真的……"

在记忆中，这地方从未受过风暴袭击。谣言和真相并存，在真真假假中真相慢慢地呈现了。加尔各答倒塌了多少房屋、死了多少人，准确数字无人知晓。绝大部分用树叶、稻草、洋铁皮盖的屋顶被风刮跑了。广场上死了很多水牛、黄牛，阿尔梅尼船码头被毁坏，没有一艘船是好的了。船在天上飞的故事并非虚构。巴格巴扎码头一艘小船飞到另一艘翻了的小船上面，那地名也找到了。天上乱飞树枝树干的情形也有许多目击者证实。

上层人士从昨晚起谁都不出门，但是仆人、小贩和每天要挣钱的人没有办法，他们今天冒雨也得出去转，从他们口中听到不同地区的新闻。

一个卖菜的妇人走来嚎啕大哭，风暴吹走了她的孩子，她四岁的孩子不见了。从来没有听说，连人都能吹跑，风速得有多大啊！大伙都感到奇怪。谁都不能制止她哭。此外，卖牛奶的、磨刀的、卖油的、卖鱼的房屋全没了，全都要诉说自己的痛苦，但是谁听谁说啊！

诺宾他们的房子居住过三代人了，建得非常坚固，所以没有特别的损坏。有一扇墙裂了，屋后仆人住的房子没了。耿伽昨晚太幸运了，在这灾难时刻，走远路是很冒险的。风暴在午夜后最可怕。

因为诺宾慷慨施舍的名声广为传播，许多受难的人来辛格家求援。这么多人一起来求助，都听不清说些什么。诺宾站在前座二楼的窗前望着人群。他家大门正对面，是旧时代的养马场，诺宾在看着那里，不错，但是否看到呢？他的目光是忧郁的。他这样站了约一个钟头，但没有任何反应。诺宾的爷爷当年曾在那养马场为东印度公司军队提供马匹。后来在那里建了一些小房子，给工匠做作坊。小房子的后面有一棵大芒果树，诺宾从小就知道那棵芒果树了，那是他爷爷时代的树，现在再也看不见了。

耿伽走过来说："弟弟，你在这里？我到处找你。"

诺宾朝哥哥站着，什么话也不说。

耿伽说："他们的叫嚷你就不用听了，你说怎么办吧。"

诺宾看着耿伽，还是不吭声。

"你怎么说？给他们点什么不？"

这下诺宾说："你觉得怎么好，就怎么办吧。"

"可是你不拿意见，我什么都做不了！"

"我还有什么意见？"

"他们来哭叫，我们闭着眼睛什么都不给，我们家的好名声就没了。来了三四十人，我说，至少给他们每人十个卢比。"

"好吧。"

"你同意了？那好，现在就发。"

诺宾点了点头。

耿伽想走，又回来说："啊，还有件事！车夫科里穆丁带来了可怕的消息，那家的情况很糟。一边的房顶塌了。"

"哪家？"

"宾杜家……就是伯父家！得去一次吧？"

"你去！去吧！"

"你不去？"

"不！"

"那好吗？伯父会想，在这危难时刻，我们谁都不去。"

"派人去吧，先了解一下，看有多么危险！"

"你说得对，就这样办。"

在耿伽正急着要出去时，诺宾说："哥哥，听着，你既然想给人们一些帮助，那就别给十卢比。"

"不给十卢比？那给多少，五卢比？"

"至少给一百卢比。"

"一……百？你说什么？还会有多少人来，那哪有准啊？五卢比够盖房顶了，还有五卢比够一个多月的吃用了。"

"你说我们家的名声，不给一百卢比还有好名声么？"

"听到消息后，如果有更多的人跑来呢？"

"全都给，别让人空手回去！"

弟弟的提议把耿伽给弄昏了。弟弟说什么啊！这样慷慨施舍可行吗？一听到有一百卢比到手，全市的人不会都跑来？

"你真的想好了，弟弟？"

"哥哥，你为何问我的意见？你本来是可以按自己的意愿办的。"

"库房到时如果没那么多钱呢？"

"能发到几时就发到几时！"

这就不能再说下去了，耿伽毫不迟疑地走了。

这些钱似乎就像神给抢来的一样，无缘无故地浪费。那些来求助的人，也没希望得到那么多。那些干活挣工钱的人，月工资最多五至十卢比。做蔬菜生意的每月利润不会超过十五卢比。

过了一会耿伽又回来问："发钱的事你来干？"

诺宾对这事没有兴趣，说："如果你没有时间，就由下人们去办吧。"

这么多钱的事能相信哪个下人？耿伽先把求援者让进大门，然后锁上铁门，亲手把每个领款人的姓名地址写在本子上，每人在名字旁摁上手印。之后他把迪巴戈尔叫来，让他负起发钱的责任。耿伽自己也不喜欢摆弄银钱。他知道，迪巴戈尔会向这些人索要好处费，所以他让杜拉站在旁边。他还指示说，不能再放任何人进来。

然后他在雨中去了比图谢克的家。

那家的损失非常严重，但是人没有伤亡。大树倒塌压在牛棚上，压死两头奶牛。比图谢克卧室旁边的屋顶塌了。令耿伽惊奇的是，衰弱的比图谢克竟能站立起来，亲自查看一切。看来他并没有惊惶不安。他瞧了耿伽一眼，问道："你们家怎么样？过一会我想去……"

次日的报纸大量报道灾害情况，市民受损数据还没有统计。英语报纸只报道洋人区受损的图文，哪里洋人的房子倒塌了，多少船只沉了，政府财产损失了多少，全都有，似乎这个国家只是洋人的。原住民的房子有多少被狂风刮跑了，有多少人被砸死了，和他们毫无关系！

孟加拉语的月刊、周刊也迅速地出版特刊，但只是充满失望的悲叹。他们不像英国人那样连续报道，哀鸣代替了统计和目击者叙述。有一两家报纸刊登了星象师的话：我们早就说过，1864年会有旋风，有无数人、畜会丧生……这一年厄运的阴影会笼罩民族命运的天空……土星变轨，凶星相犯，我们早就说过，末法时代的五大迹象都全了……

诺宾十分厌恶地把报纸撕碎扔到地上。他是前《观察家》日报的主编，他内在的新闻素质觉醒了。现在如果《观察家》报还在，他就会让你看到什么叫报道。但是这破国家不喜欢他的报纸，没人接受它。因他花了大钱办报，人们认为他是傻瓜。现在流行的竟是这些报刊！他们全是拍洋人马屁的或是相信宿命的！

他想起了哈里斯。在市民受难时，多么需要哈里斯的文章啊。没人来填补哈里斯的空缺，《印度爱国者报》现在还出，诺宾就是它的老板，但他自己现在不管了。在默图苏丹去了欧洲后，是克里希纳·达斯全权负责。

这场风暴，似乎把诺宾几个月来心中的疲惫一扫而光了。这几个月他一天天地躺在床上和谁都不愿交谈，在屋里饮酒，他似乎对生活再也没有热情了。

他又醒悟了。上午十点他吆喝："杜拉！叫人备车！"

杜拉说，现在路上没法行车。不错，雨是小了，但路上全堆满了破房子和倒了的大树。他亲自去看过了。

诺宾说："好吧，那我走着去。你准备吧！"

杜拉害怕地问："这种天气您去哪儿，少爷？"

诺宾说："去波兰纳加尔。不做事了？一天天地待在家里能行吗？"

"波兰纳加尔？走着去？"

"怎么了？不能去？谁也不去？全都待在家里？"

怎么不去，很多人去，但这家人几时在大白天外出步行过？拉姆卡马尔·辛格的公子诺宾卡马尔·辛格，从乔拉桑科走到波兰纳加尔，路人看到后会大吃一惊的！他在这泥潭中走什么！成苦行僧了么？

诺宾不听任何人的阻拦。他的眼、嘴、脸完全变了，又像从前那样固执、好动的青年了。他系上围裤，穿了件普通衬衫，拿了手杖，穿了黑色水鞋。下楼后叫杜拉："走！"

亲眼所见和别人说的、报纸登的差别大了！毁灭比诺宾想象的还要可怕得多。没有一间完好无损的房屋。没有一棵树是完整的。走路真的是非常艰难。有重要事情外出的上层人士雇了轿子，轿夫在这种路上也没法走，半路上让乘客下去了。

政府没有采取措施善后，没有清理道路和救助苦难者。谁知道，或许在洋人区救援工作在进行了，现在还不是考虑原住民地区事务的时间。

诺宾觉得全城变成了废墟。他站在废墟中间看着四方，眼前出现了另一幅画面。一切古的旧的全倒塌了，又建起了一个新的光辉美丽的国家。人们心中有了新的希望。要想所有事都如愿，必须让生活重建。

一一六

飓风刮倒了加尔各答许多大楼，梵社的祷告厅也严重受损。罗姆·摩罕·罗易建立的这栋楼部分倒塌了。屋顶塌陷，在修复之前进去很危险。

飓风不仅摧毁了祈祷楼，把梵社也分裂为两半了。

活跃激进的青年喀沙布和年长的戴本德罗纳特先生一起，曾使梵社重现辉煌。在古什格拉村芒果林的帐篷过夜时，戴本德罗纳特心中就有过触电的感觉。喀沙布把这宗教运动热情地推向全印度。他还亲自到遥远的孟买市弘扬新宗教教义。现在全印度梵社支部有五十家。修梵的人数超过两千。很多没有修梵的人，也被这解放思想和适合时代的宗教改革所吸引。

喀沙布不顾家庭的阻拦，和妻子一起公开参加孟加拉十月节，为此他会被家庭永远抛弃，但他也毫不犹豫。在戴本德罗纳特的诚邀下，喀沙布和妻儿寄居在乔拉桑科泰戈尔家里。住在别人家里能受到如此真诚、亲切的对待，即使一天都很难想象。喀沙布的妻子贾根摩西尼那么年轻，从未在别人家里住过，戴本德罗纳特先生的女儿和儿媳妇对她完全像亲人一样，她在深闺里非常快乐。贾根摩西尼的心只放在她们最小的弟弟身上。一看到戴本德罗纳特的小儿子罗比，她就忘了痛苦。罗比刚刚开始学说话，贾根摩西尼总是抱着他到处转。罗比的二哥绍登和戴本德罗纳特的孙子萨多跟着她转，这些孩子都管她叫妈。

在泰戈尔家住了不久，喀沙布身上长了可怕的脓包。戴本德罗纳特先生请了最好的医生，不让治疗有任何失误。可是喀沙布还是卧床一段时间。这时，喀沙布的家人后悔了，来哀求把喀沙布夫妇接回格鲁多拉家中。

喀沙布康复后以更大的热情投入到梵社的工作中。

戴本德罗纳特年轻时，对管理财产事务有些反感。他认为，人每月三十天考虑钱财的事，会影响道德和宗教修炼。尤其对父亲热衷挥霍和排场非常反感，戴本德罗纳特一看见喜爱享乐的父亲就背过脸去。他常想抛弃这一切，到遥远的深山亲近大自然来寻求安慰。

但现在他正值中年，是这大家庭的总管，除了家庭的巨大开支外，为推进梵社运动也得用相当多的钱。《求真》杂志和《印度邮报》英语半月刊也得花钱。所以这时戴本德罗纳特的心思多用在照管地产上。父亲欠的债务已经还请，地产的收益增加也相当可观。有段时间几乎破产的戴本德罗纳特，现在又是国内的首富了。此刻他觉得，在履行家庭责任的同时，可以继续努力修炼宗教和自我净化了。他对周围的人亲切大方，慷慨施舍。由于他是掌门人，大家都得听他的号令，他的话就是决定。在任何事情上，他的话容不得不同意见。实际上他的血管里，流淌的是他父亲的血液。

戴本德罗纳特很喜欢喀沙布，但对他还有一点疑虑。喀沙布为何如此歌颂圣经和耶稣？其中似乎有基督教的味道。戴本德罗纳特很不喜欢洋人和基督教，他不愿去接触英国政府官员。他不排斥伊斯兰教。他学过波斯语，倾向苏非理论。可是他认为婆罗门教是印度教的一个分支，就像崇拜偶像覆盖了印度教一样，一神论是印度教最主要的观点，一神论的梵社人是印度教的改革者。所以没有必要抛弃世代相传的印度教社会的家庭行为准则。他不喜欢革命。他赞成缓慢地改变。

但是，年轻的喀沙布心中有更高的期望。戴本德罗纳特先生的婆罗门教，只是孟加拉高级种姓的印度教，而喀沙布是要在全印度，甚至在全世界宣传一种新宗教。他不仅读圣经，也定期阅读《古兰经》。他认为，世界上的主要宗教有不同的规定，有部分是真理，但没有完全真理。所以他的责任是，把种姓、宗教的部分真理糅合，成为适合全世界的、梵社人也接受的理想宗教。

戴本德罗纳特和喀沙布之间，不仅有理论的分歧，内心的裂痕早就有了。年轻的梵社人全是喀沙布的学生，他们每天都要搞出点新东西来。喀沙布就像是马其顿的年轻王子，带领一个队伍梦想征服世界。但是因为所处的印度社会许多世纪被奴役，没有战争，这个印度教徒的孩子喀沙布的武器，不是剑而是舌头。

喀沙布他们要努力远离戴圣线的阿阇梨的梵社。既然婆罗门教没有种姓歧视，为何还要保留再生的标志——圣线？在喀沙布他们看来，戴本德罗纳特本人抛弃了圣线不错，但那些婆罗门阿阇梨在梵社不愿意退出。如果是因习惯或为避免家庭纠纷而保留圣线，那就保留好了！喀沙布他们还促成婆罗门和首陀罗不同种姓间通婚，这是戴本德罗纳特完全不喜欢的，他内心也很不赞同寡妇再婚。有一个名叫比乔克里希纳·戈沙米的青年，在喀沙布的鼓励下，这位前医学院的学生到名为巴克安乔拉的村庄去做宣传。他的观点比喀沙布还要激进，不把戴圣线的阿阇梨赶出梵社祭坛就不罢手。最终戴本德罗纳特同意了他的意见。

然后风暴就来了。

梵社的房子塌了，但星期三的祷告不能停啊！《求真》杂志已刊登了广告说，在房屋修缮好前，梵社的祷告会都在乔拉桑科戴本德罗纳特·泰戈尔家举行。

喀沙布一群人在规定时间到达时，看到祷告会已经开始，阿科塔纳特·巴格沙利端坐在阿阇梨的位置上。还能怎么办！曾谣传抛弃了圣线的巴格沙利先生，不仅戴着圣线，还说，他不同意抛弃圣线。这就是那位阿阇梨？而原来说今天担任阿阇梨的是比乔克里希纳和卡姆拉甘陀。

在祷告中，这群年轻人就闹起来了：戴本德罗纳特为何食言？

戴本德罗纳特站起来说，这不是梵社组织的，这是在他的家里。他有权按自己的意愿举行仪式。

年轻人说，完全不是这样。大家同意改变梵社祷告的地方，那就不管在谁的家里，都必须按照梵社的章程办事。

戴本德罗纳特当时为了两派妥协，说："那么可以这样做。巴格沙利先生坐下了，就请坐着吧，在他旁边再请一位抛弃了圣线的阿阇梨坐。那样谁都不能再说什么了。比乔克里希纳可以当第二阿阇梨。"

但是年轻人不同意，为什么妥协？生命是有理想的！戴圣线装婆罗门，又相信没有种姓歧视的婆罗门教，这算怎么回事！

站在外面楼梯上的比乔克里希纳大声嚷道："戴本德罗纳特先生难道是教皇，我们必须服从他的旨意办事？"

这下戴本德罗纳特严厉起来了。"对，他的话就是决定！他不能让巴格沙利先生从阿阇梨的席位上下来。愿参加祷告会的就参加，不愿的就请走。"

喀沙布、比乔克里希纳一群人离开了祷告会，到另一个梵社朋友家去了。

就像是在梦境之中，戴本德罗纳特越过许多老梵社人，把年轻的喀沙布推上阿阇梨的位置，实际上是把梵社的责任交给他，今天看来这梦是破灭了。他大笔一挥，就把喀沙布及其支持者赶出了梵社大楼和财产管理委员会。他不需要他们了。他的大儿子迪金德罗纳特成了梵社秘书，助理秘书就是那位阿科塔纳特·巴格沙利，戴本德罗纳特掌握着一切权力。

戴本德罗纳特这一行动，使青年人完全惊呆了。梵社的所有财产，难道是戴本德罗纳特自己的？不错，他是给过很多钱，但现在钱是梵社的，梵社是有章程的。戴本德罗纳特不承认这些，发布自己的命令。这是独裁！罗姆·摩罕·罗易不是主张信不同宗教的人都可以在梵社大楼祷告吗？

梵社如果分裂为两部分，那么财产也应分开啊。喀沙布及其支持者们只能这样想，但是根本无法这样做。喀沙布是《印度邮报》主编，但一夜之间又任命了新主编。喀沙布无论如何接受不了。难道给予经济援助的人就拥有对该报的主宰权力？主编经过辛劳出版报纸，到头来却什么也不是？要知道邮报的出名是靠他喀沙布的一支笔！

喀沙布决定，推出名为《邮报》的另一家刊物，他没有放弃邮报的编辑职务，在半个月内单独出了新版的邮报。

戴本德罗纳特虽然坚持自己的主张，但和喀沙布的分道扬镳使他的内心受到了打击。他想把青年领上正轨，使他挚爱的梵社运动发扬光大。但青年人时时打击他，而青年人的本性，至少是要比老人的思想激进。在梵社分裂后，激进青年点名对他进行各种指责，甚至用了很难听的语言。高种姓的戴本德罗纳特不做声，不予反驳。但他突然感到孤独了。虽然追随他的婆罗门数量也不少，比反叛的年轻人还多得多，但戴本德罗纳特不再有以前那种热情了。他甚至觉得视力衰退，听力减弱，舌头也不灵了。才四十七岁的年纪，却好像一下子衰老了。

他静静地躺在二楼走廊的躺椅上，提不起一点精神来。他一再想起喀沙布，他爱他甚于爱自己的子女。现在喀沙布远去了，但他不能生喀沙布的气。自己在心里说，愿喀沙布胜利，让他灵魂的光辉照亮世人，让全世界都认识、知道喀沙布。

一一七

　　市里另一群富豪，用各种办法对抗梵社，其中最成功的是从西部请来苦行僧。圣人、修行者改变他们在僻静无人的山峰的坐禅入定，成群地来到加尔各答。这里不缺少虔敬者，吃喝安排都是完备的。

　　有钱人不以养几个马屁精和小妾为荣了。近来美女、洗衣匠、卖油的都被养成马屁精和小妾了，现在他们不再受青睐了，特别是在东孟加拉来摆阔的地主那里。比较起来，用苦行僧显摆更好，既保卫了宗教，又显示了金钱威力。用苦行僧来办祭祀、做法事、给乞丐舍饭等等，比梵社的活动排场得多。梵社人只是祷告，人与人互称兄弟，洒几滴爱的眼泪。

　　邦古比哈里先生近来成了新贵。从前他是一家律师代理行的职员。俗话说律师捎客养的黑猫或山羊都能学到法律，所以，邦古比哈里先生也逐渐精通法律了。在给当地的有钱人出过好主意后，觉得自己也成才了。进入中年后，他意识到钱已经挣得够多，该买声誉了。他在崎岖的路上闯荡了一阵，扔了很多钱，感到索然无味，那样做似乎捞不到名声。实际上他从小就暗中出名了。他小时候有一次掉进一口枯井，摔歪了鼻子，从那时起就得名"歪鼻子邦古"。

长大后他发达了，可是人们在背地里还叫他歪鼻子邦古。

邦古比哈里先生去西姆拉转了几天，带回一位苦行僧。看不出他多大年纪。身躯像一座移动的山，从头到脚长了很多毛，不亲眼看见，你就不会相信有这样的人。饭量能和一头大象相比。十个人配合起来将他抬到了冈萨里巴拉的邦古比哈里家。

这位苦行僧的名声一天天传开了，人们从早到晚聚集在冈萨里巴拉。著名的大戏班来演出时也没见这么多人。苦行僧一天展示一个绝招给人看。传说他能点铁成金，只是要等待合适的日子，他的徒弟也不否认。他在众人面前把酒变成了牛奶，他一刀杀了一头公羊，然后用手抚摸几下，公羊又复活了，咩咩地叫。

苦行僧出名，当然就意味着邦古比哈里出名。他雇人在全市敲锣打鼓，宣传苦行僧的高深学问。邦古比哈里十分痛恨梵社人，为什么痛恨，他自己也说不准，反正就是痛恨，他派锣鼓手去知名的梵社人家门前闹。他还写信给著名人物，吁请他们亲眼看看，现在吠陀宗教是多么辉煌！咒语的力量是多么巨大！不相信的人都得低头认输。

很多人真的看到了苦行僧的神奇力量，都哑口无言了。

好奇的诺宾有一天来到冈萨里巴拉。开头他使劲推开众人也挤不进去，前面有多层人墙。后来杜拉推开人，情况很快就变了。有人认出他了，啊，诺宾古马尔·辛格来了，让开路！让开路！另外有人说，在哪儿，诺宾·辛格在哪儿？看看！

人群让出一条缝，好奇地看着他。比起苦行僧来，诺宾也是很值得一看的。

诺宾不是时时都意识到自己是名人。他内心只是寻找奇闻的少年，带着画猫头鹰的心态来这里。但在人们眼中，他是著名的慈善家、《摩诃婆罗多》翻译家、《印度爱国者报》的老板，等等，当然是巨富了！意识到这点后，他脸上假装凝重，缓步走了进去。

歪鼻邦古，即邦古比哈里的打扮值得一看。穿的是布边绣有"维迪耶萨伽尔长生不老"字样的围裤，红色衬衫，上有围巾，头上有包头布，手上一块红手绢，上面拴着一串钥匙。他非常尊敬地同诺宾握了手。在请吃蒟酱叶包后将他带到神堂。苦行僧坐在那里，徒弟簇拥着。中间是留给贵宾的坐垫。诺宾坐在那里，周围很多是熟悉的面孔。

贵宾可以问苦行僧两个问题，当然不是直接问。歪鼻邦古比哈里先生的挚友拉摩尼·罗易精通印地语，他将问题翻译给苦行僧的一位高徒，高徒用最难懂的印地语告诉师尊。沉默的师尊开始摇几次头。那摇头便是言语，译成印地语后答复提问者。

邦古比哈里对诺宾说："辛格先生，您想想，提两个问题吧！"

坐在诺宾旁边的是西姆拉的贾格莫汉·萨卡尔。他牙齿全掉光了，瘪嘴，光头，胡须全白，再也认不出从前的样子了。近来他成了毗湿奴的虔诚崇拜者，见到任何女人都称呼她为妈。甚至有时把自己的妻子也称为妈。

贾格莫汉嚷着说："苦行僧看来就像是广博仙人。请消除我心中的两个疑虑。如何修炼到使灵魂和薄伽梵相交？如果能，就不存在来生了。还有，通过与人性相通，薄伽梵就在世上游玩么？"

通过拉摩尼把问题向苦行僧提出了。苦行僧举手指天开始写看不见的字。一个徒弟注视着那里。然后他告诉了答案。如此高深莫测的答案，很多人是不懂得的。越不懂就越虔敬，都不是普通人说的那种普通话。

又这样进行了问答。其中有一两个问题引起哄堂大笑。就像悉多的丈夫罗摩问："主啊，请告诉我，我的寿命还有几天？"苦行僧答复说："你已经死了！你不知道吗，在《薄伽梵歌》里，黑天是怎样对阿周那说的？"

在人群中，钱德拉纳特带着他的门徒站在一个柱子旁。一连几天他都定时来。他锐利的眼睛盯着苦行僧的动作，至今一言不发。他的门徒跃跃欲动，被他按住了。

诺宾没有提问，可是他在耳闻目睹后感到吃惊。他想起小时候读书时，在普凯拉西王宫见过一位伟人，他是真理时代的人，身上有蚁冢，但不几天骗局就被揭穿了。看来这个苦行僧不同，他显示的能力无法解释。一个人乞求上帝祝福，他只空着手一指，就有一朵花落到那个人身上。一只猫突然闯进来，看见这么多人就乱跑，直接跳进苦行僧的怀里。引发大家哈哈大笑，苦行僧示意大家安静后，在猫身上抚摸了几下，一只鸽子振翅飞走了。所有的人都感到不可思议，谁都没有见过。

贾格莫汉·萨卡尔对诺宾说："兄弟，我都没词了，可是还得问些问题，您问两个问题吧！"

但是诺宾想不到问什么。他对宗教没有什么疑问，他不为灵魂和薄伽梵的关系伤脑筋。他只是来看看。

贾格莫汉·萨卡尔说："您就问，大梵天无处不在，能有直接的证明么？"

他看到诺宾面露羞赧，自己就大声说："诺宾·辛格先生想知道……"

通过拉摩尼和徒弟把问题传给苦行僧后，苦行僧既不摇动脑袋，也不在空中写看不见的字，只是凝视面前的杯子。

这时两三个徒弟一起说："请大家安静，看着这杯子。谁都不要出声。"

杯子离苦行僧有两三尺远，里面有许多玫瑰花。旁边的铜盘上放着神石。苦行僧凝视着杯子。

突然一朵玫瑰从杯子里跳出，落到神石顶上。

众人齐声惊叹。诺宾好像不相信自己的眼睛了。那朵花真的像青蛙一样跳上去了。这怎么可能呢？

后来的事更加离奇了。这时邦古比哈里拿来一瓶酒。来过的人都知道，苦行僧要将酒变牛奶了。这真的是酒，没有任何作假，证明就是把酒倒在陶盘里，满屋都是熟悉的酒味。有些观众紧张起来。

然后一个徒弟问："师尊，这瓶子里是什么？"

师尊什么也不说，把液体倒进陶盆里，就变成了白色的牛奶。

大家又发出惊呼声。诺宾想，不懂这魔术和大梵天存在有什么关系，但是，酒变成牛奶是没有疑问的。

这动作先前也使钱德拉纳特不安。他也连续几天来观看。当大家都叫"牛奶、牛奶"时，他推他的学生说："去吧！"

他的门徒冲向装奶的陶盆。苦行僧的两个徒弟吼叫着要抓他，他以痛苦的声调说："我要喝奶，我要喝这奶！"

邦古比哈里说："啊，这小孩儿从哪儿来的！去，去，滚开！"

苏丹仍然要求喝这奶。

当时人群中有人说："先生，既然变成了牛奶，就让这孩子喝喝看吧！"

徒弟们表示强烈反对。

钱德拉纳特往前走了几步，说："不，先生们，让这孩子喝这奶是不对的。颜色虽然改变了，它还是酒，有谁来用舌头试试吧。"

后面有人叫起来："这先生说得对！酒永远变不成奶。我们打听过，美国的罗摩、美国人阿尼希将水注入酒里，马上变成奶白色。这没有什么神奇的。"

说这话的是医学院的年轻学生。他推开众人走到前面。

钱德拉纳特拿起酒瓶说：请谁来尝尝看吧，这除了美国酒外什么也没有。我再说一点。我从苦行僧的长袍下如果拿不出一只死猫，那么你们就拿鞋底抽我五十下！"

像在金匠谷比家里没有活鬼一样，这回苦行僧和他的徒弟的真相殊途同归。许多人都过来搜查。真的从苦行僧的毯子下搜出一只死猫。这人有多大的力量，能迅速地把猫掐死，而不让它叫一声。一只臭烘烘的被杀死的羊也找到了。而钱德拉纳特的学生拿到了会在空中跳跃的花儿。它绑在马尾巴的一根毛上，另一头拴在苦行僧的脚趾头上。

诺宾避开乱哄哄的人群，站在门旁边。看到钱德拉纳特和他的徒弟出来时，他说；"先生，请等一下？请问贵姓大名？"

钱德拉纳特斜眼看着诺宾，说："您对我的名字好奇，我能知道原因不？"

诺宾笑着说："我很欣赏您，我喜欢与您这种性格的人交朋友。您跟我走吧。"

诺宾友好地向钱德拉纳特伸出右手。

一一八

　　默图苏丹的书信，像冬天的落叶一样接连寄来。收信人维迪耶萨伽尔是默图苏丹现在唯一的依靠。默图要让他明白，自己在侨居中落魄，到了极端贫困无助的状态。维迪耶萨伽尔这个固执的婆罗门不仅是学问的海洋，也是慈善的海洋。默图曾认为是朋友的，全都翻脸了，他只得到维迪耶萨伽尔无私的援助。王公迪甘波尔·米特拉是默图苏丹儿时的挚友，在国内的财产事务上默图苏丹依靠他最多。这个迪甘波尔·米特拉毁了他，甭说寄钱，连信都不回。而默图苏丹是把《诛梅克纳特》这部诗献给他的。

　　默图苏丹把妻儿留在国内，自己住在伦敦。他留给亨利叶达居家过日子的钱，但代管财产的人也不按时付给。亨利叶达别无他法，只能带着子女去伦敦，导致默图的困难雪上加霜。除了默图苏丹读律师的费用外，要负担这一大家人，是完全不可能的。因为法国的消费比英国稍低，默图苏丹一家去了巴黎。但当两手空空时，考虑物价多少有什么意义？情况已经糟透了，年幼的子女饿得哇哇乱叫，默图苏丹作为父亲只能看着。他，拉吉纳拉杨·德特的儿子，是嘴里含着金勺子诞生的，年轻时花钱似流水，今天他的儿女竟是这种状态！虽然他在国内有足够的钱，仅森德尔班的土地，年收入就有一万金币，只因国人背信弃义，使他在国外陷入绝境。他曾是满口"德特不是别人的奴隶"的傲慢语气说话的人，今天却像普通乞丐一样去向基督教会伸手了。

出卖和抵押了自己的物品后，什么都没有剩下。诺宾古马尔·辛格赠送的银盘，是默图苏丹的最爱，也拿去抵押了。这是他在祖国承认他诗歌创作的唯一欢迎会上得到的，可是他不得不拿去抵押了，换来的钱只够子女几天的牛奶钱。

默图苏丹对其他人都失望后，向维迪耶萨伽尔求援了。他做梦也想象不到，维迪耶萨伽尔不要任何担保就把钱寄来了。和加尔各答那些大富豪相比，维迪耶萨伽尔算什么！维迪耶萨伽尔放弃了诱人的政府职位，现在全部收入就靠卖他自己写的书。只有维迪耶萨伽尔，这个既不是地主，又不是富豪的散文作家，帮助诗人默图苏丹。

但是这样也不行。维迪耶萨伽尔寄来的两三千卢比，一两个月就花光了。这时又是苦苦哀求的信。这时默图苏丹的全部天才，都用于创作哀求信了。为了讨维迪耶萨伽尔喜欢，他在英语信中用孟加拉字母写了几行，因为维迪耶萨伽尔喜爱婆罗多钱德拉的诗，他就总是引用婆罗多钱德拉的作品和语言，描写法国的冬天，"马克月①的雪就像老虎一样厉害"。他热情地报告，英国报刊何时何地登载了维迪耶萨伽尔的消息。一天他在巴黎一家店铺看到维迪耶萨伽尔写的几本书，默图苏丹感到非常骄傲。对店主说，这位作者是我的好朋友。店主听后说："是吗？我以为这作者已经不在世了。"默图苏丹说："多糟糕！不，不，他的国家、他的好友是不能失去他的。"

默图苏丹非常相信，只要发去恳切的信，维迪耶萨伽尔就会准时寄钱来。他带了家人到帕尔沙市住几天，维迪耶萨伽尔寄来的钱很快就要花光，又发信去求援了。一天早上，默图苏丹正想读书，亨利叶达眼泪汪汪地来说，再也不行了！这样还能活几天！

① 马克月（Māgha），印历十一月，一般在公历一月至二月间。这里发音与孟加拉语词老虎（Bāgha）押韵。

又出什么新状况了？事情很小，但很伤人心。他们住所附近有热闹的集市。村里的孩子都跑去了。亨利叶达的子女也闹着要去。小孩不懂事，怎么能制止他们？默图苏丹什么都没想，就说："为什么不去？去吧，去看看集市。"亨利叶达悲声道："只有三个法郎，不要说买东西，连买门票都不够。"

默图苏丹闷坐了一会儿。他是无能的父亲，今天早上他都没有能力让自己的孩子有个笑脸。没有办法，他说等等吧，今天维迪耶萨伽尔寄来的钱肯定会到的！他不是凡人！他的天分和知识如古代的圣人一般！维迪耶萨伽尔会明白的！

现在通讯便利，一个钟头内维迪耶萨伽尔的邮件就等到了，内中有一千五百卢比。

维迪耶萨伽尔按时寄来的钱使默图苏丹生活的拮据稍微减轻了，他开始考虑再去读书。这期间他已随性学习了几种语言，但这当不了饭吃，也不可能长期侨居，在回国前如果考不到律师，回去后还会是这样的状况。戴本德罗纳特先生的儿子绍登德罗纳特，荣幸地通过了I.C.S.（印度文官）考试，震惊了大家。在这种与洋人同场的考试中，这是印度人获得的第一个I.C.S.。绍登德罗纳特很聪明，此外他是富豪的儿子，他读书时不用为钱发愁。听说在绍登德罗纳特通过I.C.S.考试后，英国当局担忧了，考虑提高考试难度，以保证印度人要和英国人在同样的能力下任职。默图苏丹害怕了，那么律师考试也要更难了？在印度各大城市，特别是加尔各答最高法院，英国律师收入相当高，在那里他们会轻易让印度人参与竞争吗？所以要尽快通过律师考试，这也就需要向维迪耶萨伽尔要更多的钱。他给维迪耶萨伽尔寄去变卖或抵押他的全部财产的委托书。

维迪耶萨伽尔在读默图苏丹的信和消息时，不仅痛苦，有时还好奇。一天，他对几位朋友说："喂，你们听到那位无韵孟加拉诗人的最新消息了么？法国警察怀疑他是在逃的屯图班特·纳纳萨哈伯！"

众人大惊。

这事并非空穴来风。英军现在还没有抓到土兵起义的主角纳纳萨哈伯。关于他有各种各样的谣言。虽然叛乱被平息已七八年，英政府现在还在追捕他。默图苏丹为了躲避追债人，几乎都蛰伏在家，轻易不外出。所以法国警察产生了怀疑。这个肤色黝黑、大块头、满脸胡子的人不会是伪装的纳纳萨哈伯吗！

默图苏丹在另一封信里说：著名学者戈尔德斯图加特先生，延请默图苏丹担任伦敦大学孟加拉语教授。这是荣誉很高的职位，但没有薪水。默图苏丹为了读完律师课程，从巴黎来到伦敦。对他来说，他不可能接受戈尔德斯图加特先生的相邀。只是荣誉职位，他吃什么！英国的牲畜受到毒菌侵害，发生瘟疫，现在各种肉都是天价，每月三百五十卢比都很难度日。谁给他钱？

维迪耶萨伽尔读信后长叹一声。伦敦大学把孟加拉语教授的衔头授予一位杰出的孟加拉诗人，这很自然，但英政府却不愿付给他报酬！而谁会从印度帮助他？维迪耶萨伽尔能这样努力帮助多久？全靠他的努力也不现实。

维迪耶萨伽尔内心的疲惫，很多人是不理解的。作为施舍者一旦出了名，麻烦就不少。现在没办法不理睬别人。给了十个人施舍后，如果回绝某个人，人们就会放大来看。他明白很多人骗他的钱。借口为父母，要到钱后和狐朋狗友去喝酒。他按月给那些孤女经济援助，突然得知她们中有的成了娼妓。

比这更可怕的是，真的有某些想不到的人，得到维迪耶萨伽尔的帮助摆脱了困境后，竟在暗中中伤维迪耶萨伽尔。感恩是个沉重的包袱，很多人一生中背负不了这个包袱。所以扔下包袱去仇恨施惠人，才感到自在。维迪耶萨伽尔明白这些，可是每次遇上时内心都受到新的打击。

施舍从来就不是没有好处的，它换来的是感到骄傲的舒服。特别是从贫穷变到富足后，通过施舍感到骄傲。维迪耶萨伽尔不是惧怕宗教，也不是为祈福，他的施舍是为求灵魂的快乐。虽然他听了别人痛苦的叙述会流泪，但这样的眼泪是幸福的。

可是这也有限度。当施舍变为每天强制的事情时，他心中只剩下疲惫了，觉得自己只是付钱的机器。听到谁说一两句称赞的话反而会害怕，心想：看来这次又是要钱。他对人的真诚产生怀疑了，这样过日子，就越过越感到孤独。

维迪耶萨伽尔是不能长久无所事事的，他的血管里流淌着工作狂的血液。对国人的恨其不争，使他独处了一段时日，他必须走出来。寡妇再婚法虽然通过了，但他看到这法律的使用并不普遍，愤怒了。那些口头对他表示支持的人，很多实际上退缩了。这回他更热心地反对一夫多妻。这一夫多妻的社会制度，就是制造寡妇的工厂。如能制止它，就给问题的根源以致命的一击。还有一个办法，就是给无助的妇女以自立的教育。在农村办学的事务上，他和政府有不同意见，为此他辞去公职，自己努力建立女校。

这时一位德高望重的夫人来到加尔各答，她名叫梅里·加尔本达。这位老妇人在英国不懈地推广妇女教育很久了，她也要把知识之光送给印度的妇女。她先前已经知道维迪耶萨伽尔和戴本德罗纳特·泰戈尔的大名和事迹。所以急于和他们见面。

戴本德罗纳特想躲避和洋人的关系，怕见梅里·加尔本达，就跑到郊区去。有一天一位政治人物把梅里·加尔本达带到贝休恩学校，在那里第一次介绍给维迪耶萨伽尔。年轻的梵社人热情地为梅里·加尔本达设立了一个委员会。在喀沙布的策划下，维迪耶萨伽尔出席了会议，梅里·加尔本达在会上提出建议说，为在印度推行妇女教育，最需要的是本国的女教师，仅靠洋人女教师不行，所以要培养女教师。为此设立了一个委员会，维迪耶萨伽尔的名字自然也在其中了。

但后来维迪耶萨伽尔想，他在这里面不好。他不愿意加入英国人在印度推广教育的活动。国民要做的事情，为何总要以几个英国男女为中心？靠自己努力就什么也干不成？他不再相信那些过分热情的梵社人了。他给委员会发去辞职信。

但是梅里·加尔本达不愿放他走，频频派人劝说他。她想让维迪耶萨伽尔陪她去各地，亲自考察女子学校的状况，维迪耶萨伽尔没有办法，只好同意。

北区福利会管辖的一间女子学校，开办有些日子了。有一天到那里去考察，是副总督亲自向维迪耶萨伽尔提出的建议。同行的有学校督察伍德罗先生、司长艾德金斯先生。回程时发生了严重车祸。

马车在一处拐弯时过猛侧翻了，维迪耶萨伽尔被摔到路面上，他的头和腰受到猛烈撞击，立即失去知觉。这突发事故使马匹受惊乱跳，随时会踢到维迪耶萨伽尔的头和胸部而致命。时值傍晚，路上行人不少，有很多人围观。但按国人的习性，大家只是哀叹，却没有人出来帮助伤者。这时，后面的车子到来后停下，伍德罗和艾德金斯跳下车，以无穷的勇气拉住那疯狂马匹的缰绳，救了维迪耶萨伽尔的命。梅里·加尔本达坐在满是尘土的地上，把维迪耶萨伽尔的头抱在怀里，流下眼泪。

一一九

诺宾古马尔黎明时来到尼姆德拉码头恒河中，让自己没入水里反复三次。秋季天空晴朗，风儿柔和而温暖，河水很干净。诺宾不会游泳，不会走到没过胸口的深水中去，杜拉钱德拉就站在旁边守卫。诺宾在入水三次后发出舒服的叹息：啊！然后他闭上眼睛，双手合十，对着冉冉上升的太阳念了一句梵语："啊，木槿花面对着太阳的光辉……"

今天诺宾肩上似乎卸下了一个重担，他实现了承诺。今天中午孟语《摩诃婆罗多》第十七卷也就是最后一卷就要出版了。

仅用八年，他就完成了这项浩大工程。为了应付开支，他不得不卖掉加尔各答的一些财产和部分地产，但他毫不心痛。他向那些怀疑的人显示，他能做到。布德万的王公曾与他较量，王公的财力、人力要比他雄厚得多，也雇佣学者翻译《摩诃婆罗多》，但他们能先完成么？

诺宾穿着湿衣服上岸后问："杜拉，你想跟我要什么？说吧！"

杜拉不明白，问："什么？"

诺宾又说："今天我就是满足一切的神树。你想要什么就跟我说，我就给你。"

杜拉说："我还向您要什么呢，少爷？您已使我什么都不缺了！"

"你还是向我要点什么吧！"

"我得到您的爱够多的了，还再要什么，少爷？"

"去你的，笨蛋！你就没有什么愿望？为你的妻、儿要点什么吧。"

"全都给过我们了，少爷。"

"我把波兰纳加尔的房子赏给你儿子。"

"是，不，不，不，大先生要是听到……"

"闭嘴！你敢驳我的话。那房子从今儿起就是你儿子的了。回家后我就签署文件。你高兴吧？"

"您把湿衣服换了吧。"

"我问你，高兴不？笑一笑，我看你的牙齿，来。"

诺宾不着急换衣服，注视了一下河面。机器船不到这边来。这么早，渡船也载客渡河了。一个水手唱道："撑着撑着命就没了，可没见着亲人的面……"

诺宾说："这世界很美，不是吗，杜拉？"

"是的。"

"光阴像这河水一样流逝，我们只是一个过客。"

"是的。"

"谁都不知道，我们从何而来，到何处去，可是我们所看到的很美，很神奇，不是吗？"

"是的。"

"怎么总是'是的、是的'，点点头，你就没有自己的话说？你不喜欢这生活？"

"是的，喜欢。"

"喜欢炸鱼么？"

"是的。"

"马蛋①呢？不喜欢吗？废物！全都喜欢……什么都不懂。"

"我能说一句话么，少爷？"

"我不是一直要听么？"

"很久以来，今天您最高兴，这是我们最喜欢的。"

"是吗！把焚尸场那些乞丐都叫过来，给他们每人十卢比。"

杜拉钱德拉一声吆喝，乞丐就成群地过来了。诺宾从车上拿下钱袋，对杜拉说："去，给他们发钱，一个都别拉下。"

杜拉说："您亲手给吧，少爷。不亲手给，施舍就没有积德。"

诺宾不屑地说："笨蛋，滚开。我施舍是为了积德吗？我没必要为下辈子积德。我要给他们，我喜欢给。"

在杜拉忙着发钱时，诺宾怡然地看着恒河，突然想起母亲。恒河发源于喜马拉雅，在赫尔德瓦尔进入平原，他的母亲住在赫尔德瓦尔河边。他好久没有见到母亲了。

回到家更衣喝水后，诺宾又出去了。他要把《摩诃婆罗多》的最后一卷，亲自送到巴杜尔巴干的维迪耶萨伽尔先生家里。傍晚时要为《摩诃婆罗多》的完成召开特别会议。但是维迪耶萨伽尔先生不能来。车祸使他伤势严重，他的脊椎被撞伤了。

到了巴杜尔巴干后，诺宾听说维迪耶萨伽尔发高烧，医生禁止来人和病人说话。诺宾只求看一眼。维迪耶萨伽尔的挚友拉吉克里希纳先生和弟弟善普钱德拉劝阻了所有的求见者，但他们不能对诺宾说不。

维迪耶萨伽尔在铺着白单子的普通床上睡着了，额头上是忧虑的皱纹，嘴角微微收缩。没有家具的房间里只听到墙上挂钟的滴答声。诺宾把手中的书放在维迪耶萨伽尔的床边，然后默默站了一会儿。他在心里说："我已经履行了对您的誓言，从今天起我自由了。"

然后他委屈地长叹一声，又在心里说："您没有对我公正评判。

---

① 马蛋（Ghorar Dim）是孟加拉语里的俗语，指胡说八道。

您看到我的践诺了，但没有检验过我的心。再见了，师尊。"

诺宾整天在繁忙的工作中度过。像在天空自由飞翔的鸟儿一样，也感到自己轻快了。他真的完成了如此浩大的工程，为此他的全身不是骄傲，而是惊讶和快乐。在傍晚的会议上，许多名人对他称赞有加，并且希望他着手将全部《罗摩衍那》和其他经典也翻译为孟加拉语。诺宾古马尔表示，他不仅要将《罗摩衍那》，还有意将《那罗延颂歌》及其他典籍用孟加拉语出版。他向参加翻译的学者赠送了丝绸、铜壶和金币。会议结束时听到报时的七声炮响。

在客人全都离开后，诺宾突然感到孤独，以后他干什么呢？只有宏伟的理想和听赞扬，是满足不了精神饥渴的，他还需要别的东西。家留不住他的心，妻子索罗吉尼实际上是个傻瓜。诺宾做过许多努力，清楚地看到除家务和聊娘家的故事外，别的事都吸引不了她。近来她对拜神到了痴迷的程度，尽管诺宾完全不喜欢。近来和尚、苦行僧、算命师也来走动了，他们来找索罗吉尼。索罗吉尼这么久都没生孩子，她怀疑，主要原因是丈夫不喜欢她。

当然，现在古苏姆也没有孩子，但她不理会这些。耿伽和古苏姆的房间几乎每晚都唱歌奏乐，古苏姆酷爱音乐。诺宾也特别喜爱音乐，但他从未踏入过哥嫂的房间。耿伽和古苏姆多次来请，诺宾每次都以种种理由推辞了。现在他不直接和古苏姆说话，回答她的问题时也不直视她。古苏姆到现在也不明白，诺宾为何如此躲避她。

过了一会儿，诺宾又坐马车出去了。要去哪儿，事先也没有定，所以到处转了一会，来到兵营附近的钱德拉纳特巫师家。

钱德拉纳特的助手加鲁·谢克（又名苏丹）把门打开，说钱德拉纳特不在家。

可是诺宾径直走进办公室，问："你的先生到哪儿去了？"

苏丹说，先生去晒太阳了。

诺宾不明白，问："晒太阳什么意思？"

苏丹说："是的，yes，sir，先生晒太阳去了。晚上没有太阳，我们先生也得出去一次。"

诺宾说："啊，你的先生为何每天晚上去晒太阳，难道他是士兵？"

"我们先生看见士兵不害怕，见到洋人警察也不害怕。"

"好吧，你的先生会回来吧？我等等。"

"请坐，先生，请坐。吸烟么？我们先生吸烟。"

"烟、蒌酱叶包，我什么都不要。那天我看到你头上没有头发，没有眉毛，今天怎么突然全都长出来了？"

"这是假发。是先生给戴上的。他用墨水画的眉毛。先生对我说，光溜溜的成不了苏丹。"

诺宾微微一笑，开始品味苏丹说的话。

几个月来，诺宾和钱德拉纳特建立了一种奇怪的关系。诺宾很受这牛脾气的人所吸引，这位巫师不是一般的医师，他要治疗社会的疾病。诺宾对这些事情也很有兴趣，所以他要和钱德拉纳特联手。但钱德拉纳特不愿接近诺宾，诺宾邀请他，他也不去，诺宾来看他，他也厌烦。他好像强烈憎恨有钱阶级。

可是诺宾仍旧常来。他对不顺从的人更感好奇。他看不惯那些溜须拍马、唯唯诺诺的人。钱德拉纳特当面指责他，他感到很有趣。

对诺宾翻译《摩诃婆罗多》的荣誉，唯一表示藐视的就是钱德拉纳特。有一天他说："重大的工程！您就这样挥霍您地产上贫苦子民的钱，您免费给半文盲的人赠送这本书，难道这不是他们在用血汗种出稻子来帮助你么？"

诺宾听了这话也不生气，笑着说："我生于富豪之家，那是我的罪过吗？我可以像迦尔纳那样说：我生于神族……"

"那么您就按纨绔子弟的性格行事吧，来我这里做什么？一边在美酒和美女中挥霍金钱，另一边建神庙买名。近来又建学校代替建庙了。"

"我既没有建庙，也没有建学校，是犯了大错吧？老兄，我很喜欢你的驱鬼生意。"

"您脑袋里也有鬼。"

"真的，真的？你能告诉怎么捉鬼么？需要多少钱，我给。"

"辛格先生，我恨那些口口声声显示钱多的人。"

"但这是你的职业，不是吗？你接下我这案子吧，既然你说了，我脑袋里有鬼……"

"很遗憾，我手头案子都满了。现在不能再接任何案子。"

市里闹鬼和苦行僧驱鬼的风气很盛，诺宾一得到消息就到那里去。他知道，钱德拉纳特会带徒弟去。钱德拉纳特每次都用不同的手段破了骗局，所以有几次他遇到了危险，对方来袭击钱德拉纳特。一次在穆斯林区的一栋房子里，发生了冲突，苦行僧的几个愤怒门徒来殴打钱德拉纳特，那次诺宾靠着杜拉的帮助保护了他，将他带上自己的马车。钱德拉纳特当然没有表示任何感激，没有说一句感谢的话，过了一会他下车走了。

吉德普尔路，钱德拉纳特家对面的房前，每天都聚集了很多人。一天诺宾好奇地到那里去。一个中年人在那楼里租了一间房住，给贫苦的百姓治病并且给药。全是免费的。这位先生名叫博岚戈巴尔·比索依，但他心中根本不懂钱财（比索）。诺宾和他交谈后得知，博岚戈巴尔先生是正规医学院毕业的医生，曾在勒克瑙公立医院工作，不久前妻子过世，他就成了居家的苦行僧。他的全部积蓄都用于为穷人服务了。

仅交谈了一个钟头，诺宾就问，您这房子的主人是谁？他住在哪里？我要买下这所房子。您就在这里开设一间慈善医院吧。我每月给一千卢比。

诺宾说到做到，全都很快落实。几天内就买下那所房子，成立了慈善医院，为了购买起码的设备器械，诺宾古马尔又另外出了一万卢比。

有一天，他来对钱德拉纳特说："兄弟，我没有建庙，也没有建校。我建了慈善医院，这是你喜欢的。这回你高兴了吧？"

钱德拉纳特满面通红。他严肃地说："这也是你们有钱人的骄傲。在我的房子对面，建这个做什么？您自己出名了，让我们整天看着。"

诺宾笑着说："去看看招牌吧，写的是普通慈善医院。哪儿都没有我的名字。我看很难让你高兴。为我们花钱，你反对，我为穷人花钱，你也反对？"

诺宾和苏丹聊了很久，也没见钱德拉纳特回来，他想，再等下去也没有用。

他刚要站起来，一辆牛车来到大门口停下，钱德拉纳特从车上下来。走了几步，眼看就要倒下时，他挣扎着靠墙，把持住自己。诺宾自然感到吃惊。他从未见钱德拉纳特喝酒醉过。不仅如此，跟着钱德拉纳特下车的，还有一个戴面纱的姑娘。

苏丹举着桅灯向主人跑去时，诺宾在灯光下看到，钱德拉纳特衣服上全是血。他的一只眼和额头严重受伤。

毫无疑问，钱德拉纳特卷入一场严重的斗殴，像他这样强壮、厉害的人进屋后竟也站不住了。他坐在椅子上叫唤苏丹拿点热水来。

钱德拉纳特的衣服被划破了，他挨利刃捅了几刀，血大滴大滴从他身上落到地上。

诺宾受不了这血淋淋的场面。他又不能给钱德拉纳特什么帮助。他明白，受重伤的钱德拉纳特需要医治，他说："医生，需要一位医生。苏丹，去我们医院请位医生来吧。"

钱德拉纳特用两手捂着脑袋，说："不，不需要。我自己能处理。"

诺宾说："你这种状况能做什么？"

钱德拉纳特不回答。

诺宾说："附近就有医生，好吧，我亲自去请。"

钱德拉纳特斥责说："我说过了，我不需要。"

戴面纱的姑娘在门旁站着。这姑娘个子高挑，穿着蓝色丝绸衣服，身上充满青春气息。诺宾一看她就讨厌，肯定又是不贞洁的女子。加尔各答市充斥着这种被家庭遗弃的妇女。不管自愿或不自愿，或被社会驱逐，这些妇女一旦走上这条路，就会慢慢地堕落。在苏巴拉事件后，诺宾对这类女人极端反感。

既然钱德拉纳特固执地不愿请医生，那诺宾在这里就无事可做了。可是他又不能离开，他很想听听钱德拉纳特遭遇的故事。钱德拉纳特抬头对那姑娘说："您进来坐吧。苏丹，把外面的门关好。"

那姑娘这时呜呜地哭起来。钱德拉纳特用手捂住头上的伤口站起来。他一眼闭着，另一只眼显得十分愤怒。

他粗鲁地说："您站在路上哭，想把小区的人都招来呀！进里面来你随便哭！"

那女人说："我现在跳进恒河死了最好！您放了我吧！"

"想死就死吧！这么着急干什么！"

"我脑袋着火，您自己为何伸手去烧？"

"那不用你操心。"

苏丹这时拿来一杯热水、棉签和白布。

"先把外面的门关上！"

苏丹关好门后，非常熟练地把棉签沾上热水，开始为钱德拉纳特清创。钱德拉纳特说："啊，轻点，小心，好像是扎了块玻璃。"

诺宾从那边转过头来。他也不能直接看那姑娘，姑娘的脸对着墙，他看不到姑娘的脸。诺宾非常尴尬地站着。

苏丹说："真可恶！完全扎破了。哪个坏蛋用瓶子砸的。这么大块玻璃。"

钱德拉纳特一点都没有喊痛。他说："你不能用手去拔，拿一个小镊子来……我卧室的抽屉里有。"

诺宾古马尔问："是谁这样打你，钱德拉纳特？"

钱德拉纳特还是沉默。

不能再待在这里了。诺宾刚要出去时，钱德拉纳特抬起头，说："能向您提一恳求么？"

诺宾古马尔停下来，问："什么？"

"您今晚能找个地方收留这姑娘吗？"

"我收留她？我在哪儿收留她？"

"哇！拥有加尔各答无数高楼大厦的人问，在哪儿收留？"

诺宾没有想到，钱德拉纳特会强烈讽刺他，他的脸立刻红了。他不能马上回答，静默了一会儿，然后微笑着说："是的，我当然有很多房子，可在深夜要我带走一个来历不明的风尘女子，这叫什么事！"

"您说安置来历不明风尘女子的问题？家境好的人有家，在夜里怎么会要求您的帮助呢？"

"这妇人是谁？从哪儿来的？"

"那些您以后再知道不行吗？您刚才说的，带走，来历不明的风尘女子……"

"你带她来了，为何不放在你家里？"

"这是酒神之家，让任何妇女待在这里都不好。所以把这责任交给您……"

"哇，不知你在哪儿又卷入斗殴，又抢来女人。然后让我来担责？"

"那么我看您不必像士兵放开的马那样，在这里摇尾巴了。夜深了，您回家去吧。"

诺宾脸上像是挨了一巴掌。钱德拉纳特的话里，总有一股令人好奇的味道。求他帮助收留这妇人，这不难做到。只要命令杜拉，会有办法安排。如果他想，今晚就可以买下一栋新楼房，安置这个妇人。但钱德拉纳特不愿说出，是在哪儿斗殴的，怎样和为何把妇人带来的，所以诺宾反过来对他说了那番话。但钱德拉纳特缺少对嘲讽的理解力，此外在重伤的情况下，探究嘲讽也是不容易的。

这下诺宾严肃地说："钱德拉纳特巫师，听好了，粗野是有限度的。你不懂得和什么人应当说什么话。如不想毁掉一切，就在我面前闭上嘴。"

这时钱德拉纳特的声调有点软了，说："我生活中没有得到过学习交谈的机会，所以我不懂怎样尊重贵人。像您这样尊贵的人，应该去能保持您尊贵的地方。像我这样一个旃陀罗的家里……"

过了一会儿他又嚷起来："啊，啊，你想杀死我啊，轻点，轻点。"刚才苏丹拿来镊子，试图从他脑袋上取出一块大玻璃，误碰了创口。钱德拉纳特的头又流血了。

那女人止住哭，一直面壁站着，在听到钱德拉纳特的痛苦惨叫声后，再也待不住了。她来到钱德拉纳特身边，含羞颤抖地说："我来试试看？"

那女人掀开了面纱。

一股奇异的感觉像强烈的海浪冲击着诺宾。这妇人是谁？是诺宾完全不认识的，可又觉得非常面熟。

妇人大约二十五岁，肤色白皙得耀眼，丹凤眼，头发乌黑，但面孔并不凶狠，从目光到嘴型都是温柔可亲的。脸型有点像诺宾的母亲宾波波蒂。

诺宾心跳骤然加速。今晨他是在分别很久之后第一次想到母亲，今晚就看到谁像她的面孔了？人与人这么相像可能么？时空的距离不容忽视，宾波波蒂今天居住在远方，可是，是什么魔咒的力量使她变成年轻妇人出现在这里？难道她和宾波波蒂是孪生的？但是据诺宾所知，母亲娘家已经没有活着的人了。

那姑娘熟练地用镊子取出钱德拉纳特头上的一大块玻璃，然后问苏丹，家里有金盏花树么？

苏丹马上跑出去，转眼之间像哈努曼拿来神药一样，拿来一束金盏花树叶。他是从邻居的花园里拔来的。

那姑娘把叶子揉碎，把液汁敷在钱德拉纳特的伤口上。钱德拉纳特坐在椅子上，因失血过多，脸色显得苍白。他闭上眼睛。苏丹脱下他被割破的衣服，看到他的肩和胸部也有被利刃刺伤的痕迹。

那姑娘哭泣着说："您自己的命这样……您为何为我……"那姑娘用白布包扎好他头部的伤口后，边用棉花清理其余伤口，边说："如果不上药……我什么都不懂……"

诺宾无言地看着这一切，他对着姑娘问："你……您是谁？"

姑娘低头回答说："我是不幸的人！"

钱德拉纳特突然站起来说："苏丹，拉着我的手，我想回屋躺着，再也坐不住了……"

诺宾说："钱德拉纳特，那么我把她带走吧，你不用担心，她会住在好地方的。您跟我来吧。"

那女人好像非常害怕，拉住钱德拉纳特的手说："不，不，我哪儿也不去！"

诺宾说："您不要怕，您会受尊重地安全地待着的。"

姑娘又说："我不能离开他！他这么危险……如果没人服侍……我尽我所能……"

诺宾说："我曾要为他请医生，他不同意。我现在就派人去请医生来，通宵伺候他……"

钱德拉纳特说："辛格先生，您别为我做好事了，谁给的好处我都不要，因为我不懂得报恩。"

"你又说这种话，钱德拉纳特。现在你特别需要治疗，所以请医生来。哪来的好处问题？"

"我有过很多挨打的经历，对我来说这不算什么。我会再活过来的。"然后他对妇人说："他就是诺宾古马尔·辛格，是位很受尊敬的人，您如果愿意，就跟他走。他会照顾您的。"

那女人立即说："不！"

诺宾古马尔礼貌地说："您跟我走吧，我发誓，您没有什么好怕的。"

她情绪激动地对钱德拉纳特说："您如果将我交给别人，那为什么拼命去救我？为什么带我到这里？我哪儿都不去，要死就死在这里。"

钱德拉纳特非常疲惫地说："我救你没有特殊的目的……几个异教徒在路上淫荡地把你拉来扯去，所以我去惩罚他们……后来您就跟我们来了……辛格先生开头不许收容你，后来看到您的脸，好像是喜欢上您了……"

诺宾说："啧！"

钱德拉纳特说："他是很大的大人物，而我是旃陀罗。您明白后如果想留下……那就留下吧。苏丹会给您安排的。"

诺宾打开外门，激动地吆喝："杜拉，杜拉！"

钱德拉纳特疲惫得说不出话了。他说："这样好像他就不能强行把你拉走了！我完全受不了对女人的强迫。"

杜拉从等候着的马车立即走过来，诺宾焦急地用手指指着问："杜拉，你看看，认识她吗？"

杜拉看了一会，茫然地说："先生，不认识。"

杜拉从很小就见过宾波波蒂。本来诺宾古马尔希望，杜拉一见到这女人就像他一样吃惊。但是杜拉脸上没有出现这样的表情。他嗫嗫地说："不，少爷。"

诺宾失望地叹了口气。然后向前走了两步，非常诚恳、苦恼地说："您跟我走吧，之后您想上哪儿就上哪儿……我让您恢复体面的生活……"

那女人说："不！我不能撇下他！"

钱德拉纳特说："我困极了，辛格先生，那您请回吧……"

诺宾回头四处寻找。如果他拿到什么重物，在失去理智后会狠击钱德拉纳特的头部的。他很不容易地控制住自己。

杜拉钱德拉从未见过主人这种状态。他疑惧地问："少爷，不回家么？"

"走。"

诺宾以饥渴的目光最后看了女人一眼，离开了那房间。从钱德拉纳特家门口走到他的马车，似乎走了很长的路。他坐上车后，一脸茫然的杜拉问："少爷，那女人是谁？"诺宾狠抽了他一嘴巴，说："闭嘴，混蛋！叫开车。"

今早上诺宾赏给杜拉儿子一栋房子，所以挨一巴掌是小事。和挨了鞋底抽后送一头牛是不能比的。

马车上放有白兰地。诺宾打开瓶盖咕咚咕咚就喝。一会后他呜呜地哭了起来。藏在他心中的小孩好像是委屈地哭了。他不明白为什么这么委屈。

诺宾回家后，既不洗澡也不吃饭。他什么都不感兴趣了。他的脸上布满失望的阴影。今天下午，他作为《摩诃婆罗多》的翻译者，得到许多名人学者的称赞，大家都感谢他，而此刻在深夜里，他似乎是孤单的、最痛苦的人。

虽然他自己单睡，折腾也不少。过了一会，他起来猛敲另一扇门，叫道："索罗吉！索罗吉！"

索罗吉尼急忙起床。她睡眼惺忪，感到惊奇和迷茫。她那既是学者、又是名人的丈夫对她已不再关心。很久没有在深夜这样激情地叫唤她。

索罗吉尼开门后说："请，请进来！"

诺宾有点醉意，很痛苦地说："索罗吉，我感觉很不好，我对什么都觉得不好，你说，我怎么办？"

这下索罗吉尼眼神惊恐，难道丈夫又犯那种病了？她说："您觉得身体不好？头痛？请印医？请大夫？……我叫杜拉？"

"不，不，我没有那样。我身体是好的，但像有人在揪我的心，像揪一头小猫那样揪起来……"

"啊，妈呀！糟糕！您要喝酒么？喝了酒如果心里好受……我从您屋里拿瓶酒来？"

"不，不，那些都不要。"

"给您按按脑袋？捏捏脚？"

"索罗吉，你能让我的心安定么？我像是万箭穿心了。"

索罗吉尼的那点能耐，她还能做什么！很久之后丈夫肯到她的床上来了，她感激。诺宾的手搭在妻子的肩上，不安的眼神到处张望。他完全没有那种求欢的渴望。相反嘴角有很痛苦的条纹。

索罗吉尼开始很用心地给丈夫按摩脚。

过了一会儿，诺宾趴在枕头上睡着了。在睡着前他想，他要尽快地去赫尔德瓦尔旅行。他很久没有见到母亲了。

一二零

次日早上，诺宾古马尔醒得很晚。

索罗吉尼故意不叫醒他。她一次次地来看丈夫，有几次坐在床头小心地抚摸丈夫的头。就只能看着，也实现不了心愿。诺宾的睡姿显得他似乎很痛苦。这个急躁、傲慢的人，睡觉时竟完全是另一个样子。两手收在胸前，蜷缩着腿，侧着身睡。他的身躯这时变得小了，像是睡在母亲怀里的孩子。

索罗吉尼每天八点钟炮响时，沐浴后坐下拜神。她已经习惯了，一日之始不先沐浴她就不舒服。今天破例了。在过了这么久之后丈夫来睡在她的床上，索罗吉尼一整夜都睡不着。起来后她有什么愿望，想看到什么？除了等待，没有别的办法。

索罗吉尼坐在床边的小凳子上。她看到诺宾呼吸时胸部的起伏。昨晚诺宾反常的焦躁让她害怕，担忧丈夫是否又犯什么新病了。现在她不怕了。她虽然没有经验，但看到诺宾的睡相，觉得不会有什么病征。诺宾的眼皮有时跳动，意味着他在做梦。他的额头有点皱。

诺宾一次次翻身，惊得索罗吉尼站了起来。丈夫翻到了床边，她也不敢推他。她害怕丈夫的脾气。突然吵醒他，如果他不高兴呢。

青春有点过快地、过多地出现在索罗吉尼的身上了。她刚到二十岁已经长胖，脸都圆了。她很喜欢吃，喜欢睡，特别爱吃各种辣菜。吃得可口，睡得安稳，还有什么比这更舒坦的呢！因为没有办法得到丈夫的性爱，索罗吉尼近来和慵懒为伴，懒惰成了她依靠的伙伴。她把心扉关紧了，不积攒什么痛苦。除了早上拜神的一小时外，一整天她都无所事事。

诺宾在梦中说："真的……"索罗吉尼急忙凑过来想听听他说什么。人在睡着时发出的声音是难懂的，加之这声音是索罗吉尼所不熟悉的。她的脸伏到丈夫胸前。

诺宾又说："血……全是血的罪过……"

然后他翻身仰着睡着。他一睁眼看到索罗吉尼的脸靠得很近，便问："谁？"

"我，我是索罗吉！"

诺宾又闭上眼，说："很不容易……总有一条路……"

诺宾现在还是半睡半醒，眼睛张开又闭上，喃喃地在说话。

过了一会他睁开眼说："索罗吉，给我点水？渴极了。"

他坐起来几乎是一口气喝完满满一银杯的水，问："我昨天来睡在你的床上了？你几时起的？"

索罗吉尼说没上过床，她一晚都几乎坐着没睡。

诺宾微笑说："今天你真漂亮，索罗吉。像迦梨卡特画布上的媳妇水灵灵……"

索罗吉尼羞涩地笑了。丈夫称赞她漂亮。索罗吉尼不知道该怎么答话。

"对了，索罗吉，如果我去英国，像罗姆·摩罕或达罗卡纳特·泰戈尔那样死了，你说会怎么样呢？洋人会在我的墓地上散步踩踏，我在印度就有名了。"

索罗吉尼两眼瞪得大大的。

"是的，你不相信？那国家没有焚烧尸体的规矩。像穆斯林或基督徒那样，印度教徒死后也土葬。我梦见一些白人先生和太太好像是在罗姆·摩罕的墓地上跳舞。后来我发现确实是罗姆·摩罕的墓地，不错，但不是洋人先生和太太。是我们这里印度学院的学生和他们的儿子。他们歌唱：保卫女王……"

诺宾突然停止说话，伸腿下床。站直后伸伸懒腰，摸着索罗吉尼的脸颊说："你真好，索罗吉。俗话说，傻瓜没有仇人！"

"我叫人给您烧水沐浴？"

"啊，你说话了。这回说给您拿粥和红糖来？不如今天做点别的什么吧。比如，今天我不刷牙不洗脸，你代我洗了。或者今天我不吃饭，你代我吃了。今天我不睡了，你代我睡双份……怎么，能吗？"

"因为我傻，您跟我说这些？"

"不，不，谁说你傻？Ignorance is bless（无知即福）。你是幸福的。那些读书识字的人很不幸福。啊，到今天我还没能让你怀上孩子。"

"别这样说。我们还有的是时间……我姨妈……"

"你是有大把时间，但是我有吗？我是干活的人、忙人，时间都被工作占满了。你知道这支歌么：无工作的工人，沉入茫茫大海的船，没日，没夜……哈，哈，哈。今天早晨我的心感到很轻松，可是夜里做了很多噩梦。听我再说一个梦？一群人指责我撒谎，用手指着我……可是我撒什么谎了，你说？那些是什么人，那是什么地方……我根本不认得啊。对了，我还想起一件事，昨天夜里看见很像我妈的……"

这时古苏姆·古玛丽一边叫着"索罗、索罗"，一边就来到房门口了，她看见诺宾后突然停住了脚步。古苏姆很早就起来，每天巡视整栋屋子。在诺宾和索罗吉尼分睡后，她时常来索罗吉尼的房间，从不见外。

古苏姆沐浴后，头发松开披在肩背，身穿黄色纱丽。她年龄比索罗吉稍大，有过成人经验，但是面庞现在还是少女的样子。她的两只蓝眼珠像是会放光。

古苏姆克服了意外带来的尴尬，说："今早我们多么幸运！很久之后一起看到吉祥天女和黑天了。难怪清晨起来我就闻到了春天的香味。"

诺宾沉默着。

这回古苏姆直接盯着诺宾说："我们的索罗从没忘记过早上拜神，今天您使她忘记了拜神。和您相比，她的神都不在话下了。"

诺宾找不到合适的话回应古苏姆的嘲弄。他干巴巴地问："嫂子，您好吗？"

然后诺宾从她的身旁走出了屋子。

这比主动来讨好诺宾的求欢者被拒绝还难堪，古苏姆脸上阴云密布。她当时想，劝丈夫搬离这家怎么样？诺宾既然这么不喜欢她，还有什么必要寄人篱下？

她很快把持住自己。现在她不想对索罗吉尼说什么，这可怜人没有任何过错。她又满面笑容地摩挲着索罗吉尼的胳臂说："怎么了，索罗尼？为何满脸不高兴？"

索罗吉尼抱着古苏姆呜呜地开始大哭。她什么都不懂，心中时时感到一种强烈的痛苦。

每天早晨各色各样的人来等候诺宾。今天他谁都不见。他脑海里一再出现昨晚的全部景象。钱德拉纳特家里那位不知名的女人，和他母亲酷似，可是杜拉却看不出相似之处。诺宾没有看错，他小时候看到的宾波波蒂，就是这样子的。家里连一幅宾波波蒂的油画像都没有。看到维迪耶萨伽尔让人画了他母亲的油画像后，诺宾也固执地要请那洋人艺术家给母亲画一幅。宾波波蒂无论如何不同意，她不在别的男人面前撩开面纱，更别提洋人了！

钱德拉纳特侮辱了他，可是钱德拉纳特的家牵动着他的心。诺宾放弃了去赫尔德瓦尔的念头，又决定去兵营方向了。之前他曾努力想过，他外公家族还有什么人在什么地方。他听母亲宾波波蒂说过多次，结婚后没回过一次娘家。现在是维多利亚女王时代，这时代的女人得到许多过去没有的便利，想回娘家就回娘家。但在东印度公司时期就没有这么方便了。

诺宾从记事起，就没有回舅舅家。舅舅、舅妈早就不在了，他们也没有子嗣。那么在这么久之后，这个长相和宾波波蒂完全一样的女人，是从哪儿冒出来的？

诺宾没吃饭就带了杜拉离家出去。杜拉听到向兵营方向去的命令吃惊不小，少爷为何一次次要去那里？他为什么要卷进去？

但来到钱德拉纳特住房附近，他们看到的是完全不同以往的景象。

那里聚集了一大群人，有房子正在冒烟，很多人用陶盆从附近公司花园的池塘端水来，还有些人在那里乱喊叫。

诺宾迅速下车问："是哪一栋房子，杜拉？"

"好像就是那房子，少爷！"

"不管怎样，我们得进到里面去。你安排吧。"

但是谁有本事推开这么多人？也没法知道，到底发生了什么，得竖起耳朵听传言。有的说，昨晚一群暴徒来放火烧房子。有的说，是鬼来惩罚捉鬼的巫师。有的说，活活烧死了五个人，又有人说是十五个。有人说看见一个浑身着火的女人从屋顶跳下来。有人说烧得半焦的三个女人刚刚送去医院。

只有一点是弄清楚的：火灾不是自然原因，一群袭击者攻击钱德拉纳特的房子并纵火。

诺宾不难猜测到原因。昨晚钱德拉纳特流着血回来了，他怎么都不愿讲事发原委。但看来是卷入围绕这女人的斗殴中了。他强行把她抢了来，对方后来想办法找到钱德拉纳特的家，上门报复。

诺宾一想到钱德拉纳特的结局，心跳几乎要停止了。没法知道来了多少暴徒，可是不管来了多少，谁去抵抗呢？钱德拉纳特严重受伤，他连手指都动不了，在一起的还有一个弱女子和一个叫苏丹的孩子，只要一个人拿刀就能完全击败他们了。

为什么他们要放火烧房子？肯定是他们要抢走那女子，要活活烧死钱德拉纳特和苏丹。钱德拉纳特不打听清楚就闯进龙潭虎穴了。

他有担忧，所以昨天他请求诺宾把那女子安置在别的地方。

杜拉多方努力也不能使人们让路。这里的人也不认识诺宾。诺宾急了。

因为事态严重，除土兵军官外，还来了两位英国官员。诺宾来到他们面前，用英语做了自我介绍，说："我认识住在这房子里的人。我要知道他们的命运怎么样了。"

年纪较大的英国人说："好吧，先生，怎么对您说呢！这些好激动的原住民围观，影响我们的救援工作。他们如果守秩序站远些，我们工作就方便得多。他们没有提供帮助，反而制造障碍。您有什么办法把他们赶得远些吗？"

诺宾说："你们吼叫啊。狮子一吼叫，羊群就远远跑开了。"

洋人说："我们没有原因是不吼叫的。让这里的警察拿棍子打几个人就奏效了。"

也没有到那个地步，那两个洋人拿着枪往前走时，人群就大乱起来。有几个人摔倒了，其他跑的人踩到他们身上，在踩踏磕绊中很多人发出痛苦呼叫。

诺宾跟在两个洋人后面走进去。火灾很可怕，钱德拉纳特的两层住宅现在只剩下空架子了。几个救援者头顶着麻袋在废墟中搜寻，看是否还有人。他们只发现一具尸体。把砖头木板搬开后，也没有找到别的人。

两个洋人把诺宾叫去辨认尸体。这种场景他完全忍受不了。但是现在没有办法。他是自投罗网，让洋人逮住的。

诺宾看了那尸体一眼，非常吃惊地说："这是谁？我不认识！"

这死者中等年纪，强壮，上嘴唇有伤疤，谢顶，身体黑得像焦炭，诺宾在这房子里从未见过。到昨晚他离开这房子之前，这个人都没在这里出现过。

这事件好似《摩诃婆罗多》描写的火烧虫漆宫的现实缩小版。哪儿都没有钱德拉纳特和跟他在一起的女人及苏丹的痕迹。不管怎样，他们是成功地逃脱了。代替他们被烧死的是这个不明身份的人。

过了一会儿，诺宾离开案发地，上车后他忧虑地问："杜拉，你说他们去哪儿了？"

杜拉答不上来。

诺宾古马尔沉默了一会。他咬咬牙又说，你去找人，不管花多少钱，一定要找到他们。

守卫，放了我吧，
你去抓贼将他绞死啊！
花匠女儿卖花为生，
谁是贼寇的姨妈。
看这个倒霉的人
看他鼻涕涟涟
像是周六的死尸
周日就臭了……

　　歌声在手风琴的伴奏下，从二楼的一间房间飘出。房前马路上聚集了大批看热闹的人，有的一阵阵叫好，也有人突然嚷起来：是谁，谁在唱？我看就是戈巴尔本人！

　　歌是男人声调，但有时也加进某个女子的声音。天还没有全黑，场面已经很热闹了。这里的大门是敞开的，谁高兴都能进。可要是谁的钱包不鼓，就会被仆役拿粗棍殴打，仆役有见脸识人的本事。

　　这时来了一群推手推车的人，见到人多就停下了。一个穿西服戴礼帽的人用洋黑人演讲的姿态喊叫说："黑暗世界之光！来吧，来吧，看吧，看吧！末法时代的光芒，一会儿工夫就能把饭做好。主妇改变观念，厨房划时代变化！"

听歌姬唱歌的人好奇地把脸转向这边。

穿西服戴礼帽面相似黑人的人跳上手推车，向四周转了一圈。然后一手叉腰，一手上举，做出大戏班女伴跳舞的姿势，唱道：

什么和肮脏一样？
旁边就有牛栏
什么和肮脏一样？
牛栏出售牛奶
老人小孩喝了都好
谁说牛奶肮脏？
阿古力手持棍棒来了
能承认那是肮脏么？

歌手唱到这里，除下头巾擦擦汗又说："那么，先生们，你们说呢，有人说肮脏和牛栏一样么？想想再说吧。你们动动脑筋，想准了说吧！"

一个破嗓子说："去你的，小子！找和肮脏一样的东西为何挠头？不是有牛栏吗？"

大伙全都哈哈讥笑。

笑声过后，歌手神情异样地接着说："这里！这里！兄弟们，在朋友面前让大家喝彩吧！为了找和肮脏一样的东西我挠头了，它给找到了！是煤！肮脏的煤炭！"

这回他从手推车上布盖着的篮子里拿出一块煤，说："请看，煤，真正的煤，对吧？煤是黑的，黑不溜秋。乌鸦黑，杜鹃黑，石头神黑，年轻妈妈头发黑，那么这一切都是肮脏的吗！天呐！这煤炭，你为什么肮脏呢？"

一个观众说："这又是什么新鲜玩意啊！"

穿西服戴礼帽的又说："先生们，请听。黑的，世界的光明，怎么样？白的，在脚底下！然后他以先前的姿势唱道：

这煤炭

这么肮脏

这是我们生命的伴侣！……

"为什么？我来解释！如果主妇满面笑容，您就觉得世界变成天堂了，对吗？您妻子如果膝盖肿、腰痛，那您是不是会着急求医？为什么主妇们膝盖肿腰痛？知道吗？有谁知道？我们的朋友能治好吗？不能！我说，请听好了！家庭主妇拼命干活，一天做两顿饭，至少要吹十次灶。所以腰痛膝盖肿！"

大家又讪笑起来。

那人改变腔调，又严肃地说："如果要媳妇年轻没病，就买煤回去吧。烧木柴的时代结束了。您用一块煤代替一担柴，就能做完饭了！烧煤也不麻烦，吹火也不会红眼睛了。放两块干牛粪在下面很快就着火。怎样容易使用煤灶，现在就来演示！博岚凯什德！"

坐在手推车下的一个小孩马上就拿出移动灶安放好。穿西服戴礼帽的人往那儿一指，说："请看！我有方法能既不费煤，着火又快。想学习这方法的，我们公司会去教给你。完全免费！博岚凯什德，烧火！"

东西都是他们准备好了的。一个大瓦盆里烧着稻壳，将头上带有硫磺块的木棒插到火盆里一点就着。然后博岚凯什德把火棒伸到移动灶里，很容易就把煤烧着了。

看到煤着火后，观众议论了一阵，并不感到惊奇。以前也不是没见过煤火，这也不是第一个卖煤的小贩，只是很多人心中对煤是排斥的。

这个小贩是出色的宣传家，他了解各种不同的反应。他说："先生们，绅士们！煤有一千种优点，但是我不歌颂它，只说它的缺点，怎么样？比如说，煤真的很脏。木柴不脏，不是吗？一摸煤手就黑了，对！但是一洗手就不黑了，谁都可以试验的。木柴随时会扎破手流血，煤就不用害怕。煤有烟，烟很多！对。可是煤烟会赶跑苍蝇蚊子，知道么？想试试的诸位都可以一试！傻瓜们对煤造的谣，我们不接受！某家孟加拉语报纸刊登读者来信说，吃了煤煮的食品不消化，会得胃病！竟有这样的傻瓜！我可以给你们出示几百张证明书，用煤做饭不但快，也让消化像快马跑平路一样容易！吃了烧煤煮的饭，小孩的积食就没了。我不说洋话，洋人把煤亲切地称为黑钻石，知道吧，煤是宝石！还有，我们无数的学者、地主、律师、医生、教师吃过烧煤煮的饭都交口称赞。请看，有四个人跟我在一起，一位婆罗门，一位卡雅斯特，一位金匠，一位卖油的。请问他们吧！过去一年他们吃了煤烧的饭怎么样！不要当着我的面问，私下去问！那边我们的穆斯林兄弟也吃煤火灶烤的饼和羊肉！而基督徒若不用烧煤的灶，就烤不出蛋糕来！我们皇家孟加拉煤炭公司供应十四派沙四十公斤！开头十公斤免费。到我们仓库去，就能免费领到十公斤。请记住，先生们！新世纪来到了，农村的方式行不通了。从根本改变厨房吧！让主妇们笑开颜吧！真正尊重我们的胃，那么社会就会有尊严……"

傍晚后还看到别的景象。婆罗门教也步毗湿奴信徒的后尘，组团出来唱颂神歌。梵社人几乎全是学者和高种姓的人，所以他们不理路人的评论和讽刺的话。此外每个社区都有毗湿奴会，他们也出来和梵社人比着唱颂神歌。到了假日就开始名为"八天"的歌会，同时发放甜食糖果。

在特别的地方有特别的唱歌奏乐。洋人过圣诞节，白人区的伊登公园每天傍晚有苏格兰乐队演奏，吸引了大批观众和听众。原住民区也不落后，过了杜尔迦节和迦梨节，就没有什么大型的拜神节日了，所以国民近来也开始过洋人的圣诞节了。刚到十二月，唱歌奏乐就开始热闹了。这时富家子弟就把大量的钱扔到妓院去。

在达尔德拉这边有神奇的景象。来了一辆怪样的双驾马车，车上像是大舞台。在几名徒弟的拱卫下，中间端坐着一位奇装异服的人。这位先生是个美男子，折叠得很好的围裤，丝绸外套，头发胡子都是卷曲的，胳臂上绑着两个翅膀。他微笑着。

对小孩子来说，这景象很新鲜。他们在路上停下来发呆地瞧着。市里的老人却都认出来了。他们也感到奇怪，说："啊，这不是'鸟儿'的车么？"他们靠近审视了带翅膀的那位先生后，说："怎么，这不是鲁普昌德·帕克希①鸟儿先生本人么！"

鸟儿团的头儿鲁普昌德·帕克希近来不怎么出门。早就听不到鸟儿团的声音了。他们的靠山王公诺博凯实德没有了，戈比莫汉·泰戈尔也没有了。那坐享一百个烟筒的，显示学院实力的人在哪儿！鲁普昌德·帕克希先生把鸟儿团扣住了不放，把规矩都破坏了。

过了很久，他从巴格巴扎住所找了几个朋友，把他那古老的有记号的车子开出来了。目的是把还在世的伙伴都找来再聚会。但是路上行人认出是他后，把他团团围住，要求他唱支歌。

鲁普昌德·帕克希年近五十，歌喉不像从前那样浑厚了。可是在众人要求下只好唱了。他清了清嗓子，唱道：

> 不是永远一样的啊，兄弟！
> 我们总是会看到发达破落。
> 牛粪饼燃烧时鲜牛粪在笑，
> 世界总有一天终将毁灭……

几个人喊"再来一个，再来一个"！有几个人说："这歌不行，这是很高调的歌。唱一支有情味的吧！"

---

① 鲁普昌德·帕克希（Rupchand Pakshi，1815—1890），加尔各答作曲家和歌唱家，以创作黑天故事为题材的虔诚派歌曲和现实题材的滑稽讽刺歌曲而闻名，获得大众喜爱。Pakshi意思为鸟。

鸟王鲁普昌德拱手说："那种我可唱不了了。请原谅，兄弟们！"

但是人们不依不饶，要听有情味的歌。有人说："没带烟筒吧？抽两口嗓子就舒服了！"

鲁普昌德只好又唱：

> 弥那迦你听着，你的女儿杜尔迦发生了什么，
> 她的丈夫湿婆沉迷大麻去了焚尸场，
> 你的两个孙子室建陀和迦内什四处游荡。
> 如果你从小就教他们，
> 他们早就大学毕业了，
> 两人容易地获得学问，
> 该成为高等法院法官了……

这引起了大家哈哈大笑。很多人被歌声吸引过来。几个学英语的年轻人表示不屑。一个说："真烦人！这抽大麻的鸟儿团早就完蛋了，怎么又回来了？这时代是后退了或是前进了？"

但是很多人在欣赏。鲁普昌德·帕克希先生又唱了几支歌。后来很多人都开始一起喊道："《你欺骗了我》《你欺骗了我》！那首不唱就不放过你！"

这时鲁普昌德唱起他著名的歌：

> 你欺骗了我，黑天你去了哪里？
> 我为你感到遗憾，
> 金色的躯体变得黯然无光。
> 啊，我亲爱的最亲爱的，
> 黑天你去了摩图城，
> 啊，我亲爱的，我怎能留在这里，
> 亲爱的黑天。
> （亲爱的黑天我告诉你）

　　　　可怜的天真的挤奶姑娘，

　　　　你伤透了她们的心，

　　　　你太荒唐了，

　　　　你辜负了她们的信任。

　　　　（你失去了所有姑娘）

歌停了，鲁普昌德说，不记得歌词了。

但是有人记得，听众中有两三个人给他提示歌词。

鲁普昌德又唱起来：

　　　　你是个性情放荡的骗子，

　　　　幸运地在秣菟罗当了王，

　　　　杀死了自己的叔叔，

　　　　治好了驼背的女子……

　　路上的行人傍晚在达尔德拉路上，免费听到鲁普昌德·帕克希唱歌，得到无比的快乐。诺宾从头到尾高兴地和他们在一起。

一二二

杜拉认为，他主人的头脑完全坏了。他从很小开始就熟悉诺宾各种过分的疯狂，到了青年时期，诺宾的随心所欲是增加，而不是减少了，杜拉总是像影子跟在他后面。但现在这是什么状况？毫无疑问，肯定是一种神秘的神经病。

但杜拉不敢随便找谁商量。他有责任至少跟耿伽说一次，但他在耿伽面前欲言又止。如果诺宾知道杜拉在背后议论他，他会立即发火，杜拉甚至会掉脑袋。

杜拉跟着诺宾转着转着，对这城市里的上层社会也相当有经验了，扒开他们的外皮能看穿他们的本相。和那些人比起来，他不能不对他的主子诺宾肃然起敬。可是在从这时起，杜拉想离开他的主人了。

杜拉和诺宾接触久了，也受到一些影响。杜拉比普通人思想开放，对鬼怪或神仙，不是无端地恐惧或崇敬。虽然他没上过学，但也学会一些写算。他定期看报纸，能写漂亮的字。辛格家的许多佣人需要写信时就来求他。诺宾看到他写的字，有一天特别称赞了他。在诺宾当《观察家》编辑的几个月里，有时让杜拉抄写他的文章。

杜拉毫无异议地执行诺宾的命令，所以诺宾对杜拉总是慷慨大方的，几天前他就把一大所房子赏给了杜拉的儿子。杜拉目前的月工资是一百二十五卢比，商号里那些懂英语、有毕业文凭的员工，工资还不及他的一半。此外诺宾还时不时地打赏。杜拉的吃住不需任何开支，他的儿子已经长大上学了，根据诺宾指示，儿子的上学费用由家产开支。从身份上说，杜拉是诺宾的保镖，但他认为自己已是中产阶级了。中产者图的是社会认可的名望，杜拉心中自然也有那种欲望。所以他不想再做奴仆。

实际上，如果他终生只做别人的奴仆，攒的钱再多，有什么用？他没有办法带着老婆孩子在自己的房子里过日子，他没有属于自己的时间。诺宾什么时候叫去哪里是没准的，一叫，就得去。杜拉得站在双驾马车的后面，人们认为他是车夫的助手，连那些不配做他仆人的人，都用鄙称称呼他。近来他心中中产阶级的意识在觉醒，对他来说，没有比这更大的痛苦了。

杜拉持有的现金，可以很容易开始做生意，他很想开一间书店。学校的数目天天在增加，这样，对书本笔墨的需求也会大增。他能在波德尔丹加或桑基潘加地区租房开间很好的书店。开书店的额外好处是，他能免费读到很多书。杜拉近来几乎都做这个梦：在一间大店里，职工在忙碌，杜拉坐在后面的收款台旁，穿着坡拉西丹加织的、布边有维迪耶萨伽尔名字的围裤，丝绸长衫，肩披玫瑰色披巾，戴眼镜，口嚼蒟酱叶包，头发卷曲。学校的教师来批发教科书时，为多打折扣会说，杜拉先生，有点私事要跟您说。杜拉在不同的时间为诺宾买书时看到过这种情景……作为书商，杜拉会得到邻居的格外尊重，来募捐的人会说，先生，您的书店这么红火，您不捐五十卢比就没面子了……

但诺宾若不愿解放他，杜拉的梦怎么能实现呢！杜拉没有给谁写过卖身契，在女王的王国里，他想上哪儿就能上哪儿，但是他自己不能这么没良心和绝情。

他确定不了夜有多深了，四周一片漆黑，诺宾的双驾马车停在一个干涸的池塘边。杜拉坐在马车后面的木杠上。他满脸厌烦、情绪苦涩，想睡又没法睡，周围蚊子太猖狂。有时被叮咬抓痒，有时刚瞌睡就被来袭的群蚊吵醒。除了噼啪拍死蚊子的声音外，四周没有别的声音。两匹马站着睡觉，车顶上谢克·伊德里斯也铺开褥子睡下，他也被蚊子叮得翻来覆去。诺宾在哪儿、是什么情况、几时回来都没准。杜拉过了多少这样的不眠之夜，但现在好像越来越不能忍受了。身体的痛苦还不是主要的，诺宾的怪诞的生活方式使他更痛苦。乔拉桑科的辛格家的主子竟是这样活法！

钱德拉纳特的住宅被烧毁后，他就没了踪迹。诺宾雇用了很多人去寻找他，全都空手而归。钱德拉纳特像鸽子那样飞走了，或者是驱鬼的巫师已变成鬼了。

但诺宾无论如何接受不了。他亲眼看到钱德拉纳特受了重伤，在那种伤势下，任谁都不可能远走高飞。他一定是避开敌人的眼睛，躲藏在市里的什么地方了。

在雇佣的探子打听失败后，诺宾亲自出马。每天傍晚像鬼魂似的从家出去，到各个肮脏的城市角落搜寻。诺宾认为，这些地方最便于隐藏。他不听任何人恳求、哀求地劝阻。最可怕的是他近来开始独自行动。不错，他是坐马车从家出去，但他叫车子在某地等着，自己开始步行。是的，步行，虽然难以置信，但确是真的，顶级富豪拉姆卡马尔·辛格的独子诺宾，像普通百姓那样到处步行。很多时候人们认出他来，吃惊地看着。社会上层对此开始有各种议论，有一两家孟加拉语报纸发表了严厉的置评。人们认出就认出吧，恶评就恶评吧。比这更严重的是步步都有危险。这些偏僻的地方杀手肆意横行，诺宾会随时落入他们的手中，可诺宾眉头都不皱一下。他不想带着杜拉，杜拉几次想偷偷跟着都不成。想找出诺宾的这种行为的意义真的很难。如果有兴趣就养十几二十个妞吧，如果有酒瘾就喝吧，谁会阻拦他猛喝白兰地、香槟？但是他为何要在黑暗的小巷走来走去，抹黑上流社会？除了疯狂还能说他什么呢？

在某个小巷口，黄色的弯月升空了，其余的天空是乌云，忽隐忽现的月光落到地球上，冷风飕飕地刮。诺宾在路上走着走着突然站住了。他在心里问，我这是去哪儿？为什么去？我找什么鬼火，就这样到处转会累到死！

是鬼火！他这么辛苦，不仅是寻找钱德拉纳特，他想再见一次那个女子。那女子是谁？肯定不是什么名门闺秀，那么她为何在深夜和钱德拉纳特一起回去？据诺宾对钱德拉纳特的了解，他不是把别人家的媳妇蒙来的那种人。相反他对妇女是有点排斥的。那女子是谁呢？

诺宾也不能对人说，他出来是为寻找那个长相酷似母亲的来历不明的女子。他很久不见生母了，他曾下决心去赫尔德瓦尔找母亲，现在也推迟了。如果不能再见到这女子，他无论如何不能平静。

有时他问自己，再见到她后又怎样呢？一个走上歧途的女子，面相即使和母亲酷似，那又怎么样？为何如此执着地寻找？诺宾也回答不了。杜拉没看出这女子和宾波波蒂有任何相似之处，也许全是诺宾的幻觉。可是诺宾还想再看一次，比较比较。除了固执还有什么。

诺宾不能以清醒的头脑、明亮的眼睛进入这些房子，因为环境肮脏，各种食物饮料混合的臭味使他痛苦。他非常憎恨肮脏，所以他先喝酒，使眼睛通红，那时鼻子再也闻不到臭味了。他一家家去巡视，酒就喝多了。他站在一家妓院前敲门。看到妓女的面相后，他失望了，又喝一口白兰地，然后描绘钱德拉纳特和那个女子的样子，问，知道他们在哪儿吗？再次失望后，他掏出十个或二十卢比扔给那个妓女。

就这样过去几个月，诺宾看过两千四百七十二个妓女的面相，但是没有触碰过一个。他有洁癖，死也不会接受别人丢弃的食物的。

白天诺宾正常地做事。《薄伽梵歌》的翻译工作开始了，全译《罗摩衍那》也正在进行中。他慷慨拨款帮助穷苦作家著书和出版，还是建立两家当地学校和穆斯林小学（马德拉斯）的主要支持者。在推动任命印度人为法院法官的运动中，他起主要作用。但是在夜间他是另一个人。

一天，诺宾收到一本书。书名是"您的面孔您自己看吧"。他随便翻了几页就被吸引住了。这是写他的书。他写的《猫头鹰速写》被社会上虚伪的大人物盯上了，其中的某人雇佣写手，写了这本攻击性的书。书中把诺宾称为诺博先生。诺宾嘴角露出微笑开始阅读。这被雇佣的作家写了很多，写诺宾的儿童时代，称赞他的戏剧演出，虽然他的语言完全不像是抄袭猫头鹰的。还写到诺博先生是怎样酗酒和嫖娼，打着建立求知会的幌子，实际是招徕一群谄媚之辈……"诺博先生问会员女人的事，说，先生们，我和很多女人谈过话，不谈怎么知道和无知的人谈话的困难？有人说，先生，没有没谈过话的女人！……先生说，为什么，您说话像贞女莎维德丽一样，可是为何来做站街女？做了妓女还装着说这种话？……"

诺宾读完后哈哈大笑。之前报纸上一些小的评论也没逃过他的眼睛。事情竟发展到拿他来写书了！这个作家认为，这城市里的女人全都被诺宾享用过了。想去吧，他们爱怎么想就怎么想。

有时午夜都过了，杜拉坐在马车后的木杠上被蚊子叮得乱蹦，这时诺宾正独自在奥拉真迪地区一家家地转。他两眼通红，两条腿似乎不想支撑脑袋的重量了，可是他不想回家。他越醉，就越固执和痛苦，为何不能再见到酷似他母亲的女子？为何长相完全一样的两个女人，一个是诺宾的慈祥的母亲，而另一个却是妓女？

诺宾敲一间房门，说："开门！"

里面高声回答说："不行，不行，走开。我有客！"

诺宾说："有客就有客，我只要看一下你的面孔，要多少钱都行……"

"谁呀？丧门星，滚！"

"开一下吧，我不要别的，只看一眼……"

"啊，是我的情人么！还只看看！走开，走！"

这样交谈了几句后，那女人烦了，打开门。两人对视后像触电一样僵住了。

这女人先说话。她满面笑容地说："是你？大神仙！这么远来寻我？来吧，来吧，请进，我铺好地方请您坐……"

这女人惊喜地把诺宾拉进屋里。

看到惊惶失措地站着的诺宾，女人哈哈大笑起来，扭动身躯像风摆柳一样。她身穿西部舞女那种闪耀夺目的红色丝绸紧身衣，两眼涂着浓重的眼影，束发，两只眸子像钻石。第一眼就使诺宾觉得她像可怕的火把！

她拉住诺宾的手说："怎么傻看着啊？诺宾先生，认不出我了？我是挣脱了锁链的你的鸟儿！"

诺宾含混地说："苏巴拉！"

苏巴拉几乎是硬把诺宾拉进屋后说："不，那个苏巴拉没了！我现在是布德丽·巴依。可是我知道你总有一天会来的！要命的吸引什么时候能扯断？"

在房间一侧喝酒的两个人默默地望着这边。其中一个说："萨拉姆，请坐，先生，您认不出我了！"

这时诺宾还在惊愕之中，此外因醉酒眼睛朦胧。这人有点眼熟，但想不起来是谁。实际上从见到苏巴拉起，他的愤怒就一点点地增加。这个苏巴拉是他生活失败的一个标记。

他不再说什么，正想马上离开，苏巴拉跑过去关上门，背靠着门伸开手臂站着。像鹦鹉似的厉声说："去哪儿，宝贝？这么久了，您远道而来找我，又要走？您玩的什么游戏啊，主！看到屋里有别的人，您生气了吧？"

诺宾说："让开！"

苏巴拉摇头说："啊，那不行！说走就走？这么久之后来了，朋友，请坐，吃蒟酱叶包，说点情话吧……他们俩马上就走……他们是我挣的盐钱，而你是炖好的鱼肉……"

诺宾说："让我走吧！我没想到还会见到你！"

苏巴拉也醉得不轻。说话间她一再舔她的红唇。经精心打扮涂脂抹粉，她的容貌漂亮多了，但隔了几年，现在脸上似乎有一股狠劲。

她说："啊，要死了，要死了！我没想到要看我的脸！看到脸浑身会发烧，没看到时心总是牵挂！您就是这种状况！这么久之后找到我了，为何在我门口站着啊？看到您我也浑身冒火了，我的冤家，死冤家，可是等待您这些日子，我总是睡不着，睁大眼睛坐着。"

然后苏巴拉唱起歌来：

> 一个耳朵说我要听黑天的名字，
> 一个耳朵说我要变成聋子。
> （不要听那名字，不听那名字，
> 不听那不知羞耻的朋友的名字）
> 一只眼睛说我要看到黑天的脸，
> 一只眼睛说我要闭上眼睛，
> （不看他的脸，不看，
> 不看那黑天的脸！）

她唱歌时，那两个喝醉了的先生，一个在另一个的背上使劲打鼓点。

诺宾厌烦地迈腿说："我得走了！我不想碰你们，否则我要硬把你们赶走！"

苏巴拉说："怎么？不想碰我们？您把我赶出了家门，我曾是良家媳妇，您使我成了娟妇，现在说不想碰我！现在猫要装圣人！"

苏巴拉的无耻谎言，一时间使诺宾无言以对。这该死的说什么？诺宾将她从肮脏的妓院救出，尽一切努力使她恢复幸福生活，她竟又回到这地狱生活中来了。现在竟当着别人的面这样污蔑他！

苏巴拉看着那两人命令说："你们把这家伙放倒，我坐在他胸膛揍扁他！"

两个喝醉酒的人中，有一个认识诺宾，他头戴白帽，下巴的胡须是染过的，他伸伸舌头说："罪过，罪过！这位先生是多么尊贵的人，全孟加拉谁不认识他！"

这人走过来站在诺宾面前，深深鞠躬问候，说："辛格先生，您是乌尔都报纸《望远镜》的老板时，我在那里做过几天助理编辑。

您不记得……"

诺宾现在心中很乱，想不起这个人了。他无论如何得离开这里。

戴小白帽的这个人拉起他的伙伴，避开诺宾来到苏巴拉面前说，苏巴拉的旧情人来了，别人在场不好看。所以他们就告辞了。他们应当顾及诺宾古马尔·辛格的面子。

这两个人刚离开，苏巴拉就插上门，用与刚才完全不同的声调说："我给了您许多痛苦，是吗？我冲出了您的金丝笼，自由地飞上了蓝天……"

诺宾举目扫视了屋子说："这是蓝天？"

苏巴拉又笑了。她走过来两手搭在诺宾的肩上，说："各有各的命！这世界就是欺骗的粪坑，闭上眼睛这屋子就是天空。命要是那样，谁睁开眼睛都看不到天空。实际上这肉体就是鸟笼！没听过那首歌么，不认识的鸟儿怎么来到鸟笼里的？一个乞丐唱着歌从我们家门前走过。不是这房子，是我爸的房子，那是很久以前的事了！那只不认识的鸟儿离开笼子的那天，就能找到蓝天。"

诺宾推开苏巴拉的手，站远一点。他内心对苏巴拉不仅是愤怒，憎恨也积攒很久了。但是这话说得也对，他从来没有听到过别的女人说这样充满神秘的话。第一次见面听到这种话，他就被苏巴拉吸引了。这样的女人为何喜欢妓女的生涯！

诺宾拿出随身带的酒瓶喝了几口。在这种状况下不给喉咙浇点燃烧的液体，他心中就没有力量。

苏巴拉说："怎么老是站着啊，坐下！如果您觉得坐垫肮脏，那我用泪水去洗净！啊，您找我找得很辛苦，是吗？这么久我是故意躲着您的。我知道，您总有一天会来的。"

"我不是来找你的。"

"阿哈，好像我还不知道似的！别再骗啦，不要再骗啦！周围全都传开了，您现在还说，不是来找我的！多少人来对我说过了，诺宾古马尔·辛格到处在找你！法基卢丁和法克拉·乔拉他们盯您很久了，您一家家妓院去找，看了脸就皱眉头说不是。这个不是她！

嘻，嘻，嘻！您怎么能轻易找到我？我不叫从前那名字了，现在我是穆斯林了，我的面容也变了。"

"我干嘛要找你？我安排的地方你都不愿住……"

"您不明白，我为什么走了？您给了我一切，吃穿舒服，男女仆人，还有许多，只是没把您自己交给我。任何女人对此会高兴么？您的面庞像黑天，却不懂得女人的心！可是我知道，总有一天您会来的……"

"我不是为你来的，我在找另外一个人。"

"找谁？谁？哪个倒霉的妞儿这么有福气，她比我还让您惦记？您说吧，是谁？啊，痛苦的您，您到处转在寻找谁啊？看来您没有朋友，没有知心朋友，所以出来找个伴儿？您有的是钱，撒点钱就能买到一大群美妞，那为何黄昏后来我们这样的罪人中间转来转去，啊？"

诺宾不再回答，又喝了几口白兰地。真的，他在找谁，现在再说没有任何意义了。此外苏巴拉无意说出的那句话，刺中他心中的隐痛。你没有任何朋友！还有什么比这更真实的呢！所以他才这样乱折腾！

苏巴拉拿起法基卢丁及其伙伴留下的酒瓶，喝了几口。真热，她说着就把上身披的薄丝巾扔到一边。

然后她犀利的目光盯着诺宾说："巴布，不管您怎么说，是不是来找我，我就知道总有一天您会来的……您来了，我是不会放过您的。您要站多久？坐一下吧。"

"不。"

"您站着或坐着，今天我都要吃您！我是女魔鬼！看，我的牙齿锐利，看我的爪，像鹰嘴一样……您把我从家赶到路上，现在恨我！不碰我！"

诺宾两腿后退，说："你怎么像疯子似的胡说！为何说我把你赶到路上？你听了你小叔子或小叔子的小舅子的话……"

"那就是您……"

"罪人，给我让路！我没有时间听你胡扯。你的快乐，是用肉体去做罪恶交易，那你就做吧，我和你没有任何关系。"

"拿肉体做罪恶交易……说得对！我很爱这一切。我的肉体是母老虎，要吸男人的血。不喝您的血我能放过您？您是我的情人，在毛拉阿里为我租了漂亮的房子，多么仁慈啊！您什么都懂，却不懂身体需要，是吗？想吃糖伸手又怕羞。来吧，我全都教给您。"

"我对你说过多次了，我不贪图你的肉体……"

"不贪图，为何每天去市场找女人？她们是卖肉体还是卖甘露？啊，我的苦行僧大仙，他在森林里转悠是着急寻找大梵天。这妓院就是您的密林，而我就是你的大梵天！"

苏巴拉说着说着就脱光了衣服，赤裸裸地站在诺宾古马尔面前，说："这回呢？"

在酒精的影响和赤裸女人的逼迫下，诺宾站立不住了，他使劲地摇头说："不，不！"

他不让苏巴拉触摸，向门边跳过去时栽倒了，头狠狠地撞到墙角晕了过去。

杜拉坐在停在广场的马车的后梁上，被蚊子叮着过了一夜。天亮了诺宾也没有回来。厌烦、疲惫、忧虑使他的脑袋都坏了。现在该怎么办？去哪儿找主人？如果诺宾出了什么事，应该马上回家报告耿伽吧？还有，诺宾命令他在这里等待，如果离开这里好吗？

想着想着天就大亮了。和车夫也没什么好商量的。九点钟的炮声响过后，杜拉想尽早回家时，诺宾来了。两眼通红，额角有一道小伤痕，脸色凝重。他不想说任何原因，上车后就命令回家。

这之后的几天，诺宾完全待在家里。虽然身体没有任何不适，他几乎不起床。四天后他从昏睡中醒来了。

他让杜拉送信给耿伽，说有急事要见他。当时耿伽就在家里，立刻到弟弟的卧室来了。

诺宾平静地说："我想一两天内就外出，离开加尔各答。几时回来没准。我的第一个目标，是去赫尔德瓦尔见母亲宾波波蒂。在她那里待几天后，再去其他地方游览。"

耿伽很高兴地说："好，好，好事！你的身体也很弱，去西部换换空气好。我也想过去看母亲一次，但是你我一起去的话，谁照看这里的事呢！"

诺宾说："等我回来后，你再去！我总是梦见母亲，看来妈妈真的呼唤我了。"

所有需要诺宾签字的文件都提前弄好了。此外诺宾外出需要做很多安排，要带很多人。

最初杜拉不好意思地说，如果他不跟去，少爷会很不方便吧？杜拉的妻子已怀上第二胎了，所以他不想去那么远，但诺宾不同意。杜拉不跟着不行。他妻子生产还得四个月，杜拉至少得陪诺宾到赫尔德瓦尔，然后就可以回来。

耿伽只对诺宾说了一次："你走之前不去见伯父一次吗？妈一定会问及伯父的事的。"

诺宾古马尔像被迫的孩子那样，说："是，我去！"他曾发过誓，永远不进那家的门。现在他不记得那句话了。第二天早上他去了。当时比图谢克正走进拜神的屋子，他在那里至少要待一个钟头。诺宾没有耐心等那么久，说了声我再来，就下去了。他没有再来，没有见比图谢克一面。

诺宾带着三艘游船和供应船队在吉时启程了。离开加尔各答他有些激动，他真的渴望欣赏农村的自然风光和呼吸自由的空气。杜拉感到奇怪的是，这么长时间的旅行，可是少爷的船一瓶酒也不带。像少爷傍晚开始去妓院时那样，杜拉坚信，少爷这次到外地旅行，除了像其他纨绔子弟那样享乐外，没有别的。美女美酒和歌舞是会有的。正是因此，杜拉不愿随行。可是这一切都没有！

诺宾离开加尔各答半个月后，一个年轻的苦行僧来到辛格家大门外。他求见耿伽或其弟弟。耿伽当时不在家。苦行僧在门外站了半天。仆人和管家特别请他进去坐，他说不，原因是他不能踏入任何居家人的房子。

傍晚时耿伽回来了，苦行僧交给他一个包裹，用难懂的印地语说，他的师尊命他从赫尔德瓦尔到加尔各答来，把这交给拉姆卡马尔·辛格的公子。今晚他就要回去。

包裹里有一张名单，一串念珠，一个戒指。这些是宾波波蒂的遗物。大约两个月前她就割断了对这尘世的迷恋往极乐世界去了。

一二四

耿伽纳拉扬在第一时间想到的是必须让弟弟知道。

诺宾具体走哪条路线，几时到达赫尔德瓦尔，都不知道详情。只知道大概是先从加尔各答坐船到阿拉哈巴德，然后在那里安排交通工具走陆路。没法确定他已走到哪里了。

现在铁路通到很远的地方，但有身份的人谁都不贸然走进火车车厢。洋人占领了豪华舒适的头等车厢，而其他车厢拥挤不堪。诺宾表示过，想慢慢舒服地游览，最后到母亲那里。

迪巴戈尔现在几乎瘫痪了，纳古尔和杜尔乔坦现在管收租，两人中杜尔乔坦最能干。耿伽曾想过亲自去找诺宾。诺宾出门在外，如果突然听到母亲过世的消息，身体完全垮了呢？他应亲自去把弟弟带回加尔各答。但他又不可能扔下这里的一切走开，要把家里安排好至少得两三天时间。而拖延给诺宾报信，无论如何是不合适的。

在怎么都不肯接受款待的苦行僧离去后，耿伽走进内室。古苏姆正在绣台布，听到丈夫的脚步声抬起头来。看到耿伽纳拉扬的脸色，她就有不祥的感觉，放下手中的活快步迎上来。耿伽嘴唇颤抖着说："古苏姆，妈不在了！"

不仅是悲伤，比那更厉害的是悔恨，使耿伽的心几乎停止了跳动。他很多年没有见过母亲宾波波蒂了。他在愤而远走他乡后，就没有见过她。回到加尔各答结婚安顿下来后，他多次想去赫尔德瓦尔求得母亲的祝福。没有去成，不能仅归咎于事忙，他心中不感到有负罪感么？他知道，宾波波蒂是绝不会赞成他娶寡妇的。而他结婚非常匆忙，也没有时间先征得母亲的同意。后来耿伽写了长信报告母亲，宾波波蒂不识字，虽然她让别人写来过几封信，但都不是她的口信，是别人替她报平安的。她没有直接问候过什么人，几封信里都没有提及耿伽的婚事。这几年，家里多次派人探视她，但宾波波蒂没有让他们带回过一点给儿媳妇的礼物。为此耿伽心中像是扎了一根刺。

古苏姆当然没有这种负罪感，她已经抹去了曾经是寡妇的记忆，好像她和耿伽的结合是注定的。以前古苏姆也来过这家几次，但不是作为媳妇，她见过宾波波蒂，得到过她许多关爱，在她眼中宾波波蒂就像天仙一样。所以一听到这噩耗，古苏姆就流泪了。

夫妇俩坐着哭了一会儿。

是耿伽先把持住了。作为一家之主这样不行，现在有很多事要做。

必须把这消息报告比图谢克。为此耿伽纠结，他怎么开口把这噩耗当面告诉老人啊！而让下人去报告更不好。

当晚耿伽到那家去了，如果比图谢克睡了，那对耿伽来说反而好。但比图谢克醒着。耿伽不先去见比图谢克，而是去找苏哈希尼。

苏哈希尼的儿子布拉恩戈巴尔刚进入少年期，面庞俊美，两眼炯炯有神，高鼻梁。耿伽突然觉得他的面庞和少年的诺宾很像。但是这孩子比诺宾腼腆得多。他现在在东方学校读书。这是耿伽第一次见到布拉恩戈巴尔。认识他没用，所以让他去叫苏哈希尼。

耿伽很少来这里。在大风暴之后，这是第一次来。肯定有什么要紧事。苏哈希尼几乎是跑着来的，惊恐地问："耿伽哥，怎么了？收到大妈的信了？她好吗？"

女人的直觉比男人要敏锐得多，虽然有时会用错地方。苏哈希尼怎么猜得这么准呢？耿伽在见到那位苦行僧时根本没这样想过。

苏哈希尼拉起衣襟掩着眼睛坐到地上。耿伽定定地站了一会儿，然后说："苏希，起来，这是大事。平静，妹妹！"

苏哈希尼哭着说："这世界上……多少罪人，多少异教徒活着……而大妈……这样贞洁、慈爱……却不在了……耿伽哥，她比我们的妈妈还要亲啊……"

又过了一会，耿伽说："苏希，你出主意吧！这话怎么去跟大伯说呢？他身体不好，如果受这么大的打击……而隐瞒他也不行……总会传到他耳朵里的。"

耿伽得知九点钟的炮声响过，比图谢克会在二楼的房间里吃晚饭。在这之前报告他合适么？他吃的是专做的病人饭，如果他不吃，对身体会更不好。所以耿伽决定等待。

但是事情总不如人愿。比图谢克刚才在窗户前，就看到耿伽从花园的小路来了。耿伽主动来他家，他感到惊讶。耿伽来后还不来见他，他更惊讶，不禁皱起了眉头。

随着威廉堡的九声炮响，二楼走廊比图谢克的木屐和手杖的滴笃嘟声也响了。比图谢克来到餐厅，苏哈希尼过来伺候。她在门边准备着，搀着父亲让他坐在垫子上，比图谢克从站着到坐下需要人帮助。他喝了一口大理石杯子里的水，先敬神后漱口。然后抬头问："苏希，我好像看到耿伽过来了！"

在比图谢克面前谁敢说谎！苏哈希尼好不容易才平静地说出："是的，耿伽哥来了。"

比图谢克一只眼紧盯着小女儿，又问："这么晚他为什么来？"

"不知道！是有重要事跟您说呗。"

"现在就叫他。"

"爸爸，您先吃饭吧……耿伽哥说，不急……"

比图谢克大声呼叫："来人！看看那家的耿伽在哪儿。叫他马上到我这里来！"

耿伽就在隔着两间屋的客厅等着，听到叫唤只得来了。

比图谢克扭头对耿伽从头到脚打量。耿伽站在门外。从小时候起，这家就没有他不能进的门。可是传统使他知道，那唯一的神堂他是不能进入的，或是主人正在吃饭时也不能。因为不管你是什么亲戚，这是婆罗门的房子！

比图谢克问："谁死了？"

耿伽没有立刻答复，但是苏哈希尼又哭起来，这就全都明白了。

耿伽惊诧地看到，比图谢克完全没有慌乱。他似乎对死完全无所谓了。他拿起面前的杯子冷淡地问："赫尔德瓦尔来信了？"

耿伽把苦行僧来的事说了。

比图谢克说："既然是这样，这就好了。她自愿去修苦行，那活着不活着都是一样！她有福气，要待在大梵天的莲足下，现在和大梵天在一起了……活在这个痛苦的世界上有什么好……待在这里看到各种丑恶的事就痛苦……"

这些话，耿伽似乎没有听进去。现在的比图谢克比他在一两年前看到的更不可思议了。比图谢克在晚年似乎更加健康。一只眼是永远失明了，左腿也不灵便了，但不像早几年那么迟钝，声音像健康人那样清楚有力。

看到他面前摆的食物，耿伽惊呆了。一个大盆装着白米饭，周围摆着十六道菜。在这痛苦的时刻，耿伽用眼光确认了真有十六道菜。可是苏哈希尼说，他吃的是病人饭！

苏哈希尼没有说谎，比图谢克晚上只吃一点盐、糖、酸奶和一段鱼。在完全不吃面食后，他的糖尿病好些了。他只是不顾医嘱，有时吃一小碗他喜欢的豆子。拥有无可比拟财产的比图谢克·穆克吉，两餐饭的开销不到两个安那。但近来他有了一种疯狂，不管吃不吃，每天两顿饭，必须在他面前摆上十六道菜。他终生被禁止吃龙虾、炸鱼、土豆等菜，但每天看看这些有什么罪！医学典籍也没有禁止闻味。比图谢克从来就不好吃，近来他对好的食物喜欢看和闻了。或许是想让自己觉得放心，看到他的亲人能吃上这些东西。

比图谢克吃完豆汤，说："我听明白了，你们的母亲两个月前就过世了。那就别耽搁了，你们兄弟俩明后天就把丧事办了吧。没有必要大办，她去苦修了，为她大办丧事不好。请资深的祭司来吧，不请不行……可是点火送终只能由小不点儿做，你就不必了……"

听说诺宾不在市里，比图谢克停止吃饭，回过头看着问："啊？他不在，什么意思？去哪儿了？"

比起宾波波蒂的死讯来，好像诺宾不在的消息使比图谢克更为不安。他一再地问诺宾的事，然后失望地说："他走了，连一次都不来见我？"

"他没来吗？他说走之前来拜见您的！"

"没有！小不点儿没来我这里。"

他长叹一声说："苏希，今天没煮粥么？拿来，今天喝点粥，嘴苦……"

耿伽之后派了纳古尔和杜尔乔坦等一些人出去。不管怎样，不管诺宾在什么地方都要找到，要他回加尔各答来。

耿伽简单地独自为宾波波蒂办了丧事。不管比图谢克怎么暗示，他都把宾波波蒂认作自己的母亲。当然他对点火送终的事丝毫没有兴趣。他没有成为梵社的成员，但实际上他是隐蔽的梵社人。在进入贝拿勒斯前，他自己就认作加入梵社了。从那以后就没有退缩过。办丧事时他没有拜那罗延神石，也不相信点火送终。

一个星期过去了，派去的人没有把诺宾带回来，也没有报告消息。耿伽每天都焦急地等待着。他有强烈的愿望，哥俩坐下来好好聊聊母亲。宾波波蒂不在了，耿伽心中泛起对她的无限怀念。

在葬礼时他一再想，这辛格家的上一代完全结束了。这么多年虽然宾波波蒂离得很远，但她的存在并没有被抹去。仆人和管家总会说，那是太太的屋子，那是太太去恒河洗澡坐的轿子，关在笼子里的是太太的鸟儿。此外在宾波波蒂的名下有单独地产的账户，另外还有很多财产，现在全都结束了。在宾波波蒂的授权下，耿伽一直管理着她的财产，但实际上这一切的所有权是属于诺宾的。

比图谢克有一天亲自来对耿伽说，在诺宾回来前，宾波波蒂的那份财产照原样放着。

耿伽的痛苦很久都没有过去。他不愿到公司去，做完那些不得不做的事后，他想看书转变心情。父母都过世后，他感到从未有过的空虚。耿伽不知道，空虚竟是如此之大！

耿伽夜里在屋顶踱步时，仰望星空。他愿像小孩那样相信，天上升起了一颗新星，那颗星发出特殊的光在看着他。如果有所谓来世的话，但愿宾波波蒂还做他的母亲！来世……？好像是谁说过来世的事？

在贝拿勒斯的恒河，宾杜巴希尼站在船上望着天说过"来世"……耿伽浑身发抖。几天前到比图谢克家去，他一次都没有想起宾杜的事。奇怪！人心会是这样的！

"您在这样的雾中待这么久啊！"

耿伽吃惊地回头站住，古苏姆来叫他了。古苏姆面庞四周似有一圈光，她显得很美。耿伽停止了长叹。来世是空的！什么也不是！宾杜今生什么都没得到，只带着屈辱和痛苦走了。而他得到了古苏姆。他自私！

几天后，一则令人毛骨悚然的消息震动了全市。所有报纸都竞相报道，大富豪家的媳妇杀死亲夫，手持血淋淋的利刃，像杜尔迦女神那样，走到路上，说："是的，我杀了我丈夫！我做得好！"

传闻比报纸登的内容还多得多。有人说，那持刀的女人还扎伤了两名大兵。有人说，不是，她是自己走进监狱的。有人说，像难陀古马尔被绞死那样，这回英政府会在广场当众绞死一名印度教家庭的媳妇。有人说，不，那女人站在法庭上自问自答，并对法官、推事说，为了摆脱地狱的痛苦，她亲手结果了她丈夫。那不能惩罚她那罪恶丈夫的法庭，有什么权力来惩罚像她这样受压迫的妇女？有的说不是的，法院不让任何妇女说话，律师M.S.德特，即那位写《诛梅克纳特》的诗人默图苏丹，就是他替那位妇女辩护。有的说，女人都这么厉害，印度教这回要进地狱了。有的说，女人如果能这样消灭抹黑祖宗的丈夫，那么这个国家要动荡了。

消息中只有这点是真实的：哈德科拉著名大富豪马利克家，名叫杜尔迦摩尼的一个媳妇，在夜里愤怒地用刀扎进她道德败坏丈夫的脖子后自尽了。但她丈夫在警察的救护下，现在还活着。

古苏姆·古玛丽一听到这消息就昏倒在耿伽纳拉扬脚边。

一二五

　　乔杜博迪·甘古里现在心烦意乱。他整天为吃饭发愁，没有心思思念大梵天了。他的三个逃荒的外甥从农村来，找不到活计要他负担，得给他们吃穿。守寡的姐姐从农村来信说，她也要来加尔各答投靠兄弟。农村到处闹饥荒，农民哀声四起。奥里萨受灾严重，孟加拉农村也缺粮。弄到一点粮食，商人都倒运到加尔各答和其他大城市了，那里的人有购买力。奥里萨灾荒蔓延的可怕程度使人想起孟加拉1770年大饥荒的往事。

　　粮食运到城市里，同时，大批饥民也从农村向城市里涌来，到处物价飞涨。最为忧愁的是下层市民，他们在社会上被称为好市民，没有体面的穿着就没脸出门，即使肚子空空也不能向人伸手乞讨，他们只能挨饿。而社会的高层有钱人对此完全冷漠，他们沉迷于歌舞享乐、宗教会议、演讲会、过节、结婚、超度。

　　由于不能给三个外甥找到生计，乔杜博迪自己只能早晚在两个地方教两个学生，这样才能勉强有饭吃。他原想丢开这些缠身事务完全潜心修炼宗教，但再也做不到了！虽然能拒绝再婚，但拒绝不了家务。没有时间，加上各种操心事，使他不能专心修梵，这令他更为懊恼。其他东西都可丢弃，但丢弃大梵天很难。乔杜博迪有时会抛洒点痛苦的眼泪，唉，我这是怎么了！为这几个未成年的外甥我成什么了！可是他们来到了社会，又怎能抛弃他们！

一天，在朋友家做完周祷告后，一位梵社朋友低声问他："兄弟，你是否读过班吉姆·查特吉的长篇小说？"

乔杜博迪心里不快，因为今天在读小说时，两次为钱发愁。所以他有点厌烦地说："谁是班吉姆·查特吉？我怎会读他的小说？"

普里亚纳特说："这书写的很有意思。你曾经是写诗的，所以我想，你一定早就读过了。我想和你讨论一下。"

乔杜博迪长叹一声，在心里说，还诗歌呢！早就完了！

说不清诗歌女神是自动消失，还是乔杜博迪硬是将她从心中送走的。在古苏姆·古玛丽结婚前，他创作了最后的几首诗。古苏姆结婚后，乔杜博迪将自己所有的诗稿撕得粉碎，扔进了垃圾箱。

旁边还坐着一位青年。乔杜博迪以前在戴本德罗纳特·泰戈尔家，在喀沙布家，和其他讨论会上见他几次。可是乔杜博迪知道他没有正式加入梵社。那穿戴像梵语学院学生的青年焦急地说："先生，您还没读过班吉姆先生的文章？您的诗我读过。我的同学说，乔杜博迪·甘古里的诗意境很高。"

乔杜博迪说："您也读我这样平凡人的诗？这是大奇事！您认识我，可是我还不认识您呢。"

普里亚纳特说："你不认识他？他是《月光》编辑达罗卡纳·必达普山的侄子。名叫希沃纳特。"

乔杜博迪在心里叹息一声。达罗卡纳·必达普山的侄子和自己的外甥有多么大的差别！

"希沃纳特也写诗。你读过《月光》么？希沃纳特还干过一件事……在某种程度上，希沃纳特是史无前例的，他曾想把自己的妻子嫁出去……"

希沃纳特说："啊，普里亚纳特先生，您别说了！"

普里亚纳特说："是的，乔杜博迪，我没说错。希沃纳特的父亲让他在小时候娶了两次亲……不久前希沃纳特说要让第二个妻子再嫁。他是维迪耶萨伽尔的标杆和武器，哈哈哈！"

希沃纳特说："别说那些了。刚才谈的是班吉姆·查特吉，普里亚先生，您说的是班吉姆的哪一部小说？"

"《戈巴尔衮德拉》，我只知道这部。他还写过什么？"

"怎么，您没读过《将军的女儿》？两三年前就出版了。啊，那是空前的盛事！还有，我们的诗人德特，同样的作家回来了！"

"迈克尔·默图成了真正的洋人后回来了。他还写孟加拉语么？我看他一两年来什么都没写，只是喝酒。"

"现在他是律师，多忙，跟洋人走得很近……可是安定下来后肯定会写的。"

乔杜博迪吃惊地听着。他脱离这些事很久了，不了解了。创作了诗歌《诛梅克纳特》的迈克尔·德特，从英国回来后不用孟加拉语写作了。他们想起在诺宾古马尔家里，欢迎迈克尔·默图苏丹那天的事……

希沃纳特说："在《曙光》登载《将军的女儿》后，刊登过一封欢迎信，你们看到了吧？"

乔杜博迪说："但是在《感知知识》和《邮报》上，我没有看到过关于班吉姆先生的内容。"

希沃纳特说："在《秘密》《作品》《月光》《印度爱国者报》上写过很多。当然，我舅舅不怎么喜欢班吉姆先生的作品。"

乔杜博迪说："这位班吉姆先生是谁？出自不知名家族的人出书了？他住在哪儿？父亲是干什么的？"

"啊，你不记得这位班吉姆先生的事了？大学第一次文学学士（B. A.）考试，只有两人通过，班吉姆先生是第一名，考完试就立即得到副职……"

希沃纳特说，有段时间他在《曙光》报上写过很多诗。

这时乔杜博迪打断他们说："等等，他是不是出版过名为《罗丽达和愿望》的一本薄薄的诗集？那诗集我买过一本。但那是很久前的事了。"

普里亚纳特说："你买了？那你是幸运者。我听克里希纳卡马尔讲过，那本书只卖出六本。所以班吉姆生气了，有近十年不写孟加拉语了。"

希沃纳特说："我还听说过关于班吉姆先生的许多故事。在他去任职时，取了些恒河水，先触摸过母亲的脚，然后装瓶子带走。他们是帕德帕拉奈哈迪的婆罗门，是虔诚的印度教徒。可是不管怎么说，写作能力很不一般。"

普里亚纳特说："我们最卓越的诗人是基督徒，非凡的孟加拉语小说家是虔诚的印度教徒。可惜我们梵社的弟兄们没有谁是那样的天才！"

乔杜博迪说："怎么没有，戴本德罗纳特的大公子迪金德罗先生很会写，绍登德罗先生也写了很好的歌。"

"算了吧，你那戴本德罗纳特先生的公子算不上的，那些随意之作什么也不是……只有这班吉姆先生是倾注生命去写作的，啊，《克巴尔衮德拉》不是散文，是诗！可是班吉姆先生有一缺点，作品没有崇高的理想，爱情内容太多……没有给国民宣传什么信条。"

希沃纳特说："什么缺点，那是优点！莎士比亚、迦梨陀娑宣扬什么信条了？"

乔杜博迪一语双关地说，班吉姆先生如果是虔诚的印度教徒，为何让自己的母亲犯这种罪？让脚去碰恒河水？对他们来说，恒河水应顶在头上。

希沃纳特说："不管怎么说，读了他的书真的感动。"

乔杜博迪："我不能读纯爱情小说，因为我的心都让别的事烦死了。"

普里亚纳特说："别这样说啊，乔杜，你读读看吧，你要的话，我可以给你。《巴克尔衮德拉》我家里有。"

希沃纳特说："《将军的女儿》我也能弄到。"

乔杜博迪说："这些书我能读，如果同时借给我五个卢比就好了。我家里一粒米都没有，空肚子能读诗歌、看文学么？"

普里亚纳特笑着说："哇，难道我是替班吉姆先生来强迫别人读他的书？因此我还得破费？"

当天晚上，乔杜从普里亚纳特那里拿了三个卢比和一本《克巴尔衮德拉》回家了。家里乱成一团，二外甥拉鲁莫汉和村里的几个不学好的青年打架，被打破了头，现在他正要拆下门杠再去打。他的两个兄弟拉住了他。

乔杜博迪再也不能保持住梵社人的包容和忍让了，他脱下拖鞋狠揍了拉鲁莫汉几下，书本掉落到地上了。过度的忿怒使乔杜博度心跳加速，他觉得不舒服就回屋躺下了。这时他的三个外甥跟到他床边哭。这些灾星会让邻居们跑来的。

过了一会儿他舒服点了，坐起来说："苦命的家伙，吃不饱饭你们还这么有劲？如果明天早上到晚上不坐下来祷告八个小时，就别吃饭。"

小外甥普班莫汉问："舅舅，今晚吃什么？"

乔杜博迪从口袋拿出一个卢比，叫大外甥去买米和豆子。如果可能，再带一块鱼来。还要两三斤土豆。今天可以饱吃一顿烩饭。去，跑着去吧。

备齐食材做好烩饭已经很晚了，可是吃得很满意。大外甥是可以当厨师的，他做饭不错。烩饭、煮土豆、炸鱼。一锅饭四个人都没吃完。拉鲁莫汉说明天再吃，虽然隔夜饭味道不好。

乔杜博迪在吃蒟酱叶包前想起书本了。掉在哪儿了呢？因为这本书作者的关系，今晚才吃饱这顿饭。现在至少该翻看翻看。

这时想起在打外甥时，书本掉落了，没有捡起。外甥们也没有捡。乔杜博迪在扬手时，书本掉到院子的角落里了。乔杜博迪自己写诗时，做梦都想不到会如此轻慢书本，日子怎么变成这样啊！

乔杜博迪在床头点起蜡烛，躺下来翻开书本的首页。第一章的标题是"入海口"。引用了莎士比亚的《错误的喜剧》(*Comedy of Errors*) 的一句话：Floating straight, obedient to the stream（顺流直漂）。然后开始：大约两百五十年前，马克月的一天，夜尽时，一艘客船从恒河口回来。那时的习惯是，旅客因害怕葡萄牙及其他海盗，都成群坐船旅行……

读着读着乔杜博迪皱起眉头。旅行？这作家既然通过了B. A.考试，那就是有文化的了，那为何写旅行？不知道"来往"这个词？口语说"旅行"，但是为了语言的纯正，用"来往"不是更好？

不管怎样，既然普里亚纳特和达罗卡纳特·必达普山的侄子高度赞扬，那就再读下去看看。

    ……年轻人回答说：我说过，很想看大海，所以我来
    了。然后用较轻的声音说，啊，我看到了什么！几辈子都
    想不到的……

第二天一早，乔杜博迪就来到普里亚纳特家。他的眼睛是红的，头发没有梳理，衣服也没有换。一见面就搂抱着普里亚纳特，激动地说："兄弟，你让我读到了什么！昨晚我通宵未睡。读了三遍《克巴尔衮德拉》，现在也还想再读。用孟加拉语能写出这样的作品？我真想把这本书顶在头上跳舞！"

普里亚纳特说："得了，得了，我看你是疯癫了。我不是说过吗，这书一拿起就放不下了。"

"这位班吉姆先生住在哪儿？我现在就去看他，向他致敬！"

"你作为梵社人，去拜倒在印度教徒脚下？不如写一本好书……"

"一本好书？这作家可以征服世界了。你在英语书中读过几本像《克巴尔衮德拉》这样的散文？谁知道我们的孟加拉语有这样的能力！班吉姆先生住在哪儿，我现在就去见他。"

"他住哪儿我不知道。可是我听克里希纳卡马尔说过，班吉姆先生现在在总统学院读书。"

"什么意思？十年前他就通过文学学士考试了。在郊区当副推事，怎么又成了总统学院的学生了？"

"别这么激动，安静坐一会儿吧。怎么就不能当学生？通过B.A.考试时，他还没有读完法律。所以还在读书……你认识克里希纳卡马尔·帕达查吉吧？"

"很熟。他能找到？"

"是的，克里希纳卡马尔现在也读法律，要当律师。我是听他说起班吉姆先生的名字的。克里希纳卡马尔现在是班吉姆先生的同学。"

乔杜博迪立刻就跑到克里希纳卡马尔那里去。但，克里希纳卡马尔说，班吉姆·查特吉虽是名作家，但他很严谨，不会和陌生人说话。谁主动去和他讨论文学问题，他是很讨厌的。所以乔杜博迪现在不去见班吉姆·查特吉为好，那样反而会破坏对敬爱的作家的希望和梦想的。

乔杜博迪还是没有完全消停。就算不交谈，他也要见一次，远远见一下也行。他像圣地的乌鸦那样站在总统学院前面盯着。一时间，三年级的学生上完课走出来。乔杜博迪听克里希纳卡马尔详细描绘过班吉姆先生的面容，所以很快就认出了。多么奇特的学生啊！穿着长袍，脸像副推事办公事般严肃地走着，一个听差跟在后面给他打伞。班吉姆先生比乔杜博迪小些，可是看起来年龄和克里希纳卡马尔相仿。

乔杜博迪看到班吉姆·查特吉的威严后，不敢走过去说话。一直盯着看到他离去，乔杜博迪一口气跑回家，马上打开《克巴尔衮德拉》。

走路的，你迷路了吧？这声音传到诺博古马尔耳中。什么意思，该怎么回答，什么都想不出。声音似乎在增大，像风刮着声音跑，树叶都在摇动……

乔杜博迪读着读着，真的拿着书本跳起舞来了。

一二六

诺宾每天早上一醒来心情就充满愉悦。实际上在黄昏后他就一直在想，几时再到黎明。他不喜欢夜晚，特别是月黑夜，四周一片漆黑，什么都看不到。谁喜欢像盲人那样，在寒风中坐在黑暗里啊。黄昏后他在船舱里读一会儿书，然后吃完饭就去睡了。

早晨真的很美。

诺宾醒后就来到窗前，看到外面的风景心情舒畅。在彻底戒酒后他身体没有什么不适，感觉四肢很有劲，现在似乎闻不得酒味了。只有那些曾经醉得不省人事的人，才具有这种非凡的毅力？诺宾觉得似乎获得新生了。

诺宾以前只走过一次水路。那次他是在重病后身体非常虚弱，听力几乎完全丧失的时候。这次诺宾是想来治自己的盲病的，他的视力真的好像恢复了。这个世界向他展示了新面貌。

边走边看。不错，诺宾是去探视母亲。但他第一次感到，这河流两岸翠绿的土地就像母亲一样。英语书上有名为"国家"的理想。印度也使用"国家"这个词，但不是理想，在印度，国家只是不同的国王和王权。印度教王权，帕旦伽利①王权，莫卧儿王权，现在是英国王权。一个世纪又一个世纪，王权更迭，国家还是按自己的意志沉睡，只是有时翻身。在诺宾眼中，沉睡的国家复活了。

天亮后，诺宾披了件毛衣走到甲板，伸开腿坐在躺椅上。这时船夫们还没有做好开船前的准备。夜晚船停泊在某个码头边，早晚在附近的村庄买米、油、菜，在太阳升起前开始航行。

杜拉拿来一杯椰枣汁，几天来诺宾都急切等待这杯椰枣汁。杜拉把白大理石杯子倒满，诺宾伸手拿过去一饮而尽。杜拉问："少爷，再来点？"诺宾点点头。在连喝三杯后，他心满意足了。

过了一会儿，杜拉拿来两三个鲜椰子。

诺宾又觉得像是发现了新东西。之前他不是没有尝过椰枣汁或椰子汁。但这次出行，他觉得没有比这更好的饮料了。多么神奇啊。自然生长的树，竟为人们准备了如此美味的饮料。法国顶级的酒商能生产出这样的饮料来么？

一天，杜拉从岸边的村庄拿来一串刚砍下来的香蕉。香蕉上还带有白色小露珠，没有全熟，但有几个成熟了。诺宾古马尔摘下一个剥皮就吃，很满意。当时他觉得人间任何烹饪方式都做不出这样的美味，甜度恰好，不硬也不软。诺宾心中说，大梵天是一切时代最棒的厨师，他在不同的辣椒中放了不同的辣味，在各种香叶中放了不同的香味，在柠檬中放了酸味，在芒果、菠萝蜜中放了甜味，又在贝尔果或酸枣中放了很难描绘的味道。谁能做出这么多种类的美味来。

可是，这大厨房是谁的？是大梵天的，或是大自然的？诺宾为此常常感到困惑。不管是谁的，无关紧要。诺宾似乎不那么固执了，他不想举起无神论的反叛大旗了。

最重要的是，不管是大梵天或是大自然，他的创作室里有很多不必要的美。有成百上千种让人欣赏的鲜花儿是不结果的。

---

① 帕旦伽利（Pantanjali）为印度大圣哲。

上一次诺宾为听不到别人说话而着急，这次诺宾像是在入定。除了和杜拉说一两句外，整天不和别人说话。他一次也没有上岸到村里去过。有一天经过他的两处地产，佃户得讯后都跑来了，但是诺宾命令不得停船。如果想去视察地产，他回程时再去。

船上人很多，可是诺宾感到孤单，这使他很敏感。想象和记忆在他眼前交叉，产生了无数分支的瞬间。这种感觉不总是舒服的。在两岸美景的欣赏中，他心中印下了一幅幅画面。阳光耀眼的当下，诺宾一次次回到他充满阴影的过去。他检视自己生命初期的事件，他的痛苦增加了，而不是减少了。往昔就像写在石板上的字，用湿布也不能完全抹去，他有时很生自己的气。

他记忆的画布上一再出现两个女人的面孔。在钱德拉纳特家，他只短暂见过一个女人，大部分时间她还戴着面纱。为何他觉得那个从路上捡来的女子很像他妈妈？诺宾全身发抖。没有这种体验的人是不懂其含义的。次日一早那女人完全消失了，诺宾感到很苦闷。如果能再见到她，就能知道她的身份，那么就像歌词说的，耳和眼就不会争吵下去了。

还有一张脸，很神秘，非常神秘。那张脸诺宾是怎么也不愿想起的，无论如何也不想。为了把她从心中完全抹去，诺宾古马尔回避和她的关系，见了面连话也不讲。可是怎么又想起了她的脸。

人难道有两种思维力量？诺宾古马尔用强力想忘记她，可是那张脸为何又回来了？那么是谁愿意呢？这时诺宾对任何书本都不能集中精神了，向大自然望去也什么都看不到了。他拼命想忘记，却又做不到，这种痛苦他以前是不知道的。人为了取得什么是会倾其全力的。可是要摆脱什么，难道比取得更难？

诺宾离船走不远，纳古尔和杜尔乔坦一伙人就把他拉住了。

诺宾听到宾波波蒂的死讯后非常平静。似乎他心中已经准备好见不到母亲了，在钱德拉纳特家见到和他母亲面相酷似的女人时他就想到了。为了去掉似乎迷信的想法，他才想去赫尔德瓦尔旅行。

诺宾读了耿伽的信后，默默地坐了一会。他没有落泪，但站在门外的杜拉高声哭了起来，像个孩子。对他说来宾波波蒂犹如女神，因为宾波波蒂才有了他的一切。他长大后明白了，他从家仆上升到了主家公子陪侍的地位，全靠宾波波蒂的恩典。

诺宾让杜拉哭了一会，然后小声对站在面前的纳古尔和杜尔乔坦说，把杜拉叫进来。杜拉抹着眼泪又呜呜哭着说："少爷，老太太走了……"

诺宾抬起头说："去告知在附近的大地方停船，然后请祭司，筹备所需要的东西，我就在这河边为母亲超度。"

纳古尔双手合十说："少爷，不回加尔各答吗？大少爷交代了很多……"

诺宾说："不，现在我不回去。你们回去吧……"

附近有个名叫拉斯普尔的市镇，船到那里停了。杜拉很想从这里回加尔各答，他刚向诺宾开口，就挨了训斥。诺宾得先办完母亲的丧事，然后再说别的。

在河面上拜那罗延神石和做法事，不合经典，必须上岸。还有，像诺宾这样的地主儿子，在别人的土地上祭奠母亲也不好看。听了祭司和杜拉联合提出的这些理由后，诺宾没有消停。他指示，当天在附近做好买二十亩地和一所房子的安排。明天就在这里办事。

杜拉不敢违抗命令，马上派人去找地方，又忙着按祭司开的单子筹办祭奠用品去了。在拉斯普尔弄不到需要的全部东西，又租了马匹派人到远处去置办。

在沿河约二十公里远的岸边，他买到了二十二亩地和一所小房子，第二天那里全都准备好了。又派人骑马去新岛取来十六种献祭的东西。诺宾剃光头在河里沐浴后坐在祭台上。

头天招待了一百位婆罗门，给每人送了一个铜壶、两条围裤和十个银币。令人欣慰的是此地不缺少婆罗门，献羊也没有省略。

次日给乞丐舍饭。那天来了两三千人。杜拉看到没有发出邀请竟来了这么多村民，眼睛都直了。村里有这么多乞丐？不管怎样，安排没有任何瑕疵。第一排坐好后，诺宾古马尔亲自去给他们盛饭。

丧事全部办完后，诺宾傍晚时坐在河边一棵菩提树下休息，这时他流下几滴眼泪。他对自己内心的冷漠也感到奇怪。不管祭奠多么隆重，除了眼泪，还有什么能祭拜过世的亲妈呢！他默默地说，妈，我知道，如果我给了你千万次痛苦，我知道你全都宽恕了。

冬天天空晴朗，河对岸太阳正在落下。诺宾看着那边，心想，这样的落日每天都有，但是每天的景色都不同，还会有不一样的东西。我们眼睛看到的，从道理上去理解的，其背后还有其他东西，否则生活就太单调了。

过了一会，诺宾的安静被打破。一艘大船从对岸来到这里停下。一个中年人下船，走到诺宾面前站下，两手举到额头说："您好，少爷！"

诺宾有点讨厌，好奇地看着这个人。早就传扬开了，诺宾是大地主。村民们来和他说话，都先趴在地上磕头行礼。这个人例外。显然这个人认识他，但说话不太礼貌，称他为少爷。

这人的脸盘圆嘟嘟的，围裤红得耀眼，上身围着一块披巾。他在离诺宾稍远的地上坐下，说："我今早刚得到消息，我来迟了。"

这人用手指指诺宾的光头，意思是说祭奠都完了。

"您是谁？"

"不是'您'，叫我'你'吧，这样我才配。您没有完全用鄙称，我的兄弟！不才名叫普江格·夏尔马。"

"来找我有什么要事？"

"没有什么要事！我听到消息就来了，还有什么！我从易卜拉欣布尔来。那里曾经是你们的地产。看来您知道？"

"曾经？现在不是了？"

"可以说不是，也可说是！"

"什么意思？"

"文件上是，实际上不是。比如，我曾经是你们的地产代理。现在说我是你们的代理，行，说不是也行。我当然是，也当然不是。"

"你跟我说话为何为难我？我不喜欢这样。如有什么需要就说，否则请你就走！"

普江格·巴塔查里亚哈哈大笑。他转着脖子四周看看后说："那是谁的房子？罗摩，罗摩！拉姆卡马尔·辛格的独子，太太眼中的宠儿，诺宾古马尔竟在别人的房子里办丧事？啧，啧！丢人！"

诺宾古马尔高声说："那是我的房子！"

"这怎么是啊？少爷！这边没有你们的地产！我会对您乱说么？我全都知道！"

诺宾被这人的粗鲁激怒了。为了马上把这家伙赶走，诺宾呼叫杜拉："谁在那里，把杜拉叫来！"

普江格·巴塔查里亚欣赏地点头说："唔，听声音就知道是什么种。狮子的儿子是狮子。为何要生气呢，少爷？您先听我把话说完。"

"您要说什么，就对杜拉说吧。快走开！"

"我不是来和杜拉对话的。我本人也是地主。"

"难道这是您的地产？我坐在您的地产上？"

"不，我不是说这个，不是我的。不过您待在别人的地产上也不光彩，这是吉尔迪钱德拉·罗易的地产，我的地产跟这挨着。不过，我也不是真正的地主，是假的。您看我的脸，哪儿像地主的脸！我是假冒的。"

"又出谜语？"

"这回我直说。实际上我代地主签字，签着签着我现在成了地主了。人们当然现在还叫我代理。"

"您是易卜拉欣布尔区的代理？"

"易卜拉欣布尔曾经是你们的地产，您知道吧？知道消息吧？"

"怎么不知道？"

"六七年了，地主一次都没有去过那儿。没人来过问。所以现在是我全管。那地产现在是我的。"

"您侵占了我们的地产？"

"名义上是你们的。公司时期实行永久租佃法，如果不卖，谁都不能夺佃。那样代理就钻空子说是自己的地产。我也是这样。"

这人说话的奇特方式吸引了诺宾。这人亲口承认侵占了他们一个区的地产。他为何要来亲口说？诺宾从来对收地租就没有什么兴趣，这是确实的。当有需要时，他就从耿伽那里取钱，或者把加尔各答的财产出卖。易卜拉欣布尔的地产竟是这种状态！

"现在我还不明白，您为何来我这里？"

"风吹来的消息。人们说，地主的公子诺宾·辛格在这里为母亲超度，在河边像孤儿那样待着。所以我就跑来了。我在易卜拉欣布尔盖了新房子，您想住就请去。跟我走吧。"

"您是来带我走的？"

"是的。"

"奇怪。去了那里，如果我要回我们的地产呢？"

"想要就拿去吧。"

"这么多年您骗了我们，没交过一分钱，如果为此把你关监狱呢？"

"那您做不到，少爷！契约完全坐实了。您看账本吧，没有一点收入，反而欠账，只有欠账。收租都要变卖家什了，您动不了我的。"

"我能解雇你，任命新的代理。我当然有这权力。既然名义上我是地主。"

"您能，当然能。但是新代理过两天就得夹着尾巴逃跑，您瞧着，佃户只承认我。"

"就是说根本动不了您？我们的地产就没了？"

"你们住在加尔各答享乐，一年又一年都不来，对佃户的死活不闻不问，代理能不抓住机会？您说呢？得到机会，我抓住了。"

"您名叫普江格（意思是蛇），看来您真的是一条黑蛇！"

"哈，哈，哈，少爷瞧您说的！听名字能识人？谁的父母会一时兴起给孩子起名叫普江格的？不是普江格，不是普江格！我的全名叫普江格塔尔。普江格的意思是蛇，而普江格塔尔是抓住蛇的湿婆。您是大学者，肯定知道。您瞧，差别多大！哈，哈，哈哈。"

普江格·巴塔查里亚突然停住笑，说："令兄怎么样？他是神一般的人。听说他结婚了，连一张请柬都不发给我。这种事情在印度谁听说过，地主结婚，不要说佃户了，连代理都不邀请？这样地主的地产什么时候得到保护？"

诺宾不作声。

这时普江格·巴塔查里亚看到杜拉走过来，便叫住他，问："管家迪巴戈尔在哪儿？他没跟来？叫他来，他认识我。"

杜拉也像其主人一样吃惊。

听说迪巴戈尔没来，普江格·巴塔查里亚不高兴地说："所以这么混乱。这全都是儿戏，把地主踩在脚底下了。走吧，少爷！到办事处去。叫你们的人收拾东西。不很远，半天的路程"。

诺宾古马尔又和普江格谈了一会，决定去易卜拉欣布尔。

一二七

易卜拉欣布尔前办事处旁边建起了一栋新楼。老办事处的废墟还在。大自然的规律就是这样，在废墟上出现新的生命，那里长出了许多小树。

普江格指着那边说，您看，那就是办事处老楼，靛蓝厂的洋人夜间放了一把火。那天晚上我带着老婆孩子没处躲藏，急忙像老鼠那样逃命了。

诺宾默默地站着，看向那边。

普江格又说："就在您站的地方，有一天令兄耿伽突然来站在那里。一脸的大胡子，我怎么认得出来？我以为又是一个假的普罗达波钱德拉。后来叫理发匠剃光胡子才看到他的真相……"

诺宾问："靛蓝厂的洋人现在对佃户的态度怎么样？"

普江格塔尔说："我说，我全对您说，您先洗脸休息。人们都说我是给婆罗门做饭的好手，如果您吩咐，我就在我家安排您的吃住。"

诺宾是在河边下了船，走了一段路来办事处的。普江格塔尔曾要安排轿子，但诺宾制止了，他要步行过去的。村里的佃户都不认识他，很多人惊诧的目光望着他的光头。但没人想到他是地主，所以都躲起来。

普江格塔尔把诺宾从旧办事处院子带到新房子里。他打开其中一间的门锁说："请看，都是确保无误的安排。这屋里的床、柜、被单枕头是全新的。我准备好了，等待地主家哪天有人来。但是六年过去，没人来过。"

诺宾有点懵了，普江格塔尔话中带刺，猛然间找不到适当的话回答。他以前没有特别想过这事。他只知道他们在孟加拉、奥里萨各地有地产，他丝毫没有管理地产的知识。从少年时期起，他就沉迷于自己的各种计划中。需要钱时就找账房，遇到库房的钱不够时，他就会卖掉加尔各答的一处产业。管理产业是耿伽的责任，但耿伽一个人能管过来多少方面？诺宾从来没去想过。

两个仆人立即收拾好房间，诺宾走了进去。那房间面积很大，家具很有品位，适合地主临时居住。有天热时拉动的大扇子，床边还有一张躺椅。普江格塔尔请他坐在躺椅上。

普江格塔尔坐在地上后，又以神奇的声调说："不错，我是侵吞了你们的财产，但是您不能说我完全没良心。没良心我为何还为地主装修这样的房间？这房间至今没有人住过！我本来希望令兄耿伽至少会来一次，如果他来了，他也会很高兴的。他站在佃户一边进行了反对靛蓝厂洋人的斗争。如果他来了会亲眼看到斗争的成果的。"

诺宾问："什么成果？"

"一听到麦克格雷格的名字，老虎、牛都害怕，我的心也怦怦乱跳，那个洋人麦克格雷格自杀了。他和县推事的夫人竟有那种事。那事就算了，已让那小子的罪恶得到了惩罚。后来有一天靛蓝厂也着了火，洋人跑的一个不剩，这里再也没有靛蓝厂了。那些放火烧我房子的人，他们自己也未能幸免。现在这地区的土地不再种蓼蓝，全种上金色的水稻了。"

"家兄冒险做的事有成果了，我听了很高兴。"

"但是他也成了地主待在城里，再也不来农村了。"

"家兄要忙很多事，来不了很正常。但您说我们的人从来不来？那不可能。"

"有，有，开头每年收租的人来一两次。我对他们嚷过。迪巴戈尔来过三次。我对他说，小子，走吧。你再来我就打破你的头。"

"您为何对我们的代表嚷嚷？能告诉我吗？"

"当然可以。我高兴嚷嚷！请听，请听，您为何要这么激动啊？你们没有听实在话的习惯，所以受不了了。您请听，我如果是豺狗，那你们的收租人就是鳄鱼。给别人数钱我也得有饭碗。他们来是抢钱，我为何把钱给他们？地主来了我就算清账目，您说，要是把钱给他们，钱会到你们地产的账上？永远不会的，他们至少要私吞三分之二！所以我决定不给他们，自己全部都吞了。我的消化能力也不小，比他们消化得好！"

"就是说，您的根本目标是以各种手段欺骗地主？"

"那么，少爷，您来回答一句吧。在靛蓝厂主的压迫下，我和老婆孩子无处栖身，那时地主看见我了吗？地主考虑过一次我住在哪儿、吃什么吗？过问过我是死是活吗？严重的饥荒，农村家家户户痛哭哀嚎，那时地主给过佃户们一点帮助吗？这些如果都不做，那么我作为地主的代理，会给地主端洗脚水，给他送上钱袋？"

"您是要说，别的地主都定期来？"

"那些不来的，他们的地产不是今天就是明天就会没了。您爷爷是定期来的，令尊年轻时来过几次，后来就派令兄来了。再后就不来了。那么地产就像干涸的河流一样，来日不多了。"

"我们如果想卖掉部分地产呢？"

"能卖，但是卖不到价钱。谁买这被掏空了的地产？"

"是您掏空了的，明白了。"

"没那么容易明白，少爷！先亲眼好好看看农村的状态吧，然后您就会明白了。"

"地产的情况坏了，您没有写信报告给我们啊。"

"我遇难时至少给你们写过七封信，但没收到过一封回信。我承认令兄当时在坐牢，但那时您已经二十一二岁，不是不懂事的小孩了。那时您一眼也不看，您忙着干您《摩诃婆罗多》的大事。您是值得尊敬的人物，我虽不是婆罗门，也向您致敬。但是您作为地主是无能的。我听说您为寡妇再嫁花费了十万卢比，但是为自己农村的饥民，却没有给过一把米。"

"您是要说，我为推动寡妇结婚给予经济帮助是错了？"

"不，我为何说您错？您做了伟大的事。但是您考虑欠周，村里多少家庭的媳妇因饥荒成了寡妇，这消息您知道么？"

普江格塔尔看到诺宾无言以对愣在那里，便站起来变换声调说："啊，罗摩，罗摩！我光在这里胡说，到现在还没有安排您的吃喝……您先休息吧，少爷，我出去一下……"

诺宾古马尔在普江格塔尔家住了三天，与这位代理天天辩论。普江格塔尔虽然不懂英语，但孟加拉语和梵语相当好，也知道外面世界的消息。诺宾更喜欢心直口快的人取代溜须拍马的人，但是他不能完全忍受这人说的话，也不能拒绝。

一天早晨，诺宾被歌声吵醒。声音很优美，歌词也很美。诺宾睡眼惺忪地起来看到，一个毗湿奴歌手站在外面院子弹琴唱歌，普江格塔尔坐在凳子上欣赏。

普江格塔尔一看到诺宾，急忙站起来问："打扰您睡觉了吧？少爷？"

诺宾说："没有。巴塔查里亚先生，把这歌手叫过来，我要好好听歌。"

这歌手先前一定知道诺宾的身份，他走过来趴在地上磕头，说："老爷，我给令尊唱过歌，他很喜欢听歌。"

诺宾说："再唱一遍这支歌吧，歌词我没有全懂。"

歌手又唱道：

毗湿奴如果在心灵的净修林住下，

啊，崇敬的！我崇敬的贞女罗陀。

我的愿望是获得解脱成为养牛人，

身在欢乐村里，得到妈妈乔索坦的爱。

毗湿奴抓住我吧！罪恶的戈波坦山

近来把性等六欲都摧毁了。

吹奏怜悯的笛子，拉住心灵的母牛，

让饥渴的心灵得到满足吧，恳求……

诺宾古马尔兴奋地称赞说："好，好！编得真好！很久没有听到这么好的神话歌了。这歌是谁写的？这歌不是拉姆普拉萨德的，他是拜迦梨女神的，而这是毗湿奴派的歌。"

歌手说："是的。这歌是达斯·罗易先生的。"

诺宾惊异地说："达斯·罗易？"

普江格塔尔说："怎么，少爷，您没听说过达斯·罗易的名字？在孟加拉谁没听过布德万–卡多瓦的达斯·罗易的歌？他来我们这边的加西姆巴扎唱歌时死了。好像是土兵战争的那年。"

诺宾说："我怎么不知道达斯·罗易的大名！但他唱的是粗俗的'班加利'，有些充满淫秽。我不信他嘴里能唱出这样的歌。"

普江格塔尔说："这很有趣，荷花开在污泥上。蚁垤是强盗的珍宝。这歌是达斯·罗易的。甚至新岛的学者们把达斯·罗易尊称为圣人。好吧，这回听谁的歌？尼代依，唱那个'不是谁的错，妈'……"

尼代依又唱：

不是谁的过错，妈，

我挖了沟淹死了夏马。

六欲像弓一样

我在福地挖了井

那井大，水黑得可爱。

有我什么事，杜尔迦

您掌握了三大特质（大自然、人、黑暗）

而我什么优点也没有……

在尼代依唱到一半时，普江格塔尔让他暂停，问："少爷，您以前听过这歌么？您说，是谁的歌？"

诺宾说："这是夏玛歌，古典的。这歌肯定是拉姆普拉萨德的或卡姆拉甘陀的。"

普江格塔尔说："不是。这也是达斯·罗易的歌。同一个人，写了夏玛歌和刚才的毗湿奴歌。"

"我只知道他是粗俗的班加利歌手。这两首歌没有一句淫秽歌词。"

"那您就该明白，你们住在城市里有多少误解了。请听我讲个故事。这歌里有歌词'六欲像弓一样'，达斯·罗易不懂这弓的准确含义，他以为弓就是锄头①，所以他用弓去挖井了。您精通梵语，肯定知道这个词就是弓。只是弓，没有箭，所以用弓是挖不了井的，达斯·罗易先生错了。为此一所学校潘迪特的学生嘲笑了达斯·罗易先生。达斯·罗易没有念过太多书，会有一句或半句话是错的，但是有几个人能写这样的歌？听到学生这样嘲笑后，著名的学者、大师拉姆·西罗摩尼数落学生说，达斯·罗易写作时使用的是雅利安语！从今天起'戈登德'的词义既是弓，也是锄头。"

诺宾说："哇，这故事又增多了。我不知道达斯·罗易在各方面受到这么多尊重。可是听歌比听故事好。叫他再唱歌吧。"

又听了三支歌，诺宾更加欣赏了，说："我把他带到加尔各答去。这么好的嗓子，到了城里他会受到应有的尊重的。听了他的歌，会打破人们对达斯·罗易的错误认识的。"

普江格塔尔说："您要带他到加尔各答去？"

---

① 弓和锄头两个词在孟加拉语中发音相近。

诺宾说:"是的,我回去时就带着他。"

"啊,好主意!尼代依钱德拉走运了。怎么样,尼代依,跟少爷到加尔各答去吗?"

尼代依钱德拉停止唱歌,合掌站着。他至少有六十岁了,头发稀疏,脸盘瘦削。他的样子像只鹤。身披有大神名单的披巾。

他听到普江格塔尔的提问后点头表示同意,然后说:"我有这样的好运么?"

普江格塔尔说:"你被少爷的慧眼看中了,还忧虑什么?叫你今天就走,你走吗?"

尼代依说:"当然,我没有后顾之忧。我没有坐过火车,很想坐一次。到加尔各答后要吃一次冰。冰的事我听说过很多了,从来没见过。这辈子如果能实现就好了。"

普江格塔尔笑着说:"少爷,听见了吧,他一口答应。我早就认识这个尼代依毗湿奴信徒了,他从来没离开过这几个村子,而今天您一说,他就想去加尔各答了。"

诺宾说:"我带他去加尔各答,让他唱歌给大家听。这么好的嗓子为什么只待在乡下呢?"

普江格塔尔这回做个怪脸,说:"如果把乡村的好东西都带到加尔各答去了,那我们还有什么?城市里的好东西不送点到这破乡下来?"

诺宾说:"这就是这时代的规矩!巴塔查里亚先生,有了机会所有能人、有知识的人都进城。因为城里有钱,钱就是蜂蜜!"

"唔,钱是多好的蜂蜜,我知道。但是,少爷,城里的钱是谁提供的?农村的钱不是全部到城市去了么?农村是身躯,身躯的血全都供给名为城市的脑袋了。怎么,我说错了吗?那么别忘了,人的心脏是在人的中部,不是头部。农村才是国家的生命。"

诺宾取下身上的围巾给尼代依做头巾,然后仔细观察他的琴。

从那天起,诺宾就跟尼代依学歌。他自己的声音也很好,唱起来很容易。他对这门艺术早就有一种渴望。他和哈里斯·穆克吉去穆鲁格钱德拉的歌厅，主要就是受歌舞的吸引。他暗暗下了决心，这次回去后，在家里要定期开音乐会。还要在农村再转转，寻找到好歌手一道带回城里去。

两天后，在普江格塔尔的哀求下，他有些被迫地出去视察农村，这次当然不是步行，而是坐轿子。杜拉钱德拉和几个跟班随行。大约转了四五个村子，中途让诺宾下轿休息，这时也和村里的一些人见面。大部分人赤裸，瘦削。诺宾觉得奇怪。现在没有靛蓝厂主的虐待了，可是为什么农村人还是这样状态？

一个地方可能事先做了安排。诺宾中午时分来到一个有大棚的办事处的大房子里。

普江格塔尔说，今天在这里吃饭，要耽搁几个小时。那么先见见当地的佃户为好。

诺宾从办事处走到大棚后看到，那里已经集聚了上千人。普江格塔尔用纯正的孟加拉语对他们说："佃户们，请听好。我们最崇敬的地主诺宾古马尔·辛格先生来到你们面前了。因为工作繁忙，他一直没能到我们这地区来。你们是认识他的大哥的，耿伽纳拉扬·辛格先生，为了你们的福利甚至流了血，在黑牢里度过难熬的日子，这位就是耿伽纳拉扬·辛格先生的好弟弟，我们崇敬的拉姆卡马尔·辛格的公子。在这么久之后，诺宾古马尔·辛格先生来到这里，亲眼看到你们的状况，考虑到连续两年的饥荒，他仁慈地免除你们两年的地租。"

佃户们从完全沉默到知道真相后欢呼雀跃起来。

普江格塔尔对诺宾说："少爷，这回您亲自宣布这一决定吧。"

这宣布对诺宾来说既意外，又奇怪。他严厉地说："开什么玩笑？您管这里的收租账目，我只是名义上的地主。您亲口说过，我们从这里一分钱也拿不到。那么地租免不免除和我有什么关系？"

普江格塔尔说："少爷，我给不给您钱跟这是两码事，那是您和我之间的事。我知道这些人现在没有能力交租，或许不去强行收租。

但是他们瞒着地主不交租，心中就有犯罪感，他们会觉得不交租对不起土地。所以您作为地主，亲口说免除地租，他们就放心了。"

普江格塔尔举起双手对佃户们说："静静！少爷讲话，你们用心听。"

在大家安静后，诺宾说："免除你们的地租。"

普江格塔尔说："免除两年的。"

诺宾说："不，永远。从今天起，我这地区的土地全部免除地租！"

诺宾刚说到这里，人们就嚷开了，什么都听不到了。不明白谁说什么，佃户们被弄糊涂了。有地主，但不收地租，还有这等好事！几个人不管那么多，跑过来就向诺宾磕头致敬。事发突然，为了安全，不能让诺宾再站在那里，普江格塔尔把他拉进办事处去。

这下诺宾的脸上有了一丝笑意。他紧盯着普江格塔尔的脸，嘲弄地说："我使你难堪了？"

普江格塔尔茫然地说："少爷，您说的什么呀！永远免除地租？什么时候有过？像小孩说话！"

诺宾说："您想自己永远侵吞我们地产的收入！那条路被我堵死了，是不？"

普江格塔尔说："但是您每年得向政府交钱，如果没有收入，那么……"

"那再看呗。"

诺宾的宣布引起了巨大的困惑和混乱。易卜拉欣布尔地区很多农村的村民闹不明白，谁的地租免了，谁的没有免。只是那天见到地主的佃户得到好处吗？村里有些土地是曾经租给靛蓝厂主的，洋人走后农民自己耕种了，但是否解除租约了呢，谁知道！

对诺宾来说，不可能再在易卜拉欣布尔办事处待下去了。成群的人前来，都想听到地主亲口许诺免除自己的地租。那是不可能的事，诺宾连吃饭洗澡的时间都没有，对这些不明事理的人一再解释，他们也不明白。派人敲锣打鼓到各村去宣告地主的意愿后，诺宾离开办事处到了船上。普江格塔尔同船跟随陪伴。

船儿无目的地漂行，白天只在人少的地方停泊。诺宾几乎整天都在听普江格塔尔讲述那些村庄日常生活的大事小情。这次旅行开始时，他陶醉于大自然，现在他的兴趣所在，是活生生的人和在他们身上发生的事。诺宾已经决定，自己出资修建从易卜拉欣布尔到新岛的马路。因交通不便，农村的产品遭受致命的打击。

一天中午，河南岸的一个村庄传来很多人的哀号，人们纷纷弃家出逃。诺宾刚要叫停船靠岸，就被普江格塔尔制止了。这边是苏克查尔地主的地方。

普江格塔尔说，对您来说，根本不应该踏上这地方。这儿属于地主拉赫曼，他的代理带了五头大象来，用大象踏平了那些不交租的佃户的房子。苏克查尔的地主有的是钱，老爷们在加尔各答撒钱养舞女跳舞，建了两三座庙。

普江格塔尔笑了笑，问道："少爷，您在加尔各答没有建庙？"

诺宾觉得不必回答，说："在政府眼中我是易卜拉欣布尔的地主，您是我们的代理。从现在起你将每月得到工资，我要给您很多工作。每两个村子至少建一所学校，饥荒年份免息给农民发放种子和口粮。还有……"

普江格塔尔说："我知道您回到加尔各答后全都会忘记的。或者，现在比图·穆克吉不是还活着吗？他会全推翻的。"

船上的划桨折了，要停下来修理。连续在船上待了五天，手脚都抽筋了，诺宾要下去走走。这地方离易卜拉欣布尔镇很远，可能诺宾来的消息没有传到这么远。

名叫平古里和坦古里的两个村挨着。因为昨天下过一阵雨，树木更加翠绿了。微风吹来非常舒服。杜拉和普江格塔尔陪着，诺宾走了很远。他们边走边谈，后面跟了一小群好奇的人。

在一棵多罗树下，有一处很久以前被烧毁的茅屋，周围长满了荆棘。朝那边走着走着，突然听到有人嗷嗷叫，诺宾站住了。

一个人从荆棘丛中钻了出来。虽然很像人形，但不容易确认那是人或是野兽。他身上没穿衣服，只绑了几块树皮在腰间，脸上胸前涂满泥土，至少二三十年没有用过剃刀了。他盯着来的这些人看。

有几个村民喊道："小心，先生们，别靠近他。"

诺宾问："这人是谁？"

村民说："这人名叫特里罗真·达斯。因为欠了几年的租，地主的人来放火烧了他的房子。现在还是老样子。"

诺宾问："这里是谁的地产？"

普江格塔尔急忙说，这里也属易卜拉欣布尔，他知道这个事件，是很早以前发生的。普江格塔尔做代理二十年了，在他之前的代理名叫乌特波纳拉扬，一听到他的名字很多人吓得会发抖，他最喜欢玩的就是放火烧佃户的房子。

诺宾说："这么久了，这房子还是这状态。在您的时代就没做点安排？"

普江格塔尔说："做了也没有办法，他不让任何人靠近。"

村民们还提供材料说，在代理的逼迫下，这人带着老婆孩子背井离乡了，很久没有他的消息，他的宅基地就始终是这样被烧过的状态。很多年后他孤身回来，完全疯了。只认得自己的宅基地，别的人全都不认识了。

最奇怪的是，他吃这宅基地的泥土。从来没有人见他吃过什么食品，甚至有人给他投食品时他都不碰。只吃泥土他还活着。

这时听到特里罗真·达斯小声说："先生，给点水吧，我泡米花吃。"

诺宾古马尔说："这人要水要米花了。"

村民们嚷起来说："别，别听。那只是说说的。他非常可怕。别过去。"但诺宾不顾劝阻，往前走了几步，说："好，给你米花，给别的食品，给你治病，跟我走吧？"

特里罗真·达斯瞬间像猛虎扑向诺宾。在大家明白过来之前，诺宾被扑倒在地，特里罗真·达斯正在啃咬他的胸膛。

当大家合力把特里罗真·达斯拉起来时，看到他嘴里叼着诺宾古马尔的一块衣服和一块肉。

杜拉看到主人的这种状况，愤怒难忍，立即揪住那人的头发，将他放翻在地狠揍。其他人也一起揍。不一会，疯子特里罗真·达斯就被杜拉他们打死了。

当时躺在普江格塔尔怀里的诺宾已不省人事。他的伤口不断流出鲜血。

一二八

　　加尔各答恒河岸上人头攒动，英国军队负责维持秩序。骑马的白人士兵穿着新军装，胸前军功章闪闪发光。一艘巨大的皇家兵舰停靠在普林希普码头，新总督今天到达英属印度的首都。

　　高级官员列队欢迎，他们的脸上明显充满好奇，新总督在政界几乎是不为人所知的。很久以来一直在猜测，谁会获得大英王国最重要、最受尊敬的职位，竞争者是英国社会顶层的几个人。但是这回情势迥异，来的总督是一位爱尔兰人。在加尔各答的白人几乎没人知道这位总督纳斯的名字。

　　首相迪斯雷利①任命纳斯为印度最高长官时，引发了巨大的批评风暴，但迪斯雷利坚持己见。纳斯勋爵乘船前往印度，正在途中发生了戏剧性事件，迪斯雷利的政党在议会垮台，格莱斯顿②出任新首相。印度总督不是首相中意的人选是行不通的，迪斯雷利和格莱斯顿之间的龃龉尽人皆知，格莱斯顿重新任命印度总督是情理之中的

---

　　① 迪斯雷利即本杰明·迪斯雷利（Benjamin Disraeli），于1868年2月至1868年12月任英国首相。
　　② 威廉·尤尔特·格莱斯顿（William Ewart Gladstone），于1868年12月至1874年2月任英国首相。

事。但把已任命的人中途召回是有损帝国尊严的，女王维多利亚也不愿意，所以格莱斯顿没有换人。

纳斯伯爵不久前获得了梅奥的称号，现在名为梅奥伯爵[1]。

欢迎炮声响过后，总督梅奥从船上下来。观众刚看到他就发出赞扬声，这样的美男子少见，谁能有他这样健美的身材。梅奥伯爵身躯高大，膀大腰圆，但面相很慈善。力量、荣光和健美都集中在他身上体现了。

从普林西普码头到总督府这小段路，他是步行去的。当地为欢迎新总督的首次莅临，做了隆重安排。从穿苏格兰服装的乐队在马路两边列队奏乐，到展览武器、珠宝等等都有。梅岳伯爵走过这小段路用了很长时间。

按照规矩，卸任的总督约翰·劳伦斯[2]站在总督府前最高的台阶上。他今天穿着全套总督服，勋章挂满胸前。中年的劳伦斯满脸疲惫，一看就知道他身体不好。他的告别不是光荣，而是失望。印度多场战争的英雄约翰·劳伦斯作为印度总督不是那么成功。他不喜欢加尔各答这个城市，加尔各答的职员也不喜欢他。他习惯于在战场下命令，而无数文件像红绳的捆绑让他感到不安。放下宝剑拿起统治者的笔，现在发出任何命令之前，他都必须面对职员尖锐刻薄的论据交织之网。此外他不能时刻保持总督那样的派头，他忍受不了加尔各答的炙热，经常会脱下西服、外衣、领带，甚至不穿皮鞋，穿着拖鞋出门，还喜欢和印度人用印度斯坦语说话。作为总督，这样的行为是不可想象的。他是第一个在每年夏天把政府从加尔各答搬到西姆拉[3]山上去办公的，这也使文官们不高兴。有时因为他在谈话中表达对原住民的同情，背地里成为自己同胞嘲笑的对象。

今天他疲惫地站在高台阶上，履行他作为总督的最后职责。梅

---

① 梅奥伯爵六世理查德·伯克（Richard Bourke, 6th Earl of Mayo），于1869年1月至1872年2月任印度总督。

② 约翰·劳伦斯男爵（Sir John Lawrence, Bt），于1864年1月至1869年1月任印度总督。

③ 西姆拉（Shimla），现为印度最北部的喜马偕尔邦首府，是著名的避暑胜地。

奥伯爵穿的是简便的晨装，当这个美男子高兴地走上台阶时，响起了礼炮声。

为了新总督莅临，今天恒河上轮船木船都禁航。河道中成排的战舰围着码头，诺宾的船进来时遇到很大困难。潮水把船带到了钱德拉巴尔码头，但船在这儿也无法靠岸。诺宾的伤势很重，需要尽快治疗。杜拉钱德拉站在甲板上叫嚷，但是他怎么能让白人听懂？现在也不可能让退潮把船带回去。

诺宾在船上的小舱里沉睡着。普江格塔尔坐在床头，诺宾胸部的伤口绑着大绷带。在那可怕的事件发生后，普江格塔尔立即在坦古里村找了个老印医，来给诺宾的伤口上药并包扎。不再耽搁，多加了水手，让船迅速赶赴加尔各答。

诺宾的绷带时时被血染红，他睡着时一翻身就出血，已经两次昏迷了。

看到人们的喧闹声、鼓乐声、炮声也吵不醒诺宾，普江格塔尔害怕了。他随身带着一面小镜子。他小心翼翼地把镜子放到诺宾的鼻子边，过了一会看到镜子上有雾气，才松了一口气。

在河岸的岗哨撤走后，诺宾被从船上抬下来。让他在轿子里躺好后，普江格塔尔吩咐轿夫慢慢地一步一步走，无论如何不能让轿子颠簸，杜拉和他跟在轿子两边。到达乔拉桑科辛格家费了两个时辰。

当时耿伽不在家，仆人跑着去给他送信。杜拉几乎是把苏里亚古马尔·古迪夫·乔格巴拉迪大夫生抓硬拽来的。苏里亚古马尔曾是这家的家庭医生。当时他正在用午餐，在杜拉的催促下，他没吃完饭就来了。

大夫打开绷带看到伤口，说："我的天！他到什么鬼地方去了！人几时能这样咬人？"然后他愤怒地说："为什么伤口上这么多土？谁都不懂得用热水棉花清洗吗？"

普江格塔尔羞愧地说："清洗过了。一个印医给了药。"

苏里亚古马尔说:"是药还是垃圾。乱来!这叫在伤口上撒盐!结果弄得这么复杂……"

苏里亚古马尔非常排斥印医。他迅速地清理伤口。

在大夫到来前,索罗吉尼和古苏姆·古玛丽待在这屋子里。面对危难,索罗吉尼惊慌失措地只知道哭。此刻她们在旁边的房间等待着,听到大夫用英语吼叫后,索罗吉尼更加害怕,又开始哭了,她从来没在外人面前出现过,没和外人说过话。古苏姆不在乎这么多隔离制度,她走到门外说:"杜拉,好好问问大夫,伤得有多重!是否要请大夫?"

大夫说:"没什么可怕的。外伤,几天就会好的。你可以请欧洲大夫,但我认为没有必要。"

古苏姆又说:"杜拉,你告诉大夫,是一个老疯子咬的。"

大夫回答说:"不是疯子的话,谁这样咬人?喂,告诉你们太太,不要担心。"

大夫在清创后涂上药膏,熟练地绑上绷带,然后指着别的药说:"如果出血就用药,并去叫我。不然我明天早上再来。"

在大夫走后,杜拉让其他外人都离开房间。索罗吉尼、古苏姆和几个妇女亲属涌进去,在那里开始轮流说,在何时何地听说过或看到过人咬人的事件。看来这种事并不罕见,很多人都知道。

这时苏里亚古马尔·古迪夫·乔格巴拉迪大夫回来站在门口。妇女们无路可逃,面向墙壁拉上面纱。只有古苏姆眼睛不动地看着地面。

大夫说:"我回来是要说一句重要的话:不要打扰病人。不要在这里喧哗。只能一两个人待在这里,病人恢复神志后,不要让他突然坐起。英国妇女在这种时候镇静自若……我的意思是要耐心等待。"

这回只留下索罗吉尼和古苏姆。待了一会索罗吉尼呜呜地哭了起来,古苏姆摸着她的背说:"别哭,妹妹,偷偷哭什么,大夫说了,没什么好怕的。"

索罗吉尼抬起满是泪水的面庞说："姐，人的牙齿有剧毒！"

古苏姆说："谁告诉你的？"

索罗吉尼说："是的，我知道。疯子如果咬了人，被咬的也会疯的！我娘家就有过一次。"

古苏姆不自觉地摸了摸自己的左肩。人咬人，甚至被疯子咬了也没伤的那么重，她自己就是活生生的证明。她的肩膀现在还有伤疤。

但她没提那件事，慢慢地说："不，那都是胡说！如果有那么可怕，大夫会不说吗？"

索罗吉尼摇头说："家里没有别的男人，姐，大哥儿时回来？我的心慌得很，我再也坐不住了。"

很晚才联络到耿伽。耿伽从公司出来，收到戈尔的一封信，到斯宾塞饭店去了。

默图苏丹从英国回来后在这饭店住了两年。很多朋友和为他好的人，都劝他搬出这高消费的地方，到其他文明区租房子住。但是默图苏丹不听，要当和洋人对抗的律师，就必须摆出洋人的做派。用他的话来说，这里才是婆罗门区。

他把妻子留在英国，子女也在那里受教育。因为每月往那里寄钱和自己在斯宾塞饭店的开支，几个月后默图苏丹就难以支撑了。律师迈克尔–M. S.德特虽然出名，但挣得并不是想象中那么多。他在法庭的讲话结结巴巴，不是那么激动人心和有戏剧性。有时他也激怒法官，还不按时去法院。他更喜欢朋友开会而不是与客户讨论案情。虽然严重缺钱，但接了熟人的案子，或朋友来找他咨询时，默图苏丹都不愿意收费。人家就会非常固执地说，好吧，那么我送瓶白兰地、半打啤酒和一百个马尔达产的兰格拉芒果来。

迈克尔侨居英国时一次次向维迪耶萨伽尔伸手要钱，回国后经济拮据，又开始向他借钱了。维迪耶萨伽尔现在也非常困难。他曾向别人借钱寄给默图，那些高利贷者一再催他还钱，现在又威胁要上告。这次维迪耶萨伽尔严厉起来了，他不喜欢默图苏丹目前的生活方式，特别是问自己为什么要为他弄钱？

默图苏丹的律师工作不成功，这边他写诗的能力也丧失了。他试图写些东西，但都没有结果。为了消除内心的极度不安，唯一的办法是喝酒。

由于不能定期寄钱去英国，亨利叶达的日子很难过，子女又面临饥饿。在这种状态下，亨利叶达决心回到加尔各答丈夫身边。她自己努力找轮船公司弄便宜的船票。默图苏丹得悉后更加不安，该体面地把妻子儿女往哪儿放啊，怎么养家糊口啊？这样想着想着，默图苏丹喝酒更多了。

朋友都为默图苏丹的状况担忧。这样下去，默图苏丹还能活多久？他的身体胖得离奇，说话总是含混不清，像喝醉酒那样。默图苏丹近来也很喜欢吃，饭店的六道菜不够他吃。有时吃英国饭没味道了，就去朋友家要酸菜南瓜吃。有时他对饭店的仆役说，做点本国饭吃。一天他想喝豆汤，仆役从饭店厨房端来碎肉汤，默图苏丹一喝就吐了，这叫豆汤？他马上写信下订单寄到启迪尔普朋友家，他今天就要豆汤。但是孟加拉人家里没有能装本国食品的器皿送进斯宾塞饭店。所以默图苏丹派仆役带去一个空酒瓶。装满一酒瓶豆汤，默图苏丹像喝酒一样喝了，满意地说了声："啊！"

如不能制止默图苏丹酗酒，他就没救了，他的很多朋友为此非常担忧。默图连做事的基本常识都没有了，他在去见维迪耶萨伽尔之前，写信请求为他准备好一瓶酒。

戈尔因为工作要待在外地，他请耿伽关照默图苏丹，于是耿伽来了。今天默图苏丹也没去法庭，穿着便服，房间内弥漫着强烈的烟草味。以前默图的兴趣只在烟卷上，现在用烟筒吸烟了。默图拿着两个生辣椒，站在镜子前伸出长舌头把摘掉头的辣椒在嘴里擦。

默图苏丹回头对耿伽说："亲爱的，看看这辣椒辣不，我怎么感觉不到了。"

耿伽深感惊诧，听到默图苏丹的话后惊慌地说："天呀，生辣椒，我这辈子从来没有吃过。"

默图苏丹微笑说："我们杰索尔的孟加拉人，很能吃辣的……但是现在舌头没有感觉了……怎么咬都不觉得辣……是舌头的毛病吗！"

"默图，你怎么这样糟啊！你……"

"别说教，亲爱的……你来了，来庆祝吧。坐，喝一杯！"

"不，默图，这大中午的，你别又开始了！"

"哦，你是素食者！那我喝！我不喝就感到憋气！"

"默图，我不是说教。这话我们必须说，你花了那么多钱从英国学成律师回来，应当好好安顿下来，用心实践，但你不是，你在饭店流浪……"

"这辈子我都不会安顿下来了！"

停了一会，默图苏丹以痛苦的口吻说："大家都来说我，为什么不潜心去实践。没有人说我为什么不再写诗了？"

"不，不，那也是我们的问题。你为何不再写一部像《诛梅克纳特》那样的伟大诗篇了？国民对你还有更多希望的。"

"我完了！耿伽，缪斯已经抛弃我了！我不再有写作能力了。对我来说，现在死活都一样！我怕毒药，所以喝酒。"

又坐了一会儿，耿伽怎么说也阻止不了他。默图苏丹不是能听别人指挥的小孩。他的酒瘾越来越大。他总是悲哀地在说，缪斯抛弃我了！

耿伽心情沉重地走出饭店，看到收租代理杜尔乔坦站在他的双驾马车前。他是通过各种渠道知道了耿伽的行踪才找到这里的，但又不敢贸然进入洋人的饭店。

耿伽一得到消息就赶回家，看到诺宾还在沉睡。他听杜拉和普江格塔尔讲了事件的经过，先后去找了对抗疗法、印医和顺势疗法的顶级医师，听取三位专家的意见。除印医外，那两位并不认为那么危险，可是都要求得亲自检查伤口。

然后耿伽去找苏里亚古马尔·古迪夫·乔格巴拉迪大夫。苏里亚古马尔是固执的人，他说，如果耿伽愿意，可以随便请专家看，但其他专家看过后，他就不再承担责任了。苏里亚古马尔坚信，他自己能治好。

耿伽为难了。苏里亚古马尔是很有名的大夫、辛格家的挚友，他的话不好拒绝。所以至少再等一天看吧。

第二天，苏里亚古马尔来看诺宾，他已完全清醒了。脸色苍白，但两眼明亮。诺宾头上长了二十一天的头发像新长出的嫩草。苏里亚古马尔一来就听说，他的病人很早就说饿，喝了一杯牛奶了。

大夫在床边的椅子上坐下后，诺宾问："乔格巴拉迪大夫，我的情况如何？还能活吗？"

苏里亚古马尔说："您想死还得很努力，至少还得五十年！"

诺宾古马尔苦笑，然后问："咬了多大一块？很大么？"

大夫用右手手指做成一小点说："这么一小点！不多！不算重伤。"

诺宾古马尔突然要坐起来，大夫按住他说："起来？怎么啦？怎么啦？"

"把绷带解开，我自己看看。"

耿伽和苏里亚古马尔同时表示反对，但诺宾根本不听，他不亲眼看到自己身体受到多大伤害就不行。苏里亚古马尔一再解释，两三天内不宜解开绷带，若解开会很痛的。但诺宾坚持。这个人是多么固执，苏里亚古马尔已有过多次经验了，最后他只得解开绷带。诺宾肯定觉得很痛，但脸上丝毫没有表露。

诺宾的左胸有一块大伤口，那红肉上有血水渗出。

耿伽忍不住眼泪，小声说："弟弟，你为什么走近那个疯子？有谁会去啊？"

诺宾不回答，眼也不眨地看着胸口，然后好像自言自语说："正在心窝上，从那个洞一推，心脏不就出来了？"

苏里亚古马尔说："那是什么话！只是表面伤，没有化脓，不用怕……"

　　诺宾又躺下，闭眼说："乔格巴拉迪大夫，请快把我治好。我不能这样长时间躺着，我有很多事要做！"

一二九

　　苏里亚古马尔大夫以前也给诺宾治过病，但这次诺宾好像是换了一个人。对大夫来说，遇到这样的病人是好运气。这病人很配合治疗，给什么药都不反对，在换绷带时也从不喊痛。他只是说，大夫，快点把我治好吧，我要做很多事，我脑袋里有做不完的计划。

　　为了使他在创伤愈合中的痛苦减少一点，医生建议他，可以时不时地喝点白兰地，但诺宾说："不，不，我不能再去碰它，我彻底戒掉了。"

　　苏里亚古马尔想，人的生命进程多么神奇！几年前怎么要求他戒酒都不成，而今天让他喝他都不肯喝了。

　　几个星期后，苏里亚古马尔几乎希望让其他几位医生检查他的病人了。没有理由过虑，诺宾身体健康，没有肥胖，没有并发症。他已经恢复下床走动了。只是伤口还未痊愈，原来的创面还继续存在，伤口愈合难以奏效。

　　诺宾现在自己能洗澡上厕所了，但稍微走动伤口就流血。苏里亚古马尔用什么药都止不住这种出血，所以他想用其他治疗手段看看。

　　先是马亨德罗拉尔·萨尔卡尔和拉贾提拉吉·德特两位顺势疗

法的医师来了。马亨德罗拉尔·萨尔卡尔是印度顺势疗法首席医师。他虽获得对抗疗法医学博士（M.D.）的最高称号，是印度第二位医学博士，但放弃了对抗疗法，成了汉尼曼开创的顺势疗法的支持者。拉贾提拉吉·德特也很有名望。这两人提出的意见没有冲突：这伤口用药能治愈。

第二天来了普利格古马尔·森和毗湿奴·乔兰两位印医。他们的意见也一致：治疗没有什么问题。诺宾不仅是富豪的宠儿，也颇有名望，因种种原因受到国民的尊敬，所以医师们为了自己的名声都精心尽力让病人早日康复。

马亨德罗拉尔·萨尔卡尔坦陈，现在没有必要停止对抗疗法，而改用顺势疗法的药。就照苏里亚古马尔的治疗治下去吧，同时也可用印医的药，因为对抗疗法和印医的用药没有冲突。

因为病人现在完全清醒，所以医生们也征求诺宾的意见。诺宾同意马亨德罗拉尔·萨尔卡尔的建议。耿伽也认可，这是合适的安排。

诺宾靠着三个枕头躺在床上，两眼炯炯有神，脸色有点苍白。虽然医嘱禁止他说话，但他时时参与医师的讨论，还开一两次玩笑。

印医普利格古马尔·森是毗湿奴信徒。他不仅给药治疗，还为了病人解除病痛而念经。别的医师忙于聊天，普利格古马尔却长时间摸着诺宾古马尔的脉搏不断地念叨着，他闭着眼睛，身体不动，像是睡着了似的，只是嘴唇在不停动。

拉贾提拉吉·德特看着那边，一语双关地说："喂，印医先生，你们毗湿奴的诃利大会几天前出什么事了，听说了吗？"

普利古马尔既不睁眼，也不回答。

毗湿奴·乔兰也是毗湿奴信徒！可是不那么墨守成规，每天傍晚按性力派的意见喝些水。因普利古马尔很出名，他心中自然有些妒忌。

拉贾提拉吉·德特说，那是一场混乱。听说过格鲁多拉的加里德特的名字么？就在他家举行的盛大的诃利大会。

在加里德特家举行盛大的歌颂黑天毗湿奴的歌会，人很多，人和车马都几乎无法从门前的路上走动。在会场中央的坛上摆着一张空椅子，大家都想象这是主神毗湿奴坐的。信徒们围绕着他唱颂歌，然后有歌舞。

谁没有听说过加里德特的诃利大会啊！

"那里怎么啦？"

拉贾提拉吉·德特说，发生了毗湿奴苦行者的丑闻。杜尔迦女神的修行者拉姆克里希纳站上了毗湿奴神的座位，不仅如此，他站着站着就失去知觉了。

诺宾问："拉姆克里希纳是谁？"

"拉尼拉斯摩尼的德其尼谢庙的祭司。拉斯摩尼的庙是通过拉姆古马尔·查特吉建的庙，他是拉姆古马尔的兄弟。"

毗湿奴乔兰说："我去过德其尼谢。拉姆古马尔的兄弟名叫格达特尔。"

拉贾提拉吉·德特说："是的，就是那个格达特尔。是经某个无遮苦行僧点化，成为苦行僧的。他现在完全是痴迷状态，时时在冥想，一只手高举着，手指蜷缩着。"

毗湿奴·乔兰说："关于这个人，我听说过很多。布乔巴德、坦办德里·耿伽普拉萨德·森去德其尼谢给他治疗过一些日子。他们说，这个人行为怪异，因为他得了精神病。默图尔巴布请了各种医师来给这位祭司治病，但他是什么疯病？从早到晚不睡觉，胸和背部是红的，捡起狗面前的食物就吃。在祭拜迦梨女神时，他为自己献花，可是脸部表情很痛苦，两眼泪汪汪的。布乔巴德、耿伽普拉萨德·森对我说过，什么药对这个人都没有作用，非常奇怪。"

拉贾提拉吉·德特说："不管怎么说，这算怎么回事啊！一个信奉性力、迦梨的跑到毗湿奴派的场所，站到毗湿奴大神的座位上去？啊？"

普利古马尔放开诺宾的手，长叹一声，然后抬了抬眼皮说："他做得好！那次大会我在场。我亲眼看见的，他不是凡人。一看他的脸，就知道有仙气。"

诺宾问："但是站着站着就失去知觉，是什么意思？那怎么可能？"

普利古马尔说："对众人来说不可思议的事，对他就不存在了，不亲眼看见是不会相信的。先生，我说了，这个拉姆克里希纳·泰戈尔不是凡人，不是随时都能产生的人物！瞧着吧，有一天，千万人会拜倒在他的脚下。"

诺宾说："那么哪天我得去见见这位圣仙。"

耿伽说："等你好了吧，弟弟，我和你一起去。"

诺宾躺在床上开始指挥各种工作。他通过普江格塔尔，把他们在各地的地产代理叫来。诺宾指示说，免除所有佃户的地租，他们对土地享有永佃权。由地主的库房向政府交税。

但是完全不收租的话，地主的库房能有钱吗？

怎么啦，地主自己还有很多草地、园子，水塘等，收入也不少。那些还不够开支的话，就将它们一个个地卖掉。

诺宾已经把奥里萨一大片森林和南二十四区的两个大湖卖掉了。用那些钱在市郊买了很多地和一栋房子。在那里开办了农学院，还设立了管理局。

耿伽有一天婉转地说，你这是做什么，弟弟？我们加尔各答的商号日子很难过，很多股票都亏损了，现在借钱偿还股东。你却两手大把撒钱？

诺宾听不进这些话，他兴致勃勃地说："农学院是非常必要的，你说是不是？在我们这里，农学院是否应当比印度学院先开办？国家的一切都来自农业，不采取措施增加农民的知识，只培养一批职员行吗？大哥，不仅在加尔各答，我们要在各地农村开办农校。农民来不是学英语、孟加拉语，是学耕作的新方式。爱尔兰的农民懂得最好的灌溉措施，我们要从那里请老师来。"

诺宾睡午觉时，大家都离开房子走了，只有杜拉铺开席子睡在地上。诺宾突然醒来，他觉得做什么都迟了。现在必须开始积极起来，不能再这样躺着了。

　　他慢慢地坐起来，看了一会墙壁。屋里的白墙很宁静，很虚幻，很有一种爱的感觉。往那看着，觉得这个世界是很享受的地方。

　　诺宾开始慢慢地打开绷带。每次打开都很痛，他咬紧嘴唇，不出一点声。完全打开后他痛得吸了一口气，伤口还是老样子。

　　他移步站到镜子前。走动并不难，但是一看到自己的左胸，心情立刻就变坏了。奇怪的一个红色肉洞，这洞不收口？诺宾又想，我的心不会从这洞里蹦出来吧？

　　血液又慢慢地从伤口涌出。诺宾重又绑上绷带，突然扭头说："谁？"

　　那里什么人都没有。而诺宾清楚地觉得，他在镜子里看到人影。

　　诺宾不假思索地快步向门外探看，仍然没有人。那么是自己疑心了！

　　血不断地从胸部涌出，诺宾胡乱地缠上绷带。返回床上时膝盖撞到床沿，响声惊醒了杜拉。他急忙坐起来问："怎么啦，少爷？"

　　诺宾说："不，没什么。我看看腿是否能活动。我能走路。"

　　杜拉说："别，少爷，医生禁止您走路。"

　　诺宾靠着枕头躺下，用被单盖住胸部，然后说："杜拉，你听着！"

　　"什么，少爷？"

　　"你把咬我的那个人打死了？为什么？"

　　"我只想杀死他。"

　　"你杀死他不对。你可以把他绑起来。"

　　"您说什么，少爷，他简直是野兽！我恨不能把他撕成碎片……"

　　"你信命么，杜拉？"

　　"当然，少爷！是命运牵着人的鼻子转！"

"是我的命把我拉到那人的面前的？一个普通的疯子，为何突然来咬我？"

"您会好的，少爷！西医印医都说了。"

"当然会好的。但是太慢了！"

过了一会，诺宾又嚷起来："谁？"

杜拉说："什么地方有人，少爷？"

"有人在门边一闪就走了。你去看看，去看看。谁一探头就走了。"

杜拉跑出去到处寻找，也没有发现有人的踪影。

杜拉回来说："没有，少爷，没人。"

诺宾皱起眉头。

第二天中午，诺宾又下床了。在屋里转了几圈，绷带又被血染红了，但今天他走得更自如了。虽然出血，但如果感觉不到身体衰弱，为什么不能多走走呢。

诺宾在身上裹了块羊毛披巾，一个人走出房间。他似乎得到一种囚徒获释的感觉，他已经好长时间被禁锢在屋里了。

人们很少到楼上来，中午静悄悄的。索罗吉尼白天也不来诺宾这里，现在她几乎都在神堂待着。

一时间诺宾想，这屋子是谁的？偌大的屋子，宽敞的房间，精雕细刻的门，这些是谁建造的？什么人住在这里？诺宾像是一个外来者，错误地闯入陌生的屋子里来了。这房子真漂亮啊！

像是谁的甜美嗓子在唱歌。声音很小，但是声浪飘浮在这房屋的空气中。诺宾毛骨悚然，好像有一种不在人间的感觉。在这沉睡的房屋里有个女子在独自歌唱。

在歌声的吸引下，诺宾一步步地朝声音源头走去。他左手捂着胸部，好像这样血就出的少些。

他来到一扇关着的门前站住了。这回他认出了，这是母亲的房间。谁在这里唱歌？他母亲已经不在世了。

他右手一推门就开了。

古苏姆坐在里面的凳子上。她的一些耳饰垂到肩上，手中一对小鼓。一个女仆伸开腿在唱歌，而古苏姆在打拍子。

两人都沉醉在歌中，门被突然打开，古苏姆惊叫起来："妈呀！"

诺宾很清楚，耿伽和古苏姆住在宾波波蒂的房间里很久了。但是今天好像他迷糊了，什么都不记得了。好一阵他都认不出是古苏姆。

古苏姆非常担心地站起来说："怎么啦，小叔子？"

一听这话，诺宾清醒了。这是大嫂古苏姆。她中午听女仆唱歌呢，没有什么不正常的。

诺宾羞惭地急忙说："不，不，我走错了，我错来这里了。"

他同时回头站在那里。

古苏姆一再问，他也不回答，又慢慢地走回自己的房间。

一三零

　　诺宾不用杜拉帮助，自己走下了双驾马车。他手持父亲的包银手杖，穿折边的山提普尔围裤，上衣是丝绸衬衫，头发像加昙波花，有时戴一顶有金饰的帽子。他的身材比以前瘦削，白皙的脸庞有点苍白，他看起来就像英国诗人乔治·拜伦一样。

　　他和杜拉、普江格塔尔等几个人一起慢慢往前走。辽阔湿地的一边有间茅屋，有几棵树。来到茅屋前，一个人说："老爷，到前面看到的多罗树止，是前方的边界。而左右两边的边界得丈量。"

　　普江格塔尔问："有多少土地？"

　　"近百亩。"

　　诺宾古马尔说："地在哪儿？这不都是水嘛。难道我是要来养鱼？"

　　那人说："水并不多。稍微排排水地就露出来了，您瞧，这边、那边都种上水稻了。"

　　这地方在罗萨巴格拉村附近，四周只有几间房，而全部是湿地稻田和芦苇，名叫巴里甘孜。大白天群蚊向人们示威似的袭来。

　　诺宾举起手杖说："那边有水沟或河道吗？我也需要一些水，可是得要流动的水。"

"河道就是那古恒河。那可有点远，老爷。"

诺宾古马尔问普江格塔尔："喜欢吗？"

普江格塔尔摇了摇头说，"不。"

诺宾说："哦，我也这样想。没有流动的水，这湿地很快就变成沙洲。要建造一百人住的房子，此外还有老师的寓所和仓库……"

土地掮客说："价钱非常便宜，老爷，可以说完全就是水的价钱，您填埋废土开支就少多了……"

诺宾准备回去了，说："走，看看哪儿还能找到土地。"

普江格塔尔说："我说，少爷，您在我们纳迪亚那里开办农业学校吧。"

诺宾说："会的，在那里也会办的。所有的县都会办。但我先在加尔各答办农业学校，比总统学院还要大。他们培养接受教育的职员，我要培养接受教育的农民。他们不仅学耕作，同时要学会写自己的名字和简单的算术。"

诺宾回到车上，小心翼翼地把手放在左胸上，什么都感觉不到。他又伸手到衬衫里去摸绷带，似乎有点凉，湿乎乎的。诺宾将手拿出来看，没有什么血迹，只是他感觉到潮湿。

医师们很用心地使他的伤口收口，但那地方还没有恢复正常。那里的红肉像土堆一样隆起，时时像出汗那样冒出一滴滴血，所以总得绑上绷带。他总不能一直在床上躺着吧？医师们同意他小心地走动。当人们看到诺宾穿着老式的服装出去时，都不知道他衣服底下的绷带几乎都被血染湿了。

市里人们谈论着诺宾的各种事情，与他相关的事让人们感到很奇怪。现在大家已经知道，富豪拉姆卡马尔·辛格的儿子诺宾古马尔·辛格负债累累。孟加拉俱乐部等大楼被卖掉了，地产也没了。仅仅几年光景，一个人就能把庞大的身家花光吗？诺宾现在是青年，以后还有很多年头要过呢。过去他从未拒绝过来求他的人，现在他只能不停地开支票了，以后可能连住房都得抵押出去。

耿伽不久前试图阻止他，现在也袖手旁观。这些地产或财产他没有份，作为宾波波蒂的代表，他似乎对财产也上心。但他已习惯于简朴生活，自己没有任何需求，小不点儿如果想随心所欲扔掉这一切就扔掉吧。为此事他征求过古苏姆的意见，古苏姆也不赞同阻拦诺宾。

亲友们都认为诺宾的脑子坏了。他像当年做翻译《摩诃婆罗多》那种大事一样，现在沉迷于建立工厂，创办农校。农民能扔下土地和农活来加尔各答读书吗？洋人教员能教农民种水稻吗？听说后谁能忍住不笑？

参加过翻译《摩诃婆罗多》的学者们都享了几年荣华，其中有几位问诺宾说："您曾经计划翻译《罗摩衍那》《薄伽梵歌》等等，怎么样了？"诺宾给他们每人一些钱，说："你们如果能翻译就翻吧，我不再参与了！如果翻译完成了，我负责出版！"

普江格塔尔回纳迪亚去了，他在那里办了一家小型的农业教育中心。在加尔各答最终也选好了土地，诺宾花了十七万五千卢比，买下迪尔乔拉附近一块带水渠的约一百亩土地和一间小茅屋。在那里迅速启动了住宅的建造，聘请两位爱尔兰有经验的农民的事也敲定了。有人建议说，爱尔兰农民种土豆很在行，美国种水稻很好，所以也要从美国再请一两个农民来，诺宾也同意了。拉伊莫汉当然已不在了，但有的是人填补他的空缺。诺宾周围新聚集几位顾问，他们乘机又捞走不少钱。

当他自己独处时，诺宾会习惯把手放在胸口，他的手上时常有血迹。

一天，诺宾去农校工地视察工作，看到路边的一个人后他惊呆了。他立即叫道："停车，停车，快把车停下！"

车子在不远处停下了，诺宾马上下车。一个十九、二十岁的年轻人从一棵柠檬树跳到另一棵柠檬树上打树叶。他秃顶，也没有眉毛。诺宾认出了，他就是钱德拉纳特的徒弟苏丹。

诺宾扬起手杖叫道："喂，过来，听着……"

苏丹回头看到诺宾就慌了，四处望望转身就跑。

诺宾说："杜拉，抓住他。"

苏丹像獴鼠那样猛跑，可是杜拉还是把他抓到了，将他拉到诺宾面前。

苏丹站着，歪着脖子看着地面。

诺宾问："怎么，我叫你，你为何跑？认出我了吗？"

苏丹不回答。

"你的先生在哪儿？那个钱德拉纳特巫师？"

"不知道。"

"不知道是什么意思？你现在是一个人住吗？你们的房子被火烧了之后，就找不到你们了，我就知道你们是在哪儿藏起来了。那天是谁放火烧了你们的房子？"

"不知道。"

"你是怕我吗？我找你家先生有重要的事……"

苏丹有很久什么话都不说。在听到非常温柔的开导后，他同意带诺宾他们去住的地方。

在马尔哈达河沟旁，有些树叶盖的贫民窟，中间有两三间木屋。水渠上有座摇摇晃晃的竹桥。当诺宾正踏上那桥时，杜拉痛苦地哀求："少爷，您别往那边去！"

诺宾奇怪地问："为什么？"

杜拉说："为什么去？您去那些肮脏地方合适吗？"

杜拉想说的是，像诺宾这样的人，根本就不存在需要去贫民窟解决的问题，甚至作为他的随从，杜拉去也不合适。几天前，杜拉让老婆孩子搬进诺宾给的波兰纳加尔的房子里了。现在他也是中产者了。

诺宾说："现在我特别需要去见一下钱德拉纳特巫师。"

"您为什么要去？您吩咐下去，派人去把他叫来啊！"

"对他下命令的话，他是不会来的。我知道，他很傲慢。"

诺宾一只脚正踏上桥，杜拉哀求到："您别去了，少爷！您的身体不好啊……"

"你躲开，杜拉。"

"不，少爷，请听我的话……"

固执的诺宾不能忍受别人反驳。要是以前看到杜拉这种态度，他早就举起手杖打了。但是今天他没有发火，只瞪了杜拉一眼，缓慢、冷漠地说："让开，杜拉。你走吧，我解放你了，从今天起我不再需要你了。"

"我永远不离开您，少爷！别去那里，去了的话您又会有危险的……"

"我又有什么危险！你让开！苏丹，走，你在前面走……"

那水渠长满了浮萍，不知道水有多深。诺宾好不容易过了桥走到对岸。

钱德拉纳特站在贫民窟中一栋两层楼房的楼梯上，很难认出他是从前的钱德拉纳特了。这个魁梧的人曾经总是穿着西服，现在穿着一条纱笼，赤裸着上身，脸上长满胡须。钱德拉纳特成了独眼，左手四个指头也没了，右手当然还很有力气，手里拿着一根棍子。虽然在与强大的对手作战时受伤十分严重，但他还是活了下来。

钱德拉纳特看到他们后吼叫："苏丹！"

苏丹惊惶地说："不是我想，是这老爷硬要来的。"

洗衣匠正在水渠边哗哗地洗衣。这片房子旁边就是牛栏，大牲口在呼呼地呼吸，臭气飘过来。不远处一个妇女像男人那样用粗话在骂人。环境像是笼罩着一层尘土。

诺宾开始一步步地走上木板楼梯。感觉一步比一步沉重，压抑的激动使他全身颤抖。

钱德拉纳特粗鲁地问："什么事？"

诺宾盯着钱德拉纳特的脸，平静地说："她在哪儿？"

"谁？"

"你知道……和你在一起的……"

"淫荡的公狗，闻着味儿这么远跟着来了？"

钱德拉纳特正要举起手中的棍子，杜拉向前说："喂，小心点说话。"

　　诺宾说："你闭嘴，杜拉。"他又向前一步，说："钱德拉纳特巫师，你恨这个国家、时代和社会，我明白。但是你为何想单独战斗？你这样单打独斗能取胜么？看看你今天是什么状态？这是愚蠢的固执。你加入我吧，我们两个一起……"

　　"你就是我的主要敌人！"

　　"我？"

　　"当然！是你毁了我一只眼睛，是你放火烧了我的家。"

　　"不，不，钱德拉纳特，你错了。我是真心对你的，我从来没有想过要伤害你……"

　　"我根本没有想错！你们手里有警察局。女人全是供你们享用的东西！对我来硬的不行时，你就会叫警察来抓我，你硬抢我家里的女人，雇人来放火烧我房子……"

　　"不，不，不。"

　　"想活命的话就滚远点！"

　　"钱德拉纳特巫师，我想把你安置在我家里，我是为此而来的。"

　　"对你的怜悯，我啧！啧！"

　　这时候屋子的门打开了。诺宾抬头看到了那女子。她身上裹着带红边的褪色纱丽，面色灰暗。但那眼睛、嘴唇、下巴、披肩长发，正是年轻时宾波波蒂的样子。

　　突然间，诺宾的泪水、胸中的热血和全身的激动都止不住了。他目不转睛地望着那女子。怎么会这样呢，诺宾忘记母亲很久了，她孤身在外，亲人不在身边时过世，可是为何母亲的形象竟以这样的方式回来了？在这肮脏的地方，这种低贱的状态下！

　　诺宾一句话也说不出，他伸出双手遮住了自己的脸。

　　那女子好像对钱德拉纳特说了什么，诺宾并没有听到。他的脚似乎快要失去知觉了，可是他的理智让他拼命站住，他在心里想，我为何如此虚弱了？她只是形似，除此以外没有别的，我这样失态不好。可是像在漆黑的夜空中出现了频频的闪电，一种神奇力量覆盖了他。

他转过身来大声说："走，杜拉！"

钱德拉纳特说："等等，诺宾先生，既然你这么想要，就把她带走吧！"

诺宾用双手捂住耳朵。

钱德拉纳特说："我带她来不是为了自己享用。后来她就不愿离开我了。既然你这么贪恋，你带走吧，我放弃了。"

诺宾不愿意再说话。他双手掩住耳朵，开始快步走下楼梯，然后向竹桥跑去。

就在他踏上竹桥前，杜拉过来拉住他说："少爷，您在做什么？您怎么了？"

诺宾已经用尽了全部力气。他倒在杜拉怀里，血渗透过绷带染红了衣服。

当维迪耶萨伽尔来探视时，诺宾已没有知觉。几天来都是这样，他短暂恢复知觉，很快又沉入昏迷的黑暗中。他胸部的伤口又敞开了，这回好像心脏真的蹦出来了，血流不止。在他有知觉的短暂时间里，一定是疼痛难忍，但脸上没有表现出来。

维迪耶萨伽尔来时，三位医生都在场。他们脸色阴沉。维迪耶萨伽尔自己身体也不好，头痛，内心也有种种不平事，可是他听到诺宾病重的消息后赶来了。确实，这孩子的某些行为使他厌烦，但与他的关系中自己也有欠缺。这个活泼、淘气的青年从来就不按规矩行事，在花钱方面有一种皇家气概，这是在其他富豪中少见的。克里希纳达斯·巴尔来对维迪耶萨伽尔说，诺宾非常崇拜您，您如果去说几句话，病人就会得到安慰。但对眼前这不会说话、无知觉的人说什么呢？

维迪耶萨伽尔右手摸着诺宾的额头，体温正常，那应该还不是最危险的时候。他问医生："会好起来的，是吗？"

苏里亚古马尔大夫说："希望是这样！"

维迪耶萨伽尔说："这孩子做事，不完成是不会撒手的。就像他完成了《摩诃婆罗多》那样，同样地，后面的事也一定会完成的。"

他从屋里一出来，耿伽就给他行礼，然后小声说："您如果能到里面来一下……夫人要向您致敬。"

维迪耶萨伽尔说："好啊。"

他和耿伽进到内院。正盘腿而坐的古苏姆起来，向维迪耶萨伽尔行磕头礼，维迪耶萨伽尔扬手表示祝福。看到古苏姆抬起头，他有点吃惊，他似乎想起来了，他推行的寡妇结婚，最成功的一对就是这俩人。诺宾是这婚姻的主要推手。

他对耿伽说，国家对你们兄弟还有更多的希望。

他走出屋子，坐上轿子后，用披肩擦拭着眼睛。哭是他的毛病，什么时候哭是没准的。

还有很多人来看诺宾。看只是单方面的，因为诺宾大部分时间是昏迷的，有时虽有知觉，也认不出人了，什么话也不说。市里关于他的谣言不少。有的说，由于过分酗酒，他一生算完了。有人说，在一个粗人家里过夜，被敌人一刀捅死了。有的说，一个疯子狠咬，把他的半扇肋骨咬掉了。又有人说，为了摆脱债务的羞辱，他自行服毒了。

四天后的傍晚，诺宾开始说胡话。有时闭眼，有时虽然睁眼，目光也是空的。耿伽和索罗吉尼靠得非常近，尽量想听他说些什么，对他们的任何提问，诺宾都不回答。

有时诺宾的声音很细，有时又很有力。他断断续续说的话是这样的：

"……妈身上的气味，当我坐在河边祭奠时……烟火熏得我流泪，我在火中闻到母亲的体味……正像我小时候。我侧着睡时……我那只小猫……

"克里希纳卡马尔，克里希纳卡马尔，你说得对，这么多钱从何而来……好吧，克里希纳兄弟，你是钱德拉纳特吗？不管怎么说，我建神庙了……

"……中午我去圆湖逮蜻蜓……不喜欢算术，一、二的数字像蚂蚁似的赶来，还有英语，我当然学过英语，那是皇族说的语言。但是也有这样的国家，那里是子民掌权，是的，有，真的有……

"有丈夫的十一……很像我画的，那个邮局职员写的，《靛蓝之镜》很好，很有力，而只是有趣……他有一天看到我就转过脸去，为什么这么生气？

"……我还有很多事要做，我至少还得活三十年，要砰砰地放一百响炮，新世纪到来时，看吧，到那时洋人也说孟加拉语了……

"屋顶上榕树、菩提树自己就长出来了，玫瑰花却不那样自己长出来，太不公平了……

"……是，错了，错了，我知道，所以我的胸这么痛。

"……我不知道他疯，我以为他是苦行僧……被咬了。你为什么咬我？我不再是地主了，全完了。我没有子女，也没有地产……让你咬，咬，杜拉，因此你就把他打死？

"……有一天我不在了，你不在了，谁都不在了，别的人会来的，这时间会非常美的……

"……谁在哭？通宵有人在路上哭来哭去？难道是风的声音？那么风也在哭？

"……索罗吉，我没能给你留个后代。我这样的人是没有后代的，知道吗？索罗吉，我死后，维迪耶萨伽尔先生会让你再婚的。那时你就会幸福的。"

索罗吉尼听到这句话后嚎啕大哭，从屋里跑了出去。诺宾不停地在说，他有话说了。

第五天他突然又沉默了，两眼睁着。这天他没吃东西，用贝壳给他喂药时他使劲推翻了。诺宾右手捂着胸部的伤口。索罗吉尼哭得眼睛和脸都肿了，喂药时自己的手都发抖，所以古苏姆去给诺宾喂药。

当时是黄昏，太阳已经落下，天空灰暗。诺宾房间的窗户开着，进来的风柔和清爽。

古苏姆看着诺宾古马尔的眼睛说："小叔子，吃点药吧？"

诺宾看到，在他面前像夜来香花的面庞，一双蓝眼睛，乌黑的头发。那目光像灯……

诺宾转过脸去，吸了一口气后，十分缓慢地说："林……中、月……光！"

然后脖子就低垂了下去。

一二一

这是一种奇怪的光，是黎明或是黄昏，无法准确知晓。像在朦胧中，又像在雾里，带着些场景更换的不安。就像长眠后醒来什么都是陌生的那样，在偌大的世界找不到自己的存在。在感觉有点冷时，穿上毛衣，眼中就没有周围人了，可是亲友和愿你好的人缩在某个地方呼唤你，来吧，来吧……只有一个人去那里快要迟到了。

今天，就是那种光布满了这个城市。

大自然按自己的规律行事，人生也是一样。中午的乌云或者暗淡的月光，改变不了太阳和月亮的真貌。下午过后，傍晚准会到来。

夜里初更时分，大家都还醒着。天刚黑的马路，不时被双驾马车的车夫助手用手中火炬照亮。有些大楼的檐灯灯光落到外面。公司职员回家路过水沟旁，小心地提起裤摆。家境好的巴布出门坐车，带着朋友和献媚者去兜风。

卖花的摆好花篮等待傍晚的顾客。靠当天挣的钱当天吃的人挤在杂货铺买米。

听到号角声和钟声，人们正在向大楼的家神，各种毗湿奴会、颂神歌会和神庙里的诸神祭拜。在几处梵社的集会上，修炼者木然地静听阿阇梨不停的说教。有的地方出现新的场面，追随者对歌舞、颂神歌近乎疯狂，很多人将喀沙布·森当作神，抱着他的腿大哭。

在清真寺做完祷告后，穆斯林分别聚集讨论，他们眉头紧皱，胸中充满受伤害的委屈。他们看着印度教徒和新政治力量的勾搭，原本在心里只是嘲笑，现在变成忧虑了。为了重新获得社会名分，很多人心动了，有的人投靠印度教徒，有的人认为这回要让孩子离开马德拉沙伊斯兰学校进入英语教学的学校了。

教堂在平静肃穆的气氛中唱圣歌。黑皮肤的新改信者在做梦，现在他们似乎也和皇族一样了。突然被外国教育照亮眼前的青年、误入歧途的或被压迫的妇女、成百上千没饭吃的穷人，都来寻求慈悲的主耶稣的庇护。罗马天主教、新教和其他派别任命的代表，展开了精心的竞争，看谁能把更多无知的印度人从黑暗带到光明中来。

在洋人住宅区，勤务员在二楼露天走廊的小藤桌子上，用心摆放雪莉酒、香槟、白兰地和糕点。他们的主子在处理完公务后，为消除疲劳会命令倒酒。卧室里，面对墙上挂着的比利时镜子，洋太太在化妆前几乎脱光衣服擦掉身上的汗水。在闷热的国度就这么烦人。

高层的政治人物在周末准备出发去巴拉克普尔度假，并在那里作为总督的随从参加午夜的猎狐节。

在西穆雷、哈德科拉、阿西里多拉和巴格巴扎，传统白领们在大白天睡醒后仍在休息。一个新白领在家中内室的神堂开始做祷告，拿月工资的婆罗门进来，迅速做完给那罗延神石戴花等仪式。而在另一家的外屋，一个新白领和同伴讨论各种感兴趣的事情。

城市建设向市郊扩展了。从前商人的住地，变成城里地主的别墅了。过去的空旷无人之地，现在建起了很多像蘑菇一样的小房子，从乡下来的打工仔在那里定居。按照他们的需要，洗衣匠、理发匠、织工等也来了。由于永久租佃制，小农的土地被夺佃，变成了无地的奴隶，他们抱着做日工的希望，流水般来到城市里。不仅来自孟加拉、奥里萨、比哈尔，甚至来自遥远的北方邦。

城郊之外是农村。虽有阳光，那里也毫无生机。黑暗，死气沉沉。

有城市，有城郊，有乡镇农村，但没有国家。从喀布尔、坎大哈到根尼亚古马里加，从缅甸到达尔加，英国人建立了统治秩序，但这是谁的国家？西西里岛性格刚强的男人和巴黎受过良好教育、温柔、有情调的市民有多大的不同，而印度西北边民、俾路支斯坦的帕旦人和阿萨姆某些有身份的毗湿奴信徒的差异，比那大好多倍。他们谁都不认识谁，可是他们都是同一国家的公民。在他们的心中谁都没有这个虚拟国家的地位。可是有人在《摩诃婆罗多》上，有人在莫卧儿的历史上，有人在办公室的地图上寻找国家。

在这巨大地理范围内有几个很小的岛屿，那些小岛夜里也亮着灯。有的人在思考宗教改革、普及教育、解放妇女，有的人在思考唤醒自己的文化、改善国王和子民的关系、消除贫困或者净化道德。一些人还做着成为独立国家公民的秘密梦。虽然这些光线是照射不到家院以外的远处的，可是有几盏灯始终亮着。

比起这些灯光来，节日的灯光更加耀眼。夜里的二更是固定留给享乐者的，现在是他们在狂舞。

伊丽莎白女王给海盗首领封了爵位，因为他们给英国带来了财富。现在女王维多利亚封了公爵、男爵，作为自己的代表派到印度来了；他们的工作更加广泛，把掠夺披上文明的外衣。此刻在巴拉克普尔的花园，美轮美奂的英式宫殿宴会厅里，总督梅奥正忙于饮宴。桌面的礼仪出错使他生气。看到他的服饰和行为举止，贵族的做派以及俊美的脸庞，谁会说他实际上是作为受过良好教育的强盗首领驻扎在这里的！其本民族的史学家把纳迪尔·沙[1]和帖木儿[2]称为强盗予以鄙视，虽然和女王的代表比较起来，纳迪尔和帖木儿只是个乳臭未干的幼童！

强取豪夺时有几个当地人帮助会方便些，他们也从掠夺的财富

---

[1] 纳迪尔·沙（Nadir Shah），波斯阿夫沙尔王朝皇帝，1736—1747年在位。

[2] 帖木儿（Temur），中亚帖木儿帝国创建者，1370—1405年在位。

中分得一杯羹。那些人现在是国家社会的顶级富豪，他们至今尚未克服暴富带来的迷茫。在花钱方面，他们记忆中有纳瓦布时代的奢侈，于是拼命模仿。享用美女不仅是为了性的欢愉，饮酒不仅是让神经燃烧，这些都是为了向他人炫耀。所以这么过分，这么肮脏，这么非人道。在原住民居住区，灯火通明的房子里，现在狐假虎威的新贵们在奢侈喧闹。实际上他们是痛苦的，他们内心明白，他们是小偷，无论如何是不能同白人强盗竞争的，像小孩拿竹竿做剑，扮演司令勇敢地砍杀两边的树那样表演。这些所谓的大人物迷失了自我，尽量地扔钱来粉碎别人的良知。只有个别人是例外。

午夜时分，马路上突然听到许多人的喧闹声和笑声。像老虎后面跟着豺狼一样，在吸毒的有钱人后面是会跟着一群捐客的。看到这景象就知道，又有地主从东孟加拉来市里撒钱了。东孟加拉的财主来了，市里那些权谋家就动起来了。当然他们得受些折磨，用不了多久就会把他们嚼烂、吸干，使他们一无所有。

夜晚过后，黎明到来。人们期待每一个黎明，觉得会发生些新的事请。

诺宾古马尔认不出迷人的光的真相。他在说完生命最后的话后，傍晚时分失去了知觉，次日凌晨心脏停止了跳动。他爱美的心到了盛年扭曲，他突然走了。

上午十点，全楼肃静无声。众人的哭声刚刚停止，现在好像也听不到人的脚步声。所有的房门和大门都开着，就已经知道是丧家。

索罗吉尼失去知觉，古苏姆抱着她的头，像石头偶像那样坐着，眼神呆滞。别的妇女蹑手蹑脚过来窥视，有的人悄悄说话，但古苏姆似乎没有感觉。她的耳朵里只响着一个名字，这不能说是她的另一个名字，从来没有人用这名字叫过她！她玩木偶的伙伴，在命运的捉弄下，有一天成了她的小叔子，他临死时用这名字叫过她，或者只是想到这名字？这名字有什么含义，古苏姆·古玛丽是不知道的。她的生命又有什么含义？这问题在古苏姆脑袋里转了好几天了。人抱着什么希望活着？不能以她的生命换取诺宾活着吗？古苏姆整夜都焦急地向大梵天祈求：大神啊，我的生命没有任何价值，用我的命去交换，让他活着吧！啊，三界之主，啊，救苦救难者，啊，大慈大悲者，您把我这小生命带走，让他活在这世界上吧！他会照看许多人，我照看谁啊？

古苏姆·古玛丽的眼睛此刻是干涩的，但当诺宾昏迷，心还在跳动时，她的眼泪全都献给大梵天了。但大梵天聋了、瞎了，任何女人的泪水对他来说都毫无价值了。

辛格家大门口听到人声，几个人向那儿跑去了。古苏姆还是那样木然地坐着。

比图谢克在大门外下轿。现在他已经站不直了，是由外孙布拉恩戈巴尔陪他来的，他倚着外孙的肩站着，抬头看辛格家的大门。

在宾波波蒂离开这家后他就没有来过，很多年过去了。以前每天不来这里是不行的。在宾波波蒂走后，比图谢克的身体每况愈下。他是本世纪头一年诞生的，现在他的身体已经这样了，到世纪末至少还有三十年。也许在瘫痪的状态下比图谢克能活到那时候。

比图谢克扫视了全楼。隔了这些年之后，他还觉得这屋子是他自己的屋子。这家人的命运掌握在他手中，如果他愿意，在任何时候都能使这房子化为尘土。

比图谢克长叹一声，说，进去吧。

现在他上楼梯时全身骨头都痛得厉害，虽然脸上不表现出来，但走了几步他就喘了。

耿伽纳拉扬跑过来，要从另一边搀着他，他扬手说："算了，算了。我自己能走。"

比图谢克此刻也不愿耿伽触碰他。他尽量离得远些，避免他的触碰。他的外孙现在是很强健的少年，但他一人也弄不动外公。

比图谢克又上了两级楼梯，胸膛喘得急剧起伏。

耿伽说，您可以坐在椅子上，几个人把您和椅子一起抬上去。

比图谢克不反对，静静地站着。

耿伽亲自跑上去，把父亲曾用过的那张有红色丝垫的木椅子搬来，让比图谢克坐上去，四个人将他抬到诺宾的房间里。

雪白的单子盖到脖子，两手放在胸前，眼睛闭着。看到诺宾就会觉得，如果有人高声叫他的名字，他会醒来的。

比图谢克离开椅子站起来，走到诺宾床头。他的嘴唇在动，似乎在说些什么，但喉咙没有发出声音。

屋里集聚了很多人。人人都怕比图谢克，所以都不敢出声，全都看着他。

比图谢克茫然地看了众人一眼。他的脸上没有丝毫悲伤痛苦的迹象。他似乎在寻找什么人。然后问："这是谁？真是我们的小不点儿吗？"

没人回答，大家都沉默着。后面有几个人哭开了。在丧家并不是所有人都痛哭的。需要哭时很多人才哭。

"小不点儿病得这么重，怎么没人给我送信？"

这问题也没有人答。给卧病在床、虚弱的比图谢克报信也不好，反而使他无缘无故担忧。

比图谢克回头对外孙说："戈巴尔，我看小不点儿像你那么小时，很淘气，很活泼，但是很聪明！后来什么时候长这么大，我一点都不记得了！什么都不告诉我，他就走了，啊？"

布拉恩戈巴尔说："姥爷，您到别的屋子里坐吧。"

比图谢克冷漠地说："是，走吧。我还在这里做什么。"

年迈的迪巴戈尔过来说："大先生，我想说，怎么……"

迪巴戈尔明白，比图谢克既然来了，对后事必须按照他的意见安排，否则他会生气的。

迪巴戈尔又说："我要说的是，外面又来了很多人，还有很多人会来。所以把灵移到下面去不？"

比图谢克说："对。很多人会来，全城都会哭。小不点儿免费送给多少人《摩诃婆罗多》，帮助了多少人……"

布拉恩戈巴尔又说："姥爷，您到别的屋吧，坐在那里说。"

比图谢克又回头看了已故的诺宾一眼。然后突然推开布拉恩戈巴尔，哭着扑到诺宾的尸体上。像洪水冲破河堤那样大哭着说："小不点儿，小不点儿，你走了！啊，谁来给我点火送终啊？小不点儿，小不点儿……你是我的一切……我积了多少德你才来我们家的……小不点儿，小不点儿，你到你妈那里去了，把我抛下……"

比图谢克在漫长的一生中没少看到死亡，大家都说，他的心是石头做的。他的妻子和女儿在他眼前咽了气，他的挚友拉姆卡马尔·辛格在他怀里闭了眼。可是他从不失态，从未有人见过他这样号啕大哭。人们从楼里跑来看这难以置信的场景。

比图谢克伏在诺宾的脸上大哭，并一再重复这些话，一时无法让他起来。

最后还是硬把他拉起来了，因为波斯塔王公的弟弟和拉尼拉斯摩尼的女婿默图拉莫汉·比斯瓦斯来了，想看诺宾古马尔最后一眼。还有很多名流在下面等着。

比图谢克被带到另一间房间躺下。他怎么也不愿回家，他要在这里待到办完后事。他像孩子那样不懂事，摇头说："不，不，你们别叫我走。"

他一再要到诺宾古马尔那儿去，布拉恩戈巴尔拉住他。

比图谢克在这种情况下待到中午，当听说祭司指示要运走尸体时，他说要再去看小不点儿。他在床上坐起，用一只手背擦眼泪。慢慢地他的脸变了，瞬间恢复从前的特征。他稳定了一会后，严厉地说："不但是这样，我还要去焚尸场。小不点儿在没有子嗣的情况下走了，我给他点火。戈巴尔，你去对耿伽说。"

耿伽现在没有空闲哭泣，各种安排使他头昏脑涨。好在午后他的朋友戈尔、拉吉纳拉扬及很多人都来了，他们都给出主意。

安排了一张新床，那是有新的枕头、床单并用花环装饰的送终的床。给诺宾古马尔穿上了新郎衣服，现在他的脸很光鲜。几个人一起抬起诺宾的尸体时，布拉恩戈巴尔就站在旁边。

布拉恩戈巴尔现在在总统学院就读，是很聪明的学生。在这小小年纪，他已经读卢梭的著作了，比起孔德的实证主义来，他更喜欢卢梭的平等论。他也读过诺宾古马尔翻译的《摩诃婆罗多》。他称诺宾为舅舅，但没有机会和诺宾亲密。他远远地崇敬地追随诺宾。

布拉恩戈巴尔看到，在抬起诺宾时，从他的床底掉下一张纸。那纸是在诺宾身下压着的，上面写着很多字，有些血迹。出于少年的好奇，他把纸捡了起来。

但当时他没有机会读，那时乱哄哄的。

一个衣衫褴褛的人跑来，手舞足蹈地进屋来了。他向着诺宾的尸体说："啊，诺宾，错了，错了！你所说的也错了！戴本德罗先生、喀沙布先生也说错了。没有大梵天！明白么，没有，没有！大梵天饿了。没有比饥饿更厉害的了。"

很多人认不出他就是乔杜博迪·甘古里。由于饥饿和羞辱的折磨，几天前他的一个外甥自杀了。从那时起乔杜博迪的头脑就有点不正常了。

把乔杜博迪推开后，一个人评论说："你们知道奇怪的事吗，这样特殊的人物一死，就有两三个人会发疯。我见过多次了。"

出殡开始，比图谢克真的执意要去焚尸场，让他坐上轿子去了。布拉恩戈巴尔没有去。他很少来这家的内院，现在他转着到处看看。

古苏姆将索罗吉尼从怀里推开，可是她自己还在原地僵坐。几个女人过来劝说，要拉她起来，但古苏姆不动。布拉恩戈巴尔站在门边看了古苏姆一眼，他心想，是她成了寡妇吗？

焚尸场的事做完已经很晚了。布拉恩戈巴尔回到自己房间正要熄灯睡觉时，想起了那张纸，他从衣袋掏出来在灯下读。

纸是诺宾古马尔亲笔所写，但非常潦草。是诺宾在病危的最后时刻写的，也许是当大家都睡着时他醒来，为忘记心中的痛楚写的。

……我从来没有完全沉迷于享乐。好像有人掐住我的脖子往后拉，我未能完全摆脱迷误，有人又把我推向迷误。

……我是一个不幸民族的儿子，这民族今天还被别人践踏在脚下。此刻我通过自己去让那民族所有的人审判。我很多时候认不清哪儿是前面，哪儿是后面。

　　……谁来破除这无知的迷茫？前人的罪恶怎么来啃啮我？

　　……宗教、民族、教育、文学，如果不能把这些都合在一起，那么是不会有好结果的……还有，我的胸很痛，这是因为我的错误么？是的，我错了，要重新学习……我在钱德拉纳特那里看到的那个女人，为何到现在我还那么想念她，她是我的什么人？……

　　……我很想看到下一个世纪……多么遥远！在那样一个夜晚隆隆的礼炮声结束了这个世纪，迎来二十世纪……心灵的眼睛似乎看到了……它是多么光辉灿烂……多么美好……啊，即将到来的世纪，你胜利吧！

　　……我不愿死，不管怎么说，我一点也不想死！救救我吧，救救我吧！很想……

　　这是不连贯的、没结束的作品。诺宾古马尔在谵妄时说的就是这剩下的部分。布拉恩戈巴尔又将这份手稿读了几遍。

　　青年是很以自我为中心的时期。在那年龄段的人，除自己的痛苦外，并不关心别人的痛苦。青年人火气旺盛，所以很少哭泣。今天一整天，布拉恩戈巴尔完全没有流过泪，到现在他也没哭。他拿着这张纸在窗前站了很久。他想的更多的是在数百声礼炮中那光辉灿烂的二十世纪的脚步。他仿佛可以看到那一天。他的眼中开始出现那遥远的另一种光芒。

作者的话

    我以十九世纪为背景创作了这部长篇小说。长篇小说就是在时间的背景下把鲜活的人物串起来的散文。但由于这些鲜活的人物很多是历史人物，所以他们是否能按小说家的意愿行动，就是个问题了。很多人都提出这个问题。毋庸置疑，小说就是小说，不是历史。历史的成功建立在资料之上，小说依靠的是理论和艺术情调。小说的主人公说话、到处走动，但历史不借助对话。在传记中除了一两段故事外，也没有对人物功绩的准确描写。所以在尽可能搜集材料后，为了激活他们，我不得不使用大量想象出来的对白。有人会认为，这对作者来说是太自由了。但我认为，不应给作者的自由划上界线，因为事实上读者的自由是无限的，而我没有让任何历史人物背离其生活的地点和时间。

    我的故事背景是公元1840至1870年。故事的主角是时间。希沃纳特·夏斯特里在他的《拉姆德努·拉西里及当时的孟加拉社会》书中，有一处写道："在公元1825至1845年的二十年，可以算作孟加拉新时代诞生期。在这时代里无论政治、经济、教育，各方面都进入了新时代。"他称作新时代的时期，后来叫作"孟加拉文艺复兴"，这内容很多人写过不少了。我写这部书的根本目的，是搅动上世纪的文艺复兴思潮。长久以来，我对夏斯特里先生的这一论述，有点疑问。距离他所说的二十年，我认为上世纪的根本中心事件还要晚些。此外，新世纪或新觉醒是真的来到全国了呢，或仅局限于社会上层的小部分人呢，为此引起了大论争，我通过很多故事一再提出这问题来。最后我也不吝提出我的看法。

要使时间有血有肉地活起来，至少要有一个象征性人物。诺宾古马尔就是那时间的象征。从他的出生到他生活的种种事件背后，最后在一个陌生女人身上看到自己母亲的形象，到他奇怪地死去，全都是那象征的继续。我的希望在这里不必多说，必须说的话只是，在诺宾古马尔的性格中，有对过早夭折的非凡的历史青年的尊崇。我没有改变其他任何著名人物的名字或生平故事，但是对于我用来塑造成诺宾古马尔的原型，除了他的一些功绩外，对他的私生活几乎是一无所知，在这么久之后也无法知晓。所以在真实与虚构的两种人物形象中找不到共同之处后，以诺宾古马尔作为那时候的象征就是合适的了。在塑造诺宾古马尔的性格时，我加入了我想象的许多材料，为此我和很多人可能意见相左，有不同意见是正常的。关于那时候，如果我没有自己的解释，那我为何要创作这么一部大书？

我国是崇拜偶像和崇拜个人的。如不能将我们心中崇敬的人士上升到神的水平，我们是不舒服的。但是在写小说时，必须全面看待每一个生命。这样就会伤害到崇敬某些人的某些读者。提到罗姆·摩罕·罗易或戴本德罗纳特·泰戈尔在宴会上喝酒，或爱国者哈里斯·穆克吉嫖娼等，很多人觉得很可怕。很多人认为，这些材料即使属实也不必公开。我却不这样认为。亵渎是现代文学的一个好的分支，没有坏处，有很多好处。过去时代的许多伟大人物被后代的作家、历史学家伤害，结果读者群体发起运动，对从前重新认识，重新评价历史。T. S.艾略特文章的攻击几乎要杀死雪莱，但雪莱没有受到任何伤害，反而又唤起了人们对他的兴趣。不管怎样，我根本不想砍去那时期任何伟人石像的头颅，只是有时显现从前那些石像脚上的泥土和稻草罢了。

　　小说家没有答辩的责任，读者可以轻松地接受或拒绝。可是大约两年半来，这小说在《国家》杂志发表时，很多读者发来有趣的信件，为此有些话我在这里说一说。最有趣的是，在作品的中期和尾声，很多人要求我，让宾杜巴希尼活着，让耿伽纳拉扬回来，不要让诺宾古马尔像哈里斯那样突然死去。这些人物都是十九世纪中期的，他们早已化为五大元素了，我现在怎么将他们救活啊？这就像《薄伽梵歌》里黑天面对聚集在俱卢之野战场上的战士时说的："我早已将他们杀死了。"可是这样说也对，在写诺宾古马尔之死时，我的心不受控制了，写了几行我就起来了。一天又一天地，最后一章都没有写完放下。两年半来他是我心灵的伴侣，失去他我感到痛苦。有时我也想，不能让他再活几天么？当时我没想起《薄伽梵歌》这一指示。

　　学者和研究者们在这部作品里不会得到什么新材料。我并没有发现什么隐藏的或秘密的材料，我的资料都是从已经出版的报刊和书籍中搜集的。在许多问题上或许会与不少人的看法不一致，但是我没有故意提供任何错误的材料，那些新的全是我的想象。可是很多读者表示，这故事中很多史实是他们以前不知道的，今后他们将有兴趣好好读那段历史。这也是一种收获。当很多人对我说，为了写这本书我一定读了很多书时，我感到很奇怪。我并没有读很多，还有很多是未能阅读和了解的。我一再地这样认为：唉，得到连续四五年这样在某一领域单独学习与写作的机会，在我国几乎是不可能的。

　　对于有兴趣的读者，我在这里列出一个简单而有用的书单。

（书单略）